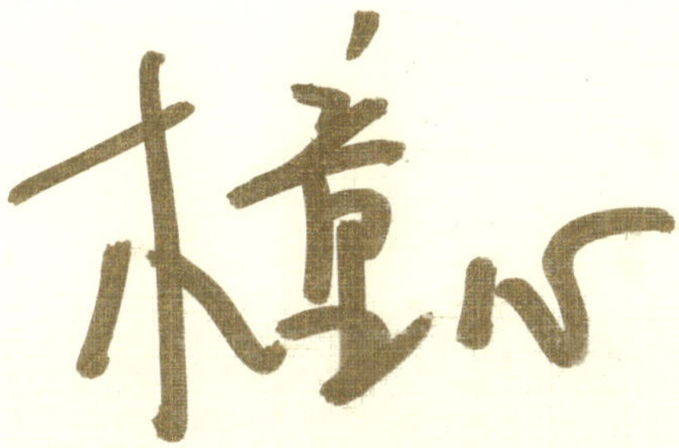

千寻文化

Qianxun-Culture

—图书·影视—

HUI XING LAI DE
NA YI YE

彗星来的那一夜

星光之恋

木童心 ◇ 著

江苏凤凰文艺出版社
JIANGSU PHOENIX LITERATURE AND
ART PUBLISHING

图书在版编目（CIP）数据

彗星来的那一夜：全2册 / 木童心著．-- 南京：
江苏凤凰文艺出版社，2020.7
ISBN 978-7-5594-4971-9

Ⅰ．①彗… Ⅱ．①木… Ⅲ．①长篇小说－中国－当代
Ⅳ．①I247.5

中国版本图书馆CIP数据核字(2020)第109465号

彗星来的那一夜：全2册

木童心 著

责任编辑	丁小卉
特约编辑	苏 惠 林 涛
封面设计	微 凉
责任印制	刘 巍
出版发行	江苏凤凰文艺出版社 南京市中央路165号，邮编：210009
网 址	http://www.jswenyi.com
印 刷	长沙鸿发印务实业有限公司
开 本	710毫米×1000毫米 1/16
印 张	45.5
字 数	879千字
版 次	2020年7月第1版 2020年7月第1次印刷
书 号	ISBN 978-7-5594-4971-9
定 价	89.80元

目录

CONTENTS

目录

CONTENTS

第一章

他是可望而不可即的星辰，我是尘世间的追星人。

1. 初见偶像真颜

某写真拍摄地的独栋大楼外停满了传媒公司的娱记车，人头攒动，各家记者都抱着长枪短炮争先恐后地往前挤，那架势丝毫不亚于食堂放饭的场景。只不过这次大家觊觎争抢的不是香喷喷的红烧肉，而是最近火出天际的“当红炸子鸡”！

此时，门口的保安人员正使出浑身解数努力拦住跃跃欲试要进入大楼的娱记们。人群中，一个小个子女孩拿着简易相机被挡在最外沿，因为身材娇小，她的大脑袋完全被淹没在人海里，但这也丝毫没有让她感到气馁。她越发奋力地踮起脚想要探清大门内究竟发生了什么，突然，不知从哪里伸出来的胳膊肘子将她一推。

“哎哟！”她脚下不稳，退让不及，跌坐在地。

“是谁推我？呜呜，好痛！”女孩揉着痛处询问，却根本没人搭理她。

这就是当下娱乐记者残酷的生存现状，除了不用面对硝烟和弹火，在体力、反应力和不要命的精神上，娱乐记者可是一点都不输给战地记者的！

很快，我们的八卦小战士捡起工作牌，迅速地爬起身，拍掉身上沾着的灰尘，看着自己的工作牌，小脸上却露出一个开心的笑容。

工作牌上写着：承天传媒，新闻部实习记者，林小小。

天知道她争取到这个实习娱记工作费了多大的力气，毕竟，她是打着工作旗号来追星的，追的还是自己家的偶像。

但她可不是私生饭。对林小小来说，追星是一件很隆重的事。古时候，夸父追过日，嫦娥追过月，现代平凡女孩怎么就不能追“星”了？

更何况她林小小也是拥有十八般武艺的人，扛得了长枪，剪得了视频，修得了图片，写得出拍案叫绝的通稿，大学四年编导专业可没白读！所谓一身绝技在手，追星无所不有！

话说回来，今天她真的能用自己的相机捕捉到老大那惊世骇俗的容颜吗？一想到老大的一颦一笑就要被自己收入囊中，她的内心就一阵小鹿乱撞。

一阵丁零零的声音让林小小突然惊醒，她掏出手机一看，屏幕上面闪动着光鲜亮丽的“吴扒皮”三个字，立马精神抖了三抖。

这个人称“扒皮”的吴老师是承天传媒资深娱乐记者吴刚，人如其名，业界翘楚，文风以毒舌和犀利著称，私下却是油腻又龟毛的中年大叔。

此时，她战战兢兢地接听电话：“喂，是吴老师吗？”

“你还知道我啊！话说你死哪儿去了？”老吴在电话那头吼。

隔着手机林小小都感觉到自己的头皮在颤抖，她转身环顾了一下四周，拍了拍起伏的小胸脯，心想还好对方没出现在自己面前，不然又得被他的口水“灌溉”了。

“吴老师，您不是让我采访程浩吗？我现在在拍摄地的正门守着啊。”

“在那儿能采到什么，快点给我滚来后门！”

“后门？可是……”林小小话还没说完，听筒中便传来一阵嘟嘟声，只留下她在风中凌乱。

她皱着小脸看了看人头攒动的正门，只得收起包袱恋恋不舍地朝后门走去，心里不禁犯嘀咕：后门？这大明星能走后门？

随即她的脑海里又冒出另一个想法，吴老师作为业界精英不是没有两把刷子的，难不成他有独家信息，知道老大会从后门出来？顿时，她的心情由失落转为兴奋，脚步越来越快。

后门冷冷清清，除了偶尔飞过去的几只叫声凄惨的乌鸦和一群围绕着垃圾桶乱飞的苍蝇，鬼都没有一个，当然，除了老吴和老吴的那辆面包车。

“吴老师，我来了……”

“嗯！”

她爬上面包车，四十多岁、胡子拉碴的老吴正就着矿泉水啃着烤肠，满嘴流油，顾不上搭理她。

“喀，吴老师，老大他……”看着吴老师一脸疑惑的表情，林小小立马改口，“喀喀，我是说，程浩他真的会从后门出来吗？”

她把程浩奉为偶像的事，公司没有几个人知道，她也不想被大家认为是公私不分、不务正业的人。身为记者，即使是娱记，她也要有自己的职业操守和素养。

“哼，你以为我‘京报第一狗仔’是白当的？”老吴白了林小小一眼，随手扔掉竹签，双手枕在脑后，舒服地靠在座位上，“你给我盯着，程浩出来了喊我，我先打个盹儿。”

“哦。”林小小乖巧地点了点头，然后双眼一眨不眨地盯着后门，精神高度集中。

与此同时，拍摄地影棚内，一排排耀眼的白炽灯打在白色的背景布上，数台摄影机正对着场中央穿着休闲西装的男人拍照。

男人身形挺拔修长，在灯光和场景的衬托下，显得清冷孤高，气质如虹。他身上仿佛自带某种光环，哪怕只是这样一个逆着光的剪影，也能给人无限美妙的遐想。

慢慢地向着那光影靠近，你会看清，他那浓密英挺的剑眉下，蕴藏着犀利而深不见底的黑眸，左耳戴着的耳钉闪烁着幽蓝光芒，映衬着尖削的下巴、完美的五官轮廓，像从漫画中走出的男人。

即使在聚光灯下，他浑身也散发着一种生人勿近的气息，宛如黑夜中的鹰，冷傲孤清，却又气势逼人，孑然独立间，散发着傲视天地的王者之气。

这就是程浩，当今娱乐圈最火的人气偶像，无论颜值、身材、实力，放眼整个娱乐圈都是顶流的担当！

他是万千女性的杀手，一举手投足，一个微表情，都引得女人们为之疯狂，也是不少少男星争相模仿的对象。

他仿佛生来就是明星的料子，从素人到被星探公司挖掘，出道不过一年多的时间，唱片脱销，大牌代言不断，真是娱乐圈当之无愧的“当红炸子鸡”！

此时，导演满意地盯着监视器中的影像，做了一个手势道:“Cut！程浩，不错！”

程浩转过身来，导演对他竖起大拇指。这是圈内难得夸人的知名老导演，对年轻晚辈表现出如此直接的欣赏，这还是头一份儿。

程浩谦虚地对导演点点头，转过身时，神情却有些黯然。

这一幕已经是他“第二次”经历了，这组海报也是他“第二次”拍摄，所以对他来说，一切驾轻就熟。

可这“一模一样”的人生经历，如果告诉别人背后的真相，定会让人毛骨悚然！

经纪人邹灵和化妆师及时走上来，准备带着程浩去换衣服卸妆。此时，程浩的助理小童急匆匆跑进来：“灵姐，灵姐！大门外全是记者啊！怎么办怎么办啊？”

“慌什么慌！你是怎么做助理的？”

被训斥的小童瞬间闭上了嘴，大气都不敢出，一旁化妆师也吓得动作一顿，差点就在“当红炸子鸡”的脸上留下了一笔焦黑。

还好“炸子鸡”没有变成“焦煳鸡”，化妆师颤抖地握紧了手上的眉笔，忍不住在内心吐槽：邹灵，真不愧是娱乐圈头号母老虎！

只见邹灵一副镇定自若、胸有成竹的样子，迅速布局，打算声东击西，“偷天换人”。

“小范，你换上程浩的衣服，假扮程浩从前门出去，吸引记者！程浩，你开小范的车从后门走！”

程浩神色沉稳，点点头，并没有觉得不妥，毕竟明星被围堵是一件很正常的事。助理小范和程浩体型相近，平日里遇到娱记围追堵截的时候，也没少帮程浩干这种狸猫换太子的事儿，这会儿也是得心应手。

“浩哥，那你当心点！”小童叮嘱了一声，跑着跟上前面的邹灵等人。小范版程浩在邹灵、小童以及几个保镖的护送下，穿着黑衣服，用兜帽盖头，戴着黑超，“低调”地走出外景拍摄地大门，朝路边的一辆房车走去。

“出来了出来了！程浩出来了！”

大门外，有娱记激动得大喊了一声，顿时，一大群娱记像出窝的马蜂一般，朝着“程浩”蜂拥而去。一时间，拍照咔嚓声、闪光灯此起彼伏。

听见前门顿时热闹起来，林小小顿时像警犬一般灵敏地转过头，透过车窗看见那个被一众保镖和助理、经纪人保护着的黑衣人。看体型还是蛮像程浩的，可是这猥琐的走路姿势……

程浩可是那种一个背影也能闪闪发光的存在，而中间被护着的那个人根本没有那种气质！林小小用她那透视镜般的眼神立马辨认出来——

他是假的！

2. 追车都不会还追什么星

看着前门处那一窝蜂的娱记对假程浩的花式混乱围堵，林小小在背后偷笑：“果然老大最聪明了，这群同行被老大耍了。”

她林小小是谁，作为程浩的头号粉丝，他的一举一动、一颦一笑都在她的脑海里印刻成画，所以即便隔着车窗，远远地看一眼被老母鸡护小鸡般护着的“程浩”，也能立判真假——假的，假得不能再假了！

“这就是传说中的调虎离山之计！既然替身都从前门出来了，那么真正的老大应该也快要从后门出来了吧？”

林小小还是第一次参加这种围堵明星的活动。此时，她怀里像突然被塞进了几只活蹦乱跳的小鹿，小心脏狂跳着，只觉得再多跳几分钟，她可能就得拨打 120 被抬进 ICU 了。

强行压抑住内心的狂喜，林小小赶紧推醒一旁睡成死猪的老吴：“吴老师，快醒醒！”

老吴此时睡得正香，迷迷糊糊睁开眼，擦了擦嘴边的口水，不满地说：“这人还没出来，你叫醒我干吗？看你猴急得！”老吴略挪了挪身子，将照相机递给林小小，道，“等下人出来了，你先拍着！别打扰我跟周公下棋！”

说完老吴倒头又睡下去了，不一会儿鼾声四起，速度之快令林小小不禁连连咋舌。

林小小才转脸看向后门，就见一个戴着墨镜、口罩，塞着耳塞，全副武装的男人走了出来。虽然那人包裹得严严实实，但林小小突然瞪大了眼睛，激动之情溢于言表。

这不正是她家老大吗！

正版程浩全程戴着黑超和口罩，身着一身休闲西装，看上去比小范版程浩更低调。不过，他再低调，那种浑身自带的光芒也藏不住。

那绝不能单单用帅气二字形容，举手投足间的傲气与自如，在林小小眼里犹如天神下凡！

见到程浩的这一瞬间，林小小已经眩晕在无边的幸福中，时间仿佛也在这一刻定格，让她忘记了周身一切。

她呆呆地望着那个帅得人神共愤的男人，仿佛整个灵魂都被勾走了。

从此，山川湖海的风光不及他明媚，浮世沉沉的人海唯有他耀眼。

世上真的有这样俊美无俦的人，这就是她家男神啊！

林小小热泪盈眶，内心呐喊着，日后，她可以更加理直气壮地和黑粉们战斗，告诉他们，她家老大的真颜比镜头前的还要好看，尤其是那像上品羊脂玉的皮肤，根本不用化妆和美颜磨皮修图！

没有聚光灯的加持，老大也能光芒四射！

老吴迷迷糊糊醒来，才看到林小小在犯花痴，相机在她怀里抱得可紧了，却没拍一张照片，而程浩早已在林小小的星星眼的护送下，径直上了一辆越野车离去。

老吴抬手给了林小小一记栗暴！

“哎哟！”林小小吃痛，这才从幸福的美梦中清醒过来，对上了眼睛瞪若铜铃的老吴，赶紧赔礼道歉。

“对不起！对不起，吴老师，我刚刚走神了。”

老吴怒道：“林小小！你个棒槌！”老吴迅速发动车子，追上已经出了外景地停车场的越野车。

林小小被老吴骂得狗血淋头也不敢回嘴，虽然有点委屈，但心里还是美滋滋的：终于得见老大真颜，不虚此行了！

程浩刚将车子开上大道，便从后视镜里发现身后跟了一辆娱记车，他拧了拧那俊俏的眉，有些烦躁地取下耳机，立刻变道加速。

“什么，竟然被发现了！林小小坐稳了！”老吴一脚踩下油门加速，顿时车子紧贴着程浩的车疾驰。

“快拍！就现在！”老吴一边开车一边喊道。

程浩微微转头，朝林小小他们的面包车望过来，四目相对的一瞬间，林小小就像被一道巨型闪电击中一般，内心一震，呼吸似乎都变得极度困难。

天哪，她家老大看到她了，看到她了！！！

林小小从没想过，有一天会跟自己的偶像如此近距离接触，一时间觉得兴奋、刺激又紧张，周身似乎围绕着无数的棉花糖，一道彩虹显现在中间，而老大刚刚的侧脸浮现了出来，并做出一个比心的姿势，林小小的少女心泛滥成灾。

不过，这个画面随即出现了触目惊心的一幕——老吴猥琐的脸突然出现在了视线中。

“林小小！你在发什么愣！再不干活，信不信我现在就炒你鱿鱼！！”

林小小美妙的幻想被老吴气急败坏的吼声残忍地打破了，她这才想起自己今天是来做什么的。

专业，严肃，认真！我可是来工作的！

林小小慌忙举起照相机要拍，才发现镜头盖子还没打开，顿时手忙脚乱：“等等！我还没打开镜头盖呢……”

“等等？再等黄花菜都凉了！”老吴气得鼻孔和头发都开始冒烟了！

果然，机会稍纵即逝，程浩开着越野车在车流中穿梭，如一条入水的鱼，迅速且灵活。

老吴虽然车技好，但是抵不住面包车和人家程浩的越野车性能差距太大。眼见面包车离越野车越来越远，就要追不上了，老吴一咬牙，冒险来了一个漂移超车，差点撞上对面来车。

“小心！”林小小惊呼，心都提到了嗓子眼。

但也只是差点，老吴滑溜地钻进了顺行车道，又成功拉近了和程浩的距离。

程浩看了一眼后面像牛皮糖一样又黏上来的娱记车，冷哼一声，嘴角不经意勾起一抹冷笑！

“自不量力。”一句淡淡的嘲讽，却有一种不可蔑视的霸气。

前面大路口绿灯还有两秒跳转，程浩一脚踩下油门，越野车登时轰鸣一声冲了过去，然后迅速拐弯。等红灯过去，老吴开着车追过去，哪里还有程浩那辆越野车的踪迹！

“砰！”老吴郁闷得将车停在路边，一拳捶在方向盘上。

可恶，他跟得这么紧，最后还是被甩掉了！

林小小终于压不住刚才急速飙车带来的后遗症，胃里一阵翻江倒海，顿时打开车门扶着旁边的树干呕了起来，奈何从早上到现在还没吃东西，腹内空空如也，什么也吐不出来。不多时，她小脸都变得苍白了。

老吴不耐烦地靠在树干上抽烟，一想起那么好的抓拍机会都被林小小给弄没了，就又忍不住开始教训起这个不争气的徒弟来。

“林小小啊，工作的时候你在发什么愣！”老吴深深地吸了一口烟，“你跟我说说你刚刚在想些什么。”

“我……”林小小顿时支支吾吾。

老大，程浩……回想刚刚林小小对程浩的称呼和语气里的异常，思维敏捷的老吴瞬间明白了什么。

“你竟然把偶像称为老大，犯花痴也要有点限度吧！”

林小小委屈地擦脸，她也不想啊，毕竟第一次见到程浩真人，她手足无措，完全控制不住她自己啊！

“对不起，虽然我也有错，但是吴老师，你那样追车的行为也是很危险的，老大被我们追得还差点闯了红灯……”林小小嘟着嘴，一脸不服输的样子。

“停！你是不是本末倒置了？你现在要记住，我才是你的老大！”

停在树上休憩的乌鸦也被这一声吼叫给惊吓了，扑棱着翅膀迅速逃离了这片区域。

3. 居然把自家偶像给撞了

都说天气能影响人的心情，但是这句话此刻似乎并不太适用。此时，天上的阳光正好，万里无云，而老吴的心里像突然被搬了一座火焰山，怒火攻心。林小小的心里则是乌云密布，风急雨骤，她恨不得现在能来个龙卷风把丢人的自己吹走。

“你说说你今天的任务是什么！”

“偷拍程浩的照片，刊登上娱乐头条！”

“你的身份是什么？”

“娱记！”

“嗬，你还没忘自己的身份啊，我还以为你是程浩的经纪助理！”

果然，毒舌老吴上线，开始阴阳怪气地挖苦起林小小来。

“林小小，你现在是娱记，不是粉丝，程浩只是我们跟拍的一个对象罢了！”老吴一脸恨铁不成钢的表情，“你倒是善解人意，还担心你家偶像开车速度太快，差点闯红灯，太危险，可要不是你一开始就犯花痴，何须后来我们追车呢？林小小，我看这行不适合你，你还是专职去追星吧！”

林小小被老吴骂得小脸一阵红一阵白，头垂得更低了：“对不起吴老师。不过……我追星哪里有做现在这份工作离老大近啊……”

“你说什么？”老吴没听见林小小后面嘀咕的话。

“没什么，没什么，我就是说我知道错了，我对天发誓，以后绝对不会了，我保证！”林小小做出发誓的动作，一脸虔诚。

这小妮子虽然平时迷迷糊糊的，但是认错态度还是很好的，正所谓知错能改，善莫大焉。看着面前瞪大了眼睛，一副委委屈屈样儿的女孩子，老吴也消了一半的气。

“最后一次机会！”老吴再三强调，“现在，从这里出去，抄近道或许还能追上，换你来开车，我来抓拍！”老吴说着，提着相机上了副驾驶座。

林小小一脸茫然地站在原地，心想：还要追车啊？

在老吴的指挥下，无奈的林小小将面包车开上了那条所谓的“近路”。

林小小开得异常艰难。这能叫路吗？这根本就是直接穿过杂草丛生的小树林啊！可是林小小丝毫不敢抱怨，好不容易将车摇摇晃晃地开出小树林，却发现开上了逆行车道！

“吴老师，怎么办啊？要不咱们掉头回去吧？”林小小心里打起了退堂鼓，手心也沁出些许汗水来，她是个虽然拿到了驾照，但一直是云开车的新手，可没有老吴的飞车技能！

老吴还没说话，就见那边一条小路上一辆眼熟的越野车冒了出来。“他在那里！”老吴眼明手快，立刻举起照相机，按下了快门抓拍了几张。可是来车速度极快，眨眼间就到了老吴他们的面包车前。

这是条单行道，程浩完全没料到会有车逆行而来，还是从没路的树林子里蹿出来的！

但他看着那面包车甚是眼熟，仔细盯过去，这不就是刚才一直追着他偷拍的狗仔嘛，这些人还真是为了偷拍什么都肯干，明明这么危险……

刹那间，程浩看见了面包车驾驶座上的林小小满脸惊恐的神色，大脑突然刺痛，眼前突然闪现出一个过往的画面，那个画面几乎与此时的情形重叠！

那天是2018年的一天，在华语艺人颁奖晚会上，他获得了“最具人气明星奖”。

颁奖晚会在五洲大酒店金色大厅举行，娱乐圈的艺人们都穿着华丽的定制晚礼装，高贵优雅，美丽端庄。在众人热烈的祝贺掌声中，他从容不迫地走上讲台，彬彬有礼地领取了这一肯定他人气天王称呼的大奖。

他对那一天记忆犹新，不是因为他站在顶峰的荣耀感，而是接下来发生的事成为他人生突发巨变的转折点！

他还记得，从颁奖晚会出来的那天夜晚，空气中静谧得连一丝微风都没有。司机开着商务车送他回家，他疲惫地在后座上闭眼休憩，听着广播里放着某某彗星即将在今夜与地球擦肩而过的天文消息。

当车途经滨江隧道时，一道刺眼的白光闪过，前方一辆汽车竟然逆行而来，与程浩的车发生了剧烈的碰撞！

程浩因为被撞伤昏迷了过去，当他再醒来时，发现负责送他回家的司机老徐肇事逃逸了。他踉跄地走向对面的车，看到面前年轻的女司机也已昏迷，满脸是血！

程浩将女司机带到隧道边缘的台阶上，替她简单止血，然后拨打电话求救，手机却没有信号！他清楚地意识到，如果再拖下去，女司机可能会因为流血过多休克，甚至死亡，于是他决定步行出隧道求救。

程浩拖着自己虚弱的身体，一步一步艰难地向前走，一出隧道整个人便晕了过去，再醒来时，发现他的人生倒流了！

昨夜的滨江隧道里没有任何发生车祸的记录，他似乎回到了2016年的某一天。

很快，他又遇到了经纪人邹灵，邹灵再一次包装他，让他迅速成为风靡华语圈的偶像！

他原以为这可能是上天给他的机会，让他有机会重活一次，拯救自己，拯救那个隧道里的女司机，甚至阻止那场车祸，渐渐地他也接受了这是命运的安排。

可他的身体慢慢没有了痛觉，甚至他能够感觉到身体在一点点变轻，像透明的光一般，在月色之下，他的肌肤显得如此不真实。

直到两个星期前，他遇见了一个和他长得一模一样的男人，从那一刻起，他才明白，或许他并没有回到过去！事情远没有他想得这么简单！

……

仅仅在这眨眼的一瞬间，程浩脑中已经思绪万千，反应过来后，他迅速一脚踩死刹车，但越野车依然因为惯性朝着面包车撞了上去！

“砰！”

程浩的身体“咚”的一声撞到了方向盘上，额头狠狠地撞上了什么东西。程浩拧眉摸了摸被撞的地方，痛觉丧失这种情况虽然有一段时间了，但今天好像对痛觉的感知度……更低了！

面包车里，老吴也始料不及，正举着相机兴致勃勃地抓拍，结果两辆车就撞上了。虽然撞得不是很厉害，但是因为急刹车，他的身体依然因为惯性冲了出去，脸整个贴在挡风玻璃上。场面顿时有些滑稽，看到此番情形的林小小忍俊不禁。

“吴老师，您没事吧？”

老吴确实疼得龇牙咧嘴，在一旁倒吸凉气。

“哎，我的相机呢！”

看着他火急火燎到处翻找相机的样子，林小小悬着的心顿时放下来了。

“看来是没事了！”

老吴揉了揉脸，觉得嘴巴都撞歪了，将在座椅下方找到的相机递给林小小，催促道：“你快下去，拍他……”

听到这句话的林小小不禁倒吸两口凉气，这个时候还想着拍摄！果然“吴扒皮”

这称号不是白来的。不过她脸上的表情渐渐凝固，因为她突然意识到对面的程浩也被撞了！

“老大！”

林小小飞速下了面包车，哪里还顾得上老吴后面说了什么，她的心早飞到程浩车里去了，不断祈祷着她家老大可千万不要有事，否则她就是拿一百条自己的命也赔不起。

林小小紧张又忐忑地敲响了程浩的车窗：“老大老大……”话刚出口，突然意识到自己这样的称呼或许有些冒犯，随即调整了语气，轻咳了一声，“程浩先生，您有没有受伤？需要帮忙吗？”

4. 协助偶像脱离狗仔包围圈

老吴见林小小跑到程浩车门边了，也顺势下了车，悄悄溜到树林边找了一个好角度准备抓拍。

刚摆好姿势，只见程浩打开车门晃晃悠悠走了下来，他薄唇紧抿着，深棕色的眼眸中满是愤怒，面色森冷地盯着面前不知天高地厚的女人。

程浩扫过林小小胸口挂着的工作牌，“承天传媒”四个字越发刺眼，这也让他更加笃定这就是一个女狗仔，而且她竟然为了娱乐八卦新闻做出这么危险的行为！怒火瞬间攀上了他俊美的脸。

“为了新闻，不要命了是不是？”

“我，我……”林小小百口莫辩。

“你还这么年轻，难道就这么想死吗！不知道生命的宝贵吗！”

“我……我很抱歉，程浩先生，真的对不起……”

看着老大一副吼着自己，几乎要崩溃的样子，林小小此时既委屈又紧张，一时间竟语无伦次，只能一个劲儿地弯腰点头道歉。

“太棒了，就是这个角度，对对……”树林子里蹲伏已久的老吴碎碎念着，早已抱着相机“咔嚓咔嚓”拍个不停。

“就是这个姿势，林小小多鞠几个躬，这才算有点用嘛，真没白栽培你！”

一向谦虚礼貌的程浩这次竟然发这么大的火，这照片太有价值了。“当红明星为摆脱狗仔一路飙车，被逮到后向女记者发飙！”明天的头条非它莫属。

此刻老吴内心反而有了一股难以掩饰的兴奋，趁着劲儿又连续“咔嚓”拍了好几张。而这边，林小小一直小鸡啄米般地不停地点头认错，程浩顿时也觉得万般无奈。看这姑娘这样诚恳道歉的样子，想必也知道她自己错了，他若再训斥下去，就显得不近人情了。

程浩有些不耐烦，一只手叉着髋，正欲叫停林小小机械式的鞠躬道歉，却发现对面车道上有其他的娱记车开过来了。

“程浩在这里！”有人探出车窗大声喊。

程浩眉头一皱，对这一大群狗仔真的没爱啊。要是他今天被围堵在这里，那他的各种新闻会占据整个月的娱乐版块头条。一想到到时候邹灵会怎样唠叨他，他就头皮发麻。

刚要打开车门逃之夭夭，程浩却突然一阵眩晕，虽然赶紧扶住车门，但是还是踉跄了一下，却刚好扑在了还在念叨着“对不起”的林小小身上。

就她了！程浩一把将愣在那里的林小小抓了过来。

“开车，将我送到安全的地方，我就原谅你！”

“啊？”

等到林小小反应过来时，整个人已经被程浩塞进驾驶座，他还给她系好了安全带。

如果说几个小时前等待见偶像的心情是怀里只是揣了几只小兔子，那么现在就是成群结队的兔子你追我赶般地从她的心脏上踏过。

——老大他就坐在副驾座上，和我不过咫尺的距离！

“想什么呢？快开车！”程浩的一声呵斥打断了她短暂的晃神。

透过后视镜看到一大群蜂拥而至，手握长枪短炮的娱记追来，林小小也意识到了事情的严重性。

再不走他们可能就被包围了！她是坚决不会让她家老大遭遇如此局面的，老大此时的人身安全、名誉安全，乃至于私生活安全，都由她这枚真爱粉来守护！

林小小想着，小拳头咯吱响了起来。她放下手刹，一阵老司机般熟练的操作，转动方向盘，绕开面包车，紧接着一脚踩下油门，扬长而去。

“喂喂，林小小你给我回来！”

树林子里的老吴大喊着，从树林子里追出来跳上公路，眼睁睁看着那辆车绝尘而去。

他顿时傻了眼。这都是什么状况？难道林小小还真的听进去了他之前说的气话，专职追星去了？

越野车越走越远，将一众围堵过来的狗仔再次抛在了一边，众人发出了失落的叹息声，不由得感叹今天又是竹篮打水一场空。

林小小看着后视镜，发现竟然没有一辆娱记车跟上来，心里顿时升起了胜利的小红旗，扬扬得意。

她突然觉得自己也不是那么没用嘛，今天居然帮上了程浩的忙，让他成功脱离了狗仔包围圈，一股自豪感油然而生！

身为程浩粉丝团认证的一枚亲妈真爱粉，林小小一向以维护程浩光明磊落之形象为己任，除论坛之有关老大黑粉言论为职责。在网络上，她只能小透明般地默默用言语支持着程浩，但是从今天起，她终于能在现实生活中为自己的偶像添一把助力了！

小红旗越飘越鲜艳，小心脏越跳越有活力。

程浩见甩掉了狗仔队，脸上的神情也终于放松了些，不过更让他吃惊的是面前这个女人的车技，简直行云流水、出神入化，刚刚那种情况，即使是正常情况下的他也可能做不到她那么流畅，他不禁对她刮目相看。

虽然老大脸上依然像冰山被横切了一个面，冷冰冰的，毫无笑容，可只要他眉头微微舒展，林小小就觉得很开心了！

上车后，她一直密切注意着程浩的脸色，他额头上的撞伤自然很早就发现了，只是他的脸色一直很臭，虽然很心疼，但是她也憋着没敢问，这会儿似乎机会来了。

“老大……哦不，尊敬的程浩先生，您的额头撞伤了，真的没事儿吗？要不我先送你去医院，毕竟伤口需要处理一下……”

“你觉得我现在这样去医院合适吗？万一又被记者围个水泄不通呢？”

程浩此时的眩晕感还没有完全退去，有些疲惫地靠在座椅上，说话似乎也有气无力。

“程浩先生你说去哪里？”林小小虽然很关心老大的伤势，但是老大的吩咐对她而言就是圣旨。

“去恒基大厦吧！”

“恒基大厦……”林小小嗫嚅着，脑子像马达一样疯狂地旋转。恒基大厦是老大经纪公司的所在地，也是这个城市的CBD地标，她自然是知道的，可他们现在……

啪嗒一声，像马达突然断了电，林某人的路痴症似乎又犯了。虽然她努力望着窗外街道两旁的建筑，但依旧无法辨认目前所在的位置。她偷偷瞥了一眼正在闭目养神的程浩，犹豫着是否要开口询问，程浩似乎感应到一般，依旧闭目，语气淡淡地道：“这个世界有个东西叫作车载导航。”

“哦哦哦！”林小小激动得小鸡啄米般点头，将车停在路边，信誓旦旦地保证：“老大你放一百个心休息吧，到了我叫你，不论是上刀山还是下火海，我都一定会把你送到目的地的。”

获得点悟的林小小心花怒放，当然并不是因为获得了找路方式，而是她家老大竟然发现了她是个路痴，不但没指责她，还“温柔”地提示她使用导航，一时间老大英明神武的形象在她的心中更加光辉。

林小小小心翼翼地在中控板上点开导航，输入地址，将耳机插入。她可不想导航的声音打扰老大休憩。

有了导航，林小小就不再担心什么了，这下子她还可以分出心来欣赏她家老大的盛世美颜。

如此近距离地看她家老大，这机会错过可能要等一生！虽然多看两眼她就会心跳如雷，但依然忍不住。

程浩仅仅是安静地闭目，那画面也如此静谧美好，林小小心中不由得一阵激动，感叹世上怎么会有她家老大这么好看的人呢！

老大的睫毛好长好浓密，天然的哎，好想用手指摸一下……

哇，这会儿看他的皮肤，真的是好得不能再好了啊，紧致细腻，光滑得好像珍珠啊……

哦！再看那笔挺如刀削的鼻梁，这样的鼻子可是整容都整不出来的！

星星眼的视线又慢慢地下移。

薄薄的嘴唇轻抿，橘色微润，一直盯着看的林小小不禁咽了一口口水，天哪，真的是太性感了，难怪老大代言的唇膏都在网上卖断了货啊！

5. 给偶像人工呼吸

午后的阳光散发着慵懒的气息。

此时，程浩蓦然睁开了一双星眸，对上了面前这个女人暧昧的视线，顿时浑身的鸡皮疙瘩都不禁抖三抖，眉毛瞬间皱了起来，俊脸上写满了愤怒。

“你在发什么愣？”

林小小迅速回神扶好方向盘，摆出 OK 的手势，示意一切尽在掌握中，自信地说道：“老大不用担心，应该快……到……了……”

话还没说完，映入眼帘的却是一片青翠树林。

“这，这是什么地方啊？”

她明明跟着导航走的，可是怎么又蹿进了一个鸟不拉屎的林间小道？

林小小的眼神里满是慌张。

“你问我？”看着偏僻幽静的四周，程浩脸上的表情逐渐凝固。很早之前他有听说过某些狂热的粉丝贪图偶像美色，绑架偶像什么的，顿时心生警惕。

“你到底想干吗？”程浩下意识地拉了拉有些凌乱、露出锁骨的衣领。

啪！

啪啪！

啪啪啪！

林小小疯狂拍着驾驶台上已经失灵显示错误的导航显示仪，内心仿佛有一群羊驼奔腾而过！

“这，这玩意儿还能指错路的，我明明是按照它指示的路线走的啊，可是，这里究竟是什么地方啊？”

看着面前语无伦次再加上无能属性的女人，他这才明白她并不是想要打劫自己的美色，松开了揪紧自己衣领的手。之所以发生了这么多事，只是因为一个字——蠢！

内心都还没来得及吐槽完，突然一个天旋地转，车身也跟着晃了晃，只听得咔嚓一声，车子竟然缓缓地滑了出去。

“啊——”林小小也被突如其来的情况吓到了，尖叫了一声。

“鬼叫什么！你还能再蠢一点吗！刹车是摆设啊！”

听到程浩的吼声，林小小一激灵，但还是下意识地一脚踩死了刹车。

车子终于停止了滑动，四目相对，气氛顿时变得尴尬了起来，抬起头就看到好看的眉头皱成一团的程浩，林小小也意识到自己似乎又闯了一个大祸。

本来今天抱着虔诚的态度观摩偶像来的，可谁曾想到这是今天第二次在偶像本人面前丢脸了，惊喜变成了惊吓，一时间林小小的心里五味杂陈。

半天无话，因为怕程浩发火，理亏的林小小拉起手刹，然后跳下车查看车子的情况。

很显然，车子陷入一个湿滑的泥坑，也就是说，她就算不踩刹车，车子也不会再滑出去，当然，相对应地，就算她铆足了劲儿踩油门，车子一时半会儿也不太可能从泥坑里出来。

看到此番情景的程浩更是一脸黑线，抬起头又看到林小小人畜无害的小脸上一脸茫然的表情，额头上被厚重粉底掩饰的抬头纹都被气了出来。

这个世界上怎么可能有这么笨的女人！这么多年家里是给她烧了多少高香！真亏得她能长这么大！再跟她待下去，感觉自己的祖坟都能给她掘了……

还从来没有一个人能让他气到这种地步，他刚想开口训斥一句，却不料眼前一黑，似乎那种感觉又来了。他努力甩了甩头，这阵眩晕感却越来越严重。令他没有注意的是，他的身体此刻也呈粒子状态般，在阳光的照射下显得光怪陆离，似乎随时都有灰飞烟灭的危险！

咚咚！咚咚！

心跳声越来越重，每一下都像鼓点重重敲击在心脏上。

时间似乎放慢了脚步，空气沉闷得似乎只能听到自己粗重的呼吸声，眼前的景象越来越模糊，身子也渐渐失去了挣扎的力气……

此时，一旁的林小小扯了一根狗尾巴草正郁闷着，还不忘倔强地说：“要怪都怪那破导航，指不定不用导航早就把老大送到地儿了！都怪它在误导我！”

还没嘀咕完，林小小就意识到另一个很重要的问题："老大怎么会开一辆导航都失灵的破车啊？以后他要是迷路了怎么办？不行，作为老大的亲妈真爱粉，我不能让这样的事情发生！"

不过她要怎么做呢？

一时间林小小的大脑又疯狂转了起来，随即又因为内存严重不足而宕机。林小小打算问问程浩的意见，谁知刚转过头，就看到程浩直直地往地上栽倒下去。

"老大当心！"

说时迟，那时快，林小小大概这辈子都没有此时的速度和爆发力，三步并作两步冲了过去，用自己的身体接住了程浩。

哪怕自己被砸死，也绝对不能让老大伤着分毫！这是林小小的法则。

可是谁能告诉她，看上去文文弱弱的老大竟然这么重啊！

所以她惊恐地发现自己根本拉不住他，索性整个人当作肉垫，直接躺倒在程浩即将倒下去的地上。

"啊——呃——"

程浩如期砸到了林小小的身体上，林小小顿时被压得呼叫都无力，白眼直翻。

"喀喀……"林小小一阵急咳。

即便身上传来剧痛她也顾不得自己，她赶紧摇晃身上的程浩："喂喂喂，老大，你有没有事啊？你到底怎么了啊？你别吓我啊，你快醒醒！"

晃动了几下他的身子，却发现他没有丝毫动静，林小小急得都快哭了。

"救命啊！"

"快来人啊！"

"人命关天啊！"

林小小几乎嗓子都喊哑了，但是她根本动弹不得，因为程浩完完整整地压在她身上，现在她连呼吸都很困难，以至于她的呼喊声越来越弱，喊出来的声音比蚊子叫声大不了多少。

"老大该不会……"林小小内心深处的恐惧不断攀升，手指哆嗦着探到他的鼻端。

还好，他还有气，看来只是晕了。可再这样昏死下去，人依旧会面临生命危险。

"对，急救！"

林小小努力了半天，终于推开了身上昏死过去的程浩，然后慌忙从车里拿出手机，想打急救电话，但发现这里根本没信号！

突然，她想起了之前在社区做志愿者的时候准备的一些急救知识资料，果然在手机文库中找到了一篇《人工呼吸心肺复苏急救法》。

林小小大喜过望，老大有救了。

可是等她看完这篇资料后，她又犯难了。

她必须对老大进行胸部按压，然后嘴对嘴吹气！

衡量着是老大的清白重要还是性命重要，林小小内心好一阵天人交战，最后才选择了性命。

毕竟性命都没了，什么都没了！

“实在是很抱歉了老大，我知道你的身体神圣不可亵渎，可是为了救你的命啊，请你勿怪啊！我，我对不住了！”

6. 老大，我真的不是私生饭

林小小双手合十，跪坐在程浩身旁，一脸虔诚。

“我发誓，我真的，真的不是想要占您的便宜！”

还没说完，眼角的余光就瞥见程浩那薄薄的唇，性感而诱惑，林小小再次咽了咽口水，内心隐隐有一个声音在不停地跟她说“亲上去，亲上去”，浑身的细胞仿佛都开始燥热，似乎在激烈地鼓动她贴上去。

燥热的视线上移，程浩绝美的脸再次如同烙印一样出现在林小小的脑海里，顿时她只觉得一道晴空霹雳从十万米的高空俯冲而下，径直劈向了自己，一时间无法动弹。

她从来没发现要保护自家老大原来是一项这么艰巨的任务。

“老大的身体不可亵渎。”

这一条粉丝法则如同天条一般牢牢刻在她的小脑袋里，一想到这些瞬间羞耻感爆棚，心中顿时蹦出鼻涕横飞的一句话。

臣妾做不到啊！

内心如同哪吒闹海般翻江倒海挣扎了半天，但看着程浩绝美的脸越发惨白，毫无生机，林小小突然无比恐慌。她只能咬牙认命，小心翼翼地翻过程浩的身体，按照资料上的图示和解说，给程浩做按压心肺复苏。

就在那致命的接触到来之前，程浩仿佛感应一般，噌地一下睁开了眼，视线里突然出现了一张大脸，嘟起嘴巴似乎还要亲过来的样子，下意识地一巴掌呼了过去。

“鬼啊！”

“嘶……”林小小跌坐在地上，抬手揉着被程浩拍了一巴掌的脸，虽然疼但是没敢出声。她知道自己肯定被误会是女流氓了。

“你在干什么！”程浩冷冷地喝问，迅速爬起身来检查自己。

“老大……啊不，程浩先生，我真不是有意冒犯你的。刚才你晕过去了，我怕你有事，就想给你做人工呼吸心肺复苏来着。嘿嘿，不过你没事了就好！”

林小小揉着还疼的脸，从地上爬起来，看着活蹦乱跳的程浩傻笑。

程浩转头盯着林小小，觉得自从遇到她，这半年的霉运都凑到一块了！这个女人怕不是个扫把星吧！并且，这个行为不正常的女人也总是称呼他为老大。他知道，喊他老大的可都是他的粉丝，当然也包含了一类举动疯狂、毫无理智的私生饭。他不由得挪动脚步，离林小小远一些，他的脑袋还是有些昏沉。

无痛症，猝睡症，这两个症状自从车祸那天从滨江隧道出来之后，就开始困扰着他，到现在已经越来越严重了。

眉头深深拧着，程浩努力迈开步伐朝一个方向走去。他晕倒之前观察过了，这树林子并不深，从这儿穿过去，那边好像就有一条大路。有了信号，就可以叫拖车支援了。

林小小努力地保持着她自认为非常友好亲切的笑容，可是每次她想要离程浩近一点，程浩就加快步伐，刻意保持着距离。

老大一定误会了，误会她是个私生饭，才会这么忌讳她。

林小小心里一阵失落，脸上的笑容也渐渐消失不见，小心翼翼地跟在程浩身后解释：

“老大，你要相信我，我真的不是私生饭，我是您的真爱粉，日月可鉴，天地良心，我要说谎，天打五雷轰，我从来没有想要伤害你……”

“我是很想把你送去恒基大厦的，可是真的不知道为什么那个导航会失灵……”

“从一年前你刚出道的时候起我就一直关注着你，你的每一张专辑我都有买的。”

“你的每一部电影我都会买正票支持，打折的我都不要，都是全票观看。”

“是吗？”程浩的音调提高了三度，充满了质疑，“那刚刚发生的事你怎么解释？”

“今天追你车，那只是我的工作……”林小小也意识到自己的行为是有点不正常，瞬间低下了头，声音越来越小，“我也不想那样做的。”

“所以你做狗仔这件事还得赖我了？不让你拍，还非要做飞车党追着拍？拍一次不行，不仅抄小路拦截我，还逆行撞了我的车，故意给我制造新闻是不是？真爱粉，我可一点没看出来！”

程浩气得胸口剧烈起伏，他一向不是多话的人，但是面前这个女人让他实在是不吐不快。

“老大，不……不是的！”林小小慌忙摆手，“您误会我了。我承认我是做得有些过，但是我做狗仔，是想要更近一点看到你，追着你拍，是因为你从大楼出来的时候，我没来得及拍，我只顾着看你了……”

“至于抄小路那个，我确实不知道那个树林出来就是逆行道，还没来得及掉头就看到你出来了，所以就发生了后来的一系列事……”

林小小也觉得很委屈啊，她说的句句属实，没有半点假话，可是面前的程浩依旧黑着脸，一副难以置信的样子。

“呵，呵呵。”程浩被林小小的话气笑了，更是被林小小这些神逻辑弄得哭笑不得。不过他想着跟她没什么交集，以后离她远一点就是了，便懒得再跟她争辩。

终于来到大路边的程浩掏出手机拨通了路面支援电话，在给对方发了定位过去后，语气里充满了急切的心情：“嗯，我开通了VIP服务的，请问你们什么时候能到？能再快点吗？好的，十分钟！”

程浩一边说一边时刻注意着林小小的举动，似乎生怕她一个冲动又跑过来做什么奇怪的事。

林小小哭丧着脸，今天算是经历了人生最大起大落的一天，原以为第一次近距离见到了偶像，她就可以一直那么幸运、幸福了，可是谁知道种种始料未及的事故接连发生！

一时间林小小陷入深深的自责情绪，开始训斥自己：

“林小小啊林小小，你说你真的就是长了个榆木脑袋，找个路都找不到！”

“好好地要送老大去恒基大厦，你都能把车开到这么个山沟沟里来，林小小你真没救了！”

7. 全文背诵粉丝条例

“还有啊，林小小你的脑子是豆腐做的吗？连续几次让老大受伤，你这还叫要一生守护老大吗！”

“都怪自己！猪脑子！笨蛋！”

“现在好啦，让老大彻底误会啦，你就哭吧哭死你！呜呜呜……”

程浩意外地瞪大了双眼，盯着面前的女人，心想她的行为已经够奇怪的了，一个人自言自语、哭哭啼啼也算了，居然还自己打自己的脑袋！

这个私生饭该不会还有精神病吧？

一时间程浩的脑海被这一想法占据，他越想越觉得可怕，决定不能这样和私生饭较劲，得想办法迂回作战，否则今天的事，那种极端的私生饭占他便宜不成粉转黑，给他通通爆料出去，那他是极不情愿见到的！

踌躇了一下，程浩便准备用他的“美男计”来迷惑林小小。

“你刚刚说，你是我的粉丝，何以为证？”

还在懊恼的林小小突然听到程浩主动和自己搭话，重新燃起了生的希望！她擦干眼泪，再次壮起胆子慢慢朝程浩挪过去了几步，语气带着前所未有的诚恳：“老大，我真的，真的是你的真爱粉。我在你的超话里有二十多个精华帖，还给那些新站子发了好多路透图片。”

“还有我知道老大的喜好，你最喜欢的颜色是蓝色和白色，”林小小说着，还用手指指了指程浩身上的衣服，蓝色休闲西装外套，白色衬衫和白色长裤，“被雨淋湿后心情会不好，不喜欢收粉丝送的礼物，但是粉丝写的信你都会尽力回复……”

听着林小小的话，程浩嘴角渐渐扬起一个迷人的弧度。

“看来你是真的喜欢我啊？”

林小小小鸡啄米似的赶紧点头，一瞬间又被程浩脸上突然出现的帅气迷人的微笑迷得头晕晕的了。

天哪，她的解释起作用了，老大应该是相信她了吧？一定相信了，老大那么温柔善良，一定也感受到她的真诚了！

而且老大笑了，并且是对着她笑了！那个一向被所有人分享的绝美圣洁的笑容现在是属于她的了！一时间林小小只觉肾上腺激素飙升，心脏狂乱跳动，似乎再过几秒钟就会原地去世了。

刚才还沉浸在难过中的林小小，一瞬间就从地狱飞升天堂一般，甜蜜幸福到爆！

“天地可鉴！”林小小立即狗腿子般地表忠心，乘胜追击，“老大，我真的是您的亲妈……真爱粉，所以，我是绝对不会做对你不好的任何事的！”

听到这里，程浩顿了一下，但是随即眉头一挑，声音拉长，脸上的笑容越发妖娆，一步一步逼近林小小。在林小小有些胆怯的眼神中，程浩终于将林小小逼至车门，她退无可退，这才发觉似乎有点危险。

“你——”

突然，程浩抬手伸向林小小。

“啊——”林小小下意识地抬手抱住头，以为程浩还没原谅她，想要打她，害怕地闭上了眼睛。

程浩邪魅勾唇一笑，纤长的手指却落在了林小小的发顶，轻轻为她捻掉一根草屑，语气轻佻：“你看你真是不小心，一定是刚才想要救我的时候不小心沾上的。你呀，再怎么样也要爱护自己，这才是最重要的哦。”

林小小听见程浩的声音，眼睛微微睁开一条缝儿，却正瞧见程浩邪魅的笑容。

原来老大不是要打她，而是为她捻掉草屑，真正的体贴粉丝啊，简直爱死老大了！

眼看着冒着星星眼的林小小再一次眩晕在自己的迷人微笑中，程浩就知道自己美男计已经奏效了，便想着更进一步，紧接着用手指轻轻扫掉她肩头沾的草屑，而后手掌顺势撑在车上，将她圈在了他身前狭小的范围内，微微侧脸欺近她耳畔。

林小小的心都快跳出嗓子眼了，整个人紧贴着车门，呆若木鸡，脑子几乎已经停止运转了。

她心中狂喜，这真的是她人生中最最最跌宕起伏，又让她脸红心跳的一天了！

幸福是什么？是猫吃鱼、狗吃肉，还是奥特曼打小怪兽？

NO！NO！NO！

对她林小小来说，最大的幸福莫过于此时被她家老大壁咚在车门上！

“既然是我的真爱粉，那就不要把今天的事说出去，知道吗？”程浩带着压迫性的低沉嗓音，在林小小耳畔响起。

如此近的距离，老大温热的鼻息撩拨着她的发丝和肌肤，在这一瞬间，周围的空气似乎都升温了，她只觉双颊滚烫，已然幸福到不能呼吸。

“不会不会，绝对不会说出去。”林小小捏紧小拳头，像在赌咒发誓一般。

“嗯，很好。”

程浩看着她双颊通红的模样，不知怎的，有那么一瞬间竟然觉得这个女孩挺可爱的。不过下一刻，他又强行扭回了自己的想法，还是有点不放心，以防万一，他得再确认一下。

他又问道：“记得粉丝条例吗？”

林小小点头如捣蒜，她可一个字一个字背得清清楚楚。

“报告老大，离老大的舞台近一点，离老大的生活远一点。”

“嗯，不错。”程浩挺满意她的配合和回答，在起身放开她的时候，顺手从她胸前拿走了她夹在衣服上的工作牌。

他看了看上面的名字，以及那张笑得傻乎乎的一寸照，扬了扬手中的工作牌，道：“林小小，我记住你了，但你也记住你答应我的话，否则，别怪我把你挂上墙！”

“嗯嗯嗯……”林小小此时恨不得拿出自己的真心给老大看，一个劲儿傻乎乎地点头答应。

程浩将工作牌装进自己的上衣口袋，终于放开了林小小。远处传来了汽车鸣笛声，是拖车来了，真的来得很是时候。

程浩转身进了专车，林小小双手捂住胸口，满脸洋溢着幸福的微笑，目送着程浩离开，只觉得程浩的身上布满金光，而她自己也陷入这道金光无法自拔。

8. 偶像的失痛症

林小小忍不住打了一个喷嚏，这才让她从刚刚的幸福眩晕感中回过神来，看着自己还在这个四周荒无人烟的破地方，心里恐惧感骤升，惨叫了一声。

“嗷——”

还好现在这个位置已经有信号了，她赶紧联系好闺密周甜甜。

彩铃响了几秒之后，一个甜甜的声音响起，正如周甜甜的名字一般，人甜，名字甜，声音也甜。

“小小什么事？”

“那个甜甜啊，我，我好像迷路了……你，能不能来接一下我呀？”林小小有些委屈地开口。

“你不是在家写小说吗，顶多是去编辑部上班，怎么会迷路？”周甜甜有些不解。

“我……甜甜你不知道我今天都经历了什么。”一回想今天近距离接触了她家老大，怀里似乎还残留了些许老大身上的余香，林小小就一阵心跳如狂。

“经历了什么？”周甜甜很好奇。

“我其实已经辞了编辑部的工作，应聘上了承天传媒的娱记，然后你知道我第一天上班是做什么吗？”

“我告诉你，我今天去拍咱们老大了！”林小小说着就激动得握紧了小拳头，差点把手机给挥出去了。

“什么？真的假的！”

“我什么时候骗过你？”

“我的天哪！”周甜甜虽然有些不敢相信，但是也不觉得林小小是在跟自己开玩笑，“快说说，咱家老大是不是真人比电视上还帅，貌比天仙！”

“嘿嘿，那可不，而且老大还很温柔、很贴心，哎呀简直太好了……”

周甜甜激动得尖叫出声，立马叫林小小待在那儿别动，马上开车去接她。这可是爆炸性新闻。

周甜甜是林小小的大学闺密，两人同龄且兴趣相投，最开始还是她带着林小小入的程浩的坑。她是程浩的第一批粉丝，没多久就因为兢兢业业和做事有担当当上了超话的主持人，如今也是程浩全国粉丝协会响当当的周会长！

周甜甜在某些方面比林小小勇敢和霸气很多，因此很多时候，周甜甜像姐姐一样关心和保护着林小小。

等到周甜甜去郊区找到林小小时，已经快天黑了。

夜幕已降，城市刚醒，霓虹灯流光溢彩，通明如昼的大街上，车流如织。

两个话题投机的小女孩一路在车上叽叽喳喳说个不停，像两只快乐的鸟儿一样。周甜甜比林小小还要激动兴奋，仿佛今天经历过这件事的人是她。

终于，她将林小小送到家，两人恋恋不舍地寒暄了几句后就各回各家了。

林小小今天算是累得快歇菜了，跟着老大跑了半天，又在外面等了周甜甜两个小时，最后还话痨似的讲了几遍今天她遇到老大的过程，现在她上下眼皮像涂了胶水一般，几乎是闭着眼睛掏出钥匙打开门的。

进门后，她灯也不开了，抬脚蹬掉鞋子就往她温暖舒适的大床上扑去，沾床就睡着了。

历经一天劫难的程浩回到家之后，也浑身疲累，窝在沙发上，揉了揉太阳穴，脑海里又出现了刚刚那个一会儿大喊大叫，一会儿又哭又笑的蠢女人。虽然他一开始也有些讨厌她，甚至误会她是私生饭，但她毕竟是救了他的粉丝，一时间思绪复杂。

程浩起身脱掉已经被折腾得皱巴巴的上衣和裤子，赤身走进了浴室，打开淋浴冲了个澡后，倒是轻松了点。

摸着上过药的光洁额头，程浩又回想起最近频繁发作的猝睡症。这个症状两个星期前他第一次遇到，正好是遇到"他"的那一天！

回想那天的情形，历历在目。

邹灵带他去电视台录一个有名的综艺节目，电视台外聚集了大量粉丝。他们的房车刚驶入电视台大门，粉丝就抱着花束和礼物围了上来。

隔着车窗看着那些人，那些为自己狂热甚至尖叫着呼喊自己名字的粉丝，他一时有点失神。

邹灵只好吩咐司机将车开到后门去，然而车还没启动，一张脸就贴到了车窗玻璃上，一双狭长凤目微微眯着，似乎正在车窗玻璃上照镜子，做着奇怪的表情动作。

程浩被吓了一跳，更令程浩惊讶的是，对方竟然跟他有着一样的相貌！

不对，应该说除发型、衣着、气质外，窗外那个男人和他一模一样，就像一个模子里刻出来的！

这个人是谁？

顿时，程浩两耳发出了如筝低鸣一般的嗡响！

"怎么了？"邹灵也察觉出程浩的异常，顺着他的视线看向窗户，却发现窗户外面除了聚集的粉丝，没有异样。

"停车！"程浩反应过来后，大喊一声。

"为什么？不行，这里粉丝太多了！"听得程浩的奇怪要求，邹灵有些不解。

但更让邹灵惊讶的是，程浩竟然已经起身，嗓音低沉，却莫名带着几分威慑力："开门！"

还没等邹灵反应过来，程浩已经飞速下了车。

粉丝们见程浩突然下车，自然感到意外惊喜，忙蜂拥而上，一时间场面变得喧嚣起来，粉丝们尖声喊着“浩帅浩帅”，程浩却浑然不顾，只在人群中搜寻刚才那个和他有着一模一样脸的男人。

邹灵和助理们见状，立即下车保护程浩，场面突然变得很混乱。

人群嘈杂，程浩却再没看见那个男人的身影，眼前、耳畔只有粉丝们激动的表情和热烈的尖叫声。而一阵困意突然袭来，程浩只觉得眼前发黑，再也站立不稳，倒在人群里。

嘈杂声渐渐弱了下去，不过耳旁邹灵大声喝止的声音意外清晰明显，他恍惚中看到她蛮横霸道地开始扯着人群，嘴里骂骂咧咧，和他记忆中那个温柔的邹灵判若两人。

那个邹灵看似还是曾经的邹灵，却与程浩记忆中那个温柔的邹灵一点也不像。

现在他也渐渐明白了，这其中一定有什么不一样的事情发生了。

虽然他重新被邹灵包装成为大明星，所经历的事、拍的戏、见的粉丝和以前别无二致，但过程又不同于他的记忆。

一切迹象都表明，这个世界的邹灵根本不是他记忆中的邹灵，而他也在他第一次猝睡症发作的那天见到了这个世界的自己！

所以，他推翻了他最初的定论——他并不是回到了过去，而是从他原来的时空来到了比原来时空慢两年的平行空间！

于是，这个空间里，有了两个他！

9. 寻找另一个自己

想到这里，程浩拿出了手机，在电话簿里找到助理小童的电话号码。

“小童，你帮我查一个人。两个星期前，在电视台外，有一个男人……”

“呃……浩哥，能不能再具体一点？你这样我没办法查啊……”小童摸了摸鼻子，他根本不知道程浩说的是哪一个男人。

“一个和我……长得一模一样的男人！”

电话里突然没了声音，小童很明显被程浩这句话给惊吓住了。

还没等小童回复，程浩就挂掉了电话，在沙发上伸了伸懒腰，努力让自己的脑子放空，一放松，不一会儿就睡了过去。

意识恍惚中他似乎又回到了滨江隧道。

眼前一片血红，他求救无门。

将那个被撞伤的女司机放在了路边的台阶上后，他到处找他的司机老徐，却发现根本找不到人，对方似乎凭空消失了。

程浩压抑着内心的恐惧与疑惑，拖着缓慢的步伐想要去隧道外面求助时，他却看到地上躺着的女人缓缓爬了起来，血淋淋的一张脸，突然变成了林小小的脸。

林小小笑着一步步逼近他，嘴里说着："你跑啊，看你怎么逃出我的手掌心！"

然后，满脸是血的林小小疯狂地朝他扑了过来……

"啊！"程浩瞬间被吓醒，身上已经出了一层薄汗。

真是一个可怕的梦，程浩过了良久才从惊恐中缓解过来，微微喘息了一会儿，好在精神恢复了一些，然后他在黑暗中走到了电脑旁边。

窗外，城市的上空，一片漆黑。

一轮新月在如墨汁般的夜空中，怎么也挣扎不出一片满月银华，只能透过窗户，淡淡地投射在程浩身上，勾勒出他健美的胸肌和绝美的脸庞。

桌上的节拍器"嘀嗒嘀嗒"地响着，无休无止。

程浩在电脑前坐着，脑子里反反复复地回忆滨江隧道车祸那天的情形。

闭着眼睛想了一会儿，他又坐正身子，打开了电脑，在浏览器搜索框里相继输入"平行世界""平行空间"等词条，进行搜索。

最终他找到了，确实有关于"平行空间"的理论。

"科学家认为，量子纠缠具有对称性。即两个物体放在一起待过，产生了量子纠缠，那么无论相隔多远都会产生对称性的效果。而宇宙来源于一次大爆炸，当初所有的事物是待在一起的，无论时间、空间都在一个奇点里面。因此，这意味着平行空间很有可能存在。也就是说，这世界上可能存在着另外一个你。"

那个人和他有着一模一样的脸，一模一样的外形，所以，他推测他来到了平行时空，是没错的。

程浩紧紧拧起了浓眉，感到一阵头疼。

片刻过后，他接着往下看。

"但平行时空从原时空中分离出来，跟原时空既相似又不同。很有可能平行时空比原时空的运行慢半拍，就如同一颗石子投入水中，水面会发生波纹折射，产生细微偏差。因此，两个时空中的人，有可能外在样貌、血型、指纹都相同，但因个体差异及选择不同而命运不同……有科学家称，就如同人做梦，梦见自己在不同的环境做着不同的事，那有可能就是你和另一个时空的自己产生了感应纠缠。"

程浩有些烦躁地抓了抓头，纤长的五指插入黑发中，出挑又分明，不过随即另一个问题浮现在他的脑海里。

如果这个时空本就有另外一个他，那他的到来很可能导致这个时空的他错失本该有的命运。

那么，他岂不是一个罪人？他究竟该怎么办？

正在程浩想得出神的时候，手机突然振动起来。

他捏了捏睛明穴，拿起了手机，显示屏的亮光终于映照出他几分疲惫的神色。

是小童打来的。

但是此时已经夜深了，迟疑了一下，他还是接起了电话。

“小童。”

“浩哥，找到了！”

电话那头小童所处的环境很吵，伴随着震耳欲聋的低音炮声音，依照程浩对他的了解，他应该在酒吧。

“什么找到了？”程浩微蹙眉头，一时间没反应过来，对小童的话有些茫然。

“那个和你长得一模一样的男人啊！是你叫我来查的啊！”小童扯着嗓门吼，但是他的声音几乎淹没在他那边喧闹的环境音中。

“嗯。”程浩这才想起来，心想他行动还挺迅速的，道，“说说。”

“哥，这哥们儿跟你简直就是一个模子里刻出来的啊！我长这么大，从来没见过有你们俩这么相像的，哪怕是双胞胎也还有点儿差别呢！”小童明显也非常激动。

“说重点。”

“哦哦，是这样的，你当时让我去查，我就先上网图片搜索，搜索了你的照片相似度……”

“你是不是傻！”那能搜出来其他人的照片吗？整个网上和他一样的不都是他程浩！

“哥，你还别说，我真的找到了，混在你照片的图海中，我发现了一张证件寸照，然后跟着这张寸照的来源网址找，居然还真的搜索出来了这人的个人资料，没想到他还是个网络作家……”

程浩的眉头皱得更深，却没出声，听着小童继续说。

小童微微喘了一口气之后，接着说：“十八线，他只是个十八线网络小作家，收入根本都养不活他自己那种。不过他也不是一开始就是网络作家，好像从一年多前开始，他的生活就变得有点奇怪。当然这些都是百度上面他的个人资料里写的！”

“接着说重点。”程浩渐渐心急起来。

“总之就是，这个人叫陆鸿渐，完全就是个有着一朝被星探发现出名致富的梦想，但是气质欠佳，五音不全，四肢不协调，毫无光环，只是长了一张帅脸，却缺少高级美感，还运势极差，总喜欢投机取巧，靠自己的美颜当小奶狗、小鲜肉，哄小姐姐们开心，擅长土味情话，典型及时行乐派的倒霉蛋！”

小童一口气总结出他查到的关于陆鸿渐的这些，又接着道：“哥，我先给你拍一张他的照片发过去给你看，他的个人资料你上网搜就能知道得一清二楚了。”

“嗯。”程浩声音低沉地应着，心里却有些惋惜。

挂了电话，他便收到了小童拍来的即时照片。

10. 从A到B&从2018到2016

只见照片上的男人果然与他长得一模一样，只不过照片上男人的笑容是他从来不会有的。

照片里，陆鸿渐被一群美女簇拥着，不少美女将手伸进了他的衣服，他也乘机将香软搂在怀里，背景是光怪陆离的酒吧——整个儿一副风流浪荡公子模样。程浩不禁有些嫌恶地皱眉。

但又一想，如若真的是他进入平行时空才导致陆鸿渐失去了本该属于自己的明星生活，那么他也没什么资格嫌弃陆鸿渐。

看着手机上的那张照片，程浩发了一会儿呆，然后将手机放下，打开电脑中的绘图软件。

结合着网上搜到的关于“平行时空”的理论，再加上他自己的推测，他在电脑绘图软件上画出了一幅图——

先标出四个点，再用两条实线分别水平连接两个点。

上面用实线连接的两个点，分别为A时空的2016年到2018年；下面用实线连接的两个点，分别为B时空的2016年到2018年。

B时空2016年的点，与A时空2018年的点并列对齐。

这就是程浩推测的两个平行时空的时间接通点图。

他猜测，当初他在A时空的2018年，“鸠尾”彗星被某个未知能量场影响，打开了A、B两个平行时空的传送门，从而导致他来到B时空的2016年，就像回到了A时空的过去。

但B时空并不是A时空的过去，而是A时空的映射镜面世界，是真实存在的世界，只是比A时空慢了两年。

所以在B时空的2018年，也会有一次被未知能量场影响，从而偏离原来轨道的“鸠尾”彗星？

理论上应该是这样的！

突然，他又将B时空的2018这个点标红，心中忽来一阵莫名的心慌和恐惧！

当B时空的时间经过2018这个点时，他将会怎样？

很明显他不是回到了过去，所以根本不可能去拯救和阻止那场车祸，那是已经发生的事了！

而他现在的疑问是，那一场车祸中，他放在隧道里的那个女司机呢？到底到哪里去了?

如果B时空的2018来临，他是否能回到滨江隧道?女司机是否在里面?

程浩叹息着，又一次陷入深深的沉思旋涡。

电脑因为久久没有操作而进入黑屏模式，程浩也坐在黑暗中失了神，一动不动，仿若一座永久定格的雕像。

良久后，仿佛城市也渐渐睡去了，喧闹的霓虹灯也失去了色泽。

突然，“叮咚”一声，电脑屏幕突然亮起，有新邮件进来。

程浩皱起了眉头，屏幕突然亮起的光芒刺得他眼睛微微闭合，有几分不适。不过他接下来的脸色在电脑屏幕亮光和黑暗的对比下，显得更加苍白。

他点开刚才进来的新邮件，只见上面写着一行字：这个世界不属于你，当你彻底丧失了痛觉，你将彻底消失。

顿时，程浩的精神一振，脸色似乎又白了几分。

这一句话仿佛一记重锤，狠狠地砸在程浩的心中、脑海里，久久不能平息。

程浩能笃定，说这句话的人知道自己来到平行时空和发生在自己身上的事。

他镇定下来，仔细查看这封邮件，上面没有署名落款，也追踪不到来源。

那么对方到底是什么人?为什么知道他并不属于这个B时空?

彻底丧失痛觉后将彻底消失，是不是就是指B时空的2018那一天?

一时间程浩的眼睛因为恐惧而瞪得浑圆。

夜深人静时，林小小家门口，一个与程浩长得一模一样的男人正偷偷摸摸地按着林小小家的门锁密码。

这正是刚从酒吧里寻欢作乐回来的陆鸿渐，带着浑身烟气、酒气，再次来到林小小家。

他这个月的稿费收入连房租、水电费都交不起，在拖欠了几个月房租后，最终还是被房东给无情地轰了出来。

不过好在他早就认识了林小小这个冤大头，所以早有预谋，从林小小口中套出了她家住什么地方，这才解了燃眉之急!

而林小小则因为下午追车拍照等一系列事情，自然不知道陆鸿渐已经偷偷试出了她家的密码，再加上太累，直接奔床就睡，也丝毫没意识到自己的房间里多了一些他的行李。如果依照她平常的性格，这些行李早就垃圾箱里见了。

此时，微醺的陆鸿渐不时打着嗝。

“不就是……那个浑蛋的生日吗!”男人自顾自地念着程浩的生日，在键盘上输入密码，然后自嘲般地笑着嘀咕，“我陆鸿渐和那什么程浩长得一样帅，甚至曾经我改名之前也叫程浩，要知道，那也是我的母胎名字!”

“呵呵，真是同人不同命啊，凭什么那个程浩就能做明星，靠脸吃饭，享受着所有女人的爱慕和追捧，而我陆鸿渐却连个住处都没有？”

“是的，我是一事无成，诸事不顺，连泡个妞都泡不到手，写作收入连房租、水电费都交不起，自己都养不活！”

“为什么？”

“可是为什么贼老天给了我和大明星程浩一样的容貌、身材和名字，却偏偏只选中那个程浩做你的宠儿，而将我遗弃！”

“贼老天，你给我记好了，总有一天我要让你知道，我陆鸿渐也是大明星的命，我要闪闪发光，受万人追捧，站出来打你的脸！你想丢掉我，不可能！嘿嘿嘿嘿！哎哟！”

门已经开了，他傻笑着靠在门上，没站稳，一个不注意便跌了个狗啃屎，滚进了屋。

屋里黑洞洞的，陆鸿渐也因为酒精上头，困得找不到东南西北。

他在黑暗中胡乱摸爬了一通后，最终摸到了一块像床的地方。终于躺下了，陆鸿渐舒服地长呼一口气，歪头就睡了。

11. 冒牌男神，同名不同命

清晨的阳光透过窗户纱帘，暖暖地洒在屋内地板上，给粉蓝色系的房间铺上了浅色金纱，朦胧梦幻，让人如沐美梦。

少女悠悠醒来，迷蒙地将眼睛睁开一条缝儿。

阳光贪婪地亲吻着她白皙滑嫩的肌肤，她有些不适，抬起手想要挡住刺目的阳光，却突然眼前一暗，被一个人影挡住了视线。

逆着光，朦朦胧胧中，她似乎看到了她家老大正一只手撑着脸庞，侧躺在她身旁，举着他纤长的手，替她遮挡去最后一缕刺眼的阳光。

程浩温柔地笑看着林小小，满目宠溺，就好像她是一件至宝。

他用略带磁性的嗓音轻柔地问道：“醒啦？”

一瞬间，林小小便徜徉在幸福的港湾，但她依然迷糊着，显然大脑还没完全开机。

“嗯，老大……啊不，程浩先生，你怎么会在我床上？”林小小顿时眼睛里星光直冒，小脸一瞬间飞上一团红云，煞是红润。

却见程浩并不答话，只是宠溺地对着她微笑，她心中感到一阵温暖幸福，抬手就想要抱抱她家老大。

毕竟，她也不敢抱真人，可现在是在梦里的话，抱抱可以吧？

可是手伸到一半，她突然想起程浩昨天问她的粉丝规则：离老大的舞台近一点，离老大的生活远一些。

像烫手一般，林小小瞬间收回了手，拍着小胸脯一本正经地保证："老大，你放心，我记得我答应你的，我绝不会侵犯你，更不会占你便宜，只要能静静地看着你的盛世美颜就好……"

看到她乖顺可爱的模样，程浩终于抬起手贴上她可爱的笑脸，笑容妩媚，一脸宠溺："傻瓜，你可以侵犯我，也可以占我便宜，主动一点，没关系的。"

程浩的手心微凉，贴在林小小的脸蛋上轻轻摩挲，动作温柔细腻。林小小却被凉得瑟缩了一下，顿时大脑也清醒了，猛然睁大眼睛，眼前朦胧梦幻的光景顿时清晰。

待到林小小渐渐看清眼前这个人根本不是程浩时，她立即惊得一个激灵坐起身来。

"啊——"林小小惊叫着，一把夺过被子往身上一裹，迅速与他拉开距离，靠在床角，一脸不可思议："陆鸿渐！你个浑蛋，怎么是你！"

被林小小当作程浩的陆鸿渐，在林小小惊醒的惊叫声中也坐正了身子，仗着他那张和程浩一模一样的脸，努力让他的笑容显得温暖而迷人："不是我还能是谁？难道你就不想见见我吗？"

"你怎么会在这里？不对，你怎么进来的？还有，你为什么还跑到我床上来！"林小小惊魂未定，发出灵魂三连问，怎么好好的美梦一瞬间就成了半个噩梦！

为什么是半个噩梦？自然是因为陆鸿渐那张和程浩一模一样的脸留住了一半的美梦！

除了那张脸，陆鸿渐和程浩完全是天差地别的两个人。

陆鸿渐是总会莫名其妙倒霉的超级衰神，完全没有开挂的人生，只能靠这张脸维持生计。

林小小记得，陆鸿渐说他以前也叫程浩，可是从两年前的某一天开始，他就莫名其妙不停地倒霉。

先是有一个网上的星探挖掘了他，想把他推荐给国内最大经纪公司的王牌经纪人邹灵。可惜那日他在约定好的咖啡厅外等了一天都没等到邹灵。随后，他发现一个长得跟自己一模一样的人出道了，连名字都和他一样！

无奈之下，他只好继续从事自己的老本行——写网络小说，终于花了一个月的时间在电脑上敲下了长篇小说的最后一个字，在文末打出"by 程浩"，准备点保存，可是电脑弹窗中突然出现了程浩的新闻，顿时他的电脑就黑屏，文稿全没了！

绝望的他只能重新写一次，这回他边写边保存，却遇到家里断网停电，他抱着笔记本电脑去咖啡厅点了一杯咖啡蹭网。在稿子即将写完时，突然几个兴高采烈地谈论着程浩演唱会的小女生路过陆鸿渐身旁，陆鸿渐手中的咖啡杯把手居然断了，半杯咖啡洒在了键盘上，电脑闪了几下火花，顿时冒出一股黑烟！

然后就又没然后了！

不信邪的陆鸿渐这次用手稿写小说！好不容易写完稿子找到了出版社，他拿着用牛皮纸包好的书稿去寄快递，却被人当成现金抢劫了！

陆鸿渐终于忍无可忍，将他自己的生辰八字拿给算命大师看，大师盯着陆鸿渐印堂发黑的额头，暗暗地摇头。

“你的气数跟你的面相、名字、生辰八字处处犯冲，能避开的就避开吧！”

大师大笔一挥，将“程浩”两字画去，龙飞凤舞地给了他一个新名字——陆鸿渐。

这就是关于陆鸿渐的传奇经历，但林小小对此一直存疑，毕竟陆鸿渐是个编小说的，更何况本人说谎话那是信手拈来，从不脸红害臊。

就在林小小还在发呆时，陆鸿渐突然抬手在林小小脑袋上轻轻敲了一下。他满脸宠溺：“傻瓜，出现在我女朋友家，是多自然的事，有什么好疑惑的？更何况……我想你了！”

他的嗓音带着天然的低哑磁性，和程浩的声音一样，只是他们说话的方式和语气完全不同。陆鸿渐明显是一副轻浮浪荡子的口气。

“什，什么女朋友？我什么时候答应你了？你少胡说！”

她将身边的一个抱枕扔了过去，只觉得陆鸿渐脸皮真不是一般的厚，突然出现在自己的床上不说，还净说些莫名其妙的话。

陆鸿渐及时躲开：“我可没胡说，我昨晚跟你表白，你已经同意了！”

林小小生无可恋，从床头将手机拿过来，翻出短信给陆鸿渐展示：“你一个月跟我表白了五次，每次发信息还发同样的内容，你自己看！”

陆鸿渐凑过去一看，果然是五条一模一样的信息：你的美丽让我倾倒，你的性感让我沉醉，我用整颗心期待着，做我女朋友好吗？

没错，如此优雅而浪漫的文风出自陆大师的笔下。

林小小没好气道：“美丽？性感？你确定你这写的是我吗？你显然是群发的消息！”

当时，林小小认真地回了他的第一条短信：对不起，现在我还没有喜欢上你。

其他的就是每隔几天发来的，林小小分别回复了“？”“黑人脸 .jpg”。

之后，她就再也没搭理陆鸿渐。

12. 凭脸借的钱，没说啥时候还

陆鸿渐挠了挠头，也笑得有些尴尬，却依然“深情款款”地望着林小小：“Honey，不要在乎那些细节嘛……就算你现在不喜欢我也没关系的，我会尽快变成让你觉得可以依靠的男人！”

林小小翻着白眼懒得搭理他，这人显然是自恋病又犯了。

“不过……小小，你愿意成为我的后盾，灌溉我，滋润我，让我这棵小苗成为大树吗？”陆鸿渐双手捧脸，托着俊俏的下巴，凑近林小小，眨巴着无辜的大眼，好似他真的是那一朵娇嫩的花朵儿！

听到这番话，林小小莫名后背一麻，顿时一脸黑线，不知道这又是搞哪出。

“你，你有话好好说，别动不动就卖萌，我，我受不起……”

看着陆鸿渐装作可怜兮兮的样子，林小小就一阵恶寒，尤其是他还长着跟程浩一模一样的脸，老大那在她心中一世圣明的形象都快被他毁完了，简直是暴殄天物！

陆鸿渐等的就是林小小问他，立即贴上去，一脸讨好地解释：“小小，你知道的呀，我一直有一个作家梦，但空有一身才华而毫无用武之地，写了那么多网文，只有你一个人愿意给我打赏。是你给我信心，给我力量，给我坚强，让我就算跌倒在泥泞中，也要在泥泞中继续匍匐前进……我的成长道路如此坎坷……小小，偌大的世界，却只有你懂我……”

陆鸿渐像触动了他最伤心的柔软处，越说越动情，越说越难过，最后竟然趴在林小小腿上哭了起来。

一个大男人哭得眼泪鼻涕横流，怎么说都太不像话了，但林小小确实知道陆鸿渐过得并不如意，一时间按压不住心中的母性光辉，轻轻拍着他的肩膀安慰他：“喀喀，那个陆鸿渐啊，你也别那么想，不是有一句俗语吗，只要努力，是金子迟早会发光的……你要相信自己才行。”

发现林小小开始心软，陆鸿渐顿时来了精神，撑起身子，一把握住林小小的手，跪坐在她面前，吓了她一跳。

“是的，小小你说的对！你也知道我一直都很努力，只是缺少机会。所以这次机会来了，J.K.罗琳在国外办了写作培训班，只要我能去上课，我觉得我应该会成功的！不对，应该是一定会成功的！”陆鸿渐说着，脸上的笑容越发张扬，“你说对不对？”

林小小应和着点点头，尽管没明白陆鸿渐要表达什么。虽然她隐隐觉得陆鸿渐又在耍什么鬼把戏，不过她此时也只想让陆鸿渐快点走，别来烦她。

“你要去就去啊，我肯定支持你的！”

“好好好，有你的支持我就放心了。是这样的，那个报名马上结束了，你如果有闲钱的话，借我一点就好，我很快就能还给你。”陆鸿渐顿时语速飞快，将他的最终的目说出来。

看着一脸期待的陆鸿渐，林小小鸡皮疙瘩快掉了一地。合着绕了半天，演了这么多的苦情戏，果然是又要借钱！

“你别看着我，我也没钱啊……再说为什么要我支援你？”

陆鸿渐一见林小小出戏了，顿时戏精继续上身，撇着嘴摆出一副欲哭又强忍的模样，还对林小小殷勤地又是捶腿又是捏肩：“小小，可还记得那一次，我帮你抢救的相机……你说好要报答人家的……”

陆鸿渐一边搞起了回忆杀，一边偷瞄林小小的神情。

林小小果然记起了，一阵语塞：“我……”

话说她第一次和陆鸿渐认识，也是他好心救下了她差点落水的相机。她回眸看到他时，一度误会是她的爱豆降临人间。但随后她就发现，他是个彻头彻尾的假冒伪劣产品。但毕竟他对她来说是半个恩人，一来二去他们便成了虽然认识但称不上熟的“朋友”。

当然，林小小并不知道此时在陆鸿渐眼里，他愿意维护这段关系，是因为她是他为数不多的女生朋友中，打一下感情牌就能援助自己的“长期饭票”！

陆鸿渐继续加料：“唉，本来我也不想麻烦你，可怜我从小父母双亡，唯一的梦想就是写小说，结果莫名其妙处处碰壁……”

“那次，我的电脑也烧了，丢了稿子……”

“后来，我的书稿被人当钱抢了……”

“还有……我的名字也是改了的……”

“呜呜呜……”

陆鸿渐说得悲情，更是努力挤出了几滴眼泪。

林小小看着陆鸿渐那张与程浩一模一样的脸，内心像风暴里摇摆的小船一样，最后终于动了恻隐之心：“你别哭了，我知道你很倒霉……”

陆鸿渐抓住机会，顿时还竖起三根手指信誓旦旦道：“小小，我答应你，等将来我学成归来，我就给你写一部以程浩为原型的小说，将来卖了版权，让程浩来演，好不好？善良可爱的小小……”

“唉……”林小小无奈地叹息一声，遇到陆鸿渐也真是一种冤孽吧，她从包里掏出一张信用卡，小心翼翼地拿着，道，“你知道的，我现在也没有多余的钱，只有这一张信用卡，要不……你先拿去用？”

陆鸿渐喜出望外，一把抓住林小小的信用卡，可是林小小还紧咬着唇，有些舍不得地捏着信用卡的一端不愿放手，陆鸿渐最终用力一拉，将信用卡从林小小指间抽了出来，信用卡到了他手中，他举着信用卡亲了一口，又举起林小小的手背亲一口，然后高兴得一把将林小小抱住。

“小小，我就知道你最好了，简直爱死你了！谢谢你小小！”

“记得……”林小小被他勒得脸都红了，艰难地挣开他，“记得要还啊……”

陆鸿渐满口答应着：“知道的知道的。那我去收拾东西了，尽快去报名！”

林小小翻了个白眼，看着手忙脚乱收拾东西的陆鸿渐，一时间脑袋里又冒出一个大问号，既然他都能进来，那万一再进来什么坏人，岂不是……

“你还没告诉我你到底是怎么进来的。要是门坏了，我还得去找人修……”林小小语气里充满了急切。

“安啦安啦，你放心吧，你家门好着呢，我不过就是试了几串数字，就试出你家门的密码了呀，不过真要多谢程浩啊！”陆鸿渐提着他的行李箱，打开门，潇洒地对着林小小挥挥手，“小小再见！”

她反应过来时，陆鸿渐已经收拾好一溜烟不见了，回想起陆鸿渐那贱兮兮的笑容，她总觉得没好事，可又想不到会发生什么事。

好在终于甩开了这块牛皮糖，林小小的心情稍微好些了。

不过下一秒，林小小的心脏又揪了起来，她回想起昨天自己跟程浩私自逃跑，把老吴丢在一边的事。

这才上班不久就放老吴鸽子，天知道老吴会怎么处置她啊！

她只能祈祷老吴千万不要开除她，哪怕是臭骂她一顿她也绝不还口，只要别开除她就行！

林小小迅速收拾了自己，吃过早饭，一路胆战心惊地朝公司赶去。

13. 临时修改拍摄行程

陆鸿渐成功从林小小手中骗到这张信用卡，美滋滋地离开了林小小家，用最快的速度买了一张去普吉岛的机票，然后登上飞机。

他刚刚还一脸虔诚，信誓旦旦，态度十分认真的样子，说自己是去学习，其实是拿着林小小的信用卡……玩去了。

当然，他并不知道，此时他的身后有一双眼睛正默默地盯着他。

清晨，恒基大厦经纪公司的办公区里，员工们正在井然有序地忙碌着，程浩带着助理走了进来，像鞭炮突然放进了鱼塘，顿时引发一阵沸腾，女生们都难以压抑住内心的狂喜，纷纷交头接耳，甚至有几个小女生小声喊着“浩帅浩帅”。

她们挤破脑袋也要应聘来这里上班，为的就是能偶尔看到程浩，就算只能这样远远地看一眼，也心满意足了！

今天程浩穿着高定套装，合体的剪裁和设计将他高挑颀长的身材恰到好处地彰显出来。

小女生们交头接耳，小声议论她们的偶像：

“我未来老公也要有程浩这样的好身材我才嫁！”

“你想多了吧，浩帅这一副衣架子身材，你不得找个名模才行？”

“好吧……那我要求低一点，可至少得有程浩这身高吧！”

“要我说啊，我未来老公得像程浩那样冷酷……”

“不不不，我的老公只有程浩！！”

……

程浩根本没听到这些不小的讨论声，他的注意力全被手机上陆鸿渐的资料吸引了去。

小童小声在他身侧报告着关于陆鸿渐的补充资料：“陆鸿渐只是一个十八线网文作家，入行网文也有一年多了，却始终收入低微，他又没有其他工作收入，光靠这个网文收入，几乎挣不到钱，平时好像主要是靠……”说着小童轻咳了一声，“一些女性朋友的帮助维持生活。”

听到这里，程浩的脚步也跟着停顿了一下，这话他知道，但是他现在关心的并不是这些。

“他现在的行踪查到了没？现在在哪里？”

“我查到了，他今天大清早买了一张去普吉岛的机票，是即时的。不过他这样的收入还能买那么贵的机票，实属怪异。”小童摸着下巴，觉得很是奇怪，“不知道又是骗了哪个女生的钱，逃去国外躲债。”

程浩眉头一挑，疑惑地看着小童，看来小童确实对这个跟自己长得一模一样的陆鸿渐很有意见。

“浩哥，我没开玩笑。”小童摆了摆手，很认真地点了点头表示他说的都是认真的。

程浩若有所思，抬眸间才发现自己已经来到会议室门口。

会议室里，邹灵正召集了负责程浩档期和行程的助理以及智囊团等工作人员开会，大屏幕上是程浩接下来几天的行程方案的PPT。

程浩站在门外，看着里面激烈讨论的众人，显然会议室内的人还没发现他已经来了。

他站了几秒钟，突然有了主意，抬手推门而入，道：“不好意思，打扰一下诸位，这次的行程和拍摄地点，我要改到普吉岛。”

会议室内众人一脸疑惑，显然有些不理解，还没反应过来，就只听会议室的门哐当一声合上了，顿时所有人面面相觑。

小童继续追着程浩的大长腿跑：“浩哥……请等等，您最近不好的新闻比较多，如果临时改场地会不会……不太好？而且这次拍摄，还和演员徐森有很多的对手戏，也就是说，徐森那边也要通知换场地，到时候灵姐又要……”

不好的新闻？程浩顿步，接过小童递上来的iPad，上面新闻页面打开着，程浩一目扫过去，一眼就看到编辑栏上林小小的名字，标题更加赤裸裸地引人注目——当红人气偶像程浩车祸事故。

程浩震惊，原来那个女人并不像他想的那样只是个蠢到家的私生饭，而是彻头彻尾伪装成粉丝的八卦记者！为了得到头条八卦而不择手段，制造与他相遇的意外。

可恶！

程浩心里冷笑了一下："这种不入流的八卦我也要在意的话，岂不是要忙死？徐淼那边邹灵知道协调，你让邹灵去安排吧，尽快。"

小童挠挠头，又是棘手的事啊，他最怕和邹灵协调这种事了。邹灵是出了名的刺头，任谁跟她正面对线，不出三秒钟就会败下阵来。但是没办法，他是浩哥亲自招聘过来的人，从严格意义上说，他内心的老板只有浩哥。无奈的他只得硬着头皮上，不行也得给浩哥争取到行！

果不其然，在得知程浩擅自修改拍摄地后，邹灵的火气就上来了，她将手中的文件夹往办公桌上一摔，"啪"的一声脆响回荡在办公室内。

"程浩到底什么意思？"

小童虽然早料到邹灵会发火，却依然被邹灵突然摔文件夹的举动吓了一跳，暗暗在心里感叹：这母老虎的脾气真的是……顺我者昌，逆我者亡。

还好他也摸到了邹灵的一些弱点，要顺毛撸才行！

小童仰起脸笑道："灵姐你别气，浩哥也没说为什么要改去普吉岛，不过我猜测，浩哥可能是最近太累了，人很疲劳，想要借机休息一下。要不也趁着这次浩哥改行程，你和浩哥都去普吉岛那边放松一下吧？"

邹灵依然冷着脸，问道："程浩真的状态不好？艺人状态不好可不行，状态不好势必会耽误工作，耽误工作就是耽误赚钱。艺人吃青春饭，尤其是人气偶像，浪费青春就是浪费金钱。"

小童一脸谄媚："是的是的，灵姐你说得太对了。"

"昨天他坐在沙发上看新闻，看着看着就睡着了，我看确实是太累了，灵姐难道你都没发现，浩哥今早眼底一片乌青吗？再这样下去，可就真的要老几岁了，我们浩哥可能用不了两年就要过气了……"小童一把鼻涕一把泪，演得惟妙惟肖。

"唉……"

邹灵显然是被打动了，犹豫了一会儿，终于拿出手机给女艺人徐淼所在的承天传媒打了电话过去，几通语气强势的电话之后，竟然协商好了。

"那你去给程浩收拾东西吧，中午就过去，先休息一下。"

"好！灵姐你真是太好了，我替浩哥谢谢你！爱你么么哒！"小童高兴得一边往外走一边给邹灵飞吻。

邹灵依然板着脸，对小童不耐烦地挥了挥手，一脸不悦地让他赶紧滚蛋。

小童和邹灵周旋完，出了办公室就给程浩打了个电话报信。

不过小童的疑惑更深了，虽然他一开始也很吃惊陆鸿渐这个人跟程浩长得一模一样，但是看着此刻程浩似乎很在意陆鸿渐的样子，一时间一个想法浮现在脑中。

这该不会是程浩失散多年的孪生兄弟吧！

14. 误打误撞的新闻头条

承天传媒娱乐新闻的办公室区外，一个瘦小的女孩猫着身子偷偷地张望着，正是实习记者林小小。她发现同事们都各自忙碌着自己的事，老吴也并不在自己的位子上，于是一咬牙，埋着头猫着腰溜到她的工位上。

她刚坐定，身后就传来老吴一声呵斥："林小小！"

林小小吓得一个激灵站了起来，小心肝一阵乱颤，心道真是怕什么来什么。

她赶紧小心翼翼地转身朝着老吴的方向九十度鞠躬，态度十分诚恳地道："对不起对不起，吴老师，都是我不对！我不应该为一己私欲，忘记一个狗仔……啊呸，忘记一个记者的操守，还把您一个人留在那里。我会谨记这次教训，下不为例，只求您原谅我……"

老吴一个箭步冲了过来，一把逮住林小小的手臂，像一只老狐狸，笑得格外阴险："看在你认错这么诚恳的分儿上，我就给你一个将功补过的机会，好不好啊小小？"

"真的吗？不论做什么我都答应！"林小小惊喜地抬头看着老吴，原以为今天就算不被开除，也要被记大过了，万万没想到竟然柳暗花明又一村，一时间有点不敢相信，"你不会骗我吧？"

老吴拖着她快速地朝会议室走去："当然是真的！"

"那我到底怎样才能将功补过？"

林小小话还没说完就被拉到了会议室门口。

"咦，现在要开会吗？"她探头探脑地朝里面看，发现会议室里已经坐了一屋子的同事，仔细看过去，竟然发现大老板徐耀祖也在。

这个徐耀祖是大老板，林小小只是应聘的时候偶然见过一面，不过对这个中年男人还是印象挺深刻的。他虽然看上去一副和气的样子，但无时无刻不透着几分商人的精明和市侩。

老吴先进了会议室，对林小小招手道："来，小小进来。"

林小小迟疑了一下，然后还是小心翼翼地走进去，会议室内一众同事顿时像一只只饿狼一样看着她，仿佛她就是一只单纯无辜又肥嫩的小羊羔！

虽然有些心虚，但是她还是忍不住向一旁挪了两步，正好一抬眼看到屏幕上程浩和自己的新闻！

新闻大标题写着：当红人气偶像程浩车祸事故。

小标题写着：大明星小小事故要大牌，程浩怒骂无辜记者。

“什，什么？”林小小愣住了，更令她难以置信的是，这篇文章编辑落款的那一栏，黑体加粗写着自己的名字。

这不就是昨天那起车祸事故吗！看上面新闻的配图和照片，那角度她一看就知道，肯定是老吴拍的，而且是抓拍的她给程浩道歉的时候！

可是这新闻也不是她写的啊！她怎么可能写出这样的话诋毁她家老大！难道是……

林小小还没反应过来，老吴在她身后推了一把，她顿时走到了最前面，暴露在众人各种羡慕嫉妒恨的目光中，同时掌声也响了起来。

老吴笑得口水都快流出来了，道：“小小啊，这可是你第一条点击量过十万的新闻，这会儿心情怎么样？激不激动？惊不惊喜？意不意外？”

你激动个什么劲啊！林小小心里吐槽。这样诋毁她家老大，还挂着她的名字，这老吴是要搞死她啊！他是想让她没办法在程浩的后援团混吗？

林小小此刻心里仿佛有万千只羊驼奔腾而过，一想着程浩可能此刻都恨死自己了，心中的愤怒就剧烈燃烧了起来。

这时，大老板徐耀祖却对林小小赞许地点点头道：“小姑娘很不错啊，作为娱记的第一条新闻就能有这样的点击量，前途不可限量啊！不过还得好好努力，说不定老吴将来都不一定能与你匹敌呢！老吴你说是不是啊？不过老吴也不赖，名师出高徒啊，哈哈哈哈哈……”

老吴在一旁附和道：“老板你过奖了，这都是小小的功劳，要不是小小很会开车，也不会撞上程浩的车啊……所以也就不可能有后来发生的事情了。”

老吴这样一说，众同事顿时心领神会，不禁又同情地看向林小小，这果然是傻人自有傻福！

“可是事情不是写的那样的，老大他……”

林小小话还没出口，一旁的老吴就拉住了她，脸上的表情也瞬间阴沉了下来，她自然明白了他的意思，不情愿地闭上了嘴巴。

会议室里，大家表面上都在替林小小高兴，但是林小小此刻既尴尬又恼怒，她知道事情并不是他们写的那样子的，却毫无办法补救挽回！她知道娱记的工作就是创造新闻，哪怕那个新闻并不是真实的。但是对他们来说，流量就是一切。

此刻的她也只能用沉默来抗议。

面对大家的热烈祝贺，当事人一点反应都没有，一时间会议室里的氛围也有点尴尬。

大老板也意识到气氛有些不对劲，咳嗽两声打破尴尬，道：“既然林小小这么能干，那么这次徐森和程浩的炒作任务，也交给你吧，毕竟要多积累一点经验啊，对吧！”

“哈？”林小小茫然抬头，想了一下才反应过来大老板徐耀祖说的话是什么意思，急忙想要辩解，“不是……这个新闻……我……”

徐耀祖却不管林小小要说什么，只看了看会议室中的众人，自顾自道：“既然大家都没有异议，那就这么定了。”

众人忙不迭地点头道：“没有异议，小小最合适了！”

“好，散会！”徐耀祖站起身来，又看了林小小两眼，满意又奸诈地对林小小点点头。

林小小忙着解释，却因为众人散会离去变得更加慌乱。

“这个真不是我写的……我没有，吴老师你知道……哎哎，我没有故意撞车啊……哎……”

甚至有几个调皮的同事，见她举起来拒绝的手掌，还跟她击掌道：

“小小加油哦！”

“我们看好你哦！”

“前途不可限量哦！”

林小小顿时有些无语，有种心力交瘁的感觉！

她哭丧着脸对老吴道：“吴老师，我不想去，能不能……”

“不能，必须去！”老吴说着，强势地将一张单子拍在桌上，转而脸上露出一丝坏笑，“你要是真的不想去，先看完这个再说。”

林小小拿起单子一看，顿时瞪大了眼睛，那是程浩联系的 VIP 拖车维修账单，所需金额五万，末尾还有她的电子签名。

15. 面包与偶像，狗仔与粉丝

什么？这都什么状况？

她“嗷”了一声，小脸皱成了一团，一时间口齿不清道：“吴老师，这，这……我……”

看林小小一副有苦说不出的样子，老吴的语气反倒变得理所当然：“你把人家程浩的车撞了，难道不要赔的吗？”

林小小此刻心里不是一群羊驼奔腾而过了，而是一群火车……这难道不是工作啊！难道不是公司报销？她张口就想反驳。

“可是，我是……”

可是话刚出口，就被老吴直接打断了。

“小小啊，我知道你觉得委屈，你刚才还说不管做什么你都答应，现在就反悔了？而且这次外拍的女明星徐淼，那可是咱们大老板徐老板的亲侄女！”老吴苦口婆心道，“你要是把这个任务做好了，给徐淼拍好了，不仅得了名声，还有奖金哦，那时候还用愁这区区几万块的账单吗！”

老吴见她还皱着小脸，似乎还在犹豫，棉花糖效果似乎不太好，索性再给一棒槌，便再度施压：“你要想想你不接这个任务，就相当于不要这份工作！刚才大老板可是亲自点名要你去呢，这等好事平常别人想要都要不到啊。只要你拍好了，回来就能转正了。不过你要是不要这份工作了，这账单也得你赔……”

“好，我接……”林小小一咬牙，接过账单。

林小小走出会议室，站在公司大门外，抬头望着天空，一片阴沉，只觉得风雨欲来，闷得慌呢！

突然，手机响起，是特殊提示音。

她眼眸一转，神色一暗，顿时感觉不妙，立即摸出手机一看！

一条条提示短信在手机页面上弹出，特殊的提示音连在一起也像奏乐一般。

她仔细看了一下内容，顿时更是惊恐地张嘴，呆住了！

“尊敬的贵宾您好，您尾号4598的信用卡已开通境外服务，为您临时提额至10万元。”

“您尾号4598的信用卡有一笔消费30000.00元的交易。”

“您尾号4598的信用卡有一笔消费10000.00元的交易。”

“您尾号4598的信用卡有一笔消费2500.00元的交易。”

……

真是屋漏偏逢连夜雨！

林小小捏着手机顿时暴走起来，尽管努力克制住想骂人的冲动，还忍不住吼了一句：“陆鸿渐……你想死吗！”

谁知道这个陆鸿渐竟然直接将她的信用卡额度提升，这样疯狂地刷卡……这个浑蛋到底在搞什么！这样刷她的信用卡，很快就刷爆了！

可是林小小此时分身乏术，公司很快就将她临时调派为徐淼的私人助理，并将徐淼的行程安排发给她。

公司安排她和徐淼第二日启程，她这会儿必须提前回家收拾东西！

与此同时，周甜甜接到了程浩的出行消息，立即组织了一众粉丝去机场送行。

知道程浩不喜欢太多人，而且这次程浩出行的消息只有他们粉圈小范围知道，并没有大范围扩散，所以，只有几十人送行。

都是亲妈粉级别的亲粉，坚决严格排查了私生饭！大家分别举着印着程浩头像、名字、昵称的灯牌和条幅，整齐地站在周甜甜身后，满脸期待地安静地等着程浩出现。

这时，程浩穿着一身黑色休闲服，戴着口罩，甩着大长腿朝登机楼走去，途经周甜甜她们等待的走廊时，周甜甜立即挥动手里的旗帜，粉丝们得到信号，顿时整齐喊起了应援口号：

“程浩程浩，你最闪耀！”

“日夜兼程永相依，浩瀚星空只爱你！”

程浩察觉有粉丝送行，朝周甜甜她们那边点头示意。

远处有人发现了，喊着“浩帅浩帅，我的最爱”。周甜甜怕有私生饭，立即组织大家人墙夹道，保护程浩进入登机楼。

如此近距离地看见程浩，粉丝们还是激动不已，周甜甜不断地提醒大家不要激动，要注意保护老大的安全。

在周甜甜的组织下，大家再激动也得压抑着，保持着井然的秩序，终于将程浩安全地送进登机楼。

小童跟在程浩身侧汇报道：“七号是时装周，八号有一个艺术电影节，九号去海岛拍摄广告，上午十点有一个当地记者的群访，我们需要留半个小时的时间，然后十号会安排你和徐淼的对手戏……”

程浩点头表示听到了，进入登机楼。

众粉丝们站在走廊里看到程浩那一架飞机平稳起飞，有的人这才激动又不舍得地哭了起来。

好不容易含泪送走了程浩，这个时候一条新闻出现在周甜甜的视线里——“大明星小小事故耍大牌，程浩怒骂无辜记者”。她们这些亲妈真爱粉内部有着严格的规定，一般看到这种新闻就会立马操起键盘去战斗，周甜甜自然也不例外。她可是号称打败天下无敌手，人称江湖段子手的著名键盘侠，但是此刻她也无话可说，因为她看到那篇新闻落款的姓名正是自己的闺密，林小小。

周甜甜顿时气呼呼地拨通了林小小的电话。

林小小刚接起电话，就听到周甜甜在那头一声厉喝。

“林小小！你知道你做了什么吗？你是不想在粉圈混了吗！”

林小小正在收拾东西，听到呵斥，吓得赶紧一把摘掉蓝牙耳机，坐到书桌前，拿过手机进到粉丝官网翻找了一通，这才舒了一口气，重新戴上蓝牙耳机，道：“吓死我了，还好没进黑名单！”

“哼，你还知道有黑名单存在啊！可不许有下回！”周甜甜一副恶狠狠的样子警告林小小。

林小小在电话这头连连点头。挂掉电话后，她异常懊恼难过，脑袋不断撞着书桌桌面，自言自语道："老大他是个多么高尚，多么无私，多么同情弱小、不计较得失的人啊，可我竟然用言语再次伤害了他，真的是罪该万死！啊啊，我的老大……"

次日，林小小也和徐淼启程飞往普吉岛。

林小小这个临时私人助理比起别人来，那可是辛苦太多。徐淼大包小包、大箱小箱的装备，全靠她这小身板搬运了！

从上飞机前开始，林小小还得充当徐淼的专业摄影师，无处不在，时刻做好准备给徐淼拍出漂亮精致的照片！而徐淼则从航站楼开始，到下飞机，再到国外出租车上、街上，甚至好几处商店，也能让她跳下车拍张照再走。

徐淼光鲜亮丽如女神一般，努力地凹造型。

林小小则灰头土脸，手脚都不够用，给她提东西、拍照，任劳任怨。

好不容易抵达酒店，林小小已经累成狗。

徐淼掏出身份证在酒店前台登记时，一个没注意，身份证掉到了地上，林小小顺势帮徐淼捡起来，却看到徐淼是 1992 年出生。

林小小偷瞄徐淼一眼，又看看徐淼的身份证，心里想难怪她看徐淼就觉得徐淼看上去不年轻了。

她竟然都这么老了，还一心想着和作为 95 后的程浩炒绯闻！林小小顿时有些想为程浩鸣不平。

第二章

我愿意跟在你身后，像影子追着光梦游。

1. 普吉岛意外丛生

见林小小在看自己的身份证，徐淼脸上顿时有些不悦，瞪了林小小一眼，一把抢过身份证，语言犀利："看什么啊你！还不快去给我买一杯 mu-tea。"

"哈？"林小小一脸茫然，心里吐槽：能不能讲人话！

徐淼没啥耐性，尖着嗓音吼道："Milk tea，懂吗！"

林小小被徐淼吼得一愣一愣的，赶紧放下手里的行李，奔出门去给徐淼找她要的"奶茶"。

林小小转了好几条街，好不容易找到奶茶，买到了，刚想往回赶的时候被一群人吸引了目光，只见一群美女叽叽喳喳地围绕在一起，恍惚中她好像听见了熟悉的声音。

林小小转了个角度，从美女之间的缝隙朝美女围绕的男人看去。

是那张日夜萦绕在她的梦里，令她心跳加速的俊美的脸，因为正对着阳光，整个人就像被光环加持了一般，自带圣洁滤镜。一时间，她的内心像玫瑰花开一般幸福洋溢。

不过，随即那人奇怪的尾音，尤其撩拨美女的小动作立即打破了林小小的幻想，让她瞬间清醒了过来，这个独特的声音她一辈子都不可能忘记，是陆鸿渐！果然冤家路窄，顿时她眼睛瞪得浑圆。

只见陆鸿渐正被几个中国美女围在中间，几人谈笑风生，美女拿着手机，不断地摆出各种撩人的姿势跟陆鸿渐合影。

"陆鸿渐！"

看见林小小的陆鸿渐顿时身形一僵，灿烂的笑容也定格在脸上。他佯装看手表，然后对美女们道：“好了，我马上要赶通告，咱们电话联系。”

美女们只好恋恋不舍地离开，林小小走上前去。

陆鸿渐瞅着美女们还没走太远，怕被听见，继续冒充程浩，板着脸一本正经地道：“你好，你也想要签名？”

林小小自然气不打一处来，使劲儿忍了忍才能够心平气和地问他：“我的信用卡呢？”

陆鸿渐站起身，还在模仿程浩，一只手插在裤袋里，一只手拍了拍林小小的肩膀，故作姿势潇洒：“这位女士，不好意思，我不明白你说什么。我时间比较紧，就先走了，不过，谢谢你的支持。”

林小小此刻愤怒值爆升，手上不自觉地用力了起来，原本买给徐森的奶茶瞬间爆裂开来。

“砰！”

看到此番情景的陆鸿渐吓得倒退几步，但是林小小阴沉着脸，并没有放过他的意思，越逼越近：“So，J.K. 罗琳穿着泳衣来海边教学是吗！”

“我我我……”

陆鸿渐很显然也被林小小的气场给威慑住了，一时语塞，赶紧用双手抵在身前，想要阻止林小小逼近。他也没想到这个小姑娘竟然突然这么强势，心中不禁开始有些害怕。

所以，此刻就有了格外滑稽的一幕——一个五尺大汉被一个小姑娘逼在墙角，那样子像要被侵犯一样。

可是信用卡他刷都刷了，一个男子汉被一个姑娘欺负，他不要面子的吗？

陆鸿渐脑子飞快运转着，想要找逃生办法，突然灵机一动，望向林小小身后，神色一惊道：“哎？程浩！”

林小小也是一惊，回头，却哪里有程浩？她气急转身，只见陆鸿渐已经拔腿跑远！

“陆鸿渐，你别跑！”

林小小顿时也追了上去，一边追一边喊：“你个浑蛋，你给我站住！”

林小小一路追到了公共海滨浴场入口，陆鸿渐像泥鳅一般一下子钻进浴场，瞬间不见了身影。

林小小左瞅瞅，右瞄瞄，寻找陆鸿渐，正巧听见先前和陆鸿渐一起拍过照的那几个美女眉飞色舞地在浴场门口说话。

“程浩说可以随意拍照的哎……”

“那有什么，我还摸到了程浩的胸肌呢，嘻嘻……”

“嘁，刚才他搂着我拍照，没有搂着你吧？”

“明明他盯着我这一双美腿都挪不开眼……”

林小小一脸嫌弃，她们老大可是光明磊落的人，怎么会有那种不正之风！这个陆鸿渐不仅是个浑蛋，还是个臭流氓，只知道败坏老大的名声，这是她万万不想看到的，于是她冲了过去，辩解道：“几位美女姐姐，你们是不是误会了？程浩绝对不会那样做的！”

“嘁！”美女们齐声鄙视林小小，视线停留到了她的胸部，瞬间心领神会，觉得她大概是吃不到葡萄说葡萄酸的那种“飞机场”。

美女们也不再搭理林小小，蹬着大长腿，朝浴场内走去。

正巧几个粉丝出来度假，没想到在此偶遇偶像，心里别提多激动了，却听见这几个美女那样说程浩，也十分不满地据理力争：

“你们胡说，程浩可不是你们说的那种人！”

“对呀，咱们家老大从来不和任何女明星传绯闻，更别说你们这种姿色了。你们比得上徐淼吗？”

“你们一定是黑粉，想故意搞事破坏我们老大的名声！”

几个妖艳的美女讪笑着鄙视这几个老实的粉丝。

“哎哟，小妹妹，你们是嫉妒吧？”

“别做梦了小妹妹，程浩这一款不适合你们！”

两边很明显谁也不愿意让谁，突然的混战让林小小感到一阵头疼，她觉得她必须站出来说句公道话：“你们别吵了，你们真的误会了，其实那不是程浩，那是……”

然而根本没人听她说，几个女生甚至开始推推搡搡动起了手，场面一度混乱。

不过巧合的是，程浩确实在浴场内。他刚拍完一组写真，后来导演说要拍一组湿身照，他才过来的。

可没想到听见外面突然喊起了他的名字和应援口号，他拧了拧眉，有些疑惑，难不成有人看到他了？

他正好冲洗完香喷喷的澡，如果真的有粉丝在外堵门，那场面岂不是又成了一大娱乐爆料？

他小心翼翼地先探出头朝外看了看，却见门口围了一堆人，在人群里他看不到的地方，有个挺耳熟的女人声音响起：“你们说的那个人，他真的不是程浩，他可能是我的朋友，他跟程浩长得很像，但是性格跟程浩差很远，我很多时候都要靠性格来分辨他和程浩。真的，他就是个无赖，哪里比得上程浩啊……”

正巧，林小小嘴里的这个无赖陆鸿渐也为了躲避林小小进了浴场，顺便冲个澡，本以为躲开了这个可怕的追债人，却又突然听见了林小小的声音，吓得肥皂没捏稳，一下子就飞了出去，他连忙跑过去捡。

程浩也在此时转身，却突然看到一个和他一模一样的男人冲过来。

2. 与另一个自己的“袒露”相见

程浩和陆鸿渐顿时撞个正着，两人面对面，都愣住了。

氤氲的水汽在浴室中滚动飞舞，程浩和陆鸿渐面对面站着，都是一样的打扮：光着上身，只在腰际围了一条白色浴巾，浴巾下的大长腿修长匀称有力。

这一瞬间，浴场的空气仿佛都凝固了，陆鸿渐惊讶地看着程浩，面前的这个人就像自己在照镜子。

刹那间，程浩耳中如筝低鸣的声音再次响起，他下意识地抬手去捂耳朵，对面的陆鸿渐顿时也和他同一动作，抬手捂住耳朵。

程浩抬头发现陆鸿渐和他的动作一样，他放下手的同时，陆鸿渐也放下手，他又举起手，陆鸿渐同样也举起手。

程浩抹了一把蒸腾在脸上的水珠，陆鸿渐如是做；程浩紧了紧腰际的浴巾，陆鸿渐也一分一秒不差地做着这个动作。

陆鸿渐只感觉刚才有些动作好像并非他自己想做，却莫名其妙地做了。

他一时紧张到喉咙发干，只得干笑两声，率先开口道：“喀喀，那个……程浩？咱俩还真的是……挺像啊！”

这种感觉着实很奇怪，明明不是照镜子，却像在照镜子，甚至就像眼睛长到别的地方去，反过来看着自己一样！

而程浩紧抿着唇，只是盯着陆鸿渐，却没说话。

他的内心此时也是无比震撼的。

当日在电视台外第一次隔着车窗看到陆鸿渐，他还以为是眼花。后来他让小童真的找到了陆鸿渐这个人，但是小童拍给他的照片，因为在酒吧，灯红酒绿的，也看得不是特别清晰。那两次都没有现在这场偶遇来得震撼和清晰。

亲眼见到一个和自己一模一样的人，就站在自己对面，还和自己打扮得一模一样，细细体会这感觉，甚至是有几分恐怖的！

程浩一时也呼吸发紧，好像有话想说，却又堵在喉咙里说不出来，只得怔怔地望着陆鸿渐。

陆鸿渐有些尴尬，又装作和程浩很熟的样子，抬手捏了捏程浩的臂膀，抬眸间却被程浩冷厉又深沉的眼神吓退几步。

外面，林小小还在一众美女和程浩的粉丝中解释着：“里面那个人是我一个朋友，他可恶地刷爆了我的信用卡，我是来跟他讨债的……”

陆鸿渐咽了一口口水，没想到林小小的火气这么大，明明是她答应借信用卡给他花的，这会儿又来追着他要卡！

他突然笑着对程浩提议道：“那个……咯，程浩啊，外面都是你的粉丝？你看要不……我帮你把那些粉丝引走？”

陆鸿渐说着就要伸手去拿程浩的衣服，却不想程浩一把扣住他的下巴，再将他的脸拉过来，仔仔细细地看！

眼睛、眉毛、鼻子、嘴巴……连毛孔大小都一模一样，怎么会有这样的相似度……不，相同度！

陆鸿渐想要挣脱程浩，程浩却压低声音道：“别乱动！”

程浩神色越发凝重，眉头深深拧起。

陆鸿渐脑袋动不了，只好用脚趾将程浩放在一旁的衣服钩过去，然后他一个大力挣开程浩，抱着衣服一边穿一边说道：“我理解你的心情，第一次见肯定不习惯，你都不知道我第一次、第二次、无数次看到你的海报时，我的心里有多不习惯。以后有机会我们再好好了解，现在我觉得还是帮你引开粉丝比较重要，否则今天你没办法脱身……”

陆鸿渐穿好了衣服，提着程浩的外套在口袋里摸索，果然掏出一个钱夹，然后从钱夹里抽出一沓钞票。

陆鸿渐将钞票拿在手里挥了挥：“我帮你可不是免费的，这就当作是报酬好了，你安心在里面等着吧……”他一边将钱塞进他的口袋，一边捡起程浩的墨镜戴上。

程浩看着陆鸿渐，失神地喃喃道：“真的是……一模一样……”

当陆鸿渐冲出浴场时，林小小正好不在，还剩那一堆美女和粉丝。

众人见到“程浩”出来了，顿时蜂拥着追上去。

陆鸿渐也不敢逗留，拔腿就跑，领着一群美女粉丝上演追逐大戏。美女和粉丝们追在陆鸿渐身后，嘴里还喊着：“程浩，程浩，我们爱你！”

陆鸿渐也感受到了这群疯狂粉丝的狂热，不过他是无福消受了，虽然心里羡慕，但是他此刻的任务是要跑得比粉丝更快……

林小小本是去女浴室拿浴巾伪装自己，想要偷偷溜进男浴室抓陆鸿渐的，待到她拿了浴巾回来，男浴室门口已经一个人都没有了。

她挠了挠头，虽然有点蒙，但此刻找陆鸿渐心切，也不管那么多了，将浴巾往头上一顶，就进了浴室。

浴室里水汽氤氲，一片朦胧，如同大雾的冬日清晨，空气却很湿热。

林小小刚进入浴室，猫着腰寻找人影时，突然转头发现身旁站着一个男人。

这男人的背影异常眼熟！

林小小眸子一紧，怎么这么像程浩？

突然，男人甩了甩头发上的水珠，林小小机敏地看到了半张脸，可不就是程浩！

林小小一瞬间呆愣住了，她竟然看到了她家老大的裸背！

紧实流畅的背部肌肉线条，随着程浩甩头发上的水珠而动着，带着一股蓬勃的男性活力气息。

程浩甩出来的水珠打在她脸上，她也全然不知，完全被这一幕震惊傻了！

程浩扭动窄腰，举起双手伸了个懒腰，腰部清晰地露出背部马甲线，像美术绘本上最标准的模特！

这时，程浩又双手交握着伸直下压，至手掌压在两脚之间的空地，顿时他挺翘的臀部线条便暴露在林小小面前，更是让某人不觉浑身血液一热。

林小小只感觉自己心跳不正常，她赶紧深呼吸几口气，然后小心翼翼地想要从程浩身侧狭小的巷道溜过去。

哪知刚抬脚落下，顿时踩到一块香皂，滑不溜秋的！

林小小心里还来不及吐槽这是谁那么没公德心，到处乱扔香皂，便条件反射般地尖叫一声：“啊——”

程浩吓了一跳，赶紧转身查看，却不料身后一双胡乱挥舞、拼命想要抓住救命稻草的手一把扯掉了他腰际的浴巾！

3. 不想炒绯闻的明星都不是好演员

“啪唧——”林小小摔倒在地，龇牙咧嘴地吸气，再缓缓撑起身，整个人狼狈至极。

可是她一抬头，就看到了面前一双光溜溜的大长腿！

她悚然坐起身，顿时，一片大好春光暴露在她眼前，几乎只遮住了重点部位。

一滴水珠像谁贪婪的手指，从程浩修长的脖颈滑下来，一路向下流向程浩坚实的胸肌，滑过那如石一般坚硬又清晰的线条，继续向下，滑入整齐的八块腹肌。水珠一滚又一滚，如同在玩游戏，却始终不跌落，最后滑向深刻优美的人鱼线……

“咕噜！”林小小吞了一口口水，只觉得鼻尖一阵发热，似乎鼻血流了出来。

水汽似乎在这一刻都静止不动了，只有林小小如擂鼓一般的心跳声，和程浩粗重的喘息声，回响在两人之间。

“啊——”林小小终于反应过来，声线和脑子跟上节奏，不可遏制地大喊出声。

程浩这一刻心跳都要停止了，四周根本没有多余的遮挡物，除了他手上被扯下来的浴巾一角！

程浩迅速抬手一拉林小小头上的浴巾，先将她的眼睛和脸挡住，然后用他身上的浴巾将林小小的脑袋缠绕起来，再以迅雷不及掩耳之势穿好衣服，闪身溜出浴室！

林小小和浴巾奋战了半天才挣扎着解救出自己的脑袋，程浩早已逃之夭夭。

正此时，几个进来洗浴的男人却见地上跌坐着一个狼狈不堪的女人，几人面面相觑，莫名觉得一阵诡异，个个绕开头发蓬乱的林小小，朝浴室里走去。

“发生了什么事？男浴室怎么会有个女人？”

“那姑娘一身凌乱，头发蓬乱，双目呆滞的样子，莫不是个傻子？”

“我倒是觉得很可能是个偷窥狂！”

“也可能是之前外面喊着‘程浩程浩’那伙女人中的一个。这年头粉丝太疯狂，明星也不好做啊，真的是太可怕了……”

……

林小小听见议论声，想死的心都有了，赶紧继续用浴巾抱住头，仓皇逃离。

她疯也似的跑回酒店，却在房门口愣住了，回想着刚才那高能的一幕，程浩整个人几乎被她看光光了，后来程浩竟然用他的浴巾将她的脑袋包起来……

林小小早已脸红如血，迅速进房间关上门，背靠在门上一阵大喘气！

可是渐渐冷静下来后，她再一想，又觉得不对劲。回想着用浴巾裹她脑袋这作风，她自言自语道：“那真的是程浩？”

“不不不不……”她又赶紧自我否认，那不该是程浩，应该是陆鸿渐吧！回想起自己刚刚在路边就认错了，她一时间更加确信了。

顿时她更是气上心头，低声咬牙切齿地道：“好你个陆鸿渐，你别让我逮到了，否则我非得扒了你的皮！抽了你的筋！熬成汤给本少奶奶敷面膜！嗷嗷嗷嗷……”

林小小正在气头上时，手机又响了，一看是徐森发来的消息，瞬间蔫了。

——我的奶茶呢！！！

——记住今晚守在1209号房，早点过去摆好设备，误了拍摄，有你好受的！

一想到那五万块钱修车拖车账单，林小小“嗷”的一声倒在地上，再次生无可恋。

她既纠结又难过地道：“老大，你那么善解人意，那么善良，一定不会怪我的对不对？我也是被生活所迫啊！对不起对不起对不起……”

带着自责和内疚，林小小按照吩咐来到1209房，做准备工作，准备按照计划抓拍徐森和程浩互动的照片。

她待在房间里，灯也不敢开，只能点亮手机屏幕照亮，组装摆好相机，然后调试焦距，让镜头对准目标地。

此时，程浩的房间外有人敲门，程浩拧开门锁，却没有放下房门后的安全链条，隔着一条缝儿，见来人是徐森，便面无表情地问道：“你有事？”

徐森的脸挤在缝隙外，笑得格外妩媚：“浩哥，这个剧本这个角色的情绪，我总是把控不到位，你能不能跟我对一下戏？”

徐淼以为程浩是个对工作认真负责的人，而且他对角色总是有独到而精准的见解，打着这个幌子找他，她不信敲不开他这个铁石心肠的硬角色。

但事情的发展往往是出人意料的。

没想到程浩看都没看她手上的剧本，顺手关门，语气凌厉：“理解不了去找导演。”

徐淼眼明手快，迅速将她一条光溜溜的长腿伸进门缝挡住。

想关门？没门儿！

程浩措手不及，收住关门的手，脸上显然露出几分不悦：“你这是要做什么！”

“哎哟，浩哥，你弄疼人家了！”徐淼声音娇滴滴的，还带着几分委屈的哭腔。

程浩一放手，徐淼立即趁机反手取掉了门里的安全链条，推门挤了进去。

“哎哟，浩哥你看你把人家这里都夹红了，好疼……”徐淼抬着那条大白腿，指着毫无压痕的腿，委屈得眼泪都快出来了，同时她一只脚站着，身子摇摇晃晃地朝程浩偏了过去。

程浩眉头一挑，看出了徐淼想要乘机扑进他怀里的意图，灵活地闪开。

徐淼一扑没成功，只得扶住墙壁才能避免摔一跤的难堪。但是她并没有气馁，踮着脚尖，佯装很疼很难走路的样子，而后一屁股赖在程浩的沙发上。

程浩不动声色，看着徐淼戏里戏外一样烂的演技，一脸冷笑。他之所以还没轰她走，只是想看看她到底在玩什么花样。

“浩哥，你这房间果然比我那房间好得多呢，剧组还真偏心。不过我也知道，你是当红明星，待遇不同也是正常……”

徐淼假装看程浩房间的装饰自言自语，而程浩则板着脸，双手环胸站在一旁，一副视她为空气的样子，虽然她很不爽，但是谁让他是程浩呢。

她微微撇脸，瞧见窗外对面玻璃后似乎杵着一个长枪大炮，黑洞洞的口子正对着这边，知道自己的机会来了，于是微勾嘴角，而后转脸，拿出剧本，脸上梨花带雨：“浩哥，我的腿已经被压伤了，已经走不动路了，你就忍心让我一个小女子……要让我走，总得让我缓一缓，没那么疼了再走吧？”

程浩不耐烦地皱了皱眉，拿起茶几上的剧本，就要进旁边的房间，冷冷道：“你爱坐就坐着吧，离开记得给我带上门！”

4. 真爱至上，让偷拍见鬼去吧

这是总统套房，现在只是在客厅罢了，书房有着很好的隔音效果，至于徐淼想在客厅干什么，他都不在意。

看着即将离开的程浩，到手的鸭子似乎就要飞了，徐淼一下就急了，飞身拽住程浩的衣服下摆，楚楚可怜地望着程浩：“浩哥你也在看剧本，不如咱俩对对戏好吗？你就当是行行好帮帮我吧？你也知道导演脾气很大，他不会为难你，但我若老是NG，肯定会被骂得狗血淋头……”

程浩眼皮微动，垂眸看着徐淼拽着他衣服的手，低声喝道：“放手！”

“浩哥你怎么这样啊？我不过就是想跟你探讨一下剧本，你犯得着这样拒人于千里之外吗？难道外面传说的亲切近人，是假的……”徐淼倒是被程浩这一声吼吓得落泪了，还声声控诉。

正巧有工作人员从门口经过，见门没关，且徐淼拉着程浩在哭，这场景太诡异。

工作人员好心问道：“先生，需要关上门吗？”

程浩冷着脸转头，挥挥手道：“不用。”

工作人员被程浩的冷脸吓得赶紧溜。

程浩再转回头，徐淼依然没松手，再这样被她闹下去，搞不好所有人都得看他们的笑话，只得略微放缓了语气：“你先松开，我才能帮你看剧本不是！”

徐淼见这一招有效，连忙翻开她根本没打开看过的剧本，胡乱指了一个地方，道：“这里，你帮我看看到底该是什么情绪。”

程浩无奈地绕过沙发，坐到另一边的单人沙发上，接过徐淼的剧本看了起来。

见程浩看剧本去了，徐淼顿时抬手对着对面窗户比了一个OK的手势，然后轻手轻脚地挪到程浩沙发后，又对对面房间的窗户挥手示意。

程浩也察觉到了什么，顺着徐淼挥手的方向，发现了对面窗户有一个黑洞洞的口子正对着他这个位置！

原来是在这里等着他。

程浩盯着那相机的高倍镜头，无声地冷笑。

就在此时，徐淼也一下子将手搭上了程浩的肩膀，同时一扭屁股坐在了程浩单人沙发的扶手上，两人一瞬间动作亲昵得不能再亲昵，近得不要再近！

程浩依然看着对面的镜头，冷厉的目光似乎要将对面藏在黑暗里的人看穿一般。

老大发现我了？

一个大大的问号浮现在林小小心中，同时小心脏也“咚咚咚”跳个不停，老大凌厉的目光让她连连后退几步，手不禁也颤抖着松开了快门。

想着她信誓旦旦答应过程浩，以及周甜甜的厉声恐吓，如果她按下快门，那么从今往后程浩粉丝黑名单上她就是第一人，而程浩也会对她失望至极，脑海里瞬间浮现老大如沐花海的哭丧脸。

“不行，绝对不行！”

最终，理智和对程浩的爱，战胜了一切！

林小小在黑暗中深呼吸几口气，举起手捏着拳头敲自己脑袋，道：

“林小小你个没良心的，竟然会为了钱而诬陷老大的清白！你绝对要忍住！”

“林小小你可以的，你是老大的真爱粉，这种事你绝对不会干的，你现在要做的就是收拾东西，像没来过一样离开！”

“嗯，就这么办，让偷拍什么的都见鬼去吧！”

林小小一边迅速收拾着器材，一边望了望对面已经看不清状况的窗户，祈祷着碎碎念道：“老大，我能为你做的只有这么多了，你自己要多多保重，这个老阿姨坏得很，千万不要中了她的圈套……”

收拾好东西，林小小大义凛然地离开了房间。

虽然沮丧又难过，但是自己做了正确的事，林小小还是蛮开心的，毕竟老大才是一切。

林小小收拾了心态刚朝电梯门走去，只听见电梯“叮”的一声，一个包裹严实的人扛着拍摄包走了出来，行色匆匆，一看就是狗仔。

林小小顿时心道不妙，除了她之前在偷拍，这人怕也是得到风声过来偷拍她家老大的！而他脸上猥琐的笑容证明他已经得逞了！

不行，绝对不能让他如意！

林小小眼眸一转，随即计上心来，顿时埋着头匆匆走过去，正好跟那人撞了个满怀，瞬间东西跌落一地。

“对不起对不起，我不是故意的……”林小小一边假装紧张，满含歉意地给对方道歉，一边帮他收拾东西，一眼就发现了掉落地上的房卡。

她偷偷将那人的房卡调换成自己的房卡，将房卡往房卡纸中一装，那人怎么也不会发现房卡已经被调换。

看着面前一个可爱的女孩子递给自己东西，狗仔虽然觉得她提着大包也很诡异，但是此刻他的心思可不在这上面。

他只是抱怨一声：“走路要多看看路，小心点！”

看着狗仔提着东西快步走开了，林小小脑海里不禁冒出一个疑问：他难道是把摄像器材偷偷放进程浩屋子里了？一时间鸡皮疙瘩骤起。

林小小迅速开溜，一进电梯就将所有楼层键都按亮，然后却步行从楼梯下楼。

没办法，她必须拖延时间，避免那个同行发现房卡换了打不开门，追上来找她麻烦，或者去前台调换。

而且她必须保证老大有足够的时间将徐森打发走！

另一边，程浩眼见着一个有些模糊但有些眼熟的身影撤掉了仪器，转头看着徐森道：“谁允许你坐到这里来了？”

徐森讪讪地笑道：“我，我就是想过来探讨一下！”

程浩冷笑一声，将剧本一下拍在茶几上，“啪”的一声，吓了徐淼一跳。

“你可以走了，别以为我不知道你想做什么，刚才那边窗户的机器是你安排的吧！”程浩一语道破。

徐淼再也绷不住了，却不会承认，只是抓起她的剧本道：“浩哥，不明白你说的什么。你不欢迎我直说嘛，我走就是！”

程浩冷冷地看着徐淼走出去，然后“砰”的一声关上门。被套路了，谁都不会高兴。

但是不知为什么，他总觉得刚才对面房间中的人似乎没有拍下刚刚那容易让人误会的一幕。

没有原因，他就是有这种感觉。

突然想起徐淼之前将手搭在他肩膀上，这个不怀好心的恶毒女人不禁让他莫名地后背一麻。他立即起身去冲了个凉出来，这才感觉好些，然后继续研究剧本。

突然，门铃又响了。

5. 客房服务 · 解救程先生

程浩这一次没有立即去开门，他坐在沙发上默了默，门铃又响了一声，心想着这个女人真的是块牛皮糖，有些不耐烦地放下剧本，起身去开门。

却见是酒店工作人员正推着车来做客房服务：“你好，先生，客房服务。”

程浩皱眉打量了一下这个酒店工作人员，对方穿着工作服，戴着帽子和口罩，有些疑惑：“我并没有叫客房服务，你走错了。”

抬起头见屋里还大开着窗帘，林小小心急如焚，老大这防范意识太弱了吧，必须赶紧拉上，可是近在咫尺的距离，却仿若千里，程浩似乎并不相信她，她不可能硬闯吧！

她灵机一动，道：“哦，是这样的，有客人反映说，看到有老鼠顺着落水管爬上来了，所以我们只是临时检查，以防万一。”

程浩总觉得面前这个服务员的眼睛有些眼熟，可是一时又想不起在哪里见过，他狐疑地看了几眼，就在林小小屏气凝神，以为自己快穿帮时，他终于同意让她进去了。

“进来吧。”

暗暗松了一口气，林小小赶紧进门四处查看，却并没有发现徐淼的身影。

心中一块石头总算落地，可是还不算完，谁知道一会儿还会不会有一个张淼、李淼过来找老大探讨剧本，从而制造绯闻呢！

林小小走回来，正要走向大落地窗拉窗帘，却被程浩一声喝住！

“站住！”

程浩早就觉得这个工作人员衣着奇怪，再加上这怪异的行为，就算是找老鼠，也不是她那样找啊！

仔细看过去，这个服务员根本没穿工作鞋，穿着一双白色球鞋，鞋带都没系好，耷拉着，甚至在她工作裤下端还有牛仔裤边边。

大热的天，谁会这样穿两条裤子？

程浩瞪大了眼睛，准备进一步审问这个怪异服务员的时候，林小小再次急中生智，指着窗户边大喊一声：“老鼠！小心！”

程浩神情顿时一变，显然被林小小这一声吼打乱了思绪。他神色慌张地开始后退，真怕房间里冒出来一只大老鼠。

对他这样一个有洁癖的人来说，是绝对无法接受一只老鼠在屋子里跑来跑去的！

“在哪儿？”

程浩也四面查看，不知不觉间已经退让到了林小小推来的清洁车旁边，一只手扶着清洁车，想要将脚尖抬离地面，结果手一下按空，清洁车内的拍摄仪器赫然出现在了眼前。

他转头，那个装作酒店工作人员的女狗仔还在有模有样地在假装找老鼠，完全不知道他识破了她。

程浩嘴角勾起一抹冷冷的笑容，悄无声息地将清洁车遮挡布盖上，他倒是想看看这个女人到底还有什么花样。

林小小靠近窗户，背对着程浩嘘声：“别说话……”

走到窗户边，林小小将对面的窗户挨个看了一遍，没有发现相机。难道说那个记者还没就位？

林小小暗暗呼出一口气。

她转而抬手去拉窗帘，谁知道窗帘上面的滑轮竟然卡住了，她拉一下没动，又拉了一下还是没动。

这时，林小小察觉到身后的目光似乎有些冷，她讪讪地笑着转头，却见程浩警惕地盯着自己。

她只得继续假装去别处找，道：“喀，这边没有，安全，我看看那边……”

程浩看着林小小的眼睛和身形，越看越眼熟。

对了，程浩想起了，难怪觉得这双眼睛眼熟，这不就是和他撞车的那个女狗仔吗！

叫什么……对了，叫林小小来着！

难怪了，就是她！

程浩气得牙痒痒，这女狗仔为了偷拍，还真的是无所不用其极啊！

他慢慢地一步步靠近林小小，他现在不仅要手撕这个无良女狗仔，还要把她裱起来。

看着脸上突然表情大变的程浩，林小小意识到程浩已经识破她了，转身就想跑回去拉窗帘，想在程浩轰她出去之前拉上窗帘，这才算没白来，她的保护工作才算圆满完成！

可谁知道转身之时，她慌忙之中左脚踩到了右鞋拖在地上的鞋带，一个踉跄，眼见着自己即将与地面亲密接触，只来得及挥手一把抓住前面的窗帘。

林小小摔倒下去的方向正对着茶几角，如果她这样直接摔下去，要么是眼睛被玻璃茶几角戳瞎，要么是鼻子被茶几角磕断，要么是门牙被茶几角碰掉……

总之就是会很惨，还可能会毁容！

眼看着悲剧就要发生，程浩可不想这样的事发生。虽然他的内心早已把这个无良女狗仔手撕几百遍，但是他也从来没有想过要伤害她，只是要赶走她而已，没想到将她吓成这样。

他反应迅速，直接朝前伸出手，朝着林小小后背一抓。

好险！

他及时抓住了林小小的后背……的内衣带子！

林小小只感觉胸前一阵紧勒，惊恐地转头。

程浩也有些尴尬，一时不知道应该说些什么："你不是酒店工作人员，你是林小小？！"

听闻程浩认出了自己，林小小也有些意外，虽说能被老大记住也是一种荣幸，但是她面前近在咫尺的就是玻璃茶几角，她急忙道："你，你别松手啊，千万别……"

她话音还没落，程浩只感觉手心里的内衣带子"刺啦"一声断开了。

林小小一惊，迅速回手到后背想要护住自己的内衣带子，却抓住了程浩还抓着她衣服的手。

慌乱之下，程浩怕她撞上玻璃，只能强行将她的身体抱住滚向一旁。

伴随着"扑啦啦"一阵响，窗帘被两个人整个儿扯了下来，像天女散花一样飞舞开，将两人的身子尽数笼罩在内。

林小小在程浩的保护下才幸免于被玻璃撞上，不过现在的两人在窗帘笼罩的私密狭窄空间内，四目相对，呼吸困难……

6. 盖在纱帘下的美男子

对面某个房间中，黑洞洞的高倍镜头就对着程浩这一房间的落地窗户，快门"咔嚓咔嚓”按个不停。

尤其是两人从摔倒前再到摔倒整个过程，都被完整抓拍了下来。

站在镜头后的记者冷笑着自言自语道：“这姑娘还真是给力，先前耽误了我拍程浩和徐淼，这会儿竟然直接跑去程浩房间给我制造新闻，呵呵，既然如此，我总不好意思空手而归啊！”

他说着，又拉近了镜头，想要将纱帘下两人的体位拍清楚。虽然纱帘稀薄透光，但是上面有一些繁复的花纹，很是干扰视线，况且落地窗户的玻璃反光，他根本不能清楚地拍到纱帘下两人的情况。

不过，他想，有之前抓拍到的那些照片，也足够制造一场好新闻了！

实际什么情况，这个记者心里门儿清。而且他可以确定，后面也不会发生什么了，拍到了有价值的一幕就够了。他满意地笑着，收起装备离开房间。

窗户纱帘下，林小小仰面躺在程浩手臂上，目光灼灼地望着撑在她上方的程浩。

第一次程浩从她面前过时，她以为那就是离偶像最近的时候了，却不想还能与偶像共乘一车。

而今天，此时，再一次让林小小心跳如擂鼓。大概这就是她这辈子离偶像最近的时候了，不可能再有比今天这样还近的机会了！

她怎能错过这样好的崇拜和欣赏程浩的机会？她两只眼睛恨不得黏到程浩脸上。

这张脸真的是百看不厌啊，越看越耐看！

程浩一时间也呼吸有些紧张，刚才真的是千钧一发，他脑子里不由得再次回想起隧道中那个女司机来。他不想林小小也在他面前摔得满脸是血，那样他恐怕会痛苦、内疚一辈子。

程浩渐渐回神，虽然对望着自己的这双眼睛很是眼熟，但还是不确定这是不是真的林小小。

他抬手缓缓地拿掉了这个女人脸上的口罩，果不其然就是林小小。

可突然，他脑中闪过一个画面，那是他在浴场被林小小不小心扯掉浴巾的一幕。他几乎全身赤裸，居高临下地看着林小小半跪坐在他面前，一脸惊恐惊讶，又带着几分羞涩。

对母胎单身、洁身自好的程浩来说，从来不会和女性发生那类似的一幕，哪怕是他拍电影和电视剧，剧情需要，也统统是替身完成的。

而那一天，人生中第一次自己的身体几乎被面前这个叫林小小的女人看光了，仅仅是回想起来，脖颈处一股滚烫的触感就火速蹿上了脸。

可是再一看到近在咫尺的林小小，她一双如小鹿般的眼眸望着他，双眸中仿若如星空般闪耀，顿时他眉头一皱，心里告诉自己：这就是个不折不扣的牛皮糖女狗仔加变态私生饭！

程浩顿时便冷下脸来，不客气地冷声低喝："出去！"

林小小被程浩这一声低喝惊吓才回过神来，这才意识到脸上的口罩被程浩摘掉了。看到程浩阴沉着脸，林小小顿时觉得自己真是往程浩粉丝黑名单又进了一步。她急忙解释："老大，你听我解释，我，我不是故意的，其实我……"

林小小的辩解顿时激怒了程浩，他神色更冷，根本不给林小小解释的机会。

"立马滚出去！"

林小小被程浩的黑脸吓得赶紧闭嘴，动了动，却发现程浩在她上面撑着手臂，并没有打算让开让她起来的样子。

她目测了一下程浩手臂下的空隙，应该能够容她挪出去，于是小心翼翼地先挪出了程浩身体笼罩范围，才掀开窗帘滚了出去。

林小小挪了出去，程浩这才打算起来，谁知道他撑在地上这条手臂顿时毫无知觉。他知道，刚才那一瞬间，他为了救林小小，摔下去的力度并不轻，这条手臂肯定伤了。

他只得顺着翻身过去躺在地上，纱帘依然盖着他。揉捏了一会儿也没知觉，他便想要用另一只手掀开身上的纱帘。

可是这纱帘本来就很大，因为林小小先挪出去，纱帘弄得更乱了，程浩在纱帘下拉扯了老大一会儿，也没有找到纱帘的边际，顿时就有些急了。

林小小乖巧地坐在墙边，还想等程浩出来后好好跟程浩解释一下，这会儿见程浩被困在纱帘里了，赶紧忙过去帮忙。

她在外面，很容易就找到了纱帘的边边，然后将纱帘揭开，像掀开盖头一般，捏着纱帘的边边，将纱帘用力往后扬过去。

盖在纱帘下的美男子顿时显露出来。

程浩虽然有些意外被林小小从纱帘中解救出来，可是一转脸又看到林小小花痴又明亮的眼眸望着他，嘴角的肌肉不禁抽了抽。

看程浩没有立即赶自己走的意思，林小小趁机讨好地解释："老大，我真的只想拉好窗帘，刚才对面真的有记者要偷拍你和徐淼……"

"徐淼？哼！"听见这个名字，程浩冷笑一声，眉宇间的厌烦之色更重，"对啊，亏得我说怎么这么巧，原来你是在这儿等着我呢？承天传媒的林小小是吧？"

"哈？"林小小没听懂程浩要表达什么意思，请恕她脑子只有一根筋，她笑着点头应道，"对啊，老大你记性真好，看过我的工作牌一次就记住我是承天传媒的……"

程浩一挥手打断林小小的话，已经不想跟她讲多余的话，此刻他还有一点理智。

"我不管你是粉丝还是狗仔，或者就是个私生饭，现在，把你相机的存储卡留下，然后尽快从我眼前消失！听懂了吗！”

“哦哦……”林小小被程浩认真又冷漠的神色再一次吓蒙了，知道真的把老大惹生气，自己真的就可能吃不了兜着走了，赶紧听命将存储卡奉上，然后麻溜地推着她带来的清洁车迅速离开。

7. 两个男人之间的感应纠缠

都说人倒霉的时候喝凉水都会塞牙，此刻的她运气差到不仅仅是塞牙了，而是走路都会连摔几个狗啃泥的那种。

林小小一只手推着清洁车，一只手拿着空空如也的相机，望着黑乎乎的卡槽缝儿，欲哭无泪，心里一阵抱怨嘀咕：我这到底是撞了哪路霉神啊？

“霉神大人，你就不能离我远一点吗？你看我还不够可怜吗？我……”

“对了，霉神！是陆鸿渐吧！”

“嗯，全怪陆鸿渐！”

林小小盯着地毯上的花纹，就像盯着陆鸿渐的脸一样，双眼顿时像要喷火一般。

“要不是他刷爆了我的信用卡，我就不会欠钱，我不欠钱就不用接徐森和老大炒绯闻的任务，不接任务就不会来这里给老大添了一大堆麻烦，最终连任务都搞丢……”

她一边自言自语着，一边用力踩那一团花纹：“陆鸿渐，你个浑蛋，最好别让我找到你，否则我……”

浑然不觉另一个霉运此刻正跃跃欲试盯上了她。

“嘭！”

林小小完全不料从天而降一个塑料桶，塑料桶一下子扣下来，将她半个身子都装在里面，还有人拿着什么东西在外敲她脑袋。

那人一边敲一边操着一口流利的泰语喊：“抓小偷，抓小偷！”

林小小被这突然袭击吓坏了，只听着耳旁塑料桶被敲得“咚咚咚”响，顿时也反应过来，报应来了，谁叫她偷了酒店清洁员的布草车。

她连连求饶道歉：“Sorry，Sorry……”

听到求饶声，清洁员反而愣了一下，而林小小自然趁着这个空当，以迅雷不及掩耳之势摘下扣在她头上的桶，脱掉套在身上的清洁员外套，夺门而逃。

林小小跑了半天看到没有人追上来才长舒了一口气，心有余悸，靠在墙壁上抚着胸口，又紧紧捏拳道：“陆鸿渐，我就不信老娘找不到你……”

另一边，林小小离开后，程浩顺手将存储卡放到一边，伸手活动手臂，那条手臂虽然已经恢复了一些知觉，但是还是没有痛感，丝毫都没有。

他皱眉，迅速拿了件外套出了门。

泰国的夜市也很热闹，游人如织，“美女”之多如仲夏繁花。

程浩去了这条热闹街道上的一家中医馆，中医师替他检查，又扎了银针，贴上膏药。他提着药刚走出中医馆门，小童就发来了消息，除了一张陆鸿渐正被一群美女围绕在中间的照片外，还有一条语音信息：“哥，找到陆鸿渐了，他现在在这家叫‘Tiger’的酒吧。”

下一秒，酒吧定位被发送到了他手机上。

程浩此行就是为了搞清楚陆鸿渐的事，而小童自然也被他派去专程调查和跟踪陆鸿渐了。

程浩招来出租车，迅速回到酒店后，点开定位，才发现那家酒吧离他下榻的酒店很近，于是匆匆忙忙赶了过去。

Tiger 酒吧是一家特色酒吧，其位置其实就处在沙滩与道路之间。酒吧没有四面墙壁包围，只有几棵巨大的棕榈树分开酒吧和街道。

棕榈树上挂着五彩缤纷的彩灯，在夜晚海滨与街道相接处亮起，忽明忽灭，映照着酒吧舞台上的美丽舞娘们绚烂的衣服和妆容，别有一番异国风情。

一边听着海浪轻拍沙滩的声音，一边看着妖娆多姿的舞娘们的舞蹈，喝着小酒调着情，陆鸿渐觉得这日子虽然没有想象的纸醉金迷，但是也还算凑合。

当程浩艰难地躲过各家酒吧在街上招揽顾客的服务员，站在 Tiger 外围栏边朝 Tiger 里面望去时，他一眼就看到了陆鸿渐。

陆鸿渐不但顶着那一张和程浩一模一样的脸招摇过市，还穿得很招摇，笑容也毫不吝啬地送给他面前的美女，让人想不注意都难。

程浩面无表情地看着陆鸿渐和身旁的美女调情，推了推脸上的墨镜，压低了鸭舌帽沿，再将卫衣的兜帽拉起来戴在鸭舌帽外。这样穿着打扮，几乎是里外三层都包裹得严严实实，旁人很难再认出这就是大明星程浩！

程浩抬步走到一个边角的座位坐下，跟服务员要了一杯水，便静坐着盯着陆鸿渐。

陆鸿渐一副很善于交际的模样，笑容灿烂，一会儿跟他身旁的美女交头接耳，一会儿碰杯，相谈甚欢。喝完一杯，他又冲酒保举起杯子。

酒保给他和美女分别倒上酒，又是一杯酒下去，美女双颊绯红，眼神迷魅，微微靠近陆鸿渐。陆鸿渐也审时度势，顺势抬起一条手臂，将美女轻轻揽入怀里。

程浩坐得都感觉后背有些酸，于是微微起身调整了一下座位。刚坐下，程浩发现陆鸿渐似乎也站起又坐下，导致刚入怀的美女一下子被推了出去。

陆鸿渐拧眉，不知道发生了什么，转而又笑着化解尴尬，继续跟美女互撩，顺便又问酒保要了一杯酒。

程浩蹙眉，天知道这个陆鸿渐还要喝到什么时候。陆鸿游手好闲，他程浩却没那么闲。他都单独出来好久了，一会儿那个母老虎邹灵要是去查房发现他不在，又该要大发雷霆了。

想着，程浩抬起手腕看腕表，却不料眼角余光正好看到陆鸿渐也像他一样抬起了手臂。

陆鸿渐本来就捏着酒杯，酒杯又见底了，他这样抬起手臂，酒保以为他又要酒，顿时又给他续了一杯。

陆鸿渐转头看着自己莫名其妙抬起要酒的手，脸上也闪过一阵迷茫，但转而就被身旁美女的撒娇吸引走了注意力。

程浩却心下一惊，又想起了在浴室中，他和这个叫陆鸿渐的人赤诚相对，陆鸿渐和他动作的一致，就像收到他指令的机器人。

8. 偷鸡不成蚀把米

程浩不由得又回想起在网上看到的那段资料：

“……平行时空从原时空中分离出来，跟原时空既相似又不同……两个时空中的人，有可能外在样貌、血型、指纹都相同，但因个体差异及选择不同而命运不同……有科学家称，就如同人做梦，梦见自己在不同的环境做着不同的事，那有可能就是你和另一个时空的自己产生了感应纠缠……”

所以，这是他和陆鸿渐之间的……感应纠缠？

也就是说，当他和陆鸿渐的距离够近时，他和陆鸿渐虽然外形一样，但是有些微不一样。他就像子母机中的母机，陆鸿渐就像子母机中的子机，陆鸿渐有时候会受到他的影响，陆鸿渐的身体会不由自主地跟着他做出一些相同的动作！

程浩为了验证是否如他推断的这样，再次抬起了手，然后手臂平举着在半空中晃了几下。

同时，陆鸿渐握着酒杯的手也抬了起来，同样晃了几下，晃动手臂的弧度和次数都一点不差。

程浩接着转动手腕，陆鸿渐也眼睁睁地看着自己转动手腕，然后酒杯倾斜，将酒杯里刚倒满的一杯酒给倒掉了。

陆鸿渐此时几杯酒下肚，也有些醉意，他懒得去想为什么自己的手臂会自己动，干脆放下酒杯，转而一只手搂着美女，一只手去抓住美女的小手。

美女斜斜地靠在陆鸿渐怀里，两人眼波纠缠，陆鸿渐慢慢俯下脸，美女也渐渐闭上眼睛，等待陆鸿渐亲吻上来……

突然，陆鸿渐抓住美女小手的那只手迅速放开美女，再次端起一杯酒，一下子就泼向他怀里等待和他来个么么哒的美女。

美女只感觉胸口一阵冰凉，顿时睁开眼，美目怒瞪陆鸿渐。

陆鸿渐也看着自己的手纳闷：难道是我喝多了，身体就变得不由我自己操控了？

美女当即怒上心头，抬手推开陆鸿渐，刚才温柔的小手一下子变得暴虐，一巴掌朝着陆鸿渐的脸呼了过去：“What are you doing?（你在干什么？）”

“啪！”

一道清脆的声音夹杂在音乐声中，连吧台里的酒保都皱了皱眉，陆鸿渐感觉到脸上一阵火辣辣的疼，而几乎所有的人心底却在笑吧台边这个男人自作自受。

美女扇完耳光，厌恶地看了陆鸿渐一眼，转身就走。

陆鸿渐被一耳光打醒了几分，顿时要去挽留美女，起身便拦住美女的去路，嘴里还说着英文：“Sorry,honey!Don't leave me alone.（对不起，亲爱的！不要离开我。）”

程浩坐在角落里，突然脸上闪过一抹坏笑，今晚的好戏到此为止吧，他抬手在空中用力一扬！

只见陆鸿渐拦住美女，去拉美女的手半道变换了反向和力道，扬起给了美女一个响亮的还击！

“砰！”

美女只感觉脑袋上一疼，陆鸿渐的手掌直接打在她头上。

美女顿时面目狰狞，指着陆鸿渐喊道：“What the hell?（搞什么鬼？）”

陆鸿渐再次傻了，这只手成精了不成，还会自作主张了！？

他想要道歉，却发现此时酒吧里的几个文身大汉围了过来，顿时便感觉不妙。此地不宜久留，再这样下去，他势必会被揍得鼻青脸肿！

陆鸿渐顿时带着讨好的笑容，双手合十，不断对美女和四周围过来的人用泰语道歉，然后趁着对方在交头接耳问美女是怎么回事时，他像泥鳅一样滑溜地从人缝间挤了过去，迅速逃离酒吧。

美女和那一群大汉自然不肯放过他，紧追而上，一出酒吧，尽管街道上的行人游客如织，大汉们还是看到了陆鸿渐的身影，拨开人群追了上去。

陆鸿渐落荒而逃，程浩顿时得到机会，他压了压帽檐，起身走到陆鸿渐坐过的地方，将陆鸿渐的酒杯拿起来，用指纹胶带迅速取了陆鸿渐的指纹，然后潇洒离开。

陆鸿渐却还在逃命，那几个大汉虽然不能近身，但是也没有那么容易就放过他。

陆鸿渐穿街过巷，在人流中如同一条泥鳅一般，见缝插针，好不容易拐了几道弯，溜回酒店后巷，回头张望时，已经看不见那群大汉的踪影了。

陆鸿渐两手撑着膝盖，佝偻着腰，喘得跟条狗似的。

好不容易喘过气来，突然感觉后背被人重重拍了一下，他悚然起身回头，却见是自己自从来到这里后遇到的最熟悉的面孔，林小小。

一时间，陆鸿渐都快激动得抱住林小小了，但他看清林小小脸上不悦的神情后，顿时反应过来，这是他的债主，同样也是比较危险的人物。

林小小揪着陆鸿渐的衣领道："你还往哪里跑！"

他还微微喘着气，显然是已经跑不动了，扬了扬手道："小小，我不跑了，要杀要剐都随便你……"

"哼，休想用命抵债，你的命不值十万。"林小小说着，一脸气闷，摊开小手伸到陆鸿渐面前，道，"我的信用卡呢？拿来！还有，你什么时候还钱给我！"

林小小逼债的时候，这条巷子的入口处，一个黑色身影藏在暗处，正是追上来的程浩。

程浩静静地站在那头，看着林小小要债，而陆鸿渐在林小小面前舌灿莲花。

"小小，那些钱我都交学费了，现在怎么可能有钱啊？而且我现在还没有地方住，逼不得已才想找个好心的姑娘收留我一晚，谁知道刚才还被姑娘的家人追赶。"陆鸿渐又开始抹泪哭穷装可怜，"你看我都这么惨了，你就不能先放我一马吗，善良的小小？"

"你是不是当我是傻子？你骗我就算了，竟然出国了还想在外国行骗？陆鸿渐你还要不要点脸……"

林小小很气愤，她自然是了解陆鸿渐那臭德行的，他所谓的找个好姑娘收留他一晚上，不就是想骗人家姑娘那啥吗！

9. 陆鸿渐的晦气跟程浩有关？

林小小越想越气，抬起脚一脚踹在陆鸿渐小腿肚上，疼得陆鸿渐龇牙咧嘴，站在远处的程浩似乎都能隐隐感觉到腿上一疼。

不过让他感到很奇怪的是，面对他时的林小小，好像……和此时对待陆鸿渐的林小小，也有点不一样。

明明陆鸿渐长着跟他一样的脸。

程浩叹了一口气，不忍看着林小小揍陆鸿渐，转过脸暗暗道：唉，居然混到这种地步……

陆鸿渐一边哀号着，一边又继续哭诉他的苦难史："我也不想啊！要不是我运气差，哪会到今天这个地步……"

他又想起给他起名那个大师的话，顿时哭得更厉害了。

"凭什么我的气数要跟程浩挂钩！我不甘心！我苦啊！我都改名改姓了，还要我怎样啊！！！”

陆鸿渐似乎真的很伤心，那么大个男人，一屁股坐在地上号啕大哭。

酒店里的员工从后门进进出出，虽然听不懂陆鸿渐说的什么，但是看他那样子，也操着泰语指指点点。

林小小面皮薄，一下子就绷不住了，赶紧一把拽住陆鸿渐的衣领，想要将他拉起来：“一个大男人，你丢不丢人啊……”

可是陆鸿渐一百好几十斤，她根本提不动，而陆鸿渐似乎沉浸在自己的悲伤中，完全无法自拔，又将他的苦难史从头到尾哭诉了一遍。

什么因为他的书稿被人当钱抢，电脑突然崩溃丢稿子等等……

程浩站在巷口黑暗中，神色模糊不清。但他清楚听到了陆鸿渐的这些“苦难”，此时只感觉心头异常沉重，果然是因为他的出现，打破了平行时空的法则，导致这个世界的程浩改变了命运……

他迈着沉重的步伐离开，巷子里林小小和陆鸿渐斗嘴的声音渐渐远去。

……

套房大落地窗外，异国的夜空其实和国内一样，黑暗安宁中透着几分压抑。

程浩坐在书桌前，偌大的套房内，只开了一盏台灯。台灯灯光映照着他轮廓分明的脸庞，一半明一半暗，但是他的眸子紧紧盯着他面前的指纹胶带。

当他将他的指纹和陆鸿渐的指纹重叠时，虽然结果在预料之中，但还是被惊吓到了。

他和陆鸿渐就连指纹也一模一样！

这进一步证实，陆鸿渐确实是这个世界的“他”。

他望着完全重叠的指纹，突然眼前划过一抹流光，进而感觉脑中某一个经历过的片段变得异常清晰，竟然是他在这个世界遇到邹灵的那天。

那天也正是改变陆鸿渐命运的转折点。

程浩细细回想那天，从刚领了华语最佳人气偶像明星奖的大明星，一夜之间一场车祸，导致他突然“回到”两年前还一文不名的普通人，他迷茫地站在广场上思考着这究竟是怎么一回事。

谁知道他竟然回到了当初遇到邹灵的那天，这个世界的邹灵出现，递给他名片，并且想签下他，将他包装成大明星。

当时他确实以为他只是回到了过去，却没想到同时，这个世界的程浩也就是现在的陆鸿渐，也在那时候从他身旁经过，因为他而错失了在这个世界成为大明星的机会！

一步错，导致步步错。

程浩回想着这段他从不曾注意，此时却无比清晰的记忆，深深叹了一口气。

突然，他抬手移动面前他和陆鸿渐的照片，将他和陆鸿渐的照片调换了位置，喃喃自言自语道："如果……我和陆鸿渐将身份换过来，我让他成为大明星程浩，这样他就回到了他原本应该在的位置，那么同理，我……是否也就能回到我本应该在的世界？"

眼角余光又忽然瞟到自己手臂上贴着膏药的位置，他像在和这个游戏讲条件，又退了一步道："或者，我是不是至少能……恢复痛觉？"

没有痛觉的身体，其实和行尸走肉也没多大区别了。

他越想越觉得可能，最后拿陆鸿渐的照片放在面前的杂志上，将他的照片挡住。

他露出了欣慰、满意的笑容，一个计划已在脑中成形。不过这个计划他还需要林小小的帮助才行！

有了这个计划，程浩终于能安稳地睡一觉了。

次日，正好是拍程浩和徐淼的对手戏。

程浩在拍摄前都会跟导演先沟通一下，这样拍摄时会很顺利，不会浪费大家的时间和精力一遍又一遍重来。

因为程浩在工作上认真负责，所以他个人在工作圈内的口风和评价是很高的。

此时，程浩正在跟导演最后确定走位以及导演要的出图画面，一旁灯光师们忙着布置场地、调试灯光，其他人员也各就各位，准备开拍。

化妆师也在给徐淼最后补妆。见到林小小跑过来，徐淼推开化妆师，将林小小拉到一旁，压低声音道："你一张照片都没拍到？"

徐淼昨晚从林小小的房间顺走的照相机内空空如也，而林小小今天也是因为到处找相机才来迟。

徐淼这样一问，林小小顿时便了然，原来是徐淼已经"检查"过她的工作了。

林小小还是很心虚地点点头，又小声道："您昨天在程浩房间里，好像也没待太长时间？"

徐淼原本盛气凌人，却被林小小这小声的质疑搞得有些不自在，这就好像在质疑她的个人魅力一样。她怎么会承认她这么差劲！

10. 偷拍借位不会吗？

徐淼对林小小翻了个白眼，道："时间是不长……可我们也有身体接触啊，而且还不止一次呢，再说，你是榆木脑袋吗，不会借个位吗？"

"比如，他扯我胳膊的时候，他看剧本，我坐到他身旁的时候，他推我出门的时候，哪一次不是机会？你就不能拍成他深情地拉住我望着我，轻抚着我的背这种样子吗？"

徐淼撩着她的头发，一时间陷入幻想，神情陶醉。

林小小咧咧嘴，看着徐淼的样子，想笑又不敢笑，只能低着头努力憋着："事情发生得太快了，而且你们俩总是换位置，我都没来得及调好焦距，总不能拍一堆糊成一团的照片吧？"

徐淼顿时被林小小怼得接不上话，狠狠瞪了林小小一眼，无奈林小小说的是实话，昨天自己洋相尽出。

林小小被她盯得浑身发毛。

徐淼转着眼珠，突然又有了主意："这样，等下拍摄的间隙，你当我助理，站在我旁边好好拍，每个细节都要给我捕捉到，听到没有！"

"啊？这……在片场直接偷拍，恐怕不太好吧？"林小小本能地要找借口拒绝，而且她也根本不想给她家老大拍那些乱七八糟的绯闻照好吗！更何况是跟这么没有气质的阿姨。

"少找借口，叫你拍你就拍，信不信我告诉我叔叔！"徐淼一边威胁，一边已经拖着林小小进了场。

林小小摆手刚想要摆脱徐淼，不料此时程浩回过头来，看到林小小来了，脸上顿时浮现了一个诡异的微笑。

徐淼也放开了林小小，导演已经喊角色就位，徐淼顿时将她的遮阳防晒装备，什么墨镜、丝巾、衣服、扇子，一股脑塞到林小小怀里，还冲林小小挤眉弄眼。

林小小苦着脸看看一旁徐淼的助理喝着水的悠闲自得样，虽然很气愤，但是也有苦说不出。

此时徐淼和程浩就位，导演喊了一声"Action"，场记报了片名、场次等，然后将手中的场记板"啪"的一声拍下。

徐淼和程浩两人并肩漫步在沙滩上，赤脚踩着松软的沙子，任由海水轻轻拍打着他们的肌肤。

这时镜头推近，徐淼却莫名其妙地越来越靠近程浩，甚至脑袋都歪向程浩的肩膀……

导演顿时喊道："停一下！停一下！徐小姐，我们是要体现两个人清纯、青涩感觉的，初恋的感觉，你不能直接往上贴啊！明白？"

林小小在一边嘀咕："就是，又不是无脊椎软体动物。"

徐淼虽然早知道导演会不留情面，但是还是作死这样做了，所以也怪不得别人。她只好尴尬地笑着道："啊好的导演，重来一条吧！"

导演点了点头，继续拍摄。

徐淼也不敢再乱来，终于，这个镜头过了。

程浩走到监视器前坐下和导演一起看回放，这样能够及时看到自己在镜头前的表现，以便做出调整。

徐淼也赶紧让人搬过去一张椅子，挤在程浩和导演之间，偷偷招手示意林小小跟上，她要给林小小制造机会了。

林小小追着徐淼跑得直喘，一边给徐淼扇着小风扇，一边又抱着徐淼的那一大堆装备。

徐淼正着急插不上话，正此时，见程浩拿了一瓶水拧开了盖子，立即娇声娇气地道："哎呀，今天真的好热哦，哥，人家好渴——"

其实她的意思再明显不过了，就是想要程浩给她递水，她摆出一副撒娇的样子，只要程浩给她递水了，有心人也会看在眼里，就会觉得两人之间有故事。

程浩听闻转头，却见林小小举着小风扇站在徐淼身侧给她吹风，抱着她的一大堆东西，忙得都腾不出手来，热得小脸红扑扑的，却还很努力的样子，顿时就有几分心疼。

程浩长臂一伸，竟然直接越过徐淼，将刚拧开的水递给林小小："给，确实挺辛苦的，把手上的东西放一放吧。"

林小小一脸茫然，受宠若惊，呆住了。

徐淼却脸色很黑，程浩是把水递给林小小的，她不可能去接，这里这么多双眼睛都盯着呢！

林小小小心翼翼地看了一眼徐淼，徐淼道："浩哥真贴心，连工作人员都照顾得这么周到，难怪在圈子里您的人缘那么好。林小小你还不拿着，浩哥体谅你呢！"语气中却醋意浓重。

林小小感激地点头接过程浩递来的水："谢谢老……谢谢浩哥。"

可林小小一时又不知道该怎么处理这瓶水。将水再递给徐淼是不可能的，这是老大专门为了避嫌才递给她的，可是不递给徐淼，自己喝了，那不明摆着她在打脸徐淼嘛！

最终，林小小只能默默地将这瓶水装进她的背包。

没拿到水，徐淼怎么甘心，撩了撩头发，身子又朝程浩那边靠过去一些，准备再问程浩要一瓶。

林小小依然举着风扇给徐淼吹着，但是徐淼的头发越发张扬放肆，在导演脸上、脖子上扫来扫去。

"浩哥，人家也好渴啊——"徐淼又开口问程浩要水。

程浩还没做出回应，导演就先忍受不了了。

"好！我们休息一下！灯光师换光，化妆师补妆，演员再对一下台词，熟悉一下走位，稍后继续！"

程浩也会意导演的意思，立即起身离开监视器。

终于清静了，脸上、脖子上也再没有那讨厌的头发，导演终于暗暗松了一口气。拍摄的过程中，徐淼做得不好，他有理由可以说她骂她，但是私下里不好说她什么。

不过徐淼的意图那么明显，是个傻子都能看出来。而且这个圈子里的事，大家也都心知肚明。

徐淼是承天传媒力捧的新人，承天传媒自然想让徐淼借机和程浩走近，要是能和当红男星程浩炒点绯闻，那么徐淼的身价就能水涨船高，知名度、曝光度也会上一个档次。

但是大家更加知道程浩是什么人，那是一个不论正面、反面都写着“女人勿近”的禁欲系高冷王子，怎么那么容易就让这些虚荣的女人得逞？

“浩哥，您慢点儿走，等等我呀！”不甘心放弃的徐淼全程追在程浩身后跑，林小小自然也被吩咐着举着小风扇追着徐淼跑。

可是程浩根本不想搭理徐淼，徐淼越喊，他走得越快，一时间场面有些滑稽。

徐淼再次暗示林小小拍照片，此时没有那么多工作人员了，林小小虽然百万个不愿意，但是也只得听命拿出手机，藏在她抱着的丝巾下面拍。

可她怎么拍都只能拍到徐淼的背影。

她快走几步追上前去，走在徐淼和程浩前面，一边假装举着小风扇给徐淼吹风，一边暗藏手机要拍。

徐淼见林小小已经就位，顿时也装作走不稳要绊倒的样子，故意朝程浩怀里扑了过去。

程浩眼明手快，侧身后退一大步，顺便将林小小一把扯过来，拉在他身前抵挡住徐淼的狼扑。

林小小对这突然出现的状况始料不及，一个趔趄，还没站稳就被徐淼猛扑上来，连带着身后的程浩也一个没反应过来摔倒在地。

只见徐淼趴在林小小身上，林小小靠在程浩胸膛上，顿时场面变得尴尬起来。

徐淼顿时气不打一处来：叫她拍照片，她这是拍的哪门子照片？不但拍不了照片，还处处碍手碍脚，妨碍自己和程浩亲密接触！

徐淼双眼像刀子一般盯着林小小，然后恨恨地起身想要走开。

“刺啦——”随着徐淼起身，传来一声布料破裂的脆响。

徐淼惊恐地低头看，她的昂贵长裙被林小小的背包扣子钩住，拉出老长一道口子来！

这一刻，徐淼再也顾不上她的女神仪态，暴喝一声：“林小小！你这该死的包包！”

林小小吓得小脸煞白，赶忙道歉：“对不起，对不起！我不是故意的。”

“你是不是找死啊！”徐森的手顿时扬了起来。

林小小顿时吓得闭上了眼睛，突然，程浩伸出手来将徐森的手抓在了半空中。

场面再度变得尴尬，气氛降至冰点。

此时，徐森的助理朱莉赶紧跑过来救场：“森姐，我带你去换衣服吧。”朱莉一边扶着徐森，一边压低声音提醒徐森道，“森姐千万别生气，公共场合大家都看着呢，注意形象！”

看着林小小那张无辜的脸，徐森都想一耳刮子甩过去了，不过助理来得及时，徐森也算及时保持理智。她也知道自己刚刚那一巴掌扇下去，承天传媒给她包装的女神形象就彻底崩塌了！

徐森气得浑身发抖，也只得忍着，一只手捏着裙子破烂处，怒气冲冲地转身离去。

林小小心知自己这次又惹祸了，虽然徐森刚刚对她很凶，但是她此刻只想跟着徐森和徐森助理赶紧溜，因为她更惹不起的是老大。

她埋着头刚想走，谁知道身后一只手却将她的衣领一拉，将她拉了回来。

林小小也很吃惊程浩突然的动作，盯着那张只是看着就会脸红心跳的脸，一时间忘记该怎么说话。

“我……”

“她是不是经常为难你？”程浩让自己的语气尽量温和可亲。

看着程浩温柔的目光，林小小一时受宠若惊，不过更多的是意外，回过神来：“啊？没，没有啊……”

“手机给我！”是不容置疑的语气。

“哈？”不要吧，难道老大又发现她用手机偷拍了？可她什么有用的都没拍到啊！

林小小苦着一张脸，但是碍于是老大的要求，也只得将手机交出去：“老大，我知道自己怎么解释都没用，可是我确实有不得已的苦衷，而且我发誓我是绝对不会写对你不利的新闻的，所以，你看你能不能删掉后，把手机还……”

林小小小心翼翼地注意程浩的表情，想要保住她的手机。

这个女人又在胡说八道什么？程浩虽然不解，但还是迅速打开林小小的手机，找到电话簿，翻出陆鸿渐的手机号，默念一遍记住，然后将一串电话号码输入林小小的手机并存好。

“这是我助理小童的电话号码，要是她以后再为难你，你就打他电话。”

林小小瞬间又蒙了。这是什么状况？老大竟然站在她这一边？她没听错吧！他这就是要给她撑腰吧！

天哪，老大怎么可以对粉丝这么好！这会宠坏她这个小粉丝的啊！

程浩将手机递回给林小小，同时微勾嘴角，一抹迷人又有几分酷帅的笑容挂在他脸上："拿好手机。"

林小小早已被程浩这个笑容迷得晕乎乎的。这就是她家老大啊，真的太有魅力啦！

林小小痴迷地望着程浩离去的背影，只觉得那个背影一瞬间像会发光一般耀眼，真的恍若天神。

又帅又温柔，又聪明又暖心……

林小小傻笑着想，世上怎么会有这样完美的人，这是她家男神，她的偶像！紧接着她又陷入幻想。

……

终于结束一天的拍摄，程浩在更衣室中换好衣服，坐在一旁拿出手机。

程浩打开微信，登录小号，从小童给自己的一套美女图中挑选了一张，设置成头像，然后输入陆鸿渐的手机号码，果然找到了他的微信号。

程浩看着陆鸿渐的好友添加页面，一只手握拳放在唇边，略迟疑了一阵，这才点了"加为好友"。

弹出来认证信息，程浩忍着肉麻的感觉，在认证信息栏输入"小哥哥，加我好吗"，并附上一个可爱的表情，然后便起身朝外走去。

他心想陆鸿渐应该也要过些时候才会看到，却不想还没走出更衣室，微信通过提示音就响了起来。程浩哭笑不得，看来美女对他的吸引力还真的大啊。

事实证明，程浩想的一点都没错，不光是美女，在看到美女照片上那手上戴着一颗闪闪发光的鸽子蛋，以及她身后装修挺豪华的房间背景和身后床上放着的名牌包包时，陆鸿渐就已经蠢蠢欲动了。

随即他发了房号，相约美女一起赏月、喝红酒。

陆鸿渐收到对方回复的"OK"，简直高兴得跳了起来，心想，终于结束了他只能盯着美女看的生活，这送上门来的，总该跑不掉了吧！

11. 两百万的"卖身"合同

正所谓人逢喜事精神爽，更何况是从天而降的桃花运，更不要说这个桃花运刚好是自己梦寐以求的类型，陆鸿渐从咖啡店晃晃悠悠回到酒店，路上不停地吹着口哨傻笑着，像买彩票中了一般高兴，以至于看到他的行人不是以为他傻了就是以为他羊痫风作了。

毕竟在泡妞这件事上，陆鸿渐还是倒霉的时候多，虽然长着一张帅气的脸，但是大多数时候都出于种种原因没得手，今天竟然遇到一个主动送上门来的，能不高兴吗！

他哼着小曲儿走到自己的房门口，却没急着开门，而是突发灵感一般，对着房门来了一段尬舞。

他想象着房门就是刚才微信约他的美女，搔首弄姿壁咚着美女，摆出一个自认为撩人的姿势和表情之后，才拿出房卡进了房门。

他一边接着尬舞，一边开始脱衣服，那情景似乎美女已经在床上等着他了……

程浩饶有兴致地看着陆鸿渐扭腰摆臀脱衣服，但是不知怎的有一种羞耻感。

因为对方本来就跟他外观上没什么区别，所以他就像隔着镜子看自己在跳脱衣舞一样。

而陆鸿渐解开上衣纽扣时，才发现他房间的沙发上已经坐着一个人了，而且是个男人！更要命的是，还是一个和他长得一模一样的男人！

程浩！

忙不迭地将衣领捏紧，跑出去特意看了一眼门牌号，确定没错之后，陆鸿渐一脸疑惑。

“程浩，你为什么会出现在我房间？你怎么进来的？来干吗？”

看到这张脸，陆鸿渐就回想起那天在海滨浴场，他虽然当着程浩的面拿走了程浩的衣服还有钱，但是也帮程浩摆脱了困扰，所以自然跟程浩两不相欠……可他此时莫名地有点心虚。

程浩坐在沙发上，嘴角勾起一抹邪气又神秘的笑容，晃了晃手中的房卡道：“我告诉前台我的房卡忘带了，他们就把备用的给我了。”

也是，本来两个人就长得一样，服务员能分清也就怪了。

陆鸿渐紧张地退后一步，又抓过衣服往身上套，心里的疑问更多了。

“那你到我房间来干吗？”

程浩脸上的笑容更加邪魅了，看着陆鸿渐既紧张又警惕、慌张的样子，程浩觉得挺好玩的，存心要捉弄陆鸿渐一下。

“不是你把我约来的吗，小哥哥？”程浩举起手机对陆鸿渐晃了晃，微信上是和陆鸿渐的聊天界面，“不是说好的要共度良宵吗？”

陆鸿渐的脸色渐变，一分鄙夷、两分嫌弃、三分复杂、四分害怕，脸上的种种表情像变戏法一样地闪过，随即他抬起颤抖的手：“咦，没想到你堂堂大明星，竟然有这种癖好！程浩我告诉你，我，我是直的！你别过来啊……”

陆鸿渐说着，顿时双手抱住自己还没穿好衣服的上半身，真怕某人揩他油似的。

“你别过来，再过来我要叫了……”

场面一度很滑稽。

程浩没想到这家伙竟然直接入戏了，一时间哭笑不得。怕误会深了，逗乐子也到此为止，他转而脸色严肃地道：“我是来帮你的！”

“哈？”陆鸿渐更是一脸蒙。

程浩继续说道：“陆鸿渐，二十三岁，三流网文写手，所写网文小说的阅读量加起来总共不超过十万，目前已经入不敷出。你向你的女朋友们借钱借到信用透支，四处躲债，到现在，应该连最后一根稻草都没有了吧？那么等你这次弹尽粮绝之后，以后的日子你要怎么过？”

陆鸿渐一脸惊恐，看程浩顿时像看外星人一般：“你……这些你怎么知道的？”

“当然，如果你能把钱还上，应该就不算什么，不过，如果还不上的话，你想想你那些借钱给你的女性朋友，她们会以什么样的名义将你处置？”程浩语气加重，目光凌厉地瞪了一眼陆鸿渐，“或者是将你告上法庭？”

陆鸿渐被程浩说得一时哑口无言，也被程浩的假设吓得脸色白了几分。他确实从来没想过这些后果，他是那种只顾着今朝有酒今朝醉的人，哪管什么明日愁？

但要是真的被某一个借钱给他的女性朋友告了，他这一世英名可就完蛋了啊！

“所以，你就是要帮我还债？”陆鸿渐脑洞也是挺大的。

程浩笑着点了点头，又摇了摇头，道：“我可不帮你还债，我只是给你提供一个赚钱的机会，就看你想不想要。”

“什么？怎么赚钱？”陆鸿渐听见赚钱，双眼瞬间亮了起来。

“我要你替代我。”程浩直截了当道。

“啊？”陆鸿渐又蒙了，“我替代你做什么？”

程浩有些无语，这陆鸿渐理解能力也太差了，还没懂他的意思，他只得补充道：“我的意思是，让你替代我，成为大明星程浩。一个月的时间，你用我的身份活动。当然，我会先付你十万定金，其他款项分批次打入你的账户，一共一百万。”

陆鸿渐迅速转过身，心中默念着：一个月一百万，每个月三十天，每天三万多，疯了疯了！这要是他写书，一辈子也挣不到这么多钱！

真的是倒霉运到头了，一定是老天爷听到了他对命运的抗议，现在来垂怜他了！

陆鸿渐纵然心里高兴得快蹦起来，依然要绷住，毕竟这世上和程浩长得一模一样的人，就他一个！

他平复了一下心情，转过身亮出胳膊上的一块瘀青，道：“那天假扮了你一小会儿，就成了这样，太危险了！你该知道你的粉丝有多疯狂，恨不得将我撕扯成几块，大家分了！”

“两百万！”程浩爽快加价。

陆鸿渐惊得嘴巴都快合不上了，两眼看着程浩就像看着一个提款机，闪闪发光。

既然程浩这么土豪，还这么好坑，陆鸿渐自然不能放过这小肥羊：“两百万啊……你也知道，明星表面看光鲜亮丽，实际上又苦又累，每天加班熬夜的，我这光嫩细滑的皮肤可得好好保养。再说，你万一接了什么露点的又有危险的工作，那我陆鸿渐的一世英名还有身家性命，不都得赔进去了……”

陆鸿渐一边说一边观察着程浩脸上的细微表情，看到程浩叹了一口气，起身似乎要离开的样子，明白自己好像狮子大开口了。

他连忙上前，一把抓住程浩，道：“哎哎，哥，哥，你别走，我答应，我答应你！”

“答应了？”程浩问，陆鸿渐点头，程浩这才挑了挑眉，嘴角向上翘起一个弧度，“那好，我现在说说我的要求。”

看着程浩不明所以的笑容，陆鸿渐眉角抽了抽：“什么要求？”

12. 以假乱真的替身计划

“第一，你只需要应付我身边的人，不能参加任何演出，或者用我的身份牟利或者跟女生暧昧。”程浩说着就狠狠剜了一眼陆鸿渐，陆鸿渐也被这个眼神吓到了，心想自己之前冒充的事该不会他也知道吧。

“第二，不能让人把我认出来，否则合同作废。第三，要严格模仿我的样子行事，不要给我找麻烦。”

听着程浩的条件，陆鸿渐顿时觉得：这程浩该不会脑子有包吧？谁会放着好好的大明星不做，找个替身给他做？至少陆鸿渐的榆木脑袋想不太明白。

他心里吐槽：难怪林小小那个蠢蛋会把你当偶像！

程浩问道：“你还有疑问吗？没有问题的话，我们就草拟协议。具体合同我会发送到你的邮箱，你电子签名之后再发回来。”

陆鸿渐连忙摇头又点头，不过他的神思早已经飘去数钞票了。

两百万啊，一辈子啊，说不定两辈子都挣不到这么多钱了！不行，他得好好想想怎么花！

陆鸿渐想着想着，不自觉露出古怪笑容，哈喇子都快掉了一地。

程浩咳嗽两声提醒陆鸿渐注意形象。

陆鸿渐立马上道地收起不正经的样子，像程浩一样冷着脸坐在沙发上，对程浩道：“我没有疑问了，你安排好发给我就是。”

“好。”程浩说着起身朝外走去，然而还没走出房间门，身后就传来一阵地板被撞击的声音。

侧过头看着陆鸿渐手舞足蹈的样子，程浩满脸黑线：“你穿好衣服下楼，我要验人！”

陆鸿渐尴尬地保持着蹦起来落地的姿势，只好讪讪地笑着点头答应。

酒店大堂的休闲区。

陆鸿渐穿了程浩的衣服，一本正经地装作大明星的样子，而程浩则穿着一身低调的便装坐在角落里，手里拿着一份报纸，摊开挡住了整个上半身。

酒店大堂里人来人往，不多时就有粉丝发现了“程浩”，纷纷跑上前去要合影、要签名。

而陆鸿渐模仿着程浩温和又疏离的笑容，耐心地给上来要合影和签名的粉丝签了名。

签名这件事，陆鸿渐私底下已经模仿过不下数十回——这当然是为了平常泡妞方便——一般人是不可能辨别出来区别的，对此他还是信心满满的。

正此时，被徐森折腾做了一天苦力的林小小拖着疲惫的身子走进了酒店大堂。

自然，她一眼就看到了陆鸿渐坐在大堂休闲区，还有几个粉丝围在他身旁要签名。

可是看这个人温和又疏离的笑容跟老大那么相似，一瞬间，林小小似乎也有点分不清那是程浩还是陆鸿渐。不过她有的是办法验证。

她摸出手机，拨了陆鸿渐的电话。

电话通了，但被挂掉了。

林小小眼睛一眨不眨地盯着陆鸿渐，却只看到陆鸿渐一直在给粉丝签名，并没有拿手机挂电话。此时的她更加蒙了，一个大大的问号悬在脑袋上。

“难道他真的是程浩？”

可是左看右看，她还是觉得被粉丝包围的“程浩”的气质就是不对。

看到林小小缓缓靠近，陆鸿渐有点慌张了，他按着蓝牙耳机通话道：“怎么回事？我是不是被林小小认出来了？”

角落里，程浩在报纸后露出一双眼睛：“不用管她，她不敢过去的。”

听到程浩的话，陆鸿渐瞬间安心不少。

这时，一个性感高挑的美女来找陆鸿渐要签名。

美女穿着一条紧身超短包臀裙子，一双大长腿露在外面，白皙诱人。

陆鸿渐依然装作镇定，微笑着给美女签了名，可当美女转身离开时，陆鸿渐的那双眼睛不由自主地就跟着美女那双美腿跑偏了。

林小小立即捕捉到了这个眼神，暗自笑了。

又让她抓到了他在扮演老大，败坏老大的名声！这次一定不能放过他！

她顿时大胆地朝着陆鸿渐走过去。

陆鸿渐抬眼发现林小小并没有像程浩说的那样不敢过来，瞬间心虚得后背都沁出一层薄汗。

“你想要签名？”陆鸿渐疏离而不失礼貌地微笑着。

林小小顿了一下，但是一脸愤怒：“你又在假扮老大，啊不对……程浩，是不是！”

“啊？”陆鸿渐还想继续装一下，但他慌张的神色已经出卖了他。

林小小顿时抬手给了陆鸿渐一个栗暴：“你整天能不能干点正事？”她一副恨铁不成钢的样子，他这样什么时候才能还清欠她的钱啊！

陆鸿渐暴露了也没觉得丢人，反正被林小小识破已经不是一次两次了，久了就习惯了。

陆鸿渐摸了摸被林小小敲的地方，还有点疼，一时间支支吾吾道：“你，你是怎么认出我来的？”

“拜托，我家老大那么单纯，还是母胎单身，追他的人都能排满整个钱塘江，但是他都不屑一顾。你以为谁都跟你一样啊，一看到美女，眼珠子都快掉下来了！”林小小翻了个白眼，一脸鄙夷，“算了，你说，你是不是又想用这种方法骗钱？”

要说是骗钱，那绝对是以前的黑历史了，现在的他顶多是为了赚钱。

陆鸿渐心虚地看向角落里报纸后的程浩，却见程浩莫名地俊脸抽了一下，而后悄然起身离开。

林小小察觉到陆鸿渐精神并不集中，顺着他眼光看过去，却发现那边什么也没有，郁闷地歪了歪脑袋。

程浩竟然直接走了！陆鸿渐顿时在心里骂人，随即脑子一转，万一林小小发现他跟程浩达成了共识，那么他跟程浩的合作关系肯定要吹了。眼看着到手的鸭子，啊不对，两百万插着翅膀就要飞了，他赶忙强行掩饰：“哎呀，我本来坐在这里，是想等你来着，但莫名其妙好多人过来要签名，所以咯……没办法，谁让我长了一张跟你老大一模一样的脸！这不是我的错啊！”

林小小嘴角抽了抽，这陆鸿渐虽然总是不务正业，但是说话总是一套一套的，她也拿他没有办法。

“那正好，我在泰国这边的行程结束了，明天就回国，所以，你也是要跟我一起回去，是吧？”

林小小可不能容忍陆鸿渐在外面装程浩胡作非为。

陆鸿渐早就忽悠惯了林小小，连忙点着头答应道：“好好好。”

林小小满意地拍了拍陆鸿渐的脑袋，就跟摸小狗似的，转而离开。

林小小前脚刚走，程浩的声音就传进陆鸿渐耳中：“明天不能回国，你需要秘密训练。”

陆鸿渐张望还在那边等电梯的林小小，寻思她都走了，那么自己的钱包应该也保住了，于是压低声音道：“那我之后的住宿费什么的呢？”

“我会打到你卡上。”程浩说完便挂了。

次日，徐森带着林小小和助理上了出租车，准备赶往机场回国。

徐淼这才想起要林小小拍的照片，林小小赶忙把照片拷贝到平板电脑上拿给了她，一看到照片，她顿时脸都绿了，嘴里不断埋怨着。

“死程浩！你碰我一下会中毒吗！林小小！你怎么连个接触点都拍不到！”

徐淼翻完了所有的照片，要么是她的背影，要么是她的正脸，要么就是她和程浩隔着十万八千里远一般的距离，这是什么绯闻照啊！

八竿子都打不到一块！

13. 劫机，抓浑蛋

徐淼都要气死了，这么好的机会都没把握住，往后她还怎么接近程浩啊！

林小小却终于觉得轻松了。她一边看着手机，一边敷衍地回答徐淼道：“抱歉啊，我拍照技术烂，公司还非得派我来，我也很绝望啊，淼姐你能感受到吧？”

本来叫陆鸿渐今天跟她一起回国，谁知早上起来就被徐淼催促过去帮她收拾东西，徐淼的助理一个人忙不过来，怕赶飞机延误，她只能去帮忙。

收拾好东西就直接走了，坐上车林小小才有时间给陆鸿渐发消息：我去机场了，你出发了吗？

陆鸿渐居然秒回消息：小小，我临时要参加培训了，不要等我，再见。

林小小眉头一皱，难不成他是真的变规矩了，心想陆鸿渐既然已经交了钱，培训也是应该的，便问道：钱呢？你什么时候还我钱？

消息发出去却石沉大海，林小小等了好久都没等到回复，下出租车了，她终于忍不住郁闷地喊了一声：“啊——”

徐淼、司机还有徐淼助理，都被林小小吓了一跳，用异样的目光看着她，她反应过来后连忙充满歉意地笑了笑，收敛自己的郁闷情绪。

其实也不是陆鸿渐故意不回她，而是此时他的手机被程浩没收，已经开始秘密的魔鬼训练了。

林小小带着郁闷下了飞机，刚下飞机老吴的电话就进来了，他让她将这次泰国行程写一篇绯闻新闻出来，以及她今天可以不用去公司报到了，但明天早上上班就要看到她的新闻稿。

林小小抬头望了望已经黑下来的天色，内心一阵崩溃：天都黑了，大家都下班了，什么叫我今天不用去公司报到了？

算了，林小小看着徐淼和徐淼助理先走了，也只得甩甩头，招了出租车回家。熬了几个小时夜，她终于写完稿子，累得一点都不想动了。

第二天一早，身心疲惫、顶着黑眼圈的林小小刚进办公室，就看到老吴早就等在她的工位上。

她自然知道老吴想要干什么，立马拿出写的新闻稿，给他检查。

可是老吴还没翻完，眉头就皱成了一团。看着老吴皱眉和不满的脸色，林小小黑眼圈都吓没了，赶紧解释道：“那个……我觉得这个新闻不能全部往绯闻方向靠，否则太像虚假炒作了，我们可以说两个人像朋友一样友好互动，然后循序渐进，慢慢铺垫……毕竟细水长流嘛！”

老吴白了林小小一眼，却直接拉出键盘，开始敲打起来：程浩国外私会绯闻女友，新晋偶像徐森才是王背后的女人……

林小小讪讪地笑着，脚下轻轻挪动，想看老吴怎么动她写的文稿，却不想老吴将电脑显示屏转过去，她完全看不到。

老吴一边打字，一边老道地教育林小小道：“你连一点想象力都没有，是怎么写小说的？有时候咱们写新闻稿，也要像写小说一样，懂吗？要有故事性，充满感情，这样读者们才会喜欢看！”

林小小实在看不到老吴在写什么，只好撇撇嘴，抱怨道：“程浩你又不是不知道，出了名的工作狂，除了拍戏时跟徐森接触，她好几次投怀送抱，都被程浩躲开了。他们之间根本连最基本的朋友之间的交流都没有，我能写成这样，已经挺有想象力了……”

老吴冷笑了一下，手指跳动，在她的稿子中合适的位置插入：两人时常会有各种暖心小互动，霸道总裁程浩对别人冷酷，却把徐森宠成猫一样的女人……

老吴又删删减减一些内容，继续添油加醋增加内容：“好了，我知道大概发生了什么，这稿子要写什么了，你去帮我买杯咖啡吧！”

林小小将信将疑地点头，转身走时又回头讨好老吴道：“吴老师啊，拜托把我们家程浩写好点吧！”

老吴敷衍着道：“会的会的，你赶紧去买咖啡！看你那黑眼圈，真是比国宝还黑，也给你自己买点眼膜吧！”

林小小答应着往外走去。

总算能过几天舒心清净的日子了，那稿子老吴修改后，虽然没给林小小看，但是老吴也没再找林小小麻烦，徐森也没找她麻烦，世界顿时都美好了。

下班后，她提着面膜、眼膜回家，心想今天要美美地敷个面膜、眼膜，休息一下。

今天她还买了她最喜欢吃的法棍面包，这会儿，少女啃了几口法棍面包后，便贴上了面膜，躺在沙发上。

回想着陆鸿渐原本答应她跟她回国，却突然反悔，她左思右想，还是觉得有疑点。这又是几天过去了，不知道陆鸿渐是真培训还是假培训。她从茶几上拿过手机，开始翻看陆鸿渐的微博，竟然没有任何更新。

此时，她的手机有消息进来，是这个月信用卡账单未还的提醒信息：您尾号

4598 的信用卡 06 月人民币账单金额 118446.68 元，还款到期时间 07 月 25 日，请尽快还款。

林小小惊得面膜都掉了，此时她真想捶死陆鸿渐那个霉神了！

“陆鸿渐你个浑蛋，十几万啊，你的命都不值十几万，看我不去劫你的机！”林小小发狠般一握拳头，揪下一块面包，就跟拧下陆鸿渐的脑袋似的。

林小小机智地通过手机 APP 查询到了陆鸿渐买了机票即将回国，信誓旦旦地撸起袖子准备去机场堵人。

“砰砰砰！”突如其来的砸门声再次将林小小吓了一跳。

紧接着，周甜甜的声音就从门外闷闷地传来：“林小小！快开门！”

林小小愣了一下，好像感觉到不妙的信号，周甜甜轻易不会这样对她大吼大叫，除非事关程浩。她回想了一下，自己最近也没做什么……

完蛋！

难道是老吴又改了她的稿子！

林小小一把扯掉要掉不掉的面膜，立马起身去开门。

果然，周甜甜一脸愤怒地站在门外，将手机屏幕对着林小小的脸，道：“这是怎么回事？”

林小小快速浏览周甜甜手机屏幕上的那一篇娱乐新闻，却被新闻的配图照片吓到了。

14. 狗仔也有被同行堵的一天

最近最火的八卦新闻就两条，一条是在泰国某酒店她被程浩扑倒的新闻，还有一条是老吴改得面目全非的她自己写的那条程浩和徐淼的绯闻。

林小小顿时瞪大了铜铃般的眼睛，欲哭无泪。

周甜甜看到林小小的反应，心中已经猜到林小小可能并不知道这件事，毕竟，林小小现在可比她自己第一眼看到新闻还慌张。

不过，这也并不能代表她是无辜的。看着她一脸茫然地盯着电脑屏幕，周甜甜摇头叹息一声，问道：“你要不要对我解释一下？”

林小小颓丧地叹气，满脸哀愁：“有人会信吗？”

周甜甜其实想说，她信的，可是她信有什么用呢？她不得已将手机再次拿给林小小看，那是“程浩粉丝后援会高管群”，里面正热火朝天地说着要怼、要人肉、要修理林小小。

粉丝 A：林小小家地址是 ×× 市 ×× 街 ×× 号，电话……要不要组织围剿活动？

粉丝 B：这种粉中败类，直接挂上黑名单，让大家自行处理。

周甜甜：我们要理智惩戒，不搞人肉搜索。

粉丝 C：让她发道歉声明，先控制住其他粉丝的情绪。

……

林小小紧咬着嘴唇，小脸皱成了一团。

周甜甜道："再发展下去，我也控制不住了！"

林小小突然放下手机，拉着周甜甜的手，一脸委屈巴巴的表情。

"甜甜你相信我的对吧？其实我真的是有苦衷的，我也完全就是被逼的，都是陆鸿渐那个浑蛋，他把我信用卡骗走，还刷爆了，再加上我上次不小心撞了老大的车，修理费加拖车费，我拿不出来钱付清单，公司将我派去做任务赚钱抵账单……"

听到林小小原来有这么大的苦衷，周甜甜顿时捏着拳头，指节都捏响了。

"大胆刁民陆鸿渐，竟敢辱我爱妃，看本王帮你腰斩了那妖孽！"

周甜甜说着，一把抓起法棍面包，用力地扭下一块，扔进嘴里，又问林小小："陆鸿渐现在在哪里？"

林小小将手机递给她，上面是陆鸿渐的航班信息。周甜甜却突然被噎了一下："怎么跟程浩同一天回国？"

"哈？"

林小小最近一直提心吊胆，生怕老吴或者徐淼找她麻烦，所以都忘记查自家偶像什么时候回国了。

这可如何是好？接机可是核心粉丝的头等大事，更何况负责人是次次组织现场的周会长。不料，周甜甜一手揽过林小小的肩膀，坚定道："偶像接机月月有，有债没还不能拖！"

没错！林小小连连点头，十分感激周甜甜的仗义！两人合计好后，就等着陆鸿渐到来的那一天了！

是夜，程浩和陆鸿渐的航班即将抵达机场。

林小小全副武装，裹得严严实实的，小心翼翼地躲在出站口旁边的大柱子后，观察着周围的动向。

不远处来接机程浩的粉丝们，手上拿着标语牌和鲜花等，也翘首以盼，望穿秋水。

林小小正要从柱子后出来往前走去，却突然有两个来迟的粉丝一路尖叫着从林小小身旁冲过去，吓得林小小赶紧又猫了回去，却见那两个粉丝并没发现她，只是因为激动而尖叫。

林小小一咬唇，狠狠道："死就死吧，包裹得这么严实，还离得这么远，要是还能发现我，那就真的是我命不好……只要这次把陆鸿渐的钱要到手，日后我一定好好报效老大，好好赎罪。拜托拜托，别发现我……”

林小小低声碎碎念着，又朝前靠近了一点，然后专心盯着出口。

与此同时，飞机正在缓缓降落，程浩和陆鸿渐先后进了洗手间，换上了彼此的行头，交换了一些身份的证件。

在这之前，陆鸿渐被程浩特训了近一个星期，今天是真正上战场了！

要陆鸿渐几乎丢掉他以前吊儿郎当的模样，起初他还是非常不习惯的，但是为了那两百万的薪酬，为了以后能过上恣意妄为的潇洒人生，他陆鸿渐头悬梁，锥刺股也在所不辞！

因此，在这一个星期内，陆鸿渐从穿衣、吃饭到走路、喝水等任何一个细节，都跟着程浩学习，哪怕是一个小动作，都要做到精准地模仿。

生活细节完了，还有专业业务，程浩也给陆鸿渐一对一辅导训练。不过陆鸿渐在舞蹈方面还真没多少天分，跌跌撞撞好不容易才跟程浩学了几分。不过，凭着陆鸿渐和程浩一模一样的长相，只要他别太得意忘形，其实不熟悉的外人很难认出不同。

跟程浩互换了衣服后，陆鸿渐紧张得深呼吸好几口气，才稍微镇定下来。

想着待会儿甚至可能会有娱记在外面候着，自己完全享受大明星的待遇，陆鸿渐不禁又有些兴奋。这生活他梦寐以求了多久啊，今天终于要得以实现了！

程浩忍不住最后叮嘱道：“不要耍花样，做事小心点。”

陆鸿渐一脸自信：“我的外号可是戏精，你就放一百二十个心吧。”

每次看到陆鸿渐自恋的样子，尤其是用着跟自己一模一样的脸，程浩都会鸡皮疙瘩骤起。他冷哼一声，转身先行离开。

程浩去了陆鸿渐的经济舱，而陆鸿渐随后去了程浩的商务舱，一切都按照计划进行。

飞机广播响起：“各位乘客，飞机正在下降，请您回原位坐好，系好安全带，收起小桌板，将座椅靠背调整到正常位置……”

飞机一如既往地降落，滑翔一段距离后，终于缓缓停了下来。

空姐站在舱门口，用标准微笑送旅客下飞机。商务舱的陆鸿渐最先出站，他像练习的一样，摆着程浩标准的“冰山脸”——这个太容易了，对他来说做到面无表情就行。

15. 您的冒牌大明星已上线

他一下飞机，一群热情的粉丝们就一拥而上，拿着手机对着他的脸疯狂拍照。

陆鸿渐版“程浩”被粉丝的阵势吓到了，但随即恢复了淡定，在小童和保镖的保护下，径直上了机场外的保姆车。粉丝们却还舍不得，在车窗外围着喊着程浩的名字和应援口号，激动得泪流满面。

陆鸿渐略微放松身体，倚在宽敞的座椅靠背上，感受着被小女生们追逐和崇拜的眼神和热情，心中一阵心满意足：啊，原来大明星的感觉，真的爽啊！

他收回目光时，看到了车上除了熟悉的小童以外，还有程浩传说中的另外一个助理，小范。小范正忙着整理东西，粉丝送来的零食、鲜花、卡片、公仔之类的，并没有没发现“程浩”有什么不同。

程浩在给陆鸿渐特训的这一个星期，提早告诉过陆鸿渐小童和小范这两个助理的区别。

小童知道替身计划，性格有些死板，但算得上是程浩的心腹，是个很可靠的眼线。

小范并不知道替身计划，这个男孩子就是个机灵鬼，平常帮助程浩周旋倒是更有手段，也是个马屁精。但他毕竟是邹灵的手下，不会完全听命于程浩。所以，千万不能让他识破，要时刻提防他。

陆鸿渐脑子里正回想着程浩跟自己说过的话，小范却翻出了粉丝们送来的水果。他顺手打开车内的便携小冰箱，打算将水果放进去。

陆鸿渐的目光也正好飘过去，一眼便看到了冰箱里放着的名酒。琥珀色的酒液在透明又造型精美的瓶子里散发着诱人的光芒，似乎在用它昂贵的身价跟陆鸿渐招手。

机灵的小范捕捉到“程浩”的目光，取出了那瓶浑身都散发着高贵气息的名酒，递到陆鸿渐面前，笑容洋溢：“哥，难得你会看它一眼，把它放在这里怪孤单寂寞冷的，不如趁着你刚下飞机，喝两口酒放松一下，顺便倒个时差？”

陆鸿渐露出满意的神色，有助理果然就是不一般啊，这么善解人意，一个眼神就能明白他的心思，他笑着打算伸手去接。

程浩可是极少饮酒的！小童急坏了，生怕陆鸿渐露出马脚，可是又不能阻止得太明显，于是只能扬起微笑“善意”提醒道：“哥，酒是穿肠毒药，对肝脏、胰脏都有不好的影响，最重要的是，喝酒会让人失去自控力，胡乱说话！哥现在调整时差，要靠健康的饮食和良好作息，还是等一会儿回家了我给你热牛奶喝吧！”

没错，最重要的是喝酒容易误事，喝多了就会得意忘形，搞不好原形毕露，那这次替身任务也就完蛋了！

陆鸿渐感受到小童半威胁的眼色，强忍着放下了自己蠢蠢欲动的手，尴尬道：“好好，小童说的对！小范，你太不懂事了，别老是诱导我做错事！”

小范吐了吐舌头，又将酒瓶放回去，随即又指了指桌上的一大堆点心、零食，道："浩哥，冰箱塞不下了，你看这些粉丝团大粉们送的零食……"

陆鸿渐看着满桌子的零食，他也确实有点饿了，心想酒不能喝，这零食总可以吃了吧，也吃不醉人！他刚刚伸出手去拿零食，小童又及时拦住了他。

这家伙简直不安分，万一吃相太难看，又暴露了怎么办！

"哥，现在已经过了下午六点，再吃哥会长胖，不符合营养师给你的每日卡路里摄入计划表的要求……我建议你可以摆个造型，我们拍照发微博，感谢粉丝的心意。"

陆鸿渐正将一块薯片放在嘴边，听见小童后面这段话，手中的薯片差点掉在地上。小范早掏出手机准备好了，迅速抓拍了几张"程浩吃薯片"的照片，随后，小童连忙伸手将陆鸿渐手里的薯片和点心拿走了。

陆鸿渐一脸震惊，心想这两个助理怎么动作这么连贯、麻利，脱口而出一声："我去……"

小童立马冷冷地瞪了陆鸿渐一眼，道："哥，你别忘了仪态管理，'我去'这种话最好也不要讲，被有心人抓到会不利于您的个人形象推广……"

陆鸿渐幽怨地看着小童，心想程浩也没对他要求这么严格啊，怎么到了实操的时候，这也不能，那也不行了？

可是再一想到那两百万，陆鸿渐只得继续假装，露出一个疏离、浅淡的"程式"笑容——他可是跟程浩学了两个小时才学会一点皮毛。

不想小范此时已经注意到"程浩"与往日有些不同，现在的程浩已经不是刚出道那时候的粉嫩新人，不需要他们经常提醒什么不能做、什么能做。

况且程浩原本就有良好的生活行为和习惯，怎么去泰国半个月不到，改变好像有那么一丁点儿大呢！

陆鸿渐并没察觉小范看他的眼神有些奇怪，摆了摆手道："那……我们现在去哪儿？接下来的安排是不是要见见导演，还是跟圈里面的朋友聚个会什么的？"

听到这里，小范终于将他的质疑说了出来："哥，我觉得你好像……跟以前不太一样。"

陆鸿渐心里咯噔一下，不会吧，这么快就被识破了？

顿时后背冒出一阵冷汗，他立即坐正了身子，板着程浩标准的冰块脸问道："哪里不一样了？"

小童也紧张地从前排后视镜盯着陆鸿渐，又看看小范，自然紧张得手心都冒汗了。

程浩和他确实给陆鸿渐做了一个关于星期"模仿程浩"的培训，可是终归是两个不同性格的人，遇到任何事情，哪怕是生活中的小细节，都会有完全不同的表现。

“嗯，比如你以前绝对不喜欢出去交际的，什么聚会、圈里朋友的生日派对，更不可能参加。”

小范将他的质疑通通说出来，他也想得到一个解释，为何短短半个月，“程浩”突然变了性情？

陆鸿渐的反应倒是很快，他摆摆手，打圆场道：“咯咯，我的意思是说，等下要有这些活动，就都帮我推了，我不去。”

陆鸿渐说完，心里却在滴血。

这样说来，他和美女明星们近距离接触的机会也没啦？

陆鸿渐忍不住在心里吐槽：程浩这个人是不是也太闷了？这都过的什么生活啊！这也不吃，那也不喝，这儿不去，那个不见的，这明星当得实在是无趣！

小范这才恍然大悟般点点头：“哦，原来哥是这个意思，害我吓了一跳。好的，我知道了哥！”

小童也松了一口气。这才刚刚下飞机不到三十分钟，他的心就像走钢丝，生怕陆鸿渐绷不住，就拖着他一起掉下去。毕竟，程浩可不是普通人，是当红大明星，这狸猫换太子的事一旦被发现，他也脱不了干系的。

一时无话，车内又有些尴尬。

小童赶紧拿出一摞文件递给陆鸿渐，道：“浩哥，这是之前接的剧本，关于这个剧需要的一些相关资料，我已经按你的要求收集好了。还有，这是新剧发布会的采访问题，您也需要准备一下，还得熟悉一下商演活动流程、综艺脚本和品牌信息。”

陆鸿渐强颜欢笑着翻看了两下，内心早就把程浩骂了个狗血淋头：程浩你个骗子，不是说我什么都不用做，只用假装是你就行了吗？那这些乱七八糟的工作是怎么回事？

他越想越心烦了，怎么有种被骗来做苦力的感觉？

可是现在他有退路吗？想着合约上的那些条款和注意事项，他在心里泪流满面。

恐怕他只要敢揭穿他是假冒的，立刻就会被程浩全部粉丝的口水淹死吧，以后也不要想在社会上混了！

而且，最重要的是，那两百万的酬劳费是肯定没有了！

小范和小童还在等着“程浩”回答，“程浩”这回是真的冷着脸满脸疲惫道：“行了行了，放那儿吧，让我先休息会儿！”说完，他找了个舒服的姿势，准备先睡一觉再说。

陆鸿渐突然觉得，比起大明星的生活，还是他以前那种自由自在的日子安逸啊，不过不知道这时候程浩怎么样了。

第三章

这个世界有太多的擦肩而过，偏偏你在我的面前停下了脚步。

1. 上错“花轿”绑错人

戴着口罩和帽子的程浩刚刚走下停车场，身后突然蹿出来的一个人将他熊抱住，他吓了一跳，立即回头看，却发现是林小小。

莫名地，他心里警惕也多了几分。他已经渐渐摸透了林小小的套路，这是靠制造意外事端抢占娱乐新闻的无良记者，伪装成真爱粉的私生饭！

上次是入室拉窗帘，这次竟然直接在他背后给他一个熊抱，胆子越来越大了。可是他现在扮演的是陆鸿渐，不能跟她过多纠缠，不然一定好好教训她！

巧合的是，林小小也这么想，但她今天可没打算这样轻易放过陆鸿渐，一定要让他还钱才放他走！想到这里，她的小手又灵活地揪住了“陆鸿渐”的衣摆，以防对方挣脱。

程浩一个转身将林小小逼得后退，压低声音命令道：“给我松手！”

林小小一边后退，一边揪住程浩不放，但也不示弱，低声回应他道：“还钱！”

她眼神坚定而倔强，一副要跟他死磕到底的样子，尽管面前的“陆鸿渐”有点奇怪，不知怎的他今天的气场有点强大。

程浩心下一阵烦躁，这里人流量不小，若他和林小小扯开了，别人势必发现自己的真实身份，那时候就麻烦了，替身计划失败不说，他估计会被粉丝撕扯成几块……

今天这蠢女人怎么这么难缠了！

莫非她真把他当成陆鸿渐了？

程浩一时间有些郁闷。他们交换身份成功了，就连林小小都瞒过去了，按理说程浩应该高兴，可对于林小小把自己认错，心里竟然莫名有那么一丢丢失落。

这时有几个女生经过，好像正是去泰国度假回来的那几个程浩的粉丝，有一个女生眼尖地看到通道旁边有个男人的身形好熟悉。

路人粉丝 A：“哎？那是……程浩？”

千钧一发之际，程浩一把将林小小推着后背贴上墙壁，顺势欺身压上去，抬手将林小小困在自己的身体和墙壁之间，同时也巧妙地挡住了自己和林小小的脸。

他的脸渐渐压低，唇猛地凑近林小小，林小小猝不及防，呆愣了一秒，在以为“陆鸿渐”要强吻她时及时反应过来，尖叫了一声，迅速抬手捂住了脸。

这暧昧的姿势，从路人的角度来看，完全就是一个男人霸气壁咚亲吻着他的小女友。

“什么程浩呀？程浩早就下飞机走了。你真是，人家小两口估计久别重逢，躲着亲亲一下吧？”

“就是，跟没见过这场面似的大惊小怪！”

“也是哦，程浩怎么会在这里。不过这个男友看背影就感觉好帅、好霸气啊，太虐狗了……”

几人说说笑笑地走远了。

看她们完全走了，程浩这才松了一口气，低头看向林小小，对方依然紧缩着身体捂着脸在吐槽：“陆鸿渐，你别以为仗着你和程浩一模一样的脸就可以为所欲为，你以为这样我就会放弃要债吗？把你卖了都不值十万……”

此时不溜，更待何时？

程浩悄无声息地转身，迅速汇入人流。

老半天没听见回应，林小小捂住眼睛的手指这才张开一条缝，谁知面前空空如也，除路过的旅客偶尔用奇怪的目光看她一眼外，哪里还有“陆鸿渐”的身影！

林小小顿时一跺脚，气得牙痒痒，这个浑蛋竟然用这种卑鄙的手段脱身！

林小小四处张望，突然发现通道前往 A 出口处，人流中有一个匆匆的背影，正是“陆鸿渐”，她一边拔腿跟上，一边掏出手机给周甜甜打电话：“甜甜，执行 B 计划，陆鸿渐趁我不备跑了，现在往你那边去了……”

“放心吧，我不会让他溜了！”

周甜甜应着挂掉电话，握了握手中的棒球棍，嘴角浮出一抹坏笑：“陆鸿渐，你能从林小小的手中跑掉，在我这里可不会那么轻松！”

说着，她猫着腰在柱子后面看，果然不多时，人流中走出来一个和程浩身影相似的男人。

虽然早就被林小小打了陆鸿渐跟程浩长相相同的预防针，不过当周甜甜仔细注意到那个人的身形和程浩一模一样时，握紧棒球棍的手还是松了一下。周甜甜想起林小小跟她说过，陆鸿渐和程浩长得确实难分彼此，只不过气质天差地别，老大圣洁万分，光环加持，而陆鸿渐整个人贱兮兮的。

只见那男人一边走还一边鬼鬼祟祟地朝后面张望，像怕有人追上来，依周甜甜的直觉，绝对不是好人。

应该就是陆鸿渐没错了！

“回魂回魂，那根本不是老大，那是一个叫陆鸿渐的浑蛋，爱妃能不能要回钱，就看我的了！嗯！”说着，周甜甜手上的力道不禁又重了几分。

这边，程浩只顾着甩掉林小小，根本没注意还有一双眼睛在暗处盯着他，看到前方 TAXI 的标识，脚下又快走了几步，却突然眼前一阵发黑，一阵眩晕感迅速爬升上来。

他心中一惊，该死的猝睡症竟然又发作了！千万不能倒下去！程浩强迫自己打起精神往前走，但根本没用，一时间意识越发恍惚，喘气声变得粗重，心跳声如雷。他扶住一旁的大柱子，身体却根本不受控制……

而此刻的周甜甜已经悄无声息地来到程浩身后，举起了手中的棒球棍，刚要对着“陆鸿渐”下手，谁知棒球棍还没挨着“陆鸿渐”，他整个人便一下子向前栽倒过去。

周甜甜愣了愣，奇怪地看了看她手中的棒球棍——威力这么大？难道还能带吓晕的？

“喂，醒醒！”周甜甜甚至踢了“陆鸿渐”一脚，但是地上躺着的人根本没反应。

难道是真的晕过去了？

周甜甜四面查看，还好这层的停车场没人。她立即将“陆鸿渐”拖上她的小轿车，为了防止被人发现，尽快开动离开停车场，顺便给林小小发送了语音：“亲爱的，人已被俘，去你家会合！”

林小小正在追过来的路上，收到消息后，总觉得有点不对劲。试问陆鸿渐哪一次不是跟她花样百出，像一条泥鳅一样逃脱，这次这么容易就被抓到了？

不行，她得快点回家确认一下。

林小小抬手招了出租车，立刻赶回家去。

2. 我居然把我的偶像“绑架”了

周甜甜跟她的朋友费尽九牛二虎之力把“陆鸿渐”弄上了楼，待朋友走后，为了双重保险，她又用胶带把“陆鸿渐”五花大绑地绑在椅子上，关在小黑屋中，等待“陆鸿渐”醒来。

程浩突然一惊，意识渐渐恢复过来。

正此时，眼前一片强光刺得他睁不开眼睛，他适应了好一会儿才发现，原来是面前不远处一盏台灯正对着他的脸，顿时悚然四面环顾，可是四面黑乎乎一片，什么都看不到。

突然，黑暗中一个声音传进他耳中："你知罪吗？"

程浩警惕地望向声音来源处："你是谁？"

突然，只听得有风声凑近，接着从黑暗中冒出来一张大脸凑在他面前，还有一只手扣住他性感的下巴，一双眼睛专注地看着他，研究着他。

"哇，生气的时候果然更像了哎！"周甜甜嘴里啧啧着，不禁也有点好奇，为什么这个"陆鸿渐"和程浩如此相像。

哪怕是五官长得一模一样也不可能啊，她记得有一句话说：世上没有两片完全相同的树叶！

周甜甜打量"陆鸿渐"，程浩也在审视周甜甜，他怎么觉得这姑娘有些面熟呢？

对了！

恍惚间，他想起来了，上次他去泰国时，来送行的粉丝中，领头的可不就是装作可爱，一脸星星眼的她？

程浩看着面前一脸诡谲笑容又充满好奇目光的女孩，实在无法与机场送行时那个礼貌又尊敬他的女孩子联系起来！

他再回想起在机场遇到的那个蠢女人，一时间眼睛瞪得浑圆。

这莫不是又是一个伪装成他"大粉丝"的私生饭？

程浩顿时有些惊恐："你要干吗？！"

周甜甜眉头一扬，放开程浩的下巴，一脸鄙夷："你问我？你不知道自己做了什么好事？用我崽崽的脸到处招摇撞骗，欠钱不还，你对得起自己这张出淤泥而不染的脸吗！"

程浩没反应过来，有点蒙："啊？"

难道这是陆鸿渐的又一个"债主"？恰好又是他的粉丝？可是这是不是太暴力了？要债不能好好说吗，非得将他这样捆绑起来？这陆鸿渐丢给他的烂摊子也太多了吧！

无数只羊驼此时在程浩的心中奔腾而过。

周甜甜又大义凛然地说道："小小抵抗力不行，总是被你这张和我家崽崽一模一样的脸欺骗，所以她拿你没办法，我可是见过程浩真身的人，对你这种高仿绝对有抵抗力，在我这儿别想蒙混过关，快把欠的钱还上来，否则，嘿嘿嘿……"

周甜甜一边说着，一边从身后摸出了电蚊拍，然后伸手在"陆鸿渐"头顶一扯，扯下一根头发扔到电蚊拍上。

"啪！"顿时一声爆响，黑暗中一阵火花闪耀，还有些微烧煳的味道弥漫开来。

程浩又好气又好笑，就这还见过真身呢？他刚想说点什么时，外面突然响起了门锁跳开声，紧接着“啪嗒”一声，屋里的灯被打开，黑暗的屋子顿时被照亮，明亮的光芒遍及每个角落，诡异恐怖的审讯黑屋氛围瞬间消失不见。

程浩这才发现，他处于一间普通老旧又有些窄小的民房，屋子装修简单却打理得井井有条，证明了房屋的主人是个爱干净、懂得将自己的生活空间打理得很舒适的人。

程浩不自觉打量了一下，墙上除了一些简单装饰外，最多的就是他的海报。

收回目光，他才发现开门的人是林小小！

程浩瞪大了眼睛，却第一时间低下了头。他知道林小小识别陆鸿渐和他可有一手，之前在机场的地下停车场，灯光昏暗，林小小一时半会儿没认出他来，这会儿可不好说了！

垂下头，程浩这才看到了他面前的茶几上摆满了各种“刑讯工具”，什么防狼喷雾、彩色羽毛、指压板、火罐、艾条、绳子……

呵呵，可真是“十二大酷刑”都齐全了啊！看来今天这两姐妹为了围堵陆鸿渐，是有备而来。

林小小站在门口看着屋里的情形，显然周甜甜已经开始审问了，她抱怨道：“甜甜，你怎么丢下我先跑了！”

周甜甜笑着挥舞手中的电蚊拍，另一只手却像摸小狗一样揉了揉程浩的头，道：“可不是怕你在机场就圣母病发作，放了这小子，所以我先把人抓来调教一番，给你做做铺垫工作。你看，现在老实得很。”

这样被人揉头，大概除了发型师、洗头工之外，还没有其他人敢这样对他！登时他双眼就像要喷火一般。可是碍于林小小在，他只得忍了。

林小小却觉得有些奇怪。陆鸿渐可从来不会这么老实的，那个浑蛋会使用一切手段来逃脱或者求饶的，就像刚才在机场，居然做出强吻她的下流事情，才得以逃掉！

她绕着“陆鸿渐”转了一圈，一脸疑惑：“他没跟你卖萌求饶？”

周甜甜得意地笑：“他不敢那样在我面前撒野，我可不像你那样容易心软！”

“也没对你阿谀奉承，说尽好话？”

“在我面前，一切糖衣炮弹都是纸老虎！”周甜甜握拳，一脸自信地补充道，“再说，我也完全没有给他机会欣赏我的美！”

她说着，又一把揪住“陆鸿渐”的下巴，用力一拉，将程浩的脸拉起来，让林小小看被她驯服的“陆鸿渐”有多老实。

林小小也被周甜甜说得一愣一愣的，谁知眼神刚一接触，心里便打起了鼓。

这个“陆鸿渐”被周甜甜强迫抬头，眼神如冰窖一般，顿时冷得林小小一阵哆嗦，大惊失色，一时间口齿不清。

“这这这这……”

这根本不是陆鸿渐，这是真的程浩啊！

只有他的偶像程浩才能拥有这种王之蔑视、冰封世间一切的眼神！

天哪，这都是什么火星撞地球的意外事故！周甜甜居然把老大给捞回来了！

“这什么这啊！”周甜甜皱眉，嫌弃林小小一见这张脸，连话都说不明白的样子。

“你你你你……”林小小指指“陆鸿渐”，又指指周甜甜，紧张得舌头打结、浑身打战了！

程浩也很意外，他没想到林小小真的能看他一眼就能分辨出真假，心里莫名地又有几分高兴，但不管如何，眼下不能让林小小拆穿他，破坏了他的替身计划！

3. 痛改前非，再给一次机会吧老大

“林小小,你别难过,我会还钱的。之前是我对不起你,请你再相信我一次……”

程浩不断使眼色，又极力装作一副可怜巴巴的模样，脑子还在高速运转着，思索着陆鸿渐面对这事儿会是什么反应。

林小小皱眉，不禁有点蒙，还有些无语，抠脑壳：“哈？你……你不是程……”

“是的，我知道我以前欺负你，都是我不好，我浑蛋，我现在只想痛改前非，你能给我一次机会吧？”

程浩眨巴着眼睛，虽然是第一次做卖萌这事儿，但好像也不是太难，就像演戏一样。不过，早知道会遇到这种情况，他在培训陆鸿渐的时候，就该多注意一下陆鸿渐的行为和说话方式，这样模仿起来也更容易些，现在只能硬着头皮上了，暂时忽悠过去，私下里再和这个林小小谈判！

林小小猜程浩是在装陆鸿渐，但是他一个劲给她使眼色是什么鬼？一时间她更蒙了。

看着林小小踌躇的样子，程浩以为林小小在考虑要不要告诉周甜甜他是程浩的事，眼色变化更加频繁，冰冷地瞪着林小小，期望吓住她别开口。

周甜甜却是一巴掌推在程浩头上：“闭嘴吧你！又开始耍花腔了是不是？怎么着，对着我家小小就开始耍嘴皮子是吧！痛改前非？我信你个鬼哦！杀人偿命，欠债还钱，老祖宗留下来的规矩！别废话，拿钱来！”

林小小被周甜甜的动作吓得没眼看。从那眼色林小小算是确定了，他就是自家老大。可是老大怎么会沦落到这般田地？而且看他的样子和行为，似乎并不想别人知道他是程浩。

不行，她得赶紧想办法挽救，不然依老大的个性，不把她挂上墙，也要永远把她拉进黑名单了！

突然，林小小灵机一动，讪笑着打趣着："甜甜，咱们有话好好说，你这么绑着他用私刑，是不是不太好？是犯法的吧？而且他也没机会给我转账啊……"

她说着，见周甜甜神色松动，似乎认同了她的话，赶紧从茶几上拿过一把水果刀给程浩松绑。

林小小此时小心脏"扑通扑通"跳个不停。绑架自家偶像这事真的太刺激了，传出去别说是在饭圈了，恐怕警察叔叔都要问候一下她们，搞不好她们还得蹲两三年大牢！

林小小一边松绑一边碎碎念："您大人有大量，莫怪莫怪……"

"小小，你给我松绑了，我马上就把钱还给你，你不要生我的气。我发誓，我再骗人钱是小狗……"程浩可不想这个叫什么甜甜的女孩子心生怀疑，接着演戏。

"啊——"林小小被程浩的话吓得一下子扑通跪在地上，都快哭出来了，"不用不用……"

"喂，林小小，你怎么又怕了！他是假的！你也不想想，你此时对冒牌货这样，你作为一个粉丝的尊严哪儿去了！还有你的钱呢？"周甜甜恨铁不成钢般地训斥，看了一眼跌坐在地上的林小小，生气地一把撕开程浩手腕上的胶带。

"刺啦——"一道暴力的声音响起，登时程浩的手腕就红了一大片，可程浩依然感觉不到疼痛。

周甜甜撇嘴看了一眼"陆鸿渐"的手腕，虽说看起来就很疼，但是终究是他自找的，装作波澜不惊，一副大姐大的样子："解开了，还钱，你自己说的！"

程浩活动着手腕站起身，冷冷地看了周甜甜一眼，然后对林小小道："你跟我来。"

说罢他却不等林小小反应过来，一把揪起坐在地上的林小小，将她连拖带拽拉进了一旁的卫生间。

屋子里只剩下周甜甜一个人回味着刚才"陆鸿渐"离开时冷冷瞪她那个神情，但转而她眼神更加笃定——别想这样就吓唬住她，假的就是假的！

"小小，你坚强点！防住他的糖衣炮弹！我在外面给你守着，今天他不转钱，咱就不让他离开一步……"

周甜甜说着，也不太放心，干脆支着耳朵，贴上了卫生间门偷听。

程浩将林小小带进卫生间后，顺手就关门反锁。

林小小盯着程浩压迫性的眼神，主动求饶："老大，甜甜她没见过我那个跟你长得很像的朋友，不知道怎么回事把你绑来了，你不要怪她，都是我的错，我不该让她帮忙的……"

听着林小小解释，其实他心里清楚，如果他和陆鸿渐没有交换身份，那么周甜甜确实没有绑错人。

所以，其实这事程浩压根儿不怪他们，只是他现在要想办法让林小小不要将他的真实身份说出去，就尽量用温和的眼神看着林小小，道："我当然不会怪她，而且也不会怪你，但我记得你三番五次言而无信的事情，你答应我说要做到的事，为何一次又一次没做到？粉丝规则看来你并没有熟记！"

林小小神色一紧，心想这次麻烦大了，只能更加诚恳地一个劲儿地点头道歉："对不起老大，我也不知道事情怎么会越搞越乱，但是绑你回家真的不是我授意的，周甜甜她也不是故意的。我想一定是哪里出了问题，我明明看到你被粉丝接出机场，可是怎么又会会……"

程浩眉角抽了抽，没想到这个蠢女人也并不是那么蠢嘛，这么快就想到哪里出了问题。再这样下去，她可能就知道他的计划了。他轻咳了一声，想要分散林小小的注意力。

"别说那些有的没的，事情都发生了，道歉没用，用你的行动来表示诚意吧！"

机会！林小小知道老大这是又给她赎罪的机会呢，随即眼睛扑闪扑闪，心想老大真的太善良了，被"绑架"了也不追究！

"好的，老大，您说。"林小小立马乖乖地看着程浩，安静地等待命令。

程浩突然嘴角微扬，微微凑近林小小，带着几分压迫的气势，让林小小的心跳莫名快了几下。

她突然想起了在机场的地下通道，陆鸿渐壁咚她的感觉，怎么和此时老大凑近的感觉这么像？

只见程浩揉了揉被弄乱的头发，嗓音低沉："不要把我的真实身份告诉任何人，现在立刻把外面那个人赶走。"

4. 为了老大插朋友两刀

程浩这个人有洁癖，更加受不了被别人随意摸脑袋，周甜甜犯忌讳了！

当然也是看在周甜甜是他的死忠粉的分上，程浩才没有当场原地爆炸，不过现在程浩一点也不想见到她。

对于老大的命令，林小小自然无条件服从，顿时举双手乖巧地回道："好的！老大，给我一分钟！"

可是刚转身握住门把手，林小小就犯了难，毕竟是周甜甜带回来"陆鸿渐"这个麻烦的债务人，所以按照正常程序，问陆鸿渐要债成功后，没有功劳也有苦劳，自然是要庆祝一番的，此时她却要撵人，很不厚道啊！

但是，身后就是对自己期待满满的老大，不管上刀山还是下火海，她林小小都在所不辞。

为了老大，这一次就插自己的闺密两刀吧！

林小小手也不禁用了用力，将门把手猛地一拉，还没来得及反应，冷不防一个人就冲了进来，一屁股跌坐在林小小面前。

原来周甜甜一直躲在门外偷听，虽然门的隔音效果太好，什么都没听到！

周甜甜有些尴尬，立马起身拍了拍屁股，一脸关切地询问："咯咯，小小，他还钱了没？"

"还，还了……陆鸿渐他已经还钱了。"林小小显然有些心虚，支支吾吾。

周甜甜却不信"陆鸿渐"会这么老实，看了一眼身后冷着脸的"陆鸿渐"，总觉得有些猫腻。

"你是不是又在里面被下蛊了？给我看交易记录。"

"啊？哎呀，刚转的，怎么可能立马到账呢？你放心好啦！时间不早了，你今天辛苦了，快点回去吧，改天我提现了请你吃饭哦……"

"奇怪，这么着急赶我走？"周甜甜不依不饶。

听得里面程浩咳嗽两声，林小小有点着急了，但她知道甜甜是好心，担心她被这个狡猾的"陆鸿渐"给骗了。她也很想告诉甜甜真相，但是老大的命令终究不能违背啊！

林小小连忙推着周甜甜往外走："哎呀，钱都打了，当然要放他走啊，我这里又不是监狱。"林小小此时越说越顺，胡诌起来不要本钱似的，"对了，你今天还没给超话签到吧？今天的接机图粉丝传上去了，你还要修图吧？周会长，群里还有很多重要的事情等着你处理呢！我这里你就别操心了啊……"

终于将周甜甜推到了门外，林小小迅速关上了门。

周甜甜心知一定有鬼，可是任她怎么喊门，林小小都不再应答。

仔细琢磨了一下"陆鸿渐"面对林小小时的诡异差别，周甜甜瞬间明白了什么，嘴角勾起一抹森冷的笑，道："哼，想瞒过我？门儿都没有！"

"陆鸿渐"想在她面前装程浩，她的火眼金睛让他无处遁形，所以他套路不了她，就单独套路了林小小！

"小小啊小小……你就是心软。你治不了他，但总有人能把他打得满地找牙。我早就准备了后手。"

周甜甜打开手机，翻到微信里那个"陆鸿渐债主群"。原来她在进门前就编辑好了消息，此时将这里的地址发了进去，召唤大家速来捉人。

这可是她知道林小小被骗之后就开始准备的。她从林小小口中知道陆鸿渐本人的劣迹后，在网上简单搜索了一下，却没想到真的找到了一个陆鸿渐讨债群。

这次，她本着惩恶扬善的目的，想要在帮林小小讨债的同时，也帮帮那些被陆鸿渐套路的小姐妹。

群里顿时一片响应之声，不少妹子已经驱车赶来。周甜甜回头看了看林小小家的窗户，满意地转身离去。

躲在窗帘后看到周甜甜终于走了，林小小这才松了一口气。

终于送走了这尊麻烦人物，这回程浩应该不会惩罚她了吧？

她转过头刚想说什么，没想到程浩却坐在沙发上，冷哼着吐槽道："你们是不是都有病啊？"

"对不起老大，对不起……"看着老大皱成一团的眉头，林小小只得低声道歉。

看着林小小可怜兮兮的模样，而且她确实没有做错什么，在这次意外中表现也还算不错，完成了他交代的任务，一时间他气也消了不少。他刚准备起身离开，楼下传来了一阵骚动。

"陆鸿渐你个浑蛋，你给我出来！"

"别以为躲在别人家里做缩头乌龟，我们就会放过你，你欠的钱休想赖掉……"

"就算你跑到天涯海角，我们也找得到你！"

"快出来还钱……"

楼下顿时热闹非凡，只见好几个大长腿的美女正气势汹汹地朝着楼上某户的窗户叫喊。

"这又是哪出？"程浩气愤地放掉窗帘，语气顿时加重了几分，"是不是你那朋友搞的鬼？非要闹得人尽皆知才满意？你们是要一整个小区都知道我在这儿吗？"

林小小吓得额头都沁出一层细汗，赶紧解释道："那些都是陆鸿渐的债主，虽然我不知道她们怎么知道假陆鸿渐在这儿，但是老大你别怕，我想你只要别露面，应该就不会有事的吧？"

程浩给了林小小一记白眼，虽然她说的没错，但是他要怎么不露面？

看着程浩一脸郁闷的样子，林小小觉得将功赎罪的机会来了，脸上的笑容格外妩媚。

"老大，你看要不这样吧，你就别嫌弃我这里寒酸，今晚在这里将就一下？"

"你……你还想干吗？"看着面前这个女人一脸不怀好意的笑容，程浩又忍不住后退了一步。

看着程浩警惕的动作，林小小知道老大又误会了，赶紧解释："不不，我的意思是，那些姑娘应该都是陆鸿渐在夜场认识的，熬夜水平肯定是一流的，说不好能在小区堵一晚上……"

程浩听着，将窗帘撩起一条小缝儿，看着楼下那一群喊累了的美女或坐或站或蹲在小区里，竟然玩起了手机，有的还唠着嗑，嗑着瓜子，一点也不着急回家的样子。

看样子她们以前也没少和陆鸿渐打游击战！

程浩的脸顿时黑成了锅底。他还真是高看陆鸿渐了，原来那家伙比他想象的还要渣！并且现在这口锅都背在了他程浩的背上！

真是冤家！

程浩黑着脸问："我睡哪里？"

林小小见老大同意了自己的提议，顿时分外激动。老大能在自己的寒舍屈尊一晚，那是一件多么幸福而光荣的事情！蓬荜生辉啊！

林小小情不自禁咧开了嘴，但怕再惹恼程浩，赶紧收拢，悄悄地在心里高兴。

随即，林小小打开了她的卧室门，毕恭毕敬道："老大，我在外面打地铺，您睡床。"

5. 大明星家的奢华以后都归陆鸿渐

程浩站在房门口扫视林小小充满少女心的房间，田园风的碎花壁纸、淡蓝色的熏香床单被罩，温馨的白色书桌上还摆放着生机盎然的小盆鲜花。房间整齐又清新，让人不由得放松下来。

当然，最醒目的还是床头墙壁上他的大幅写真海报。

看来，这个林小小确实是他的死忠粉。

程浩之前认定她是无良记者，此时又想到她在普吉岛酒店百口莫辩的模样，心里一时也有一些动摇。有可能是发生的事太巧合，所以他误会了她吧！

看着女孩帮自己搬运行李、换新床单被罩的忙碌身影，程浩竟然一时间觉得这个聒噪的女孩子有点可爱，又瞬间回想起酒店里扑倒她的那一幕，随即晃了晃脑袋，提醒自己不能胡思乱想。

林小小以迅雷不及掩耳之势铺陈好老大的卧榻，恭敬地站在一旁，有些拘束地清了清嗓子，活像一个精致可爱的女仆。

"喀喀，老大，你放心，我刚换过床单被罩，不会有任何异味，地板也刚刚打过蜡，你放心睡……还有这盆花是我今天在花市里买的，我比较喜欢房间里有自然的花香，这样能睡得更好，你要是不喜欢……"

程浩却二话不说就提溜着林小小的衣领将她拎了出去，一脸严肃地命令："半夜不许敲门！不许打扰我！"说完就要关门，却又补充了一句，"晚安。"

林小小努力压抑着心中的激动，在程浩关上房门后，终于小声惊呼出来，兴奋地手舞足蹈："老大竟然对我说晚安……"

关上门后，程浩也对他自己刚刚的行为感到莫名其妙，最后还是摇了摇头，一屁股坐在床上，却好像坐到了什么东西，吓得他一下站起身，抬手一把掀开了被子。

只见被子下藏着一个巨大的人形布偶，人形布偶上还印着他的照片！

最要命的是，这人形布偶的姿势异常妖娆，程浩真是没眼看！这么弱智的人偶玩具也就这个蠢女人喜欢吧。

有强迫症的他将姿势妖娆的人偶抱起来放好，然后和人偶并排躺在床上。

他抬手看着手腕上还没消散的红痕，异常显眼。他又自己戳了两下那片伤痕，却依然一点痛觉也没有。

程浩叹息着，自言自语道："不应该啊，明明已经和陆鸿渐调换了身份，我把原本属于他的命运都还给了他，甚至他的名字也回到了'程浩'，可是我的痛觉为什么还没回来？"

拿出手机，程浩再次搜索关于平行时空的问题，却依然一无所获。

他又打开了那封神秘邮件，尝试着点击"回复"。

他看着手机屏幕老大一会儿，光标在回复框里不停地闪烁着，最终也不知道应该输入什么内容，毕竟他连对方是谁都不知道，或许这只是一个恶作剧呢。他放下手机，抱着"人偶自己"沉入被窝。

也不知道陆鸿渐此时怎么样了，程浩扮成陆鸿渐尚且遇到这么多问题，那么陆鸿渐会不会提早暴露，现在已经被邹灵抓起来审问了呢？

胡思乱想了一会儿，程浩也因为太过疲乏，渐渐睡去。

程浩担心陆鸿渐，大概是多虑了，因为此刻的陆鸿渐可是兴奋得不得了呢！

在他踏入程浩家的那一刻，他的两只眼睛都快放绿光了。他强忍着内心的激动送走了助理小范，便开始在一千米的大房子里撒丫子欢脱。

这精致的装潢、奢华的水晶吊灯、巨幅的名家壁画，以及巨大的观景落地窗、窗外的花园、无边泳池，还有这半山上几乎能俯瞰半个城市的高度，一切都夸张得不像话。

果然是大明星的家啊，这房子豪华气派得，陆鸿渐觉得他写书所用的形容词都快匮乏得跟不上了！

他只得在心里暗暗感叹：太奢侈了！太豪华了！太腐败了！一想到从今往后他就要住在这里了，先前在车上的那些不愉快瞬间烟消云散，只剩下飞起的心情。

同时，他也更奇怪程浩那个傻蛋放着这么纸醉金迷的生活不过，到底在想些什么。或许，有钱人的想法就是和普通人不太一样。

而一旁的小童看着陆鸿渐在一尘不染的地板上乱蹦，顿时不满了。这陆鸿渐除了和浩哥长得像，根本就是个没见过世面的人啊，啥都不懂！

他有些郁闷地开口提醒："浩哥，这地板是从意大利进口的白瓷，蹭脏了不好处理的！”

陆鸿渐反应过来，一脸尴尬，赶紧脱了他在外面走得满是灰尘的鞋子，换了软底舒适的家居鞋。

随后，小童想起来什么，从茶几底下找出一个扫地机器人，打开开关，扫地机器人顿时像条许久不见主人的小狗一样，径直朝陆鸿渐冲了过来，发出智能语音：“我是笨笨，主人您回来了！”

机器人冲到陆鸿渐的脚边，一下一下撞击陆鸿渐的脚。陆鸿渐一脸无奈，四处躲避扫地机器人，可是扫地机器人根本没打算放过他，一直追着他满屋子跑。

“你确定它不是把我当垃圾？”陆鸿渐冷着脸，这个表情学程浩学得最到位。

小童没忍住，一下子笑出来：“怎么会？它可是你的宠物啊。”

陆鸿渐惊讶得愣住了，他听过见过养狗养猫、养蛇养鸟，甚至养羊驼做宠物的，没见过把扫地机器人当宠物的。所以，每天“逗宠物”就是给它几节五号电池？

程浩的怪癖，陆鸿渐算是了解了，他撇撇嘴，又把目光放在了壁柜里的摆饰上。

可是小童还是不放心陆鸿渐，他知道陆鸿渐是个什么样子的人。浩哥这一大屋子的可都是些贵重品啊！不过浩哥也真是太放心这个陆鸿渐了吧！他到底和陆鸿渐互换身份是什么目的呢？

此刻，小童也没精力细想了，从下飞机开始到现在，他被陆鸿渐折腾了一路，于是简单叮嘱了一番，便先行撤退回家休息了。

他一走，陆鸿渐顿时就像离巢的鸟儿一般，兴奋得变身灵魂舞者，从茶几上扭到沙发上，再跳到地板上，再爬上桌子……这一整天的得意忘形终于在此时显露了出来！憋久了真难受，还是放飞自我才是他陆鸿渐本人！

陆鸿渐跳得累了，便躺在那个比自己卧室还要大的浴室里泡澡，举着红酒杯，泡着玫瑰浴，好不惬意自在！

“啊……我要在这里面睡觉，太幸福了……”

这是陆鸿渐这辈子睡得最美的一晚，梦也做得最美，梦到他真的成了程浩，占据了程浩的一切，可没想到最后林小小竟然鬼魅一般地跳了出来，指着他道：“陆鸿渐，你不是程浩！你这个大骗子！你是假的！”

陆鸿渐顿时惊醒，额头上也冒出一层细密的汗珠，没好气地起身冲了凉，然后奔着卧室去。

林小小，你等着吧，等我成了大明星，还怕还不上你的钱？

6. 偶像入住我家的第一夜

此时，林小小虽然睡在客厅的沙发上，可是一想着她家老大仅仅和她一门之隔，她的少女心就再次泛滥如河。

“嘻嘻嘻……老大是真的在我家……嘻嘻嘻……”

少女在被窝里低声自言自语，被子里充满着她的欢乐。

能让自家爱豆下榻，大概是别人家的粉丝一辈子也不太可能有的机会。林小小觉得，此生她已经别无他求！

这种奇妙而又梦幻的经历，就像在阳光明媚的午后做了一个慵懒的梦。

她又看着自己怀里的玩偶狗，想起那个“程浩布偶”还在她床上，一下惊坐起，喃喃道：“抱枕还在屋里，老大会不会以为我是个觊觎他身体的怪阿姨啊……”

转而她又无力地躺下：“唉，都做了那么多蠢事，还怕这一件吗……说不定老大看到抱枕，发现我对他是真爱，深受感动，觉得我如此独特可爱，成功吸引了他的注意……嘻嘻嘻……”

少女的脸在黑暗中渐渐染上一抹霞红，娇羞又可爱。

最后，在她自己反反复复的碎碎念中，她终于微笑着沉沉睡去……

半夜，林小小起身如厕，困得眼睛睁不开，迷迷糊糊地摸索着进了洗手间。

然而，从洗手间出来后，林小小竟迷迷糊糊地顺着墙打开卧室的门回到了床上，完全忘记了程浩此时此刻就躺在床上！

被窝里还是暖和的，可是不知怎么一下子被子就从她身上跑了。她下意识地朝着被窝温暖的地方拱去，可是温暖越来越远。她想扯被子，却不知道被子被什么压着。她迷糊无力地扯了两下，扯不动，干脆一个翻身，就像抱她的人形抱枕或者玩偶狗一样，高抬她的腿，搭在了被子上。

抱着东西睡才有安全感嘛！然后她毫无负担地又睡了过去！

程浩迷糊中似乎察觉到有人在跟自己抢被子，还被什么东西压得有点喘不过气来，顿时在被子里被闷醒。

程浩掀开被子，这才发现林小小不知道何时摸到了床上，竟然还一副豪放睡姿！难怪他会梦到被谁用一条巨大的猪腿压住身体，原来是林小小这条猪腿！

程浩气不打一处来，嫌弃地用被子将林小小一裹，整个儿裹成一个蚕茧，然后抬脚就将蚕茧林小小踹下了床。

可是，程浩真是跌破眼镜了，林小小滚下床落在地上，丝毫没有要醒过来的样子，还在裹着的被子里露出舒服满意的表情……

怎么会有这么蠢的女人啊！

不过，他看着林小小睡得这么香，一时心头的气又消了些，觉得林小小真是傻得有点可爱！

能吃能喝能睡，也不知道是不是福气！

但程浩再也睡不着，他爬起身走到窗帘边，撩开一点缝隙看楼下。

没想到果然如同林小小所说，那些要债的美女真的一个个都是夜猫子，打着哈欠还能坚持。夜深露重的，她们就算相互抱团取暖也不愿意离开。

程浩也有些无语了，真的不知道这陆鸿渐是造的什么孽。再回头看着睡得像猪一样的林小小，他叹了一口气，离开了卧室。

不知何时，林小小突然被客厅“哐当”一声关门声惊醒。

她顿时睡意全无，可是发现自己竟躺在卧室的地上，她赶紧起来，想偷偷溜回去。

没开窗帘，模糊的晨光中，床上已经空无一人，她急忙拉开灯，转头四面寻找：“怎么了？老大……走了吗？”

她确认房间里没人，但程浩的行李还在房间里。

屋子里边边角角都找了一圈，却没发现程浩的身影，林小小歪着脑袋：老大会去哪里呢？刚才好像听见了关门声，莫不是去楼下或者……天台？

她拉开窗户，就看到还有几个蹲点的讨债女还没走。

林小小赶紧披上外套，往天台跑去。

果然，林小小轻轻推开天台门，就看到了程浩挺拔又孤单的背影和住户在天台上种下的蔬果、鲜花相映生辉，那些天台上挂着的小彩灯更是仿若为他搭建了一个临时的梦幻的舞台，在这清晨宁静美好的空气中，莫名地惊艳了林小小的心，她不禁暗暗赞叹。

她想，要是一辈子都能看到这么美的场景，那该多好啊！

不过她也不贪心，知道今天的美景得来不易，也就没打扰程浩背对着她坐在那边栏杆上发呆，静静地欣赏这赏心悦目的光景……

程浩对身后人的欣赏目光浑然不觉，他正沉浸在他的情感漩涡中。

天上的启明星闪闪烁烁，就像调皮的娃娃对他眨眼睛。

程浩深吸天台上还带着几分露水的空气，顿觉沁人心脾。

没想到和陆鸿渐互换身份之后，虽然有不少尴尬，但是此时此刻这份美好和静谧，是从来不曾有的。

以前他总是争分夺秒，抓紧每一分钟听邹灵的安排，上通告、拍戏、拍广告、出唱片、上综艺……生活就像被上了发条一样。不过好像他的生活除了那些，真的就再也没有别的了，他总有一种透不过气来的感觉。

这份宁静和闲适真的是很难得！前所未有！

突然身体里一阵窒息感传来，他的身体又开始像无数细小粒子要分散开一样。

他不由得抓紧了身下的栏杆，努力呼吸……

林小小轻声惊呼：“老大！”她的注意力都在程浩身上，程浩有异常，她当然第一秒就发现了，只不过她误会了，误以为程浩有什么想不开的，要跳楼。

林小小吓得后背一阵冷汗，悄无声息地缓慢靠近程浩。

程浩深呼吸着，却依然很想不通，内心一阵挣扎又迷惑：明明已经换过来身份了，为什么？为什么还会出现这些症状？

程浩想要转身离开阳台，却突然全身失去力气，眼前一阵发黑，猝睡症说来就来。

他身体摇摇晃晃，眼看就要一头朝楼下栽下去。

林小小顿时一个箭步冲上去，用尽全力将程浩的身体抱住，及时阻止了程浩“朝楼下跳”，然后一个大力将程浩整个人硬生生从栏杆上拖了下来。

不过拖下来之后，林小小抱不起程浩的身体，顿时被程浩整个儿压在地上，喘不过气来！

不过还好她已经不是第一次被老大的身体压扁了，只要救下老大，她在所不辞！

她以为程浩会跳起来指着她的鼻子呵斥她，却不想身上躺着的程浩毫无反应，就像突然睡着了一样！

“老大？”林小小试探着推了一下身上的程浩，对方根本没反应，于是她小心翼翼地将老大推过去。

程浩却还在和“睡魔”作斗争，他努力地想要睁开眼，却只能看到林小小近在咫尺的脸，对着他又摇又喊。

“老大！老大？你怎么了？你怎么又晕倒了！”林小小急得抓耳挠腮。

但看着林小小着急的蠢蠢的样子，程浩莫名感觉到一股安心，终于闭上了眼睛。

7. 林小小是止痛良药?

林小小上前掐了掐他的人中，又拍拍他的脸，探了他的鼻息，他还在轻微均匀地喘气。想到上一次在迷路的树林里老大也是莫名其妙地昏过去，没过一阵子又醒了过来，林小小稍微放心下来。

难道是困得睡着了？估计是她突然出现在房间里惊扰了老大，他没休息好，才困成这个样子。她内心的负罪感骤然飙升，可这天台上夜深露重的，也不能在这里睡觉啊。

“老大，你醒醒啊，我们下去回床上睡好吧？我再也不打扰你了……”她说着，轻轻地拍程浩的脸，但程浩没有任何反应。

努力地将程浩的手臂搭在自己肩膀上，林小小想要扶着程浩走，无奈程浩的身体太重了，她的力气不足以扶起这么大一块头。

她只得脱下外套将程浩整个儿包裹起来，然后用尽全身的力气将程浩拖着朝楼下“搬运”。

她明明已经很小心地拖程浩了，可是依然免不了让程浩的脑袋或者身子四处乱撞。

林小小满是心疼，却又无可奈何：“老大对不起，你再忍忍，马上就到了。您可千万别出事啊，不然就算千刀万剐我也无以偿还啊……”

程浩完全听不到林小小的话，而且对身体的碰撞也没有丝毫感觉，不知怎的，此刻的他只要感觉到林小小在身旁，他就能放心睡下去了。

他明明厌弃她是个狗仔，又觉得她像个私生饭一样烦人，他知道这个蠢女人是那么的不靠谱，答应他的话不仅做不到还总添乱，笨得像猪一样，睡觉姿势还那么豪放难看……

可是不知道从何时起，程浩竟然觉得身旁有她就有种莫名的安心。

睡梦中，程浩又回到滨江隧道，这就是一场噩梦，循环又可怕地包围着他，让他沦陷在其中，像身处迷宫一样无法走出。

车祸在他眼前发生，他努力地想要去阻止，都无济于事。

隧道里的灯闪烁着，两辆相撞的车静静地停在隧道中，碎片散落一地。

程浩拖着一个被血模糊了样子的女人，把她放在隧道的平地上，女人脆弱而无力地对他说道：“救我……”

程浩无数次在这个噩梦中想要看清那个女人到底长什么样子，却都失败了。

每次那个女人脸上就像有一团厚厚的血雾一样，再怎么努力都挥散不开。

可是这一次，他终于从口袋里掏出一张手帕，轻轻揩掉女人脸上的血雾，然后一张熟悉而又让他有几分安心的脸出现在眼前，分明就是林小小！

但这次他看到的林小小和那一次的噩梦中林小小狼扑向他不一样，林小小越发虚弱，躺在隧道里，闭上了眼睛，但是他知道，她一定在等他回去救她！

“啊——”

程浩突然从梦中惊醒，他大口喘息着，额头上渗出一层细密的汗珠。

程浩仔细看过去，却看见面前近在咫尺的林小小的脸，跟梦境里一样的那张脸，他吓得连忙后退，这才看到了林小小手中的纱布、棉棒、酒精等医疗用品。

看着程浩醒来，林小小一时有些惊喜：“老大，你终于醒啦！有没有感觉头晕或者其他不舒服？”

林小小说着，手上的动作并没有停下，用棉棒沾了酒精替程浩的伤口消毒。

程浩一把抓住林小小的手，一个反手将林小小按在床上，如同林小小梦里的姿势一般，只不过气氛却与林小小那个暧昧的美梦完全相反。

程浩扣着林小小问道：“你要干什么？你到底是谁？”

林小小顿时一愣，心想完蛋，难道老大在被她拖的过程中脑袋撞楼梯上，撞得失忆了吗？

“你……失忆了？老大你冷静点，先听我说好吗？”

程浩却没放开林小小，林小小只得跟他解释道：“事情是这样的，昨天你差点从楼上跳下去，是我拽住了你。我抱不动你，就只能把你拖下来，然后你脑袋不小心就受伤了……”说着脸上就有些尴尬，毕竟那些伤害大半都是她弄出来的。

程浩认真审视林小小的脸，想努力地找出一些蛛丝马迹，关于那个车祸中的女人。

其实仔细来看，这张脸的五官挺可爱的，只不过他梦里那张脸，那张带血的脸终于渐渐清晰了起来，缓缓浮现在眼前，慢慢地和林小小的脸完全叠合，就像他和陆鸿渐一样，一模一样！

程浩恍然大悟，一脸不可思议：“是你……”

林小小一脸茫然，但是也回应道：“是啊，老大，是我，怎么了吗？”随即歪了歪脑袋，一脸疑惑。

这时，程浩因为突然醒来这一番挣扎，额头又流血了。

林小小条件反射般地抬手就去按住程浩的伤口：“啊，又在流血了，老大你别乱动……”

“啊！”就在林小小的手接触到程浩的肌肤的一瞬间，程浩发出一阵痛苦的叫喊声，一把抓住了林小小的手。

林小小吓得立刻松开了手上的棉签，不知所措，道歉道：“对不起，对不起啊老大！都怪我粗手粗脚的，我不是故意弄疼你的，我……我会轻点……”

程浩终于放开林小小，但有些神奇又有些茫然地看着面前的这个女人，自言自语道：“怎么会突然有了疼痛感？”

他说着又自己抬手按上额头流血的地方，但无论他自己怎么用力按，按得鲜血再次流出来，染红了他的手指，他都依然没有痛觉。

“又没了？到底是交换身份起作用了，还是……”

林小小一时间也不明所以，不过看着他的伤口再度流血，林小小不禁心疼万分，爬起身，然后小心翼翼地对程浩道：“老大，我帮你吧，你看你这伤口不处理好就会发炎的……”

程浩点了点头，任由林小小帮他处理伤口。

“抱歉抱歉，我，我轻一点，轻一点……”

虽然林小小认真学习了怎么处理伤口，但是实施起来总是笨手笨脚的，而每次触碰到伤口，程浩立马会发出一声惨叫，林小小内心愧疚极了。

林小小以为会再度挨骂，却不想自己看过去的时候，程浩竟然像发现了新大陆一般，目光炙热地盯着她那双肉乎乎的小手，一时间她都不好意思地脸红了。

突然，程浩将林小小的手按在他额头上！

顿时，这双手就像有魔力一般，也更像某种神奇的介质，瞬间接通了程浩伤口处的神经和通往他脑中的痛觉神经块！

“啊——”程浩抑制不住地痛呼出声。

他无比清晰地感受到了身上伤处的疼痛，这么久以来第一次感觉到伤痛，这感觉让他震惊和惊喜。

虽然痛，但是是真的并快乐着，这才是活着的感觉！

他并不是行尸走肉了，他找到他的良药了！

程浩一时兴奋地朝林小小逼近，林小小本就被程浩的行为搞得不明所以，还有他刚才那一声痛呼更是吓得她浑身发软倒了下去。

程浩顺势搂住她，一个踉跄，两人同时摔倒。

林小小完全不知道发生了什么事。难道她又做错了什么吗？可是老大此时明明看上去那么高兴啊！但是他刚才也确实被她弄得疼得大叫啊……

林小小满心纠结，却找不到这一回自己错在什么地方，只能忐忑地盯着程浩贴得越来越近的脸，心里早如旱天雷般轰鸣。

程浩看着林小小的眼神复杂多变，欣喜中透露着惋惜，原来自己追寻的疼痛感竟然一直离自己这么近，而自己竟然几次三番拒之门外，甚至险些错过，这让他对她有了势在必得的想法。

8. 老大该不会是在考验我吧？

程浩的身子不自觉中还在下压，目光灼灼地盯着林小小，就像饥肠辘辘的大灰狼盯住了他觊觎已久的小羊羔。

程浩是真的没想到，兜兜转转这么久，原来林小小竟然就是那场车祸中受伤的女孩子。

不，应该说，此时的林小小不是那个受伤的林小小，而是自己那个世界的林小小。

在平行世界的理论中，就像自己和陆鸿渐一样，虽然长相一模一样，大致命运轨迹相同，但各自的性格、生活方式或许天差地别！

林小小紧紧盯着程浩越来越近的脸，心跳如擂鼓。她不明白程浩突然怎么了，看他的眼神和表情就像想把自己吃掉一般！

脑海里突然闪现出机场里脸红心跳的场面，虽然不清楚那是不是程浩，但是确实是同一张脸啊，林小小一时间心如乱麻。可是她心里清楚，她一直在惹程浩不高兴，难道说，他这是在用一种特殊的方式吓唬她？

林小小心里乱糟糟的，一时间紧张得干脆闭上眼睛，不管老大要做什么，她都认命！

林小小闭着眼睛等了老半天，却什么惩罚都没落下来，恍然大悟：

老大该不会是在用这种方式考验她，看她是不是一个真正的亲妈真爱粉吧？他是在确认她真的不是那种一言不合就要扑倒他的私生饭！

对的，一定就是这样的！

她当然是亲妈粉，所以她坚决守住本心，抵抗住老大的诱惑考验。

她眼神笃定，将自己的脑袋微微别过去，拍着小胸脯信誓旦旦地道："老大，你放心，不管你怎么样试探，我都不会对你有非，非分之想的，我一定遵守粉丝条例……不管你离我多近，我都离你远一点！"

听得声音，程浩这才回过神来，他竟然又和林小小抱在一起了，不过这一回是他主动的。

一瞬间他也有些尴尬，想要说点什么，谁知林小小已经从他手臂下的狭小空隙钻了出去。

程浩索性转身找了个舒服的姿势侧躺在床上，饶有兴趣地看着床边站着的似乎松了一口大气的林小小。

林小小被盯得心慌意乱，慌慌张张道："那个，老大我，我去做饭了……"说着转身就跑出房间，还顺手带上了门。

程浩莫名勾唇一笑，缓缓坐起身，转头看着林小小房间的墙壁上他的大海报，喃喃自语道："啧，早知道我就不让你背诵粉丝条例了，不过现在……是我必须靠近你了……"

程浩来到林小小的书桌前，拿过一个笔记本，在脑子里整理了一番，才在笔记本上记录着：

摸头，有明显痛感，抚摸接触的时间越长，疼痛感觉越清晰。摸其他地方，暂时没有感觉。

林小小（A 时空，车祸）——林小小（B 时空，车祸未发生）

想着两个时空中相同的"林小小"，程浩再抬笔，在笔记本上画出两个相交的圆圈，然后在两个圆中分别写上 A、B，又将两个圆圈相交的那一部分打上阴影。

他从 A 世界而来，是经过滨江隧道到达 B 世界，那么滨江隧道是否就是 A、B 世界之间的连通桥梁？

阴影上"滨江隧道"四个字越发显眼。

看着笔记本上的这个图，程浩回想着他和陆鸿渐之间的感应，分别在 A、B 圆圈中写下林小小这个名字，分析道："我和陆鸿渐的相互关联成立，那两个时空的林小小应该也存在感应……如果隧道是两个时空的交汇点，待在里面的那个林小小会不会产生了与众不同的能量，让这个时空的林小小也有了奇怪的能量，可以让我恢复痛觉……或许，这个时空的林小小就是关键……”

程浩抬眸，书桌上相框中林小小的笑脸青春阳光，他忽而心头感到沉重，忽而嘴角又晕开一抹若有若无的温暖笑容。

厨房里，林小小此时却正在跟她冰箱里仅剩的几个鸡蛋、几个西红柿、几个苹果暗暗眼神较劲，几番下来，最终林小小败下阵来，一张小脸甚是苦恼。

“你们告诉我，我要把你们做成什么样的美味精致食物，才对得起我家老大？”

“鸡蛋西红柿面……是肯定不行的，要知道老大最讨厌番茄酱，还说面条黏糊糊的很恶心，而且也不喜欢蛋白的味道……”

“你们已经是成熟的西红柿和苹果了，就不能学着自己变成精致美味的食物吗？”

“明知道我现在需要好好地在老大面前表现，还非得让我狂点老大死穴吗？”

“啊……到底做什么？巧妇难为无米之炊啊！啊对……这个时候应该还可以送菜吧……”

林小小翻出手机，在送新鲜果蔬的APP上点了不少菜，可是点确定付款的时候，“余额不足”这四个字跳了出来，狠狠刺痛了她的眼睛。

她顿时郁闷得捶桌子，都是陆鸿渐那个浑蛋、人渣害的！

纠结了半天，最终她还是只能跟面前的鸡蛋、西红柿、苹果面面相觑。

“嗯，老大确实不喜欢西红柿鸡蛋面，但是混合果蔬汁应该可以吧，酸酸甜甜的味道，维生素也很好呢……”林小小想着就不由自主地笑了起来，“不喜欢蛋白味道的话，我可以把鸡蛋搅匀了做成蛋皮，然后包成蛋饺。用什么做馅儿呢……”

林小小温柔地抚摸着西红柿鸡蛋和苹果。

“放心吧，我会用我的爱感化你们的，拜托你们一定要好好地成为老大美味的盘中餐。”

很快锅里热油，炸好了面碎，又是做蛋皮、打果汁……

程浩理顺了脑中的线索，打开房门走了出来，却听到厨房里一阵装修般的声音，一会儿像电钻声一样，一会儿又是叮叮当当声，并且这个女人还自言自语道：“下了油锅就要好好做人，来生不要被老大讨厌了哦……”

9. 林小小的爱豆专属套餐

程浩站在客厅看着厨房中忙碌而娇小的身影，一瞬间心头暖暖的，不觉唇边扬起一抹浅浅的弧度。

但是她这夸张的动作，这浮夸的表情……程浩刚扬起的嘴角也不禁抽了抽。

这姑娘在做什么？不会要做什么黑暗料理吧？

程浩终于忍不住心里的好奇，抬步走向厨房。

林小小转来转去，丝毫没注意身后有人进来了。她刚打好混合果蔬汁，转身想要去上面的橱柜拿玻璃杯，小小的身子踮着脚尖，刚好够到玻璃杯，却在拿到的时候，眼角余光瞟到了身后不知何时站着的程浩，没来由地心里一惊。

只见玻璃杯垂直落下去，却没有听到预料中的脆响。

程浩反应极快地前倾身子，一把搂住因为他的出现而惊吓得差点摔倒的林小小，另一只手接住了那个玻璃杯。

就在这一瞬间，程浩脑中还突然莫名地闪过一个疑问：要是这个玻璃杯摔碎了，林小小会不会给它念念经超度？

他已经多次看到这个有些神经质的姑娘碎碎念的样子，虽然有点蠢，但是又有点可爱，脑海里顿时有了画面……

他不自觉地偷笑了一下。

林小小好不容易站稳脚，却见程浩再次盯着她笑了，一阵心慌意乱，却又赶紧暗中拧了自己一把：神啊！尊重一下我的忍耐力吧，真的是非常有限的……男神这样看着我笑，真的很诱人犯罪啊……

“小心点。”程浩声音低沉却充满关心。

林小小连连点头，退开几步，这才略略稳了稳心神，从程浩手中接过玻璃杯倒果汁，根本不敢再看程浩。

程浩心情莫名很好，声音浅浅地开口问道：“做的什么？”

“啊？哦，饭很快就好了，再耐心等几分钟，那个，这里油烟重，您先出去吧……”林小小努力装作镇定，心里却像怀揣着七八只精力旺盛的小鹿。

程浩皱了皱眉，却没打算离开厨房，身体靠在橱柜上，盯着林小小的后背，她的慌乱他都看在眼里。

一时间，除了林小小忙碌碰到厨具时发出的乒乒乓乓的声音外，厨房里陷入诡异的沉默。

最终程浩还是没忍住他心头的疑问，打破沉默问道：“林小小，自从见到我以后，你的身体有没有什么特别的……反应？”

林小小身形一顿，紧张得端起手中才倒好的果汁喝了一大口。

难道老大发现什么了吗？可是她已经很努力地掩饰了啊……

她突然转身，有些惊恐地望着程浩，双手一时间不知道往哪儿摆，不过仍然死鸭子嘴硬：“反应？没有！完全没有！一次都没有！”

她肯定是打死也不会承认的，不然老大又要将她划分为变态私生饭了！难道老大的“诱惑鉴定粉丝流程”还没完吗？

林小小只是想着就一阵心惊肉跳。

程浩还不死心，接着问："那你……有没有做什么奇怪的梦？比如在一个黑漆漆的隧道……"

林小小一口果汁差点喷出来，老大莫不是有超能力，她昨晚做了什么梦都察觉到了吗？

真是臊死人了！

林小小赶紧用力咽下果汁，心虚地解释道："没有！我发誓，我从来没做过那么重口味的梦，我在梦里绝对什么，什么都没做，我是清白的。"

程浩眉头皱得更紧，垂下眼眸想了想，然后继续问："那你摸我的时候呢？会不会有那种像电流一样的感觉，然后感到呼吸停滞，时空转换，世界颠倒，好像你已经不是你自己，而是变成了另外一个人……"

林小小听到这句话，双腿都在颤抖，再次转过身，一脸赴死般的坚定表情："老大，我，我，我对您只有敬爱之情，在我心中您就像一位慈爱的老父亲，关心着我们，包容着我们，我喜欢的是您的才华和人品，您的形象光辉伟大，我只会遥遥瞻仰着您的圣光，绝对不会像私生饭一样，对您的身体产生任何邪念的！"

程浩这才意识到，他一直在和林小小鸡同鸭讲，牛头不对马嘴啊！

一时间他哭笑不得，看来以前他确实把林小小吓得有点惨。看来短时间是问不出来什么了，他转身离开厨房，给林小小留下自由的空间，免得再把她吓得手足无措。

"算了，我先出去，等你开饭……"

程浩坐回了沙发上，看着林小小再次忙来忙去的身影，回想刚刚林小小说自己不会产生任何邪念的话。可是为何他心里感到有些失落？像她说的那样对他，不也一直是他要求的吗？

还好没多久林小小的爱心套餐就做好了，为了让程浩更有进食的欲望，她特意将食物摆盘装饰，颜色搭配好。

想着老大能吃上自己亲手做的爱心套餐，她顿时心花怒放，心里有满满的幸福感！

林小小站在程浩身旁，小心翼翼地揭开餐盘上的盖子，郑重又紧张，如同将她对程浩真诚、忠诚、热忱的心呈现给他！

随着林小小揭开盖子，一盘做工精美、颜色搭配协调漂亮的蛋饺呈现在程浩眼前。

白色莹润的瓷盘上，一块青翠欲滴的生菜铺在上面，生菜叶上面摆放着几个造型精美的蛋饺，蛋饺颜色呈淡黄色，就像一只珍珠蚌里窝着几颗漂亮的珍珠。

再看一旁那杯颜色鲜亮的果汁，晶莹剔透如同水晶一般漂亮。

还有切成一小块一小块的心形的苹果，竟然如此可爱。

光是颜色搭配，这份简易又不简单的套餐在程浩心里已经得到八十分了。最重要的是，程浩闻到了阵阵香味，顿时食欲大开。

食物讲究的是色香味俱全，他面前的食物色足、香清，只差尝一尝味道了。

其实程浩作为一个人气偶像艺人，在饮食上得有很好的自律性以及挑剔性。

而且邹灵为了让他的身体脂肪维持恰好的比例，一直有安排营养师专门给他配比各种能量摄入，所以这种精致的餐点虽然也见过不少，但是真正没有负担地吃过的机会还是很少的，大多数时候是做做样子，或者浅尝一小口，就在邹灵的目光下适可而止了。

只见林小小小心翼翼地给程浩递上筷子，道："老大，尝尝看？"

10. 坦白从宽绯闻事件

没有了小童或者小范在他身旁唠叨，他成了陆鸿渐，身心都感觉到一阵放松、舒坦，此时他只想享受面前这份看上去就很好吃的美味。

终于，程浩轻轻夹起一个小巧的蛋饺，送到嘴边轻轻一咬。

原本对味道并没有抱太大期望，没想到这一口下去，却让程浩意外惊喜。

这蛋饺不只是外表好看，内里也做得很巧妙，是炸得金黄酥脆的挂面碎。但喜怒不形于色，程浩只是在心里默默赞了一句，又一口，这只蛋饺便下了肚。

林小小已经等不及了，紧张得在一旁问道："怎么样？老大，可以吗？好吃吗？"

程浩好笑地看着林小小道："不好吃我也吃掉了，想知道味道如何，你自己尝尝不就知道了？"

程浩说着，夹起一个蛋饺放到空盘子里，递给林小小。

林小小看到程浩用刚吃过一个蛋饺的筷子给她夹蛋饺，莫名地小脸便飞上一团红云，心中一阵羞涩和惊讶：老大夹菜给我……这筷子他刚亲吻过，这样算的话，四舍五入算不算间接接吻……

少女正在走神幻想，手机那特殊提示音再次响起。

林小小回过神来，顿时心惊，感觉不妙，拿起手机一看，果然又是信用卡催款信息：您尾号 4598 的信用卡 06 月人民币账单金额 118446.68 元，还款到期 07 月 25 日，请尽快还款。

程浩吃着蛋饺，抬起头正好对上了林小小愁眉苦脸的神色，视线下移，瞥见了林小小手机上的催款信息。

林小小也感觉到程浩的目光，连忙有些尴尬地收起手机，对程浩强行笑了笑。

她心不在焉地拿起筷子，夹起那个蛋饺咬了一口，却无心品尝自己做的蛋饺是什么滋味，想想这个账单，只觉得心头苦涩。

看着林小小一下子怅然若失的样子，程浩也有些动容，她信用卡催款的数字对他来说根本不算什么，可是对她……程浩微微抬头看了看这套民房，平凡而且狭小，不过林小小也算心灵手巧，将房屋布置、打扫得干净整洁又温馨，很有家的氛围。

程浩吃掉最后一个蛋饺，心中是满足的，他能从这份食物感受到林小小的真诚和可爱。

所以，老天让他一次又一次和林小小分不开，一定都是有原因的吧！

程浩突然举起手里的果汁，淡淡笑着道："以前的事情过去就过去吧，毕竟你救了我，我要对你说声谢谢。"

他说着，用杯子碰了林小小的杯子一下，发出"叮"的一声清脆的响声，就好像预示着从这一声响开始，他要用另外的方式和林小小相处。

林小小却在听见程浩的话后难以置信地抬头，看着程浩"咕咚咕咚"一口气喝干了那杯果汁。

老大竟然对她说谢谢，她没有听错吧！

她忙深吸一口气，也举起果汁也喝了一大口，再次确认般地小心翼翼问道："老大……你是真的不怪我让你被冤枉辱骂记者了？"

"那些对我构不成什么影响。"这是事实，他有自信他的人气不会因为一些不着边际的小八卦而降低。

林小小心中雀跃，这说明老大真的原谅她了？

"那咱们在泰国不小心被拍到亲密照，还有徐森的恋情炒作，您也不计较了吗？"

程浩却没料到还有这事儿，脸慢慢沉了下来："什么意思？"

林小小只想快点交代她的"罪行"，趁着老大说了要原谅她，一并原谅了吧！

她并没注意程浩此时的表情，只是自顾自拿出手机翻出那新闻和照片给程浩看。

"亲密照是不小心被拍到的，我本来想阻止那记者偷拍你和徐森，然后去了你房间假装抓老鼠的工作人员，就是想帮你拉上窗帘，可是谁知道徐森不在，而我也……成事不足败事有余……另外，跟徐森的炒作新闻虽然写了我的名字，但是文章被我上司拿过去改成这个样子，我完全不知情……"

林小小一五一十地交代，却看到程浩越听脸色越黑，而且皱着眉，一副完全不知的样子，林小小还是抖着胆子问了一句："您，您该不会还什么都不知道吧？"

程浩冷冷道："我现在都知道了！"

心中仿佛有一群乌鸦从头顶掠过，留下嘲笑的叫声，林小小内心顿时叫苦不迭，自己都是干的什么事啊，好不容易得来和老大化解的机会，居然又黄了……

但她不知道，程浩皱着眉头是在考虑其他要紧的事。

和徐淼的事他心中猜得到，十有八九是徐淼想和他炒绯闻，林小小只是被当枪使了。不过林小小和他在房间里被抓拍到，程浩也没想到，这次林小小也成了受害者。

最关键的是，陆鸿渐现在要怎么应对这事儿？早知道回来前就该先看看国内有没有什么重大消息的！

可是此时事情已经发生了，程浩也只能祈祷陆鸿渐和他互换身份这事不要受影响。

程浩突然起身拿出笔记本电脑，噼里啪啦敲了好一阵，终于列出一份合约，连着旁边的打印机，打印了两份，然后叫林小小来客厅谈判。

11. 爱豆和粉丝的同居不平等条约

此时，程浩坐在沙发上一言不发，林小小尴尬地站在客厅中央呆呆地望着程浩，屋内安静得一根绣花针掉落都能听到声响。

老大手里拿着两份文件，该不会……是起诉书吧？告她诽谤、侵权、人身骚扰？那每一条都可以轻轻松松地结束她大好的青春年华。

想到这里，林小小更加绝望了，委屈地低着头绞着小手指，一副坦白从宽，抗拒从严的认罪模样。

程浩开口打破沉默："2018年6月4日，下午5点48分，你对着拖车发过誓，答应我不会把那天的事说出去，可是呢，转头就见了新闻。"

程浩胸口微微起伏，情绪似乎有些波动。

林小小垂着头，不敢抬头看程浩，只能闷闷地点点头，承认错误。

程浩接着说："2018年6月10日，上午9点08分，你面朝大海承诺过，你有不得已的苦衷，你绝对不会写对我不利的新闻，可是依然是一转头，这事儿就变成了我和徐淼的绯闻。虽然你说那稿子被谁改过，但是最初不也是出自你的手不是吗？"

林小小继续点头，老大说的是事实，但是她也没有办法，毕竟那个吴扒皮是她的顶头上司……

林小小认错大王的名号真的不是吹的，所以不论程浩心底有多少气想要发出来，都像打在棉花上，一时消散得没影儿了。

可是他依旧不能放松对她的教育，天知道她以后会给他惹出什么事来。为避免林小小又在无意中破坏了他的替身计划，他必须将这事进行下去，而且他想，她更需要这份合约费来解燃眉之急。

“2018年6月17日，也就是昨晚11点，你还记得你在你家卫生间做了什么吧，可是转头我就被要债的给堵在你家了……”

当然这事儿说起来也并不能全赖林小小，毕竟是他先和陆鸿渐换了身份，才导致他被围堵在这里。而且，若不是这阴差阳错的经历，他不会发现林小小就是A世界里与他出车祸的那个人！甚至，她可能是他回到原本世界的关键。

“我不是个记仇的人，但也不会好了伤疤忘了疼。”程浩飞快思索着，抬手敲了敲茶几上的合约。

林小小供认不讳，老老实实地继续点头如捣蒜，只求老大从轻处罚。

“所以，现在这里有一份保密协议，你要对我住在你家的事情，还有我在你家中的所有行动保密……”

原来是保密协议。

林小小接过程浩递过来的合同，黑字加粗的标题确实是“保密协议”四个大字！林小小大大松了一口气。也是，老大身居如此地位，怎么会和一个不懂事的粉丝计较呢？

但此时林小小不敢得意忘形，她认真地顺着程浩修长有力的手指牵引阅读协议全文。

“还有……我还有些事情没有解决，今后还会在这里住下去，所以继续有偿征用你的房间，至于价格，随你定。”

本以为林小小会原地欢呼雀跃，抬头却发现她一脸怅然的表情，程浩突然担心起来，她不会是想严格遵守粉丝条例，直接拒接他吧？他要是被粉丝撵走，岂不是很没面子啊？

不过随即一想，面子算什么，反正他现在是不得不赖上她了！

其实，林小小只是太过震惊，不，应该说是震撼。她的大脑还没有接收到反馈的讯号，一时处在宕机的状态。

“你这个表情……是不愿意？”

林小小终于回过神来，看到合约上白纸黑字也写到了这一条，激动地抬头看着程浩。

所以，这是真的！

“我我我，我……”她一紧张话就说不明白的毛病又犯了！

我是不是感动了苍天？还是老大摔坏了脑子？

林小小结巴着说不出话，可是心里早已经高兴得炸开了花。她悄悄拧了自己大腿一把，疼得差点喊出来，倒吸了一口凉气。

不是幻觉，老大应该是看到了她作为粉丝的一片忠心，爱上了……爱上了她精心制作的蛋饺大餐，作为天之骄子，第一次吃到如此质朴的食物，所以深深着迷，想下凡尝试草民们的平凡生活……

林小小自我脑补着，再一次被幸福感冲昏头脑了，可是她愿意就这样昏头昏脑下去。

同居没问题，可是老大待在这么小的房子里，是不是太委屈了？

也不对，可能老大是想按照斯坦尼斯拉夫斯基表演体系的核心观念来体验生活，精进自己的演技，磨砺自己，从偶像明星的桎梏中走出来，成为真正的演技派人民艺术家！

简直是可尊！可敬！

林小小不停地脑补着程浩要留在这里的终极目的，她简直要感动哭了……

程浩看着林小小再次陷入神游的状态，一时间心中有些忐忑，脑海里也乱了起来。

难道她是在接收平行时空的感应？

或者是她对条件不满意，但是不好表达，就用这样无声的方式反对？

程浩决定妥协退让，他抬起手，犹豫了一下，还是拍了拍林小小的肩头。

“保密条件确实比较苛刻，其实你……”

他话还没说完，只见林小小一脸星星眼地看着自己，把不知什么时候签好的合同递到了自己的面前。

“老大，我都同意，签好了。”

程浩被林小小的速度给吓住了，转而问道：“你不仔细看一下其他细节规定？”

“不需要，我相信您。”林小小笑得甜甜的。

“喀，那好，从现在开始，你要完全听从我的号令，就算我下达任何奇怪的指示，你也不能问为什么，只能听从。”

程浩搞不懂这个姑娘的脑回路是怎样的，让他的心情仿佛坐过山车一样起伏跌落，不过他得再确认一下。

林小小点头如捣蒜：“可以的，没问题。”

程浩终于再次坐正了身子，心底渐渐升腾起一股莫名的欢喜：“你要每天保持室内清洁，不能让家居用品上有任何肉眼可见的灰尘。”

“会的会的，老大有洁癖，我就有洁癖！”林小小闪着星星眼。

对于她的话，程浩有些吃惊，不过眉眼也渐渐舒展。他不否认，她知道他的癖好确实让他心底一阵愉悦。

那么，再加点琐碎的小条件，这丫头也该会答应吧？

“每天早六点要有鲜榨水果，七点要准备我的营养早餐，中餐必须有鱼有菜，每天三到五次头部按摩，室温必须保持二十四到二十八摄氏度之间，睡觉不能发出噪音，必须收起家中所有的尖锐物品，你在我方圆一百米内不能排放气体……

还有，你对我说的每句话都要负责任的，法律责任。”

林小小郑重地从地上爬起身，端坐在程浩对面的沙发上，郑重其事地伸出手到程浩面前。

“老大，这次你放心吧，我能做到，我一定尽全力帮你完成升华之路。”

程浩嘴角勾起一抹不经意的笑容，也回握住林小小那小小的手，然后又迅速抽手，拿笔在合约上签下他的名字，一式两份，一份给林小小，一份他自己留着。

12. 陆鸿渐的作妖之路

林小小指腹轻轻摩挲着程浩的签名，咬着唇窃窃地笑。

都说上帝给你关了一扇门，会给你打开了一扇窗，虽然她被陆鸿渐骗了钱，但是现在她最爱的偶像要和她同居长住，这可是钱都买不来的！

突然，程浩从钱夹中拿出一张卡递给林小小：“这张卡里有一百二十万，算是定金和你的封口费，你想好要多少房租后，我把剩下的钱补给你。”

林小小惊呆了，她已经有最爱的偶像在身边了，这些钱财都比不上老大！

她连忙推回去：“不行不行，我不能收，老大能在我这里住，已经是对我最大的恩赐了，我怎么能……”

程浩却一把抓住她的小手，将卡按在她手心，突然深情地看着她。

“拿着吧，对自己好点，我不想我的粉丝挨饿受委屈。更何况以后我住在你这里了，你的花销不会少的，你确定你都支付得起？”

程浩意有所指地朝着她的手机看过去，她会意，顿时又一阵羞窘感动。

原来老大知道她的经济危机，这也是变着法儿地帮助她渡过难关啊！

如此偶像，再无别家！

林小小感动得热泪盈眶，握着那张卡，内心久久不能平复，心中更加坚定要对她家老大好上加好！

其实，程浩也没想到事情会发展成他和林小小过上了“同居”生活。

整天看着这个傻姑娘望着自己傻乎乎地笑，程浩也觉得日子倒是意外的安宁满足。

林小小平时除了上班，就是去买菜，回家做饭。

但是这一次，她对周甜甜都守口如瓶。

程浩以一个平民的身份，过上了平凡轻松的日子。

陆鸿渐此时完全与程浩相反，过上了他梦寐以求的纸醉金迷的日子。

他每天除了有小童和小范服侍之外，近来还让小范、小童特地给他找了几个造型师来。虽然程浩家有很多服装配饰，但陆鸿渐觉得，穿着程浩的衣服已经不能满足他了，他既然已经成了大明星，就该有点大明星的样子，不能处处让那个眼线小童限制着。

所以，今天他就要风风光光、大张旗鼓地领着他的团队开进奢侈品商场，挑选他心仪的、从前买不起的那些东西。

他的保镖先一步抵达商场，替他开路，分两列夹道而站。

陆鸿渐这才在小童和小范以及另外的保镖的保护下下了车，朝商场里走去。要知道，这样的商场，以前他路过时可都只能抬头看看大门。

商场进出的顾客们惊讶地发现了大明星程浩亲临商场，顿时一阵沸腾欢呼，纷纷拿出手机想要冲上去和程浩合影。

看到这番情景，小童和小范还有其他的保镖连忙上前阻止了。回头再看陆鸿渐一副趾高气扬的样子，小童心里很是不爽。相处的日子不长，可说来也不短了，这段时间以来，都是他在帮陆鸿渐擦屁股，如果不是浩哥提前安排了他，陆鸿渐熬不过一天就会暴露身份，哪里还轮得到现在过这种奢侈无度的生活？还总是不知道收敛！

小童越想越替程浩生气。

看着拥挤的人群，陆鸿渐满意地微勾嘴角，保持着若有若无的笑容，和尖叫的粉丝们挥挥手。

这种感觉他渴望了多久啊，滋味太妙了！

他突然有种感觉，他就该做这种受万人崇拜的、如同古时候帝王一般的人物！

他觉得，这是他与生俱来就有的基因，就是这么强大，喜欢被所有人的目光追随！

商场内越往上走，店铺内的商品就越昂贵。

高档品牌店铺内的柜台都似乎散发着熠熠金光，陆鸿渐在众多保镖的簇拥下，不疾不徐地浏览着每个橱窗，穿着职业装的柜姐站在店铺门口，见陆鸿渐经过，纷纷鞠躬，露出空姐一般的标准服务微笑。

突然，陆鸿渐对着柜姐和几个路过的客人招手，立刻赢得柜员们惊喜又压抑着的欢呼和尖叫，陆鸿渐对她们的反应非常满意，简直太过瘾了。

陆鸿渐大摇大摆地走进那家商铺，煞有介事地看着每一件商品，其实柜员介绍了半天，他一句都没有听明白，只是知道这个品牌是一个世界级品牌。

陆鸿渐左顾右盼，想着在电视中看到的有钱人一掷千金的豪气模样，有模有样地学了起来。

“这个、这个，还有这个，我都要，其他的……”

看到这番情景，小童也抽了抽嘴角，不过随即勾起一抹坏笑，趁机一步上前，在陆鸿渐耳畔低声道："造型师费用三万，保镖费用十万，这货架上的衣服均价两万以上，一共二十件，这些钱，都从您的薪水里扣，所以，您看买了这些，还要去下一家吗？"

听到这里，陆鸿渐抬着的手哆嗦着放了下去。

而小范兴高采烈地跑回来等吩咐："哥，其他的呢？哪些要，哪些不要？"

售货员小姐们也走了回来，一脸期待。这可是大主顾啊，而且是大明星程浩呢，这一单下来，她们一个月的业绩就都完成了。

陆鸿渐虽然很心动，但一想到几万几万地扣钱，自己的心都在滴血，于是咽了一口口水，道："喀喀，我感觉这些也都不太适合我……算了，我们走！"

售货员们愣在原地，一脸震惊，这雷声大雨点小的，是闹哪样啊？

敢情这大明星是来消遣着玩呢？

陆鸿渐郁闷地带着队伍，又离开了商场。

只能过过眼瘾，买东西得从他的薪水里扣，那他还买个屁啊！

买买买不行，那他参加聚会什么的，总不花钱了吧，都是别人请客呢！

正巧，有一个生日派对的邀请函发到了他的手中，小童他们全然不知，他觉得他要想办法把小童支开，才能玩得尽兴。

那就给小童放一天假吧？

终于给小童放了假，他走在路上都觉得浑身轻松，在小范的陪同下，如约来到那家低调奢华的私人会所。

13. 陆鸿渐的土味情话撩妹大法

奢华低调的会所隐藏在一栋高级CBD顶层的露天天台上，无边泳池周围立着落地灯，光线昏黄暧昧，每隔一段距离就有舒服的沙发卡座，在悠扬的布鲁斯音乐氛围中，娱乐圈的高端名流们都聚集在此推杯换盏，愉快地聊天。

此时，晚到的陆鸿渐进场，装模作样地拿着侍应生递过的一杯红酒来到会所中央，看着穿着光鲜亮丽的晚礼服的美女们，一时间心情莫名地爽快。

昨天在商场的挫败感顿时消散，这样高档豪华的有钱人聚会，他终于有机会来玩一玩了！

谁知他刚准备朝那边美女多的地方靠近，就听到了美女们的议论声。

"天哪，我是见鬼了吗？程浩居然会来参加这种聚会？这怕是太阳打西边出来了吧？"

"不是说程浩母胎单身，对女人没兴趣吗？"

"哎哎，他笑了哎！程浩笑起来果然很好看啊，还是对我们笑……"

“果然好帅！”

“可是还是看看就好吧，浩帅这种母胎单身的极品男人，怎么也轮不到咱们啊……”

美女们议论得热烈，面对“程浩”的笑脸，她们也脸红心跳，可就是不敢靠近，毕竟这是个圈内的聚会，大家都对邹灵那只母老虎有所忌惮，谁要是敢碰她家这棵葱，说不定哪天就得暴尸街头！

陆鸿渐听到后面也渐渐明白了，此刻自己要是再凑上去，就是热脸贴冷屁股。

没关系，这一群美女有自知之明，觉得配不上他，此时的他也自恋般地觉得她们配不上自己！

不过，陆鸿渐失落难掩，一阵嘀咕：“这程浩人缘是有多差……竟然没一个人愿意过来搭讪要签名……”

陆鸿渐窝在沙发里，兀自喝了一口闷酒，也不敢主动有什么出格的行为了，毕竟他也听到了那些美女的议论，若真有人戳破了他的替身身份，他可就完蛋了！

正郁闷着，他突然感觉肩头一沉，一阵幽香飘进鼻子。他心中顿时一喜，以他多年的泡妞经验，这是有美女自动送上门来了！

转身一看，果然一个美人笑意盈盈地立在身旁，白皙的胳膊正搭在他的肩膀上。

陆鸿渐上下打量着美女，怎么说也能得个九十分啊，颜值、身材、肌肤状态都在线。不过这美人怎么看着好像有点眼熟？到底是哪一个女明星来着？陆鸿渐迅速在心里搜索，想了半天，最后还是没有答案，目光却不由自主地被她吸引了过去。

原来，对方正是之前想要和程浩炒绯闻的徐淼。只见她嘴角勾起一抹笑容，嗲声道：“浩哥，您这是转性了吗？”

徐淼从没见过用这个眼神看着自己的程浩，那眼神就像一只被困笼中许久的饿狼，直勾勾的。

今天这个聚会是徐淼叔叔的生日聚会，按照惯例邀请了程浩，本以为他会依照惯例视而不见，但出人意料地，他居然第一次赏光出席了聚会！

所以，她又有机会和程浩接触了！难道说她叔叔帮她安排的绯闻起作用了？

陆鸿渐突然想起来了，他还没和程浩互换身份的时候，在娱乐新闻上看到过这个女明星，叫什么……徐淼！

陆鸿渐终于想起来了，前两天小童私底下还气愤地跟他说过，程浩又被人下圈套了，竟然让徐淼炒了个莫名其妙的绯闻出来。

原来就是这个绯闻女友啊！

陆鸿渐笑容满面，这回程浩“眼光”不错，终于有个像样的绯闻女友了。

只见陆鸿渐突然拿起冷餐桌上的点心，递到徐淼面前，询问：“喜欢吃这个吗？”

徐淼更加意外了，对比在泰国时程浩的态度，这完全是一百八十度大转弯！心底一时喜不自胜。

难道真是自己的美貌和坚持打动了他？不管了，难得程浩对自己突然殷勤。

徐淼俏脸微红，娇羞地要伸手去接陆鸿渐递来的盘子。

谁知陆鸿渐在见徐淼伸手过来时，又将手抽了回去，笑容妩媚：“那你知道我喜欢吃什么吗？”

看着对方的动作，徐淼也一脸蒙，这程浩到底是闹哪样，给她又不给，吊胃口还是花样和她调情？

徐淼脑子一时转不过来，还没等她反应过来，“程浩”突然嘴角邪魅一勾，起身凑近她耳畔，在她耳畔吐出温热的气息，说道：“我喜欢……痴痴地看着你。”

陆鸿渐的土味情话撩妹大法正式上线！

徐淼却一愣，感受到程浩近在咫尺的气息，他呼出的温热气息撩动她耳畔的碎发，一阵心花怒放。

果然“程浩”是变着法儿地跟她调情呢，恐怕放眼整个娱乐圈，她徐淼是第一人吧？

看来他们之间的绯闻还可以炒得更大，不，她甚至觉得这马上就不是绯闻了！

徐淼笑容娇羞，自然地抬手挽住了“程浩”的胳膊，娇声嗔怪道：“浩哥，您真讨厌。人家被你这样说得都不好意思了！”

陆鸿渐脸上的笑容也开始得意起来，这大概是他这辈子泡妞的巅峰了吧？

两人不多时就更加熟络起来，打情骂俏的样子在外人看来，倒真像一对热恋中的情侣。

这可惊呆了旁人，大家不由得窃窃私语：莫非这高冷王子程浩真的转性了？竟然和徐淼配对成功？

两人喝了两杯酒之后，徐淼想起她过来找程浩的目的，便拽着陆鸿渐的胳膊摇晃着道：“浩哥，你知道今天是我叔叔的生日聚会，既然都来了，不去跟寿星喝两杯怎么说得过去呢，对吧？”

陆鸿渐哪里还抵挡得住徐淼的撒娇攻势，顿时满口答应。

与此同时，小童正火急火燎地往顶楼的私人会所赶来。

他从早上陆鸿渐给他放假开始，就意识到陆鸿渐可能有什么坏主意。这不，刚处理完一些事务，给小范打电话才知道，这家伙竟然去了承天娱乐公司大老板的生日聚会！他现在气得想掐死陆鸿渐这个浑蛋！

陆鸿渐不只是戏精，还是一只作妖精、搞事精吧！整天不搞事、不作妖就浑身难受的样子！

等小童进入会所寻找到陆鸿渐的身影时，他正和徐淼并排紧挨着坐在一块儿，而他们对面就是承天传媒的徐大老板，更让小童目瞪口呆的是，他们两个都搂在一起了。

小童气得快吐血了，浩哥的一世英名都快被这个浑蛋给败光了！

小童再也不能忍耐，急忙朝陆鸿渐走去。

徐森笑着又挽住了程浩的胳膊，笑容满面道："叔叔，我还有好消息要告诉你，刚才浩哥已经答应我，下一部戏要和我一起合作，我做女主角呢！"

"哦？是吗？"徐大老板靠在沙发上，气定神闲地扫了一眼陆鸿渐，目光却带着无形的压力。

陆鸿渐一时间有点蒙，表面傻笑着，心里犯嘀咕：我可没说这话啊！现在该怎么办？

徐耀祖突然笑得高深莫测，语气凌厉："哟嗬，大明星程浩，这次如此配合，看来接下来的合作，应该会很顺利吧。"

他所了解到的程浩，跟眼前的这个言语夸张、笑容猥琐的人判若两人，一时间不由得眯起眼睛质疑起眼前这个人的真实性来。

这时，小童终于及时赶到，在陆鸿渐慌乱之际，笑着对徐耀祖致歉："谢谢徐大老板的好意，具体是否有合作事务，会由灵姐来进一步沟通。"

徐森见一个小助理都能替程浩回答，不由得来气，这程浩盛名之下竟没什么自主权！

她嘟着嘴虽然不满，但是邹灵那只母老虎她也不敢惹，只得求助刚刚对自己有好感的程浩。

"邹姐怎么不愿意？上次如果没有她同意，我们怎么能合作得那么愉快呢，是吧，浩哥？"

听见小童的声音，陆鸿渐顿时大大松了一口气，虽然不知道小童是怎么找到他的，但是此刻很感激小童及时赶到。救星啊！万一他瞎答应了什么事，闯出祸怎么办？

陆鸿渐终于喘了一口气，讪讪笑道："是啊，小童说的就是我的意思，一切都要通过灵姐的同意才行。"

紧接着陆鸿渐颇有深意地看了徐森一眼，徐森倒是被他这一眼看得又有些不自在了，之前还觉得程浩转性了，但这会儿看，他好像变得更古怪了！

小童不满地瞪了陆鸿渐一眼，趁着在座各位岔开话题后，将陆鸿渐拉走了。

徐耀祖抽着雪茄，饶有兴趣地看着小童将"程浩"带走，眯了眯眼睛，脸上浮现出一抹不易察觉的诡异笑容。

他好像看穿了假程浩的身份，甚至，他仿佛知道对方的背后隐藏着什么不可告人的秘密……

第四章

当你彻底丧失了痛觉，你将彻底地消失……

1. 糖果塔下的“男友力”

二十多年来，林小小都是一个平凡而透明的存在。由于从小父母离异，她跟着亲爱的外婆一起长大，虽然生活偶尔辛苦，但也平淡幸福，养成了知足常乐却也有些内向、迷糊的性子。

她并不是一个擅长交际和表达的人，因此，追星对她来说并不是一件随大流、凑热闹的事，而是在专属于她的小世界里温暖和幸福的所在。

追寻着、仰望着那束光，就好像跟自己的梦想在谈恋爱。

这也是很多青春期追星女孩的真实感受吧。

或许，是她的虔诚感动了上苍，如今，天上那座光芒四射的星宿竟然降临人间，落在了她林小小的家里！

何德何能，何其有幸，何乐不为呢?

林小小有一种中了千万彩票头奖的喜悦感，直到现在整个人都还飘飘忽忽的，那从嘴角咧到耳根的笑容足足挂了一个星期。

下班时间快到了，林小小手脚麻利地收拾东西，预备待会儿往外冲刺。她还从来没有这么渴望过准点下班。买菜做饭，照顾老大的日常起居——这目前成了她人生中的头等大事！

“叮叮！”手机信息提示音响起，林小小收到了程浩的消息，他叫她下班后直接去他们公司旁边的大超市，他在那里等她，接她下班。

天哪，老大这又是什么操作！林小小受宠若惊。

与爱豆的同居日常，这简直就是偶像剧《浪漫满屋》的情景重现啊！

不远处，老吴老远就瞧见了一副花痴模样的林小小，他悠悠地走过去，打趣道：“小小啊，我看你最近面带桃花，人逢喜事精神爽啊，老实告诉我，是不是谈恋爱了？”

林小小脸色一红，紧接着摆了摆手：“吴老师你就别瞎猜了，我不过就是最近日子过得比较顺心了，自然面色就好啊！”

老吴一脸看穿机秘密的表情：“哦，看来还是地下恋情。”

林小小赶紧收起不自然的表情：“没……没有。我赶时间，吴老师明天见。”

林小小逃也似的飞奔离开，还随时注意着身后有没有人跟踪，趁着下班的同事们不注意，一个闪身就溜进了公司隔壁的大商场超市中，乘电梯直达超市入口，拉了一辆购物车，掏出手机，一个黑影就站在了自己的面前。

林小小一眼就认出了面前全副武装的人就是程浩。

林小小高度紧张地四处张望了望，还好此时超市里人并不多，而且大家都在专心挑选东西，没有注意到这边，她这才松了一口气。

看着程浩认真地挑选商品，林小小压低声音道：“老大，这样是不是太危险了？被人认出来怎么办？你需要什么东西的话，可以直接发消息告诉我，我下班就买回去了……”

程浩拉下墨镜，看着货架上的商品，又看了看保质期、生产日期，然后将商品放进购物车：“放心，不是谁都有你林大狗仔的火眼金睛。再说了，你挑食物的眼光实在不敢让人放心，所以我自己来看看，顺道接你回家。况且我也不能总是在那屋子里闷着。”

“原来这样啊，咯咯，那，那老大你选吧。”

林小小心中甜丝丝的，老大接她回家，这种待遇应该是独一份，世上别无他家吧！

这段和爱豆“同居”的日子，她一辈子都不会忘记的！

此时，程浩眼睛扫过糖果架，转头问林小小：“你喜欢吃什么？”

“我喜欢痴痴地……”林小小顺口就答，差点说成“我喜欢痴痴地望着你”。

这该死的陆鸿渐的口头禅，她居然被洗脑了！

林小小及时改口：“咯咯，我喜欢吃……老大喜欢吃的。”

程浩无奈地笑，转过脸，眼眸中却闪过一抹不经意的宠溺，然后他将货架上最后一盒阿尔卑斯棒棒糖礼盒拿下来，递给林小小，道：“我喜欢这个，Alpenliebe，意思是‘爱在阿尔卑斯’。”

“爱在阿尔卑斯……”

林小小一时呆呆地望着程浩。程浩专注看她的神情已经让她眩晕了，他居然还说如此撩人的话，她的小心脏顿时怦怦直跳。

她从程浩手中接过棒棒糖礼盒，摩挲着上面的凹凸不平工艺文字，以及两颗靠近的红心，痴痴地傻笑，情不自禁地后退，那弥漫着幸福的糖果气味包裹着她，在旋转、旋转、旋转……

只听得“轰隆”一声巨响中，林小小不知道怎么将身后摆放的高高的糖果金字塔撞翻了，无数个阿尔卑斯糖果盒散落了一地。

林小小这才回过神来，手忙脚乱地想要搭回去，却不想越放越乱。程浩看着她这蠢蠢的样子，心底一阵叹息，却又觉得她蠢得可爱。

闻声而来的售货员看到这番情景，火冒三丈：“你这姑娘怎么回事？人家小孩子都没有撞到糖果塔……”

林小小在一旁满脸愧疚地垂着头，像个做了错事的小孩子，弱小可怜又无助。

程浩看着被训斥着不停道歉的林小小，一把拉起了她的胳膊。

“不用搭了，麻烦你，这些糖果都帮我装起来吧，我们全要了！”

“什么！”售货员惊讶地转头看程浩，又看看林小小，了然地笑了，对林小小道，“哎哟，小姑娘，你这男朋友可是真宠你啊，半点委屈也不让你受。好的好的，都给你们装上车！”

林小小也一脸震惊，她脸上涨起了一层红晕，就像两片桃花花瓣突然飞贴到她的腮上。她心里很甜，此刻却忙着为老大的清白解释：“阿阿，阿姨你别误会，我，我们不是……”

林小小一紧张又开始结巴，越发解释不清楚，胆怯地望向程浩，却发现程浩转头跟着售货员去结账了。

地下停车场。

只见一辆豪车整个后备厢和后座都塞满了糖果。

程浩将车子开出地下停车场，嘴角似乎还带着笑意。他趁着等汇入主车道的停车时间，剥开了一只棒棒糖，递给还有些不安的林小小：“吃颗糖压压惊。别人又不认识我，你何必解释？”

林小小受宠若惊，接过棒棒糖，低着头咬在嘴里，甜在心里，那颗不安的心一下子就变得安定下来。

天色渐渐黑了下来，月色悄悄爬上了城市西边的夜幕，程浩的车开上了外环高速，匀速而平稳。林小小靠在舒服的车座上，竟然睡着了，凉风吹进来，她瑟缩着身子。

程浩看了一眼安静睡着的林小小，细心地关上车窗，顿时林小小睡得更踏实了。

不多时，车子开进了滨江隧道，程浩觉得眼前似乎光景一变，恍惚间又回到那一天，两辆车发生了激烈的碰撞，那个时空里的林小小在车里被撞得血肉模糊。

顿时，程浩吓得回过神来，还好前面路况良好，前后并无车辆。

程浩迟疑着，最终握住了林小小的手，紧紧攥在手心。她依然睡得很死，程浩松了一口气，眼眸中盛满了说不明、道不清的情绪。

不知道从什么时候起，他好像已经习惯了有这个蠢女人陪伴在身边，这样的场景竟然能让他感觉到无比安心。

有着精神洁癖的他，对这个蠢萌丫头越来越没有抵抗力了，毕竟她是最不让他反感和他愿意靠近的第一个女人。

或许也会是……最后一个吧。

2. 鏖战龙虾

车子到达楼下，程浩泊好车之后，林小小似乎还在睡，根本没有醒过来的趋势。

程浩轻拍林小小的脸蛋，道："喂，林小小，到了哦。"

见她丝毫没有反应，靠近细听竟然还能听到轻微的鼾声，程浩忍不住笑着摇头感慨："难道，我的嗜睡症还能传染给你？"

说罢，他弯腰解开她的安全带，轻轻地将她公主抱在怀里，上楼去了。

回到家中，程浩将她轻轻地放在客厅的沙发床上。因为怕光会刺痛她的眼睛，程浩没有开灯，借着窗外洒进来的月光，看着她安静的睡颜，程浩心底不禁一片柔软。他替她盖好被子，然后去楼下将那一车糖果搬了上来。

做完这一切，程浩静静地回到了自己的房间，躺在床上闭目思考。

这些日子，他虽然没有出门，但终于有时间静下心来去复盘他所经历的一切。

每一次入睡后的梦中，他一遍又一遍回到滨江隧道的车祸现场，还有那躺在血色中的女人，一切都让他觉得那似乎不是梦，而是真实存在的感应。

还有那条莫名其妙的邮件：这个世界不属于你，当你彻底丧失了痛觉，你将彻底地消失……

这句话，仿佛魔咒一般困扰着他。

程浩起身坐到了书桌前，重新拿起了笔盘算。他发现随着时间越发靠近那一日，他越发频繁地梦到车祸。他喃喃道："不对，事情不对。如果我的经历和过去的世界一样，那是否意味着，在这个世界车祸也会发生，一切会重演！那么如果再次发生车祸，会怎么样呢？"

他不知道他是不是借此就能回到原有的世界，但毋庸置疑的是，这个世界里的林小小一样会面临生死未卜的命运。

所以，他必须回去，赶在他消失前，赶在车祸发生前，他要回去阻止原来的那场车祸，这样就能够阻止悲剧的重演！

他看着笔记本上他手绘的关于两个世界和两个世界连通的关键的图，脑子里盘算着还剩下多少时间，彗星到达日似乎又要来临了，留给他的时间已经不多了……

他打开电脑，再次搜索“来到平行空间后，如何回到原时空”这个问题，却跳出来各种奇奇怪怪的答案。

超越光速——显然他本身没有那么强大的能力，行不通。

乘坐时光机器——当今世界科技还没达到这水平，行不通。

利用负能量打开时空通道。

通过梦境穿越。

……

最后，他的目光停留在这个线索上：找到关键触发因素，情景重现。

程浩想着心事，走出了房门，却发现林小小不知道何时醒来，正在做晚饭。

厨房蒸锅里水汽蒸腾，氤氲出林小小的面庞和身影，逆着厨房的昏黄壁灯，竟然有一种令人窒息的美。

“乖一点不要动哦，作为海鲜，你要有海鲜的自觉，能被老大吃掉也是一件很光荣的事！”

说着，她挥动刀子，和砧板上比她还凶的龙虾搏斗，只见龙虾也不甘示弱，挥舞着大钳子抵抗，一人一虾在厨房里战斗的场景，让这段时间一直压在程浩心中的阴云顿时消散了。

他站在厨房门口道：“你这样，咱们什么时候才能吃到饭？”

不等林小小反应过来，程浩就从她手上接过了刀子，一只手抓住大龙虾的腰背，手起刀落，干净利落地把这个让林小小头疼的猛将解决了。

程浩手脚利索地将刀和杀好的龙虾递回去，还顺带调侃一句：“你要不要为它默哀？”

林小小正一脸崇拜地欣赏程浩的刀技，此刻被这样问，一脸茫然：“啊？”

“你们交流了那么久，我还以为你们是朋友。”程浩好笑地回应。

“哈哈哈哈哈！”

厨房里传来女孩一阵尴尬的银铃般的笑声。

处理好龙虾，放上蒸锅，顺应程浩的要求，林小小在胸前画下十字，开始给龙虾默哀：“尊敬的龙虾大哥，一路走好，虽然你的身体死掉了，但是你给我们贡献了美味的食物。正所谓无私奉献都是伟大的灵魂，你的灵魂说不定在平行时空跟龙虾小姐幸福快乐地生活在一起。阿门！”

程浩原本笑盈盈地听着林小小祷告，谁知道听到后面，脸上的笑容渐渐消失。

“它在这个时空死了，在另一个时空还能活着？”

林小小尴尬地笑笑道：“我不是安慰它嘛！它要是知道自己永远死透透了，

多伤心……”

程浩点点头，若有所思：“生和死，只有打开盒子才知道，可是那时候就太晚了……”

“嗯，这是薛定谔的龙虾定理。”林小小一边附和道，一边抬手揭开蒸锅盖子，顿时一阵海鲜清香飘散出来。

林小小不知道，因为她的这句话，程浩做了一个大胆的决定。

林小小将龙虾端出来放上桌：“老大，菜齐了，吃饭吧！”

程浩看着林小小在餐桌边忙着布碗筷的身影，沉重道：“林小小，我们的合约里说你要无条件听我的号令，记得吗？”

林小小给程浩盛了一碗饭，连连点头：“嗯，当然记得。”

程浩突然疾步上前，一把抓住林小小的手，有些紧张地盯着她的双眼道：“如果我要你陪我做一件非常危险的事呢？”

林小小愣了愣，被程浩握住的手腕传来了一阵疼痛，这才感觉到程浩的情绪似乎有些不对，但是她身为程浩的贴心小粉丝，自然是要为爱豆上刀山、下油锅，绝不皱眉。

她拍着胸脯道：“保证完成任务！”

程浩看着她懵懂的样子，松了一口气，笑了笑道：“先吃饭吧，填饱了肚子再说。”

林小小扒着饭，懵懂地点头。

吃过饭后，程浩独自出去了一趟，再回来时不知从哪里又搞来一辆轿车。他让林小小下楼，扔给她一把车钥匙，吩咐道：“你开上那辆车，跟上我的车。”

疑惑地接过钥匙，林小小内心的问号更多了，她一边打开车门，一边嘀咕道：“老大这么神秘，到底要干吗啊？而且为什么要用两辆车？”

3. 重现车祸现场

夜色正浓，夜风低压，拂过树梢，树叶恍若摇摇欲坠，彼此摇晃身体摩擦着，发出“沙沙”的细微声音。

林小小开着车不紧不慢地跟在程浩的车子后头。

不知道开了多久，路上车子越来越少，似乎已经开进了郊区。

终于到了滨江隧道，程浩急速掉了个头，与林小小迎面而来。

林小小快速停车，正想提示程浩危险，电话响了，林小小赶紧接起，程浩的声音传来：“你不用紧张，你的车我做了加固处理，应该很结实。”

林小小这下更加蒙了：“老大，这是什么意思？”

“撞我！”程浩言简意赅。

林小小顿时急了："什么？你说的危险的事，难道就是让我撞你？"

不行不行，绝对不可以！第一回撞老大，是她的无心之举，为此她内心懊悔了好几天，怎么老大还撞上瘾了？

"你答应过我，不问原因，无条件听从我的命令！"程浩在对面的车里，远远地看着这边车里神色慌张的林小小。

程浩自然知道林小小不愿意撞他，如果当事人在这个隧道再次撞击一下就能打开时空隧道的话，那他必须找到回去的路，这样才能救那个受伤的林小小，同时也是在挽救未来会被撞的她。

当然他也考虑周全了，林小小的车已经被他多重加固，这样她才不会受伤。

可是林小小怎么会愿意撞她最爱的老大，一时间慌张起来。

"可是……这是伤天害理要命的事情啊，更何况要我撞你，老大，我真的做不到……"

程浩依然不停地逼迫林小小："你签的合同上有写，如果违背合同，要按照酬劳的三十倍进行赔偿。我说过，你要为你说过的话负责，负法律责任！"

"可是，我……这可是要命的啊！老大你是不是疯了！咱们为什么要这么做啊？"林小小快被程浩逼哭了。

突然她又回过神来，是不是哪家电视台在逼她家老大做什么节目，安排了这种事情，四面搜寻，想看看是不是哪个角落里藏着摄像头。

"老大，这是在录节目吗？"

程浩态度坚决，声音隐隐透着冷厉："快点！"

"不，不，我是绝对不会撞你的，我要回家……"林小小泪眼婆娑地发动车子，说着就要掉头回去。

程浩也有些急了，他分析了，林小小或许就是那个关键因素，他必须让她撞他！

"如果你不撞，我就等下一辆经过的车吧。现在天这么晚，这里车又少，路过的大车应该很多，如果我幸运，再遇到一个疲劳驾驶的，应该就一劳永逸了……"程浩冷声威胁林小小。

还来不及回答，林小小便听见一辆大货车由远及近驶来的声音，大货车按着喇叭轰鸣着冲了过来。

林小小顿时泪水决堤，因为她看到程浩发动了车子，好像真的要往大货车上撞过去。

"等等！"她顿时心都碎了。

老大要寻短见还是要做什么？他到底要做什么？她都快被他逼疯了！

大货车呼啸着迅速开了过去，但程浩和他的车还停在原地。

林小小松了一口气，却哭得更厉害了！

“再给你一次机会。”程浩听着电话中林小小的哭声，顿时心中也一阵发堵，几乎喘不上气来地难受。

为什么？为什么看到她开心，他会很开心，此时听到她哭泣，他的心里也像被什么狠狠刺痛了？

林小小情绪终于崩溃了，哭着歇斯底里道：“老大，你疯了！好，你要疯，你要做危险的事，我就陪你一起吧！”

少女泪眼蒙眬，放下了手刹，踩下了油门。

程浩也松开刹车，车子缓缓朝林小小开过去。

林小小抬手抹掉眼泪，却又咬了咬牙，向着她一直追寻的那束光开过去！程浩车子的前灯照耀过来，林小小被晃了眼，两车之间已经在相向加速的过程中只剩下不到一米的距离！

两车即将撞击，千钧一发之际，林小小迅速转动了手中的方向盘，车身猛然转向一旁，擦着程浩的车头向路边撞去。

程浩继续加大油门，却不料前方突然一空，他的车子直接冲了出去。他急刹车停了下来，而身后传来一阵“砰”的撞击声，他猛然回头，发现林小小的车子撞向了隧道壁！

一时间，程浩的脑子里嗡的一声，思绪极度混乱，他再顾不得其他，跳下车就朝林小小的方向跑去。

在这短短的一段路程中，程浩的脚步犹如千斤注力，心脏疯狂跳着，内心祈祷着她千万不要出事，或者像上次他那样突然消失不见！

他紧张又迅速地拉开林小小的车门，发现林小小正痛苦地趴在方向盘上揉着脚。

她的车撞上隧道壁，冲力导致她的脚踝受伤，看起来并没有伤到其他部位。

“疼吗？”程浩将林小小的脚抬起来检查伤势。

林小小委屈地擦着眼泪，咬着唇，不喊疼，也不说话。

“还能站起来吗？”程浩再问。

林小小试着下地站起来，却因为刚才的惊吓，早就双腿发软，一个踉跄，差点再次摔倒。

程浩顿时心中一阵懊恼和心疼，弯腰一把将她打横抱起，走向他的车，将她放在副驾座上，替她系好安全带，然后缓缓启动车子，载着她回家去。

车上，程浩给小童打电话，吩咐他去处理报损事宜。

昏黄的房间内，程浩亲自替靠在床头的林小小擦药。林小小脸上还有泪痕，心中也满是疑问和委屈，却一句话也不敢问。

一阵压抑的沉默，最后，程浩叹息一声，拿着热毛巾要替她擦脸。

看着程浩伸过来的手，再想到他之前在隧道里的所作所为，一向好脾气的林小小有些憋屈，突然转过脸去。

程浩无奈，他何尝不知道她的心情？可是，他这荒诞而可怕的经历，让他无法对她说出真相。

今天，程浩的疯狂举动和撞车时刻惊心动魄的一幕，似乎时刻萦绕在林小小的脑海里，强忍住又要哽咽的情绪，林小小轻声道："老大，你……今天让我很害怕……"

程浩在黑暗中动了动嘴唇："抱歉。"

他的气息都喷洒在她耳畔，在黑暗中引得她的肌肤一片绯红。

明明自己是被道歉的人，此刻的林小小却有些局促地垂下头，心想还好灯灭了，老大应该看不出她慌张的样子。

良久后，林小小带着祈求的语气说："老大，你以后再也不做傻事了好不好？"

林小小果然误会深了，为了安抚她的情绪，程浩只得轻声应道："嗯。"

一束暖黄的台灯光芒轻柔地洒在他们相对的侧脸上，两人近在咫尺，彼此甚至能感受到对方有些温暖的体温，平添了几分暧昧的氛围。

"累了一天，快睡吧。"

程浩替她掖好被角，她顺从地躺下了。

受到惊吓的林小小似乎睡得很不安稳，瘦小的身子蜷缩起来，像极度缺乏安全感，背对着程浩一阵阵颤抖。程浩心疼地轻轻拍了拍她的后背，直到她睡安稳了才起身离开。

漫漫长夜，程浩却无心睡眠。从来不爱喝酒的他，此时突然想喝点酒解解乏。拎了一打啤酒上了天台，看着这个时空与他那个时空相同却又不同的万家灯火，他陷入沉思。

今日的事情，是他太过冲动了，他不该用这种危险的方法将无辜的林小小卷进来。

正在自责的情绪中，突然，程浩的手机提示有邮件进来。

他点开邮箱，顿时发现又是那个陌生的匿名者，只不过这一次只有两个字，而这两个字更是让他浑身竖起了汗毛。

——替身？

4. 假戏真做？

看着屏幕上这两个简单的字，程浩思忖良久，终于敲下了一行字：你是谁？

点击发送，发送图标闪动了一会儿，却弹出一条提示：请联系您的收件人，重新核实邮箱地址，或发送到其他收信邮箱。

程浩一瞬间捏紧了手机。

他突然有些懊恼，前两回他都因为这个匿名邮件处在一种未知的恐惧中，所以错过了回复询问的机会，现在对方直接关闭回复了吗？

可是对方为什么要这样做？

一时间陷入沉思，程浩再次按亮手机，翻出小童的电话号码，拨了出去。

“哥，谢天谢地，你终于给我来电了！你今天车怎么撞上隧道了？人没事吧？”

“没事，放心。”

“哦，那就好。还有哦，你什么时候回来？陆鸿渐最近一直在作妖，我实在管不住他了……”一接通电话，小童就开始告状，程浩默默听着小童说陆鸿渐最近开始“转性”，反而非常淡定。

“只要别让灵姐察觉就没问题，你多帮着他兜着，我这边事情还没完。对了，稍后你登录我的大号邮箱，帮我再查一下那个匿名邮箱的 IP 地址，一定要查到这邮件是从哪里发出来的。”

虽然有苦说不出，但是小童还是立即答应道：“好的，哥，还有其他吩咐没？”

“就这事。”

“哦。那，哥你自己在外多当心……”

挂了电话，程浩想了想，还是删掉了匿名邮箱前几次发送来的邮件，只留下刚才那一封。

这一夜，林小小带着重重心事，睡得并不安慰。

而房间里，程浩思绪万千，也夙夜难寐。

次日，林小小再次顶着一对黑眼圈去上班，隔壁桌跟她较为交好的同事有些看不过去，送了一副眼膜让她贴着。

她贴了一会儿，这会儿感觉眼睛舒缓多了。

黑眼圈能通过贴眼膜舒缓，可是心里的忧虑没有办法减轻。

林小小思忖着她家老大怪异的行为，猜测他肯定是遇到了什么难事。

或许是最近泰国那边传出他和徐淼的绯闻，导致他压力太大，引发了抑郁症、狂暴症、自杀倾向？

“一定是这样！”林小小想得入神，顿时握着拳头捶了一下办公桌，站起了身，瞬间引来周围同事异样的眼神，林小小这才反应过来，尴尬地对大家弯腰致歉，随即拿起水杯假装去接水。

她正琢磨着怎么能帮到老大，大堂里传来一阵哄闹声。她闻声望过去，顿时被眼前的情景惊呆了！

只见程浩和徐淼双双从入口走了过来。

徐淼穿着一身淡紫色修身套裙，显得性感又高挑。她笑靥如花，眉目含春的样子，一看就像身处恋爱之中的女孩子。

而徐淼身旁的程浩，穿着和徐淼似乎很搭，几乎像情侣装，淡紫色的休闲装，戴着黑超，一边走一边微笑着跟承天传媒的员工们打招呼。

办公室中因为这两人的出现，一片哄闹。

老大怎么会出现在这里？

她还没反应过来，程浩和徐淼已经在工作人员的簇拥下走进了远处的会议室。

突然，老吴在林小小身后出现，在她头上敲了一下："林小小，端好你的水，走路都不看路，你们这些脑残粉啊！"

林小小吃疼，这才回神端正水杯，有些尴尬地对老吴道："抱歉啊吴老师，我只是觉得很惊讶，老大怎么会跟徐淼一起出现在我们公司？"

明明在泰国的时候，老大对徐淼想炒绯闻还那么反感啊！而且昨天老大还在隧道里做出了那些吓人的异常举动，怎么转眼今天就像没事的人一样，和徐淼出双入对了？

"这还用说吗？一看就是来公司跟艺人徐淼谈合作的。不过，我看这样子，搞不好两人假戏成真咯！"老吴说着，脸上露出猥琐的笑容，"还记得你那篇绯闻报道不？你也有一份功劳哦！"

林小小想着，顿时心里堵得慌，噘起小嘴反驳："怎么可能！程浩才不屑于炒作呢！"

"怎么不可能？你难道不知道咱们承天娱乐幕后的徐老板是徐淼的亲叔叔吗？多少人想巴结还巴结不上呢！小小，你太单纯了，放眼娱乐圈，哪有不靠幕后大佬上位的？"老吴说着，笑得更加灿烂了。

林小小透过百叶窗看着程浩在里面的身影，总觉得哪里怪怪的。

他一双眼睛虽然像程浩，但是眼睛里的情绪和他的笑容完全不匹配！

"为什么我总觉得那个老大……有点怪呢？有点像陆鸿渐。"

林小小自言自语，但内心一盘算又觉得这根本不可能。陆鸿渐顶多顶着程浩的脸招摇撞骗一些无知的小姑娘，可没那个胆子扮演程浩，跑到一线传媒公司来诈骗。

正在林小小百思不得其解间，程浩和徐淼又从会议室出来了，还是徐耀祖亲自送他们俩出来，目送程浩乘电梯离开。

没错，林小小在识别程浩真假这件事上不愧是火眼金睛，这个时间点出现在承天传媒公司的正是执行替身任务的陆鸿渐。

陆鸿渐进门就发现林小小的身影了，他戴了墨镜，又及时调整了复刻版的程式笑容，加上隔着一定的距离，林小小就算怀疑，又怎么识别得清楚呢？

陆鸿渐心里不禁得意，林小小这回总算没认出他来了。电梯直达地库，小范给陆鸿渐拉开了保姆车的车门，陆鸿渐扬扬自得地抬脚跨了上去，刚坐下，抬眸就发现对面坐着一个格外有气质的女人，顿时吓了一跳。

“啊——”陆鸿渐轻声惊呼，但立即就对眼前这张脸对号入座。

程浩给他特训的时候给他看过照片，小童后来也给他多次温习过邹灵的容貌，这个活在众人恐惧中的母老虎！虽然他知道总有一天会见面，但没想到这么突然，面前这个女人散发出一股凌厉的气场，不禁让他背寒三分。

5. 转性的程浩

小范见陆鸿渐被吓了一跳，赶紧解释道：“灵姐今天出差回来，我趁着顺路就去接了一趟。”

陆鸿渐很认真地点点头，邹灵正襟危坐，有几分不悦地皱了皱眉：“你怎么见我跟见到鬼一样，怪叫什么？”

陆鸿渐后背一阵冷汗，连忙扯出一个微笑。

“没有啊。”说着，他又戴上墨镜，怕邹灵看出他心虚。

邹灵却又突然缓和了脸色，一脸笑容：“很少见你在意谈合作的事，我在路上都听小范说了。今天你来和徐老板谈合作，谈得如何？”

虽然邹灵脸上浮现的是笑容，但是这个笑容莫名让陆鸿渐再度背寒，他只好故作镇定。

“还行吧。”记得程浩跟他说的，面对邹灵时，他能不说话就不说话，说话尽量简洁，说得少，露馅儿的概率也就小些。

邹灵的笑容更加明媚了，她凑过脸来，神色有些好奇。

“我倒是挺好奇，你是怎么想通，愿意和承天娱乐合作，同徐森炒作了呢？”

陆鸿渐顺水推舟，佯装潇洒地耸耸肩，摊手道：“这……很难想通吗？一念之间而已。”

邹灵微微蹙眉，疑惑地看着“程浩”，一念之间这种儿戏的说法，不符合程浩的做事风格啊！

看到邹灵若有所思的样子，陆鸿渐立马意识到自己说错话了，调整了语气：“人嘛，总会成熟的，我想这样灵姐你为我也可以少费点精力。”

随机应变是陆鸿渐的强项，更何况，女人嘛，都是喜欢被人疼的。

“哈哈哈哈……”

看着面前的邹灵突然大笑起来，就连小范都不禁大吃一惊，他还从来没有看过灵姐这样。

“你能想通就好，你要知道，徐老板背后有很强的资本和人脉，这都是你日后往国际巨星发展必不可少的力量！”

之前，程浩和邹灵的想法一直有出入。他一直坚持走新生代偶像路线，想用实力一步一步打造自己的名气，邹灵无奈才会配合他，定出这么一个母胎单身、高冷、无绯闻的男神发展路线。

但是承天传媒背后有强大的院线、资本支持，想要成为一线顶流明星，电影作品加持和知名广告代言都是必不可少的。但是承天传媒徐大老板提出的合作前提便是要带着自己的侄女徐淼一起炒作。程浩一直抗拒，邹灵虽然不满，但也无可奈何。

不过现在的程浩想通了，邹灵肯定是很乐意的。

“那你可要好好把握住哦！”

听到这一句话，陆鸿渐才暗暗松了一口气，道：“嗯嗯，知道知道。”

邹灵突然转头对小范道：“将详细的合作计划发我一份，我再确认一下条款和我方权益。”

小范在副驾驶座上回答道：“好嘞灵姐。注意查收，我发到你邮箱。”小范说着，立马打开笔记本电脑，就着车上的 Wi-Fi，给邹灵发了过去。

陆鸿渐见蒙混过关了，也不想多说话，跟邹灵说了一声，便直接靠在宽大的椅子上睡了过去。

邹灵下载了合作计划，一边看一边罗列记录，等到她看完时，车子也快抵达公司了。

合作计划都没问题，而承天传媒的徐耀祖这回竟然出乎意料地大方，连邹灵都觉得有些意外，所以也没什么需要她再去细谈的。随后她直接对小范吩咐了一些琐碎事的安排，转头却见陆鸿渐还在睡，睡得很香，还轻微打鼾。

她拧眉靠近“程浩”的座位，轻轻摘掉“程浩”脸上的墨镜。

脸还是那张脸，但是她总觉得现在的程浩和原来的程浩相比，有些地方不一样了。

比如程浩从来不会睡得这么死，他睡觉都特别浅，也带着一种与生俱来的优雅，可是面前这个程浩，让邹灵感觉到的，只有一种痞气。

“灵姐，我已经跟承天传媒打电话安排了，第一步炒作应该很快就会上线。”

邹灵似乎忽略了小范的话，若有所思道：“小范，你有没有觉得，程浩好像跟以前……不太一样？”

小范转回头笑道：“浩哥最近变化是挺大的，尤其是从泰国回来以后，特别喜欢参加私人酒会、明星饭局，这以前是他最讨厌的。”

邹灵皱眉：“从泰国回来以后变的？”

“是啊。”

“转性了……”邹灵喃喃重复着，托着下巴，脸上的表情意味深长，“还好不是变性了！”

一句话差点让小范刚喝下去的水喷出来。

邹灵的办事速度确实是很快的，上午“程浩”和徐淼才从承天传媒谈了合作离开，下午林小小的电脑上就收到了一堆炒作的文稿，全是关于“浩淼 CP”的。

什么“浩淼 CP 发糖，程浩徐淼恋情疑似又添新证”“震惊！细扒程浩徐淼暧昧细节！”“泰国之行女狗仔绯闻只是浩淼 CP 的烟幕弹”……以至于原本还昏昏欲睡的林小小顿时眼睛瞪得老大。

老吴也在此时迅速走了过来，见林小小还没反应过来，顺手就帮林小小接了文档，吩咐道：“林小小，把这些消息在公众号上发了，然后联系微博大 V，让他们按通稿自由发挥。”

林小小这才反应过来，惊恐地瞪大眼睛，语气都开始哆嗦起来：“这，这都是什么鬼啊！”

老吴得意地笑道：“怎么样，佩服你师父的慧眼吧！我就说程浩来是敲定恋情炒作这一事的，你还不信！上午程浩前脚离开，后面没多久他助理就打电话过来，说程浩的经纪人都看过合作细则确定了，让咱们立即上线这些新闻。”

林小小难以置信地看着老吴，抵制道：“不可能！我绝不信！我绝不发！”

“林小小，你是不是不想转正了！”老吴作势要敲林小小的头，林小小这回却一点也不怕地回视老吴，老吴在林小小的注视下，竟然有点儿心虚，讪讪地收回手，道，“行，你不发拉倒，我找人发。小王……”

轰隆——此时，林小小内心小小的天地正在无声地崩塌。

6. 浩淼 CP 横空上线

林小小顿时气得嘴噘得老高，一把抓起椅子上的包包，就要往外走。老吴赶紧抬手一拦：“上班呢，闹情绪就算了，你这是要干吗去？”

“生病了，请假！”林小小气呼呼地绕开老吴。

老吴一脸恨铁不成钢的表情：“我看你是神经病了，你给我回来，请假条呢？”

林小小转身掏出一张请假条塞到老吴手里，然后转身就跑了。

老吴看着手里的请假条，突然无奈地笑了，上面只有林小小的签名，没写时间。

其实老吴对林小小这个徒弟还是比较疼爱的，只要不是碰着程浩的绯闻，林小小都无所谓，只要碰着程浩，林小小立马原地爆炸。

但一件两家公司谈定合作的大事，一个小小的实习生又怎么能阻止呢？

一个小时不到，娱乐新闻就跟广大网民见了面，火速登上头条热搜，在网上炸开了锅。“浩淼 CP”的超话，很快就聚集了一万多的粉丝。

林小小坐在中心广场的长椅上，看着手机里铺天盖地的“浩淼 CP”新闻，欲哭无泪。

她感觉好无力，心里好难过，老大怎么能跟徐淼那种女人走在一起？

她真的想不通。

最终，她鼓起勇气，在电话簿里翻出程浩的电话号码，一咬牙一闭眼，就点了下去，顿时听筒中传来连接音。

林小小紧张得几乎屏住了呼吸，可是程浩一直没接电话。

他这个新闻的真正正主，此时也正被铺天盖地的“浩淼 CP”新闻轰炸，紧蹙眉头坐在电脑前，面无表情。

还好程浩早就从小童那儿得到一点儿风声，从陆鸿渐作妖的路线来看，炒作 CP 的新闻迟早会有，一向能嗅到商机的邹灵怎么可能不抓住“程浩转性”这个机会呢！要知道他曾经一口否决了她想炒作的决定，为此她还跟他怄气了好几天。

程浩手边的手机一直响着，来电显示“蠢女人”，他却仿若没听见电话响一般。

他知道林小小打电话来，必然是要跟他求证这新闻的真实性。但他不接电话是因为他现在不能跟林小小坦白，所以与其接起来不知道应该怎么跟她解释，还不如忍心不接。

终于等到电话挂断，程浩这才拿起手机，翻出小童的电话号码。

“怎么回事？”

小童急匆匆地道歉：“浩哥，对不起，都是我没来得及跟你说。是灵姐和陆鸿渐的主意，谈合约的时候，陆鸿渐还故意把我撇下，我也是刚刚才从小范那儿得知，真的对不起浩哥……”

程浩揉捏着睛明穴，道：“陆鸿渐确实不是个省油的灯，但是现在事情发展成这样，就顺其自然吧，先不管他怎么作妖，我让你给我查的那个匿名邮件来处，查到了没？”

此时小童正守着身旁的一名年轻黑客，黑客正在电脑键盘上不断敲击着。

“喀喀，还没查到。这个任务确实有点难度，所以，我找了个专业黑客来。”

程浩拧眉：“查出来了立即给我回电。”

小童应道：“好的浩哥。您也快点回来吧，我怕都要兜不住了，到时候我可是吃不了兜着走啊，灵姐那脾气你又不是不知道……”

“我什么时候回去，得看你什么时候给我查出这邮件来路了。”程浩也想给小童施压，毕竟他非常想知道那封邮件的背后是谁，这可能是解开一切疑团的关键，“另外，陆鸿渐你也不用太着急，你稳住你能做的就是，邹灵既然抓住了这个机会炒 CP，那就说明离识破陆鸿渐还有一定的距离。”

挂了小童的电话后，程浩本想给林小小回个电话，但终究没有勇气按下去。程浩想，此时也让她冷静一下吧！

别说冷静了，林小小此刻已经到了火山喷发的临界点，而她给程浩打电话打不通后，周甜甜的电话就进来了。

于是，两座火山凑一块了。

听筒里传来周甜甜撕心裂肺的哭号声：“林小小！我的心态崩了！！我们家崽儿居然和徐森炒 CP，我要崩溃了！你快给我出来，来陪姐姐喝一口！！”

林小小只觉得耳边犹如一阵惊雷响起，沉默了一下。依照周甜甜的性格，她肯定要喝个烂醉如泥，怕她一个女孩子出事，询问了地方后，林小小就起身赶去。

夜幕降临，夜市初开。

周甜甜和林小小坐在夜市烧烤小摊边，正喝着闷酒。

“我不同意这门婚事！我不认徐森这个儿媳妇！”周甜甜的语气里充满了愤怒。

林小小沉默了一下，强装淡定：“没那么夸张吧，只是炒个绯闻而已……”

周甜甜听到这里更加来气：“小小，我得到的信息可是邹灵那边放的，那还能不是程浩的授意？你这是想安慰我吧？对，这不是炒作，是实锤！你别告诉我，你在承天传媒，什么内幕都不知道？”

林小小当然知道，她还亲眼看见了呢！但是她就是死都不相信！

林小小不语，郁闷地抓起一罐啤酒，“刺啦”一声拉开拉环，仰脖灌了一大口！都说酒是好东西，一醉解千愁。

周甜甜又捶桌子又叹气：“你去站子上看看，你都不知道掉了多少粉！如今人心不稳，还有徐森的脑残粉天天跟咱们掐架，我都快被气死了！”

林小小看着手中的掌中宝烤串儿，顿时就觉得酒劲有点上头了，酒量差果然不好，不过几口她就晕乎乎的了。

她自言自语地嘀咕：“明明每天晚上都住在我家，是怎么施展分身术的呢？”

“嗯？你说什么？”周甜甜也有点晕，但是她还没醉，听见林小小仿佛说了什么。

林小小顿时被周甜甜的疑问吓得酒意全无，头脑也清醒了，自己差点说漏嘴，酿成大祸了，赶紧掩饰：“啊，没，没有没有，什么也没说。”

周甜甜也没多想，继续吐槽着：“徐森一看就比我们家崽儿老，而且她那风格太风骚，哪里和我们家崽儿合适了？”

周甜甜打了一个嗝，带着浓重的酒气。

“小小你说是不是？”

林小小紧张地应付点头，只希望周甜甜赶紧转移话题。

周甜甜突然又笑着一把捏着林小小的下巴，醉眼惺忪地道：“爱妃啊，朕觉得你比徐森都适合我家崽儿，就你这款可爱型，才适配我家崽儿啊……”

林小小惊恐地摇头，可是周甜甜眼神瞬间一冷，林小小又赶紧配合着敷衍地点头：“就是，老大眼瞎。”

只见周甜甜跟变脸似的，笑嘻嘻之间突然又转为哭唧唧，一把鼻涕一把泪。

林小小也被感染，她抓住手边的矿泉水瓶子，傻乎乎地唱了起来：“我想我会一直孤单，这一辈子都这么孤单，我想我会一直孤单，这样孤单一辈子……”

周甜甜瞬间顿住哭声，指着林小小笑道：“哈哈哈，你看你个傻子，一个眼瞎，一个傻，绝配！”

……

7. 遭遇喷漆事件

听到自己的偶像传出花边绯闻，其实并不会怎样，但这两个靠近娱乐圈中心，了解内幕的大粉，此时痛彻心扉，却又有口难言。

桌上的啤酒终于喝完了，周甜甜付了账，两人便互相告别，各自打车回家了，毕竟第二天都还要上班，再怎么追星，也不能因此丢了生计。

林小小靠在车上休息了一会儿，吹了吹这城市温暖的夜风，等回到小区楼下时，酒也几乎醒了。可她不敢上去，抬头就能看到她家的窗户亮着灯。老大此时应该是在家里吧！

林小小摸出了手机，这才发现竟然有老大的未接来电，再一看时间，正是她和周甜甜喝酒喝得正嗨的时候。

林小小顿时紧张得手发抖：“老大给我打电话了！我竟然没接！真是不可饶恕的错误！”

林小小顿时想要快点回家给老大道歉解释，谁知低着头刚走两步便撞上一堵肉墙，肉墙没吭声，倒是将她撞得又晕晕乎乎的，倒退两步。

“啊，对不起对不起……”林小小站稳后，一个劲地点头道歉，都没来得及看来人的脸。

“这么晚还不回家，在外面瞎晃着干吗？”那低沉而熟悉的声音从头顶落下来。

林小小惊讶地抬头，怎么会是老大？

只见程浩穿着运动衫，戴着鸭舌帽，一副低调出街的模样。

“呵呵，这么晚了，老大是出来买东西吗？”林小小感觉到程浩身上压迫的气息，似乎他有些不高兴。

程浩没回答林小小，而是进一步靠近她："回答我的问话，为什么不接电话？这么晚做什么去了？"

林小小又被程浩逼到了墙壁边，一时紧张到结巴："我，我……"

程浩嗅到了她身上的酒味儿，皱眉道："你喝酒了？"

林小小心里打鼓，但是程浩的身形已经完全包裹了她，她无处可逃。

吞了一口口水，林小小垂下头承认道："嗯。"

程浩扬了扬眉毛，恶作剧般地勾起嘴角："怎么了？你失恋了？"

程浩也不知道自己为什么会问出这样的话，毕竟，他猜到了林小小喝酒多少是因为他和徐淼的新闻，此时问出口，倒像在试探对方的心意。

他也不知道自己想听见什么答案，其实无论她怎样回答，他心里都会矛盾吧！

林小小一副心虚的样子，刚想该如何回答老大的问题，突然一个大嗓门的尖叫声打断了他们的对话，只见远处有一个女孩子领着一群女孩子向这边看过来。

"你们看那边，她在那儿！"

林小小和程浩同时警惕地转头，看她们的模样，像一群年纪不大的学生粉丝。两人对视一眼，发现不妙，这一看就是程浩的粉丝。

林小小怕程浩被围堵，脱不了身，赶紧推开程浩："老大，你先走，我殿后掩护你！"

程浩却一把抓住林小小胳膊："一起跑。"

林小小挥挥手，再次推开程浩的手，急得直跺脚："你没发现她们是冲你来的吗？快走，她们过来了，再不走来不及了……"

她张开手臂，就像护鸡崽儿的老母鸡打开了翅膀，想要将危险都挡在外面。

看着她小小的背影，努力想要给他护出一片天地的倔强模样，程浩顿时心头一片温暖，眼底一阵温热。他也不能辜负林小小的好意，戴起口罩，闪身转过弯就绕道绿化带后面去躲了起来。

谁知道这群女生围过来，似乎根本没看到程浩，反而将林小小包围在了中间。

看着面前的女生一脸不怀好意的样子，林小小心里咯噔一下：难道是冲我来的？

"你们要干什么？"

只见一个女生迅速掏出了手机，然后仔细看了看林小小的脸，最后斩钉截铁地道："就是她！"

林小小刚抬起头，只见一个看上去跩跩的像大姐大一样的女生凶狠地盯着她："你就是'八卦娱乐总站'的编辑'可爱小程'？"

林小小迟疑了一下，然后点头承认："我是，所以你们是要……"

"程浩和徐淼的新闻都是你写的是吧？"

原来是这事啊，看她们来势汹汹的样子，还以为是发现了老大，林小小顿时松了一口气。

可是这还真不是她林小小写的。

不过她也感觉到来者不善，如果今天解释不清楚，或者不能给她们一个满意的答复，她日后肯定会遇到更多类似的麻烦。

林小小清了清嗓子，说：“关于这件事，我也很绝望！我要是告诉你们，我也是程浩的粉丝，那些炒作新闻不是我写的，你们信吗？”

顿时女生们一阵嗤笑，表示不信。

“一个专门偷拍的女狗仔是老大粉丝？这说出来谁会信？你信吗？你信吗？”

“鬼才信她胡扯，肯定就是她！能写出那样的乱七八糟的新闻的狗仔，鬼主意指不定多着呢，想这样说让我们放过她……”

“就是，凭什么黑我们家可爱的程浩！”

“一点做人的底线都没有，我们要求你删掉所有你写的关于程浩的绯闻！”

“就是，删掉！还我们老大清白！”

众女生七嘴八舌，越说越生气，有两个人甚至开始动手推林小小。

林小小被女生们围在中间，一时想逃也逃不掉，她闪躲着，嘴里也不服输地呵斥：“哎哎哎，你们干什么！打人可是犯法的，信不信我告到你们学校去……”

大姐大站在一旁冷眼旁观：“就知道你不肯老实照做，那让你体会一下这么做的下场，给我喷！”

大姐大一声令下，只见女生们从背包里拿出一瓶瓶彩喷，冲着林小小的脸喷了起来，白色的泡沫柱瞬间冲着眼睛而来，林小小“啊”的一声，痛得捂住了眼睛背过身去。

林小小心中怕极了，她想要逃脱，却被两个女生抓住了手臂，挣脱不掉！

就在她绝望之际，突然似乎有一个熟悉的身影冲过来，将她反身拥入怀里，那些冰凉的泡沫都不见了，随之替代的是紧紧搂着她的温暖而宽厚的胸膛。

林小小抬头，眼睛瞪得奇大，竟然是老大去而复返护着她，飞雪彩喷大部分喷在了老大的衣服和头发上。那张一向俊美而淡定的脸上，此时却是明显的焦急与心疼。

“你没事吧？”

林小小的心跳顿时漏了一拍，她失声喊道：“老大？”

待看清眼前来人的脸后，众女生也惊讶得一时间合不拢嘴。

“哇！是程浩？”

“好像是的！”

“可是老大被我们喷了，跑路还是……要签名？”

一群小女生看到偶像本尊，哪里还顾得上之前围攻林小小的事，顿时惊喜地围了上去。既然已经被认出来了，程浩索性也不再躲了，转身冷着脸恼怒地道：“你们这样做，太过分了！”

众女生被程浩的厉色震慑住，瞬间安静了下来，一时间从兴奋变成小心翼翼，甚至有些害怕。

刚刚带头的大姐大女生似乎不服气，指着林小小道：“谁让她乱写你的绯闻，我们作为粉丝只是教训她一下。”

众人跟着附和：“对啊对啊，我们是为了老大你出气啊，我们是为了老大伸张正义！”

“我们都是好心，老大你要理解我们。”

程浩沉默一下，不禁感叹有时候粉丝失去理智真的很可怕，好在这几个并不是私生饭，但行为确实出格，必须教训一下以示惩戒。

“我知道你们是关心我，但我不希望以这种暴力的方式去对待无辜的人！请大家以后别再做这种事了！要知道，伤害别人是违法的！”

女孩子们见程浩如此严肃，都有些害怕地低下了头，也有些懊悔。

“是的，老大说得对，我们以后都不会了。”

小女生们的仇来得快，去得也快，尤其见到偶像，除了合影，没什么事更重要了，有胆大的带头问道：“那老大，我们能跟你合照一张吗？”

程浩的脸黑了几分，他指了指身上的喷漆，道：“你们觉得这样合影合适吗？何况保安就快来了，你们快些走，避免不必要的麻烦，以后有的是机会！”

众女生被程浩拒绝合影，虽然有些失望，但是更多的是不好意思和自责。还不都怪她们自己，老大没责备她们已经很好了。于是，众女生点头道歉一番后，在程浩的冷脸下，赶紧一溜烟跑了。

小女生们跑出一段距离，才有人从见到偶像的兴奋中回过神来，疑惑道：“不对啊，程浩怎么会出现在那个偏僻的小区外？”

“你忘记粉丝条例了？不能过问老大的生活。不过程浩本人真的好帅好帅啊，素颜都直接碾压一大拨打粉化妆的男星呢！”

“哎呀，今天都怪你，什么鬼主意嘛，见到浩哥连合照都没有……”

程浩看着那群小女生走远，这才松了一口气，还好没有被围观，不然就暴露了！

8. 吹风机吹得连呼吸都紧张了

两人回到家，林小小执意让程浩先去洗澡。毕竟老大有洁癖，被彩喷弄得满身满头都是，一定感觉非常不爽吧！

程浩洗完，林小小才进了浴室。

水流哗哗直下，热气也散发开来，像闷进了一个沸腾的锅炉，将林小小的思绪也熏得一阵混乱。

她实在弄不明白，老大为什么会奋不顾身冲过来救她，不过现在的她心里只剩下内疚和自责。

“早知道就和老大一起跑了，那样也不会搞得老大被连累。”

不过她脑海里又蹦出今天在办公室里看到的程浩跟徐淼手挽手的情景，任水流冲击在自己的脸上，想清理一下纷乱的思绪。

“刚刚老大好像说了我是无辜的人，难道说，这份恋情是真的？”

“心好痛啊……”

“有种鲜花插在了烂泥上的感觉……”

心不在焉地洗完澡走出浴室，却见程浩还没去睡，坐在沙发上看着自己走出来，林小小顿时有些害羞地扯了扯身上的浴袍，想要逃开，不料程浩却开口道：“过来。”

林小小虽然有些胆怯，但还是慢吞吞地朝程浩那边挪过去。

程浩看着林小小小心翼翼地跪在地上的垫子上，忍不住笑着摇了摇头：“让你坐，不是让你跪。”

程浩腾出位置，指了指他身旁，林小小紧张到喉咙发干，蹑手蹑脚地在程浩身边坐下，然后又不自觉地挪开一点距离。

程浩无奈，从茶几上拿过吹风机，打开便对着林小小的头发吹了起来。林小小惊吓得一下子跳了起来：“老大，使不得！”

“坐下，别乱动！”程浩的声音压得更低，命令一般。

林小小咬着唇，又不敢反抗这样黑脸的程浩，只得乖顺地再次坐下来，任由程浩给她吹头发。如此近距离，林小小连呼吸都变得紧张，她垂下头，掐着自己的衣角，一动不敢动。

程浩吹了一会儿，发现林小小一声不吭，纤细的脖子肌肤颜色通红，抬手一摸林小小的额头，瞬间紧张了起来。

“怎么了？脸这么烫、这么红，感冒发烧了？”

林小小连忙摆手解释道：“没有没有，我没感冒，就是……就是吹风有点热……喀喀。”

程浩放下心来，看着女生绯红的脸颊，反应过来，原来是两人之间的亲密距离让她心跳加速了。

程浩心里也悄悄升起一阵愉悦。不过对于今天的事，程浩觉得，这时候或许是个解释的好时机。

“小小，今天让你受委屈了。”

林小小惊讶地抬头，其实程浩这样称呼她已经不是第一次了，只是此时程浩的语气温柔得一瞬间触动了她心底的柔软，顿时眼圈便红了。

她摇了摇头，忍住哽咽问道："老大，你……你真的喜欢徐森吗？"

"不喜欢。"程浩回答得干脆利落。

"哈？"林小小有点蒙，"那你今早跟徐森去承天传媒公司，只是想跟她……合作？"

林小小小心翼翼地避开了"炒作"这个敏感的词汇。

程浩皱了皱眉，顿时明白是怎么回事，林小小看到的是陆鸿渐，而不是他程浩。可是一时间他又不知道应该从哪里开始跟她解释，尴尬地清了清嗓子，说："那个……这里面有些误会。"

他立即反驳，是不想让林小小误会，只不过他暂时还不能将一切告诉她，尤其是在他解决自身问题之前。

见林小小还皱着小脸，双眼中满是迷惑，程浩打趣道："这件事一时半会儿也说不清楚，不过我会想办法解决的，要知道我可是你们的老大！"

"太好了！"听老大如此保证，林小小阴沉了一天的心情顿时拨云见日。

林小小也懂，做大明星其实很多时候也是身不由己的。只要他亲口否认了两人的关系，那就一定是真的！

程浩见林小小立刻咧开了嘴角，也忍不住勾起一抹坏笑，调侃道："你……那么在意我喜欢谁吗？"

"啊……这个……"林小小也很奇怪老大为什么会问自己这个问题，刚刚退下去的绯红再次从脖根爬上脸颊，半晌后，用前所未有的认真语气回应，"我只希望，老大你喜欢的人，对你也是真心的。"

她觉得，像她这样的小透明，或许这辈子都没有福分陪着老大白头到老，但是她可以祝福老大和他真心相爱的人在一起。看到老大幸福，她也会开心的吧。

程浩顿了一下，一时间心中不禁感到一阵温暖，心里飘出一个声音：我知道你对我也是真心的。

终于，他抬手又揉了揉她还没干的头发，准备拿吹风机接着给她吹头发。

林小小突然又咬着唇抬头，双眼中含着某种希望似的问道："那个——老大，你，你有喜欢的人吗？"

问完后，林小小紧张地抱紧了怀里的抱枕。

老大会回答她的问题吗？

"怎样才算喜欢？"程浩没打算回避，但是眼眸里闪过一抹狡黠的光芒。

"嗯……我觉得应该是，你会想心疼她、保护她，但又很依赖她，跟她在一起你会觉得安心，想一直待在她身边？"林小小大大的眸子一闪一闪的，望着程浩，像在给他上情感课。

不知怎的，程浩只觉得自己一时竟然不敢直视林小小那双眼睛。他不得不承认，这一刻，他动心了。

像沉寂已久的迷雾森林，突然闯入不速之客，在被拒绝之后，却仍旧不放弃，拨开重重荆棘，慢慢地抵达了他内心最深的境地，露出月光下隐藏的那一汪清泽，沉沦至此，温柔至死。

慌乱之中，程浩下意识将手中的吹风机调高了一个风档，继续给林小小吹头发。

在吹风机“嗡嗡嗡”的声音中，程浩轻柔地揉着林小小的发顶，目光专注地看着她微垂的眼眸，睫毛扑闪，像两片羽毛在他的心里挥过，带起一片涟漪。

一时间他情不自禁地喃喃道：“那可能……只有你了吧。”

“什么？老大你说什么？我没听到……”林小小傻乎乎地想抬头看程浩，却又被程浩的手压着脑袋。

“没什么。”程浩微勾嘴角。

手上一个不注意，林小小的小脑袋趁机逃脱。两人突然目光相触，程浩宠溺而温柔的神情印在林小小眼底，此时，她几乎只能听见自己的呼吸声和心跳声。

林小小赶紧一把抢过吹风机，想要躲得远一点，避免被老大发现她的窘迫。

“那个，还……还是我自己，自己来吧。”

不料慌慌张张中，脚被吹风机的线勾着，顿时她整个人一副恶狗扑食的样子朝前面冲了出去。

“小心！”程浩惊呼，眼明手快迅速一把拽住林小小的身子，将她往怀里一带。

林小小惊险地拍着胸口：“好险好险……”她一转头，才发现自己竟然躺在了程浩的怀里。

程浩不由自主地贴近林小小，像要拥吻她，她顿时屏住了呼吸，惊得双眼圆瞪，浑身发烫。

就在这暧昧氛围最浓郁的一刻，林小小的晚间提醒美容觉闹钟不合时宜地响起。两人都一惊，清醒了过来，林小小赶紧钻出程浩的怀里，尴尬道：“那个，该睡觉了，老大你也早点休息啊。”

然后她逃也似的溜回房间，不一会儿又幽幽地走回来，坐在了沙发边上，一言不发。

程浩看了一眼去而复返的林小小，这才意识到沙发是林小小的床，尴尬地站起身，径直回到了卧室里。

“晚安。”

“晚安。”

这一夜，注定又是无眠之夜。

9. 不攻自破的绯闻

半夜，程浩醒过来，透过门缝看到客厅里投射进来微弱的光芒，林小小似乎还没睡。

他好奇地起身，轻轻打开房门，看到林小小正抱着电脑背对着他坐着，电脑上开着 Ps、Pr 软件，不停地修图、剪视频。林小小正在忙碌着，同时和 QQ 粉丝群里的数据组、图片组、刷榜组、控评组的同伴们沟通……原来，这都是程浩的后援粉丝团自发组建的半专业人员组，为的就是能在某些时候为老大做一些有用的事，比如，帮程浩将这次的假 CP 新闻刷下去。

既然老大亲口说了是假的，那就绝不能让有心人利用老大！

林小小挑灯夜战，斗志满满。

程浩返回卧室，打开电脑，发现热搜已经变成了“程浩新歌打榜”，“浩森”超话的评论区被清一色的“友好合作，拒绝炒作”的评论刷屏，一些账号发出了程浩的私藏路透照，转发过万，配合程浩新歌剪出的视频也得到了高评论。同时“程浩粉丝狂欢夜”成为话题被多个大 V 转发，大 V 们高度赞扬程浩粉丝的团结。

程浩默默地一一浏览，在这些信息中，他看到的不仅是自己粉丝的团结，还有林小小对他的真爱。

他心底一片暖融融的，似乎自己也该出手做点什么了。

次日，办公室里，虽然顶着黑眼圈但心情莫名好的林小小，一大早就开始听老吴埋怨。

大清早老吴就在那边看手机，一边摇头一边抱怨：“你们这些粉丝都疯了，居然把花钱买的头条都刷下去了。炒 CP 明明是双赢，你们这些粉丝真是眼里容不了沙子。”

林小小心里小小地得意了一下：“群众的力量是强大的！”

“以卵击石，你是第一天干娱乐新闻吗？自来粉压得下一时，抵得过人花钱雇的水军吗？”

林小小垂下头去，不满地捏拳，暗骂：卑鄙！

老吴正看着，一条即时娱乐新闻突然吸引了他的眼球：徐森夜会 × 天团肖云哲，疑似新男友，“浩森 CP”绯闻不攻自破。

图文并茂，有理有据。

原来，这正是程浩找人放出的徐森的料。他在圈内有一些渠道资源，只是没想到，他有一天也会用上这样不太光彩的方法。

老吴当即失色，大叫起来：“哦哦哦！完了完了，这什么情况？”

周围的同事也看到了这条新闻，纷纷发出不同的惊讶声和幸灾乐祸声。

林小小也跟着看了过去，果然，这条新闻一下子就爆炸似的吸引了众人的目光，“浩淼 CP”的吃瓜群众一下子就聚集到这个话题下面来了。

老吴忧心忡忡地看向徐耀祖办公室那边，脸上的表情既惋惜又惊恐：“大发了，只怕有人要失控了……”

果然他话音未落，办公室那边就传来玻璃杯被砸碎的声音，众人也被这道声音吸引了过去，瞬间停止了闲聊，你看看我，我看看你，彼此会意，然后都埋下头工作，装作什么都不知道。

林小小此刻也是乐开了怀：“呔，妖孽自有老天来收！唔哈哈哈！”

而这个时候，徐淼话题旁边的一组图吸引了她，配图竟然是那天在承天娱乐公司程浩和徐淼被旁人拍摄的高清图，几乎是一瞬间她觉得照片上的这个程浩似乎有些不对劲，越仔细看，就越觉得可疑。

“老大这笑容……怎么这么像陆鸿渐？”

带着疑问，林小小早早下了班，直奔回家。

林小小做好了饭，两人坐在饭桌边，林小小犹豫了一会儿，最终还是开了口。

“老大，你……认识陆鸿渐吗？”

听到这句话，程浩夹菜的手顿了一下，随即佯装茫然地看着林小小：“不认识，怎么了？”

“哦，就是我上次跟你说过，有个跟你长得特别像的朋友，最近失踪了。”林小小疑惑地挑眉。

难道说她又看错了？

程浩缓缓扒着饭，强装镇定：“哦，有什么麻烦吗？”

林小小连连摆手：“没，没有，没事，我就是突然好奇，问一下。”

两人各怀心事，吃完饭，林小小在厨房收拾碗筷，程浩在客厅看电视，小童的电话打了进来。

“哥，邮箱 IP 地址查到了！指向的是城郊山下的一栋私人老别墅，好像很久没人住了。地址我发你手机上了。”

“辛苦了！”

“哥，你是要去这个地方吗？我感觉这个地方好像不简单，贸然过去不知道会有什么危险……”

“嗯，放心吧。”程浩的语言一如既往地简洁。

小童突然想起什么，急忙补充：“浩哥，今天徐淼爆出那个夜会肖云哲的新闻，你应该也看了吧？”

“嗯。”

“为这事儿，灵姐生了好大的气，说徐淼是个蠢猪，在这个关键的当口搞事。

不过我觉得倒挺好的，直接让谣言不攻自破，这炒 CP 就不了了之了，我本来就不喜欢那个女人。”小童说着有点高兴，但转而又更加忧心了，果然，小童叹息一声道，“但灵姐临时接了慈善晚宴压轴表演，就在明天……”

程浩料得到，邹灵绝对不会就这么简单地放过他。

“陆鸿渐那边怎么样？他实在不行，假唱对口型也可以应付一下的。”程浩知道陆鸿渐是什么水平，赶鸭子上架也不过如此了。

小童更愁得慌了：“浩哥，你知道的，平时陆鸿渐就是个扶不上墙的烂泥，我想给他培训一下，他都以各种理由逃脱，但是聚会玩乐一个不落，整天像花蝴蝶一样不着家，现在好了，今天让他临时抱佛脚，他完全上不了场，真唱假唱就不说了，问题是他舞步都跟小学生扭秧歌一样，这可如何是好啊……”

小童说着都要急哭了。

“浩哥，要不你先回来吧，等明天这场表演过了关再……灵姐还说了，不用自己掏腰包，至于慈善，让粉丝买单就好。”

程浩沉默了一会儿，冷笑一声，果然是一个唯利是图的商人：“我这里有其他的安排，演出的事我会让邹灵取消的。”

听见程浩这样说，小童终于也才放心了些。

这边小童刚挂电话，一旁瑟瑟发抖的陆鸿渐就投过来紧张兮兮的目光：“怎么样？怎么样？我还要上台吗？”

小童冷着脸没好气地剜了一眼陆鸿渐：“暂时不用了，浩哥会给灵姐说取消表演，你可以继续当你的猪八戒了！”

小童说完，撇着嘴走出舞蹈室，陆鸿渐丝毫没有在意自己被说成是猪，反而高兴得手舞足蹈。

程浩挂断电话，就立即编辑了一条短信：没准备好的演出我是不会去的，准备好要捐的钱，把演出取消。

发送消息后，程浩出了房门，林小小已经收拾妥帖，正在沙发上看电视。

见程浩出来了，林小小很自然地给程浩挪出一个位置，递上水果。

程浩接过水果叉，叉起一块火龙果。他脸色有些阴沉，语气却平静：“小小，早点休息。我明天有点事要出门一趟，晚饭你就不用准备我的了。”

“哎？”林小小转头看向程浩，然后扬了扬手机，说道，“刚才公司也给我发来消息，说明天我们要去一场慈善晚宴采访。对了，是因为明天那个慈善晚会你也要去表演吗？”

程浩抬了抬眉头，自己明明刚刚拒绝了去参加，但一看到林小小期待的眼神又不想让她失望，一时间不知道应该说什么：“呃……”

林小小误以为老大答应了，给程浩加油。

“那老大早点休息吧，保持一个好的精神状态上台哟，加油！”

程浩眉角抽了抽，只点了点头便转身进屋。

次日黄昏时分，林小小果然没回家，程浩知道林小小是去了晚会现场，而他也开着车子朝小童给他的那个地址而去。

跟着车载导航开到了别墅外，程浩停车，在车里打量这幢荒废的别墅。

别墅内杂草丛生，应该很多年都没人住了。但奇怪的是，别墅外围着的栅栏完好无缺。

程浩下了车，小心地走向别墅大门，大门锁着。不同于别墅里的荒废和杂乱，这把锁显然不久前还有人用过，上面连灰尘都没多少。

程浩四处观察了一下，大门上一个摄像头出现在了程浩眼前，被枯枝藤蔓掩盖着，虽然隐蔽，但是他还是发现了。

程浩顿了一下，而后朝着别墅里喊道：“有人吗？”

回应他的只有淡淡的回音，他正想从侧边翻栅栏进去看看，一个巡逻协警正好骑着电动车路过，制止了他。

“先生，你在这里鬼鬼祟祟的做什么！”

“请问这里面有人住吗？”

协警摇头：“不知道，我经常在这里巡逻，但并未看到有人出入，但是这里仍是私人领地，先生如果没有其他的事，还请立刻离开这里。”

看来今天是进不去了，得另外找个时间再来探访一下这幢别墅了。

此时，程浩的豪宅内，陆鸿渐窝在沙发上享受打电动的美好时光，小童正感叹着即将度过风平浪静的一天，可谁承想一个急吼吼的声音突然打破了这番宁静。

只见小范心急如焚地走进来，急吼吼道：“小童你快将浩哥带去晚会现场，否则邹灵要发飙了！”

随即小童收到一条语音信息，邹灵母老虎一般语气凌厉地命令道：“只出钱，不留名，他是傻了吗！刚刚跟主办方确认程浩将作为空降神秘嘉宾出席，做压轴表演，他不去也得去！”

顿时，陆鸿渐和小童大眼对小眼，完蛋了！

10. 演唱会的星光

反应极快的陆鸿渐连忙咳嗽装病弱：“哎哟，咯咯，我，我头晕，生病了，去不了……”

小范皱眉道：“灵姐说浩哥要是不去，绑也要把你绑去扔上舞台！灵姐的为人你们也很清楚吧，那可是说一不二……”

陆鸿渐赶紧给小童眼神示意，小童也愁得快崩溃了，只得趁着陆鸿渐磨蹭换衣服之际，抽空赶紧给程浩打电话。

谁知程浩手机关机，他急得跺脚，只好先发了一条短信过去：演出会如期进行，陆鸿渐即将被押往现场，快来救场！

换好衣服，陆鸿渐在小范和小童的“押送”下，就像上刑场一般难受，朝着晚宴现场而去。

陆鸿渐被化妆师、造型师围着，要上装造型，他哪里见过这种阵势，趁着小童在跟邹灵周旋，不在这里，一个小机灵开始装起了肚子疼。

成功溜出化妆间，他打定主意赶紧逃离这个是非之地。

谁知陆鸿渐鬼祟逃避的身影正好被在后台准备采访的林小小捕捉到了。

林小小跟上来，一脸坏笑地拍了一下他的肩膀：“老大你……”

“啊！”

她话还没说完，陆鸿渐就被吓得惊叫起来，四目相对的瞬间，陆鸿渐惊慌失措的神情尽入林小小眼中。

林小小心下一惊，失声问道：“陆鸿渐？怎么会是你？”

陆鸿渐看到是林小小，顿时松了一口气，大概是这段时间习惯了，却不自觉地还想装：“我我，我是程浩。”

林小小白了一眼，顿时跳起来，抬手就给了他一个栗暴：“在我面前你还想装！还有，这不是程浩的演出服吗，实话跟姐姐说，你是从哪里偷来的？”

陆鸿渐怕林小小声音太大，引起别人注意，赶紧一把将林小小从走廊拖到应急出口的楼梯上：“小小，帮帮我。我跟程浩签合同换了身份，可是跳舞我实在不会啊……如果上台，我就彻底露馅了！”

听着陆鸿渐的话，林小小眼睛渐渐瞪大，愣了半天才听明白陆鸿渐话里的意思。

“什么？老大和你换了身份？为什么？”

陆鸿渐也欲哭无泪：“我也不知道啊……”

此时林小小脑子里有一万个问号，但同时，之前很多她疑惑的事情也都解释得通了。比如，为什么那天在机场她会错误地绑架回老大，以及，她在承天娱乐看到的人确实是陆鸿渐！还有老大说的和徐森炒作一事是误会，估计八成也都是陆鸿渐的锅！

林小小还没来得及跟陆鸿渐问详情，应急出口的门就突然被人一把拉开，居然是小范。小范看到“程浩”，二话不说，直接将他拽走：“浩哥，你怎么还在这里，害我到处找你！快去准备，马上该你上场了。”

陆鸿渐艰难地在人群中回头看林小小，做了一个口型：小小，救我！

林小小紧张得手心冒汗、额头冒汗、后背冒汗。现在要怎么办？

她站在原地眼看着陆鸿渐被众人当作程浩带走，她知道接下来陆鸿渐如果上台，定然是一个无法收拾的局面，甚至有可能引发一场灾难，一场有关于“程浩”的恶性风暴。

她一咬牙，立即给程浩打电话。电话通了，但是没人接。她急得又给程浩连发了几条信息过去，依然没有回应。

她急得团团转，可是也没办法了，这会儿老吴又在找她了，说已经找到好位置，放好了机器，让她去准备拍摄。

挂掉老吴的电话，林小小疾步朝前台走去，顿时听见程浩的歌曲前奏已经响起，观众席上程浩的粉丝们顿时沸腾起来。

一片尖叫声响起，原来今晚压轴表演的神秘嘉宾，真的是程浩，众粉丝激动得热泪盈眶，当场热情地挥舞着写着程浩名字的荧光牌。

伴舞们陆续上台，在音乐声中合着节拍舞动起来。

聚光灯顿时投射到舞台中央，升降台缓缓升起，一个异常熟悉的身影随着升降台升出舞台。

“啊——浩帅浩帅！”

“程浩，我们爱你——”

粉丝们看见了程浩的背影，顿时激动得大喊，都希望偶像能听见自己热情的声音。

伴随着鼓点，程浩转过头来，开始了他的表演。

林小小从摄像机后抬起头来，她不敢相信，台上站着的人，分明就是程浩，是真的程浩，不是陆鸿渐那个假冒伪劣程浩！

“是老大，真的是老大！”

林小小一瞬间也激动得热泪盈眶，痴痴地望着舞台上那个像精灵王子一样帅气迷人的男人。

他拿着话筒开唱，随着节奏有力又异常熟练地舞蹈起来，舞姿在镁光灯下迷人又如梦似幻，让人登时便沉浸在他嗓音和舞姿营造出来的那一个美妙世界无法自拔。

后台的小童也难以置信地望着舞台上那个自带圣光的男人，那竟然真的是浩哥。可是陆鸿渐呢？

他明明记得刚才被强行送上升降台的人是陆鸿渐啊！难道浩哥竟然在那千钧一发的时刻替换了陆鸿渐！小童眼里顿时出现了灵魂被超度一般的星星。

小童一脸崇拜地看着舞台上游刃有余的程浩，在灯光闪耀下愈加星光熠熠，不只是女人们的偶像，也是男人们的偶像，是全民的偶像！

曲有终，随着音乐渐渐缓和，程浩的声音唱出了结尾，台下粉丝们激动得想要程浩再来一曲，但是终究也只能依依不舍地看着偶像随着升降台降下去。

程浩看着台下一片黑暗中，粉丝们手中的荧光棒如星海，演唱会的星光晃晃悠悠，他也如同浩渺宇宙中一颗浮浮沉沉的星。

他的呼吸越来越重，眼前突然又一阵发黑，身体再次出现如同粒子分散一般的状态。

升降机及时降落到底，程浩踉跄着走下来，两旁的工作人员也对他致以热情的掌声和微笑。

程浩努力支撑着自己的身体往人群外走，内心不断呼唤着：小小……林小小你在哪里？

他脱掉演出外套，一把抓过他的衣服，掏出手机给林小小回拨过去。

他走向楼梯口，呼吸越来越急促。

此刻的林小小也正在往后台跑去。她看完了程浩的整个表演，但是他跟陆鸿渐到底有什么协议，她要抓住陆鸿渐问清楚。

还没进入后台化妆室，林小小手机就响了，她迅速接听："老大，老大？你说什么？我在后台啊！到底怎么回事？你怎么了？"

林小小听不清楚程浩说什么，只能听见程浩粗重的喘息声，像溺水了一般。

她只知道他此时似乎很难受，她的内心无比心疼之际，突然，一双有力的手臂从她身后拥抱住了她，他的脸贴着她的脸庞，她一动不敢动。

程浩的身体在碰到林小小的身体的那一瞬间，顿时从涣散的粒子状态恢复了实体，眩晕感也消失了，恢复了力气。

他在她耳畔低语："终于找到你了。"

11. 监控器里的异常

林小小身体一僵，耳畔程浩的喘息声让她的心越发紧张。

可是这里是公共场所啊，万一有人撞了进来看到这个情景，她跳进黄河都洗不清。她刚想挣开程浩的双手，却只听得程浩有气无力的一声："别动，让我抱一会儿……"

林小小也一阵心疼，会不会是老大刚才在舞台上跳得太卖力，累了？

她一动不动，任由程浩抱着，小心翼翼地问道："老大你，你怎么了？"

程浩身上的荷尔蒙散发着独特的香氛，沁人心脾，林小小在程浩男性气息的笼罩下，小心脏越发跳得快。

从没想过还能被老大主动抱住，林小小感受着每一处细微的接触。

这种感觉，前所未有的美好。

“嗯……”程浩没有回答，只发出浅浅的鼻音应着林小小。

他得尽量让自己保持最后一丝清醒，想要说点什么，可是身体里的力气已经无法让他张开嘴。

林小小顿时感觉抱在她身上的手臂力道松了，一下子预感不对，转身及时扶住程浩，将他的手臂放在她瘦弱的肩头，焦急地喊道：“老大！老大！你怎么了？”

看着程浩眼眸微眯，好像又努力支撑着不让自己昏迷过去，林小小一边帮程浩擦拭额头上的汗珠，一边说：“我，我送你去医院，老大你再坚持一下……”

她瘦小的身子努力地支撑着程浩的身体，搀扶着他往前走去。

程浩虚弱地靠在林小小的身上，终于积蓄起几分微弱的力量：“回……回家……”

林小小愣愣的，既然老大都说回家，那她照办！

“哦哦，那……老大，你再撑着点啊，千万别昏过去。”林小小吃力地扶着程浩，推开应急楼道的门，好在这里已经是一楼了。

林小小扶着程浩进入应急楼道门时，转角处邹灵一边和小范说话一边走了过来。

“人到底哪里去了？不是让你们守在升降梯下面吗？”邹灵气急败坏，四面搜寻程浩身影。

小范挠了挠头：“我就是去拿水，转头就没见了浩哥的身影……”

“真是没用！平常养你们干什么吃的！一个大活人都看不好！”邹灵低喝。

小范被骂得狗血淋头，低着头，大气都不敢出一下。

忽然，邹灵一眼瞟到程浩被一个女人扶着进了应急楼道，一指那边道：“那里！快去……”

“应该……结束了……吧！”陆鸿渐自言自语着正从厕所出来，整个表演过程中，他都按照要求憋在厕所里，人都快被熏臭了。

“哎，浩哥！原来你在这儿啊，上厕所也要提前支会我们一声啊，害得我们一顿好找！”小范赶紧迎上前，还不忘观察母老虎邹灵的脸色。

看着小范和邹灵齐齐朝自己看来，他下意识准备再钻厕所，却被邹灵一把拦住了。

“你干什么？还没结束呢！你自己的决定，所以现在该你上台宣布捐款金额了！”邹灵一把拖着陆鸿渐就往回走。

陆鸿渐茫然点头，在小范半推半拉中跟着邹灵走了。

走了几步，邹灵却突然想起了什么，转头朝应急楼道门口看去，应急楼道门还在轻微晃动，证明刚才确实有人从那里出去了。

她应该没眼花啊，可是程浩怎么又会从厕所里出来？

“灵姐你看什么？”小范也好奇地顺着邹灵的视线看过去。

“等会儿慈善晚会完了，你去监控室，把楼道里的监控录像拿过来！”

她指了指那边一个黑洞洞摄像头，摄像头正对着她，也正好能拍摄到这条走廊的应急通道门和厕所门。

“灵姐要这个监控录像做什么？”小范不解。

邹灵白了小范一眼：“就你话多，叫你做你就去做。”

“哦哦……”小范赶忙答应。

随即两人跟上陆鸿渐的脚步。“程浩”上台捐款之后，慈善晚会的事情基本上算结束了。

因为按照程浩的性格，媒体群访他是不去的。

将“程浩”送回家后，小范就立马将拷贝了监控录像的U盘送到了邹灵办公室，这次他把场馆的所有监控视频都拷贝了。

邹灵迅速快进到程浩表演结束，视频里出现的画面让邹灵瞬间瞪大了眼睛。

只见程浩竟然抱住了一个女人，但因为角度问题，邹灵并不能看到那个女人的模样。

但是，邹灵确实再次看到了病恹恹的程浩，然后那个女人把程浩带走了，随后她自己和小范就出现了。

更让她感到可怕的是，紧接着程浩又从厕所里出来了！

一时间，一向老练，什么都见过的邹灵，心底也突然升腾起一种恐惧感。

这到底是怎么回事？

邹灵皱起眉头，拨通内线电话，把小范叫进了办公室，让小范也看了那几个画面后问道：“你觉得这是怎么回事？明明人去了厕所，却又从楼道口出来！”

小范皱着脸，感觉后颈脖有些凉。他最近也正巧在看一些灵异漫画，立刻开始脑补起灵异故事来。

“难道是……有鬼？”

看着邹灵正冷冷地瞪着自己，害怕她又一个栗暴过来，小范赶紧补充道：“要，要不然怎么会这样？不过据说鬼咱们看不到，但是摄像头能拍下来……”

“胡说八道！”邹灵没好气地打断小范。

小范被吼，一时委屈，暗自嘀咕：“不是你让我说的吗？不然你说怎么会有两个浩哥出现嘛……”

邹灵突然拉住小范的衣领：“再说一遍。”

“啊？”小范被邹灵的动作吓了一跳，一时间支支吾吾：“据，据说摄像头拍下来的……”

“不是这句，下一句。”

“下一句……哦，否则怎么会有两个浩哥呢？我觉得只有灵异现象……”小范顿时以为自己说对了，正要口若悬河，邹灵却不再搭理他。

“对啊，怎么会有两个程浩出现！”邹灵喃喃念着这句话，突然眼眸中爆发出一束精光。

除非真的有两个程浩！

小范被邹灵的样子吓了一跳，道：“灵，灵姐你没事吧？”他看邹灵的眼神，就像再次见鬼一样。

邹灵白了小范一眼，道：“你去查查小童这段时间在搞什么！”

小范虽然摸不清邹灵的意图，但还是点头答应了。

12. 蠢女人的魅力

林小小好不容易将程浩搀扶回家，打开卧室门，终于支持不住，栽倒下去，然后费了九牛二虎之力才将他用力拖上床。

此时程浩的神志更加迷糊，林小小忙用热水打湿了毛巾，替程浩擦汗。

林小小突然想起来，这不是他第一次晕倒了，还有初遇老大迷路那次，以及在天台上差点栽下去那次。所以老大到底是有什么隐情？还是他患了什么绝症？

林小小的联想力一旦触发，真的十分惊人，她越发觉得是绝症的可能性更大，这也能合理解释他找陆鸿渐做替身的原因。

想到这里，林小小心里瞬间纠结成了一团，顿时热泪盈眶，心中更加忐忑。

程浩只觉得整个人迷迷糊糊的，感觉到眼前一阵光影闪烁，突然一阵巨大的撞击声响起，似乎又回到了车祸那天的滨江隧道。

只不过这次有些不同。

眼前，隧道内的指示灯闪烁不停，两耳却似乎听见一个踉跄的脚步声，还伴随着一个男人的声音。

“程老板！程老板？你没事吧？”这个声音好熟悉。

这是……车祸那晚送他回家的徐司机？

“对不住你了……”徐司机说着，却毫不留情地转身离开，朝着前方白光处跑去。

程浩想要抬手拉住徐司机，浑身却毫无力气，只能看着徐司机转身抛下他和受伤的林小小逃走。

程浩多想叫住徐司机，但是喉咙像被一双手扼住了，发不出声音。

他又看到了那个林小小血肉模糊的脸，伸手想要握住什么。

“不要走……”他喉头滚动，睡得很不安稳，满头大汗，似乎想要挽留谁。

林小小连忙放下毛巾，接住程浩的手，安慰道："老大我在，我在，我不走……"

"不要走……"

程浩终于感觉抓住了林小小，他紧锁的眉心渐渐舒展开来，紧紧地握住她的手放在他的胸口，终于睡得安稳。

林小小等了一会儿，发现程浩还紧紧抓住她的手，一瞬间脸又红了，想要挣脱，又怕弄醒了好不容易睡安稳的程浩。

老大这双灵活游走在钢琴琴键上的手，此刻却紧紧地抓着她的手，这种幸福感和美妙滋味，独属于她林小小！

她单手托腮，再看看两人牵着的手，笑得更加甜了。看着程浩已经平静的面容，她略微松了一口气，不知不觉也睡了过去。

突然，"叮咚"一声，程浩手机新邮件提示音再度响起。

黑暗里，程浩仿若机械一般警惕地睁开眼，床头柜上手机微弱的亮光照亮了这一块空间。

程浩迟疑了一下，抬手拿过手机，打开邮件：我知道你怎么能活下去。

果然是那个神秘人发来的匿名邮件，不过，这一次的内容让程浩再一次对那神秘别墅有了浓厚的探索兴趣。

那别墅到底藏着什么秘密？到底是谁发送了邮件？为何对方会对他身上发生的事了如指掌？发这神秘邮件的人，目的又是什么呢？

发送匿名邮件是为了隐藏真实身份，难道说，这个神秘人是他认识的人？

一系列问题被牵扯出来，假设的答案也在程浩的脑子里萦绕着，一圈又一圈缠绕，仿佛越勒越紧的线，最终将他勒得喘不过气来。

突然，他在这一片黑暗中感觉到似乎有动静，他放下手机，这才看到被他捏疼了手醒过来的林小小。

"嗯疼……"林小小轻声嘤咛，睡眼蒙眬地在黑暗中望着程浩。

原来林小小自从将他带回家后，就一直照顾他，累得趴在他床边就睡着了。他竟然一直抓着林小小的手，因为想那些问题想得出神，一时捏紧了手，将她捏疼了。他心头一紧，心疼又歉意地赶紧放开手。

"对不起，弄醒你了，都怪我……"

"跟老大比，我算什么……"林小小摇了摇头，拧开床头灯，调了柔和的光线，看到程浩的神色不像之前那样苍白，放心下来。

"老大，你好点了吗？"

"我没事，让你担心了。"程浩说着，放下手机，想要撑起身来。

林小小立即站起身去扶程浩，帮他拉起抱枕靠在床头上。

她不小心蹭到了程浩的脸侧，程浩一愣，转头，看到的是少女倾泻而下，如同海藻一般的长发，发梢轻柔地扫在程浩的手背上，给程浩带来一阵奇妙的酥痒，鼻尖扫过的是林小小近在咫尺的香气。

就像春日和煦的阳光掠过他的心湖，湖岸边顿时花香遍地，而那个少女披着晨光，踏着花露，犹如花间精灵，朝他走来，越来越近，越来越近……一时间程浩情不自禁地伸手，替少女将发丝别在耳后，露出精致可爱的脸庞……

程浩看着少女的脸，一时竟然挪不开视线。

林小小终于感觉到程浩的手指碰到自己的侧脸，收手转头时，正好与程浩四目相对。

眼神一接触，林小小的心跳又快了几拍。老大这样痴情地看着她，一时间她的心脏又如小鹿乱撞一般不安分起来。

林小小赶紧松开程浩的手臂，猛地向后退了一点，有些尴尬地抬手将她那一缕缕头发别在耳后。

林小小就像一只小白兔，程浩想要捕捉，却又总是捕捉不到，她总是闪躲着，害羞地藏在丛林的后面。

程浩收回手，目不转睛地看着林小小，林小小被程浩看得有些害怕，又有些害羞。

“咯，老大，你，你真的没事了吗？你不会是生病了吧？”林小小突然想到刚刚脑海里那个可怕的想法，变了神色，有些着急地询问。

程浩这才回神，有些不好意思地别开眼，解释道：“真没事，我不过就是有点低血糖，再说你也不是第一回见我低血糖晕倒了，第一回你还给我做人工呼吸心肺复苏呢……”

“呃……我，我以后都不会乱来了……”林小小本来就觉得氛围暧昧，听程浩突然提到人工呼吸，更尴尬了。不过，得知老大只是低血糖，林小小的心情又愉快起来。

“哦——”听到林小小道歉，程浩的语气透露出几分不高兴。不知怎的，现在她规矩了，程浩反倒觉得少了点什么，他甚至那么点希望她能像以前一样莽撞乱来……

“不如去给我做点吃的，我也饿了。”程浩转了话题，要是继续这样下去，林小小恐怕头都要塞到床底下去了。

虽然看着她害羞的样子，程浩就莫名地心情好，但是他也不会让她难以自处。

林小小立即恢复了元气：“好的，老大，你再休息一会儿，我做好了叫你。”说着就赶紧溜了出去。

看着少女急匆匆地逃出去，程浩不禁发出了宠溺的笑声。

不过，刚刚梦境里的一切还是让他心有余悸，他拿出手机，给小童发了语音消息过去："小童，给我查清楚那幢别墅的情况，都有什么人出入、安保情况，以及其他所有能查到的资料。"

13. 浴室里的"滚烫"意外

林小小站在客厅，拍着剧烈起伏的小胸脯。

"好险，老大应该没发现我刚才的异常吧？哎呀，老天爷，虽然你把老大安排到我这里让我照顾，可是你知不知道我每天都要承受多大的诱惑啊！"

少女碎碎念着，在厨房忙碌开了。

不过，老大负责貌美如花开演唱会，她负责家务琐事喂饱他的肚子，男耕女织，说的就是现在的这种情景吧！一时间林小小又陷入满满的幸福感。

这时听见房间门被打开的声音，是程浩出来了，她顾不得自己手疼，赶紧在围裙上擦了擦手，跑过去搀扶程浩。

程浩并没有走不稳，但见林小小过来搀扶，他勾起嘴角，顺势就轻靠在林小小的身上道："你不用这样小心翼翼的。"

林小小点着头，但依然小心，问道："老大你要去哪里？"

"洗澡。"程浩垂头看林小小，嘴角勾起一抹坏笑："怎么，你要扶我进去吗？"

林小小一愣，看了看浴室，脸唰地一阵绯红，赶忙放开程浩，道："那，那就不了。"

程浩无声地笑了，然后转身进了浴室。

林小小用手搓搓脸，小声骂一句自己："林小小啊，看你这没出息的样子！"

林小小重新在厨房忙碌起来，刚刚打开水龙头洗菜，突然手背感受到一阵灼热！

"烫烫！！"

"疼疼疼！！！"

林小小惊呼一声，连忙抽回手，但还是迟了，手指、手背上多处被烫红了。

林小小甩着手给自己吹了两下，这时手机响了，她拿起一看，是小区物业发来的消息：小区冷水管爆裂，今日停止冷水供应。

怪不得啊。

手上被烫伤处再次传来一阵灼烧的疼痛，突然，林小小想起来，老大此时还在浴室里面洗澡！

"老大！危险！"

此时程浩已经脱光了衣物，看着水龙头流出来的水冒着白雾，抬手摸了一下水，但他什么都感觉不到，迟疑了一下，最终还是抬脚进了浴帘内。

当他即将整个人站到花洒下面去时，浴室门却突然被人从外面用蛮力撞开，接着林小小的身影就扑了进来，他一惊，迅速拉过毛巾往腰际一挡。

只见林小小不管不顾地直接冲了过来，程浩瞪着双眼看着林小小神情紧绷的样子，一时间也有些害怕，她该不会是要对他……

一时间程浩的小心脏狂跳不已。

只见林小小直接冲向他身后的淋浴开关，用力一拧，关掉了淋浴头，手也不可避免地被灼热的水烫到。

“老大，你没事吧？你不烫吗？”

林小小甩动着疼痛的手，抬头望着程浩，却看见程浩愣愣地看着自己。

程浩这才渐渐回神，但对于林小小看到几乎赤裸的他，似乎已经没有那么难接受了，至少没有第一次他尴尬得想找条地缝钻进去的感觉。他顺着林小小的目光低头往自己光溜溜的胸口看去，肌肤被烫红了，一片一片的，触目惊心。

林小小第一眼就看到程浩身上被烫红的大片区域，心疼得要命，压根儿忘记了此时程浩几乎全身赤裸，等她缓缓垂眸，这才发现情况不妙。

程浩此刻只抓了一条浴巾挡在腹部重点部位，其他地方一览无余。

“啊——”林小小尖叫着冲出浴室。

程浩却在后面叹息着，顿时又觉得好笑。

“哎，明明是你冲进来的……”

他擦了身上的水，穿了衣裤走出去，林小小正抱着脑袋坐在沙发上，看来已经羞窘到极致了。

程浩自然地走过去，轻轻拉起林小小的手查看，林小小的手指、手背、手臂上多处被烫伤。他一阵心疼，嘴里却责备道：“别乱动，知道烫还不要命地冲进来！”

林小小有些颤抖地缩着身子，被烫伤的地方也渐渐传来疼痛的感觉，她忍着痛，微微抬头：“老大，我，我刚才什么也没看到……”

程浩愣了一下，随即幽幽道：“反正……你也不是第一次看了。”

“啊？”林小小震惊。不是第一次？她迅速回想起那次在泰国的情景，原来那个人竟然就是老大。她真的是无意的，哪里知道她随便一抓就能抓掉程浩的浴巾？

林小小越想越觉得不对劲，转过头，却发现程浩正用一种好笑的眼神看着自己，顿时心虚，赶紧低头翻她才拿出来的医药箱。

程浩意有所指道：“想起来了？所以，一回生，二回熟？”

“不敢不敢，老大，我知道错了，不过我发誓，我真的什么都没看到，真的！”林小小慌慌张张地挤烫伤药，却不料药膏没剩多少，她喃喃道，“咦，药膏没了。”

程浩伸手抢过她手中的药膏，将那一点药膏涂抹在她的手上，舒展了眉头，嘴角带着一抹若有若无的笑意，道：“没关系的，我又没说我介意。”

“啊？”听见程浩亲口这样说，林小小再度松了一口气，刹那间却发现剩下的药膏都被程浩涂在了自己的手背上，想要抽回手，“老大，我没事，你的背部烫伤比较严重，还是给你涂吧！”

程浩拉着她的手腕不放，严厉地道：“别动，现在晚了，估计周围的药店都关门了，这剩下的药我先给你上了，避免起水泡。”

“一个女孩子，也不知道爱惜自己，那是开水，你直接就冲进来了，要是烫伤了脸怎么办？看到时候谁还要你！”

14. 天台上的谈心

“我……我也没想那么多。”林小小垂头低声道。是的，对她来说，老大的安危才是第一位。

程浩叹了一口气，真的是一个莽撞的女孩子，可是接下来给林小小脖子上那一块烫红的地方让程浩犯了难。比画了几下后，程浩皱了皱眉：“头抬起来。”

林小小听话地抬头，微垂眼眸，正好看到程浩手指尖顶着那一点药膏，缓缓地靠近她的脖子，药膏被程浩的手指尖按摩着在她的肌肤上晕开，他的动作轻柔细致。

林小小的身体一缩，她挺紧张的，而且这个姿势暧昧至极，一时她一动不敢动。

她只能垂眸看着程浩认真又有些紧张样子，突然想到，程浩的手指在钢琴黑白琴键上游走的样子，那也是一种极致的美。

想着，林小小不自觉吞了一口口水，心中觉得，哪怕是被老大当作钢琴，她也很享受此时此刻。

从开始到现在，她和老大的距离一次比一次近，每一次似乎都在突破她想象的极限，但她不得不承认，她感觉很幸福、很甜蜜。

程浩手指指腹也感觉到了林小小喉咙轻微的颤动，看着林小小纤细皙白的颈脖肌肤，一时竟然觉得口干舌燥，不自觉伸出舌头舔了舔唇。

忍着心头的悸动，程浩给林小小涂完了药膏。

林小小顿时一个激灵爬起身，道：“老大，你等着，我打个车去买药，远一点的药店或许还有开门的。”

程浩却一把抓住她，声音有些低哑：“不用了，明天再去买吧，我暂时并不需要。现在陪我去天台透透气。”

林小小绞了绞手指，只得点头跟上去。

程浩提了几罐啤酒放在天台，然后和林小小并排坐在天台边，晃着腿，吹着夜风，这样安静地等待着第二天的到来，似乎并没有什么不好。

林小小接过程浩递来的一罐啤酒，眼睛还盯着程浩手臂上一块被烫红的地方：“真的不疼吗？”

“我伤口愈合比较快。”程浩一脸打趣，紧接着对林小小举起啤酒罐，“知道今天是什么日子吗？”

看着程浩郑重其事的样子，林小小一时也有点蒙：“老大你的生日不是今天啊……我的生日也不是今天……”

“我住你这儿，算算应该正好一个月了吧？”程浩淡笑着说。

林小小惊讶地张嘴：“啊！原来是这么重大的日子，都怪我的不上心，我竟然……”

“不怪你。”程浩早已经摸透了林小小的性格，单纯、可爱，偶尔有点迷糊、有点蠢。

林小小赶忙举着啤酒罐跟他碰了一下，两人相视一笑，各自喝了一口。

时间真是过得很快，都说时间会改变一个人，这回林小小算是信了，要知道，一个月前，老大还讨厌她，几次把她拒于门外。

可是现在，他们朝夕相伴，她看到了他生活中一切不为人知的小习惯、小细节。他的偶像不再是高高在上、可望而不可即的幻影，而是近在咫尺的、能够感知到喜怒哀乐的真实的存在。

只是，不知道现在她在老大的心目中是一个什么样的人了呢？

林小小望着远处灯火辉煌，神思飞远。

程浩看着林小小恬静的侧脸，也顺着林小小的目光看向远方。

“这里风景真不错。”程浩轻声赞叹。

林小小回过神来，甜甜地笑着道：“嗯，我以前特别喜欢坐在这里，眺望远处的灯光，总在猜，哪一扇亮着的窗户里有你，就好像梦一样……但是……梦总会醒的吧。”

这样和偶像日日相见的日子，必然是会有尽头的，等到程浩的“历练”够了，他就会离开，也或许哪天再次被她惹恼了，他也会离开吧？

想到这里，林小小突然又一阵伤感。

他突然抬手指向远方，岔开话题：“我家在那儿，正南方，靠近郊区的小山上……”

果然，林小小顿时就被程浩的话吸引了注意力，忧伤什么的，一下子就抛到脑后去了。

她顺着程浩手指方向看过去，那边一片灯火辉煌。

“哇！那里可是有钱人住的豪宅区哇！”少女双手捧心，感叹道。

程浩笑了，果然是个简单的蠢女人。程浩宠溺地看了看林小小兴致勃勃的样子，心中轻松了些，笑道：“可没你这里风景好。”

“是吗？”林小小双眸亮晶晶的，满脸兴奋，虽然知道老大夸她家好只是随口一说，但是她也有一种引以为傲的感觉！

如果老大喜欢，就在这里住一辈子好啦！

她张了张嘴，却发现自己无论如何都说不出口。

林小小觉得自己有点自私，老大怎么可能跟她一直住在这个小破屋子里！

他是众星捧月的爱豆啊，是万千少女心目中的男神，是夜空里最耀眼的那一抹，他生来就是要在所有人面前发光的。而她只是一个平凡的追星人。

但有过这样一段宝贵的经历，她已经很感恩、很知足了。

程浩收回长腿，身体靠在护栏上，微微仰头，任凭护栏外来的微风吹鼓着他的衬衫。林小小学着他的样子，和他并肩靠在栏杆上，微微仰头，感受着和煦的风与浪漫黑夜，沉浸在流光霓虹等和花下酒香里。

“以后不用为我那么拼命。”他嘴角慢慢扬起温柔的弧度。

“嗯，不拼命怎么能当真爱粉呢！”林小小闭着眼睛，脱口答道。

程浩突然睁开眼，微微侧头，看到的是林小小脸上无所畏惧的笑容。

程浩的心再次被触碰，默默重复道：真爱吗？

第五章

从爱上你开始，凛冬退尽，星河长明。

1. 徐司机现身

次日，程浩收到了小童的信息。小童调查到那幢别墅平时没什么人出入，却装有很严密的安保系统，不知道是不是里面存放了什么重要的东西。随后，小童又发来那幢别墅的户型图。

程浩将户型图打印出来，仔细分析了一下，然后便去五金店买了液压剪、便携小电筒之类的探险物品，还买了登山背包，准备今晚夜探荒墅。

林小小下午下班，像往常一样买菜做饭。吃完晚饭，两人看了一会儿电视，林小小便又在沙发上沉沉睡了过去。程浩将她抱回卧室，轻轻拉起被子盖好，看着她带着笑容的睡容，然后缓缓转身离开。

为了避免被人发现，程浩这一次将车停在别墅区外比较远的路边，然后步行过去，到达了那幢别墅外。

他匍匐在草丛里，用望远镜观测着摄像头的方位。等摄像头转过去之后，他立即起身，从摄像头死角那狭窄的一个缝隙溜到了栅栏下，身形快如鬼魅。

然后他从背包里拿出液压剪，将这一块有些朽坏的栅栏一根根剪断，剪开一个刚好够他钻进去的窟窿。

程浩回头四面查看了一下，手上握住一瓶防狼喷雾，悄然爬进了院子。

再等摄像头转出死角，他顺势跑向屋门。屋门旁边有一个破了玻璃的小窗，他取掉了小窗上剩余的玻璃，然后一层一层破防，终于进到了屋子里。

屋子里反而没有摄像头，程浩擦了擦汗，然后回忆起这房子的户型图来。

屋内每一个角落都布满灰尘，屋子里还有一些家具，都盖着白布。程浩站在墙边，并没有急着往前走，而是拿出小手电照射地面。

地板上没有一丝反光，他发现，虽然地板上也满是灰尘，可比家具白布上的灰尘要少些，再细一点观察会发现，地板上有一些若隐若现的脚印。

程浩站起身，收起手电筒，再次适应了黑暗之后，便抬步朝前走去。

“嗒——嗒——嗒……”久无人居的屋子里，程浩走在地面发出的声响显得格外明显。

别墅内有的门半掩着，有的门关着，但是并没有上锁。

“吱呀”一声，程浩轻轻推开一扇门，没有发现任何人的踪迹，屋内都是杂乱无章的东西，和月光下可见的厚厚灰尘。

程浩心中的疑惑更深，一间一间找寻过去，但每一间房都是空的，久无人居。

程浩回到屋子中央，略略失望，准备离去，好不容易找到的线索，就这样又断了……

“嗯嗯……”

突然，在寂静中，程浩听见了一阵沉闷的声音，像有人在遥远而封闭的地下喊叫！可是户型图上没有多余的屋子！

不对！这里一定有人，还有地方他没找到完，户型图上没有的地方！

程浩敲了敲地板，没听可疑的声音，然后将目光转向了壁炉旁边的墙面。程浩在壁炉周围敲击分辨，很快就发现了异常。

他拿出小手电，果然看到了墙纸上有一条极细微的缝隙，这里竟然还有一道暗门！推开暗门，是一条逐级而下的阶梯，黑洞洞的，就像通往地狱一般。

程浩顿了一下，握紧了小手电和防狼喷雾，缓缓朝下走去。

走完一段阶梯，再转了个弯走下去，一堵厚重的密码铁门出现在了他的面前。

可是密码需用七位数，恐怕他试上一辈子都无法进去！

而且这铁门明显是液压剪也是剪不开的，估计只有专业的拆迁或者切割器才能打开。

程浩皱了皱眉，思考办法之际，突然，角落里一个隐蔽的摄像头再次出现在了他的视线里。

程浩迅速闪到一边，可他的手机邮件提示音再次响起。心下一惊，他迅速将手机调成静音——他竟然忘记这茬！

他躲在暗处打开邮件，竟然是一串数字：9125619。

心再次狂跳，这封神秘邮件指引他一路来到这里，那么，对方到底想要给他看什么？

程浩抬手在密码版面上输入密码，门开了。

随着门被打开，光亮映照出程浩惊讶的神色，门后的光景也呈现在他的眼前。

这是一个较为密闭的巨大地下室，地下室四周摆放满了各种他说不出名字也看不明白的科技仪器。

在这些仪器的中间，在那些线管缠绕的唯一一块空地处，正坐着一个枯瘦的男人。

枯瘦男人望着程浩，缓缓开口道："程老板，你终于来了。"

程浩顿时眼睛瞪得奇大，完全没料到坐在那里的人竟然真的是熟人，而且是徐耀祖。

或者说，是徐司机！

"徐司机？"程浩既惊讶又疑惑。徐大老板徐耀祖是不会称呼他为程老板的。

"是你！"程浩肯定。

程浩心底的震惊程度是不小的，他没想到竟然是徐司机。这样说来，A 世界的徐司机徐耀祖也一并过来了！

"匿名邮件是你发的，你就是为了吸引我过来解救你？"程浩回想起车祸那天的情形。

看着徐司机脖子上像拴狗一样拴着一个铁项圈，项圈上连着一条粗粗的铁链，铁链一端埋在墙里，程浩不禁心生疑问，要知道那天徐司机开着车和 A 世界的林小小撞了，且趁着程浩和林小小双双昏迷，独自逃了。

可是，徐司机又怎么会混成这样一副样子？他为何会被锁在这荒废别墅的地下室？

徐司机顿时心有感触般，哭得眼泪鼻涕横流。

"你怎么会在这里，变成这个样子？"

徐司机擦了一把眼泪，沉默了一会儿才说道：

"当时发生了车祸，我跑出隧道去找救援，却在半路昏了过去，醒来发现自己来到了平行时空，还见到了这个时空的自己……我发现这个时空比原来的时空晚两年，于是我利用这点跟另一个我合作，帮他预测股票行情，趋利避害，赚了很多钱，还开了承天娱乐公司。但两年快过去了，另一个我觉得我越来越没有了利用价值，就把我关在这里，找人研究我、折磨我……"

程浩听着，不禁有些同情地看着徐司机，而且徐司机也是自己那个世界里的人，一时间竟有种同是天涯沦落人的感慨。

但他隐约觉得没有那么简单，徐司机既然能有这份黑客技术，为何不直接将徐耀祖曝光，反而是将自己吸引过来？

见程浩游移不定，他赶紧继续装得更加可怜。

"我发现了你的存在，用尽一切机会跟你取得联络……毕竟咱们都来自同一时空，咱们才是同路人……"

程浩突然抬头："你知道活下去的办法？"

“对，”徐司机说着，警惕地望了望程浩身后的阶梯通道，“但这里不安全，保全应该很快就会过来，你先救我出去吧，求你了，出去了我告诉你……”

程浩看了一眼四周，徐司机这锁链并没有开关。

“这个锁链……你怎么进来的？”

程浩突然想起背包里的液压剪，三两下便剪断了锁链。徐司机终于自由了，开心地一把拥抱住程浩。

程浩没想到这个大男人竟然还跟个小孩子似的，还没来得及说话，只见徐司机就迫不及待往外走。

顿时别墅警铃大作，程浩一惊，徐司机一把拽住程浩：“快跑！”

躲在黑暗角落里，从窗户已经能看到四面有晃动的手电光朝这边围拢，趁着空当，两人迅速钻出破窗户。

两人刚钻出别墅围栏那个被程浩剪开的窟窿，就听到四面说话的声音越来越近。

转眼已经看到了来人，竟然是别墅安插在暗处的几个黑衣打手，个个彪形大汉手中都提着铁棍，不怀好意地围拢过来。

2. 想活，就要杀掉另一个“自己”

情急之下，程浩手中的防狼喷雾发挥了作用，只见几名大汉痛苦地捂住眼睛。

程浩迅速带着徐司机朝来路跑去，好在这一路人并没有人包围。

但是，黑衣打手们依然紧追不舍，眼看着就要追上，程浩灵机一动，一把拉过虚弱的徐司机藏身于浓密灌木丛之后。

两人紧张地看着跟上来的黑衣人们，他们没留意这里，反而越走越远，最后站在前方不远处的一个三岔路口，打开了手电筒四处搜寻。

程浩这才压低声音问道：“活下去的方法是什么？”

徐司机略略松了一口气，低声道：

“我们不属于这个时空，两年的时间差即将过去，如果幸运，我们能回到原来的时空，但我们更有可能都会死，又或者进入其他未知的时空！现在只有一个万无一失的办法，可以让我们活命……”

徐司机说着，嘴角露出一个狡黠的弧度，看上去甚是危险可怕。

“到底是什么！”程浩发觉自己从刚才到现在都被徐司机牵着鼻子走，他一直讨厌别人左右自己，此时便有几分生气，一把揪住了徐司机的衣领。

徐司机躲避程浩，往后一退，不料正好踩到了枯枝，发出“咔嚓”一声脆响。

“什么人？”

“在那里！”

黑衣人们听见声响，顿时拿着手电筒照射过来，发现了程浩和徐司机的藏身处。

程浩心道糟糕，徐司机还没告诉他方法，他只得先保证对方的安全，至于这笔账，以后再算。

“我先去引开那些人，你往山下逃，我稍后过去找你。记住，别想给我耍什么花样！”

徐司机一瞬间也似乎良心发现，在紧急时刻一把拉住程浩，对程浩说道：“记住，活下去的办法只有一个，就是杀掉另一个自己！”

黑衣人们的手电光晃过来，照亮了徐司机的脸，树木枝丫的影子投射在他脸上，显得狰狞可怖。

程浩一瞬间张大了嘴巴，显然因为徐司机的话而惊住了，而徐司机却已经快速溜掉了。

随着黑衣人们越来越近，程浩也清醒了过来，转身朝灌木丛外跑去，他带动树木灌木发出沙沙的声音，顿时吸引了黑衣人们的注意：“往那边跑了，追！”

程浩一步也不敢停地往前跑，跑下山找到了他停的车，黑衣人们也即将追出来，程浩发动车子，一脚油门踩下去，将黑衣人们甩在了后面。

他这速度，黑衣人们连车牌都看不清的。

程浩一路开回了家，却没进门，只在黑暗中坐在门外的楼梯上，大口喘着粗气，望着林小小家的门发呆。

不知道坐了多久，一直到天光透过窗户洒进楼道，一直到林小小家的门被她急匆匆地打开。

林小小看到他，像稀世珍宝失而复得一样：“老大，你怎么在这儿？”

大清早醒来就没见了老大的身影，林小小还以为老大说走就走了，还好还好！

程浩只是闷闷呆呆地坐着，脑海里不断回想着徐司机的话，世界似乎突然被按了静音键，面前的人再怎么手舞足蹈，再深切的关心，他都听不见任何声音。

林小小咬了咬唇，有些胆怯地靠近程浩，想要将他拉进屋：“老大你先进屋吧，地上凉……”

话才说了一半，她才发现程浩身上的运动服上到处是灰尘，还有一些野外植物的种子，程浩的脖子上有好几道划伤，还有木刺扎在肉里！

“老大，你怎么了？你去哪里了？怎么这么多伤口！”

林小小心疼地为程浩捻下几根木刺，可是他丝毫没感觉，依然呆坐着。她也不管那么多了，先进屋拿了酒精来给他消毒，又给他上药，直到她的手指不小心触碰到程浩的肌肤，程浩才感觉到疼痛，回过神来。

发现林小小不知何时站在自己身旁，紧张、担忧地看着自己，程浩心口再次发闷。

像在沼泽里不断下沉的身体突然有了救命稻草。

他一把捉住林小小的手，定定地看着林小小，双眼中充满了迷茫和失落，以及说不出来的惊恐。

“如果我不是你想象中的样子，你还会这么关心我吗？”

如果他不是她想象的那么好，她还会这样心心念念着他，因为他的一点儿伤痛就急得掉眼泪吗？

这些关于林小小的事情，不知从什么时候起，竟然成为他心底里很重要的事情，他无法想象，失去了林小小的自己会变成什么样子！

恐惧如鲠在喉，呼吸似乎都变成了一种奢望。

林小小也被程浩的反应吓了一跳，身子一缩就想要逃，却被程浩堵在楼梯上，她只得摇头道：“老大……你，你就是我想象中的样子啊……”

程浩否定般地摇头，就像失去了神智一般：“我没有你想的那么好，你忘了在隧道里，我差点撞了你……”

原来，他最害怕的，就是林小小对他失去信心。让自己喜欢的女人失望，是每个男人最不能忍受的吧！

林小小有点愣，她没想到老大竟然这么在乎她的看法。

不过，老大今天怎么了？

看着程浩放开了自己，低下头去，林小小心底一阵难过。她多想跟他分担他心中的那些痛苦，那些痛苦一定像山一样压着他吧？

可是林小小也不知道如何开口，她能做的就是尽力对程浩好，安静地陪伴着他。

良久后，程浩又说道：“我现在都不知道，我还会做出什么事……”

林小小虽不太明白程浩到底在说什么，但她能感受到，程浩这一次可能遇上了大难题。她抬手，想要抚摸程浩的头安慰他，伸到半空又落下去，只轻轻放在他肩头拍了拍。

程浩微微侧脸看了看林小小的手，竟然开始躲闪，撑起身，进了屋。

3. 不好的念头

看着程浩失落的背影，林小小心底也一阵怅然，最近好像太过于忙工作，对老大疏于关心了，所以才导致老大会那样想吧！

不行，她得拿出狗仔的气势跟踪老大，看看老大究竟遇到什么难题了！身为亲妈真爱粉，她就算上刀山、下火海也要想办法给老大排忧解难。

于是，林小小利用自己的空余时间观察跟踪程浩，甚至请了几天假，可是这几天程浩除了发呆就是发呆。

跟踪了几天毫无结果，林小小想尽办法想要逗程浩开心，可她无论做了美食，还是将屋子打扫得一尘不染，程浩都只是勉强笑笑，最多摸摸她的头，每次都是一脸欲言又止的表情。

这让林小小很受打击，似乎以前那个爱耍酷又有些腹黑的高冷男神一夜间消失了。不过作为亲妈真爱粉，她不放弃，也不可能放弃。

程浩这几天脑子里一直在天人交战。这个世界的另一个他已经找到了，就是陆鸿渐。他脑海里一直回响着徐司机对他说的话，那句话仿佛地狱深渊的梦魇，正一步一步把他拖入恐怖黑暗。可要他杀掉陆鸿渐换取自己存活，他能做得到吗？

夜色深沉，天上挂着一轮惨白的月亮，程浩家后院，陆鸿渐正在享受月光浴，品着美酒。

突然，泳池中响起一阵水声。

陆鸿渐警惕地朝声音来处看去，却什么也没有，等到他收回视线，盯着手中的酒杯时，玻璃杯上映出了一张和他一模一样的脸。

陆鸿渐蓦地回头，对上程浩充满杀意的眼神，还来不及说什么，程浩一把就将陆鸿渐的脑袋按进水里，力气之大，他挣扎不掉，只能从水里吐出一串串气泡。

不多时，陆鸿渐就停止了呼吸和动作，被打翻的红酒在水池里晕开，就像鲜红的血一般，在惨白的月光下异常血腥……

“哗啦啦——”

只听得一阵水声，程浩悚然吓醒。

原来是噩梦一场，他竟然泡澡泡得睡着了。

虽然是个梦，但是很真实，程浩想想还心有余悸。

杀死陆鸿渐，真的是他活下去的方式吗？

不！

程浩摇头否认，那样的他绝对不是自己！

正此时，一旁的手机响了，程浩滑开屏幕，是陆鸿渐发来的信息：怎么办，我暴露了！

程浩盯着这几个字，眼神瞬间变冷！

他发了语音消息过去：“到底是怎么回事？”

陆鸿渐此时正在酒吧买醉，反正都暴露了，索性变本加厉。不过，他可以做回他自己了啊，而不是再去过那种苦闷的大明星生活。

收到程浩的消息，陆鸿渐咧嘴苦笑了一下，自言自语道：“怎么回事？还不是邹灵那个人精啊！她可比我这个戏精厉害多了哎！”

自从慈善晚会那天开始，邹灵就发现了端倪，让小范调了监控录像看，就发现了两个“程浩”。

后来，邹灵顺藤摸瓜让小范调查小童，也查出小童之前联系侦探所找一个人，这人叫陆鸿渐，十八线网文作家，但跟程浩简直是一个模子刻出来的，可是这个陆鸿渐去泰国旅游后就消失了……

这个调查不禁让邹灵想起了程浩泰国之行的情况，难怪程浩突然改行程去泰国普吉岛，难怪结束工作后，程浩还要在那里再待一个星期。

仅凭这些，邹灵就能判断出，她手上这个程浩是“赝品”，真正的程浩，就是那天被那个陌生女人带走的那个！

为了证实她的猜测，她联合小范诈了陆鸿渐，陆鸿渐也非常配合地露出了马脚，连个折扣都没打。

邹灵不过是下载了陆鸿渐的网文，并告诉陆鸿渐，她觉得这个作者的网文质量不错，准备买下来改编。

一开始陆鸿渐还撑着，但等邹灵假意给出一个很高的价码之后，陆鸿渐顿时就绷不住了，一五一十地将两人互换身份的情况给说了出来。

陆鸿渐想着这些，情不自禁哭了起来，一边哭一边喝酒。

众星捧月的美好生活马上就没了啊，这种给个眼色，所有人都执行的感觉就要离自己而去了……

“啊啊啊……”

陆鸿渐哭得更伤心了，今天连妞都没心情泡了。

他哭着将他怎样暴露的情况发过去给程浩，程浩却再也没有回答他。

陆鸿渐顿时气急败坏，差点砸了手机，骂道：“不理我！你们一个个全部过河拆桥！浑蛋，把我推进深渊，连只救援的手都不伸给我！”

他正骂着，程浩却打电话过来了。

陆鸿渐立马又擦了眼泪，笑嘻嘻地接起电话：“浩哥，邹灵威胁我要报警，我实在瞒不住才坦白的……”

程浩冷声问道：“你在哪里？”

“我的二百万啊……”陆鸿渐还在心疼程浩许诺的工资，听见程浩要来找他，立马答道，“我在夜色酒吧！”

程浩叹息一声，挂断电话，抓了一件外套就要出门。

林小小正趴在他房门上偷听，听见脚步声，林小小赶紧离开房门口，假装路过：“咦，老大，这么晚了，你要去哪里啊？我陪你一起吧？”

程浩顿下脚步，看着林小小，再次问道：“如果有一天，我做出了不可原谅的事，你……还会像在那之前那样对我吗？”

林小小望着程浩深情的目光，瞬间被电到，这次，他很认真！

不只是他的神情很认真，语气也很严肃。

林小小心头小鹿乱撞，她咬着下唇，坚定地道：“老大，无论发生什么事，你永远都是我心中的老大，我也永远都是你的真爱粉！”说完，她露出最可爱的笑容。

程浩嘴角牵起一抹暖意，眼中满是宠溺：“好，你留在家里，等我回来。”

说完，程浩终于抬手摸了摸林小小的脑袋，她柔顺的发丝让他好一阵流连。

最终他还是收回手，转身出门。

4. 人生最重要的抉择就在一瞬间

“哎？为什么不带着真爱粉一起去？”

林小小愣愣地望着程浩离开，她知道一定是发生了什么事情，所以老大才会表现得如此异常。她咬了咬牙，道：“老大，别怪我不听话，我是真的很担心你，我一定要找到让你最近这样不开心的原因！说不定我也可以帮你解决了。”

这样想着，林小小不禁握紧了小手，转身带上门，悄悄跟在程浩身后。看着程浩开车出了小区，林小小急忙招了出租车跟上去。

夜色是城市迷离的舞台，霓虹灯是这舞台上最炫彩夺目的装饰。

林小小看着程浩在一家酒吧门口停了车，她悄悄下车，然后远远地藏在灌木丛后观察。

只见程浩大步流星地走进酒吧，林小小正犹豫着要不要跟上去，却又见程浩急匆匆走了出来，神色凝重，四下寻找，最后迅速朝前方某处花坛边跑去。

林小小小心翼翼跟在后面，抬起头竟然发现陆鸿渐醉醺醺地在路上行走，刚想要喊陆鸿渐，就见程浩走了过去。

原来，程浩竟然是认识陆鸿渐的吗？

林小小心中一惊，不由得想到那次，她问程浩是否认识陆鸿渐，程浩是否认的。可是他为什么要骗她？

林小小心中突然有点难过，老大为什么要骗她？而陆鸿渐和程浩交换身份的事，虽然林小小在慈善晚会上就听陆鸿渐交代了，可是她并没有问出口。此时亲眼看到程浩和陆鸿渐走在一起，她心里还是感到有些失落。

陆鸿渐喝得醉醺醺的，整个人念念叨叨：“全完了，美好的生活没有了……”

“我是大明星……”

“不，我是陆鸿渐！只是一个写什么都没人看的垃圾作家！嘿嘿嘿……”

“我是程浩！不不不，我现在叫陆鸿渐！”

“程浩不是我了，可是我昨天还是程浩啊！”

“我的两百万，我纸醉金迷奢华的生活，别了……”

程浩跟在陆鸿渐身后，听着他乱七八糟的醉话，心里也一团乱麻，毕竟很有可能是自己的到访导致他走向畸形的命运。

看着他走得歪七扭八的，程浩很想上前去搀扶他一把，刚迈出脚步，莫名地，徐司机的话在他脑子里响起来。

“活下去的办法只有一个，就是杀掉另一个自己……”

突然，那个血腥的梦也突然浮现在脑海里，红酒染红了游泳池，陆鸿渐被他溺死在泳池里，从此后，这个世界就只有他一个程浩，他的失痛症、猝睡症等等一切因为平行时空导致的病症，都会消失，再没有人能威胁他的生命安全……

深夜的马路上，一辆车开得极快，十字路口的红灯亮起，陆鸿渐摇摇晃晃地站在安全道上，头晕得几乎站立不稳。

程浩一声不吭地跟在陆鸿渐身后，看着摇摇晃晃的陆鸿渐，眼中流露出一股冰冷。

自己活还是他人活？这个问题，深深困扰着他，可是又似乎没那么难选择！

远处开来一辆大货车，陆鸿渐痴痴傻傻地望着大货车，却不知身后有一双手随时准备将他推向车轮底下。

大货车过了，什么事情都没有发生，而手的主人却陷入深深的自责。

难道他真的是那种自私的人？

可是陆鸿渐走下安全道，完全没有意识到此刻前面是红灯。

不时有急速的车开过来，陆鸿渐已经走在了路中央，他醉眼迷离，显然已经分不清对面的指示灯是红灯还是绿灯。

路过的车辆响着刺耳的喇叭，而陆鸿渐身后一直跟着一个低头尾随的程浩，两个人深夜在斑马线上晃晃悠悠，气得过往的司机们破口大骂！陆鸿渐浑然不觉，但程浩快失去耐心了，他正准备将陆鸿渐拖离大路中央，有一辆重型卡车呼啸着冲了过来。

刺耳的汽笛声将陆鸿渐吓醒了几分，看着越来越近的卡车，眼睛瞪得浑圆。

眼看着悲剧即将发生。

“小心——”

林小小也被眼前发生的一切吓得瞪大了眼睛，只见两个长相一模一样的男孩子一前一后站在斑马线上，站在后面的男孩一把推开了正面对着大卡车发愣的男孩，却浑然不觉自己已经冲进了失控卡车的行进路线。

也许就这样结束吧！对所有人而言都是一个很好的结局！

程浩闭上了眼睛，脑海里一片虚无。

千钧一发之际，林小小也不知道自己从哪里爆发出来的蛮力，一把拉住了程浩。

程浩只感觉身后传来一道巨大的拉扯力，霎时间整个人连连后退。

他安然无恙地坐在地上，林小小跪在他身后，紧紧抱着他，已经泣不成声。

“老大……呜呜呜……”林小小觉得，幸好她跟了出来才没发生意外，老大竟然会为了救陆鸿渐而不顾他自己的性命！

她不敢想象，如果她没跟出来，老大是不是就被车撞飞了？

不不不，那些幸好都没发生，现在老大在她的双臂之间，再也跑不掉。

林小小在这一刻觉得，她一定要牢牢抓住程浩，不再让他溜走，不再让他有任何危险，她的小心脏承受不了他受伤带来的恐惧感。

她之前对程浩的那一点点责怪，在这场惊吓中，也顿时烟消云散！

陆鸿渐则被程浩推进了对面绿化带中，摔了个狗啃泥，顿时清醒了几分，爬起身，晕乎乎地看向来路，只见在路中央安全岛上，一男一女好像拥抱着。

他甩了甩头，一下子更晕了，然后直接倒在柔软的草地上，不多时就鼾声渐起。

程浩看着陆鸿渐安然无事，终于如释重负，脸上漾起一抹轻松的笑容。

这一刻，他战胜了自己，而林小小帮他战胜了死神。

这一瞬，程浩觉得，他已经拥有了全世界最美好的幸福，那就是林小小的爱！

他转过身，终于将林小小也紧紧拥入怀里。

5. 发酒疯的陆鸿渐

程浩紧紧抱着林小小，害怕下一秒她就会从自己指间溜走，与此同时也感觉到她的颤抖和害怕，轻拍她后背，低声安慰道："别怕，你救回我了，我在……"

听着程浩轻柔的声音，林小小心里的恐惧渐渐消退。她缓缓抬头望着程浩，委屈道："老大，你答应过我不再做傻事的……万一你有个三长两短我，我……"

这轻微的颤音回响在程浩耳畔，他心底泛起一阵内疚，又一阵感动。他深吸一口气，语气裹挟着温柔，却也无比坚定："以后……再也不会了。谢谢你，小小。"

"真的？"林小小吸了吸鼻子。

程浩肯定地点头。

林小小终于放下心来，这才想起陆鸿渐，后知后觉放开程浩朝远处的草坪看去："他怎么办？"

林小小有意忽略了程浩和陆鸿渐认识的事。只要老大好好的在她面前，她就觉得满足了，其他一切都不再重要。

"先看看能不能喊醒他。"程浩拉起林小小，来到陆鸿渐身旁。

偏偏陆鸿渐睡得跟死猪似的，呼噜声在深夜寂静的马路上回响着。

程浩叹了一口气："先把他弄去我家吧。"

程浩把停在酒吧外的车开了过来，两人又将烂醉如泥的陆鸿渐扔上车，然后回到了程浩的大别墅。

好不容易将陆鸿渐拖进屋，刚刚睡得死死的陆鸿渐突然呻吟了起来，一会儿像在哭，一会儿又像浑身很痛扭来扭去，但嘴里始终发不出完整的字音。

这番情景可把林小小给吓坏了。这陆鸿渐是中风了吗？可是他还没还钱呢，要是出问题了，她的债到哪里去收？

她连忙从沙发上爬起来，跑到陆鸿渐身旁拍打他的脸："喂，陆鸿渐，你醒醒！你怎么了？哪里不舒服吗？"

程浩看着林小小紧张的神情，不由得拧起了眉头。

陆鸿渐和他有着一模一样的脸，而且陆鸿渐比他先进入林小小的视线。林小小虽然对他很好，充满关心和爱，但那究竟是只对偶像光环的迷恋，还是在意真正的他？也许她对陆鸿渐才更像真正的在意吧？

程浩突然觉得心口一阵发闷。

此时，陆鸿渐依然哼哼唧唧着，但迷糊中好像听见了一个熟悉又温暖的声音在呼唤自己，他本能地依赖这种温暖，张开双臂就朝林小小的腰身揽过去。

"啊！"林小小用力推着陆鸿渐的脑袋想要挣脱，全然不知此刻程浩早黑了脸，一把拽开了陆鸿渐，将她拉到身后。陆鸿渐的脸贴了上来，却挨着程浩紧实的胸膛，他浑然不知，像小狗蹭着主人一样，嘴里还呢喃着："嗯嗯，小姐姐好香……"

程浩一巴掌扣在陆鸿渐头上，不客气地将他推开，而被程浩一推，他脑子更晕了，五脏六腑像海啸欲来一般就要呕吐。

程浩立马拿过一旁的空垃圾桶塞过去，并吩咐林小小："你去拿水和毛巾来。"

可谁知，刹那间只见陆鸿渐一骨碌爬了起来，双手一下子就钩住程浩的脖子，还不停地在程浩胸口摸来摸去。

林小小被陆鸿渐的举动吓得目瞪口呆，再一深想，林小小顿时惊得张大了嘴巴。老大隐瞒着他和陆鸿渐认识这件事，难道是因为老大和陆鸿渐……

程浩用力掰开他脖子上挂着的陆鸿渐的手，陆鸿渐在他的压制下不断扭动着身子，妖娆得像个蛇妖，林小小红着脸迅速跑开。

程浩只好两只手一起摁住陆鸿渐，威胁道："再乱动，我就把你扔出门去！"

被完全箍住的陆鸿渐倒是老实了点，下一刻陆鸿渐张嘴打了个嗝，一阵熏人的酒臭瞬间弥漫开来，程浩被熏得眼泪都快出来了。

"真是够了！"

林小小终于在程浩家里找来了毛巾和水，刚走进客厅就看到陆鸿渐那口水横流的样子，想起程浩有洁癖，将水杯放在茶几上，自告奋勇道："老大，你放着，还是我来吧……"

不料程浩却接过林小小手中的毛巾，摆摆手："不用，你坐到一边去，免得一会儿他发酒疯伤着你。"

看着程浩熟练的动作，林小小略微放心了。老大还是很会照顾人的嘛。

下一秒，她却看到程浩用那条毛巾将陆鸿渐还想揩油的双手给牢牢捆了起来！

林小小想到刚才程浩被陆鸿渐袭胸，顿觉好笑，这是陆鸿渐活该！

程浩转回头盯着林小小，脸色有些不悦地问道："他以前有喝醉成这样过吗？"

"哈？这我咋知道？"林小小尴尬地摇了摇头，"其实我和他一直是在网络上聊聊，并，并没多熟，要不是因为他长得……"

是的，要不是因为陆鸿渐长得像程浩，林小小根本不会和陆鸿渐有交集。可是没想到陆鸿渐真是厚脸皮，所以也就发生了后来一系列让人哭笑不得的事。

"就因为他跟我长得像，所以你就轻信他，还把信用卡给他？"程浩难以置信，眼神也有些凌厉，"以后不许对其他任何男人做这些，听到没？"

这个蠢女人做事还真的是不经过思考！对男人那么没有戒备心，不论是陆鸿渐借钱，还是他要求住在她家，她都同意，万一真遇到什么坏人，后果不堪设想。

林小小连连点头，就像一个做错事的孩子。程浩心知自己话说重了，而且似乎以自己的身份，也没有权利命令人家，赶紧轻声咳了咳，补充道："还好，你遇到的不是一个十足的坏人。你毕竟是女生，出门在外要多留几个心眼。"

原来老大是在关心她！林小小有些感动，点点头。

程浩见林小小呆呆地坐在一旁，乖巧安分的模样，不由得好笑。其实，他都明白，林小小对陆鸿渐并没有特殊的情感，借钱给他，更多的是出于善心。

他如此想着，端凉白开的动作比之前温柔了些，捏住陆鸿渐的下颌，直接灌了下去。

程浩放下水杯，回身看着林小小，正想要说点什么，突然身旁的陆鸿渐爬起身来，醉眼迷离地到处走。林小小和程浩赶紧一人拽着陆鸿渐的一条手臂，想将他按回沙发里，却不料陆鸿渐登时张嘴一吐："哇——"

林小小和程浩完全没防备，被陆鸿渐吐了一身，登时酒臭弥散开去。

"天哪！"

"陆鸿渐！"

程浩和林小小互看一眼，都恨不得掐死陆鸿渐，立刻嫌弃地将他推出去，任由他自己胡乱用衣袖擦擦嘴，然后再次躺倒在宽大的沙发里，鼾声顿起。

两人捏着鼻子嫌弃地看着身上的呕吐物，然后一个拿纸巾，一个拿毛巾，都是先给对方擦衣服，偶然间彼此撞上对方紧张的眼神，又赶忙住手。

程浩咳嗽一声道："你先去洗澡吧，我去打开换气扇，屋子里的味道太令人难受了。"

林小小点着头转身，却突然又顿步。老大是要她在他的家里洗澡吗？难道今夜她也要留在这里睡觉？

程浩看着发愣的林小小，以为她是在寻找方位，细心地补充道："哦，左拐第二个房间是客房，里面自带浴室，屋内也有全新的睡衣，不过都是男士的，你……

看着穿吧。”

“哦。”林小小点头，连忙红着脸跑开。

6. 暧昧在发酵

程浩打开了换气扇，让扫地机器人清理地面，然后去另一间浴室清理自己。

林小小关上浴室门，脱下身上的脏衣服，放进洗衣机洗着，然后赤着双脚，裹着浴巾，小心又窃喜地看着浴室内的陈设。

宽大的洗手台上，一面巨大的镜子呈现出她绯红的双颊，氤氲的水气中，镜中的少女明眸熠熠，笑起来嘴角边有浅浅的梨涡，煞是可爱。她红扑扑的小脸，就像熟透了的红苹果，诱人采摘。

但她的目光并没有在镜子中停留多久，只不过片刻，她就看向洗漱台上的装饰和洗漱用品，抬手拿起沐浴乳，打开瓶盖闻了闻，然后惬意地闭上眼，发出轻声叹息。

“这就是老大的味道……”

这时，浴缸中水放好了，林小小拿着沐浴乳走向浴缸。

松开身上的浴巾，抬起小巧的秀足进入浴缸，水温刚刚好。

将身体浸入水中，林小小打开沐浴乳瓶盖，那股特殊的香味弥散开来，就像程浩来到了自己面前。

林小小娇羞地抬头，朝浴缸另一头看去，仿佛看见程浩赤着身体坐在同一个浴缸的对面。

“嗯……”少女羞得双手掩面，将自己整个儿淹没在浴缸的泡沫之下。

林小小并不知道，一墙之隔的程浩也正站在淋浴下面，任凭冰凉的水冲刷着他全身。

程浩的脑中各种画面纷杂呈现，他回想着徐司机的话，还有自己有过动摇的念头，甩了甩头，喃喃道：“不管怎样，陆鸿渐是无辜的。”

他是程浩，他也要做那个不让林小小失望的程浩！

冲完澡，程浩听见轻微的吹风机响声从隔壁传来，嘴角微勾。他看了看那一面严实得连一丝风也不透的墙，恍然间就像看到了林小小举着吹风机，正吹着她那一头海藻一般黑亮的秀发。

程浩不自觉闭上眼，似乎感受到了林小小秀发拂过的温柔。

她随风飞扬的秀发，若三月的桃花瓣，轻轻柔柔滑过他的脸庞和手背……

良久后，程浩睁开眼，看着墙上的镜子中的自己，勾起一抹前所未有的温柔笑容，喃喃地问镜子中的自己，也像在问林小小：“我们……可以吗？”

镜子另一头，林小小正在布满水汽的镜子上画一颗心，心的两边是程浩和她的名字。

少女掩唇窃笑道：“可以的可以的……我和老大是一颗心，嘻嘻……”

她很想让自己保持冷静，不去幻想，可是每当她看到程浩看自己的眼神时，她就没办法抑制住内心的渴望和欢喜。

带着这样的心情，林小小打开了衣柜，手指在那些衣服上一一滑过，一想到这些衣服老大说不定也穿过，就有些情乱意迷，最终选了一件衬衫和一条运动裤。

等到林小小出来时，程浩已经浑身干净清爽，正拿着毛巾给陆鸿渐擦脸。

“老大，他没再发酒疯了吧？”林小小走过去拿水杯，准备喝口水。

程浩眼睛一眨不眨地盯着刚走出来的林小小，怔住了，手上的毛巾本要给陆鸿渐擦额头上的汗，结果却塞到了他的鼻子嘴巴里，画面顿时格外滑稽。

只见林小小穿着一身宽大的衣裤。程浩的衬衫和运动裤穿在她娇小的身上，松松垮垮的，随着她弯腰拿水杯的动作，衬衫领口倾斜，她精致的锁骨若隐若现。

程浩莫名咽了一口口水，嗓音有些干哑地道：“没有。”

林小小直起腰，将头发别到耳后，笑了笑，转身去倒水。

陆鸿渐因为长久吸不到氧气，突然又手舞足蹈起来，程浩这才发现自己手中的毛巾放错了地方，赶紧拿开。

终于解开阻挡物，陆鸿渐狠狠呼吸了几下，呼噜声继续如雷鸣。

程浩回头看林小小，她安静乖巧地坐在一旁的沙发上，纤细的颈脖从衬衫领口伸出来，有几分天鹅项的柔美，莫名地，他竟然有一种想要轻吻她颈脖的冲动，瞬间只感觉体内升腾起一股热燥。

看到林小小看过来，程浩忙敛了敛神色，嗓音沙哑：“之前……谢谢你。”

“你不怪我……跟踪你吗？”林小小说着，还是有些心虚。

程浩浅浅笑了：“不怪，如果不是你跟踪……”他可能此时已经不在人世。

而且，林小小再次跟踪他，他莫名地心里有些高兴，甚至有些期盼，虽然他也不知道自己在期盼什么。

陆鸿渐的呼噜声更响了，打断了程浩的声音。

林小小也笑了，老大不用说完，她也明白了。不知从何时起，他们之间竟然有了某种默契，彼此相视一笑，比任何谈话都更能传达心意。

两人没再说话，空气中除了陆鸿渐的呼噜声，还有些暧昧在发酵。

睡得好好的陆鸿渐又不安分地开始翻身，这一翻身，他的大半边身子吊在沙发外面。

程浩和林小小同时起身伸手去接陆鸿渐，将陆鸿渐再次推回沙发上躺着，程浩半跪在沙发边缘，却不料膝盖一下子滑了下去，林小小惊呼一声，扔掉陆鸿渐，去接程浩。

程浩半跪在地上，林小小也因为着急，冲过去看时，脚下被陆鸿渐的鞋子绊了一下，整个人压向程浩。程浩及时抬手接住了林小小的腰，两人保持着诡异又暧昧的姿势。

林小小的长发垂落下来，轻轻柔柔落到程浩的颈窝里，一阵酥痒，就像她的手指游走过他的肌肤一般，给他带来悸动的感觉。

两人一时都屏住了呼吸，心跳的速度急剧攀升。

林小小呆呆地看着程浩的双眸，他眼底似乎有一整个星海，神秘而又深沉，让她情不自禁地深陷其中。恍惚中，她想要更近地探寻他眼底的神秘……

程浩眼睛一眨不眨地盯着他脸上方的林小小，才沐浴过后的娇唇鲜艳欲滴，似可口的果冻，等待他品尝！

程浩喉头发紧，体内似乎有一根引火线，被林小小这一点星火瞬间点燃，而后便以燎原之势席卷了他。

程浩只感觉这一瞬间身体很轻，轻得不断上浮靠近林小小，不断靠近那一抹诱惑着他的芳香和娇嫩唇瓣。

越来越近，彼此已经能感觉到对方近乎疯狂的心跳，还有那紊乱的呼吸声。

0.01 厘米！这应该她是离老大最近的一次！她真的要控制不住自己了！

突然，身后传来陆鸿渐哼哼唧唧的声音："来嘛，亲亲嘛！Mua!"

暧昧得有些黏稠的空气中，陆鸿渐像不甘心被忽略一般发声，瞬间撕破了这层浓得让人无法呼吸的暧昧氛围，而后用更加悠长、响亮的呼噜声，将沉溺在其中的程浩和林小小惊醒。

两人同时回头，却发现闭眼酣睡的陆鸿渐不知是在梦中向谁索吻，发着呓语。

一刹那，两人不由同时笑出了声。

林小小尴尬地赶紧爬起身，程浩也回过神来，轻声对林小小道："天色太晚了，你今天就在这里住下吧。"

林小小低着头，声音小得都快听不到了："好。"

7. 相拥而眠的一夜

林小小在被窝里翻滚着，回想着刚才的情景，她又觉得一阵窒息般的紧张朝她袭来，浑身上下的每一个细胞都不断接受着洗礼。

刚才老大是想要吻她吧？一定是的，她绝对没感觉错！可是，陆鸿渐那个讨厌鬼，为什么总是在关键时候捣乱！

"嗷嗷嗷……真的是气死了！！"

林小小在被窝里扭动身子。好可惜啊，早知道她就主动点，说不定就真的亲上了啊！她心里后悔极了。

然而，不多时，少女兵荒马乱的心情就被睡意侵蚀殆尽。

梦境中，一道强光袭面而来，“砰”的一声，她开着速度飞快的车和程浩的车剧烈相撞。

撞击让她感觉身体里一阵尖锐的疼痛，仿佛骨头被撞断了，手指上滚烫的血液正从伤口往外流，紧接着，她感觉自己呼吸越来越困难，几乎要窒息。

她看到了一条长长的、深邃的，仿佛没有尽头的隧道，隧道顶上的灯光闪烁着，却渐渐暗淡。昏暗中，她看到了程浩的身影，跌跌撞撞的，越走越远……

林小小无力地伸手，想要拉住程浩。

老大救救我，不要走，不要抛下我……

“啊——”林小小尖叫一声惊醒，浑身是汗。

她看着四周陌生的环境，顿时害怕得抱紧了自己的身体，咬着自己的手臂。这些疼都比不上梦里她感受到的疼痛，那是真的一种快要死去的可怕感觉，仿佛黑暗和死神下一秒就会降临！

“咚！”突然门被撞开，一个高大的身影冲了过来，是程浩。

在昏暗的屋子里，程浩紧张地看着被汗水湿透了刘海的林小小：“小小，你怎么了？是不是做噩梦了？”

看到程浩，她才想起自己是在老大家里，缓了缓神后，内心才逐渐摆脱梦境中死亡的恐惧感。

“我梦见我在隧道里开车撞了你。我在流血，好像在一个特别黑的地方，快要死了，却只能看着你越走越远！我好害怕，怕你抛下我……”

林小小抬手擦拭泪水，突然发现泪水根本不受她控制地往外溢。

听到这里，程浩顿时心里一揪，这不是在他自己那个世界发生的事情吗？

“没事，只是一个噩梦而已，别哭了……”

“我没哭，老大，这……眼泪不受我控制啊！”

林小小睁着无辜的眸子，原来，她确实止住了想哭的情绪，可是眼泪依然滚滚而落。

程浩给林小小擦泪的手顿住了。

不受控制？难道就像陆鸿渐在泰国的酒吧不受控制地动作，其实是因为受到来自母体世界的他的感应。也就是说，林小小通过梦境感应到了躺在隧道里的那个林小小向她发出的求救信号！

他将林小小拉入怀里，轻拍她还有些颤抖的后背：“别怕，有我在，我不会抛下你的。”

看到林小小手臂上有咬出来的一排牙印，他替她轻轻揉捏着，直到印子慢慢消去。

同时，他更加坚定了一个信念，他一定要想办法回去，救那个林小小，她有可能还留在那个隧道里，还没有死！

林小小像一只受了惊吓的小白兔，靠在程浩温暖的怀抱里，感觉好有安全感，噩梦带来的惊惧都被程浩赶走了。

过了一会儿，程浩松开林小小，双眼定定地看着她："今晚，我，陪你睡吧。"

"什，什么！"林小小一下子惊得下巴都快要掉了，可是还没等她反应过来，程浩就翻身上了床，躺在她身侧。

林小小此刻怀里不仅仅是几头小鹿乱撞，而是巨鲸翻腾，这发展是不是太快了啊！她张了张嘴，想要问什么，却说不出来，最后只能战战兢兢地叫了他一声："老大……"

不料，程浩打断了她，一本正经道："往后，别叫我老大了，叫我程浩。"

林小小吞了吞口水，嗓子有点发干，两人的关系好像朝着暧昧的方向一去不复返了。

林小小犹豫了好久，还是傻傻地开口："老大，那个，为什么要……睡在一起？"

程浩想着她刚才的可怜相，怕她再做噩梦，到时候吓醒了，没人在身旁，又害怕得咬伤了自己都不知道。他又想起隧道中那个受伤的林小小，心中一阵内疚。

"安全。"良久后，程浩嘴里却蹦出不知所谓的俩字。

林小小轻轻掀开她这边的被角，低头看了看自己一马平川的"飞机场"，一阵沮丧。

想起陆鸿渐总是对着那些长腿蜂腰的美女们流口水，林小小不禁想问一个问题：男人是不是都喜欢童颜身材好的美女啊？

可是这样的话是打死她都说不出口的。

"跟陆鸿渐不是更安全？"林小小虽然不愿意承认是因为她是"太平公主"，但是这个事实让她更加自卑，她偷偷将被角向胸上提了提。

程浩不经意转眸，却看到林小小的小动作，立马咳嗽想要掩饰自己的尴尬，可是喉咙一阵发干，他只好转过身去，背对着林小小。

这个蠢女人到底知不知道自己在做什么？她每一个动作都像踩在程浩敏感的神经上，时刻都能撩起他的欲望。

他虽然是母胎单身，可他也是男人。面对自己喜欢的女人，谁能保证自己不会一不小心就会控制不住自己？

林小小察觉到程浩的动作，以为程浩嫌弃自己，撇撇嘴，干脆用被子将自己裹得严实，而程浩的声音愈加清晰："不行！他不一样，跟他在一起，才最危险。"

不知道怎的，林小小却感觉到这句话里似乎带着嫉妒的酸味，不由得一惊。

难道老大是……

脑洞一开，林小小的思绪瞬间插上翅膀飞上了天。想着之前陆鸿渐在程浩身上揩油蹭脸那暧昧的动作，老大居然都没有生陆鸿渐的气……还有调换身份，也难怪老大为了他不惜放弃事业，得罪粉丝，还愿意住在自己家……

林小小表面平静，内心却像被龙卷风疯狂席卷。

尴尬的沉默后，程浩压低了声音道："睡吧。"

可程浩闭上眼，隧道、车祸、鲜血、白光、徐司机这些如潮水一样涌入他的脑中，他根本无法入睡。

"杀掉这个时空的自己，你才能活着！"徐司机的话一遍遍回荡在他耳畔。

满面是血的林小小那微弱的呼吸声，似乎也夹杂在徐司机的话音中。

程浩不堪其扰，翻过身面对林小小，这才发现林小小也没睡，正睁着圆溜溜的眼睛盯着他。

一时间程浩的内心响起了一个前所未有的声音："你能……抱住我吗？"

"啊？"林小小被程浩这句话吓了一跳。

她紧张地朝程浩看去，以为程浩是在跟自己开玩笑，却望见程浩眼底的坦然与诚挚。

一时间林小小的内心似乎也有一个声音：抱过去，抱过去……

她试探着，尽管害羞，还是伸出了手。

两个人紧密地贴在一起，彼此的呼吸在耳畔起伏、摩擦。程浩用下巴抵着林小小光洁的额头，肌肤相触，他身上的一些伤疤还没消失，顿时传来一阵痒痒麻麻的感觉，就像林小小在给他挠痒。

脑海里终于不再出现那些幻影，不多时他便沉沉睡去。

林小小却因为程浩抱着自己，紧张到手脚都快抽筋了，还得一个劲儿地按压下内心的悸动，自我催眠：我和老大是姐妹，是姐妹，姐妹……

听见程浩渐渐均匀的呼吸声，林小小略略放松了，眼皮也愉快地打起了架。

"别怕，我会救你的……"

似乎是呓语，或者是轻声低语，林小小已经分不清，只知道这一觉很睡得稳，很沉，也很安心。

程浩也睡了近来最安稳的一觉，林小小就像他的助眠药一样，让他心神终于宁静，甚至会让他上瘾。

8. 男神是弯的？

当程浩心满意足地睁开双眼，望向怀里的人，以为能够看到林小小也睡眼惺忪地望着自己时，他却只看到一只男人的大爪子在眼前挥舞。

程浩顿时睡意全无，他看着陆鸿渐那张越来越大的脸，一时间瞪大了眼睛，抱着被子就往后退。

“你，你别过来！”

陆鸿渐笑容一僵，他没想到程浩睡眠这么浅。拜托，他只是想过来看看自己的两百万还在不在，看到金主没跑路，还睡得一脸幸福的样子，也就放心地笑了。

“你别误会，我是直的，纯正 24K 钢铁直男，喜欢前凸后翘大长腿，不好你这口！”

程浩眉角抽了抽，白了他一眼，转头看去，才发现床的另一边空空荡荡，林小小早就不见了。

陆鸿渐厚着脸皮凑上来：“所以，咱俩的事，你打算怎么解决？”

程浩莫名后背一紧，冷声道：“终止合同。”

“什么！”陆鸿渐虽然惊讶，但很快就换了一副笑脸黏上来，“其实，我刚才很认真地观察了你一下，发现咱们俩真是长得一模一样啊。可我从来没整过容哎，你说是不是很神奇？”

程浩靠在床头，一脸不悦地瞪着陆鸿渐：“你想说什么？”

见勾起了程浩的兴趣，陆鸿渐一盘腿就坐下来，脸上的表情神秘兮兮：“我觉得咱们两个之间，应该还有什么冥冥中的联系……”

程浩被陆鸿渐神秘兮兮的眼神看得心里有点虚。

莫非，他知道了什么？

陆鸿渐见他不接话，紧接着侃侃而谈：“我查过你的资料，你跟我一样从小无父无母，这也就罢了，连你的出生年月日都跟我一样，而且，我以前也叫程浩，是因为运气太背和名字相冲，才改的。”

陆鸿渐一边说，一边得意扬扬地等待程浩表扬，这是多么神奇的事情啊，同年同月同日生，模样相同且重名。

难道他真的已经知道了？程浩的眼神里多了几分忌惮。

“所以？”

“所以说，我们会不会是失散多年的双胞胎兄弟？父母不得已抛下我们，但是专门给我们取了一样的名字，好让我们日后相认啊……”陆鸿渐转瞬间泪水满眶，一脸亲人失散重聚的复杂表情。

他陆鸿渐本职工作是网络小说作家，编个故事还不是手到擒来，哪怕是假的，他也相信，经过自己声泪俱下的演绎，绝对能打动程浩！

程浩嘴角抽了抽，这才意识到自己想多了，下意识往后靠了靠：“你想继续当明星的话……我也可以帮你完成心愿。”

陆鸿渐被程浩点破心中所想，正转着眼珠子想对策，却不想程浩居然允了他的心愿，有些不敢相信。

“真的？不解约也不用赔偿？我还可以继续当明星？”

见程浩点头，陆鸿渐欣喜得快蹦起来了，突然他又蹙眉：“咱们真的不是双胞胎兄弟？”

程浩犹豫片刻，突然双眸一闪，笑道：“或许，我们……”

陆鸿渐大喜过望，亲热地扑上去喊着：“哥哥，弟弟找你找得好苦啊！以后咱们再也不要分开了，好不好啊……”

程浩还没来不及推开黏在他身上蹭来蹭去的陆鸿渐，就被过来叫吃饭的林小小撞个正着。

最要命的是，林小小没听到陆鸿渐前面的话，只听见后面那半句话——以后咱们再也不要分开了。

只见陆鸿渐一脸娇羞，脑袋靠在程浩的肩膀上，一副幸福的模样，就像他昨晚在程浩胸口蹭来蹭去那样，此刻则蹭着程浩半露在外的“香肩”。

林小小的心顿时碎成了渣渣，原来她的直觉并没有错，她强忍着内心巨大的痛苦才转过脸去：“呃，不好意思，打扰了！”说完，她拔腿就撤，还不忘然顺手带上了门。

程浩一脸嫌弃地推开陆鸿渐，见陆鸿渐还想黏上来，一巴掌就呼过去：“想要完成心愿，就离我远点，不然我可不保证我什么时候会反悔。”

陆鸿渐当即就老实了，笑着连连后退：“哥，哥，我明白了，我先出去了，不打扰你更衣。”

客厅里，林小小失落地坐在餐桌旁，盛好了饭等两人出来。陆鸿渐先到，盯着桌子上丰盛的菜肴，顿时两眼放光。

“小小，这都是你做的啊？”

林小小有气无力地应着：“嗯。”

有种陆鸿渐成了她情敌的感觉怎么办？忍住，要是她一不小心掐死陆鸿渐可就糟了，那就没人还钱了。可如果老大真是……那她连把陆鸿渐当情敌都不够格！

林小小甩甩脑袋，强迫自己撵走这些奇怪的想法，专心对付面前的早餐。

陆鸿渐正要动筷子，程浩走出来，不动神色地坐下，不经意间偷偷瞟了一眼林小小，却见她特意垂下眼眸，手上忙碌着。

陆鸿渐蹭到程浩身旁，对着林小小卖弄关子般眨眼：“小小，你这样看我们俩，是不是特别像？”

林小小抬头看向他们，见陆鸿渐也穿着和程浩同色系的衬衫，而且陆鸿渐凑在程浩身旁，亲昵的样子毋庸置疑，并且他们夹菜时的动作出奇地一致，同时伸向同一盘菜，筷子碰到了一起。

一瞬间，一股酸臭味弥漫开来，林小小的内心在滴血啊！老天啊，为什么要她看到这一幕！

程浩敏锐地察觉了林小小低落的情绪，抬手就将陆鸿渐的脑袋推开，而陆鸿渐则像发现了新大陆似的，惊喜地叫了起来。

“小小，冥冥之中绝对有神奇力量把我和程浩安排在一起，你看我们连吃饭的动作都这么像，这说明什么？”

“说明什么？”

“你傻，这样都看不出来吗？我和程浩是失散多年的孪生兄弟啊！”陆鸿渐激动不已。

林小小一愣，霎时间思绪万千。难道一切都是她自己想岔了吗？

“真的？”林小小一阵惊喜。

对啊，老大和陆鸿渐那么像，肯定是孪生兄弟啊！自己竟然将他们俩脑补成了一对！简直是太脑残了！林小小笑得嘴角都快咧到耳根了。

那么也就是说，她还有机会咯？

突然，心里那块落到地心的石头，又变成一个心形气球，轻轻飞了起来。

程浩在一旁看着陆鸿渐表演，又看着林小小从失落突然变开心，突然有了种不祥的预感，林小小该不会是以为他和陆鸿渐之间有什么，听见他和陆鸿渐是亲兄弟才释然吧？

这个蠢女人，简直了！

可转念一想，程浩又有些高兴了。这个蠢女人是在吃醋吗？

陆鸿渐早说得忘乎所以，直接抬手拽了程浩的耳朵翻过来，再将他自己的耳朵也翻给林小小看：“对啊，你有见过这么相像的人吗？连耳朵上的痣都一样，你看你看！”

林小小瞪大眼睛，有点不敢相信。

程浩却瞪了陆鸿渐一眼，示意他的手犯贱了。

“嗯嗯。”程浩支吾着回应，他虽然不想骗林小小，但是此时被陆鸿渐推上了这个台阶，只能含糊着应了。

林小小恍然大悟：“原来是这样啊，怪不得……那不是说替换身份被经纪人发现了吗，将来怎么办？”

瞬间解除了情敌预警，林小小又开始操着亲妈粉的心。

陆鸿渐一边扒饭，一边万事不愁地笑道：“小小啊，现在不管什么问题，我们都会一起面对的！是吧，哥？”

陆鸿渐对程浩露出天真可爱的笑容，却被程浩的冷眼杀回来。

林小小不禁感叹，一个多月前，陆鸿渐还是个四处欠债的烂债王，活得都没个人样，现在跟程浩是亲生兄弟，肯定会越来越好。当然，最重要的是，翻身的陆鸿渐应该很快就可以还钱了！

“你的人生真是比你写的小说还精彩！”林小小不禁拿陆鸿渐那些扑街的小说打趣。

三人一起笑了。

林小小笑着笑着，突然抬起手表看时间：“完蛋，我要迟到了！”她迅速起身回房间换衣服。

程浩放下碗筷也起身：“我送你。”

“啊？”林小小在房间里一边换衣服一边不好意思地说：“老大，这，这太麻烦你了……”

等到林小小跑出来，陆鸿渐也丢开碗筷，抓住林小小的手，笑嘻嘻道：“哇，小小你的偶像要送你去上班哎，你还不跪地谢我，愣着干吗！你能有这个待遇，可是要感谢我呢！”

程浩正在拿外套，见陆鸿渐的手又犯贱了，还敢揩油林小小，脸色一黑，从陆鸿渐手中拉过林小小的手就往外走。

“弟弟，麻烦你收拾一下碗筷。小小，我们走。”哥哥带着嫂子出门，弟弟乖乖待在家的既视感。

林小小心中有窃喜，有甜蜜，也有些害羞。

陆鸿渐一脸茫然：“啊？”他回身看了看桌上的碗筷，叹了一口气，谁叫他现在寄居在他人屋檐下呢，认命地开始收拾。

9. 大明星和经纪人杠上了

程浩开车将林小小送到公司楼下，临下车前，林小小终于将憋了一路的话大胆说出口。

“老大，不管你为什么和陆鸿渐互换身份，我都相信你，我还会义无反顾地支持你，等你回归的一天！”

程浩心情舒畅，对她眨了眨眼睛：“你放心吧，从今以后，你的老大回来了！”

林小小被程浩的眼神电到浑身发软，讪笑道：“那就太棒了！老大，加油！”

说罢，她红着脸逃也似的离开，程浩也开心得轻笑出声。

送完林小小，他还要解决眼前的一个大麻烦。

果然，小童急切地打电话过来：“哥，你快来，灵姐要你和陆鸿渐来办公室谈判。”

程浩脸上浮起一抹冷笑：“知道了。”

邹灵已经在会议室等着程浩了，程浩叫来陆鸿渐，两人一起大步流星地走了进去。

邹灵听见敲门声，随即入目的便是两个“程浩”。

一模一样的两个人，虽然穿着打扮、气质神态完全不同，但这场面还是非常有冲击力。

不得不承认，他们的脸真的太像了！

“请坐。”邹灵开口道。

程浩泰然自若地拉开椅子坐下，陆鸿渐却有点畏惧邹灵，小心翼翼地拉开椅子缩进去。

“灵姐。”程浩淡然开口。

邹灵却冷笑道：“你这一声，可让我有点不敢应啊。”

程浩完全不理会邹灵的冷嘲热讽，径自开口：“替身的事情是我不对，陆鸿渐是我的孪生兄弟，当时遇到他，他又过得很惨，我想帮他……”

邹灵却不为所动，依然冷着脸：“这就是你瞒我的理由？你不知道替换身份是在欺骗粉丝和公众吗？如果被人曝光，那你就再也没有出头之日了。”

其实她最讨厌的是签约艺人自作主张行事，这种私换身份的危险事更是可能直接砸了她的金字招牌，这对喜欢控制艺人的她来说，几乎不能接受。

程浩自知理亏，态度更加温和谦卑：“对不起。我可以退出娱乐圈，但是，我希望你可以把陆鸿渐留下。”

这些是他昨晚想好的，他知道陆鸿渐的愿望，当然也知道邹灵的秉性。

听到这句话，陆鸿渐和邹灵都惊得坐直了身体。

陆鸿渐则完全没料到程浩会为了自己退出娱乐圈，其实这也并不是他想要的：“浩哥，这……玩得有点大吧，我受不起啊……”

邹灵看了一眼陆鸿渐，嫌弃道：“什么意思啊？让他继续当你的影子？一个什么都不会的人，我要他干吗？”

陆鸿渐顿时忘了害怕，直接瞪邹灵：“你！”这嘴真恶毒啊！

程浩道：“那我一定要求如此呢？”

邹灵冷冷地盯着程浩，可程浩没有丝毫妥协退让的表现。

邹灵也似乎早料到事情会发展到这一步，她示意助手拿过早准备好的合约，“啪”地扔到程浩和陆鸿渐面前。

“也可以，既然你想帮你的同胞弟弟，我可以把他签下，但条件是，他只能以你的身份出席活动，而且你必须配合他完成他做不到的演出。还有，你的续约日期马上就到了，只要你按照我的要求签续约合同，什么事都好说。”

程浩没有动，陆鸿渐却好奇地拿起合同翻开看，看到里面的年限后惊呼：“二十年！这太夸张了吧！那时候我们都四十多岁了！”

程浩盯着邹灵，她正在得意地冷笑。程浩收回目光，伸手接过陆鸿渐手中的合约看了起来。

“不可能！”看完合约，程浩果断拒绝，将合约扔回桌子上。

陆鸿渐诧异地问：“哥，你是不是拒绝得有点快？”

程浩瞪了陆鸿渐一眼：“你要躲在我身后当二十年的影子？”

陆鸿渐悻悻地闭嘴。

“十五年，这是我的底线！”邹灵靠在椅背上，轻轻晃动。

一旁的助理也紧张得都冒汗了，她瞥了一眼程浩的脸色，直觉程浩不是个会妥协的人，果然，他直截了当地说道：“那我们只能想其他办法了。”

程浩言罢，起身准备拽着陆鸿渐离开，邹灵顿时急了，程浩这个摇钱树，她怎么肯放手！

“程浩，你可想清楚了，如果拒绝了我，后果什么样你应该清楚。”

程浩却只是扯出一抹冷笑，离开的步伐没有一丝一毫的停顿。陆鸿渐借着程浩的威风，飞快地瞪了邹灵一眼后，迅速跟上程浩的步伐。

“哥，邹灵不会把我们的事曝光吧？”车上，陆鸿渐担心地问。

程浩扣上安全带，没有说话。

陆鸿渐又思维跳跃了：“当初，你为什么要跟我换身份呢？难道真的是为了扶贫？”

程浩睨了陆鸿渐一眼：“直播，你会不会怯场？”

陆鸿渐有点蒙，但是随即拍了拍胸脯：“开玩笑，没有什么能让我怯场的，再说了，我以后跟着哥，只要有酒喝、有肉吃，哥说做什么，我都能做！上刀山、下火海都在所不辞！”

程浩无奈道：“你想多了，咱们不做违法犯罪的事，你也不用那么大义凛然。”

程浩说罢，便给小童打电话，连同陆鸿渐在内开了个电话会议，立即制定出下一步对抗邹灵的办法。

因为程浩知道，按照邹灵以往的套路，下一步她必然会先公布所谓的证据来败坏他的人气和口碑，再打压他，让他签下合约。

可程浩绝不会让邹灵得逞。既然答应了陆鸿渐，他就会保护这个世界的“他”。

果不其然，邹灵在程浩和陆鸿渐离开后，径直去了承天娱乐。

这边，林小小看到邹灵来找他们老板，知道一定不是什么好事，正巧徐耀祖不在，老吴便代表公司和邹灵谈合作，她便自告奋勇做起了茶水小妹，想要替老大打探点消息。

林小小端着茶水开门进去时，正听邹灵在爆料程浩的消息。

“吴总编，我是看在徐大老板的面子上，才打算给你们独家的，而程浩用替身逃避工作，多有话题性，你要是连这个大新闻都不要，那就算我来错了！”

邹灵说着，作势起身，却不料正在放茶杯的林小小只顾出神，失手打翻了水杯，茶水洒了一地。

林小小赶忙鞠躬道歉：“对不起对不起，我，我……”

老吴瞪了一眼林小小，然后对林小小道：“你出去吧，叫保洁稍后来清理一下。”

林小小赶紧撤出来，站在走廊里狂拍胸口，不过此时她并不是因为打翻茶水而惊慌失措，而是刚才邹灵的那一番话。

回到工位上，她赶忙拿起手机拨打程浩的电话，却无人接听。

这边，邹灵已经从会议室出来了，满脸带笑，一看就是合作谈成了。

林小小心里更加慌乱，邹灵路过她工位旁时，还别有意味地看了她一眼，她顿时欲哭无泪：“完了，完了……纸包不住火了！这个老女人要败坏老大名声了！”

10. 程浩抢先公布孪生兄弟

邹灵的身影才消失，老吴就拿着一沓资料扔到林小小面前，一脸神秘道：“小小，有一条关于你偶像的爆炸新闻，想不想知道！”

此刻的林小小并不想理人，她用脚指头想也知道，这种坑害老大的破事，老吴又找上她了。

而此刻的程浩，电话不接，微信不回，她只得佯装在刷新闻，头也不抬地说：“不想。”

突然，一条全网直播的推送消息进入她手机，标题竟然是：程浩孪生兄弟曝光，并宣布今天正式出道，×× 直播正在全网直播中。

林小小直接点开直播的首页，直播画面里，程浩和陆鸿渐前面立着一大串各娱乐频道的话筒，闪光灯不停闪烁着。

林小小看着直播，一脸兴奋：“哦哦哦！吴老师，你的头条新闻可能没了！嘻嘻！”

老吴滔滔不绝的声音一顿，也过来看林小小的手机屏幕，瞬间傻眼：“这什么情况？”

镜头里，某室内新闻发布会现场，记者一号正在提问程浩：“程浩先生，请问你是什么时候知道有孪生弟弟的？亲人相认有什么感想？”

程浩神情和缓，笑着转头看陆鸿渐，就像看着他真正的亲人一样：“特别感谢上天的厚待，才让我在不久前与我失散多年的弟弟相认。”

而陆鸿渐此刻也特别配合，神情中充满了温馨和感动，回看程浩，他还是知道怎么演的。

这场戏没有彩排，演砸了，程浩就是在砸自己的饭碗，陆鸿渐关键场合还算有分寸。

记者二号问：“陆鸿渐先生，你也和你哥哥一样擅长唱歌吗？你们日后会组成 Twins 组合吗？”

陆鸿渐毫无压力地卖萌道：“哈，我唱歌没有哥哥好，但是我会努力的，日后会把精力放在演艺上面，请大家多多支持哦！”

记者三号接着问道：“程浩先生，你和弟弟长得一模一样，不会担心人气被抢走吗？”

程浩轻松笑答：“当然不会，我和他的个性和风格完全不一样。以后，我会转向自己喜欢的幕后工作，可能更多时候会以制作人的身份出现，还请大家多多支持我们。”

此时直播间的粉丝已经有数万，弹幕刷票礼物满天飞。

粉丝们一边舔屏一边在群里嚷嚷：我要老大的弟弟，你们都别跟我抢！

——你这个善变的女人，感谢你不跟我们争老大……

——不，我还是要老大，老大气质好好哦！相同颜值，居然还能压过他弟弟哎……

林小小神采飞扬，却突然收起手机：“哎，吴老师，我要工作了，能麻烦您用您自己的手机看吗？”

办公区内也先后响起了同事们的惊呼声：“天哪，真的好像啊！”

“是啊，我都快分不清谁是谁了！”

“你傻吗！看衣服、发型分辨啊！不过我还是觉得浩帅的气质更好哎……”

老吴讪讪地拿着资料离开，这真是出师未捷身先死啊！

邹灵刚上车，小范就紧张地给邹灵递上手机，邹灵看到程浩和陆鸿渐的直播公布竟然抢在了她的前面，气得直接摔了手机。

手机在车厢内弹跳了好几下，吓得小范抱紧了脑袋。

良久后，小范紧张又小心道：“灵姐，现，现在怎么办？”

车内光线昏暗，衬得邹灵的面目格外狰狞，随即她嘴角露出一抹诡谲的笑容：“打官司！他违约在先，还怕告不赢？程浩，咱们走着瞧！”

林小小觉得今天真是快乐的一天，老大有惊无险地渡过了这次难关，她心里自然很高兴啊！

深夜，周甜甜打来视频电话，像得了天大的消息。

“哎，没想到那个欠一屁股债的陆鸿渐居然是程浩的弟弟。我就说嘛，这个世界上怎么会有那么像的两个人！”

“是啊，早该想到的。”林小小心里暗笑，不过这个小傻妞居然还没发现当初她绑的人是真老大，而不是陆鸿渐。

周甜甜有点想不通："可是，程浩干吗要扶持他出道呢？"

"兄弟情深呗，毕竟是失散多年的弟弟，照顾一下也是应该的嘛！再说我们老大那么善良！"

"也对，陆鸿渐之前受你那么多恩惠，日后可得好好找他讨要！"周甜甜在屏幕上也不忘给林小小递眼色。

林小小忍不住笑道："还是算了吧。他不拖累咱们家老大，我就阿弥陀佛了！"

突然，周甜甜像狗狗一样嗅着鼻子，尖叫道："完了，我的饭煳了！先不跟你说了！"然后她迅速挂断电话。

林小小稍微一愣，随即笑了，果然是她迷迷糊糊林小小的好朋友——冒冒失失周甜甜。

挂了电话，林小小四周陷入一片寂静，她缓缓地抬头看向房间门，原来老大离开后，整个屋子里竟然是这么的冷清。

她自嘲道："醒醒吧，林小小，这就是一场梦，是梦，总会醒来的……"

她刚刚想要沮丧，却突然又高兴起来。

"对哦，这里还残留着老大的气味哎！嘤嘤嘤，老大用过的床单、被套我坚决不洗，一定要收藏起来！"

林小小欢快地扑进被窝，深深嗅了一阵，这才心满意足地将这一套床单被套换下来："被子上、枕套上都是老大的香味呢，嘻嘻……"

换好了床单、被套，林小小躺在床上，身旁留出一半位置，想象程浩像昨夜一样就睡在她身旁。

老大，我今晚还抱着你睡吧。

林小小痴痴地傻笑着，将被子紧紧抱在怀里，渐渐沉入梦乡。

11. 徐老板、徐司机互换

深夜。

承天娱乐的大楼上还亮着一盏孤灯，是大老板徐耀祖的办公室。徐耀祖看着墙上的电视，电视中正在播放着深夜娱乐新闻。

画面一转，程浩和陆鸿渐并排做直播的画面呈现出来，伴随着主播的旁白解说。

程浩扔出的爆炸新闻在娱乐圈激起千层浪，万千粉丝有福，多了一个"程浩"同款幻想对象云云。

一时间徐耀祖气得手都在抖。就差那么一点点！竟然被程浩抢在前面一点点，真是被他抢尽先机。

他用力将雪茄摁灭在烟灰缸中，手臂上青筋突起。

最近诸事不顺，那个来自另外一个世界的他——徐司机竟然跑了，他找了好多天都没音讯！

突然敲门声响起，徐耀祖冷声道："进来！"

只见几个一脸横肉的黑衣手下走了进来，神色却有些紧张。

徐耀祖隐忍着心中的怒火，语气凌厉："人找到了吗？"

领头的手下早已吓得一头冷汗，支吾道："回老板，还，还没找到，不过我们还在努力找……"

"一群饭桶！"徐耀祖抓起桌上的大烟灰缸就砸了过去。

领头的想要躲，但还是被大烟灰缸砸中了肚子，疼得面色发白，额头上青筋毕露，还忍着不吭声。

徐耀祖看着手下战战兢兢的样子，心底更气："一群蠢材！滚！滚去给我找，找不到你们就别睡觉！"

黑衣人们如蒙大赦般，连滚带爬地逃出了办公室。

徐耀祖心力交瘁地窝进老板椅，捏了捏太阳穴，想要去拿雪茄，才想起烟灰缸都被他扔出去了。他在抽屉里拿出遥控器一按，室内便有雄壮的交响乐响起。

音乐声犹如千军万马在房间内奔腾，似乎这样才能让徐耀祖内心的火焰熄灭。

就在此时，徐耀祖身后的窗帘轻微动了动，那儿似乎有个人影。但徐耀祖沉浸在交响乐中，丝毫没有发觉。

窗帘轻轻被撩开，一张和徐耀祖一模一样的脸暴露在灯光下！正是徐耀祖到处搜寻的徐司机！

徐老板隐约感觉有些不对劲，回头时果然看到了那张和他一模一样的脸，对方正一脸狰狞，狂笑着朝他扑来。

徐老板还来不及做出反应，就被同样人高马大的徐司机按在办公桌上。徐老板的脸被按到了遥控板上，音乐骤然停了，只剩下两人搏斗的声音。

徐老板刚想喊救命，却不料徐司机有备而来，一根便携电棍戳在徐老板腰上，瞬间他就被电晕过去。

徐司机冷笑着，麻利地捞过桌上的两颗大文玩核桃，将核桃塞进昏迷的徐老板的嘴。趁着夜深人静，他避开摄像头，扛着徐老板下了楼，往荒废的别墅开去。

当徐大老板醒来时，他发现自己已经身在荒废别墅的地下密室中。

他被绑住了手脚，牢牢固定在一把椅子上，身上还穿着徐司机当初那套破旧衣服，察觉此番情景，顿时气得直哆嗦。

"徐耀祖，你个王八蛋！你放了我！"

"我求求你，放了我吧，我再也不追杀你、不锁着你了，有福我们同享好不好？"

“有没有人！救命啊！”

……

徐老板哭诉怒骂都无济于事，根本没人理他。

徐司机站在紧闭的铁门外，听到徐老板的叫骂声，不由得冷笑：“骂吧，反正你也叫徐耀祖，你不过是在骂你自己！”

徐司机看了看自己身上徐老板的衣服，露出了阴森的笑容：“从今往后，你就待在这里，好好享受你自己设下的牢笼吧！而我将成为这个世界里的徐老板！”

说罢，他从衣兜里掏出一个遥控器，按下按键，一堵新的厚重铁门落了下来，将一切秘密紧紧地关在了门后。

……

作为自己的镜像人物，成为徐老板，对徐司机来说易如反掌。

对着镜子做出几个简单的表情后，徐司机满意地点点头，整理了一下西装领带，这才离开还带着香气儿的豪华的定制卫生间——由意大利名师亲手打造。

宽大的顶层办公室、数千员工的大传媒娱乐公司、数亿资产和房产……这一切，完全符合当初徐司机在A世界对成功后生活的设想。

只是，他在原来的世界里是一个生意失败的失败者，不得不改行做司机。但即便如此，他也不甘心就此失败，想方设法应聘到大明星的专车司机，希望有机会东山再起，却没想到发生了那场意外的车祸，让他来到了这个平行的时空，遇上了刚刚生意失败的自己。

这一次，他凭借着对市场行情的记忆，帮这个世界的自己挣了很多钱，让对方当上了名副其实的大老板。两年时间即将过去，他所知道的有用信息越来越少。不料，徐老板将在这个世界里没有身份的他绑了起来，在地下室开始秘密实验，希望通过他研究出打通时空通道的方法，从而获取更多的暴利，榨干他最后的价值!

还好，机智的他通过隐藏在内衣里的手机，一直暗中给程浩发邮件，慢慢地勾引同样来到这个世界的程浩寻找到自己，解救出自己。

如今，他更是反手一击，不费丝毫气力坐享其成，当上了大老板。

此时，办公桌前的徐司机抽出一支雪茄，放在鼻尖吸了吸，脸上露出愉悦享受的表情。

“嗯，香啊……”他拿起雪茄剪，脸上闪过一抹转瞬即逝的冷笑，用力地剪去雪茄头，眼神里透露出手起刀落杀人般的快意。

点燃雪茄，徐司机无比放松地躺在老板椅里，双腿上抬交叠着放到办公桌上，打开了墙上的大电视机。

电视里正播报着即时娱乐新闻。

“据我台记者发回报道，程浩与经纪人邹灵的合约到期并没有续约，两人似乎早已闹翻，甚至有传言称，邹灵将对程浩提起诉讼……"

徐司机抽着雪茄，嘴角的弧度越来越大。

看了一会儿娱乐新闻，徐司机打开电脑，登录他许久没登录的邮箱，果然有一封未读邮件躺在里面，看日期已经有些日子了。

徐司机看着发件人那熟悉的名字——程浩。

——徐司机，你还安全吗？

"安全？当然安全了！哈哈哈哈……"徐司机开怀大笑，"程浩啊程浩，没想到你真不敢对这世界的你下手啊，既然如此，我又怎么忍心对我自己下手呢？"

徐司机说着，表情瞬间变得伪善又纠结，喃喃念着打出回复：我对他下不了手……现在躲起来，他找不到我。

打完这句话，他又狠狠抽了一口雪茄，然后继续在键盘上敲打：我不能背叛自己的良心，让另一个人承担痛苦。

看着自己这些认真思考的字眼，徐司机满意地点击发送键。

很快程浩的回复就过来了：如果时间通道还能再开，我们还是有回去的一线生机。

"啧，天真！还想回去？"徐司机看着程浩邮件里的内容，冷笑一声。

"我回去了就是你的司机，还背着肇事逃逸的罪名，可是在这里呢，我就是传媒公司的大老板！"

他将雪茄在烟灰缸里狠狠按灭，转动着大拇指上的玉扳指，自言自语道："傻子才回去！"

他抬手将笔记本电脑一把关上，不再回复，转而又看向电视屏幕，此时是程浩和陆鸿渐两人公开双胞胎兄弟身份的直播视频，两人同时面对记者游刃有余，有说有笑。

徐司机突然蹙起眉头，喃喃道："你们两个在一起，为什么……没有明显的互斥反应？"

他也很好奇，难道从另外的时空过来的程浩没有经历过嗜睡症、无痛症这些症状吗？

他拿起手机，翻出一个神秘电话号码，拨了过去："替我盯紧程浩，将他这两年来的活动踪迹都给我查一查，再看看他和一些什么特别的人接触，或者做过什么特别的事……"

第六章

如果与你相遇是一场梦里的童话，那我宁愿永远沉醉不醒。

1. 有人在想念你

这边，程浩虽然很惊讶徐司机给自己回复了，但是只交谈了几句，手机邮箱又安静了。他又打开微信，看和林小小的聊天界面始终没动静，一时间有些郁闷。

程浩忍不住低声碎碎念："行李也在你那儿，保密合同的尾款也没有结，怎么……就是没动静呢？"

"什么动静？"听见程浩细微的说话声，陆鸿渐有些疑惑。他刚从试衣间内出来，造型师候在一旁，正在为他量身定制造型。

见程浩似乎并不想搭理自己，他识趣地转回头看镜子，还是觉得不满意，便对造型师说："我们要不要再试试贵族风？现在这个造型好像体现不出我的气质……"

程浩出神了半天，终于编辑了一条信息，想发送给林小小：能帮我把行李送来吗？

字打出来了，却怎么都按不下去发送键。

"这样显得我特别想搬出来……嗯，不好不好……"程浩低声自言自语。

迅速按下删除键，全部删除，重新编写消息：合同没有到期，我还有你房间的使用权……

"呃……这未免太生硬了，显得我跟她只有交易似的……"

删掉。

程浩从来没有想过，原来编写一条消息都如此困难，简直愁死人。他烦躁地起身，打算去阳台上透透气。

看着阳台下来来往往的行人，程浩又想起了平常这个点，林小小应该去菜市场买菜了。

没错，此刻，林小小确实在菜市场。她一眼看过去，看见的都是老大喜欢吃的菜，立刻情不自禁去买，一不小心就买了一大兜菜！

今天是老大离开的第 N 天，她依然每天都会犯错。

比如第一天，她下班回家，像往常一样推门就喊“老大，我回来啦”，看见屋内空无一人，才想起来老大走了。

比如第二天，她做饭依然做了两个人的分量，还全是老大喜欢吃的菜，可坐到餐桌边吃饭时，才想起老大是真的离开了。

比如第三天，她依然在客厅睡了，总觉得天亮醒来之后，老大会从房间内走出来，跟她道早安。

……

今天是老大离开的第 N 天，她终于承认，梦真的醒了啊。

她没有再买程浩喜欢吃的菜，回家也没有再大声喊“老大，我回来啦”，做饭时也终于只做了她一个人的分量，虽然做的依然是他爱吃的菜。

天台上，林小小坐在平日里程浩喜欢的位置，闭着眼睛，就好像他还在身旁一样。

然后她又回到屋里，开始认真打包程浩的衣物等用品。

既然老大真的离开了，那这些东西他迟早都会拿走的吧？

可是……

林小小看着程浩没有再发送过消息的聊天界面，猜想他这几天应该很忙。他和陆鸿渐的事以及和经纪公司的事都闹得沸沸扬扬，他都来不及处理，怎么会记得这些小东西呢？

林小小犹豫了一下，最终还是编辑了一条消息：老大，行李我打包好了，你可以随时来取。

可是林小小舍不得发送消息，好像这消息发出去之后，她和程浩就再没任何交集了一般，内心一阵恐慌。

“不行不行，我发过去，万一老大派个助理过来的话，我以后都再见不到他了吧？”

“而且，这样发显得我很想送老大走，还巴不得把他用过的东西也送走……”

“这些虽然都是平时他喜欢的，可是，毕竟旧了，老大出场总是要闪闪的才行……”

“所以这些东西对老大来说也没有任何要紧的吧？”林小小看了看打包好的行李，一时间狡黠地笑了起来，“不如我留下当作纪念好了！嘻嘻，就这么定啦！”

林小小再度起身，迅速将物品放回原位，又惆怅地坐回床上：“老大，可千万不要忘了我啊……”

“阿嚏！”程浩看着陆鸿渐又换了几套服装，刚想开口，却打了一个恶狠狠的喷嚏。

陆鸿渐回头笑得邪恶；“哥，俗话说得好，一想二骂三感冒，一定是有人在想念你啊……”

程浩瞪了陆鸿渐一眼，突然，他心跳急促，身体犹如粒子般，似乎随时都有消失的危险。

嗜睡症又发作了？

他摇晃了几下身体，然后闭上眼便朝地面栽下去。

刹那间，程浩仿佛还听见许多嘈杂的声音，似乎是房间里的陆鸿渐和其他工作人员一起冲了上来。

“哥，哥，你怎么了？！”

“砰！”巨大的碰撞声，伴随着刺眼的灯光，程浩似乎又回到了滨江隧道。

他又一次看到了林小小满脸是血地躺在地上，画面却像倒带一般：林小小突然站起来，回到车里，碰撞的碎片飞回车上，修补完整，鲜血倒流回林小小身体内，然后林小小的车倒退远去，她回到舞会现场，穿着精致的礼服在宴会上优雅地舞蹈，再倒回游乐场，过山车一路倒着开，开回草原，她倒退着奔跑……

但她始终笑着，那笑容甜美可爱。

程浩看着这一切，视线里林小小离他越来越远，他有千言万语想要对她说，却通通堵在喉咙里。

他用尽力气对她大声呼唤，她却像听不见。

像周围的空气瞬间被抽空了一般，留下的只有窒息与绝望。

2. 程浩的平凡要求

“不要……”程浩用尽全身力气呼喊，“不要走……”

一道白光刺进他紧闭的双眼，他缓缓睁开眼，只见林小小笑着坐在他床边给他削苹果。

不过，她整个人都被笼罩在一圈圣光中，柔和明亮，犹如天使的光环，温柔安静地看着他笑，一脸温柔地伸出手探他的额头。

“不走，不走，我在这里……”

“你来了……”程浩朝林小小笑，然后看见林小小害羞地垂下头去，还给他抛了个媚眼。

程浩也终于把持不住，突然伸手一把抓住林小小的手腕，只听林小小惊叫一声，不过是个男人的声音。

紧接着林小小像被烫到了手腕一样，大力抽回她的手，问道：“你好点了吧？”

眼前林小小的脸一闪，竟然变成了陆鸿渐，程浩瞬间吓得一哆嗦。

原来看到林小小的情景，都是他半梦半醒之间的幻觉。程浩失望地看着陆鸿渐，点了点头，算是回答陆鸿渐的问题。

“喏，信息替你发了。”

陆鸿渐放下水果刀，将削好的苹果塞到自己嘴里叼着，然后拿出程浩的手机还给程浩。

程浩一愣：“什么信息？”

陆鸿渐翻到林小小的聊天页面给程浩看，只见程浩发的最后一条消息是：我要见你。

程浩顿时语塞：“我……你怎么……我什么时候说过……”

陆鸿渐将手机放到程浩枕头边，从桌上又捞了一个苹果啃，脸上写满了“快夸夸我”：“字是你自己打的，我只是帮忙按了发送，怎么感谢我吧！”

程浩气结：“你……”

听得程浩语气里的怒意，陆鸿渐也意识到自己似乎又犯了个错，缩了缩脑袋，识趣地啃苹果，不再说话。

突然，他余光瞟到有人来，便冲程浩努了努嘴。

程浩看过去，竟然是林小小。

她笑盈盈地端着一碗热腾腾的粥走进来：“老大，好点了吗？”

程浩目不转睛地盯着林小小，有些害怕眼前这一幕又是幻觉。

在确信眼前的林小小真实存在后，程浩露出了舒心的微笑，依然望着林小小，眼睛一眨不眨。

林小小被程浩看得有点不好意思，连忙别过脸去，将粥碗放在床头。

陆鸿渐狐疑地看看林小小，又看看程浩，觉得这两个人的动作怎么看都不正常。

看到陆鸿渐奇怪的眼神，程浩才意识到这个倒霉蛋还在身旁，连忙管理好自己的表情，脸上带着亲和的微笑。

看着程浩强撑起身体拿粥，林小小连忙将粥递到程浩手中，还不忘低声温柔提醒：“慢点儿，当心烫。”

陆鸿渐知道，其实那碗粥已经不烫了，温度刚好合适。早在程浩苏醒之前，他还跟去厨房看了，林小小将煲好的粥盛好放在凉水里微微凉了一下，直到温度适宜，这样吃起来才不烫口。

陆鸿渐心头的疑惑很大，终于问出来：“你们两个……什么时候变得这么熟了？”

林小小和程浩都被陆鸿渐这一问吓了一跳。

林小小慌忙解释道："不不不，我，我们不熟……"

陆鸿渐将信将疑地看着林小小，却见程浩放下了手里的粥碗，脸色变得有些黑，隐含薄怒，一时间他内心又开始打鼓，难不成刚刚又触了雷……

"给新品发布会站台的讲稿准备好了吗？"程浩冷冷问道，笑容在他脸上已经不见踪影。

陆鸿渐还没会过意来，一拍额头，道："啊……好像还没……"

"那还不去准备！"

在程浩的厉声呵斥下，陆鸿渐只得讪讪离开，却在门口又回头看了看二人。

这气氛瞬间变得尴尬起来，林小小意识到自己有可能打扰了老大工作，垂下了头："老大你好好休息，我也不打扰你了，我，我也该回去了。"

"等等。"程浩放下粥碗，起身下床，"我叫小童送你。"

"啊，不用不用。"林小小慌忙摆手拒绝，总是很不好意思劳烦老大身边的人。

程浩抬眸看向林小小，微蹙眉头道："没事，我正好也想出去走走。"

林小小这下也没办法拒绝了，老大的意思就是顺路吧，她要是再拒绝了，老大会不高兴的。

况且，她私心里是很想和老大多待一会儿的啊，哪怕只有那么一小会儿。

程浩叫了小童，小童很快就把车开到大门口。

林小小刚要去拉车门把手，程浩终于忍不住开口问道："我们，不熟吗？"同时，他抬手压在车门上，将车内小童好奇的目光挡在他背后。

林小小跟陆鸿渐解释的"不熟"这两个字，让程浩觉得，相比于自己，林小小还是觉得陆鸿渐会比较特别，更何况两个人的脸一模一样。这事儿就像一根钉子扎在程浩心头，他不拔出钉子，恐怕往后都不会舒坦，更没办法好好对待陆鸿渐了。

他本不是这样计较的人，可是在对待感情上，谁也大方不了！

林小小迅速抽回手，眼神有些害怕地躲程浩。

程浩此时的气势有点可怕，不知道是不是她又做错事了，她垂着头，绞着手指，嗫嚅道："那个，不是老大，我们签过保密协议，我不能跟任何人说你之前住在我那里的事情，所以……"

"那就从现在开始吧，把我当作一个你遇到的平凡男生，而不是你的偶像，从现在开始熟悉。"程浩心里一喜，立即打断林小小的话。如果是他误会了，那就从现在开始，改变和林小小的相处方式。

"哈？"林小小的思维没跟上程浩的话，有点蒙。

程浩见林小小还没回过味来，知道她比较蠢，就让她慢慢去想，他想占有她的任何时间，包括思维时间！

只要她想着他的事情、他的问题，她就再也没有空闲去想其他的人和事了，这样很完美！

林小小不知道程浩的腹黑意图，只呆呆地想着程浩的话，看着程浩绅士地为她打开了车门，歪着脑袋，也没空去想是她的亲亲老大给她开车门这等顶级服务，迷迷糊糊坐上了车。

3. 一日情侣计划

程浩叮嘱了小童两句，小童便缓缓起步将车子开走。小童从后视镜看了看林小小，只见那姑娘正在自言自语："平凡的男生……怎么可能嘛。"

小童暗暗叹气，当局者迷，他这个旁观者可是看得很清，浩哥恐怕要恋爱咯！终于要摆脱"母胎单身"这个散发着单身狗臭味的称号了吧？

将林小小安全送回家，按照程浩的吩咐，小童直到看到林小小家的灯亮起，才给程浩汇报工作完成。

可是程浩在电话那头的语气让他顿时皱了眉。

"还有个任务。"

"浩哥你说。"

"尽快做一份答谢粉丝活动的策划书出来。"

"……"

两天后，计划书出来了，小童连同陆鸿渐的一些包装计划、通稿、日程安排等，都拿过去给程浩。

程浩翻看了一遍文件，然后将需要他签字同意的文件签好，递回给小童，道："这些事情你替我去办就好，陆鸿渐现在也有了些经验，不用什么事都让我决定。"

小童嘴角抽了抽，欲言又止。

程浩翻看着答谢粉丝活动的策划书，小童终于忍不住说道："浩哥，你现在明明是上升的黄金阶段，就算推陆鸿渐出道，也没必要完全退到幕后啊，这样的话，粉丝们会伤心的，我也会伤心的……"

程浩翻策划书的手顿了一下，抬头看着一脸忧虑的小童，淡笑着道："所以需要好好告别啊。"

小童无言以对。

程浩继续看策划书，越看越拧眉冷脸，不满道："只有粉丝见面会？吃蛋糕、吹蜡烛这种活动有什么意思！"

小童正要说什么，却见程浩拿起笔在策划书首页写下一行醒目俊逸的字：一日情侣计划。

小童顿时目瞪口呆，浩哥怕不是疯了。

"浩哥，你不是一直喜欢跟粉丝保持距离吗？粉丝们哪一个不是……不是想把你生吞活剥了？你，你今天怎么会……"——有这么疯狂的想法！

程浩靠进老板椅里，双手手肘撑在扶手上，认真又有几分兴奋地道："既然是感恩粉丝，就得从粉丝的角度出发，去做吧。"

而且，他这个计划，其实只是为一个人而做，希望那个人能和他真的有冥冥之中的牵绊吧！

所以，这件事小童也不能知道程浩心底的想法，避免小童帮着作弊。

小童鼓了鼓腮帮子，替程浩担心，但也只能领命。

有了程浩的亲自授意，小童实施起来就更快了，不过两天，这事儿就落到实处，并且开始全网直播现场海选"一日情侣计划"中程浩的那一个"伴侣"。

茫茫人海，他和谁会有那一份牵绊呢？

程浩心里也很紧张，但是他面上表现得异常冷静，看着小童带领一众工作人员现场发放网络表格。

这等大事，周甜甜和林小小又怎么会错过！她们一个是亲妈粉群主，一个是只写老大好事的亲妈狗仔，老大的一举一动，她们自然能第一时间知道！

此时两人都约好了在咖啡厅碰头，一起填写老大那边发出来的"粉丝回馈活动问卷"。

周甜甜戳开拿到的问卷，看了一遍问题，顿时就嘀咕起来："老大这回馈粉丝的活动也算是诚意十足了，高分通过了测试才能参加抽奖也无可厚非，可我怎么总觉得怪怪的……"

林小小已经填写得差不多了，周甜甜的疑惑也很自然地引起她的注意："哪里？"

周甜甜道："爱人做什么会最让程浩心动？这个题怎么填？我只知道程浩怎么做会让我最心动……程浩做过最危险的事情有哪些？跳舞扭伤应该不算吧……还有，程浩最喜欢吃哪种糖果？有什么含义……这些题出得跟对暗号似的……你是怎么答的？"

林小小完全没有往深了想，只是回想起程浩在她那儿住的那一段时间的情景，单纯答道："第一题是摸头杀……"

"拜托，是要写爱人对老大做什么。咱们老大这种类型的，绝对不适合这种小奶狗式的套路。"周甜甜对林小小的回答丝毫不相信，一边摇着头，一边输入了她自己的答案。

林小小无奈耸肩，她总不能说她和老大同居过，所以知道正确答案嘛！

不过林小小还是看了看自己的答案，她又回想了一下过往，然后坚定了自己的答案。

已经答道最后一题，题目是：如果你有机会跟程浩做一日情侣，想要一起完成什么活动？

林小小竟然莫名地激动了一下，但转而她更加激动、快速地在下面填写着过山车、蹦极、漂流等一系列疯狂游乐项目。

此时周甜甜已经填写完交了表格，她凑过去看林小小，顿时惊得瞪大眼，像看小怪物一样看林小小。

这小妮子平日里呆呆傻傻、蠢蠢笨笨的，没想到内心竟然这么疯狂、躁动啊！

周甜甜鄙夷道："爱妃，你这愿望是不是太另类了？"

林小小眨巴着大眼睛，皱眉想了想，又摇头否定道："十几万人挣一个名额，也不见得能选上，写点刺激的过过瘾，总是可以的吧？"

"噗……"周甜甜差点被林小小的话呛到，她家爱妃真的太单纯了。她决定让爱妃的问卷稍微随大流一点，否则老大会以为林小小是个来捣乱的粉丝啊。

周甜甜眼眸一转，指着 KFC 柜台转移话题道："爱妃啊，截止交卷时间还有半个小时呢，你先放下纠结的问卷，再去帮我点一杯饮料吧？"

"哦，还是草莓味儿对吧？"林小小果然放下手机，见周甜甜点头，她便朝柜台走去。

周甜甜以迅雷不及掩耳之势拿起林小小的手机，在林小小的问卷最后这道心愿清单题下打了几个字，然后帮林小小提交。

"这样才像一个正常女粉丝对男偶像的想法嘛！嘻嘻……"周甜甜高兴地扬了扬眉毛，却不知道她的这一无心之举成了最强助攻。

4. 程浩和林小小的羁绊

提交问卷后，两人便等着出结果，听说到时候会全网直播呢，到时候又可以和亲亲老大互动啦！

程浩那边，工作人员们一人一台电脑，正无声忙碌着，陆鸿渐和小童也在一旁帮着查看、统计、核对。

陆鸿渐看着一张问卷的心愿清单，突然猥琐道："哥，湿身热舞、亲吻三十个小时、扑倒……这么流氓，你的粉丝想把你吃干抹净吧……真希望我的粉丝也能这么开放！"

程浩脸色铁青，白了陆鸿渐一眼，问小童："怎么样，问卷结果出来了吗？"

工作人员也在程浩的问话中纷纷将他们统计的结果发给了小童，小童做最后的整理统计，他看了看屏幕上的结果，有些犯难地道："出，出来了，可是有五个全部答对了。”

“这么多？”程浩顿时一阵牙疼，没想到居然会有这么多，他原本以为应该只有林小小会答对呢！

小童突然心领神会地道：“目标人物在里面。”

林小小，这姑娘可是浩哥第一个那么在乎、那么亲近的女人，他作为世纪好助理，怎么能猜不到浩哥的心思？

程浩听见小童这句话，顿时如释重负，但转而又别有深意地看了一眼小童，小童挠挠头，讪笑了一下。程浩也没责怪小童擅自揣摩他的意图，也正因为小童深得他心，才能一路跟着他并被委以重任。

程浩道：“好办，接下来，就看运气了，用转盘抽奖方式决定胜出者吧！”

小童听到，一惊，但又一脸早有预料的神情。

很快转盘就弄好了，另一边工作人员也给程浩做好了直播准备，打开直播录像设备。

程浩粉丝回馈活动直播间早就人满为患，程浩出现在直播画面上，他略略清了清嗓子，然后道：“谢谢大家对我的关注，由于海选优胜者共五位，因此，接下来我们会公布五位优胜者姓名，再用转盘抽奖的形式从五位中抽出一位幸运儿。”

顿时直播间就沸腾了，礼物、打赏、弹幕疯狂刷起来。

在程浩的示意下，小童站在程浩身后，不露面，念了五个人的名字。

另一边，周甜甜和林小小也紧张地等待着结果，没想到有五个人，还要增加一个转盘抽奖的环节。

但是在听见林小小的名字时，周甜甜和林小小还是兴奋得不能自已。

这五个人已经是所有人中的幸运儿了，虽然在接下来的转盘抽奖中，如果不能被抽中会有些遗憾，但是自己的名字能够进入老大的视线，那都是天大的高兴事儿啊！

周甜甜和林小小高兴过后，林小小一时又有些失落。她一向比较倒霉，这一次也不会有好运吧！

突然，周甜甜指着手机屏幕叫林小小：“快看快看，要抽奖了。”

程浩侧身坐在摄像头前，在他另一侧是一块大屏幕，上面是一个转盘，转盘分为五格，每一格里有一个名字，林小小的名字就在其中。

程浩站起身道：“现在，咱们进入最后一个抽奖环节，看看会是哪一个幸运儿呢？”

他说着话，对着摄像头抬手一指，帅气的动作顿时又让直播间的粉丝们疯狂。

程浩站到大屏幕前，大屏幕上的转盘下方有一个红色按键，等程浩去按下，转盘就会转动起来。

他紧张地盯着那三个字，越走越近，最终抬手，伸向红色按键，按下！

转盘顿时快速旋转起来，整个直播间陷入诡秘的寂静，一瞬间直播间的粉丝们也都停止了刷弹幕、刷礼物什么的，都紧张得屏息静气。

转盘转动着，一时半会儿没有停下来的迹象，程浩越发觉得这个等待结果的时间漫长煎熬，紧张到捏成拳头的手发白，额角浸出了汗珠。

终于，转盘速度渐渐慢了下来，所有人盯着大屏幕上的转盘，眼睛一眨不眨。

程浩在心里拼命地念着那三个字：林小小，林小小，林小小，林小小……

转盘越来越慢，指针一次一次滑过林小小的名字，终于渐渐地趋于停止，程浩的心也似乎提到了嗓子眼。

仿佛是冥冥之中有天意，也仿佛是程浩心底的呐喊和祈祷起了作用，指针跳过其他名字那一格，停在了写着“林小小”三个字的那一格！

“呼！”程浩顿时松了一口气，觉得浑身像被抽掉了大半力气。

直播间里粉丝们一阵惋叹，一阵羡慕嫉妒恨。

“啊——”周甜甜看着屏幕上最终的幸运儿的名字，难以置信地一阵尖叫，引得 KFC 里其他顾客纷纷回头。

看到周围异样的目光，周甜甜察觉自己失态，连连朝四面诚恳地做抱歉手势，然后拽住林小小低声道：“你中了，你中了！你是万里挑一！”

林小小还有点蒙，她压根没想到自己会中，看到大转盘上的指针指着她的名字，一瞬间感觉自己像在做梦一般。

“这不是真的吧！”

这时，直播画面上，程浩回过身来，嘴角勾起一抹意味深长的笑，道：“林小小，恭喜你，希望我们能利用这一天达成你的愿望……好好熟悉彼此。”

终于，林小小在被周甜甜拽着摇晃了好几下，以及程浩最后公布结果后，大梦初醒，抱着周甜甜喜极而泣。

程浩又在直播间里说了几句安慰粉丝的话后，便结束了这次直播。关掉摄像头，他长出一口气，嘴角不自觉扬起满意的笑容。

看着屏幕上闪动着林小小的名字，一旁的陆鸿渐鬼叫道：“这样都能中？你们两个到底触发了什么羁绊？”

5. 约会前的精心准备

程浩扬了扬眉，不理会陆鸿渐，转而叫小童将林小小的心愿清单发给他看，内心甚至有一些激动。

但是随即他就一阵腿软，盯着林小小的心愿清单，眉头深深皱了起来。

林小小这是要玩死他呢，还是要玩死他呢，还是要玩死他呢！小小的身子和脑子里竟然装着这么疯狂的娱乐项目！

此时，程浩多希望林小小的心愿清单上写的是“湿身热舞、亲吻三十个小时、扑倒”啊！

头疼。

小童也做了接下来的安排，通知林小小那边，确定好约会的时间。

周甜甜看着林小小挂了程浩那边来的电话后，直接将林小小拖回家，打开她的衣柜，开始翻找搭配起来，颇有一种喜气洋洋嫁女儿的感觉，可比她本人积极多了。

翻找了半天后，周甜甜觉得她输了。林小小穿得最多的就是清纯可爱系的衣服，根本没有那种约会必备的女神装啊！

“你还真打算穿T恤、牛仔裤去和男神约会？”周甜甜鄙视林小小的打扮风格。

“约，约会！”听到这个词，林小小一时间紧张起来，随即讪笑着打趣道，“不就是出去玩一下嘛，难道不应该穿得舒服、自然、方便吗？”

周甜甜恨铁不成钢地瞪了林小小一眼：“这可是千载难逢的好机会，想想吧，和男神近距离接触，当然要打扮得和男神匹配啊！打扮得跟个村姑一样站在男神旁边，会拉低男神的档次的！”

林小小垂下头，一时间一双小手不知道该往哪里放，心里犯起了嘀咕：之前老大住这里的时候，还见过她更窘、更随便的样子呢！

周甜甜不由分说地将林小小抓进商场，强迫着她换了一套又一套衣服，最终挑选了一条性感迷人的抹胸裙。

林小小自然没有穿过这样裸露的衣服，一时间有些抗拒。

“甜甜，这，这不太好吧……”林小小害羞地将裙子拼命往上拉，想要盖住锁骨。

周甜甜满意地看着面前娇羞的小可人儿，然后熟练地打了一个响指道：“就这件了，多少钱？”

服务员笑盈盈地报出价格，林小小有点吃惊，这么件衣服竟然这么贵，却见周甜甜两指夹着一张信用卡，豪气地递给服务员道：“刷！”

“甜甜，这太贵了，怎么能让你付钱！”林小小想去阻止。

周甜甜自然知道，以她的性格，这么贵的衣服她肯定舍不得，一把拦住她，一脸坏笑：“小小，别想多了，我只是借给你穿哦，就当这是我为约会准备的战衣，不过很可惜我是用不上了。但是你答应我，你要代表我穿着这件配得上和老大约会的衣服，让这件衣服好好吸收程浩的日月之精华，回来后让我收藏，可好？”

林小小对周甜甜这心思深有同感，毕竟她已经收藏了程浩一大堆的衣服用品，所以，她何不满足一下周甜甜呢？

“好吧。”林小小点头答应。

周甜甜是真的铆足了劲儿在帮林小小，约会前一天，她硬是赖在林小小家睡了一晚，大清早就爬起来帮林小小拾掇，什么化妆、造型头发之类的，忙得不亦乐乎。

最终，在她的精心包装下，觉得林小小这个“女儿”终于能跟她家崽儿完全配得上了，便将林小小推出了门。

程浩的车已经来了，正停在林小小家楼下。

小童从后视镜看了一眼后座上的程浩，浩哥看似镇定自若，但频频往窗外看，双手放在膝盖上不停放松又捏紧。

小童一时间也很好奇，这个叫林小小的平凡女孩子到底有什么魅力，竟然能让一向心理素质很强的浩哥失控，连心底里的紧张都暴露出来了。

其实没等几分钟，但程浩觉得等待中的每一秒都很煎熬，终于，在又一次转头看向窗外时，小区门口终于款款走出他期盼已久的人。

周甜甜像搀扶新娘一样搀扶着林小小。林小小此时打扮隆重，不仅穿着抹胸长裙，还被周甜甜要求走路要慢、要淑女、要优雅，从来没有穿过恨天高的林小小，在这么短的路途中几次差点崴了脚。所以，她只能由周甜甜搀扶着，小心翼翼地朝程浩的车走去。

两人在车旁停下，周甜甜伸着脖子朝车内看，但车窗玻璃黑乎乎的，根本看不到车内的情况。

周甜甜早在楼上就猜测说，依程浩那种脾气和秉性，大概率不会来，他会让司机来接林小小。

所以，趁着最后的空当，她径自给林小小整理起衣服领口来。林小小急忙伸手按住领口，一脸娇羞：“不行，不行，甜甜，这样太低了，太露了……”

可是周甜甜完全无视林小小的抗议，一把拉开林小小的手，直接把车窗玻璃当起了镜子，给林小小将抹胸裙又往下拉了拉。

“你看这样多好看，嘿嘿，有沟必火！”周甜甜恨铁不成钢地再次瞪了林小小一眼，“怕什么，就这一次机会，你还不好好珍惜！”

车内的程浩已经看不下去了，面前的香艳镜头让他喉咙一阵发干，他径自转过脸去。

“可是……”

一想到老大即将看到她这个样子，她呼吸就乱了，脸上像贴了一块烧红的烙铁，放一枚鸡蛋，下一秒似乎就变得外焦里嫩。

她不自觉地伸手拉高领口，谁知车窗突然被摇下来，露出程浩面无表情的脸。

“老大！”林小小瞠目结舌，周甜甜也瞪大了眼睛。

真是尴尬到想要钻车底。

还好周甜甜反应快，快速地拉开车门，一把将林小小给推了进去。

6. 程浩男友力爆棚

林小小脚下不稳，直接跌了进去，却不想正好跌进一个怀抱，一抬头就看到程浩如冰山一样的脸。两人几乎脸贴脸，彼此微弱的呼吸甚至贴在对方的肌肤上，心脏顿时漏跳了一拍。

“老，老大，你怎么亲自来了？我……”林小小结巴着要后退。

周甜甜此时也好奇地弯腰朝车内看去，却看到程浩冰冷似箭的眼神，吓得她一个哆嗦，赶紧溜之大吉。

林小小赶紧爬起来，端正地坐好，捋了捋头发，暧昧而尴尬的氛围内，程浩也转头把视线移向窗外，顺便对小童吩咐道：“开车。”

假装逃跑躲在一旁的周甜甜，听见车子起步开走的声音才敢跑出来，两眼放光地盯着越来越远的车尾，一脸羡慕。

车子平稳地行驶在大道上，正朝目的地而去。

车内的人静默着，一时间气氛有些尴尬，程浩平放在膝盖上的双手又开始不安分起来，不时放松又握紧。他不敢看林小小，因为转过头去就会看到林小小胸前那一大片雪白的肌肤，这会让他把持不住。

林小小也注意到了自己现在的这个模样真的很别扭，更何况老大还在旁边，脸上的红晕自从上车之后越来越浓。趁着程浩不注意，她将他放在车坐上的休闲外套拿起来披在肩膀上。

披上了外套，也感觉自在了些，她微微垂头整理领口，拉高一点，青丝调皮地垂落下来，她抬手轻轻将发丝别在耳后……

她的每一个动作，在程浩眼里都被无限放大，程浩不敢看她，却又忍不住用眼角的余光去瞥她，每一个动作都牵扯着他的神经，拉向怦然心动的混乱之中。

莫名感觉车内有点热，程浩扯了扯领口，终于忍不住，从储物箱里拿出一个纸袋子递给林小小，道：“你一会儿要不要换一下？”

林小小疑惑地接过纸袋打开一看，却见是一套休闲女装，竟然和程浩身上的休闲男装是情侣装。

林小小自然明白老大的意思，一时间更加娇羞又欣喜地点头，程浩便叫小童在一家服装店前停下车，然后带着林小小进去试衣间换衣服。

店主是程浩的一个朋友，在程浩等林小小换衣服的间隙，用暧昧的眼神看了看程浩，又朝试衣间努努嘴，意有所指。

程浩没有承认，但是也没有否认。

终于不是那太裸露的抹胸装，从试衣间里走出来，林小小感觉浑身都自在舒坦了。

看着面前十分般配的金童玉女，店主眼睛里放起了精光："我设计的这套情侣装，终于找到男女主人了！"

"哈？"林小小有点蒙。

程浩宠溺地看着林小小和自己穿着一样的衣服，心满意足地拖着她走了。

车子往仙山海上游乐公园开去，那是林小小的心愿。

终于抵达目的地，但第一个项目，得乘坐缆车上山。

两人买好票，朝山顶而去，林小小垂着头看着身上的衣服，脑海里又回响起刚刚店主说的那一句话。这是定制的情侣装，这世上独一无二的一套情侣装！一时间她的小脑袋又陷入粉红色的幻想。

缆车又上来几个游客，居然认出了程浩，却没敢上前要签名，只是对程浩身旁穿着同款情侣装的林小小指指点点，一副因羡慕而鄙夷的样子。

"天哪，和程浩穿情侣装那个女生是什么来头？"

"是程浩女朋友？可是我觉得他们两不配哎！"

"你没听说昨天程浩的那个粉丝回馈活动吗？"

"原来是假情侣啊……"

"可是就算是假的，我也好羡慕嫉妒啊！我也想要这样的假情侣，哪怕一分钟也行啊！"

……

程浩听着那些议论越来越过分，当即冷了脸，一把抓起林小小的手，同时屁股挪动，紧靠林小小坐了过去，顿时便堵住了那些指点林小小的人的嘴。

"假情侣需要这样牵手？"

"我怎么觉得程浩的举动是在保护那个女生呢，男友力爆棚！"

……

林小小望着程浩傻笑，程浩顺势抬手宠溺地摸了摸她的脑袋，更是惊得那几个游客立马闭嘴。

终于来到蹦极跳台，这里人并不多，这种极限运动毕竟太刺激，一般人承受不了。

两人下了缆车，程浩顿步，正望着跳台上一对情侣跳了下去，只听得女孩子一声凄厉的尖叫，几乎响彻云霄。

林小小却更加激动了，跟个孩子似的，高兴得叫着"到了到了"，拖着程浩的手，快速往那边跑过去。

看着此番情景，程浩的嘴角不禁又抽了抽。

填写保险单、称体重等一系列准备之前的必要资料了解后，专业教练便来给两人穿上护具。

程浩紧张得又捏紧了双手，一个女教练正在给林小小穿护具，程浩看过去，看到林小小神态自若，还带着兴奋的笑容，也努力让自己镇定，他不能让自己被林小小看扁。

想要用说话来分散自己的紧张情绪，他问道："这真的是你的心愿？"

林小小回头一笑，道："我没想到我会被选到……"

"喏，那你现在后悔还来得及。"

"啊——"正此时，又一对情侣绑在一起跳了下去，两人都发出了大声尖叫。

程浩扶着扶手向下看去，水面上的人小得像爬动的蚂蚁，被弹簧绳拉扯住的那对情侣正在半空中甩来甩去，仿佛绳子随时会断掉，让两人摔成烂西红柿。程浩只感觉一阵头晕，双腿更是一阵发软。

林小小轻松地笑问道："老大？那你害怕吗？"

程浩吞了一口口水，努力装作什么事儿也没有道："怎么可能！"

一旁的教练见怪不怪地嘲笑了一下程浩，随即抬手敲了敲身后的一块小黑板，道："你们两个，双人、单人、前跃、后扑、绑脚，想用哪种姿势？"

程浩心里没来由地抖了抖，问道："还有这么多种？哪种最安全？"

"啊嗷嗷嗷——"又一阵尖叫声传来，凄惨壮烈。

程浩都恨不得捂上耳朵了，之前的镇定被这些声音刺激得碎裂。

林小小也终于意识到程浩可能有点抗拒，便小心翼翼地问道："老大，要不……要不单人的就好？"

"不行，一定要双人的，我会保护你的！"听到林小小的话，程浩心里更加坚定了。

7. 体验飞一般的感觉

选好套餐，教练开始给两人套上弹簧绳，系上安全带，做了最后的确认检查后，便让两人在跳台前站好准备开跳。

程浩在教练的嘲笑表情下，反而一下子就真的镇定了，从来要强的性格战胜了那一点点恐高。

他开始反反复复帮林小小检查绑带扣子等有没有扣好："系紧了没有？让我再看看。"

林小小连忙道："紧了紧了，教练都给我弄好了。"男教练不耐烦地又喊了一遍，程浩和林小小才牵着手走向最终的跳台。

跳台下就是万丈峭壁，风从跳台下倒卷上来，吹乱了林小小的长发，程浩紧紧搂住林小小，眼角余光瞥了一眼脚下，心里还是一阵哆嗦。

林小小感受到程浩在害怕，却依然坚持和她一起完成她的心愿，动情地大喊：“别怕，老大！”

程浩将她更紧地护在怀里，让她的下巴枕在他的颈窝里，他趁机深呼吸几口气。

林小小在程浩怀里偷笑着，又拍了拍程浩的后背，然后对着教练比出一个 OK 手势，教练会意，伸手帮忙推向程浩的后背。

两人顿时从万丈峭壁顶垂直跌下。

“啊——”程浩和林小小一起大喊。

像要一同殉情一般，紧紧相拥，生死不离，又像一对比翼鸟，一起飞翔，时而跃入云端，时而沉入谷底。

纵然还是那么害怕，甚至因为体会到了这种悬空不踏实的感觉，更加害怕，可是有林小小在身旁，在怀里，他觉得他的害怕也变得那么渺小和微不足道。

弹簧绳拉长又回缩，周围的一切景物都看不清，只有眼前怀里的人的面孔和笑容依然清晰。

直到弹簧绳渐渐停止，程浩才看到，他们已经接近水面了，水面已经有工作人员开船过来，将他二人解救下来，然后送上岸。

坐在岸边缓和了好一会儿，程浩和林小小才往外走去。

程浩心有余悸，双腿还在打战，每踩一步都像踩在云端，他只能扶着林小小，慢悠悠地走。

林小小完全没事，她看着程浩的脸色，问道：“老大，你没事吧？要不我们还是去坐个旋转木马什么的？”

程浩顿时有了几分精神，立即转头道：“你喜欢这个呀？”

林小小噘着嘴诚实地摇头，但又立即意识到自己表达错了，立马摇头又改成点头：“嗯，我喜欢旋转木马。”

程浩叹息一声，不忍心看林小小违背她自己的意心愿，道：“算了，今天是完成你清单上的心愿，咱们继续下一个。”

“啪！”

突然，一道微弱而又诡异的响声传来，程浩敏锐地转头四顾，他怀疑有狗仔什么的跟踪偷拍。

但四周并没有什么可疑人员，只有几个游客来来往往，与结伴同行的人说笑拍照。

程浩只得安慰自己，可能是别人拍照的声音，平时忌讳狗仔偷拍，太敏感了。

但等他拉着林小小远去后，一棵常青树后走出来一个人，从怀里拿出一个照相机，又鬼祟地远远地跟着他俩而去。原来是徐司机派来盯着程浩的黑衣人。

接下来的项目是过山车，林小小兴奋得张开怀抱，像飞翔的小鸟一样高兴地呐喊，程浩却紧绷身体，双手紧紧抓住保险杆，身子尽量往后缩，紧贴在椅子上。

过山车一阵呼啸疾驰，冲上巅峰时意味着接下来是极速坠落。

整个过程中，程浩紧张到不行时，只能转脸去看林小小。林小小是良药，能缓解他任何不适症状，看见她开心，他也就舒心了。

过山车完了，又是摇摆大铁锤。

程浩经过前面两项的刺激，现在到大铁锤时，竟然也没觉得太刺激了。

林小小开心地笑着，然后抓住程浩的手，似乎想要给程浩力量，想要将她的快乐传染给程浩，让程浩也加入进来感受。程浩终于深呼吸着，翻过手来，和林小小十指相扣，然后跟着林小小一起体验飞一般的感觉。

终于，林小小的心愿清单完了，接下来，就该程浩的浪漫安排了。

他带着林小小走上沙滩，走到一艘游艇前，停下脚步。游艇围栏边挂满了粉色的心形气球，林小小望着一阵惊叹。突然，从游艇上放飞了上百只气球，一起慢慢飞向天空。

“哇！”林小小仰望着气球飞上天空，双眸亮晶晶的。

程浩嘴角渐渐浮起笑容，情不自禁地伸手拉起林小小的手，登上游艇。

林小小靠在游艇栏杆上，听着哗哗的海浪声，伸展双臂，闭目迎着海风，发丝飞扬。

大束的粉色气球在林小小的身后飘飘扬扬，仿佛在给林小小伴舞，衬托得这一幕和谐好看。

程浩忍不住拿出手机给林小小拍照，他莫名地想留住这一刻林小小恬静美好的笑容，留住这一刻的温馨。

林小小听见快门的声音，睁开眼后，顿时有些害羞地垂下头去。

“老大，人真的很贪心，我写心愿清单的时候，丝毫不奢望这些电视上的桥段能实现，可现在都实现了，又觉得没那么重要了……”少女的声音轻轻柔柔，如同温柔的浪花触摸着沙滩。

程浩双眼紧盯着少女的脸庞，问道：“为什么？”

林小小突然仰起头，释怀般地笑了：“做粉丝最开心的，就是远远看着偶像，只要一点点满足就能回味很久。所以，今天的这些，回味一辈子都够用了。”

程浩眉头一蹙，自言自语道：“只是粉丝和偶像吗？”

“哗啦——”一阵浪花推过来。

“哈？”林小小没太听清程浩的话。

“没事，今天都还没结束呢！”程浩强笑了一下，掩盖了失落。

程浩拉起林小小下到驾驶舱，让林小小站在舵轮前，他则站在林小小身后，轻轻带动林小小的身体和双手，将游艇开了起来。

8. 这场童话梦，她宁愿永远不要醒

海风从窗口吹进来，袭来一阵凉意，林小小瞬间忘记了所有的惆怅，迎着风开心地呼喊。

突然，一个浪打来，船身摇晃，林小小站立不稳，几欲跌倒。程浩及时将身子压近，将林小小紧紧地圈在怀里，她惊恐地睁眼，才发现自己的嘴唇几乎跟程浩的嘴唇挨在一起。

如此近的距离，也不是第一次，但是四下无人，如此暧昧的氛围是第一次。

四目相对，彼此深情凝望，这一瞬间，心底里对对方的感情已经情难自禁，仿佛干柴遇烈火。

只见程浩的唇越来越低，林小小也放下戒备，闭上了眼睛，似乎也准备迎接这一吻。

突然，林小小竟然忍不住后背一凉的感觉，别过头去打了个喷嚏。

两人瞬间清醒，林小小尴尬地立即从程浩怀里逃脱，乖乖地坐到一旁缩成了一团，像一个做错了事的小孩子。

程浩也不为难她，只是看她落荒而逃的样子觉得很有趣，不免回过头偷笑了一下。然后他转回来看林小小："海上太冷了，我们开回去吧。"

"嗯嗯。"林小小摸了摸手臂，确实感觉冷了，内心却像被丢进了撒哈拉沙漠一样炙热难耐。

不过看着程浩专心开船的样子，林小小心情很快恢复了平静。

都说认真的男人最性感，从前林小小并不理解性感这个词到底是什么意思，可是这一刻，她觉得她好像有点懂了，那就是像老大一样，虽然以前也是光芒万丈，不断吸引她，可和这一刻对她的吸引似乎有些不一样。

浪漫的烛光晚餐后，程浩带着林小小又往游乐园内而去。

此时游乐园闭园音乐已经响起，却见一个帅气的男生拉着女孩逆着人流往里面走，一时引来其他游客的古怪目光。

林小小被程浩拉着，渐渐脱离了离园的游人群，来到一块空地上。

"干吗去老大？"林小小一脸疑问，环顾四周，几乎伸手不见五指，一时间有点害怕。

程浩却从口袋里拿出手帕，脸上充满了坚定之色："相信我吗？"

林小小毫不犹豫地点头。

只见程浩用手帕料蒙住了林小小的眼睛，然后再次牵起她的手："跟我走。"

蒙着眼睛，林小小反而更能集中精神去感觉程浩手掌的力量和温暖，内心的恐惧感也渐渐消融，留下的只有信任以及坚定。

走了一段，程浩便停步，松开林小小。突然失去牵引的林小小一瞬间感觉到有些害怕，双手在身前慌乱摸索，惊慌失措地喊道："老大？老大？"

程浩悠远的声音传来："摘掉蒙住你眼睛的布。"

林小小抬手摘掉手帕，眼前一束聚光灯打下来，照在一条精致华美犹如公主礼服的裙子上。她赶紧捂住自己差点尖叫出声的嘴巴——裙子真的太漂亮了。

这时，程浩温柔的声音再次传来："换上。"

"这，这是给我的吗？"

反应过来的林小小满心欢喜，拿下礼服去旁边的小屋子里换。

换好后，她跟着程浩的指引出来，一瞬间仿佛步入童话世界中的梦幻花园，小彩灯星星点点挂在树梢，远远看去犹如火树银花；草地上铺满了玫瑰花瓣，夜风轻扬，花瓣飞舞，如梦似幻……

这时，一阵悠扬悦耳的音乐响起，不禁让人心房敞开，浑身细胞都活跃起来。

忽然，一阵马儿响鼻声传来，林小小身后竟然有一匹白马拉来一辆华丽的南瓜车，车夫穿得很应景，活像灰姑娘的车夫鹅先生。

只见车夫微笑着对林小小行礼，道："亲爱的小姐，准备好参加王子的舞会了吗？"

林小小仿佛角色上身，开心地笑着点头，在车夫的搀扶下登上南瓜车。

车夫驾着南瓜车朝前驶去，越过玫瑰花瓣草地，穿过火树银花森林，走过神秘河流上的小桥，终于来到一座水晶屋前。

林小小禁不住为眼前冰雪世界一般的水晶屋赞叹，这简直就像童话里的情节。她下了南瓜车，正要朝前走去，却见水晶屋里，一个英俊帅气的男人骑着白马缓缓而来。

正是白马王子，程浩。

白马王子程浩在林小小身前勒马，优雅地下马，对林小小施吻手礼，然后微笑着问道："可爱的小姐，我能邀请你跳支舞吗？"

林小小还呆呆的，喃喃念着："哇，白马王子……"

见林小小还在发呆，程浩突然变戏法似的从身后拿出一双水晶鞋，给林小小换上，然后又问道："请问这位漂亮的小姐，我能邀请你跳第一支舞吗？"

林小小这时才回过神来，一时羞涩又幸福："这是，我的心愿？"

程浩深情地凝望着林小小，没有立即回复她，将她带入水晶舞池，音乐响起来。

舞池中央，优雅的舞姿仿若蹁跹尾蝶一般梦幻，男孩低着头，眼里充满了宠溺，女孩因为羞涩，脸上绯红一片。

“你不是说，喜欢童话式的爱情？喜欢吗？”

林小小幸福得难以言表，双眸亮晶晶的，垂眸点头：“嗯。”

聚光灯照在两人身上，脚下的水晶舞池又投射出万千光华，绚烂夺目。一切美丽梦幻得让人窒息，林小小在程浩的带动下，旋转着，沉醉着。

如果这是一场梦，那么她宁愿这场梦永远不要醒。

音乐渐渐接近尾声，舞步也慢了下来，但是程浩丝毫没有放开林小小，而是扣着她的后脑勺，然后低头在她额头上轻轻落下一吻。

心脏也似乎跟着那一吻停止了。

聚光灯突然灭了，伴随着一阵阵热烈的掌声，四周亮起照明灯。

林小小一惊，回头，发现黑暗处潜伏者的工作人员冒了出来，盯着他们手上的摄像器材，心里顿时有一些失落。

“原来有人在拍摄啊！”

程浩一边跟工作人员们挥手，一边道：“嗯，拍下来，以后想念了还有的回忆。”

“想念了！回忆！”

喃喃重复这几个词，莫名地，林小小觉得有点戳心。她转过身看着此刻站在舞台上光芒万丈的程浩，一时也意识到自己是贪心了。

能有这份美好的回忆，此生也是不留遗憾了。

9. 程浩的心愿

脸上的惆怅瞬间消失不见，林小露出了微笑：“真的每一个心愿都完成了，真好。”

她很满足。

深夜，程浩开着车送林小小回家，等红灯时也忍不住侧过脸，宠溺地看着林小小笑。

“老大，你的心愿是什么？”

她和老大度过了充实而愉快的一天，但仿佛只有此时，才有机会安心地聊几句天。

程浩被问得一愣，略略思考片刻后才淡淡回道：“以前希望能赚很多钱，被很多人喜欢。”

“那现在呢？”林小小打破砂锅问到底。

程浩轻声叹息着，目光里却充满了柔和：“能一直在这里平平淡淡地生活，就很好了。”

林小小觉得不可思议："被大家忘记也没关系吗？"

在她问出这个问题后，失落占据了她的心。如果老大过上了那样的生活，是不是意味着，她以后就再也见不到他了？

"以前我可以在电视上、网络上、报纸杂志上看到你，听到你的歌，看到你的电影、电视剧，好不容易成了狗仔，虽然被讨厌，可终于有了跟你说话的机会，之后的一切更是像梦一样……但是如果你退出了，说不定就看不到了……"

林小小说着，有些哽咽。

程浩忍不住抬手揉了揉林小小的头，打断她哽咽的情绪，故作轻松道："那你就换个墙头，换个新的爱豆。"

"那根本不一样的……"林小小情绪更加低落了。

是的，现在不一样的是，她是真的喜欢上了自己的偶像，不只是崇拜和追星的喜欢，还有别的喜欢。

那种依恋、爱慕、想要拥有、想要在一起心情，在她的世界里裂地摧城。

听林小小这样说，他本该开心的，此刻却开心不起来，陷入沉默。

如果他回到了属于他的那个世界，他能否再与她相见？或者他最后不在人世，那么对她来说，也是一种不公平！

可终究，谁又能轻易说放开自己喜欢的人就能放开呢？

当程浩的手指尖触碰到林小小的手指时，还不待他抓住握在掌心，她就逃掉了，只惹得他一阵怅然……

程浩将车开得很慢，但是再慢，路终究有终点。

到了林小小家楼下，林小小其实也很舍不得分别，默了默，她依然道："老大，今天，辛苦你了！谢谢你做的一切，很完美！"

"嗯。"程浩侧脸看林小小，她垂着头，他看不清她脸上的表情。

两人一时又陷入沉默，仿佛这次分别后，就再也没有相见的机会了，谁也不愿意开口说先走。

与此同时，林小小家小区楼下某黑暗角落里，一辆黑色的车安静地停着，车内有人正拿着望远镜看着这一切。

"老板，是程浩。"黑衣人说着，将望远镜交给后座的徐司机。

徐司机举着望远镜看过去，果然看到了照片上那个女人，不过这次他看到的不再只是背影和轮廓。

看清这个女人的脸之后，徐司机瞬间难以置信地瞪大了眼睛。

"是她？"

徐司机脑子里突然闪过在滨江隧道撞车后的画面，他拖着受伤的身体前去查看过伤者的情况，对面车里的是一个女司机，被撞得当场昏迷，血流满脸。

可是他怎么也忘不了被撞女司机的脸，可不就是此时程浩身旁坐着的那个女人吗？

徐司机收回望远镜，眯了眯眼睛，盯着程浩的车，表情在昏暗路灯的映照下越发恐怖。

两人沉默良久，林小小最先打破了这份寂静。

“老大，那我上楼了……再见。”

林小小似乎还沉浸在要分离的悲伤里，一步三回头。程浩看着林小小孤单落寞的背影，一时间内心五味杂陈，犹豫了一下，也打开了车门。

昏暗的楼道里，林小小正抬手按密码，一个声音突然吓得她一惊，顿时按错了一位数。

转过身发现是程浩，林小小拍了拍小胸脯：“老大，你怎么来了？”

不过下一秒，让林小小脸红心跳的一幕发生了，只见程浩一大步向前，直接将她壁咚在门上。

程浩目光紧张又灼热地盯着林小小，犹豫好大一会儿才开口道：“你的心愿清单上还有一个愿望……我想了很久，如果你真的想要，我，我没有问题……”

“什么？”林小小疑惑地看着程浩，可她记得她心愿清单上的心愿已经完成了啊，她没写别的啊……

看着程浩眼睛里的犹豫，表情更是欲拒还迎，令人遐想万分的那种，林小小这才意识到自己那天的问卷是周甜甜点的提交。

对了，甜甜！一定是那个坏丫头对她的清单动了手脚！

她刚想说什么，却见程浩的脸越发压近，一阵带着压迫感的王者气息完全包裹了她，呼吸也开始凝滞。

程浩一把搂住她的后腰，将她拉入怀中，这一次，他不想让她再找借口、找机会挣脱！

林小小瞬间大脑空白，浑身紧绷，紧张到心跳失速。

脑子已经不好使了，她只能眼睁睁看着程浩深情地看着自己，唇越来越近，呼吸也越来越近……

不不不，不行！林小小心里在使劲摇头，她不能贪心，老大今天给她的已经够多了，如果老大是为了完成周甜甜填上去的心愿而吻她，她内心也是不太愿意的。

喜欢老大，追星老大，和她心里爱上老大是不一样的。她希望她的爱情是童话般的没错，但是前提是，王子也是爱着灰姑娘的。

如果只是她内心爱着老大，而老大只是为了完成任务，那么这个吻她宁可不要！

林小小闭上了眼，不自觉地抬手挡在唇边，紧接着一阵湿润触感落在了她的手心。

10. 核心机密就是林小小

程浩深情地闭着眼睛，却感觉到唇瓣处的触感有点怪，缓缓睁开眼，这才发现他亲吻到的是林小小的手掌心。

程浩瞬间尴尬地放开林小小，后退一步，却又有些不甘心地看着林小小，看着她慌乱不安的样子，似乎明白了什么。

如果是她没做好准备，他会等她做好准备。但若她心里待他，其实仅仅是偶像的话……

林小小不安地抽回手，咬着下唇，呆呆地望着程浩，其实此刻她内心早已经兵荒马乱。

看着林小小盯着自己，程浩更想找条地缝钻了，只得先逃："我先走了，你早点休息。"

待林小小缓过神来，程浩落寞的背影已经越来越远。

躲在暗处的徐司机看到程浩走出来时脸上略带失落的神色，顿时猜了个七七八八，笑道："看来这妞不好泡啊，只怕连门都没进去吧。"

徐司机说着，又拿起一旁放着的资料和照片仔细翻看。这是程浩慈善表演后，在后台和林小小拥抱的监控视频截图。

一张张照片翻看下来，徐司机陷入沉默，一时间脑子里出现了一个疯狂的想法。

难道说，程浩的失痛症、猝睡症等情况不严重，都是因为这个女人——林小小？

而此时，程浩在拉上车门前突然顿步，警惕地朝阴暗角落里的黑车看了一眼，拧了拧眉头，徐司机也被程浩的这一动作吓了一跳，赶忙缩了下去。

程浩看到车内无人，觉得可能是自己多疑了，随即转身上车离去。

庆幸没有被发现的徐司机嘴角露出一抹阴狠又势在必得的笑容。

"原来，核心机密就是她！"

徐司机挥挥手，手下发动车子往外开。紧接着他脸上又浮现出一个猥琐的笑容，对着手下说道："你们平时怎么泡妞？"

手下没料到"徐老板"会突然这样问，但还是支招道："现在的年轻女孩子，哪个不爱钱爱权？让她们满足，到时候就算她们还矜持，来一招霸王硬上弓，生米煮成熟饭，她们自然就会死心塌地跟着你啦……"

徐司机双眼看着前方，脸上露出似笑非笑的表情，半晌后才说："有道理。"

楼上，林小小站在窗户边看着程浩离开，然后拉上窗帘，发了一会儿呆，才想起自己无话不谈的闺密，觉得有必要现在就跟周甜甜"汇报"一下今天的情况。

很快周甜甜接通视频，视频里的她虽然敷着面膜，但是还能明显感觉到她喜悦的心情。

“小小，快说说，今天怎么样！有没有特别惊喜？”

林小小先给周甜甜眉飞色舞地讲了一下坐过山车、蹦极等刺激项目的过程，周甜甜听了一阵恶寒，合着这小妮子把“女朋友”这三个字完全误解了。

“没有什么特别的事情发生吗？”

一听到特别，林小小皱了眉，可不就是周甜甜动了她的心愿清单吗？

林小小噘了噘嘴，气呼呼地发问：“甜甜，我的心愿清单是不是被你动了手脚？”

“扑哧！”周甜甜一下乐了，连忙用手扶着差点掉下去的面膜，道，“哈哈，是我改的！怎么着，老大该不会真的亲你了吧？不可能吧！”

林小小反被问得一时语塞，连忙否认道：“当然，没，没有啊！”

说着，她脑子里一下子又闪出程浩壁咚她亲吻下来的画面，双颊一阵发烫。

还好此时周甜甜忙着管她脸上的面膜，没有注意到林小小脸上的微表情，轻轻拍打着面膜。

“我就说嘛，粉丝福利真送 kiss，那是要出事的。”

林小小的小脸又是一阵臊红，再说下去，可能真的就露馅了，她连忙道：“哎，快到十点了，我的美容觉……不说了，我去洗澡了。”

挂断视频，林小小去冲了个战斗澡，用毛巾擦着头发，脑海里刚刚楼梯间的情景挥之不去。

细细回想起来，刚才程浩在亲她之前说的那句话，可不就是为了完成她心愿清单上最后一个心愿吗？

“是的，老大应该是想完成清单上的心愿而已。”她说着，又用毛巾使劲儿揉搓湿发，似乎想要把那份悸动完全抹平。

“一定是我想太多了！”

话虽然这样说，可是她还是控制不住自己想歪，毕竟面对老大那样的美男主动送吻，她很难不想歪啊！

林小小顿时负气般地将自己的脸埋到毛巾里，叹气道：“林小小啊！你冷静点啊！”

这一夜，她做了一个美梦，童话美梦。

梦中她的王子程浩骑着白马接她去水晶宫殿，然后他们俩幸福地生活在一起……

而她并没有注意到，所有唯美的童话里都有一个恶毒的反派蛰伏，时刻寻找机会将这个不切实际的幻想打破。

而她也丝毫没意识到，一场关于“童话”的风波正在朝她袭来。

第七章

虽然这个世界充满恶意，但幸运的是，我拥有你的温柔以待。

1. 突如其来的升职加薪

次日，林小小在门口一出现，众人顿时便围了上去，个个七嘴八舌，一脸兴奋。

“哇，林小小，你简直不要太好运啊！”同事甲充满了羡慕嫉妒恨地说。

“就是就是，简直羡慕死我们了！”同事乙、丙、丁异口同声附和。

林小小不知道该说什么，只是礼貌地笑着应对。

“哎，对了，有浩帅的签名照吗？给我一张呗！”

很明显，程浩和她“一日情侣”的视频引爆全网，特别是里面的拍摄场面唯美、温馨，简直点燃了每个女孩的少女心，全网此刻正热烈地讨论着，程浩的专属论坛此刻因为访问量激增而瘫痪。

“呵呵，这个……”林小小尬笑着，一时间不知道该怎么回答，抬手别了别耳旁碎发。

正在她犯难的时候，老吴的声音传进人群：“干吗呢！动物园看猩猩呢？现在是工作时间，手头的活儿都干完了？都散了散了！”

听到老吴的浑厚嗓音，众人立刻作鸟兽散，林小小松了一口气，觉得老吴总算做了一回救星。

但看着越走越近，脸上还带着坏笑的老吴，林小小就立马感觉不妙。要知道老吴找她一般没好事，更何况带着鲜有的笑脸，这次他该不会又让她写他们家老大的坏话八卦新闻吧？

林小小正想溜掉时，老吴双眼已经锁定了她，厉声喊道：“林小小，跟我来！”

“哦！”林小小顿时像泄了气的皮球。

老吴也不管众人的眼神，直接拖着她就走。谁知老吴没拉她去同层的会议室，而是径直将她拉进电梯，按了上面楼层的按键。她心中瞬间疑惑不已。

“去哪儿，吴老师？”

林小小从没到过本层以上的楼层，不得不提心吊胆，猜测自己是不是惹到什么麻烦了。

老吴睨了林小小一眼：“徐大老板指名要见你。”

“徐，徐大老板？”林小小听见这个，顿时放心了些，大老板她也见过一两面的，应该没什么大事吧？

上一次见徐大老板还是很久以前，在会议室，就是让她去拍徐淼和程浩的绯闻那次。

可是这回为什么要带她去高层办公室见面？

“叮！”她还没想明白，电梯就到了。

老吴领着林小小走进顶层豪华办公区域，里面铺着地毯，窗明几净。透明防盗玻璃后并没有前台或其他办公人员，刚走近，自动门开了。

老吴推了林小小一把，道：“去去，肯定是好事。”

穿过会客等待区，林小小小心翼翼地进入敞亮的核心区域，真皮沙发、红木酒柜、巨大水晶吊灯等无一不彰显着这里的主人的高调奢华！

林小小一路望过去，透过巨大的落地观景窗可看见城市全景，大气气派，但这里空无一人。

她不知道大老板什么时候出现，等待期间，目光又落在了墙上的一幅画上。

整幅画是以夜空为背景，主角却是一颗明亮的彗星，彗星划过夜空，留下长长的尾巴。

林小小看着这幅简单的画，却一时入了迷，一瞬间那颗彗星就像活过来了一般，从她眼前划过，发出刺目闪耀的白光。

“好看吗？”突然一个男人问道，声音仿佛就在她耳畔。

林小小一惊回神，眼前的白光消失了，她顺着声音来处看去，看到高大的旋转椅背微动，一个烟圈从椅子里腾上半空，渐渐地，她能闻到淡淡的雪茄味儿。

原来那边有人，她进来时没注意。她怯怯地后退两步，然后垂下头去，喊道：“徐老板好。”

随着林小小问好的声音，椅背转动，椅子里的人终于露出脸来。徐司机咂吧了一口雪茄，吞云吐雾，在烟雾后面微眯着眼看着林小小。

林小小不知为什么，对徐老板有些害怕和抗拒。

徐大老板突然道：“过来。”

“我？”林小小问出口又觉得是废话，这里再没有其他人了。

她慢慢地挪动脚步，怯生生地略微靠近徐大老板。

徐大老板笑眯眯道：“这阵子你抢到了不少娱乐头条，很不错嘛，给传媒部门创造了不少业绩。”

林小小讪讪地应和着，却腹诽：是说编我家老大那些子虚乌有的八卦新闻吗？那可不是我干的啊，还非得让我来背这锅！

“所以，我决定给你升职加薪，调你到总部，进入影视制作部门，怎么样？”

“升职加薪？”林小小难以置信，不过她实习期确实已经满了，也该转正了，可是一转正就升职加薪，这好事她怎么觉得来得太过虚浮？

不对，这不是重点，重点是，刚才徐大老板说的那些炒作绯闻、八卦新闻虽然落款编辑是她，但是一大半是老吴的手笔，而且她要是真的因为这个获得升职加薪的机会，这不就成了她靠她们家老大上位了吗？

老大要是知道了，会不会杀了她啊？

林小小此刻的脑海里无疑在上演一场哪吒闹海，混乱如麻。

突然，一个热乎乎、汗津津的手掌盖在她的手背上，她顿时回神，看到徐大老板一脸猥琐大叔的表情时，吓了一大跳，立即惊得想要抽手后退。

“徐大老板，你你你……”林小小吓得语无伦次。

却不料徐大老板神情一振，双目微微眯起，他在和林小小肌肤接触的一瞬间，身体竟然奇迹般地恢复了痛觉。

没错，他竟然可以清楚地感受到身上的伤口有些疼痛和发痒，这是他来这里这么久都没有过的感觉！

2. 程浩的贵宾

徐大老板立即反应过来，这一刻也终于明白了程浩接近林小小、追求林小小的目的。

这不是个普通的女孩子。

看着她惊慌失措的样子，他也意识到自己的粗鲁，立即将手掌姿势一换，握手立即变成了拍手背，紧接着又轻轻拍了拍林小小的手臂，像一个再正常不过的领导，语重心长地叮嘱：“林小小啊，你不用管别的，好好努力工作就好，我一定会帮助你的。”说罢，他自然地收回手。

林小小尴尬地放下手，手背上还有徐大老板手掌心的汗，这感觉很不舒服！她连忙道：“谢谢，谢谢徐老板。若没有其他事，我，我就先下去工作了。”

徐大老板也没有再为难林小小，点点头放她走。

林小小努力压着心中那阵不舒服的感觉，快步走出了顶层办公室。进了电梯，她才浑身一个激灵，手背在裤子上擦了好几下。

真的很奇怪，她不是这么矫情的人，可是刚才徐大老板真的吓到她了。

林小小回到楼下工位上，依然没缓过神来，低声自言自语道："总觉得哪里怪怪的。"

可是她的小脑袋一时又想不明白，待她回过神来，老吴不知道何时已经靠在她的工位旁，一只手支着脸，笑盈盈地看着她。

"哎哟妈呀！"这么短的一段时间里，视线里出现两个猥琐大叔的笑容，林小小刚放缓的神经顿时又绷紧了起来，不自觉地惊讶地喊了一句。

但是，面前老吴嘴角的弧度越来越大："升职加薪啦？"

林小小被老吴的声音拉回神，惊奇地道："你怎么知道？"

老吴一挥手，一副料事如神的样子："嗨，这还不明显嘛！小小，你这吃水可不能忘挖井人啊，以后飞黄腾达了，可得多关照关照你吴老师我啊。"

林小小讪笑道："吴老师，哪有什么飞黄腾达啊，你说得我都不好意思了。"

老吴拍了拍林小小的肩膀："嘿嘿，好好加油吧！"

他转身离开，却又嘀咕感叹着："这年头，追星都能追出升官发达，真是活久见啊。"

林小小看着老吴走远，皱着眉头自言自语道："调入制作组也好，至少，以后再也不用被迫编造老大的娱乐八卦了！"

快下班时，林小小手头上的事也忙完了，正要放松一下，手机响了，有信息进来。林小小拿起一看，居然是老大的消息。

——今晚有空吗？方便把我的行李送来吗？

"哦？"林小小一惊，随即失落感噌噌直冒，不多久就占据了整个跳动的心。

老大还是要拿走他的东西啊，好舍不得啊……

不过转念一想，至少她又能够亲眼看到老大了哎！

好吧，林小小觉得她不能那么贪心，心里一阵小小的欣喜。

她转头瞄了一眼办公室其他同事，没谁注意她，反正她手头上的事也忙完了，正好早点溜去见老大了。

溜出公司，她赶紧给程浩回复了信息：好的，老大。一会儿就到。

老大召唤，她恨不得插翅立即飞到他身旁去呢！

此时，程浩也正在他精致的厨房里忙碌，亲自下厨腌制 T 骨牛排。

突然手机响了，是林小小的回复到了。程浩看完消息，嘴角不自觉上扬，心情一阵大好。

这时开门声响起，疲惫不堪的陆鸿渐回来了。

"哥我回来啦！哇，下午商演，我生生在大太阳下站了两个小时，都快晒秃噜皮了！”陆鸿渐一边换鞋子一边抱怨。

程浩没应声，只在厨房轻声哼着歌，拿着锅铲，准备将食物下锅。

陆鸿渐大剌剌躺到沙发里，叹着气道：“人生啊，还是躺着最舒服，我有点理解你为什么想隐退了。”

程浩扑哧笑了一声：“这不是你当初想做的！现在又哭诉累了，你以为做艺人那么轻松自在的？”

“嗷——”陆鸿渐怪叫一声，知道鱼与熊掌不可兼得。

躺着休息了片刻，恢复了些精神，他才注意到程浩竟然亲自下厨，不由得好奇地凑过去，看到厨台上放着不少食材，什么大龙虾啊，沙拉啊，鹅肝酱之类的。

陆鸿渐两指捻起大龙虾的胡须，将大龙虾提溜起来，看着大龙虾在半空中旋转扭动：“哇，你居然在做饭哎，还有龙虾！家里要来贵宾？”

程浩尴尬地咳嗽一声，还没来得及说什么，“叮咚”一声，门铃响了。

“哥你继续忙着，我去开门。”陆鸿渐扔下大龙虾，跑去开门，他要看看是谁！

陆鸿渐怀着好奇又惊奇的心情，欢喜地跑去拉开大门，却见到一张熟悉得不能再熟悉的脸。

林小小没想到会是陆鸿渐来开门，而且陆鸿渐此时脸上的表情竟然还有些失望？这是什么鬼？难道看到是她，就觉得没惊喜了吗？

林小小顿时有些尴尬地对陆鸿渐笑了笑：“嗨。”

“你就是那个贵宾？”陆鸿渐一脸怀疑地回头看程浩。

“哈？”

盯着面前主宾不分的陆鸿渐，林小小忽然好像明白了什么。这个陆鸿渐，现在抱上了程浩的金大腿，这么快就忘记了自己的身份，这是对待债主该有的表情吗！

看着面前脸越来越黑的林小小，陆鸿渐似乎也想起了什么，立马换上笑脸，毕恭毕敬地将林小小领进屋。

3. 争宠抢风头的陆鸿渐

程浩见陆鸿渐跟在林小小身后的老实模样，一时间忍俊不禁，也就林小小治得了他。

程浩拉了拉袖子，说：“稍等片刻，晚饭就好。”

林小小对程浩笑着点点头，回头见陆鸿渐似乎想凑上来，立即一个眼刀将陆鸿渐给杀退到一旁去了。

程浩在厨房忙而不乱，一切井然有序，陆鸿渐也顶不住林小小的眼神杀，只好假意去帮忙，溜到程浩身旁帮忙递盘子。

很快晚餐上桌，三人列席。

陆鸿渐自然毫不客气地吃起来，狼吞虎咽。林小小其实也挺迫不及待的，但她是一小口一小口缓慢地品尝着这一顿晚餐。这可是她家老大亲自下厨做得哎，她可不能错过味蕾上的每一丝感觉！

“哇，哥，没想到你的厨艺居然这么好！早知道我之前吃了那么多外卖，真的是快吃吐了！呜呜，太好吃了！”陆鸿渐吃着，赞不绝口。

“那就闭上你的嘴，吃你的饭！”程浩冷着脸呵斥陆鸿渐，他现在在意的不是这头猪的称赞。

陆鸿渐却不满地回嘴：“闭上嘴还怎么吃饭啊？”

程浩白了陆鸿渐一眼，转眸见林小小切牛排切得有点费力，顿时道：“我来吧。”

说着，他从林小小手中拿过盘子，将牛排切成小块，然后顺便给林小小盘子里的龙虾去壳。

“谢谢。”林小小心里一阵甜蜜。

陆鸿渐蓦然抬头，发现一向高贵得像一个王子般的程浩竟然“服务”如此周到，而他则像野蛮人一样胡乱将食物塞进嘴，顿时撒娇道：“哇！哥，我也要嘛！”

程浩横眉冷对：“自己动手！”

“哼！偏心！”陆鸿渐噘着嘴，一时间像个生气的孩子。

不过，面前的场景他多多少少还是看懂了，他自觉没趣地往嘴里扒着饭，嘴里的美食突然就不香了，反倒闻到一股恋爱的酸臭味。

看着林小小接回程浩给她切好牛排、剥好虾的盘子，脸上莫名漾起一抹可爱的红晕，陆鸿渐突然发问：“你们两个，不会在谈恋爱吧？”

“噗！”林小小正在喝水，一口水喷了出来。

“喀喀。”程浩正在吃肉，差点噎在喉咙里下不去。

“不是吧！反应这么大！”陆鸿渐跟个侦探似的，努力搜寻空气中恋爱的蛛丝马迹。

林小小缓过气来，慌忙摆手：“当然不是！”

程浩听见林小小斩钉截铁地回复，莫名有些失落，转头黑了脸，眼神朝着陆鸿渐放冷箭：“你不说话，没人把你当哑巴。”

陆鸿渐和程浩相处得久了，本来就不怎么怕程浩了，再加上他没脸没皮惯了，一脸“我什么都知道”的表情：“啧啧，欲盖弥彰啊！我懂我懂！”

突然，陆鸿渐灵机一动，指着林小小，再指向程浩，道：“林小小喜欢你，是天下皆知的事，可你不会……喜欢上林小小了吧？”

陆鸿渐故意拖长了声音，还微微停顿一下，程浩也被陆鸿渐的话惊得直起了后背。

林小小瞪大了双眼，她也一直很想知道这个答案，此时的心怦怦地跳着，内心双手合十，仿佛等待着神的宣判。

“我……”程浩张了张嘴，不知道说什么，突然看见陆鸿渐正一副“看我不诈出来”的模样笑着，顿时发觉被陆鸿渐捉弄了，捞起腿上盖着的帕子就朝陆鸿渐扔过去。

“我喜不喜欢林小小关你什么事！信不信再多话，把你当龙虾炖了！”

陆鸿渐身子一缩，双手接住帕子，正要张口反驳，林小小的手机突然响起，打破了此刻尴尬的氛围。

林小小抱歉地笑了笑，接起电话：“吴老师？”

老吴在电话那端急吼吼地道：“林小小，我发信息你没看见吗？今天公司有聚餐，你怎么不来啊？”

“哈？”林小小又蒙了，她一见着老大，整个脑子里都是老大，哪里顾得上别的？“我，我没看到啊……”

老吴也懒得听她解释，直接道：“哎呀，算了算了，你现在在哪儿？快来吧，老板可是点名要你来呢！”

“啊，可是……”此时她正和老大吃饭吃到兴头上，公司聚会比得上老大？“可是我现在真的不方便啊！吴老师，能不能通融一下！”

老吴顿时语气冷了，在电话那头吼道：“刚刚升职你就摆谱？还想不想干了？给你半个小时，快点！”

“喂，吴老师……”林小小还想推，听筒中却传来嘟嘟嘟的忙音，根本不给她拒绝的机会。

程浩敏锐地察觉到什么，问道：“怎么了，有急事？”

林小小有些沮丧道：“对，公司聚餐。我忘了告诉你们，我调入制作组了。”

今天如果不跟老大吃这顿饭，而去聚餐，她又不知道什么时候才能见着老大，真舍不得走，所以哪怕是升职，她也高兴不起来。

“哇，升职了是好事啊！”陆鸿渐拍手笑道。

林小小勉强笑了一下，心情低落道：“嗯，所以我得去一趟，不然说我摆谱。你们慢慢吃哈！”

林小小说着，拿起腿上的帕子放在一旁，拿起包站起身准备离去，程浩却轻轻拉住她的手臂

“我送你吧。”

“啊？”

林小小还在发蒙，又被程浩不由分说地带走了。

“哎哎！”陆鸿渐见着两人说走就走了，转眼间偌大的屋子里只剩他一个人，好不凄凉，连连叹气。

这都什么事儿啊！真是有异性没人性，连亲弟弟都不要了！

4. 老吴这个狗腿子

程浩开车送林小小去聚餐，因之前陆鸿渐捣乱，一路上两人都有些沉默。此时，不只是程浩，林小小也在想要找点什么话说说，打破尴尬的氛围。

“我（你）……”两人同时开口。

“你先说……”再次异口同声。

“那我先说！”第三次开口，仿佛突然有了某种默契。

程浩勾唇笑了，也感到空气中凝固的气氛缓和多了，林小小笑着捂住嘴，然后指了指程浩，示意程浩先说。

程浩微微侧头看林小小，笑容很暖，忍不住关心道：“没事，我就是想说，你一会儿去了尽量别喝酒！”说得很随意，但已经有些男友“多管闲事”的意味。

“哦。”林小小简单应着，心底却暖融融的，不能和程浩吃完这顿晚餐的遗憾也略略缓解了。

可是回想着之前陆鸿渐问程浩的话，林小小内心再度纠结了起来。她转过头，程浩正专心开车，好看的侧颜每次看过去都让她一阵怦然心动。

老大真的喜欢上她了吗？陆鸿渐那话是捣乱还是有意为之？是陆鸿渐看出什么了？还是她林小小一直太木讷？

程浩突然回头，却迎上林小小急速闪避的目光，脸色也瞬间有些不自然：“你想说什么？”

“哈，没。我想说你们家的龙虾真好吃！”林小小的借口找得有点烂。

程浩嘴角上扬：“喜欢吃还不容易，我可以天天给你做啊！”

“啊？”林小小惊呆了，老大说了什么！

程浩也意识到自己失言了，尽管他心里是很想天天给她做的，也想天天都想看到她，随即他咳嗽一声，笑道，“咯，天天做是不可能的，偶尔来吃一次，也不是很麻烦……”

“您的目的地已到达，本次导航结束。”导航系统的声音适时传出，缓解了程浩的尴尬。

林小小一瞬间心情黯淡下去，努力压下她的小贪心。老大的意思是，偶尔还会跟她见面，还给她做龙虾吃。这已经是其他粉丝享受不到的待遇了，可是她为什么就是觉得心里空落落的呢？

程浩将车开到路旁，林小小也解开了安全带。

“那，我走了！”

为何每一次和老大分别，林小小都觉得这就是最后一次和老大见面，总是有一股很不舍的情愫作祟？林小小一时间又郁闷起来。

“嗯。”程浩淡淡应着，目光却紧锁林小小，他看到她不太开心，似乎不太愿意参加这个聚会。

目送着林小小进了餐厅门，程浩并没有立刻离开。她如果不愿意参加这个聚会，或许很快就会出来，到时候这里不好打车，他所以还是等一会儿吧！

发动车子开进泊车位停下，程浩看了看餐厅门口，然后在车里耐心等待着。

林小小询问了服务台，服务生将她领进包厢。一开门，她发现包厢里坐了好多同事，在最上方正中，坐着的还是徐大老板。

之前老吴说徐大老板点名要她来时，她还抱着侥幸心理，觉得大老板应该不会参加这种公司中层员工的聚会，可是此时看到大老板端坐中央，一脸和善地看着她，莫名地觉得，这一切又是理所应当的，不该意外。

不过，大老板的眼神总让她觉得有些不对劲，具体哪里不对劲，她一时半会儿也说不上来。

林小小愣在门口，老吴及时喊道：“啊，林小小来了！你终于来了！来来，坐这里！”

老吴说着，一把拖过林小小，将她按到徐大老板身旁的空位坐下。老吴就是个人精，大老板的心思，他怎么会猜不到！

林小小尴尬不已，但还是笑脸相迎：“徐大老板，您怎么也在？”

徐大老板笑看林小小，道：“怎么，不欢迎我？”

林小小尴尬地解释：“啊，不是，当然不是。”

她哪里有资格欢迎和不欢迎老板啊，只是坐在老板身旁，其他同事看她的眼神让她浑身不舒服。

人精老吴再次给自己加戏：“林小小，你迟到了还这么多话呢，赶紧的，敬老板一杯！”这么好的和大老板近距离表现的机会，他可不会错过。

从之前徐大老板火急火燎要林小小资料时开始，老吴就已经意识到事情不一般了，再加上今天这情况，心里已经确定了七八分，既然摸到大老板的喜好了，就将林小小往大老板身上推呗，反正对林小小这样初出社会的小姑娘来说，能傍上徐大老板这样的人，那不就是一只脚跨进豪门了吗？

老吴自以为是地想着，殷勤地给林小小面前的空杯倒满酒，然后将酒杯塞到林小小手中，推着她过去敬酒。

林小小都来不及躲开，只得苦着脸道：“我不会喝酒……”

老吴看了徐大老板一眼，立即赶鸭子上架：“哎，不会也得喝，你这升职了，不得感谢老板？再说，人情要黏稠，基本靠酒肉，以后发展业务关系也是很重要的一环，酒这种东西，喝着喝着就会了。”

徐大老板笑眯眯地盯着林小小，再次让她浑身不自在，再说她还答应了老大不喝酒的呢，她倔强地将杯子推开，老吴却又给她推回来。

两人就这样推来推去，林小小便想将酒洒了，谁知老吴正好推回来，推的力道还有点大，酒杯直接被老吴推翻了，酒还洒向徐大老板，顿时徐大老板的西装上湿了一大片。

老吴心有尴尬，只得责备林小小：“林小小！你怎么回事！”

林小小立即慌张地拿过口布一边替徐大老板擦拭，一边慌忙道歉：“对不起！对不起！”

她只是想把酒倒掉，可并不想倒在大老板身上啊，这不是嫌自己被炒鱿鱼熟还不够快吗！

见林小小手忙脚乱，徐大老板却丝毫没有动，反倒一脸满意地感受着林小小给他擦拭酒水时的不经意的肌肤接触。

那美妙的久违的痛感，甚至让他忍不住低声呻吟一声。

他猜得没错，果然林小小是一剂灵丹妙药！

“林小小，你看你粗手粗脚的，还不赶快用酒给大老板道个歉啊？”

果然，林小小内疚得脸都红了，而且当着这么多同事的面，确实很糗。

老吴看着林小小端起了酒杯，给她斟满酒，满意地将酒杯轻轻推到林小小嘴边：“喝吧喝吧，又不是毒药！”

有了第一杯，便会有第二杯、第三杯…… 各种理由、各种机会都被老吴抓住灌酒，徐大老板只用略略端端酒杯示意敬酒林小小，老吴就会像一个狗腿子，立即凑上去让林小小端起酒杯喝下去。

也不知道喝了多少杯，林小小觉得视线都变得有点模糊，面前的人都开始出现重影，胃里更是一阵翻涌。

徐大老板趁着众人不注意，想用手去触碰林小小，想要再次感受触碰时那美妙的感觉。眼看就要抓住林小小的手了，谁知林小小摇摇晃晃一下子站起身，手直接从徐老板手下溜走，让徐老板抓了个空。

林小小捂着胸口，觉得头重脚轻，浑身难受得要死，强忍着胃里翻滚的感觉，歪歪扭扭走进了卫生间，抱着马桶就忍不住了，“哇哇”一阵好吐。

吐完之后，她整个人都清醒了几分，身体也似乎没那么沉重难受了。

靠在厕所外的走廊墙壁上，林小小掏出手机，戳来戳去编辑短消息，嘴里还模糊不清地喃喃着。

“再，再喝要挂了，不行不行，我得溜！”

所以，走之前先给老吴发个消息说一声，她来也来过了，酒也喝过了，任务完成了。

5. 猝不及防地偷吻

按下发送键，林小小收起手机，颤颤巍巍扶着墙壁走，落脚下去都站不稳，走廊的灯又昏暗，林小小半清醒半迷糊道：“咦，怎么地板到处坑坑洼洼的……”

老吴收到林小小的消息，立即报告给徐大老板，徐大老板便离开包厢跟了出来，见林小小已经在转角处，转过角落，就能见到大门。

突然，林小小脚一崴，就要跌倒，徐大老板刚想快步上前，就见转角处一个熟悉的身影突然出现一把扶住林小小，立即转身缩进身旁的空包厢。

林小小迷迷糊糊地抬头，竟然又看到了程浩，不禁咧嘴傻傻一笑。

“嘿嘿，老大……就知道在梦里老大也这么帅气。”

浑身充满了朦胧的梦幻光芒，就让她这样看着老大，一直看着他，直到地老天荒，直到永远吧……

程浩看着林小小傻傻的笑容，本来想责怪的心情瞬间消失不见，只得叹气一声。

“叫你别喝酒的，不听话！”

话毕，他一把打横抱起林小小，朝外走去。

徐大老板从包厢里露出脸来，正好看着程浩抱着林小小走出了大门，顿时脸色阴沉得可怕！

“好你个程浩，又被你抢了！”

徐大老板低声说着，手紧紧捏着门把手，几乎要将门把手捏断。

林小小此时正醉意上头，什么都不知道，迷迷糊糊像在做梦一般，被程浩放到车上，然后就昏昏沉沉地睡了过去。

车子开到林小小家楼下，程浩打开副驾驶座的门时，林小小又醒了，但看她醉眼迷离的样子，程浩脸越来越黑了。

“说了不让喝酒，竟然喝了这么多，一点都不听话！”

“嘿嘿嘿，老大你怎么还没走啊？这是哪里？”林小小盯着程浩迷迷糊糊地说着，努力往前凑，她总觉得眼前隔着几张纱帘，看不太清楚程浩的脸。

眼见着林小小一脚踩空在车外就要跌倒，程浩一把扶住林小小，哭笑不得：“还不是不放心你这个软蛋被人灌酒？看吧，果然。”

“哦。”林小小装作很清醒地点头，但眼神更加迷茫，连前一秒她说了什么、做了什么都记不太清了。

站在车外吹了一阵儿风，林小小一个激灵，头脑终于清醒了点，这才看清已经在她家楼下了。转头看到程浩紧张担忧的神情，她心里一阵嘀咕：老大担心我被人欺负，为什么？难道，真的和陆鸿渐说的一样，他，他喜欢我？

林小小想着，抬步朝前走，脚步虚浮不稳，就像穿了不合脚的高跟鞋一样，走得跌跌撞撞。程浩气坏了，一把逮住林小小，将她往后一拉，背了起来。

“啊！”林小小一惊，想要挣脱跳下去。

程浩却紧紧扣住林小小在他背上不老实的身体，侧头喝道：“别动！”

林小小顿时浑身僵硬地趴在程浩背上，一动不敢动，两人呼吸交织，脸颊几乎相贴，心跳瞬间漏了一拍。

程浩又扣着林小小的身体，往上颠了颠，确定背得更稳才继续往前走。林小小的身体压在程浩背上，她的脸更红了。

程浩将她送到家中，额头上竟挂着几滴汗。平时看着这个蠢女人瘦瘦小小的，没想到还挺重！

“你今天喝多了，我就不找你算账了，早点休息吧。”

林小小眼看程浩要离去，突然心生一计，借着酒劲壮胆道：“等一下！我们要不，一起去天台透透风吧？”

程浩眉头一挑，他以为林小小的酒已经醒得差不多了，此时来看，可能还醉着，离开也不放心，便点点头留了下来。

天台上，林小小来到以前程浩喜欢坐的地方，一屁股坐下。

程浩跟上来，将一杯白开水递给林小小，一时间有些担心：“喝了酒吹风，真的没事吗？”

楼下的微风和天台上的夜风哪里能比，不只是风速天差地别，还带着几分萧瑟，仅仅是多待一会儿就会觉得冷。

“没事……”林小小摇头晃脑地笑着，在程浩的注视下喝了一大口白开水，心中的小计谋开始上线。

她要趁着酒劲对程浩使用最经典的“美人计”，用来套出他的真心，套出他到底对她是不是男女之间的喜欢。

程浩刚放下水杯，转过脸来，就看到林小小用奇怪的姿势撩着头发，夜风吹拂，头发一时间被撩得有点乱。

见程浩冷着脸毫无反应，林小小又挪动屁股，贴近程浩，然后扭着身体，摆出一个她认为妖娆的姿势，娇媚地朝着程浩眨眼睛放电。

程浩全程冷眼看着，感觉林小小是喝多了酒，身体和脸部肌肉抽筋，毫不客气道：“你干吗，牙疼啊！”

林小小的脸抽了抽，她觉得程浩怎么能这么不解风情呢！

没关系，她还有招数！

她抬手将衬衫领口拉了又拉，露出一段性感的锁骨，又抬手扇着，道："啊，好热。老大你热吗？"

程浩白了一眼搔首弄姿的林小小，完全不理解现在的林小小到底在打什么主意。

"热是因为你喝了酒。不行，这样会吹感冒的，还是回去。"说罢，他突然站起身，不由分说地拖着林小小就往下走。

"哎，等一下嘛！"林小小不甘心，她可不能就这样铩羽而归。

她什么都还没试探出来呢，程浩怎么就不上套呢？

林小小拉住程浩，摆出一副霸气的样子，将程浩往柱子一推，顺势抬手去撑住柱子，想要给程浩来个壁咚！

谁知她醉酒后迷糊劲十足，手上没注意按歪了，撑了个空，身体一下子向前冲栽去。

壁咚不成眼看就要撞上，林小小收不住身体，直直地撞了过去，程浩及时抬手接住林小小的腰，但是好巧不巧两人唇贴上了唇。

猝不及防变成这样，程浩一开始还当林小小是闹着玩，林小小更没想到她的壁咚一下子变成了霸道的吻！

两人双目对视着，难以置信！

可是唇瓣的触感如此真实柔软，彼此呼出的气息更是一阵热烫。

那种感觉，就像突然被闪电击中了，林小小瞬间被吓醒了几分，立即后退几步躲开，连连摆手道："老大，我，我不是……"——不是故意的。

她话还没说完，只见程浩一大步上前，一只手扣住她的后脑勺，直接将她拉近，再次吻了上去！

这一次不再是意外，程浩也不容林小小抵抗或者想任何办法躲开，紧紧地箍住了林小小，用力吻了下去！

林小小瞪大了眼，意外状况频出，她根本反应不过来，一时间手足无措。

而程浩却早已动情，闭着眼睛深情地吻着面前的这个人，一如他早就想做的那样。

在程浩的深吻下，林小小只感觉浑身发软，双眸中的不安早已消失，只剩下一汪春水盈盈于眼底。

这是她期待已久的吻，没想到会在此时此刻发生。

程浩也心跳如狂，轻吻自己心爱的女人，不只是让他缠绵着舍不得放开那两瓣柔软若花瓣的唇，更在如此肌肤相贴的距离中，感受到了身体里感知的回归，以至于后背被毛糙的墙面硌得疼痛，他都能真切感受到。

终于，程浩放开了林小小，在他两人都感觉胸腔内空气快用完之际。

蓦然有新鲜空气灌入，林小小也回过神来，红着脸结巴道："我，刚才，不，我不是故意的……"

程浩耳根发红，浑身滚烫，努力克制住某种冲动，强作镇定地道："没事，你，早点休息吧。我先走了。"

6. 第二次是老大主动的？

待到月亮挂上树梢，程浩也早害羞地逃掉，她才在微冷的夜风中回过神来，一阵急促喘气，浑身都开始颤抖，不是因为冷，而是因为激动。

刚才的一切都是真的吗？！

林小小脑子里一片混乱，以至于她怎么离开阳台回到家中的都完全没有印象。

躺在床上，林小小跟烙大饼似的，翻来覆去，怎么都睡不着，眼前全是程浩闭着眼睛深情轻吻她的模样。

脑海里反反复复地回想着刚才那一幕，突然发现了什么，林小小从被窝里坐起身，惊道："不对啊！第二次，好像是老大主动的？"

忍着心中的悸动，林小小细细回想，一开始确实是她手滑，然后不小心亲到了程浩。

可是她记得自己赶紧后退离开，要道歉的……然后程浩就贴上来了，扣住她，然后就……

哎呀，妈呀丢死人了！

林小小只觉得脸上像贴了一块烧红的烙铁，借着酒劲儿，又开始模仿刚刚的动作，转而一阵姨母笑，拉过被子蒙住头大喊道："啊——这一定是在做梦！"

她越想越兴奋激动，难道这就是恋爱的感觉吗？

林小小痴痴地笑……

程浩从林小小家离开，逃也似的冲上车。

在亲吻之前，他其实就对林小小故意搔首弄姿有了些意识，但是在他眼里，那就是孩子气闹着玩，或者可是说是撒酒疯。

可是后来发生的，完全不受他控制了。

林小小确实是不小心亲上他的，他却想亲吻喜欢的女孩已久，所以，那一刻他情动了，不由自主就那样做了！

此时他回想起来，也不后悔，抬手触摸着唇瓣，不觉嘴角又勾起一抹满足的笑容。

在车内坐了好一会儿，回味那个吻，程浩才缓缓发动车子，朝家开去。

陆鸿渐正坐在沙发里百无聊赖地拿着电视机遥控板换台，见程浩进屋，坐起身抱怨道："你怎么才回来？"

这都好几个小时了，程浩这送人只怕是送到外市去了吧！

"嗯。"

陆鸿渐见程浩往房间走，也站起身跟上去继续他晚餐时没有问完的问题："你送林小小回家了？哎，你到底是不是对她有意思啊？"

程浩不想搭理陆鸿渐，已经习惯了陆鸿渐八卦起来没完没了的德行。但陆鸿渐一开口就提到林小小，程浩不由得又想起刚刚的亲吻，脸上泛起了红晕。

陆鸿渐是久经沙场的老司机，见到这番情景当然脑洞大开："咦，哥，你面带桃花，脸这么红……你没喝酒吧？"

程浩回头瞪了一眼陆鸿渐："你哪儿这么多废话！我要睡觉了！"

陆鸿渐疾步上前，一向高冷，号称滴酒不沾的程浩竟然红着脸，这他陆鸿渐是不想错过的，刚想要抓住程浩看个究竟，谁料程浩直接抬手关门，陆鸿渐顿时鼻子撞到了门板上，一阵哀号。

陆鸿渐确信他闻到了可疑的酒味儿，在门外不甘心地吼道："喂！醉驾被逮住是要坐牢的！"

"人家好心提醒你。"陆鸿渐在门外站了一会儿，见程浩始终不搭理自己，自觉没趣，只好回房睡觉。

屋内，程浩躺在床上，陆鸿渐的声音已经变得微弱，不会打扰他回味。可想了想，程浩又坐起身，回想着林小小最后呆呆的样子。她是被他吓到了吗？

"唉，我怎么会这么冲动……"程浩抱着头有些懊恼，要是吓到那个蠢女人，她以后要离他更远怎么办？

可自从有了这个真实的吻后，程浩的脑子无时无刻不被林小小那张脸充斥着。

从大清早到现在，程浩每次听见电话响，都飞快地拿起来，看到不是林小小的电话后，一瞬间就没了兴趣。

程浩不知道他昨晚是不是太冲动，吓到她了，也不敢联络她，真是煎熬。

林小小昨晚也兴奋得一夜未眠，但是这并不妨碍她今天斗志昂扬地去上班，正所谓人逢恋爱精神爽啊！

不过今天是她升迁第一天，她可有的忙呢。一大清早，她去公司先办了转正调入制作组的手续，然后就搬了办公用品去了更高楼层的制作组。但她没想到，在制作组根本就不轻松活，各种文件要审查，还要盯好片子的后期制作，忙得晕头转向，连一点分心的时间都没有。

这边还没忙完，那边又召集开会，一名负责方案的骨干在上面讲方案，语速快得跟机关枪似的，开个会都跟赶早高峰地铁似的。

林小小自然是一点小差都不敢开，忙着做记录，忙着学习，忙着快速适应现在的快节奏工作氛围，好不容易开完方案定夺会议，又要将方案呈上去让徐大老板拍板。

这不，林小小正忙着，又被人叫去徐大老板办公室。办公室里已经有几名制作组的骨干，徐大老板却看着林小小一脸笑容："这个电影制作计划，就交给林小小吧。尽快先出一份方案，再做讨论。"

林小小脑子都快跟不上这节奏了，茫然地看着徐大老板："哈？"

要知道这可是大家商讨出来的方案，制作组那些老资历骨干可是很想要做这个的，徐大老板怎么就抛给她这个第一天来制作组的菜鸟了？

徐大老板脑子没坏吧？

徐大老板扫了众人一圈，拍板道："就这样，散会。"

众人也非常惊讶，这真的是破天荒啊，这么重要的策划，居然让一个刚转正的菜鸟来负责！

一开始负责这个方案的骨干更是看着林小小怒目圆睁，随即拿着资料本气呼呼地离去！

林小小一脸迷茫又生无可恋。

7. 变态徐老板现身

为着徐大老板一句"尽快出一份方案"，林小小只能眼睁睁看着别人准点下班，而她还得头悬梁，锥刺股，一个人伏案加班，简直气死人了！

"头一天正式上班就要加班，太可怕了！"林小小欲哭无泪。

这会儿大家都走了，办公区总算安静下来，林小小躁动的心情也愈发静下来！一时间林小小又想起昨晚和程浩的那一幕，莫名地红了脸，心里甜丝丝的。

想到老大，她这才想起一整天都没有老大的消息，老大该不会后悔了吧？

不不不，她又立即摇头。

老大可比她忙多了，他没给她发消息，她可以给老大发呀！

"嗯，这种情况下，该怎么发消息呢？"

"老大，昨天的事，你不要介意？"

"不行不行，这么说，好像我很随便。"

"咯，老大，原来你是真的喜欢我啊！啊，这么讲也太恬不知耻了！"

"嗷——到底该发什么内容啊！"

林小小苦恼地将脑袋磕在桌面上，小脑袋正不停地转，纠结万分，"叮咚"一声，手机突然响了，林小小赶忙拿起手机，惊喜地发现是程浩发来的消息：在哪里？吃饭了吗？

一瞬间她身上所有的疲劳都被这条消息撵走，激动得双手都有点抖，给程浩秒回了消息：老大，我在加班。一会儿点外卖。

虽然是很简单的问答，但是在一问一答中，两人心底都莫名变得踏实和安稳。

——不用点了，我正好在做饭，一会儿给你送过去吧。

这边，程浩放下手机，终于松了一口气，一向号称不论发生什么情况都处事不惊的他，原来谈起恋爱来，连发条短信都紧张万分，自己也不由得笑了。收拾了情绪，他立即起身打开冰箱，搭配食材，准备给林小小煲点汤补补。

林小小收到消息，一喜，差点在办公室里蹦起来。

“老大要来给我送餐？”

天哪，昨天她还在想，那一顿饭恐怕就是和程浩最后的晚餐，没想到今天程浩还要亲自给她送饭！

这这这这……这是要恋爱的节奏吗？

林小小捂着心口，感觉自己又要幸福得羽化成仙了，兴奋得一个人在硕大的办公区里手舞足蹈。

但她不知道，自己所有的样子都被监控摄像头拍下来了，正被徐大老板偷窥着。

徐大老板深吸一口雪茄，看着屏幕上少女娇俏的模样，眼底射出一道贪婪的光芒。然后他将雪茄摁灭在烟灰缸中，站起身，拉了拉笔挺的西装，在镜子前照了照，衣冠楚楚。他转身出了办公室，进入电梯，按亮了林小小所在楼层的按键。

这一次，他可不会再错过了！

程浩煲好了汤，将汤装进保温桶，然后用精致的袋子装好，放上车，随即发动车子，朝林小小公司开去。遇到红灯，程浩抽空给林小小发微信：你在几楼？

程浩知道以前林小小在几楼，但林小小被调到制作组了，毕竟林小小的公司他也没去过几次。

林小小这个方案快写完了，手机又响起来，她拿起手机正要回复，突然背后伸过来一只手拍了拍她的背。

“啊！”林小小一惊，站起身，差点没扔掉手机，却看到是徐老板，而且他笑得一脸淫邪。

“徐老板……”——怎么还在公司？

林小小话还没说完，只见徐老板伸出手一把抓住了林小小的手，然后借力一带，林小小瞬间就被他拉到跟前。

随即，徐老板笑得越发淫荡，他拽住林小小的手按到他的额头上。

林小小吓坏了，顿时用力挣扎：“你，你要干吗！”

但是她一个弱女子，力气怎么比得过一个肥硕的男人？徐大老板钳制着她的双手，贪婪地盯着她，笑得格外猥琐。

“别怕，我就是想让你摸摸我！”

“啊——”林小小尖叫着挣扎。

徐老板却更加用力地搂住林小小，林小小情急之下，双手拼命挥舞拍打，甚至在徐老板脸上抓出一道血痕。

林小小被自己的举动吓到了，原本以为会触怒他，却不料他不但没表现出生气，反而露出了痛苦并快乐的变态笑容。

“来来来，小倔羊，再抓两下。哈哈哈，终于感觉到痛了，哈哈哈哈……”

“变态！”林小小吓得连连后退，找着机会便往外跑，却不料被徐老板拖住，一下子摔倒在地。

又是红灯，程浩蹙眉，踩下刹车，拿起手机，林小小还没回消息。等着红灯，冥冥之中程浩莫名感到心慌，于是翻看起林小小的朋友圈来。

朋友圈最近一条状态是林小小之前拍摄的聚会照片，程浩点开一张照片，竟然看到了“徐司机”也在宴会之中。

“徐司机？”

“不对！不对不对！”

“徐司机怎么会坐在林小小公司聚会的主位上？”

“难道说，徐司机的另一个自己是徐耀祖？”

程浩放大了照片确认，果然那张脸和他救下的徐司机一模一样！他以前从来没有在正式场合遇到过承天传媒的徐老板，只闻其名，不知其人，现在这么一看，却顿时后脊发凉，惊讶得直起了身子！

潜意识里程浩觉得事情太过巧合，想立刻给林小小拨打电话询问，但是听筒中一直响着忙音。

“不好！”

程浩顿时慌了，这时绿灯亮起，程浩猛踩油门冲出去，一边重复拨打林小小的电话，一边加快了车速。他心里的预感很不好！

此时他已经顾不了太多，只想快点找到林小小，确认她没事！

8. 程浩英雄救美

此时，办公室里，林小小颤抖着身体想要跑出去，可徐大老板人高马大，她哪里是徐大老板的对手？

只见林小小被徐老板绊倒在地，还没爬起身来，又被徐老板抓住脚踝。她只能奋力挣扎，一边喊叫着救命，一边使劲踹开徐老板的手。

此时她也顾不得其他了，顺手拿起什么东西都朝徐老板的头砸过去。

徐老板躲过一两下，最终还是被砸到，因为他抓着林小小的脚踝，肌肤接触让他有疼痛感知，虽然捂着脑袋叫唤，但始终不撒手，而且一时间叫唤得似乎很开心！

林小小被吓得三魂七魄都快不附体了，突然抓起工位上的一个水晶雪花球，朝着徐老板揪住她的手砸去。

徐老板吃痛，一下子松开手，林小小踉跄着站起来往外跑，却不想玻璃门早被锁住了。

“救命啊！救命啊！”林小小哭喊着，抓着椅子拼命砸门。

徐老板站起身，邪笑着不紧不慢地走向林小小：“整栋楼都是我的，你叫啊，看看谁会来救你！”

“求求你，不要……”林小小恐惧地后退着，嘴唇颤抖，哆哆嗦嗦。

“哈哈哈哈，不要什么？”徐老板一脸恶趣味地邪笑着，离她越来越近。

此时他就像在捕猎的猛兽，林小小就是那一只可口的小肥羊，放过她？怎么可能！

给她升职加薪，给她权和钱，她还自命清高，假装矜持，看样子那就只能霸王硬上弓了，等生米煮成熟饭后，看她还拿什么矜持！

徐大老板想着，火热的双眼似乎早已经将林小小剥了个精光。

林小小后背贴着墙，已经退无可退，避无可避，内心恐慌的同时，想起了之前和程浩在通信。

“老大……”她登时想要找手机跟程浩求救，可是这才发现手机不在身上，刚才混乱中被她拿去砸徐老板了！

徐老板终于靠得够近，他正要扑上来，林小小却尖叫着灵敏地一闪身，躲开了这一扑。她转身又往办公区里面跑，结果徐老板长臂一揽，她再次被抓住。她力气不济，被徐老板一把摔在桌子上，桌上的东西稀里哗啦掉落一地。

林小小挥舞拍打着双手，尖声叫喊：“救命啊！救命！”

挣扎着，林小小又从桌上滚落到地上，徐老板扑将上来，用力压住挣扎的林小小，他三两下抽下领带，想将林小小的手脚捆住。

“你知道你多诱人吗？你越挣扎，我越开心！哈哈哈，小倔羊，狩猎的乐趣，哈哈哈……”徐大老板嘴里说着恶心的话，已经将林小小的双手绑了起来。

林小小哭喊着，已经渐渐陷入绝望。

徐老板趁机压下去，嘴伸得老长，早就想一亲芳泽，此时他体内的兽欲不受压制地奔腾出来。

突然，玻璃门稀里哗啦碎了一地，程浩提着一把消防斧砸烂了玻璃门，直接朝这边冲了过来。

徐老板的嘴离林小小的脸已经只有几厘米的距离了，被这一阵大响惊得抬起头，只看到一个男人飞身而来，一脚踹在他脸上，他连着朝后翻滚了好几圈，撞着墙才停下来。

林小小惊恐又无助地望着拼命赶来的程浩，声音颤抖地喊了一声“老大”，随即泣不成声，无尽委屈翻涌而出。

程浩看林小小被徐老板绑在地上，眼中有熊熊火焰在燃烧，愤怒让他咬紧了牙，一把揪起倒在地上的徐老板，劈头盖脸一顿拳头砸下去！

“你找死！”程浩愤怒难当！

一时间，办公室里只剩程浩的挥拳声和徐老板的惨叫声。

徐老板开始还能惨叫，到后来被程浩打得鼻青脸肿，连喊都喊不出来了！

打得累了，程浩停下手。

徐老板痛苦地趴在桌子上，浑身颤抖着，没有丝毫还击之力，先前面对林小小时的嚣张和淫邪，似乎已经完全消了。

他上半身趴在桌子上，像一头肥猪背对着程浩，看得程浩更加厌恶。

程浩冷冷地松开握着徐老板手腕的手，徐老板翻过身，仰脸正对上程浩的眼睛。

那阴鸷的眼神程浩总觉得似曾相识，脑海里莫名就闪过徐司机的眼神。

程浩心头一惊，看容貌，他确实是徐司机的二重身，莫非他就是徐司机？

在程浩审视、疑惑的目光中，徐老板也意识到程浩有可能察觉到了什么，眼神慌忙躲开，连忙微微侧头，用手遮住自己的脸。

他想要爬起身离开，一时竟然无法站稳，只得将就坐到椅子上，也不说话。

这时，林小小一下子扑了过来，像一只被饿狼吓坏了的小白兔，缩着身子红着眼睛：“老大……”

程浩正疑虑徐老板的身份，瞬间拉回思绪。

看着林小小挣扎过后的凌乱模样，他的心一抽一抽地疼。他一脸疼惜地将林小小拉进怀里，这一刻，他的身体都是颤抖着的。

他不敢想象，如果自己没有及时赶来，林小小将会面临怎样的局面，而他自己，应该也会再一次自责没有保护好她吧！

程浩轻声安抚：“好了，没事了。”

将林小小揽在怀里良久，程浩轻拍林小小的后背，直到林小小的啜泣声渐渐止住。

他再也顾不上其他，一把打横抱起林小小，冷冷地瞪了一眼埋着头，一副没脸见人样子的徐老板，然后大步流星地往外走去。

从指缝中看见程浩抱着林小小离开，徐老板拭去嘴角的血，吐出一口带血的唾沫，脸上浮现一抹阴狠、嘲讽的笑容。

9. 惊惧后的安抚

窗外夜色渐深，城市通明的灯火照不亮漆黑的夜空。

程浩将林小小带回家，抱着她上楼，将她轻柔地放上床，看见她的衣袖在挣扎中被扯破了，便起身要去给林小小找替换的衣服。

林小小却抱着身体蜷缩在床头一角，声音颤抖："老大，能不能不要走……"

程浩回过头来，看着她如一头受伤的小鹿般委屈畏缩的样子，心头似刀割一般难受。心中有千言万语，却说不出口，他只能坐回去守着她，轻抚着她的脑袋安慰她。

"有我在呢，安心睡吧！"

林小小乖顺地钻进被子，蜷缩着身子躺下，闭上眼，却眉头深锁。内心的创伤一时无法平复，眼泪不争气地滑落，她连忙侧身转过脸去，想要用枕头拭掉泪水，不让程浩发现。

谁知身后却伸来一双有力的臂膀，将她轻轻揽入怀中。

林小小惊讶转身，程浩却顺势将她拉得更近，让她紧贴他温暖宽厚的胸膛。程浩温柔地轻语："放心，我会一直在你身边的。"

林小小觉得她仿佛一只飘摇的孤舟，在狂风巨浪后，终于寻找到那安全的港湾，一切都安定了。

感觉到林小小的身体放松，程浩心中一动，轻拍她后背，轻声清唱起催眠曲《不再见》。

"离别没说再见，你是否心酸，转身寥寥笑脸，不甘的甘愿，也许下个冬天，也许还十年，再回到你身边，为你撑雨伞，剩几个夜晚，再几次晚安……"

在程浩的歌声中，林小小脑中那些不堪的画面悉数被撵走，身心一放松，困倦便渐渐袭来，少女闭上了眼睛，慢慢入梦。

这个梦因为程浩的歌声和他的陪伴，深沉而又安稳。

见林小小已经睡踏实了，程浩这才轻轻地把胳膊抽出来，又替她掖了掖被角，方才离开卧室。

程浩虚掩着房门，在客厅坐下，挽起袖子查看手臂上渗出鲜血的伤口，随后脱下上衣，从茶几下拿出家用医疗箱，拿出镊子，将碎玻璃碴从皮肤里取出来，再用酒精清洗伤口消毒，最后用纱布包起来。突然想起林小小的手腕上也有点儿擦伤，他又轻手轻脚地去给林小小处理。

随后他回到客厅，拿出手机给小童发消息：小童，你帮我去承天娱乐拿到林小小办公室今晚的监控录像，还有，去调查徐老板最近的活动。

小童很快就回复，接下任务。

发完消息，程浩靠在沙发里闭目养神，忽而又想起一事，抓起一旁的手机，打开邮箱给徐司机发了邮件过去：我们最好见一面。

邮件发出去后，犹如石沉大海。

程浩心事重重，拧着眉坐在沙发里，毫无睡意。

不知过了多久，天色微亮，程浩这才起身走向窗边，正要伸展肢体活动一下，突然发现楼下停着一辆可疑的黑车。黑车里有人，见他在窗口露面后，那人迅速关上了车窗，然后发动车子往外开去。

程浩心底警铃大作，立即拿出手机抓拍了黑车车尾。他放大照片看了看模糊的车牌照，随即将这张照片也发给了小童，让小童一并去查。

看了看腕表，时间差不多了，程浩在林小小家冰箱里找到食材，给林小小做好了营养早餐，然后才离开。

程浩开着车径直往承天娱乐而去，内心一直压抑着的怒气，在离开林小小家之后，再次喷薄出来。

电梯刚到达顶层，程浩就怒气冲冲地朝徐大老板办公室而去。

女秘书眼见着有人直接冲过来，而且是最近的当红炸子鸡程浩，连忙起身："程先生，您有什么事儿吗？您有预约吗？"

程浩脚下微顿，压了压心头的怒火，先礼后兵道："徐老板人呢？我要见他！"

秘书眼神闪烁，迟疑了一下，随即道："老板……老板今天没有来，要不您……喂！"

程浩的耐心已经用光，想用这套打发他，他岂是那么好打发的！

在女秘书的紧追阻拦下，程浩还是杀到了徐老板办公室门口。他一把挡开秘书，推开了徐老板办公室的门。

果然，办公室中空无一人。他正转头要离开，却看到了墙上的那副"彗星"图，皱起了眉头，心中的猜测已经变成了肯定！

不管昨天的那个人是徐耀祖还是徐司机，他们一定知道林小小是隧道中女司机的二重身，并且现在瞄上了她。

虽然找不到徐老板人，但是今天这事儿程浩也要办了，他绝不会再让林小小置身于危险之中！

程浩转身下楼，去了人事部。

另一边，林小小因为程浩的陪伴和保护，总算度过了那艰难可怕的夜晚，醒来后却发现身边空空如也，程浩早已离开。

林小小呆了呆，然后掀被下床，却扯动了身上的伤口，一时疼得倒吸凉气。在起床换衣服时，她又发现手上的伤口，程浩都替她精心处理过了，心底不禁漾起一阵温暖。

突然，脑海里又回想起昨晚那场可怕的噩梦，脑子里徐老板狰狞、淫邪的面容让她的身体本能颤抖起来。少女抱着身体，紧紧贴着墙滑坐到地上，委屈的眼泪再次涌出。

抽泣了一会儿，少女的双眸又像倔强的小鹿一样，渐渐坚定。她擦掉了脸上的泪痕，对着镜子中的自己努力挤出一个微笑："没关系，扛过去就好了！"

洗漱完出来，才发现餐桌上放着一份爱心早餐，竟然是程浩特意为她做的，林小小眉头微微舒展。

此时此刻，她越发觉得欣慰。在她最需要他的时候，他如天降的救世英雄一般出现在她面前。他是她的神、她的光，即便这世间充满恶意，也都因为有他在而满怀感激与欢喜。

擦干眼泪，不可以让老大失望，吃饱了就有力气战斗！

站在公司楼下，林小小暗暗捏了捏手，给自己鼓足勇气，然后跨进电梯。但当她走出电梯，看到玻璃门上的大窟窿时，心脏又猛然收紧。

深呼吸调整了情绪后，林小小才再次鼓起勇气走进公司。公司里不少同事看到她，隔着老远就对她指指点点。

"昨晚好像出事啦……"

"我听监控部说……"

"天哪，真的假的啊？"

林小小听见同事们窃窃私语，却依旧目不斜视。

林小小，你没做错，勇敢点！林小小在心里给自己加油，她扬起小脸，勇往直前，径直走到自己的工位前。

顿时，林小小看到了正在她工位上帮她整理、收拾物品的程浩，惊讶得愣在当场。

"老大，你怎么在这里？"林小小迎着程浩问道。

程浩抱着箱子走到林小小面前，声音温柔又不容反抗地命令道："跟我走。"

林小小紧追两步跟程浩并肩走，急忙道："我要辞职。"

"都办好了。"

"哈？"林小小不敢相信，这才到上班的点，老大早上还给她做了爱心早餐，昨晚还照顾她……那他岂不是很早就来公司了！

"林小小，到底发生什么事了？"老吴突然从斜刺里冲出来，抓住林小小问道。

林小小突然语气愤懑道："吴老师，感谢你这段时间的帮助！另外，帮我提醒大家，尤其是女同事，徐老板不是好人，要离他远点儿！”

听到林小小的话，早上有些同事的猜测仿佛有了准确答案，顿时周围的同事们炸开了锅一般说开了。

“不会吧，大老板竟然是这样的人？”

“太可怕了……”

……

程浩带着林小小径直离开，两人并肩站在电梯中，沉默了一会儿，程浩才道：“先陪我喝杯咖啡吧。”

“嗯？”林小小微微侧脸，见到程浩的黑眼圈，心中一时有些难过，估计老大一整夜都没睡，不由得点点头。

10. 搬去程浩家同居？

这是一家 CBD 五楼的高级咖啡厅，还在上班的时间点，人并不是很多，两人坐在靠窗的桌前，看着下面人流如织的马路，放松一下从昨天到现在紧绷的心弦。

林小小轻轻搅动着眼前的咖啡，少女的心事就像杯里的咖啡一样浓厚。

注意到程浩关切的目光，林小小这才抬起眼眸看向他，试探着开口道：“老大，谢谢你啊……幸好有你在，我才能躲过一劫。不如……今天的咖啡我请吧！”说罢，她狡黠地笑了笑。

林小小的笑容却让程浩一愣。他没想到她情绪竟调整得如此快，看样子是不想让他太担心，心中又泛起一片柔软，同时也被女孩的坚强所感染。

那么此时此刻，他也应该顺从这样的气氛才对。他调整了坐姿，靠在椅子上，故作高冷地道：“怎么，一杯咖啡就想打发我？”

“哈？”林小小一愣，不过想想，滴水之恩当涌泉相报，更何况是救命之恩，再者对方是自己家老大。

“那老大你说吧，我要怎么谢你？赴汤蹈火，在所不辞……”

程浩眼尾微不可察地一扬，立即抓住机会道：“那你来我家跟我住吧。”

“哈？又，又住在一起！”林小小惊讶得刚喝进嘴里的咖啡差点喷了出来。

没想到程浩的脸色突然变得正经：“我怕徐老板再找你麻烦。”

这话真的不假。虽然林小小离开了承天娱乐，但他一想起林小小家楼下可疑的黑车，就更加不放心让她一个人住在那儿了。

“可是……”林小小迟疑着，虽然她巴不得能跟老大朝夕相处，可是现在有陆鸿渐住在老大那里，她要是再过去住，也不太方便吧！

还不待林小小想好拒绝的借口，程浩站起身，一把抓住林小小的手，将她拖着就走。

“可是什么？就这么定了。”

这个蠢女人，事情到底有多严重，她心里就没有一点谱吗！昨天要不是他及时赶到，将会发生多么可怕的事！

程浩一时间气上心头，干脆不再征求她的同意，直接拖走，反对无效！

看着程浩强势地送自己回家收拾东西，又亲自帮自己大包小包地搬运箱子，带自己回到他的别墅，林小小幸福感爆棚。

虽然她不是第一次来到这个豪宅，但是每次来到这里她都会不由自主地感叹一番，同时低下头打量一下自己土里土气的装扮。

以后真的都要住在这里吗？她这个灰姑娘能适应这座晶莹剔透、奢侈辉煌的水晶城堡吗？

一时间林小小的脚步也哆嗦了一下。

突然，小童从一间卧室里出来，对着程浩汇报：“浩哥，家里一切都按照您电话里的吩咐办好了！”

看着小童对着自己笑得一脸神秘，林小小满脸问号。

“还愣着干吗？”看林小小愣在门口，程浩拍了拍她的肩膀，“去看看你的房间吧。”

林小小走进原来住的那间大客房，发现里面早已焕然一新。

粉白相间的壁纸显然是新贴上去的，床上换上了柔软的大床垫和卡通床罩，角落里摆放着一个精致的化妆台，窗户边是舒服的沙发和写字台。

看样子是为了她住进来提前精心布置过一番啊。

林小小忍不住感动得想哭。当她打开衣橱，想要将她带来的衣服放进去时，她再次被眼前的景象惊掉了下巴。

“怎么会有这些？”林小小放眼望去，衣橱中几乎占了整面墙的全是女孩子的衣服，琳琅满目，并且都是她的尺码和风格。拉开抽屉，里面小内内和小内衣整齐地罗列着，也都是她的尺寸。

摸着这些新衣服，林小小心中一阵窃喜，可突然又意识到什么，这些内衣、内裤什么的……老大什么时候知道她的尺寸的？

她下意识捂住胸口，脸上又飞过两团彤云。

程浩站在门口等了好一会儿，见林小小进衣橱中老大一会儿了还没出来，便探头进去询问道：“怎么样，你觉得还合适吗？”

“合，合适！”

林小小见程浩探头过来，连忙转身想伸手捂住程浩的眼睛，但程浩抓住林小小的手，还是瞥到了她身后精致可爱的内衣裤。他不记得自己有嘱咐小童买这些，肯定是那个小子自作主张。

他转过头看着林小小慌张的样子，倒是十分可爱，随即勾唇笑了起来。

注意到程浩嘴角的弧度，林小小更是一窘，顿时羞涩得红了脸。

这时，门外传来了陆鸿渐的声音：“小小宝贝，是你来了吗？”

听到声音，程浩和林小小紧握的双手赶紧松开，然后程浩一个潇洒的转身坐到床上，装作低头研究床单上的花纹，而林小小则近距离仔细查看着衣橱门的边角做工，一副像想要找出精致中的瑕疵的样子。

所以，陆鸿渐闯进林小小的房门时，便看到这样一幅奇怪的景象。

“你俩在干吗？”

“咯咯，”程浩尴尬地咳嗽两声，站起身就要往外走，“我去换药。”

“我帮你。”林小小立马反应过来，赶紧跟上程浩离开的步伐。

两人一前一后默契地绕开陆鸿渐，离开了房间。

要是被陆鸿渐逮住了八卦的机会，那可不得了。两人似乎已经摸清了陆鸿渐的性子，谁也不给他八卦的机会。

陆鸿渐眉头皱得更深，但他已经嗅到了浓浓的八卦味道，他不甘心，他一定要知道真相。

客房内，程浩正光着半边膀子，伸着胳膊坐在沙发上，林小小则侧身坐在程浩身旁，小心翼翼地给他的胳膊涂药。

看着程浩胳膊上的伤口，林小小想起昨晚从带她离开公司，直到她睡着，程浩都没吭一声，一直陪着她。这么深的伤口，他都是忍着痛，到后半夜才去处理的吧。

想到这些，她心里更加内疚、感动，也更加感激程浩。程浩对她好，都是用行动来表示，细腻而实在，点点滴滴她都感受得到。

正上着药，陆鸿渐又从卧房跟了出来，看到程浩胳膊上的伤口，吓了一跳：“哥，你这新伤是怎么回事？昨晚你一夜未归，做什么去了？”

程浩白了陆鸿渐一眼，默了默，还是回答了陆鸿渐的问题，简单将事情的经过讲述了一遍，但刻意避开了小小被欺负的情景。毕竟，这种经历只要提起来，对林小小或多或少是一种伤害。但如果不告诉陆鸿渐，以陆鸿渐的性子，可以跟只苍蝇似的，嗡嗡个没完，烦都要烦死。

听完来龙去脉，陆鸿渐难以置信地看着两人：“所以，你刚才的意思是，林小小为你不靠谱的打架行为买单，把她的大老板给得罪了？”

林小小为程浩上着药，抿唇不语，觉得陆鸿渐说的话怎么听好像都有点问题。

谁知程浩却不咸不淡地应道：“嗯。”

陆鸿渐突然捶胸顿足，痛心疾首道：“哥哥，你知道吗，你一下子毁掉我和林小小两个人的前途啊！徐老板可是有好莱坞资源的啊！”

林小小总算发觉了陆鸿渐话里不太正确的地方，原来在这里呢！这个家伙，真是自私鬼，第一时间都还是想着自己！不过，刚刚程浩为了照顾她的感受，特意避开了重点，只是很隐晦地提了一句“骚扰”，也难怪他是现在这个反应。

她撇撇嘴嘀咕道：“徐老板那种人渣，有什么好巴结的！”

“唉，算了，所谓兄债弟偿，哥，你害林小小没了工作，就让林小小给我当助理吧。”随后陆鸿渐摆摆手，一副很大度的样子。

“哈？”林小小转脸看向陆鸿渐：“助理？”

11. 醋王程浩已上线

程浩上完了药，也想了一下陆鸿渐的话，觉得林小小现在确实是因为自己失去工作了，这倒是一个还靠谱的提议，认真点了点头。

陆鸿渐很会看眼色，见程浩首肯了，立马上纲上线道：“对呀，你也不用干啥累活，捶捶肩、暖暖床就行了。”

陆鸿渐半开玩笑半认真地说着，还顺手一把将林小小搂住。林小小迅速一闪身，却没躲开，只能嫌弃地推开陆鸿渐：“陆鸿渐，请你圆润地走开！”

程浩瞬间黑了脸，陆鸿渐得寸进尺了是吧！刚才那句话，他当陆鸿渐是开玩笑的，所以没计较，陆鸿渐倒好，直接动手动脚了！

这小子是活腻歪了吧！

只见程浩的眼神像两把锐利的飞刀朝陆鸿渐飞去，陆鸿渐被正中红心，顿时如同身坠冰窖，全身心都莫名地一阵颤抖。

这眼神杀也太可怕了吧！陆鸿渐立马谄媚地讨好林小小：“我开个玩笑！你是老大，我给你暖床！我给你暖床！”

程浩收回目光，转头目光柔和地看向林小小，询问道：“小小，你愿意吗？”

只要林小小有一点迟疑，他必然不会答应。从现在开始，他不想让她受一点委屈。

“这样可以吗？”林小小眨巴着眼睛。她想，再怎么说，陆鸿渐现在也是正在上升期的明星了，在程浩的包装打造下，他日一定也会闪闪发光的，所以助理是不是应该要个更专业的？

程浩却笑着给林小小一个安慰的眼神：“就当是过渡吧，这样你也能在我们的视线范围内，我比较放心。”

这才是重点，最重要的是，陆鸿渐不敢对林小小乱来，并且林小小能在程浩照顾的范围内，不会再被人欺负。

林小小的心思程浩都懂，她真想多了，这就是一个闲职，并不会真的让她做什么事，更何况陆鸿渐这个事儿精可不只需要一个助理！

看到程浩的神情，林小小也放松了精神，欣然应允："嗯，好吧！"

"太棒啦！林助理，以后你就是我的王牌经纪人！"陆鸿渐高兴地扑上去，却瞥见程浩再次变得凌厉的目光，身子一个哆嗦，收住怀抱，改为恭敬地握手，忍得林小小忍俊不禁。

今夜是在程浩家寄居的第一夜，林小小也不知道自己是兴奋还是怎么了，竟然失眠了。在床上辗转反侧好久也没有丝毫睡意，她便穿上外套，打开落地窗，走上了阳台。

在阳台上正好能看到海岸，海浪哗哗地抚摸着海岸，海风徐徐，格外惬意。

吹着海风，林小小回想起程浩当初住在她家的情形，他们俩总是喜欢去楼顶吹夜风，程浩还说她家楼顶的风景特别好呢！

想到这里，林小小顿时在黑暗中微红了脸庞，还好没谁看得见。她索性放任思绪徜徉，过往的一幕幕都被她珍藏在脑海中，此时回想起来，历历在目，犹如再次亲临。

程浩第一次亲吻她。

程浩第一次搂着她睡觉。

程浩担心她，主动提出让她搬进他家住。

林小小睁开眼，疑惑地喃喃道："哎，老大到底是几个意思？先是亲了我，后来救了我，现在又把我接到家里住，怎么看都像喜欢我，可是为什么不明说呢？"

少女双手撑着下巴，手肘支在阳台栏杆上，一副苦恼的样子。

"难道是因为老大是母胎单身，根本没意识到应该表白？"

少女摇头，嘟着嘴，皱着脸。

"或者只是想随便撩一下？"

少女叹气，越想越难过。

"要不然，一切都是意外，是我想多了……"

头痛啊头痛！

林小小揉着太阳穴，一会儿趴在栏杆上，一会儿又走来走去，突然看到海边有一个熟悉的白色身影。

深夜，一个男人身姿柔软，沐浴在皎洁的月光下，在海岸边散步，像一朵出淤泥而不染的高贵莲花，随着海浪时起时落，牵动着少女的心。那可不就是她心心念念的老大吗！

程浩隐约间也感觉到一道熟悉的视线，仰头看过去，是自家阳台上的林小小正趴在栏杆上痴痴地望着他。海风吹拂着她的裙摆和长发，月色将她的身影都映照出来。

发觉程浩的眼神，林小小有一种当场被抓包的感觉，立马溜回屋继续睡觉。

看到林小小的房间灯光熄灭，程浩嘴角微勾，转身在沙滩上坐下，听着海浪声，放飞思绪，一时看着海水出神。

良久后，程浩轻声喃喃道："亲了她，又不给她一个交代，是不是太不负责任了……"紧接着蹙了蹙眉头，"难道直接说因为喜欢才亲的？"

突然，他抬手从身旁抓起一把沙子，紧紧地握住沙子。

可他越握得紧，沙子从指缝间流失得就越快，就像时间一样，他越想握紧每一分、每一秒，时间就越跑得快。

"承认之后呢？我还有足够的时间留在这个世界上吗？"

他不知道，在即将来的彗星日，他会变成什么样，是消失，还是回到属于他的那个世界，抑或还会有其他的可能……

所以，虽然他心中已经深爱着林小小，但他不能轻易承认爱她，他不能做那样不负责任的事。因为对未来的不确定，他不想再把林小小卷进这场混乱之中。

松开手掌，手中的沙子流失得更快。

程浩嘴角边扯出一抹凄苦的笑容，如果真的是那样，他就不要开头了，就当什么都没发生一样，那样，至少在他不存在这世界之后，林小小也才能更好地接着生活，不是吗？

像下了什么决定，程浩站起身，拍掉身上的沙粒，站起身回头。

阳台上那个长发飞扬的少女不在了，但之前那如同一幅最美漫画的画面，牢牢印在他脑中。

第八章

这个世界上，最深的孤独，是你明知道自己渴望，却得对她装聋作哑。

1. 人生苦短，不在一起，谈什么恋爱

为了庆祝新助理上任，也为了庆祝家里多了一个成员，陆鸿渐号召林小小和程浩在别墅的花园一起 BBQ。程浩坐在泳池边看书，不远处林小小和陆鸿渐忙得热火朝天。

此时，林小小拨弄着烤架里的木炭，陆鸿渐主动帮林小小系好围裙。木炭的黑灰不小心蹭上陆鸿渐的手臂，他故意使坏，上前捏了捏林小小的脸蛋，顿时将林小小白皙的小脸捏成了小花猫的脸。

陆鸿渐没心没肺地大笑："哈哈哈，小花猫，喵喵喵！"

林小小生气地跺脚："陆鸿渐！"

程浩心底一阵不爽，陆鸿渐的笑脸怎么看都觉得太刺眼，他捧着书，根本没看进去几个字，远远地低声吐槽："老套！"

不一会儿，林小小将烤肉放上烤架，才发现碗里酱油不够了，可是新的酱油瓶又老半天都拧不开。陆鸿渐挺身站过去，拍了拍胸膛道："我来帮你。"

醉翁之意不在酒，打着帮林小小的幌子，陆鸿渐伸着手臂，故意鼓起手臂上的肱二头肌在林小小眼前晃动。林小小眉角直抽，满脸黑线道："拜托，你能不能不要这么浮夸！"开个瓶子而已，搞得跟健美秀似的！

程浩很想冲上去撵走陆鸿渐，却又竭力让自己稳住，高冷的人设不能崩。他又不屑地轻哼一声："肤浅！"

此时，林小小嫌弃地挡开陆鸿渐的胳膊，把烤串放在铁丝网上。陆鸿渐继续忙着像一只花蝴蝶围着林小小打转。突然，烤肉上的肥油滴落到木炭上，顿时窜

起一溜火苗，火舌腾腾腾直往上舔。陆鸿渐迅速搂住林小小拉到身后，英勇无畏地凑过去挡住火舌。

只见火苗瞬间小下去，只留下一股烟，顿时熏得他眼泪直流，他还得咬着牙喊道：“啊！咳咳！小小，不要担心我！为了救你，我宁愿放弃我的容颜！”

“陆鸿渐，你抽什么风！”林小小拿着油刷站在一旁，无力地看着陆鸿渐戏精上身。

“啪！”程浩终于坐不住了，老虎不发威，猴子都要闹翻天了！

林小小和陆鸿渐被摔书声惊得回头看去，就看到脸比木炭还黑的程浩冷冷地看着这边，不对，应该是看耍猴戏一样的陆鸿渐！

“陆鸿渐，既然这么喜欢做饭，要不给你报个厨艺班去学学。”

“哈？”陆鸿渐显然还没反应过来程浩的意思。

“书没写完就在这里捣乱，不想干就去外面给我锄草吃土！”程浩没好气地说道。

陆鸿渐丈二的和尚摸不着头脑，不是说好今天不谈工作的吗？

林小小举着刷子看着程浩没来由地发火，一时也有些尴尬。程浩看向林小小，正好对上她询问的眼神，他只得冷声掩饰尴尬：“我饿了，快点做。”说罢，转身进了屋内。

看着程浩形单影只有些失落的背影，以至于烤的一块羊排一面已经煳了都没有发现，林小小依然咬着手指若有所思。

“难道老大……吃醋了？”

忽然，一阵焦煳味传到了鼻子里。“啊啊啊——”林小小来不及细想，手忙脚乱起来，赶紧给焦煳烤肉翻面。

吃过饭，陆鸿渐坐在花园里，抱着笔记本电脑奋笔疾书。林小小榨好果汁，给程浩送去一杯，程浩正在书房里看书，林小小进去后也不敢多说什么，放下杯子就离开。

程浩虽然盯着书本，但心早已跟着林小小飞走了，见林小小没有任何表示，最终还是坐不住了，打算跟出去看看。

林小小退出程浩的书房后，又端着一杯果汁放在陆鸿渐面前。她正要离开，陆鸿渐却喊起来：“哎，林助理，我现很忙，麻烦帮个忙。啊——”

他说着，歪着头张大嘴，示意林小小喂他喝，眼睛盯着笔记本电脑，双手还在键盘上跳跃，一副真的很忙的样子。

林小小不情愿地走过去，端起杯子，将吸管按住，往陆鸿渐嘴边递过去。陆鸿渐将吸管叼在嘴角，似乎对这助理的态度不太满意。

“林助理，你好好服务哦！我这么辛苦写小说是为了谁？”

“还不是为了你自己吗？钱是你自己花的！”林小小丝毫不给面子，眉头一扬，似乎在暗什么，“欠债还钱，天经地义！”

陆鸿渐被噎住了，他自然明白林小小指的是什么，转而又觍着脸转移话题：“你难道忘记当初说的了？”

“是，可当初你答应我要写以程浩为原型的小说的！”林小小一时又陷入遐想的世界，陶醉地道，“等你写好，我就把它改成剧本，然后鼓动老大出山担任主演！”

此时，程浩站在一株女贞树后，女贞繁茂的叶子将他的身形完全挡住，但是林小小和陆鸿渐的对话一字不落地进入他的耳朵。听见这番话，他嘴角牵起几丝笑意。

陆鸿渐见林小小又在幻想程浩，心里很不爽：“我突然想把这小说写成悲剧，男女主发乎情，止乎礼，爱得死去活来也没碰对方一下，最后天人永隔……”

林小小顿时急得跳脚：“那怎么行！现在不都流行第一集拥抱，第二集接吻，然后，然后生个猴子，幸福结局！”

躲藏在树后偷听的程浩，嘴角的弧度越发大。

陆鸿渐不服气，继续争辩：“你懂什么！只有悲惨的结局才能体现爱情的真谛，两个人永远在一起幸福地生活下去，这种平凡的爱情有什么好看……”

在关于爱情的理念上，林小小拿出一种认真的、丝毫不让的语气：“错！不在一起还谈什么恋爱！人生都已经这么苦了，没有快乐的结局，还不如什么都不发生！”

有句话不是说，不以结婚为目的的恋爱都是耍流氓嘛！相爱的人自然要永远在一起，步入婚姻殿堂，相亲相爱，白头偕老！

林小小的话却一瞬间警醒了程浩。他脸上的笑容渐渐消失了，眼眸中蓄满了失望，冰霜覆盖上他原本温柔的脸庞，仿佛仲夏消失的瞬间，永冬来临。

他转身离去，以至于后来林小小还在和陆鸿渐争辩，他也无心去听了。

“不在一起还谈什么恋爱！人生已经这么苦了，没有快乐的结局，还不如什么都不发生！”

林小小的话不停地在他脑海里响起。

她是这样认为的吗？想想应该也是。所谓的但求爱过，不求永恒，那都是利己主义者不负责任的爱情观。

程浩一个人坐在书房里，越发郁闷，抬手去拿桌子上的水杯，没想到，他刚刚拿起杯子，杯子直接从手中滑落回桌上。

他悚然抬眸看去，才发现自己的手在这一瞬间突然变得透明，只剩下一个虚无的轮廓，似乎随时都有可能在空气里消散。

程浩心底一阵恐慌，震惊地擦了擦眼睛，颤抖着将手放至眼前细看，不一会儿后，透明的手慢慢又恢复正常。

难道，自己真的即将消失吗？

“如果必须分开，我们之间，还是不要再继续发生什么了……”程浩垂下手，黯然神伤。

2. 新书签售会再生事端

陆鸿渐虽然经常贫嘴，为人也不太靠谱，但确实在小说创作上还是有些天赋的，这段时间，他日夜笔耕不辍，小说总算完成，递交到了程浩的办公室。

“咚咚咚！”突然响起敲门声。

“进来。”程浩回过神来，见林小小推门进来，脸上划过一抹慌乱，但随即又镇静下来。

“有事吗？”程浩一只手将陆鸿渐的小说放到桌子上，另一只半透明的手隐藏在桌子下面。

虽然程浩很努力地掩饰，但是林小小还是捕捉到了他的表情。难道老大又有什么新的麻烦了？

林小小怀着疑惑，小心翼翼地将一份文件摆在程浩的面前。

“老大，陆鸿渐的小说我试着写了一个剧本改编方案，男主角是……以你为原型的，你要不要看看？有什么不满意的地方可以直接说，我会努力修改让您满意的！”

既然已经决定要划清界限了，就不该总是撩她，那就让自己表现出公事公办的样子吧。程浩狠下心来，对着满眼期待的林小小，语气突然变得有些生硬：“嗯，放这儿吧。现在主要的目的是打造陆鸿渐，他的新书发布会要尽快筹备，其他的事情，都先放一放！”

“哦……好的。新书发布会已经筹备好了，就在明天。”林小小应道，但视线依然落在程浩身上，这才发觉他把一只手放在办公桌下面垂着，那只手似乎隐隐有些透明。

程浩看到她的目光，慌乱之下语气有些凌厉：“还有事吗？如果没事的话就请离开吧！”

老大这是在赶她走吗！这是从第一次同居过后，她再也没有听到过的凶巴巴的语气。可她一向是不敢多问的性子，瞬间失落地摇摇头，转身离开了。

程浩瞥到林小小离去的背影，原本欢乐的她此刻似乎被一股低落的情绪笼罩，蒙上了一层灰蒙蒙的薄雾。程浩的心也一时间跟着揪了起来，离去的脚步声一声一声地踏在他的心房，虽然越来越远，但是他的心愈来愈疼。

摇了摇头，手掌再度紧握了起来，既然已经下定决心了，就不能再动摇了。

程浩转头，却发现剧本方案上面写着电影名称——《即刻相爱》。

明明相爱，却不能坦言。《即刻相爱》似乎在此时变成了一个讽刺的故事。

有什么氤氲了程浩的眼。

陆鸿渐的新书发布会在城市最大的书店的座谈区举行，这里挂满了粉白色的气球，薰衣草和满天星作为点缀，营造出一种温馨、甜蜜的氛围。在书店门口，陆鸿渐的新书放在最显眼的位置，并被堆叠成了高高的书塔，不少粉丝正在购书，然后去排队等签名。

在她们的盼望中，陆鸿渐身着浅色休闲套装，在林小小和其他工作人员的陪同下，终于出现在签售台前坐下。粉丝们虽然激动，但也在保安秩序维护下，有序地一个一个排队前去将书递给陆鸿渐签名。

林小小站在陆鸿渐身边，帮着陆鸿渐翻书给粉丝签名，顺便接收粉丝们送来的小礼物。

陆鸿渐正在给一个热情的女粉丝签名，女粉丝忍不住激动地道：“我好喜欢你的书和书里的故事。”

陆鸿渐亲和地对粉丝笑了笑：“谢谢支持！”说罢，还附送了一个电眼，粉丝差点被电晕，激动得尖叫一声，抱着书跑开了。

签售签得差不多了，接下来便是创作心得分享，这也是和粉丝们拉近距离的机会。陆鸿渐握着话筒站在台下，似乎有点紧张。

“加油！”林小小拍拍陆鸿渐的肩膀，给他鼓劲儿。

陆鸿渐回以微笑，然后深呼吸，抬步跨上台。

“大家好，我是陆鸿渐，谢谢大家捧场，希望大家喜欢我的新书。我这本书，主要是写了一对恋人……”陆鸿渐打开了话匣子，也渐渐克制了紧张，如今的台风在程浩的培养下也越来越稳健自如了。

“哼！渣男写的书，有什么好看的！”安静的台下，突然一句不满的冷哼声打断了陆鸿渐，立即吸引了周围一些人的注意。

众人看过去，发现是一个美女，纷纷议论起来。

美女反而更来劲了，挺了挺胸，走上前来指着陆鸿渐大声道：“陆鸿渐，你每天吃喝玩乐撩妹子，现在火了又靠这种抄袭拼贴的书炒作，可真是厚颜无耻，全天下都找不出第二个了！”

陆鸿渐本来还愣着，有点措手不及，听到美女这样说，顿时就不能忍了！

“喂，吃喝玩乐和撩妹我认，你凭什么说我抄袭？”陆鸿渐也质问回去，污蔑的锅他不背！

林小小这才发现不妙，连忙拉着情绪激动的陆鸿渐，又回头示意小童等一众工作人员将美女拦住，并且请她离开。

台下一些路人粉顿时交头接耳，有的还拿出手机拍照、录像，等着发微博，一副看热闹不嫌事大的模样。

只要陆鸿渐搭腔就中了美女的激将计谋，美女这会儿更加兴奋地跳起来，用力扒拉开挡在她面前的工作人员，语气越发嚣张。

“你们想干什么？不让人说实话了吗？陆鸿渐没出名的时候就靠那张脸到处骗钱，欠条还在我这里，钱还没还完，现在倒开始卖弄文采了，真是可笑！”

“哇，这么劲爆！”路人粉、吃瓜群众看得津津有味。

“还会不会爆出点其他更狗血的戏码来啊？”

“天哪，一个签售会，犯得着这样炒作吗？”

“所以这是真的咯？私生活乱成这样的人，写的东西也好不到哪里去吧？”

“走吧，走吧，不买了……”

路人粉们瞬间粉转黑，好多都把准备买的书放了回去，签售会好好的氛围，顿时被破坏殆尽。

陆鸿渐急坏了，忙着想要拦住离开的书粉：“喂喂喂，大家别走啊，听我解释好吗？我的私生活不该影响我的作品啊……”但根本没人愿意听陆鸿渐说话。

美女双手环胸，得意扬扬。

林小小恨恨地看了一眼那个不速之客，明明知道这是故意有人砸场子，陆鸿渐却还是中了她的计谋。再这么下去，陆鸿渐要玩砸了！

情急之下，林小小一咬牙站了出来，夺过陆鸿渐手中的话筒，急忙道：“请大家等一等！听我说一句！”

“我是陆鸿渐的第一批读者，两年前就开始看他的小说。他每一次更文，都有跟读者互动，也悉心听从读者的意见和建议，认真提升自己。”

“但他总是差一点运气，没有机会出版自己的作品。可是这么多年，哪怕他最倒霉的时候，生活不下去的时候，他都没有放弃过写作。”

“你们看到的每一个字，都是他一点点写出来的，绝对没有抄袭……”

听着林小小说的话，有人停下了离开的脚步，议论纷纷，不知道该相信谁。

闹事美女见风向已经有点偏离，顿时又跳了出来：“又开始卖惨打感情牌了！他这种人，什么都敢做，抄袭算什么！”

“你你你……”一向油嘴滑舌的陆鸿渐此时就像被人剪掉了舌头一般手足无措。

只见，林小小突然跳下展台，对着比她高出一个头的美女，气势上丝毫不弱地反击：“书就在展台上，这位小姐，如果你觉得是抄袭，可以现场把抄袭的段落指出来。如果你找不到，我们就有权利告你诽谤！这可是要负法律责任的哦！”

美女的目标是陆鸿渐，却没想到几次被这个不认识的女人怼得没话说。

其实她也是出于一时之气，当初骗自己的穷小子竟然摇身一变成了大明星程浩的亲兄弟，还搞如此盛大的签售会，她自然看不过去，要说抄袭证据，她还真的没有，顿时也只能哼着气，接不下去了。

底下人群见闹事美女指不出来，也猜到了七七八八。

“她说抄袭就是抄袭吗？”

“就是，这年头抄袭不是很容易鉴定吗？”

“我倒是觉得这书挺有意思的，先看看呗！”

见底下粉丝们又向着自己这边，陆鸿渐也回过神来。此时此刻，林小小在他眼中，浑身都散发着天使一般的金光，这个拯救他的女孩，才是他命中注定的小仙女！

陆鸿渐感动地呼唤林小小：“小小——”

美女见自己的言论快要站不住了，也不想让自己的欠条打水漂，底气有些不足地道：“那欠条呢？欠我钱总是真的吧？”

林小小正要说话，小童走了过来，严肃道：“一码归一码，我们的律师会找你对接，如果债务属实，我们双倍赔偿。但你继续在这里闹事，我们有权利向法院起诉你。”

“好！我等着！”美女气得胸膛起伏，甩着手满脸不痛快地离开了。

当她路过垒起来的书塔时，也不知道是故意还是无心，踩着高跟鞋的脚崴了一下，胳膊肘顺势碰倒了一旁的书塔，三米高的书塔支撑不住她扑过来的力量，顿时朝着林小小这边倒下，几十本没开封的新书，像一块块砖头一样朝着林小小砸下来。

那一眨眼的工夫，陆鸿渐眼明手快，一把将林小小拉进怀里，用他的后背抵挡着劈头盖脸砸下来的书本，立时感觉到后腰被砸疼了，但他只皱了皱眉，看着身下的林小小，急忙问道：“你没事吧？”

林小小挣脱陆鸿渐的怀抱，摇头致谢：“没事，谢了。”

外围闻讯赶来拍新闻的记者，虽然没拍到美女闹事的新闻，但是拍到了陆鸿渐保护林小小被压在书堆下的一幕。

事情很快就传到程浩那里去了，他看着新闻中的画面，不由自主地皱紧了眉头。

这个陆鸿渐，果然以前的黑历史就是他成功路上最大的绊脚石。

程浩想了想，随即拿起手机，给林小小发了处理后续事宜的语音消息过去。

此时，林小小陪陆鸿渐去医院拍了CT，还好那些书砸下来，并没有伤到筋骨，只需用一些止痛消肿的药，很快就会好起来。

回到家里后，陆鸿渐随手抓起茶几上的平板电脑，翻出今天上午他新书发布会出事的新闻，没想到前经纪人邹灵也在此时落井下石，爆出了他更多的“黑料”。邹灵声称她曾购买陆鸿渐的小说版权，发现其抄袭后才解约的，还指出陆鸿渐曾冒用程浩的身份欺骗同事……

陆鸿渐愤愤然道：“我看今天的事一定是邹灵派来捣乱的！说我写得不好或者拈花惹草我都认，说我抄袭是什么鬼！我有那么猥琐吗！”

这时娱乐新闻画面中出现几个美女，林小小还无比眼熟，这不就是陆鸿渐的那几个前任女友吗！她顿时感觉一阵头大，这事儿看来还真的有人在背后搞鬼！

只见那几个美女对着镜头搔首弄姿，争抢着出镜，还拿着跟陆鸿渐的合照在镜头前晃悠。

“我从来没见他写过东西，不过他真的超级会撩。”

“作家不是他用来泡妹子的招数吗？他真的写书？”

“宝贝，别怕，抄袭我也会买的哦！”

陆鸿渐欲哭无泪。这确定是在捧他，不是让他糊穿地心的黑粉吗？

陆鸿渐转身抱着林小小，委屈地哭诉起来：“她们居然都不为我说话，还都不相信小说是我写的……小小，你才是唯一为我站台的人，你才是对我最好的！呜呜呜！对了，我哥说怎么处理这些新闻？”

陆鸿渐擦了一把鼻涕和眼泪，突然想起救世主程浩来。林小小被陆鸿渐勒得快要喘不过气来了，用力推开陆鸿渐，拿出手机给陆鸿渐放刚才程浩发给她的语音信息。

“抄袭的事情我会找机构认证，其他的负面新闻，让他长个教训，自己好好消化吧。”

陆鸿渐听着程浩的语音消息，顿时更加绝望地往林小小身上扑：“呜呜呜，我哥也不管我了，小小！”

林小小嫌弃地躲开，恨铁不成钢地给他猛灌强心剂：“那你就自己争气点啊！写出真正的好作品，让他们刮目相看！”

陆鸿渐抬起头，委屈巴巴地望着气场高他三米的林小小，撇着小嘴顺从地点点头。

不然还能怎么办？他也总算领悟那句俗话了——出来混总是要还的。

3. 程浩生日快乐

此时，程浩从公司离开后，却没有直接回家。陆鸿渐和林小小相处得似乎越来越融洽了，他有时候觉得，回去过早反而打扰到他们。

天色已黑，程浩将车开到了滨江隧道外。

停下车，背靠着车，凭栏眺望江水，从手机里翻出他和林小小的合照，一张张一遍又一遍地翻阅。

照片上林小小的笑容是那么灿烂，灿烂得似乎能驱散所有阴霾，可是此刻，每翻阅一张，都像将刺更深地扎入心脏，一点又一点，直到痛到不能呼吸！

上天为什么要跟他开这样的玩笑，让他遇到真爱，却又不能相守在一起！

程浩取下手套，看着自己那一只忽而实体，忽而变得透明的手，眼神里流露出一丝不舍："我在这个时空的存在越来越弱……"

他抬头又看看不远处的隧道入口。

一切都始于那里，也会结束于那里吗？

"很快了吧，会全部消失了吧！"他嘴上说着淡漠的话，没人看得出来他的心痛得滴血。

并不是他怕死，而是他遗憾，在不合适的世界，遇到了最合适的人！

这样的无奈，又有谁能明白！

吹了一会儿江风，信息提示音响起，是林小小的消息，她询问他什么时候回家，吃过晚饭没有。

简单的关心，却让程浩心口又一阵苦闷。终于，他还是发动车子，朝家里开去。

程浩回到别墅，却发现房子已经断电，四周漆黑一片，除了路灯，没有一点光亮，而别墅的房门敞开着。程浩立刻紧张起来，林小小不久之前才给他发过消息，家里怎么会没有人呢？

他朝黑洞洞的房门走去，借着手机的光亮，观察着屋子内的情况：屋子里一切物品都规整地放在原位，还是他早上离开时候的样子，并不像遭贼的样子。

"小小？"程浩依然提心吊胆，小心翼翼地走着，对着黑暗中小声唤了一句，但并没有人回应他，他内心的疑惑不由加重。

该不会她又被徐老板抓走了吧？程浩的心瞬间揪了起来，心里顿时被一股恐惧感笼罩。

程浩朝后花园泳池走去，四周一片黑暗，只有天空中一轮残月依稀散发出淡淡光辉，映照在平静的泳池水中。但他感知到花园里有人！一丝未知的恐怖气息正笼罩着他。

提起放在墙角的棒球棍，程浩小心翼翼地沿着墙壁向花园深处走去，突然眼前光线一闪，紧接着四周一下亮了起来。程浩回头，这才发现整个花园中布满了星星点点的小灯，一首《生日快乐》音乐声传了过来，是音乐盒清脆悦耳的声音。

程浩垂手惊讶地愣住了，只见林小小推着手推车，缓缓从花园另一端走了过来。手推车上面装饰着鲜花，鲜花中央放着一个模样朴素的水果蛋糕，蛋糕中央用红色果酱写了“程浩生日快乐”的字样。

“今天是我的生日？”但是他完全忘记了。

原来是林小小想给他一个生日惊喜，才躲藏了起来。程浩松了一口气，扔掉了手中的棒球棍。

蛋糕上点了一支蜡烛，烛火在微微夜风中轻微跳跃，像一个伴舞的快乐小精灵。音乐盒的声音停止，林小小也刚好走到程浩身旁。她俏皮地笑着道：“老大，生日快乐哦！惊不惊喜？意不意外？”

看着少女双手小心翼翼地将蛋糕放到桌子上，然后邀请他坐下，他心中那刚刚建设起来的冰山，再次融化成一片海洋。

“我都不记得了，难为你竟然记得……”

林小小不好意思地将耳旁碎发别到耳后：“我是你的粉丝，当然记得住了！不过，陆鸿渐好像也不记得了。我明明叫他回来的，毕竟是你们兄弟重逢后一起过的第一个生日，应该一起庆祝的。”

她说着，转身在推车的鲜花中翻找出来一个小礼物盒，递给程浩，道：“老大，其实我也不知道送你什么好，不过你好像什么也不缺，所以，我，我就自己做了这个。”

程浩在林小小极度忐忑的眼光中拆开了礼物盒，里面竟然是一匹可爱的白色小陶马，而且这只小马的手工痕迹很重，还有点儿歪扭，确实是不怎么成功的手工艺品。

程浩眼底一阵暖意闪过，但他没有立即伸手将小马拿起来。林小小更加忐忑了，小声问道：“你是不是…不喜欢？”

“我……喜欢。”程浩嘴唇微动，明明很想说出口的话，却说得异常艰难。

“真的？”林小小紧蹙的眉头舒展开来，笑容顿时浮现。

程浩看着林小小纯真美好的笑容，心潮澎湃。他真的做不到这个时候拒绝林小小，不忍看到她失望、失落的样子。终于，他伸出手，长臂一揽，毫无预兆地将林小小一把揽入怀里，用尽全力箍着她。

林小小的脸贴在程浩胸口，听着他急促有力的心跳声，心头的甜蜜幸福无法言说，也抬手环住他的腰，随后扬起头，目光灼灼地望着程浩。

情不自禁地，少女踮起了脚，主动而生涩地吻住了程浩的唇。她的唇轻轻颤抖着，害怕和激动夹杂在一起，却让她壮着胆子去感受程浩的唇。

薄而冰凉，却无比柔软。

程浩搂着怀中的少女，这一刻他也很想忘情地回应她生涩的吻，可是看着她闭着双眼，深情轻吻自己的样子，他莫名又想起了许多许多。

越来越透明的手，越来越微弱的存在感，以及越来越接近彗星日的时间，无一不在提醒他，他在这个世界的时间不久了，他不能因为一时失控伤害林小小。

他不能那么自私，不能！

他会消失的，他不能留给林小小不完满的未来！

想着这些，程浩抱着林小小的手突然就松开了，接着，他一狠心，轻轻将林小小推出了怀抱。林小小完全不料，脚下轻微趔趄，难以置信，眼眸中满是失落。

程浩不敢正视林小小的眼睛，他垂下眸子，佯装看手心里的小马："谢谢你的礼物，天色不早了，早点休息。"

程浩说罢，转身匆匆离去，不敢再在这儿多停留一秒，更不敢再多看林小小心碎的表情一眼。

林小小看着程浩无情地大步离开的背影，眼眶中努力忍着的眼泪越来越烫，终于承受不住这份滚烫的痛，滚滚而落。

"这是被拒绝了吗？"

看着程浩冷漠无情的背影，林小小一时间也陷入迷茫，但他对她的那些关心和亲密，她明明感受得到不是装出来的，不是做戏，也不是对粉丝的宠爱！

"到底怎么回事……老大怎么了？"

林小小想起自从她住进程浩的家中，程浩对她忽冷忽热，忽远忽近，越发不解其意。她只能将心底的郁闷和悲痛化为食欲，一个人抱着蛋糕，大口大口地吃着，仿佛面前的不是蛋糕，而是程浩的心，她囫囵吃下去之后就能知道程浩心里所想了！

"为什么要这样？"

林小小苦闷地端起酒杯，一饮而尽。

"干脆趁今天，他不表白，我来！"此时，已然将自己灌得半醉的林小小，小脸早已酡红一片，又开始了酒壮尿人胆的操作。

既然从来没有表明各自的心迹，那么她并不介意自己是先主动坦白内心的人。

"不就是告白嘛！走起！"喝掉啤酒罐中最后一滴酒，林小小将易拉罐捏扁，双眸发亮。

4. 乌龙告白

趴在沙发边缘还未起身，林小小突然看到了一双锃亮的皮鞋走了过来。

是老大又回来了？

她就知道程浩绝不会那样冷漠无情地走开，他又走过来了，还是因为放心不下她。

林小小突然有些得意地想着，傻傻地笑着看向来人："老大，你回来啦！"

“嗯，回来啦。”此时，同样醉眼迷蒙的陆鸿渐跪坐在林小小身前，和林小小两人眼对眼傻笑。

这家伙不知道今天从哪儿喝了酒回来，此时也醉得迷迷糊糊了。

林小小突然想起什么，晃晃悠悠爬起身，抬手捏着陆鸿渐的两边脸，认真地说了起来：“老，老大！有句话藏在我心里已经好久好久了，呃——一直想找个机会跟你讲，可是总是时机不对，要不就是我胆小，不敢说……我想告诉你……我，喜欢你好久了！你别误会……别误会，不是粉丝对偶像的那种。你，你愿意接受我吗？”说完，她捏着陆鸿渐的脸扯了扯。

陆鸿渐都迷迷糊糊闭上眼快睡着了，被她捏得微疼，又强行睁开眼，笑嘻嘻道：“好啊！你过来啊！再胖我都接得住！”

“接住我哦！”林小小也不知道被带歪到哪里去了，但她眼前的“程浩”正温柔地对她笑着点头，对她张开了双臂，敞开怀抱。

“嘿嘿……”林小小开心地笑着，身子慢慢前倾。她看到“程浩”嘟起了嘴巴——表白过后都应该亲亲一下的吧——她也嘟起粉嫩的唇，闭着眼睛朝陆鸿渐的脸凑过去。

谁知林小小一直伸长了脖子，却没亲到程浩，只听得突然“扑通”一声响，紧接着水花四溅，溅到她的脖子上，一阵凉意袭来，她蓦然睁开眼，瞬间清醒了几分。

她这才发现陆鸿渐被程浩一脚踹进了泳池，而程浩正双手插在裤袋里站在她面前，一张俊脸比头顶的夜空还黑！

而陆鸿渐在水里扑腾挣扎，嘴里仍旧不明所以地喊着：“小小，来呀，我接住你……”

林小小好像明白了什么，刚散去的酒意酡红又爬上脸。她捂着脸推开程浩就跑：“啊！认错人了！真的要羞死了！”

程浩低声冷冷道：“蠢死了！”

陆鸿渐全身泡在冰凉的水里，醉意也消了几分，看着自己湿身一片，顿感疑惑道：“哎，我怎么在水里啊？”

程浩没好气地瞪了陆鸿渐一眼，又看着林小小慌张跑进屋的背影，简直气得七窍生烟！

窗户外的监控摄像头随着程浩的走动而转动，但此时花园中的几人似乎都没发现摄像头在转动。

与此同时，程浩和林小小还有陆鸿渐三人间的这场闹剧，被徐司机尽收眼底。

“程浩，林小小的用处可多啦，她身上可是有连通两个空间的关键力量，我可不会让她浪费在你手里！”徐司机的脸上露出一抹坏笑。

原来，徐司机正在他新建成的密室中，他身旁的黑客在键盘上快速编写着代码，黑进了程浩家花园的监控系统，他这才能将刚才那一幕看得清清楚楚。

夜幕星垂，程浩站在客厅阳台上，神色忧郁地看着林小小送给自己的生日礼物——一只丑丑的小陶马。

轻轻地摩挲着，就仿佛感受到了林小小在制作这只小陶马时的心情，一副认真又笨拙的模样浮现在程浩眼前，程浩嘴角又牵扯出一抹宠溺的笑意。

他随手翻开林小小改编的剧本浏览着，却看到一句台词：和他永别吧，然后目送他被时间的洪流带走……

目光扫过这行字，心却像被锋利的刀子划了一条口子！

程浩叹了一口气，合上剧本，走进了地下影音室。程浩调出了花园里林小小给他过生日的监控画面，用投影仪投在墙上播放。

视频里，林小小看他时双眼中的期盼，以及她那灿烂的笑容，都让程浩心底窒息般难受。他想把她的一颦一笑、一举一动都刻进心里，刻进骨髓里，铭记！

但是他脑海里突然又冒出另外一个恐怖的想法，随着他本身的存在感越来越弱，他的身体也会在这里消失，那么那些关于林小小的画面是不是也会在他的记忆中消失？这让他感到一阵恐慌！他可以忍住不去开启这一段注定没有结局的感情，但是他忍不了连记忆中都没有她的模样！

画面里，林小小对着认错的“程浩”告白，程浩倒退看了几遍，直到他觉得自己心口痛得麻木了，才喃喃道：“不能让你继续陷下去了……”

画面播到陆鸿渐被踹下水的画面，程浩正准备关掉投影仪，却突然发现监控画面的角度变了。原本朝着西南方向拍摄，但监控摄像头似乎跟随着他的移动转动了一个角度，拍向了他最后离去的正南方向！

程浩浓眉一蹙，一向警觉的他立刻感觉到有问题！他安置的摄像头的朝向可一向是固定的！

关掉投影仪，程浩佯装无事地回到花园，站在先前的位置，往那个转动的摄像头看过去。但是摄像头又安然不动，就像什么也没发生过一般。

程浩心底有了警惕，一种暗处有一双眼睛在盯着自己的感觉涌出来。

他仔细想了想，如果有人在他家的监控系统上动了心思，那么其他地方也不可避免被设计。

程浩转身下了私家车库，在车里仔细寻找，果然，在他越野车的底盘下摸到了窃听器。他赶紧将窃听器卸下，关闭信号。

他打开车内的监控视频，按下快退键，终于找了一个趁他在路边停车，鬼祟地接近车子的人。

程浩给小童拨了电话过去：“小童，家里摄像头的位置你调整过吗？”

小童一头雾水，但依然老实回答：“浩哥，摄像头的角度都是固定好的，没人动过啊。”

“可现在监控自己换了角度，你去查查怎么回事，还有，有人在我车上装了窃听器，帮我查出来是谁。”

挂了电话，他把刚才在车载监控视频中调出来的那个人像给小童发了过去。小童的办事效率一向是深得程浩的心的，没过一会儿，他就给程浩回复了消息。

“浩哥，确实有人黑进监控软件后台，进行了操作，而且这种操作已经不只一天了。还有，照片上的人是已经上了明星黑名单的记者，很久没有出来活动过了。”

程浩的神色越来越严肃，他捏着手机的手越握越紧，指节微微发白：“继续查，看看这些事情背后有什么联系，跟上次林小小楼下那辆黑车是不是一伙人。”

程浩凝视着摄像头的黑洞，仿佛着凝神着深渊，久久不能平静。

5. 亲了你就得对你负责

清晨，金纱般的阳光洒进房间时，陆鸿渐并没有在这暖和美好的阳光中醒来，而是依然睡得香，不时翻来翻去，怀里抱着被子，就像抱着一个美女。

“嗯嗯……亲亲……”

陆鸿渐嘴里发出含糊不清的声音，嘴巴噘得老长，使劲儿亲怀里的被子，但因为亲得太过用力，自己的脸陷在被子里出不来，一时闷得出不了气，没几下，陆鸿渐掀开被子，一骨碌坐了起来。

他醒了，但是大脑还处在开机中的状态，双眼也还迷迷蒙蒙的。

“我喜欢你好久了……你愿意接受我吗？”

林小小的话突然在脑海里浮现，她昨晚抓着陆鸿渐不放手，跟他表白的情景也一瞬间出现在他的脑海里。

陆鸿渐顿时瞪大了眼睛，惊讶地捂住自己的嘴：“咝——”有点疼，难道他们俩昨晚真的亲了？亲得还很猛，所以这里这么疼？

他对着镜子里顶着一头鸡窝的自己喃喃道：“应该亲上了吧，这里好像都亲肿了……”

反应过来后，陆鸿渐有些得意和兴奋：“哎，林小小果真还是扛不住我的魅力，被我征服了。枉我一直把她当兄弟，她居然对我就……下手了！”

“扑哧……”陆鸿渐捂着嘴笑得更加肆意了，“不过，她在发布会上帮我出头的样子，确实有几分迷人……”

“平常催稿的样子也挺可爱的……”

“还有打我的时候、瞪我的时候……”

越想越甜蜜，原来林小小才是他的真命天女吗？

“要不，我就发一回善心，勉为其难接受她的表白，结束她多年大龄剩女的单身生活？”

“小小，毕竟亲了你，我会对你负责的。”陆鸿渐抬手在空中抚摸着，就像在抚摸林小小的脑袋一般。

他立即洗漱、收拾自己，迅速换好一身帅气的衣服，就要出门去堵林小小的门。

近水楼台先得月，住得近就是方便。

此时，林小小正小心翼翼地跟在程浩身后，程浩显然并没有注意身后有个轻手轻脚的小尾巴，一转身便进了洗手间。

林小小远远地看着洗手间的门，满脸踌躇：“老大……哎，昨天的事，该怎么解释呢？”望着关着的门，她左想右想都觉得不合适，昨晚喝酒后的胆子在酒醒后就消失不见了。

那扇门内毫无动静，程浩似乎也没有要立刻出来的样子，林小小只好先离开去客厅，她得好好想想怎么解释。

她刚走出走廊，就见陆鸿渐笑得见牙不见眼，从对面迎上来。

陆鸿渐眉开眼笑地抓住林小小的手就说：“小小，昨晚……”

林小小正在为这事犯愁，不知道该怎么给老大解释，陆鸿渐真是哪壶不开提哪壶，她立即警觉地抬手制止陆鸿渐说下去。

“别说！打住！打住！”

“哈？为什么不说？”陆鸿渐看不明白林小小事前激烈主动，事后拍拍屁股不认账的态度，满脑袋疑惑。

林小小又瞟了一眼那边洗手间关着的门，有些紧张地道：“昨晚什么也没有发生！”

陆鸿渐见林小小这模样，自认为心中明白林小小的脾气性格，觉得她是害羞。不过没关系呀，小小害羞了，他来说，她只需要点头接受就是啦！

陆鸿渐温柔地看着林小小，揉了揉还疼的脸，表情格外妩媚：“傻宝宝，你怎么还害羞了呢？”

“呃……”林小小顿时被“傻宝宝”三个字恶心得后背起了鸡皮疙瘩，满心满身不自在，“你最好不再说第二次！”

陆鸿渐立即收起笑容，一脸认真地将林小小壁咚在墙壁上，林小小吓了一跳，赶紧跳开一步，道：“你要干吗？陆鸿渐你快起来哈！”他难道是想用这种方式赖账？

陆鸿渐嘴角勾起一抹浅浅的自信的笑容，缓缓开口：“小小，虽然你胸平，个子矮，没钱，还有点蠢，但是你的勇敢和善良深深打动了我，我已经看过了太多的繁华和灯红酒绿，所以决定接受平凡无奇的你。”

林小小一脸无奈：“你，真的搞错了……不对，是昨晚我搞错了！”

“怎么可能！”陆鸿渐有点急，一下子站起身，从口袋里掏出一个白色信封，“我还在枕头下发现了情书，你看，这就是你写的字吧！”

林小小抬眼去看陆鸿渐呈现给她看的信封，封皮上确实是她的字：To 陆鸿渐，生日快乐！

林小小嘴角抽了抽，陆鸿渐也太能想了，看都没看就说是情书？

陆鸿渐也在她无奈的目光下自信地打开了信封，没想到掉出来一堆碎纸屑。陆鸿渐捡起两片看，顿时明白了，这是当初他亲手写下的那张欠条，只不过被林小小撕碎了！

林小小扬了扬眉，说：“欠我的钱，你以后不用还了，我送你价值好几万的大礼，你就不要缠着我啦！”

她话音刚落，身后便传来开门声，是程浩出来了。林小小顿时转身朝那边跑去，也不再搭理陆鸿渐。

陆鸿渐的心都碎成了渣渣，他在林小小身后喊：“大爷我现在有钱了，可以百倍还给你啊！我还可以养你啊！”

看着林小小一去不复返的身影追着程浩跑远，陆鸿渐生气地抱怨：“人家正在表白呢，人怎么就跑了呢？是我不够认真严肃吗？看来我得放大招了！”

屋外，林小小没有跟得上程浩的脚步，只得叫了车自己前往公司。

程浩一到公司就忙着看文件、签文件，林小小敲门进来，将陆鸿渐小说改编成电影的修改方案再次递了过去。

“嗯，放这儿吧。”

林小小瞅着程浩目不斜视的样子，一边放下文件，一边小心地解释道：“那个，昨天晚上我和陆鸿渐其实……”

“如果这件事要从昨晚开始讲的话，就先放一下吧，我很忙！”程浩依然没抬眼，冷冷地打断林小小，“陆鸿渐的小说已经写完了，现在有投资方愿意投资拍电影，你和陆鸿渐商量，尽快把剧本改出来吧。”

林小小有些失落地住了嘴：“哦，好的。”

林小小垂眸，将她的难过盖在了眼底，见程浩又埋首案中，不得不转身离去。

程浩在听见关门声之后，抬起头来，看见玻璃外面林小小咬紧了下唇，他知道那是她努力忍着不让自己哭出来的习惯动作。

但这一刻，他的心里不比林小小好过。

手中捏着的中性笔竟然“咔嚓”一声被折断，断裂处还扎破了手心，他也恍若未觉，这些都比不上心里的痛。

6. 咱俩之间的误会有点深

刚准备回工位，林小小又接到了陆鸿渐的电话。林小小顺口问道：“你在哪儿呢？老大让我们弄剧本。”

电话那头，陆鸿渐的声音神神秘秘的：“小小，你现在能来一趟排练室吗？有急事。”

“哪里？”林小小莫名其妙，“你最近又没有演出，去排练室做什么？”

不等小小说完，陆鸿渐就把电话挂断了。林小小拿着剧本，没好气地推门进了公司二楼的排练室。

一瞬间，红红绿绿的气球扑面飞了出来，吓了她一跳。她疑惑地躲开气球走了进去，在排练室中找到陆鸿渐的身影。只见陆鸿渐双手捧着一大束玫瑰，姿势潇洒地坐在气球堆里，带着迷人的微笑看着林小小。

林小小蹙眉：“陆鸿渐，你又在搞什么鬼？”

只见陆鸿渐深情款款地站起来，认真地告白：“小小，你对我来说真的是非常特殊的存在，跟你在一起，我拥有了很多第一次，第一次被主动亲吻，第一次被保护，第一次有人在我落魄时挺身而出，所以我在经过特别慎重的考虑后，决定接受你的……追求。”

“什么？”林小小暗暗叹气扶额，突然觉得陆鸿渐这孩子智商堪忧，都说了昨晚是她喝醉搞错了，“呃，你这是在跟我告白吗？”

陆鸿渐一脸认真地点头：“对啊，不然呢？你以为我在演戏吗？”

林小小一脸无奈：“陆鸿渐，咱俩之间可能误会有点深！”

“怎么可能！你是那么随便的人吗？你会亲你不喜欢的男人？既然你主动亲我，那就证明你对我真的是情难自禁……”陆鸿渐想起那画面，顿时羞得似乎脸都红了，“我觉得既然我们是两情相悦……”

“哎呀，谁亲你了！我想表白的人是程浩啊！”林小小情急之下脱口而出心里话，愣了一下，然后害羞地掩面离去。

陆鸿渐也被林小小的答案弄得愣住了，所以原来都是他在孔雀开屏？

“呃——”尴尬的陆鸿渐竟然不自觉地打了个嗝，紧接着一个又一个打嗝声响起。

“嘭！”突然一声响，一个气球正好在陆鸿渐脚下被踩爆，吓得他一屁股跌坐下去，一时间他难以置信。

他竟然被乌龙表白了？还闹出了现在这羞耻的笑话？天哪，他陆鸿渐身为情圣的一世英名就此烟消云散了！

林小小也没想到，那夜迷迷糊糊酒后告白事故闹到了这一步窘迫的境地，现在无论是程浩还是陆鸿渐，她都无颜以对，无理可辩，无药可救了……

回家的路上，林小小好像看到了一个熟悉的背影在外面的烧烤摊上喝酒，还无比兴致地挥手喊道："老板，再来五十个串！十瓶啤酒！"

林小小也觉得有些不对劲，抱着好奇的态度凑了过去，竟然发现是陆鸿渐在买醉！

周围有认出了陆鸿渐的人开始对他指指点点。

"这不是程浩的孪生弟弟吗？"

"哟，明星也会吃路边摊啊？"

"看样子是发生什么不如意的事了吧，买醉呢！"

陆鸿渐听见了些闲言碎语，气哼哼地转头吼道："看什么看，要不要坐下来一起吃啊！"

他的吼声吸引了更多人注意，很多人甚至拿起手机开始拍照、录像。

林小小跑过来，扒拉开人群，一把拽起陆鸿渐，小声道："陆鸿渐，你又在犯什么傻，快跟我回去！"

他才刚出道不久，现在这样的行为不是自毁前程和形象吗！

陆鸿渐转头看到是林小小，顿时表情夸张，撇着嘴，像个被大人痛扁了一顿的小孩子一样，可怜巴巴地抽泣着，抱住林小小的胳膊："呜呜呜……小小，我失恋了，你要负全责！"

林小小简直看不下去，一把将陆鸿渐拖出人群，脸上是恨铁不成钢的表情。她也没想到昨天的酒后乌龙竟然会造成这种结果，陆鸿渐之前跟她开玩笑开惯了，此时竟然认真起来，她不知所措。

"喂，陆鸿渐你清醒点啊！"

抬手招了一辆出租车，林小小在人群的注目下，费劲地将陆鸿渐拖上车弄回了家，陆鸿渐倒头便睡了过去。

次日，一大清早，陆鸿渐就在院子阳台上做静心瑜伽。林小小端着一杯热牛奶走出来，不远不近地站着，而陆鸿渐专心做着瑜伽，就跟没看到她似的。气氛一时间很尴尬。

良久后，林小小试探着开口问道："那个……你没事了吧？"

陆鸿渐换了个姿势，一副世外高人看破红尘的冷淡样子，道："心不动，人不妄动，不动则不伤！"

"唉！"林小小不由得叹了一口气。

不料，陆鸿渐瞥了一眼林小小，不满意地吐槽道："你叹气干吗？别弄得好像是你失恋一样啊。"

林小小挥挥手，不好意思地讪笑："没有，我就是怕你误会深了嘛。"

“嘁！”陆鸿渐昂了昂头，一副不屑的样子道，“我这种风流才子，境界很高，对于男女私情向来懂得断舍离，你这个样子，反而让我很尴尬好不好。”

“哦哦，那就好，那就好！”林小小听到这句话，如释重负，用脚踢了陆鸿渐，示意他给自己让出一席之地。

陆鸿渐忍不住翻白眼，他不过是傲娇一下，她还真不把当他失恋的人看待。

陆鸿渐深呼一口气，打算大人不计这种没眼光的女人的过！他突然收了瑜伽动作，好奇地凑近林小小，带着意味深长的眼神，仿佛要看透林小小的三魂六魄。

“不过，你真的喜欢上程浩了？”陆鸿渐音调提高了三度。

听到这句话，林小小立即紧张地回头望屋里，一把捂住陆鸿渐的嘴巴。

陆鸿渐却耸了耸肩，一脸不屑地拨开林小小的手：“别看了，他早走了。不知道他最近在瞎忙什么，总是第一个出门，最后一个回家。”

林小小暗暗松了一口气，但面对陆鸿渐好奇又八卦关心的眼神，她只得点了点头。

谁知陆鸿渐看到林小小点头，却突然做出一副痛心疾首的样子，道：“嗷，小小，你确定你喜欢的是他的真身，不是偶像光环？你再想想清楚？”

林小小真的认真想了一秒，然后用力点头，似乎还想到了什么，嘴角噙着甜蜜的笑。陆鸿渐嘴巴一撇，一副又要哭的样子。

“喀！”林小小立即识趣地咳嗽一声，把笑容收了回去，道，“你说，老大对我有感觉吗？”

陆鸿渐叹了一口气：“唉，以我征战沙场这么多年的经验来看……”

“没戏？”林小小紧张，不自信地截断陆鸿渐的话。

谁知，陆鸿渐却艰难地摇了摇头，接着说完刚才的话：“他很明显就是喜欢你啊！”

“哈？”这似乎在林小小的预料之外。不过陆鸿渐虽然女朋友没谈上几个，在这方面经验还是蛮多的，听得陆鸿渐的肯定，林小小的心再度怦怦跳了起来，原来她自己的感觉也是没有错的。

知道老大有喜欢自己的意思，她很开心，但是随即眉头皱得更深了。

她实在想不通，老大喜欢她，为什么要拒绝她，为什么要冷漠对她。

“但是他为什么不表白，我就不知道了！实在不行，你就再跟他表白一次，省得自己猜来猜去！毕竟在感情里，暗恋只有一个人的孤独，主动才会有两个人的故事。”爱情高手陆鸿渐再次奉献上诚恳的建议。

“再表白一次……”林小小听了陆鸿这话，确实也有点不到黄河心不死的感觉。

见林小小愁眉不展，陆鸿渐就知道林小小这个一次恋爱都没谈过的傻姑娘根本没有多少表白的经验。算了，他送佛送到西吧！

但是他得让林小小知道，自己是忍痛割爱啊！

只见陆鸿渐捂着胸口道：“我本来还留着一个大招跟你表……唉，现在看来用不上了，送给你了，拿去套路程浩吧，不用谢我！”

他一边说着，一边又十分不舍地从上衣口袋里掏出一张卡片递给林小小。林小小疑惑地接过卡片，定睛一看，居然是一张五星级酒店浪漫套房房卡！

林小小顿时怒从心来，天知道陆鸿渐这家伙的脑子里装的都是什么糨糊，整天想的都是乱七八糟的！

陆鸿渐自知理亏，赶紧讨好地笑着道：“哎哎，你别想歪了啊！这可是无敌总统街景房，求婚求爱绝佳圣地，一旦成功，就地扑倒，一站式服务……”

林小小抬手就是一记栗暴，陆鸿渐抱头哀号：“哪有你这样的人啊！给你出点子，你还打我，没天理啦！”

林小小不搭理陆鸿渐，拿着房卡回到屋里，心中反倒更纠结了。

最后她一咬牙，决定了！她要正式地、隆重地跟程浩告白一次！

7. 程浩的反窃听

办公室里，程浩一个人站在落地窗前，望着下面的街心广场人流如织，但他此时没有赏风景的心情，他在反复思考刚刚小童带回给他的重要情报。

原来，那辆跟踪的神秘黑车，早在两个月之前就一直在跟踪他了，但在他和陆鸿渐公开出现后，跟踪的目标突然换成了林小小。另外，家里的监控系统也是在林小小住到他家之后才被黑。当然，最重要的线索是，那个在他车上安装窃听器的娱乐记者，似乎跟徐老板有千丝万缕的联系。

程浩蹙眉看着资料，翻到了徐大老板家庭关系的一页，看到了徐老板的家庭座机。他突然想到一个绝好的方法，验证他心中一直以来的那个疑惑。

程浩若有所思地打开办公桌下的一个抽屉，从里面拿出一个崭新的手机，插入电话卡，拨通了徐老板家的座机号码。

这个时间，徐老板家应该是有人在的。果然，很快就有人接了电话。

“喂？”是个中年女人的声音。

程浩顿了一下，立刻调整自己的语气：“喂，您好，是徐太太吗？”

电话那头中年女人听见陌生声音，有点疑惑，也有点警惕：“您是？”

“您好徐太太，我是徐老板的心理医生。”程浩一本正经地胡诌起来。

“他果真精神有问题？”徐太太顿时紧张起来，声音不由得拔高。

程浩眼中顿时闪过一抹锐光，继续装下去：“是的，咨询过程中，我们确实发现他有一些危险倾向，所以需要您提供一些他的生活细节，以便于辅助治疗他的病。”

“哦，好吧……”徐太太迟疑着，但声音中更多的是透着一种恐惧，她开始回想，缓缓道，“几个星期前，他回来以后突然就像变了个人……平时的习惯突然就有了改变，东西放哪里好像一下子也不知道了，就像失忆了，可是又不像，而且变得暴躁易怒，身上还经常带着伤……”

程浩听着徐太太的话，眼神变得深邃：“好的徐太太，谢谢您的配合，还请不要将今天的电话访问告知徐老板，避免他在精神上做出抵抗或者其他过激的行为，不便于治疗……”

程浩说得有模有样，把徐太太唬得一愣一愣的，她忙不迭地答应他的话。

挂断电话，程浩又研究了一下小童带回来的视频和图片资料，对比几个月前的徐老板和现在的徐老板，程浩几乎可以断定，原来的徐老板确实被调包了！

如同当初他和陆鸿渐一样！

回想起林小小在办公室被侵犯，他上手揍徐老板时，徐老板的眼神和动作，和他熟悉的徐司机一模一样。

并且，只有和他一样经历着后遗症痛苦的徐司机，才会对林小小感兴趣，所以才会做出之前侵犯林小小的事情。

程浩的手握成了拳头。他绝不会允许徐司机伤害林小小！

程浩坐回办公椅上，盯着手中的文件，思考着应对徐司机的办法。

他好看的侧脸投映在窗外林小小的视线里，又让她犯起了花痴。

都说认真思考的男人最迷人，更何况是本来就光芒万丈的老大。少女心再度被粉色刷，呼吸的空气都仿佛凝结成了心形，贴在了光洁明亮的玻璃上。

是的，她正在偷窥。如果能这样一直偷窥下去就好了。这样想着，她手上的力度不禁紧了几分，那张房卡也出现在了她的视线里。

一想到老大跟自己出现在五星级酒店浪漫套房，身上的衣物缓缓滑落，那天浴室里鼻血横流的一幕瞬间出现在了她的脑海里，脑袋都热得快要爆炸了。

林小小陷入一阵春心荡漾的幻想，谁知门突然开了，惊了一下，立即将手中的房卡藏到身后。

迎面看到林小小在门口，程浩也感到意外，问道：“有事吗？”

林小小此刻内心慌乱不安，连忙点头但又立即摇头。

虽然林小小藏得很快，但是程浩还是注意到了，再看了看她脸上莫名的红晕，猜测这小妮子估计又想干什么，沉默了一下，还是转身让她进了办公室。

“剧本现在怎么样了？陆鸿渐看了吗？”

“啊，看了，觉得还不错……”林小小抬头，眼神闪躲。她双手背在身后，紧张得手心都要冒汗了，只得将房卡夹在两手之间，来回搓着，却始终不能开口。

程浩看出林小小紧张，只是不知道她的手在干什么，他又找了个借口："你去帮我买杯咖啡吧，城西新开了家店，我想尝尝。"

林小小问了名字，立即拿出手机搜索地址，却发现居然有十几公里远，既惊奇又不解："这么远，买回来就凉了吧……"

程浩却不说话，只看着林小小，眼神不容置疑，林小小顿时败下阵来，只得照做。

林小小出了门，立即扔掉了烫手的房卡："这招不适合我！"

可不是嘛，陆鸿渐追求女孩子的招数，怎么可能适合她跟程浩表白！

林小小在公司楼下招了一辆出租车，往那家咖啡店而去。

在她后面，一辆车上，有人盯上了她，正打算起步跟上她所在的出租车。

正是那辆黑色的跟踪轿车。

司机刚想发动车子，一抬头发现被一个人拦住了，那人正是大名鼎鼎的程浩。

程浩走过来敲了敲车窗，司机摇下车窗，有种做坏事被抓住了的感觉，讪笑道："啊，是浩哥！"

程浩认得这个司机，是个还算有名的娱记。他淡定地靠在娱乐记者的车上，并不打算立即让开。

娱乐记者却一直焦虑地盯着林小小离开的方向，出租车开出好远，已经看不到开去哪里了，他快追不上了！程浩看出了娱乐记者的紧张，懒洋洋地笑着道："有火吗？"

娱记连忙点头："啊……有！"他说着，连忙在衣服口袋里翻找，找到火机递给程浩。程浩接过火机，不慌不忙地拿出一根雪茄，然后点燃。

他猛吸一口雪茄，然后迅速吐出一口浓浓的烟，却是对着那个记者，顿时呛得毫无防备的记者一阵咳嗽。

"没事吧？"程浩趁机关心地问，又抬手给娱记顺气，拍着娱记的后背，顺手在娱记衣领下贴了一枚微型窃听器。

"喀喀喀……"娱记咳嗽着连连摆手，"喀喀，没事，喀喀，浩哥，我还有采访要跟，我，我先走了。"

程浩双臂压在娱记车窗上，居高临下地看着娱记，嘴角带着淡笑，但是眼神带着压迫："不要跟你不该跟的人，明白吗？"

娱记假装听不懂程浩的话，心虚地笑着，飞速开车走掉了。

当程浩忙完回到办公室时，林小小早就把咖啡放到他的办公桌上，顺便留下了一张便笺：老大，今晚可以到我家天台见面吗？

程浩拿起纸条，很短的一句话，他却足足看了两分钟，然后他捏着纸条，拨通了小童的电话："小童，你过来一下。"

"浩哥。"小童进来，顺便放下一些资料和文件。

程浩看了看文件后，该签字的签了，语气凌厉道："增加人手，帮我盯紧徐老板的所有动向。"

"好的，浩哥。"小童终于忍不住心里越滚越大的疑惑，问道，"不过徐老板，一个传媒界鼎鼎有名的人物，为什么要跟一个平凡的林小小过不去？"

程浩将文件递回给小童，顺便给了小童一个眼神，让他自己体会。

小童果然会错意，道："难道他发现了你和林小小的恋情？"

"噗——"

程浩听到这句话，嘴里刚喝的林小小买的咖啡差点喷了出来，随即强装镇定，反倒奇怪地看着小童。

"谁说我们两个有恋情？"

小童被问得一愣："你，难道还没有表白吗？"

"啊？"程浩更加莫名其妙。

完全就是鸡同鸭讲，牛头不对马嘴的对话。

8. 林小小正式表白

程浩的神色一时古怪又纠结，他这才知道周围人是这么看待他和林小小的关系的。

小童兀自认为程浩是从没谈过恋爱，没有经验，所以不敢表白，便暗戳戳地劝道："浩哥，感情的事还是要果断一点，喜欢就要明白说出来，如果徐老板爆出什么对林小小不利的料，你也有立场还击啊。"小童认真地看着程浩，说完后还握拳给程浩打气加油！

听着小童的话，程浩一时竟然无言以对，只好挥了挥手，让小童忙去。

程浩又看了看攥在手心的那张纸条，纸条上的字可爱清秀，一时间林小小傻傻的笑容又浮现在自己的面前。

这难道就是所谓的见字如面？

犹豫了半天，程浩终于拿起手机，给林小小发了消息过去：我会去的。

待到忙完下班，天早就黑了，程浩开着车便往林小小家而去。他来到林小小家楼下，竟然突然有种恍若隔世的感觉。

他第一次被林小小带回家，是被当作陆鸿渐，闹了个乌龙，倒也开始了他们欢乐又中二的相处时光。

想着这些，程浩心情又好了点，嘴角牵出一抹浅笑，抬步朝楼上走去。

程浩走到林小小家门口时，发现了标示着直接上天台的箭头。他心中疑惑，跟着箭头上了天台。他推开天台的门，登上天台，只见天台的边缘摆满了一盆盆鲜花，鲜花和天台护栏上挂满了彩灯，台阶上又点着许多许愿烛。

夜风轻拂，彩灯像小精灵一样眨着眼睛，蜡烛的火苗朝着同一个方向轻轻舞蹈。

程浩缓缓朝前走去，一一看过林小小精心布置的每一处，感受到了她的心意。

墙面上贴着程浩和林小小的合照，他走到照片的前，仔细看着自己跟林小小的每一个瞬间，以及林小小为他拍下的每一个侧脸，眼神中流露出温情。

这些照片有他们在游乐场的，也有一起逛超市和菜市场的，但都笑得很和谐，也很般配。程浩心底这样觉得！

看过照片，他回头，发现天台中央放着餐桌，餐桌上铺着洁白的桌布，还点了蜡烛，摆放了鲜花，桌上已经放好了丰盛的晚餐。

程浩看着眼前的一切，惊讶得说不出话来。

“老大！”林小小的声音突然在程浩身后响起。

程浩循声回头，看到特别装扮过的林小小，一时间眼睛都移不开了。

她还带上了他有一次给她买的发卡，发卡在灯光和烛光的照耀下，闪烁着别样的光芒，更加衬托得面前的人娇俏可爱。

林小小被他看得既紧张又羞涩，慌得垂下头，双颊飞上一片彤云，一双手都不知道应该往哪里摆。

程浩愣愣地看着林小小，甚至贪婪地想，如果时间能停住该多好，就停留在这一刻，直到永远，这样他就能一直看着她了。

林小小垂着头，久久听不到程浩的回应，轻咬嘴唇，终于鼓起勇气上前一步：“老大……”

程浩却也警觉地后退两步，离她更远。这个时候，他不能再任性地靠近她了。

林小小却没有意识到程浩的意图，她此时仰头看着程浩，眼睛里流露出期盼的光，鼓足勇气，将那憋在心中许久许久的话都说了出来：“我，我喜欢你！”

从遇见你之前，到真正遇见你，从仰望着的喜欢你，到拥抱着的喜欢你。

在无数个平凡的日夜里，我有数不清的梦，每个梦里都有你。我有数不清的幻想，每个幻想中都有你。我曾有几百次祈祷，每次祈祷都关于你。我的目光、我的心，分分秒秒不可逆转地追随着你的身影。

我喜欢你，没有人知道这一切，包括你。

可是，今天我有这样的机会，亲口说出来，甚至可能收获到那个惊喜的回应。

“我知道。”长时间的沉默后，程浩淡然道，眼底却布满了深不见底的伤感。

林小小一愣，没想到等来的是这句不痛不痒的回应。

程浩假装随意地一笑，掩饰着心虚道：“你喜欢我又不是一两天了。”他故意歪曲林小小的意思，或许这样能让此时的气氛不这么紧张，也能让她好受些。

林小小却有些着急：“我说的不是那个意思！我是说，把你当成一个男人那样喜欢……”

“你还有把我当女人喜欢的时候？”程浩眉角一挑，表面装得严肃，其实在认真憋笑。但是很明显，林小小根本没有开玩笑的心思，被程浩这样歪曲，她急得眼泪差点出来：“老大，你明明知道我的意思……”

程浩知道，他都知道，可是他不知道如何开口。

原来，一个人最想说些什么的时候，却往往是他最沉默的时候。

他和林小小的爱情，注定是华丽而短暂的梦，梦之后，却是残酷而漫长的现实。

长久的沉默后，却听林小小鼻音浓重，声音低沉地诉说着。

“我知道一开始我挺讨厌的，总是跟拍你，烦着你，还老是给你闯祸。”

“但是后来我们住在一起，相处得也还不错……”

“后来，你回到了原来的生活，我以为我们永远不会再见了，可是你带我去游乐场，完成我的心愿，之后，还在这里亲了我……”

听着林小小越来越低的声音和接近抽泣的呼吸声，程浩觉得他就像被谁一把抓住捏在手心，捏得他的心脏又疼又紧，几乎不能呼吸。

他努力深呼吸一口气，让自己的语气尽量无情：“你想多了！”

长痛不如短痛。

既然注定是以悲剧的收场，他宁愿现在就亲手敲碎这场梦，看着它支离破碎，幻化成浮光的泡沫，也好过她终有一天面对那永无止境的悲伤暗河。

9. 狠心拒绝

林小小不可思议地看着程浩，好像面前这个程浩她从来不认识一般。这个程浩似乎比她熟识之初还要让她感到心寒和害怕！

他到底怎么了？

程浩突然无所谓地一笑，将眼底那浓浓的心痛和不舍通通压到了更深的心底，不再让她看到分毫。

“你的意思是我喜欢你？林小小女士，不好意思，或许是我一直以来太宠粉，所以让你误会了。我只是把你当成一个像朋友一样的粉丝，因为你帮过我，我又觉得你挺傻、挺可怜的，所以我肯定也会帮你，但这跟喜不喜欢……没有关系。”

“可是……那天……”林小小刻意忽略掉程浩话语里的轻蔑，这不是程浩，程浩从来不会这样对她说话，哪怕她是一个普通的粉丝！

她无助地望着程浩的眼睛，想要看看和他的语气不符的眼神，可是她看到的只有一片冷漠。

“我是个正常的男人，总会有情难自禁的时候。”程浩越发说得漫不经心，但心底的痛阵阵上涌，几乎要冲得他压制不住眼底的泪，他别过头去不看林小小，这样就能更心硬，“如果那也算喜欢，那我应该，喜欢过很多女人……”

林小小呆呆地站在原地，不敢相信地看着程浩，看着面前这个她快要不认识的程浩，心口像被凌迟一样，痛到不能呼吸！

“我之前就提醒自己，跟你们这些粉丝要保持距离，因为你们的想象力实在太惊人了。”程浩继续一刀一刀地割着，割着他自己，也终于残忍地割伤了林小小。

林小小终于忍不住，眼泪如断线的珠子般，大颗大颗地滚落。

这就是失恋的感觉吧！

不，有恋才有失，她连失恋都算不上。

原来，有一种感觉比失恋还要痛苦，叫作自作多情。

真的这么痛啊，难怪陆鸿渐要买醉！

程浩看着林小小突然哭得肝肠寸断，忍不住仓皇离去。但他每跨出一步，都像踩在冰锥上一般，痛得扎心。

小小，对不起，没有开始，你应该很快就会好。

程浩坐在楼下的车里，透过车窗望着楼顶的光芒，泪终于肆无忌惮地流。

不知过了多久，天台的灯一一熄灭，光线暗了下去，渐渐地漆黑一片，而后林小小家的灯亮起。

程浩一直盯着楼下，前后都没有再出现跟踪的车辆，一直到林小小家的灯也熄灭，他轻轻靠在座位上，才平复刚才的情绪。

其实，林小小并没有睡去，脑海里不断重复着刚才那一幕，程浩冷漠的表情、拒绝的话语，在她的脑海里如幻灯片一样轮放，每一帧都狠狠地划过她的心脏。

为什么会痛？是因为期待值过大吧！

难道真的是她自以为是，脑洞开得太大了吗？

可是陆鸿渐也说了啊，都说旁观者清……

但是为什么程浩还要狠心冷漠地拒绝她？如果程浩是喜欢她的，那他拒绝她，不就等于拒绝他自己吗？

或者是，程浩有不得已的苦衷？

不不不！林小小你到底怎么了！你不可以再想了！

少女蜷缩在房间一角紧紧地抱着自己，像一只受伤的小兽，眼角时不时流出晶莹的泪珠，从脸上滑过优美的弧度。

楼下，程浩终于离去，却又折返回工作室。

他一个人坐在工作室中，默默地弹着钢琴，忧伤的调子从指间流出，充盈着整个空间。过往的一幕幕，也仿佛随着调子从程浩脑中被牵出，一幕幕如走马灯一样，在他眼前浮现。

还记得第一次他们相遇，林小小真是很傻很傻，跟拍明星能把对方撞进医院，真的是够坑偶像的。想到这里，程浩嘴角微微上扬。这是他们的开始，一开始都这么不顺利，结局走向悲剧也是早就注定的吧！

后来，机缘巧合，他又和林小小在泰国海边酒店相遇。林小小那个蠢女人，明明她自己都那么蠢了，为什么还要乐于助人，还想帮他避开狗仔偷拍，最后反而炒出了他和她的小绯闻。

原来，从那个时候起，老天爷就已经暗示过他，他会不由自主地爱上那个自己一开始就认为很傻又很蠢的笨女人林小小吗？

真是可惜，要是能早点知道，或许他就会阻止这一切发生了，不让林小小爱上他，也不让他自己爱上林小小，这样一切都回归原点，也就不会有这么多伤心了。

再后来，他们俩阴差阳错同居了，有过开心，也有过摩擦，但林小小一直乖巧地顺从他，让他不知不觉地深陷。这个愚蠢又可恶的女人啊！

他给林小小吹头发，他在十字路口抱住林小小……

他和她第一次相拥入睡，却很干净、很单纯，那一夜睡得很香。

直到那一天，他再也控制不住自己的喜欢，在天台上亲吻了林小小，从此一发不可收拾了。

林小小应该就是那时候“误会”他的啊！

程浩想着，既后悔，又觉得痛苦中带着甜蜜。

可是，回想起林小小痛哭流涕的脸，程浩指尖一顿，音乐声戛然而止。

程浩拿起笔，把他和林小小这些平淡又不平淡的经历都写进歌里。如果他注定要消失，希望这首歌能够温暖林小小半生。

10. 最熟悉的陌生人

从来没觉得哪个夜晚有昨夜那样长，林小小几乎是睁着眼睛到天明的，所以今天她顶着一对浓重的熊猫眼来上班了。

她无精打采地走进电梯，在电梯门将要关上时，有人挡了一下，竟是程浩，她瞬间垂下头去。

程浩看见整个人似乎都憔悴了的林小小，心里一疼，一时间不知道怎么开口。电梯表上的数字开始跳跃攀升，两人内心翻涌，却一直保持沉默。

终于，电梯到了程浩公司所在的楼层，电梯门一开，林小小便夺门而出。

程浩跟在林小小身后出了电梯，看着匆匆逃走的可怜身影，从未像此刻这般煎熬。林小小在刻意疏远他，他原以为可以接受，但真的成这样了，他心里刀绞一样难受！

林小小匆匆逃出程浩的视线，心情低落地往工位走。

经过陆鸿渐的办公室时，却被陆鸿渐一把拽进去，毫无防备的林小小被吓了一跳，音量也随之提高："你干什么？"

陆鸿渐却是八卦之魂熊熊燃烧，他压低声音问道："怎么样？昨晚是不是度过了美好的春宵一刻……"

林小小欲言又止，心底一阵难过，哪有心思搭理陆鸿渐。

挣开手就要推开陆鸿渐离开，刚一脚踏出办公室，就见程浩冷着脸大步流星地走了过来，又立即缩回陆鸿渐的办公室。

请恕她做不到鼓足勇气地表白失败后，还能够若无其事地面对程浩。她能来接着上班已经很努力、很克制了。在想好怎么面对他之前，她还是先躲着吧。

看到此番情景的陆鸿渐自然发现了不对劲，林小小脸上愁云密布，眼底皆是浓得化不开的伤痛。

难道是昨晚？

陆鸿渐伸出脑袋往门外看，正好看到程浩快步走过。说曹操曹操就到，陆鸿渐张口就喊："哎！你们两个到底是怎么回事？"

听见身后陆鸿渐的喊声，程浩身子一晃，竟然停下来了。

喊出声后，陆鸿渐才感觉到程浩整个人不对劲，哪怕只是一个背影，也似乎蕴藏着极大的戾气，盘旋在整个办公区，室温似乎都瞬间下降了几度。

陆鸿渐吓得一下子缩回办公室，迅速关上门，贴在墙壁上，心脏突突狂跳。

过了好一会儿，陆鸿渐才收起吊儿郎当的情绪，认真地看着一旁的林小小问："你们两个昨晚……不太和谐？"

只要陆鸿渐一开口，再正经的事，也被搞得不正经了。

林小小连白眼都不想给陆鸿渐，她从包里拿出陆鸿渐给她的酒店房卡，拍到陆鸿渐手中："还给你。"

陆鸿渐拿着房卡，满脸不可思议道："你没去？还是你压根儿没用这招？那你们到底怎么回事？"

两个人的脸上都是阴云密布，陆鸿渐才不信昨晚没发生点什么呢，他是不得到答案就不会罢休的主，索性一直盯着林小小。

林小小叹气道："是我自作多情了！"

"不可能！"陆鸿渐一瞬间伸长了脖子叫出声。作为旁观者，他再清楚不过了，怎么可能的林小小自作多情？

"我赌上我男性的尊严，我绝对不可能看走眼！"陆鸿渐拍着胸脯肯定道，他觉得再没有什么事儿能让他如此肯定了。

林小小惆怅地捂住脸：你信不信有什么用呢，正主都已经当面拒绝了。

陆鸿渐见林小小一副生无可恋的模样，意识到问题的严重性，赶紧安慰道：“哎……小小你别难过，说不定他也不是不喜欢，只不过是你中了能量守恒定律的诅咒，才有此一劫！”

林小小神情一定，满脸疑惑：“什么意思？”

“所谓天道好轮回，苍天饶过谁，你拒绝了我，他就拒绝你，你伤害了我，他就……”陆鸿渐摇头晃脑，一副自说自圆的样子，“你懂的。”

原来是在这儿等着她呢，林小小冷嗤道：“你是在幸灾乐祸？”

被林小小识破，陆鸿渐顿时心虚地嘿嘿一笑：“我这可是暗黑系的安慰哦，嘿嘿！”

他还没来得及得意，林小小的手就招呼上了他的胳膊，一把掐得他的尾音抑扬顿挫。俊脸古怪地扭曲着，明明挺疼，他却又忍着疼喊道：“对！对！用力！啊啊！发泄出来就好了！”看着他拧巴着便秘似的一张脸，林小小终于忍不住一乐，笑了出来。

放开陆鸿渐，林小小的笑脸也没维持几秒就消失无踪，忧郁再度充斥着小小的脸。

陆鸿渐不由暗暗担心着，他从没见过林小小这样子，以前有不开心、不如意的时候，这丫头也是安慰安慰就能雨过天晴，现在看来，程浩这事儿还真是伤得她很深，他得想点办法让她走出来。

陆鸿渐忽然想到，有的女孩子失恋了想来想去想不通，就会轻生，为避免林小小这个傻丫头会在这种情绪关头做傻事，陆鸿渐觉得，看在程浩是他亲哥的分上，他就帮程浩还还债吧！

他一下子从办公桌上跳下来，抓起林小小的手就往公司外跑去。

等林小小回过神来，她已经被陆鸿渐拖出公司，她惊问道：“你要干什么？”

陆鸿渐按了电梯，道：“与其在这儿待着睹物思人，不如哥哥我带你出去玩，散散心。不就是失恋嘛，很快就好了，最好的表率不就在你面前！”

陆鸿渐一副“信我得永生”的样子，虽然很认真，但是她觉得很好笑。

这是不是翘班？她可是个按时上下班，努力完成工作的好员工，奈何陆鸿渐生拉硬拽，根本脱不开，两人拉扯着进了电梯。

程浩站在走廊暗处，看着电梯门缓缓关上。

如果陆鸿渐能安慰一下林小小，让她不这么伤心……也好吧！

陆鸿渐带着林小小直奔游乐园，见到卖气球的买气球，见了卖棉花糖的买棉花糖，反正见到什么都买了一股脑塞给林小小。

林小小此时看着以前很喜欢的东西，内心却毫无波动。

“来来来，玩点刺激的！”陆鸿渐又拉着她往售票点去，问她道，“蹦极？

过山车？还是大铁锤什么的？”

蹦极？过山车？林小小脑子里回忆悉数涌来，她想起了“一日情侣计划”那天，程浩强撑着不适陪她玩各种刺激项目的情景。

林小小回过神来，对陆鸿渐摇了摇头，道：“就简单陪我走走吧。”

今天她什么项目也不想玩。

陆鸿渐也没有多话，陪着林小小在游乐园里慢慢散步。

11. 每一处都有关于你的记忆

此时，对面有辆南瓜车缓缓地开了过来，上面坐着的鹅车夫微笑着招手吸引过往的游客。林小小看着这一幕，又不禁想起了程浩给她特别装点打造的南瓜车。

面前都是来来往往、笑容满面的游客，林小小却只剩下难过，因为每一幕都能让她想起曾经和他在一起的快乐。

陆鸿渐本想要给林小小舒缓失恋的心情，但他不知道，这里才是最让她睹物思人的地方！

来到一处小广场，各种卡通形象装扮的工作人员正在跳舞，逗小朋友们开心。在最前端，一个王子和一个灰姑娘装扮的正翩翩起舞。这一幕更是深深灼痛了林小小的双眼。

林小小叹息着，泪水就要滚落，她赶紧转过头深呼吸几下，将眼泪憋了回去，可回忆排山倒海翻涌着……

她和她的王子共舞过，更是被很多人羡慕过，可是最终现实不像童话故事那样美好，而是一地的伤痕。

爱情，是这个世界上最令人无能为力的事情。它并不是你想努力就可以得到的，也并不是你下定决心就能够彻底放下的。

陆鸿渐跟了一路，看到林小小这始终魂不守舍的模样，他的心不自觉地也跟着痛了起来。他快步过去，拦在林小小面前。

“想什么呢？游乐园你都快走到尽头了，现在该去玩点刺激的放松放松了吧？喊出来、叫出来会好受得多……”

林小小看到陆鸿渐担忧的神色，一刹那觉得那就是程浩。

她随即反应过来，又失落地垂下头去，道：“你现在这个样子，总在我眼前晃来晃去……”

陆鸿渐自然知道林小小指的是什么，顺手将手上刚买的兔子面具戴上，道：“这样可以了吧，你看看，多可爱！”

“扑哧——”

林小小一时间也被陆鸿渐一个五尺高的大男生扮兔子跳舞的画面给逗笑了。陆鸿渐抓着这个机会，拉着林小小把那些最刺激的项目通通体验了一遍。

不得不说，疯狂的大摆锤和令人血脉偾张的跳楼机，不仅适合恋爱时体验，也有助于失恋时疗伤。

待到游乐园闭馆，陆鸿渐和林小小才离开。

打开门，陆鸿渐给林小小递去拖鞋："小小，下次我们换一家玩儿，这个游乐场的设施简直太小儿科了……"

林小小木然地点头，实际上陆鸿渐说了什么，她完全没有听进去。她的目光在偷偷寻找着程浩，抬头却瞥见程浩房门门缝儿下透出丝丝光亮，原来他还没睡。

随即她却咬着唇在内心骂自己：林小小，你还在抱什么幻想！

程浩正在阳台上给陆鸿渐打电话，却一直没人接听，刚刚听到了两人回来的声音，这才放下一直悬着的心。程浩缓缓地走向房门，想要开门的手刚抬起来，内心就有一个声音反驳：如果这个时候心软，那么岂不是前功尽弃？

犹豫了好久，最终还是理智战胜了情感，程浩坐回到床上，愣愣地望着房门发呆，但始终留意着外面的动静。

门外一直很安静，他以为林小小和陆鸿渐都睡了，这才一脸凝重地躺下。此时，过道外响起了脚步声，似乎是林小小的，由远及近，最终在他房门口停了下来。

"老大，你睡了吗？"林小小的声音带着小心翼翼。

程浩立即翻身坐起，迅速做出"正在看书"的样子，然后收敛了神情，打开门。

林小小低着头站在门口，她怕看到程浩冷漠无情的样子会哭出来。

"老大，对不起，昨天的事情，是我多想了……我觉得再住在这里不太合适，我打算搬回家住了。"声音都有些哽咽，但她努力克制着自己。

程浩怎会听不出，他早已心疼得难以自已。他的手垂在身侧，很想将林小小拉进怀里，话说出口却是一副冷淡的神情："你，决定好了？"

林小小点点头。

"打算什么时候走？"

"今晚……"林小小的声音越发低。

或许她先回那边住住也好，分开了就会淡忘。

"好吧，我让小童送你。"程浩说着便拿手机，准备打电话给小童。

林小小连忙拒绝道："不，不用了，陆鸿渐在车里等我。"她说完便转身往外走，回房收拾行李。

程浩已经拨通了电话，他执意要让小童送。

小童来得很快，林小小行李还没收拾完，他就到了，和程浩两人一起在林小小房门外等着。

【非卖品】
千寻文化
图书·影视
彗星来的那一夜 II
THE NIGHT OF THE COMET
蓝洞之恋
芒果tv
晨星盛世

感受着今天一整天程浩的黑脸状态，又看到林小小收拾行李，小童大概猜到是什么情况了。林小小最终只收拾出来一个行李包。

看到林小小吃力地提着东西，程浩便示意小童，小童立马上前抢过林小小的行李提在手中，又指指屋里还剩下的衣物什么的，问道："这些你都不带吗？"

林小小摇摇头道："这些不是我带来的。"

程浩再次给小童使眼色，小童瞬间心领神会，说："拿着拿着，放这里也没人穿啊！"他一边说着，一边从一旁拖过另一个大包，将那些衣物一股脑塞进去。

程浩假装去接水，路过林小小房门口时，刻意摆出一副不在意的样子，但一直瞟着林小小的眼神在小童眼里倒显得可笑了。

小童强行将那些东西都给林小小装上打包，然后帮林小小拖着往外走。

林小小站在大门口，很想回头看一眼程浩，却发觉自己没有足够的勇气，最终没有回头，离开了。

小童带上了门，程浩看着突然间就安静了的家，心里也一阵空落落地难受。

坐了一小会儿，程浩给小童发消息：一定把他们安全送回家……

12. Hi，这是马小小

程浩刚准备按发送键，门铃声就响了起来。

程浩起身开门，发现是小童。他怎么这么快就回来了？

程浩正要问什么，小童先说了起来："浩哥，那个，我本来想开车送他们的……"

"然后呢？"程浩莫名有点紧张。

小童道："我在车里听到他们说想去宾馆放纵一下……然后，他们嫌我碍事，就把我赶下来了。"

程浩顿时眉头紧蹙，心底隐隐不安。

他最担心的事就是林小小因为被拒绝，一时想不开，找替代品！

这么想着，程浩喃喃出声："林小小该不会伤心过度，把陆鸿渐当成替代品吧？"

小童连忙机智地附和道："很有可能！陆鸿渐这个时候乘虚而入，万一对林小小做什么，老大，你不悔恨吗？"

小童这么一添油加醋，程浩神色更紧，想起了平日里陆鸿渐和林小小同在一屋檐下住着，当着他的面都很亲昵的，而且陆鸿渐老是黏着林小小……

想着这些，他脸色黑透了。以陆鸿渐那破德行，做出什么没底线、没节操的事都不意外。他越想越上火，来来回回在屋里踱步。

小童看着程浩焦急的模样，悄悄憋笑。

程浩脑子里很乱，过了一会儿他才自嘲般地笑笑，自言自语道："关我什么事？

人家男未婚女未嫁，想做什么都没问题啊！”

自我安慰似后，程浩释然地摇摇头，努力装出淡定的样子，甚至打算看杂志来分散注意力。沙发旁边就有一个专门的杂志架，上面都是陆鸿渐订的杂志。

程浩随手拿起一本杂志，发现是《男人帮》，封面女郎性感又诱惑。

再翻开一本，又是女性杂志，上面写着什么“那一夜深情地放纵”之类的标题，看得程浩更加冒火，额头青筋突突直跳。

他猛地站起身，将这些乱七八糟的杂志重重摔在茶几上。

这是第二次看到程浩紧张、慌乱了吧，小童嘴角顿时浮现一缕若有若无的笑，等的就是这一刻，他立即递上车钥匙。

程浩大步冲出门，问小童道：“他们在哪家酒店？”

小童装作努力回想的样子，眼角的余光还不忘观察程浩的表情：“好像说是叫什么‘回’的酒店，叫啥来着……”

还没等小童说完，程浩便撂下小童上了车，飞速朝那家酒店而去。他知道那家酒店。

程浩火急火燎地赶到酒店大门时，正好看到陆鸿渐怀里搂着林小小，两人说说笑笑着进了电梯。

程浩脸庞紧绷，薄唇紧抿，下意识地拳头捏了起来，大步走过去，看着电梯显示屏上跳动的数字，然后上了另一部电梯。走出电梯，他见陆鸿渐搂着林小小正慢悠悠地打开一扇房门，然后林小小在陆鸿渐的半拉半推下进了房间。

陆鸿渐还不忘在林小小屁股上捏了捏。

程浩气得头顶都要冒烟了，可是当看到陆鸿渐也进了房间后，他突然间又想起了什么，一下子冷静下来，自嘲道：“我有什么立场反对呢？我这捉奸似的怒气，呵呵……”

犹豫了半天，程浩没有走过去，只是站在电梯门口看了看那边，然后转身打算离开。

“叮！”电梯来了，程浩刚要进去，又听得陆鸿渐的声音从房间里传了出来，他立即在一旁的大花盆后藏了起来。

原来陆鸿渐在讲电话，他一边走出房间带上门，一边安抚着电话那头的人：“宝贝，你别多想啊，我当然更爱你呀！”

听到这里，程浩再次捏起了拳头，一抹冷笑袭上眼眉，他就知道陆鸿渐这浑蛋不会一心对待林小小！

陆鸿渐还在说着：“她把我当替身，我也不能白被人占便宜呀，只是陪她玩玩儿，你别在意嘛！”

“嗯嗯，好啦，这边完了我就去找你嘛 !Mua mua——”陆鸿渐在手背上用力亲着，然后挂断了电话，再次开门进去，声音放浪地喊道：“小小——我来啦——”

程浩终于忍无可忍，大步朝陆鸿渐的房间走去，刚走到门口，就听见屋内传出不可描述的声音，让人听了都觉得脸红。

程浩本来还有的最后一点迟疑也完全被怒气碾压，生气地用力冲撞房门！

下一刻，程浩就狼狈地跌进房间——原来房门只是虚掩着。

只见陆鸿渐正抱着一个陌生的女人卿卿我我，程浩环顾四周，哪有什么林小小。

陆鸿渐眼见程浩撞门进来，佯装生气道：“哎呀，哥，有你这样坏人好事的吗！”

程浩有些不解地直起身，怒气依然还在，质问道：“小小呢？”

陆鸿渐眼底闪过一抹不易察觉的奸笑，面上却装作有点尴尬和不爽，道：“呃……在这儿呢，这位是马小小。小小，给我哥打个招呼！”

女孩羞涩地对程浩招招手，但是程浩眼神越来越冷。

陆鸿渐只好嚷嚷着：“哎呀，什么兴致都没了，小小你先走吧，看来我哥有话要对我说呢。”他挥挥手，示意女孩离开。

等女孩走出房间带上门后，陆鸿渐正色看着程浩道：“明明担心她担心得要命，为什么不干脆承认你喜欢她？”

程浩被陆鸿渐反过来质问，顿时眼神闪躲：“我有苦衷。”

陆鸿渐不屑地笑道：“大哥，你言情剧看多了吧？现在都 2018 年了，电视剧都不流行有苦衷这样烂俗的套路了好吗？大家都是年轻人，做人不能直接点吗？”

陆鸿渐真不太喜欢程浩对感情的态度，半棍子打不出个屁来，急死个人！像他一样干脆利落多好！要爱就爱，不爱也说清楚，免得人家姑娘伤心！

程浩的怒气渐渐消散，一时间他竟然有些气弱：“你不懂……”

既然陆鸿渐没有对林小小怎么样，他也就管不着陆鸿渐要做什么了。他说完，便转身伸手去拉门，谁知道看到林小小就站在门廊旁的洗手间里，因为光线暗，再加上他心急，刚进来时都没发现她在这儿。

林小小呆呆地看着程浩，欲言又止：“老大……”

程浩哀伤地看着林小小，最终只说出三个字：“对不起。”然后，长腿大步迈出门，只留下一个孤单、清冷的背影。

林小小望着程浩离去的背影，一瞬间失神了，老大都担心她追到这儿来了，为什么还是口是心非？难道是有苦衷吗？

陆鸿渐走过来，轻轻拍着林小小的肩膀：“我这么爱恨分明，怎么生出程浩这么矫情的哥哥？小小，你别担心，咱还可以换个……”

林小小突然想到什么，推开陆鸿渐，拔腿就跑出去追程浩。

她追出酒店大门时，程浩刚打开车门坐进去，她疯也似的跑向路边。

程浩明明在反光镜中看到了林小小，却装作没看见，发动车子开了出去。

林小小却不愿意放弃，努力追着车子跑，一边跑一边喊着："老大！老大——"

撕心裂肺的声音，程浩不忍听，只能踩下油门加速。车子越开越远，林小小追不上了，程浩看着反光镜中她跌跌撞撞的身影，泪水模糊了视线。

"老大……"林小小跪坐在路边，放声大哭起来，"呜呜呜……老大，无论你有什么苦衷，我都可以等你的，可是为什么你连说句话的机会都不给我？"

陆鸿渐慢慢追上来，看到林小小在路边哭得肝肠寸断，心中也有点难过。

他停住了脚步，只是远远地看着她。他也不想打扰林小小。现在的他不知怎的，突然有了想要替程浩保护她的冲动。

13. 变态徐司机折磨另一个自己

程浩一路开回家，眼眶中还有泪意。他将车停在家门口，一个人坐在车里发呆。

在黑暗中不知坐了多久，突然听见耳机中传来的声音，他回神，赶快调大声音，仔细听着耳机中传来的声音。

他贴在那个记者领后的微型监听器终于发挥作用了。

"……你被发现了，为什么不告诉我！"

这个声音很生气，而且说话时带着口音，很容易分辨，这根本就是徐司机的声音！

"这不是什么大事儿吧……"这是被程浩利用的娱记，一副无所谓的态度。

"废物！滚蛋！"徐司机破口骂道。紧接着是一阵摩擦撞击声，然后就没了声音。

程浩刚想摘掉耳机，却又传来娱乐记者骂骂咧咧的声音："呸！当我是他的奴隶啊！为这点破钱，没日没夜跟踪了一个多月……"

程浩关掉耳机，这个反监听棋子已经没用了，不过很多事情他心里已经摸得一清二楚了。

打发了娱记，徐司机转身朝别墅区走去，不多时就来到那幢废弃别墅前。

他推开门，一路下到地下室，按下密码，打开厚重的大门，形容枯槁、神情憔悴的徐老板出现在他眼前。

这间地下密室已经凌乱不堪，一应仪器早被砸了个稀巴烂。

徐司机慢慢走向徐老板，然后在徐老板面前停下脚步，嘴角牵起一抹冷酷又阴狠的笑容。他抓起徐老板的手，看到徐老板的十个手指头已经被划得血肉模糊，就像他的十个手指一样，都是创口，根本不能读取到一点儿指纹。

"啧啧啧，徐耀祖啊徐耀祖，你可真狠心啊，为了不让我复制你的指纹，对自己都下得去手啊！"徐司机冷笑着扔下徐老板的手。

却只见徐老板抬起头，得意又森冷地笑了起来："哈哈哈哈……"

徐司机恼羞成怒，用力按着徐老板的指头在地上摩擦，本来已经结痂的指头瞬间被磨得鲜血淋漓，鲜血混合着地上的灰尘，黑红一片。

都说十指连心，徐老板疼得额头上冷汗直流，脸色发白，嘴角抽搐。

这样还不完，徐司机抬手一耳光就扇到徐老板脸上。"啪！"这一巴掌是徐司机回敬徐老板刚才得意张狂的嘲笑。

徐老板嘴角流血，再也笑不出来。

可徐司机忘了他和徐老板之间也是有感应和排斥的。

徐老板一旦做出残害自身的事，他身体相应的部位也会受到影响。

正因如此，徐老板为了不让他使用指纹，才在这里将他自己的手指头生生磨破，这样指纹提取系统就读不到指纹，徐司机就没办法动徐老板的保险柜！

徐司机心底又气又恨，不折磨够徐老板，他可不会罢休！

看着徐老板疼得双手发抖、脸色苍白的样子，徐司机温柔地笑道："哎哟，不好意思，我忘了，我不会痛，但是你会疼嘛！"

"你这个变态……"徐老板喘息着，浑身颤抖。

他和徐司机可以说是同一个人，所以他很清楚面前的这个看起来衣冠楚楚的男人有多狠、多可怕，完全就是升级变态的自己！

"哈哈哈！"徐司机冷笑道，"我实在太不是人了，怎么能把给我吃喝的人关起来虐待呢！就算你以前折磨我，我也要感恩戴德啊！"

徐老板猜到他要做什么，畏惧地想要往后退，但是他被禁锢在椅子上，根本动不了。

"你，你到底想干什么？"

"你还不知道？哎呀，真是太失望了，我还以为咱俩是同一个人，应该心思也相通呢！"徐司机佯装惋惜地摇头。

"呸！"徐老板突然又硬气道，"我不会把密码给你的！"

没了指纹开保险柜，徐司机当然想在他这里拷问出密码，休想！

"呵呵，"徐司机冷笑，满眼鄙夷地看着徐老板，"对你来说，果真钱比命重要。既然你那么喜欢自残，咱们就来点新花样。"

徐老板惊恐地瞪大眼，只见徐司机打开了他带来的那个手提箱，从里面拉出两个电极片。

"不，不要……"徐老板在椅子上疯狂挣扎，但无济于事。

徐司机丧心病狂地笑了起来，笑声回荡在空旷的地下室中，越发显得恐怖。

他拿起电极片，贴在了徐老板头顶，然后打开了开关，自己则点燃雪茄，近距离欣赏着徐老板被折磨的惨状。

“怎么样，舒服吗？”徐司机一口烟圈喷在徐老板脸上。

徐老板此时被电得翻着白眼，嘴角边流着一串口水，徐司机关掉开关，问：“是继续装还是说出密码？”

话音刚落，徐司机身体的一部分就呈现出透明的模样，这让他瞬间恐慌，但很快他坚定地想，只要他杀了徐老板，就没事了！

所以，现在只差最后一点，拷问出密码，他就能宰了徐老板！

徐老板缓过劲儿来，嘲笑地看着徐司机透明的样子：“看来你也活不了多久了……”

徐司机随即加大了电流，阴狠狠道：“放心，我就算是死，也会让你死在我的前头！”

徐老板瞬间被电得五官痉挛扭曲。

徐司机乐此不疲地折磨着徐老板，他有的是耐心。

看谁最终妥协！

拷问完徐老板，已经天亮了，徐司机拍了拍身上的灰尘，开车回家。

将车子倒进车库后，他刚走到拐弯处，迎面撞上来一个男人。他看到那个男人的脸，心下一慌。

可他很快镇定下来，主动跟那个男人打招呼：“程先生，好久不见！”

“我们确实好久没见了，”程浩面色冷然，身子一横，挡住徐司机的去路，音调提高了三度，“徐司机！”

听到这句话，徐司机一愣，但仍尬笑着装出一副茫然的样子：“我不太明白程先生这话是什么意思。”

程浩一把揪住徐老板的手腕，也不管他是听懂了还是在故意装傻，双目锐利地盯着徐司机：“装糊涂太久，连话都听不明白了吗？”

徐司机奋力甩开程浩的钳制，强行呵斥：“程先生，这里是私人地方，我不欢迎你，你再不走，我就要报警了。”

程浩丝毫不受徐司机威胁，冷冷道：“林小小被调职的时候，你就替换了徐老板吧？如果徐老板没有被你杀死，你就还有回头的余地。不要再胡来，安安生生等着时空通道再次开启，否则，我不会放过你！”

程浩说完，用警告的眼神看了看徐司机，然后转身大步离开。

徐司机看着程浩远去的背影，松了一口气，但转而眼底便升腾起杀意：“程浩，你以为自己很聪明是吧！聪明的人可都活不长！给我等着！”

第九章

你是我拔掉氧气罐也想要亲吻的人。

1. 正式退出娱乐圈

警告了徐司机后，程浩疲惫地回到家，看到陆鸿渐的房门虚掩着，上前敲了敲门，却只听得陆鸿渐懒洋洋地哼唧：“没关门……”

程浩轻轻推开房门，只见陆鸿渐正在翻箱倒柜，身上的衣服脱脱穿穿，没完没了，似乎都不满意搭配，实在忍不住，张了张嘴。

“陆鸿渐，我打算做一个告别演艺圈发布会，正式退出了。你已经选择了明星这条路，就好好爱惜自己的羽毛……还有，照顾好林小小。”

陆鸿渐气呼呼地扯下领带扔到地上：“别发表临终遗言了，你爱干吗干吗，不关我的事！”转身提起一条内裤在指尖甩着，一脸不悦，“麻烦你让一下，我要去冲澡了！”

程浩暗叹一声，转身离开。

看到程浩离开，陆鸿渐臭屁地跳上床扭来扭去。他可是第一次在程浩面前装大爷呢，挺过瘾的！

可听见房门咚的一声关了，他不禁又犯起了嘀咕：“真走了？”

程浩现在都不对他黑脸了，他还有点不习惯呢！

陆鸿渐突然又想起程浩说的苦衷，一时间他内存严重不足的大脑高速运转着，绞尽脑汁想也没明白程浩到底在玩什么花样。不过也是，程浩从来不对他说太多自己的事。

随即他甩了甩脑袋，心想，他这种简单的大脑还是适合装美女、美酒这种通俗的东西，侧身就看到手机上闪着亮光的联系人，顿时双眼放出了精光。

不知道今天林小小怎么样了。

林小小正躺在自家沙发里上睡得昏天黑地，手机在身边响了好几次都被她直接挂掉了，看也不看一眼。

可是，是哪个不开眼的家伙，还来个夺命连环 call！

林小小不堪其扰，揉着惺忪的睡眼，看到屏幕上“陆鸿渐”三个字，更是直接关机。

突然，又响起了敲门声，一声连着一声，催命似的！林小小终于受不了了，爬了起来，刚想劈头盖脸骂过去，打开门就看到周甜甜用母老虎般的眼神瞪着她。

慵懒劲儿瞬间被吓跑了，林小小扯开了客厅的窗帘，清晨的阳光洒进屋内，扫去了之前的阴霾和沉闷感。

“甜甜，你怎么来了？”

周甜甜风风火火冲进屋，看到一地垃圾食品袋子和乱丢的衣物，林小小的脸上更是有说不出的疲惫之色，顿时皱起了眉，端起桌子上的水一口干掉：“你怎么这副鬼样子？那个清纯可爱的无敌美少女呢？跟程浩约会以后，就没有人生追求了？”

林小小还没完全清醒，回到沙发又倒了下去，含糊着咕哝道：“还好吧。你有事儿吗？”

周甜甜从手提包里拿出两张票，盯了半天，才一脸失落地递给林小小一张道：“喏！消息刚放出来的时候我还不信，现在看来是无法挽回了……”

林小小觉得不妙，眯着眼睛看了看票，立刻一个鲤鱼打挺坐起来，只见票上面写着：程浩告别歌坛发布会入场券，×月×日正式举行。

“老大要正式退圈？！”林小小盯着手里的票，满脸震惊。

这段日子她颓废得几乎忘记自己姓什么了，对什么都没兴趣，结果发生了这件事！

周甜甜已经哭了起来，抹着眼泪道：“小小，老大帮你实现过心愿清单，这次你一定要去啊！咱们老大说一不二，要是退圈了，以后见到他可就难了。”

林小小看着票，一时神思飘远。

去吗？

应该会去的。纵然她表白不成，她还是他的真爱粉啊！最后一场演唱会，她不能缺席！

程浩告别演唱会这天，偌大的演出场地里，粉丝们早就整齐等待着，每个人脸上都流露着不舍。

林小小和周甜甜也来得很早，她们也和其他粉丝一样乖乖等在这里。

不多时，舞台上的大屏幕上就滚出了一行字：程浩告别歌坛发布会。

终于要到这个时候了呢……林小小心里一阵伤感，和其他粉丝一样偷偷抹泪。

看到众人都跟哭丧似的，周甜甜看不下去了："大家别这么丧啊！这又不是老大的追悼会！老大离开我们说不定会有更好的发展！难道你们想让老大走得不安心吗！"

林小小嘴角抽了抽，到底是谁乱讲话啊？她嫌弃地看了周甜甜一眼，周甜甜这才意识到自己被自己带偏了。

"啊呸呸呸！"周甜甜立马纠正，"我们应该让老大看到我们依然爱他、祝福他，无论他在哪里，他都是我们的老大！"

"嗯嗯！对！"

其他人纷纷附和。

林小小也点了点头。是啊，哪怕做不成恋人，他依然是她的老大！爱一个人不一定是要占有的，更何况老大光芒万丈，出淤泥而不染，所以她更应该成全他。

如果他有苦衷，她也不该逼他，而应该默默守护他！

一瞬间想明白了，林小小嘴角漾起一抹知足的笑容。

没有哀怨，没有颓废，而是带着满满的爱和真诚的祝福，默默守护所爱！

突然，舞台下响起一阵密集的鼓点声，程浩出来了！

"老大——"

"浩帅……"

"我们爱你！"

"永远！"

瞬间，台下的粉丝们激动地呐喊着，气氛空前热烈、激荡。

程浩从升降台上走下来，目光在人海里搜寻着。小童跟他透露过周甜甜买的那两张票的位置，果然在离舞台不远处发现了林小小和周甜甜。

林小小泪盈于眶，嘴角噙着笑，望着台上，程浩永远那么闪耀夺目，不管什么时候，都是她心底那颗最亮的星！

看到林小小释然的目光和笑容，程浩一瞬间也释怀了。他握着话筒站在舞台中央，然后朝着台下深深鞠躬。

"谢谢大家对我的支持，但是我没办法在台前陪你们走更长的日子了。"

"这两年的时光，是你们陪我走过的，我会一直记得。"

"以后，当我失落时，我会想起你们的支持和鼓励，也会记得你们为我流下的泪水和笑容，怀念我在你们心中，照耀过……"

程浩说着，也渐渐有了鼻音，感动的泪水在眼眶打转。

台下的粉丝们好多都抽噎着，挥舞着荧光棒，喊着程浩的应援口号，异口同声。

"一首《明星》送给大家。"程浩说着，乐队伴奏响起，程浩接过吉他，合着节拍弹奏起前奏。

“当你见到天上星星，可会想起我，可会记得当年我的脸，曾为你更比星星笑得多。当你记起当年往事，你又会如何，可会轻轻凄然喟叹，怀念我在你心中，照耀过……”

听着程浩的声音，粉丝们在台下小声跟着合唱，更有激动的已经站起身，举着应援牌、荧光棒等，奋力地摇摆着，恨不能将一颗追星赤子心捧出来给偶像看。

程浩的目光一一掠过台下，他看到粉丝们激动的泪水和脸庞，最后他的目光落在林小小身上，看着她动情演唱。

一首接着一首歌，直至最终正式谢幕。

程浩深深鞠躬，感慨万千，久久没有起身，其实他也已经哭了。

台下的粉丝们发出撕心裂肺的哭喊声，演唱会现场成了悲伤的海洋。

2. 生死相隔一瞬间

一个不起眼的角落里，某个戴着帽子的粉丝却显得异常冷静，等到程浩鞠躬完，在粉丝们的目光和呐喊声中走下台时，他起身朝后台走去。

很多疯狂的粉丝也趁机涌去后台，想要在离别之前再看看偶像。

看到如洪水猛兽般冲过来的人群，保安们顿时被这情景给吓到了，但立即干练有序地组成人墙，保护程浩离开。

虽然被人群簇拥，现场一片混乱，但是程浩还是远远地就看到林小小和周甜甜抱着鲜花和礼物在那边等待献花，一时间有些欣慰。

林小小也静静地看着程浩朝她走来，一瞬间她有种错觉，好像程浩在奔向她，拥抱她，一时间心脏又不由自主地跃动起来。但随即她摇了摇头，甩掉这种荒唐想法。今天她只是一个粉丝代表，要好好地完成献礼老大的光荣任务。

视线里突然出现了一个戴帽子的男人，男人撞了一下她，手上的鲜花径直掉落。

“抱歉——”戴帽子男人低头道歉，捡起掉落的鲜花，递到林小小面前。

林小小此刻可没心情管面前的男人，连忙挥挥手示意不用在意，刚伸手想去接鲜花，四目相对，那是一双目光凌厉又狠毒的眼睛，一瞬间她后背就直冒冷汗。

只见那个男人压低帽檐朝程浩走去，又擦过程浩身前，迅速离去。

程浩被打乱了脚步，略微停顿后，再次大步走向林小小，却突然看到林小小大惊失色，惊恐万分，整个人趺趺撞撞地朝他冲过来。

程浩微愣，似乎感觉到皮肤上一阵热流外涌，却没有丝毫痛觉。随着林小小惊恐的眼神和表情，他低头看向自己的身体，洁白的衬衫已经被染得鲜红，像一朵妖异绽放的红莲花，疯狂地在他胸口越开越大。

在红莲花的中心，一把锋利的匕首深深插在他的胸口！

他走过的那一段路，已经被血染红了地面，血流成河。

程浩身形踉跄，脚下虚浮，紧接着整个身子摇晃着跌倒在地上。倒下的前一刻，他看到林小小拼命跑过来，脸上是前所未有的恐惧。

程浩已经听不见周围的声音，只看到惊慌无比的人群，现场一片混乱，但此时，他仿佛能听见林小小的声音，她在哭着喊着“老大老大，你不要有事”，然后扑到他面前抱住他，鲜血也染红了她的白裙子。

程浩用身体里最后一丝力气抓住了林小小的手。

她的手好小，好脆弱，似乎一捏就碎，但是此时好温暖，她的怀抱也好温暖……

程浩昏迷过去，记者、粉丝、工作人员忙作一团，但很快现场被控制住，医护人员抵达现场，将程浩带走。

程浩昏迷着，却始终紧紧握着林小小的手，医生只得让林小小随车陪同。

急救车警报着呼啸而去，医护人员给程浩做紧急处理。

意识恍惚中，他看到林小小坐在自己身边哭泣，自己则一直抓着她的手没有放开，顿时安心了许多。

医生给程浩带上氧气罩，问道：“程先生，能听到我说话吗？”

程浩用力点头，身体却再次出现了粒子分散状态。

他知道自己很可能在这个世界剩下的时间不多了，心中一紧，深呼吸着，挣扎着拽掉氧气罩，下意识抓住林小小，将林小小拉近。

林小小哭着，惊讶地看着程浩坐了起来，她急着想要让他躺下去，却不料他突然将她的脑袋扣住拉近。

下一刻，她的唇被程浩深深吻住。

程浩紧紧抱住林小小，似乎要用尽最后一点生命亲吻她。

他怕下一刻自己就消失，再也看不到她，唯有跟她接触，然后感觉到身体的巨大疼痛，他才觉得自己还活着。

能在活着的最后一秒拥抱最爱的人，也满足了。

程浩靠在林小小的肩膀上，在她耳畔轻声说道：“林小小，我，我喜欢你……”

程浩说完，心脏检测仪上起伏的线突然变成了一条无波无澜的直线，仪器响起“嘀——”的长音。

林小小顿时吓蒙了，愣在原地不知所措。医护人员立即拉开林小小，然后迅速展开紧急抢救。

林小小看着忙碌的医护人员，看着心脏检测仪上那一条平直的线，想起自己曾经给程浩做“心脏复苏”的样子多么可笑。

她不敢大声哭泣，但是泪水像断了线的珠子不断往下掉。她咬着自己的手臂，却感觉不到一丝疼痛，只因心早已疼得不能呼吸。

“嘀嘀、嘀嘀……”突然，心脏检测仪发出了规律的声音，程浩心脏复苏了，他活了，医生们妙手回春，及时把他抢救了回来。

林小小看着床上脸色发白、双目紧闭、胸膛轻微起伏的男人，一时心中感慨万千，又哭又笑。

这一瞬间，她仿佛在炼狱里被折磨了千万次，不敢想象如果程浩就这样离开了，她该怎么办。

老天爷总算是有眼睛的，像程浩这样的人，怎么可以就这样死掉！

仿佛走了很长很长一段路，这段路一片黑暗，又颠簸崎岖，但他一直向着前方那一点微弱的光亮走着，不放弃，因为他觉得在那个光亮处，有最爱的人在等候……

程浩努力拨开黑暗，终于走出黑暗，来到了滨江隧道，隧道里，一个女人躺在血泊中，哀求般地看着他。

他走近看去，赫然是林小小！

林小小痛苦地哀求他：“我想活下去，救救我……”

他本能地要去抱起林小小，谁知才将她抱进怀里，她的身体就像齑粉一样消散在空中。

程浩惊恐地四面寻找，拼命狂奔出了隧道，可除了刺眼的白光，什么也看不见了……

3. 我再也不会放开你了

程浩努力睁开眼，眼前的一切依稀有些模糊，白色的床单，混合着消毒水的气息，很明显自己已经在医院。

转动眼珠就看到林小小了，正坐在自己身边低声啜泣，抓着自己的手按在脸上，一边哭一边说着：“老大，求求你快醒来吧……”

“就算你说我是私生饭，讨厌我、嫌弃我，我也会跟着你、保护你的！”

程浩嘴角微微勾起，心底一片柔软，强忍着疼痛，声音沙哑：“不会的……不会讨厌你。”

林小小一愣，随即抬头，眼泪还挂在脸庞上，双眼瞪大，难以置信道：“上苍莫非听见了我的请求，立即就让老大醒了！”

医生都说了，程浩醒来了才算是脱离危险期！这几天里，林小小天天以泪洗面，守在程浩面前祈祷啊，终于奏效了！

看程浩还笑了，林小小依然没止住哭泣，抽抽噎噎的。程浩宠溺地笑着，抬手用手指揩掉她脸上的泪珠，道：“傻瓜，我也再不会放开你了。”

在昏迷的这段时间里，他才明白，自己所有的担心都是多余的，如果和她相爱而又刻意拒绝她，才是对她最大的伤害。

林小小愣了，难道是她这几天哭多了，出现幻觉了？刚才老大说的是真的吗？眼泪才收住，几乎又要流出来。

程浩看着泪眼婆娑的林小小，终于抬手扣住她的下巴，拉近，深情亲吻她。

用实际行动证明，他爱她，不比她爱他爱得少！

推门进来查房的护士撞到了他们深情拥吻的一幕，只得悄无声息地退出病房。

这一吻很长很久，久到两人都有些喘，差点就要呼吸不上来。

程浩虚弱地笑道："我喜欢你。"

林小小害羞又嗔怪地让程浩赶紧躺下，然后两人相视而笑，眼神在空中粘腻着，分都分不开。

程浩看了看墙上的钟：2018 年 2 月 12 日。

哪怕时间已经很接近彗星日，但是只要他还有一口气，他就要爱下去。

就算下一秒就要消失，我也想在这一秒抱紧你。

因着程浩良好的体质，加上林小小精心的照料，没过几日程浩就要出院了。

另一边，徐司机这段日子却不敢出门，因为程浩被害那天闹得很大，警察当场抓住了他买凶的那个混混。

还好他早就给了混混家大笔的钱，混混贪财才没把他供出来。

此刻，他又反反复复地看着数日前那条头条新闻中程浩出事的画面。明明已经浑身是血，却紧紧拉住林小小的手不放开，这成了头条新闻里最醒目的存在。

徐司机点开程浩的最新资讯，娱乐主播正播报着："据知情人士透露，程浩目前已经脱离危险清醒过来，堪称医学奇迹啊。而他在遇险时一直拉着不松手的女孩，也成了大家关注的焦点……"

徐司机坐在沙发上，开着制氧机，戴着氧气罩，用来缓解自己胸口的不适，看到这一幕，非常气愤，将制氧机摔碎了。

"程浩！程浩！既然杀不了你，那就看看你还能不能过彗星日这一关吧！"

"阿嚏！"程浩莫名打了个重重的喷嚏，后背陡然发凉。

林小小连忙拿外套披在程浩肩上，又去关上窗户："医生说了先别吹风呢，你要听话才好得快！"

"行了，小啰唆。"程浩嘴上抱怨、嫌弃着，心中却很甜蜜。

他在床上坐下，看着林小小和小童收拾东西，准备离开。

突然，从病房门口冲进来几个记者，拿着录音笔对准他。

"程浩，程浩，说两句吧！"

"这位林小姐和你是什么关系呢？"

“住院这段时间都是她陪在你身边吗？”

……

程浩没说，但看向林小小的眼里漾着甜蜜的笑意。他挤挤眼睛，小童心领神会，当即拦住记者们，众人一个不留神，程浩就拉着林小小一阵风般跑掉了。

两个人快乐得像做了坏事的孩子，直到确定没有任何追兵，他们才停下来。

程浩突然道：“我们要是不回家，还有没有什么地方可以去？”

经过上次的刺杀事件，他更不能将林小小暴露在危险之中。

虽然警察抓住了凶手，但对方什么都不交代，一口咬定就是他要杀程浩，所以，藏在凶手背后的始作俑者，没有证据就抓不了。

林小小歪着脑袋想了想，道：“周甜甜家？”

程浩立即摇头否决，总不能把她朋友也牵扯进来，他希望去一个远离城市的地方，凶手要找他们俩也就不那么容易了。

林小小咬着下唇，又提议道：“我乡下的外婆家也比较隐蔽，可以吗？”

程浩点点头，但突然停住脚步，望着大门口等着的一大堆娱记车，蹙眉道：“正门记者太多了，我们走后门！”

林小小拉住程浩，摇摇头，神秘道：“老大，后门肯定会有人堵的，还是走正门安全。”

“是，这方面还是你比较有经验！”程浩当即了然地笑了，脸上露出一抹坏笑，“狗仔大人！”

林小小瞬间假装生气，捶了捶程浩的胸膛：“你太坏了，故意嘲讽我！”

程浩一阵吃痛，眉头紧皱，林小小立即意识到自己是不是触到老大的伤口了，突然紧张了起来。

只见程浩脸上的笑容越发猖狂：“哈哈，骗到你了！”

两人脱下外套顶在头顶，像私奔的情侣一般逃出医院的大门。

门口的记者还没来得及发现他们，他们就已经溜上了车，盯梢的记者们后知后觉反应过来，却再追不上那快乐的一对背影。

4. 徐司机的狠厉

承天传媒大厦高层。

面容狠厉的徐司机盯着手机上的娱乐新闻，手臂上青筋暴起。

“今天中午，程浩出院，蹲守在医院外的记者却一个也没能采访到他。有媒体拍到程浩带着一个女孩子双双上了车，甩掉追车的娱记车后就消失不见……”

手上的手机瞬间成了发泄对象，“哐当”一下被摔在了地上，徐司机顿时将牙咬紧："哼！跑吧，我有办法让你再回来的！"

他自言自语着，立即起身拿外套，离开公司。

徐司机开车来到废弃别墅，将关着的徐老板扔进后备厢，带去另一个地点。

这里已经不安全了，为了保险只能再找一个程浩不知道的地方藏匿徐老板，这样才能放心进行接下来的计划！

刚找到新地方，徐司机又开始了新一轮的鞭笞拷问。眼见着彗星日近在眼前，他必须今天拿到密码！

等到打爽了，把对程浩的愤怒完全发泄在了徐老板身上，他心头的气才消了些，停下来观察已经奄奄一息的徐老板。

徐老板的衬衫都被打得成了破碎烂布条，混合着血肉黏在肌肤上，触目惊心。

徐司机阴恻恻笑着说："徐耀祖，我已经没有耐心跟你耗下去了，再问你一遍，保险柜和瑞士银行的密码，到底是多少？"

徐老板这段日子以来被折磨得都快疯了，但是还有一些理智在，他知道徐司机的招数都快用完了，留给徐司机的时间也不多了，但偏生徐司机没拿到密码反而没有直接杀了他！

不过今天徐司机和前几天又有些不同，今天的徐司机特别狠！

徐老板忍着身上皮开肉绽的疼痛，想要尽量争取最后的生存机会："你放了我，我就告诉你。"

"哼，你当我傻啊？"徐司机语气加重了几分，眼神里透露一丝狠戾，"你再不交代，今晚，我就将你老婆先奸后杀，然后是你的宝贝女儿……"

徐老板难以置信，他恐惧又愤然地吼道："你这个禽兽！畜生都不如！你在那个世界的老婆孩子不也是她们吗？这种话你也说得出来！"

"呵呵呵，哈哈哈哈……"徐司机突然狂笑，一脸不屑，"没错，是和你老婆孩子长得一样，但是始终不是我老婆孩子啊，连你都不是我，何况她们？"

"你！徐耀祖，你要密码，我可以告诉你，但是你要是敢动她们一根毫毛，我跟你同归于尽！我做鬼也不放过你！"徐老板发狠地咬着牙，仇恨甚至一度战胜了恐惧，熊熊怒火在眼神里疯狂燃烧着。

"这不就对了嘛？钱财乃身外之物嘛，是我帮你规避风险赚到的钱，总的来说也是属于我的资产，你说我说的对吧！"徐司机拍了拍徐老板的脑袋，点燃一支烟，然后塞到他嘴里，"很久没吸烟了吧？早知如此，何必当初？你只要肯说密码，我还是很好相处的，不是吗？"

徐老板却不领情，"呸"的一声吐掉烟："你先答应我，放了我和我老婆孩子，我就把密码告诉你，公司都可以给你！"

徐老板冷笑，公司他要来做什么？他只要钱，钱可以带回他那个世界，或者……

他不答应，也不拒绝，只是看着徐老板，眼中闪过一抹冷厉和不耐烦。

徐老板浑身一颤，知道他并不是那么好敷衍的，又说道：“我知道你怕我给你假密码，我用生命保证绝对不会骗你，但是请你不要伤害我老婆和孩子……”

徐司机不耐烦地吼道：“说！”

徐老板不敢延误，立马说了出来。

徐司机转身离开前，还不忘阴森地叮嘱他一下：“徐耀祖，千万别给我假密码，你该了解被人耍之后的愤怒吧！”

徐老板哆嗦着点点头，他妻儿都在这个徐司机手中，这人比他自己变态太多，他怎么敢拿妻儿的性命开玩笑！

徐老板拿着密码，便回去准备取钱了。

另一边，程浩正开着车行驶在前往乡下的大道上。

两旁渐渐没了高楼大厦，车窗外是大片庄稼和植物，一片生机盎然。

原本是林小小开车的，可程浩真的怕了林小小的魔鬼开车技术，一路横冲直撞虽然有惊无险，但是比坐过山车刺激多了，甩掉记者后，程浩就和她换了过来。

林小小坐在副驾驶座上，全程笑着看认真开车的程浩，等红灯时，程浩还揉揉她的头发，时不时还拉拉手，很是甜蜜。

有林小小指路，天黑前他们就到了外婆家。

外婆家在海边的小村子里，村子后面有一片小树林，环境优雅清净。

5. 逃离城市

将车停好，林小小率先跳下车，蹦蹦跳跳地去开院门。

一推开门，林小小就欢呼雀跃地喊道：“外婆，我回来啦！”

两人进到院子里，却没听见人应答，程浩一边找寻着外婆，一边打量着院子。

院子不大，而且也比较陈旧了，但院子里一应物事都摆放得整整齐齐，东西也擦拭得干干净净，院墙边还种了很多花，株株开得鲜艳恣意。

程浩正看着那些花儿发愣，只觉得身后有人拍了他一下，转身眼前便出现一个干瘦矮小的老太太，她正咧嘴笑着看程浩。

程浩连忙点头喊道：“外婆，你好。”

林小小听见程浩的声音，一阵风似的跑出来，将外婆抱在怀里，又亲又蹭，像一只黏人的小花猫，那氛围分外温馨有爱。

“外婆，小小回来啦！”林小小放开外婆，然后上下细细打量外婆，道，“外婆又瘦了哦！有没有生病？胃口好不好？”

外婆很开心看到林小小，双眼中含着泪花，却咿咿呀呀地喊着，手舞足蹈。

林小小笑着点头道："外婆放心啦，一切都好着呢。你看我是不是又长高了？"

程浩惊奇地看着林小小，她竟然听得懂外婆咿咿呀呀的声音！

原来外婆天生哑巴，只能挥舞着手比画，嘴里只能发出咿咿呀呀的声音。

林小小笑嘻嘻的，将程浩和外婆都拉到石桌边坐下说话。外婆又指了指程浩，程浩立即被外婆这个眼神给看紧张了。

林小小小脸一红，有些羞涩、有些扭捏地道："他，他是……我男朋友。"

"啊啊哦哦……"外婆听林小小这样说，满是皱纹的脸都笑开了花。她一边比画着一边指了指程浩，又竖起大拇指。

程浩丈二的和尚摸不着头脑，有些尴尬地问林小小："外婆说什么啦？"

林小小在外婆的夸赞下，又是欢喜，又是由衷地自豪，小脸绯红一片："外婆夸你又高又帅，她在电视上看到过你呢！"

程浩摸了摸头，不好意思地笑着对外婆点头道："还行吧。"

这算不算已经见过长辈了呢？而且林小小的长辈对他还挺满意的哦。没准外婆还是他的奶奶粉儿呢！

程浩想着，心里别提多开心了。他乖巧地坐在一旁，看着林小小和外婆叙旧聊天，一时间看得入了迷。从小便没有亲人的他，还从来没有与亲人重逢的体验。似乎，现在通过林小小，他也体会到了那种温情。

此时，外婆看了看天色，站起身走到墙角边，拿起捕鱼架和背篓，对林小小咿咿呀呀地说着，然后就要往院子外走。林小小赶紧上前拉住外婆，一边从外婆手里拿过捕鱼架和背篓，一边道："外婆，今天你就休息着，我带他去吧。"

"干吗去？"程浩好奇地问道。

"带你去捕鱼！"林小小笑嘻嘻的，不由分说，将一顶斗笠戴在了程浩头上，将背篓背在了自己的身上。

原来，外婆是想要去湖边捕鱼，给程浩做一顿大餐。

林小小乐呵呵的，拽着他往外走。

"怎么样，我的大明星，捕鱼没玩过吧？"

程浩歪着头想了想："玩过，在手机游戏里。"

林小小一愣，随即不由得哈哈笑出声来："原来是捕鱼达人啊！"

程浩也不由得挠挠头，他从小在城市长大，还真没有接触过乡间的农活。

来到一汪浅浅的湖边，他们挽起裤脚、袖管，踩在圆圆的鹅卵石上，让清凉的湖水没过脚踝。

程浩拿着鱼叉站在水中，聚精会神地盯着水中的游鱼，鱼儿像是故意的，明明在他的脚边游来游去，他却一次都没叉到，它们仿佛还在嘲笑他。

程浩放弃了在林小小面前逞能的想法，满脸委屈："这里的鱼都成精了吧，小小你不信你来！”

林小小得意地笑着，两只手呈爪状在水面上准备着，双眼紧紧盯着水中鱼儿游动的轨迹，然后迅速出手，就像飞鹰过水抓起水中的鱼儿一样 ，快准狠。

等到她林小小直起身时，已经捕获一条肥美的鱼。

程浩情不自禁地鼓掌：“哇，女侠真是好功夫，实在是佩服佩服！”

“再精怪的鱼儿，也别想逃出我的五指山哦！”林小小得意地显摆着，她将鱼儿装好，然后拿出渔网向程浩招手，“老大，快来拜师啦！”

“拜师？”程浩随即反应过来，佯装冷脸，“想做我师父？”

林小小被吓了一下，立即摇头赔笑道：“不想，开玩笑，嘿嘿嘿……”

这份迅速认㞞的本事，倒是颇得陆鸿渐真传，林小小倒是不介意现在扒过来用。

“乖——”程浩依然冷着脸，眼底却是快抑制不住的笑意。

之后，林小小手把手教程浩如何捕鱼，在两人的合作下，背篓里已经装满了鱼。

“今晚有野生鱼大餐咯！”林小小开心地点着鱼的数量。

此时，太阳渐渐地西沉，原本清透的淡绿色湖面像被涂抹了一层金色的眼影，两人漫步在湖边，程浩深深呼吸一口气，感叹道：“啊，这里的景色真美！”

林小小的脸上一直满是甜甜的笑容，看到程浩以往紧皱的眉头在这一刻终于舒展开，她似乎也彻底放松了。

她偷偷地拿出手机打开拍照模式，“咔嚓咔嚓”给程浩拍着照，可程浩背着背篓的样子真的是出奇的好笑。

“老大，你背着背篓的样子太像一个渔夫啦！噗——”

程浩傲娇地昂着帅脸：“那也是史上最帅的渔夫！”

“略略略！自恋狂！”林小小吐舌头做鬼脸，逗程浩。

“嗬，胆子越来越大了啊！”程浩追上来捏着她小鼻子，两人笑闹成一团。

“好吧，我错了，我回去给你写个新闻，标题就叫：惊！郊外现四千年一见最帅渔夫！”

程浩满意地点点头：“行吧，那你就是四千年一见的最笨渔女。”

“哈！”林小小才反应过来上当了，嘟着嘴佯装生气道，“你才笨！”

她说着，举着小拳头就要去捶程浩，程浩转身就跑，两人追逐着，笑声在湖面上飘荡。

两人正追逐着，程浩突然一个急刹车，迅速回身，一把抱住了追上来的林小小，林小小不料程浩突然转身，猝不及防跌入程浩怀中。

两人深情凝视着对方，呼吸急促，然后慢慢吻到了一起。

夕阳下，金色的光影旋倒在湖面上，两人拥吻的剪影和谐地融入这副绝美的画面，美得令人窒息。

6. 宁静而美好的夜晚

两人在天黑前原路返回家中，小小忙着帮外婆洗菜做饭，不一会儿就做好了。外婆在院中布好桌子，林小小端了饭菜上桌，三人围在小桌子边吃晚饭。

外婆将鱼肉放到林小小碗里，示意林小小吃，只见她将鱼刺挑去后，又将鱼肉放到外婆碗中，道："外婆，没有鱼刺了，多吃点鱼肉！"

外婆既感动又高兴，点点头，还不忘对程浩比画着。

程浩却一下子看懂了，道："是的，外婆，我也会好好对小小的，她不只是个孝顺的好女孩儿，也是个很努力工作的好员工，还是个好女朋友，以及……"如果有未来，他相信林小小也会是一个好妻子！

"老大，给。"林小小被程浩一顿夸，小脸绯红，将另一块也挑掉了鱼刺的鱼肉放进程浩碗里，道，"老大，原来我在你心里这么好，谢谢你。"

程浩不好意思地低下头去。外婆乐呵呵地看着他和林小小之间的暖心互动，在一旁欣慰地笑个不停。

晚饭吃得很惬意，饭后，程浩主动包揽了刷碗的工作，林小小则烧了热水，用盆子端去给外婆泡脚按摩。外婆抚养她长大，她觉得她无以为报，只能尽可能地对外婆好。只是如今，她经常在外面工作，不能时常回来照看外婆，心中不免内疚。

程浩洗完碗，站在院中，看着林小小坐在小板凳上给外婆洗脚的画面，心中也一阵温暖。

这样安宁、祥和的生活，对他来说，是多么珍贵和难得。

夜空晴明，朗星伴月，四下蛙虫鸣，喧闹中的宁静让程浩感到特别放松。程浩站了一会儿，不舍得打破眼前温馨的画面，转身轻轻走出院子。

在大门外的石阶上坐着看了看干净的星空，程浩收起放松惬意的心情，拿出手机看时间。

屏幕上显示：2 月 21 日 21：00。

看似平平无奇的几个数字，在程浩眼里却越发扎眼，彗星日就是明天。

盯着那几个数字，直到 21：00 变成 21：02，程浩才回过神来，编辑消息发送给陆鸿渐：你在哪里？明天晚上一定待在家里，不要去任何地方！收到回信息！

收起手机，程浩暗暗叹了一声。临近彗星日，他反而觉得压在心头的石头变轻了些，无论之前有多少的猜测，明日之后，就知道自己所有的结局了吧！

那么现在他能做的，就是让陆鸿渐和林小小都在明晚避开滨江隧道，只要避开那条隧道，他们应该就安全了。

正想着这事，他突然感觉身体有一丝异样，但这异样感对他来说已经不陌生了。

他抬起手举到眼前，借着头顶的月光，木然地看着自己的手逐渐变得透明，仿佛下一刻就会消失在夜风中。

“嗒嗒嗒——”身后传来脚步声。

程浩连忙收回手，戴上手套，转头看过去，对来人笑道：“外婆睡下了吗？”

林小小拿来一件外套，给程浩披在肩头，轻声道：“嗯嗯，老大没生气吧？”

“生什么气？”程浩就喜欢林小小的体贴。

他伸手拉过林小小与他并排坐在石阶上，然后长臂一伸将她揽在怀里。

林小小也确实没在程浩脸上发现什么，不过程浩不经意将她抱过去的动作让她内心再次小鹿乱撞，脸上一片红晕，说话也开始打结：“就，就是怕你觉得我忽略了你啦。”

“傻瓜，你这样想，我就知道你心里一直想着我了。再说了，你难得回来一次，当然要好好孝顺一下外婆！我怎么可能跟外婆争宠呢？”程浩宠溺地捏她的小鼻子，手臂紧揽，在她眉心落下一吻。

“嗯……”林小小依偎在程浩臂弯里，仰着头看着程浩月色下的侧颜，不禁感叹世上怎会有这么好看的男人，就像坠落凡尘的天使。

坐了一会儿，夜风似乎大了些，程浩提议回房休息，两人相拥着回了房。

家中只余一间房、一张床，外婆早就铺好了床。

林小小带程浩回到了房间，咬着手指一脸认真道：“老大，不好意思啊，这里条件简陋，只有一张小床，就先委屈你一下了。你睡床上，我打地铺。”

她说着，已经从柜子里拿出了打地铺的被褥，跪在地上忙碌起来。

程浩却一把拉过忙碌的林小小，顺势双臂一收，将她抱起来放在腿上，嘴角勾起一抹坏笑：“一起睡。”

“啊？”林小小突然脸红，连呼吸都紧张了。

“不愿意啊？又不是没睡过。”程浩将下巴放在林小小肩头，温热的气息喷吐在林小小的耳畔，他感觉到她想要闪躲。

但是他不允许。

林小小被程浩富有磁性的嗓音撩得浑身发软，更是感觉到耳根子在程浩的呼气中变得滚烫，小心脏也似乎下一秒就从胸腔跳出来了。她咽了咽口水，偏生她躲也躲不掉，只能僵着身子死命找借口。

“可是……睡，睡不下啊，床太小了……”

“嗬。”程浩轻笑，他的美男计太好使，很快将林小小放倒了，“怎么睡不下？”

两人紧紧贴着挤在这张床上，脸贴着脸，好像一动弹就会掉下去。

林小小心跳得极快，双颊滚烫，连大气都不敢出，程浩就和她枕在同一个枕头上，四目相对，鼻尖相触！

发现林小小不说话，程浩又故意收紧了手臂，将林小小更加拉近，然后恶作剧般地捏了捏林小小腰间，道："你怎么身上紧绷绷的？"

"紧，紧吗？"林小小只觉得脑子都快不好使了，语无伦次。

程浩宠溺一笑道："放松，我又不会把你吃了！"

说的也是，和老大也不是第一次这样近距离接触了，她干吗还这样紧张？她心中想着，深呼吸一下，也渐渐放松下来。

一放松她就闻到了程浩身上清新好闻的味道，虽然这味道很淡很淡，但是像有魅惑力一般，让她很想去寻找那香味。

"老大，你身上好像有一股特别的味道。"

只见她跟个狗狗似的吸着鼻子，在程浩身上嗅来嗅去。

"什么味道？"程浩嘴角抽了抽，也跟着嗅了起来，生怕自己身上有什么异味。不对，他才冲过凉，应该不可能再有汗味儿啊！

"不知道，就是属于你的味道，特别好闻！"

说着，她还觉得若有若无的香味儿闻着不过瘾，便要抱着程浩闻个够，却一不小心擦到了程浩腰部的伤口。

"哼——"程浩下意识地哼了一声。

林小小吓得一缩，立即紧张道："啊！对不起，对不起，撞到你的伤口了，让我看看。"

程浩道："没事，慢慢就好了。"

林小小却不依，坐起身来，示意程浩给她看伤口。

程浩无奈，只得半敞开衣衫，露出纱布包裹的伤口。

7. 每个人的命运都有缺憾

纱布上隐隐约约渗出了血丝，林小小皱起了眉头，嘟着嘴道："这样侧卧会压到伤口的，不行，我还是睡下面。"说着便跳下床，继续打地铺。

程浩缓缓撑起身，看着林小小手忙脚乱地整理，趁着她停手喘息的时候，长臂一揽，将她再次拖上床，一个翻身便将她压在身下，困在他两臂之间。

就像那一次在泰国酒店里，程浩为了救她，两人一上一下的姿势，几乎完美还原。

只不过那一次，程浩离她远远的，面容冰冷，还吼她，而这一次，他头压得低低的，几乎是贴身压着她，脸上露出邪魅的笑容。

林小小只觉得自己已经不能呼吸了，脸上更是烫得不像话，一时间忘记了该怎么说话。

“你说了睡下面的。”程浩勾唇一笑道，“你太小看我了，不要说侧卧了，我现在还能干点儿更需要力气的事情。”

“更……更需要力气的？”林小小紧张到结巴，小小的脑袋再次快转不动了，卡壳了，似乎还冒出了一股青烟。

林小小双手撑在程浩胸膛上，隔着衣衫似乎都能感觉到程浩胸膛的热度。这是要让他们俩的关系更进一步吗？

天哪，这剧情发展是不是太快了？她是从还不是不从？

看着林小小白皙修长的颈脖，程浩忍不住一阵悸动，缓缓俯下脸，试探着轻吻她。

林小小虽然一动不动地待在程浩的圈禁之中，但整个人的状态分明还没准备好。

程浩在即将吻到她时，突然停住了，因为他感受到她没有准备好将她完全交给他。

林小小等了半天，却发现什么都没降临，疑惑地睁开眼看着程浩。

看着林小小红成一颗小苹果的脸，程浩故意坏笑着打趣道：“算了，我怕你家床不结实！”

“哈？”林小小差点被口水呛到，这才反应过来老大是给自己台阶下，没想到老大的幽默感如此好。

老实讲，刚才她确实很紧张，也有些尴尬，心里还是有点不能接受如此迅速地发生进一步关系吧！

可他如此体贴，似乎能够感受到她心里的不安，用这样的方式化解，她的心里再次被幸福满溢。

程浩侧到一旁，这样一直压着林小小，他感觉到她呼吸也有些难受。他从侧面将林小小搂进怀里，轻轻刮了一下她的小鼻子，道：“反正以后还有时间。”

林小小瞬间像得到了某种保证，这才真正放松，羞涩地钻进程浩怀里。

两人便这样相拥着入睡，一夜安静而美好。

次日清晨，一阵鸡鸣声将程浩唤醒，他惺忪地睁开眼，看见林小小正推门进来。看着林小小真诚的笑容，他的内心被一种叫作幸福的东西填满。

其实他想要的很简单，或许就是每天睁开眼都能看到这张可爱的笑脸。

林小小见程浩睁开眼，连忙走过去问：“老大，醒啦？昨晚睡得好吗？”

“嗯……”程浩懒懒地应了一声，随即坐起身，拍了拍身侧他刚挪出来的位置，道，“再来个爱的抱抱，就更完美了。”

林小小心头一喜，甜蜜四溢，任由程浩跟她亲昵、撒娇，毕竟程浩这一面只对她展现。

“你怎么醒这么早？是不是我挤着你，没睡好？”程浩低声呢喃着，嗓音又苏又撩。

林小小摇摇头：“怎么会！我早起帮外婆做饭呢。”

程浩心头一暖，她是怕外婆做的早餐不合他胃口吧，真是个傻瓜！

“以后也要天天给我做饭。”这是他现在最大的愿望。

“好——”林小小乖巧地拉长了声音答应。

两人依偎着腻歪了一会儿，林小小觉得再不起床，她都要抵制不住程浩的诱惑了，于是赶紧把程浩拉起来。

“快点啦，吃过早饭还要去山上捡柴，还要晒鱼干……”林小小碎碎念着。

“啊？”程浩却傻眼了，没想到有这么多活儿要干。

林小小笑了笑，转身出了房间，让程浩换衣服。

傍晚时分，两人各自背了一个背篓便往山上走去。

一边走，林小小一边教程浩拾柴火。

林小小捡起一节木棒，比画着道：“捡差不多这么粗的就好了，太粗的外婆没法劈开。”

“哦哦。”程浩认真听着，有模有样地挑选着。

林小小看到程浩一副像挑选钻石一样认真仔细的模样，这儿敲敲，那儿比比，忍俊不禁，一时间似乎想起了未来如果程浩要娶她，挑选婚戒时是不是也会这样，思绪不由自主地跑偏了。

走了一会儿，程浩实在按捺不住好奇心，小心翼翼地问道：“小小，你……只有外婆一个亲人吗？你的爸妈呢？”

毕竟从昨天到现在，都没看到林小小除了外婆以外的其他家人，程浩心中怎能不好奇？

林小小脚步顿了顿，扒开枯叶，捡起一节木棍扔进背篓，黯然神伤，又恢复了正常：“他们在我出生没多久就离婚了，重组了家庭。长这么大，我也就见过他们两次吧。”

程浩很明显听到林小小言语里的失落，心中顿时升起一股疼惜，想说点什么，却又不知道该如何开口。

但他看到了林小小脸上坚强又淡然的表情，心中不禁又释然，她应该和他一样，不见反而没有牵挂，这样想就不会过于感伤。

林小小见程浩没反应，反而安慰他道：“没事，你和陆鸿渐不也一样，从小在孤儿院长大，不也过得好好的吗？”

“那你不怨恨他们吗？”听林小小这样说，程浩更不知道该怎么说了，这个傻丫头还真是……挺会安慰自己的。

“我怨恨过，但是也想开啦。当你哭着说没有鞋子穿的时候，你要想想这个世界上还有人没有脚呢。”林小小说着，又捡起脚下的树枝，啪啪折成几段扔进背篓，言语里透露着释然，“所以啊，每个人的命运多多少少会有缺憾，但只要能开心健康地活下去，就应该感激啊！”

“只要能活下去……”程浩喃喃重复着林小小的话，好像这话瞬间点醒了他。

林小小往前走了几步，没听到身后有跟上来的脚步声，一回头，发现程浩正发愣。

“怎么了？”

程浩回过神来，跟上林小小，又带着暖暖的笑容摸了摸林小小的头，一脸宠溺：“小小，你还真是一个很容易满足的人！”

“谁说的？我可贪心了！想瘦想美想暴富，想在城里定居，接外婆一起住，然后带着她周游全世界。”

看着林小小一副好多心愿都没说出来的样子，手脚并用，似乎想要展现自己对未来的雄图，程浩会心一笑：“你呀，还想怎么瘦？一阵风都可以上天了现在！至于美嘛，我觉得只要我觉得美就够了啊！”

“真的？”林小小闪着星星眼望着程浩，见程浩点头，她开心得边跑边跳，快乐得像个孩子。

程浩看着林小小蹦蹦跳跳的身影，笑容却渐渐消失了。

他有时候觉得，自己能有林小小这样单纯就好了，不去想那么多，快乐就多很多。

他掏出手机看了看时间：2 月 22 日 17：00。

又看着走在前方渐行渐远的林小小，程浩情绪低落了起来，低声喃喃道：“小小，我还会有机会一直陪你活下去吗？”

回答他的只有微微的山风，和西沉的太阳。

彗星日就是今天，程浩想抓住每一分、每一秒，可时间就像手中沙，越想握紧，流逝得越快。

“老大，快点跟上来哦！天快黑了，当心有大灰狼啦！呵呵呵呵……”林小小在前方招手，清脆的笑声回荡在山林间。

程浩甩掉脑中的愁绪，快步跟了上去。

8. 用尽全身的力气来吻别

夜幕低垂，繁星满天，晚饭后，程浩开着车载着林小小去外面兜了一圈，在一处开阔的地方停下车欣赏夜色。

林小小打开车载收音机，电台里主播的声音充满磁性，时而播放一两首温暖、安静而悦耳的音乐。程浩和林小小相互依偎着坐在车顶，仰头望着夜空中的星星。

林小小靠在程浩胸口，道：“老大，你知道吗？其实我还有一个梦想。”

“嗯？说说看是什么？”程浩轻轻搂着林小小的肩膀，低头亲吻了一下林小小的发顶。

“我想成为一个电台主播！”林小小仰起脸看着程浩，此时电台主播正好报出了程浩的一首歌，林小小道，“然后我可以天天听你的歌。”

“哦？”程浩眉头一扬，揶揄地笑道，“你现在难道没有听我的歌吗？”

说罢，两人听着电台中播放程浩的歌，不约而同地笑了。

一曲毕，电台主播插播了一条新闻：“听众朋友们，据 NASA 报道，今晚会有一颗叫作“鸠尾”的彗星靠近地球，大家会在南方的天空看到它灿烂地划过。据说，这是有史以来，彗星离我们最近的时刻……”

程浩听见这声音，不由得后背一紧，但他面上丝毫不显露。

林小小也确实什么都没发现，她从程浩怀里爬起身来，清了清嗓子，跟着电台主播有样学样：“喀喀，听众朋友们，据 NASA 报道，今晚会有一颗叫作‘鸠尾’的彗星靠近地球，大家会在南方的天空看到它灿烂地划过。据说……”

听着林小小重复电台主播的话，程浩心头越发紧张，脸色一阵阵发白。

他掏出手机想要看看时间，却不料手一滑，手机掉了，林小小眼明手快接住了手机，一脸关切：“老大，你没事吧？”

程浩看了一眼手机，显示时间是 19：45。

“没事。”程浩咽了一口口水，强行镇定。他不停地拿出手机翻看，陆鸿渐到现在都没回复他。

林小小突然感觉此时的程浩有点不对劲，刚才还好好的……

程浩抬起头就发现林小小疑惑的目光，程浩怕她误会，一时间支吾了起来：“昨天给陆鸿渐发了消息，他到现在都还没回，也不知道在搞什么。”

“他应该不会乱来的吧！”林小小并没有误会什么，只是察觉到程浩的异常，一向镇定的老大都如此慌张，心底越发觉得他有什么事，而且是不小的事。

程浩点了点头，拿起手机给陆鸿渐拨打过去，却没人接听电话。程浩想了想，跳下车，一把将林小小也抱下来，用严肃的口气嘱托道：“小小，你好好回外婆家待着，哪里都不许去。我要回去一趟。”

林小小看到程浩的眉头皱得抹都抹不开了似的，终于忍不住发问：“真的没出什么事吗？老大，你是不是有什么事瞒着我啊？”

“我……没事。”程浩欲言又止。

如果他现在告诉她，他可能就要消失了，她会怎样？一定会伤心欲绝吧……

此时程浩想，如果他有超能力，能让林小小忘记一切就好了。

原谅我，小小，原谅我没法亲口告诉你这一切。

程浩在一把拽过林小小，拥进怀里用力吻上了她，眼角滑过一滴不易察觉的眼泪。

似乎用尽了全身的力气来吻别，他吻得如此深情缠绵，像无声的水汽从天空倒流回海底，包裹着最深的眷恋，在生命的尽头凝集成一瞬的永恒。

吻你，这一分一秒，却如千千万万遍。

如果吻可以传递一个人的心，他如此用力，就是希望林小小日后能明白他对她有多爱，就有多无奈。

那翻涌着无边柔情蜜意的海底，弥漫着的是他不可自抑的悲伤。

小小，再见了！

但愿以后的人生，你的眼睛，只能看到笑容。但愿你的每一滴泪，都有人为你轻抚。但愿你的每一个梦，都能如愿以偿。

除此之外，我别无所求。

林小小猝不及防，却渐渐沉醉在程浩的深吻中，浑然不知永恒的离别在即。

趁着林小小沉浸在幸福当中，程浩还是先将她先送回了外婆那里。

林小小在门口送程浩，依依不舍道："老大，你一定要小心哦，注意安全哦！"

"嗯。"程浩也很不舍地望着林小小，每一秒都想争取多看她几眼。

"那我等你明天来接我哦。"林小小望着程浩，一脸期待的样子。

"嗯。"程浩只能假装答应。

但是，他并不知道自己是否还能踏上归途，或者说自己是否还能活着。

没有苦涩的泪水，也没有遗憾，离去的人根本不知道那即将是一场告别。带着微笑远离，是最幸福的一种离别。所有的不舍，留给等待的那个人。

一天将尽，离别之后，明日我们还会相见吗？明日，也许是天涯之遥。

林小小挥了挥手，转身进屋。程浩看见她转身的那一刹那红了眼圈，她应该也感觉到什么了。有那么一秒，他很想冲上去拉住她，告诉她所有的真相，可最终还是上车离去。

程浩只能在心里不停地说对不起：如果这一别便是永远，希望我给你的全是美好回忆。

此时，承天娱乐徐老板的办公室里灯光亮起，徐司机直接冲到保险柜前，比对着纸条上徐老板给的密码，小心又紧张地输入密码，终于打开了保险柜！

立刻，他的脸被保险柜里的金光映照着，变了颜色，那是贪婪的色泽。只见保险柜里放着几沓钞票，还有数根金条，以及一沓银行卡。

徐司机傻了三秒后，便将这一堆钱财揽进包里，笑得疯狂："哈哈哈哈！都是我的了！这都是我的了！”

“回去？傻子才回去！我就是徐耀祖！”

他说着，背起背包就要离开，却不料一个趔趄就要滑倒，赶紧扶住办公桌，却不想直接跌倒在地，他这才发现自己的手不知何时已经变得完全透明。

而手腕上的手表，指针正一刻不停地朝前跑着，越来越接近彗星来临的时间。

“没时间了，必须先杀了他！”

徐司机咬着牙站起身，背着背包大步冲出办公室。

他的人自从在医院跟丢了程浩之后，就不知道程浩和林小小的去向，现在反而成了程浩在暗他在明，不行，绝对不行！

徐司机想着，迅速上了车，猛踩油门开了出去。

程浩并不知道徐司机还会做什么，此刻的他也管不了徐司机。现在他只想要阻止陆鸿渐去滨江隧道，阻止意外再一次发生。

好在小小已经被他安置在外婆家，她应该不会去滨江隧道了。

正开着车在高速公路上，电话就进来了，是陆鸿渐！

程浩戴上耳机接通电话，焦急地问道：“你在哪里？你怎么才给我回电话！”

“啊，哥，我昨天拍 MV，一宿没睡……才睡醒啊……”电话那边，陆鸿渐咕哝着，一听就是还没完全清醒的样子。

程浩神情严肃冷然，也没在陆鸿渐失踪的事情上多纠缠，命令道：“你今天哪里都不许去，在家等着，我有很重要的事告诉你。”

“哦，好。我本来就没打算出去啊。”陆鸿渐打了个哈欠，声音清醒了些。

得到陆鸿渐的应答，程浩才松了一口气，而此时小童的电话插了进来。

“好了，不说了，一会儿见。”程浩说完，挂掉陆鸿渐的电话，接通小童的电话。

耳机里小童的声音格外慎重：“老大，查到了，徐老板之前出入过郊外的一个仓库。刚刚盯梢的人告诉我，他又出发去往那个方向了！”

程浩眉头紧锁，似乎有某种不祥的预感。

“把地址发给我。”

9. 月黑风高杀人夜

听到程浩要地址，小童立即紧张起来：“你千万别亲自去啊，这徐老板太危险了，上次所谓的粉丝报复捅你，我怎么都觉得跟他有关！”

“我知道。”程浩顿了一下，依然重复了一遍，“先把地址发给我吧！”

程浩通常说话或发号施令，都不会说第二遍，重复，意味着这件事非常重要。没办法，他也只能再三叮嘱程浩，然后把地址发了过去。

挂了小童的电话，程浩很快顺着导航来到一处废弃仓库。大概徐司机也没料到程浩会找到这里来，他自己的车停得并不隐蔽，程浩一眼就看到了。

程浩下了车，观察了一下地面上的脚印，从后备厢里拿出一个棒球棍握在手中，然后小心翼翼地朝最近的一个破旧仓库房走去。走近后，他依稀听见三两声痛苦呻吟，所以，他能够清楚、快速判断出徐司机在哪个位置。

徐司机还没选好杀人的地方，此时正拖拽着徐老板往前走。到了第三个破旧仓库，徐司机见应该差不多了，离大路边比较远，就算有血腥味，也不会那么容易传过去，于是停下脚步，将徐老板重新捆绑在一个破柱子上。月光透过破仓库高大的天窗映照进来，破烂的窗户在晚风的吹刮下发出尖锐的呼啸声，气氛显得更加瘆人。

徐司机正在捆绑徐老板，一抬头却发现面前月光映照在地面上的人影，除了他和徐老板之外，还有一个人。

徐司机勾唇阴冷一笑，程浩举着棒球棍也适时砸下去，结果却敲空了，徐司机灵活地躲到一旁去了。

“是你！”徐司机冷笑。

程浩本是想敲晕徐司机，等过了今晚彗星来临的时间，他和徐司机也会消失了，这样徐老板就不会有生命危险。

但谁料到徐司机竟然这么机警！

“你杀了他，就真能活下来吗？”程浩指着徐老板说。

虽然徐老板也不是什么好人，可是徐老板终究和陆鸿渐一样，都是程浩和徐司机来到这里的受害者。

“哼，就算是死，我也要拉着你们陪葬！”徐司机咬牙恶狠狠道，额头上的青筋暴起。

突然，徐司机摸到了刚才他扔在一旁的杀人道具之一——斧头，顿时挥着斧头就朝程浩劈了过去。

程浩躲闪不及，只得用棒球棍接住徐司机的一劈。

但这棒球棍是铝制的，顿时就被斧头劈得变形，好在还没断，挡住了斧头。

程浩顺势抬脚踹在徐司机肚子上，徐司机吃痛，倒退几步，他才得到空隙。

徐司机却反身再袭来，这次程浩密切关注徐司机的动向，迅速将手中变形的棒球棍一转，直接朝徐司机砸过去，徐司机微微偏转身形躲开，就这一眨眼的工夫，程浩已经上前近身徐司机，三两下便将徐司机手中的斧头抢了过来。

徐司机不罢休，他似乎料准了程浩不敢用斧头劈他，径直朝程浩冲了过去。

程浩确实做不到用斧头劈人，但是他会用斧头抡人！

只见程浩抡起斧头，用斧头侧面拍向徐司机的肚子，徐司机被拍得闷哼一声退开去，正好一头撞在一旁的柱子上，两眼一翻，晕了过去。

程浩怕徐司机假装晕倒，走过去将徐司机翻过来检查了一下，确定他是真的撞晕了，这才松了一口气。

抬起头就注意到浑身伤痕累累的徐老板，徐老板看样子被徐司机折磨得都只剩下半条命了，现在又被徐司机拖行了一段路，几乎可以说只剩一口气了。

程浩迅速去给徐老板松绑。

“你怎么样？还好吗？”

徐老板微微睁开眼，眼神里透露出惊恐，抬了抬手，似乎想对程浩说什么，张了张嘴，却又没有力气发出声音。

程浩连忙俯身靠近去听：“你说，你想说什么？”

刚问完话，程浩便发现身后不对劲，他想要让开，后脖颈上便传来一阵闷痛。

徐司机竟然又醒了，还偷袭了程浩！程浩眼前一阵发黑，整个人一软便倒下地。

“呸！跟我斗！你还嫩了点！”徐司机撇着嘴扔掉木棍，从程浩身旁捡起斧头，吐出一口血沫，“去死吧！”

徐司机举起斧头就要朝半昏迷的程浩的脑袋劈下去，徐老板眼见这一幕，顿时被吓晕了。

不过徐司机举起的手迟迟没有劈下去，他开始喃喃道：“万一我还活在这个世界呢，那我何必惹上杀人这种麻烦？”脑子高速运转了起来，狡猾的他突然心生一计，他觉得很完美，杀人又不用背锅，不用担心被查到自己头上来！

程浩挣扎着想要起身，徐司机嘲笑道：“我先杀了他，弄花他的脸，然后嫁祸给你。明天早上，头条新闻就会是，大明星残虐杀人，抛尸时坠车身亡！哈哈哈，怎么样，这个办法简直完美！”

“住手！”程浩努力站起来，却又被徐司机一斧头撞到额头，顿时晕了过去。

徐司机看着这张跟自己一模一样的脸，脸上的笑容更加阴险、毒辣：“从此，这个世上，只有一个徐耀祖！”

说罢，他手起斧落，一下又一下……

杀人，然后毁掉面部、身体特征，再将尸体包裹起来扔进后备厢，最后将捆住的程浩也拖进车里，徐司机冷笑着开着程浩的车，载着程浩和徐老板离去。

自从程浩离开后，林小小的心就开始七上八下，一刻都没能放下，此时更是眉心突突直跳，她预感有什么不好的事情会发生。

实在坐不住了，林小小决定再一次发挥她的狗仔体质，去追寻程浩。她要知道他到底遇到什么事了，她想要和他一起面对，这才是相爱的人应该做的事！

她跟外婆告别，外婆虽然很想留下她，但是听她说程浩可能遇到什么事了，便也没有强留她。

林小小赶到公交站台时，恰好最后一趟大巴经过。

赶到程浩家时，时间已经有些晚了，林小小叮咚叮咚按了半天门铃，陆鸿渐才贴着面膜慢吞吞地来开门。

“自己没带钥匙吗？”陆鸿渐话还没说完，就看到一脸焦急的林小小。

林小小一边往屋里走，一边寻找程浩：“老大呢？回来了吗？”

陆鸿渐看着神色匆匆的林小小，一时有点蒙：“没啊，他让我在家等他啊！”

“不应该，他明明走得比我早……”林小小走回来，神色更加忧急，又掏出手机拨打程浩电话，手机里却传来对方已关机的提示音。

“到底怎么回事？小小你先别急，喝口水顺顺气先。你们俩这几天该有进展了吧？”陆鸿渐撕掉面膜，给林小小倒了一杯水，八卦的心思又上来了。

林小小哪有心思跟他东拉西扯，正要将事情说给他听，小童就直接推开门进来了。

“老大呢？”小童一进门就劈头盖脸地问。

“我也在找他！”林小小噌地一下从沙发里站起来。

小童顿时感觉不妙：“完了完了，他不会自己一个人去仓库了吧！”

“去哪儿？什么仓库？”

“没哪儿！”小童立马反驳，也意识到自己说漏嘴了，慌忙转身就要离开，“我先去找找他！”

林小小却一把拽住小童，眼神坚定：“我跟你一起去！”

冥冥中林小小感觉这就是关键，程浩瞒着她的事情，或许连陆鸿渐都不知道，但是小童这个跟前跟后的得力助手不可能不知道。

“我也去，我也去！”听到这里，陆鸿渐连忙也蹦了起来，就像遇到过大年的小屁孩，还挺兴奋。

看着面前林小小丝毫不松手的样子，表情像自己要不让她去，她能把自己现场给生煎了一般，小童暗暗发怵——这个女人他也得罪不起。

他犹豫了一下，然后一脸严肃地看着陆鸿渐叮嘱：“你留在家里吧，万一是手机没电了，他人回来了，你还能联系我。这事情不是闹着玩的！”

陆鸿渐这才感觉事情严重了。虽然程浩经常玩失踪，神龙见首不见尾，但是这次他也感到了一点不寻常，再加上小童郑重其事的表情，似乎真的发生了什么。

“好吧，那你们自己小心点，随时保持电话联络！”

林小小和小童急匆匆出去，林小小立即将心中的疑惑问了出来：“小童，你们到底有什么事瞒着我？”

“还不是那个徐老板，之前你的事儿和浩哥被捅，都跟他有关。浩哥让我盯着他，我查到他最近常去一个废弃的仓库，我猜浩哥可能去了那儿。”小童本是不想说的，但想着现在程浩和林小小已经是男女朋友，也没什么好瞒着的了。

“徐老板……”林小小拧着眉头上了车，一时回想起什么来。

10. 彗星来的这一夜

小童载着林小小一路朝废弃仓库开去，到达后却发现这边满地脚印，还有凌乱的打斗痕迹！两人一路顺着脚印找过去，还看到了血迹和一些带血的绳索、棍棒。

林小小吓得快哭了，她不愿意想象这些血是程浩的。

程浩到底和徐老板怎么样了？徐老板难道因为程浩那一次救了她，就对程浩下如此狠手？

“老大！难道老大已经……”林小小只觉得一股恐惧感紧紧攫住她的心脏。

不不不！不要！程浩一定好好的，这些血不是他的！绝对不是！

小童也努力保持镇定，安慰林小小道：“不要乱想，哥吉人自有天相！”

两人又继续跟着脚印找过去，小童举着手电筒，喊着：“浩哥！”

两人走出仓库，却见空地上停着一辆车。从这辆车下的车轮印子来看，这辆车开过来就一直停在这里，而不远处还有一道新鲜印子，车轮胎印子正好是小童不久前帮程浩换的新轮胎的印子！

小童心里咯噔一下，有了不太好的推测：“坏了！”

林小小听着小童的话，认出了徐老板的车牌号，下一秒双腿一软瘫坐在地。

小童也撑着膝盖大口喘气，他也很不愿意想象老大的结果，他不敢想象老大此刻说不定已经被……

突然，手机传来短信提醒的声音，小童打开一看，竟然是程浩发来的消息，很简短，一个定位和三个数字——110。

小童顿时大喜，老大还活着，有救！

“老大还活着，咱们赶快去！”小童惊喜地喊着林小小。

林小小听见了，立刻起身跟着小童跑进车里。小童发动车子循着定位开去，林小小则浑身颤抖着拨通了110，将情况描述了一遍，然后发了定位发给警方。

挂断电话后，林小小和小童却更加紧张了。

小童已经将车速开到了一百八十迈，他们谁也不知道，如果晚一点赶过去，会发生什么事，只想快一点见到程浩。

断崖上。

徐司机将车停住，冷笑着从后视镜中注视着挣扎的程浩，面容越发狰狞可怕：“你不是一直想回去吗，还挣扎什么呢？让我这个老朋友送你一程，不好吗？”

徐司机熄了火，但并没有拉起手刹，车子已经开始缓缓地倒着往山崖下滑去。

他跳下车，还不忘把车门关好。

看着里面的程浩还在挣扎，徐司机脸上的笑容更加灿烂了。都说人在快死的时候会被激发出潜能，他一直不相信这句话，饶有兴趣地盯着一脸惊恐的程浩，笑着挥挥手道别：“你可得快点儿哦，车后轮离悬崖只有几米远呢！”

“啊，不如我再帮你一把吧？”

徐司机变态地笑着，走到车头帮着推车子。

有了他的助力，车子滑得更快了，眼看着车子就要坠下去了，他快速离开，还拍了拍手。

程浩也隐忍了很久，解开了绑带，千钧一发之际，他一个飞跃，从车里跳了出来。

下一秒，汽车轰然坠下，随即崖下一声巨响，冲天火光映红了整个山谷。

徐司机站在高处，眉头皱成了一团，他自然看到程浩在最后一刻跳了出来，他的计划落空了！

他现在只能将程浩杀了，扔到下面的火海里，这样或许和之前的计划是一样的结果。

程浩知道徐司机没走远，果然不出他所料，刚站起身，就见徐司机提着斧子冲了上来。

程浩也不是吃素的，迅速一晃身子，躲开了徐司机的劈砍。

程浩已经不想再和徐司机周旋，他晃身躲开劈砍时，冒险伸脚去绊徐司机，徐司机圆滚的身体冷不丁被绊了一下，没站稳，就要往山崖底下滚。

徐司机情急之下一把用斧头挂在悬崖上，大声喊救命。

“啊——救我！”徐司机惊恐大喊，他完全没想到瞬息之间自己的命就要快交待在这里了。

程浩也是一愣，但犹豫之后还是伸手了。他从没想要杀徐司机，他只是想绊倒对方后制服他，好交给警方。

哪承想徐司机近来吃得太好，身子笨重得不像话，不等程浩够到他的手，他就支撑不住跌落了下去。

“啊——”徐司机惊恐的尖叫声传来。

程浩手还伸在半空中，眼睁睁地看着徐司机掉进下方火海。

“轰隆——”下方又传来一阵爆炸声。

程浩心中惊惧，此刻却也无能为力，强撑着虚弱的身体爬起来，身后是一片火光。

他刚往前走了几步，突然一个熟悉的身影朝他冲了过来，一下子紧紧抱住他。

“老大！我以为再也见不到你了，呜呜呜……”林小小早已泣不成声。

程浩心中一痛，也紧紧抱住林小小。小童本来紧随其后，看着这对劫后余生的情侣相拥，识趣地停住了脚步。

从林小小颤抖的身子，程浩能够感受到在他离开后她有多担心。

“对不起，小小，让你担惊受怕了！可是我……”

程浩下意识地看向手机，马上要零点了！或许他应该在这最后的时刻，在他消失之前，将一切都告诉她吧？

程浩正要开口说什么，突然天空中一阵白光划过，众人抬头望去，是彗星来了！

程浩被林小小紧紧抱着，几乎喘不过气来，想说的话都说不出来。

如果命运注定让我消失殆尽，那就让我这样抱着你吧。小小，你是我这在这个世界上最后的眷恋，也是我走向未知与死亡的勇气！

程浩注视着头顶划过的彗星，听着林小小说着担心他的话，直到看到彗星拖着长长的尾巴远去，消失不见，意外地发现自己并没有消失。

彗星来临，时空隧道并没有打开？难道平行时空之间一切相似的、不可更改的命运就这样被他改变了？

转瞬，程浩泪如雨下，将林小小抱得更紧了：“别怕，一切都过去了，我再也不离开你了，小小！”

原来，这世间除非生死而分离的爱情值得动容，其他的又算得了什么呢？若爱得够深，怎么会分开？

余生，我只想和你永远在一起。

不一会儿，警车停在悬崖旁的道路上，警员们迅速拉起警戒线，开始现场取证调查。

消防员连夜扑灭了山下的大火，将车里已经烧焦的尸体带了出来，但只有一具尸体。

因为这场车祸涉及一条人命，警员并没有在简单问询之后就放了程浩，程浩几人还需要跟着回警局做一个更细致的调查。

跟随出警的救护人员先对程浩身上的伤口进行了处理，然后程浩就跟着警员们回了警局。

警局问询室中，一名上了年纪的陆姓老警官坐在程浩对面，拿着笔一边问询程浩，一边做着记录。关于程浩和徐司机之间的恩怨过节、这场案件的起因等，他势必要弄清楚，也就是要弄清楚徐司机的杀人动机。

当然，程浩除了他和徐司机的事没说，其他的都一一交代了。

如果他一上来就说自己是从另外一个时空来的，犯罪现场还有一个不存在的人，怕不是会被别人直接当成傻子。

陆警官听了程浩的叙述，拧着眉头道：“所以说，之前徐老板对他的下属，也就是你现在的女朋友林小小，有过性骚扰的犯罪行为？”

“是的。我去调了监控录像，但都被删除了，所以当时我们没有报案。不过我私下警告过他，他可能担心罪行败露，才想办法报复我！”程浩点头，也说了自己的推测。

“所以，你是被他绑架的？”陆警官点头，记录下程浩的口供。

“没错。”程浩点点头。

这件事说起来还要复杂点，他如果不去救徐老板，不去找徐司机，徐司机也不太可能直接将他绑架。

“咚咚咚！”忽然有人敲门。

“进！”陆警官应允后，一个年轻警官走进来，对陆警官耳语几句。

陆警官点点头，然后对程浩道：“程先生先等一会儿。”

程浩点头，随即陆警官起身和年轻警官离开。

程浩等人被带回警局后，众警员、警探依然在现场忙着四处搜集证据，忙活了一整天，才将现场的各个证据取到，而此时是监控室那边有了情况。

初步来看，程浩、小童等人的口供中，时间都与监控中的时间吻合。

但是让警员们头疼的是，监控录像中关于徐司机的画面几乎没有。众警员分工合作，加班加点，在排查了大量监控画面后，才终于在一处隐蔽摄像头拍下的画面中找到证据。

放大视频图像，很容易就看出来，开车的是徐司机，而且开的是程浩的车。

负责分析调出监控的警员对陆警官道：“他躲过了大部分的摄像头，但是这个隐藏的摄像头还是抓拍到了嫌疑人的画面！”

“放大再比对！”陆警官皱着眉，神色严肃。

警员点头，将画面定格，放大再细化，虽然画面中驾驶座上的人戴着口罩，遮住了大半张脸，但是比对瞳孔和轮廓，和徐司机有百分之九十九的相似度，这就是说是徐司机无疑了！

陆警官看着结果，神色更加凝重，转而询问另一个警员道：“鉴定室那边身份验证结果出来了没有？”

“死者已经被爆炸大火烧焦，根本无法提取到DNA，无法辨认死者身份。”警员回答。

也就是说，没有足够的证据证明死者就是徐司机！陆警官点燃一支烟，深吸一口，揉了揉太阳穴。

按照程浩的口供，是徐司机绑架程浩，可是最后反而是徐司机跌下悬崖摔死，被烧得面目全非！倘若无法辨认DNA的那具尸体真的是徐司机的，那这中间就有太多疑点。

可是又没有其他的证据证明程浩有杀人嫌疑，所以，只能先给程浩办取保候审了。

陆警官将程浩送到门口，道："程浩先生，你可以离开了！如果有进一步情况需要问询，我们会再联系你。请你近一周内都不要离开国内！"

程浩点头道："谢谢，我会配合的。"

11. 从此你是我的女人

程浩出了警察局，看到小童和林小小在路边的车上等他。小童和林小小也都有录口供，毕竟他们是这件事的知情人和目击者。

林小小一直提心吊胆，这会儿见到程浩毫发无损地出来，才略略松了一口气。

"老大，没事吧。"林小小拉着程浩查看他的伤口，一阵心疼。

"没事了，回去吧！"程浩如释重负地笑着，吩咐小童开车离去。

回到家，几人热闹又满怀感慨地吃了一顿晚饭。令人吃惊的是，陆鸿渐这回竟然没有很八卦，只是乖乖地听林小小说了一下过程，一副难以置信的样子。

饭后，林小小正准备去洗浴，却被程浩堵在过道里："一会儿洗完了来我房里。"程浩撂下一话便匆匆离去。

林小小茫然地点头，心想该不会是因为她没有在外婆家等老大，所以老大不高兴了吧。看着程浩转身回了房间，房门虚掩，她带着忐忑的心情进了浴室。

程浩走上阳台，看着远处的海面，听着哗哗的海浪声，思绪万千。他垂下头，从栏杆扶手上收回手，握了握拳头。他能感觉到蓬勃的力量在身体里，自从昨晚彗星过后，他的身体好像也恢复了力量和实体。

他没有因为彗星来到而消失，也没有离开这个世界，回去他那个 A 世界，这是不是意味着，他已经被这个 B 世界接纳，从此可以在这个世界生存下去?

原来万物皆有裂痕，或许他和林小小发生交集的那一天，就是命运改变的开始。

程浩想得出神，心中渐渐泛起点点欣喜，就像劫后余生。突然，一双纤细雪白如藕段的手臂从他腰侧绕过来，将他的身体环住。

"老大，想什么这么出神？"林小小软糯的声音在程浩身后响起，丝丝缕缕柔软如同夏夜的海风，撩人心弦。

如果老大因为她不听话留守在外婆家而责骂她的话，她得想点办法转移他的注意力才好！

"洗好了？"程浩心中一阵悸动，转过身将少女拥在怀里，这才发现她竟然只裹了一条浴巾！

程浩双手环过她纤细的腰身，只觉得触碰到的肌肤细腻而冰凉，如同果冻，让人忍不住想咬一口。原本心中想好要说的话，也在这一瞬间被她撩拨得不剩分毫，只剩一腔热血沸腾，难以平复。

“嗯，老大！”林小小也感觉到程浩身体的变化，一瞬间他的肌肤变得灼热烫人，他的气息喷洒在她耳畔，也牵连起一阵酥到骨子里的感觉。

“怎么了？”程浩低哑着嗓音问道，强压着身体里那一股冲动。

“老大，你能不能以后不要再做那么危险的事了？你还不告诉我，我会担心的。不是都说相爱的人之间，无论是痛苦还是快乐，要一起分享吗？”少女像一只乖巧的小鹿，一头撞在程浩怀里，紧紧贴着他，害怕再跟他分开。

“傻瓜，放心吧，真的没事了！”程浩心中触动，低声安慰着，轻拍她的后背，缓缓低下头，在她额头上落下重重一吻，如同宣誓。

林小小却不依不饶，有些生气地道：“你骗我，你每次都这样说，结果每次都以身犯险！”

“这次不一样，一切都结束了！我向你保证，以后都不会再有不好的事发生，只剩下我们，永远在一起。”

程浩深情款款地捧起林小小生气的小脸，她因为生气、担心而皱起的小眉头，被程浩吻过。

林小小在程浩的轻吻下，终于败下阵来，轻轻地呼唤着程浩，下一刻就被程浩完全封住了唇。

“嗯！”少女一惊，却不躲不闪，双手攀上程浩的颈脖，深情地回应他。程浩一把抱起她，她像个小皮猴子一样手脚并用缠在程浩身上。

在外婆家的时候，她还没准备好成为他的人，但经历了昨天的劫难，她差点失去他，在悬崖上拥抱的那一刻，她才知道，她爱他，早就超过了自己以为的。她再也不要拒绝他，错过他了！

程浩抱着她走进室内，浴巾滑落，一室春光。

他抬起她红扑扑的小脸，唇落于她的额头、眼睛、鼻尖，最后，终于控制不住诱惑，吻上那让他朝思暮念的柔软之上，温柔地摩挲，辗转流连，轻柔吮吸，一边耐心地等待着她的反应。

他的气息近在咫尺，异样的酥麻感瞬间蔓延全身，让她的心弦颤动不已。纤臂自他腰侧穿过，紧紧扣在一起，她青涩地回应着他。

清风动容，缠绵着加深了这个吻，朦胧中，她的脸更烧了，但他充满了无限的爱怜与柔情，与他平日冷漠的外表极不相符。

海浪翻涌，潮涨潮落，一夜旖旎到天明。

……

林小小悠悠醒转，发现程浩已经不在身旁。

“老大？”她灵眸转动，在屋子里搜寻一圈，没发现程浩的踪迹。

脑中想起昨夜的旖旎春宵，觉得一切像做梦一般不真实。

眼前莫名闪过程浩赤身裸体的模样，顿时让人血脉偾张，林小小赶紧揉了揉脸，下床抓了一件程浩的衬衫套在身上。

昨晚过来的时候，她确实没想过再回去，但是忘了拿衣服，尴尬！

走出门就听见厨房里传来做早饭的声响，林小小趿拉着拖鞋走过去，趴在厨房门口，看着赤裸着上身做煎蛋的程浩，满眼星星。

"哇！"这真的是一个会发光的男人！林小小感叹，他怎么可以如此好看！

"睡得好吗？"程浩听见脚步声便转过头来看她。

女孩儿经过一夜洗礼，退去了少女的青涩，多了几抹迷人的味道，更是让程浩挪不开眼。

"嗯。"林小小心不在焉地应着，满心满眼只有程浩。

程浩神色平淡，眼底却藏着几分促狭："昨晚表现还不错。"

"哎呀！"林小小反应过来，顿时羞得俏脸绯红，直将头埋进了程浩的后背，双手紧紧抱住程浩紧致的窄腰。

程浩得逞地勾起了嘴角，一边将煎好的鸡蛋装盘，一边道："我先告诉你啊，成了我的女人，以后就要乖乖的，不能再和别的男人靠近。"

"嗯嗯，好的老大！"林小小答应着。

程浩撕了一块刚烤好的面包塞进林小小嘴里，补充道："尤其是陆鸿渐！"

"啊！"林小小赶紧从嘴里取出面包，有些扭捏地道，"知道了。我还没刷牙呢！"

程浩却突然凑上去吻住了她嘟着的唇，一翻深掠浅夺后放开林小小，道："挺甜的。"

"老大！"林小小被程浩弄得哭笑不得。

"好了好了，不逗你了，去洗漱吧，很快开饭了。"程浩宠溺地亲了亲林小小的眉心，这才放她走。

两人坐上桌吃饭时，陆鸿渐才顶着一头鸡窝打开房门走出来。一眼瞥见程浩和林小小黏腻地互相喂饭，陆鸿渐嫌弃地撇着嘴，心塞不已。

"一大清早就给我喂狗粮，我要向动物保护协会举报你们虐待狗！"陆鸿渐捂着心口，每多看一眼那两人你侬我侬的模样，就觉得自己离被狗粮撑死又近了一步。

程浩和林小小压根儿不搭理他，依然一会儿咬耳朵，一会儿亲亲。

陆鸿渐气得够呛，翻了个白眼，转身离去，唯有工作慰心灵！

说来也巧，陆鸿渐今天的戏份正巧又是吻戏，本来一脸兴奋地以为能缓解一大早被喂狗粮的失落心情，可是现在别提多心塞了。

镜头对着场中的两名演员，女演员瞬间入戏，生气地转身就走。

“静静，别走！”陆鸿渐一把将对手戏女演员拉到跟前，动作霸气。

饰演静静的女演员凝望着陆鸿渐，眼里交织着怒气和期盼，正是一个和男友闹别扭的女孩儿的神情，期盼在自己生气的时候，男友能够挽留自己。

陆鸿渐也看着女演员，脸朝着女演员缓缓俯下去。女演员也适时地闭上了眼，似乎满心期待着等待被轻吻。

但这个吻迟迟落不下去，陆鸿渐看着女演员的脸，不知道为何，莫名地紧张得下不了嘴。

一旁的工作人员都急得抓耳挠腮了，这一条吻戏都拍了一上午，总是在陆鸿渐吻女演员的时候就卡住。

“亲，亲啊！”导演看着监视器，恨不能将他们两个的脑袋按到一起。

陆鸿渐将脸偏到左边，好像角度不对，挡住摄像头了，再偏倒右边，好像也不对，他甚至突然觉得，女演员的嘴怎么长得这么怪，那涂着鲜艳口红的唇，看起来像蠕动的肥肠！

“咔！”导演也郁闷地喊停，随后挥手对周遭工作人员道，“大家伙儿先休息一下。”

灯光师、轨道师们这才放松下来。之前灯光师举打光板举得手酸，轨道师们则弓着身子在轨道上前进后退地不停推拉摄像机，腰都酸了。

陆鸿渐也很不好意思地挠头，给大家道歉：“不好意思，不好意思，总是找不到吻戏的感觉……”

导演把陆鸿渐叫到身旁，语重心长地道：“陆老师，这个镜头都切了N遍了，你倒是用点心啊！要是状态不对，实在拍不了这场戏，那就先拍打戏？”

陆鸿渐歉疚地笑道：“我挺用心的啊……就是，就是……”

“就是害羞？”导演笑着打趣，“陆老师可不比你哥程浩吧！唉，算了，你再自己琢磨体会一下，稍后继续！”

“好好……”陆鸿渐只好应着，撇着嘴垂头丧气地往另一边的遮阳伞下走去。

程浩和林小小今天有来探班，此时正在遮阳伞下喝果汁。刚才那场戏NG了多少次，林小小和程浩都看在眼里，这会儿见陆鸿渐过来了，林小小笑着打趣道：“陆鸿渐，我看你是故意的吧，想多占人家便宜是不是！”

陆鸿渐平时可不就是这德行嘛！

“哪有啊！这要搁平常，我早亲上去了！但有摄像头对着我，我总感觉怪怪的，下不去嘴啊！”陆鸿渐倒也老实地说。这确实是他的银幕初吻，难免有些紧张。

“扑哧——”林小小和程浩没忍住笑了出来，倒是很乐意看到厚脸皮的陆鸿渐也有为难的时候。

陆鸿渐不满被嘲笑，回怼道："别光嘲笑我啊，你行你倒是给我示范一下！"

"嗯？"程浩扬了扬眉毛，嘴角勾起一抹得意，忽然转脸，一把将林小小的脑袋扣住拉近。

林小小完全没料到，呆呆地被程浩扣住脑袋吻了几秒，才被放开。

12. 电影发布会上的官宣

"看到了吧！"

程浩脸也有点红，但是想着总不能在这件事上被陆鸿渐笑话，更何况他时刻都想亲他可爱的女朋友。

陆鸿渐更是被程浩的操作惊得目瞪狗呆。谁来告诉他，一样视形象如生命的程浩，今天怎么抽风了？

"你干吗呀！这么多人呢！"林小小也羞红了脸，尴尬地捂着嘴嗔怪着，但心里还是非常甜蜜的。

说着，她往周围看去，果然不少人都看到这边的情况了，一时交头接耳、指指点点的。

虽然说程浩已经正式退圈，可是她也不想在公众面前秀恩爱，说不定啥时候就会被程浩的疯狂粉丝套麻袋揍一顿！

陆鸿渐显然被这一大袋狗粮噎着了，哭丧着脸开始撵人："哦，走走走！你俩赶紧去领证结婚生孩子吧，别在我面前晃悠了，我看着就心烦！在家里给我喂狗粮就不说了，好不容易我来工作了，还跑到我的片场给我喂狗粮，居心何在！"

陆鸿渐一边郁闷地嘀咕，一边推着二人往外走，丝毫不想挽留这两人。

程浩倒是不在意，抓起林小小的手，拉着她潇洒地离开，根本不管旁人的指点。

他爱的女人，他就是要昭告天下专属权，谁也不能碰。

而程浩早就想好了，只是在公众场合秀恩爱并不算昭告天下，他要在电影节上给林小小一个惊喜。

陆鸿渐的首部电影《即刻相爱》也赶上了今年的电影节。红毯签到背景板前，各路大腕明星来了又去，摄影师们手中按快门的声音像打印机一般"咔嚓咔嚓"没停歇。

陆鸿渐身着光彩的亮片西装，手挽一位漂亮女影星，从红毯一端走来。今天陆鸿渐这身造型，时尚与沉稳并重，低调之中不失张扬的个性，倒是符合他独特而多变的气质。

陆鸿渐保持着绅士的微笑，一边走一边摆造型，摄影师们也立即对焦陆鸿渐。这可是今年的新晋小生，又生得和程浩一样的脸，怎能不惹人注目？

走到签名板前，陆鸿渐和女影星分别签了名，便有记者来提问：“陆鸿渐先生，听说你自编自演的首部电影也参加了电影节？你有什么想说的吗？”

陆鸿渐谦虚地笑着点头，相比以前，他似乎成长与稳重了许多：“是的，是一部纯爱电影，不久后就会上映，还请大家多多关注哦！”

此时，电影节首映礼后场，林小小身着轻纱仙女裙，绾起了头发，清纯可爱，不输给旁边娱乐圈的一众小花旦。但此时她无比紧张，内心慌乱地不断用手调整着裙摆，也不敢和任何人打招呼。恍惚中，她看到一个高挺的男人向她走来，全身泛着天使一般圣洁的微光。

程浩在众人的目光中站定在林小小身旁，温柔地将她的手搭在自己的手臂上，看着她，眼里都是宠爱。

林小小内心的紧张似乎一瞬间被程浩的笑容消解了，不过面色似乎还有些犹豫，微皱着小脸道：“其实我觉得，走红毯也不一定要编剧出场啦。”

“嗯？还想临阵脱逃？”程浩可不会给她这个机会，否则他接下来的计划就落空了，转而柔声安慰她，“别怕，就是走个秀而已，跟紧我就好。”

有了程浩做定心丸，林小小松了一口气，都临门一脚了，她可要打起精神来，不能给老大丢人！

随着被主持人点到名字，大门打开，一阵闪光就照射到眼睛上，一时间睁不开眼睛，林小小迈出的脚步还是停顿了一下，但她被身旁的程浩稳稳地搀扶了出去。

程浩挽着林小小，两人微笑着走上红毯。

仅靠侧颜就秒杀全场的程浩一出现，就引得全场女生尖叫。只见他牵着一个虽然长相有些普通，但气质可爱甜美的女孩一起走出来，两个人互看的眼神里充满了甜蜜的幸福，仿佛童话里的公主与王子。

闪光灯闪个不停，林小小一时觉得像在梦幻中，而脚下这一条很长的红毯，就是通往她和王子的幸福结局吗？

人群里，周甜甜看到林小小牵着程浩走在红毯上，更是兴奋得不能自已。自从她知道林小小竟然追星追成了男友，激动得差点将林小小家的房顶吼破。

程浩似乎察觉林小小神游天外，轻轻捏了捏她的小手，提醒她在签名板上签名。她这才回过神来，接过程浩递来的笔，在签名板上签了大名。

记者们眼尖，一下子便认出“林小小”三个字，顿时炸开了锅。

“林小小这个名字，同行们还记得吗？”

“可不就是程浩退圈前做了一个粉丝回馈活动，那个幸运儿嘛！”

“这是弄假成真了吗？”

“或者说，咱们浩帅为了美人，费尽心思？”

“但无论如何，这狗粮我觉得太甜了……”

人群中议论纷纷，林小小已经听不见他们说什么，整个人如在云端，只剩下傻笑。

“程浩先生，有媒体报道您似乎已经恋爱了，这个消息是不是属实呢？”在明星签名之后，又到了现场记者短暂的提问环节。

“这还不明显吗？”此时，程浩顺势揽过林小小的身子，认真回答记者的问题。

“哦——”众人顿时发出了一阵感叹声，紧接着又是一阵快门声。

“程浩先生，您现在算是正式官宣吗？”

摄影机长枪短炮如上战场，聚光灯点满现场，照射着黑夜如同白昼。

都说红毯是最聚焦人们关注的地方，这里的一举一动都会被放大，女明星们身穿华服扭动着性感的身姿，男明星们身着挺拔的西装亮相，都在想方设法争夺全场焦点。当然，实时录播的电影节红毯现场，也是被犀利的记者追问明星们平日避之不及的绯闻的最佳时机。

林小小此时已经慌乱到手足无措，还没来得及做出反应，就被程浩一把抓起手，十指相扣举了起来。

“没错，我现在正式宣布，我身旁这位林小小女士，是我程浩现在以及未来永远唯一的爱人。”

此言一出，全场爆炸了。这是什么世纪狗粮！现在都流行明星现场秀恩爱吗！

“天哪！我听到了什么！！”

“史上最高冷王子，母胎单身的程浩竟然脱单了！我也开始相信爱情了！！”

“求上天也给我发一个浩帅这样的男友吧！真的是羡慕死了！那个女孩运气真好！”

“那个女孩也很可爱啊，是我喜欢的那种！”

记者们、路人们都被这口高调的狗粮撑得叫喊起来。

林小小被喊声惊醒一般，难以置信地回看程浩，程浩却宠溺地在她额头上落下一吻。

“已经公布了，可不许再反悔了！”程浩笑着，林小小却已经惊讶得石化了。

世界上最令人惊喜的一件事情是，你原本以为没有机会靠近的人，竟然爱上了你。

世界上最令人感动的一件事情就是，你爱的人，愿意对世界宣布“我爱你”！

此时的林小小眼里满含着感动的眼泪，她仰望的那颗善良的星星，此刻深深映在了在她的眼眸。

现在我可以不用隔着屏幕看你了，而是跟你并肩在一起。借着你的光，我看到了从未看到过的世界，遇见了从未遇见的自己。

谢谢你，程浩。

第十章

你是我穷极一生，想做也做不完的梦，想忘也忘不了的人。

1. 最爱吃的是“小葱拌豆腐”

次日，林小小家的房门被周甜甜敲得震天响。

本来林小小和程浩依然住在程浩那边的，但想着陆鸿渐还没有“分家”出去，他们的两人世界总不好老是被打扰。在陆鸿渐的抗议下，程浩和林小小迅速搬了出来，住进了林小小这套小公寓，过上了甜蜜的二人世界。

好巧不巧地，昨天刚搬回来，今天周甜甜就找上门了。虽然林小小早预料到周甜甜会上门盘问，但没想到她来得这么快。

周甜甜冲进门，抓住林小小，一惊一乍地道：“哇！什么情况！这么大发的奸情我居然不知道！快点老实交代，你是怎么把老大推倒的？”

“呃，这个，我……这个……”林小小被周甜甜问得有点晕，不知道该怎么回答，这事儿说来有点长啊！

不过，这件事她恐怕还得感谢周甜甜，当初若不是周甜甜稀里糊涂地把程浩当成陆鸿渐给抓回来，恐怕现在她和程浩依然是两条平行线吧！

“喔，万万没想到啊，万万没想到！难道是那次粉丝福利活动？还是之前你们就有关系了？”见林小小愣在那里，周甜甜索性脑洞大开，自问自答起来。

林小小一时间眉头紧皱。她应该怎么跟周甜甜解释呢？毕竟当初她为了帮老大隐瞒，还骗了周甜甜好长一段时间，说出来的话，周甜甜该不会跟她直接友尽吧？

真是焦灼啊！

正在林小小不知道如何解释的时候，程浩随性地穿着背心从卧室中走了出来，踩着拖鞋，模样亲民中又带着几分高贵。周甜甜瞬间眼冒星星：真不愧是男神啊，居家生活模样都这么好看！

“周会长。”程浩倒好了水，端着水杯倚着门框，笑着看向她们这边。

周甜甜这才回过神来，赶紧立正：“在！”

程浩笑眯眯地道：“最近粉丝应援会的事务忙吗？”

其实说忙也不忙，说不忙，因为程浩公开了和林小小的情侣关系，还是挺多事儿的。

但周甜甜随即反应过来，自己这十万瓦特的电灯泡怎么感觉有点亮呢，老大恐怕不是在问忙不忙，而是在撵人呢！

“啊，忙！我突然想起来，我还有要事处理，不打扰你们了，我先走！”

程浩粉丝内部可是有规定的，离偶像的私生活远一点！

周甜甜可不想做不识时务的人，赶紧起身拎起包就往外走。

程浩点点头，将周甜甜送到门外：“辛苦你了，没事常来玩啊！”

周甜甜看着程浩关上门，整个人还处于震惊当中。

这事儿简直相当于玄幻魔幻现实主义爱情故事了好吗？林小小当初是有多被程浩讨厌，为此还跟她抱怨了很久，可是怎么就突然把偶像追到手了呢？

这概率简直就像穷困潦倒的街头流浪汉中了六合彩，第二天提了他的大奔，啊，不对，应该是大牛！

想不明白啊，头挠破了都想不明白……但无论如何，自家这崽儿，这回总算没眼瞎了，她这个“为娘”的，也觉得甚是安慰。

周甜甜捂着脸兴奋地跑走了，今天的 CP 图可得修得好一点！

林小小笑看着程浩走回来，没想到程浩牌挡箭牌是真好用，不管是周甜甜还是陆鸿渐，都能被他一句话、一个眼神轻松制服。所以说，有魅力的人，不光得颜值高，还得情商高、智商高、气场足！老大简直是万能的啊！

程浩见林小小笑得诡异，却又怎么都问不出来笑点，只得百无聊赖地往林小小腿上一躺，拿着手机玩起来。

林小小瞟了一眼程浩的微博，似乎底下有很多粉丝留言都炸了。

她赶紧也掏出手机翻出微博，果然啊，她和程浩还是被很多“红眼病”嫉妒，被很多人不看好！她看着留言，刚才的好心情也渐渐消失。

——这浩大的眼光也太差了吧，脱粉脱粉！

——不看好明星和粉丝 CP，不是一个世界的人，长不了 。

——这就叫吃惯了山珍海味，偶尔来点小葱拌豆腐。

看到最新一条，林小小实在忍不住了，嘀咕道：“什么小葱拌豆腐！我长得是像葱还是像豆腐啊！”

“葱花饼其实也蛮好吃的啊！豆腐软软糯糯的，我也很喜欢啊！”程浩半开玩笑道，等看到林小小脸上依旧郁闷的表情，立即反应过来，将林小小的手机夺过去扔到一旁。

“干吗要在乎别人的看法呢？我喜欢你，这才是最重要的。”

林小小心里很甜，但还是忍不住微微难受，噘着嘴，气呼呼，像只土拨鼠。她一早预料到关系公开定然会听到很多难听的话，但真正发生在自己身上，还是有些招架不住。

看她似乎还闷闷不乐，程浩一把将她的脑袋拉到怀里，笑眯眯道：“走啦，我饿了，我要去吃小葱拌豆腐！”

“讨厌！”程浩这个时候竟然还拿她调侃，在人家的伤口上撒盐。

“腰酸腿疼下不了床，了解一下！”今天她故意噘起了小嘴。

程浩却不由分说直接将她熊抱起来：“那就抱着你走！”

“哎呀呀，快放我下去！”林小小瞬间被程浩逗得破功。

挑选了一件漂亮合身的连衣裙，林小小便牵着程浩出去吃晚饭了。

2. 求婚大作战

吃饭地点在一家高档西餐厅，程浩挽着身着公主裙的林小小进门时，顿时便收到了周遭人群的注目礼，更有甚者偷偷拿出手机拍起来。

沐浴在别人艳羡的眼神中，一向低调的林小小自然觉得浑身不自在：“怎么走哪儿都有人看我们？你不觉得难受吗？”

这可不是程浩要达到的目的。他虽然嘴上不说，但他明白那一句“小葱拌豆腐”对林小小伤害颇深，而他就是要让所有人看看，他看上的“小葱拌豆腐”也不是一般人，林小小是他看中的女人，她配得起！

“那没办法，你身边坐了个大帅哥，你得习惯这样的目光！”程浩熟练地将盘子里的牛排切成小块，然后自然地将盘子放回林小小面前，脸上露出一丝坏笑，“更要习惯有这样一个大帅哥只为你一人服务！”

“臭屁！”林小小翻白眼，但说完后，又扑哧一声笑了，先前心中的阴郁一扫而空。

是啊，老大是专属于她一人的，那些“红眼病”恶语中伤她，不过是因为得不到罢了，她何必计较？这样反倒破坏了她和老大之间的关系，她才不上当呢！

见林小小愁云消散，程浩皱着的眉头也舒展开去。两人举杯相撞，氛围融洽地吃起了牛排。

“哦，对了，还有一件事一直忘了告诉你。我最近在投简历，我准备找一家新的媒体重新工作。”

前段时间，因为意外丛生，林小小只好暂时当陆鸿渐的助理。如今，形势安稳下来，她也要开始重新筹划自己事业。但她怕遭到程浩反对，此时便小心地试探着。

“工作先不着急吧，我好不容易休息下来，打算带你去环游世界一个月。”程浩不以为意，切下一块牛排塞进嘴里。

林小小惊得张大了嘴巴：“环，环游世界？”

“对啊，你不是说这是你的梦想吗？你想去哪里，回头列个计划。”程浩说得淡然寻常。

林小小以为程浩就是说着玩玩的，顺口就来：“我想要你带我去浪漫的土耳其，然后一起去东京和巴黎，其实我特别喜欢迈阿密和有黑人的洛杉矶！”

程浩听着林小小突发兴致来了一段节奏感很强 RAP，立刻眉头飞扬地点头附和：“林大可爱原来还有两把刷子，可以可以！”

饭后，程浩牵着林小小的手，同样在别人羡慕嫉妒恨的目光中走出餐厅。

有意无意地，程浩引导着林小小朝一条街道走去，一路和林小小说说笑笑。走着走着，两人来到一家已经打烊的婚纱店前。

橱窗里模特身上的婚纱，映衬着夜色的街灯，有一种迷幻的美。

林小小被吸引了，弓着身子趴在橱窗上看着那镂空的婚纱，忍不住赞叹：“哇！好漂亮啊！”

程浩一副好奇的样子：“有那么好看吗？”

“嗯呐！”林小小丝毫没察觉程浩露出了意料之中的笑容。

“女生是不是都喜欢婚纱啊？”

林小小情不自禁地点头道：“对呀，穿着漂亮的婚纱嫁给自己最心爱的人，是每一个女孩的梦想吧！”

程浩也看着橱窗里的婚纱，眼神一定，突然转过头，微笑着对身边的人道：“那，我们结婚吧！”

林小小一愣，以为自己听错了，转过脸来呆呆地看着程浩。

只见程浩打了一个响指，突然变戏法似的，橱窗里的壁灯亮了起来！这是什么操作？林小小瞪大了眼睛！

只见，程浩突然从盒子里取出一枚硕大的钻戒，钻戒闪烁着梦幻迷离的光芒，程浩单膝跪地，深情款款地望着林小小。

深夜的马路上，身后是来来往往的霓虹灯和车辆，鲜有行人路过。

林小小惊讶得双手捂住了嘴巴，良久后她才反应过来，定定地看着程浩问道：“你，你真的想好了吗？你真的要娶我？”

程浩深情地看着林小小，缓缓地、一字一句地认真说道：“没错，我爱上一个人，很慢，但我会爱一个人，很久，所以，你的问题，我决定用一生来回答。”

“林小小，你，愿意嫁给我吗？”

每一个字都小心翼翼而郑重其事！

每一个句都是他思考许久后落定的！

每一个声都是他发自肺腑的深情！

一诺永恒。

也许，这个世界上，没有任何一份幸福，比得上自己最爱的人手捧鲜花、钻戒，真诚地注视自己，用古代骑士表达忠诚的动作单膝跪地，问一句：你愿意嫁给我吗？

林小小眼眶湿润，心中唯有感动，用力点头答应：“愿意，我都愿意！”

愿意和他相知相爱，愿意陪他看花开花落，愿意与他白头偕老、共度余生……

在爱情这一趟去而无返的列车上，我曾一无所知，也曾一无所有，但幸运的是，你成为第一位来客，也将是我永远的爱人，伴着我，宠着我，一生一世！

程浩心中感动，努力抑制着激动的心情，将戒指戴在了林小小的无名指上。

芸芸众生，碌碌凡世，他曾站在那最盛名的云端，集万千荣耀与光环于一身。但他始终孤独，始终悲伤，人生如浮光掠影，百年之后，终究只剩一场身后名的虚无。

但眼前人，如此真实可触，她给他了从未体验过的温情与喜悦、动心与痛心。她帮他恢复的何止是感官的痛觉，她让他体会到生而为人的滋味，寻找到了“活着”的意义。

此时此刻，听她亲口说出“我愿意”三个字，抵得上这全世界的光芒。

正此时，婚纱店的大门“哐当”一声打开，店内明亮的光芒投射出来，映照在两人身上，照亮了两人眼里和脸上的幸福。

林小小有些惊讶地转头看去，一男一女两名婚纱店的员正站在门口，带着标准的礼仪微笑，随时等待为她服务。

“欢迎程先生和林小姐。”店员异口同声道。

程浩温柔地牵起林小小的手，道：“走吧，进去试婚纱。”

林小小这才回过神来，原来这是一场有预谋的求婚仪式！但是她很乐意被程浩“预谋”。

这家全球顶级的婚纱店内竟也被精心布置过，每隔半米的香槟玫瑰花束、顶上飞着的金色与银色的气球，加上店内透明的水银地和一面面光洁的落地镜，让她仿佛置身在童话里的水晶宫殿，美轮美奂，华丽梦幻。

女店员道：“林小姐，请您跟我来。”

程浩点头，林小小跟着店员走开。程浩看着林小小跟在店员身后转过拐角消失不见，这才进入一旁男装橱柜选礼服，并换上了礼服。

林小小在女店员的带领下，犹如进入婚纱的海洋，满目都是设计别致、做工精美的婚纱，看得她应接不暇。

女店员温和地笑着，抬手朝前方指着道：“林小姐，那套礼服是程先生特意为您定制的，请您试穿。”

林小小顺着店员所指，只见正中央的模特架子上，一条点缀满了精致碎钻的雕刻镂空半抹裙婚纱，巧夺天工！

“这……我穿？”林小小不敢相信，如此华美昂贵的婚纱，是程浩为她定制的。

店员微笑着点头：“是的。”

店员取下婚纱，带着林小小进了试衣间。

程浩换好了礼服，迫不及待地走了过来，盯着试衣间的帘子，等待林小小华丽出场。他两手交握着，一时间竟然有些紧张。

以前他从来不曾奢望有一个家，可是现在，他即将和林小小组成一个家！

怀揣着无比忐忑和激动的心，此时，帘子缓缓拉开，他心爱的女人，身着洁白的纱裙，出现在他视线中。

她仿若凌波而来的仙子，身披洁白仙衣，如梦似幻，却又特别真实地腼腆地笑着。

程浩情不自禁地将她拉到穿衣镜面前，镜子里，一对完美的璧人出现在眼前！

“好看！”程浩痴痴地望着光彩照人的小小。

林小小垂首，一时心中触动，幸福的泪水在眼眶里打转。程浩发觉，伸手将林小小揽入怀中，轻轻替她拭泪，问道：“怎么了？”

“没有，就觉得，一切都跟做梦一样！”林小小忽而又破涕为笑。

原来，幸福真正的滋味，是喜极而泣。

程浩轻轻转过林小小的肩头，定定地看着她，然后在她额头上落下重重一吻：“你总说遇到我就像一场梦，那以后，就让我永远住在你的梦里，守护你的梦吧！”

“好。”

两人幸福满足地相拥，一旁的店员远远地看着，也被这一幕触动。能得到大明星如此呵护疼爱，任谁都会真心地幸福到哭泣吧！

摄影师也按下快门，抓取两人最幸福的瞬间，永久定格。

两人离开之际，店员道：“程先生，帮你们拍的照片洗好后，我们会送货上门，不过，想冒昧地问一下，您和林小姐的照片，我们可不可以挂出来做展示呢？”

“可以！”程浩道。

“不可以！”林小小同时表态。

程浩神色一凛，林小小赶紧解释：“这挂出来也太夸张了吧！粉丝们看到了会伤心的。”

“不会，我就是要让全世界都知道，我爱的人长什么样，哪怕是小葱豆腐也要让全世界都看见！”

林小小哭笑不得，看来他比她还要在意她的感受。

店员们猝不及防被程浩塞了一顿狗粮，无比羡慕的目光再次投向平凡却幸运的女孩林小小。

林小小阻拦无力，只得幸福地点头同意。

有老大在，哪怕当他的“小葱拌豆腐”，也挺好的！

3. 不应该存在的车祸照片

林小小没料到的是，婚纱店员说的将照片挂出来，竟然是挂得满世界都是，什么街道边的车站广告牌、灯箱上都能看到程浩亲吻她额头的画面。

婚纱店更是把她和程浩甜蜜的婚纱照做成了 PPT，在人来人往的广场的 LED 屏幕上滚动播放！

这直接导致她现在连门都不敢出了，她一出门就被程浩的亲妈粉们堵在小区门口要签名、要合影。大概程浩有多出名，此时她林小小就有多出名！

周甜甜也被林小小和程浩这包顶级皇家狗粮喂得快撑死了。她虽然经常在粉丝群里接到一些老大和老大夫人的甜蜜小道消息，但是那都是捕风捉影的事，没想到今天竟然直接在路上看到老大和林小小恩爱的巨幅海报！

哇！林小小这个家伙从出生到现在都是一手烂牌到底，没想到最后却打出了一副王炸，一手抱得爱豆归！

当然，周甜甜除了羡慕，更多的是还是为闺密能找到如此完美的归宿感到开心！更何况，她一直和林小小以姐妹相称，按照辈分，她还得喊程浩一声妹夫。

大明星是自己的妹夫，这说出去多有面子！看来她这周会长要稳当一百年了！

大屏幕上滚动的婚纱广告，直到陆鸿渐的新电影上映宣传，才算撤下去。大明星程浩的婚讯在网络上被热议了一阵子，也慢慢地消停了。

娱乐圈偶像的大红大紫，总是每隔一段时间便更新换代，伴随着新的综艺节目，新的电影、电视剧的诞生，新的偶像也逐渐走进大众的视野。年轻人的追星脚步，从来不会为谁的离开而停歇。

陆鸿渐的电影上线首映的这天，程浩和林小小穿着低调的情侣装，戴着鸭舌帽前去给陆鸿渐捧场。他们和陆鸿渐约好了在电影院门口碰头，却只见小童一人捧着爆米花吃得津津有味。

程浩问道：“陆鸿渐呢？”

小童咽了咽刚塞进去的爆米花，回复：“被人堵在外面做采访呢！还有一堆人等着他签名，他可是来者不拒！”

林小小笑道：“看来他真的是火了！”

小童撇撇嘴：“火不火我不知道，但是经常搞得我挺窝火！算了，不说了，电影快开始了，浩哥，你们快进去吧，第三排中间。”

自从小童成了陆鸿渐的经纪人，脾气大了，话语权也慢慢重了。现在他是程浩工作室的经纪人总监，手下带着七八个艺人、十几个经纪助理，公司大部分事宜他都能独当一面，完全不用程浩再操心。

“那我们在里面等你们。”林小小给小童摆摆手。

程浩和林小小手挽手落座，没想到已经座无虚席，看来这部影片的宣传还是做得挺不错的。不多时，影片就开始放映。

片头刚放完，众人都期待着进入正片的时候，画面却突然一跳，竟然出来一组幻灯片。

幻灯片中居然是一组车祸照片！而这组照片的主角，正是程浩！

只见程浩瘫坐在驾驶座上，昏迷了，似乎是他开的车撞到了前面的一辆小车，而那辆小车的车主是个女人，趴在方向盘上，明显也昏迷了。

林小小大惊失色，不敢相信眼前的景象。

程浩坐直身子，紧皱眉头，这场景，他一眼就看出来了，正是滨江隧道的那场车祸！

紧接着，现场每个人的手机都收到了这一组照片，包括林小小和程浩。

现场观众顿时炸了锅，热烈地议论起来。

“什么情况？”

“程浩出车祸了？撞人了？”

“这是程浩肇事吗？”

“今天是陆鸿渐的电影首映，难道是谁想搞陆鸿渐？所以，照片中的人是陆鸿渐吧？”

“不管是谁，这起车祸肯定是真的了！”

同时，观众们也发现，观影厅中央，程浩正坐在那里，纷纷将目光投向程浩。

程浩神色紧绷，心知这事定然有人搞鬼，但是会是谁？究竟是想整他或者想整陆鸿渐？

观影厅中的气氛一度降到冰点，程浩在众目睽睽之下也坐不住了，正要起身离开，却注意到一个头戴鸭舌帽的男人，很是眼熟的身形，从大屏幕前匆忙跑出去。

程浩起身便追了出去！

他或许知道是谁在搞鬼了！

但等程浩推开人群追出大门，眼前只有川流不息的人群，那个身影早就消失不见了。

程浩回到家中，林小小、陆鸿渐和小童早就焦急地等待在家里，等待他归来。毕竟，这一次的事情，连小童都一无所知。

她正等得满心焦灼，见着程浩回来，便立刻担忧地问道："老大，到底怎么回事？你是什么时候出的车祸？"

程浩抿着唇一言不发，脑子里却还在想刚刚离开的那个人。看身形像极了徐司机，可徐司机明明已经掉下山崖死了。

正此时，门铃响了，接到报警的警员们上门来了。

"程浩先生，有些事情要找你问询，麻烦跟我们走一趟。"还是上回给程浩录口供的陆警官。

林小小一时间紧张地拉住程浩，她心中焦灼不安，不知道又会发生什么事。

程浩知道她担心，轻轻拍了拍她的手背安慰她："放心，我不会有事的，很快就会回来。"

林小小眼睁睁看着程浩跟着陆警官离开，内心更是慌乱不安。难道又有人想要诬陷程浩？突然，她想起在电影院里，自己也收到了那组照片。

这边陆警官将程浩带回警局，却并没有立即问询，程浩反而心急了，开口道："陆警官，仅凭一张照片，并不能代表我肇事撞人。"

陆警官摆了摆手，示意他别急："你别紧张，车祸的事我们第一时间就查过了，你名下并没有那辆车，而且滨江隧道内也没有发生过此类车祸。"

程浩松了一口气，他就记得，当年他从之前的时空过来后主动报案，但是警局、交通局都说没有发生车祸，所以也就没有然后了。

更大的疑惑笼罩了程浩："那你们今天叫我来警局，到底是为了什么事？"

这时，一个年轻警员走了过来，神色凝重地递给陆警官一个文件夹。

陆警官将文件夹在程浩面前摊开，道："我们在上次你的车祸爆炸现场，发现了另外一组脚印。"

程浩神色一紧。

4. 林小小"发现"平行时空的秘密

陆警官敏锐地察觉到事情果然没有他想象的那么简单，他扬了扬眉毛，问道："程浩先生，请你回忆一下，案发当天，只有你和徐老板两个人吗？"

程浩抿着唇，就算他告诉陆警官实情，可还有一个徐耀祖、平行空间这种事情，应该也不会真的有人相信吧……

最终，程浩只能淡淡地道："对不起，我不记得了，我只知道我没犯法。如果陆警官没有其他的问题，能否让我离开？"

陆警官眉头微皱，没有确切的证据，他确实不能强行扣人，只得放程浩离去。同时他吩咐手下暗中盯着程浩，又派人仔细翻查事发当天前几个小时的天网影像。

林小小从程浩被警局带走后就一直忙着找证据。她知道程浩一定是被人诬陷的，所以，她要找出证据证明程浩的清白。说不定那些照片都是合成的呢!

可是她用PS放大软件一点一点查看那些照片，竟然都找不出一丝一毫合成的痕迹!

“这怎么可能！怎么可能不是合成的照片！”林小小不可思议地叫喊，气得抓头。她一向对自己的PS技术还是有点信心的，可是现在，不知道谁的合成技术这么高，竟然连她的火眼金睛都骗得过!

林小小此刻心里犹如百爪挠心，恨不得跟去警察局一探究竟。

她一个人在程浩的书房里走来走去，想破脑袋也要想点办法才行啊！她背靠在墙上正在烦恼，只听咔嚓一声响动，完好的墙壁突然打开了一条缝，缓缓地拉开了。

没想到程浩房间里竟然还有一个密室!

林小小小心翼翼地推开门走进去，密室里昏暗，除了一张桌子以外，并没有什么特别的东西，但吸引人的是墙上一块透明的玻璃板，上面写了不少奇奇怪怪的词语。

穿越、隧道、平行时空A和B、替身，还有林小小、陆鸿渐、程浩三人的名字。

林小小震惊不已，嘴里喃喃自语：“A时空，B时空？替身？穿越？难道……”

林小小突然醒悟过来似的，一拍脑袋：“哦！我明白了，老大这是在创作一部穿越题材的电影？所以，这些词都是故事的创意？”

“没错没错，一定是这样的！”

此时，门外客厅便传来陆鸿渐的声音：“哥，你终于回来了！”

林小小赶紧退出来关上门，就像没发现一样。

程浩在沙发里坐下，见陆鸿渐和林小小都紧张兮兮地盯着自己看，他只得解释道：“放心吧，不是我做的，跟警察已经解释过了，他们也知道情况。”

陆鸿渐和林小小这才齐齐松了一口气。

“那就好！哥，你最近怎么总是触霉头？要不要烧香去拜拜！”陆鸿渐给程浩递上一杯水。

程浩本来有些忧愁的脸在拉住林小小的手后满是温柔：“你快去睡吧，别担心了。”

虽然有很多问题，但是看着程浩疲惫的样子，林小小也不敢问太多，只得点点头，进了房。

见林小小关了房门，他这才神情严肃地盯着玩世不恭的陆鸿渐：“陆鸿渐，这段时间我还有一些事要处理，通告你先停一停，在家待着，哪里也别去，陪着小小。”

“你不是说都没事了吗，怎么突然又要我待在家里呀？我的电影刚上线，还有好多场巡演呢？”

“我说什么就照做！我什么时候害过你？”

见程浩的神色有些难看，陆鸿渐瞬间坐直了身体，看样子事情并不像他想的那么简单。他也不敢多问什么，立即乖巧地点头答应：“知道了，哥。你放心吧，我保证不出门了，和林小小待在家里！”

程浩这才松了一口气。

大清早小童就收到程浩的消息，急急忙忙赶过来。程浩正坐在沙发上，淡定地看着娱乐新闻，新闻里正说着程浩的事业一落千丈，诸如此类。

不过程浩此刻并不关心这些，关掉电视，转身一本正经地对小童吩咐道：“这一段时间，先停止陆鸿渐的一切通告，对外就以休整深造为由。”

见程浩再次严肃起来，小童心里也不禁打起了鼓：“哦！哥，是不是又遇到什么事了？这次你可别瞒着我啊！”

程浩看着小童，眉头紧皱，一字一句道：“徐老板没死！”

小童惊讶得张大了嘴。

确切地说，是徐司机。

这事他昨晚想了一夜，只有这一种可能。

当初，他从车祸现场醒来，发现自己在驾驶座，大概是徐司机那时候也不知道会发生后面的事，所以把他拖到驾驶座，是想将嫁祸给他。

但程浩没想到徐司机心机如此之深，竟然事先拍了照片，所以就有了陆鸿渐电影首映的那一幕。

程浩神情凝重：“你去安排，增加陆鸿渐和林小小身边的安保措施，务必保护他们的安全！”

小童连忙重重点头：“知道了哥。那你怎么办？你也要小心啊。”

“我自己会注意的！”

5. 悲剧还会发生

小童很快就把事情安排了下去，陆鸿渐再一次失去了人身自由，走到哪里都有两个跟屁虫保镖盯着，就连上个厕所都有保镖一步不离地盯着。

无论是走路、吃饭还是泡妞，都有两个柱子似的保镖盯着，搞得陆鸿渐连泡妞的兴趣都没了。

但是小童也明说了，这是程浩的命令，不得违抗！陆鸿渐和林小小的安全有了保障，程浩才能放心做自己想做的事。

这事他觉得或许还得从头来。现如今，徐司机在暗，他在明，要对付徐司机，需要找出徐司机的藏身地，或者找出证据证明徐司机是凶手。

他知道，除非警方得到了确切证据证明徐司机没死，或者他交代是怎么回事，否则警方定然还会找他。可是两个时空这件事，他不能说！所以事情就变得难办了起来。

最终，程浩决定，从当初徐老板藏徐司机那废弃别墅的地下室查起。毕竟徐司机在那里待得最久，徐老板更是在那里做了很多关于时空的研究。

程浩推开废弃别墅地下室的门，这里已经蛛网遍布，显然很久都没人来了。地下室里面那些研究的仪器、废旧电脑、各种文件纸张等，被人刻意捣毁了，散落了一地。

程浩在那些废纸中翻找着，忽然，他发现了一份研究院的记录，上面写着：因为时空偏差和扭曲，所以时空通道再次开启的时间将不会是彗星来临的那一夜，而应该在彗星来过的一个月后……

旁边还有大篇幅复杂的推算公式。

程浩看着这段话，整个人瞬间汗毛倒竖，惊呆在原地！

原本互不相交的平行时空，因为彗星的作用，发生了一次意外的交集，导致了 B 时空产生了相应的扭曲，因此，原本一模一样的命运点，延迟了一个月在 B 时空发生。

他原本欢欣鼓舞地以为他的劫难已经过去了，车祸不会再发生，他也不会再消失，结果现在才知道，一切没有被改变，只是比原来的时间推后了一个月而已！

不知从哪里来的一阵风，吹得程浩打了一个寒战，手中的那张纸颓然飘落在地。

突然，他眼前一黑，那种可怕又熟悉的感觉再次袭来。

他强撑住墙壁站稳，努力保持清醒，却看见他的手再次变作透明的颗粒，仿佛随时会消失！

原来，他的这些症状从来没有消失，只是因为林小小时刻在他身旁，才没有表现出来。他以为什么都过去了！

“怎么会这样？这不可能！”程浩突然崩溃！

他不敢相信，他刚刚燃起对新生活的希望，他才给了林小小一生一世一双人的承诺，命运却再次跟他开起了天大的玩笑！

这世界上，最残忍、最痛苦的事，并不是求而不得，而是给了你生的希望，却又剥夺你活着的权利。

程浩不知道自己是怎么走出地下室的，也不知道是怎么开车回到了家，他整个人心事重重，不知该如何面对林小小，如何做才能让林小小不受伤害。

他走到门口，看见陆鸿渐和林小小正在门口说话。

原来，陆鸿渐新买了一辆车，正在跟林小小炫耀：这是他陆鸿渐用自己拍电影挣的钱买的房车！

然而，程浩在看见那辆车时，眼睛瞪得浑圆，吓得几乎站立不稳！

这辆车，竟然就是程浩在滨江隧道出车祸时被撞的那辆房车！

陆鸿渐率先看到程浩，还兴高采烈地喊着："哥！看我们买的新房车是不是很棒！这个车安全性能极好，我们三个人都坐得下……"

程浩脑子里轰的一声，犹如一颗早已埋下的定时炸弹爆炸，炸得他整个人再听不见外界一丝一毫的声音，一个踉跄，险些跌倒。

林小小急忙扶住了他："老大你没事吧？"

看到林小小的面孔，程浩总算强自镇定了心神。

他摇摇头，然后走到车头前，却见车牌号都和他出车祸的那辆车一模一样。

一时间恐惧和怒意纷纷袭来，程浩终于忍不住喝道："谁让你买的！我不是说了让你哪里都别去吗！你现在立刻！马上！去给我把它退了！"

他不要林小小再出车祸，他不容她有任何闪失，哪怕一点点潜在的威胁！

陆鸿渐和林小小从来没见过程浩发如此大的火，都吓得愣在原地。

陆鸿渐心里更是涌上一阵委屈。这可是他专门为程浩买的礼物，是他用自己亲手赚的钱买来报答程浩的，程浩不领情就算了，竟然还斥责他。

"我，我做错了什么了？我买车而已，你干吗发这么大的火？"

程浩不想搭理陆鸿渐，冷冷地瞪着他，不容置疑地命令道："我再说最后一次，现在就去退车！"声音几乎是从牙缝儿里挤出来的，冷得让人浑身发颤，话毕，程浩生气地转身进门，嘭的一声带上门。

"退就退！"陆鸿渐也来了气，气呼呼地打开车门，驾车离去。

林小小万分担忧地望了望屋里，张着嘴，却一句话也说不出来。女人的第六感告诉他，不好的事情，比之前严重千倍万倍的事情，正缠绕着他，但她丝毫不知情。

林小小下意识地咬着唇。

此时，程浩站在阳台上，看着远处空旷的大海，海浪层层吞没沙滩，他的内心一片怆然。

"为什么会是一模一样的车！难道同样的悲剧还要发生吗？"

他想不明白，明明这个世界的陆鸿渐和林小小都和原世界的不一样了，为什么命运的齿轮还是要拉着他们走向那场万劫不复的车祸！

支走了陆鸿渐，林小小小心翼翼地推门进去，看着程浩孤寂、落寞的背影，心口涌起一阵阵痛意。

即便他答应了她一千一万遍，每一次遇到事情，他依旧瞒着她独自承担。

“老大。”林小小来到程浩身后，伸手从后面环住他的腰，脸贴在他结实的后背上，“你从警察局回来之后，就变得很特别焦虑。”

程浩一怔，微微侧头看林小小道：“有吗？”

“嗯。”林小小在程浩背后忧心忡忡地点头，“你到底怎么了？”

程浩沉默一瞬，然后转身将林小小拉入怀里，低声在她头顶道：“放心，没事。”

果然，程浩依旧云淡风轻地将没事挂在嘴边，可是他越这样，她只会越担心！但她知道，他下定决心要独自承担的时候，任她追问，他也不会说出一个字。

“我有点怕……”林小小突然哽咽。

她怕程浩再做傻事，怕程浩丢下她，独自承担那些危险。

程浩在她发顶落下一吻，声线无比温柔：“别怕，有我在。”

是啊，有他在，她确实是上刀山、下火海都无所畏惧的，却也因为现在不只是她一个人了，所以才更害怕。她不知道为什么，总觉得她和程浩的这份幸福来得太快、太容易，此时又像泡沫，随时有可能碎裂。

第一次，两人紧紧相拥着，却各自心事重重。

6. 我不是你哥哥，我就是你

程浩想了一夜，终于做了决定，将他的秘密说出来。但是他不确定林小小能否接受，所以，他决定先将这事告诉陆鸿渐，毕竟，陆鸿渐是这个世界的他。

程浩约了陆鸿渐在公司的练习室见面，那里关上门之后，隔音效果很好。

程浩起身走到一旁休息间的沙发上坐下，对陆鸿渐道：“这边来坐。”

看着程浩阴郁又严肃的神情，陆鸿渐心中一时又忐忑起来。距上次被他吼没过多久，虽然他郁闷了半天，但这段时间他还是老老实实地待在家里，没干什么惹祸的事了啊！

“哥，到底怎么了？你最近怪怪的。”

沉吟了一下，程浩才郑重其事地开口：“我接下来要告诉你的事情，可能听起来很诡异，但我说的每一句都是事实！”

看着程浩从未有如此严肃的样子，分得清轻重的陆鸿渐也郑重地点点头道：“好，你说。”

程浩看着陆鸿渐，深呼吸一口气，犹豫了一下，还是开了口：“我，来自平行世界，我是另一个时空的你！”

“什么？什么另一个你？你在说些啥？”陆鸿渐一脸蒙，还以为自己听岔了。

程浩料到陆鸿渐会有这个反应，所以，他很耐心地解释：“我和你不是什么双胞胎兄弟，我是另一个平行时空的你，所以我们两个人才会一模一样，当然，除了性格不同。”

陆鸿渐眼睛一眨不眨地看着程浩，然后恍然大悟般地点着头：“哦。”

程浩一喜：“你，听明白了？”

“噗——哈哈哈哈……”陆鸿渐实在憋不住了，没想到程浩开起玩笑来如此有趣，“哥，你逗我呢？看不出来你还挺幽默啊！”

程浩顿感语言的苍白无力，这样直白地告诉他，他都不相信，那自己一直以来隐瞒那么好，是不是都白折腾了？

但是既然决定了要将这事告诉陆鸿渐，他势必会让陆鸿渐相信的。

程浩掏出手机，突然抓住陆鸿渐的手，将手指按到了指纹解锁处。

“叮”的一声，程浩的手机顿时解锁。

“这个世界上，双胞胎再相似，怎么会连指纹都一模一样呢？”

陆鸿渐先是愣了一下，但转而就一副不屑的样子，这多简单啊：“嘁，你这也太小儿科了，趁我睡觉录了我指纹吧！哥，你到底想要干吗？”

程浩哭笑不得，不过他还有绝招：“好，你过来，站到窗户边，我证明给你看。”

陆鸿渐依言而行，但是依然满脸茫然，心中越发对程浩的行为感到不解。

“闭上眼，放空你自己。”

陆鸿渐跟着程浩的话照做，只感觉耳旁忽然一阵风声呼呼作响，似乎身体在不断上升。

“好了没？”陆鸿渐问道，却没人回答他，只有耳畔呼呼的风声。

本能地感觉到不对劲，他顿时睁开眼，眼前城市高楼林立，街道车水马龙，却如同蝼蚁般渺小，他竟然身处高楼之顶！

旁边没有程浩，只有风声。

陆鸿渐吓得腿软，赶紧后退几步扶住栏杆。

“什么情况！我是怎么上来的！”

对了，程浩叫他闭眼，这不过闭眼两分钟罢了，怎么就从一楼直接飞到了楼顶！

此时陆鸿渐心中疑问更多，转身搭乘电梯下楼，推开排练室的门，果然程浩还坐在里面。

“我怎么跑到楼顶去了？我刚刚还在这里啊！”陆鸿渐还有些腿软，走路都得扶墙。

“在你放松的状态下，我可以操纵你的身体。”程浩说得淡然，心想这下陆鸿渐怎么都会相信了吧。

谁知，他还是高估了陆鸿渐的接受能力，更低估了陆鸿渐的脑洞能力，只见陆鸿渐一时间瞪大了圆圆的眼睛，失声尖叫：“哥，你，你有超能力？”

这都是哪跟哪？前面说了那么多都白说了吗？程浩苦着脸看陆鸿渐。

无力地摇摇头，程浩接着给他科普：“不是。因为平行时空的两个自己会产生量子纠缠，而我存在的时空比这里早两年，所以主时空的我可以在你无意识的状态下操控次时空的你。”

陆鸿渐抱着脑袋蜷缩在沙发里，不是他脑洞大，而是他真的不愿意承认和相信，这样说来，他岂不就是一个“复制品”？

程浩叹了一口气，问道：“你还没听懂？”

“你等下，刚刚风太大了，我脑袋有点头疼。”现在陆鸿渐只想心疼地抱住自己。

程浩沉默，他知道这样的事实任谁都会一下子很难接受，他不着急逼对方。

过了一会儿，看陆鸿渐似乎自己有些明白了，程浩才继续道：“我再跟你解释一遍。”

陆鸿渐迅速伸手阻止道：“不用！我大概听明白了。但是……恕我还是接受无能！这超过了我的认知能够接受的范围！”

确实，突然跟一个人说自己是平行空间来的，谁都会质疑，就像在无神论世界中说遇到鬼了一样，让人根本无法相信。

但是，只要陆鸿渐现在的脑洞思维跟上了程浩的节奏，程浩就不怕陆鸿渐再想岔了，接受只是需要时间和一些更合理的解释罢了。这些他都有！

整个下午，程浩都在给陆鸿渐解说和解释，从一开始他的到来，改变了陆鸿渐的命运轨迹，到他又是怎样设计，让陆鸿渐回到命运正轨……

听到徐司机和徐老板，可能只死了徐老板这事儿，陆鸿渐从沙发里蹦了起来：“徐老板没有死？哦，不对，是另一个时空的徐司机！他没死，还会对你、我，尤其是林小小下手？”

程浩点头：“对。”终于不负他辛苦了半天，陆鸿渐总算接受了，并且抓住了事情的重点。

陆鸿渐揪着头发，感觉自己的世界观都快要崩塌了：“我的天！我还是不敢相信这一切都是真的！”

既然陆鸿渐已经知道了所有情况，那么现在，重点来了！程浩再次紧绷着神色，郑重地道：“你要和我一起，保护林小小！”

“那告诉她真相吗？”陆鸿渐完全没有头绪。

“先不要了，我不希望林小小有这样的阴影，只希望她能把我当作正常人。如果，如果我有什么不测，到时候你再……”程浩斟酌着。

“不会的哥，你一定会没事的！”陆鸿渐前所未有地紧张。

“嗯。”程浩舒展开眉头，心中有了些宽慰，原来，坦白了这些秘密，竟然这么轻松。

警察局陆警官也一直在追查这案件，并且已经快追查到源头了。

陆警官开着车往城西而去，此前在局子里有了进一步的线索，才能让他追到这里。

那条进一步的线索便是，某处高速摄像头拍到，案发前二十二点左右，程浩独自一人开着案发时那辆车往西城郊的方向去了，但是过了西湾收费口，下了高速，就没有摄像头记录了。

但没关系，已经将搜索线索的范围圈得很小了，现在需要的便是时间，以及陆警官做了多年警察的直觉。

下了高速后，陆警官凭着直觉，挑了较偏僻的路走，果然，开出去不远，就没有其他的路，并且在前方发现了那个废弃的藏有关键证据的仓库。

当日徐司机和程浩打斗留下的痕迹，竟然都在！地上打散的凳子、捆绑的绳索，以及满地干涸发黑的血迹……

陆警官走过去，仔细观察着墙壁上打斗摩擦出来的痕迹，已经对当时的情况有了判断。只是让他想不明白的是，地上那一大摊干了的血迹到底是谁的。

从那天现场来看，程浩的伤势并没有多重，不会流这么多血，而徐老板如果重伤成这样了，根本无法保持清醒开车开那么久到另外一个地方去销毁车辆！

所以，这些血……难道是第三个人的？这样看来，那组脚印也能很好地解释了！

那这第三个人，到底是谁？是爆炸中被烧焦却又查不出DNA的那个死者吗？

陆警官脑中分析着，渐渐地神色舒展开，心中已经有了答案。

回到车旁，陆警官拨通了警局的电话："喂，小王，我给你发了地址，尽快派人来现场。另外，脚印侧写出来了，侧写结果跟徐老板相似度很高。找人盯紧程浩，真正的徐老板可能没有死！"

挂断电话，陆警官却又迷惑了："可如果有第三个人，程浩为什么要撒谎呢？"

这个问题，或许只有等到这个案件被彻底揭开，才会知道了。

7. 被目睹的消散

程浩一早就回到了家中，林小小早就做好了丰盛的晚饭，等他归来。

他一时间有些难过，这样平凡的幸福日子，他要倒数着过了。

两人正吃着晚饭，林小小却突然神秘道："老大，我看到你房间里的秘密了！"

这句话突如其来，没有铺垫，让程浩没有丝毫的防备，整个人不由得一怔，夹菜的手都抖了一下。

程浩很紧张地盯着林小小，他不知道林小小知道了这个秘密会怎样对待他，一时间陷入慌乱，立时便想解释：“小小，我……”

“那是你新电影的创意吗？怎么都不告诉我？好歹我也是陆鸿渐电影的编剧，我可以帮你写啊！”林小小压根儿没注意程浩的失态，反倒一脸兴奋地打断了程浩的话。

程浩反应过来，差点被这丫头给诈出来了。不过既然她自己脑补了一个解释，程浩也就不想再扫了她此时的兴致，自然地松了一口气：“好，回头我一点点告诉你。”说罢，还给林小小细心地夹菜，“多吃菜。”

林小小眯着眼笑得一脸幸福。

程浩不由得感叹，真是个简单的傻丫头！

过了一会儿，林小小想起什么：“对了，老大，陆鸿渐演的电影你都没有看吧，网上口碑很好呢，等下我们一起看……咯咯咯！”话还没说完，林小小就被一粒米呛得剧烈咳嗽起来，眼泪都快出来了。

程浩连忙给林小小拍背顺气，林小小涨红着脸，喝了程浩递过来的水，老半天才缓过劲儿来。

程浩既心疼又生气地责备：“以后吃东西的时候不许说话，你这个人太不让人放心了，万一呛着了，旁边没有人怎么办？食物堵到气管里也是会死人的！”

林小小却没心没肺地笑着打哈哈：“哈哈哈，老大，哪里有你说的那么严重啊！再说了，这不是有你在吗？”

程浩一时脱口而出：“那万一有一天我不在了呢？”

林小小被程浩说得一愣，这个问题她从来没想过啊！老大为什么会不在呢？他怎么可能会不在她身旁呢！

“不在……老大，你要去哪里啊？”难道就不能带着她一起去吗？

可是问出来之后，林小小突然觉得有点悲伤。难道老大是说，有一日，他终究会嫌弃她，离她而去吗？

她越想越委屈，一双大眼睛顿时便红了，像只受伤的小鹿，鼓起了腮帮子，垂下了鹿角。

程浩也不知道这句话会突然从自己的嘴里蹦出来，大概是因为他一直惧怕却又在潜意识觉得，这将是他最终的结局吧。

看着面前一副委屈模样的林小小，他心头一紧，将她搂进怀里，轻声安慰道：“好了好了，是我错了，我就是打个比方而已，你别乱想。”

林小小靠在程浩肩头，但是心里还是觉得忧伤，并且有点没底，似乎有一股潜意识在告诉她，会有一些不好的事发生。

饭后，周甜甜想约林小小出去小聚一下，程浩直接帮林小小拒绝了，拖着林小小就上了床。

程浩想，如果他在废弃别墅的地下室新发现的线索是真的，时空隧道会在彗星走后一个月再次连通，那么他现在和林小小在一起的时间已经屈指可数了，他不想浪费每一分、每一秒，他想和她尽可能多地待在一起。

清冷如水的月色照耀进落地窗。

程浩侧躺着抚摸着林小小的脸庞，深情道："越看你越好看，真不知道，假如有一天不能再这样看你了，我该怎么办！"

"听说情人眼里出西施呢，老大你说是不是？"林小小害羞，转而又觉得没对，立即嗔怪地道，"不对，你又说什么傻话，我一辈子都愿意让你这样看着呀！只要你以后别嫌弃我变得又老又丑！"

程浩觉察失言，立即笑着道："嗯，不会，我就喜欢你蠢萌蠢萌的样子，不管你是少女，还是老太太！"

"哦？那是不是……这样？"林小小说着，突然搞怪地做了一个奇丑的表情，就跟脸抽筋了似的。

"丑死啦！"程浩忍住嘴角的笑意，却一把将林小小拉近，强势地吻了下去。

林小小不再闹腾，沉溺在程浩深情的目光中，迷迷醉醉，心甘情愿载沉载浮。

夜渐深，窗外月色透过薄薄的纱帘照进屋里，一室清冷的光辉。

林小小累极，已沉沉入睡，程浩却还半睡半醒着。他轻轻从身后搂住林小小，下巴摩挲着她瘦削的肩头，轻声呢喃道："小小，你知道吗，我，真的很爱你，想一直这么爱着你……可是，时间不允许了，不允许……"

忽然，程浩的身体开始呈透明状，似乎下一刻就会化作一只透明的蝴蝶飞出窗外。

他眸子里镌刻着难舍的疼痛，他却又束手无策。

大概在时空的分割下，再强大的人，也会变得柔弱无力！

他只能更紧、更用力地抱住林小小，无论明天他是否消失，至少这一刻，他真实地拥抱着她，感受着她温暖的体温！

拥抱着林小小，感受着她还在自己怀里，渐渐地，程浩也放松了身体，沉沉睡去。

夜半时分，林小小起夜，迷迷糊糊地爬起来上完厕所后，整个人睡意消减了一半。

走回床边，正要钻进被窝，林小小却发现，在月光下，程浩的身体似乎亮闪闪的，再定睛一看，不得了，她发现程浩的身体哪里是亮闪闪的，而是几乎呈半透明状态了！

林小小顿时吓得差点一屁股坐到地上，她不停地擦拭着自己的大眼睛，确认是不是自己没睡醒眼花了，努力让自己稳住后，她慢慢靠近程浩，再仔细查看，真的是透明的，就像下一刻就会化作空气！

怎么会这样？！

她吓得张着嘴巴，却不敢出声，心中似有所感一阵窒息般地疼痛。

不由得，她伸出手想要去触碰程浩，谁知在她的触碰下，程浩的身体却逐渐恢复了原状！

忽然感觉到眼眶湿润，泪水竟然不自觉滚落下来，林小小钻进程浩怀里，紧紧抱着他，心中祈祷，但愿这是她的一个噩梦，醒来后什么事也没发生！

这一夜，小小失眠到清晨。

程浩慢慢地苏醒过来，林小小却赶紧闭上了眼睛，假装还在睡，然后感觉到程浩轻手轻脚地下了床。一阵窸窸窣窣穿衣服声音之后，程浩走出了家门。

门关的一瞬间，林小小便立马睁开眼，眼眸中没有一丝睡意。

程浩这样神秘，她的直觉让她确认，一定有事发生！

她穿起鞋子趴在窗户上，就看到程浩的车开出了小区。

林小小忽然想起程浩密室中的秘密，转身进了密室，却发现玻璃板上空无一物，之前写的那些字和混乱的信息全被擦掉了。

为什么老大要擦掉？林小小想不明白。难道真的与那些内容有关？

程浩并不知道他离开时林小小已经醒来，他如此着急离开，是因为小童告诉他失踪的徐司机有踪迹了！

办公室内，小童调出他们在徐家大宅外拍到的照片，不过照片是在夜间拍摄的，有些模糊，但也看得到一个形似徐老板的身影在徐家门外徘徊。

“眼线在他妻女的住所拍到的照片，看样子是回去过一趟，我仔细辨认了一下，应该是他没错。”

程浩认真确认，真的是徐司机。小童看着程浩，等着下一步的命令。程浩沉默片刻，然后道：“我去一趟他家里，你帮我盯着林小小和陆鸿渐！”

小童点点头，捏了捏拳：“老大你放心去吧！”

程浩转身看着监控视频上他家的画面，林小小刚起床，正在做早餐，而另一个画面里，陆鸿渐还四仰八叉的抱着被子睡大觉。

他无奈地摇摇头，心里倒是有点羡慕陆鸿渐了。能一辈子这样没心没肺地生活，也是一种幸福啊！

8. 中计被劫

林小小做好了早餐，也懒得去叫爱睡懒觉的陆鸿渐，一个人满含心事地吃了起来，脑海里不禁回想起昨晚那一幕诡异的情景。

到底是什么原因，会让一个人的身体呈现透明状呢？

老大难道是得了什么怪病吗？

不不不，不可能！老大那么健康，只是之前偶尔有些低血糖，现在退圈了，没有那么忙碌，也都好很多了。

“那他为什么会这样？他一定有事瞒着我！”林小小扯下一块面包塞进嘴里，却味同嚼蜡。

正想着，手机短信铃声响起，以为是程浩，林小小连忙回神看去，却是一个陌生号码发来的消息：你想知道程浩的秘密吗？

对方如同她肚子里的蛔虫，简单的一句话，却直达病灶！

她很想知道程浩最近如此神秘，到底是又有什么事了，可是这条陌生信息到底是谁发的，也很让她好奇。她抬手快速编辑了三个字发过去：你是谁？

对方几乎秒回信息，似乎就等着她提问：我是谁不重要，但我能告诉你，你想知道的一切。街心咖啡厅坐下来聊一聊吧！

“咖啡厅？”林小小喃喃重复着，心想既然约在咖啡厅见面，见着就知道是谁了吧！

但因为程浩对她的叮嘱，她还是多留了个心眼。她起身打开陆鸿渐的房门，只见陆鸿渐依旧睡得像头死猪，她又推又捶又喊的，这才把陆鸿渐弄醒。

“喂！陆鸿渐，快起来！陪我出去一趟！”林小小把陆鸿渐拉着坐起来。

陆鸿渐抱着枕头，揉着惺忪的睡眼，噘着嘴满脸不乐意，嘟囔着：“干吗去啊？老大让你待在家里，哪儿也不能去！”

“我知道。”林小小转动着眼珠子，“就是去街心公园，不远。我在咖啡厅见个人！你陪我去，很快就回来！”

林小小说着，抬手就去挠陆鸿渐痒痒，陆鸿渐最怕这一招，三两下就从了。

“好了好了，小小，我去我去，你别挠了……哈哈哈……”

两人来到咖啡厅外，先观望了一下，此时咖啡厅中人还不少，林小小指了指角落的一个位置：“你就坐那儿，等着我。”

陆鸿渐疑惑，林小小怎么也和程浩一样神神秘秘的了？

“你到底要见谁啊？你那胖闺密啊！”

“你先过去坐下，等会儿再告诉你。”林小小不搭理陆鸿渐的问题，也找了一个座位坐下。

陆鸿渐刚坐下，电话就进来了，听筒里传来小童暴躁的声音。

“你们俩干吗去了？浩哥说了不让你们出门！怎么又当耳边风？”他刚刚从公司开车回来，两人就都不见了，监控画面里也没看到两人的踪迹。

“是她非要出来见朋友。哎呀，放心吧，有我在呢，光天化日，朗朗乾坤的，还能有贼人不成？”陆鸿渐漫不经心地说道。

小童皱着眉头，语气凌厉：“一会儿完了，快些带她回来！”

“知道了，知道了！”陆鸿渐不耐烦地挂断电话，便有女服务员过来询问点单。

“一杯卡布奇诺，还要一份蛋糕。那边一起结账。”陆鸿渐说着，指了指林小小那一桌。

等服务员转身走开，隔壁桌两个女孩子却认出陆鸿渐来。

“哎，那不是程浩的弟弟陆鸿渐吗？”

“真的和程浩长得好像啊！”

“去要个合照签名吧？”

两个女孩儿凑了上去，将陆鸿渐围住，像粉丝一样热情地索要签名和合照。

陆鸿渐虽然一心要注意林小小那边，但是也架不住粉丝热情，便一一签名，又开始合照。

在陆鸿渐忙着合照、签名的时候，林小小正在发消息联系那个神秘人：我到了，你在哪儿？

消息刚发出去，便有一个帽檐压得很低的男服务员端了一杯咖啡过来，放在林小小面前。

林小小等着对方回消息，端起咖啡喝了一口，抬头还注意到陆鸿渐竟然和两个女孩儿聊起了天，气氛还挺融洽的。

女服务员也给陆鸿渐端上卡布奇诺，正要放到陆鸿渐面前的桌子上，陆鸿渐旁边的一个女孩儿却伸出腿绊了她一个趔趄，顿时那一杯卡布奇诺全部倒在了陆鸿渐身上。

“啊啊啊！”陆鸿渐一下子跳起来。女服务员满是歉意地连连道歉，让陆鸿渐去洗手间整理一下。陆鸿渐正要给林小小打一声招呼，却已经被女服务员推向洗手间。

这边林小小听到动静，刚要转头看，谁知却感觉眼前一黑，接着便晕了过去，一下子趴到桌子上。一直站在林小小身后的男服务员，立马扶起林小小，直接从后门离开了咖啡厅，咖啡厅后面处理垃圾的巷道里，已经等着一辆面包车。

这男服务员竟然是徐司机乔装的，而他端过去的咖啡里自然是下了迷药的。

被他打晕的服务员小哥挣扎着在垃圾堆里醒过来，一眼看到一个男人穿着自己的衣服正在拖一个昏迷的女孩儿上车，立即大声吼道：“嘿，你是谁？”

“是你打晕我的？”服务员小哥回想起刚才自己晕倒前的一幕，正要扑上去救人，徐司机比他动作更快，一脚踹过去，他瞬间被踹得滚出老远。

徐司机趁机爬上车，发动车子开出巷道。

陆鸿渐在洗手间里清洗掉外套上的咖啡渍，走出洗手间，却不见了林小小的人影，他立即她逮住一个服务员，问道：“那桌的女孩子哪里去了？”

服务员不知道，反倒是另外一桌的一对情侣道："刚才看到一个服务员把那女孩儿扶出了后门！"

正此时，后门外传来服务员小哥的叫喊声："快来人啊！抓坏人了！"

"完蛋！"陆鸿渐顿时觉得不妙，连忙跑出后门，只看到一溜面包车尾气，车已经开出巷道，消失不见。

陆鸿渐追也追不上！

他拉住一旁揉着屁股的服务员小哥，问道："你看清刚才那人什么样了没？被带走那个女孩儿是我朋友！"

服务员小哥便一一告知陆鸿渐。陆鸿渐听服务员小哥说完，早已吓得脸色苍白，嘴里不停念叨着"完了完了"，立即拿出手机给程浩打电话。

程浩在徐家大宅前站了一会儿，按了门铃也没人回应，徐家似乎没人。

电话突然响起，程浩接通电话，只听见陆鸿渐鬼喊鬼叫道："哥，哥！不好了！林小小被人绑架了！"

"你，你说什么？"程浩大惊失色。

"小小刚才说要见一个朋友，叫我陪她来公园咖啡厅，可是我上了趟洗手间出来，小小就被人带走了。据描述，那个人圆圆滚滚的，还有些猥琐，很可能就是徐司机！"陆鸿渐支支吾吾，但总算将情况说清楚了。

"你待在那儿，我马上过去！"程浩顿时咬紧了牙关。

他最不想看到的事情发生了！

9. 你的女人在我手上

陆鸿渐知道自己闯大祸了，老实地等在咖啡馆。不多时，程浩和小童一前一后奔跑着进了咖啡馆。

程浩看到陆鸿渐，气急败坏，抓起陆鸿渐的衣领，真恨不得狠狠揍他一顿！

"我让你寸步不离地看着她，她怎么会被绑架？你是干什么吃的！！！"程浩冲冠一怒，从来没发过这么大的火。

陆鸿渐被吓得快哭了，愧疚、焦急又委屈："我，我被倒了一身咖啡，就去洗手间整理了一下，哪里知道不过两分钟时间，她就被一个服务员带走了！"

说着，他好像想起什么，他当时看见那两个粉丝绊了服务员一下，起初还以为是粉丝恶作剧，此时想起来，这竟然是一起有预谋作案！徐司机雇了"粉丝"来拦住他，并且想办法支开他，好带走林小小！

是了，一定是这样的！可是这时候，哪里还有那两个女"粉丝"的影子，早就不知道哪儿去了！

听陆鸿渐说了这些，程浩更是气得要命："废物！"从不骂人的程浩也忍不住了！

陆鸿渐也满心内疚，趴在桌子上号啕大哭起来："小小，我对不起你！呜呜呜……"

小童找了咖啡店经理，查咖啡店的监控录像，此时已经调出了当时的画面。

"浩哥，你快来看看！"小童尖叫了一声。

程浩快步走过去查看。只见第一组视频是徐司机敲晕了男服务员，然后换上男服务员的服装，第二个就是他在咖啡里下了迷药，第三个画面就是他拖走林小小。

"果然是他！"程浩握紧了拳头，嘭的一声砸在桌子上，吓得其他几人脖子一缩。

"浩哥，我们报案吧！"小童咽了咽口水，盯着程浩阴沉的脸，最后还是忍不住开了口。

程浩深吸一口气，知道此时应该理智，徐司机要的就是他失去理智，他不能着了徐司机的道！

掏出手机，程浩给陆警官打了电话过去。

程浩在电话里简单说了一下情况，很快陆警官便带人来了现场。

有了视频证据立案之后，很快，相关搜查事宜也部署了下来。

不过，陆警官的一句"你们回家等着吧"让程浩几人有些不解。

陆警官也看出了几人的疑虑，开口道："你要相信我们警方办事。你们现在自己出去也找不到她，特别是这种情况，心情焦虑下开车也很容易出问题。依我的经验来看，这个人经验丰富，丝毫不像新手，现在盲目找，反而会适得其反，不如回家，我们有最好的追踪设备，说不定他会打电话回去！"

毕竟徐司机现在就像一条疯狗，程浩也不知道他会带着林小小去哪里，此刻虽然很气，但是陆警官说的确实在理。

程浩和陆警官等一众人便等在程浩家里。

果然，天刚黑，程浩的手机就响起来，来电显示是个陌生号码。

陆警官给另外两个技术追踪的警员使了眼色，警员立即做好准备，程浩便接通电话。

"喂！"程浩的语气尽量冷静，但又带着不耐烦，这样才像丢了女朋友的人，避免徐司机怀疑。

果然，听筒中传来徐司机得意扬扬的声音："程浩！你的女人在我手上！"

"你想干吗？！"程浩收到陆警官的示意，他知道需要拖延时间，卫星定位徐司机的位置。

"你害得我一无所有，你说我要干吗！当然是报仇！哈哈哈！"徐司机的声音听起来有些疯狂。

兔子被逼急了都会咬人，更何况是徐司机这种阴狠、毒辣的人，走投无路时，会做出什么疯狂的事，谁也不知道！

但是此刻程浩也没有办法，只能恨恨地咬着牙："你有什么仇、什么怨都冲着我来，你一个大男人，抓个女人算什么？你放了她，我什么都听你的！"

"呵呵，什么都听我的？"徐司机奸笑着，"程浩啊，你要是一开始就听我的，会有现在的境况吗？啊？"

"那你想怎样？"程浩捏紧了拳头。

"既然你这么诚恳，我就再给你一次机会！"徐司机的音调提高了，"你给我一千万我就放了她！"

"好！"程浩干脆利落地答应了。

林小小在他心里是无价的，哪怕徐司机说要他的命去换，他也会答应！

徐司机倒是不意外程浩这么干脆，一来程浩有钱，二来，他知道这个女人对程浩来说并不一般。

"那好，老地方，一个小时以后你自己来。不许报警，不许有别人跟着，否则……"徐司机说着，咸猪手在林小小脸上捏着，一脸淫笑，"哎呀，这小妞的皮肤可真白啊！"

"住手！你个王八蛋！否则别想拿到你要的！"程浩气急败坏，但对方并不在意，挂断了电话。

程浩气得双目通红，抬手就想把手机摔了，可又想着稍后还要用这手机跟徐司机联络，硬生生忍住了。

陆警官看了一眼技术警员电脑上的定位信息，遗憾地叹了一声气："这个人确实有点反侦察意识，还差一点，现在只能将信号缩小到一个范围，具体位置还不确定，信号显示的位置在西郊……"

"我知道在哪里！"程浩脑子里闪过一个地方。

陆警官看了程浩一眼，转身命令道："行动！"

准备好之后，陆警官神情凝重地看着程浩："不要轻举妄动！尽量把他引出来，一有情况，立马求救，我们会第一时间赶到！"

程浩神色严肃："我知道，陆警官。"

趁着夜色，众人分两队先后出门，朝着西郊废弃仓库而去。程浩戴着耳机在前，陆警官等人身着便衣跟在后面埋伏接应。

车子抵达废弃仓库外的小场地，陆警官也做了部署，警员们埋伏在黑暗中。

程浩提了钱袋子，朝仓库走去。

站在黑乎乎的废弃仓库门口，程浩警惕地看了一下，没有光亮，然后他大声喊了一句：“徐司机，你要的钱我带来了，你在哪里？”

无人回应，偌大的仓库中只有风声。

但他依然小心翼翼地往里走去：“我进来了！”

跟在后面包围过来的陆警官示意，程浩推开了大门，顿时，举着枪的警察们一拥而上，将手电筒和枪口对准了仓库内，但仓库内空无一人！

程浩眉头深锁，跑进去四面查看，喊道：“徐司机，你出来！”

根本没人在这里，除了程浩和陆警官等人。

众人又四处寻找，将仓库翻了个底朝天也没见到半个人影！

陆警官疑惑道：“难道临时换地方了？程浩，他还有打电话吗？”

程浩深深皱着眉头，也百思不得其解：“没有。”

徐司机到底在玩什么？他想干什么？

程浩不自觉地掏出手机查看，只见屏幕上显示着时间：3 月 22 日 23：35。

程浩看着时间，好像突然想起了什么，整个人一个激灵。

“不好！我们被他骗了！”程浩说着就朝外跑，神色慌张，“这是个调虎离山计！”

陆警官也惊讶了：“什么？”

程浩什么都顾不得了，疯了似的往车上跑去。

陆警官命令其他警员道：“快点！跟上程浩！”

程浩的速度和动作太快，他都发动车子了，其他警员才追出来。警员们想要追上他的车，但是他车开得太快，不要命似的，根本追不上！

10. 消失在眼前的爱人

程浩额头上都渗出了汗水，他一边将车开到了极速，一边拨打徐司机那个陌生号码，依旧没人接。

程浩又只能拨打陆鸿渐的电话：“陆鸿渐，我们被徐司机骗了，他的目的根本不是钱！他要赶在时空通道再次开启的时刻，重演一遍车祸，回到我们原本的时空！”

陆鸿渐也被程浩的话吓了一跳：“什么！”

“没时间了，滨江隧道！快去！一定要阻止他！”程浩说着，都快急哭了。

他第一次感觉到如此无力，真的恨不得插翅飞过去！

陆鸿渐想都没想，直接夺出门去，他离滨江隧道最近！

程浩抽噎着歇斯底里，脚踩油门的力度不禁加大了：“都怪我，我居然没有想到！小小，你一定要没事！”

如果林小小有什么事，他想他大概也会没有活着的想法了，他拼了命也要和徐司机同归于尽！

夜很黑，山头上，天穹似怪兽的大口，仿佛随时会吞噬掉如蝼蚁一般的人类。

徐司机此时正开着面包车朝滨江隧道而去。

林小小身上的药效基本过了，她在副驾驶位上昏昏沉沉地醒过来，才发现自己被捆绑着。

“我在哪儿！你放开我！”林小小挣扎着，却无济于事。

徐司机给她捆绑得挺结实的，也不担心她挣开，他阴森地笑道：“嘿嘿，别挣扎了，你的命运早就被定好了，到头来你都得死，乖乖接受吧！”

林小小完全不知道徐司机说的是什么意思，满眼充满了恐惧和迷惑：“你，你说什么！”

徐司机倒是好整以暇地说开了：“哈哈，你听不懂啊？你不是想知道程浩的秘密吗？告诉你吧，他和我都是从平行世界来的，而你在那个世界已经被我撞死过一次。我好不容易跑了，到了这个地方，还以为能摆脱杀人的罪名，却没想到程浩也跟到了这里……”

“平行世界……”林小小想起了程浩密室里那块玻璃板上的内容。

徐司机的表情越发狰狞，他也不管林小小能不能接受，只管说下去：“我本以为能一帆风顺地活下去，但是人心啊，为什么总是那么贪婪呢？”

“还有那个徐老板，利用完我就想害死我！”

“我好不容易通过程浩逃出来，取代了那个忘恩负义的垃圾，结果，程浩却跑出来多管闲事！”

“要不是程浩，我怎么会变成逃逸的杀人犯？我布局布得如此天衣无缝，我应该享受荣华富贵，老婆孩子热炕头啊！都怪那个程浩！”说着，徐司机的脸色变得更加阴沉。

林小小满脸震惊，对于徐司机说的这番话，她难以置信！

但无论事实如何，她知道，面前这个人不管是徐司机还是徐老板，都妥妥的是个变态狂！

“你这个疯子！你这个杀人狂魔！你放开我！”林小小挣扎得更加剧烈。

她想用脑袋去阻挡徐司机的视线，谁知徐司机一伸手就把她按到了车窗玻璃上。

“别动！再动现在就杀了你！”徐司机凶神恶煞，疯狂地笑着，“现在说什么都晚了，我要回去！带着我的钱回去！没有人会知道我是谁！而那个肇事逃逸的杀人犯，还是程浩！哈哈哈哈！一切还是如此美好！”

林小小在徐司机的暴力推压下撞破了额角，疼得眼泪直流，也不敢再乱喊乱动，怕这个变态狂又做出什么过激的事来，只得内心祈祷老大能够来救她。

不，她相信，老大是一定会来救她的！

而此时程浩确实正在赶过来，他现在恨不得坐着飞机，坐着火箭，赶到林小小身边！他心中既后悔又着急，内心一时间五味杂陈，不觉已经哭成了泪人！

此时，徐司机提前抵达了滨江隧道，揪着林小小的头发，一把将她从副驾驶座上拖下来，塞进驾驶位，锁上车门！

林小小焦急地哭喊着："你个浑蛋，你放开我！你要干吗！"

"你给我闭嘴！"徐司机实在被林小小闹得烦了，直接从口袋里掏出透明胶布封住了她的嘴巴。

随后徐司机提着一把消防斧走到路中间站定，又有些烦躁地频繁看手表。

时间就快到了，如果错过，就再也没机会了！

但幸好，滨江隧道一向不是个车流太少的隧道，不过几息工夫，就有一辆小车从远处开了过来。

徐司机将斧子藏在身后，朝小车招手。

小车司机看情况，以为对方的车出故障了，便停了车，摇下车窗，好心地问道："兄弟，车抛锚了吗？我可以帮你拉……"话还没说完，就看到徐司机脸上挂着诡异的让人毛骨悚然的变态笑容。

紧接着，徐司机从身后抽出了斧子，咬着牙关一斧子朝着小破车司机的脑袋劈了下去！

林小小在车里看着远处的这一幕，顿时吓得连声音都发不出来了，浑身颤抖。

徐司机一把将小破车司机扔在地上，爬进了驾驶座，抬手看了看手表，时间正好跳过去，变成 00：00。

"哈哈哈哈，我要回去了！"徐司机狂笑着踩下油门，朝着林小小那辆车冲过去。

就在这千钧一发之际，程浩也驱车赶到了隧道里，看到了这一幕。汽车显示屏上的时间跳过去了，变成了 00：00，程浩咬了咬牙，将油门踩到了底！

林小小看着徐司机开着车全速朝她的车撞过来，顿时绝望地闭上了眼睛，眼前闪过老大的样子。

老大！再见了！

如果有来生，她还要做他的迷妹，她还要爱他，永不后悔！

突然，她又听见身后有大马力车叫嚣着冲过来。

林小小悚然睁开眼，那一秒的擦肩而过，她看到程浩坐在驾驶座上，神情坚毅，带着一去不复返的决心，迎上了对面冲过来的车！

"不——"林小小声嘶力竭地喊。

但是来不及了，她只能眼睁睁地看着程浩的车朝着徐司机的车撞上去！

“嘭！”

伴随着巨大的声响，两车剧烈相撞！徐司机开的车不如程浩的越野车重，彻底被撞飞，在空中翻腾起来，随后又重重地摔在隧道里！

林小小努力地将身子前倾，想要看到他的老大到底怎么样了。

只见滚滚浓烟中，程浩踉踉跄跄地从车里走了出来，他衣服破了，头上流着一股股的鲜血，浑身上下也全是伤。

一瞬间，林小小的心都揪成了一团。

却见程浩将车里受伤更严重的徐司机拖了出来，然后从怀里掏出了一副手铐——之前在陆警官那里拿的，为徐司机准备的——趁徐司机没反应过来，咔嚓一声，将徐司机的手铐在车窗上。

林小小略略松了一口气，老大没事，那个坏蛋也被抓住了！

“老大！”林小小开口，她的声音却没传出去，反而被一阵无形的波浪推了回来。

这阵波浪在隧道里无形地朝四面八方蔓延开来，如闪电一般，瞬间打开了连接两个时空的通道！

在这阵贯穿的无形波浪中，程浩身形晃了晃。他回转身，看到了车里被绑着的林小小，一步步踉跄地走向林小小。林小小看着程浩，喜极而泣。

然而，程浩的身体变作粒子状，紧接着，他直直倒了下去。

林小小的声音还卡在喉咙里，隧道里突然一道刺眼的白光闪过。

她眼睁睁地看着程浩，连同那两辆汽车，就这么消失在自己的眼前。

林小小难以置信地睁大了眼睛，惊得眼泪横流，却没有一丝声音发出。

“嘟嘟嘟……”身后响起了警笛声。

随即隧道里传来一道尖锐刺耳的急刹车的声音，陆鸿渐也驱车赶到了。

陆鸿渐看着整个隧道里只剩下林小小在车里，没有其他人，甚至没有其他任何痕迹。

陆鸿渐拉开车门，将林小小救出来，撕开她嘴上的封条：“小小，没事了！”

然而，林小小踉跄着跳下车来，疯了似的前后左右围着车子找人，又跌跌撞撞地跑向刚刚程浩站立过的位置，可是什么都没有，程浩真的就那样在她眼前消失了！

回头环顾空荡荡的隧道，除了寂静的夜风，没有一丝程浩的气息和身影。

终于，林小小跪在地上撕心裂肺地哭喊：“老大！老大——”一声又一声，回荡在隧道中，却再没有人回应她的呼唤！

陆鸿渐也明白了，原来程浩并没有跟他说谎，程浩和徐司机都被时空隧道带回去了，回到他们那个世界去了……

11. 在各自的世界里想着你

原本，程浩看了满脸泪水的林小小最后一眼，绝望地闭上了眼，等待着生命的终结。

但耳边巨大的呼啸声停止，光怪陆离的光影退散，程浩发现自己跪在地上，他的身体从粒子状态慢慢恢复了实形。他仰起头看过去，才发现车里的林小小已经不见了，隧道边缘，一个满脸是血的女人，那个和林小小长得一模一样的女司机，正躺在那儿！

救人！

程浩看了一眼被手铐铐着，再也逃不掉的徐司机，抱起这个世界的林小小，朝隧道外走去。

隧道外有车驶过来，程浩体力不支，抱着人彻底栽倒了下去……

迷迷糊糊之中，程浩看到白大褂将他抬上了担架，看到林小小也被抬上了担架，而徐司机，则被警察们带走了。

他终于放心地躺下了。

再醒来时，他环顾四周，发现自己在医院的病床上，墙上的电子时钟显示着：2020 年 2 月 22 日。

“浩，你终于回来了！”邹灵温柔的声音在程浩身旁响起。

程浩转头看去，是 A 时空那个温柔贴心的邹灵。

程浩动了一下身体，却感觉浑身上下都痛，似乎没有一块对方是完整的。他吃力地撑起身坐起来，问邹灵：“我，现在是在哪里？”

邹灵声音温柔地道：“别担心，你现在在医院里。浩，你消失了整整两年！昨天滨江隧道发生车祸，你才突然出现。这两年你去哪儿了？不过奇怪的是，警察说他们发现你的时候，你车上的时间一直停在 2018 年……”

“我……回来了……”程浩呆呆地望着电子钟，喃喃自语。

虽然他活下来了，但内心难以抑制地失落和难过，一想到林小小，他的心就像被狠狠割裂了一般，仿佛失去了所有的力气。从此，他与她就是两个世界的人了！

程浩醒来之后，整个人便呆呆的，时不时看看时钟，时不时看看窗外，不再言语，变得了无生气。

医生说，程浩的伤已经没有大碍了。

出院这天，程浩的病房被敲响，林小小来了。

这个世界的林小小，是一名干练、成熟的娱记，比那个世界的林小小稳重，比程浩爱的那个林小小，看上去更温婉大方。

但在看见这张一模一样的脸的那一刻，他还是一瞬间恍惚了。

“程浩，谢谢你救了我！”A时空的林小小在程浩的床边站定，深深地鞠了一躬，感激之情溢于言表。

程浩只呆呆地望着眼前的林小小，脑海里浮现的却是另一个可爱又蠢萌的表情。她哪里是现在这个干练娱记啊！她是个连走路都会平地摔跟头的倒霉蛋！

“我也是你的粉丝呢。”A时空的林小小还在说着，带着优雅、礼貌的客套微笑。

不，这不是她。那个蠢女人总是冒冒失失的，怎么会是这个连微笑都带着疏离的林小小！

程浩垂下了眼眸，脑海中全是林小小的笑容！

她说：“老大，我真不是私生饭，我是真爱粉儿！”

她举着手郑重发誓，不会将他们第一次见面撞车等各种糗事说出去！

他让她背粉丝条例，她也会乖巧地一字不漏地背：“离老大的舞台近一点，离老大的生活远一点。”

他摘下她的工作牌，知道了她的名字，叫林小小。

很平凡的名字，却很好记，一下子就烙印进了他脑海深处，恐怕这一辈子他都忘不掉了！

他威胁她，说要把她挂上墙。

后来，她越发冒失，撞进了他的生活，也撞进了他的心里，然后像一只淘气的麋鹿，在他心里四处乱撞，撞得他泪流满面！

“程浩先生？”A时空的林小小有些尴尬地开口，她不知道自己说了什么，竟然惹得大明星落泪。

程浩回过神来，察觉自己失态，连忙擦干眼泪，强颜欢笑道：“不好意思。你没事就好，不用感谢我。”

“那就好，那我不打扰你休息了，再见。”

A时空的林小小笑着点了点头，欠身告辞。

曾经以为和林小小相爱的时间，锁住了他内心层层的孤独，从此欢乐拉开了序幕，可是，一切终究在最后回到了记忆的起点，一切回到了比原来更深的寂寞牢笼。

我们都还在同样的世界里生活着，却永远也见不到对方了。你不可能来找我，我也没有办法再过去寻找你。

一段美丽的爱情，终究变成永久而伤感的记忆。

……

一切都结束之后，林小小不顾陆鸿渐的挽留，回到了自己的家中，只觉得整个世界都变得灰白，不再鲜艳。

而屋子里的每一处都有老大的影子。

客厅里，老大在用吹风机帮她吹头发，替她擦烫伤的药膏。那是第一次，老大跟她说抱歉，让她不要为自己拼命；那是第一次，她和老大的呼吸近在咫尺，心动在即。

餐厅里，老大和她一起沐浴着晨光，吃早餐。老大帮她亲手剥开龙虾壳，要让她对自己好一点。

卧室里，老大在她最无助的时候，将她紧紧地拥抱着、安抚着，唱着那首《不再见》。

“离别没说再见，你是否心酸，转身寥寥笑脸，不甘的甘愿，也许下个冬天，也许还十年，再回到你身边，为你撑雨伞，剩几个夜晚，再几次晚安……”

林小小忍不住心酸地回忆，转身走上了天台透气。

可天台上，她第一次表白老大，老大又壁咚亲吻她的情景，又像电影画面一般一帧帧出现在眼前！心再一次碎成一片片冬日的枯叶，被冷风吹得七零八落。

她走在楼道里、小区里、超市里……凡是生活中留下足迹的地方，都隐藏着程浩和她的小故事。可如今徒留一段段剪辑拼凑的回忆，在她脑海里无限循环。

这个世界上，再也没有老大的真实存在，再也听不见他的声音，触摸不到他的真人，他就像从来没有来过一般，一切都像一场梦……

林小小整理着房间，突然发现一个放置在沙发上的快递，拆开来，发现里面是一个盒子，打开后，发现是一个一千万的存折和别墅的房产证，上面写着林小小的名字。盒子里还有一封信。

林小小小心翼翼地打开信封，看到程浩的字迹。

小小：

当你收到这封信的时候，说明我已经离开了。

原谅我没有告诉你真相，因为我一直存着一丝希望，希望能留下来陪着你。

命运让我们仓促地相遇，又让我们别无选择地分离。

也许永远不会再见了，一定要照顾好自己。

我爱你。

很爱很爱你。

林小小一遍又一遍地读着这封简短的信，心口疼得像破了的风箱，每吸一口气都一阵抽疼。

哪怕在他临别之前，他也要倾尽全力留下他的所有，为了让她更好地活下去。

林小小又想起最后一刻，程浩奋不顾身为她撞车的情景。原来，他早就预料到了一切，早就做好了为她牺牲的准备！

终于，她泣不成声，眼泪像断线的珠子，打湿了信纸。

老大！你知不知道，我也爱你！很爱很爱你！

……

爱情不是奇遇，可她在这样的奇遇中遇到了爱情。只是没想到，他们之间的爱情故事，早就写好了分离的结局。

轮回辗转中，平行时空的距离，就像隔了一江永远无法越过的流水，隔断了彼此的音容。

那些焰燃了的回忆，是否能幻化成一盏孟婆汤或是一杯忘情水，让人饮下后，从此不再忍受这思念的煎熬。

或许，今生再也没有机会与你并肩共赏落日与花开，再也没有机会与你牵手漫步世间，深情一吻落缠绵。

可是今夜，我依旧忍不住抬头仰望那璀璨星河，期盼着，彗星再度来临的一夜，带来你温柔的光影。

这一生，爱过你，我不曾后悔。

这一生，有幸遇见你，足矣。

尾声

知道她过得好，便是他余生最知足的事了。

一年后。

人生，无论发生什么样的故事，无论中途失去了什么人，都总是要继续生活下去的。只要知道对方还好好地活着，也算是一点安慰了。

回到原来世界的程浩，依然星途坦荡，又连续拿下几座奖杯，已经从当红偶像跻身进入真正的实力巨星行列。

忙碌的工作也能分散一点思念的沉重，但无论多忙，他都会每隔一段时间就独自一人开车去一个地方，去看看这个世界的林小小的近况。

每一次，看到这个世界的林小小过得很好，很健康，很快乐，程浩就知道，那个世界的林小小必然也过得很好！

知道她过得好，便是他余生最知足的事了！

……

中央广场，扎着马尾辫的林小小握着咖啡走在路上，不同于一年前胸口挂着娱记工作牌，如今她的工作牌上写着：电台主播，林小小。

而她自己也从一个冒冒失失的职场新人，变得成熟、稳重了。

新的身份，新的生活，新的开始，但不变的，是心底依旧爱着的人。

广场上巨大的银幕上正播放着陆鸿渐的新歌 MV。

陆鸿渐又唱又跳，很是卖力，如今超高的人气，丝毫不亚于当年的“当红炸子鸡”程浩，所以他干脆给自己起了个称号——“嘎嘣脆红烧鸡”！

林小小站着看了一会儿，嘴角渐渐扬起一个浅浅的微笑。程浩在他的世界里，应该也很好吧？他应该还是明星吧，很火很火的那种。

忽然，有信息进来，林小小点开，是陆鸿渐发来的语音：“小小，我发新歌了。

最后一首，是老大留给你的。”

林小小愣了一下，随即戴上耳机，点开了陆鸿渐发来的歌曲链接。

熟悉的嗓音从耳机中传进耳朵，仿佛程浩就在她耳边弹着钢琴低声吟唱：

用一场意外，完成一段相遇
也许是宿命把我们绑在一起
你撞进我的心，留一道印记，再不能抹去
我擦光所有火柴，点亮过去
却看到一地灰烬，爱过的证据
亲爱的我不懂，深爱的我们，为何会分离
问问爱情多努力，才能在一起
交换彼此的戒指，换一句我愿意
要看多少风景，才能停下，好好地珍惜
问问我们多努力，才能再回去
下一秒会分开，这一秒抱紧你
有一些注定，称之为爱情
是你给了我，爱的勇气
……

听着听着，林小小眼中便蓄满了泪水，可是嘴角依然坚强地上扬着，保持着最美的微笑。

她缓缓走着，抬头看着高高的梧桐树，树叶一片接一片，碧连天，阳光透过树叶间的缝隙，洒落下来斑驳的光。

如果他们的爱情是一场童话，那她依然相信，星星会眨眼，犀牛会说话，穿过夏天的风和冬天的雪，终有一天，她的老大还会回到她的身边！

林小小捂紧了身上的衣服，昂着头，迎着风，倔强地走了下去。

巨大梧桐夹道，林深路长，通往那片美好、温暖的未来……

— 本书完 —

Qianxun-Culture

—图书·影视—

HUI XING LAI DE
NA YI YE

彗星来的那一夜

蓝洞之恋

木童心 ◇ 著

江苏凤凰文艺出版社
JIANGSU PHOENIX LITERATURE AND
ART PUBLISHING

目录
CONTENTS

目录

CONTENTS

第一章

光亮转瞬即逝，消失在黑色的夜幕中，仿佛从未出现过。

1. 林阎王 VS 白无常

三明岛，蓝洞，大海的瞳孔，是海洋中最神秘的存在。这个静谧的海底之洞，仿佛连通着不欲人知的另一个空间，令人沉迷。

很多深潜爱好者都将三明岛作为潜水胜地，慕名前来，只为领略那一抹梦幻奇美大自然之景。

三明岛是一座自然岛屿，并未被开发。直到四年前，人称“阎王林”的林氏集团总经理林森禾以风卷残云之势吞并了半个南沙新区的地产，投资三十亿在三明岛区域内构建全球最大的潜水基地，并配套酒店、会所、私人别墅，意图打造一座国际化的旅游海岛。

在地产界呈现颓势的情形下，林森禾逆势而为，大举进军旅游地产，可谓将南沙地震了一次。当地房价随之上涨，投资客跟风而来，顺道拉动了一波地方 GDP。果然应了那个商界传闻：阎王一出手，不是惊雷就是地吼。

林阎王，原名林森禾，是林氏集团唯一继承人，他的爷爷是林氏集团创始人兼董事长林之杨。他身高一米八五，气场却是三米五八，雷厉风行，出手狠辣，唯我独尊，因此才会有人送他这样的独特外号。

十三岁，他的父母死于海难，因此他患有轻微恐水症，但没多久他就强行克服了，现在的他更是一个资深的潜水爱好者。

十四岁，他开始跟着爷爷林之杨学习处理公司事务，学做财务报表，并体现出过人的资质和天赋。

十五岁，他在金融战中帮助林氏集团渡过难关，从此一战成名，被誉为商界小魔童。

十九岁，他毕业于瑞典皇家理工商学院。

二十二岁，他毕业于哈佛大学商学院 MBA。

二十三岁，他进入林氏集团，从一个普通的房地产销售员做起，并成为全集团的金牌销售，创造了以一人之力卖掉一栋楼的奇迹。

二十七岁，他接过董事会决议的总经理职位。五年间，他改变了陈旧的运营模式，大力拓展新业务和利润增长点，成功让林氏集团跻身世界五百强。

三明岛是林氏集团近几年最大的项目，林森禾更是调度了一个亿的宣传预算倾力为其造势，其中一项便是林氏旗下公关品牌公司投资，挽救了即将倒闭的国民老公旗下的猫咪 TV，计划将猫咪 TV 平台打造成全球旅游达人的自媒体平台，利用旅游主播和旅行客的视频自媒体，带动整个三明岛的宣传。

更令人羡慕的是，这个阎王还是“颜王”，被无数商业媒体和杂志奉为“商界头号男神”。他有细长的黑眸、轻薄的唇、棱角分明的轮廓，并且具备每一任霸总应该有的优良品质，虽然他长了一张万年冰块脸，但还是一个字——帅！他还因为常年潜水，健身锻炼，皮肤晒得黝黑，脱了衣服能显露出诱人的胸肌和人鱼线，穿上西装，戴上眼镜，就是斯文的商界精英。

这个刚刚年满三十三岁的单身才俊，令无数业界女性追捧，那些女性的疯狂与热情程度不亚于追星女孩。但对于某些还没有毕业的年轻人来说，他就是听都没听说过的存在。

毕竟对于从小就有个性、处处彰显自我的 00 后来说，他们早就不吃霸道总裁这个过时的人设了，她们更迷恋温柔、可爱的小哥哥或者 cool guy（冷酷男人）。

不过，即便是新新人类，他们中间最早的一批也到了要走向社会、遭受毒打的年纪。比如京大传媒系播音主持专业的大四毕业生白筱心，此刻就面对找工作这一道最艰难的人生作业题。

她看着舍友们进进出出忙着投简历面试，依旧百无聊赖地刷着美剧。其实她也不是不急，就是想再等等，等什么呢？等一个天上掉的工作。这个工作得钱多，活不累，不能老加班，最好也别老坐在办公室，毕竟这样容易得肩周炎。她看来看去，没有一家公司和岗位能与她的需求匹配。

白筱心打开猫咪 TV，看看自己两千三百零一的粉丝数叹气。如今传统媒体式微哪有什么主持人的工作可找，大家都争先恐后地转战直播、自媒体，她自然不落于人后，早早便开设了直播号，可任她使尽十八般武艺，也只换来屈指可数的点赞数。

她此生最大的梦想，就是哪天睡醒了一睁眼，粉丝数量变成了两千三百万，她天天坐着收“飞机”和“火箭”，变身“白富美”，走上人生巅峰。

没错，这就是我们白筱心的人生信条：人生有捷径，那一定要走，最好能躺赢！

此时，软件里弹出一条广告，打破了白筱心的白日梦：猫咪 TV 整改，将打造全球旅游达人直播平台，现招聘站内第一批旅游主播，欢迎投稿。

白筱心激动得差点从她的二层床上摔下来。吃喝玩乐还能赚钱，在这个世界上，还有比这更美的事情？白筱心使出浑身解数，制作了一份完美的视频简历，最终获得了一次面试的机会。

白筱心，千禧年出生，第一拨 00 后。她自诩佛系达人，人生在世苦烦忧，唯吃喝玩乐能解愁。然而，等你跟她熟了之后，就会发现岁月静好是她营造的人设。朋友们相继给她送外号，白小强，白小新，白无常，小强是夸她才华横溢实力强（演的），小新是夸她如蜡笔小新般可爱（无赖），白无常是夸她……嗯，狠起来笑面杀人不见血。没错，但凡碰到真正上心的东西，她索命也要搞到手。

于是，当新新人类白无常遇到传统霸道林阎王，他们注定擦出一场惊天动地的"电闪雷鸣"！

2. 主播选拔

清晨，白筱心穿着小白鞋，扎着羊角辫，戴着小发卡，迈着自信的步伐到了面试现场。可是当她张扬地抚完头发，目光扫向诸位待面试的主播时，突然惊讶到掉了下巴。

怎么有人穿她代购的新款小短裙？为什么你也戴泫雅小发夹？

她独创的羊角辫也烂大街了吗？从哪儿来这么多的可爱风主播？

白筱心本想在清一色大长腿性感风的主播面前打造差异化风格，看来她选错路线了。

面试现场，桑巴的音乐声响起。

为首的面试官是林森禾，精致的头发上喷着发胶，西装革履，双手环胸，皱着眉头，俨然一副霸总的模样。

场中央，一个妆容夸张、穿着性感的女人正打算伴随音乐表演充满异域风情的舞蹈，她刚刚做了起势的动作，就被叫停了。

"停！"

女人停下来，一脸奇怪地望向林森禾。

"出去，卸了妆再进来，还有你们。"林森禾指着站在那个女人身后一排带妆的妹子，口气不容置喙。

面试办公室的门突然打开，从里面走出失魂落魄的桑巴女人，她的身后还跟着几个嘟着嘴巴的妹子。白筱心看到这一幕，愣了一下。

此时，林森禾的助理小兰走了出来，对着走廊里等待面试的姑娘们宣布道："不好意思，请大家把妆全卸了再过来。”

众网红面面相觑，白筱心好奇地看向门内，看到一个黑脸包公一样的男人坐在面试场中间，她还没回过神来，就被突然向她拥来的主播们挤进了卫生间。

“哎，别推我啊，怎么卸妆都这么积极啊？”

白筱心把脸洗干净，抬起头，却发现那群主播还挤在镜子前化妆，讨论着今天亲临现场的面试官林森禾。

“哇，传说中的头号男神林森禾真的是高品位，卸妆这招都想出来了，So cute（真可爱）！”

“对呀，人长得帅还这么霸道，不知道等下见到他，我会不会腿软？”

白筱心见女孩们一副花痴的模样，不屑地撇撇嘴。

“霸总人设，早不流行了好吗！”

不过，既然林森禾这么不喜欢化妆的主播，她也只能用智慧攻略他了。

白筱心不再听她们谈话，掏出手机，一边查看旅游攻略，一边走出了洗手间，却恰好撞上刚刚被林森禾赶出来的跳桑巴的女人。

“我还能进去吗？我这个样子可怎么办？呜呜。”女孩靠在墙上，跟自己的同伴哭诉道。

白筱心同情心发作，好心地递过去一张抽纸宽慰她。

“好了，小姐姐，有什么好哭的，那个林森禾好意思叫我们卸妆，他一个三十岁的老大叔卸了头油，说不定还是‘地中海’呢。”

两个女孩扑哧一声笑了出来。果然，幽默是最能宽解人的方式。

可白筱心没想到的是，此时林森禾脚步匆匆地从另一侧的洗手间走出来，正撩起自己抹了头油的靓发，听到这句话，他手一抽，愣在了原地。

那两个女孩抬眼看到身后的林森禾，火速地撤离，还不小心撞了白筱心一下，不偏不倚地将白筱心的手机撞离了她的手，掉在了林森禾面前。

白筱心回头对上男人那张冷脸，浑身哆嗦了一下，勉强挤出一个笑容，却不敢上前。

白筱心默念：他没听到，没听到，没听到……

只见林森禾甩了甩衣袖，弯腰捡起了白筱心的手机，递给白筱心的时候，不小心触碰了播放键。手机顿时自动播报起来：伶仃洋上岛屿多如翡翠，游客稀少，景色不输任何海岛……

林森禾看了白筱心一眼，转身走出洗手间。白筱心吞了吞口水，赶紧关掉了音频。

糟糕，出师不利！

此时，林森禾回到面试现场，双手撑在桌面上，目光似要穿透林氏 HR 部门的严主管。严主管瑟缩着脖子，仿佛狐狸面对即将发威的老虎，一动也不敢动。

“我说过想要找新人，为什么你推来的还是猫咪 TV 原来的签约主播？”

“那个……我们也选了一些其他的……”

当严主管快支撑不住时，白筱心被门外的小兰叫了号面试。白筱心开门走进来，严主管立刻起身，欢呼雀跃：“新人来了，只有三千粉丝，完全没名气。”

刚进门就被人揭家底，白筱心着实有些尴尬，她只好走向场中央，自我介绍道：“大家好，我是新人白筱心。”

林森禾只看了一眼白筱心，嗤之以鼻：“在你的认知里，新人就是资质平庸，毫无特色？”

林森禾直视严主管，严主管咽了咽口水，继续解释道：“林总，您刚收购猫咪 TV 就裁掉老主播，只招新人，会让人心不稳的。”

“我要的是合适人选。”无论是对内还是对外，林森禾都是说一不二的。

被晾在一边的白筱心却一脸尴尬：现在是什么情况？

“那个……我要不要等下再进来？”

林森禾似乎终于意识到白筱心的存在，一言不发地回到自己的位置上。严主管如蒙大赦，招呼白筱心坐下来。

“没事，你坐，我们开始面试吧。你平时喜欢旅行吗？”

“当然，我去过很多地方……”

白筱心看了看林森禾的眼色，发现他正冷脸注视自己，但她还是心一横，清清嗓子，开始了自己的表演。

人生如戏，全靠演技。

“比如说骑行西藏、徒步新疆，我还去冰岛看过极光。当然，我最喜欢的还是海岛，普吉岛、马尔代夫、法罗群岛这些地方我都去过不止一次。嗯，不过兜兜转转，我还是觉得祖国的大好河山最值得看，所以最近打卡了伶仃洋……”

林森禾听到这个词，眯起了眼睛，但是他并没有打断白筱心的意思，白筱心意识到不对，转了话题。

“伶仃洋……蓝天白云，椰树茂盛，水清沙白……”

呵呵，这不就是刚刚她手机里旅游广播冒出的台词吗？林森禾看穿她是一个现学现卖的骗子，冷笑一声，起身要走。

严主管一下慌了，一把拉住要走的林森禾：“林总，您再看看别的……”

林总中途要是走了，不就证明他负责举办的这次主播面试彻底失败了吗？

“不用了，我会再看看有没有人能顶替你的职位。”

严主管一脸绝望，瘫在了座位上。

白筱心趁这个当口，从口袋里掏出一大盒炸虫子放在林森禾面前。林森禾被白筱心放到自己面前的虫子吓得后退一步：“这是什么玩意儿？”

林森禾意识到自己有些失态，坐回椅子上保持仪态，强装镇定。

白筱心讪笑着解释道："咯咯，抱歉，我刚刚不小心记错了景点，但是我还想展示一个才艺，证明主管没有看错人。"

白筱心掏出一条炸蝎子，当着众人的面一口咬了下去。

"旅游景点大同小异，猎奇的东西肯定能吸引关注的，我不仅可以吃虫子，直播需要什么我都可以做的，一点都不矫情。"

林森禾看着白筱心津津有味地咽下嘴里的东西，暗暗咽了一口唾沫。严主管见林森禾被稳住，仿佛看到了机会，赶紧接话。

"林总您看看，多努力的女孩子，你蹦极可以吗？"

"可以。"

"跳伞可以吗？"

"可以。"

"开游艇、玩冲浪、去深潜，是不是都没问题？"

"没问题。"白筱心胸脯拍得啪啪响，哪管自己会不会，等面试通过了再学呗。

林森禾露出怀疑的眼神，白筱心赶紧补充道："对，我超喜欢深潜，但不是纯粹为了刺激。潜入海里的瞬间，我总有种被海水拥抱的感觉。"

林森禾的眼神闪烁一下，白筱心敏锐地捕捉到了，说得更加动情："当我进入深海，整个人好像放空了一般，只能听见自己呼吸的声音，海水包裹着我，可以安抚我一切的情绪，恐惧、不安……"

说完，白筱心依然动情地看着林森禾，严主管也一脸期待，林森禾却有一瞬间的恍惚。他似乎回到了十二岁那年，父母遭遇海难，葬身海底，他克服内心的恐惧，强迫自己潜入深海。

在这个世界上，失去亲人的他，没有什么是可畏惧的。最终，他被翻涌的海水包裹着的那一刻，就像拥抱着亲人，他在深潜中找到了内心的平静。

"林总，怎么样？林总？"

林森禾的思绪被严主管打断了。

"你回去等消息。"

白筱心也没有想到，她的一句话让原本完全看不上她的林森禾改变了注意。

似乎从这一刻开始，命运的转盘就此缓缓转动，牵扯出两人日后剪不断理还乱的轮回羁绊。

3. 开岛在即

一周后，毕业答辩结束，白筱心彻底要从象牙塔毕业了。不过，她似乎对母校没什么好留恋和感伤的。

四年大学生活，她总结下来就是在吃吃喝喝中潇洒度过的，其间，她被三个男生追求，但她拒绝了。她暗恋一个男生，但告白被拒绝了。

不知是不是所有年轻人都和她对待感情的态度一样，佛系到不能再佛系了。

现实中毫无起伏的爱情，还不如电视剧的故事更容易让人感动。

现实中毫无趣味的男生，还不如追着自家爱豆更让人满心欢喜。

过早成熟和清醒的95后、00后，早就对爱情这回事免疫了。

此时，白筱心和闺密丹丹在宿舍里收拾行李，两人聊起了白筱心一周前面试的事情。

“那他们让你回去等消息，就是不录取的意思呗。”

“唉，谁知道呢，我最讨厌这种吊人胃口的男人了。”白筱心百无聊赖地叹着气，从那天的情形来看，她也觉得自己没戏。

“应该说，你幸好没被录取，你说自己什么都会，到时候做不到可就麻烦了。”

“话是这么说，唉，人生的捷径离我越来越远了。”

丹丹笑着摇头。此时，一个陌生电话突然打了进来，白筱心接起了电话，对面传来一个有些娘娘腔的声音。

“请问是白筱心吗？你好，我是严主管，恭喜你通过了林氏集团旅游主播的面试，从今天起到开岛日，我们会对所有旅游主播进行集中拉练……”

“好的好的，我一定加入。”

“啊！我通过面试了，我竟然通过了！”白筱心兴奋地跳起来，抱着丹丹开心地大叫。

“老天还没有放弃我！哈哈哈！”白筱心放荡的笑声差点掀翻了女生宿舍的楼顶。

可这如阳光灿烂般的好心情，不到三日便随着她拉练集训生活的开始消失殆尽。

长跑、爬索梯、走木桩、实地CS对抗……每天高强度的体能训练，一度让她怀疑自己不是来参加主播实训的，是去参加特种兵选拔的。

白筱心满头大汗，拖着轮胎在沙地上奔跑着，叫苦不迭，这几乎要把她二十年的体能额度用光了。

一旁，严主管还在拿着喇叭打鸡血：“或许你们觉得拉练没有必要，或许你们认为做主播只要漂亮就好，但是做林氏集团的旅游主播，你们面对的是更严苛的挑战。”

“这一个月，希望大家全力以赴，我会根据你们的表现决定你们的直播内容，记住，三明岛开岛仪式，就是你们的战场，加油！”

伴随着严主管的哨声，众主播高喊口号：“加油！加油！加油！”

身处队伍最后的拖油瓶白筱心欲哭无泪，她现在只想漏油。

此时，林氏集团的办公楼内也是连着一个月灯火通明，全公司的人都在加班奋战，为即将来临的三明岛开岛仪式做准备。

除了三明岛项目部的人外，集团的财务部、商务部、运营部、公关部都被抽调人手，全力以赴筹备全公司最重大的项目开幕活动。而挂帅的总经理林森禾，更是几日几夜没合眼，一直在处理大小事宜。

开岛可不是一个简单的活动流程，这意味着海岛基地彻底投入实际的运营。市场部预计会有一百万人流拥入，那么基础设施、住宿、饮食、交通、娱乐各个环节都要查漏无疑，不能有任何闪失。

当然，林森禾会如此拼命，除了三明岛是赌上全公司身家的业务外，还有一个不为人知的秘密：开发三明岛，是他父亲当年的梦想。

他幼年时，一家三口周末常乘船来这里游玩。父母带着他学潜水、踢球、在野山上摘果子吃，搭帐篷露营，欣赏海上的落日与夜空的繁星……这里充满了他美好的童年回忆。虽然父亲还没来得及实现自己伟大的海岛开发计划，便和母亲丧命在这片海域，但从那之后，他便立誓要完成父亲的心愿，也算是对天堂父母一种慰藉。

有了这一个强大的目标，他便不停地自我鞭策，平日里没有社交，没有娱乐，也没有心情和时间恋爱，王者的荆棘之路总是孤独和寂寞的。

幸得一路走来，他身边有一个得力的搭档，也是他唯一的兄弟——游清泽。

游清泽的父亲游钟书是林森禾的爷爷林之杨的手下，后来他跟着林森禾的父亲林恒做事，是忠心耿耿为林氏卖命的老一辈人。而他的儿子游清泽，从小和林森禾一起长大，两人亲如兄弟。

游清泽从小没有母亲照看，性格安静内敛，善解人意，脾气很好。他与林森禾一柔一刚，在林氏集团，只有他能以水之温柔，化解林森禾木之爆裂。

毕竟在林森禾失去父母最痛苦的日子里，是游清泽陪伴他度过的。曾经的朗朗少年变成如今的冷酷魔王，只有游清泽明白，时光在他身上留下了什么。

平日里，他们一起游泳、健身，偶尔去酒吧小酌，连出席晚宴活动，林森禾都从不带女宾，只有游清泽相伴。于是，林氏出了名的两大公子，一刚一柔，一木一水，被外界盛传是一对另类好兄弟。

此时，游清泽端来一杯口感适宜的手磨咖啡，忍不住唠叨他：“森禾，再忙你也要休息啊，你看你现在的样子，都快立地成仙了。”

林森禾打了一个哈欠：“呜，好，那我去你办公室睡一会儿，你帮我把这些文件审核完。”

游清泽忍不住叹气，道：“唉，我就知道你会将就，我桌上的袋子里放了可以换洗的衣物和日用品，你记得用。”

“Nice（好），兄弟。”林森禾拍了拍游清泽的肩膀就离去了。

果然，每一个成功男人的背后，都有另外一个默默付出的男人。

4. 不会潜水可还行?

距三明岛开岛还有四十八小时，白筱心和众主播们来到三明岛，开始为她们的直播做准备。

三明岛，白浪沙滩，有山有水，景色宜人。大家登上温暖的小岛，沐浴着清新的海风，欣赏着那片湛蓝清澈的、颜色空灵得像碧绿的琥珀石一般的海湾。

白筱心和女孩们都兴奋不已。

“三明岛，我来啦！”

一行人来到富丽堂皇的酒店下榻，众多靓丽的主播也成了一道风景，引得工作人员纷纷注目。

“大家围过来，我们现在分配一下任务，娇娇、小米你们负责娱乐区直播，敏敏负责美食……”严主管召集众人，开始提前分配开岛当天的直播任务。白筱心在一旁浏览酒店贴出的各种套房的信息，看着无边海景套房的照片心驰神往。

“白筱心，你负责潜水直播。”

白筱心的目光移回来，呆呆地抬起头看着严主管，身边的人已经议论声一片。

“哇，听说潜水项目是这次的重头戏，林总说不定会上场。”

“潜个水而已，大家训练一下都能上，怎么就选她了？”

白筱心连忙摆手：“严……严主管，我不配，我在训练期间一点都不刻苦，还总是偷懒，我不能胜任这么重要的任务。”

严主管给白筱心一记白眼：“白筱心，不要得了便宜还卖乖。来，我们继续说……”

众人不服气地看看白筱心，注意力又集中在严主管身上。白筱心默默地退到一边，打开网页，疯狂搜索潜水教学，结果看了半天后毫无头绪。

不过听说潜水也不是很难，如果她能找到地方提前练习一下就好了。

白筱心趁着严主管不注意，偷偷溜到前台询问。

“请问现在岛上可以潜水吗？”

前台小姐姐微笑道：“不好意思，潜水项目要等正式开岛以后才能报名。”

白筱心站立不稳，此时严主管凑了过来：“白筱心，这下高兴了吧，林总把潜水直播交给你，对你真的是厚爱啊，你知道这代表什么吗？”

白筱心苦笑道：“我离渡劫飞升不远了？”

“这代表你是林总唯一的女伴，你要知道这么多年，咱们林总身边连一只母蚊子都没有，能跟他传绯闻的只有副总裁游清泽，这等荣耀你这可是独一份儿啊！”

严主管抛着媚眼，一副皇上恩赐丫鬟，公公来宣旨邀功的模样。

可白筱心有苦说不出。如果她现在坦言相告自己根本不会潜水，严主管怕是会将她就地正法吧？

前台小姐姐听了严主管的话，也忍不住多看了白筱心两眼。

此时，白筱心脑海里盘算着，没有地方潜水，找一个水池也能先练习两下吧，便开口试探道："严主管，那我能住私人海景套房吗？"

"你这孩子，淘气！"严主管嬉笑着离开。白筱心一脸沮丧，跟着众人来到住宿房间。她们住的是员工宿舍，四人一间。白筱心根本无心收拾行李，趴在阳台上侦查环境，这里别说海滩了，在群山环抱中，连大海都望不到，唉……

此时，屋内响起了同伴的声音。

"林森禾到底什么时候登岛啊？我连比基尼都带了，期待偶遇。"

"你矜持点好吗，林总那么忙，肯定开岛时才出现。"

"你们别想了，从现在的形势看，很明显没咱们什么事儿了……某些捡着便宜的到时有可能见到他。"

白筱心听到几个人的谈话，以及她们看向她那酸溜溜的眼神，顿时心生一计，拿着背包偷偷离开。

遇到困难就低头，可不是她白筱心的风格。老一代挖油田的前辈不是说过吗？没有条件，创造条件也要上。

不就是潜水嘛，她找一个游泳池练两下子，谁还不会似的。

白筱心翻着朋友圈，终于在一个主播相册里找到了一张对方与林森禾的合影。白筱心将照片导入美图软件，打开了换脸特效，把自己的脸换到主播脸上，顺便将林森禾两边下垂的嘴角P成了上扬。白筱心将照片设置为屏保，走向前台，刚刚那个前台妹子认出了她，友好地笑着。

白筱心清清嗓子，编起谎话来面不改色："喀，你好，我想问一下，林总的房预订好了吗？我来拿房卡。"

前台有些蒙："啊，这个……"

"他让助理报备了，说拿着我的身份证来取就好，没有吗？"

白筱心把手机屏幕按亮，放在前台，假装从包里找身份证，屏幕上两人的亲密照毫无遮拦地展现在前台小姐姐眼前。两个前台小姐姐互使眼色提示对方，似乎谁也不敢妄下定论。

"唉，每次都要分两间房入住，弄得这么麻烦。"白筱心自言自语。

"那个……白小姐，林总确实提前预订房间了，要不，我们先把房卡给您？"

两个前台小姐姐想到刚刚严主管提到白筱心那独一份的恩宠，也大概确认了白筱心的特殊身份。再者，毕竟对方是集团旗下的主播，难道敢胆子大到在这种事上造次？

可小姐姐们还是 too young too naive（太年轻、太天真），完全被这个鬼精的 00 后套路了。

“啊，这样好吗？”白筱心看到亮着的手机，假装慌张地收起来。

“那个……你们不要告诉别人，森禾很老派的，不喜欢张扬。”

两个前台小姐姐心领神会：“怎么会，您是林总开岛仪式上的女伴，估计很快就会公开了吧。”

前台一边说一边恭敬地递出房卡，白筱心装出害羞的笑，攥紧房卡转身离开。

果然，人生如戏，全靠演技，搞定！

白筱心拿着卡进入房间，果然，帮老板预订的套房就是不一样，独门别墅，上下两层，落地窗外的花园，五十米长的游泳池，尽显奢华。

白筱心顾不上欣赏，赶紧掏出手机仔细查看潜水要领，并语音联系男闺密花花求教：“花花，在吗？你不是经常去国外潜水吗，快来江湖救急呀！”

这个家伙可是一个极限达人，什么潜水、跳伞、蹦极，没有他不会玩的。

花花半天没回复消息，白筱心不想浪费时间，干脆在泳池边脱下衣服，泡到水中。

刚刚网上说潜水第一步先要学会什么来着？对，学会呼气。

此时，一双锃亮的皮鞋在酒店大理石地面上有节奏地踏出声音，眼尖的员工看到集团总裁亲临现场，纷纷停下鞠躬。游清泽则跟在林森禾后面，一起来到酒店前台。

原本林森禾明天下午到场，准备后天上午的开岛仪式即可，可他这操心的命，实在是不放心，因此提前登岛，预备用一天对各个部门视察一遍。

“林总，您怎么提前到了？”前台恭敬地弯腰。

“我有些事情要办，房卡呢？”

“希望您有个愉快的夜晚。”前台小姐姐微笑着递出房卡，但这笑容让林森禾有些疑惑，他歪歪头，没有多想，跟游清泽离开前台。

“前台的欢迎词改了？我怎么觉得怪怪的？”

游清泽笑道：“是你太紧张了。”

此时，豪华套房的游泳池荡着层层波纹，白筱心从游泳池中跳起来，大口喘着气，看看手机上的计时器：四十五秒。

不错不错，果然聪明如她，这临时抱佛脚还是很有效果的。

白筱心深吸一口气，捏着鼻子再次沉入池底。

游清泽就住在林森禾隔壁，两人约定好一会儿一起前往潜水区查验后再分开。林森禾刚刷开房间的门，敏锐的他就感觉到了一丝异样。

他把行李箱放在一边，看向游泳池的方向，游泳池水面上荡开小小的波纹，他慢慢地向泳池走去。

泳池中空无一物，林森禾也没注意到躺椅上的衣物，准备蹲下身检查水池。就在此时，在水底练习憋气的白筱心也到了承受的极限，突然从水里蹦出来，只见她双手扒着池边，像一条鲤鱼一般一跃而起，跳上岸，把正要蹲下的林森禾吓倒在地，而她则以十分诡异的姿势跪在林森禾两腿之间。

两人四目相对的一瞬间，白筱心大喊："啊！变态啊！"

随着白筱心这一声尖叫，林森禾被吓得一脚把白筱心踹回了泳池里，当他反应过来时，发现白筱心正在呼救，只得赶紧跳下去，将白筱心捞上来。

林森禾抱着白筱心滚在泳池边上，白筱心惊吓过度，开始不停地对这个搂着自己的男人拳打脚踢。

"死流氓！死变态！打死你，来人啊！"

林森禾坐起来，在乱拳中终于看清了白筱心，一把抓住她的拳头。

"白筱心！"

话说林森禾怎么记得住白筱心，这也算他一个过人的本领。但凡和他打过照面、说过话的人，哪怕是基层员工，他都能过目不忘。

但白筱心是脸盲啊！此时，天色灰暗，白筱心看不清来人，况且官方消息都宣布林森禾明天才会来到现场，她根本没将此人与林森禾联系起来，下意识判定他一定是变态。

"谁啊？你想干吗？我跟你说，猥亵未遂也是要判刑的哦。"

林森禾一脸怒气："我是你老板！"

一瞬间，白筱心定住了，手还撕扯着林森禾的胸襟，拉开一大片衣服。而游清泽刚刚听到这边的叫声，急忙赶来察看，正巧看到了这辣眼睛的一幕。

……

5. 蓝洞潜水直播

五分钟后，白筱心披好浴巾坐在床上，委屈巴巴地低着头。

她原本计划练习一晚，明早再佯装身体不舒服，把房卡退了，神不知鬼不觉……谁知道林森禾竟然提前来了，打乱了她的计划。

"说，你到底怎么进来的？"林森禾一声呵斥，打断了她的思路，吓得她一哆嗦。

一旁的游清泽劝慰道："森禾，她就是一个小姑娘，你别这么凶嘛。"

白筱心听闻，立马装作更加害怕的样子，哆哆嗦嗦地向游清泽的方向靠了靠。

林森禾不屑地哼出声："你还装，你不是连虫子都敢吃吗？"

无数前辈的经验告诉我们，在老板面前，认错是职场第一生存法则。

白筱心更是一个明事理、识大体、能屈能伸的人，立马诚恳地道歉："对不起，老板，我知道错了。我本来想来这里准备潜水直播的，但是好像误入了你的房间……”

游清泽连忙打圆场：“算了算了，应该是一场误会。”

白筱心立马抱起衣服，一边毕恭毕敬地鞠躬，一边后退。

“对不起，打扰你们了，我现在就走。”

可白筱心的手机好巧不巧地从衣服里摔了出来，掉在了林森禾的脚边。林森禾低头便看到了亮起的屏幕上那张“亲密”的合照，他的嘴角抽搐了一下，捡起手机，也猜到了对方使了什么小伎俩。

白筱心见状，赶紧将手机抢了过来，可花花的语音电话却在此时打了进来，她还无意按下了接听键。公放的听筒那边传来一道娘里娘气、语速极快的声音：“白小强啊，你是不是作死？你压根不会潜水，我口头传授你，你就懂了吗？潜水这门学问，靠的是跟教练肉与肉的触碰、灵魂与灵魂的结合……”

白筱心赶紧挂断电话，但是已经来不及了，她抬眼便撞上了林森禾杀人般的目光。

“你不会潜水？”

完了！她的脑海里冒出一句：白筱心，卒，享年二十岁。

“对不起，老板，我……我欺骗了你。”

假如生活欺骗了你，不要悲伤，不要心急，忧郁的日子里需要镇静。

白筱心向现在唯一能说上话的第三方游清泽投去求助的眼神，但没想到游清泽竟默默地低下头，表示爱莫能助。

“很好，你被开除了，现在马上离岛。”

……

果然是“阎王”，根本不跟你浪费口舌，直接宣判死刑，拖出去喂鱼。

白筱心这下彻底尿了，这不等于前功尽弃？她当主播的梦想突然就像气球一样，眼看要升空了，却在最后一刹那被扎破了。

游清泽看出女孩委屈、自责又难过，叹了一口气。

“森禾，生气不能解决问题，你又没有准备替补的主播。”

一句话，让林森禾暗暗倒吸一口气。

想当初，严主管还建议他准备一个替补主播，但被他当场拒绝了。现在想想，他当时竟然被一个丫头片子三言两语糊弄了。此时，他的脸都要掉在地上了，内心的闷气就像一锅烧开的水，恨不得从头给她浇到脚。

白筱心一听这事还有戏，连忙接话茬儿：“老板，现在好像没船了，您拿您的私人游艇送我，我真的良心不安啊。”

呵呵，林森禾嘴角一抽，他见过脸皮厚的，但脸皮这么厚的还是头一回见。

“我看她好像学了些皮毛，其实你带她一起潜水，下潜深度不超过十米，应该也没问题。”

游清泽继续劝解林森禾。

其实在很多问题上，林森禾做事果断，不留后招是好事，但在很多小事上吹毛求疵、过于苛责，就会搞得下面的人紧张兮兮。这种时候，游清泽的作用发挥出来了，他比林森禾更懂得调解人际关系，大事化小，小事化了。

然而，林森禾却绝对不冒这个险，三明岛开岛必须万无一失。

他依旧拨通了助理小兰的电话：“小兰，通知大家，取消蓝洞深潜直播……”

白筱心生无可恋，瘫坐在沙发上。游清泽无奈地叹了一口气。

……

三明岛正式开岛当天，举办了一场盛大的海滨派对，被邀请出席的人全是时尚名模明星、商界精英、社会知名人士。

另外，天文台还有消息称，今晚会有千年一遇的彗星来临，大家可以肉眼见到彗星的焰尾划过天际。这一个消息也吸引了数不尽的专业摄影团队以及新闻媒体，共同记录蓝洞计划最盛大的开幕仪式。

白浪沙滩海边派对，商界政界名流精英此时都在推杯换盏，聊着这次盛大活动背后的八卦。

“听说林氏为了构建全球最大的水上娱乐机构，不仅买了岛，还投资了三十亿……”

“是啊，当初花一个亿买下猫咪TV，给开岛做宣传，参与开岛直播的主播也是千挑万选出来的，怎么临到关头被撤下来？”

“估计是跟上面的人结梁子……”

“整个蓝洞深潜的直播环节都被取消了，这得是多大的梁子……”

众人议论纷纷。此时，白筱心靠在放甜点的桌子上，慢条斯理地吃着点心，像没事儿人一样看着来来往往的人，还换了一个更舒服的姿势吃东西。

没错，她就是那个因为整个环节取消掉，没法露脸的倒霉主播。

不过，她现在还挺庆幸的，就这么不用说话，吃吃喝喝，岁月静好地把钱赚了，有什么不好。

正在享受美食的白筱心忽然挨了一记栗暴，呛得猛烈地咳嗽起来。她正要发作，一抬头就看到严主管一脸严肃地看着她。

“主管。”

“吃吃吃，你就知道吃。”严主管朝左右看了看，压低声音说，“放心，我都帮你解决了。”

“什么？”

白筱心一脸疑惑，蓝洞潜水直播已经取消了，林森禾也大发慈悲没再搭理她，如今她没什么需要解决的事情了啊！

“我辛苦培训你们那么久，不会让你们的努力白费的。我调查清楚了，取消蓝洞深潜不是技术原因，有传言说是股东会的几个老头子故意给我们林总添堵……”

“然后呢？”白筱心急切地问。

严主管向远处几个西装革履的中年男人努了努嘴。

白筱心顺势看去，不远处，一个西装笔挺、身形修长的男人正在跟几人交涉，面目严肃，保持一抹商业微笑，和众人点头——正是总裁林森禾。

“不少嘉宾已经在跟林森禾提要求了，估计马上你就能恢复直播。你放心，林总会来接你的。”严主管脸上露出释怀的笑容。

白筱心的脸色已经黑到了底。天哪，她好不容易摆脱了“阎王”，让他放过自己，明明说好取消计划的，怎么说重启就重启！此时，她的内心是崩溃的。

突然，一束追光照射过来，她下意识用手挡着光芒。从指缝间，她看到西装笔挺的林森禾在追光灯下，拨开人群向她走来。

主持人的声音格外庄重：“下面我们有请林氏集团的大老板林森禾……”紧接着掌声入耳。

就在这个瞬间，场面变得唯美梦幻起来，白筱心视线中的男人越来越近，他的神情温柔似水，带着宠溺，周身似乎有万千蝴蝶萦绕，星星点点，有一层不透明的光。

随着光影散去，白筱心目光里的男人面容狰狞，越来越清晰，她顿时回过神来，忐忑地咽了咽口水。

林森禾在众目睽睽之下走到白筱心身边，一把抓住她的胳膊，在她耳边低语：“你又想要什么花招？”

白筱心对上林森禾凶狠的目光后，不自觉又哆嗦一下，一股像海浪一般巨大的压迫感朝她袭来，想想昨天发生的事和她差点被开除掉的命运，她到现在还心有余悸。

“拜托，总裁大人，我现在躲都躲不及，能耍什么花招！”

白筱心欲哭无泪，但她现在明白了，这阎王软硬不吃，她再扮作楚楚可怜，他也无动于衷。

果然，林森禾一脸不信任，看了一眼白筱心，带着威胁的语气：“接下来的时间，我不想听你说一句废话，不管你会不会潜水，今晚的活动必须扛下来。”

林森禾的目光扫过一群看热闹的人，像抓小鸡仔一样抓起白筱心往台上走去，主持人的介绍也适时地响起。

“三明岛开岛仪式马上开始，请各位嘉宾尽快入座。稍后，神秘梦幻的蓝洞将在林氏集团总裁林森禾和三明岛美人鱼白筱心的共同见证下揭开神秘面纱，猫咪TV 将会同步直播蓝洞深潜状况……”

此时，白筱心一副生无可恋的表情，被林森禾拽着离去，她绝望地回头，看到的却是大家一脸羡慕的表情。

九月二十五日十五点零二分，距蓝洞深潜还有二十八分钟。

这二十八分钟，白筱心进行了二十年来最深刻的忏悔。两个月前，她不应该撒谎，可是二十八分钟后，她只想说去他的林森禾！去他的蓝洞！

……

她再发不出声音。

6. 彗星来临

夜幕降临，点点星光洒在幽蓝的海面上，像切割的宝石。平静的海面上，月光辟开了一条狭长明亮的小径，尽头有一云汀，编织着神秘深邃的梦境。

此时，白筱心和林森禾在潜水船上做准备。白筱心亮晶晶的裙子在夜色下格外好看，海上的夜风将她的头发吹得有些散乱，她努力露出笑容，举起了手机。

“大家好，我是主播白筱心，我现在已经在潜水船上，即将进行深潜直播。此刻，在我旁边的是林氏集团的总裁——林森禾，林总给大家打个招呼吧。”

林森禾充满怨气地穿着潜水装备，瞪了白筱心一眼，嘴角扯出笑容，僵硬地冲着镜头挥了挥手。

“海水温度正常，游艇已经准备就绪，潜水设备已经准备完毕……”

游清泽趁着调试设备的间隙，塞给白筱心一张字条，她打开一看，竟然写着夜潜的注意事项，她心中一阵感激。

不过，这当然不是让她用来现场学的，而是让她用来当直播说辞念的。

“下水之前，我来给大家科普一下夜潜的注意事项。”白筱心一边偷看字条，一边对着镜头微笑道，“首先，夜潜要第一时间打开照明设备、导航表，紧急通信设备保持随时开启；其次，夜潜可能会遇见奇形怪状的海底生物，切记要远离。另外，蓝洞是复杂的珊瑚礁组成的海底迷宫，切记一定不要涉足太深……”

“好了，我们马上要下水了，需要更换水下拍摄设备，一会儿水下见哦！”白筱心适时地断掉手机直播。

虽然是南方，但也是秋天了，白筱心看着冰冷、乌黑、翻滚着的海面，打起了退堂鼓。

“喀，那个，林总，我可以用替身吗？反正戴着面罩谁也看不到我。”

白筱心看到换装后捂得严严实实的林森禾，眨巴着眼睛，祈求用卖萌术逃过一劫。

然而阎王对一切花拳绣腿免疫。他一言不发，眼神却比今晚的夜色还要瘆人，仿佛穿透白筱心的灵魂，让她浑身一颤，果断闭嘴。

“呵呵，我开一个玩笑而已。”

白筱心对着天空，朝着即将到来的彗星许愿。

听说彗星毁灭了或瓦解后，有一部分形成了流星群，在与地球相遇时，就变成了流星雨。

“彗星彗星，看在我虔诚的面上，请你一定要保佑我平安无事，成功博得开门红，然后拿到钱，顺利完成我的毕业旅行。”

然而她并不知道，这一场彗星的来临，却是她人生灾难的开始。

“扑通，扑通。”

白筱心跟着林森禾入水，接过码头工作人员递上来的拍摄设备。夜风吹得海浪有些大，白筱心觉得全身晃悠着，随时会被海浪吞没，紧紧地抓着林森禾的手臂。

“林总，你是我的潜伴，你会保护我的，对吗？”

林森禾看着事到临头才知悔恨的白筱心，不屑地冷哼一声：“那你最好能表现得诚实可信一点，如果等一下我不相信你的遇险提示，你连哭的机会都没有。”

林森禾戴好氧气面罩，一头扎入了海里，咕嘟一声，海面上瞬间没了人影。白筱心立即深呼一口气，也紧跟着潜到海水中。

入水后的白筱心连大气都不敢喘，始终保持着摄像头对准海底的方向。当白筱心极度紧张的时候，林森禾突然出现在她身边，拍了她一下，比画着“跟着他”的动作。

在潜水灯的照射下，夜晚的海底世界波澜壮美，幽深的海底世界呈现在他们眼前，鱼群从身边游过，如同山峦一般的珊瑚礁就是海底迷宫。数之不尽的海底动物：海龟、海马、水母，珊瑚和海葵，还有寄生在海葵里的各种小丑鱼，一一环绕在他们身边。

没过一会儿，他们便不再留恋于此，继续往下潜，今天的目的地是海底的蓝洞。

蓝洞，是海底突然下沉的巨大“深洞”，从海面上观看，对比周边的水域，这个海底“深洞”有神秘的深蓝色调。

世界上很多海域都有蓝洞，多则数十米深，但这里多数时候严重缺氧，缺少水循环，海洋生命也不存在。所以在蓝洞里，除了一些古生物残骸，并没有其他。

随着下潜，海底越来越暗，潜水灯照射深不见底的海底，像被吞噬了光芒，有去无回。

此时，白筱心突然耳朵嗡鸣，呼吸困难，毕竟是第一次深潜，她已然到达了自己的极限，她紧张地看着林森禾做出拇指向上的动作，示意她上升。

可她的头越来越昏沉，仿佛脑袋承受不住海底的巨大压力，一瞬间就要爆炸。她按住头，努力让自己清醒，却在惊慌中不小心滑落了面罩，她的嘴立即咕嘟嘟吐出气泡。

此时，白筱心手中的直播镜头信号也发生了卡顿。一旁的林森禾见探照灯晃动，转头刚好看到这一幕，连忙朝着白筱心游去。糟糕，她的氧气瓶竟然失压了，怪不得她会突然难受。

林森禾立即摘下自己的氧气面罩，套在白筱心的脸上，推举着她向上浮。他从小深潜，即便没有氧气，也能游出水面。

与此同时，天空上流星划过，璀璨夺目，全世界各地的天文爱好者都在此刻仰望星空，见证这罕见的天文奇观。

可所有人都不知道，就在彗星与地球交错的一瞬间，蓝洞深邃的洞穴突然发生了异变，从天空看去，深邃又神秘的蓝洞区域突然旋转起来，形成了一个越来越大的漩涡，极具压迫感。

林森禾刚刚将白筱心顶上去，一股汹涌的洪流就袭面而来，林森禾失去了平衡。不好，林森禾意识到危险，求生欲极强的他立马向上方珊瑚礁靠拢，一只手抓着珊瑚礁，一只手摸索着怀里的求救信号器。

可漩涡莫名产生的巨大吸力越来越强，原本平静的海洋瞬间卷起了龙卷风般的景象。

林森禾一瞬间脱手，湍急的洪流迎面而来，将他的身体猛地撞击在珊瑚壁上，他的后脑立即受到巨大的撞击。

林森禾晕了过去，被海底龙卷风席卷着翻转，仿佛要将他吸入无尽深渊中。随后，身处漩涡边缘的他又被洪流猛然甩了出去，海底龙卷风向别处移动而去，他整个人则慢慢地沉入深邃的蓝洞。

此时，他再也没有力气求生了。

命运竟是如此的可笑又残酷。这原本是他人生最辉煌的一刻，时至今日，他却要丧命在此。

即便他不甘心，力气也仿佛被抽空一般，人慢慢地漂浮了起来，看着海平面上泛起光影，他无力地合上了眼睛。

无数道声音交织在一起，在他生命的尽头响起：

“你现在是林氏唯一的继承人，你必须学会强大！”

“妈妈，爸爸，你们快回来啊！”

“儿子，快来妈妈这儿……”

爸爸，妈妈，我来找你们了。

海平面上，无数的流星划过，留下一道道长尾，那是彗星破碎后的美丽。

在那绚烂的瞬间，数千条银色的光影勾连在一起，像巨大的闪光灯照耀着地上的万物。光亮转瞬即逝，消失在黑色的夜幕中，仿佛从未出现过。

突然，海底的光线变幻莫测，无数道光影聚成一个点，穿透了林森禾的身体，进入了他涣散的瞳孔中，那瞳孔里显示的景象又变成了整个宇宙。

光影飞速地穿过宇宙的星辰世界，穿过无限旋转扭曲的黑洞，怀着千万缕期待和亿万种信念，在那一刻连接了过去与未来。

时空之门，缓缓打开。

第二章

他那好听的声音，温柔得仿佛浮动的海草，挠得她浑身酥痒。

1. 时光倒流了？

“啊！头好痛！”林森禾揉着脑袋，迷迷糊糊地睁开眼睛，意识逐渐恢复清明，他看着自己的双手，兴奋异常。他得救了？

此时，桑巴的音乐声响起，林森禾抬头看向前方，发现一个妆容夸张的女人飞快旋转着向自己“扑”来，随着 ending pose（结束姿势），一张大脸出现在林森禾眼前，露出魅惑的笑容。林森禾吓得往后一退，下意识叫道：“出去……出去卸妆！”

女人愣了一下，哭丧着脸爬下桌子，冲出门外，其他人也跟着出去。小兰看看林森禾，走到门口交代道：“不好意思，请大家全部把妆卸了再过来。”

林森禾听到这话不由得愣住了，他看看身边的环境，更加慌张，难以置信地瞪大了眼睛。

“我怎么在这儿？什么情况？”

上一秒，他坠入海底时的恐惧仿佛还萦绕在脑海深处，脑海里也不受控制地闪现一帧一帧画面，诡谲黑暗，像一个巨大的恶魔，紧紧箍住了他的心脏。

此时此刻，他却好端端地坐在林氏集团的椅子上。

难道一切是一场梦？然而他身上的疼痛感依旧清晰可辨。难道是他忘了自己被救回来的过程？他失忆了？

他想起自己在沉入海底前，脑袋撞在珊瑚礁上，那出现记忆的错乱也是有可能的。

严主管看着林森禾发愣，小心翼翼地问道：“林总，要不我们看下一个？”

“等等，我现在想知道，你们是怎么救回我的？还有，那个潜水主播怎么样了？

为什么我突然都不记得了？”

林森禾记得清楚，当时蓝洞中莫名出现漩涡，他和潜水主播被吸入蓝洞深处，既然他都能大难不死脱险，想必那个“烦人精”应该也没什么大事，顶多呛几口水。

不过，经历这次事件，林森禾起码证明一件事，蓝洞计划有很大的隐患。

此时，满屋子的人却一脸蒙，仿佛听不懂林森禾说的每一个字。

“林总，您在说什么呀？什么救回你？还有主播，我们不是正在进行主播面试吗？”

主播面试？这不是两个月前的事情吗？

林森禾这下彻底凌乱了，难不成……

“等等，今天几号？”

“二十五号啊。”

“我知道是二十五号，我问几月的二十五号？”林森禾加重语气。

“林总，今天是七月二十五号。”严主管回答完之后更加疑惑了，和小兰面面相觑。

七月！怎么可能是七月呢？

林森禾神情恍惚，一屁股坐在凳子上，完全不理解到底发生了什么事情。

蓝洞计划明明是九月二十五号进行，而且他经历蓝洞潜水，然后莫名被漩涡吸入海底……

林森禾不信邪，掏出手机查看日期，他的手机密码是通过日期和时间实时变动的，不可能有人在他的手机上动手脚。他根据公式输入密码，看着手机上依然雷打不动地显示七月二十五号，瞬间觉得一股恐惧感涌上来，是那种比面对幽深蓝洞还要多几倍的恐怖。

难不成时光倒流了？

林森禾细思极恐，失控地推开面试厅的大门，冲进了卫生间。他看着镜子中的自己，仔细回忆在海底蓝洞中发生的每个细节，他怎么也不相信自己经历的一切是假的。

林森禾一遍遍把水拍在自己脸上，看着镜子中满脸是水的自己，喃喃：“刚才我明明在蓝洞啊……什么鬼？”

难道他真的回两个月前了？不对，根据他的知识体系，因为外祖母悖论，时光是不可能倒流的。莫非他进入了平行空间？

林森禾环顾四周，摸摸墙壁，试图发现自己现在身处的世界是否和原来有异样，此时，外面的声音传来。

“好了，别哭了，林森禾好意思叫我们卸妆，他一个三十岁的老大叔卸了头油，说不定还是地中海呢。”

来自一墙之隔的女孩熟悉的笑声，让林森禾从恍惚中清醒过来，他看着镜子中的自己，念出那个可恶的名字：“白筱心？”没错，就是因为这个家伙，他们才发生了意外。

不过当时她也被吸入蓝洞漩涡中，只要找到她，或许就能搞清楚这到底是怎么回事!

林森禾一时间难以抑制心中的情绪，深吸一口气，冲出卫生间，直接抢过白筱心的手机看了一眼，又听到了一模一样的伶仃洋介绍，然后一把将白筱心从人群中扯了出来，按在墙上。

“你谁呀！你想干什么？”白筱心看着面前这个猥琐男，眼睛瞪得浑圆，这个人怎么回事？哪来的神经病？

“你还记不记得蓝洞里发生了什么？你是怎么出来的？”林森禾很激动，在外人的眼里看起来就像一个发了疯的变态。

“你谁呀？光天化日、朗朗乾坤，你竟然抢手机，还有没有王法了，有没有人管管啊？保安！保安！”

白筱心大声尖叫，用力挣扎，奈何面前男人的力气太大，她一个弱女子根本挣不脱，只能眼睁睁地看着他渐渐逼近。

刚刚被气哭的主播原本想帮白筱心说话，等看清楚壁咚白筱心的人是林森禾时，瞬间惊讶地脱口而出：“他是林森禾！”

一瞬间，全场安静了。林森禾扭头一看，所有来参加面试的人脸上都是同样惊惧的表情，尤其是闻声赶来的严主管，嘴张得都可以塞进一个鹅蛋了。林森禾一时有点尴尬。

此时，白筱心的脑海里突然出现一幕场景。深邃的海里，一双手将她推了上去，一个人影离自己越来越远，渐渐隐没在海洋深处。

白筱心摇了摇出神的脑袋，驱赶脑中的奇怪画面，回过神发现林森禾依旧抓住她的手，还在不知所云地发问：“你真的什么都不记得了？”

……

得知眼前的人是今天的面试官林森禾，白筱心再傻也不敢乱叫了。只是这个林总看起来脑子有点不太正常，或者是他认错人了？

“我应该记得什么吗？”白筱心试探地回应。

林森禾紧盯着白筱心的眼睛，发现她一脸迷茫，林森禾又彻底蒙了。她小心翼翼地抽出自己的手腕，清清嗓子。

“林总，我们可是第一次见面，就算我成功吸引了您的注意，但您当着这么多人面靠我这么近，不太好吧？”

林森禾愣了一下，发现自己此时正壁咚白筱心，她和他只有不到三十厘米的距离，下意识后退一步。

果然，看样子他是认错人了，不过也没关系，这对她来说未必是一件坏事，或许还是赢得面试机会的契机。

“嘿嘿，等一下我们还会见的，你记得多给我一点友情分哈。”白筱心讪讪一笑，趁林森禾不注意，抽出他手里握着的手机，瞬间跑远了。

此时，林森禾抓狂的内心似乎有一百只土拨鼠咆哮：为什么？为什么只有我记得一切，全世界包括她却什么都不知道？

2. 你 out 了

林森禾失魂落魄地回到办公室，坐了下来，扯了扯领带，慢慢让自己恢复镇静。

他林阎王的称号可不是白叫的，自从他失去双亲之后，就没再怕过任何人、任何事。

时光倒流也好，平行世界也罢，哪怕真的到了地狱的阎王爷面前，他也是不惧怕的。

无论如何，他活过来了，这就是最大的万幸！

此时，白筱心也进入办公室，向大家鞠躬问好。林森禾紧紧盯住白筱心，似乎想看穿这个家伙是不是在演戏骗他。

“坐，坐，你平时喜欢旅行吗？”严主管已然开始发问。

白筱心被林森禾盯得十分不自在，但还是尽力忽略掉他的目光。

“嗯，我特别喜欢旅行，也去过很多地方……最近去了伶仃洋，那里蓝天白云，椰树茂盛，水清沙白……”

“哼，连台词都不换。”林森禾顿时忍不住冷笑一声，突然又想到了海底的那一幕。

白筱心在惊慌中将氧气面罩滑落，林森禾将自己的面罩脱下来给白筱心，而他被暗涌冲到海洋深处，头部撞上了海中的礁石，悲催地丧命于此。

林森禾越想越气愤。

之前他是为了救她才丧命海底，如果这是上天给他一次活命的机会，那他绝对不能让这个扫把星再出现在他的身边。

“林总？林总？您在听吗？”严主管发现林森禾走神，轻声提醒他。

林森禾回过神来，盯着白筱心。白筱心一阵慌张，舔舔嘴唇，不安地调整坐姿。

“林总，您觉得怎么样？她会潜水，会吃播，我觉得很符合我们选拔的标准哦。”

“你会潜水？”林森禾不理会严主管，直接向白筱心开炮。

看我这次不揭穿你虚假的面容！

白筱心挂着商业假笑，心虚地点头。林森禾冷笑一声，一副再上你的当我就是天下第一蠢的表情。林森禾啪地合上白筱心的资料，扔到一边。

“好，那我问你，假使一个气瓶的供气量可以让你在水面上正常呼吸六十分钟，那么用同一个气瓶，可以让你在水深二十米的地方正常呼吸多久？”

“啊？”白筱心一愣，林森禾根本不给她思考的机会。

“Yoke 瓶阀和 Din 气瓶阀有什么不同？”

“什……什么腚气？”

“在水底，你的调节器开始不断漏气，你要怎么办？”

“这个……”此时，白筱心的后脊已是大汗淋漓。

原来，这个总裁竟然是这么专业的潜水爱好者啊，完了，她演脱了！

“你考的证件到底是 OW（开放水域初级潜水员）还是 AOW（开放水域进阶潜水员），有没有达到 Master Scuba Diver（名仕潜水员），有没有想过去学 Instructor Development Course（教练发展课程）？”

“嗯嗯……”白筱心含糊地应着，人已经是发蒙的状态，不料林森禾敲敲桌子：“证书，拿来。”

我刚刚说了“嗯”？

白筱心欲哭无泪：“我……我好像没带，要不您问点别的？说不定我有其他的优点呢？我胆大心细，热爱冒险，能挑战别人做不到的事情，比如……”

白筱心偷偷把手伸进口袋里，想要掏出虫子，表演生吃虫子的绝活，没想到这个小动作被林森禾敏锐地捕捉到了。

“住手！”

所有人都愣住了，看着林森禾。

“把你那乱七八糟的虫子给我放回去！”

白筱心惊讶地张大了嘴，众人更是觉得奇怪，抻着脖子，可怎么也看不到白筱心兜里的东西。难道林总有透视眼？

白筱心默默地把掏出来一半的袋子放回口袋里。此时林森禾更是来气，忍不住开始训斥她。

“你知不知你随便撒的一个谎，都会影响你的同伴，甚至让他陷入生命危险？”

“哦，可是我还有其他的才艺……”白筱心还在试图补救。

“一个罔顾别人性命撒谎的人，就算会七十二变有什么用？骗子，出去！”

林森禾显然已经勃然大怒了，虽然白筱心并不知道自己到底做错了什么，但林森禾一拍桌子站了起来，白筱心吓得缩到了椅子里。

“我数到三，三……”

众人来不及反应，林森禾直接按下了桌子上的红色警铃按钮。警铃大作，只见两名人高马大的保安冲进了门内，不由分说将白筱心架了出去。

白筱心终于忍不住了，大喊大叫：“放开我！黑幕……你们有黑幕！”

林森禾看到这个扫把星离开，终于松了一口气。此时严主管凑上来，小心翼翼地询问：“林总，那咱们看下一个？”

林森禾大手一挥：“不看，面试取消，让她们全部回去！”

林森禾头也不回地离开办公室，留下严主管和小兰面面相觑。

此时，林氏集团大楼外，被保安像丢垃圾一样丢出来的白筱心跌坐在地上，揉着被抓疼的胳膊，也觉得异常委屈。

“神经病啊，说什么我罔顾他人性命，我做什么了？上辈子害得你一命呜呼啊？莫名其妙。”

她不就是不会潜水吗？他至于发这么大火吗？

此时，白筱心倒是庆幸她没来这样的公司工作，天天面对这样可怕的阎王，还不真成了活在人间地狱里？

白筱心低头整理地上的包包，正抱怨着，突然一声刺耳的喇叭声传来，吓得白筱心尖叫。

“啊——”

此时，一辆白色奥迪越野紧急刹车，停在了白筱心身前。

车内的游清泽踩死了刹车，抱着方向盘大口喘气，心脏怦怦直跳，一个巨大的感叹号悬在他的脑海里，他刚刚是撞了人吧？他刚刚转弯要进入地下车库，因为视线距离太短，他并没有看到地上坐着一个人。

游清泽赶紧下车查看，将地上的女孩扶起来：“对不起，我没撞到你吧？”

白筱心此时却没好气。真的是屋漏偏逢连夜雨，本来今天她已经很倒霉了，竟然还差点被人撞了。她抬头刚想骂人，却看到阳光下一张温柔帅气的脸，不由得愣住了。

男人留着象牙色短发，秀美的琼鼻，剑眉横竖，眼眸似乎装满星空，一张脸宛如一幅十八世纪精致的油画。

此刻，他旁边那辆白色轿车仿佛成了纯白色的骏马，而他化身琉璃白的骑士，俯身对自己伸出了温暖的手，脸上带着浅浅的笑容，更是刺激了她整颗粉红色跳动的少女心。他那好听的声音，温柔得仿佛浮动的海草，挠得她浑身酥痒。

哇，我这是事业失意，情场得意？

一时间，白筱心眼中瞬间含满了泪水，戏精本精上线。

“我……我疼……”

游清泽着急地上下查看白筱心：“你哪里疼，是撞到哪里了吗？要不我们去医院查查有没有问题？”

“有问题，我头晕，心跳好像也特别快。”白筱心点点头，羞涩地抿了抿嘴。

这世界上哪有什么一见钟情，自古套路得人心。

游清泽却有点蒙：这是什么病，头晕，心跳快？

“所以我能加你 QQ 吗？”

白筱心眨着单纯无辜又可爱的大眼睛，游清泽愣住了，白筱心赶紧解释道：“我是说万一我有什么问题，可以方便找你嘛。”

白筱心站了起来，脚稍微有点扭到，但也能走路。游清泽上前要扶她，她不好意思害人家紧张，赶紧挥挥手。

“没事没事，我就是扭了一下脚。”

游清泽这才松了一口气，赶紧掏出名片递上来：“你没事就好。我不用 QQ，这是我的名片，你如果有问题，直接打我电话好了，实在是抱歉。”

白筱心掩饰不住开心，点点头。待游清泽微笑着离开，白筱心看向名片——林氏集团副总裁——游清泽。

哇！他还是年轻有为的总裁大大呢！

谁说我们年轻人不喜欢总裁的，我们只是不喜欢油腻的霸道总裁而已！

3. 开岛延迟

林森禾一个人躺在沙发上，闭上眼，那恐怖的画面像电影一般再次浮现。

他一个人在漩涡中挣扎，随后慢慢下沉，当他最后沉入蓝洞失去意识的时候，透过一丝余光，他似乎看到蓝洞发出了奇异的光芒。

林森禾突然睁开眼，喃喃：“蓝洞？难道是因为蓝洞里有某种神秘的磁场，我才变成这样？”

林森禾找到了灵感，快步走到办公桌前，翻出三明岛开发项目的资料，寻找当时蓝洞的拍摄照片查看起来。

此时，敲门声响起，游清泽推门进来。林森禾合上资料，迎上他关切的目光。

“你还好吧，他们告诉我主播甄选取消了。”

“嗯。”林森禾心不在焉地应着。

游清泽却不解其意：“那三明岛宣传怎么办？你花大价钱买了猫咪 TV，不就是为了整合对海岛旅游的宣传？”

林森禾见游清泽此时一副正常的模样，也有些沮丧。

果然，阿泽也什么都不记得。

他身边最亲近的人，也丝毫不知道他究竟发生了什么。

看样子，全世界只有他一个人开了轮回天眼的外挂。

小兰小心地将咖啡端给林森禾，又将另一杯端给游清泽，然后在一旁静静地聆听。她也很好奇，一向做事规划严谨的林总，怎么突然下达了取消选拔主播如此令人意外的命令。不过，接下来，她听到了更加令人意外的决定。

“我有一件更重要的事需要对外宣布。”林森禾顿了一下，郑重其事道，“我决定延迟两个月后的三明岛开岛计划。”

“什么！”小兰和游清泽异口同声，瞪大了眼睛。

“为什么？你比我更清楚，三明岛是林氏上市后布局的核心业务，历经林氏三代人的努力，如今是万事俱备，只欠东风……”

小兰也急了，抢过游总的话头：“对呀，林总，打从基建开始，我们跟着您不眠不休干了四年，这眼看胜利在望，为什么要延迟啊？”

林森禾无奈地叹气，难道他要告诉他们，因为两个月后，蓝洞深潜会出事，他会死在那里？这只会让他们更加怀疑自己的脑壳出了问题。他的世界乱了，但是他们的世界依然运行正常。

“你们说的这些我都知道，但是三明岛附近海域的蓝洞有问题，必须暂缓。”林森禾换了一种相对众人能够接受的说法。

“有什么问题？”游清泽追问道。

“这个，还得去调查……”

一向淡定的游清泽倒是不急，林森禾做事一向有自己的考量。在他看来，林森禾做出如此重大的决定，那背后一定是发现了什么重大隐患。于是，他不再执拗，只是理性地劝慰，毕竟对于整个上市集团来说，一个决定的影响是方方面面的。

“森禾，我理解你的担忧，但你可要想清楚，如果延迟开岛会影响公司股价，到时候所有的股东都会反对的。”

“放心，不是还有你爸爸这个董事会的监事帮我去解决他们吗？”

游清泽无奈道：“你又把我爸往火坑里推。”

“我这么做有我的理由，清泽，信我。”

游清泽无奈地摇摇头，表示了妥协：“那你准备延迟到什么时候？”

“不知道，无限期吧。”

此时站在一旁一直没说话的小兰脸色苍白，端着杯子的手在微微颤抖。

小兰回过神，用零点一秒的速度脑补了一下自己的过去和未来。

在过去三年零十个月里，她一共加班一千三百九十五天，日均睡眠不足六个小时，早期肝硬化、胆囊炎、萎缩性肠胃炎出现严重症状，因为加班和男朋友分手五十一次，本打算三明岛开岛拿到奖金就去结婚怀孕休产假，如今无限期延迟开岛，若是再熬个三年五载……

“呃，我的人生！”小兰一口气差点没上来，脱口而出。

游清泽发现了小兰的异常，关切地询问："小兰，你是不是不舒服啊？"

小兰看着游清泽，又看了一眼坐在老板椅上侧着脑袋看她的林森禾，心一狠、眼一闭，此时，她唯一解脱的办法就是……

"我……我好像有点头晕。"说罢，小兰直接假装晕倒过去，手里的托碟一下翻倒在地，逼真程度堪比本书最佳戏精白筱心。

"小兰，小兰……"游清泽赶忙去扶她，林森禾也离开座位上前查看。

此时此刻，小兰打死也不会再睁眼了。

4. 车底相见

虽然今天的面试丢了脸，但奈何白筱心性子洒脱，除了美食对她是如鱼儿离不开水一般的存在，其他方面一向不怎么好，例如记忆力。

其实说白了就是脸皮厚，不过拿她的人生名言来说，做人嘛，自己活得痛快就行。

眨眼间，她已将今天不愉快的事情抛到脑后，满心满眼只记着在林氏集团楼外的"艳遇"。

白筱心回到寝室，刚用门禁卡打开房门，正在电脑前投简历的丹丹便第一时间送上关怀。

"哟，我的大主播回来了，面试怎么样，通过没有？"

"别提了，一团糟。"

话虽如此，可此刻白筱心的脸上并没有失落的表情，反而甜蜜地笑着。

说实话，她还是非常羡慕白筱心的。白筱心是早慧少女，五岁上学，二十岁就可以大学毕业，而作为同年级的她，看起来比白筱心大了整整三岁。

只因为她学的是计算机编程，每天接受强烈的电子辐射，短短四年，鱼尾纹、法令纹都有长出来的苗头。而白筱心学的却是播音主持专业，每天美美地窝在寝室刷剧，如今毕业找工作也是不紧不慢，就算一直待业，但凭着年纪小，吃喝玩乐几年之后，多才多艺的白筱心就算靠脸也仍然有优势。可是她不一样，顶着这样一张脸，再找不到合适的工作，就只能当程序员，然后等着变成老姑婆了。

不过，这并不影响她们成为铁大的闺密。白筱心仿佛天生就有一种魔力，能让靠近她的人都不由自主地喜欢上她，只是今天的她确实有点不正常。

"面试没成功，你还这么高兴，你不会受什么刺激了吧？"

"我被撞了。"

"什么？被车撞了？伤到没有？严不严重？"听到这里，罗丹丹立即将手中的笔记本电脑扔到一边，跑到白筱心身前一阵检查，见白筱心陶醉地将她的手按在自己的胸口，丹丹有些无法相信，"撞到胸了？"

“不是，是我的心被猛烈地撞了一下。撞我的人，是一个特别温柔、特别帅气的小哥哥。”

丹丹松了一口气，甩开白筱心的手，顺便送上一记大大的白眼。

白筱心这个戏精，每次都能将她骗到。

“然后呢？”丹丹也不扫她犯花痴的兴致，配合地接茬。

“然后我特别果断地跟他要了QQ号码……可惜他没给我。”

“那你兴奋什么？”

白筱心突然抽出一张名片亲了亲：“可他给了我一张有他的温度、指纹和气味的名片。”

丹丹凑过来，嗤笑一声，只见鎏金又土气的名片上面写着：安久商业保险，保障您一生平安，名片上还印着电话和人名。

丹丹忍不住笑道：“你的小哥哥是卖保险的？”

白筱心凑过来一看，才发现名片拿错了。

“哎呀，不是这张名片。”

白筱心在包里翻找，却什么也没找到，她瞬间慌了。突然，她回想起当时她与游清泽分开，正美滋滋地欣赏着名片上他那好听的名字，迎面撞上了一个卖保险的青年。当时她吓得手一抖，名片差点掉落，对方还热情地递上了他的名片。

“小姐姐，长得这么好看，买份保险呗？”

“穷，我全身没有任何东西值得保。”白筱心毫不犹豫地拒绝了他，当经过垃圾桶旁，她直接将卖保险的人的名片扔了进去。

现在回想起来，她应该是阴差阳错地把游清泽的那张名片弄丢了。

不行，她得把小哥哥的名片找回来。

白筱心拿过寝室里丹丹的平衡车，夺门而出：“借你的车一用啊！”

此时，已至晚上十一点，林氏集团的办公区域内难得空无一人。

往日为了迎接开岛，员工们都灯火通明地加班加点工作，可当集团宣布三明岛开岛无限期延后，众人虽疑惑，但也松了一口气，纷纷回家补觉休息。偌大的办公区域，此时只有总裁办公室里还有微弱的光。

林森禾坐在办公室里，没有开灯。微弱的显示屏前，林森禾面色晦暗，正盯着电脑屏幕发呆。显示屏的页面滚动显示着关于时光倒流的信息。

根据量子理论，一个事件发生之后可以产生不同的后果，而所有可能的后果都会被分裂形成平行的宇宙，他们没有主次之分，就像不同选择之下产生的岔路口，诸多的选择造就了无法记数的平行时空的存在……

林森禾看着这段话，渐渐地为他这次不寻常的经历找到了科学的支持。

如果这个说法成立的话，那么他并不是以原来的本体回到了两个月前，而是在无数个平行时空中，他突然有了通感记忆，提前预知了那个时空自己所经历过的事情……

林森禾揉揉脑袋，起身站在落地窗前，望着下面霓虹的城市夜景，喃喃：“那也就是说，那个时空的我已经葬身海底了吧。”

林森禾甩甩脑袋，决定先回去休息一晚，再做后续的计划。

林氏集团外的街道上空荡荡的，林森禾开着自己的大G从地库里出来，打着左闪转弯，准备驶向主干道，突然侧面飞速而来的一只白影闪到了自己车前，林森禾猛地一踩刹车。

他好像撞到了什么东西。

林森禾赶紧下车查看，可路上和车的两侧什么也没有，只有路灯还发出忽明忽暗的黄光。

“呦……”

林森禾刚要绕到车后，突然听到一个诡异可怖的声音，整个人僵住，慢慢地回头。

“啪。”一只苍白的手拍在了林森禾车子的引擎盖上，林森禾吓得一哆嗦，一下子靠在车门上，支撑着自己。林森禾装作镇定，伸着脑袋观望，却看到一个披头散发、身穿白衣的女人扶着车站了起来，一束诡异的白光从下向上打在她脸上，对面的人开口。

“大叔，你开车不看路的吗？”

“你……没事吧？”林森禾看清确实是一个人，这才放心下来，小心地询问。

“没事，还好我机智地弃车了，但我的平衡车溜进你的车底盘下了。”

林森禾松了一口气，人没事就好。

说实话，这栋写字楼地库出口的规划建设实在有问题，地库前方没有路，一出来就要打转向灯，车辆很容易一下进入视线盲区，与过路的行人相撞。

“没事，我帮你拿出来。”

林森禾向前走，突然看到女孩的面容有些眼熟，定睛一看，认出了再熟悉不过的那张脸——白筱心！

“是你！”两人异口同声，白筱心也认出了他。

原来，白筱心骑着丹丹的平衡车来到林氏集团楼下的垃圾桶找丢失的名片，好不容易找到了，正想要骑车离去，竟然又在同一个地点遇到了同样的事情。

“你怎么阴魂不散？”林森禾先开口，一脸嫌弃。

白筱心用手整理了下自己散乱的头发，不屑道：“我还想问你呢，不知道跟你什么仇什么怨，见到你就没好事儿，一天在这里被撞了两次……倒霉！”

“倒霉的明明是我才对，让开。”

林森禾根本不想跟她废话，挽起袖管趴在地上，想将滑进车底下的平衡车拽出来，但似乎够不到。

白筱心看林森禾撅着屁股，姿势有些奇怪，顿时觉得辣眼睛。

“大叔，你行不行啊？”

林森禾听闻后下意识腿一抖，跪在了地上，但顺势将平衡车拽了出来。

白筱心接过平衡车，林森禾拍拍膝盖上的灰尘，抬眼注意到她胳膊上有轻微擦伤，不由得微微皱眉。

“谢了啊，再见！啊，不对，是再也不见！”

气场不和的人，没必要与其争辩，最好是绕着走，在这一点上，白筱心一点都不矫情。

可林森禾看着白筱心一瘸一拐地转身离开，却有点不忍了。

“喂，你还能骑车吗，用不用我送你？”

白筱心停住脚步，侧着脑袋想了一下，转身拖着车又回来了。

有便宜还是要占的，在这一点上，白筱心也一点都不矫情。

下一秒，两人已坐在车内，白筱心将平衡车放在后座，一边系安全带一边毫不客气道：“花苑路京大东门，走吧。”

她还真把他当滴滴司机了。

林森禾没好气地看了白筱心一眼，只见白筱心披散着头发，脸色素白，浑身上下散发着一种迷之灵异的气息。林森禾忍不住往旁边靠了靠，发动了汽车。此时，主路上一辆经过的汽车前灯闪了一下，一个幻想中的画面突然闪过林森禾的脑海。

他好端端地开车载白筱心，突然一辆卡车闪着大灯迎面向他们撞来，然后就没有然后了。

林森禾猛地回过神，回头惊恐地看着白筱心，心头的恐惧渐渐浮上来。

不对，这是一个不祥的女人。

虽然他脑补的画面可能有点过了，但这并不是空穴来风。想当初，他也是好端端地带着她潜水，突然一股洪流而来，然后就没有然后了。

“怎么了？”白筱心看林森禾还发愣，一脸奇怪地问道。

“下去。”

“哈？”白筱心有点蒙。

“不要坐在我车上，下去！”

白筱心顿时傻眼了：“不是，是你让我上来的啊，大叔！”

林森禾却直接下了车，绕到另一侧打开车门，不由分说地将白筱心拽下车，并拿过后座的平衡车，拉着她径直来到马路边。

“喂喂，你放开我。大叔，你这个人很奇怪啊，你到底要干吗？”

“我给你叫车。”

林森禾招手拦住一辆过路的出租车，白筱心无语地翻着白眼。出租车随即停下来，林森禾将平衡车放进后备厢，翻出口袋里的钱包，准备拿钱了事。

白筱心探过脑袋："怎么，你要给我车费啊？那连修车费、医疗费以及精神损失费一起结了呗。"

林森禾打开钱包，发现里面除了身份证件，就只有几十块的零钱。

"不会吧，堂堂大老板，钱包里只有几十块，这还不够我打车呢。"白筱心忍不住嘲讽道。

林森禾一把夺过白筱心开着的手机，打开收付款扫了一下，将手机扔回她，然后将她推进后座，吩咐道："师傅，花苑路京大东门，走好。"

"喂！"

还没说完，林森禾一把将车门关上，出租车慢慢离去，留下白筱心一人在风中凌乱。

车里，白筱心望着手机里收到的两千块难以置信。

霸道总裁这波操作也太厉害了吧！

5.《复联4》

凌晨十二点半，折腾了一天的林森禾终于将车开到家门口。他正坐在车上发呆，突然游清泽的脸贴了上来，敲着车窗，吓了他一跳。

林森禾熄了火，走下车。

"你到家了怎么不下车？"游清泽询问着，林森禾却仍旧一副惊魂未定的样子。

游清泽难得看到林森禾如此呆萌的表情，不禁莞尔一笑："你怎么了，一副见了鬼的表情？"

林森禾回过神："没事。你知道我家的密码，怎么不进家里等？"

游清泽耸耸肩："本来看你不在家，我都准备回去了。"

林森禾说着，往别墅大门口走去，按上了指纹密码，游清泽也跟着他走了进来。

林森禾用声控开了房内的灯，此时一个半米高的智能机器人将拖鞋旋转着送至二人脚下，智能冰箱和空调也随着主人的回归同时启动了。

林森禾的家是一栋独栋的三层别墅，客厅的天顶极高，大片落地窗，连接外面的花园和泳池，空间感极好。别墅内整体纯白加烟灰的色调，配上简洁智能的家具，彰显着林森禾新一代年轻富人的气质与品位。

"你又没吃晚饭吧？我给你下碗面，这可是我前几天天刚研究出来的新品种。"

游清泽熟练地套上围裙，兴致勃勃地从冰箱里拿出鸡蛋、青菜、西红柿等食材，林森禾坐在餐桌的旋转椅上，看着忙碌的游清泽欲言又止。

此时，餐桌上游清泽的短信音响起，一旁忙着下面的游清泽完全忽视了。

“你有微信。”

“你帮我看一下呗。”

两个人之间真是熟络得宛如兄弟。林森禾自然地拿过手机，用自己的指纹解锁开了游清泽的手机。

微信显示名称“背着书包炸学校”，微信头像则是一个胖乎乎有点丑的小女孩。

对面发来一条消息：小叔叔，睡了吗？

林森禾皱皱眉：“好像是你侄女，问你睡了吗？”

游清泽一脸奇怪地回头：“我没侄女啊。”

“哦，那可能是诈骗，我帮你拉黑了哦。”

“哦，好。”

此时此刻，微信这一头“背着书包炸学校”的少女一下从床上坐了起来，正是林森禾的小冤家——白筱心！

“什么？我居然被拉黑了？”她花了一个晚上找回游清泽的名片，刚刚兴致勃勃地加上了他，竟然开口聊了第一句就被对方拉黑了！

她看着自己发出的信息被标上感叹号，手不停地颤抖，心痛到不能呼吸。

难道是被人叫小叔叔，所以他生气了？

此时，小叔叔游清泽正坐在餐桌前，静静地看着认真埋头吃面的林森禾，一脸关切和温柔。

林森禾吃着吃着突然有些哽咽，游清泽有些被吓到：“森禾，你……你怎么了？面太好吃，你也不用这样吧。”

游清泽疑惑地看着林森禾，林森禾抬起头，刹那间，游清泽却愣住了，他可从来没见过这种眼神的林森禾。

他是像鹰一般的男人，眼神里永远藏着犀利与敏锐，桀骜不驯是他的利爪，卓尔不群是他的羽翼。此刻，这只鹰的眼眸如同被黑夜划伤了眼睛，失去了焦点，透着无尽的无助和迷茫。

他一时有些心疼：“森禾，你是不是有什么事瞒着我？你推迟开岛计划，是不是背后出了什么事情？”

林森禾沉思片刻，艰难地张口。或许放在其他人身上，都不能理解他所经历的万分之一，但和他同气连枝的游清泽说不定能相信他呢？

“如果我告诉你，我死而复生了，你会信吗？”

游清泽愣了一下，不知道如何回应，林森禾却摇摇头否定了自己。

“不对，我不是死而复生，而是来到了平行时空……不对，我也不是来到了平行时空，而是突然拥有了另一个平行时空自己经历过的记忆。”

游清泽这下彻底蒙了。

“这么解释吧，首先，你是否相信有平行时空的存在？”林森禾早就料到对方是这个反应，循序渐进地讲解起来。

游清泽犹豫道：“可以信吧？”

“嗯，现代科学家已经用量子理论证明了平行时空的可能性，平行的时空甚至是无数个，只是我们无法感知到其他时空的自己。但是我感知到了，那个时空的自己在两个月后深潜蓝洞时意外身亡了。”

游清泽惊讶了。

“你最近看了《复联 4》？”

《复联 4》里英雄联盟为了拯救被灭霸一个响指消失掉的世界上的一半人口，而回到了过去，但那并不是真的“过去”，而是从“过去”的那个时间点上分化出的新的平行世界。

“不,《复联 4》的空间概念是六维的,可以做到时空穿梭,可以遇到另一个自己，但我不能，我这种情况更像《无姓之人》。”

游清泽一脸黑线，完全搞不懂林森禾到底想表达什么。

“所以，我想表达的是，我要避免悲剧再次发生，就要弄清楚这些事。至少从现在开始，我要避开错误的选择。清泽，你会帮我吗？你是我唯一可以信任的人。”

游清泽看着林森禾一脸认真地伸出手抓住自己的手腕，他下意识往后一躲。林森禾一脸委屈地望着他，他尴尬地笑了笑，拍拍林森禾的手。

“当然会啊，无论什么时候我都会在你身边的。不过，你先乖乖把面吃完，我去帮你热一杯牛奶。”

他竟然听懂了？林森禾单纯地感动着，重新拿起筷子吸溜着吃了起来。

游清泽打开冰箱，却是一副担忧兄弟病得不轻的愁苦神情：“他一定是最近压力太大了，唉……”牛头不对马嘴，说的就是此时此刻吧。

6. 助理告急

有时候，一颗小小螺丝钉的存在，在一整块积木中并不被重视，但等到它突然消失，才会发现积木的平衡被打破，无以成形。

此时，没了小兰这个得力大助，林森禾不仅生活不能自理，就连很多烦琐的工作也都乱成了一团。

茶水间内，林森禾正表情严肃地研究咖啡机。

没有手磨咖啡，思维何以活跃，工作何以继续？林森禾越发焦虑了。

偷偷看到的严主管躲在一边给小兰打电话：“小兰，别以为我不知道，你这是装病！”

“我还不想死在工作岗位上……现在项目延期，我实在熬不住了呀！严主管你行行好，放过我吧！”

“我放不放过你不重要，重要的是老板放不放过你！”严主管咬牙切齿地挂了电话。

行业内人人都知道，在林氏的阎王手下干活，又累又挨骂，谁不想辞职请假。可她有一家老小要养活，林氏集团奖罚分明，丰厚的报酬和业绩奖金又远远高于同行企业，让她再难再苦也得忍下去。

小兰无奈，只得暗中向林氏集团副总裁，全林氏集团最好说话的高管游清泽求助。游清泽劝慰了她半天，最后同意了她停薪留职休假半年。

这下真的轮到林森禾目瞪口呆了，他这个大助跟了他五年，说她和游清泽是他的左膀右臂都不为过，一下就要休养半年，他可怎么活？

“既然她找到你，那重新招人的事情就你负责吧！半年以后记得让她回来！”说完，林森禾拉开大门扬长而去，留游清泽一个人站在那里风中凌乱。

“你怎么不去抢银行？”虽然这句话并不应景，并且很突兀，但这是游清泽脑中目前唯一的念头。

尤其是他看到小兰姐发过来洋洋洒洒的《总经理助理守则三千条》的时候，恨不得去抢银行也不想揽这个差事。

重点名校毕业，英文流利，会手磨咖啡，会开车，会速记，会做账，二十四小时 stand by（待命）……

现在的他看着一排排的招聘要求头都要爆开了！身为林森禾的助理，不仅要在工作生活上对他服务，更要在商业上德智体美劳全方面发展。

果然，自从林氏集团总裁招助理的信息发布出去后，不管是内部竞选还是外部招聘，报名者趋之若鹜，但通过人事部的层层选拔，却没有一个人能在林森禾面前扛过一天。

游清泽好不容易挑选到一个细心又专业的女孩，曾经也服务过大集团的总裁，只见女孩从容地端起一杯冰水朝林森禾走进去。

触碰到水杯，林森禾翻着文件的手停下来，抬头道：“我要六十三度的咖啡，为什么是冰水？”

“呃，因为今天天气热……”女孩还从没见过如此严苛的总裁。

“天热喝冰水会导致血压升高，诱发心绞痛甚至心肌梗死和脑血管病，你这么做的目的是什么？”林森禾此时像审问一个图谋不轨的犯人。

“我……我马上端走它。”女孩慌张不已，想端走冰水，结果不小心把林森禾好不容易分好的文件弄到地上。

“出去！”

随着阎王的一声暴喝，最终，这名候选人也哭着掩面跑开。

游清泽叹了一口气，拿着咖啡敲门，进入林森禾的办公室：“你的六十三度……你知不知道再这么下去，就不会有人来应聘助理了？”

林森禾接过咖啡，皱了皱眉头：“是吗？还好吧，不过今天我确实有点烦躁。”

“是因为蓝洞检测的事吗？”

游清泽上午见负责潜水事业部规划的技术总监被林森禾拉着开了一上午的会，似乎他还发了很大的火。

“对。我让他们找专家组来检测蓝洞，尤其是研究物理磁场的专家，但他们告诉我，没有这样的专家组愿意来，也没有技术可以做磁场检测。”

游清泽皱了皱眉头，蓝洞磁场检测？这跟三明岛开岛有半毛钱关系吗？游清泽越发搞不明白林森禾到底在干吗了。

“对了，我记得在KTH（瑞典皇家理工学院）读书时有个华裔校友是研究这方面的，我想办法找找他。”

游清泽见林森禾又翻起了手机通讯录，一副焦灼的样子，欲言又止。

“你还没吃午饭吧，我去帮你买一份简餐。”

林森禾嗯嗯啊啊地应和着，全然心不在焉。毕竟，他现在全部的心思，都只想搞明白蓝洞是否和他的经历有关。

游清泽前脚找了个借口，离开林氏大楼，后脚就联系了一个靠谱的心理医生。

经过他的初步判断，林森禾好端端地突然变得莫名暴躁，行事也失去了方寸和计划，大概率是压力太大导致的精神分裂。但他嘱托医生，见面时千万要注意保密，不然以林森禾的性格，林森禾是绝对拒绝的。

此时，游清泽站在一家西餐厅的吧台前等餐，身后传来一阵吵闹声。咖啡厅的卡座上，一个妖娆的女人正在为难一个年轻的男服务员。

“我刚刚点的是午间套餐，咖啡我可没单点，你帮我退了吧！”

服务员尴尬地拿着小票，无所适从：“您不记得了，您的咖啡是要求特调的……”

女人不屑道：“我怎么不记得？是你这个服务员记错了吧。哎，你什么态度啊？我让你退一杯咖啡而已，很难吗？你要解决不了，叫你们经理来啊！”

生活中，总有这种颠倒是非黑白、自私自利、蛮不讲理的人，仗着自己是消费者，便欺负底层的善良劳动群众。

游清泽回头扫了一眼，皱了皱眉头，刚犹豫着是否要上前替这可怜的男孩把这杯咖啡的单买了，却看见另外一个女孩的身影出现，上前替服务员解围。

这女孩正是白筱心。闺密丹丹顺利找到了工作，她们本来在西餐厅吃大餐庆祝的，却没想到遇到刁民找碴，一向疾恶如仇的白女侠自然不会袖手旁观。

“哎，阿姨呀，这大白天的你怎么睁眼说瞎话呢……”

女人回头看到是两个年轻小姑娘来帮腔，一脸不满：“你谁啊？你凭什么说我说瞎话？”

“呵，我就坐在你的邻桌，听得清清楚楚，你点的是咖啡豆中度烘焙，用虹吸壶冲，水温九十度，不加奶、不要奶泡、不要糖的摩卡。怎么，你不会是刚刚才发现午间套餐里不含免费咖啡，所以现在要赖账吧？”

原来是这样啊，游清泽心领神会，同时赞叹地看着年轻的小姑娘有着超强的记忆，还能不卑不亢、仗义执言，实属难得。

哎？或许，她可以胜任助理的工作呢？游清泽灵机一动。

“没错啊小姐，我们可是按您的要求做出来的啊……”服务员如蒙大赦，这现场有个见证人，一下腰杆也硬了。

女人在白筱心的一连串攻击下，气得说不出来话。此时，旁边的人都望了过来，女人更是死要面子，要强撑下去。

“我说了没点就是没点，需要你个小丫头来碎嘴吗？”

丹丹不服气：“你！”

白筱心则淡定地一手拦住丹丹。遇到疯狗，绝不咬狗，是她白筱心一贯的原则。

白筱心二话不说，直接端过桌上还未动的咖啡，对服务员道：“她不要算了，这杯算我账上。”

白筱心在众人称赞的眼光和女人无处安放的尴尬窘迫中，霸气地回到了自己的座位上。

“神经病！”女人终于忍受不住被周围人的指点羞愤地离去，服务员感激地点头致谢。丹丹则不禁对白筱心竖起大拇指，露出崇拜之情。

“筱心，你刚刚也太帅了吧！”

白筱心就是这样特别的00后，用一个字来说，叫特别“敢”！敢作敢当敢想，遇到麻烦和挑战，还总是能剑走偏锋，出其不意制胜！

白筱心冲着丹丹自信地wink（眨眼）了一下，却发现一个男人站在她们的桌边，她抬起头，看到游清泽正充满欣赏地看着自己。

“你好。”游清泽已经锁定了这个有勇有谋的小妹妹成为助理候选人，此时想要试试自己的运气。

“是你？！”白筱心激动了一下，认出了游清泽，突然想到自己微信被拉黑的事，顿时一丝委屈和怨气涌上心头。

“你不是把我拉黑了吗？还打什么招呼？！”

丹丹好奇地看着游清泽：“他就是那个撞了你的心的……”白筱心赶紧捂着丹丹的嘴。

游清泽顿时愣了一下，难道认识?

和林森禾博闻强记不同，游清泽有轻微脸盲症。此时，他仔细盯着白筱心半天也没想起来她是谁，只是觉得确实有点面熟。

果然，好看的人都是记不住比自己丑的人的样子?

“哼，居然都把我忘了。”白筱心气呼呼地提醒道，“林氏集团楼下，你差点撞了我，还给了我你的名片！然后我加了你之后，你又莫名其妙地把我拉黑了。”

游清泽恍然大悟，此时也回想到了那天林森禾帮他删什么侄女的微信，好像确实有这么一茬，

尴尬了。

“这个，可能是误会，那我把你重新加回来，好吗？”游清泽依旧笑眯眯，温柔地示好。

“什么误会啊？是你女朋友看见信息把我删了？”

丹丹看了一眼白筱心，这可真是小机灵鬼啊，一下就问到了对方是否单身的关键问题。

果然，游清泽被呛到了：“咯，不是，我没有女朋友。”

白筱心心满意足，看到眼前的美男子被自己逗得有些窘迫，忍不住嘴角上扬，二话不说打开手机，看着游清泽扫码把自己加了回来。

“那你找我干吗?”

“我看你刚刚见义勇为的时候，记忆力和反应力都很棒，想问你有没有兴趣来我们公司面试，我现在在招聘总裁助理。”

“我?我……考虑考虑吧。”

此时白筱心的内心早就喜悦得火车鸣笛、礼炮轰鸣了，只是表面还要装得云淡风轻，一脸的随意。

意识到对方在拿捏自己，游清泽也不恼，随即展开温柔的笑意：“好，那我先把地址和时间发送到你手机上，期待你明天能来。”

游清泽拎着食盒离开，一旁的丹丹激动地捶打着白筱心：“啊，天哪，白筱心，你疯了吧？给这样颜值的神仙哥哥做助理，你还要考虑?”

只见白筱心一本正经地撩起自己的秀发：“保持矜持。”

7. 一个月试用期谁怕谁

次日，白筱心穿着比较正式的衬衣，扎着简洁的马尾，走进了林氏大楼四下张望。

“咦，我好像来过这个地方……对了，猫咪 TV 不就在这栋楼?”

脸盲路也盲的白筱心此时一脸纠结，按下电梯键，默默祈祷：“但愿别再遇到

那个变态大叔。”

此时，她还不知道自己并不是面试游副总裁的助理，而是大名鼎鼎的林总裁的助理！

“试用期两万五！还有各项补贴！”

十分钟后，白筱心坐在HR（人事）的会议室里，看着合同上的巨额数字高呼出声，然后赶紧捂住嘴巴，可是这合同上的logo和这家“壕气冲天”的公司怎么有点眼熟？想了半天，白筱心终于反应过来了。

这个林氏集团不就是收购猫咪TV的那家公司吗？自己当时因为那个神经病，还发誓绝对不会再踏入这家公司，不然出门就被车撞！

原来游清泽所在的公司，和林森禾不是在同一栋大楼，而是同一家公司啊！

“白小姐您大可放心，我们的薪资提升空间很大的，福利待遇这些也可以调整，每年年会都会组织一次出国旅游……”

看面前白筱心有些犹豫，严主管忍不住补充道，似乎生怕她下一秒就拒绝。

听到这里，白筱心也开始心动了，这样好的待遇哪儿去找，不过还是小心翼翼地问了一句：“不用面试吗？”

“游总介绍来的，不用面试。”严主管巴不得眼前的白筱心马上将合同签下来，把这个人锁死在总裁办，让他们总裁办和全体HR能够放松一下。

算了，公司待遇这么好，还能给游清泽做助理，每天见到他。白筱心，你不能因为那个讨厌的人是这家公司的老板，就放弃自己即将迎来巅峰的人生啊！

面对金钱和帅哥的双重诱惑，白筱心最终还是抛弃了自己发过的毒誓，愉快地签字画押。

随后，白筱心背着包，被严主管引进一间宽敞巨大的办公室。

见办公桌上有些杂乱不堪，白筱心在严主管离去后，十分耐心地把文件归置整齐，还贴心地在办公桌上放上了小玩具，细致地擦拭了老板椅，然后惬意地坐在上面，等待游总的降临。

此时，林森禾径直向办公室走去，门外几位同事相互使了个眼色，同时默默地掏出拿出手机点开计时器。众人都想看看游清泽这次御赐封印的助理，能在阎王关里撑多久。

此时，总裁办公室的双扇大门被推开，坐在转椅上的白筱心正给杯子里倒着咖啡，她抬起头，迎面走进来的并不是她翘首以盼的游清泽，而是避之不及的林森禾！

林森禾惊恐地后退半步，同时白筱心手里倒着的咖啡也溢了出来。

“你怎么在这儿？”两人再度异口同声！

“你给我出去！”总裁办公室内接着传来一声响彻楼顶的巨吼！

门外，某同事按下手机计时器停止，秒表显示林森禾踏入进去的时长为：三秒！

“这么快！”

此时，办公室内，林森禾整个人浑身散发着一股浓浓的恶灵之怨。

这个不祥的女人，扫把星，为什么总是阴魂不散？

白筱心一脸蒙，莫名其妙地站了起来，终于注意到桌子上林森禾的总裁名片盒，明白了事情的来龙去脉。

“原来游清泽是让我给你当助理？”

林森禾冷哼一声：“笑话，我巴不得离你远点，怎么可能让你来当助理？快出去！”

白筱心翻了个白眼，早知道是他，别说一个月工资二万五，五万二她也不来！她白筱心再贪图美色和钱，也是一个要尊严、有原则的人！

白筱心二话不说向门外走去，没想到林森禾不自觉地后退一步：“你别过来！”

白筱心又好气又觉得好笑：“你不是让我出去吗？我不走过去，怎么出去？”

林森禾指着另一侧：“你从那边出去！别经过我面前。”

白筱心看着林森禾防恐怖分子一般防着她的模样，越想越气：“不对，游清泽让我来工作的，我凭什么出去？”

然而林森禾忍无可忍，走上前，一把拎住白筱心的领子，像拎小鸡一般将她扔出门外。

“喂喂，等一下、等一下，你干吗？！”

“抱歉，你被解雇了！你没有在这间办公室说话的权利！”

林森禾将白筱心推出去后，砰地关上了大门，然后心有余悸地靠在实木大门上拍着胸口。

不知道为什么，在看到这个女人的一瞬间，他就不由想起深潜时发生的意外，被蓝洞吞噬的感觉再度席卷而来。

既然，人生这场游戏让他复活，点开了新的副本，那他怎么还会选择和上次一样的猪队友？别说让她做主播和他一起潜水了，这次连她靠近他，他都拒绝！

“有人破阎王新纪录了！三秒还没到就被赶出来了！”

这一最新八卦迅速在林氏集团内部的员工聊天群内疯狂传开，附近的人立刻聚集到总裁办门外，想看看这个破纪录的新人到底是长得惨绝人寰还是有何种特异能力。

楼下，刚拿出香槟跟 HRD（人力资源总监）庆祝的严主管看着面前的手机，直接被 HRD 连人带香槟给扔了出去。

门外，一脸蒙的白筱心深呼一口气，被林森禾羞辱的一幕幕浮上脑海。

从第一次面试，他就揭穿她不会潜水的事实，然后凶巴巴地命保安将她赶了出去！好，这过激的行为，暂且理解为是白筱心编谎在先，暂且不记。

第二次他在林氏楼下的车库前撞倒了她，主动邀请送她回学校，又莫名其妙地呵斥她下车，甩了两千块钱让她滚蛋。好，反复无常的行为，可以理解为霸道总裁的任性，暂且忍了。

可这第三次，让她来，又让她走！还当着这么多人的面，毫不留情地将她赶出来。白筱心胸中的那团怒火终于是压不住了，熊熊燃烧成一团小火球，但依旧地用尽发功，控制着自己体内的洪荒之力。

“我佛系我不生气，但我人见人爱的白筱心到底是哪里碍了你总裁的眼了？我不发火我就问问。”

白筱心掏出镜子看了看妆容，转身昂着头又走进了办公室。

“哇！这是个不怕死的！厉害了！”办公室外，一群吃瓜不嫌瓜大的围观员工，忍不住发出赞叹！

此时，门内安抚好小心脏的林森禾走回办公桌前，突然看到了白筱心放在自己桌上的手办玩偶，立马嫌弃地捏起来，扔进垃圾桶。

这个女人的一切都晦气！

“阴魂不散，要不是为了救你，我怎么会被卷进蓝洞……”

林森禾前一秒还在吐槽，后一秒就看见白筱心推开门，雄赳赳气昂昂地走了进来。

“你怎么又进来了？”

这个世界上，果然有脸皮比城墙还厚的女人！

白筱心压住自己的怒火，露出一副无辜又无奈的笑容：“林总，我很想走，但我实在不知道自己哪里有问题，让您一次又一次对我……‘特殊’对待！”

林森禾一伸手，回答得干脆利落：“没有理由。”

唯一的理由，就是上一次你害死了我！

“很好，没有理由。”白筱心点点头，煞有其事地从包里抽出合同放在桌上。

“贵公司的合同上写着，无正当理由解雇员工，要赔偿一到三个月的工资，而且我还可以申请劳动仲裁，补偿精神损失费。不过劳动仲裁这种事可大可小，不知道会不会对公司造成什么影响……”

白筱心掏出手机，按下录音播放键，里面连续播放着林森禾刚那句冰冷的“没有理由”，循环播放出来很像一句魔性的 rap（说唱）！

白筱心满意地把手机收好。

反正她是不可能做这个助理的，那她干脆一不做二不休，把跟城墙一样厚的脸皮直接拓宽，俨然成了六车道高速路！更何况对方恶人恶语在先，她也这算合理维权。更何况，这诱人的违约金，足够她实现马尔代夫毕业旅行的梦想。

“你什么意思？”

“意思就是，非常荣幸，我的三秒钟值七万块。”

林森禾一头黑线，试岗怎么还有遣散费?

林森禾一把抢过合同，看到游清泽的印章，这下反应过来，这是游清泽联合HR部门对他这个总裁的一场合伙“算计”，但是此时此刻这不是重点，重点是眼前这个可恶的女人竟敢……

“你威胁我？”

如果目光可以杀人，那就是林森禾的这一抹无疑了。白筱心顶着发麻的头皮，强撑起一丝浅笑：“不敢不敢。”

林森禾面皮一阵抽动。

要知道，他林森禾十三岁入公司学习财务，十五岁参与林氏重要商务决策，二十七岁执管林氏，二十八岁规划全球最大旅游地标，就算这辈子最怕深海，都能精通深潜，为了救她落到现在这个地步，她居然还敢……威胁他!

林森禾忍不住冷笑出声，白筱心再次被他脸上诡异的笑容弄得忐忑不安，脊背发凉。确实，阎王的称号不是白来的，再有自信的人在他面前，都会被他强大的气场吞噬得骨头都不剩。

林森禾看出少女的一丝窘迫，随即恢复了淡定：“我改主意了，给你一个月试用期，等你犯错，我再解雇你。你现在可以出去上班了。”

什么？一脸错愕的白筱心完全没料到林森禾居然不辞退自己，出其不意，反其道而行。

白筱心见小心机玩脱了，连忙上前拉住林森禾：“哎，别那么麻烦呀，你给我赔偿就好了呀。”

林森禾不由分说地又像拎鸡崽一样拎着白筱心，再次带她往门外走出去。

门外，吃瓜群众听到声响，三秒回到座位。

林森禾抓着白筱心的衣领，对着刚刚赶上来的严主管道：“严主管，给她安排工位。”

严主管立马点头如捣蒜，林森禾转身又砰地把门关上，白筱心衣襟凌乱，抱着书包，瞠目结舌。

林森禾人生在世三十年，还从来没遇到有人敢如此无礼地对他，这个白筱心不论先前之过，竟然威胁他，羞辱他，挑战他？他岂能让白筱心如愿？

哼，试用期一个月？我让你十天就哭着回家找妈妈!

一门之隔的白筱心攥紧了自己手里的劳动合同，也暗暗发誓。

哼，一个月？我让你三天求着给我遣散费!

随着天空中一声雷响，两道闪电在空中霹雳地交叉划过。

从此，林森禾开启了折磨白筱心，最后反被白筱心折磨至死的艰难求生之路!

第三章

金钟罩铁布，一物降一物，总有一款能专治你不服。

1. 让你第一天就滚蛋

白筱心刚刚在工位安顿好，林森禾的前任助理，远在新加坡的小兰姐，就打了跨洋电话过来，表示她在试用期内遇到难题，随时支持视频教学。

奈何视频刚刚接通，林阎王就拔了网线，并且警告所有人不许帮助白筱心，否则卷铺盖走人。

白筱心耐着性子问林森禾，断了视频，谁给她做工作交接，林阎王很跩地回复道："没有人！看交接单！"

人生在世二十年，白筱心第一次觉得眼睛不够大，不然怎么总被眼皮包住瞳孔，看不到外面的世界？

如果卡拉奈特莉初入职场遇到的穿 Prada 的女魔头，那在白筱心的眼里，她便是遇到了靠抹着发油造型的老魔头，档次差得不是一点点。

白筱心迅速浏览着小兰姐留下的交接资料，厚厚的一沓《总经理助理守则三千条》加上一个满内存的 2T 移动硬盘。

林氏助理规章第一条，总裁每天工作前的第一大事——喝咖啡！

简单。从磨咖啡豆开始，经过一刻钟的奋斗，新鲜出炉的手磨咖啡配合上白筱心的微笑，被送到了林阎王的办公桌上。

林阎王，白筱心记不清楚这个外号是从哪里听来的了，但这名字确实挺适合林森禾，所以在白筱心的字典里，林森禾从今天起就叫林阎王了！

结果林阎王连喝都没喝，只是用手轻轻碰了一下杯壁，头也不抬，就冷声冷语道："重做！"

“为什么啊？”白筱心崩溃，找碴也得给个理由吧。

“不好意思，我只喝六十三度的咖啡！你没有看助理守则吗？”林阎王头也不抬，继续机器一般地用双眼快速扫描着一沓沓文件，然后签名，盖章。

白筱心脑袋上噌地又燃出一团火。

但她毕竟早有预料，这是一场无声的对抗，虽然她处于食物链的底端，但食物链顶端的魔兽也不能打破生态平衡的游戏，直接将她盘了。他在等她这头小鹿自己先犯错。

林森禾眼珠移动，瞥见站在一旁半天不动的白筱心：“你还站在这里干吗？”

白筱心从刚才的分神中清醒过来，深吸一口气，强迫着自己展现出职业式的假笑：“好的，总裁大人，我去重新做！”

白筱捡回《总经理助理守则三千条》，发现在咖啡事项下居然有一行小字备注：但是，咖啡一定要手冲现磨，温度必须是六十三度，守则里还明确标注了咖啡因含量和萃取时间。

此时，无数头羊驼在她白筱心的心脏上奔腾着呼啸而过！林森禾还真是二十世纪残留的余孽——霸总！

想起她第一次来林氏面试时，一众阿姨级别的主播对林森禾的崇拜，白筱心呵呵一笑，可惜霸总这种生物，尤其是林森禾这种油腻霸总，我00后这一代，免疫！

不就是事精吗？这点小问题，还能难倒我堂堂京大的高才生？

十分钟后，白筱心重新端着一杯热气腾腾的咖啡走进去。

“老板，请笑纳，童叟无欺的六十三度！”白筱心笑得人畜无害，十分恭敬。

林森禾看着杯中竟插着一支温度计，眉头跳了好几跳，正欲发作，白筱心适时开口：“老板，这是专用的食品测温温度计，很多宝妈都用这个来给婴儿测量奶粉温度，放心，我已经消过毒了，绝对比珠穆朗玛峰顶的雪还要干净。”

白筱心看着林森禾的表情心里乐开了花，同时嘴角压抑不住愤怒地抖动着。对，说的就是你这个生活不能自理的巨婴！

林森禾手指关节嘎嘎作响：“我突然又不想喝咖啡了，我要喝茶。”

“好嘞，现在就去给您换。”

白筱心无缝衔接地将咖啡杯转身端走，林森禾伸出手想挽留，却徒留一地余恨，内心泪流！

林森禾虽然知道这家伙是故意的，却也无计可施，只能咬着牙看着白筱心离去。

茶水间内，白筱心则正对着电脑上的QQ界面，跟罗丹丹一阵吐槽。

白筱心QQ昵称：明天上学炸（爆炸表情）学校。QQ头像是一个胖乎乎、有点丑的小女孩。

罗丹丹QQ昵称：我帮你拿（爆炸表情）炸药包。QQ头像是一个略显瘦小的小男孩。

两人在网络上一直是闺密头像。

炸学校：你说说他一把年纪了，想养生就别喝咖啡啊，喝咖啡放什么枸杞啊？

炸学校：还什么咖啡必须现磨手冲，温度必须是六十三度，一个属温度计的探测仪还玩什么情怀？

炸药包：安啦，现在油腻大叔都是这样，瞎讲究，怕秃顶就别工作啊，不然就戴头套嘛，有什么了不起的？

炸学校：就是就是，看我这清新小可爱，是如何给油腻大叔去油、抛光、磨皮的！

炸药包：加油！支持你！下班记得早点回来！

炸学校：（哭唧唧.jpg）知道了！我去看保命手册了！

白筱心一脸生无可恋地关掉对话框，翻开小兰姐刚刚临时帮她书写的保命文档，标题是“可以让林总保持情绪平稳的100个小细节”。

白筱心满怀感恩的心，同时感叹前一任助理的小兰姐的毅力，是如何在阎王手下稳稳地工作了五年？她才刚刚完成第一项冲咖啡的课题，就已然想放弃了！

“虽然这东西可以帮你保命，但是记住千万不能外泄哟！否则这东西就成你的催命符了！”

不过，等白筱心全部看完，心中大喜。这哪里是什么保命符，分明就是如何让林森禾挑不出错，并乖乖给她遣散费的秘籍！林森禾的弱点，林森禾最怕的人，这上面竟然通通有记录！

此时，来自地狱的魔铃，哦不，是总裁办的呼叫铃声忽然响起。

“白筱心！进来！”

白筱心迅速将电脑关了，整理了一下情绪，一脸微笑地走进林森禾办公室。

“林总，请问您有什么需要？”

“三楼会客室，去搞定那个开发商，今天下班前要是搞不定，就表示你的能力不够，你就可以自动卷铺盖走人了！”

“哈！”白筱心一脸蒙。

看着白筱心露出不知所措的表情，林森禾的内心隐隐地还有些小得意。

其实这个承包开发商在楼下找碴的事，本不用他堂堂总裁出面解决。不过，既然有个送上门的刺头，为何不让这个家伙去扎刺呢。

哼！小不点，跟我斗！要知道姜还是老的辣，今天我就让你知道什么叫社会的险恶，让你第一天上班就哭着回家找妈妈！

白筱心抬腕看了看手表，下午四点十分，距离下班还有五十分钟，林森禾这明显是找碴。

标准假笑再次上脸，眉头却越皱得更深：“老板，可不可以问下那边具体是什么情况？我好有个准备……”

“自己去看，这点小事还用我教你？助理是你这样当的吗？”

白筱心不再理会林森禾，快步朝着三楼走去，不住地在心里暗骂自己：白筱心你是不是傻？明知道他故意找碴还跟他浪费时间！

2. 闹事的承包商

在“热心”同事的指引下，白筱心迅速来到会客厅，还没进去，就见门口聚着一帮人，正交头接耳看会客室内发生的情况。

白筱心挤进去问：“具体发生什么事了？”

员工们嘀嘀咕咕地把这件事解释个大概，大致内容是，林氏集团之前开发人工沙岛和人工潜水项目，这个项目被称为蓝洞计划。本来一切都挺顺利的，可前几天，总裁林森禾不知道哪根筋不对了，无限期延迟，并终止了该计划，这导致开发商不满，几乎每天下午都带人来闹。

白筱心大概听明白一二，坐在一旁，花了一刻钟的时间，快速地浏览了这个项目的资料与合同，脑海里回忆着当初大三在一家律师事务所担任实习公关所学到的相关知识，快速斟酌了过后，想出她认为能暂且一试的办法。

一刻钟后，白筱心摆出职业性的微笑，二话不说推开会客室房门。

“李总您好，我是新来的总裁助理小白，林总有事脱不开身，所以有事可以跟我……”

“不是，你们林氏到底什么意思？这事都拖了几天了？竟然没有一个老板露面，每次都用各种理由搪塞，当我们这么好糊弄吗？快去把你们林总叫来，至少也是游总，我要跟他当面对质！”

质问的人是蓝洞计划的承包供应商，深海建设有限公司的老总——程海。

“这位……程老板，您别这么大火气。俗语说火气伤身，有话坐下来慢慢聊！”

程海很高傲，坐在椅子上语气冷然地说：“你是个什么东西？你有什么资格跟我谈？让你们老板来见我。”

白筱心不卑不亢、不动声色地将已经静音的手机藏在桌布下面，坐在他对面，淡然道：“这个，程总，是这样的，蓝洞计划的合同呢，我也看过了，当初招标的时候，你们公司的报价最低，可在招标成功后，你们却追加了两笔款项，数额分别是两百万和四百万，这两笔钱我方觉得不太合理，所以现在是想跟你们解除合作关系。”

程海脸色一黑：“行啊，你们单方面解约可以，那根据合同要给我们赔偿的，起码几百万！”

白筱心继续保持微笑，淡然道："首先，我们并不是单方面解约，是你们违约在先。合同的第十三条明确规定，若你们在招标后增加了项目的开支预算，需要我方通过后方可执行。若超支数额超过原本项目总成本的百分之十，我们有权利视作之前的合约作废。当然，合作是双方的，您这么坐地起价，自然是您的选择。但蓝洞计划是我们林氏一家主导的开发项目，作为甲方，我们也有权选择信誉度比较高的合作商不是？"

"你说我没信誉？拜托你搞清楚再来跟我谈话。我们在海底开发人工珊瑚群，这个工程本来就没有预想的顺利，所以才增加了预算。并且，这笔超支预算可是你们供应商的负责人游子墨亲自审查，你们常务总裁游副总签过字的！现在我们人工、设备全部准备好了，你们才说取消合作，之前干什么去了？"

程海冷哼一声，他在这个行业混迹几十年，可不是傻瓜，能被一个小丫头片子拿合同糊弄住？

这下，白筱心可明白对方来势汹汹的症结所在了。敢情这事，还是林氏集团理亏在先！那就只能换个套路了。

"您说的对，不过，您确定要起诉林氏，为这不一定到手的几百万的赔偿款吗？我想您能成为林氏的供应商，应该很了解林氏集团，我们是国内上市的房地产业务和旅游业务的集团公司，就连旗下几家子公司都在准备再上市。就刚才我跟您聊天的时间，赔偿款，我们早已经赚回来了！我们自然不在乎的。不过，您成为千挑万选的供应商，如今要放弃日后更深的合作机会，那我们也只能深表遗憾了！"

这句话，却突然扎到了程海的心。没错，且不说官司就算赢了能拿到多少赔偿，这耗费的时间精力，以及失去林氏集团这个最大的客户，也是让他痛心疾首的。

今天，他在下属们的怂恿下直接跑来总部要说法的行为，想来确实冲动了，他本也想给林氏施加一些压力罢了，但若真打官司那无疑是杀敌一千自损八百。

白筱心看出程海脸色的变化，淡然起身，傲然地走向门口。

无论结果如何，他今天都得回去细致地盘一盘，再做打算。不过，她的任务可就此完成了。

不料，程海面沉如水，急忙说："这样吧，你跟林森禾，不，你跟游总说一声，我们遵循公司的大计划，合同暂停，但我们已支出的费用，林氏还未支付的费用，都需要补给我们。"

白筱心正好打开门，这番话门口的所有员工自然无一例外都听见了，一时间所有人都瞪大了眼睛，觉得难以置信。

程海兴师问罪了好几天，全程嚷嚷着不管谁来都坚决不妥协，现在可好，在短短不到一刻钟里，他居然主动解除合约？这个白筱心还真是一个人才啊。

"您的意见我会如实汇报，但最终决定权还在集团高层。不过，谢谢你的理解，林氏集团一直在寻找的，是一个有信誉的长期合作伙伴。”白筱心露出一个微笑，说完扬长而去。

白筱心不顾周围惊叹的目光，快步走进电梯，摸着还在颤抖的小腿，忍不住给自己鼓掌！

电梯门打开，白筱心直奔游清泽的办公室，向他汇报战绩。

游清泽好笑地揉了揉白筱心的脑袋：“他说的游总是我爸爸，不是我这个副总裁，蓝洞项目不是我负责的。走吧，我带你去找森禾，他们应该在一起。”

白筱心吐了吐舌头，家族企业就是麻烦，都是一样的姓，又没人喊名字，她哪里知道此游总非彼游总？

“森禾，爸，喏，这个才是你要找的游总，林氏集团常务董事长，我父亲游钟书。”游清泽熟稔地打过招呼后，为白筱心介绍沙发上一个上了年纪的男人。

“游董好，我是新来的总裁助理白筱心，以后还请多多关照。”

白筱心乖巧地打着招呼，心中暗暗惊叹：不愧是父子，两个人长得确实像。

“哟，森禾，这么短的时间就找到新助理了？看起来年龄挺小的，但是还挺懂事。”游钟书半开玩笑地调侃林森禾，不动声色地打量白筱心，心中暗暗诧异，这女孩他好像见过。

“我不是让你去处理程海的事了吗？”林森禾朝着游钟书笑了一下，转过头板着脸看着白筱心，现在距离下班可没几分钟了，这丫头怎么还能如此淡定？

依照程海的暴脾气，她大半是被直接撵出来了吧？林森禾的脸上透着一丝不经意的坏笑。

“对呀，事情已经解决了。”

3. 老板明天见

“什么，你搞定了？”

林森禾的脸瞬间垮了下来，一脸震惊。随即他看向游清泽，眼里带着警告意味，游清泽却一脸无辜，表示这事自己可真没插手帮忙。

“没错，林总！”白筱心有些得意，不假思索地解释道，“程总同意解约，只要将项目目前支出的款项结算清楚即可，所以让我转告游董一下。”

“你怎么说的？”钟书游眯紧的眼睛顿时闪出了光亮。

“我把我们公司的近况总结了一下，顺便分析了他们若起诉我们林氏的利弊，并告诉他林氏是一直想找长期并且有信誉的合作商，并不单单只是一个蓝洞项目。所以他选择了让步，我也明确告诉他是否答应他结算支出款项一事，最终决定权是集团老总们说了算。”

“干得漂亮！”钟书游忍不住捏紧了拳头，他刚刚还跟林森禾讨论怎么跟程海解释，现在可好，全被一个新来的助理三下五除二解决了。

人人都知道，程海的公司在行业内的业务水平和工程质量是高出同行的，但他为人刚且较真，一般的旅游开发公司都不愿意和他合作。

没想到啊，一个小小的助理，第一天上班就把他们棘手的问题解决了，这商场上的谈判，真是游刃有余，老辣至极。

这小丫头不寻常！

此时，林森禾的嘴角忍不住抽了抽。他本以为这一个烂摊子怎么也能打击一下白筱心，这下小火苗不但没有被浇灭，反而让他添了一把柴，熊熊地燃烧了起来。

钟书游毫不避讳地再次上下打量白筱心，一时间都有点想把这个小助理挖到自己的秘书室了。他转过头却发现林森禾反应有些奇怪，似乎对这个小助理的举动有些失望？

难道林森禾对助理的要求已经高到这种程度了？

钟书游摆摆手说：“今天辛苦了，马上下班了，你先出去吧，有事我们再找你。”

“好的，老板，明天见！”

白筱心看着紧皱眉头的林森禾，着重强调了明天两个字，悠悠离去，留下一片潇洒的背影。

First kill！（首杀！）

白筱心刚走出办公室的门，就挥拳庆祝了她的首日告捷。

……

夜晚，林森禾大别墅的厨房内，游清泽熟门熟路地围着围裙做饭，没多久端着两碗阳春面走了出来。

“森禾，吃饭了！”

林森禾关掉正在查询的页面，从冰箱里掏出一瓶辣酱，搅拌在面里食用起来，那辛辣而真实的酱料，伴着骨汤熬制的鲜汤和劲道的面条，生生吃出了一种幸福的味道。

此时，能吃，能喝，能睡，还能生气，他觉得活着真好。

“森禾，你怎么对白筱心那么排斥啊？那丫头是真的挺有能力的呀！你要相信我的眼光啊。”游清泽最终忍不住提起了这茬，毕竟林森禾对于白筱心的态度已经传遍了整个林氏。

“你还好意思跟我说这个？你帮我招助理，我还没面试呢，你就跟人把合同签死了，让人家拿着合同威胁我。”林森禾吹胡子瞪眼，但显然他对游清泽从来没有真的生过气。

游清泽笑眯眯：“不然呢，我还要再给你找一百八十个助理再被你拒之门外？

这个世界上哪有那么多合适的完人，都是通过时间磨合出默契。人和人之间的缘分往往是一瞬间的选择。”

提到选择二字，林森禾不由得愣了一下。

“清泽，你记得我跟你说我遇见了平行时空自己的结局，所以要重新选择，改变命运的事儿吗？你说，如果我把那个最危险的人放在身边，会不会让不好的事儿提前发生？”

游清泽见对方又莫名其妙地提到平行时空，搪塞道：“最危险的地方最安全吧。”

林森禾思索着，游清泽的话也不无道理。此时，桌子上游清泽的手机闪动了一下，一条微信提示跳了出来。

“清泽，你有微信。”

“你帮我看一下。”游清泽正在水池前洗碗。

林森禾指纹解开游清泽的手机，看了看上面的内容以及对话，瞬间黑了脸。

被害妄想症？精神分裂？游清泽竟然背着他找心理医生，还想暗中安排他和医生见面。

“谁发的微信？是公司的事情吗？”游清泽放下擦手的帕子，从林森禾手中拿过手机，根本没有注意到林森禾如锅底一样的脸色。

游清泽一看到手机显示屏上专业心理辅导的头像，整个人瞬间不好了。

“森禾，你听我解释……”

“或许你说得对，我就是心理压力太大了。”林森禾低下头，低声说着，整个人的脑袋缩在脖子里，一副失落至极的样子。

“我只是太担心你了，我……”游清泽突然难过起来，或许他的方式确实错了。

令人意外的是，很快林森禾再度抬起头，朝着游清泽暖暖地笑了一下：“清泽，你放心吧，我会尽快调整过来的。太晚了，你快回去吧。”

“好吧，那你多注意休息，我先走了。”游清泽也回了一个微笑，扯下围裙默默地离开。

在他打开大门回头的一瞬间，他看到空荡而昏暗的大厅里，林森禾一个人坐在沙发上发呆，那副表情似乎又让林森禾变成了当年那个因父母双亡、爷爷病重而委屈难过的小孩。

他仿佛暴风雨中飘摇的一叶孤独的小竹筏，无依无靠，随时会被大浪拍得稀碎。

原来，孤独不是你没有人陪伴，而是你的故事，你的悲伤，无人诉说，无人能解。

……

深夜，寂静无声，噩梦之灵慢慢地苏醒，侵入人的身体里，啃噬着人类灵魂深处那份最深的恐惧。

此时，林森禾睡在床上，闭着双眼，攥着被角，恐惧地呓语。海底被席卷的那一幕再次袭来，他无力地挣扎着，向头顶的光亮游去。与此同时，白筱心躺在黑漆漆的宿舍床上，紧闭着眼睛，仿佛也进入了同一个恐怖的梦境。

梦中，深处海底的自己突然耳朵嗡鸣，惊慌失措中面罩脱落，视线模糊，咕噜噜吐出了气泡。在绝望中，一个人将他自己面罩给她戴上了，并用力托举自己游上去，上浮的她看着脚下那沉下去的男人，却始终看不清他的长相。

“咚。”林森禾一头撞上了海中的礁石。

原来自己在床上。闭着眼睛的林森禾扭动着身体，头部猛然撞上了床头柜，他一下子从床上坐了起来。突然，他看到床上到处流水，地板上也瞬间溢满了水，天花板也渗出汹涌的水来。房间的水越来越多，像一场海难将房间吞没。

林森禾猛然大叫着跳下床，一瞬间，所有的水倒流回原来的角落，消失不见。林森禾惊魂甫定，才发现是幻觉。

与此同时，梦境中挣扎的白筱心也终于浮出了水面，重见天日。她猛然醒来，天花板上却掉下一滴一滴的水珠，掉落在她的脸上。

她反手一个巴掌打醒了自己，再伸出手，哪有什么水珠掉落，一切是自己的幻觉。她眼神呆滞，喃喃：“这个梦也太真实了吧！”

冥冥之中，似乎有一条看不见也摸不着的线将他们的潜意识悄悄地连接起来，平行时空的通感记忆已然在白筱心的脑海里慢慢浮现。

4. 幼稚主仆

佛家有言，人与人之间的因缘，或恩怨，或善恶，皆是前世之因所成的果报。然而，当你用忍耐的态度去对待一切时，即使是恶缘也能得到善解，会转变为善缘。

虽然忍是一种苦，但当你看到周围生命因为你变得快乐时，你会感受到真正的幸福。在这幸福中，你的心灵也会更加善良和宽容，你将得到心灵真正的自由。

白筱心在乘着地铁上班前，阅读着每日早安的文章，给自己新的一天打气。

一大早，林森禾准时站在电梯门前等待电梯，周围的同事都跟他保持一尺左右的距离，无人靠近。

电梯到达，林森禾抬脚上前，电梯门缓缓打开的那一刹那，他背后却是一寒，眼前又出现了那张纠缠在噩梦里经久不散的脸。

白筱心操着职业标准的微笑：“林总，早上好。您请！”

这个家伙难道是从地库冒上来的吗？

林森禾看着白筱心帮自己挡住了电梯门，一时内心竟然有些胆怯，脚步迟疑，而身后也没一个人上电梯，都在低头看手机，很显然是在等老板先走。无奈，林森禾只得硬着头皮，走了进去。

电梯门缓缓关上，空旷的电梯里，林森禾瞥了一眼旁边的白筱心，总感觉这家伙今天的笑容很不正常，其实对他来说，只要她出现的地方就不会正常。

他莫名忐忑不安起来。

忽然，正在上行的电梯突然卡顿了一下。没有防备的林森禾下意识抓紧一旁的栏杆，瞪大眼睛。

电梯在十层开了，没人上，继续关闭上行。原来是虚惊一场。

白筱心见林森禾一副见鬼的模样，仔细观察了一下电梯内部，什么都没有啊？她回过头却看见林森禾早就站定了身姿，恢复了"阎王"招牌式的表情。

别看林森禾一脸镇定，此时内心却慌得很，掏出手机在浏览器搜索栏上默不作声地搜寻——"电梯突然坠落如何自救"。

字还没打完，他便感受到有一股阴影笼罩他，他猛然抬头，发现白筱心凑过来，瞪着圆圆的大眼盯着他，吓得他立即向后退了一步："你……你干吗？"

昨晚，他还梦到自己掉进蓝洞，被一头顶着白筱心大脸的鲨鱼吞了，此时，这张大脸盘子猛然出现在眼前，他还真的是一瞬间胆寒。

白筱心没有说话，微笑着拿出一块手绢，用力挥了一下，猛地蹲下身。林森禾受到惊吓，又往后退了一步，被逼到电梯的角落。

林森禾感受到皮鞋后跟踢在电梯上传来的振动，忽然感觉很没面子，不顾形象地大喊："你到底要干吗？"

白筱心抬起头，委屈巴巴地看着林森禾："林总，你的鞋脏了，我来帮你擦鞋。"

林森禾瞪大了眼，心中忽然翻涌出一阵恶寒。他看着电梯镜子里白筱心的姿势一阵尴尬，立马缩回脚。

"好了好了，你不用那么注意细节。"然后他在心里补了一句，我现在只想让你赶紧在我面前消失。

"可是林总，您不是一直强调要注重细节吗？"白筱心表现得委屈巴巴。

"这种小事就不需要了。"林森禾头皮发麻，不安地数着楼层。

白筱心如同五星级酒店，不，如同海底捞的服务员一般，不慌不忙地微笑着站起身，将手绢折叠着装入怀里，直挺挺地继续站好。

"好的，林总。"

当林森禾心中稍微放松了，正奇怪今天的电梯怎么格外慢的时候，忽然看到满脸惊讶的白筱心又凑了上来。

"哦，林总，您怎么出汗了？我帮你擦汗。"

白筱心也不知学了哪里的口音，一句话说得酥酥麻麻、千娇百媚，说完掏出刚才擦鞋的手绢，不由分说靠近林森禾，抹向他的额头，吓得他挥手躲避："不用不用！"

林森禾侧过头，紧紧盯着电梯跳动的数字，生怕电梯会发生意外掉下去，根本没关注到白筱心的整蛊。

电梯终于到达，不等电梯门全部打开，林森禾就急急忙忙冲了出去。白筱心看着落荒而逃的林森禾，得意地叠起手绢："哼，怕了吧，本姑娘的恶魔式贴心服务，你逃不掉的！"

林森禾冲进办公室，飞快锁死办公室的大门，然后打开手机敲下一行大字——"如何能够不动声色地让员工自动辞职"。

一心关注这个问题的林森禾，丝毫没有注意到他摆弄手机的双手不由自主地微微颤抖。这一幕要是被游清泽看到，游清泽一定会嘲笑一世英名的林阎王竟然也有今日。

不过，这也不能怪林森禾过度紧张，毕竟在前后两段记忆里，每次遇到白筱心，尤其是两个人近距离接触的时候，都不会有好事发生。

第一次，白筱心面试，当着他的面撒谎加表演吃活虫，恶心得他好几天没吃下饭，虽然事后知道那虫子是橡皮糖做的。

第二次，三明岛海景房，这家伙伪装他女朋友，从前台那里骗到房卡，偷偷溜进房间，害得他差点以为进了贼，结果这家伙反倒将他当成了变态，一顿拳打脚踢。

第三次，也是最后一次，几个股东死活不同意他取消深潜计划，他被迫跟白筱心一起深潜，结果这个连游泳都不会的家伙，竟然在水底摘了氧气面罩，害得他为了救她而丧命。

虽然不知道现在到底是时光倒流，还是空间跳跃，但林森禾只要看到白筱心，总是从心底里感到一股恐惧与怨念，似乎多和她待一秒他就会倒霉，偏偏他还找不到正当理由开除她。

"找碴！"

林森禾看着最佳答案，有些蒙，谁都知道找一个人的麻烦就是要在鸡蛋里挑骨头，可是这个骨头要怎么找才好呢？

灵光乍现，林森禾将文件柜的柜门拉开，将小兰花了一周整理好的文件全部扫到地上，随后，他回到座位上用最舒服的姿势坐好，一脸惬意地按下了呼叫铃。

白筱心推开门就看见满地散落的文件，部分文件上甚至还有清晰的脚印，立即就猜到林森禾玩幼稚的把戏，依旧挤出职业性的假笑，故作惊讶地捂住了嘴巴。

"呀，老板……文件掉下来了吗？没事，我来重新分类。"

要知道白筱心的记忆力和分类能力可不是盖的，她五岁拳打《唐诗三百首》、十岁脚踢数学奥林匹克竞赛，早慧儿童的称号可不是空穴来风，仅仅用一盏茶的工夫就把文件按照林氏集团的分类标准重新整理好。

"老板，文件整理好了，最新的财务报表在绿色文件夹里，设备科的文件统一装在蓝色文件夹……还有您的专属签字钢笔已经加满墨水，在您左手边第二个抽屉里，专属私印在左手边第三个抽屉里。”

林森禾全程瞪大了眼睛，注视着忙来忙去却依然有条不紊的白筱心，脸上的惊讶之情溢于言表。白筱心眨了眨眼睛，端着咖啡走了过来。

“还有，这是您最喜欢的六十三度咖啡泡枸杞。老板，请问还有其他需要我做的吗？”

林森禾抬起头对上了白筱心那让人瘆得慌的职业假笑，瞬间背后一阵发寒。

“有，你出去！”

Second day，double kill！（第二天，双杀！）

5. 堪比恶魔的对手

于是，接连几天，林氏大楼A座都在上演同样的戏码，不管林森禾从几楼上哪部电梯，总能看到白筱心那张笑脸。

林森禾好不容易避开上班点，甩开白筱心，安稳地坐上电梯，一开门又迎来白筱心那热情的九十度鞠躬欢迎，还在电梯口放了一张易拉宝海报。

画面上是一个小女孩挥着双手上楼梯的侧影，配上今天最火的流行语——早晨起床，拥抱太阳，嘴角向上，蒸蒸日上，满满的正能量。

白筱心还美其名曰这是在给总裁办的人加油打气提神，迎接每天新工作、新挑战。其他员工都觉得别出心裁，有创意，只有林森禾一个人深谙白筱心是不怀好意。

在林森禾的威压下，海报挂了一天，终于从门口撤走了。但是，接下来白筱心恶魔式的体贴服务层出不穷。

林森禾宽大到可以打羽毛球的办公室里，被摆上了颜色各异的整蛊玩具。就连林森禾的电脑上都被白筱心贴上了粉色的心形便易贴，上面贴心地写着：林总，不要给自己太大的压力，工作之余记得用这些玩具放松哟！

林森禾疯狂按铃，让白筱心将那些乱七八糟的东西撤走。

小屁孩，幼稚的把戏，你以为只有你会整蛊吗？

林森禾抬起手，再次疯狂按铃，让她送一杯咖啡。

一刻钟后，白筱心一只手托着托盘，一只手用温度计当搅拌棒不断地搅拌着奉上咖啡。

“老板，您的咖啡。”白筱心看见满脸写着郁闷的林森禾，内心笑得差点开出了花。

林森禾伸手接过咖啡，故意没有拿稳，还用胳膊肘撞倒旁边的文件筐。

只见一个身影嗖地从他眼前闪过，白筱心跪在地上，一只手扶住文件筐，一只手稳稳接住了咖啡杯，那灵活敏捷的身姿有如一个训练有素的武士。随后，她缓缓起身，将文件筐放回桌面，将咖啡递过去，又伸手到林森禾身后的柜子上，拉开抽屉，端出一碟早已准备好的枸杞撒进去。

“老板，下次小心哟！”白筱心鞠躬，微笑，然后在林森禾目瞪口呆的神色中，优雅地转身离去。

林森禾感觉头顶似乎有成群的乌鸦飞过，留下无情的嘲笑声。

本以为忙碌的大老板再怎么和一个小员工过不去，也还是要将大部分时间花费在工作上。然而没到五分钟，白筱心面前的响铃再度刺耳般响起。

这个林森禾，身为一个集团总裁，为了对付她一个区区弱女子，给她找麻烦，他到底是有多闲？

没事，他不怕浪费精力，她又何必气急？

白筱心清了清嗓子，接起来电话：“林总，您有何吩咐？”

“白筱心，今天中午我和清泽一起吃饭，你给我们订好餐吧。”

林森禾的用餐口味是出了名的挑，这一点在小兰姐的助理手册里也有提到过。

白筱心开始认真做起了攻略，可是如果是总裁找碴的话，即便是按照小兰姐写好的菜单来点餐，也是会被鸡蛋里挑骨头的啊，除非剑走偏锋。

午饭点已至，游清泽刚刚来到林森禾的办公室坐下，白筱心就端着餐盒准时出现，蹲到茶几旁，然后将每个餐盒整整齐齐地摆在一条线上，一一打开盖子。

林森禾本来已经想好了不管白筱心拿来什么午餐，他都会一律说不满意，统统不喜欢。可当餐盒打开的一刹那，林森禾事先编好的话却活活堵在了嗓子口。

原来，这些午餐是他喜欢吃的家乡菜。

“你……你怎么知道我爱吃上海菜的？”林森禾难以置信地瞪大了眼睛，丝毫不知道白筱心早就将他的履历翻了个遍。上海人还能不爱吃上海菜？老板这问题问得真是白痴。

“是这样的……”白筱心一本正经地戴上手套，然后像专业人士一样开始夹菜，“老板，我发现您是上海人，而我也对上海的饮食规律略知一二，我猜您应该喜欢吃甜食，再加上你最近火气有点大。”白筱心将夹好菜的碗递到林森禾面前，又将一碗糖水端出来，“我想，您应该是前段时间伤了脑瓜子，让您有些头昏脑涨，加上天气炎热，所以我又给您点了一份冰糖雪梨汤。”

白筱心中间故意顿了一下，游清泽忍不住偷笑了一下，任谁都听出此时这小丫头片子夹枪带棒地在嘲讽老板。

林森禾气呼呼的，可是真让他为了找碴，将这一桌子可口的饭菜端走，他实在是……他忍不住吞咽了一下口水，此刻他的味蕾似乎有了先于他大脑的反应。“咕咕”，肚子也无情地出卖了他，他见游清泽也眼巴巴地望着他，他叹了一口气，拿起筷子表示了妥协。

算了，他吃饱了有力气了再和她斗！

林森禾拿起筷子，不自觉地吃了一口菜，居然是地地道道的家常口味，和妈妈做的菜一样："你在哪儿买的这些菜？"

白筱心看着林森禾难以掩饰的喜悦，立马自信满满："林总每天都忙于工作，我猜您一定很久没回家了，您应该也很久没尝过妈妈做过的菜了，所以我特意给您点了上海的妈妈家私房菜，纯正地道的家乡味，怎么样，还合您的口味吧？"

"嗯，还行。"林森禾的动作可作不了假，端着米饭夹着菜，大口大口地吃了起来。

游清泽见到林森禾吃得如此开心，很久没有看到他这样了，很是欣喜，满意地朝着白筱心点点头，然后默默地陪着林森禾吃饭。

只有林森禾知道，那家离这里并不是很近的妈妈私房菜，其实是林家的老保姆开的店，不仅口味跟林森禾母亲做的菜很像，就连当初开店的钱，都是林母赞助的。

这件事除了他和林老爷子，就连游清泽都不知道，更不用提身为助理的小兰了。不过他没想到的是，竟然让这个丫头片子误打误撞上了。

林森禾吃着熟悉的味道，似乎多日来的委屈和不悦都随着卖力咀嚼而消散，一时间心中泛起一片涟漪。

白筱心关上门，做了一个胜利的手势。想当年她为了安全吃播，可是专门考了高级营养师的资格证，对付这种活在家庭恐惧症的中年大叔，想要对症下药，还不是小意思！

收拾完餐后垃圾，白筱心对于游清泽赖在林森禾办公室里午睡的行为已经见怪不怪了。白筱心听严主管说过，林森禾偌大的办公室里还藏着一个两居室的套房，里面的设施超级齐全，是三年前公司上市的时候，林森禾为了方便加班专门找人装修出来的。

"不愧是油腻霸总，干脆吃住都在床上不就好了？还弄什么办公室啊！"白筱心看着她的抱枕，疯狂吐槽。她和老板办公室仅隔着一扇门，人家里面不是沙发就是床，凭什么她午休只能趴在桌子上腰酸背痛？不得不感慨有钱才能真的为所欲为。

她正睡得迷迷糊糊，手机闹铃刚刚响起，又到了下午上班的时间点。她刚伸伸懒腰，突然有一摞资料扔在了自己工位上，一阵阴风瞬间把她吹得清醒过来，抬头，果然是阎王出场自带的背景特效。

"这些资料你给我做成 PPT，明天开会要用！"林森禾看着白筱心嘴角还挂着一丝口水，毫不掩饰地露出嫌弃的表情。

白筱心也意识到了自己的失态，连忙擦了擦口水应和："好的。"然而白筱心低头看着一大沓资料上龙飞凤舞的字迹愣住了，"林总，这全是你手写的？"

"对啊，怎么了？"林森禾不以为意，手写有问题吗？全公司都知道他习惯手写文件。

白筱心傻眼了，这年头还有人手写文件？给叔叔跪了！

林森禾看着白筱心扭曲的表情，嘴角有一丝嘲弄的笑意："你做不了就直说，大把人等着顶替你的工作。"

白筱心看着文件上形似龙飞凤舞的草书，克制内心愤怒的情绪，重新扬起标准的职业微笑："怎么会，我只是一时惊叹林总的书法不能自拔。"

"那就好。"林森禾虽然有些失望她没有拒绝自己，不过对这个马屁，他还是很受用的。

游清泽路过，疑惑地看了一眼白筱心手中的资料，跟上朝外走去的林森禾："你开会什么时候需要 PPT 了？"

"喀，与时俱进。"

林森禾内心冷笑：他不找活，怎么找碴？

白筱心一只手捏着一沓手写体文件，一只手暴力地捏着人头造型的解药球，人头瞬间变形。找碴是吗？好，挑战越多，她现在可是越来越亢奋的状态了。

来吧，皮卡丘！

白筱心打开 PPT，迅速将资料依次排开，努力辨识文件上的行行草书，然后一个字一个字地敲打键盘。这哪是字啊，分明是春蚓秋蛇，胡乱涂鸦！

白筱心撑着小脸盯着面前的四不像，大有一种它认识我、我不认识它的感觉，小脸皱成了一团。这字是熊？

此时，严主管抱着文件经过白筱心的办公桌，警惕地看看周围，见林森禾办公室大门紧闭，赶紧低下头悄声对白筱心说出正确答案："能，能够的能，能够打造成国际化旅游产业基地……"

白筱心感激地看着严主管，严主管握拳，给白筱心加油打气。

此时，网页版微信突然闪烁，白筱心打开，发现是游清泽发给她的一份手写文件里的财务预估盈利表。这一份表还是当初他帮林森禾做的。

"这是财务预估盈利表，没事，你不用着急懂，你先用。加油哦！"白筱心看着游清泽发来的彩色图表，顿时心花怒放，发了一个感动得哭泣的表情，心里默默念着：还是游帅对我最好！

此时正在里间暗自偷笑，思考什么时候可以开橱柜里久藏的香槟庆祝的林森禾丝毫不知道，就在他费尽心机想要赶走白筱心的同时，林氏集团上下所有员工，包括他身边的亲信，都在绞尽脑汁帮白筱心渡过难关，想办法让白筱心留下来。

6. PPT 风波

"白筱心，会议用的 PPT 做完了吗？"一大早，林森禾就看到白筱心顶着一双熊猫眼，打着哈欠站在电梯口欢迎他。

白筱心赶紧点头。

“你来我办公室。”

“哦。”

林森禾见白筱心明显精神不足，心情反而很好，甚至不自觉地吹了一下口哨。

办公室里，白筱心坐在林森禾旁边，抱着小巧的笔记本电脑，小心翼翼地打字，时不时偷瞄一眼林森禾的表情。

林森禾拿起咖啡，喝了一口，皱着眉：“主题模糊，风格幼稚，字体大小也不一样，重改。”

白筱心虽然很想把这个男人吊在公司门口挂腊肠，但是只能默默忍了，修改了字体，准备换一个模板，可是头顶又传来林森禾冷冷的声音。

“不许用模板，我们林氏之所以有今天，靠的就是创新！”

白筱心深吸一口气，只得把模板删除，此时的PPT已经面目全非，她不断告诉自己要忍住，但是另一边林森禾还在继续提要求。

“我要稳重中有点活泼的感觉，在稳固80后消费群体的前提下，增加与90后消费群体的黏合度，同时更好地发展00后消费群……”

“哈？”白筱心现在的内心别说是五味杂陈了，已经是翻江倒海了。您这跟想要“五彩斑斓的黑”有啥区别？

渐渐地，林森禾的声音变成嗡嗡声，白筱心忍不住伸出了手，做出拍蚊子的动作，终于耳边清静了，世界一片安静舒适。

林森禾看到白筱心突然的动作，因为先前几次拳打脚踢的阴影，他下意识想躲，手中的咖啡差点洒了出来。

“你干吗？”

“老板，好像有蚊子。”白筱心嘿嘿一笑，露出亮丽的板牙。

林森禾冷笑一声，有些芥蒂地靠近白筱心，然后看到电脑屏幕上已经删改得七七八八的PPT。

“你这个PPT是在原版上直接改动的吗？”

“是啊，怎么了？”

“我突然感觉还是第一版比较好。”林森禾笑笑，完全不管白筱心脸上的怨气聚集。

“其实呢，我也知道我这个人比较难搞，你实在受不了就放弃吧，对大家都好。”

白筱心猛地合上笔记本电脑，突然站了起来，转头笑了一下：“只要你决定给我遣散费，我立马走人，一粒尘土都不带走，绝不拖沓！”

林森禾面部一阵抽动，随即脸上的笑容更加猖狂，不改哭你，我就不姓林！

“那你继续改吧，你还有四十分钟。”

白筱心忍住内心的火气，抱起笔记本电脑，起身朝着林森禾鞠了一躬：“是。”

白筱心连门都没关就跑了出去，时间就是金钱，一秒钟都耽误不得。

林森禾朝着白筱心的背影翻了一个白眼，然后看了看正在振动的手机，是他安排的手下黑风的来电。

“Boss，三方的勘察结果都出来了，海底磁场没有查到任何异常。”

“好的，我知道了……你按照我给你的联系方式，约一下日内瓦那边，再检测一次。”林森禾沉默了一会儿，还是不想放弃，若有所思地挂断电话。

“蓝洞目前没有查出问题……股东们更不会同意延迟开岛了。”林森禾想想那些吵闹不休的股东，有些头疼。

白筱心趴在电脑前，对着撤回键一顿猛按，没几分钟就将PPT复原，咬着牙哼哼："科技白痴，就没发现我一直没按保存键？也没想过我会有备份？”

抱着电脑准备去林森禾办公室的白筱心却从门缝中看到林森禾在办公桌前发呆，她想了一下，干脆把PPT直接发送到林森禾的微信上。

“我发给你咯，你看不到可别怪我。”

白筱心回头看林森禾，林森禾依然一动不动地坐着发呆，她觉得奇怪：“爹毛怪怎么不爹毛了？”

她等了一会儿，没有收到任何消息，反倒是工位不远处几名同事的谈论声进入她的耳朵。

“下午开会不知道又有什么幺蛾子……”

“听说延期开岛的事儿，股东们很不满意，估计林总扛不住压力，要商议解决方案吧。”

白筱心无奈地叹了一口气，在微信里提醒林森禾看PPT，免得这个家伙不顺心了拿她发火。

“林总，PPT你看了吗，还有问题吗？”

“嗯，等下你让严主管通知大家开会。”

白筱心看着林森禾的回复，愣了一下，还好林森禾没有把通知开会这件事落在自己头上，否则她连人都认不全，非搞得一团糟不可。

会议室里，林森禾面无表情地坐在主位上，白筱心刚用会议室的设备将PPT投影在屏幕上，下面就开始轻声议论起来。

投影上的PPT整体风格简洁明了，简约的线条反倒让人觉得高端大气，完全不同于林森禾往日沉稳的风格。

林森禾一边专注地看桌上的文件，一边解说：“今天我们讨论一下延缓开岛计划之后，对三明岛项目的升级整改……”

“之前我们的项目策划普遍针对80后、90后群体，主张的是高端、精致的服务，但是未来几年00后逐渐成为我们的主流消费群体，从前瞻性考虑，我们应该设置更多能够让00后投入的环节……”

众人不断点头，表示同意，现在青年人的消费能力不比成年人弱，尤其是现在的学生，不仅追求刺激，而且没什么金钱观，确实会是今后的消费主流。

林森禾讲解完一张PPT，翻到下一页，瞬间表情凝滞，脸色阴沉下来，PPT上放着各种浮夸的QQ空间截图，图上写着各种拼音缩写。

Bz：CQY是00后主要社交模式，为了扩列需要，他们会经常NSS，所以针对宣传可以从社交空间展开。

“这是什么？”

“别说话，你没看林总脸都绿了？”

刚刚还在下面不住点头的众人瞬间议论开来，虽然声音压得很低，但不同于刚刚的附和，让人怎么听怎么感觉刺耳。

林森禾清清嗓子，对着文字读了起来：“标准，出钱游是00后主要社交模式，为了扩展队列，他们会经常难……难受……”林森禾差点直接捏断手中的翻页笔。

“这是备注，处Q友和暖说说……”白筱心听着驴唇不对马嘴的讲解，一时忍俊不禁，只好小声提示。

结果还没等白筱心说完，林森禾就装作若无其事，果断翻页。

下一页标题：00后特点一：圈地自萌。

林森禾抽动嘴角，再往后翻几页。特别活动：捞锦鲤。

PPT配着搞笑图片，让下面的员工忍不住捂嘴笑，林森禾已然是火冒三丈了。

白筱心，你这次玩大了！

白筱心一脸无辜，却见林森禾眉头皱得更紧了，直接关上了PPT。

“针对以上资料，三明岛整改计划即日提上议程，具体方案，运营部和策划部迅速制定相应方案拿给我……”

然而这次会议的小插曲，再加上白筱心特意在会议上人手一杯的手磨咖啡，白筱心这个刚来林氏几天的小助理，在众多高层中露了脸，博得了一致好评。

7. 总裁发大火

职场里曾经有一种新人，叫作萌萌的傻白甜，是指那种用无知来扮萌，用不懂人情世故来假装傻白甜。

说得好听点叫刚进社会的职场小白，说得难听点就是没有眼力见。相应地，也有一些特别能看眼色的老一辈，会有一种更为奇特的理论：要学会给上司背锅，帮上司解决问题，得到上司的青睐。

然而这两种情况，明显都不适合一心想拿遣散费的白筱心。

“你是不是觉得这样写 PPT 很有创意，十分高深莫测？”办公室里，林森禾坐在老板椅上揉着眉头，用他喷火的目光烧穿罚站中的白筱心。

“可是我发给你看，你也没说哪里有问题啊。”白筱心里委屈至极。她确实是想整蛊他一下，但她也在附录的文件里标注了所有的释义和说明，是他自己没有提前看罢了。

“强词夺理！”林森禾一巴掌拍向眼前的大理石面桌子。只见桌子完好无损，他的手倒是疼得往回一抽。

“您不是说要攻占 00 后市场吗，所以我写的这些都是现在 00 后喜欢的东西，我怎么知道这么简单的缩写，你都看不懂……”

白筱心内心吐槽：你都不了解 00 后，还想赚 00 后的钱，真的当他们 00 后是傻瓜呢？

林森禾看着面前拒不认错的白筱心，气得心脏病都要犯了，厉声道：“我不需要懂，林氏也不需要你这种只会耍小聪明的员工，你现在去收拾东西，我不想再见到你。”

白筱心现在内心十分委屈，小腿不禁颤抖了一下，强忍着哆嗦为自己进行最后的辩解：“林总，做 PPT、写方案都是策划部的事，我只是一个小小的助理，PPT 在开会之前也发过给您了，您现在让我为您没有审核 PPT 的行为买单，您觉得辞退我的理由充分吗？”

“出去！”林森禾被白筱心吵得心烦，手指着门外，就在这时，游清泽和游钟书敲门进来，看到林森禾怒气冲冲的样子也是一愣。

“森禾，你这是怎么了，发这么大火？”

游钟书饶有兴趣地打量白筱心。这小丫头挺有能耐，他从小看着林森禾长大，虽然林森禾是很强势和固执，但还是头一次看到林森禾对一个小姑娘生这么大的气。

“游董好，游总好。”

白筱心忍着眼泪，依旧礼貌地向游钟书和游清泽鞠躬。

游钟书点头笑了笑，然后悄声问游清泽：“这丫头应该是除了小兰以外，待在森禾身边时间最长的人吧？”

游清泽岂能不明白老爹的想法，就算游钟书什么都不说，他也忍不住要插嘴几句：“林森禾，我可警告你，你最好别轻易辞退筱心，我可是不会继续给你当倒咖啡、收拾文件的看家保姆了！”

林森禾无奈地看了一眼游清泽，再对上游钟书和蔼略带些意味的笑容，于是将刚刚喷涌而出的怒气忍了下去。

情绪低落的白筱心此时看到游清泽拼命给自己使眼色，她收到讯息，赶紧开溜。结果她还没等走到门口，被林森禾叫住了。

“等等，你给我去倒三杯咖啡送进来。”白筱心终于松了一口气。

大难不死，感谢小游总和大游总！

白筱心打起精神准备茶水，严主管和一众同事见筱心出来，全部围了过来，关切地询问。

“筱心，你没被辞退吧？”

“没，林总让我端咖啡。”

严主管瞬间安心地拍拍胸口，他刚刚听到里面响彻云顶的吼声，心下一凉，以为白助理又要被辞退了。他果断将刚刚在招聘网站上的总裁助理职位点击下架。

“林总让你端咖啡，那就代表你没事儿啦。不过白筱心你可真有本事，让林总三番五次辞不掉你。”

白筱心不好意思地笑了笑，其实她此刻巴不得林森禾把她辞了。

“其实是游总帮我求情的，游帅人真的超好。”

说着，白筱心又陷入花痴中，严主管却和同事们意味深长地交换了一下眼神，丝毫没有注意到白筱心的花痴模样。

这么久了，还是只有游总能说得动林总啊！众人不禁感叹，以后还是得抱紧游总的大腿。

办公室里，林森禾长舒了一口气：“钟叔，您怎么有空过来？”林森禾明知故问，脑子里快速思考着对策。

“你一个延期开岛的口令，到现在都没有下文，让我这把老骨头一直不得安生，我再不来，怕哪天撑不住，再也见不到你了。”

“我会说服股东们……”

游钟书无奈地叹息，语重心长地劝林森禾：“森禾，三明岛对你来说可能只是一个开发项目，但是对你过世的父母来说，是他们未完成的心愿，对你爷爷来说，更是最后的寄托。我不知道你为什么一定要在最关键的时候延缓开岛，但是你也不能只考虑自己，忽略了大家吧？”

“钟叔，我有别的顾虑。”林森禾沉默片刻，不知道该怎么解释。

“你担心安全问题吗？我听说检测结果已经出来了，一切正常，我不知道你还在顾虑什么。男人做事不能犹豫，要果断出击，不要等到错失良机时才后悔。”

此时，白筱心小心翼翼地敲了敲门，一边搅拌着咖啡，一边走了进来：“老板，游总，咖啡……”

游钟书见白筱心进来，也不再言语，毕竟这种事也不好在一个小助理面前讨论。其实他也知道林森禾的为人，他之所以过来，并非想要一个明确的答案，只是再次给林森禾一些压力。

林氏集团能走到今天，是三代人的努力，他也不想看到林氏有任何的动荡出现。

此时，游钟书的手机响了起来，是大股东之一的单总来电。

“森禾，游叔能帮你抗的，会尽量帮你，但是你要以大局为重啊。”游钟书拍拍森禾，接起电话离开，“喂，单总，别担心……我们要相信森禾嘛……”

林森禾一时无力地靠在椅子上，抬头却发现白筱心正愣在那里。

“你怎么还在这里？”

“老板，我……我是想问问策划案还要改吗？”白筱心一时语塞。

“哈？”林森禾觉得无语，他刚刚竟然以为白筱心及时地端咖啡进来是在帮他解围。果然是他多心了，这家伙怎么可能盼他好？

“你自己看着办。”

等到白筱心离开，游清泽一脸关切又无奈地看着林森禾：“森禾，我爸尽力了。”

“嗯，我知道……我会想办法扭转结局的，这一次我的选择变了，肯定能影响结果。”

林森禾低头，自言自语。

门外，白筱心听得一脸蒙，这个三明岛计划到底是什么情况？既然是几代人的愿望，而且还有那么高的利润，林森禾为什么卡着不放？

她纠结了半天，捏着拳头总结出一个非常具有说服力的结论：难道林森禾的脑子被撞坏的传闻是真的？

8. 电梯间事故

白筱心坐在工位上，拿着小镜子查看林森禾办公室的动静。此时，她看到游清泽心事重重地走出来，立刻把镜子收好，假装不小心掉落一支笔，正好滚到游清泽的脚下。

游清泽贴心地帮白筱心捡笔，白筱心也恰如其分地弯下腰，一时间两人的脸贴得很近。感受到美少男温润鼻息的她一瞬间心跳如擂鼓，慌张地扭过身去，脸上浮满了红晕。

游清泽微微一笑，将捡起的笔递给她，她这才满脸羞涩地转身。

“游清泽，刚才谢谢你帮我……”

“现在你不叫我游总了？”

白筱心愣了一下，转而看到了游清泽的笑脸，一时间陷入了糖衣炮弹似的甜蜜中。

“我听说你做 PPT 的事情了，内容很好，不过流行语确实不适合工作场合，以后要注意。”

白筱心乖巧地点点头，面对游清泽的目光，她害羞地将头发撩到耳后。

“还有，森禾最近脾气是有点古怪，你顺着他的意思来，他不会为难你，当然，我也不容许他胡乱非为。我希望你帮我好好照顾他，可以吗？”

单单是美少男略带磁性的嗓音，已经让她的小心脏无法跳动了，这一刻一双温柔有力的手更是搭在自己的肩膀上，一时间大脑更是无法思考，她更用力地点头。

等游清泽离开许久，白筱心仍陶醉其中，久久无法自拔。

“游帅真的好温柔，好体贴，好有礼貌……好帅！他真的是比那个腹黑又没人情味的油腻老男人好上不知多少倍！”

白筱心重新坐到桌前，看着眼前的草书格外有动力。

深夜，林森禾揉揉发胀的双眼，从文件中抬起头，看看表已经十点。他透过玻璃向外看，集中办公区，只剩下白筱心的座位上还有灯光，照着白筱心小小的身影。

林森禾从办公室走出来，白筱心也终于打完最后一行字。林森禾走到白筱心身边，看了眼她的电脑，发现她竟然真的在改之前的策划方案，忍不住嗤笑：“会都开完了，再改还有什么用？”

白筱心抬头迎上林森禾嘲讽的目光：“我这不是给自己一个教训吗？不可以吗？”

“无故加班，浪费公共资源，还不如早点回家。”

白筱心关掉PPT，收拾好东西往外走：“我当然要走，我现在就走。”说罢，她提前一脚走了出去，还顺手关掉墙上的大灯。林森禾发现自己走在了黑暗中，赶紧加快步伐，走到了白筱心前面。

进入电梯，两人并行站着，一副彼此不屑搭理对方的样子。

暗处，一双手伸向了电闸，悄悄地将大楼的电闸拉断。

突然之间，整层楼停电了，电梯陷入一片黑暗中，卡顿着停了下来。

“啊！”一声凄厉的惨叫从黑暗中传来。

“林总，刚才是你在尖叫吗？”

“不是，闭上你的乌鸦嘴！”林森禾的声音微微颤抖，人紧紧靠在电梯壁上，不敢乱动，但表面上还是极力装出一副镇定的样子。

白筱心，我就知道跟你在一起准没好事儿！此时，林森禾十分后悔自己竟然敢大半夜跟这个扫把精白筱心同乘一部电梯，真是百密一疏！

白筱心拿出手机，打开手电功能，想看看林森禾的情况，可是她刚迈出一步，就被林森禾立马制止：“别动！万一电梯掉下去怎么办？现在起码得在二十层以上。”

“不会这么惨吧？”白筱心撇撇嘴。

“跟你在一起，可真就不一定了。”林森禾紧张地抓住扶手。

白筱心在内心偷笑。她可算发现了，林森禾有个特点：惜命。

从他喝咖啡要放枸杞就能看出来，他是注重形式主义的养生中年大叔。并且遇到这种停电的简单电梯事故，他表现得竟然一点都不淡定，足以见得，这是一个很怕死的㞞人。

但对于这么“㞞”的自己，人见人怕的林阎王是绝对不会承认的。

此时，林森禾见白筱心还是一副满不在乎的样子，清了清嗓子，一本正经地在电梯里给她科普自己百度的电梯内自救知识。

“来，你像我这样，膝盖弯曲，踮起脚，靠近电梯内壁，抓好扶手。”

白筱心一脸疑惑地看着林森禾做出有点丑的自救姿势，犹豫着照做。她看着林森禾缓慢移动到电梯按键旁边，按下呼叫键：“喂，您好，林氏集团A座停电了，我们被困在电梯里，能帮我们一下吗？”

“好的，稍等。”

电梯里，两个人艰难保持姿势，白筱心已经腿脚酸软，一脸痛苦，明显撑不下去了。

“我好像站不稳了，要不我们休息一下？”白筱心可怜巴巴地看着林森禾，林森禾也暗暗松了一口气，看看四周并无大碍。

“行吧。”

白筱心龇牙咧嘴，活动着腿脚，林森禾抱腿坐在角落里，却一句话都不说。白筱心看着林森禾一脸严肃，紧闭双眼的样子，觉得有点好笑。

“林总，你是不是有点害怕？”

“没有，你不要说话，浪费氧气。”

这个男人死要面子到了一定境界啊！白筱心看穿一切似的笑了笑，故意用阴森的口气道：“其实吧，害怕的时候最好不要闭眼，会脑补很多东西呢，什么贞子，山村老尸，粉色高跟鞋之类的，那个鬼的形象呀，啧啧，就像放电影一样，好像一睁开眼睛就会看到他在你眼前。”

林森禾抿紧嘴唇，紧闭双眼，看似不为所动，其实早就把膝盖抓破了，眼前似乎真的有东西晃过。

这个家伙怎么知道他怕鬼的？说起来，他从小到大没看过鬼片，毕竟听说看恐怖片吓死的概率很高。

“我要是再从你嘴里听到那个字，你就别想见到明天的太阳。”

“哪个字啊？”白筱心故意折腾林森禾。

“闭嘴！”林森禾费力从口中挤出两个字。

白筱心忍住笑，拿出手机偷偷拍下林森禾的窘态，看到林森禾脸上有了细密的汗珠，似乎真的很痛苦，终于感觉不太对。她试探着轻轻摸上林森禾的额头，才发现一片冰凉，林森禾也被惊得抖了一下。

“你干吗？”

“老板，你好像在冒冷汗。”

“那是因为你太吵了。”

白筱心看出林森禾嘴硬，低头从包里翻找东西。林森禾本来闭着眼，突然发现电梯里格外安静，耳边只传来窸窸窣窣的声音。

“你在干吗？怎么又不出声了？”

白筱心终于找到了包里的解压玩具，用手一捏，解压玩具发出亮光。白筱心刚准备把玩具递给林森禾，林森禾却在此时睁开眼睛，看到一个披头散发面容诡异的女人对着他笑。

“啊！鬼啊！不要过来！”林森禾腿一蹬，直接把白筱心铲倒在他身上。

电梯突然亮了，维修工人站在门口，张大嘴看着姿势诡异躺在一起的两人。这个画面着实香艳，令人想入非非。

林森禾一把推开白筱心，起身整理好衣服，从容地迈出电梯。白筱心的脚崴了一下，挣扎起身，也走了出去。

此时，大厦管理员正不停地鞠躬给林森禾道歉：“林总，实在抱歉，电闸不知道怎么被拉起来了。”

林森禾唇色苍白，不耐烦地摆摆手，打发了管理员。白筱心一脸幽怨，一瘸一拐走到林森禾身边。

“你没事了吧？没事也早点回家吧。”白筱心根本来不及开口，就被林森禾自顾自接上了话，“对了，白助理，还有一件事，你不要把今天的事说出去，这是为了你好。”

白筱心嘴角一抽：“呵呵，我明白。”

林森禾从容地整理了一下衣服，拿出车钥匙，迟疑片刻，又把钥匙装回口袋，向外面走去。

林森禾招手拦下一辆出租车，可是刚上车发现白筱心也心安理得地坐了上来，关好车门。

“你上来干吗？”

“是送您回家啊，都这么晚了。”

实则白筱心想蹭个报销车费，这个点她可实在不想去赶末班地铁了。

“你自己重新叫车，我们不顺路。”林森禾本能拒绝。

“林总，你就别计较了，午夜出租有时候也很恐怖的，比如说……”

“住嘴！”

“好的，师傅，开车。”

……

这个世界上，人永远别太自信，觉得自己没有对手。俗话说，金钟罩铁布，一物降一物，总有一款能专治你不服。

第四章

白筱心看着林森禾无法挣扎的窘迫样子，努力忍住笑，追了进去。

1. 梦中惊魂

林森禾拖着疲惫的身体回家，坐在沙发上，松了一口气。他突然看到自己的口袋在发光，掏出来一看，是白筱心在电梯里要拿给自己的玩具。

林森禾捏了捏玩具，玩具果真亮了起来，林森禾把玩具扔到茶几上，把毯子披在身上裹住自己，渐渐地昏睡过去。

此时，白筱心却去而复返。林森禾下车的时候，竟然把手机落在了车上。她本想明天再拿给他，可又觉得没了手机，会各种不方便，她便咬咬牙让司机掉头。只是不知道等她一会儿出来的时候，还能不能叫到车了。

但为了遣散费，白筱心只得忍了。她的脚踝快肿成萝卜了，但她还是一瘸一拐地向别墅区走去，足足绕了大半个小区，才终于来到林森禾的别墅门口。

白筱心见里面没有开灯，也拿不准是不是走错了，刚靠近没几步，就看到林森禾车牌号 888 的黑色顶配凯迪拉克霸气地停在一旁的车库门口，里面似乎还有那款车牌号 666 的雷克萨斯和车牌号 999 的超跑？至于里面的她就看不清了。

看那架势，似乎是车库停不下了，他才把车停到车库门口的？

“嗬！这无声的炫富！”

白筱心三步并作两步，打定主意，甭管林森禾的沙发有多奢华，她都要上去躺一躺解放双腿。

“哇，虽然安保设施好，也不至于这么不设防吧？”

白筱心推开虚掩的大门，借着月光，小心翼翼地走进别墅，一边走一边打量这个传说中装满智能设备的别墅。她小心地避开满地跑的扫地机器人，然后将手机轻轻放到茶几上，却没有发现身后裹着毯子的林森禾。

“咝……疼！”

白筱心看了看红肿的脚踝，打算先找到卫生间冲一下，然后再贴上几张创可贴，不然明天她的脚怕是要废了。

“房子这么大，让我去哪儿找？”白筱心嘟囔着，拖着沉重的身子，一瘸一拐地朝着旁边房间一个一个摸去，结果打开了有钱人世界的大门。

“衣帽间？领带还能挂满墙，厉害！”

“我的天，这是名表专柜吗？一屋子的名表和配饰，这家伙有名表收集癖？也不知道上个锁。”

“哟，室内花园，看不出来活阎王还有这个闲情逸致。原来是自动灌溉调温系统，没意思。”

“哇，在家里弄冷库，林森禾这是嫌弃他不够高冷吗？”

“嗬，这门是通往露天泳池的，她再找不到卫生间，就在这泳池里洗脚。”

……

“我终于看到客房了，客房里面一定有洗手间！”

白筱心一瘸一拐地朝着洗手间跑去，然后仔细清洗肿成猪蹄的双脚。

此时，林森禾入梦，伴随着耳边哗啦啦的水声，他看见白筱心穿着一袭白裙从水中爬了出来，披散的头发却丝毫没有沾湿，双手僵直地伸着，追着他一个个房间不断地奔跑。

“你到底是谁？你别过来。”林森禾竭力想从白筱心的魔爪中挣脱出来。

“阎王大人，我是你的白无常啊……呵呵……”白筱心像女鬼般不停瞬移出现在林森禾的四面八方，嘴角阴笑，声音重重叠叠。

白筱心听到客厅有声音，走出来才发现林森禾盖着毛毯躺在沙发上。她自嘲眼瞎，悄悄地移过去，用手指戳戳林森禾的胸口，看着林森禾眉头紧皱，呢喃着，似乎陷入了梦魇。

梦里，林森禾恐惧地躲避着女鬼，朝着墙角退去，然后砰的一声撞到了墙角。在一旁目睹全过程的白筱心来不及阻拦，想想都替他疼。

一阵剧痛传来，迷蒙中林森禾睁开眼睛，模模糊糊看到披头散发身穿白衣的白筱心一张大脸就贴在眼前。

“啊，鬼啊！”

林森禾大叫着，像诈尸一般猛地弹起来，白筱心也吓得连连后退，结果踩到了林森禾拖在地上的毛毯，身子一个不稳，毛毯顺势又拉倒了沙发上的林森禾，两人如卷心菜一般，被毛毯卷在了一起。

“啊，你放开我！你要干吗？”白筱心丝毫没有意识到，她才是导致这种尴尬的罪魁祸首，最先叫喊了起来。

“别动！”头上的剧痛，加上白筱心撕心裂肺的叫喊，林森禾瞬间清醒了。他努力按住身下的白筱心，不让其继续挣扎。

白筱心丝毫不理会林森禾的警告，在下面挣扎着想出来，却动弹不得。两人贴在一起，脸也近在咫尺，很是尴尬。

林森禾抬头看了看周围，沙发和茶几之间还有一米多的距离，林森禾用身体的力量从左滚到右，滚了一圈才将毛毯散开。

“啪”的一声，被林森禾从毛毯里滚出去的白筱心脑袋恰好撞到了茶几。

“啊！”白筱心疼得直接闭眼，想死过去。

几分钟后，林森禾拎着药箱走出来。

白筱心坐在沙发上，用手机灯光照看磕出血的脑袋，嘟着嘴一脸委屈。

身高一米八五的林森禾单膝跪地，拿着棉签给她擦伤口，怎么感觉都别扭，干脆一把将她拉在地毯上跪着，他坐在沙发上。

白筱心被这突如其来的变故惊得目瞪口呆：“老大，我才是受伤的人吧？”

“那样我不趁手。”

白筱心无语地想去摸脑袋，却被林森禾一只手拍开。

“别碰，脏手碰了会感染。”

白筱心生无可恋地跪在地上，挑着眉，一副任君蹂躏的样子。

难得看到这家伙安静一会儿，林森禾认真地用药水给她涂抹伤口，丝毫没有在意她疼得龇牙咧嘴。

2. 老板做的面，哭着也要吃完

“下次未经同意，你不许进我的房子。”想起刚刚尴尬的一幕，以及丢人的梦境，林森禾冷着脸命令道。

“拜托，总裁大人，是你的手机丢下了，我好心送来的。而且，幸好我过来了，如果我不来，您家大门这样敞开着，万一进了贼，呵呵，恐怕那时您哭都来不及。”

“这个小区住的人非富即贵，安保森严！”林森禾嘴角扬起，充满了嘲讽，“一般像你这种闲杂人等是根本进不来的。”

“行，我是闲杂人等，算我白操心。”

这次明显自己获得了胜利，林森禾一时间有点扬扬得意，语气加重了三分。

“白操心，你把胶布递给我。”

“你……”

白筱心直翻白眼，一脸无语，愤愤地把胶布递过去。

林森禾抬起白筱心的脚，看着滑落到腿根的白裙，眼前的美腿，以及若隐若现的裙摆，突然滑动了一下喉咙，一把将白筱心扔开，尴尬地将胶布递了过去，让白筱心自行处理。

白筱心吹胡子瞪眼，真是总裁的脸六月的天，说变就变!

此时，处理好伤口的白筱心肚子又奏起了交响乐。

林森禾忍不住嘲笑她："哼！"

白筱心嘟囔："你哼什么？我跟你这种天天通过健身保持身材的大叔又不一样，人家还在长身体呢，加班到现在一口东西都没吃。"

林森禾看着委屈巴巴的白筱心，突然有一丝不忍。

一刻钟后，白筱心坐在餐桌前的高脚凳上，看着林森禾端来一碗"热气腾腾"的面，满脸兴奋地接过来，顺便搓搓手。

不过，她看向面，鸡蛋已经打成了糊糊，青菜叶也是一整条，似乎还挂了点冰霜？大蒜和香葱是整块整段的？她愣住了。

"怎么了？老板下厨，你感动得不知如何开口吗？"

白筱心看着那面，无语地摇摇头，但是转头又看到林森禾阎王般瘆人的表情，一副只要自己敢说不，就将她和面条一起丢进垃圾桶里的模样，她就连忙打哈哈。

"何止，老板的美意，感动得我都快哭了。"

"那你快吃吧，吃完了赶快走，别影响我休息。"林森禾将抹布放在餐桌上，就要离去。

"等等，老板，你家冷库是用来干吗的？还有，这是什么面啊？"白筱心摸着温度明显不对的碗，一脸忧心忡忡。

"冷面。"林森禾说完，不再理会白筱心，径直离开。

白筱心探了探碗上的凉气，只得挑了一筷子面吃起来，发觉味道还不错，露出欣喜的表情，呼啦啦吃起来。

林森禾一只手搭着沙发，跷着二郎腿坐在沙发上看电视，还偷偷看一眼背对着自己的白筱心，看她吃得挺开心，一时间心里甚至有些得意。

白筱心吃了面，端起碗将所有的汤全部喝下去，就看见林森禾的侧脸，这张脸其实并不难看，仔细看过去甚至有点帅是怎么回事，无奈就是脸太臭了，总是摆着别人欠他钱一样的表情。

白筱心的身体不禁打了哆嗦，难道自己斯德哥尔摩综合征上身了，还被他虐出感情了？

"谢了，老板。我走了，不用送！"白筱心刚想开溜，却被林森禾拦住去路。

"等一下，身为助理，我再给你加三条规矩。"

既然一时间他不能将她赶走，况且她确实有着非凡的毅力，他此时也有些动摇自己要赶走她的念头。

不过，有些事情能避免，还是避免比较好。

白筱心扬了扬眉头。林森禾语气平和，慢条斯理一条一条地说着。

“以后，不许你披头散发，不许你拿着手电在脸前面乱晃，不许你跟我同乘一部电梯，同坐一辆车，不许你走路没声音，还有，不许你再穿白裙子出现在我眼前，记住了吗？”

白筱心愣住了，掰着手指数数：“老板，你确定这是三条规矩？”

林森禾走向一旁的柜子，不一会儿就翻出一个小铃铛银圈，拉过白筱心的手，不顾白筱心的错愕，强硬地套在她的手腕上。

这是几个意思？养狗吗？白筱心瞪大了眼睛。

林森禾满意地拨了两下，铃铛发出清脆的声响：“不许拿下来哦。”

不等白筱心反应，林森禾不由分说拉起白筱心将她推出门外：“车已经帮你叫好了，晚安，白助理。”

砰的一声，林森禾毫不犹豫地关上了房门。

午夜的风呼呼地刮过，白筱心将手臂提起来，看着手腕上的铃铛发出脆响，氛围显得有些诡异。

怎么，给狗挂个铃铛，走哪儿你都听见响声是吗？

白筱心对林森禾的奇特行为已经见怪不怪了。

“嘁，我还不许你做梦梦到我呢！”白筱心甩着铃铛大步流星地离开了。

周末，白筱心终于迎来了毕业典礼，短暂地参加完流程化的毕业典礼，和几个好友穿着毕业服留念之后，就是大工程搬家了。

宿舍里，大包小包全是白筱心的行李箱，都没有地方下脚了。白筱心正填写着快递单，将所有的东西寄走。

“筱心，你姑姑家不就在市内吗？你找车直接运回去就行了，怎么还快递呢？钱多烧得慌啊？”罗丹丹一脸奇怪地问道。

白筱心的家境并不算好，熟悉的人都知道，她母亲为了生她弟弟难产而亡，后来父亲也也在一场火灾中离世。她被外婆抚养长大，高中时她的外婆也去世了，只剩下她和唯一的姑姑相依为命。于是，她大学毕业后，也自然搬去和姑姑住在一起。

“你才钱烧得慌呢，我同城快递的费用，一公斤才十块钱，我这些东西顶多三百元到头了，人家还取货上门，再送货上门。可我若要找搬家公司，不得收五百啊，而且搬上楼还要另外加钱，你仔细算算哪个划算？”

“哇，你不愧是总裁小能手，这没到一个月，账是算得越来越明白了啊。”

白筱心得意地扬扬头颅，窝出她训练有素的肱二头肌：“我在捶打中百炼成钢。”

丹丹忍不住鼓掌，不得不佩服白筱心的天赋与资质实在是超越同龄孩子太多了。

次日下午，快递准时到达白筱心的姑姑家门口，一栋普通的居民小区。白筱心一一签收快递，然后开始将衣物拿出来整理。

直到大半夜，房子主人白筱心的离婚后的单身姑姑白真真才拖拉着行李箱回到了家中。

“白真真，你可算回来了！你还有没有良心？说好庆祝我毕业，为我接风洗尘，你可倒好，出差都不跟我打招呼，还好我有钥匙，不然我今天被学校赶出来要露宿街头了！”

白筱心收拾了一天行李，累得够呛，见姑姑回来，忙不迭地吐槽。

白筱心这个亲姑姑，年纪比她大个十来岁，心智却和她是一样的。白真真没有孩子，只有过一次短暂婚姻，因此模样也保持得十分年轻，平日里小男朋友不断。两人说是姑侄关系，却一直亲如母女，不过相处模式嘛，却是妥妥的亲闺密。

白真真扭着脖子，翻着白眼：“吵什么吵，你不是也说了吗，我那是出差！倒是你，上班才几天哪，就弄成这副狼狈样，以后出门别说是我白真真的女儿，丢脸！”

“本来就不是，我叫你一声老娘你就敢接，也不怕把自己喊老了。”

白真真路过白筱心身边，眼尖地发现了她手上戴着的银铃铛：“这是什么玩意儿？你可从来不戴这么老土的东西。难道是定情信物？”

白真真的联想力还真是有够强的。

“这个？我也不知道，我们老总挂的，可能是嫌弃我走路没声吧。”白筱心想着林森禾的三条规矩，无奈地耸肩。

白真真却一脸不信：“你跟姑姑说实话，你是不是谈恋爱了？你知不知这种东西，除了是定情信物，只有送宠物才会送铃铛的，你是猫还是狗啊？”

“你在想什么啊？我说你好歹也算是一个小有名气的舞蹈家，脑子能不能干净点，少想点社会阴暗面？”

白筱心原本还不知道白真真在说什么，可一看到白真真一副八卦的样子瞬间了然，她这个亲姑不是一般的不正经！

“我要睡觉了，锅里有面，你自便吧！对了，从明天开始，我上班要骑你的电动车。”

“不借。”

“我没说借，我说要用。”

凌乱的两居室里，两个女人一晚上斗嘴的声音此起彼伏。

3. 黑白无常组 CP

周一，难得一次来得早，林森禾没有看到白筱心招牌式的欢迎，竟然倍感轻松，喝着手下黑风冲泡的咖啡，坐在老板椅上，听黑风汇报蓝洞最新的检测情况。

白筱心每天上班第一件事就是准备咖啡，然后到电梯口迎接林森禾，结果今天刚到茶水间就发现咖啡机被人动过。

白筱心推开虚掩着的实木大门，惊奇地发现，向来踩点上班的林森禾竟然提前来了不知多久。

“我不是让你戴铃铛了吗，怎么走路还是没声音啊？”林森禾看着不知何时出现在他面前的白筱心，吓了一跳。

“老板，是你想事情太投入了吧？”白筱心晃了晃手腕上的铃铛，一脸无辜。

林森禾这时才发现，白筱心今天脱掉了白色长裙，换成了白色衬衣配花短裙，手上戴的铃铛丁零作响。

林森禾看着白筱心如此乖巧，脸色终于缓和了一点，脑海里不禁浮现大前天晚上，白筱心和他抱在一起的情形，有些尴尬。

“好了，你先出去吧，一会儿有事我再找你。”

“哦。”白筱心点点头离去，顺便瞥了一眼林森禾面前站着的清秀少年，似乎两人正密谋着重要的事情。

咦，这位帅哥，她怎么从来没见过啊？

白筱心看着面前一身黑衣，似乎是林森禾特别倚重的人，突然想起小兰姐留下的手册里提到过这号人物。

没错，就是那个林森禾最信任的司机兼保镖——黑风！

黑风，2001 年出生，林总的助理兼司机，19 岁，林森禾身边头号不能招惹的人物，危险级别四星半。忠犬少年，稳重老成，秉持了林总话不多的特性，但经常语不惊人死不休。

“呵呵，他比我还小 1 岁，我以为起码得跟阎王一个年纪呢。”不过看这介绍，确实跟林森禾很像，那他一定很了解林森禾吧？

白筱心叼着笔，在转椅上转来转去，然后扯了扯嘴角，一个计策涌上心头。

不一会儿，她见黑风从办公室出来，坐在自己的工位上忙起来。她殷勤地端上一杯手磨咖啡：“哎呀，小帅哥，你就是黑风吧？我听别人说你特别神秘，果然是闻名不如见面。”

“我姓‘贺’，那个字念‘hè’。”黑风咬牙吐出几个字，他最讨厌有人念错他的名字了。

“明明就是黑风嘛，我又不是不认字。”

“百家姓里念‘贺’！”黑风坚持。

“现在新华字典里写都只读‘hēi’，黑风，这是林总让我给你打印的文件，我帮你弄好了。”白筱心将手中的文件整理好，装订成册递给他，笑眯眯的。

黑风不想再跟她争辩，拿着文件幽幽离去。

……

黑风回到工位没多久，不一会儿，一张抹布出现在桌面上，白筱心笑意盈盈道：“黑风，你这几天没来，桌子都落满灰脏了，要不我帮你擦擦？”

又一会儿，白筱心举着一个喷壶出现在他眼前：“黑风，你这桌上的花儿都快枯了，我帮你浇浇？”

“你是保洁吗？”黑风终于忍不住抬起头询问。

“什么？”白筱心一脸蒙。

“如果你不是保洁，你为什么要帮我擦桌子、浇花？”

……

白筱心看着黑风高冷离去的背影，气得一抹布甩在桌面上。

这黑风也太难讨好了，一个小司机竟然也和阎王一样是张臭脸，简直是黑无常！

高冷男可是她白筱心最讨厌的物种之一，除了不懂情趣，还有一个原因，跟白筱心的情史有关。

在白筱心的口中，她的情史那叫一个丰富动人，什么浪子、逍遥剑客、白衣飘飘温婉少年，都是她的前前男友。可实际上，她是从来没有正儿八经谈过恋爱的小白。

唯一算得上的情史，是她大学主动追求过的一个高冷型男生，最终被那男生以我不喜欢太做作的女孩为由拒之门外。她那颗碎成渣渣的心，现在回想起来仍然隐隐作痛。

因此，白筱心最讨厌的男生类型就是高冷，所以从这一刻起，黑风也被她划分到远离人群的一类。

总裁办公室，落地窗内，林森禾看着门外一黑一白两个人影并肩站立，绝望地叹了一口气，对身旁的游清泽悠悠开口。

“清泽，你说白筱心和黑风像不像黑白无常啊？”

“嗯，确实挺像，一个姓白爱穿白色，一个姓黑只穿黑色。一个话痨，一个哑巴，两个人年纪也差不多吧，再加上你这个冷面阎王，我觉得不用申请，你们三个就可以开一个阎罗殿了，不过你放心，我不给你当判官，也不做你的牛头马面。”

林森禾被游清泽噎了个半死，狠狠地放下茶杯，将他推了出去，拿起茶几上的文件翻阅起来。

游清泽却笑而不语，似乎那个正常的林森禾又回来了。

4. 定制礼服

此时，办公室里只剩下林森禾一个人，他揉了揉脑袋，低头看着行程表上董事会联席会议几个字，又觉得头疼。

众股东要求下周开董事会，无非是想逼着他开岛，让三明岛的计划继续下去，然后用各种手段将投进去的钱捞回来。

可是这个岛不能开，他出事故的原因至今没有明晰，也就是说，三明岛还存在很大的隐患。

林森禾不知道自己是不是真的穿梭了时空，还是说进入了另一个平行空间，但不管是哪种情况，如果蓝洞事故只是自然意外还好，若不是，那就很可怕，因为这说明蓝洞底下藏着未知的危险。

不论何时发生，或者发生到谁的身上，那对林氏都会成为一个巨大的打击，让林氏失去各方的信任，从而真正导致三明岛几十个亿血本无归。更何况，这件事很有可能直接威胁到他林森禾的生命安全。

三明岛项目不能继续，准确地说，蓝洞计划不能继续。

可是他该怎么做，才能让董事会相信他，相信这个项目真的存在风险？

林森禾依靠在沙发上，想着事情，浑浑噩噩地进入梦乡，然后看到他的父母沉浸在海水中，朝着他张开双臂，呼唤着他。

他刚要过去，却发现白筱心披头散发地出现，身上缠着铁链朝他扑来，他想躲，却发现根本动不了，然后黑风不知从哪里出现，朝着白筱心扑了过去。

林森禾惊醒过来，就看到黑风没有表情的脸在他面前晃悠，吓得林森禾差点掉下沙发。

“老大您醒了，事故组的专家告知我有重大发现，所以我没敲门就进来了。”

林森禾松了一口气，一边端起茶杯，一边接过黑风的报告，但当他看到最新的检测结果时，惊讶得差点将水杯中的水喷出来。

“潜水设备有安全隐患？”

“是的，本来我们是找日内瓦的专家做海底蓝洞的磁场检测，但是他们在使用我们的装备下潜中，发现我们的潜水设备质量不达标，下降到蓝洞区域，氧气瓶的压力就会无法承载。”

回想上一次在海底，确实是白筱心的氧气瓶先出了问题，看来上次的事故真是一场意外？

“全面检查，追溯设备问题的责任人。”

“好的。”黑风领命而去。

林森禾正在挠头中，白筱心又适时地送上下午份的咖啡。

“老板，咖啡。这是各部门要您签字的文件。还有，第十届华沙商界精英晚宴主办方邀请您作为嘉宾出席，您要不要参加？”

白筱心端着她的专属发明——托盘，走进办公室，将需要处理的文件放在办公桌上，然后拿起一旁文件栏中的文件，挨个检查，轻车熟路地将签过字的文件放进托盘，没签过字的单独整理出来。

“推掉。”林森禾头也不抬。

“好的，林总。”白筱心没有丝毫意外，将她查出来的错漏用标签贴好，递给林森禾。

“等一下！”白筱心刚要离去，林森禾突然叫住她。

林森禾犹记得上一次他也是推掉了晚宴……无论如何，他要在每一件经历过的事情上做出不一样的选择，或许才有可能改变结局。

“我要参加晚宴，你去好好准备一下吧。”

“好的。”白筱心并没有觉得不妥，她已经对这份助理的工作越来越得心应手。更何况，她还有《总经理助理守则三千条》的教学秘籍。

白筱心坐回工位，翻到宴会篇开始阅读。

“宴会篇，林总一般不参加任何政商界宴会，若有特殊宴会，需准备意大利Kiton店的定制西装和领结……啧啧啧，果然矫情的人用起东西来都很矫情。”

白筱心一边在心里感慨，一边拨打手册上的电话，然后跟对方的店长约好取货时间。

华沙晚宴当天，游清泽办公室里，林森禾推门而入：“清泽，下午有没有事？”

“没有，怎么了？”游清泽抬头，满脸笑意，林森禾小时候只要问他这句话，不是带他去钓鱼，就是带他去摸虾。

“你陪我去参加一个晚宴。”

“哦？”游清泽神情诧异。

另一边，白筱心穿着一袭米白色礼裙，化着精致的妆容，行色匆匆地走进一家高档定制西装店，但是一进门就被一阵烟味呛到。她在确定自己没有走错门后，抬起头就对上了一个中年大叔，胡子拉碴，嘴里叼着一根烟。

“先生你好，公共场所禁止吸烟。”一旁的服务员连忙制止，并对白筱心报以歉意，“抱歉，客人。”

“我知道了，已经买单，可以走了吧？”男子皱着眉头，明显不悦，口中还在努力吸吮着烟。

白筱心看着大叔落寞远离的背影，不知怎么想到了林森禾，想到若干年后林森禾会不会也是这样——标准的寸头，踩着人字拖，一脸忧郁，想想就起鸡皮疙瘩。

直到一声尖叫将她从幻想中唤醒，只见一旁的花盆中有烟头掉落下来，瞬间将西装烫了一个洞。

附近的服务员立刻朝这边聚拢，众目睽睽下，看着白筱心扒着裤子抠出一个小洞。

“服务员，烂洞了！”

“小婷，这是怎么回事？”一个经理模样的女人高声询问，脸色变得煞白。

“这一套西装价值十几万，小婷你怎么赔啊？”一旁的服务员小声嘟囔，也不知道是幸灾乐祸还是在好心提醒。

“不是我啊，不知哪儿来的烟头从花盆里掉下来了。”小婷一副惶恐不安的模样。

“是刚刚走掉的那个客人，他的烟头没掐灭。”收银台旁另一名服务员惊呼。

“白小姐，实在抱歉，这是我们的错，我们会给林先生重新定制一套礼服，下周送上门。”经理明显愣住了，没想到会是这种原因。

“宴会还有不到两个小时就开始了，要不你先给我找一套替换的？”白筱心几乎无法控制面部表情，她拿着破洞裤回去，会不会被算作工作失误？

“每一件西服都是定制的，我们暂时找不出能替换的，您看……”经理为难地看着白筱心。

白筱心拿起西服裤，看着破洞是在裤子口袋那里，灵机一动。

5. 华沙晚宴

林氏集团大楼，游清泽陪着林森禾有说有笑地走出总裁办。

“华沙晚宴每年的邀请你都不去，今年是怎么了？”游清泽整理着蝴蝶结领带，笑着询问林森禾。

“不是你说我压力太大了吗？我去感受一下竞争惨烈的同行，找找自信。”林森禾随便找了一个借口，抬腕看看手表，皱了皱眉头。

游清泽微微一笑，虽然不知道森禾为什么改变了，但这样的变化倒也挺好。两人刚一出电梯，就看到白筱心捧着西服慌慌张张地从外面赶来。

“白助理，你可差点迟到了哦。”游清泽脸上笑意满满。

“你怎么才回来？”林森禾的黑脸亘古不变。

“我……我去拿西装了，出了一点小意外。”白筱心故意喘着粗气，掩饰她的慌乱。

“你怎么又穿白裙子？”林森禾看着白筱心一袭白裙，竟然跟两人进入蓝洞时穿的一模一样，立刻后背发麻。

“老板，这是米……米白色好吧，不是白的。”白筱心抽抽嘴角，她衣柜里只有这条裙子最贵好不好？

“森禾，要迟到了，快走吧。”游清泽看着想给白筱心找碴的林森禾，急忙打圆场，拉着白筱心不由分说地走出了大堂。

华沙晚宴现场，户外花园旁的大厅里，名流们穿着晚礼服和西装，拿着酒杯穿梭。白筱心穿着游清泽刚刚叫人送来的抹胸粉色晚礼短裙，在角落里盯着和主办方讲话的林森禾，内心忐忑不安。

“怎么了，筱心，你今天看起来有点紧张？可别告诉我是怕裙子掉了哦。”游清泽端着酒杯走过来，心情十分愉悦，在胸口比画一下，打趣白筱心。

“啊，没有啊。我在看林总，林总今天穿这套西装真帅啊。”白筱心不走心地敷衍着。

游清泽欣慰地望过去：“是啊，只要森禾站在人群中，就会夺去所有人的光芒。”

白筱心眼神游离，丝毫没有注意到游清泽的满足与倾慕，目光紧盯着林森禾的裤子口袋。在那里，林森禾的裤子口袋有一坨颜色不太一样的东西。

没错，那就是她当时灵机一动，问店员要了一块西装布临时补上的。

白筱心此时在心中默默祈祷：千万不能被发现，不然他可找着机会开除我了。我不但没有赔偿金，搞不好还要倒贴十几万。天哪！

“那个，游总，你先忙，我去看看林总有什么需要帮助的。”

“好，你去吧，别紧张。”游清泽仍然那么温柔。

“那等一下主持人会邀请您上台发言……”

“好，我知道了，您安排。”

林森禾应付完主办方，回头就发现微笑跟他打招呼的白筱心，他难得看到白筱心有些闪亮的打扮。一抹低胸晚礼服裙，衬托她精致的小脸璀璨耀眼。林森禾看着她有些恍惚，刚想开口夸赞两句，一位老总挥手向林森禾走来。

“林总，好久不见啊。”

“好久不见，明总，您越来越有精神了。”

两人握了握手，林森禾习惯性地去插口袋，白筱心生怕他那修长的手指戳出一个洞洞来，赶紧递上两杯酒，上前打断他们：“林总，酒。”

林森禾自然地将酒接过来，递给对面的老总一杯，两人碰杯。

“谢谢，怎么样，你爷爷最近身体好吗？”

“老爷子一直在南海休养，最近还弄了一个农场……”

林森禾将酒杯放在走过的服务生托盘中，手又要插口袋，白筱心赶紧又递上纸巾。

“林总，纸巾。”林森禾愣了一下，接过来擦擦嘴。

“哈哈哈，那就好。改天我去南海看看老林总，你先忙着，我去和主办方打个招呼。”

明总看了一眼白筱心，“识趣”地离开了。

林森禾朝着明总点点头，习惯性地又要插口袋，白筱心屈膝，直接将一块蛋糕递到林森禾悬在裤腿边的手上。

“林总，吃蛋糕。”

林森禾看着屈膝的白筱心没好气：“白筱心，你今天故意找碴是吗？”

白筱心立即把头摇得像拨浪鼓一般，手中的蛋糕却坚持要递给林森禾。

“我警告你，在外人面前给我老实一点。”林森禾接过蛋糕放在桌上，看着小鸡啄米一样点头的白筱心，感觉莫名其妙，可又实在看不出她到底想搞什么花样。

当两个人大眼瞪小眼对视的时候，入口处一个看似是记者的男人，挂着相机，戴着帽子，低着头走进了会场。男人在角落里抬头巡视四周，眉间却有一条肉印的刀疤。很快，男人的目光锁定了远处的白筱心和林森禾，偷偷地拍起照片来。

白筱心满脸媚笑，看着林森禾，当她的嘴角快要笑抽的时候，舞台上灯光汇聚，诸多人围了过来。

“女士们，先生们，第十届华沙商业精英的颁奖环节即将开始。首先，有请我们的主办方张先生致辞。”

掌声雷动中，主办方走上台。林森禾跟着往舞台附近走去，白筱心抬脚低头跟上。以至于林森禾突然站定的时候，白筱心没看见，直接撞到了林森禾宽实的后背。

“你毛毛躁躁的，离我远点儿！”

白筱心后退一步，撇撇嘴，摸着脑袋。

“接下来，有请第十届华沙商界精英会评选的年度最具商业价值的企业家——林氏集团总裁林森禾上台发言。”

台下掌声雷动，纷纷议论林森禾这次罕见公开亮相。林森禾穿着笔挺的暗条纹意大利名牌西装，满面笑容地从侧面走上讲台。

不过此刻，白筱心在下面提心吊胆，林森禾每走一步，她的手就不自觉掐自己一下，等到林森禾在讲台上站定，她的手臂上平铺的指甲印就像狗咬的一般。

“大家好，我是林森禾，很荣幸荣获主办方冠以最具商业价值企业家的荣誉……”

没有了白筱心的阻拦，林森禾最终还是将手指伸进口袋，然后白筱心清楚地看到林森禾的手指戳破那块潦草缝上去的破布露了出来。

完了！

“哎，他怎么不说话了？哎，林总的裤子是破洞了吗？不会吧？”前排有人开始指指点点。

“林氏集团成立二十载，经历无数风雨，如今已是华沙最大的房地产企业之一……”林森禾的临场应变能力很强，很快将手掏出来，假装将手垂在裤腿侧，掩饰着盖住破洞，继续淡定地发言。

“未来，我希望林氏即将开启的国际三明岛能够为华沙乃至整个华南地区的经济发展贡献微薄力量。”林森禾发言完毕，一只手还捂着另一侧的口袋鞠躬。

白筱心看着林森禾一边说话，一边眼神狠戾地瞪着她，她打了一个激灵。此时，只有一曲《凉凉》送给今天的自己。

“再次感谢林总的发言，接下来……”

林森禾礼貌地微笑着，将话筒递给主持人，走下台便冲着白筱心而来。

白筱心连忙拨开人群飞奔。三十六计，溜为敬！

6. 刀疤男现身

“咔嚓……”

闪光灯突然闪了一下，打断了林森禾欲追向白筱心的脚步，他转过身，有个神色古怪的记者举着相机在拍他。

两人四目相对，林森禾看清了那人脸上的肉印刀疤，突然，那一瞬间的记忆仿佛激活重启，那漏掉的最关键的线索，此时此刻如同尘封的密码箱被猛然打开。

记忆中的片段在林森禾脑中一晃而过。

画面里，在蓝洞潜水的那个夜晚，他和白筱心站在潜水船上，一个压低帽檐的人半蹲着给他们两个穿戴氧气设备和安全带。当他低下头时，看到那个面无表情的工作人员，头上便有一道若隐若现的肉印刀疤。

当时他一心扑在顺利完成深潜上，对这个人并没有什么印象。不久，白筱心在水下氧气罩脱落，氧气瓶的指示灯闪烁，显示氧气不足。

林森禾忽然反应过来，背后一凉，难道是他？难道白筱心的氧气瓶被动过手脚？如果真是这样，那么那次的意外是人祸，而不是天灾？

如果是其他人，可能早就忘记了，但是他不会，他有着过目不忘的本领。

林森禾再次看向他，却发现他已拨开人群离去，林森禾连忙追上去，循着那个疾步离去的人影，穿过后厨的走廊，来到一间空旷的仓库内。

白炽灯照耀着仓库，里面空无一人，林森禾突然听到唏嘘的声音，随手抄起一根铁棍，屏住呼吸，压着脚步声，慢慢朝着灶台的背后隐藏处走去。

他一步跨过去，扬起棍子，却看见一个坐着偷吃蛋糕的厨师吓得张大了嘴巴，抬起头才发现厨房另一边还有小门，赶紧追了出去。

林森禾推开门，发现是空无一人的后花园，而神秘人早已不知去向。林森禾还想追出去，但此时突然头痛欲裂。

拐角处，从正门逃到这里的白筱心听到身后有响动，一回头差点撞见林森禾，赶紧吓得回身跑，然而却看见林森禾抱头弯腰，一副痛苦的样子，又走回来扶住他。

“林总，你没事吧？我……我错了，我不是故意让你出糗哦，那裤子上的洞是一个意外。”

林森禾看到白筱心，满脸愤恨，却苦于难言的头痛无法发作，扶着墙朝休息区走去。

“白筱心，我不想再听你多说一个字。我给你遣散费，你现在给我走人。”

林森禾此时是真的急火攻心了，但并不是因为一个裤子的破洞，而是他上一次意外死亡事件的漏洞。

“哎，不是，我真的是……”白筱心欲辩无言。

林森禾的汗水往下淌，咬牙忍着痛打断白筱心。

“消失！”

“哦。”白筱心讪讪地离去。

“我明明赢了这个阎王，还不用赔西装钱，应该高兴才对啊，怎么开心不起来呢？”

“他似乎不太舒服？”白筱心露出一丝心疼的表情，突然反应过来，敲敲脑袋。

“白筱心，你是不是太阳晒久了变白痴了？他都让你消失了，你管他干什么。你不开心，肯定是因为再也见不到游帅了。对哦，要离开了，我去跟游帅打个招呼吧。”

白筱心四处寻游清泽，却看见远处游清泽扶着林森禾走进室内，犹豫了一下还是跟了上去。

游清泽带着林森禾来到卧房休息，给林森禾倒了一杯白水，担忧地问：“森禾，你怎么了？”

“我好像看到了那个潜水时害我们的人……”林森禾喃喃。

“什么害你们的人？”

“没事，就是我上次跟你说的，我和白筱心掉进蓝洞的那个梦。”林森禾叹了一口气。

“喂，爸……你的司机呢？……好吧，你把地址发我吧，我去接你。”游清泽的手机响了起来。

“游叔怎么了？”

“他请老何他们几个股东吃饭喝多了，叫我去接他。”

“那你快去吧。”

“我先送你回去。”

“我没喝酒，休息一下，可以自己开车回去。”

“好吧，那你躺一会儿。不行就叫黑风来接你，他应该没走远。”

“好。”

白筱心躲在房间外，自然完整地听到了他们的对话，瞬间毛骨悚然起来。蓝洞，她下意识想起那个困扰她多日的怪梦。

“难道她梦里的那个人是林森禾？”

然而下一瞬间，白筱心的注意力被游清泽的动作吸引，只见林森禾躺下去，他拿着毯子温柔地给林森禾盖上，顺便还给林森禾按摩了几下。

从白筱心的视角看，游清泽和林森禾贴得很近。林森禾闭着眼睛似乎很享受，而游清泽则温柔地注视着林森禾，手中动作不断。

白筱心神情复杂，想起在办公室茶水间和公司的老员工田姐聊到的八卦。

“不会吧，田姐，林总对外从来没有谈过女人？真的假的？”

“我来公司十年，我从没看见过林总有女伴。任何晚宴、聚会、公共场合，从来都是游总陪他出席，所以你品，你细品。”

回忆到此结束，白筱心瞪大双眼，差点叫出了声：“难道他俩的传闻是真的？不是吧！”

白筱心再看过去，发现游清泽准备出来，赶紧闪身，落荒而逃。

白筱心来到花园长排的自助餐饮区，颁奖晚宴早已结束，花园里有萨克斯乐队正在演奏爵士乐，剩下一些年轻人在畅饮。白筱心郁闷地看着眼前的大餐，肚子又不争气地叫了起来。

“反正明天也不上班了，最后的大餐，不吃白不吃。”

白筱心一个人拉开椅子坐下来，夹了一大块牛排，开始切着吃。

“唉，这么好的一头翡翠大白菜，怎么被林森禾这头猪拱了呢？真是可惜。”白筱心边胡吃海喝边吐槽。

很快吐槽变成了感慨，她两三口吃完一整块蛋糕，又拿过一杯鸡尾酒灌着下肚。她往远处一扫，两眼再次放光：“我居然没看到海鲜！”

白筱心又拿起盘子蹿到其他地方，夹着阿拉斯加大螃蟹腿，超大个的皮皮虾，香煎生蚝，鱼子鹅肝……

“如此场景，如此美食，还有如此土豪，实在是直播的好机会，我不能浪费，鬼知道下一次参加这种晚宴是什么时候？”

吃得差不多后，白筱心终于想起她的第二职业——主播。

既然她没有工作了，总得找点挣钱的渠道不是？

于是白筱心从粉红色包包中将从不离身的设备抽了出来。

7. 男友力爆表

“等一下，就这里，放大！”

监控室里，监控人员将画面放大，主办方张先生正陪着林森禾在监控室调全场的监控，张先生冷汗涔涔，而林森禾却环抱双臂，眼睛一眨不眨地盯着屏幕。

林森禾清晰地看到了男人脸上的刀疤，藏在手臂下的拳头也不由得攥得更紧了。

“这个人是怎么进入会场的？”林森禾的声音满是寒气，将周围几名工作人员吓得大气不敢喘。

旁边主办方回头看向身后负责活动的小伙，小伙战战兢兢地开了口。

“我们邀请了一些媒体嘉宾，这个人身上挂着记者证，应该……”

“我需要他的证件身份，以及监控拍摄到的所有视频资料。”

主办方张先生和小伙都不明所以地看着林森禾，自始至终，林森禾都没有说过任何理由，只是不断地催促他们带他查看监控。

林森禾往外走，主办方跟在后面道歉。

“如果我没猜错，这个人的身份应该是假的，还刚好拍到了一些不该拍的东西。”

“林总，真没想到会发生这样的意外，我一定帮你彻查到底。”

“这件事你要绝对保密，把我需要的东西给我就好。”

“好的好的。”张先生连忙点头称是，跟上林森禾的脚步。

“谢谢这位帅哥的飞机！哦，这位先生现场给我们刷了一个火箭，那还有没有其他先生有兴趣参与……”

路过的林森禾正要离去，突然听到一个熟悉的声音，瞬间停下脚步回过头。

此时，音乐畅饮区里，白筱心正在拉在座的青年才俊现场直播，她俨然是一个带动气氛的 DJ，不时还会接过身旁人递来的各种饮品，她竟然来者不拒，都灌进肚子里，然后还死皮赖脸地挨个座位要礼物。

林森禾扶额，这家伙临走还不忘给他丢人，他能不能装作不认识白筱心？应该没人记得白筱心是他带来的人吧？

林森禾不理会张先生还跟在一旁，快步走进大厅，绕开畅饮区，心中还在默念：这人已经被我开除了，跟我没关系。

当林森禾即将离开大厅的时候，忽然白筱心身边那几个给她递酒的男子吸引了他的注意力，那不是最臭名昭著的几个花花公子吗？

他看着他们猥琐的眼神，上上下下毫不顾忌形象地打量白筱心，那样子就像下一秒要把她吃掉一般。

不知为何，林森禾内心升腾起一股不安，他来不及多想，快步走进畅饮区，拨开包围白筱心的重重人群，硬着头皮将白筱心拽了出来。

“啊！”

忽然的拉力让白筱心一个不稳，整个人朝后倒去，眼见着要摔倒在地，林森禾又一用力，从后面扶住了她。

“林……林森禾？”白筱心难以置信地盯着眼前的面瘫脸，他不是应该被黑风接走了吗？怎么在这里？

围观的人群此时才认出眼前的这台制冷机，正是活阎王林森禾本尊。

天哪！从无绯闻的林阎王竟然将这个女主播揽在怀中，这是什么情况？众人纷纷对视，一时间竟然忘了拍照截图。

“林总，这是……”

主办方张先生已经见识过林森禾的霸道，生怕再弄出一个什么不该看的东西，连忙开口询问。

“我助理。”林森禾皱着眉头，虽然他很不想承认，但现在这情景不解释更麻烦。

“No,No,No，是前任助理。林总，您刚不是把我开除了吗？”白筱心半靠在林森禾怀中补充。

主办方一脸尴尬：这算什么情况？

林森禾将白筱心放开，厉声呵斥：“你给我出来！”说完，他拉着白筱心的胳膊朝外走，丝毫不理会周边人的面面相觑以及白筱心的跌跌撞撞。

林森禾走进花园，才将白筱心甩到一旁，却听到“哇”的一声，白筱心扶着一旁的树干，蹲在那里干呕了起来。

“可能是喝多了。”主办方张先生一脸尴尬，这助理可真厉害。

林森禾皱着眉，看着白筱心瘦小的身影似乎随时会倒下去，脚上的鞋子也不知道飞哪里去了，心中不禁升腾起担心。

“哼，不会喝酒还装大爷，被人灌多了吧！”可是他话一出口，原本的担心变成了呵斥。

白筱心恍惚中看见了一双大长腿，她抬起头，是林森禾月光下晦暗不明的神情，虽然她脑袋混沌，但还要故作倔强。

“嘁，那点酒还灌不倒我，是我吃多了。”

“走吧，我送你回家！”

“啊？你不是让我消失吗？”

“今天，你是我带来的女宾，我可不想看你在这里给我丢人现眼。”林森禾不由分说地拽起白筱心的胳膊，拉着她往外走。

“哎，我没穿鞋。”

白筱心看着林森禾单膝跪地，给她穿上了鞋，手腕上的铃铛也适时叮咚作响，她内心不知怎么莫名升腾起一股暖意，没想到平常高高在上的冷血总裁也有如此温柔的一面。

可是下一秒，林森禾就大步拉扯着白筱心离开。白筱心歪歪扭扭地跟不上，崴到了脚。

“啊！”

“你又鬼叫什么？”林森禾回头。

白筱心指着高跟鞋，道：“你走太快了，我扭到脚了。”

林森禾一脸不耐烦，不由分说地将白筱心熊抱起来。

“喂，你……”

这是白筱心第一次如今贴近男人的坚实胸膛，带着雄性的荷尔蒙气味，不知道是不是红酒的余韵还未散去，瞬间脸红一片。

“闭嘴，你还想不想拿遣散费？”

白筱心立马紧紧闭上了嘴。

林森禾抱着白筱心上了车的后座，将她扔了进去，关上车门，驾车离去。

8. 大叔与小屁孩

按照白筱心张牙舞爪的状态，有好几次林森禾都怀疑她是故意耍他，丝毫不怀疑下一秒她给自己指路指到臭水沟里，车终于有惊无险地停在了一架长长阶梯下。

“这就是你家？”林森禾一脸奇怪地观察周围。

白筱心从后排凑过脑袋：“嗯，没错，爬上阶梯，再走五百米就到我家了。”

林森禾被突然窜出来的披头散发像贞子一样的脸吓了一跳，一句“鬼啊”差点出口，不自觉地离她远点，故作镇定。

“那你下去吧！”

“哦，那我遣散费……”

“我会打给你的。”

“好嘞，再见！”

白筱心踉跄地下了车，将高跟鞋脱掉，一瘸一拐地朝阶梯上爬去。

车内，林森禾掉转了车头，也准备离去。他从后视镜看到手脚并用，像原始人一样爬上阶梯的白筱心，叹了一口气，踩了刹车，熄了火。

白筱心正迷糊着，眼前阶梯的重影似乎数不过来了，她抬起头就看到那熟悉的扑克脸正凝视着她，眼里顿时冒出了星星，掏出手机的收款二维亮在林森禾眼前。

“怎么了，老板，你是想要现结吗？”

“白筱心，你是从钱眼里生出来的吧？”林森禾看着掉进钱眼扣都扣不出来的白筱心，简直想捏死她。

“对，我见钱眼开还不行吗？”

“何止眼开，你那简直是怒放！”

“阎王爷你竟然会开玩笑，好稀奇哦，哈哈哈。”

“我开的不是玩笑，开的是你。”

“哦哦，我知道，我知道，我被你开除了嘛，哈哈哈。”

林森禾看着摇摇晃晃、疯疯癫癫的白筱心，无奈地将手机夺过来扔进她包里，踏了两步阶梯，蹲下一把将人直接背了起来。

白筱心愣了一下：“哦，这位叔叔，你是要背我回家吗？”

林森禾背着白筱心爬长长的阶梯，无奈道：“小屁孩，真能折腾大人。”

白筱心吐吐舌头，有些开心的样子，口中竟然还哼起了小曲，似有似无地吐气，刚好喷在林森禾耳朵后，搞得林森禾痒痒的。

“闭嘴，难听死了！”林森禾呵斥。

林森禾背着白筱心一直朝前走。

“你和游总到底是什么关系呀？我听说，你们从小一起长大，相依为命？”白筱心到底还是抑制不住八卦之心。

林森禾顿了一下：“你喜欢游清泽？”

“没有，没有，我只是八卦一下而已。”

林森禾嗤之以鼻：“最好是这样，我的人劝你别惦记。”

“喀喀，不敢不敢，我就是一个小小无常，怎么敢跟阎王大人您抢人？”

林森禾有些气喘吁吁，停下来看着四周：“不是爬上楼梯五百米就到你家了吗？怎么还没到啊？”

“快了，再往前走两步。”白筱心听着林森禾喘气的声音笑道，“大叔是不是年纪太大，体力跟不上了呀？”

面无表情的林森禾突然卸下胳膊上的力气，白筱心差点滑下去，吓得她赶紧抓住林森禾的胳膊。

“你信不信我立马把你摔下去？”

“我错了，叔。”白筱心皱着脸求饶。

林森禾接着往下松开白筱心，白筱心又往下滑了一些，眼看要掉下去了，赶紧改口：“哎，好好，我错了，小哥哥，大 Boss，帅林总。”

林森禾这才心满意足地将白筱心向上颠了回来。

白筱心咬着牙齿含糊吐槽：“小肚鸡肠。”

“以后你别穿这么高跟的鞋了，脚踝扭到跟腱的话，一辈子都好不了。”

“哦。”

“还有，在外面尽量别喝酒，尤其是女孩子，遇到坏人怎么办？你知不知道今晚给你灌酒的都是有名的花花肠子？万一让那几个人得手了，你怎么死的都不知道。”

“嗯。”

“另外，别玩什么潜水、蹦极、跳伞这种极限运动，你这体质，搞不好就一命呜呼了，说不准还牵连别人。”

“啊？”

“听到没？”林森禾手上一用力，掐在白筱心的腿弯处。

“哦。”白筱心吃痛，连忙答应。

林森禾唐僧在线附体，还在下命令，这不许做，那不许干……

“哎，你好像走过了，是从刚刚那个路口进去。”

“你……算了，我就当今日举哑铃了。”

白筱心不由得笑了，林森禾掉头又往回走。此时，白筱心突然觉得阎王的背好宽厚，好安全，不由得搂紧了林森禾的脖子，林森禾也愣了一下，却面无表情地往前走。

路灯下，林森禾背着白筱心的身影被拉得老长老长。

从明天开始，他们就不再是上下级，大概率也会互不再见。明明是应该值得庆祝的事，但他们好像有那么一丝恋恋不舍。

有一种不一样的情愫，似乎悄悄在二人的心底弥漫。

“筱心，是你吗？”

白筱心家楼下，妆容精致的白真真脚踩十厘米高跟鞋，拿着垃圾袋走出楼道门，还不忘对着玻璃检查自己的口红，即使拿着垃圾袋，气场也不逊T台走秀拿着LV包包的名媛。

可是白真真一回头，刚刚粘好的假睫毛差点抖掉，只见不远处，白筱心趴在一个帅气男人的背上，向这边走来。

眼见帅气男人背着白筱心走来，白真真突然横空出现。

“糟糕！”白筱心吓得一骨碌从林森禾背上下来，站开一步远，跟林森禾保持距离。白真真目光锁定林森禾，凑到林森禾面前上下打量着。

“白筱心，你不介绍一下？”

“林总，这是我姑姑，姑姑，这是我上司。”白筱心用眼神和手势示意林森禾快走，但是林森禾完全没明白。

“上司？还是挂着上司名号的男朋友？”白真真没有丝毫掩饰，饶有兴趣地盯着两人。

“阿姨，你想多了。”林森禾尴尬不失礼貌地笑笑。

白真真抽动嘴角，笑容僵在脸上，眼睛里的光完全可以杀人，却还是强忍下一口怨气：“阿……姨？你真是客气，叫我真真姐就好。筱心，领导把你送回来，怎么能不请领导上楼喝杯茶，走，上楼坐坐。”

白真真牢牢抓住林森禾，就要把林森禾往楼里拉，林森禾用眼神向白筱心求救，可是白筱心却一脸爱莫能助。

——我早给你示意，你不走，现在你来求我有何用？

白筱心看着林森禾无法挣扎的窘迫样子，努力忍住笑，追了进去。

他们谁也没有看到，刚刚照面的刀疤人此时正躲在黑暗的角落里，默默监视着他们。

9. 难道不是定情信物？

白真真的小客厅里，林森禾生无可恋地坐在沙发上，稍稍往后一靠，就被一只尖叫鸡吓到，赶紧往旁边一坐，却坐在了放屁整蛊坐垫上，发出一阵悠扬的屁声……

他一时尴尬地杵在那里，竟动都不敢动。

白真真和白筱心正在厨房里忙活，白真真透过厨房的玻璃看到坐立不安却还要强装镇定的林森禾，露出了满意的笑容，旁边的白筱心则是一脸郁闷。

“上班要服侍他，现在回家了还要给他泡茶……”白筱心一边嘟囔，一边拿着白真真的珍藏茶叶，死命地朝茶杯里倒。

“筱心，这个人长得倒是不错，可是一看就是那种又老派又自以为是的老板，你怎么看上他的？”

“我是图他年纪大还是图他会折磨人？你想多了，姑姑。”白筱心翻出一个白眼，否认道。

“看人不能看表面，我替你会会他。”白真真兴致勃勃地装着水果盘。

“哎，你要知道他的绯闻对象是谁，就不会这么盲目兴奋了。”

白筱心脑中再次晃过林森禾躺着，游清泽温柔地替他盖好被子的场景，惆怅地叹息着，白真真却依然兴奋：“管他是谁，只要你愿意，姑姑帮你。”

“哎，你别，我不是那个意思。”

白筱心还没来得及拦住白真真，白真真已经端着水果点心笑靥如花地走出了厨房：“小哥哥，来吃点水果，”白真真端着水果出来，放在林森禾面前，“随便吃。”

白真真盯着林森禾，好像必须要看他吃下去才离开，两人尴尬地对视着。

“不好意思，我只吃含糖量百分之二的水果。”

“为什么，你不会小小年纪就得糖尿病了吧？”白真真假装惊讶。

白筱心把茶水端出来，听到了姑姑的话，立刻接茬：“原来如此，难怪你喝咖啡从来不加糖只加枸杞。”

林森禾一个冷冷的眼神扫过去，白筱心立刻识趣地闭嘴。

“唉，有疾病不可怕，重要的是有个愿意照顾你的人。”白真真一把扯过白筱心，把她推到沙发上，跟林森禾坐在一起，白筱心一脸无奈。

“嗯……白筱心还是有一些工作能力的。”林森禾尴尬地将屁股往一旁挪了挪，实在不知该如何接话。

“既然你也有意思，那我就先表个态，我是不在意有个跟我差不多大的侄女婿的……不如趁这个机会，大家都交个底，你家里做什么的？有房有车吗？有没有什么不良嗜好？交过几个女朋友？”

“这位女士……”林森禾觉得他不打断不行了。

“请叫我真真姐。”白真真一边说，一边妖娆地做了一个摸脸的动作，展示她没有丝毫皱纹，还泛着光泽的脸。

“哦，真姐，我想你是不是误会了？”

“误会？”白真真翻白眼，抬起白筱心胳膊上的铃铛，“这是你送的吧？”

“嗯。”

“人是你背回来的吧？”

“嗯。”林森禾紧张地端起茶杯抿了一口，又悲苦地放下，低头看了看里面特大份的茶叶，不动声色地怒视白筱心一眼，犹豫着要不要将满嘴的茶吐出来。

“那我误会什么了？难道你要告诉我，这不是定情信物是狗铃铛，背她回家不是因为关心是因为顺路？”

白真真拍拍林森禾的大腿：“小伙子，现在追女孩子要多一点真诚，少一点套路。”

林森禾听到这句话，口中的茶刚倒进嘴里，被呛得连连咳嗽，抬头看着在一旁生无可恋的白筱心。

“唉，我们家筱心命苦，从小爸爸妈妈就过世了，户口都在我户头，跟着我一起长大，长成现在这么没心没肺、心智健全实在不容易，我也不求什么，就是想找一个对她好的，能照顾她的，就可以了。”白真真突然动情地哭了起来，一边哭一边抹着根本不存在的眼泪，甚至趁林森禾不注意，偷偷沾了口水涂在脸上。

白筱心在一旁模仿白真真的口型，似乎对白真真的话烂熟于心。

看着真真开始抹眼泪，林森禾迟疑着，从餐桌上抽出一张纸，但是不知道该从哪个方向递出，只得用膝盖碰碰白筱心，暗示她。

“姑姑，好了，你又激动了，要不你回屋平静一下？”白筱心终于动身。

“筱心啊，你一定要幸福！”白真真这次顺从地被扶回屋里，还悄悄耳语，“姑姑已经尽全力了，剩下的靠你了，今晚姑姑不会出这个门的。”

“哈？”白筱心一脸蒙。

还不等她反应过来，白真真已经飞速地把卧室门关上，只剩下原地的白筱心回头看着一脸尴尬的林森禾。

“不好意思，我姑姑好像有点更年期，大惊小怪，情绪不太稳定，每次说我小时候，就会控制不住自己。”

“没事。”

林森禾站起身，像领导视察般在客厅踱步起来。林森禾看着屋内陈旧的设施，橱柜里除了各种奇奇怪怪的科幻书籍，奇闻小说，还有白筱心的照片。

照片中，只有白筱心和姑姑两人。还有一张老旧的照片，一个小女孩同姑姑和另外一对年轻夫妇，他们应该是白筱心的爸妈了。

“领导，您对下属的居住环境视察得如何？”

林森禾回过神，试探地开口询问：“你父母很早就过世了？”

“嗯，我妈妈在生弟弟时难产了，没多久我爸伤心过度，家中意外失火也去了，那时候我才五六岁……不过这么久了，我已经习惯了，现在和姑姑一起过得也很好。”

林森禾看着白筱心，不知道该怎么安慰她，僵硬地拍拍她的肩膀：“逝者已矣，一切都会好起来的，你要把对爸爸妈妈的思念变成一种动力……”

“林总，你别这么严肃好不好？”

“嗯，你会想他们吗？”

白筱心听到林森禾如此走心的问题，愣了一下，不再假装无所谓的样子，默默点点头。

“有时候吧……”

“不知道你信不信，在这个空间里，你的父母跟你分开了，说不定其他的平行空间里，你们快乐地生活在一起。”

白筱心看着林森禾如此认真的眼神，有些愣怔。

10. 这也算是科学研究

白筱心见林森禾有些愣住的表情，翻出书架上的《世界未解之谜大全》其中一页，递给林森禾。

“你看，百慕大三角洲上消失三十几年的飞机都能再出现，说不定我爸爸妈妈哪天就回来找我了……科学研究表明……你别害怕哦，我说的不是你不喜欢的那个你懂的……”

白筱心吐吐舌头，朝着林森禾做了一个鬼脸。

林森禾满脸黑线，这也算科学研究？末了，他嘴硬道：“不懂。不过我也相信，这个世界上有平行世界的存在。”

白筱心瞪大了眼睛：“你居然也相信这种事，我有点意外。”

林森禾看着白筱心，漫不经心地翻着书，有点犹豫地开口道。

“我……我有个朋友，就有过这种经历，他为了救别人，遭遇海难，本来以为自己必死无疑，却在最后一刻进入了平行空间，让他有机会改变发生过的一切。”

白筱心听着林森禾的描述，不自觉地向林森禾靠近了一些，脸上一副神往的表情。

“如果我也有这种机会，该多好。”

“你觉得这是好事吗？”

“当然，多刺激！你的朋友现在怎么样？他是怎么做到的？他改变结局了吗？”白筱心满脸八卦。

“应该改变了吧。”

“真的假的？那他救的那个人呢？他后来救她了吗？”

“你觉得呢？”林森禾觉得白筱心的思维跳跃得有些快。

“救了，如果命运再给你一次选择的机会，难道用它来苟且偷生，发家致富吗？那多没劲。”

林森禾忍俊不禁，又似乎被触动了，看着白筱心有些出神，突然发现自己的手跟她的手碰在一起，迅速挪开。

“林总，时间不早了。”

“哦，好。”

见林森禾摩挲着手里的书，白筱心噘着嘴，反倒有些失落：“这本书就送给你吧，算是离别礼物。”

林森禾站起身，看着白筱心内心五味杂陈，想说什么但是没说出口。

这就离别了吗？

……

林森禾开车回到别墅，又一个人坐在车上，陷入了沉重的回忆里。

十二岁那年，他一个人抱着父母的遗像默默流泪，爷爷走过来，含着沉痛的眼神训斥他。

“森禾，不许再哭了，你爸爸妈妈不会回来了，以后你是林氏唯一的继承人，你必须坚强，知道吗？”

林森禾擦干眼泪，默默地点点头。

十三岁那年，爷爷林之杨在林氏处理事务，拿着财务报表考核刚刚上初中的林森禾。

“这张财务报表里，流动比率是什么？是多少？”

“流动比率等于流动资产比上流动负债，反映的是企业的偿债能力，比率是二比一。”

林森禾的声音清脆稚嫩，却又一副坚定认真的神态，林之杨十分满意地点点头。

十五岁那年，林森禾紧张地坐在潜水码头，看着水面，深呼吸努力让自己平静，克服入水的恐惧，同龄的游清泽在一旁担心地劝阻他。

“森禾，如果害怕就不要试了。”

“阿泽，我爸爸妈妈就沉在这片海里，你说如果我潜得够深，会再见到他们吗？我已经是孤儿了，这个世界上没有什么好害怕的，也没有什么能够阻挡我。”

游清泽不知道怎么回答，林森禾深呼吸，给自己戴上面罩，跳下海去。

林森禾潜入海中，似乎看到了他的父母在向他挥手。

随着父母的脸庞在回忆中定格，林森禾的眼角有一滴泪滑落，他从回忆中抽离出来。

“你怎么可能早就习惯呢，肯定不知道偷偷哭过多少回了。”林森禾想起白筱心提起父母逝去假装轻松的样子，有些心疼地叹了一口气，开门走下车。

这个世界上，任谁都无法对亲人的逝去释然，只是有些人将自己的悲伤隐藏起来，不为外人所知罢了。

想到白筱心总是一副厚脸皮、打不倒的小强般的模样，林森禾突然有点理解她了。或许，他和她都是同一种人，因为有着同样的身世和成长经历，学会包裹起脆弱的内心，用坚硬的外壳面对这个世界。

对他来说，他面向世界的利剑叫作“无所畏”，但对她来说，她面向世界的盔甲是“无所谓。”

但抛开这具外壳，他的内心充满着不安、孤独与脆弱。而或许，她也并不像看起来的那样洒脱与不在乎。

林森禾打开家门，家中的灯亮着，林森禾愣了一下，见游清泽从厨房出来。

“你在啊？”

“嗯，我怕你不太舒服，送了我爸就回去找你了，发现你不在会所，就来家里看看。”

林森禾默默地点点头，游清泽注意到林森禾手中的书，但是林森禾有意无意地往背后藏了藏。

“我没事。”

“我听说你把白筱心辞退了？”游清泽看着林森禾，眼神中颇有一些埋怨的意味。

“嗯。”

“西装店给我打来电话道歉，说西装是她们不小心弄坏的，而且实在没找到可以替换的，所以白筱心才想办法补了衣服。”游清泽一边绘声绘色地描述白筱心的机智，一边不动声色地观察林森禾的表情。

林森禾看着西服上的那一个小洞陷入了沉思，想想白筱心在他手下近乎一个月，又想想白筱心家那破旧的二居室，叹了一口气。

“白筱心好像过得很艰苦。”

“你怎么知道的？”游清泽发现新大陆般盯着林森禾，阎王林什么时候学会关心下属了？

“嗯，我偶然知道的……她跟我一样，小时候就没了父母，寄人篱下，对危险也没有防备……现在她还被我辞退，突然没了工作，日子应该不太好过。”

“你什么意思？”游清泽忽然嗅到一丝不寻常的意思，表情也变得奇怪起来。

“我好像有点后悔了。”林森禾吞吞吐吐。

“你后悔辞退她了？”

“我觉得我可以对白筱心稍微好一点。”

“噗——”游清泽刚喝进嘴里的咖啡差点吐出来，转过头一脸难以置信地盯着林森禾，他这个阎王爷对下属好，不把下属吓死就不错了好吗。

林森禾倒是没有注意游清泽的反应，自顾自掏出手机，想了想，敲出一条信息。

“我到家了……你明天继续上班吧，不要迟到。”

林森禾满意地收起手机，对游清泽笑了笑。

“清泽，如果白筱心明天表现出很激动很感激我的样子，你还是适当拦一下，不要让她太招摇。”

游清泽一脸疑惑。

11. 白筱心给我死回来

白筱心的手机亮起，传来信息提示音，但是她并没有听到，此刻的她早已入睡，并深深地陷入那个近来一直反复出现的海底梦境中。

耳朵嗡鸣，惊慌失措下，呼吸困难，视线模糊……

这种难受的梦每做一次，都像自己经历了一次般难受至极。她下意识想要呼喊求救，最终只有咕噜噜的气泡一串串冒出。

意识恍惚中，她依旧被一个人戴上面罩，然后托了上去。她无数次想看清那个男人的面孔，但是他的脸上始终模糊着一层微光。但这一次，她看清楚了那人的潜水服上，似乎印着林氏集团闪闪发光的大 logo。

白筱心不安地挣扎着，又陷入了另一个梦境，整个床铺仿佛沁在水里，白筱心躺在上面浑身湿透，天花板也诡异地一滴滴地往下掉落水珠，迷迷糊糊中，随便一捏被子都能挤出水来。

白筱心立即惊醒过来，发现自己还在卧室中，松了一口气，仰头倒下。

“怎么又梦到了……我想要一个美梦！”

“海草，海草，海草浪花里舞蹈……”

电话铃声响起，白筱心压抑内心想杀人的冲动，迷迷糊糊地抓起手机就想骂人。

“谁呀，大清早的……”

“筱心，你怎么还不来上班呀，要迟到了。”

电话里，严主管轻柔的声音传来，生怕一不小心惹怒了白筱心，毕竟他们的好日子还都要仰仗这位看起来好相处，奓起毛来连林阎王都敢怼的姑奶奶。

“啊？我昨天被辞退了，林森禾说今天会把遣散费给我啊。”白筱心迷迷糊糊地应着。

“人事主管根本没有提过，你快回来吧，迟到一次，林总可就有把柄不给你钱了。”

听说白筱心可能被辞了，严主管赶紧用白筱心最关心的毛爷爷来威胁，然后迅速挂断电话，一溜烟地朝着游清泽的办公室跑去。

白筱心在床上抓狂地爬起来，看到了林森禾晚上给她发的信息。

“我到家了……你明天继续上班吧，不要迟到。”

“林森禾，你是不是在整我？”

白筱心郁闷地捶床撒气，各种翻滚，脑海中将床垫想象成林森禾，捶着捶着，突然停了下来，脑海中闪出那个奇怪的梦。

逐渐沉入海洋中的那个人，潜水服上印有林氏集团的 logo。

“为什么我总是梦到同一个梦？为什么潜水衣上会有林氏集团的 logo？啊，我肯定是被林森禾讲的那个故事影响了。”

白筱心纠结地在床上翻来覆去，再看表，时间已经是八点四十了，白筱心扔开手机，一翻身再次裹上被子。

办公室里，林森禾坐在办公桌前，一脸严肃地盯着黑风递过来的资料。

“这是目前三明岛分部潜水事业部全体工作人员的资料？”

“是的。”

林森禾一页页仔细查看他们的照片，并没有刀疤男。难道这个人是最后被安插进来的？会是谁呢？

林森禾把资料递给黑风，嘱托道：“密切注意接下来两个月的员工流动情况，还有，回收所有的潜水设备，全面彻查潜水设施的安全问题，看看还有没有遗漏的。”

“是。”

林森禾在办公室里不安地踱步，总感觉这件事情没那么简单。或许是有人指使刀疤男，那么这个人是来自集团外部，还是内部呢？

林森禾心里一团乱麻，下意识地朝门外望去，结果实木门外，两张办公桌上空空如也，他按下呼叫键。

“严主管呢？让白筱心赶紧给我死回来上班！”

此刻，白筱心对着电脑显示屏，查询在线占卜。

“筱心，你迟到啦！”门外传来白真真的喊声。

“我知道了。”

虽然她嘴上应答着，但是手不自觉点开一个在线占卜，输入为什么总是做同样的梦。突然，界面上弹出一个坐在水晶球前、一副吉卜赛人打扮的女人。

“现在我要开始抽牌，请默念你的问题，选择三张牌。”吉卜赛女人一脸高深莫测。

白筱心选择了三张牌，立刻双手合十，盯着屏幕默念，心里也开始紧张起来。

吉卜赛女人翻出牌，依次是：轮回、死神、恋人。

“你问的问题塔罗牌都能帮你解答，同样的梦境代表着你前世的经历，梦中救你的人是你不断轮回中必会相遇的恋人……”

白筱心凑到屏幕前，等着吉卜赛女人更加详细的解答，可是画面中却再次弹出一个对话框。

在线占卜体验三十秒内免费，想要探索更多命运的神秘，请扫二维码付费。

“这也太坑了吧！”白筱心气急。

桌子上的电话忽然响了起来，手机上提示阎王来电，她愣了一下，真的是说曹操曹操就到，她颤抖地按了接通。

“你什么时候到公司？”林森禾看着眼前严主管送来的滚烫咖啡，整张脸要皱成一团。

“我……我……马上。”

林森禾直接挂掉了电话，白筱心看看屏幕上的三张塔罗牌，咬咬牙：“上班就上班，万一我命中注定的人真的跟林氏集团有关呢？”白筱心起身，用最快的速度开始洗漱。

九点三十分，连闯几个红灯的白筱心准时到达林氏集团。

“上班啦，打卡成功！”

手机APP的极速打卡，拯救了工作生涯中差点第一次迟到的白筱心。白筱心脚下如同风火轮助攻一般，带着细碎的铃音，迅速穿过闸机，走进电梯。

白筱心在电梯里整理好仪容，迅速调整好表情，带着职业化微笑迈进林氏大厦最高层的总裁办。

“白助理，你可算来了，林总要喝咖啡，严主管都快把咖啡机鼓捣碎了，你快点去看看吧！”

白筱心一进门就看到守在门口的田姐，她一脸焦急，看样子已经在这里守了一会儿。

“游清泽呢？他不是一向九点半上班，八点就到吗？严主管没去找他？”

白筱心一边走一边问，游清泽这个超级暖男怎么没去管管林森禾，任由严主管祸害林森禾的胃?

“游总去财务部开会了。”

“我的祖宗，你总算来了，快快快，弄完咖啡给林总送去，然后记得把这些资料处理了。”

一个头两个大的严主管总算抓到了救星。

第五章

不生气，不生气，我是大人，不跟孩子怄气！

1. 帮我照顾森禾好吗？

似乎从昨晚开始，林森禾就下定决心要对白筱心转变态度，对她好一点了。

首先，他弄明白了上次潜水事故的核心因素是有人故意捣鬼，并且背后的人绝对是冲他而来，毕竟白筱心只是一个没有背景身份的女孩，事件又发生在林氏旗下的三明岛上。这么算来，白筱心并不是他的扫把精，甚至是因为他，她才倒霉地被牵扯进来。

其次，他了解了白筱心的家世，相似的命运让他产生了一丝同情，并后悔先前对她做出一系列不太友好的“报复”行为，虽然没有带来实质性的伤害，但也没少让她受折磨、受委屈。

那么，就从现在开始，他一点点地暗中补偿她吧！

林森禾顿时觉得自己的形象一瞬间高大伟岸了起来，仿佛沐浴着佛光。

林森禾坐在办公室里陶醉着，突然听到白筱心手腕上细碎的铃音越来越近，连忙低下头，装出一副看文件很忙的样子。

此时，白筱心端着咖啡敲门进来，递给林森禾，看着林森禾一副繁忙的样子，准备离开。

“等等！”

“嗯？”

“这个咖啡是牙买加进口的蓝山咖啡，风味浓郁，富有水果味和完美的酸味，是咖啡中的极品，你再去泡一杯来。”

白筱心疑惑地看了看林森禾，只得再去泡咖啡。不一会儿，白筱心端着一杯咖啡，准备放在林森禾面前，林森禾却抬起手制止了白筱心。

“给你喝。”

“啊？”

“这个咖啡，全公司只有我这里有，不是平常人能喝到的，是非常珍贵的咖啡，喝吧。”

“呃，好吧。”

林森禾期待地看着白筱心，白筱心试探着，皱着眉头一口闷掉了整杯咖啡，疑惑地看着林森禾。

“好了，你去忙吧！”

白筱心一脸困惑，不清楚阎王又在弄什么，迟疑地退出办公室，却看见林森禾露出满意的神色。

白筱心看了看手头的文件，并没什么特别紧急的文件，拉开柜子拿出私藏，在位子上吃着小零食垫肚子。

林森禾忽然端着空杯子走出来，白筱心立刻将零食藏了起来，来不及擦手就朝着一旁的文件抓去，然后在上面留下了明显的油污。

“你很饿吗？”林森禾停住脚步，看着有些狼狈的白筱心。

“还好……就是我收到通知的时候已经有些晚了，没来得及吃早餐。”白筱心尴尬地笑了笑，随即在内心吐槽林森禾的不地道，说好的遣散费呢？

果然，人家都说老板说过的话，从来都不算话。

林森禾思考着走进办公室，白筱心终于松了一口气，刚要继续吃零食，桌子上的内线呼叫突然响起。

“从今天起增加早午餐和下午茶。你去东城的餐厅买份吃的，刷我的卡，一式两份，不要叫外卖送，会影响口感，快去快回。”

“好。”白筱心扔下林森禾，骑着她的专属座驾电动车匆忙离去。

十二点，白筱心手提两个精致的大食品包装走进林氏大楼，满脸是汗，努力保证食盒的平稳。

白筱心吃力地推开林森禾办公室的门，把食盒放在茶几上，却看到林森禾和游清泽两个人已经开始吃饭，一脸无语。

“你们……”

林森禾看到白筱心拿着包装精致的食品盒回来，继续假装不在意。

“你拿去吃吧，这家店的早午餐和下午茶都需要预订，没有会员很难买到的。”林森禾像炫宝一样，介绍着这家店的抢手状况。

“你不吃吗？”

“我吃腻了。”

白筱心难以置信地看着林森禾，忍住怨气，又提着两个大盒子离开。

游清泽咬着筷子，看看白筱心的背影，再看看林森禾，小心翼翼地询问："你昨天晚上说要对白筱心好点，就是说这个？"

"嗯，我还把我的咖啡分给她喝了。"

游清泽一脸无奈，他的预判仍然如此准确。他忽然有点可怜白筱心了。

茶水间里，白筱心把林森禾没要的点心打开，满满当当地摆了一桌子，气鼓鼓地一个人吃了起来。

"死林森禾，油腻老魔头，明明不吃还要让我跑那么远去买。"

白筱心被食物呛得猛烈咳嗽，游清泽递过来一杯水，白筱心接过喝了两口终于缓和，感激地看着游清泽。

"我觉得林总好像在故意整我。"

"他不会的……"

"你肯定向着他，这都很明显了好吗！"

"森禾是林家独子，从小被宠着长大，但是他的父母在他十二岁的时候，就遇到海难过世了。"游清泽思考片刻，觉得有必要给白筱心科普一下林森禾的过去，顺便为林森禾正名。

于是，一个莎士比亚式的悲惨世界故事开场了。

二十年前，年少的林森禾在码头痛哭着，看着搜救队两手空空地从搜救船上下来，无奈地摇头。游清泽就在他身边，紧紧扶着几乎崩溃的他。

半个月后，林之杨带着少年林森禾在会议室开会，林森禾一副严肃的样子，看着脸上笑容夸张的大人们签下合同，握手成交。

"从那以后，爷爷带着他为林氏打拼，面对的都是等价的利益互换，有很长时间，他都不知道怎么跟人做朋友。"游清泽讲解着林森禾种种不为人理解的举动。

"他只懂得把自己认为好的东西给对方，有一段时间，他爱上深潜，送我最多的是各种潜水表和面镜，就算我从来没下过水。"

游清泽想起来，他连续两年生日，林森禾送给他的都是自己珍爱的潜水表，虽然他一点都不喜欢潜水表。

白筱心看着游清泽温柔的表情有些出神。游清泽温柔地看着白筱心，耐心地解释道："可能他是想通过这种方式把别人带进他的世界……"

白筱心惋惜地把最后一块点心放进嘴里，叹了一口气。

"你为什么叹气？"

"没事，"

"你能体会到森禾的好了吧？"

"算了，我现在心有点痛……游清泽，我觉得我们以后应该只能做姐妹了，对吗？”

“不，是兄弟。”游清泽露出迷之微笑。

此时，游钟书一脸严肃地路过茶水间，看到了跟白筱心在一起的游清泽，不由得愣了一下，但是没有多做停留，径直向林森禾的办公室走去。

2. 嫌疑人是谁?

游钟书敲开林森禾办公室的门，林森禾看到游钟书的神色不由得一愣。游钟书：“森禾，股东们来了，都在会议室等着呢。”

林森禾看着日程表上显示今天是股东联席会议，定了定神色。

正好他怀疑刀疤男到底受了谁的指使，现在高层全员在场，不用他一个个去查了。

林森禾来到会议室的主位上，看着忍不住交头接耳的诸位股东，每个股东脸上都是敢怒不敢言的样子，他们今天都是为了三明岛开岛来给他施加压力的。他原本想着如何去周旋解决，将股东们的不满降到最低，但是此时此刻，他只想搞清楚他们中间会不会有谋害他的嫌疑人。

吴总，我拒绝了他推荐的器材供货商……刘总，小姨子因为打印错合约，被我开除……单总，反对收购猫咪 TV，被我骂鼠目寸光……还有其他人……不过，他们不会因为这些小事就动了杀心，安排人对我下手吧？

林森禾缓步走到会议室主位上，目光扫过每个股东，逐一分析有可能养着刀疤男的人，最后只剩下一阵头疼。这件事，他甚至不能告诉清泽，可光凭他和黑风，真的能把幕后黑手揪出来吗？

“林总，人到齐了。”白筱心将最后一杯手磨咖啡放到桌子上。

林森禾刚想开口，就被性子急的股东打断。

“林总，大家这三年为了你的三明岛项目忙到吐血，关键时刻你把项目停了，也太过分了吧。”小姨子一堆的刘总率先开口。

“现在又搞什么全面彻查，这事要是传出去，会对我们项目会造成多大影响啊！”鼠目寸光的单总紧跟其后。

“蓝洞不是没检查出问题吗，还要等什么？”经常吃供应商回扣的吴总也不甘落后。

一时间，会议室里抱怨声不断。

林森禾没有打断股东们的抱怨，此时游钟书反倒看不下去，从位子上站了起来。

“大家先不要着急，我们都是看着森禾长大的，要相信他，当初老林总生病，情况不好，也是他一人把公司撑起来的嘛。”

单总不满地嘟哝："靠他？那你的意思是我们几个都是坐等吃饭的吗？"

游钟书听到单总带着火药味的话，赶紧摆摆手："哎，老单你别上纲上线，我可不是这个意思。"

此时，游清泽想站起来为林森禾说话，被林森禾按住，他缓缓开口："彻查和延期所造成的影响，靠正确的舆论导向可以消解。但如果三明岛项目真的出现安全问题，就不是几个营销号能解决的了。"

"三明岛项目再不继续，都要烂尾了，要不是十五年前……"

一个不怕死的股东贸然将林氏的伤疤揭了出来，结果在游钟书的威压下，被迫改口："能出什么问题……被吓破胆了吧……小题大做……"

不知是被吓到了，还是有什么顾虑，众人虽然反对，但声音明显小了一些。

会议陷入尴尬，门口，黑风推门出现在会议室，将新鲜出炉的一摞资料递到林森禾手中，对林森禾耳语片刻，引得众人注目。

紧跟其后的游子墨偷偷凑到游钟书耳边说了什么，游钟书脸色一凛，这些都被林森禾看在眼里。

黑风退下，林森禾看着游子墨，游子墨更加心虚地站在一旁。

"新一批的设备检测结果出来了，大家一起看看有什么问题吧。"林森禾把资料往桌子上一扔，众董事纷纷伸手去拿资料。

"游子墨，你一直负责设备的采购和初检，解释一下，为什么所有用于三明岛开岛的新潜水设备都检测不合格？"所有人都看向游子墨和游钟书，游子墨尴尬得不知道该说什么。

一时间，会议室陷入更加尴尬的氛围中。

经过一番口水战，在各个董事暗藏心思的情况下，再加上桌子上的检测报告，三明岛计划被林森禾压了下来，各董事最终不欢而散。

林森禾从会议室中出来，走在最前面，其他人跟在后面，脸色都很难看。

游子墨走在最后，拉着游钟书的袖子求助："叔叔，你可一定要帮我呀。"

游钟书冷着脸道："我知道了，你先回办公室等消息。"

因为事发突然，林森禾虽然一早就知道那批设备有问题，但没想到游子墨也发现了黑风，而且反应这么大，直接追到了董事会上。

林森禾看着摆在面前的裁撤书，上面写着将游子墨停职调查的通知。

"当时的事故果真是因为设备问题，那个刀疤男跟游子墨会有什么牵连吗？"

林森禾拎着签字笔，在硕大的办公室里踱步，然后被一阵清脆的铃音吸引，目光穿过半开着的大门，透过外间的玻璃，看到了在集中办公区忙碌的白筱心。

他也不知道盯了多久，转身回到办公桌前，果断地在停职通知上签下他的名字。

似乎那个身影成了他下定决心的原因。

通知发下去的当天下午，当游清泽汇报最新财务数据的时候，游子墨就突破黑风和白筱心的联手阻隔，大庭广众之下，冲进了林森禾的办公室申讨。

“没有预约，你不能进去。”

“起开，你一个小助理……林森禾，你非要赶尽杀绝吗？”

“对不起，林总，我没能拦着他。”白筱心连忙欠身。

“没事，你下去吧。”

白筱心看到林森禾阴沉的目光，火速带着门离开现场，顺便还用门角蹭了一下游子墨，气得游子墨直瞪眼：“你给我等着！”

游清泽赶紧将桌子上的报表收好，站了起来：“子墨，你到底想干吗？”

“林总，我在采购的岗位上辛辛苦苦做了两年，岛上所有的基建设备是合格的。我不过是一次疏忽，采购了一批质量不够好的潜水装备而已，你就要开除我？”

林森禾满脸不屑：“游子墨，自从你负责设备，回扣吃了多少你心里最清楚，我睁一只眼闭一只眼，是看在你姓游的面子上。可涉及人身安全的潜水设备你出差错，你觉得是一句质量不够好就能解释清楚的吗？”

“你什么意思？”游子墨本能地感觉到危机。

“一批潜水设备而已，你能贪几个钱？你在这上面做手脚，怎么，难道是看谁不顺眼，想让他下海的时候发生意外？”

林森禾站起来走到他身边，理理他的衣领，低下头轻声道：“还是无论发生意外的是谁，都可以为我林氏不声不响地埋下隐患？”

游子墨愣了一下，心虚地大喊：“你……你到底在说什么？我也是被下面的职员和无良厂商欺骗了。”

“游子墨，我没有追究你的责任，已经是对你的仁慈，你不要把别人都当成像你一样的傻瓜。”

“好，不愧是阎王林，算你狠。此处不留爷，自有留爷处！”游子墨甩袖离去。

办公室内，一阵尴尬。游子墨是游清泽的小叔，游钟书的弟弟，虽然他们的关系非常一般，但毕竟是一家人。

“森禾，抱歉。游子墨本就不堪此重任，若不是我爸念在他母亲去世得早，也不会想着让他进林氏有个正经事做,哪知他不但不感恩,反而……”游清泽欲言又止。

林森禾戳戳他的脑袋：“你对我说什么抱歉，你啊，还是改不了这个臭毛病。”

游清泽不解地抬头看向林森禾。

“你上辈子卖锅的啊，什么事都喜欢往身上揽！太闲了给我工作去，下个季度的报表，我要看到一个漂亮的数字！”

游清泽一下子被气笑了，拿起厚厚的资料朝林森禾抡去。

门外，游子墨气冲冲地往外走，众人见到他都是闪躲，白筱心正抱着资料走过，游子墨快步拦在她面前。

“让一下。”白筱心没好气地看着游子墨。

“你叫白筱心是吗？你最好给我小心点。”游子墨威胁完大步离去。

“嘁，幼稚。”白筱心翻了一个白眼，继续忙碌。

3. 爷爷的二选一

林森禾拖着疲惫的身体打开家门，发现许久不见的爷爷竟然大驾光临，正坐在他的沙发上看新闻，手中还玩着他从白筱心那里拿回来的人头解压玩具球。

餐厅里，一对年长的男女管家在厨房准备丰盛的晚餐。

“爷爷，您怎么来了？”林森禾的声音有些颤抖。

老人转过头，一头银白的发梳理得整整齐齐，虽然满脸褶皱，看上去八十岁的年纪，但精神矍铄，眼神中透着和林森禾一样的锐利，只是少了林森禾那种压迫式的气势。

林之杨在看到林森禾后，忍不住露出了慈祥的笑容，嘴上却依旧责备着：“怎么，你没时间飞来南海看望我这老头子，还不让我上门看看你啊？”

“当然不是。”

如果换作以前，他和爷爷一直保持着一种亲而不密的状态。毕竟从小在爷爷的高压教育和对林氏继承人的期许下，两人之间的情感并不会像平常人家一般。

但此刻，仿佛从生死鬼门关走过一遭的林森禾却异常激动，恨不得上前抱抱爷爷。

尤其一想到或许在那个世界里，他已经死了，爷爷面对着再次沉入海底的亲人，白发人送黑发人，该是怎样痛苦的心情？

林森禾强忍汹涌的眼泪，这一次他一定会好好珍惜。

“少爷，您回来了，林老爷一直在等您回来吃饭，快洗手上桌吧。”年长的管家擦擦手，端着餐盘，满脸热情地招呼林森禾。

“齐叔，馨姨。”林森禾朝着两名长者点头示意，乖乖地去洗手。

“爷爷，你少吃点肉，容易血糖高。”林森禾少有地表现亲昵，让两位管家都有些意外。

或许是爷爷一直在南海的岛屿休养，久而不见，才让这对爷孙的关系变得亲切起来。

林之杨却一点没感受到林森禾微妙的变化，瞪了林森禾一眼，不满道：“我半截身子都快入土的人了，还不让我随心所欲地吃？再说了，你家里除了我培育的小花园里还长着些菜，冷库里一点蔬菜都没存，不吃肉我吃什么？”

林森禾无奈地看着齐叔，就算他家里没有食物，他们也可以出去买啊，现在有机食物那么多，干吗一定要吃自家种养的食物，他一个人又没时间打理。

“没事，老爷平常都很注意的，偶尔吃一次没关系，我明天就给农场打电话，帮少爷把冷库里的食物补充上。”

林森禾这才作罢。

“我听说你推后开岛，股东们都在给你找碴，设备上也出了问题？”

林森禾愣了一下：“钟叔找过您？是不是因为游子墨的事？”

“你钟叔从小看着你长大，游清泽跟你也是好兄弟，游子墨好歹是他们的家人，你不应该赶尽杀绝，不给他留后路。”林之杨意味深长道。

原来这才是爷爷不远万里赶来他家的原因，并不是想他了，而是担心他处理不好林氏的事情。一时间，他竟有点失落。

“爷爷，你以前不是总教我，在商场上绝对不能手软，就算遇到的是一只蚂蚁，都要尽快捏死，因为不知道什么时候它会蛀蚀整座大厦……”

“那是你以前年龄小，太善良。你如今学会了狠，也该学着柔了，万事不要太过偏激，商场上行事要果决狠辣，但为人要懂得圆融之道。”

“我只是免了他的职，没有追究他的责任，已经算是仁慈了吧？”林森禾感到很无辜，林之杨无奈地白了一眼林森禾。

“那现在能检查的都检查过了，三明岛应该马上能开岛了吧？毕竟爷爷现在日子也不多了，没什么指望，最大的心愿是能看到你爸爸妈妈的遗愿能够完成。”

“这事我再考虑一下。”

林森禾给林之杨夹了一筷子菜，林之杨满眼期待地看着他：“或者看到我的乖孙孙成婚也行。”

“喀喀，这个……”林森禾呛得猛灌了几口鱼汤。

林之杨见林森禾又糊弄他，放下筷子，板着脸威胁道：“林森禾，要不结婚，要不开岛，你选一个吧”

林森禾叹了一口气，如果这个世界上还有比他更固执且说一不二的人，那就是他的爷爷林之杨了。

想当年，林氏集团的雏形可是一家小小的建材承包单位，从二十世纪八十年代改革开放初期，便是他爷爷一个人闯南洋白手起家进入地产行业，奠定了林氏集团的基础。到他父亲林恒接手时，赶上了二十世纪九十年代一二线城市房地产行业迅速发展的热潮，直到这几年从林恒手里接过薪火，他预测到地产行业收紧，在企业成功上市后，将吸纳的资金开拓和投资新的业务领域，才将林氏变成一个涵盖金融、地产、旅游、互联网、文化行业的上市公司。

不过，即便经历了三代人，林之杨一直都在背后默默地浇灌林氏的土壤，无论从政府关系还是资本纽带，他都在暗中为林森禾加持。其实，他才是林氏这座大山背后真正的支柱，只是舵手交给了年轻的林森禾，自己躲藏在背后保驾护航。

“明天，我让他们重启三明岛开岛计划。”林森禾思考半天，终于向这个老家伙投降。

毕竟相比开岛的风险，让他立马找一个人结婚似乎是更不靠谱的事。

林之杨愣了一下，其实对比三明岛，他现在更想有一个曾孙抱抱，他失望地摇摇头。

“我听说小兰请了长假，是去新西兰还是新加坡那边养病了？新助理怎么样，用起来还习惯吗？”林之杨不死心地继续询问。

当时小兰请病假，林森禾招新助理闹出的风波，林之杨并不是一点都没听说。别看林之杨解甲归田，不问世事，可关于林森禾的消息他可一点都不错过。

“小孩子而已，确实不怎么消停，爷爷这次打算住多久，要是没什么事，就别回南海岛上了，在我这儿弄弄花房，把玩一下您的藏品，也挺好的。”

林森禾丝毫没有注意到林老爷子问此话的别有用心，更没注意到老爷子抽搐的嘴角。

……

深夜，林森禾一个人回到卧室里，收到了华沙晚宴主办方张总发来的一段视频和一个文档记录，是他要求对方上次汇总的脸上有刀疤的记者的视频与信息。虽然他知道对方的身份一定是伪造的，但有了这些资料，在当今这个信息透明化的时代，以他的实力找一个人或许并不太难。

林森禾将资料转手发给了黑风，让他暗中调查，并嘱托他千万不要打草惊蛇。

黑风年纪虽小，但很小时候被爷爷从孤儿院领回来抚养，体质和大脑都天赋异禀，加之爷爷训练有素，他完全可以称得上是除了小兰之外，林森禾另一条不可或缺的臂膀。相比所有人，他对林森禾的忠诚度是最高的。

十秒之后，黑风立即回复收到。

林森禾打开视频，看着监控摄像头那黑白无声的视频里刀疤男若隐若现的侧脸，反而松开了眉头。

他林森禾从来不惧怕任何一个站在面前的敌人，但他害怕未知的神秘与突降的命运，那种浑然不知所以、无力对抗和无处防备的不安，可以击垮任何一个哪怕具有钢铁般精神与意志的人类。

个体的生命在无垠的宇宙星河太渺小了，羸弱得有如一粒尘土。

在人类看来，那顺流而下不可逆的时光，或许在更高体系的宇宙维度里，只是那随意可跳跃和拨弄的琴弦。

可无论是受彗星的影响，还是蓝洞的磁场变化，总之，对宇宙维度认知的限制在他一个肉体凡胎身上被神秘地打破了，让他拥有了平行时空的记忆，有了预知死亡的天眼。

他的“重生”，或许是宇宙的一次意外失衡，又或许是神的旨意，但死亡的真相，却源于真实存在的暗害。

既然对手是人，那么他反而有了重写结局的可能。

4. 开岛计划重启

十点，林氏集团集中办公区，仿佛二十世纪忙碌的股票交易所，打印资料的，打电话的，拿着资料走来走去的，络绎不绝，一副热火朝天的景象。

“对，林总已经宣布了，三明岛开岛将如期举行，你们正常提报流程就好了，不用再跟我确认。”这句话游清泽已经不知道重复了多少遍。

“张总监，游总，这些是林总已经签过字的，可以走财务流程了。”此时，白筱心敲门进来，将厚厚的各项用款申请递过去，然后踩着高跟鞋，小跑着朝下一个部门跑去。

三明岛项目如期展开，白筱心也倍加忙碌了，许多先前被搁置了的合同和财务账单，被林森禾一口气全部批准，才两个小时不到，签字笔就用光了满满两罐墨水。

“严主管，你快喊几个人帮我整理一下资料，然后找人给各个部门发下去，我一个人弄不过来了！”白筱心抱着一沓沓资料，第一次光明正大地朝严主管求救。

“好，你把它们放在这里吧。小刘，你帮白助理扫描，小陈，你负责分类，小王和小赵，你们把分好的单子给各部门发下去，注意登记，不要弄丢任何一张单据，越是这种时候，我们越不能乱。”

严主管看着白筱心抱着厚厚的单据进进出出，连忙将总裁办能调动的人员组织起来，不能调动的也得挤时间出来配合。

“黑助理你来了，要是没什么事，你帮白助理登记一下面单和台账，不然要忙不过来了。”

忽然，严主管看到黑风面无表情地坐回工位上，就知道神出鬼没的黑风暂时没什么工作，连忙拉着黑风一起忙活。

午饭时分，林氏集团楼下的餐厅挤满了人，各个楼层的前台也忙碌不堪，各种外卖更是堆满了柜台。然而这些正在享受美食或者即将享受美食的人群里，却不包含顶楼总裁办以及楼下财务部的众人。

直到林森禾饿得胃疼，出来找白筱心理论，才发现整个总裁办正处于一种有节奏的噼啪声中，所有人的桌子上都摞着厚厚资料，就连一向不处理内部事务的黑风都沉浸在键盘上。

而楼下的财务部更是人声鼎沸，各种电话铃声、打印发票声、催促审核声不绝于耳。

至于市场部、采购部、商务部等部门，则是空空荡荡，一群人扎堆在楼下餐厅，激烈的谈判声不绝入耳。

看那样式，似乎要在林氏大厦上浩浩荡荡地高扬起三军战旗。

林森禾的心中突然有一种莫大的欣慰，这才是他的林氏军团！

……

“陈助理，我也很理解你，很想帮你，不过这件事情没得商量，林总不会同意的，你还是按照正常流程办，先提申请，我一定第一时间帮你走加急流程。”

白筱心戴着蓝牙耳机，一边接电话驳回不合理的请求，一边抱着咖啡机磨咖啡豆，眼睛还在盯着屏幕上不断跳出来的邮件。

她一系列动作下来，十分娴熟，要效率有效率，要风度有风度，丝毫不输职场上历练多年的老手。

“白女神，求赐教！”白筱心身边忽然乌拉拉围上一群人，个个眼冒精光望着她。她浑身上下冒着鸡皮疙瘩：“你们干……干什么？”

“白筱心，今天是你在林氏集团上班的第十五个工作日，你知道这意味着什么吗？”严主管那圆滚滚的脸上竟带着谄媚的微笑。

“意味着什么？”

白筱心不明所以，她只知道她现在很忙，忙到除了林森禾每天早午必需的两杯咖啡，多一杯咖啡都不想磨，根本没有时间跟这群人八卦。

“意味着你马上要通过林总的考验，暂时正式接替兰大助了。”严主管越说越激动，然后心中默默为游清泽点赞，游总推荐来的人，没得说，两个字——靠谱！

“听说，昨天林总一个人跑去吃午饭，都没有责怪你忘记安排午餐，要知道哪怕是兰大助，犯了这种低级错误都是要挨骂的，你竟然能够完好无损地站在这里，这说明什么，难道还算不上大神吗？”

“是呀，是呀，你再熬几天就满一个月，可以转正了。”

几个同事纷纷附和，满脸探究地盯着白筱心，企图从白筱心那里讨教在总裁办的生存法则。

白筱心一愣：已经这么久了吗？

她不由得自嘲一笑，看来遣散费是没戏了，不过好好努力一下，业绩奖金看看有没有她的一份。毕竟，毕业旅行的梦想还没来得及实现呢！

“要猴呢？还是嫌工作不够多啊？”林森禾不知什么时候站到众人身后，皱着眉头朝众人发威。

众人看到林森禾阴沉的脸色，急忙散开，快速回到各自的工作岗位上，开始噼里啪啦地敲键盘。

“黑白无常进来！”林森禾说完，转身回到办公室，等进了门才意识到他刚刚无意识中喊了什么，拍了拍脑袋，重新喊了一遍，“黑风、白筱心，快点！”

白筱心抱着咖啡豆，跟板着脸的黑风面面相觑，满头黑线。

黑白无常，什么鬼？

等到两个人抱着笔记本电脑进了办公室，门外，总裁办的集中办公区里，众人才像海洋般笑开了花。

“太形象了吧！哈哈哈！”

“林总有才，这是说出心里话了。”

“不得不说，这一组黑白 CP 很般配，非常般配！”

鉴于工作强度大，连白筱心本人都没发觉，短短不到一个月里，她已经迅速从一个职场小白成长起来，再加上她原本的目的是奔着遣散费去的，不怕得罪人，不知不觉间，在工作中将林森禾的苛刻发挥到了极致，俨然有了独当一面的大助风范。而神出鬼没却又手持尚方宝剑的黑风，大家自然是早有耳闻的。

于是，黑白无常这个本是林森禾和游清泽开玩笑时的一句称呼，迅速在林氏集团流传开来，甚至很快传出林氏，传入林氏的合作伙伴耳中。林氏集团顶层的总裁办，也成功地被外界称呼为“阎罗殿”。相传，里面不仅有活阎王和黑白无常，还有无数的牛头马面，甚至几大判官。这一条有趣的传闻，更为林氏集团笼罩上一层神秘威严的色彩。

“白无常来了，你那边的单子做好了没有？赶紧让陈总签字，让她带回阎罗殿给阎王签字。”

从此，整个林氏集团，有白筱心经常出现的地方，类似的话时常出现。并且，托林森禾给的那串铃铛的福，只要有铃铛声响起，众人也就知晓白无常背后的林阎王说不定也在不远处。

而林森禾看着白筱心越发干练的样子，突然有些不适应。

要不是他桌子上还堆放着从白筱心那里拿来的解压玩具，以及白筱心自作主张又放回来的花花绿绿的玩偶，他差点忘记了他死而复生的经历。

另一方面，也实在是最近开岛的工作压力太大，他来不及思虑。

看上去他这一次的人生似乎又顺延了原来的轨迹发展，并没有什么本质的不同。但他确实自然而然地在每个时间点上做出了一些不同的选择，衍生了不一样的分支剧情。比如，他通过参加华沙晚宴得到了重要的刀疤人线索。

以及在上一次的人生中，他可没有和眼前这个戏精有如此多的交集。

不得不说，白筱心成长得太快了。

虽然工作之余，她偶尔还是会抽风，像神经病一样变幻着欢迎语吓他一跳，以及在没人时候用她那能言善辩的小嘴 diss 两句他这个中年大叔粗糙的生活。

虽然每次他叫她去他家里送资料，她还是恬不知耻地蹭饭，但已经很少会崴脚，除了爷爷每次探究的目光，似乎也没什么不对劲。

不过改变这种事情，还是要从小事做起，从身边人开始，比如……

“最近你工作压力是不是很大？黑风有其他任务要忙，要是你实在忙不过来，就让严主管给你配一个实习生。”林森禾不知什么时候突然出现在白筱心文件堆成山高的工位旁，带着难得的一丝浅笑与善意。

这个世界上，如此善良体贴的老板——如我，去哪里找？

“啊？”白筱心没想到林森禾会这么说，下意识以为她哪里做错了，不然活阎王怎么会关心她呢？她手下一抖，差点将贴在报销申请里的发票撕下来。

“你是要给我遣散费吗？”虽然有些拿不准，但白筱心还是下意识说出她最关心的问题。

……

呵呵，合着这丫头到现在都想着她的遣散费！

林森禾只觉得头上飞过一群乌鸦，忍不住吼了一句：“你赶紧去准备新潜水设备测试的工作，耽误一秒扣十分之一的工资。”

白筱心听到扣钱，瞬间来了精神，急急忙忙起身去联系相关部门做准备。

原来单纯的人是他，他怎么会认为没心没肺的白筱心是一个感恩图报之人呢？这个该死的家伙明显只是没反应过来，还没来得及整蛊他而已。

“咔嚓。”林森禾一只手掰断了白筱心桌上放置的签字笔。

5. 我要人工呼吸了

下午，白筱心安排好蓝洞潜水的新装备测试，便通知林森禾前来查验。

林森禾终于打算直面这个一直被他抗拒的蓝洞潜水项目。从他的角度考虑，他既然现在知道了背后有人在这个项目上对他下黑手，那么他正好顺着这条线索静观默察，瓮中捉鳖。若他取消蓝洞潜水，则会让幕后的人无机可乘，反而让他失去了天眼的先机。

于是，当天下午，他带着白筱心来到了室内潜水俱乐部，此刻他要试用进口 Luxfer 厂商的新型潜水全套装备。

泳池旁，白筱心百无聊赖，看到穿着新式潜水设备的林森禾一出现，瞬间眼睛里充满了小星星：“哇，酷，林总，我也可以试试吗？”

“不行。”

“为什么？虽然我不会，但可以学啊，我学习能力很强的。”

这点倒是不假，白筱心面对未知的事物，尤其是刺激的极限运动，都有着浓浓的兴趣，只是一直没有机会尝试。这也是当初她冒着撒谎被揭穿的危险，也想通过猫咪 TV 主播面试的原因。

“不许学！”林森禾语气决绝，脑海中又浮现出上一次白筱心在三明岛度假酒店的游泳池里学习潜水的一幕：她不打招呼地进入他的房间，还把他当作变态一顿拳打脚踢。现在，他回想起来一肚子怨气。

“可是……”白筱心吐槽，“不会的东西要主动学，这不是你对我的要求吗？”

“我是说除了这项之外。行了，别废话了，你就在边上老老实实看着。”林森禾的语气不容置辩，转过头又对着一旁站着的潜水项目新总监道，“你给我看好她。”

新上任的总监倒不担心白筱心会直接跳下去，只是想到上一任总监游子墨的下场，此时的他更担心新型潜水设备别再出什么岔子，内心惶恐却也一脸堆笑地回应：“您放心。”

白筱心无语地耸耸肩，退后一步：不学就不学，这下水是去捡金子咋的？

林森禾顺着梯子下去，浸入水池里，深吸一口气，埋头入水。

水下，他拿着手里的仪表盘，测试着各项指标，深水压力值，一切正常。

林森禾继续往下潜，数据显示到了十米，他抬起头，就看到阳光下泳池边白筱心的倒影。

突然，他的脑袋嗡嗡作响，上次宴会时遇到的那种剧烈头痛感再度出现，脑海里也闪现出他被海浪席卷触礁，跌入蓝洞的那一幕。

死亡的恐惧感再次袭来。

潜水池旁，出现了两个焦急的身影。

“林森禾，你没事吧？快去叫人！”白筱心朝着池底高声大喊，却看到林森禾整个人抱着脑袋，蜷缩在水底。

池边，主管忙不迭地跑出去找人，白筱心环顾四周，发现了一旁的救生圈，她将它套在身上，毫不犹豫地跳下了水。

水下，林森禾抬头看到白筱心来救自己，但是池边似乎出现了一个戴帽子的神秘人，他手里还拿着一个不明的圆柱物体。

林森禾意识到不妙，忍着剧痛拼命往上游，挣扎着露出水面，他四处张望，却不见那人的人影，只有水中的白筱心戴着救生圈，狗刨式地游到他面前。

“林森禾，你没事吧？”

“谁……谁让你下水的？上去！”林森禾心里涌上一股巨大的不安，斥责道。

“哎，我可是来救你的，你怎么……”狗咬吕洞宾，白筱心有些蒙。

可还没等白筱心在心里骂完，林森禾似乎又因为头痛发作要晕过去，白筱心连忙拉住他的手臂。

“喂，喂，你怎么了？”

此时，总监也带了两个场内员工赶进来：“快，把他们拉上来。”

两人将昏迷的林森禾和白筱心相继从水中拉出来，白筱心爬过来，拍着林森禾的脸。

“林森禾，醒醒啊！”

“白秘书，现在怎么办？”总监惊慌失措地看着白筱心，乱了阵脚。

本来他还在担心产品监测老板不满意的问题，这倒好，老板直接在试验产品的时候昏过去了，别说这七品官的乌纱帽了，老板真有个三长两短，他怕是小命都不保。

“去叫救护车啊！就这反应能力，你还当什么潜水俱乐部的主管！”

别看白筱心年纪轻轻，大事面前却十分冷静，立马呵斥道。

“哦，好好。”主管赶紧去找电话，紧张得差点路都走错。

白筱心小心翼翼地用手去探林森禾的鼻息，却感受不到。

这下她也慌了神：“林森禾，你别吓我！”白筱心不停地按压他的胸腔，扶着他的脑袋，准备给他做人工呼吸。

“不对，他不是溺水啊！难道是猝死？”

白筱心瞬间急哭了，去按林森禾的人中，哆哆嗦嗦地背着急救知识，不停地按压他的胸部。

“当病人的呼吸道通畅时，心外按摩频率要够快，不少于每分钟一百次，强度要够，按压胸骨，胸骨的起伏深度要达到四至六厘米。”白筱心一边自言自语，一边死命地按压着林森禾的胸骨，生怕力气没用到位。

一瞬间，林森禾可能死在她眼前的念头越来越强烈。

虽然这一个月以来，林森禾对她的“折磨”与“凌辱”从未间断过，但斗智斗勇的日常早就成了她每天早起工作的动力。

虽然他仍旧是她咒骂的老板、通讯录里备注的“催命阎王爷”，但跟在他身旁，她才初识踏入真实社会的滋味，借着他身边虽然烫手却充满高光的位置大展拳脚，慢慢发出自己的光芒，并以极快的速度从他身上学会了如何做事、做人。

虽然他依旧苛责、挑剔、龟毛，翻脸无情，但似乎越来越“人性化”，会在她送资料的时候，允许她蹭一顿晚饭，顺便还打包带走吃剩下的龙虾和螃蟹，会在她加班的深夜，派黑风开着他的专车送她回家，甚至当她喝醉时，即便不情愿，也背着她将她送回家。

原来，他对她还是很好的，如果他现在就死掉，她会难过地恸哭。

“林森禾，你快醒来！你给我醒来！”白筱心继续做着按压抢救，不争气的眼泪却唰唰地掉落，强撑着她最后的力气给林森禾急救。

终于，林森禾猛然呼出一口气，迷迷糊糊地睁开了眼。

“你醒了？听得见我说话吗？你要吓死我啊！”白筱心终于松了一口气。

林森禾睁开眼，看见白筱心挂着泪痕的脸，恍惚中又看到白筱心身后那个戴着帽子的男人，从这角度看，刀疤清晰可见，刀疤男手握着电棍，露出邪恶的一笑。

林森禾强撑着要起身，可根本没力气，又昏了过去。

“林森禾！”

此时，总监带着医护人员赶到。“让一让，让一让！”众人全部簇拥过来，医护人员将白筱心推到一旁，为林森禾紧急治疗，整个潜水室一片慌乱。

角落里，刀疤男转身压低帽檐，从人群中离去，而林森禾也沉迷于梦境中无法自拔。

迷雾渐渐褪去，梦境里出现了一栋带着花园的老式木屋子，十岁左右的林森禾正在院落里的草地上和父亲林恒踢球，充满了欢声笑语。

此时，林母雨汐将茶点端在一张茶桌上，笑容温和地嘱托：“你们小心点儿，别把身上弄脏了！”

“男孩子踢球，哪有不脏身的！儿子，接着！”林恒大力一脚将球踢过去。林森禾奋力地追着球奔跑，却越跑越远，越跑越远……

场景变幻，小林森禾竟然追逐着来到一片海滩上，远处缓缓驶离岸边的船上，爸妈挥着手，传来缥缈的声音：“森禾，快回去！”

小林森禾追逐着冲他们大喊：“你们一定要早点回来啊！”

突然，大风刮过海面，卷起汹涌的波涛。

狂风暴雨的夜晚，大风突然吹开了林家老院客厅的窗户，十二岁的林森禾哆哆嗦嗦地躲在爷爷的怀里。

年轻的齐叔跑进来，颤抖着宣告了一个可怕的消息：“老爷，轮船遇上了风暴，林少爷和夫人遇难了。”

“什么？”林之杨颤颤巍巍地站起来，紧接着晕了过去。林森禾哭喊着摇晃他：“爷爷，爷爷……”

窗外，电闪雷鸣。

梦魇之手再次牵引他来到一个泳池边，林之杨拄着拐杖，瞪着幼年的他，他望着泳池一步步地后退。

自从爸爸妈妈葬身无边的海底，他对下水就产生了深深的恐惧。

“爷爷，我不想下水。”

“下去！你是我林之杨的孙子，这个世界上没有任何事情需要你害怕。”

林之杨命令般说完，一把将十二岁的林森禾推进了泳池。

“啊——”

林森禾咕噜噜地沉进海里，却发现进入了刚刚室内潜水俱乐部的深水池里。

潜入水底的林森禾突然头痛，抬起头听见白筱心的呼喊声：“林森禾，林森禾……”

随后他被白筱心拽上岸，白筱心那张焦急的大脸上挂着泪痕，似乎担心他随时会死过去。

身后刀疤男突然出现，高高举起了电棍，似乎想要对白筱心下手。

“白筱心！”林森禾猛然坐起来，环顾四周，意识逐渐恢复清明。白色的房间，监护仪器，空气中还飘着难闻的消毒水味儿，这是医院的病房。

终于，他从那绵延而漫长的梦魇里醒了过来。

然而他一低头，却发现自己的一只手正抓着白筱心的手腕，而白筱心却拿着一把刀在削苹果，正目瞪口呆地看着他。他吓了一跳，赶紧松开她的手腕，朝床上靠了靠。

白筱心也终于反应过来：“你醒了？你做噩梦了？”

林森禾咽了咽口水：“嗯。”

白筱心看着手里的刀，尴尬地问道：“你不会又梦见我成了白衣女鬼，要锁你的命吧？”

“咯，你怎么知道？”

难道她还有入梦噬灵的功能？

“是游清泽告诉我的。”

“哦。”

“既然你醒了，就先吃一个苹果压压惊？”

林森禾无奈道：“哪有病人一醒来就吃苹果的，你是不是应该先去叫医生，然后再给我倒一杯水？”

林森禾一醒来，立马恢复一副凶神恶煞的阎王嘴脸。

白筱心反应过来，赶紧放下苹果和刀子，一边往外跑一边喊道：“医生，医生，病人醒了！”

林森禾无语地摇摇头。

6. 讳疾忌医

“嗯，你暂时没有什么问题，但是最好尽快办理住院，做全面的脑 CT 检查。头疼引发的间歇性休克，这可不是小事。”医生嘱托道。

林森禾皱眉不作声，医生前脚刚走，林森禾便吩咐白筱心：“你去结账吧，我准备出院。”

“啊！可是医生让你住院啊！”白筱心一副难以置信的表情，这人耳朵聋了吗？

“我才做过体检，身体没有问题。”

“拜托，医生都说了你间歇性休克……”

白筱心话还没说完，林森禾不理会她，起身离开了。

“你……好，我给游清泽打电话，不信没人管得了你。”

她可连着两次见过他突发休克的症状了，这么大的事，他竟然置若罔闻。一向惜命的林森禾到底怎么了？

白筱心刚拿出手机，林森禾就气得回身上前夺手机。白筱心下意识地后退，碰到床沿，后仰着栽倒过去。

林森禾赶紧伸手去抱她，却将她扑倒在病床上。

这个姿势，白筱心一动也不敢动。林森禾面目狰狞，对着白筱心道：“白筱心，你救了我一次，功劳大了是吗？还用游清泽威胁我。”林森禾低下头靠近白筱心，吓得她不敢喘气。

“手机没收。”夺过手机的林森禾起身拉好衣服离去，白筱心坐起来，没好气地嚷着：“喂，你讲不讲理啊！”

算了，阎王生来不怕死，她何必瞎操心。

深夜，林森禾回到家中，一边坐在落地窗前喝咖啡，一边翻看手机。手机视频上，正显示刀疤男换好工作服进入室内潜水俱乐部的监控画面。

林森禾将视频转发给黑风，询问道：“人查得怎么样了？”

不一会儿，门铃叮咚作响，林森禾通过视讯电话看到是黑风，就按下开门键。

“老大，你没事吧？”黑风走进来焦急地询问。

“我没事，你怎么来了？”

“我看见视频里那个人拿着电棍，似乎要对你不利。”

林森禾点点头：“他的身份查得怎么样？”

黑风无奈地摇头：“警察局在逃嫌犯的人像识别都查过了，没有此人。上次那个记者证的线索更是没用。老大，你派我回去暗中保护你吧，既然他的目标是你，只有在你身边我才有机会抓住他。”

林森禾想了想：“也好，但是你别轻易出现，暗中听我调遣。”

“嗯。”

“去吧。”

“你这外面要不要……”

“我这屋子外全是红外线警报系统，最安全的就是家里。”

黑风点点头便离去了。

林森禾喝着咖啡，坐在沙发上想起白筱心挂着泪痕的情景。

看来对方果真是冲他来的，无论有没有白筱心，那一次潜水他都有可能被人暗算。这么说来，还是他连累她了。

想到白筱心又在危难时刻拼命施救，一副哭得伤心的样子，林森禾的内心突然有些触动，荡出一片柔软，点开白筱心的微信，想发什么，却一个字也想不出来。

此时，白筱心坐在卧室的地上，也拿着手机，酝酿着给林森禾发信息：林总，你身体好点了吗？你最好还是去医院……

她想了想，又按下撤回键，将整行文字清空了。

“白操心啊白操心，你脑子是不是进水了？人家都说让你别管，他身体好不好，跟你有什么关系啊？”

白筱心扔了手机，继续收拾地上一堆乱七八糟的行李。白真真刚洗完澡，包着头巾，看她卧室里一地凌乱，忍不住吐槽：“啧啧，白筱心，你都毕业这么长时间了，这箱子里的东西还没收拾完啊？”

“唉，大学四年，购置的家当也不少呢，我工作又那么忙。”

“那你慢慢收拾吧！”白真真离开，杜绝被白筱心抓去当苦力。

白筱心翻出箱底的一张全家福相框，照片上，是父亲和怀孕的母亲在一棵树下的合影。白筱心摸了摸照片，将相框重新放回书架上。

翌日，林氏集团大厦。

白筱心坐在工位上，看着林森禾和游清泽说说笑笑地走进办公室，周围人更像无事人一样正常工作，只是暗自嘀咕。林森禾昨天出了这么大的事，游总和整个公司的人竟然一点儿都不知情，这消息封锁得还真是密不透风。

不一会儿，游清泽从林森禾的办公室离开，白筱心的电话响起。

“白筱心，咖啡。”

“好的。”

白筱心端着咖啡走进来，林森禾躺在沙发椅上闭目养神。

“林总，你的咖啡，”

“谢谢。”

“白筱心。”白筱心刚要出去，一声呼唤让她停住了脚步，林森禾艰难启齿，“昨天，谢谢你。”

白筱心愣了一下，反应过来嗤笑道：“老板，你这反射弧也……”

白筱心看着林森禾的眼神，又改了口：“也不是多大的事儿，这都是我身为您的助理应该做的。”

白筱心微微欠身一笑，见林森禾心情不错，想了想，语重心长地开口道：“林总，有句话我还是忍不住想说，这人啊，有病咱就得面对，为什么要放弃治疗呢？咱又不是身患绝症。”说着说着，白筱心自己吓了一跳，指着林森禾道，“你不会真的是绝……”

“白筱心，你咒我是吗？”林森禾瞪着白筱心。

“那你不是绝症，干吗讳疾忌医啊，我已经看见你两次头疼发作差点出事了。难道你是超人附体，神仙转世，这凡间的医术治不了你？”

正喝着咖啡的林森禾一下被呛到了：“行了，我自己心里有数，你出去忙吧。”

白筱心气到没话，咬牙切齿地往外走：“头疼还天天喝那么多咖啡，痛死活该……”

午饭点，林氏大楼附近一家装修还不错的面馆里，白筱心和路过附近办事的闺密丹丹相约一起吃午餐。

“筱心，你们这大叔老板也太奇葩了吧。”听到白筱心简单讲述了林森禾头痛发作差点死掉，怎么也不肯住院的过程，丹丹也忍不住吐槽。

“是吧？”

“哎，不过话说回来，人家是大老板，搞不好是看不上这普通医院的医疗条件才不肯住院。”

“不可能，他二十四小时除了睡觉，不是在工作就是在指挥别人工作，哪来的时间去看病？”

“哟，他二十四小时干啥你都知道？”丹丹挑起眉毛，似有所指。

“早上六点和晚上十一点还在群里给我安排工作，害得我每天不能正常上下班，你觉得呢？”

丹丹摇头：“魔鬼啊……哎，要我说这事你别管了，我看这种人就是把工作当命，早晚过劳死。”

丹丹满不在乎地吃着面，白筱心却放下筷子急了：“你别瞎说！”

丹丹吓了一跳，一脸奇怪地看着白筱心：“白筱心，我发现你对林森禾的态度好像有点不一样了啊。”

“开玩笑，我是他助理，他万一真猝死了，我这知情不报者，算间接谋杀吧？”

“有没有那么夸张？”

“不行，我得想办法拯救危情中年大叔。”白筱心咬着手指决定，然后捧起面，咕噜噜地开始喝汤。

罗丹丹无奈地摇头。刚刚离开象牙塔不到一个月的白筱心，俨然成了一只标准的社畜。

7. 专治讳疾忌医

午间，游清泽办公室里。林森禾正坐在他的桌上，看他展示资料。

“这是我筛选出来的一批比较有实力的海上娱乐设施项目供应商，这家和韵公司我重点推荐，他们家有做过大型海岛公园的全案策划经验，所以……”

林森禾点头聆听，手机突然响起，林森禾看都没看，直接按掉。

“继续。”

电话再次响起，林森禾又按，电话又响……

“接吧，手机都有骚扰电话屏蔽功能，应该是认识的人打来的。”游清泽听到如此执着的电话铃声，突然感觉自己才是那个最应该被“挂断”的人。

“喂，是谁？”林森禾不耐烦地接起了电话，却突然从桌上坐了起来，“好的，我马上到。”

林森禾挂了电话，起身就往外跑。

“森禾，出什么事了？”游清泽第一次看林森禾如此慌张。

“白筱心出车祸了！”

“什么？我跟你一起去吧！”

“不用，你等我消息。”

游清泽想了想，看着林森禾匆忙的背影，还是关了电脑，追着他跑了出去。但游清泽根本跟不上他的速度，游清泽刚下地库，就听见一阵轮胎摩擦声，然后看到他开着他的大 G 飞速地冲出了地库。

此时，林森禾心急如焚，他一直以为，这一次白筱心在他眼皮子底下安稳地待着，只要她不潜入蓝洞尚可保她的人身平安……可没想到，她还是出意外了。

难道白筱心在无限的空间里，注定是必死的命运？

林森禾来不及想那么多，心急火燎地冲到电话中报出的医院，在急诊室中焦急地找人。

“白筱心！白筱心！”

当林森禾着急上火时，突然听到身后的角落里有熟悉的笑声传出来。

“没事，大爷，我皮糙肉厚，这点小伤不算什么……”

林森禾退回去，一把将面前的窗帘拉开，白筱心正坐在凳子上和一旁的大爷愉快地聊天。

“哎哟，你来啦！”

林森禾低头瞧见白筱心的脚敷衍地缠着几圈白布，还一副满不在乎的模样，他这才意识到，他又被她耍了。

“白筱心，这种玩笑你也敢开？你是不是活腻了？”林森禾怒不可遏。

“我没有，我真出车祸了，大爷你说，是不是？”白筱心拉着一旁的大爷理直气壮道。

大爷连连向林森禾赔礼道歉：“是啊，老弟，这是你家闺女吧，都是俺的错，我骑着二八自行车不小心压了她的脚，你千万别怪她。”

林森禾看着一旁偷笑的白筱心，气得大小盲肠此刻都在肚子里打结。林森禾挤着牙缝扔下一句话：“欺骗上级，谎报病情，无故旷工，扣半个月工资！”说完，林森禾气冲冲地转身离去。

白筱心见林森禾真的生气了，立马一瘸一拐追上去，死死地拽着他的胳膊，央求道：“扣扣扣，我没意见，但这医院你来都来了，那就麻烦你顺便去做个检查吧。”

林森禾停下来，看着挂在自己臂膀上耍着无赖的白筱心愣了一下。

难道她费尽心机将他骗来，不是为了整蛊他，是想让他检查身体？她有这么好心？

“哎，是的，其实我这么做是为了把你骗到医院做检查，你现在是不是特别感动？”白筱心仿佛会读心术一般，看穿了他的心思，脸上的笑容也越发张扬。

林森禾忍着怒气，一把揪着白筱心的衣领将她拽到眼前，咬牙切齿：“白筱心，你很能干是吗？”

白筱心看林森禾的眼睛快要喷出火来，赶紧认㞞：“我错了，我再也不敢了，你看在我勤勤恳恳、任劳任怨的分上，这一次就放过我吧。你说你身为林氏的顶梁柱，你要是真有个三长两短，不光是我，你让林氏上上下下几千口人怎么养家糊口啊？”

“你！”林森禾气结，却又不知该说什么。

白筱心突然看到周边有人围观，戏精本精上线，猛然跪下，拽着林森禾的裤腿声泪俱下：“爸爸，求求你，就去做个检查吧，就当是为了你的孩子们。”

林森禾看着周边的人对他指指点点，仿佛在看一个已经上了年纪、生活拮据得想要把钱都留给儿女并且拒绝看病的老年人。

一时间，吃瓜群众议论纷纷。

“什么情况啊？上了年纪就得服老，该看病看病，儿女这么孝顺，怎么还这么固执？”

“就是就是，人老了身子骨就是不行，还不趁着能动早点检查，老了就是给儿女增添负担。”

林森禾无语地翻着白眼：这些路人都什么眼神，就算见过这么老的闺女，可见过这么嫩的爹吗？

“白筱心，你给我起来。”林森禾再次忍无可忍，抓住她的衣领，恨不得将她扛在肩膀上扔出去。可这会儿她铁了心跟他较劲到底。

“不，你不做检查我就不起来！”

林森禾想甩掉白筱心，奈何被她死死抱住裤腿。林森禾终于被治得没了脾气，咬牙切齿：“好，你赢了！”

白筱心立刻转头，仿佛怕林森禾下一秒反悔似的，朝着身后的医务室大喊：“医生，医生，快来，这里有人要看病。”

林森禾一只手捂住脸，觉得生无可恋。

有时候他在想，上上辈子，他一定是毁灭了银河系，所以这辈子，不，是这两辈子，上天才派了这么一个奇葩来折磨自己。

苍天哪，求求你，我好不容易回到复活点，能不能不要再派给我一个猪队友啊！

然而他抬头，没有收到来自上天一星半点的回应，低头面对的仍旧是少女得逞的模样。

活着真的好艰难啊。

……

一个小时后，白筱心从核磁共振室拿出单子，又强行拉着林森禾走进了诊室。

医生将片子竖起来，仔细看了半天，摇摇头：“不管是脑 CT 还是心脏彩超，都没有检查出任何问题。”

林森禾一记斜眼送给白筱心，就差将“我早说过吧”几个大字写在脸上。

白筱心惊讶地拿过片子：“不可能，他一定有病，而且病得不轻。”

“你这么盼着我得病啊？”林森禾气得差点将下牙咬碎。

“不是，那他两次头疼发作，一次间歇休克又是怎么回事？”白筱心不理会林森禾，继续向医生求教。

“这也有可能是过度劳累所致，注意休息，应该问题不大。如果你们不放心，建议再去省医院请专家会诊一次。”医生接过单子，仔细翻动，最后给出一个恕我无能的结果。

“好的，谢谢大夫。”林森禾起身，迫不及待地想要离开医院。

白筱心还是觉得奇怪，林森禾几次头疼到晕倒，怎么可能没病？怎么可能只是过度疲劳？

“不是，你们这医院的水平也太……”

“走了。”林森禾不由分说地拽着白筱心的衣领，不等她丢人现眼就将她拖出去了。

8. 老年智能手表

深夜，被白筱心折腾了一下午的林森禾拖着疲惫的身体回到家，一打开房门就看见游清泽在厨房里忙碌。他见林森禾回来，立马上前询问。

“怎么样，白筱心现在还好吗？”

“哼，她上蹿下跳，好得不能再好了。”

“那你怎么样？”游清泽试探地问道。

游清泽看林森禾一脸不悦，意识到自己问了一个不该问的问题，回到厨房继续煮面。

“白筱心那臭丫头是不是又多嘴了？”

“没有啊，我没有跟上你，就问白筱心你们在哪家医院，她让我不用担心，还说顺便带你检查身体……检查一下也好，你总不能每次都靠咖啡续命，失眠了就躺浴缸里睡觉吧？”游清泽一边说着，一边把煮好的面递到林森禾面前。

“下次她再骗人胡闹，我就让她试试天天坐着轮椅上班是什么感觉……”

林森禾想起今天的事，虽然他知道她此举是出于好心，但心里充满被戏弄的憋屈。

“不过，白筱心能让你听话做完检查，也算有勇有谋了。”游清泽想想白筱心发来的视频，忍不住偷笑。

“那是死缠烂打。”

游清泽看着嘴硬的林森禾，并没有揭穿他，只是无奈地笑了笑，道：“死缠烂打，不惜扣工资也要关心你健康的助理，估计也只有白筱心吧？这点小兰可做不到。”

林森禾被游清泽这一句话呛得咳嗽。

“你的意思是，我还要好好感谢她？”

“你随意。”

林森禾没好气地瞪了游清泽一眼，继续低头吃面。

他吃完面，一边看着游清泽进进出出收拾东西，一边掏出手机，询问黑风的进度。

结果，黑风只发来几个字：目标未出现，还在跟进中。

林森禾叹了一口气。

……

白筱心躺在自家床上，手机显示有一条林森禾发来的微信，白筱心好奇地打开查看，发现是林森禾发来的两千块的转账。

她正犹豫时，有一条信息传来：收了吧，跑腿费。

白筱心撇撇嘴，藏住嘴角笑意，毫不犹豫地点了红包。

“嘁，还跑腿费，你想回报我就直说嘛，这么客气。”白筱心心里暗爽，把手机扔到一边，电视里正播放着养生节目，白筱心拿出笔记本，盘腿坐在沙发上，一边看一边做笔记。

此时，白真真敷着面膜从卫生间走出来，嫌弃地看着白筱心：“你小小年纪怎么看这种节目……”

“唉……还不是为了我的金主爸爸……”

白真真的眼睛突然亮了起来，靠近自家侄女坐下，看着白筱心：“金主爸爸？哦，就是那个把你送回家的高血糖大叔？他怎么了，得高血糖住院了？”

“他前几天溺水，还住进医院了，在医院连一个能陪他的家人都没有，还得自己瞒着病情，怕这消息引起动荡，有点可怜。”

“然后呢？”此时，白真真的八卦之魂在燃烧。

“然后我觉得我好歹救了他的命，想让他活的时间长一点，别白白浪费我的力气呀。”

“看来你们发展得还不错，就是他身子有点虚。”白真真若有所思地点点头。

“啊？”白筱心不明所以。

白真真想着想着，一只手撕掉面膜，从沙发上跳起来，跑到厨房里一阵翻腾：“姑姑对别的不拿手，固肾养虚还是有些经验的。”

白筱心一脸莫名其妙，就看到白真真从厨房里拿出大瓶小瓶的保养品堆在茶几上。

“什么东西？”

“为了你的幸福，老姑就当下血本投资了，你拿去用，别客气。”

白筱心一只手拿起红参精，一只手拿起黑玛卡，脸上的表情越来越难看。

……

次日，林森禾正在对着招标信息头疼。白筱心敲门进来，脸上带着职业的微笑，为林森禾端来咖啡杯。

“林总，你今天心情好点了吗？总生气老得快，这杯……就当我给你赔罪了。”白筱心试探地询问。

林森禾假装正经，拿起杯子喝了一口，立即皱起眉头，艰难地咽下。

“怎么样，你有没有感觉到精力旺盛，血气充盈？”

“这是什么东西？我的咖啡呢？”

“林总，这是我千辛万苦找到的红参精，比咖啡杯里泡枸杞效果好多了，而且经常喝咖啡有可能造成神经过敏、心悸、耳鸣，血压升高，并且促使血管壁收缩，增加患心脏病的风险，您还是戒了吧。”白筱心说完，又从口袋里拿出红参精的袋子和一盒黑玛卡，放在了林森禾的桌上。

“这里还有玛卡，纯植物的，绝对安全。哦，还有这个，智能手表，有监测心率和血压的功能，还可以紧急呼叫，如果你再遇到什么危险，按呼叫键，我的手机立马能收到。”

林森禾无语地看着桌上的东西，又看看一脸热情的白筱心，忍不住叹了一口气：“白筱心，我给你的工资发少了吗，逼得你要去做代购？”

“天地良心，这个是我送你的礼物，不要钱。”

林森禾一脸难以置信，那个一向钻进钱眼、替他买包纸巾都要跟他算账报销的抠门精，竟然免费送他东西？这背后不会藏着什么挖好的大坑吧？

林森禾拿起包装袋仔仔细细地盘查一番，又见白筱心用真诚的小眼神望着他，这才舒了一口气，想说一声谢谢，但奈何这两个字之前在他的词库里不太常用，他张了半天嘴，还是没说出口。

“咯，好吧，我收下了。”

“那……没什么事儿，我就出去了。”白筱心笑了笑，转身离开。

林森禾看着白筱心离去的背影，嘴角忍不住扯起一丝笑容。看来白筱心还是有良心的，慢慢懂得知恩图报。

可当林森禾拿起手表翻看包装的时候，表情却突然僵在了脸上。只见包装盒上面一行大字写着品牌标语——老年智能表，送给父母的最好礼物。那字体大得，生怕老年人看不见似的。

“死小孩，真把我当老年人……”

白筱心回到工位后，一直盯着手机上的手表 APP，APP 上依然显示没有连接，她来回刷新页面，突然“嘀嘀”连接匹配成功。

终于，她在手机 APP 上看到了林森禾显示的心率起伏数字，露出了满意的笑容。

“这就对了嘛。”

白筱心在手机上设置了高血压和心率过快的警报，可刚刚点了确定，手机上的警报就突然嘀嘀响了起来。白筱心瞬间吓了一跳，抬头一看，只见严主管正在林森禾办公室里缩着脖子挨骂。

“这个也太灵了吧。”

9. 警报响起

白筱心送林森禾智能手表本是一番好意，想着万一下一次他再突然昏厥，她可以第一时间打 120 急救。可没想到的是，他没昏厥，一次次响起的警报声快把白筱心折磨得昏厥了。

茶水间里，白筱心正专注地准备茶水，手机上的报警铃声突然响起，她一哆嗦，半罐方糖全部倒进了茶杯。经查明，当时林森禾在骂商务部的一个经理。

洗手间里，白筱心对着镜子戴隐形眼镜，报警铃再次响起，她手一抖，隐形镜片掉进了水池。经查明，当时林森禾在骂采购部新上任的负责人。

以上案例，不胜枚举，此处略过。

此时，身心疲惫的白筱心回到家中，手机又开始疯狂地振动。她一脸绝望，再次掏出手机关闭铃声。

“我感觉我要死……”白筱心躺在床上，跟丹丹视频吐槽。

“你这是自作孽，他天天折磨你，你还送他这种东西。”

“我本来没觉得林森禾有多可怕，但自从有了这个报警器，我随时监测他的血压、心率，我现在感觉自己身边好像有个炸弹，分分钟有可能爆炸。”

“那你就不要把敏感度调那么高嘛，或者断开连接，要不然干脆关机。”

“唉……照他这么下去，我更不敢关机了，万一他不小心死了呢？我都快要转正了，可不想没人给我发工资。”

“你完蛋了，白筱心，你现在已经是被奴役的社畜了，祝你好运，再见！”

丹丹直接挂断了电话，白筱心看看手机APP上的心率，在警报调节页面停留片刻，终于没有把数值调高，反而将手机音量调高，把手机放在枕头边，歪头睡去。

……

浴室里，林森禾洗完脸，顺手戴上放在水池上的手表，好奇地查看手表上记录的一日数据，发现血压监测和心率监测数据图上，有好几处标红，不由得惊讶。

“这表不会坏了吧？难道我真的压力过大？”

林森禾在卫生间环顾片刻，目光锁定在浴缸上，把浴缸里的被子和枕头拿出来，放开水龙头，在浴缸里接上水，坐在浴缸的边缘开始泡脚，并将放在浴缸旁的玫瑰花瓣扯下来，扔进浴缸，这才心满意足地松了一口气，慢慢地放松下来，闭上了眼睛。

而这边，白筱心戴着眼罩，躺在床上，准备入睡。可手机屏幕突然亮了起来，接着是一阵刺耳的警报声。白筱心猛地从床上弹起来，摘下眼罩看手机，发现屏幕上显示一个红色的叹号，下面还写着四个字：急救警报！

“不会吧，这么快就出问题了？”

白筱心着急地给林森禾打电话，但是迟迟没有人接听。

“难道他真的出事儿了？”白筱心来不及细想，火速跳下床，只在身上披了一件衣服，就冲出门去。

而此时此刻，林森禾正躺在浴缸里，戴着耳塞、眼罩，安详地熟睡着，音响中播放着轻音乐，他的手腕搭在浴缸边缘，手表上的紧急呼救按键正好被触碰到。

二十分钟后，一阵阵急促的敲门声响起，但林森禾浑然不觉。

白筱心着急地按着门铃，无人应答，白筱心继续给林森禾打电话，依然没有人接。

“林总？林总？林森禾！”

白筱心急得在门口转来转去，忽然看到窗台下的石头，犹豫片刻，她搬起石头，铆足了力量猛地向窗户砸去。

……

十分钟后。

白筱心乖乖地站在林森禾身后，像一个做了坏事被当场抓包的小毛孩，一时间双手都不知道往哪儿摆，只好呆呆地盯着林森禾站在门口跟保安交谈。

林森禾时不时回她一个绝杀眼神，吓得她双手更加乱颤起来。

“林先生，您的防盗系统已经关好了，砸碎的玻璃物业也检修完毕，不过建议您日后还是给家人准备好备用钥匙，以免引起不必要的误会，耽误您休息。”

“好的，谢谢。”

保安向林森禾点点头就离开了。白筱心找到空当，从林森禾身后钻到门口想要偷溜。可白筱心还没跨出门口，就被林森禾拉住，一个反手把门关住，双手强势地把她摁在墙上。

两人四目相对，脸贴近，似乎都能感受到对方温润的鼻息，一时间，白筱心的内心像有十来只小鹿踩踏而过。

难道说这就是传说中的霸总壁咚戏码？虽然俗套，但她还是有点动心是怎么回事？

随即她在内心反手拍了自己一巴掌：白筱心，你可不是脑残少女啊！

“林总，您最好不要再生气了，您今天的数据已经严重超标了，为我这一个小喽啰气坏了龙体，那可就大事不好了。”白筱心讪笑，眼神躲闪着，背过手偷偷摸索门把手。

林森禾一时间被气得发笑：“白筱心，我是真的佩服你，你是别家公司派来的商业间谍吗？还是上天派你来帮我渡劫的，不，你就是我的劫。”

白筱心意识到不妙，林森禾怕是已经气糊涂了，前言不搭后语，话都说不明白了。

“老板，您抬举了……我真的是担心您出事，刚刚紧急求助警报一直在响。”

白筱心露出委屈巴巴的表情，看着林森禾，另一只手依然没闲着，继续寻找逃出去的机会。

林森禾还想再说什么，但是看着白筱心的样子，似乎没有说谎。

什么时候她这么开始关心自己了，连半夜睡觉都不忘盯着手机看吗？林森禾嘴角隐隐浮现出笑意。

一时间，他寒冷的心似乎遇到了气流变暖，悄悄裂开了一条缝，不动声色地融化着。

“那个，今天太晚了，你一个女孩子回去也不安全，我就容许你在这儿住下吧。”

“啊？不合适吧，明天有三明岛游乐设施招标会，我的笔记本电脑还放在家里呢。”

“明天我让司机去你家拿笔记本电脑，我们直接从这里出发。”

“那个……林总，我还是不打扰了，再见！”终于摸到了门把手，白筱心脸上露出了迷惑人心的笑容。

她猛地把门打开，人也往外闪去，可林森禾撑着门的手毫无防备，整个人一个踉跄，狗吃屎般摔了出去。

白筱心见林森禾趴在地上久久不起，身后似乎慢慢地腾起一股黑烟，不，是熊火。

白筱心瞬间看傻了眼，立马晃晃脑袋，改口道：“那个，我想好了，我还是听您的，我就在这儿住吧，毕竟外面风挺大的，呵呵。”

白筱心转身便往客房逃之夭夭，生怕林森禾突然跳起来给她的脑袋一记栗暴。

门外，趴在地上的林森禾开始深呼气，降压。

——我不生气，不生气，我是大人，不跟孩子怄气，十个俯卧撑，走起。

……

第六章

白筱心，让我抓住是你搞鬼，你就死定了！

1. 借宿风波

深夜，偌大的别墅静寂无声。

白筱心躺在床上，睁着眼，翻来覆去叹息着无法入睡，最终摸黑坐起来，轻手轻脚地打开房门，走向卫生间。

她打开卫生间的灯，看看镜子中带着明显黑眼圈的脸，忍不住叹息："我还不如直接告诉他，我认床，不过估计没什么用处。"

她刚想关灯，突然发现浴帘轻轻动了一下，她瞬间警觉，慢慢向浴缸走去，浴帘再次轻轻飘动，一个影子在浴帘上一闪而过。

鬼呀！白筱心忍住想要尖叫的冲动，虽然内心有一丝恐惧，别墅惊魂的画面从脑海闪过，但从小就胆大的白小强还是忍不住好奇心，小心翼翼地走到浴帘旁，用手捂住眼睛，轻轻拉开浴帘，伸手摸了下去。

白筱心突然皱眉，感觉有一点点奇怪，她的手抚过一具肌肉结实、线条分明的躯体，沿着腹肌一路往下，甚至还向下按了两下。

"你摸够了吗？"

一阵冷冷的声音传来，白筱心的手僵住，另一只手缓缓从眼睛上拿下来，看到躺在浴缸里的居然是林森禾，额头上还有刚刚摔倒时蹭在地上的瘀青。

白筱心来来回回盯着林森禾的肌肉，忍不住咽了咽口水，摇摇头，又点点头。

"林……林总，我好像想起来了，您失眠的时候喜欢躺在浴缸里。"

林森禾沉默着，四周一阵寂静，水滴落入水池的声音清晰可闻。淋浴头上的一滴水滴落，正好落在林森禾的脸上，就像一滴绝望的泪水。

“所以呢？要我夸你对我了如指掌吗？”

“不用了，不用了，我这就走。”

林森禾无力地摆摆手，白筱心逃也似的离开卫生间，最后只剩下他眼神空洞地望着天花板。

“冤孽……这觉没法睡了。”

“哎哟！”门外，慌忙逃跑的白筱心一脚滑倒，痛苦地呼叫。

林森禾听闻后，赶紧起身出门查看。

客厅里，林森禾穿着浴袍，胸口微敞，扶着一瘸一拐的白筱心，把她送到沙发上，然后蹲下身，给她仔细地揉着脚。

“这样疼吗？”

“还好。”

“这样呢？”

“也还好。”

林森禾用力，白筱心尖叫。

“啊，疼疼疼！”

林森禾起身去冰箱里拿出医用冰袋，敷在白筱心的脚上。林森禾的胸肌在白筱心眼前乱晃，白筱心没眼看，伸手想推开林森禾的手。

“那个……还是我自己来吧。”

林森禾并没有让开，他抬起头，两人四目相对，白筱心的眼睛再次不自觉地向林森禾的领口游移，林森禾终于发现了白筱心不安分的视线，有些尴尬地站起来。

“扭伤不严重，先冷敷再热敷，明天就好了。还有，你如果失眠睡不着，就去整理明天工作用的文件。”说罢，林森禾拉了拉领口，面红耳赤地转身离开。

白筱心看到林森禾慌张的样子，一时忍不住笑道：“都是成年人了，有什么好害羞的，笑死个人。”

林森禾躺回卧室里，想着刚刚四目相对的画面，脸上顿时像贴上了一块烙铁，他转过身，像挺尸一般盖上被子。可他丝毫没有注意到，手表上显示心跳和血压的数据在慢慢上升。

白筱心看着手机上的监测红灯和数据，不停咋舌：“啧啧，再这么下去，他得吃高血压药了。唉……”

白筱感慨一番，关了台灯睡觉。

清晨，卧室里，勃拉姆斯交响乐的闹铃响起，林森禾睁开眼睛，起身拉开窗帘，满满的阳光洒入宽敞的室内。

林森禾在洗手间用电动牙刷洗漱完口腔，看着镜子中头上还浮现的瘀青，颇为郁闷。林森禾又拿起台面上的发胶对着头发定型，忽然想起白筱心说的80后大叔的油腻表现之一，凹造型靠发胶。他想了想，又将发胶放回去，穿上运动服，戴着耳机，迈上了跑步机。

此时，白筱心还在呼呼大睡，甚至伸手抠抠胸部，丝毫不受她沙雕音乐手机闹铃的影响。

楼下，林森禾跑完步，又来到厨房，烤了面包片，热了牛奶，涂了一层黄油又涂一层果酱，坐在餐厅里愉快地享受早餐。

忽然，楼上传来丁零哐啷的声音，震得他差点咬到舌头。

不一会儿，白筱心穿戴整齐，来到楼下打招呼："林总，早啊。"

林森禾慢条斯理地吃完最后一块面包，开始他的日常揶揄："你怎么不再多睡一会儿，等着招标会结束了吃午餐。"

"呵呵，虽然我们是甲方，可让乙方等着我们不好吧？"

林森禾冷笑一声，擦擦手，起身离开。白筱心看了看桌上空空如也的盘子，吞了吞口水，却见林森禾丢过来一包纸袋。

"路上吃。"

白筱心打开纸袋，发现里面是满满当当的鸡蛋和面包片，一时间内心升腾起一股温暖。

她再偷偷看向那块高冷的冰坨子，似乎也有点可爱嘛。

2. 前女友出现

上午十点整，林氏集团顶层，林森禾顶着被磕出的瘀青，带着白筱心从电梯里出来。他刚出电梯，就看到严主管迎上来了。

"林总，三明岛水上游乐项目竞标的三家供应商都到齐了，就等着您开招标会了。"

"嗯。"林森禾拉拉西装，大步往里走。

严主管看了一眼白筱心，小声道："你怎么跟林总一起上来了？"

"偶遇。"

白筱心含糊过去，她可不想让八卦的同事知道她昨晚借宿林总的大别墅。先别说林森禾千千万万的小迷妹了，光是总裁办的单身妹子，都能一人用一个白眼戳死她。

招标会议室内，参加招标会的人坐满了办公室，他们不住地看着手表，交头接耳，吐槽招标方迟到的同时，相互试探着彼此的竞标底价。

五分钟后，林森禾带着白筱心姗姗来迟，众人纷纷起立。林森禾很自然地坐在中央的位置，白筱心和严主管一左一右坐在旁边。

“时间紧迫，开始吧！”林森禾一向讲究高效率，直接进入合作主题，略过无用的商业客套和吹捧环节。

严主管向左手边第一个人递了眼色，负责人点点头，立刻站起来开始宣讲。

“我们公司针对三明岛水上游乐开发的主题是挑战冒险，激情夏天……”Hero公司王主管示意工作人员播放 PPT 开始讲解。

十五分钟后，其他几个提案负责人依次进行讲解。林森禾认真听着提案，不时用手遮住额头，偷偷往旁边看了一眼，白筱心正认真做着笔记。

掌声响起，最后一个负责人坐回自己的位置，所有人都看着林森禾，等待着答复。

上一次中标的是王主管的提案，林森禾又想起过往的经历。不同的选项会影响不同空间的走向，如果这一次换一个选择，能不能对结果产生一些影响呢？

林森禾看看白筱心，犹豫片刻，叫道：“白筱心。”

白筱心被点名，立马坐直了身体：“我在，林总。”

“你觉得哪个提案更能吸引你？”

“我？”白筱心愣了一下，发现所有人都看着她，她看看摆在桌前的所有提案，目光锁定在一套粉红色的浪漫主题提案上，用手指了指。

“我觉得第三个提案不错。”

众人纷纷交换质疑的眼神，不屑地摇头，不相信林氏会让一个看起来刚大学毕业的小姑娘来做这么重要的决定，但是还没等他们发表意见，林森禾已经站起身发话。

“好，那就这套方案吧，你尽快安排我和你司的负责人见面，其他人请回吧。”

负责浪漫潜水求婚配套设备的齐主管激动得连连点头：“好的，我们老板马上到，请林总稍等。”

其他公司的人马带着方案离开，一边走一边瞟向白筱心。不知道这小姑娘到底和林总是什么样的关系，竟能直接左右竞标结果，早知道就好好巴结一下她了。

林森禾坐在中央不动，严主管也一脸奇怪地看着白筱心，不明白白筱心到底给林森禾灌了什么迷魂汤，竟让她开始参与核心决策。

“老板，你这么信奉我的商业眼光啊？”白筱心也好奇地侧过头低声询问。

“我信奉的是未来二十年内 00 后的潜力市场。”

白筱心不置可否地点点头：“那你是得多问问我，毕竟你连拼音缩写都不懂。”

此时，走廊里，一双高跟鞋有节奏地敲击地面，女人逆着从会议室中出来的各位面露不甘的主管向前走去。

女人干练而妖娆，在一众莺莺燕燕的主管中显得格外轻盈出挑，一头长发随着脚步的节奏晃动着，扰得众多男士频频回头。

女人的脚步最终在会议室门口停下，然后她轻轻敲响了会议室的门。

白筱心将会议室的门打开，看到门外的女人，也被她的气质和美貌惊扰。虽然她看起来三十多岁，却保养得极好，肤白貌美，精巧的美鼻，配上一双桃花眼，苗条的身姿，一副从容不迫的姿态，内敛中还透着一股张扬自信的魅力。

“是你？”

白筱心听到身后林森禾的声音，转过头，发现他不知道什么时候站了起来，一直冰冷的眼睛里突然有了些踟蹰和温柔，这是白筱心从未见过的眼神。

“秦总。”齐主管见到来人，连忙迎了上去。

女人望着林森禾的目光也是温柔似水，抿唇一笑：“森禾，好久不见。”

紧接着，让白筱心和严主管更加目瞪口呆的一幕发生了，只见两个人很自然地拥抱在一起，就像久别重逢的情侣。

突然，白筱心手机上林森禾心率的高压警报响起。

什么情况？

林氏集团楼下的咖啡厅。

林森禾搅动着手边的咖啡，看看秦芷筠，欲言又止，秦芷筠看着林森禾的样子，温柔一笑：“你还跟以前一样，不知道说什么的时候，就喜欢搅动咖啡勺。”

林森禾一愣，把勺子放在茶碟上，试图寻找话题：“你还好吗？”

“还不错，我结了婚也离了婚，三年前回国开了这家公司，现在过着自己喜欢的生活，倒也自在逍遥。”秦芷筠喝了一口咖啡，语气十分轻松，似乎真的过得很不错。

林森禾愣了愣，不知道说什么，既不想跟着附和，又不知该如何继续。

幸好服务员走过来，打破了两个人的尴尬。

“您好，请问两位可以点正餐了吗？”服务员一边问，一边将菜单递给秦芷筠和林森禾。

“给他一份鱼子酱，一份蛤蜊汤，奶油只要放十毫升就好，再来一份五成熟的肋眼牛排。怎么样，你爱吃的我没记错吧？”秦芷筠熟练地点好餐，微笑着看向林森禾。

林森禾愣了一下，没想到过了这么久，她竟然还记得自己最喜欢吃什么，微微笑了笑。

“嗯，谢谢。”

秦芷筠看着林森禾笑了笑，继续点单：“那好，我要一份烟熏三文鱼，一份蔬菜沙拉就好。”

服务员退下后，又剩下了尴尬的寂静。

“怎么，七年不见，是不是我又老又丑，你不敢相认了？”不同于林森禾的拘泥，秦芷筠大大方方地打趣着。

“没有，你还是和以前一样漂亮。”林森禾尴尬地笑了笑。

“嘁！”秦芷筠回敬林森禾暧昧一笑。

另一旁，一扇玻璃门相隔的自助餐区，白筱心端着餐盘，找了一个有利位置，从不远处的落地窗旁注视着餐厅里共进午餐的林森禾和秦芷筠，他们举止十分亲密。

一时间，她的八卦少女之魂燃烧得更加剧烈了，她犹豫了一下，还是拨通了游清泽的视频通话。

“你又不知道给阎王点什么午餐了？就算现在问也已经晚了，不如……”一接通视频，游清泽的埋怨又来了。

“游清泽，你知道这是谁吗？”白筱心打断游清泽，把手机移到可以拍摄到林森禾和秦芷筠的位置，游清泽沉默片刻。

“她是秦芷筠，森禾的初恋，唯一一任女朋友。”

“什么？万年老古董还谈过恋爱？”

白筱心大惊，急忙把镜头调转过来，看到游清泽有些忧心忡忡的表情。

“嗯，他们俩大学时期就在一起了，秦芷筠跟森禾同一届，也出生于商贾世家，两人有相同的爱好，喜欢文学艺术，喜欢潜水，据说他们是在开学典礼上一见钟情……”

“那后来呢？”

白筱心八卦心瞬间爆棚，明明看起来金童玉女的一对佳人，身世也相当，怎么就分了呢？

“具体原因我也不清楚，他们俩都不愿意提，两人好像有什么误会，又都不愿意解释，就分手了。”

“连你也不知道吗？”白筱心继续刨根问底。

“我帮爷爷查过，据说是森禾看到秦芷筠和别的男同学一起排练，举止有些暧昧，他很是生气。”

“啊，这叫什么理由？有误会解释清楚不就好了吗？”白筱心满头黑线。

“他们都是很优秀的人，有自己的骄傲吧，一旦被怀疑，觉得不被彼此信任，所以干脆去找各自的幸福了。”

白筱心完全不能理解加鄙视地撇撇嘴：“谈恋爱不就是两个人之间谈来谈去、争来争去吗？一言不合就分手啊……矫情，他果然是二十世纪出生的中年人。”

游清泽被白筱心的吐槽逗笑了。

“不管怎么样，你帮我看好林森禾，别让他太难过……我这边开完会就赶回去，要不了多久。”

“放心，我一定会守护好阎王脆弱的小心脏，就算现在已经碎成渣渣，我也会守好碎片，等游帅你回来给他一片一片粘起来。”

白筱心信誓旦旦地下军令状，游清泽却笑着摇摇头，然后转身对身旁的人说着什么，挂掉了视频。

白筱心转头看到秦芷筠对面的林森禾，露出了难得温柔的眼神。

“林森禾这个万千冰山也会为一个女人难过？”

3. 老板，你私生子喊你

突然，手机的嘀嘀声不断响起。白筱心打开手机上的心率监测 APP，看着一众数据持续标红，有些失落地轻轻叹息。

“林森禾竟然……”

一个小脑袋突然凑到白筱心眼前，眼睛一眨不眨地盯着白筱心的手机页面，将聚精会神叹气的白筱心吓了一跳。

“小朋友，你有事儿吗？”

白筱心打量着眼前七八岁，一身西装的小孩，不禁在心里吐槽：现在的小孩子知道装老成，怎么就不知道讲礼貌呢？

“小朋友，未经允许偷看别人手机是很不礼貌的行为哦。”

“我知道这个检测 APP，我姥爷也有用过，不过最后被骗着买了很多保健品。”小男孩指了指白筱心的手机，一本正经地说着，满脸都是“我可是为你好的样子”。

“喀，小屁孩，你知道什么是 APP 吗？”白筱心看着小男孩满脸狐疑。

“Application（应用）！”

白筱心嘴角抽动，看着小男孩明明一张稚气的脸，却有着难以匹配的成熟，不过倒是跟他一身的小西装很搭配。

她刚想说话，后面传来了一个呼唤声：“林林，你怎么自己跑了？”

远处，齐主管拿着两个冰激凌追过来，口中大喊着林林的名字。

齐主管走到白筱心面前，友好地笑了笑。

“Hi，筱心，这是秦总的孩子……林林，叫姐姐了吗？叫了姐姐，我给你冰激凌吃哦。”

林林一脸嫌弃地看了看齐主管的冰激凌，摇摇头。

“齐主管，谢谢你，天热吃冰的会导致血压升高、诱发心绞痛甚至心肌梗死和脑血管病，所以我还是不吃了。”林林说完，绕开齐主管，跑到一边独自玩耍了。

白筱心听着熟悉的话语，面皮抖了抖，若有所思地看着林林：“呵呵，这小屁孩一本正经的样子，怎么有种让人想疯狂蹂躏的熟悉感。”

齐主管无奈地笑笑，把冰激凌递给白筱心，两人倒是顺其自然地吃起来。

“你别在意，这孩子挺可怜的，从小就没有爸爸，全靠秦总一个人照顾，所以比别的孩子成熟一点。”

“啊，这样啊。”

白筱心看着林林背着手，站在一旁看着身边小朋友玩耍，完全无法融入的样子，一时间有些心疼，这么小的年龄确实承受了他不该有的成熟。

忽然，一个熟悉的身影进入白筱心的视野。

“齐主管，你觉不觉得他像某个人？”

“嗯，像谁？”齐主管满脸疑问。

白筱心下意识地往餐厅看看，里面的林森禾正皱着眉头，再回头看看林林，也皱着眉头，两人的表情几乎一模一样。

游清泽和齐主管的话突然出现在白筱心的脑海中。

“两人好像有什么误会……就分手了……”

“这是林林，秦总的儿子……身世挺可怜的，从小就没有爸爸，全靠秦总一个人照顾。”

此时，白筱心的眼前浮现出一幕幕林森禾初恋爱情故事的画面。

瑞典皇家理工大学演奏厅里，秦芷筠一袭白裙，长发飘飘，拉着大提琴，动情地演奏着，林森禾坐在台下，看着一脸柔情的秦芷筠，渐渐入神。秦芷筠抬头，两人对视，秦芷筠羞涩一笑，低下头继续演奏。

然而画面一转，林森禾看到正在排舞台剧的秦芷筠同搭档暧昧地排练，气得站起身摔门离去……秦芷筠追着他，求他不要走，他却板着脸拂袖而去。

落叶飘荡，秋风瑟瑟，两人就此分手。

晚上，秦芷筠躲在卫生间，拿着两条杠的验孕棒独自哭泣。等哭够了，秦芷筠拨打林森禾的电话，却无人接听，发信息被屏蔽。

秦芷筠挺着显怀的肚子，擦擦眼泪，从此含辛茹苦一个人坚强地将小孩养大。

“筱心，筱心？”齐主管见白筱心话到一半，愣神好半天，忍不住叫醒白筱心。

白筱心猛然回过神，口中还在难以置信地喃喃：“我……我是不是知道了什么……”

齐主管没听清白筱心说什么，指了指咖啡厅中并肩往外走的两个身影：“秦总和林总出来了。”

白筱心看着秦芷筠和林森禾从咖啡厅出来，刚想迎上去，林林便飞奔着扑进秦芷筠怀里。

“妈妈。”

秦芷筠温柔地抱住林林，林森禾看着小家伙明显有些发愣。

“这是你儿子？”

“嗯，他叫林林。”

林森禾又愣了一下，朝着林林仔细打量，此时，林林也抬起头看着林森禾。

“爸爸？”

林森禾当即瞪大了眼睛，难以置信地看着秦芷筠，秦芷筠尴尬地看着林森禾笑了笑，没说话。

林森禾被这一声呼唤惊得一哆嗦，一时间有些站立不稳，白筱心赶紧上前扶住林森禾。

秦芷筠搂着林林，看着林森禾的反应，终于笑出声来：“林林，不许乱叫，叫叔叔。”

林森禾回过神来，看看秦芷筠，又看看小不点，生硬中带着温柔，蹲下摸了摸林林的头。

“没关系……你好，嗯……林林。”

白筱心在一旁看得一脸蒙。这是什么情况，这到底是承认了还是不承认？

林林抬头，委屈地看看秦芷筠，一声不吭。白筱心皱眉看着林林的反应，继续在心里分析这复杂的人物关系。

林林不愿意叫叔叔……难道这真是独立自主的前女友意外怀孕，独自养大霸道总裁的儿子，生父却毫不知情的狗血言情剧吗？

“水上游乐项目的事情，我们会尽快推进，这几天的安排主要在三明岛现场，具体的事宜我会让我的助理跟你们对接。”林森禾打了一个手势示意白筱心，白筱心赶紧上前。

“你好，秦总，我叫白筱心。”

秦芷筠微笑着对白筱心点点头：“你好，那到时再见，合作愉快。”

秦芷筠对林森禾笑笑，带着齐主管和林林离开。

白筱心目光尾随他们，看着林林倔强地噘着嘴，两步一回头地看着林森禾，表情十分委屈可怜。

唉，小可怜……白筱心一瞬间有些同情这个单亲家庭的小男孩。

“走吧，上去收拾一下，通知严主管，一点钟准时集合，乙方六点钟到达码头，我们派船直接去三明岛。”

白筱心听到声音，不满地看了一眼林森禾，快步走出去，丝毫不掩饰她的鄙视之情，搞得林森禾一脸莫名其妙。

4. 伤感的回忆

“你受什么刺激了？”

白筱心遭受到一个栗暴，终于从迷迷糊糊的思绪中回过神来，把文件放在林森禾的办公桌上，脸上的伤感依旧没有散去。

"没有，我就是觉得秦总挺不容易，一个人把孩子养大。"白筱心见林森禾的表情突然变得严肃，赶紧心虚地解释，"我可没有要八卦的意思哦，就是别人讲，我简单听了两句。"

白筱心见林森禾没有动怒，继续大着胆子试探："我从小就没有父母，是姑姑一个人把我带大的，虽然我嘴上从来不说，但是心里真的会难过。"

"嗯，理解。"

"所以你不想做点什么？"白筱心开始在作死的边缘试探。

"你什么意思？"

"我是说秦芷筠和林林，你不想对他们做一些男人应该做的事儿吗？"

白筱心拼命暗示着，林森禾却第一时间想到了将他一手带大的爷爷，沉思后认真道："嗯，我以前不知道小筠这么辛苦，以后会想办法帮她的。"

"那……如果你们把之前的误会解释清楚，还会在一起吗？"

"这一段又是谁告诉你的？"

白筱心听到林阎王语气里的严厉，赶紧装傻，若无其事地检查手里的文件。

"白筱心，闲得发慌是吗，看来我布置到你手头的工作还是不够饱和。"

"饱和，饱和，那您忙，我先走了。"白筱心赶紧告退。

"喊，我还不是关心你……儿子跟你那么像你还认不出来，你这个眼神放小说里，早就被虐八百回了好吗！"白筱心不服气地嘟囔，抱着文件走出办公室。

突然空旷的办公室里，林森禾又想起游清泽曾经的话："死缠烂打，不惜扣工资关心你健康的助理，估计只有白筱心吧？"

林森禾摸了摸头发，不知为何，他竟忽然有些感动，又觉得有几分尴尬和不好意思。

"咯，小屁孩，成年人之间的事情，我说了你也不懂。"

白筱心坐在副驾驶座上，看着手机导航发呆。她看了一会儿，干脆滑到APP页面，去看林森禾的心跳记录。

"他明明还是放不下的样子，口是心非……不过爱人重逢，旧情复燃，父子相认，看起来也是早晚的事儿，这红娘我是当还是不当呢？"

白筱心小声嘟囔，偷偷瞟着对面办公室里抱着平板电脑认真办公的林森禾。

白筱心想到他这么多年孤苦伶仃，好不容易有个女朋友还被自己作没了，一时间竟然对林森禾充满了同情。

况且林森禾近来对自己还算不错，那么帮帮他也算一种回报吧。一来她可以慰藉老板的心灵，二来可以平衡老板的荷尔蒙分泌，他脾气好些，她的日子也好过些。

于是，白筱心暗暗下了决定，运筹起了她的红娘计划。

入夜，白筱心安顿好林森禾，从前台得知乙方已经全部入场，住进了林氏提供的酒店，她以工作原因询问了秦芷筠的房间号后，主动上门。

房间里，秦芷筠将林林哄睡，关上套房门，就听到一阵敲门声。她打开门，发现白筱心满脸笑容地拿着笔记本站在门口。

“筱心？”

“秦总您好，我刚刚和齐主管对接完工作，还有一些小事情想跟您确认一下。”

秦芷筠有些意外，林氏集团上上下下还真把林森禾工作狂的作风学了个彻底。她公司的人马一到，就被催着连夜安装游乐设施，为此林氏集团竟然不惜弄了数十个高光灯在海边。这个小助理更厉害，明明不负责施工，半夜了都不知道休息，要不要这么拼？

秦芷筠有些无奈，却笑了笑，将白筱心迎进了门：“你进来吧，林林睡着了，我们小点声，森禾没来吗？”

“啊，没有，他太忙了。”

“他呀，什么都亲力亲为，又不懂得放松，你做他的助理，也很辛苦吧？”

“还好，还好……嗯，我来呢，是想问几个跟项目相关的问题。”白筱心心虚地接过秦芷筠递过来的饮料，放在桌上。

“嗯，好，你问吧。”

“秦总，你们公司这次是用浪漫情人的主题对水上游乐项目竞标，所以，林总应该很喜欢浪漫的东西吧？”

“嗯。”

“那你有没有什么关于浪漫的特别回忆呢？”白筱心眨眨眼，试图得到一些不一样的回答。

“嗯……可能就是收到花或者拉大提琴的时候吧。”秦芷筠很配合地想了想，对这个小助理的开场白有些意外。

“这些都要记吗？”秦芷筠看她在笔记本上写，有些摸不着头脑，林氏的风格，有些出乎她的意料啊！

“嗯，林总很严格的，你喜欢的餐厅风格、菜式、颜色或者想要的礼物有哪些？”

“这个跟项目有关系吗？”秦芷筠有些摸不透这个小姑娘，大晚上竟然跑来打听她的私人喜好。

“嗯……这个，我随口问问。”白筱心也意识到自己确实有些跑题，连忙打哈哈。

“哦。”

“那我继续问项目的问题哈……贵公司这次的项目施工……”

秦芷筠终于和悦地点点头，一一回复白筱心，还指出了一些出错的地方。

白筱心从秦芷筠的房间出来时，已经是半夜，心里装满事的她，索性走出酒店，去海边闲逛。

她走在沙滩上，吹着海风。远处西北角有一座灯塔，照耀着它脚下的海岛，按照方位预判，那就是林氏旗下的三明岛，即将面向全球开放的大型旅游海岛。

可白筱心的心中却涌起一股酸涩，脑海中闪现过往时光里一张张表情模糊的脸。

“一二三，茄子！”

拍立得咔的一声响，一张全家福新鲜出炉。白筱心光着脚丫子踩在沙滩上，被白真真骗着吃了满嘴泥沙，跑向父亲告状。

“爸爸，姑姑欺负我。”

“筱心乖，筱心马上就三岁了，不能再哭鼻子了。走，爸爸帮你报仇。”

“爸爸，爸爸，那个大哥哥好漂亮。”白筱心指着不远处的两个大男孩，拍着巴掌喊，两个男孩子满脸黑线。

“筱心，夸男孩子好看，不能说漂亮，要说帅，听到了吗？来，你跟两个帅哥哥打招呼。”

“不要，明明只有一个帅哥哥，那个男孩好丑。”白筱心指着面无表情的男孩，死活不同意。

白父尴尬地笑了笑，看着两个男孩子不知道说什么好。

另一边，白真真捡到了罕见的贝壳，远远地呼喊白筱心，白筱心迈开小腿朝着白真真跑去。

……

大海的峭壁边，三岁半的白筱心被白真真牵着手。

“姑姑，为什么要把这些灰撒到大海里啊？我以后是不是再也见不到爸爸妈妈了？”白筱心穿着一身孝服，仰着头满脸天真地问道。

“筱心，这是我们三明岛的习俗，人走之后，都要魂归大海，以后筱心想爸爸妈妈还有弟弟了，就可以来看看这片海。”

白真真蹲下身，抚摸着白筱心的头发，却是泪流不止。

白筱心从回忆中抽身出来，发现脸上竟落下了一行泪，她不知是今天的海风太大，抑或是看到了林林想起了自己的过往。

她和她的爸爸妈妈曾幸福地生活在那边的海岛上，可自从他们离开后，白真真再也没有带白筱心去过三明岛，两个人也十分默契地回避着这个话题。可如今，她却在为三明岛开岛工作着，甚至即将重新登上那片土地。

这是她从来没有告诉过任何人的秘密，或者也称不上秘密，只是她的心事罢了。

从小到大，白筱心鲜少在别人面前哭。想哭的时候她就笑，想笑的时候她就放肆大笑。似乎只有满不在乎的笑容，才能让她忘却孤单，摒弃脆弱。

总有一个声音在耳边提醒她，要努力，要坚强，要让他们觉得你和他们一样，又不一样。

谁说孤独的小孩没人爱，我可以爱自己。

白筱心倔强地擦掉眼泪，收起了泛滥的感伤。更何况她刚补完妆，哭花可就不值当了。

5. 约会不能随便

一大早，林森禾在常住的豪华套间里，穿着便服浇灌花园里的生菜，水没浇完，就听到了门铃声。

林森禾疑惑地打开门，看到白筱心一脸兴奋地站在他面前，下意识想要关上门，于是默默地用脚把门抵住，心中有些忐忑。

“你来干吗？”

“林总，早上好，你要不要吃早餐？”白筱心想推门进去，却发现推不动，也暗暗用力，但是毫无用处。

“早餐拿进来就好，你就不用进来了，省得麻烦。”

白筱心见他如此坚定，只好将早餐拿到他眼前，而当他伸手去拿早餐时，抓住机会的白筱心一把拖住他的胳膊往里挤。

见状不妙的林森禾手疾眼快，拉住防盗链，结果整个人被拉在了门缝里，半个头被卡在门外，样子窘迫又滑稽。

“林总，你让我进去吧，我给你准备了一些特别的东西，你肯定会喜欢的。”白筱心看到林森禾脑袋被门夹了，憋住笑，央求道。

“你松开！”林森禾恍惚看到白筱心身后藏了什么东西，越是不知道什么，心中越是惶恐。

“嗯，好，我进去就松开。”

“你！”

走廊尽头，两个清洁工阿姨路过，远远看到这番窘态，忍不住笑出声来，却又碍着贵客的身份不敢轻易上前。

林森禾趁白筱心分神，赶紧打开防盗链将脑袋解救出来，同时猛地把手往回抽。

不承想，白筱心用力很大，一心想将林森禾拖出来。林森禾不用力还好，使了全身气力却把白筱心带到了怀里。

两人双双跌倒在地毯上，面面相觑，尴尬不已。

“你到底想干什么？”

白筱心顶着林森禾杀人般的目光，嘿嘿一笑，赶紧从门后拖进来一个行李箱。

“你不是马上要跟秦芷筠去约……咯咯，谈项目了吗？所以，我帮你去西装店置办了一些新衣服。”

白筱心一边说着，一边打开行李箱，紧接着从行李箱里面拿出三四套西装、八九条领带，还有各式腕表。

林森禾看着她轻车熟路的样子，嘴角抽了抽："不能有这个时间，还不如好好准备一下要用的资料。"

白筱心十分专业，一边拿起一套浅色西装，一边拿起领带，在林森禾身上比画，林森禾不自觉地配合着："嗯嗯，林总，我觉得这套西服好看，显得你特别年轻。"

林森禾听到白筱心突然夸他，尤其还用了"年轻"二字，心中闪过一丝暗喜。他看着白筱心手里的衣服，将信将疑地接了过去。

"那我去试试？"

白筱心认真地点点头，弯腰用双手做了一个请的手势。

不一会儿，林森禾穿着精致修身的西装出现在白筱心面前，白筱心配合地鼓掌。

"哇，真好看！"

林森禾得意地抬着头，对着镜子里的自己左右欣赏：嗯，是不错，显得他像二十来岁的小伙子。

此时，白筱心的胳膊上搭着好几条领带，左右比对着林森禾身上的衣服看了看颜色，选好了一条，上前一个利落的套脖动作，将领带挂在了林森禾的胸前。林森禾任由白筱心给自己系领带，低头看着近在咫尺的白筱心，似乎有一瞬间怦然心动。

可是看似温柔的画面转眼被打破了，白筱心用打红领巾的方式给林森禾打了领带，结果一不小心勒住了林森禾的脖子。

"喀喀喀……"

"呃，林总，你没事儿吧？我没给别人系过领带。"

"你松开！我自己来！"林森禾翻着白眼，将领带扯了下来，自己三两下重新系上。系领带这种事，他也从来没让任何人帮他做过。

"啧啧，完美！"白筱心看着打扮完毕的林森禾，由衷地感叹，油腻大叔好好打扮起来，也是蛮帅气的嘛。

林森禾听闻，有些自恋地扬扬头颅，傲娇地挺直了身子，不屑地哼了哼。

"一贯如此。"

白筱心继续保持尴尬又不失礼貌的微笑，丝毫没有注意心有余悸的林森禾在刻意跟她保持距离。

酒店的房间中，秦芷筠对着镜子快速整理发型和妆容，林林在一旁时不时递个瓶瓶罐罐，像小大人一样看着她。

"今天，齐阿姨去忙别的事儿了，所以妈妈要带着你去开会，你能乖乖的，在妈妈做事的时候保持安静吗？"

林林懂事地点点头，秦芷筠一脸慈爱地摸摸林林的头，听到有敲门声响起，赶紧收拾好打开门，却看到郑重打扮过的林森禾以及跟在他身后的白筱心。

“Hi，秦总，林总是来接您开会的……Hi，小林林。”

白筱心元气满满地跟林林打招呼，但林林并没有热情回应，只是看看林森禾，然后低着头一言不发。

“林林，你好。”

林森禾看着林林，伸出手摸摸林林的头。白筱心躲在一旁，看到林林忍不住上扬的嘴角以及眼神中露出的欣喜，更加坚定了心中的猜想。

“公司临时有事，齐主管回去处理了，所以今天开会，我能带着孩子一起参加吗？”

秦芷筠有些不好意思，虽然今天开会讨论的不是什么核心问题，可她带一个孩子过去，不管怎么说，都显得对甲方不大尊重。

“可以啊。”

从小参加公司决策会议的林森禾一脸无所谓，很多东西本来就是从小培养的。

白筱心眼见着蹦出一个拖油瓶、加大版电灯泡，连忙阻拦。

“不可以！”

6. 论如何攻略未来老板

“林总，你们谈项目，其实我也帮不上什么大忙，我就留下来带林林吧，吃晚饭的地址我发到您手机上了。”

林森禾一脸疑惑地看着白筱心的奇怪举动，猜不出这个家伙又在耍什么把戏。

“那太麻烦白小姐了吧？”秦芷筠满脸歉意，可又想不出什么好办法。

“不麻烦不麻烦，我最喜欢和小孩子玩了。”

“哼，我看你是想偷懒吧……行吧。”

林森禾难得反应过来，这不是一方公司的内部会议，秦芷筠如果带着孩子过去，林氏一众高层说不准真的会说什么闲话。

秦芷筠摸摸林林的头，便跟林森禾一起离开了。

白筱心看着两人的背影，连忙推了推林林。却见他气鼓鼓地看着白筱心，双手抱在胸前，对她介入自己被留下的命运表示抗议。

“你不跟妈妈说再见啊？再不说妈妈可走远了。”

林林一脸倔强地回到房间，赌气般坐在沙发上，一言不发。

“啧啧，你生气的样子都跟林森禾这么像……林林，来跟姐姐一起玩儿呀，姐姐给你讲故事好不好？”白筱心想尽办法讨好林林，换来的只有林林哀怨的眼神以及各种不屑。

"幼稚鬼……"林林白着眼嘲讽白筱心。

白筱心的笑容瞬间僵在脸上，不知道该不该骂回去。不骂回去吧，她实在忍不住，可是骂回去吧，这毕竟也算是她未来的小老板。

最后，金钱至上的白筱心只好任由林林独自刷电视，她掏出手机也刷个不停。

白筱心百无聊赖地刷着手机，却发现了林森禾的微信，整个人都愣住了。林森禾竟然嘱咐她，不要把林林带歪了。

林森禾是不是对她有什么偏见？她狠狠地捏着手机，超级想怼回去。

白筱心抬头，看到皱眉看动画片的林林，心中顿生一股叛逆，你不是怕儿子被我带歪吗？我就让你看看什么叫带歪！

"喏，小林哥，小不忍则乱大谋，你别不高兴了，等你妈妈的好事儿成了，你都不知道要怎么谢我呢。"

林林专注的表情终于有所松动，却放不下面子，假装不在意，继续皱眉盯着幼稚至极的动画片。

"啧啧，你就连傲娇的样子都跟林森禾一模一样。"

白筱心思考片刻，觉得既不能顺了林森禾的意，还不能得罪了未来的老板，又往林林身边坐了坐。

"林哥，你别看动画片了，太幼稚了不适合你，我带你玩游戏怎么样？"

"什么游戏？"林林沉默半晌，实在想不出面前这个幼稚鬼能想出什么好游戏。

"打架。"

白筱心笑着撸起袖子，满脸信誓旦旦加坏笑。林林一时间被这个怪阿姨吓得不住朝后躲。

白筱心见此情景，心中越发得意，从身后拿出一个抱枕，冲林林坏笑，林林也赶紧抓起身后的抱枕，被迫反抗，一场枕头大战正式开始。

"看招！耗油跟！"白筱心各国语言随口喊，瞅准时机朝林林扑去。

"我不会放过你的，幼稚鬼。"林林被激起玩心，再加上自尊心作祟，竟然也挥着枕头迎了上去。

"哼哼，小样，我就不信还有男孩子不喜欢打架的。"顿时，枕头芯里的鹅毛散落一地。

这小屁孩闹腾起来，比她还要凶猛，不得不让她感慨，这个世界真是一代更比一代浑。

于是这一整天，白筱心和林林一大一小两个毛孩玩得不亦乐乎。直到两个人筋疲力尽地躺在沙发上，白筱心摸着咕咕叫的肚子，才反应过来中午早就过了。

"你肚子饿了吗？想不想吃汉堡？"白筱心累到不想动一根手指，可为了肚子，她还是费力地去抓不远处的手机。

林林听到汉堡，眼睛一亮，但随即想起什么，又一脸严肃。

“汉堡是油炸食物，汉堡里的炸鸡是速成鸡，从小鸡到成年鸡只需四十多天，吃多了会得病。”

白筱心觉得无语，小屁孩怎么懂得这么多？而且看他这挑剔的模样，简直和林森禾如出一辙，真不愧是亲父子。

“你都说吃多了才会得病，吃一次怕什么？”白筱心暗戳戳地诱惑林林。

林林不说话了，两只小手搅在一起，在考虑偷吃汉堡被发现的可能性以及如何甩锅。

“你怕被发现啊？不是有我吗？怎么样，到底要不要吃？”

白筱心瞬间看清小破孩在想什么。林林听到白筱心主动背锅，咽了咽口水，立马点了点头。

白筱心嘚瑟地打开手机外卖 APP，一顿狂点，反正不花她的钱，有林森禾那个冤大头，怕什么？

想着林森禾每次两千的跑腿转账记录，白筱心有些小得意，不用上班，工资照领，还能有额外收入，何乐而不为？

最重要的是，她还能跟未来的小老板搞好关系，以后林森禾折腾她，她就带坏他儿子。

白筱心的算盘打得很响，丝毫不清楚站在餐厅里的林森禾此时正满脸黑线。他刚刚开完会，就带着秦芷筠来到白筱心预订的餐厅吃中饭。没想到，他刚一走进门，就发现整个店门口堆满了鲜花和各种玩偶，一片粉嫩。

服务员很有礼貌地迎接他们：“是林先生和秦小姐吗？今天中午是你们的包场，请进！”

林森禾十分尴尬地看着秦芷筠，心中暗暗嘀咕白筱心到底在搞什么鬼，联想到她大早上莫名献殷勤，来帮他装扮，此时更加怀疑她是借此整蛊他。

而一旁的秦芷筠脑中突然闪过白筱心昨晚的问话，脸上不由得布满了红晕，以为这是林森禾的安排，轻轻地道谢。

“浪漫的回忆吗？看起来还不错，谢谢。”

一场美丽的误会就此展开。只是似乎红线拉着的不是鹊桥另一头的牛郎，而是一头头上冒火的公牛。

——白筱心，让我抓住是你搞鬼，你就死定了！

7. 味精可乐的妙用

清过场的餐厅内，整个环境都布置成了粉色，到处是大大小小的娃娃和 Hello

Kitty，就连桌上的餐具也是搞怪中带着可爱。

一片浪漫的氛围中，林森禾同秦芷筠一副商务打扮，怎么看都跟餐厅的氛围格格不入。

林森禾想来想去，也想不出一个白筱心不是故意为之的借口。林森禾一个头两个大，抓着手机的手险些将屏幕直接捏碎。

“我们要不要换一个地方吃饭？”林森禾不自在地在粉红的椅子上各种扭捏，不断调整坐姿。

“说实话，我一直觉得你好像有些变化，但是不知道是哪里，现在发现你是变年轻了？”对面的秦芷筠看着有些笨拙的林森禾，似乎回想起了两人大学时代的生活。

林森禾尴尬地笑了笑：“我打给白筱心，让她立刻换地点。”

秦芷筠伸出手压住林森禾的手机，同时也盖住了林森禾的手。

“不用了，我很喜欢。”

林森禾有些尴尬地抽出手，正不知如何开口之际，此时，服务员送上了菜品和酒。

“您好，这是您订的餐，请慢用。”

“那就将就着吃吧。”见饭菜都上来了，林森禾只好作罢。

秦芷筠低头享用美食，时不时抬眼看看林森禾，林森禾也若有所思地低头吃菜，抬头时，正好迎上秦芷筠有些热烈的目光。

林森禾似乎从她的目光里读出了一些暧昧的意味，他不自然地别过头去，喝了一口酒掩饰尴尬。他想找点别的话题，打破这尴尬的氛围，奈何他实在不太会话家常，尤其是在如此怪异的环境，如此怪异的时刻。

“你之前说林林在你前夫离开以后，一直想要找爸爸……”

秦芷筠听到这话，微微一愣，用餐巾擦了擦嘴，得体地微笑，看着林森禾：“嗯，小孩子总是需要父亲的，但是有时候我也无能为力，只能由着他了。”

“如果你需要帮忙，尽管告诉我，我可以……”林森禾郑重地说着，还没说完，就被一阵悠扬的大提琴声打断。秦芷筠听着熟悉的曲调，惊讶地回头，甚至忘记去问林森禾的后半句是什么。

受到环境的影响，大提琴手很快沉浸其中，优美浪漫的曲调响起，他丝毫不受两人目光的打扰。

“我记得你以前很喜欢拉大提琴。”林森禾随口问道。

“嗯，因为你说大提琴的声音跟你在海中听到的声音很像，能让你感觉到父母就在身边。”秦芷筠温柔地看着林森禾。

林森禾愣了一下，过了半晌才道：“谢谢你，那个时候陪在我身边……你这次来参加项目提案，也是因为我吗？”

林森禾再傻，也多多少少能看出来秦芷筠这次的合作是有备而来，或许还夹带着私人理由。

“首先是生活所迫……然后是因为你说过，三明岛对你很重要……”秦芷筠本想故作轻松，说了一半，还是认真地看着林森禾，心中也有着一丝丝期待。

林森禾低头沉默着，秦芷筠没有紧逼他，伸出手，微笑着看着他：“难道这个时候，你不该请我跳一支舞吗？”

林森禾笑笑，起身跟秦芷筠共舞，两人配合得十分默契，仿若当年。

可转着转着，林森禾看着花哨的环境，仿佛看到白筱心躲在一旁偷笑，一时间竟有些分神，不小心踩到了秦芷筠的脚。

“啊……”

秦芷筠吃痛，不由得轻呼出声，眼中有些落寞：果然没那么默契了吗？

“对不起，你还好吗？”林森禾也觉得有些失态。

秦芷筠笑着摇摇头，被林森禾扶回座位。林森禾看着眼前花哨的座椅，心中不由得暗骂白筱心多事。

白筱心坐在酒店的沙发上，一只手抓着薯条，一只手抓着番茄酱，连打了几个喷嚏。白筱心下意识摸了摸鼻头，摸了一脸的番茄酱。

“唉，到时间了，一定是林森禾在感谢我。”

白筱心洗了一把脸，打开手机 APP，页面上林森禾的血压、心跳好像只有六点半左右有过波动。

“怎么回事儿，他对我的安排不满意？没有惊喜？”

白筱心看看睡在沙发上的林林，放下手机，将他抱起来送回卧室，小心地掖好被子，然后坐在一旁仔细琢磨，到底是哪里出错了？

这边，秦芷筠用餐完毕，将餐具放下，见服务员收走了餐盘，开口询问道：“接下来有什么安排？”

“嗯。”林森禾思索了一下，从身后拿出文件，放在餐桌上，“我们再谈一谈项目吧，我觉得如果水上娱乐内容一味地强调浪漫，肯定会流失一部分亲子家庭顾客群……”

秦芷筠看着林森禾认真分析的样子，无奈地笑了，这个人还是一点没变，真是可怜了白筱心的一番美意。

“先生，您的饮料。”服务员端着两杯饮料，小心地放到两人手边。

“谢谢。”

林森禾看也不看，拿起来就喝，刚入口，他就感觉到了可乐的奇怪味道。他下意识想吐，可看到秦芷筠在身边，只能痛苦地把饮料咽下去。

“服务员，这是什么？”

秦芷筠见林森禾表情怪异，也拿起饮料尝了一口，忍不住皱起了眉头。

“这……这是白小姐吩咐我们特别为您调制的特饮——可乐兑味精……”

服务员眼神有些闪烁，想起白筱心的交代，后面的话硬是憋住没说出口。

“啊，这有什么寓意吗？”秦芷筠不明所以，以为是当地的特色，十分真诚地询问一旁的服务员，见服务员不回答，就看向林森禾。

林森禾眼中却已经冒出寒光，手中的可乐杯差点被他捏得变形。

他仿佛看到了白筱心满脸奸笑，左手拿可乐，右手拿味精，念广告词一般解释道：可乐兑味精，一夜好激情！

我就知道，原来她是在这里等着整蛊他。

“没事，我们还是先回去吧。”

8. 夜不归宿

等两人回到酒店，打开房门，秦芷筠看着一片狼藉的地上，羽毛、水迹还有各种零食混成一团，不由得震惊。

什么情况？遭打劫了？

秦芷筠紧张地往房里跑去，直到看到林林安静地躺在床上，白筱心趴在床沿，握着他的小手，这才放心下来，跟在后面的林森禾也终于松了一口气。

“看来，他们今天玩得很开心。”

秦芷筠难得见到林林能跟别人玩在一起，对于白筱心能搞定这个难搞的儿子，心中既愧疚又感激。秦芷筠看了看熟睡的白筱心，开口道：“筱心都睡熟了，要不今天让她睡在我这里吧？”

“我带她回去吧……还有这个房间，等一下我会通知前台帮你们调换，明天还要实地上三明岛进行项目考察，你也早点休息。”

林森禾眯着眼睛看着熟睡的白筱心，心中还是有些忐忑。

秦芷筠也点点头。

“白筱心？醒醒。”

白筱心呼呼大睡，她可是即使天塌下来也叫不醒的人。林森禾无奈，一把从地上抄起白筱心，像扛米袋一样把她扛在肩上，不过她的鼻息声更重了。

“我走了。”

秦芷筠看到林森禾颠米袋一样扛着白筱心，瞬间心惊胆战，生怕他把白筱心的胃压出来，但是也不好说什么。秦芷筠看着林森禾远离的背影，总感觉哪里怪怪的。

睡梦中的林林感觉手中忽然少了点什么，迷迷糊糊中，他终于醒了过来。

“爸爸回来了吗？”

“林林，他不是爸爸，真的不是。”秦芷筠无奈又愧疚。

“嗯，其实跟白助理玩也挺好……”林林说完，再次迷迷糊糊地睡着了。秦芷筠疼惜地摸摸林林的额头，轻轻叹息。

酒店走廊里，不习惯扛东西的林森禾还是反手将白筱心抱在怀里往外走，睡着的白筱心安静得就像一只小猫，一边睡还一边往林森禾的怀里拱了拱，仿若一只寻求温暖的小兽，紧紧贴着他的胸膛。他冷着的脸渐渐缓和下来，一时间忍不住捏了捏白筱心的小肉脸，她似乎睡得很沉。

其实这样看，这个平常又吵又闹的女人也蛮可爱的。

“幸好我是环保主义，不然你这种人都不知道应该分类到哪个垃圾箱里。”林森禾边走边吐槽。

“林哥……”

“你叫我什么？哥？”

林森禾觉得惊讶，这家伙不是一向以他小辈自居吗？不过白筱心叫他哥，他心中还是有几分受用的。

白筱心在林森禾怀里来回蹭着，林森禾瞬间有点不知所措，耳朵有些泛红，忍着胸腔里莫名起伏的情绪。

此时，白筱心依然说着梦话：“林哥……来呀，你打不过我……”原来，白筱心还在梦里和林林枕头大战。

“你也知道你欠打……明天，我让你看看你能不能打得过我。”

林森禾冷哼一声，声音中还带着些微宠溺，丝毫听不出怒气。林森禾又把白筱心抱紧了一些，朝着他的车上走去。

……

第二日，白筱心在床上翻滚着醒来，迷迷糊糊地看看四周，先是看到了放在床头柜上的男士皮带，接着又在沙发上看到了一件男士衬衣……

她还没来得及疑惑，林森禾就系着衬衣扣子出现在门口，慵懒地看着她，也不知有意还是无意，伸出舌头舔了舔嘴唇，一脸餍足。

“你醒了？”

白筱心腾地坐起来，用被子裹住自己，不断地朝着床角缩，仿佛面前正站着洪水猛兽。

“我怎么睡在你这里？”

林森禾冷笑一声，慢慢走近床边，坐了下来，靠近白筱心，将白筱心圈在角落里。

“昨晚，不知道谁给我喝加了味精的可乐。”林森禾满脸调笑地暗示道。

“真……真的有作用了？”白筱心表示怀疑，白真真竟然难得靠谱一回。

“你觉得呢？”

林森禾对于白筱心的神游表示不高兴，索性将头凑得更近了一些。短短一句话，他的语调拉得很长，呼出的气似有似无地落在白筱心耳后。

"啊，你这个禽兽，你……你难道不是跟秦芷筠那个那个什么，为什么对我也……"

林森禾看到惊慌失措的白筱心，终于露出了得意的笑容：哼，你还想整蛊我，被反愚弄了吧？

林森禾一掌推到白筱心的脑门上，满脸嫌弃。

"你快醒醒吧，用可乐和味精催情，亏你能考古到这么老的梗……是你在人家房间睡得像死猪一样，我嫌丢人才捡你回来的。"

白筱心掀开被子，发现自己果真穿得整整齐齐，不由得松了一口气，心中暗骂：我竟然差点被油腻大叔撩拨了，林森禾刚刚绝对故意的！

"哼，那你知道我家在哪儿，为什么不送我回家？"

白筱心昨天运动过量，还有些腰酸背痛，一边敲着肩活动筋骨，一边默默吐槽，这感觉怎么跟被车轮碾压了似的？林森禾没趁她睡着报复她吧？

正在偷笑的林森禾突然沉默一秒，蹦出三个字："不顺路。"

"你！"白筱心握拳，思索着以自己的实力是否能将林森禾暴揍一顿。

"你别磨叽了，赶紧洗漱。等下要登岛去实地考察水上项目，你最好别再掉链子，别再想歪点子，否则有你好看！"林森禾说完，转身离开房间。

"哼，真是狗咬吕洞宾，再管你，我就改名白操心！不对啊，今天不是没工作安排吗？我今天不是应该休息吗？糟了。"

白筱心还没骂完，电话铃疯狂地响起，"白仙姑"三个字赫然出现在屏幕上。

白筱心突然惊恐地想起她昨夜一夜未归，也没报备，胆战心惊地接起电话，果然收到海豚音般的咆哮，她赶紧将电话拿远。

"白筱心，你居然彻夜未归，还不接我的电话，你想干吗？"

"我加班太晚，睡在公司了。"白筱心咽了咽口水，一本正经地撒谎。

"你骗人，林总发信息说你睡他家了。你这个孩子，姑姑有反对你谈恋爱吗？你居然瞒着我不说，还骗我。"

白筱心生无可恋，一巴掌盖住脸，放下手，变得一脸愤懑。

林森禾，你故意的吧！

"好啦，今天，你忙不忙？我听你们总裁说，你这几天都要去三明岛啊？"白真真的话风忽然大转弯。

"对啊，这几天我都在这边，怎么，您老人家又有哪段忘年恋埋在岛上了？"白筱心开着扩音，一边快速洗漱，一边打趣白真真。

"啧啧，谈了恋爱就是不一样，就是体贴，这都能猜到。我们筱心看来已经变成温柔体贴的小心心了。”

“白真真，我给你三十秒，你再不说正事我就挂电话！”白筱心威胁白真真得心应手。

“岛东有一个仓库，是我当年放排练道具用的……”

她就知道没好事。

9. 自己造的狗粮自己吃

“林总，你怎么能当着秦总的面抱我呢！”

“闭嘴。”

“秦总误会怎么办，你的终身大事还要不要考虑了？”

“闭嘴。”

“我觉得我今天还是去陪林林吧。”

“你再动一步试试。”

白筱心听到林森禾语气里的不客气，瞬间吓得腿一哆嗦，停止了小动作。

“你好好跟着我，我已经安排比你靠谱的人照顾林林了，至少不会像某人那种拆家的……还有，你闭上嘴巴，等下可能就没这个机会了。”

林森禾看着白筱心一脸纠结的模样，心中忍不住暗爽，还在盘算下一步打击报复的计划。

白筱心不明白林森禾说什么，刚想回嘴，就看到秦芷筠心急火燎地赶了过来。

“不好意思，我来晚了。”

“没有没有，是我们来早了，林总习惯提前十分钟到。”

秦芷筠看着白筱心，点点头，几人一起在后沙码头登船前往三明岛。

三明岛距离南海陆地并不远，开船过去大概需要两个钟头，若是坐轮渡可能会更久一些。

白筱心再次登上三明岛，看着码头上巨大的雕塑门头，早就铺设好的崭新环岛公路，海岛中心酒店、餐饮、娱乐设施一应俱全，有些恍惚。

三明岛早就不是那个水清沙绿，椰树成林，只有当地渔民居住的自然小海岛了，而是眼前这个设施齐全，虽然充满商业特色，但也具有格调的国际化旅游海岛，它即将在开放日迎接来自世界各地的游客。白筱心的心中一时颇为复杂。

他们上岛后，不容耽误片刻，就乘车前往水上娱乐基地，听秦芷筠讲解一些海上游乐项目的规划。

“我们今天能体验的项目主要有水上滑翔伞、摩托艇、滑板冲浪，与常规水上项目有所差别的是，我们到时会把设施做成更好看的样式，会更吸引女生，如果是情侣的话，拍照也会比普通的设施更上镜，可以作为网红项目推出。”

“不错。”

白筱心在一旁记笔记，林森禾看看白筱心，眼神里流露出一丝恶作剧的意味。

“白筱心，所有项目你挨个去试，体验过后回去上交一万字的报告，我们就通过你的这个报告来决定，到底要不要跟秦总继续合作。”

“啊，你们不是已经决定要签合同了吗？”

秦芷筠也很疑惑：“我们昨天不是……”

林森禾咳嗽两声，示意秦芷筠不要出声，秦芷筠瞬间明白过来，林森禾是在给他的下属找碴，一时间有些担心地看向白筱心。

白筱心看向秦芷筠，她似乎有些不安，误会她是在担心无法签订合同，赶紧上前安慰：“秦总，你放心，为了你和林林的幸福，我会努力的。”说完，白筱心咬着牙向海边跑去。

秦芷筠想追却被林森禾一把拦住，秦芷筠实在不解，问道：“你怎么故意骗她？”

“报仇。”秦芷筠看着林森禾微微扬起的唇角，更加困惑了。

于是，旱鸭子的白筱心一整天过得跌宕起伏。

白筱心在水上滑翔伞上大声尖叫着，游艇速度慢慢减缓，不出意料，白筱心狼狈地落入水中。

白筱心坐在摩托艇上，颠得尖叫连连，好不容易到岸边了，教练让她自己驾驶，她连连摆手，但是教练指了指远处正悠闲地喝饮料的林森禾，她咬牙切齿，只能硬着头皮再上。

白筱心刚从摩托艇上下来，卸下护具装备，就被人推到冲浪项目上。白筱心颤颤巍巍爬上冲浪板，结果被浪打得吞了好几口海水，她欲哭无泪。

沙滩上，林森禾看到白筱心浑身湿透，生无可恋地走进凉亭，他压抑嘴角的笑意，将一条浴巾扔了过去。

“怎么样，好玩儿吗？”

听到林森禾的问题，白筱心虎躯一震。但怎么样她都不能在此刻认㞞，于是她昂起了不屈的头颅：“特别好玩，我活了二十年，没玩儿过这么好玩的项目，体验报告，我能写二十万字。”

秦芷筠见白筱心在作死的边缘徘徊，赶紧上前拉住她：“好了好了，我们也不需要那么多字数，能证明安全可靠，适用性高就可以了。”

白筱心带着怨气擦自己的头发，没想到林森禾走过来，拿起她的毛巾替她粗暴地一阵乱揉。

“你其他的还好，就是冲浪的样子实在像企鹅，太丑了，要不要我教你呢？”

林森禾捧着白筱心的头，坏坏地笑着看她，她被林森禾这亲昵的动作搞得有些慌乱，心虚地看看秦芷筠，躲开林森禾。

“你随便。”

林森禾示意秦芷筠：“一起吧，你别告诉我，你带我们来看，自己没准备。”

说着，林森禾把身上的衣服脱掉，穿着沙滩裤，从工作人员手里接过冲浪板。白筱心看着林森禾浑身的肌肉，不禁瞪大了眼，再看一旁的秦芷筠，也脱掉了外面的罩衣，露出了良好身材，明显早有准备。

“你……你们这是什么情况？”

“走吧，好久没试了。”

“你跟上，好好看着。”

白筱心只得恋恋不舍地放下刚拿到手的饮料，跟在他们后面，她看着不远处的林森禾和秦芷筠双人冲浪，秦芷筠扶着林森禾的肩膀，稳稳地站起来。

林森禾平稳地站在冲浪板上，扶着秦芷筠的腰，等待着浪花过来，两人十分优美地冲到浪头，动作轻盈无比。

两个人如此默契，大庭广众之下竟然也不怕被有心的狗仔抓拍，是不是意味着她的计划又进了一步？

白筱心一边激动，一边又觉得鼻头发酸，最终只能归结为被虐了。

“哼，自己造的狗粮自己吃，林林，你爸爸就在来的路上了。”白筱心充满斗志地看着林森禾和秦芷筠，最终没忍住，叹了一口气。

“唉，我还是感觉有点怪怪的。”

趁着林森禾没机会注意她，她想着白仙姑的交代，提脚朝着不远处的礼堂走去。

三明岛开发前后历经了N年，耗费了林氏集团三代人的心血，但因为一些因素，该计划一再被搁置。

但对于三明岛的原住民来说，算因祸得福了。

他们搬迁赔偿款到手了，故居却没有被拆除，虽然产权不再是自己的，但林氏的管理一向人性化，他们时不时还能回去缅怀一番。

当然，沿海一带已经被开发的除外。

而白真真当年所在的艺术团，不知什么原因，整个旧址被保留了下来，距离游乐码头并不算远。

教堂改建的礼堂后面，有一个铁皮搭建的仓库，因为长时间废弃，加上海风的侵蚀，它斑驳破旧得有些不成样子，摇摇欲坠，让白筱心觉得稍微一阵大风都会将她埋在里面。

白筱心费了九牛二虎之力，终于将白真真心心念念的相册找了出来。

“致海盐般纯洁的青春！啧啧啧，白真真还真是……”

白筱心还没来得及偷看相册，就听到林森禾的咆哮自海边的高音炮里传来，白筱心朝着声源处跑去，丝毫没有注意到一个戴鸭舌帽的男人从另一边钻进了仓库。

10. 到处都是粉红色

因为中途溜号，所以白筱心被林森禾好一顿教训后，又经历了一轮非人的虐待，以至于灌了一肚子海水。要不是秦芷筠适时地提出带林森禾去看帐篷屋，白筱心觉得她的小命真的会交代在她出生的这片海域里，在如此美好的年华中，提前跟她的父母团聚。

此时，夜幕慢慢降临。海岛上的夜空挂着一轮圆月，照得海岛似乎比城市还透亮。

林森禾和秦芷筠并排走在有点点灯饰的小路上，来到了一排帐篷屋前。白筱心慢吞吞地跟在两人身后，不时咳一咳，假装悲惨。林森禾时不时地回头留意白筱心，虽然他知道白筱心多半是装的，却也怕真的将白筱心折腾出个好歹。

秦芷筠不清楚两个人在暗地里斗法，只当是小姑娘不擅水性，多呛了几口水，又觉得林森禾不是没有分寸的人，也就没多管，见到帐篷屋便停了下来。

“这是我们今天安排的最后一个体验点——星光小屋，这屋子可以租给那些想要晚上一起看星星的情侣，我们要进去看看吗？”

白筱心这才注意到走到了小屋，突然清醒过来，自己好像在这边帮他们安排了惊喜。

白筱心立刻装出疼痛难忍的样子，捂着肚子凄惨地叫了起来。

“哎哟，我好像今天在水里着凉了，肚子疼，林总、秦总，我能先回酒店休息吗？”

“你没事吧？”林森禾忽然一哆嗦，女孩子好像确实怕凉，他迈开长腿，上前想扶白筱心，但是下一秒被她躲开了。

“我真的好痛，先走了，老板们再见！”

林森禾看见白筱心头也不回地跑远了，道：“她能跑这么快，证明问题不大，说不准又是装的，我们先进去看看吧。”

林森禾虽然这么说，但还是向白筱心跑远的地方看了看，才跟着秦芷筠一起进入星光小屋。

星光小屋内，林森禾坐在床上仰望星光。

“这里视野确实不错。”

“这么看着星星，就好像回到大学的时候，我们一起坐在草地上，谁也不说话，好像时光永远不会老，我们也永远不会变。”秦芷筠望着星空，看着身边初心未变的故人，突然有些动容。

林森禾却突然被击中心事一般，表情沉重起来，缓缓道：“很多看上去不会变化的东西，说不定在某一天能让你整个人生翻天覆地呢。”

秦芷筠听闻此话有些讶异，刚想转头询问什么，突然一根丝带滑落到她的肩膀上，屋子作为装饰的幔帐里好像藏着什么东西。秦芷筠好奇地一拉，几百个粉红色的海洋球从幔帐里涌了出来，林森禾条件反射地护住了秦芷筠。

“小心！”

待两人视线清晰，周身已经被海洋球包围了。秦芷筠靠在林森禾的怀里，抬头看着林森禾，有些娇羞。

“这些都是你为我准备的吗？”

林森禾还来不及反应，秦芷筠突然凑上前，想要吻林森禾，两人的嘴唇之间只有 0.001 厘米的距离。

星光屋附近的草丛，躲在角落戴着帽子的神秘人拍下了林森禾和秦芷筠接吻那瞬间的画面。

酒店的房间，白筱心靠在沙发里默默发呆，脑袋里回想着林森禾和秦芷筠在一起的一幕幕，却莫名有些不是滋味。

“明明给自己的设定是红娘，怎么酸成柠檬精了？白筱心，你能不能有点出息？”

白筱心叹息着，把自己埋在了抱枕里，手却不自觉地摸到了手机，手机 APP 上的心跳检测数据不断刷新着。

“怎么没有变化？手表坏了吗？”

星光小屋内，林森禾感受到秦芷筠的主动，在两人的嘴唇只有 0.001 厘米的时候，他闭上眼睛，然而脑海中却突然闪现白筱心的面容。

白筱心正眨巴着她那双古灵精怪的大眼，望着他，露出一脸得意的笑容。

林森禾瞬间睁开了眼睛，顺势低头躲开了秦芷筠的亲吻。秦芷筠见林森禾躲开，也瞬间愣住了。

林森禾下意识往后退了退，清了清喉咙掩饰尴尬：“这个小屋确实很有氛围，我觉得很好。”林森禾一边说一边站了起来，清理着脚边的海洋球，不经意间，他走到了离秦芷筠更远一点的地方，“就是这个海洋球的设计还需要商量一下，砸伤人就危险了。”

秦芷筠看到林森禾的反应，难掩失落地低下头，捋了捋耳边的长发，抬头时已是一副平静而温和的表情。她捡起脚边的一个海洋球，回应道：“放心吧，这个不算是房间标配，应该是一个惊喜，效果不错，咱们俩差点中招了。”

秦芷筠轻松地开起玩笑，林森禾尴尬地笑了笑，看着粉红色的海洋球，突然想到了什么。

粉红色的鲜花，粉红色的餐厅，粉红色的玩偶……

“又是白筱心搞的鬼！”

秦芷筠笑着拍了拍林森禾的肩膀："行了，你别猜是谁了，时间不早了，我们回去吧。"

秦芷筠率先离开了帐篷，林森禾跟在后面。

林森禾将车停到酒店的路边，离别之际，车内的气氛再次变得尴尬，两个人沉默着，不知说些什么好。

"今天，辛苦你了。"还是秦芷筠先开了口。

"应该的，辛苦你了，早点休息吧。"

"嗯。"秦芷筠笑了笑，解开安全带下了车，冲林森禾挥挥手，转身离去。她走得优雅，神情却难掩落寞。

车上，林森禾忍不住长舒一口气。

这一次，他没想到他变换了一个不同供应商的小小选择，竟然让他重逢了自己的初恋。

平行时空给了他一次次重新选择的机会，让他能避免灾难，同时也让他面对了以前忽略掉的遗憾。但让他没想到的是，在这段尘封已久的感情重新被激活，他可以再次选择继续或停止的最后一刻，影响他的是那样一张脸。

他打开手机微信，点开"白助"的对话框，上面没有任何新留言，最新一条还是餐厅预订地址的定位。他点开微信放大头像，是白筱心加了美颜特效的卖萌表情图。

林森禾下意识地笑了笑，重新启动车子离去。

第七章

他还在浑然不知地和这个小姑娘斗法，迟钝地没有意识到这份感情。

1. 说好的生日礼物呢?

结束了名曰福利，实则被迫加班的周末，大周一的早上，白筱心打着哈欠站在茶水间，心不在焉地瞟着总裁办公室，林森禾却迟迟未出现。

“他怎么还没来？他不是有私人游艇吗？我都能走员工通道找船出来，难道是昨天晚上他和秦总……”

白筱心又放飞自我般展开了一阵遐想，突然红了脸。

此时，严主管从身后走来，朝着她的肩膀拍了一掌，吓了她一跳。

“严……严主管？”

“送你的。”白筱心回过神，这才发现一盒面膜放在了自己的桌子上。

“这么好？无功不受禄，您不会又要给我派遣高难度的活了吧？”

“啧啧，小可怜，当了林森禾的助理，连自己生日都不记得了，拿着吧，前男友面膜，超级好用。”

“谢谢严主管。不过，你怎么知道今天是我生日？”

“公司有记录啊，这算是公司福利了。我偷偷告诉你，林总一般会单独为助理准备一份大礼呢，小兰之前每年都能收到LV包包。所以为了今天，你再辛苦也值得。”

严主管拍拍白筱心的肩膀离开，白筱心又不由自主地看向电梯口，心下黯然。

大礼她就不指望了，眼看他这前男友马上要变现男友了，总裁结婚的时候，不收她这底层员工的份子钱就不错了。

白筱心哀怨地叹了一口气，抬头发现林森禾从大门向自己走来，她刚想抬手打招呼，没想到林森禾刚看她一眼就立马躲开她的视线，快速向办公室走去。

白筱心觉得莫名其妙。

“怎么回事？他躲着我？难道他真给我准备了神秘大礼？”

此时，林森禾进入办公室，坐在老板椅上松了一口气，他疲惫地闭上眼睛，却不由自主想到了昨天那个突如其来的吻，以及白筱心的面容在那一刻适时地出现。

林森禾猛地睁开眼睛，却发现此时此刻白筱心正端着咖啡杯贴在面前，更是浑身肌肉一紧，打了一个哆嗦。

“你进来怎么都不敲门？”

“我敲了呀。”白筱心把红参水递给林森禾，一脸期待道，“林总，你是不是有什么事情想要告诉我？”

“没有啊。”林森禾掩饰尴尬，拿起咖啡杯喝了一口红参水。

“其实这种事情大家都懂的，藏着反而不好，你让我知道我也会开心的呀。”白筱心暗示着，嘴角难掩笑意。

林森禾看着白筱心似笑非笑调侃的表情，不淡定了，难道她误会他和秦芷筠复合了？

不过，昨天晚上的事她怎么会知道的？莫非她在里面安了监控？

心虚的林森禾就此和白筱心展开了一场驴唇不对马嘴的对话。

“你都知道了？你怎么知道的？你……你就这么高兴？”

“我表现得太明显了吗？”

林森禾被白筱心一副无所谓还有些高兴的表情弄得莫名烦躁。

“白筱心，我们两个怎么样，不用你操心，要是我再发现你在背后偷偷摸摸想什么馊主意……”

白筱心皱起了眉头：“你们两个，等等，你是说你跟秦总？你们怎么了？”

林森禾这才意识到自己误解了白筱心刚刚的话，立刻装出一副公事公办的样子，从桌上拿了一摞文件放在白筱心手中。

“没事。这些文件你拿去好好整理，先出去吧。”

“可是……”白筱心看林森禾瞪眼撇嘴的样子，只得闭嘴，嘟囔着拿过文件离开。

“嘁，你们怎么样关我什么事，我只是想要我的礼物而已。”

白筱心出门后，林森禾总算松了一口气，他突然反应过来：奇怪，我为什么要心虚啊？

林森禾有些烦躁，拿出手机给游清泽发信息。

“清泽，你忙吗？我等下去找你。”

相比林森禾，白筱心更不愿意整日面对阎王，她回到工位上，埋头整理文件，分门别类，贴上不同颜色的便签条和备注。忙忙碌碌一整天，时钟指向六点，她抱着已经整理好的一大摞码得整整齐齐的文件返回总裁办公室。

办公室里早已空无一人，她忽然想起林森禾中午出去后，似乎一整天没回来，合着她白躲了那么久。

“走了？林森禾今天反应奇奇怪怪的，难道他真的跟秦总发生了什么？”

白筱心各种思考纠结，此时敬业又八卦的严主管抻着脑袋敲敲门，白筱心猛然回过神来。

“你想什么呢，是不是林总送你的生日礼物太好了，想着怎么回报啊？”

“呵呵。”别说礼物了，她可连一句生日祝福都没听着。看来在林森禾的心里，她还远不如之前的小兰姐重要呢。

“行了，你早点下班过生日去吧。”严主管并没有感受到白筱心的失落，拍拍她的肩膀就离开了。

白筱心将厚厚的文件拍在林森禾的桌子上，往外走去。此时，丹丹打来电话，嘈杂的声音传来。

“筱心，生日快乐！今天，你不加班吧？”

“不加啊。”

“我叫了花花，一起去 Laive 给你过生日啊！”

“丹丹小宝贝，还是你最好！等我啊！”

白筱心一脸感动地挂了电话，加快了收拾背包的速度，离开办公室。

此时，游清泽的办公室里，林森禾坐在皮沙发里，眉头深锁，一只手自然地搭在椅子扶手上，另一只手的手肘撑在扶手上，扶着额头，一动不动地坐着。

游清泽坐在办公桌前，从一堆文件中抬起头看看林森禾，道：“你都坐一下午了，还没想到要跟我说什么？”

林森禾换了一个姿势，继续沉默。游清泽终于忍不了了，指着墙上的闹钟提醒他：“林总，已经下班了。”

“我给你算加班费。”

游清泽无奈地摇摇头，合上文件：“不就是因为秦芷筠吗？”

“你也知道了？”

游清泽一脸蒙：“什么叫也，又知道什么？你们两个到底发生了什么？”

“你也觉得我们应该发生什么？”

游清泽无语地摊开双手，表示自己完全不知道他在说什么。他反应过来又是自己想多了，才尴尬地解释道：“我们就是一起单独吃了两顿饭。”

“哦。”

“实地体验了一下项目。”

“嗯，然后呢？”

“然后，白筱心布置了一个星光小屋，小筠突然就……就想……”

林森禾说不下去了，用手做了一个模拟嘴唇的手势凑近自己的嘴唇。游清泽看着林森禾的动作显得有些紧张。

“你们旧情复燃了？”

“怎么可能，我躲开了。”游清泽暗暗松了一口气，忍不住笑了笑。

“唉，我纠结的不是这个，我想不通的是，当小筠靠近我的时候，我突然想到了另外一个人……那么紧张的时刻，我怎么会想到她呢？”

“谁？”游清泽的好奇心瞬间被点燃了。

林森禾张了张嘴，最终没有说出口。

2. 江湖救急

夜晚，Laive 夜店内灯红酒绿。

白筱心穿着职业装，穿过嘈杂的人群，来到洗手间。她看到丹丹和娘娘腔男孩花花正对着镜子化妆，丹丹从镜子里看到她出现，立刻转过身扑向她。

“宝贝儿，生日快乐！”

花花也笑着拥抱过来：“好久不见，生日快乐，小心心！”

“谢谢！哎呀，花姐姐也来啦！”

花花看着白筱心的装扮和顶着黑眼圈的大眼袋，有些难以置信：“亲，你怎么做到刚入职场一个月仿佛苍老二十年的？”

“她呀，是被他们家阎王总裁折磨成这样的。”

白筱心立刻跳起来拍丹丹的屁股：“你瞎说什么大实话。等着姐妹今天带你 carry（掌控）全场，装备带了吗？”

“我当然带了，不只有装备，我还给你带了生化武器。花花，上家伙！”

花花打开洗手台上的三层化妆包，一拉开，露出各式各样的化妆装备，白筱心瞪大了眼。

妖孽一样的花花拿起扫眉笔，显得花枝招展：“来吧，姐妹们！”

重新换装后的白筱心、丹丹、花花从洗手间闪亮登场。白筱心已经换掉了日常的服装，配合着暗黑系的妆容，穿着俏皮中带着性感的黑纱裙。

丹丹一头成熟的鬈发，复古妆容显得十分魅惑，花花也化着骚气的妆容，三人宛如走 T 台一样，顿时吸引在场路人的视线。

“干杯！”三人啤酒杯捧在一起，在夜场的卡座上喝了起来。

“来来来，祝白筱心早日脱离魔爪。”丹丹首先提了一杯。

“我真不知道你们这些女孩怎么想的，遇到问题就想着溜。筱心，要我说，你就要学会团结一切可以团结的力量，拿下魔爪。”花花一脸嫌弃道。

“什么意思？”白筱心跟两人碰杯，喝了一口酒，一脸困惑地看着花花。

“这还用说吗？你们老板那么帅，我要是你肯定先把他拿下，然后升职加薪走上人生巅峰啊！”

丹丹和白筱心：“花痴。”

“你们懂什么，这叫生存法则。你知道我们旅游团在国外探险，是如何一次次从大自然的魔爪下、各种动荡的危险中成功脱险的吗？靠的就是团结，凭借的就是熟稔的生存法则……”

然而，他们不知道今天晚上和他们同在一个夜场玩耍的还有一个熟人。不过，他可不是白筱心可以团结的力量，是想方设法瓦解林氏，并让林氏背后的老板倾家荡产的人。

此时，夜场的一个私密包厢里，被林森禾无情开掉的前任总监游子墨，也是游清泽的小叔叔，正跟媒体平台的马主编“相谈甚欢”。

游子墨拿出一沓照片，虽然夜色的光影下照片有些模糊，但还是可以清晰地看出林森禾与秦芷筠像在亲吻的亲昵画面。

“马主编，我这照片可是重量级新闻，很多媒体抢着要，但我只给你，你们平台流量大，又是业界权威，一发出去绝对能爆！”

游子墨殷勤地给马主编倒酒，但是马主编有点为难：“游总啊，我们是做商界新闻的，娱乐新闻花边很少去碰的呀！”

“哦哟，他这可不是娱乐新闻，秦芷筠是林氏三明岛水上娱乐设施项目的供应商，可她的另一层身份是林森禾唯一的前女友。你说，他这是不是滥用职权，罔顾游客安危？”

“林森禾有权有势，如果新闻造假，他一封律师函就把我告到倾家荡产了。”

“那您是觉得我现在被辞退了，什么都没了呗。”

马主管赶紧摆手：“不不不，我不是这个意思。”马主管被游子墨逼得没办法，只得再次喝酒。

“走，去跳舞。”大厅内，花花结束了吹嘘，推着白筱心和丹丹朝着舞池走。

三人经过游子墨的包厢，耳朵贼灵光的白筱心似乎听到了林森禾的名字，不由得停住脚步。白筱心做出不要出声的手势，把两人拉到身后偷听。

“林森禾现在是手握大权，可你别忘了，我叔叔是董事会主席，我侄子可是副总裁……”

白筱心偷偷透过门缝看向包厢里面，正是游子墨的脸，他拍着马主编的肩膀，信誓旦旦道：“你放心，只要咱们合作，林森禾这位置就坐不长了，到时候能少得了你的好处？”

“筱心，林森禾不就是你们家阎王吗？”

白筱心点点头，丹丹一脸紧张。白筱心拿出手机，按下录音键，把手机偷偷塞进去。

“我怕我的位置坐不长。”马主编再次汗流浃背。

游子墨被林氏除名的事，他身为商界杂志主编怎么可能不知道。

这个游子墨可是出了名的华城恶少，仗着游家父子在林氏的地位，这么多年一直在外面狐假虎威，胡作非为。这次三明岛延期，听说林氏最终检测排查的结果是他负责的潜水设备采购环节出了问题。这个时候他找自己来爆花边新闻，无非是想发泄私仇。

且不说他拿的这料真假，人家林氏集团家大业大，势力更是占了南沙的半边天，他一个小小的主编怎么得罪得起？

游子墨见说服不了马主编，拿起桌上的啤酒瓶猛地往桌角一磕，啤酒盖飞起，吓得马主编哆嗦。而门外，丹丹也吓得一哆嗦，推搡了一下白筱心，她举着录音的手机也顺势掉了下去。她急忙去捡手机，可游子墨一抬头，已经看见了门口三个鬼鬼祟祟的人影。

白筱心刚想撤退，门突然打开了，白筱心低着头，只看见一双油光锃亮的皮鞋。千万不能让他认出来，白筱心急中生智，故意用满是冷汗的手心朝脸上摸了摸，试图将妆容弄花，却不想花花带来的全是防水化妆品。

“哟，帅哥，不好意思，我们好像走错了……”白筱心装作烂醉的样子，推搡着二人离去，却被突然出现的两个黑衣保镖拦住去路。

游子墨走过来，脑海中闪过白筱心故意用门角刮他的场景，立即认出了她。

“你是林森禾的助理？”

白筱心见自己被发现，立马装出嘻嘻哈哈的样子：“哟，是游总啊，好巧，没想到在这里遇到你，我们喝得有点多，就不打扰你了，你慢慢玩儿。”

白筱心拉着二人要走，却被游子墨伸出手拦住：“来都来了，你急什么，一起玩啊！”

两个保镖一步步逼近，将三人赶猪般赶进包厢，此时，白筱心想死的心都有了。

包厢内，三个人紧紧地挨着，端正地坐在一起瑟瑟发抖，旁边是两个面无表情的保镖壮汉。游子墨撑开手，满脸嘲讽地坐在对面的沙发上。

“你把手机打开。”

白筱心吞了吞口水，打开手机。

“你把拍的照片和视频删了。”

白筱心打开相册，点击最后的视频删除，展示给游子墨看。

游子墨满意地坏笑道：“就是嘛，小姑娘年纪轻轻，一份秘书的工作而已，何必这么卖命。”

白筱心立即附和地点点头："嗯嗯，游总说得对。这林森禾冷酷无情，惨无人道，我们底下的人都受不了。游总，您好不容易离开林氏，我们都希望您能好好发展。"

"哦，是吗？"

白筱心拼命点头。

"嗯，您在这里谈大合作吗？请问这位老总哪里高就啊？"

马主编突然被问到，愣了一下，赶紧改口："这个，合作还没谈成呢。"

游子墨转过头瞪着马主编："必须谈成！"

白筱心握拳："没错，一定要谈成！那你们慢聊，我们先走？"

白筱心拉着丹丹和花花起身，游子墨呵斥："不行！"

花花忍不住出头："喂，我们视频也删了，出了这门什么都不会说，你还想怎样啊？"

"你们想走可以，把面前的酒喝了。"

众人望着桌上四五排的洋酒罐里还放着一杯杯的白酒。

"妈呀，深水炸弹！"丹丹惊叫。

"你想学电视剧录我的音，套我的话是吗？我告诉你，最好别废话，乖乖给我把酒喝了，林森禾那小子惹我就算了，你们这些马仔今天若不听话，谁也别想有好果子吃！"

白筱心再次扬起笑脸，卖萌装老实，想着怎么解套的方法："这个，游总啊……"

"喝就喝，who 怕 you 啊！"

话还没说完，只见一旁的花花被激起了雄性荷尔蒙，一时间竟然凶猛了起来。白筱心咬牙切齿，想把这个猪队友当即咔嚓了，说好的熟稔与各种生存法则呢？

受花花勇敢的连累，白筱心、花花、丹丹只得轮流喝酒，眼见着马上要坚持不住了。白筱心在身后摸索手机，输入信息：江湖救急。并添加了一个位置定位。

3. 让我卸妆？

游清泽的办公室，手机铃声响起，游清泽疑惑地看看信息，又确认了一遍，他没有错拿林森禾的手机。

林森禾一脸好奇，游清泽把信息给林森禾看："白筱心跟我说江湖救急，她是不是遇到什么问题了？"

"救急？她救急找你？你们什么时候这么熟了？"

林森禾的话里透露着浓浓的醋意，他拿过游清泽的手机，仔细看了看定位。

"怎么是酒吧？"

"今天是她生日，可能是庆祝生日喝多了？"

“生日？我怎么不知道？”

“你怎么会有时间记这些，以前其他员工过生日，都是小兰安排生日福利，小兰过生日，我来安排生日福利。而你自己的生日，恐怕你都不记得吧？”

林森禾没有理会游清泽的吐槽，在手机里搜索白筱心发送的地址。

“她肯定是想骗你出去玩儿，你好好工作吧，不要分心，我走了。”

林森禾说完，扔下游清泽的手机，头也不回地离开了。游清泽无奈地摇摇头，忽然想起小兰请假了，那白筱心岂不是没收到生日礼物？

酒吧里，花花已经不能喝了，丹丹也一副难受的样子，白筱心继承了白真真的酒缸体质，勉强保持着理智。

“筱心，你的救兵什么时候到啊，我们快撑不住了。”

丹丹悄声询问白筱心，她们不是不能喝，而是实在喝不下了。

白筱心刚焦急地看着门口，就听见游子墨大声地呵斥：“快喝！”

白筱心咬咬牙，不顾丹丹和花花的阻拦，将所有的酒都喝了。

“喝完了，我们可以走了吗？”白筱心拉起花花和丹丹要离开，游子墨一把拉住白筱心的手。

“那怎么行，喝了酒，好玩儿的还在后面呢。”

游子墨紧紧抓住白筱心，花花和丹丹想要把白筱心拉出来，但都不是游子墨的对手，白筱心挣扎着。

——林森禾，你怎么还不来，你再不来我们可就真的要玩完了！

突然，一阵拳风从白筱心耳边扫过，她还没来得及回头，就看到游子墨被林森禾一拳打倒，瘫坐在卡座上。

花花和丹丹目瞪口呆，看着林森禾，瞬间清醒，刚想要鼓掌，就看见林森禾冷得能杀人的眼神，他们瞬间收回手，给白筱心使眼色。

“那个，时间不早了，我们先走了。”

“不打扰了，再见！”

“哎？”

花花和丹丹相互搀扶着飞快离开，发现门外还倒着两个黑衣壮汉，看样子都是被林森禾一个人撂翻的。

包厢内，林森禾这才借着昏暗的光线，看清白筱心因为喝醉显得微红的脸，看起来脸上和身上没有受伤，他的脸色才略微缓和一些，转头又看向一旁肥肥胖胖的主编，厉声问道：“你们两个是一伙的吗？”

马主编被林森禾灵魂拷问，愣了一下，用力地摇摇头，看到白筱心在旁又勉强点点头，满脸绝望。

林森禾瞪了一眼马主编，马主编赶紧闪开给老板让道。下一秒，林森禾径直上前揪着游子墨的衣领："游子墨，我最后警告你一次，就你在林氏做的事儿，我要是追究你的责任，足够送你蹲大狱！你老老实实给我夹着尾巴做人，否则……"

林森禾反手操起桌上的一瓶啤酒，直接冲游子墨的头上下去，吓得游子墨赶紧抱头，啤酒却直接被摔在一旁的柜子上，碎了一地。

马主编和白筱心也吓得后退。游子墨愤愤不平，却不敢做声，林森禾拉着白筱心离开。

游子墨被马主编扶起来，他看着马主编那张欲哭无泪的脸："马主编，今天这船你上也得上，不上也得上了。"

马主编生无可恋道："我知道了。"

此时，丹丹又回到了包间，拿起放在桌上的手机："不好意思，手机忘拿了，拜拜！"丹丹拿着手机火速离开，偷偷按下结束录音，忍不住露出一丝得逞的兴奋。

马主编跌跌撞撞地离开，包厢里只剩下游子墨一个人。他气愤地拿出手机打电话，刚一接通就不管不顾地喊了过去。

"你尽快给我安排下手！"游子墨喊完，痛苦地捂着嘴角，气得将桌上的酒瓶全推了。

街心广场的喷泉池边，林森禾拉着白筱心走到边上，坐下来休息。林森禾看着她那人不人鬼不鬼的街头小太妹模样，气不打一处来。

"我真是不知说你什么好！二十岁出头的小姑娘，竟然跑到夜场跟人拼酒，不知天高地厚！你自以为厉害是吗，你走过的路都没有游子墨上过的酒桌多！"

林森禾的言语越来越犀利，而白筱心的头也越埋越低，他看着一脸可怜巴巴的白筱心，也意识到自己似乎有点过了，话头软了下来："怎么，你干了这样的蠢事，还不让人说？"

白筱心突然开始抽动肩膀，一副要哭的样子。一向看不惯女孩子哭的林森禾一时紧张："你……你哭什么，我……我说话重，你别……"

林森禾刚结巴地要道歉，却见白筱心好像在偷笑，他忍不住凑过脑袋去观察。白筱心终于演不下去，捂着肚子大笑："哈哈哈，你被骗了吧？"

林森禾简直难以置信，这个关头她竟然还有心情开玩笑。

"白筱心，你是不是缺心眼？能长点心吗？"

"哈哈哈，行，只要不长肉，长什么都行。"白筱心在原地打滚，快要笑出眼泪了。

此时此刻，林森禾对他走过三十多年的人生产生了严重的自我怀疑。

"嗬，我居然被你一个小屁孩戏弄。"林森禾站起来转身就走。

"喂，你干吗去？"白筱心朝着林森禾大喊，以为他真的生气了，抛下她离去。

"你给我老老实实坐着。"

林森禾走进一家二十四小时便利店。

“欢迎光临，请问您需要点什么？”

“我需要一瓶卸妆液。”服务员愣了一下，看着林森禾阴森的目光，仿佛他要买的不是卸妆液，而是可以让人毁容的硫酸。服务员犹豫了一下，朝着货架的顶端指了指。

五分钟后，林森禾拎着一袋东西走回来，递给白筱心。白筱心翻开袋子，看到卸妆液、毛巾、矿泉水三样东西，大脑一下子宕机了。

“这是什么东西啊？卸妆液？”白筱心反应过来，一脸惊恐，“你……你不会让我在大庭广众下卸妆吧？老大，你这是要对我处极刑啊！”

“你化得人不人鬼不鬼的，像什么样子，一会儿怎么回家？”

“阎总，啊不，林总，现在可是下班时间，我想怎么化妆就怎么化，我姑都不会管我的。”

林森禾才不管她反驳，直接拿过卸妆液倒在毛巾上，不由分说，一只手抓着白筱心，一只手往她脸上糊。

“没人管得了你是吗？”

“啊啊啊……”

白筱心睁不开眼，抗争无果，脸三两下被他擦干净，露出了清爽的面容。

“看看，明明干干净净的小姑娘，偏要化成人不人鬼不鬼的妖精。”

“嘁，您现在这样子就像一个慈爱的老父亲。”白筱心有些不好意思地偷笑。

林森禾一脸尴尬：“我有那么老吗？大你十岁而已。”

“你不老不老，欧巴，摩西达啊……”白筱心眯着眼，露出花痴夸赞的表情。

“阿西！”林森禾郁闷地将毛巾扔给白筱心，气得离去。他差点走错方向，又返回来向另一个方向走去。

白筱心忍不住放肆笑：“哈哈哈……”

白筱心迈着魔性的步伐追上去：“欧巴，卡机嘛……”

4. 我是董事长

深夜，林森禾送白筱心回家，陪她走过昏暗的巷子，心中还对短信的事情愤愤不平。

“对了，你今天为什么发信息给游清泽，不发给我？”

“啊？情况危急，我发错了。”

白筱心确实是发信息给林森禾的，奈何他俩的头像都是清一色的静物加景物背景，估计她当时背着手操作，一时也没看太清楚。

林森禾翻了一个白眼，似乎对她的解释不大满意。

“我到了。没事儿的话，我回去了。”

“等一下。”

白筱心正要上楼，却被他叫住了。他清清嗓子，有些别扭：“咯，那个……今天是你生日吧？”

“哈，你想起来了？那你有什么礼物要送给我？”白筱心激动地上前一步，伸出两只手，满脸期待的表情。

林森禾从口袋里掏出一个圣诞老人的棒棒糖，递给白筱心。

“生日快乐！”

白筱心愣住了，迟疑地看着手心里的棒棒糖：“棒……棒糖？”

“嗯，我也是临时得知你生日的，这是我刚刚在便利店买的。生日礼物这种东西，贵在寓意，我祝福你每天的日子都和棒棒糖一样甜。”

白筱心嘴角一抽，心中泛起苦涩，但还要保持尴尬而不失礼貌的笑容。

“谢谢老板！”

“不客气，那我走了。”

林森禾见礼物送到，满意地离开。白筱心举着棒棒糖，叹了一口气。

“唉，算了，总比什么都没有强吧。”白筱心也转身上了楼。

远处，一个隐藏在黑暗中的黑衣人拉低帽檐离去，一条肉印刀疤在他眉间若隐若现。

此时，隐在暗处的黑风看了一眼离去的黑衣人，下车跟了上去。

黑风偷偷跟上黑衣人，黑衣人似乎很警惕，朝身后望望，为了避免打草惊蛇，黑风赶紧找掩体藏住。

黑风只得远远地跟着黑衣人，眼看黑衣人在巷子尽头转走，黑风立即快步赶上。黑风走出尽头，左右环顾，车来车往，行人过马路，早已不见黑衣人的踪影。

……

白筱心拿着棒棒糖，舒服地坐在沙发上，小心翼翼地撕开棒棒糖嘬着。她突然听到手机提示音响，拿出手机，看到了一则今日商闻的推送消息：

林氏集团总裁林森禾与前女友一吻复情。

白筱心的笑容瞬间僵在了脸上，新闻里有林森禾和秦芷筠“接吻”的图片。

“我真的成功了？”白筱心反手看看手中的棒棒糖，表情郁闷。

“所以这是喜糖吗？”

下一秒，她不开心地将棒棒糖扔到一边，嘟着嘴巴生闷气。

……

林森禾的卧室，林森禾也看到了这条推送消息，心下有些慌乱：“白筱心不会已经看到这张照片了吧？”

还守在办公室的游清泽似乎掐着时间点发来视频通话，关切地询问："白筱心没事了吧？"

"她没事了，化着乱七八糟的妆去夜店，跟别人拼酒，亏她干得出来，跟她讲道理，她还没心没肺地笑。"

"说不定白筱心是看你这种老父亲做派，有种被人关怀的开心呢？"

"你如果需要的话，我也可以让你开心一下。"

"不了，不了，我还是暗自伤心吧。"

游清泽笑了笑，挂了视频电话。偌大的办公室，游清泽一个人坐在里面，似乎真有些伤感。他关了电脑，关了灯，一个人回家。

林森禾挂断电话，想到白筱心刚刚的话：您现在就像慈爱的老父亲。

林森禾一脸郁闷，她难道真把他当老父亲了？

门铃声响起，一身黑西装的黑风像黑无常一般杵在门口。

"老大，有发现。"

林森禾眉头一皱："进来吧。"

"这些天我一直暗中保护你，没发现有任何人跟踪你，反而今天你和白助理从夜场出来……"

林森禾愣了一下，有些尴尬："嗯，这些天你……你都在？"

"嗯，我跟着你过去的。"

他都忘了交代过黑风暗中保护他的事，那么也就是说，包括和秦芷筠在一起，他都有可能看到了。

"咯咯，你继续说。"

"你跟白助理从夜场出来，我就发现有人跟踪你们，一直到白助理家门口。"

"然后呢？"林森禾警惕了起来。

"他看着白助理家熄了灯才离去。我想跟着他，但是他太机警，我没跟住。"

"这么说，他跟踪的人不是我，是白筱心？"林森禾若有所思。

"这就不知道了，但之前两次您撞见他的时候，似乎白助理都在场。"

林森禾陷入回忆中。黑衣人在宴会上第一次出现、潜水俱乐部第二次出现，似乎如黑风所说的那样。

这到底是巧合，还是预谋好的？林森禾不敢深想，脊背一阵发凉。

"黑风，从现在开始，你二十四小时帮我暗中盯着白筱心，一定要保护好她的安全。"

"是。老大，你担心幕后的人通过白助理对你下手？"

林森禾想起夜场里游子墨对白筱心的拉扯，咬牙发狠："我倒要看看他们到底想干什么。"

第二日，林家老宅的花园里，林之杨戴着眼镜，拿着 iPad，坐在花园躺椅上，来来回回放大缩小着照片，脸上露出了欣慰、满意的笑容。

“好好好，不是 P 的！”

林之杨再看新闻内容，逐字逐句地读出来。

“秦芷筠，离异，有一个儿子，样貌与林森禾极为相似，虽无明确证据，但是笔者怀疑，这很有可能是秦芷筠和林森禾的孩子……”

林之杨皱着眉头看了半晌，表情严肃，终于从嘴里蹦出一句话：“好！好啊！我老林家有后啦！老齐！”

“老爷。”

“去，你帮我查一下林森禾新助理的号码和地址。”

齐叔点点头，也不计较老爷子的健忘。

白筱心还睡在床上，宿醉的痛苦没有完全消除，突然电话像催命符一样响起。

“谁啊，不知道我今天休福利假吗？还让不让人睡觉了！”

白筱心挣扎着抓起手机，听到一个老年人的声音：“喂，是白筱心吗？我是林之杨，林森禾的爷爷。”

“哦……啊？”

“新闻上说森禾跟前女友复合了，有这回事儿吗？”

白筱心莫名其妙地看看手机，这个手机号她不认识。

“你是林总的爷爷，难道不知道这些吗，还来问我，我还怀疑你的身份呢。”

电话那边的人沉默着，半晌后才吐出三个字：“你下楼。”

电话挂断后，白筱心蒙了片刻，走到窗边看到楼下居然停着两辆价格不菲的黑车。

“他不会真的是林森禾的爷爷吧？”

5. 大型认亲现场

白筱心下楼，果真看到了两辆黑车，一辆奥迪一辆宾利，门口还站着保镖，白筱心往车内看看，宾利车的玻璃缓慢降了下来。

一张有些消瘦的脸出现在白筱心眼前，白筱心看着并不陌生的面孔，瞬间感觉自己的饭碗似乎敲得叮当响，下一秒就有破碎的迹象。

“老……老林总。”

“你现在相信我了？”

“信的信的，我刚刚就是怕泄露林总的隐私。”白筱心像小鸡啄米一样点头，各种借口涌上喉咙。

“不错，值得表扬。”

手下如此维护自家孙子，林之杨满意地点点头，也不知是在夸赞白筱心护主，还是在夸赞自家孙子御下有方。

“我想请秦芷筠小姐和她孩子到家里吃饭，你帮我跟他们约时间，怎么样？”

看来林森禾跟秦芷筠已经到了要见家长的地步了，白筱心立即回复：“好的。”

“你上后面的车，现在出发去找秦芷筠，我去森禾家准备，晚上在森禾家集合。”

“啊？”

酒店，秦芷筠正在套间的办公桌前看文件，林林安静地在一旁看书。敲门声突然响起，秦芷筠开门就发现站在门外一脸微笑的白筱心。

“秦总。”

“筱心，进来吧，是项目上有问题吗？”

白筱心站在门口并没有动，纠结半晌不知道怎么开口，最终鼓起勇气：“秦总，不是项目的事情……是林总的爷爷老林总，他看到您和林总的新闻了，他想见见您和林林。”

秦芷筠转头看看林林，思考片刻，最终还是做了决定：“走吧，有些事情是要解释清楚的。”

……

林之杨坐在沙发上，脸上露出神秘的笑容，目光炯炯地打量着被喊回来的林森禾。餐厅里，齐叔和馨姨在厨房准备丰盛的晚餐。

“爷爷，你都这样笑着看我一整天了，有什么事您直接说好吗，我还有好多工作要忙。”

“臭小子，什么时候了你还忙工作，钱有赚完的时候吗？”

林森禾一脸无奈，低头看手机，琢磨着这八卦消息要不要找人澄清一下。要是放在以前，这种捕风捉影的花边新闻多了去了，他根本不会在意，但这次不一样，毕竟对象是秦芷筠，文中还提到了她可能有和林氏总裁权色交易的嫌疑，她一个单亲妈妈，他不想给她造成伤害，另外，还有白筱心那个家伙，会不会误会……

嗯？我为什么要怕她误会？林森禾被突然冒出的想法吓了一跳：难道……

此时，林之杨继续盯着发呆的林森禾半天，忍不住开口问道：“孙子，你就没什么好消息要跟爷爷说吗？”

“没有。”林森禾收回纷乱的思绪应付道。

“臭小子，等会儿人来了，我不怕你不开口。”

正说着，门外传来了敲门声，林森禾一脸狐疑，林之杨却露出了一切尽在掌握中的得意笑容。

馨姨前去开门，林森禾好奇地看着门外，发现白筱心和秦芷筠还有林林站在门口。林之杨站起身迎了上去，热切地询问："怎么样，这么远的路，辛苦了。小朋友累不累呀？"

林林懂事地摇摇头，林之杨满眼欣赏地打量秦芷筠，招呼她进门："饭菜已经好了，进来坐吧。"

三人刚进门，林森禾就拉住一旁的白筱心，凑上去低声询问："你们怎么来了？"

"啊，我听老林总的指示呀，你不知道吗？"

林森禾看白筱心一脸蒙，知道她不是在说谎。她看着林森禾，欲言又止，纠结半天，蹦出一句没头没尾的话："恭喜啊！"

"啊？"林森禾一脸莫名其妙，林之杨已经招呼秦芷筠和林林坐在了餐桌旁。

"来来，随便坐，我特地查了你们喜欢吃什么，小筠喜欢的清蒸鱼、白菜炖豆腐，还有椰子鸡，林林喜欢的蓝莓山药、糖醋里脊、松仁玉米，应有尽有。"

秦芷筠看着林之杨慈祥的笑脸，点点头："爷爷，您费心了。"

"谢谢太爷爷。"

林之杨看到这和谐的场面，更加感动，一瞬间幸福的泪花在眼眶里打转，这是他一直以来梦寐以求儿孙满堂的情景啊，不过一旁的林森禾却不由自主地皱起了眉头。

看这样子，爷爷不会是看到新闻了吧？

"森禾，你还傻愣着干什么？过来坐。"

林之杨催促林森禾，林森禾迟疑着，白筱心退到一旁，向林森禾和林之杨微微鞠躬道："林总，老林总，那我就先不打扰了。"

白筱心正准备转身离开，没想到被林森禾一把抓住："你来都来了，一起吃饭吧，添双碗筷而已，又不是第一次了。"

白筱心被林森禾拉着走到餐桌旁，别扭着坐下，一脸不情愿。

什么情况？你们一家人秀恩爱，还一定要拉一个现场观众吗？

她还想推辞，却没想到秦芷筠也出言挽留："对啊，让你忙活了一天，留下来吃了饭再走吧。"

"哦。"白筱心坐下来，只顾着闷头吃饭。

林之杨也点点头，随即把注意力转移到林林身上，慈爱地摸着林林的头："真像啊。"林之杨贴心地给林林夹菜。

林森禾看看秦芷筠，但是秦芷筠一如既往的温柔从容，看不出什么特别。

林森禾顿时叹了一口气，看来爷爷是彻底误会了。

"我们公司的齐主任，逢人就说林林长得像布拉德皮特呢，您也这么觉得吗，爷爷？"

秦芷筠突然笑着接茬，众人都愣了，白筱心也不小心呛住："像布拉德皮特，难道不是应该像林……”

白筱心抬头看看林森禾，发现林森禾正在瞪着她，赶紧闭上了嘴。

“爷爷，您是不是看到什么错误信息，误会了？”林森禾见秦芷筠有意引出话题，也适时地配合。

“误会？你……你个臭小子……你是不是不想负责任？”林之杨突然厉色道。

白筱心看着林之杨比阎王还凶的样子，吓得一动都不敢动，把筷子上刚刚夹好的肉默默地放下。

林林却在这时跳下座位，跑到白筱心身边：“白助理，我……我尿急，你带我去洗手间吧！”

林之杨意识到林林在场，不再发脾气，立刻换上一副慈眉善目的表情：“快去吧，快去吧，憋坏了可不好。”

白筱心总算松了一口气，拉着林林离开这可怕的现场。

6. 原来是误会

白筱心拉着林林，有些同情地握紧了林林的手。

“洗手间马上就到了。”

“其实我不想去洗手间。”

“啊？”

“我走开，他们才能没有避讳地把问题谈开，你们大人总觉得小孩儿这不能听那不能听，否则就会受伤害，不是吗？”

白筱心对林林说出这样的话感到吃惊，一时间不知道该怎么回答。

“其实……林总人还是不错的，可能就是一下子接受不了。”

“我妈妈跟林叔叔根本不合适，而且我也不是林叔叔的孩子。”

“啊？”白筱心觉得她一定是听错了，或者秦芷筠怕伤害到林林，一直没有跟林林说实话。

餐厅里，林之杨一脸严肃地盯着林森禾和秦芷筠，脸上的皱纹也更深了：“你们什么意思？不是森禾的孩子？怎么可能，记者不是都拍到了吗？”

林森禾尴尬地咳嗽，秦芷筠也讪笑着，最终还是鼓起勇气解释：“爷爷，我们大学时确实在一起过，不过因为一些误会分开了，之后我结婚嫁人生下了林林，最后因为婚姻不太顺利，在林林很小的时候，我就带着他一个人生活了。这次再遇到森禾……可能是因为业务合作，才被有心人拍到了照片。”

“林林不是森禾的孩子？”

“不是。”

林之杨的脸色渐渐变差。林森禾担忧地看着林之杨，害怕这个平常慈眉善目的爷爷会突然发火，却没有阻止秦芷筠，他知道这个误会必须解开。

“而且，林林有一个坏毛病，见到自己觉得不错的男生就会叫爸爸……他以为这样，可以帮我找到好归宿。”

林之杨痛苦地捂住心口，猛灌几口水顺气，瞪大眼睛看着林森禾：“你早就知道？”

林森禾点点头。

“林林还小，所以我当时没有立刻纠正他，可能让某些人误会了。”

“你们……你们现在这些孩子……我真的搞不懂，搞不懂……那你们没有再续前缘的可能？”林之杨还是没有放弃。

“爷爷！”林森禾真想撬开自家老爷子的脑子，看看里面到底有什么。

“怎么，就你这个样子，还嫌弃人家不成？”林之杨瞪着林森禾，多大年纪了还挑三拣四。

林森禾无语，秦芷筠尴尬地赔着笑：“爷爷，我们现在只是朋友和生意上的合作伙伴，其他方面的话……”

秦芷筠看了一眼林森禾，这几次她都在主动接近他，但他有意无意地回避，保持着礼貌又疏离的距离，她便知道他们回不去了。

还有，这些天林森禾的举动和情绪都被身旁的助理白筱心牵着走，她又回想起那天夜晚，他抱着白助理离开的情景，足以见得白助理在他心里占据了重要的位置。只是目前，他还在浑然不知地和这个小姑娘斗法，迟钝地没有意识到这份感情。

一时间，她竟然有些羡慕这个看起来大大咧咧、没心没肺的女孩。

“是回不去了。”林森禾抱歉地看了一眼秦芷筠后，接下了她的话茬。

秦芷筠释怀地笑了笑，是她天真了。有些缘分，或许一生只有一次，有些人一旦错过了，就是一生。

“唉，可惜了。”林之杨一声长叹，满含看透世事般的惋惜。

洗手间里，白筱心在一旁咬着手指头，飞快地思考着。林林一脸嫌弃地盯着白筱心：“你还没有想明白怎么回事吗？”

“我……我当然想明白了，我是在想你妈怎么办？”白筱心这二十岁的年纪操着三十岁人的心，果然如丹丹所说，天生操心命。

“我见了林叔叔以后，觉得他那种不解风情又不会哄人的古板大叔，女生和他待在一起会很辛苦的，我妈妈已经很辛苦了，还是比较适合甜甜的恋爱。”

林林认真地分析着，像一个纵横情场多年的老手，白筱心忍不住抖了抖面皮：“你这个死小孩，林森禾也是有优点的，他有时候对别人还是很细心的。”

“那你去试试吧！”林林满不在乎。

听到试试，白筱心感觉自己被戳穿心事一样，继续嘴硬："喀喀，试什么试，多大的小孩什么都懂。"

"他们应该快谈完了，我们回去吧。"林林偷笑一下，站起身朝客厅走去，白筱心无奈地跟在他身后。

林林回到客厅，看到林之杨一副体力透支的样子，露出了可爱的笑容："妈妈，我想回家了。"秦芷筠和林森禾见到两人回来，同时松了一口气。

"爷爷，不好意思，林林可能累了，我们就先回去了。"秦芷筠开口。

林之杨疲惫地抬头看看林林，充满感伤，无奈地点点头："回去吧，回去吧。"

"太爷爷，我会想你的，我们可以经常联络哦。"林林走到林之杨身边，给了林之杨一个大大的拥抱，林之杨瞬间感动，紧紧搂住林林："真是好孩子，比那个只知道惹我生气的不孝孙好多了。"

林森禾一脸尴尬。

林之杨松开林林，转头看向两位管家："你们扶我起来，我去送送他们，我们也回去了。"

林之杨在两位管家的搀扶下艰难地站起身，跟着林林和秦芷筠一起走出门，看都不看站在一旁的林森禾。林森禾站在门口，看着几人坐上车离开，嘭的一声把门关上，转身看着尴尬地站在一边的白筱心。

"白筱心，你知不知道你是我的人，谁让你听老爷子安排的？"

白筱心尴尬地笑了笑，拿着包，一副做贼心虚的模样，慢慢地移向门口。

"我错了，我再也不敢了，明天见！"白筱心趁林森禾不注意，快速打开门，逃了出去。林森禾看着白筱心敏捷的动作，没好气地笑了。

林森禾掏出手机，看看那条亲吻的新闻，脸色慢慢严肃起来。

……

次日，白筱心来到公司。一大早，她就感觉气氛十分不正常，所有同事都在热烈地讨论着什么，严主管远远地迎了上来。

"筱心，你看新闻了吗，林总居然谈恋爱了！没想到我活着的时候也能看到这一天，想想他干涸的心灵即将得到慰藉，荷尔蒙分泌趋于平衡，以后都没有精力折磨我们，同志们，革命就要成功了，我们的春天就要来了！"

"你别相信那些新闻，都是假的。"白筱心没好气地翻白眼。公司待久的人往往是这样，工作没见多积极，一聊八卦总是热情高涨。

"怎么可能，网上都在议论林总跟那个秦总在一起，才开后门把海岛娱乐项目承包给她，这种情况林总都不出面澄清，那肯定是真爱呀！"

白筱心听到严主管这么一说，突然愣住了，她想到了那天游子墨叫嚷的情景，翻出自己的手机搜索林氏集团，果然最新的新闻标题写着：林氏集团总裁以权谋私……

不过，那天她有暗中叮嘱过丹丹录音，或许里面的内容能解眼前的这燃眉之急，毕竟开岛在即，如果林总裁传出什么不好的绯闻，那对三明岛的项目是非常不利的。

五分钟后，丹丹把源文件发送到了白筱心的手机上。

7. 林叔叔可能喜欢你

“你怎么了，这么突然毛毛躁躁的？”

看着心急火燎冲进自己办公室的游清泽，游钟书皱着眉，默默关掉了浏览器里关于林森禾的新闻报道。

“爸，森禾的新闻你看了吗？”

“看了。”

“因为之前子墨事情的影响，森禾的这张照片也被人理解成对秦总徇私，担心我们的游乐设施也有问题，而且还有人为子墨叫冤。”

“这些都不是你要负责的事情吧，而且森禾都没有出面，你这么着急干什么？”

“森禾的个性，从来都不喜欢解释的，但我们开岛在即，这些言论发展下去肯定会对林森禾有影响。”

“行啦，你净替别人操心。”

“爸，三明岛的项目十几年前就开始做了，林叔叔和林阿姨过世的时候，就爆出林氏抢占岛民用地，甚至杀人放火的言论，不仅让项目搁置，连林氏都差点没挺住。”

游钟书听到游清泽的话，眼神突然闪烁一下，并没打断他，但是握紧了手中的钢笔。

“林爷爷带着森禾，还有你，你们用了多大的努力才让林氏从恶评中走出来，重启三明岛……之前森禾突然说暂停项目，我就觉得他可能遇到了什么问题，现在又总有这种新闻，我觉得咱们还是应该防患于未然。”

“好了，好了，你一个副总，操的心比人家总裁还多。你说的我都清楚，我想想怎么办，你先回去吧。”

游清泽又要说话，被游钟书咋舌打断。游清泽抿抿嘴，只能离开办公室。

同一时间，白筱心满面愁容地进到办公室，林森禾似乎完全没有受到影响，埋头工作着，直到白筱心叫他，他才抬起头来。

“有事儿吗？”

“林总，那天的新闻好像越闹越大了，传闻也不太好，你要不要去解释一下？”

“乱七八糟的传闻太多了，而且这件事情你能解释得清吗，最后还是要看我们做的事情。”

白筱心看着林森禾义正词严的样子，无奈地翻白眼。林林说得没错，他这种不爱解释的性格会让人郁闷死。

“如果能解释清一部分也可以啊。”白筱心把手机放在林森禾面前，放开录音，录音里除了夜店吵闹的声音，还有游子墨和马主管的谈话。

“只要咱们合作，林森禾这位置估计也坐不长了。”

“我怕我的位置坐不长……”

……

林森禾听着录音皱起了眉头，他看着白筱心，恍然过来：“所以，你那天在夜店跟游子墨拼酒，是为了帮我录音取证？”

他没想到这个看起来瘦弱的小女生竟然为了自己做这么危险的事，而他那天似乎还错怪她了。此时，他内心那座冰山似乎又裂开了一大块。

而白筱心此刻沉浸于自己的聪明机智中不能自拔：“差不多吧。这儿虽然没有什么明确信息，但是起码能证明发新闻的那个主编跟游子墨有关系，您以权谋私的说法是被人陷害的。”——怎么样，看我这个助理不是一般人吧？快夸我，快夸我。

白筱心忍不住内心的激动，终于在要紧大事上发挥一次她真正的实力了。此时此刻，她已经止不住地幻想，等这次危机结束，她便能一路升职加薪，连跳三级，走上职场巅峰！甚至，她连着在集团大会上获得年度荣誉员工勋章、上台发言的致谢词，此刻都在脑海里琢磨了。

林森禾按掉了嘈杂的录音，眼神里充满了温柔，嘱托道：“以后你不要再做这些危险的事情了，知道吗？”

白筱心愣了一下，终于注意到林森禾的表情，她被林森禾专注看着自己的眼神弄得有些不好意思，挥挥手假装不在意道：“那个……大家都是一条绳上的蚂蚱，你没问题，我才有饭吃呀！”

林森禾听到白筱心乱七八糟的回答，无奈地叹了一口气：“好了，我知道了，这件事就交给你去办吧。”

白筱心点点头要离开，却又被林森禾叫住：“等一下，那天你过生日，我没有帮你庆祝，明天给你放假一天吧。”

“真的吗？谢谢林总。”白筱心见林森禾点点头，克制住开心的表情，快步离去。

白筱心走出了门，脑海中还在飘荡着林森禾刚刚柔情似水的一句话——“以后你不要再做这些危险的事情了，知道吗？”

白筱心忍不住露出甜蜜的笑容，情不自禁地走向茶水间。她今天得多奖励林森禾一杯咖啡。

白筱心路过办公区，看到秦芷筠从严主管的工位处交接完文件后准备离开。秦芷筠抬头也看到了她，笑着跟她打招呼，向她走来："筱心，这边的项目我都交接好了，我明天的飞机，跟你告个别。"

"这么快呀，三明岛快要开岛了，你不等着留下来一起庆祝吗？"

"不了，我回上海，还有新的业务跟进呢，再说了，林林马上要开学了。"

"好吧。对了，你得跟林总告别吧，他的办公室在那边。"白筱心指了指不远处的玻璃大门。

"他那里我就不去了，最近传闻满天飞。"秦芷筠俏皮地笑笑，附在白筱心耳边悄声说。白筱心看看身边偷看着秦芷筠并在悄悄议论的同事们，突然感到抱歉，说起来，绯闻这事也有她一半的锅。

"秦总，对不起。"

"傻瓜，又不关你的事……对了，林林让我帮忙带给你一件东西。"秦芷筠从包里拿出一张小小的手绘卡片，递给白筱心，"他还特地交代我，让你一个人偷偷看哦……我走了，拜拜！"

秦芷筠笑着挥挥手离去。白筱心目送秦芷筠的背影，不由得感叹一声，不知道到了她这个年纪，若也是她这般命运，面对这些不怀好意的眼神和恶意，自己是否能做到她这般从容淡定。

白筱心低头打开手绘卡片，只见上边歪歪扭扭地画着林森禾的卡通形象，旁边还站着一个又矮又尿的白筱心。下面写着一句话：白助理，以我对男人的了解，林叔叔有可能喜欢你。

"扑哧！"白筱心看着林林写的字，差点将口水喷出来，吓得她赶紧把卡片丢到一旁的垃圾桶里。

"这个死小孩，乱说什么！"白筱心突然意识到不能让人看到，又四下看看，趁没人赶紧把卡片捡了回来，装进口袋里。

"他哪是喜欢我，是喜欢折磨我还差不多。"白筱心的脸瞬间通红，强装淡定。

8. 笑死个人，怎么可能？

"都什么时候了，你还想着试衣服，只有我一个人担心外面的传闻吗？"

游清泽提着大包小包，走进林森禾的家门，只见客厅的沙发上也堆满了西装T恤，林森禾正站在宽大的试衣镜前悠然地试着衣服，他顿时气不打一处来。

"白筱心录到了游子墨和发稿主编诬陷我的录音，发出去，应该能解决一部分信任危机了。"

林森禾正说着，收到了白筱心的信息，是一条微博链接：惊！被辞退员工游子墨为报复林氏总裁林森禾，买通媒体发恶意抹黑稿，事情的真相原来是这样。

林森禾扬了扬手机，不由得笑了出来：“喏，白助理已经处理好了。”

游清泽接手机阅读起来，末尾发现这篇文章的转发和评论量已经超过一万。

“哇，白筱心这算立大功了？”游清泽终于如释重负，同时也更加佩服白筱心的厉害。

“算小功一件吧。”林森禾嘴上满不在乎地说着，但语气里竟然有掩不住的得意。

毕竟，白筱心是他林阎王带出来的徒弟。

“她帮你解决了这么大的麻烦，你打算怎么奖励她？”

“嗯，为了这件事，让她那天的生日也没过好，所以，我明天给她放了一天假。”

“所以，你让我把我所有的休闲装都拿来，是想陪她一起过生日？”游清泽终于反应过来林森禾为什么在不停地试装了。

“陪？什么叫陪？这是老板给员工的生日福利，是恩赐！”

“啧啧啧！”游清泽看着林森禾的反应，无力吐槽，偷偷拿起手机给白筱心发信息。

“你明天放假有什么安排吗？”

“睡一天哪！我好欢喜好快乐！”

“嗯，你还是准备一下吧，森禾可能另有安排。”

随后，白筱心发来一个受到惊吓的表情包：“不可能吧？”

游清泽笑了一下，林森禾则在一旁继续表情严肃地比画着衣服：“这件衣服怎么样？看起来是不是显得比较年轻？”

此时，游清泽的心中一片了然，白筱心怎么想他不知道，但林森禾的那点小心思他还能不明白？

游清泽饶有兴趣地盯着他，突然开口道：“森禾，你不会对白筱心有什么特殊的感觉吧？”

林森禾试衣服的手顿住，但是很快掩饰好自己的情绪：“笑 skr 人，怎么可能？”

呵呵，他连口头禅都被她带跑了，还有什么不可能？游清泽无奈地摇着头，笑了笑，不再求证。

“不行，这些衣服也显老，还是把你的衣服掏出来我再试试。”林森禾不满意地把自己暗黑系的套装统统扔在一边。

原来，陷入恋爱脑的人类在这个时候和在自然界通过打扮靓丽的羽毛吸引异性的动物，并没有什么本质的不同。

……

翌日清晨，难得休假的白筱心在家里睡得昏昏沉沉，此时，电话铃一遍遍地响起，迷迷糊糊中，她伸手挂掉电话继续睡。

——今天我放假，天王老子也别想打扰我！

可没到一分钟，电话铃声再次响个不停，白筱心睡意全无，爬起来看了眼手机。嗯，果然不是天王老子，是林阎王催命般的急急如律令。

“啊，要炸了，你不是说好给我放假吗，怎么又大早上给我打电话？”

白筱心用归息大法收回自己的怒气，接起电话，换上平和的语气：“喂，林总，今天不是我休假吗，有什么吩咐吗？”是又要派我去阳间，收哪个薄命的魂？

“你下楼，我在你家楼下。”

“啊？还真有安排啊。”

白筱心一脸莫名其妙，林森禾已经挂断了电话。白筱心绝望地呻吟一声，躺在床上对着床垫撒了一通气，再胡乱收拾一下，无奈地拖着脚步下楼。

突然，白筱心身后传来喇叭声，她一转头，看到林森禾今天开着浮夸的跑车，于是慢吞吞地走到林森禾的法拉利前。

等到林森禾把门打开，白筱心看到穿着一副花花绿绿休闲装扮的林森禾，惊讶得合不上嘴：“林……林总，你这是要去干吗？”

林森禾看到白筱心的反应，假装一切如常，掩饰自己一丝丝的慌张，双手抓着方向盘，目视前方，依旧是冷冰冰的口气：“上车吧，我带你出去转转，给你补过生日。”

“不用了吧，我自己也可以很开心的。”

林森禾回头，扬了扬眉毛：“哦，一个人加班也开心？”

“哎哟，当然是和林总一起过生日开心。谢谢林总，林总您真贴心。”白筱心二话不说，拉开车门乖巧地坐下。

林森禾满意地笑了笑，一句话就能威胁到下属的感觉真好。

烈日炎炎下，白筱心站在公园内举目眺望，碧树环绕，湖光山色。白筱心绝望地看着眼前的一切，最终迎上了林森禾期待的目光。

“我看你们平时工作太累，好不容易休息，估计也想不到什么好去处，这个公园我找了好久，能爬山，钓鱼，划船，还能放空一下思想，很适合你。”

白筱心点点头，露出尴尬而不失礼貌的微笑：“林总，我真的好喜欢呢。”

“那就好。”林森禾很满意地点点头。

然而下一秒，白筱心就暴走般地快步走在前面，嘴里骂骂咧咧。林森禾快步跟在她后面，叮嘱她：“筱心，不要走那么快，循序渐进，保存体力，等下还要爬山。”

白筱心发出无声的呐喊，露出《呐喊》里扭曲的表情。

白筱心艰难地爬到山上的一处休息平台，气喘吁吁地停了下来。林森禾担心地看着面色惨白的白筱心，犹豫片刻后上前扶住了她。

“你没事吧？”

“我……我难受，没吃早饭。”

林森禾尴尬地看看自己身上，什么也没有准备。

白筱心无奈地摆摆手："没关系，我还能撑……"

林森禾终于不忍心，上前蹲在地上，将白筱心背了起来。白筱心瞬间紧张起来："你……"

"你坚持一下，前面有个休息站。"

白筱心不再说什么，靠在林森禾的背上，林森禾也感觉到了白筱心全身心的放松，上山的步伐也变得更加稳健。

"我觉得小时候我爸爸应该也这么背过我。"

林森禾听到这句话，步子一顿，浑身的肌肉僵硬了一下。

两人终于来到一个休息站前，休息站已经关门，只有一个小商贩坐着小马扎，面前摆着一个泡沫箱，里面装着矿泉水和零食。一旁的纸牌子上明码标价：水五十块一瓶，零食五十块一袋。

"你这个也太贵了吧，我可以举报你的。"面对无良商家，白筱心愤愤不平。

"那你别买，在公园爬个山还要在半山腰买补给。"

小贩不屑地看看白筱心，白筱心本来还想跟小商贩理论，没想到林森禾已经掏出手机扫二维码。

"我全买了，别废话，赶紧走。"

小商贩看看自己手机上的两千元到账提醒，拿起马扎瞬间跑得无影无踪。白筱心一脸着急："你……你把钱给我，我能爬两个来回。"

林森禾没有理会白筱心的抱怨，把面包包装袋撕开，塞进白筱心嘴里，然后拧开水瓶盖，递给白筱心。

"有交易记录作为证据，玩吗可以到公园管理处举报，这种无良商贩就不能在这儿坑人了。"林森禾说得稀松平常，白筱心顿时反应过来，对林森禾一脸崇拜。姜不愧是老的辣，蒜，她还有点年轻。

白筱心喝着林森禾递给自己的水，身体慢慢恢复一些能量，长舒一口气："我好点了，我们走吧。"

白筱心走在前面，却发现林森禾还没跟上，一转头，看到林森禾吃力地背起泡沫箱。

林森禾尴尬地笑着："这个正好等下钓鱼的时候可以用。"

"什么？还要钓鱼？"

9. 刀疤上门

大太阳底下，白筱心坐在湖边椅子上，拖着腮举着鱼竿，一副生无可恋的样子。

白筱心盯着在湖面上漂浮不定的浮漂，眼睛已经被太阳晒得睁不开，眼前的事物似乎有了重影。

谁能告诉我，我是谁……我在哪儿……我钓鱼……还是鱼钓我……

“白筱心，你的鱼食都要被吃完了。”一旁的林森禾忍不住提醒。

“没事，就当我喂鱼了吧。”

“你别这么懒散地坐着，钓鱼也要聚气凝神，才能让鱼上钩。”

“林总，您别管我了，我这是佛系钓鱼，姜太公大法，愿者上钩。”

林森禾看着白筱心一副生无可恋的样子，终于忍住了不再说她。她郁闷地靠在躺椅上，好不容易休息一天结果还是这样，内心不断吐槽林森禾简直是奇葩魔王的同时，眼皮却被太阳晒得越来越沉重，慢慢地睡了过去。

不知时光过了多久，白筱心正睡得香甜，耳朵边突然响起水声，她慢慢地睁开眼睛，水面上波光粼粼，但自己一点都没觉得晒，好像处在一片阴影下。

白筱心抬起头，一只宽大的手掌遮挡住了视线，她透过手指间的缝隙，看到一个挺直身板的男人，一只手拿着鱼竿，正聚精会神地盯着湖面，另一只手伸到自己的额头上，就这么一动不动地为自己撑起了一把人工遮阳伞。

那手掌外的天空，似乎被晕染出五彩斑斓的光圈，勾勒出男人棱角分明的轮廓，浑身散发着明媚的光泽。

那一瞬间，白筱心盯着林森禾的侧脸，心跳也不由自主地扑通扑通加速跳动。林森禾则目不转睛地盯着湖面，满头大汗。

突然，他意识到了什么，转过头来，跟白筱心目光接触，看到白筱心有异于平常无所谓的痴痴的眼神，瞬间被吸引了。

怦怦怦，明明没有鱼儿跃出水面，他的心底却有一阵鼓声响起。

有时候人的怦然心动，只因一次偶然的对视，于微弱的巧合中，迷恋上对方的笑容。

或许人这一生，会爱很多次，爱很多人，但能让你心脏骤停，忘记全世界的，往往只有一个。

此时，一声尖锐的报警声打断了两人那一瞬短暂却又仿佛长久的对视，白筱心猛然坐起，林森禾也装作什么都没发生的样子，看向别处。

白筱心拿出手机，发现是林森禾的心跳检测仪在报警，心跳值已经高达一百三十五次每分钟，吓得她赶紧关掉警报。

“鱼钓好了，我们回去吧。”水桶中的五六条鱼游来游去，扑腾出水花。

白筱心收起脸上的绯红，低头跟上他。

暮色西沉，白筱心家楼下，林森禾把钓到的几条鱼送给白筱心。

“这个也当是给你的生日礼物吧，寓意年年有余，蒸煮、红烧……你随意。”

“好，谢谢林总，那我就上去啦！”白筱心忍不住偷笑，从林森禾手中接过水桶，飞快地跑进公寓楼。林森禾看着白筱心的背影，也忍不住勾起嘴角。

林森禾开车离开，经过一条小巷，鬼使神差地往小巷里看了一眼，突然一张有着刀疤的脸从他眼前一闪而过。他猛地停车，倒车回去查看，却发现小巷里空无一人，他掏出手机，立即打电话给黑风。

“黑风，你在哪儿？”

“老大，放心吧，我在白筱心家门外守着呢。”

“好，辛苦你了。”林森禾松了一口气，估计是自己一时眼花看错了。

背后的敌人如果跟踪白筱心，无非是想拿捏林森禾，有黑风保护着她，她暂时不会受到太大的危险。

等林森禾离去，刚刚消失的刀疤男再次从黑暗中现身，他看着白筱心家楼下停着一辆黑色轿车，若有所思，绕过大路，向居民楼的背后走去。

楼上，白筱心提着装鱼的水桶，悄悄打开家门，却发现家里黑灯瞎火，姑姑已经躺在卧室里睡着了，这才松了一口气。

“幸好姑姑睡了，要不又该问东问西了。”

白筱心蹲下，看着水桶里欢快游着的几条鱼，从口袋里拿出白天剩下的面包，撕成小块扔进水桶，看着鱼争抢着吃了起来，不自觉露出甜蜜的笑容。

“哎，没想到林森禾还是有点本事的嘛！小鱼小鱼……这么活泼，吃了多可惜。”

白筱心想了想，站起来，把装鱼的水桶提进自己的房间。她放下水桶，把平时背的包包随手一扔，躺在床上，揉揉酸胀的肩膀，痛苦地呻吟。

“啊……运动过量了。”她的脑海中又闪过林森禾不顾辛苦替她挡阳光的一幕。

“林森禾不变态的样子还是好看的。啊……真是疯了……白筱心你正常一点！”

白筱心意识到自己的失常，摇摇脑袋，把手机调成静音，藏在枕头下面，钻进被子里：“明天我一定要睡个懒觉。”

此时，白筱心家的楼梯间外，楼道无灯，楼梯口的窗户突然被慢慢打开，刀疤男轻轻一跃，从窗户口跳下，走向白筱心家门口，掏出一把钥匙轻轻旋转。

而白筱心家楼下，黑风在远处的车里守着，注视着空无一人的巷口，眉头微微皱了起来，他可能被林森禾坑了，又一次弄丢了目标。

正如黑风所想，要不是林森禾的停顿和电话，导致刀疤有了警惕，也导致他一时分神，他就不会弄丢目标，后面的事可能也不会发生，至少会是另一个结局。

总之，刀疤男成功避开了林森禾和黑风，已经将魔爪伸向白筱心。

深夜的客厅一片寂静，突然一声轻响，白筱心家的门被悄悄地打开了，戴着口罩的刀疤男蹑手蹑脚地进入客厅，拿着光束集中的微弱手电筒，戴着黑色手套开始翻腾起来。不一会儿，客厅被翻得乱七八糟，刀疤男一无所获，顿了一下，无声地走向白筱心的房间。

刀疤男进入白筱心的房间，悄悄蹲在她的床头柜前翻腾东西，结果突然踢到了水桶，发出声响。白筱心睡梦中一个翻身，突然脸面对着他的方向，他紧紧盯着白筱心，握紧从袖口中抽出的刀子，如果她突然醒过来的话……

白筱心却依旧发出迷糊声：“姑姑……别闹……嗯嗯……”

刀疤男正扬起刀子做出反应，却发现白筱心转身换了一个姿势继续睡去，发出均匀的鼾声。刀疤男咬牙切齿地收回刀，在黑暗中继续快速翻过各个角落，直到翻到书柜上，白筱心和家人最后拍下的那一张照片，他的目光在上面停留片刻，把照片放在了一边。

一无所获的刀疤男最终将目光锁定白筱心的背包，翻出了白筱心书包里的U盘。他装起U盘后，又小心翼翼地离开了白筱心的房间。屋内恢复了安静，白筱心依然在沉睡，甚至陷入一个梦魇里。

睡梦里，三岁不到的白筱心光着小脚丫，跟着白真真在三明岛的小礼堂里转圈圈。

看不清面容的白父一把抱起白筱心，宣布要将女儿培养成白家第二个舞蹈家，在白真真各种挣扎抱怨声中，他将白筱心托付给白真真。

白筱心歪着脑袋，同样看不清面容的白母挺着微微显怀的肚子，见兄妹两人打闹，在一旁笑得合不拢嘴。

“志宏，那群强拆的家伙又来了！”

远处有人声响起，白父白志宏交代白真真，让她把白筱心抱走，并让白母暂时不要回家，匆匆朝外走去。白母似乎知晓白志宏的担忧，也跟着白父。

白筱心望着他们的背影慢慢消失在光芒之中，那一幕竟成了她和父母的最后一面。

第八章

心动，就是这样一种化学反应，你无法抗拒，更无法伪装。

1. 要不你就睡一晚吧

林森禾把车停在家门前，想了想，不放心地拿出手机，拨打电话给白筱心。电话里传来冰冷机械的嘟嘟声，他的内心像突然悬起了一块巨大的石头。

他翻了翻通讯录，又拨电话给黑风，同样无人接听。

此时，白筱心家楼下。

黑风车里空无一人，车娄里的手机在响，显示“老大”。远处，黑风戴着帽子，插着口袋，走到小区楼的另一面去侦查。

黑风看了看四周，下意识地抬起头，发现侧面楼道三楼的窗户半敞开着。黑风眉头一紧，想了想，快速跑回正面单元楼门前，结果碰到了压低帽子出来的刀疤男。

两人相视一眼，几乎同时做出反应，刀疤男拔腿跑，黑风在后面追。刀疤男迅速隐入暗巷深处。另一边，林森禾再次拨打黑风的电话，无人接听，林森禾这下慌了。

“黑风不可能不接电话，难道出事了？”

林森禾启动车子，猛地一打方向盘，踩着油门返回去。

暗巷里，黑风速度极快，跑上前一把抓住刀疤男的肩膀，刀疤男顺势一歪，两人都是练家子，干脆利落地交起手来，却招招是擒拿的死手。

刀疤男被黑风反手掣肘，抬脚上前踹向黑风，黑风一个趔趄，刀疤男继续跑。

旁边路过一女子，刀疤男反手推向黑风，黑风接住惊吓的女子，将女子扶正，继续上前追赶。到了路的尽头，他再次追丢了刀疤男。

黑风不甘心地左右张望，顺着大路和商铺寻找刀疤男。

……

白筱心还在梦魇中，此时，她又回到白真真拉着她的手，在大海边替父母撒骨灰的伤心场景中，误以为被父母抛弃而在海边号啕大哭，丝毫不清楚现实中的自己刚刚差点真的见了阎王。

“白筱心！白筱心！开门！”

门外，突然响起了急促的门铃声和一个男人焦急的呼喊声。

白筱心在睡梦中皱起眉头，然后猛地坐起身来，仔细辨认声音的来源。

“林森禾？”白筱心慌慌张张地穿上拖鞋，却被黑暗中落在地上的杂物绊了一下。卧室外已经传来姑姑气恼的责怪声：“哎哟，大晚上的，叫什么魂啊……啊，筱心，筱心，快起来！”

卧室的门被姑姑打开，白筱心被屋外刺眼的光线晃到。白真真迷糊着眼，打开了灯。白真真和白筱心看到眼前的一切愣住了，屋子里已经被翻得乱七八糟。

“啊！怎么会这样？”

“白筱心，你还好吗？”

白筱心确认是林森禾的声音，飞快地绕过散落在地上的各种杂物，打开门。她看到满头大汗，一脸着急的林森禾正担心地看着她，竟一时忘记了要说什么。

“你怎么这么晚才开门？你怎么不接电话？你没事吧？”

“我没事，你怎么来了？”

林森禾抓着白筱心的肩膀上下查看，发现白筱心并无大碍，心中的大石也终于落下。他抬起头，就注意到白筱心家内的情形。

“怎么变成这个样子了？”

“筱心，快……快跟林总说说，到底怎么回事儿？”

“我也不知道怎么回事儿啊，我一觉醒来就这样了。”

“家里丢东西了吗？”

白筱心迷茫地看看四周，白真真也回屋看了一圈。

“我刚看了，什么值钱东西都没丢，就是家里被翻得乱七八糟。”

“先报警吧。”林森禾拨出报警电话。

半小时后，白筱心三人同一名警察坐在沙发上，一起做着笔录。

“你们没有丢东西，只是被翻乱了东西？”

“没有没有，值钱的东西一个都没少。”

“我刚刚检查过，好像也没丢什么东西。”

“警察同志，能帮我们查看一下这小区附近的监控记录吗？”

“这个我们一定会做的。你们明天来警察局备案做笔录吧。如果还有什么可疑情况出现，你们记得及时告诉我，这是我们派出所的电话。”

“谢谢啊，警察同志。”白真真果断地在手机存入电话。

警察站起身要离去，林森禾起身跟着他："警察同志，我想再跟你反映一个情况……"

白筱心看着林森禾，觉得好奇。白真真拉着白筱心的手宽慰："你没吓坏吧？我们这个锁也太不安全了，姑姑明天就去换电子密码锁。"

"嗯嗯。"

"哦？还有这种情况，你们报案了吗？"门厅处，警察听闻林森禾提到有人跟踪白筱心一事，一脸惊诧。

"嗯，但是我们一直没找到这个人。"

"我知道了，我会叫人严密监视的。"警察看了看房中的二人，冲林森禾点点头才离去。

警察走后，林森禾看了一眼白筱心，欲言又止，也准备离去："那你们也早点休息吧，我明天派人来换新锁。"

林森禾刚走到门口，就被白真真抢先一步挡住了："哎，等等！"

"林总，你看我家发生入室盗窃，实在是太恐怖了，你要不留下来陪陪我们？"

白真真转过身看着林森禾，装出一副可怜的样子。白筱心听到白真真的话，立刻慌张地拦住白真真："姑姑，你乱说什么。林总，我们没事了。"

"好。"白筱心听到林森禾如此爽快的回答，愣在原地，傻傻地看着林森禾。

"附近的监控都坏了，偷偷潜入你家的人还没有抓到，如果再出现什么意外就麻烦了。"

"是啊是啊，有个男人保护我们，我们能安心点啊。来来，你今天就睡这里。"白真真转身去收拾被弄得乱七八糟的沙发，但是突然顿住了，她看到桌子上的水杯，故意用腿一蹭，往沙发上一倒，沙发立刻湿了一半。白筱心将她一系列浮夸的举动看在眼里，心下了然，无奈地扶额。

"哎呀，我真是太笨手笨脚了，沙发不能睡了。筱心，你收拾下你的房间给林总睡吧。"白真真装出一副手足无措的样子。

"不用了，我在沙发上坐着就行。"

"那怎么行，我跟我姑姑睡，你去我的房间睡吧。"

"不行，不行，我习惯一个人睡，明天还要出差，不能被人打扰，我先睡了，晚安！"白真真动作十分敏捷，跑回自己房间，关上门，还快速把门锁上。

啧啧，真是亲姑姑啊，为了她的人生大事，啊呸，为了她的职业生涯，操碎了心。

白筱心回头望着同样尴尬的林森禾，面面相觑。

"要不……"

"要不你就睡一晚吧。"

白筱心一溜小跑着回到房间，林森禾正不知所措，电话响了起来，显示是黑风。

黑风简单交代了经过，林森禾告知他没事了，让他先撤退，一切明天再说。

林森禾挂了电话，看向亮着灯的屋内，犹豫片刻后，他走了进去。

2. 那年那月那个梦

林森禾进入白筱心的房间，看到白筱心已经收拾好房间，并在地上铺好了被褥，一脸真诚地盯着他："那个……林总，你想睡在哪里？"

林森禾看看白筱心粉色充满少女心的小床，吞了吞口水，心开始燥热起来，不由自主地移开目光，语气里还不忘带着傲娇："我睡床也不太方便吧？"

"好，打地铺也很舒服呢。"白筱心麻利地爬上床，裹好被子。一旁的林森禾不由得抽了抽嘴角。

其实，刚刚林森禾走进来的时候，白筱心的小心脏也已经跳动得如同擂鼓。毕竟她长这么大，还从来没有单独和男生在一个房间睡过觉。

此刻，白筱心将被子蒙在头上，只露出一双眼睛，却也不敢看向林森禾。

林森禾别扭地脱下自己的外套和鞋子，小心翼翼地背对着白筱心坐在地铺上，突然注意到了放在一旁的鱼桶。

"你怎么把鱼放这儿了？"

白筱心突然微微红了脸："我……我还没想好怎么吃，先养两天。"

林森禾点点头，僵硬地背对着白筱心躺下："睡吧。"

白筱心看着林森禾的背影，终于放心地躺下，关上了灯，却始终睡不着。

"林总。"

"嗯？"

"你不觉得这个场景好像似曾相识？"

"嗯，你之前好像也去砸过我家的门。"

白筱心忍不住露出笑容，但是怕林森禾发现，又赶紧收敛了。

"嗯。"

"当时是因为天太晚了，我才留你住的。"林森禾欲盖弥彰地解释道。

"我同意你住下，也是因为我姑姑害怕。"白筱心解释道。

两人各自沉默着，在黑暗中都为这些掩饰的理由默默笑了起来。

"晚安。"

"晚安。"

白筱心和林森禾闭上眼睛，终于安心睡去。

或许是命运的滚轮滚动，抑或是彗星再次来临前的错乱，总之，同屋的两个人当晚再次陷入沉埋心中的迷梦。

“哈哈，森禾，你被小朋友嫌弃了哟！”林恒拍着自家儿子的肩头，哈哈大笑，仿佛自家儿子被说丑是多么开心的事情。

雨汐捂着嘴，看着林森禾一脸怒气无处发泄的样子，也乐得前仰后合。

游清泽被夸后，原本还有些开心，可看到林森禾的表情，瞬间不知该如何是好，安慰他吗？他不需要吧！不安慰吗？可是他看起来很受伤，很可怜。

“哼，一个小屁孩说的话还能作数？尿布还没脱吧。”

林森禾攥紧拳头，朝着奔跑离去的小屁孩恶狠狠地说着，然后看到小屁孩因为跑得太急摔倒在地，竟有一些开心。

“好了，森禾，我们也去捡贝壳吧！清泽，快过来一起玩！”

雨汐摸了摸自家儿子的头，招呼着从没吃过亏的林森禾去捡贝壳，还不忘喊上一脸担忧的游清泽。

三明岛，一个处于深海的岛屿，是绝佳的旅游休闲胜地，尤其适合深潜，所以也是深潜爱好者林恒和雨汐的最爱，甚至因为雨汐的一句感慨，林恒做出了开发三明岛，将三明岛打造成旅游胜地的决定。

三明岛民风淳朴，入夜后，仍有不少当地的孩童光着脚丫在沙滩上跑来跑去，小一点的堆沙堡，大一点的就提一个小桶，挨个石头缝去寻找只有夜晚才能捕捉到的美味。

林森禾刚跟林恒置气打赌，要捡到十种不同的贝壳，否则就要承认林恒才是林家最帅的男人。

于是，脾气比牛还犟的林森禾不顾游清泽的劝阻，一个人跑到礁石嶙峋的险滩旁，费劲地攀上石壁，去寻找最后一种贝壳。

“呜呜呜，姑姑坏，姑姑坏，爸爸，妈妈……”

林森禾费尽九牛二虎之力，集齐了二十多种罕见的贝壳，高兴地准备返程，就听到有小孩子哭泣的声音传来，声音特别软糯，似乎是一个两三岁的小女孩。

“怎么有人放这么小的孩子来这么危险的地方？”林森禾仔细分辨了一下方向，发现竟然是在礁石后头。林森禾只得用力攀过礁石，然后看到一个两三岁的小女孩被塞在一个石缝中，正一把鼻涕一把泪地哭着。

“别哭了，你是哪家的小娃娃？怎么会在这里？”林森禾一边朝着小女孩爬去，一边安慰小女孩。

“呜呜呜，姑姑坏……姑姑骗人……”小女孩看到有人来，哭得更大声，似乎将林森禾当作一个可以告状的对象。

“好啦，好啦，你别哭了，你家在哪儿？我送你回家找姑姑还不成吗？”

林森禾被小女孩哭得心烦，又觉得不能放小女孩一个人在这里，只得投降。结果小女孩听到有人要把她交给那个恶魔姑姑，哭得更伤心了。要不是姑姑骗她这里有超级漂亮的贝壳，她怎么可能会夹到这个石缝里不能动弹？

林森禾费力地将小女孩从石缝中扯出来，然后替小女孩擦了擦脸。等到林森禾看清女孩子的面貌，直接将小女孩又塞了回去。

"怎么是这个丑死人的丫头？"这个女孩正是刚刚说他丑的家伙，貌似姓白？林森禾没有去纠结那个记不清的名字，只知道这个小屁孩很烦人，还污蔑过他，虽然清泽很帅，可他也不差啊，她凭什么说他丑？

于是，林森禾就这样堂而皇之地将话都说不清的白筱心又塞进石缝中，然后攀岩离去。

白筱心被塞回石缝后，反倒不哭了，整个人仰着小脸，噘着小嘴，看着林森禾的背影若有所思，或者说她根本还没明白发生了什么，一双小手撑在自己的脸上，有些不服气。

等到幽会结束的白真真回来找白筱心的时候，白筱心已经趴在石头上睡着了，眼见白筱心不再哭闹，一脸心虚的白真真赶紧趁着白筱心熟睡将其抱走，从小路离开礁石滩。

白真真离开后没多久，有些愧疚的林森禾又找了回来，等他攀在礁石上，用力擦了擦眼睛，看到被他遗漏的一枚贝壳卡在礁石中间，才确认那个讨人厌的小家伙已经被人抱走了。

海风一吹，白筱心从白真真怀中迷迷糊糊醒来，想起刚刚放弃他的小哥哥，鼓着小脸问白真真："姑姑，我很丑吗？怎么才能变漂亮？"

白真真一时间有些蒙，连连点头，等意识到白筱心问了什么的时候，白筱心已经"哇"的一声哭起来，她只得指天发誓会帮白筱心变美。

于是，刚刚两岁多一点的白筱心生平第一次对美丑计较了起来，长大后，她更是养成了不化妆不出门的习惯。

3. 白筱心是最大嫌疑人

月黑风高夜。

一间昏暗的房间内，一个男人把口罩摘了下来。一条很长的刀疤如同附骨虫一样贴在他的脸上，微弱的光芒映照在他的脸上，愈加显得狰狞可怕。

只见他摘下手套，把U盘扔在面前的桌子上。下一秒，巨大黑暗笼罩的房间里，伸出了一只有些苍老的手，把U盘拿起来把玩着。

"我没找到你要的东西，不过这个应该对你也有用。"

"怎么还没找到？"房间里传来一道低沉而沙哑的声音。

"你找了十多年都没找到，我怎么可能这么快找到。"刀疤男似乎对雇主的不满并不以为意。藏在黑暗中的人沉默片刻，挥挥手：“你下去吧。”

刀疤男转身径直离开。那人的手随后又缩回了黑暗中，微弱的光影中，一个烟圈吐了出来。

……

清晨，阳光透过窗帘洒进房间，照得人浑身暖洋洋的。

林森禾迷迷糊糊地睁开眼睛，发现自己面向白筱心的床头睡着。而白筱心的脸也面向他，不过她睡得很不老实，小半个身子伸到了床沿外，手顺着耷拉下来。

林森禾发现自己的手跟白筱心的手几乎碰到了一起，他不由自主地伸出食指，想去触碰白筱心的指尖。

在指尖轻轻碰上的一刹那，林森禾仿佛一瞬间通上电源的机器人，被激活了。

人间总是充满了奇迹，在某一个瞬间，可能是因为一个微笑，一个眼神，乃至一个指尖的触碰，你忽然对某人心动。

这完全是没有任何理由的事，然而在你大脑中的某一个区域，却忽然开始疯狂地释放神经递质，让血液中的多巴胺浓度在一瞬间超过了顶点，这种变化，让你的嗅觉开始对某一个人的气息变得敏感，让你的目光从此有了指向性。

心动就是这样一种化学反应，你无法抗拒，更无法伪装。

突然，手机铃声在一旁不合时宜地响了起来，林森禾还没来得及按掉，沉睡中的白筱心就被吓得一个激灵，直接翻身滚了下来，躺在林森禾的臂弯里。

“你醒了？”

白筱心清醒过来，见林森禾的脸和自己只有一厘米的距离，吓得急忙坐起身，脸色瞬间通红。

一大清早，她脑袋还没清醒，就面对了这么刺激的场面，很容易脑出血啊！

一旁的电话还在持续响着，似乎在宣告来电者要告知的事件真的很紧急。

“喂……”同样窘迫的林森禾别过头，清清嗓子接起电话，然而下一秒，他的表情突然变得严肃起来，“好，我知道了，我马上到公司。”

“怎么了？”白筱心看着林森禾板着脸，一时有些担心。

“三明岛项目被人举报说消防措施不过关，还有用地违建的情况，被相关部门叫停了。”

“什么！”

“我现在回公司，你今天就在家里待着吧。”林森禾快速穿好衣服。

“没事，我跟你一起去。”

十五分钟后，林森禾快步走进办公室，白筱心紧紧跟在他后面。众人看到他的休闲装有些惊讶，偷偷议论，严主管借机蹭到白筱心身边。

“林总这副打扮是受什么刺激了？还有项目怎么又停了？”

“我也不知道呀。”

白筱心一脸无奈，看着林森禾快步走进办公室，直觉里面有人，干脆转向茶水间。

林森禾来到办公室，发现游钟书、游清泽已经等在办公室。两人看到林森禾的着装，都愣了一下，但是迅速收起惊讶，汇报工作。

“怎么回事，项目为什么会突然叫停？”

“有人递了举报资料，其实这些问题可大可小，但好像有人从中作梗，拿着这些资料当确凿证据，让相关部门严查我们……今天，公司的股价已经跌停了。”游清泽把一份资料递给林森禾。

“三明岛项目延期，加上之前一些乱七八糟的舆论新闻，都让外界对我们的信任大打折扣，现在我们又遭举报，对林氏的打击可谓重大。”

林森禾看着资料沉默了。

“从现在收集到的信息看，举报资料的一些细节信息，应该来自我们内部，但是这些都是绝密信息，一般人不会接触到。”

“这些资料的备份，我只给过一个人。”

白筱心恰好在这时进入办公室，游清泽、游钟书和林森禾的目光全部集中在白筱心身上。

“我……我来送一下咖啡。”

“白助理应该是最频繁接触机密文件的吧？”游钟书看着她幽幽开口，意思已经很明显了，不过能接触这些绝密资料的，不是林家人就是游家人，说白了都是一家人，都不会泄露林氏的机密，除了这个一心想拿遣散费，且与林森禾不对付的白筱心。

白筱心满头雾水地看着面前的三个人，还没搞清楚游钟书在说什么。

“啊？”

“不可能是筱心，她懂什么。”游清泽第一个反对，毕竟白筱心过手的很多资料都是他偷偷帮着弄的，白筱心甚至不清楚那些资料是做什么用的。

“我们怀疑有人泄露了公司内部资料，让人利用诬陷举报。”林森禾见游清泽如此保护白筱心，心中竟稍稍有些不舒服，但还是本着公事公办的态度，将目前的情况简单做了说明。

“我？我没有啊。”白筱心一脸蒙。

林森禾突然想到昨晚白筱心家被翻得一片狼藉的情景，急忙提醒她：“这些资料的备份，我放在一个 U 盘里，你看看是不是被偷了？”

“啊——”

林氏集团总裁办集中办公区，所有人都因为三明岛再次被叫停纷纷忙碌着，没有人注意到一个看不清面孔的人从嘈杂的办公区经过，随手将 U 盘扔进了白筱心工位的笔筒里，然后快步离开。

此时，白筱心脸色煞白地走出来，林森禾和游钟书、游清泽一起跟了出来。白筱心几经翻找，终于发现了笔筒中的U盘。

“U盘没有丢，只是被我不小心放在笔筒里了。”

“如果U盘没丢过，那这个信息只有可能是从你手里流出去的。”游钟书的脸色似乎更加阴沉。

游钟书的推理是正常的逻辑，但以林森禾对她的了解，她是不可能做这种事情的。

林森禾皱紧眉头，环顾着集中办公区的每一个人。

能这么快把消息发布，不留痕迹地把U盘放回来，甚至想将他身边的白筱心也拖下水，难道公司走了一个游子墨，还有内鬼？

“U盘没丢，就说是我把消息泄露出去的，这也太荒谬了吧。”白筱心见林森禾没表态，忍不住为自己辩解。

“现在还没有确切证据，当务之急是先解决问题吧？”游清泽也及时站出来替白筱心打圆场。

游钟书饶有意味地盯着白筱心，手机提示音却响了起来。他拿起手机看了看，走到林森禾身边道：“森禾，股东们要紧急召开会议，我先去准备，你等下也尽快过来吧。”

游钟书见林森禾没有说话，看看白筱心，还是忍不住提醒林森禾：“现在是敏感时期，有嫌疑的人最好不要再留着了。”

“她是我的人，我自己会处理的。”林森禾微微皱了皱眉。

游钟书愣了一下，摇摇头离开。白筱心一时间心里五味杂陈。

4. 无常应该同阎王并肩

“林森禾，你知不知道咱们的股票现在跌到了多少？”

“之前的绯闻已经造成很不好的影响，你还变本加厉了。”

“实在不行，就换人嘛。”

林氏集团会议室，林森禾刚进去，各位股东就开始抱怨起来。

“换掉我很容易，你们一人一票就够，但是如果这个动荡阶段把我换掉，股票就能升上去吗？林氏发生重大变动，三明岛项目可就不是被调查这么简单了。谁想换人，现在投票吧。”

林森禾从容地坐到座位上。

“森禾，别冲动。”游清泽悄声劝慰，生怕林森禾一冲动真的惹恼了一众股东。

“大家不要意气用事，还是让森禾想想解决办法吧。”游钟书一如既往地站出来打圆场。

“这次的事情如果对公司股价有影响，你能负担得起吗？”吴总还是有些不服气。

“开岛之后，如果股票没有回升，我让出一半股权。”林森禾撂下一句狠话，立刻让所有人闭上了嘴，他冷哼一声，转头径直离开了会议室。

对付这些精明的商人，任你游刃有余也罢，低声下气也好，都是无用的，他们的眼里只认一个字：钱。资本家投入的每一分钱，背后都藏着鲜血淋漓的刀子。

外面的人只看到那些成功者获得的名利与荣耀，却不知道他们背后承担着成吨的压力与重担。他们一旦踏错一步，满盘皆输，一旦失败一次，从此出局，无人问枯骨。

“好了，今天就到这里吧。”游钟书叹了一口气，似乎在为林森禾的冲动惋惜。

此时，白筱心窝在茶水间里，一只手不断地搅拌温度计，想让温度快点冷下来，一只手捏着手机刷新闻，满屏都是林氏集团的头条：林氏集团近三月状况频出，三明岛项目大事件盘点。

前面两个同事交头接耳的声音刚好传到白筱心耳朵里。

“白筱心嫌疑最大，林总应该先把她辞掉。”

“林总对她也不错，真是知人知面不知心。”

“我看她应该改名叫白恶心。”

白筱心无法忍受两人的议论，猛地站起来，走到两人身边：“如果你们觉得是我做的，就麻烦拿出证据，阴阳怪气地嚼舌根，不怕舌头烂掉吗？”

两个同事见白筱心气势汹汹，立刻装无辜：“我们也没说什么呀，你是不是幻听了？”

“就是！”

“你们！”白筱心还想上前理论，身后林森禾出现了，一旁还站着愁容满面的游清泽。

“公司是让你们拿着工资来吵架的吗？”

白筱心一脸委屈，眼睛有些湿润。林森禾看向公司员工，厉声道：“资料外泄的事情确实给公司带来了不好的影响，但林氏从来都是按照规章办事，我不希望再听到任何没有根据的非议。另外，以后大家要做好核心资料的保密工作，杜绝出现类似情况。”

白筱心看着林森禾说完，丝毫没有停留的背影，深吸几口气，抬头不让眼泪掉下来，继续用茶匙戳着咖啡杯里的白糖。过了一会儿，林森禾装作不经意地来到茶水间，站在白筱心身边倒水。

“你哭了？”

“没有，你的咖啡，六十三度。”白筱心一脸倔强地将冷却过度的咖啡推给林森禾，转身要走。

“昨天你家被偷的时候我也在，一晚上我都躺在你旁边，你有时间动手吗？”林森禾一把抓住白筱心的胳膊，满脸无奈道。

白筱心被林森禾拉着手，瞬间有些脸红，林森禾也突然发现自己失态，松开手故作镇定。

“我有可能早就泄露了公司的资料，然后昨晚故意上演一出大戏，假装无辜。”白筱心依旧赌气，而林森禾看着她的模样忍俊不禁：“先不说你跟我在一个办公室，单说你现在这么努力描述作案手法，是想让我逮捕你吗？”

白筱心也忍不住笑了，叹了一口气，道：“我倒是无所谓，无非就是觉得冤枉……你怎么办，股东不会为难你吧？”

林森禾见白筱心担心自己，嘴角忍不住上扬：“当然会，不过就是几个老头子坐在一起骂骂人罢了，亏你们整天背地里叫我林阎王，对付他们，我还是轻而易举的。”

“你不要安慰我了。不管怎么样，我白无常这次绝对会在你身边帮你，不会给阎王大人拖后腿的。”白筱心抽抽鼻子，说出豪言壮志。

林森禾看着白筱心信誓旦旦的样子，有点怅然若失。

——如果你知道一切都是我连累你，还愿意继续留在我身边吗？

……

三明岛被举报违规的第二日，虽然一众股东被林森禾强力压制，但一整天林森禾的办公室犹如菜市场，各种大人物进进出出。随后，林森禾去几个政府部门协调调查的事宜，从中午出去后就没回来过。

大老板离开后，办公室内，白筱心自然免不了遭人轮番议论，她干脆直接戴上耳机，放开音乐，低头忙碌自己的工作。

面对闲言碎语的时候，最好的办法是充耳不闻。无论是你暗自痛苦，或者愤而反击，那无疑是给想要看笑话的人得逞的机会。

俗话说，将军有剑，不斩苍蝇，何必在无谓的人和事上浪费时间，在等待或者低沉的日子里，我们唯一能做的就是刻苦读书，谦卑做人。

不过，高调的白筱心目前只能做到前者。

入夜，空旷的办公室还有几个人在加班。白筱心对着电脑伸了一个懒腰，保存好文档，看看表已经十点了，肚子终于后知后觉地响起来，白筱心无奈地叹了一口气。

“唉，白筱心，你变了，你居然自愿饿着肚子为林森禾加班。”

白筱心拿出手机，查看外卖，突然想起林森禾下午给她留言，说忙完就不回公司了，那么他现在一个人在家，应该也没吃饭吧？

白筱心想着，犹豫片刻后，拿起桌上的文件，自言自语道："嗯，这份文件说不定他今晚能用到，我帮他送过去，再给他带点晚餐，完美！"

白筱心收拾东西后，离开了公司。

"自欺欺人。"角落里，黑风躲在暗处不屑地噘了噘嘴角，然后迅速从另一部电梯离开。

5. 说走就走

别墅的花园里，月光洒在泳池里，显得波光粼粼。

此时，林森禾正同游清泽坐在花园里喝着红酒聊天。不过，今夜的他们可没有往日赏月的闲情逸致，都略带愁容。

"森禾，你今天在股东大会上做的决定实在太冒险了，重启项目有很多不可控因素，如果没能按时开岛，那你的一半股权可就危险了。"一想起这个，游清泽似乎更为焦虑。

"这些问题解决起来，还算有头绪。我现在担心的是白筱心，我怕她一直在我身边，会有人对她下手。"

"什么？所以，你一整晚愁眉苦脸，是担心白筱心？"游清泽敏锐地抓住林森禾的重点，心中突然有些不舒坦，都这个时候了，林森禾竟然……

"呃……"别墅外，白筱心提着鸡汤走到花园附近，突然听到了游清泽和林森禾的交谈。

"今天发生这么大的事儿，你都没喊着辞退她，这一点都不像你……你还不承认你喜欢上了白筱心？"

白筱心的脚步猛然顿住，整个人仿佛被按住了暂停键，但耳朵仍旧竖起来，忍不住仔细往下听。

"咯，怎么可能啊，我觉得她还是一个刚毕业的小孩，净爱惹麻烦，不想追究罢了。"

白筱心听到林森禾满不在乎的语气，脸上的期待瞬间转为落寞。

——哼，你不喜欢就不喜欢，还嫌弃我爱惹麻烦？我哪里有你麻烦！

白筱心不满地嘟哝着，看看手中的餐盒，顿时觉得自作多情四个大字飘在头顶。她将餐盒和文件一起放在门口，随后愤然地转身离开。

"如果你真的不喜欢她的话，可以考虑给她调职或者休假一段时间，避开这段敏感时期，也是为她好。"游清泽叹气，林森禾如此木讷，他是真的不知道该不该开心。

"行了，你连着两天都没好好睡觉了，我走了，你赶紧休息吧。"游清泽拍拍林森禾的肩膀，假装毫不在意。

“嗯。”林森禾痛快地起身送他，打开门，两人都看到了放在地上的餐盒。游清泽拿起餐盒，发现是一碗鸡汤，摸着还有些温热。

“谁把鸡汤放这儿的？”

林森禾接过来餐盒，看着上面的便笺，一眼认出是白筱心的字迹，立马探出头去张望，哪还有那个傻姑娘的影子。

他刚刚说的那番话，该不会她都听到了吧？

林森禾下意识将手指咬进嘴里，心虚地琢磨着。游清泽见状，无奈地摇摇头：“你别想了，快回去喝你的‘心’灵鸡汤吧。”

不过，现在这碗鸡汤充满了白筱心的怨气，怕已经是“心”塞鸡汤了。

果然，白筱心家楼下，白筱心正心塞地发泄脾气，路边的小石子也跟着遭了殃。

她一想到林森禾那笃定自己不喜欢她的回答，气就不打一处来：“不喜欢就不喜欢，我要不是看你身边无人可用，才不会非要留下来！你赶紧给我遣散费，我还要去毕业旅行呢！”

她用力一脚踢飞小石头，不远处，两个巡逻的民警转过头来，她吓了一跳，笑了一下，赶紧跑进单元门。

原来，自那日他们家遭窃，林森禾报案后，负责的警察叔叔便安排人手在这附近巡逻了。

同时，更加担忧这件事的是正在对鸡汤皱眉的林森禾。

他一想到白筱心家中失窃的画面和白筱心害怕的神情，内心焦灼得仿佛被钩子紧紧勾住。

游清泽说得对，让她继续留在他身边，只会增加她的危险。

林森禾摸着便笺，看着字条上的笔迹，露出纠结的神色，然后慢慢地做出了一个决定。他掏出手机，拨打电话给总裁办的严主管。

“严主管，让小兰明天回公司上班，她要是再躲，你就让她辞职。她表现好的话，项目结束后，我放她去猫咪 TV 任副总经理。”

翌日，白筱心浑身上下散发着低气压，进入林森禾的办公室。

她正准备擦桌子，突然发现桌面光洁如新，桌上放着冒着热气的早餐，花瓶中插好了鲜花，她正在疑惑，就见林森禾和小兰一起进入办公室。

“小兰姐，你回来了？”白筱心有些发愣，不是说小兰姐请了长假吗？

“哦，我忘了告诉你，现在工作量大，昨晚我把小兰叫回来了。”

小兰在林森禾背后强颜欢笑：“嗨，筱心，辛苦了！”

“哦，没有没有。”白筱心有些反应不过来，工作量大也不至于折腾病人吧？林阎王真不愧是阎王。

小兰看着尴尬的气氛，识趣地退出办公室，拉上了门。

林森禾看着白筱心越来越不解的目光，最终还是下定决心道："白筱心，资料泄露的事情，总要给同事和股东们一个交代，现在大家都觉得你有嫌疑，所以你是想主动辞职，还是被我开除？"

"林总，这是什么意思，你昨天还说相信我？"白筱心愣了半天，又想了想被连夜叫回来的小兰，终于确定她没有听错。

"这不是相不相信你的事情，我相信你，但同事们难免会因为我对你的宽大处理产生很多奇怪的联想，对你说三道四。现在毕竟是敏感时期，这样吧，我可以给你十万遣散费，如果你还想提什么条件……"

白筱心忍不住打断他。

"不好意思，林总，我从来不在乎别人的说法，如果你觉得是我给你造成了麻烦，我去人事那儿办理离职就是了。"

此时，白筱心满眼的失望，下一秒她就要藏不住眼里的委屈了。她撂下话，赶在不争气的眼泪落下前，头也不回地走出林森禾的办公室。

林森禾泄了气，脱力地坐在办公座椅上，露出自责和不忍的表情。

天知道，从来做事不拖泥带水，更不夹带私人感情的他，此刻做出一个小小的人事决定，却花费了他很大的力气，让他非常犹豫。

终于，他拨通了黑风的电话："黑风，这段时间你加派保护白筱心的人手，千万不要松懈。"

"明白。"

白筱心身为行动派，离职的动作很快，更何况此时满腔闷气。

大河向东流，说走咱就走，谁还愿意赖着你？

白筱心迅速地收拾好两张办公桌上的私人物品，气呼呼地离开，周围同事都忍不住窃窃私语。

"这下实锤了？"

"我看未必，听说林总给了她十万遣散费，要是实锤……"

"什么遣散费，我看是为了摆平舆论的手段。"

"不管跟舆论有没有关系，现在让她走人，林总明显是不信任她，反正你们输了，给钱给钱，愿赌服输！"

6. 前途无望

"森禾，白筱心会不会因为觉得被你误解，从此一蹶不振？"游清泽有些后悔自己的提议。

"她年纪轻轻就背上泄露机密这种罪名，以后找工作就艰难了。"小兰摇头晃脑地补刀，分外可怜白筱心成为几方角逐的牺牲品。

“是啊，以后她的生活肯定不好过。”

“啧啧……太惨了！”

游清泽和小兰两人你一言我一语地盯着白筱心越来越远的身影，发表言论，转头时才发现林森禾正一脸怒气地瞪着他们。

“两个马后炮，不早说……唉，我怎么没想到这一层！”林森禾一脸郁闷地扶额。

他的目光投向楼下，寻找白筱心，可白筱心已不见踪影。他抬起手，打开手机上下载的招聘软件，翻开一则总助招聘信息，眉头越皱越紧。

“现在做个助理这么难吗？要求会看账写报告做 PPT 还要精通茶艺？还要速记和心算……哼，这什么破公司的老板，你怎么不招一个 AI 机器人呢？”

末了，他看到页面上闪烁的似乎是林氏集团的 logo，瞬间沉默了，又朝着其他家的招聘信息翻去，其他公司的招聘要求明显放宽一些，不过仍不轻松。

林森禾又看了几个应聘者的简历，哈佛大学毕业，投行工作经验……他越看表情越严肃。

“现在就业竞争居然这么激烈？”林森禾在办公室里来回踱步，有些懊悔。

“唉，其实只要熬过开岛日，找到背后下手的人，我跟白筱心的厄运也就结束了。可现在泄露商业机密的污点，白筱心要背一辈子了，都怪我一时冲动！”

林森禾懊悔地皱起眉头，思考片刻，他打开电脑，在电脑上认真地写下一行字：白筱心工作推荐信。

……

夜晚，白筱心搬着箱子慢吞吞地回家，突然感觉身后有几个人影闪过，白筱心再回头，却看不到一个人影。

白筱心再往前走两步，从车的后视镜里看到偷偷从树后探出头来的黑衣人，心中害怕，但是强装淡定，对着空气大声喊道。

“你……你们不要再跟着我了，再跟着我，我就报警了。”

没有人回应，白筱心继续试探：“我真报警了！”

依然没有人回应，白筱心颤抖地拿出手机，正想拨打 110，突然一只手盖住了她的手机。

“不要报警，你误会了……我是黑风。”

白筱心看着眼前一身运动装、头戴鸭舌帽的小女孩，一脸难以置信，直到看到黑风摘掉假发，露出原身。

黑风一声呼哨，十几个黑衣人从各个角落里钻出来，整齐站成一队，白筱心再次愣在原地。

“所以，林森禾认定了是我泄密，让你们来抓我的，对吗？”白筱心气鼓鼓地将箱子扔在地上，满脸委屈。

黑风连忙摆手，然后用简短的几句话解释了一下原因。他可太清楚眼前这姑奶奶有多戏精，多能胡搅蛮缠，生怕自己稍慢一秒，她都有可能报警告他猥亵。

“你是说，你们都是林森禾派来保护我的？”白筱心难以置信地指着黑风身后十几个黑衣保镖。

黑风有点幽怨地点点头：“林总说要加派人手……人实在太多了，你家门口又太小，挤不下了……不然也不会被你发现。”

“那他让我辞职，难道是担心我被别人针对？”

“这个林总没告诉过我。”

白筱心思考片刻，聪明如她，立刻想明白了前因后果，此刻，她心里升腾起一股温暖，看了看黑风的小马尾，重新露出笑容，摆摆手。

“你们走吧，我不会告诉林森禾你们暴露了的，大家都是同事，相互照应嘛。”

“多谢，但我们已经不是同事了。”黑风一向实话实说。

扎心！

白筱心听到这里，气愤地转身，想要找黑风理论，却发现身后已经空无一人，不得不点头赞叹。

“厉害！算我输了！”

……

昏暗的书房内，刀疤男站在书房门口，阴影处的那个人伸出手弹了弹雪茄，又深深吸了一口烟，吐出几个烟圈。

“林森禾开始警觉了，U 盘既然找不到，那就一次性解决了吧。”

“好。”

“你别留下马脚，我不希望二十年前的事再发生一次，林森禾不比老头子好糊弄。”

“放心，二十年前，老头子只是稍微怀疑而已，这一次，我会比二十年前做得更好，更加滴水不漏。”

阴影中的人抬抬手，刀疤男就离开了。

“一只小豹子，长大一样会吃人，是我太仁慈了。”阴影处的人扬起嘴角，而那张脸却始终看不清面容。

……

周末，白筱心终于不用再早起，美美地睡到自然醒。她吃过早餐后，一副宅女打扮，不修边幅地躺在客厅沙发上，反复刷着朋友圈，发现朋友圈被林氏的员工刷屏了。

众人纷纷晒图，是林总裁给日夜加班的员工派送家电和日用品，还有人配上浮夸的马屁文案：林总发福利，再累也值得！

白筱心不由得咋舌："我前脚刚走，公司就发福利庆祝，也太没人情味了吧。"

可她一想到林森禾派遣黑风和保镖暗中保护她，不由得心里一暖。唉，老大叔的世界真是难懂……他明明好像担心她，又巴不得她走得越远越好。

此时，门铃声突然响起，打破了她的思路。她打开门，就看到林森禾面无表情地站在门口。

"林总，您这是……"

"送礼。"

白筱心还没来得及惊讶，就见林森禾不由分说地推开她，走进了她家，身后一群黑衣人抱着一箱箱的家电鱼贯而入。不到一刻钟，她家摆满了新家具，而她原来旧的电冰箱、洗衣机、电视、电磁炉等等都被扔进了楼道里。

白筱心来不及阻止："你……你们等一下，这到底是送礼还是抢劫？"

7. 感人至深的推荐信

二十分钟后，家里终于消停了，只剩下林森禾和白筱心。

厨房设备已焕然一新，林森禾将电磁灶 放在灶台上，插上插座，电磁灶发出启动提示音。林森禾得意地看着白筱心：我安装好了。

白筱心的嘴角抽了抽："你就是把电源插好了而已。"

林森禾完全不理会白筱心的打击："总之，以后你就不要经常点外卖了，外卖不卫生，用电磁灶做饭省时又省力，我来给你示范一下。"

林森禾说着，去开冰箱门，冰箱内空无一物。白筱心也把头伸进空荡荡的冰箱，转头看着林森禾，假装疑惑。

"哎，冰箱里怎么没东西呢？哦，原来是林总把旧冰箱和里面的东西一起搬走了。"

林森禾嘴角抽抽："呵呵，我还是煮面给你吃吧。"

林森禾的手一顿，尴尬地关上冰箱门，看到了放在料理台上的挂面，拿起锅子和挂面，把火调到最大，水还没开，就把一把面条放了进去。

"哎，等一下。"

"怎么了？"

"没事，没事，你随意……上次那碗面条我是怎么吃下去的……"白筱心想起上次那碗冒着冷气的"冷面"轻声嘟囔。

突然之间，整个房子断电了。

"啊，什么情况？"房内一片黑暗，林森禾忍不住轻声叫了一声，然后后退一步，靠向料理台。

“小心！”黑暗中，白筱心一把搂住林森禾的腰，两人瞬间贴在一起。

“你别往后靠，电磁灶和锅还烫着呢。”

“哦……”林森禾用鼻音轻轻应了一声，因为身子贴得很近，彼此的心跳声都清晰可辨。

此时，厨房窗外的一缕月光照进来，映衬着女生搂着男生的剪影。

白筱心抬头，看到的是林森禾近在咫尺有些抖动的喉结，她紧张地咽了咽口水，轻轻松开林森禾的腰，抓住了他的手。

“跟我走，可能是新电器功率太大，跳闸了。”白筱心拉着林森禾一步步摸索向前。

客厅里，白筱心将三根香薰蜡烛点亮，在柔光的映衬下，一股浪漫气息扑面而来。

此时，白筱心的肚子不合时宜地响了起来。

“我们还是先吃点东西吧。”借着微弱的光亮，白筱心从厨房里端着锅出来，递给林森禾一双筷子，可当她望向锅里那一坨没有任何油水和青菜的白面时，顿时无从下手。

“吃呀。”

白筱心在林森禾的目光下只得屈从，皱着眉头夹了一口面。

“不好吃吗？”林森禾见白筱心吃面的表情不对，疑惑地上前给自己也夹了一筷子。白筱心没想到一瞬间跟林森禾如此近距离，猛地一吸，想把面吸进嘴里，可她居然跟林森禾吃到了一根面条。

两人的嘴巴距离一厘米时，四目相对，时间几乎停滞了。五秒之后，白筱心终于反应过来，急忙咬断了面条，但她已经满脸通红，还好周围光线昏暗，林森禾看不清她的窘迫。

“面好像有些硬。”

林森禾也尝试着打破此时尴尬的气氛，白筱心也点点头。

林森禾沉默片刻后，终于鼓起勇气道：“筱心。”

“啊？”

“其实我这次来，是有话想跟你说。”

白筱心看着严肃的林森禾，有些紧张地吞了吞口水：“你干吗突然这么正式？”

“我想告诉你，虽然我常常刁难你，但是慢慢相处下来，我发现你除了有些时候不靠谱、智商掉线、莽莽撞撞、画蛇添足以外，还是有很多闪光点的。”

白筱心红着脸紧张地听着，偷偷看向林森禾极其认真的脸。

“嗯。”

“所以，你不要因为我辞退你而一蹶不振。”

白筱心一时无语，明明他心里想着别人好，说话却要绕一百个弯，他果然是钢铁直男。

不过，白筱心和他接触久了，突然觉得钢铁直男其实挺好的，至少他们三观正，做事有自己的原则，从不随波逐流。虽然他们在和人的接触中，思维与情感的表达方式有些生硬，有些不解风情，但这种硬度也是经过千锤百炼后才有的。

不过，钢铁直男和大男子主义还是有本质区别的，那些不尊重女性的、装傻充愣的、以粗鲁言行夸大自己男性形象的，在她眼里只能叫“渣土邋糙男”。

“我觉得不能让你就这么离开。”林森禾突然憋出了一句话，让白筱心一愣。

“所以呢？”只见林森禾从口袋里拿出一张皱皱巴巴的纸，白筱心看到的一瞬间，心跳漏了一拍。

这是情书吗？难道他要告白？白筱心的心如同要沸腾的水，咕嘟咕嘟冒着泡。

此时，林森禾把纸转过来，白筱心首先看到的是一枚红色的公章，再仔细一看，发现抬头写着三个大字：推荐信。

白筱心一时间又好气又好笑，果然是自己想多了。

“有了这个，你找工作会容易很多，以后再也不用担心没钱吃饭了。”

林森禾清清嗓子念了起来：“喀，白筱心来我司工作两月有余，她为人忠厚老实，踏实能干，上进心强，有很好的沟通协调能力……”

“喀。”白筱心忍不住咳嗽了一声。

林森禾停下来，发现白筱心似乎不太满意，问道：“你觉得有什么问题吗？”

白筱心装作思考的样子，坐到沙发上，林森禾站在一旁，此时此刻，仿佛他才是助理。

“我总觉得有点平淡，又不够真诚，没有突出我的特点，你可以再补充点聪明伶俐这样好听的成语。”白筱心一时间也找到了当老板的感觉，点评着这封一般般的推荐文书。

“好的，我再回去改改？”

“嗯，不错，加油干。”白筱心满意地点点头，把纸递给林森禾。

“等等，现在到底谁是老板啊？”林森禾接过纸时终于感觉到一点异样。

“哈哈哈。”白筱心终于忍不住笑了起来。

“白筱心！”林森禾感到自己被捉弄了。

白筱心立马指着他威胁：“你不许生气，你要是吼我，我就吹蜡烛，给你讲鬼故事。”

林森禾瞬间不敢再出声，最终也忍不住笑了起来。

他真是被这个丫头拿捏得死死的。

“啪”的一声，客厅的灯突然亮了，林森禾和白筱心在明亮的灯光下突然不自然起来，门外传来黑风的声音。

“林总，我把电闸合上了，外面一切安全，不用担心。”

黑风还真是尽职尽责的电灯泡，不对，是尽职尽责的保镖啊。

林森禾颇有些郁闷：“时间不早了，我要回去了，黑风在这里很安全，应该不会有莫名其妙的人再来找你的麻烦。”

“好。”白筱心不舍地将林森禾送到门口，关上门后又赶紧盯上猫眼，直到他消失在楼梯口，才叹了一口气。

她在期待什么呢？人家明明说了不喜欢自己。白筱心，你一定是被虐出斯德哥尔摩综合征了！

白筱心晃晃脑袋，强迫自己清除脑海里乱七八糟的想法。

8. 距离开岛七十二小时

深夜，白筱心躺在床上，翻着跟林森禾的聊天记录，这才意识到自己跟林森禾在一起这么久，说的话简直少得可怜，大多只是汇报工作。

她裹了裹被子，内心似乎更冰冷了。

“唉，我有十万遣散费，还有林森禾的介绍信，有什么好不开心的，自由的人生等着我呢。”

她在床上一转身，忽然看到林森禾躺在地铺上看着自己……

白筱心愣了一下，再看过去，发现什么都没有。白筱心一脸惆怅地盯着林森禾睡过的地方，渐渐沉睡了过去，再次梦到那个纠缠她已久的奇怪梦境。

海底的白筱心突然耳朵嗡鸣，惊慌失措下，她面罩脱落，视线模糊，咕噜噜吐出气泡。

白筱心被那个人戴上了面罩，然后托她上去，这一次，海底那迷幻的虚影与光斑渐渐散去，男人的脸庞慢慢清晰，那可不就是林森禾？

……

躺在卧室的林森禾一如既往没有睡着，他忧虑地看着开岛日期上画着的红圈，距离开岛还有三天。

“那一天又要来了。”

“小兰，将三明岛四年前开工日起所有的项目规划、建筑和消防设施的资料整理好，以及相关部门审核批示的每一份文件都找出来。”

一大早，游清泽就坐镇总裁办，开始处理三明岛的有关事宜，一条一条命令发出，有条不紊，丝毫看不出他是因为事故临时接手。

此时，林森禾走了进来，游清泽抬头：“森禾，你上午去哪儿了？单总刚走，你们没碰上吧？”

“没，上午我去了一趟旅游局，和领导汇报了一些情况。今天，他们就会派专门调查组就各项指标和安全隐患二次审查，通过后会正式发通告文件。”林森禾回复道。

“那就好，只要那边不故意卡我们，到时候谣言不攻自破。”

“我现在担心的是时间问题。”不同于游清泽的开朗，林森禾忧郁地皱起眉头。

“放心吧，林总，我们一定会全员开动的。”小兰也在一旁加油打气。

林森禾点点头：“嗯。”

当天，林氏集团对外公屏上赫然出现一行字：距离开岛七十二小时，后面是三明岛的相关宣传片，甚至还有旅游局调查组的现场直播。

林氏集团此举，让它再次成为焦点，各大小平台争相报道，就连先前一边倒的风向，在林氏集团公关部的操作下也有所好转。

随着旅游局的检查逐步进行，林氏的股票不但没有跌停，反倒有了回弹。

林氏大厦D座，躲在股东会休息室，随时准备去找林森禾晦气的几个老总看着股票页面，差点咬碎了满口大牙。

“老刘，林小子的一半股份不好拿啊！”

“老单，你别以为我不知道，这里面最想要那一半股份的是你。”

“你这人怎么又火了？我是在帮你。”

林氏集团公屏：距离开岛六十二小时。

林氏集团前后四栋大楼，仍然灯火通明，尤其是总裁办所在的A座大厦，全员加班。

一摞又一摞的资料被搬进会议室，一群人在分类、记录，小兰有条不紊地指挥着。林森禾和游清泽坐在沙发和茶几前看各类资料，小兰不停地进进出出递资料。

见林森禾躺在沙发上睡着了，游清泽脱下外套，轻轻地走过去，抽过他手里的文件，想将衣服盖上去。

“呃，我吵醒你了。”游清泽看着微睁眼的林森禾，一脸抱歉。

“我睡着了啊。”

“没事，需要复审的文件赶早上十点前都发送过去了，你休息一会儿吧。”

林森禾坐起身来，揉了揉惺忪的睡眼，摇了摇头。

“不行，还有不到三天就开岛了，除了应对审查，我们还有很多事情没落实，我去冲杯咖啡。”

游清泽也不再劝阻，任由林森禾走出去。

林森禾刚推开门，就看见办公区有些人趴在办公桌上小睡，有些人躺在凳子上休息，更多的人晃晃脖子，在顶着困意埋头工作，以及头碰头交流工作。

“虽然公司遭遇了困难，但反而激发了团队人的凝聚力和战斗力，也未尝不是一件好事。”游清泽伸长脖子，看到了这一幕，由衷地感慨。

林森禾莞尔一笑，忍不住有些感动。

不同于林氏集团不分白天黑夜的忙碌，赋闲在家的白筱心接连被梦境困扰，睡了醒，醒了睡，甚至分不清白天黑夜。直到傍晚时分，她才没了困意，饿得爬起来找饭吃。

白真真最近出差频繁，且一走就是好几天，没有厨娘的白筱心只得在家中下方便面凑合，脑海中还在不断回想那个神奇的梦。

“奇怪，我这个反复出现的梦境里，为什么会出现他的脸呢？”

白筱心想得入神，没注意翻腾的泡面，差点溢出锅，被热气一刺激，立马清醒了过来。她赶紧将火关了，倒泡面入碗里，又放入一根香肠，撕开一袋泡椒凤爪倒了进去。

“哇，好香！”

白筱心迫不及待呼噜噜地吃起面来。她听到电话铃声响起，扭头一看是丹丹，不舍地抽出一只手，接通电话夹在耳朵上，一边吃一边往卧室走。

“筱心，你刚在朋友圈发的东西是什么意思啊？你被阎王开除了？到底什么情况啊？”

丹丹的质问像连珠炮一样袭来，白筱心一副早知如此的样子，隔空翻了一个白眼。

“唉，别提了，说出来都是泪。唯一让人好受点的就是我拿了十万块遣散费。”

“十万！天哪，你是激动得流泪吧？那你可以实现去马尔代夫旅行的梦想了啊！”

“你说得对。”

“唉，羡慕嫉妒恨！要不我请假陪你，你出钱，我们一起去马尔代夫耍一圈如何？呃，主管……先挂了啊，回聊。”

白筱心笑着挂了电话，又吃了一口面。她坐在电脑桌前，打开旅行社的网页：马尔代夫浪漫自由行 25800 元。

她正看着，一个广告弹了出来：最美爱情岛——三明岛。

白筱心眼神一亮，忍不住点进去，大大的标题及宣传配图跳了出来：亚洲最大潜水胜地即将开放，3888 一日游，上下岛包接送包海景套房及各类海岛娱乐项目。

白筱心扭曲着眉毛，开始无限畅想。

“反正都是海岛度假嘛，三明岛离得近，不用坐长时间的飞机。最重要的是，看在前助理的面子上，总裁是不是怎么得给我升级一套无边泳池海景房啊？”

白筱心放下方便面碗，搓了搓手，敲着键盘输入报名资料。

第九章

你可以践踏我的尊严，但绝不可以侮辱我的美貌！

1. 又是 9 月 25 日

9 月 25 日，在林森禾的记忆中，这是一个充满了魔幻的日子。二十年前的这个日子，林森禾热爱深潜的父母第一次登陆三明岛，也是他悲伤故事的开始。

他不是没想过将开岛日变更一下，奈何三明岛项目几次叫停，各种宣传也早在半年前开始，股东们这回也一致决定不能延期开岛。

几经波折，林森禾最终力排众议，将三明岛开岛仪式从晚上十点改到上午十点，并执意取消了夜潜计划，只希望这一次他的人生能够绕开上次的坎，得到不同的结局。

林氏的股票已经回弹到正常状态，并有继续上升的趋势，林森禾也保住了许诺的一半股权。

历经各种波折后，林氏集团的三明岛开岛仪式在加强时尚年轻化的同时，将林氏一如既往的风格——“壕气冲天”贯彻得更加彻底，发扬得更加光大。

海边派对，不同于一般海岛开幕的嫩模、比基尼套路，各路明星、交际花、新晋网红、极具影响力的各界艺人，甚至相关各级领导，都在 9 月 25 日当天，在最美爱情岛——三明岛上齐聚一堂。

开岛日当天，众人坐在台前的几排椅子上，等待三明岛的开岛仪式，林森禾和游钟书扶着林之杨缓缓坐下。

“爷爷，你在这里先坐吧。”

“你准备上台吧，我陪着林总。”一旁的游钟书示意林森禾忙他的去，毕竟他才是今天的主角。

林森禾朝着游钟书点点头，走向候场区正在跟主持人沟通的游清泽。

“你准备好了吗？第一个环节就是你上台发言哦。”游清泽看着今天气宇轩昂的林森禾，笑得十分温柔。

“嗯。”林森禾却依旧面无表情，手却忍不住一直摆弄他的领结。

“你紧张了？”游清泽笑了，这么多年，似乎只有他能通过林森禾的面部微表情和一些习惯性小动作，判断出林森禾真正的情绪。

“咯，没有。”林森禾有些尴尬。

游清泽笑了笑，不打算揭穿他，上前帮他整理好歪着的领结，并试图缓解他的紧张感：“都到这一步了，瓜熟蒂落，水到渠成，你还有什么可担心的？”

“今天，爷爷也在现场，还有很多领导和贵宾，现场的安保都升级了吗？”

游清泽其实并不清楚，林森禾紧张的可不是区区一个开岛仪式，他心中有事，不到最后一刻，他还是放心不下。

“你呀，从昨天开始，隔半个小时问一次，你就放心吧！”游清泽假装嫌弃地望着啰唆的林森禾，林森禾只好笑笑作罢。

“三明岛开岛仪式现在开始，首先有请林氏集团总裁林森禾上台……”林森禾系好了纽扣，在万众瞩目下走上台，然后清清嗓子，开始了他的致辞。

“提起海岛，大家都能说出国外的塞班岛、马尔代夫、巴厘岛，而中国华沙拥有最美的海岸线，却一直未有名誉全球的海岛胜地。”

“二十年前，一位野心勃勃的年轻人买下了三明岛这块土地，希望能将这座景色怡人的海岛开发成世界级岛屿，他就是林氏集团的上任总裁林恒。”

台下，爷爷笑眯眯地看着孙子，一旁的游钟书脸上也扬着一丝笑容。

随着开岛仪式启动，三明岛首批游客乘着专属游轮，正式停靠三明岛游船码头。白筱心戴着墨镜、太阳帽，同诸多游客一起，跟着导游一同走出来。

“各位旅行团的游客，现在我们已经到达三明岛码头，请跟在我的身后……”

不同于施工期到处是脚架遮挡，此时此刻的三明岛配上浪漫系列的各项配置，以及遍地的欢快气氛，似乎重新焕发出勃勃生机。

白筱心背着包包，看着熟悉又陌生的岛屿，在心中默默感叹：“三明岛，时隔多年，我又来了！爸爸妈妈，你们还好吗？”

另一边，三明岛海边派对现场，林森禾还在继续激动人心的致辞。

“三明岛历经林氏二十年的努力，三次中途搁浅，终于在四年前正式动工。林氏及合作伙伴投资三十亿倾力开发三明岛，在岛上构建了全亚洲最大的潜水及娱乐基地，以及五星级酒店、会所、别墅等配套设施。”

“在此，我要感谢政府部门的大力支持，以及所有林氏人的不懈努力，是你们的付出才让三明岛得以顺利面世。未来，它将成为南海领域一颗璀璨的明珠，成为中国国际化海岛旅游的新地标！感谢大家！”

众人纷纷鼓掌。

“接下来有请各位嘉宾登台，开始剪彩仪式。”

守在一旁的游清泽适时地邀请一两名政府官员上台，游钟书也扶着林之杨从另一侧走上台去。

几人拉起红色丝带，在众人的掌声中共同剪彩，舞台两侧放出白日烟花庆祝。

此时，三明岛潜水码头，大大的招牌前，刚刚登岛的游客在排队买票，人山人海。

游清泽带着众领导和股东们参观岛屿。林森禾一个人扶着栏杆眺望，他看着不断登岛的游客，心里不知在想些什么，直到游清泽走到他身边。

“我记得剪彩仪式后还有一项潜水直播观摩，你怎么取消了？”

“嗯，我让人取消的，太麻烦了。”林森禾明显心不在焉。

“当初不是你坚持既然我们打造潜水胜地，这一环节必不可少吗？”

“呵呵，是吗？”林森禾脸上闪过一丝尴尬。

游清泽一直没理解林森禾关于潜水方面的临时决定。他不但力排众议取消了潜水直播，还规定蓝洞深潜项目在这一个月内都不对大众开放，只保留近海区域的浮潜项目。

但对林森禾来说，这件事他有充足的理由。虽然他搞明白了上一次潜水事故是针对他的一次谋杀，但那天蓝洞里出现的海浪漩涡，是无法抗拒的自然意外。目前他还不能确保其他游客下水不会再次发生类似的事情，那么暂时关闭蓝洞潜水项目，是最稳妥的做法。

林森禾正尴尬如何解释，却传来游钟书叫游清泽的声音，游清泽立刻应和一声。

“你快去吧，我往各处巡查一下。”林森禾见游清泽点头离去，终于放松下来。

“看来，只要我不下水，防患于未然，同样的悲剧就不会再发生。那么平行空间的轮回是不是能就此打破？”

林森禾望着晌午的太阳思索，随后随意地望向潜水区，却看到一个戴墨镜穿白色长裙的熟悉身影。

那女孩回眸，扬起嘴角，摘下墨镜，正对着潜水教练卖萌，这不是白筱心又是谁？

“白筱心！”水下事故的画面再次浮现在他的脑海中。

大太阳底下，林森禾耳朵中的嗡鸣声瞬间响起，他一时竟站不稳，觉得头晕目眩。

2. 放你下水算我输

三明岛海边潜水码头，白筱心正在和浑身是肌肉的潜水教练搭讪。

“哇，教练，你这身肌肉好赞，你每天都健身吗？”

“不是啊，我就天天潜水。”教练秀了秀股肱二头肌，很满意小女孩的夸赞。

“真棒！我不会潜水，等一下你一定要好好教教我哦。”白筱心笑得甜美，一副花痴样。

“这个嘛……”

教练话还没说完，白筱心就听见一个熟悉的声音在耳边响起，似乎含着愤怒：“白筱心，你在这里干吗？”

白筱心回头看见林森禾，意外之余，脸上竟露出一丝窃喜：“林森禾，好巧啊！三明岛开岛了，我来捧场啊，顺便体验一下潜水项目。”

林森禾立即无情地拒绝：“不可以！你现在立即离开这儿。”

“为什么呀？”白筱心一脸蒙，这人什么毛病？三番五次阻止她下水。

“没有为什么，你就是不可以潜水。”

“林总，你这个人怎么喜怒无常啊。我潜水花你钱了，挡你路了？我来消费给你提升人气，怎么就不行了？这个潜水俱乐部你家开的啊，哦，我忘了，还真是你家开的。”

白筱心都气糊涂了，而林森禾不由分说地拖着白筱心往外走：“你少废话，现在就乖乖回家去。”

白筱心又上演挂臂大招，死命用脚拖着地：“我不我不我就不！”

白筱心干脆用两脚钩住林森禾的两腿，坐在地上耍赖。林森禾无语，直接像抱孩子一般抱起了白筱心，直接将她带离潜水区。

“喂！你放我下来啊，这么多人看着呢！”白筱心羞红了脸。

“哼，你这个没心没肺的死小孩，你还知道丢人？”在众目睽睽下，林森禾将白筱心抱出去，丢给外面的一群安保人员。

“安排她下岛，不许她再上来。”

“是。”

白筱心被两个安保人员拽着，踢着脚放声大喊，一边喊还一边寻找游清泽的踪影。

“喂喂喂，凭什么呀！我还有没有人权了……林森禾，你这个霸道总裁演过头了吧！”

林森禾背对她，根本不理会她，拿出手机一边走一边骂：“人居然都跑到岛上来了，这个黑风到底是怎么办事的？”

林森禾看见手机里七八个黑风的未接来电，立刻回拨过去。

“老大，白筱心翻窗跑了，我们没拦住。”

黑风急切的声音响起，林森禾的牙齿咬得咯咯作响，愤怒的脸已然扭曲变形。

“一群蠢货，人在岛上呢，你们在岸边给我等着，带回去给我锁起来！”

“是。”

林森禾挂了电话，听见身后白筱心还在挣扎叫喊：“你林阎王了不起啊，我还是白无常呢！来啊，看看到底是谁更厉害，谁索谁的命！”

林森禾听得眼睛一眨，头都不敢回，快速离去。

“你给我回来！”白筱心尖利而拖着长尾的声音飘荡在海岛的空中。

三明岛海边潜水码头，严主管带着一批穿着统一潜水制服的工作人员和潜水教练走过来，恭敬地向林总汇报。

“林总，这些是三明岛上负责潜水的服务人员和潜水教练。”

林森禾认真地扫视每一张脸，没有那个刀疤男。看来这一次因为他计划的改变，导致刀疤男躲起来了。

“这些是所有工作人员了吗？”

“对，除了码头边的安保员、指引员以及检票员，潜水区的员工都在这里了。”

“好，我知道了。各位一定要打起十二分精神，实施好潜水区的安全措施，确保每一位潜水者的人身安全，若出了任何事故，我决不轻饶。”

“是。”众人齐声应和。

待众人都离去，林森禾脑海里再次回忆起那日刀疤男给他和白筱心的潜水服系上安全带的情形。

“我倒要看看这一次，你还能有什么花样。”

林森禾盯着排队的游客若有所思，突然，一个裹着泰国风半身裙、花头巾遮住头的女人引起了他的注意。

“小姐？”林森禾拍拍那女人的肩膀。

那女人刻意转过头去，林森禾觉得不太对劲，一把抓掉她的头巾，一张化着泰国妆，像一个鬼似的人出现在他眼前，赫然是白筱心。

只见她一脸镇定，双手并拢，学得有模有样：“Kun，萨瓦迪卡，瓦特泽泼卜愣，哎？”（泰式英语，what's the problem？）

林森禾心塞，长舒一口气：“别演了，白筱心，你就算化成鬼，我林阎王也认得出你。”

白筱心的笑脸立即耷拉下来，拔腿就跑。林森禾没料到这家伙的反应竟然比兔子还快，立即追上去。

林森禾穿着皮鞋和紧身西裤，在沙地上跑得艰难，白筱心回头看见后，一边跑一边嘲笑：“哈哈哈，你追不上我吧，啦啦啦啦……”

笑声未落，白筱心脚下一个趔趄，狗吃屎般栽过去。

林森禾看到这番情景，愣了一下，停住脚步，只见跪着的白筱心回过头，满脸沙子，嘴巴里也喷出来沙子。

“噗，啊啊啊！”

“哈哈哈。”林森禾忍不住被逗笑了，笑完之后愣愣地看着白筱心咧着嘴的样子，觉得有些眼熟，却又记不起在哪里见过这副模样的白筱心。

白筱心看着林森禾幸灾乐祸的样子，突然觉得委屈，噘着嘴呜呜地哭出来。

“你……你哭什么啊，又不是我摔的你。”林森禾立即傻眼。

白筱心哭得更伤心了，直接一屁股坐在沙滩上，蹬着两腿要赖：“林森禾，我上辈子是欠了你一条命吗？你总欺负我，呜呜呜，明明就不是我泄的密，为什么要遣散我？呜呜呜，明明我就想潜个水而已，你为什么不让？”

白筱心坐在地上哭天喊地，路过的一对牵着七八岁孩子，拿着游泳圈的夫妻看不下去了。

“这家长，孩子不就是想潜个水吗，这都不同意。”

“就是，一看就是抠抠搜搜的。”

白筱心继续噘着嘴呜呜哭泣，林森禾头上的阴霾已经遍布全脸。

“好了，好了，你别哭了，你这样，除了潜水项目，在这个海岛上你想玩什么都可以。”

白筱心立马换作小声抽泣：“你说真的？”

“真的，我全程陪着你。”

“行，那我们走吧。”

白筱心立马停止哭泣，起身拍了拍裙子上的沙子，擦擦鼻涕，换上笑脸。一旁的林森禾被她这无缝切换的演技惊呆了。

“你……你刚刚又在骗我？”

白筱心见林森禾惊诧的样子，笑得在沙滩上捧着肚子打滚。

“哈哈哈……大叔，你怎么还能上当呢？笨死了！”

林森禾气得说不出话，转头就走，白筱心立即抱住林森禾的一只大腿，然后被拖在地上滑行。

“欧巴，米亚乃！”

林森禾看见自己的裤腿被拖着，一副甩不掉的样子，此刻只想把她的脑袋插在火箭筒上，直接发射到外太空去。

这个世界上怎么会有白筱心这种谜之生物？她上辈子一定是一个外星人。

3. 我们被困孤岛了

“哦！啊！奥利给！”

此时，这只嘴里咕哝着林森禾完全听不懂的语言的外星生物，正激动地站在游艇的船头，随着船身的起伏扭动着身躯，挥舞着双手，开心得像一个两百斤的傻瓜。

正在开船的林森禾似乎也受到了鼓舞，脚下的油门不禁加大了几分，滑翔在海面上的游艇溅起一朵朵浪花。

不一会儿，他们眼前出现一座秀美的袖珍小岛，风景秀丽，岛上矗立着一棵参天古树，像一把巨大的绿绒伞，绵延地生长进云朵里。

林森禾将船熄了火，慢慢准备靠岸。

“哇，这里景色好美啊！这是哪座岛屿啊？”

“这是三明岛的附属岛屿，岛上长着千年古树，还有珍稀鸟类及上百种名贵植物，需要被好好保护，所以没有开发。”

“哦。”

林森禾拿起脚边大大的竹斗笠，给白筱心戴上。

白筱心嫌弃地看了一眼：“这也太丑了吧！不要不要！”说罢，她拉出背包上挂着的自拍杆，摆着姿势拍起来。

“哼，那你可别后悔。”林森禾嘴角藏着一丝不易察觉的奸笑。

白筱心不明所以，自顾自地继续拍照，刚摆好一个卖萌的动作，突然一坨白色浆液掉落在手机屏幕上，她一抬头，又一坨滴在了脑门上，啪啪，又两坨掉在了衣服上。

“啊！什么东西啊？”

“鸟屎，哈哈哈。”林森禾忍不住狂笑，像一个幼稚鬼。

千年古树的周围，一群鸟叽叽喳喳地在他们头顶盘旋，白筱心仰着脑袋一动不敢动：“快快快，给我一张纸巾，它要流下来了。”

林森禾笑着从口袋里掏出一张纸巾，替白筱心擦脸。

“让你不听话，现在美了吧？”

“大叔，你的心理年龄只有十二岁，不能再多了。”白筱心没好气地瞪着林森禾。

白筱心鼓着腮帮子，林森禾捧着白筱心的额头擦干净，努力憋着笑。

突然，快艇滑行到岸边，被迫搁浅，船身猛地一晃，林森禾的脸顺势低了下去，嘴唇亲上白筱心的脸颊。

白筱心蒙在原地，却还是因为船身的晃悠脚下不稳，下意识抓住了林森禾的胳膊。等船不再摇晃，两人终于站稳了，却都尴尬得不知将手放在哪里。白筱心赶紧松开抓住林森禾的手，林森禾则摘下自己头上的帽子，反手给白筱心戴上，上前拉起船锚扔进浅水滩里。

“靠岸了，下来吧。”白筱心紧张地低下头，整理了一下衣服，红着脸走了过来。

岸边没有码头，需要跳入浅海里，林森禾挽着裤腿先行跳了下去，然后一只手霸气地将白筱心抱起来，一只手捡起船绳，蹚过浅水滩，将白筱心整个人稳稳地放在沙滩上。

“等着。”林森禾将船绳绑在一根粗柱子上。

白筱心仔细打量着周边的环境，这一处有如月牙湾细长的浅滩，浅滩的一弯水在日光下呈现清透的水蓝色，白色的沙滩沙子细软，抬头望去远处是茂密的树林，再远处是起伏的山林。果然是一座未被开发的原始小岛。

白筱心正抬着头欣赏美景，回头就看见林森禾露出健硕而诱人的胸肌，瞬间羞红了脸。

“你……你脱衣服干吗？”

“你刚刚不是看潜水教练的肱二头肌看得高兴吗，怎么，八块腹肌的不喜欢啊？”

“变态大叔。”

林森禾见白筱心脸颊绯红，吐着舌头将脑袋别过去，忍不住低头笑了笑：“你的衣服脏了，一会儿洗洗，先穿我的吧。”说罢，他将衣服扔在白筱心的头上，转身朝海里走去。

白筱心这才拿起衣服叫道：“哎，你干吗去？”

“我给你捞海鲜。”

林森禾头也不回地走向大海边，从船上取下潜水镜和简单的呼吸器戴上，裤腰挂上一个捕鱼娄，一头扎进了水里。

白筱心只好找一个地方坐下来休息，看看四周无人，摸着林森禾还有余温的T恤，一股男性荷尔蒙的气息再度扑面而来，顿时脸炽热得犹如头顶的烈阳。

白筱心的心七上八下，犹豫了许久，她将自己沾了鸟屎的衬衣脱下来，换上他的T恤。随后，她到海边蹲下来，将自己衬衣脏的地方洗一洗。

阳光照射进湛蓝清透的海水里，浅水区有非常多的热带游鱼，斑斓多姿，游来游去。林森禾浮潜游去礁石边，拿出小榔头敲打礁石上一坨坨的生蚝壳、扇贝壳，抓进捕鱼兜里。

不一会儿，林森禾又浑身湿漉漉地拎着一筐扇贝、生蚝从水里钻了出来，仿佛一条美人鱼，迈着性感的步伐，向白筱心走来，再次迷幻了她的眼。

等白筱心回过神，林森禾已经回到她身边，擦了擦湿漉漉的头发。她掩饰内心的慌乱，将已经换好的T恤递回去。

“给你，我的衬衣洗好了。”她顺便用余光偷看了一眼林森禾的八块腹肌。

林森禾放下筐子，套上衣服，白筱心好奇地凑上脑袋：“你都捞了些什么呀？”

“鲍鱼，生蚝，各种扇贝，海鲜大餐。”林森禾坐下来，拿出小榔头敲碎，剥出一块生蚝肉来递给她。

白筱心瞬间瞪大了眼睛：“这生的怎么吃啊？”

她从小到大，生蚝只吃过蒜蓉粉丝味的，至少也得用清水煮一煮吧。

“就这么生吃啊，这可是完全无污染区的海洋生物，味道最鲜嫩了。餐厅里加工它，那都是因为速冻过了不新鲜。”白筱心见林森禾拿起另一半生蚝肉津津有味地吃起来，也试探着拿起一块，小心翼翼地尝试。

“怎么样？”

“嗯，人间美味！”难得林森禾不欺她。

林森禾看着白筱心满足地吃着生蚝，露出宠溺的微笑，心情如同海风吹着海面，荡漾起涟漪。

吃完海鲜大餐，林森禾开始帮白筱心拍照打卡，这似乎是大部分女孩外出游玩最重要的仪式，然而也是大部分男生最讨厌和最恐惧的仪式。

“你把我的腿拍得也太短了吧，还有脸都黑乎乎的。哎，你这拍照技术太烂了！”果不其然，白筱心看着照片表示极其不满意。

“这跟我的拍照技术有什么关系？明明是底板不行，你看你这身材比例不协调，腿短腰粗屁股圆，我能拍成这样已经很不错了，想变美靠后期P吧。”林森禾鼻孔出气，直接把手机扔回给白筱心。

——开玩笑，我林森禾可是资深摄影爱好者，现在居然被人diss拍照技术烂？哼，小心眼如我，果断地回嘴打击报复。

白筱心赶紧手忙脚乱地接住手机，一声大呵：“林森禾，你死定了！”只见白筱心张牙舞爪地扑上去，面目狰狞如鬼畜，吓得林森禾拔腿就跑。

她白筱心的做人底线是，你可以说我脸皮厚，但你不能说我长得丑！你可以践踏我的尊严，但绝不可以侮辱我的美貌！

“你个冰山砣子，你个死鱼眼，你个中年油腻老大叔！你长得才丑，你们全家都丑！我跟你拼了！”

天知道，白筱心对别人说她丑可是有着深深的执念，但她此时还不知道从她两岁起的万恶之源是眼前的林森禾。

林森禾往水里跑去，左右躲着，还故意伸脚将白筱心绊倒，笑到癫狂后又撒欢着跑开。

白筱心爬起来，下半身都湿漉漉的，气得要死，继续追着林森禾满沙滩上跑。

一个大幼稚鬼身后追着一个小“炸药包”，这画面实在是充满了温馨与和谐。

海面上，太阳逐渐西沉，余晖洒在大海上，金光闪闪，仿佛一幅美出天际的画卷。

两个人静静地坐在海边吹着风，慵懒而惬意，看着那染红半边天的晚霞，慢慢地消散于海平面之下。

“太阳马上要下山了，我们回去吧。”

“好。”林森禾站起来，自然地拉起白筱心。

两人回到快艇上，林森禾拉动发动机，却没有发动起来，他尝试了半天还是无果。

林森禾皱起了眉头，白筱心紧张起来：“怎么了？”

“发动机好像坏了。”

“啊，那怎么办啊？找人来接我们吗？”

林森禾和白筱心都掏出手机，发现竟然没有一格信号。

“不是吧？我们和外界失去联络了？”

“可能，今晚我们得在这里待一晚了，等明天有人反应过来我们失踪了，就会来救的。”

“什么！”

林森禾倒是满脸不在意，甚至还有些窃喜，在这个荒无人烟的孤岛上，那个刀疤男总不会找到这里吧？

4. 林森禾失踪了

“到底出什么事了？”作为林森禾手下最得力的助手，黑风拥有跟林森禾一样沉着冷静的特质，所以大家很少见到如此慌张的黑风。游清泽将自动关机的手机收起来，不自觉地皱起眉头。

“老大已经失踪两个多小时了，再过一会儿天就黑了，你知道老大在哪里吗？”

黑风终于喘匀了气息，抓着游清泽的衣领问，如同万年深井的脸上，第一次有了十分强烈的变化。

“森禾不是去巡查了吗？怎么会失联？严主管！严主管！”游清泽听到林森禾失踪，也急了起来。如果只是普通的失联，黑风一定不会急成这样。

结果问了一圈，没有一个人看到过林森禾，黑风想想林森禾的交代，直觉不好。

“监控！对！去查监控！”

游清泽忽然瞥到上方的摄像头，立刻朝着监控室跑去。虽然因为海岛面积以及游客体验等因素，监控并不能覆盖每一个角落，但至少可以查到林森禾最后出现的时间和地点。

“你是说有人要害森禾，森禾一直让你暗中监视？而且这个人一定会在今天动手？”游清泽正焦急地在各屏幕中寻找林森禾的身影，听到黑风的解释，满脸的不可思议。

“是的，这段时间，老大一直让我暗中调查蓝洞和一个人。”黑风的话仍然那么少，觉得足够让游清泽提高警惕后，果断闭嘴，多一个字都不肯说，生怕走漏了什么消息。

如果不是林森禾一直信任游清泽，他现在又没有权利闭岛，他才不会来找游清泽，早就一个一个查过去了。

“三明岛第一天开岛，如果现在闭岛，影响太大了，这样，我安排人给你，让你的人带着这些人以夜间巡逻的名义暗中搜岛。森禾失踪的事，切记不能走漏消息，以免引起恐慌。”

游清泽果断拒绝了黑风闭岛的要求，就算再急，他也得帮森禾守住林氏，更何况，他从心底里不相信林森禾会出事。

“我的人已经……”黑疯话未说完就被打断。

“找到森禾了！”游清泽指着监控屏幕。

“咦，那个女人是白筱心？她怎么在这里？”屏幕中，林森禾正抱着撒泼打滚的白筱心，不一会儿两人消失在屏幕上，然后另一块屏幕里，两人换了一身衣服，有说有笑地走进一个隐蔽的码头，驶着快艇离去。

游清泽看到林森禾主动离开，终于松了一口气，就凭白筱心那撒泼打滚的把戏，还伤不了森禾。

“这么看来，森禾应该是带着白筱心出海了，不用着急。”

“他们去什么地方了？你知道？”黑风看到林森禾同白筱心出海，并没有放下心，最多是将原本在嗓子眼的心压到了胸腔里。

“是东北角的三明岛的附属岛屿，森禾对那边很熟，不会出事的，你……”他的话还没说完，就只看见一道剑一般飞出去的背影。

“不用带那么多人手。”游清泽望着窗户外黑风呼啦啦地招呼一群黑衣保镖往码头走去，无奈地摇摇头。游清泽觉得，黑风现在冲过去，一定会被林森禾嫌弃，但想到他们孤男寡女共处一岛，心中竟有些不是滋味。

此时，游清泽突然回忆起林森禾跟自己说过，他要做出不同的选择，才能避免死掉的结果之类的话语。游清泽回想着这些当时觉得莫名其妙的话，紧张了起来。看来他真的在面对某些未知的危险，是自己一直没当回事而已！游清泽立即暗中命令加强安保，排查可疑人员。

在黑风拉着游清泽查监控的同时，三明岛游船码头，又一批晚到的游客们从船上下来，纷纷登上码头，前往三明岛酒店。

途中，两名游客一边说笑一边走，却突然被一个黑影从身后不小心撞了一下肩膀：“哎，你这个人怎么回事啊，走路不看路啊？”

安保人员回过头来，看向匆匆离去戴着鸭舌帽的男人，并没有当回事，继续沿着海岸线巡逻。

人群中，戴着鸭舌帽的刀疤男低着头快速走过。

……

林森禾不在，身为副总裁的游清泽成了岛上的关键，不知为何，黑风走后，游清泽原本有些紧张的心忽然变得浮躁。

游清泽将手中的报表扔到一边，焦躁不安地走出办公室，站在小花园里，遥望着远处的海岛，期盼着林森禾的归来。

“目标不在岛上，我需要目标确切地点。”

忽然，一个有些暗哑的声音似有似无地传入游清泽耳中，游清泽眉头一皱，快步朝着声源处走去。

他仔细查验后，并没有看到任何可疑的身影，眉头没有放松，反倒皱得越发紧了。

于是一分钟后，原本安保措施就很严密的三明岛再次升级安保，林氏集团下属安保公司，无数黑衣人游荡在三明岛上。

众多游客和嘉宾纷纷感叹三明岛的安保措施。

“清泽，我听下面的人说，你又升级安保，还从外面调了人上岛？”游钟书的电话很快打来。

“爸，今天毕竟是第一天，我怕准备得不充分，以防万一。再说了，爷爷和其他领导也在岛上，有备无患总是好的。”

“原来如此，只要没出事，我就放心了，你也注意一些。我听说你和森禾都几天没合眼了，记得休息，也劝劝森禾。”

“我知道了，爸。”

“你小子别光说不做，森禾呢？我跟他说两句，你们俩总是让人不放心。”

“森禾巡逻去了，一会儿就回来，等他回来我们就休息，好不好？”

“行，你说话算话，晚上我可要查房。”

“好好好，查房，查房。”

游清泽心事重重地挂掉电话，叹了一口气。自家老爹真是越来越难对付了，还好没被他发现林森禾失踪了，不然麻烦可就大了。

第十章

生命，或许在宇宙的一瞬中，都是一场虚无的轮回。

1. 在海岛共度一夜

海面上，太阳一点点下沉，眼见着黄昏逝去，黑夜来临。原本湛蓝的大海也隐在了无边的夜色里。

今夜，海上有云无月，黑暗笼罩着这座孤岛，不禁让人感到一丝恐惧。

此时，白筱心和林森禾回到岛上，漫无目的地在树林中走着，一阵阴风刮过，白筱心瑟瑟发抖，不由自主地靠近了他一点。

“这岛上不会有什么不明生物出现吧？”

“不明生物倒没有，不过野猪、野狐狸什么的倒是稀松平常，还有凶神恶煞的野狼，它们可能蹲在某个黑暗的角落里，等待着一只白色小羔羊。”

“啊！”白筱心立马低下头看了看自己那黑暗中煞白的衬衣，惊叫出声。

“嗯，我就遇到过一次野狼，差一点丧命，还好我跑得够快。”林森禾说得跟真的似的。

“呵呵，你少吓唬我了，小小的海岛上怎么会有野狼呢！我可是天不怕地不怕的白小强，有野狼我也不怕的。”

林森禾看着自己的胳膊快被掐得变形了，咬着牙道：“你不怕，你掐我干什么啊？”

白筱心松开他的手臂：“我……我不过是配合你的演出而已，幼稚。”

林森禾笑而不语，迈着步子离去，白筱心赶紧跟上：“喂，你慢点走啊！”

白筱心寸步不离地跟着林森禾，惹得林森禾偷偷发笑。两人在一处相对空旷的地方停下来，林森禾用刚刚从船上带下来的捕鱼网做成了一张简易吊床，捆在了两棵树之间。

“今晚，你睡这上面，我靠着树守着你。”

“哦。”吊床不高，白筱心坐了上去，在林森禾的帮助下躺下来。

“你这张吊床结不结实啊，不会掉下来吧？”白筱心第一次在野外露宿，竟然是在一张吊床上，还是有些胆怯的。

“那要不你睡下面，我睡上面？”

白筱心赶紧裹紧了吊床：“不，我睡在上面，万一半夜有野猪野狼什么的来了，先吃你的时候，我还能有机会跑。”

林森禾没好气地笑道：“哼，算你机灵。”

林森禾靠在树下，白筱心看着近处林森禾的暗影，踏实地闭上了眼。

云雾慢慢散去，月光露出了皎洁的面容，光芒照耀进了树林里。此时，一阵轻微的鼾声传来。

“白筱心？”见没有人回应，林森禾才知她已经秒睡了，“你还真能睡得着啊，心可真大，晚饭都还没吃呢。”

林森禾笑了笑，躺了下来。此时，他有一些安心了。今夜过去，一切都会如初，他的人生便会回归正常了吧。

他正思索着，白筱心晃晃悠悠地翻身，直接从吊床上掉下来。

“小心！”

林森禾赶紧扑上前接住白筱心，被她正面压倒在地上。两个人的脸近在咫尺，近到能听到彼此突然急促的呼吸声。

似乎内心有一股冲动被撩拨了起来，白筱心忍不住靠近林森禾，靠近他的薄唇，他却瞪大了眼睛。

然而五秒钟后，白筱心却像一个粽子似的被林森禾绑在吊床上，一圈又一圈地捆了起来。

“让你睡觉不老实！让你再翻滚！”林森禾一边念叨，一边加重了手里的动作。

白筱心欲哭无泪：“林森禾你这个钢铁直男，活该你单身三十年！不，单身一百年，下辈子还单身！林森禾，你给我松开！”

林森禾捆好了绳子打了死结，气定神闲地回到树下坐着，根本不理会她。

白筱心继续骂骂咧咧：“我看《钢铁是怎样炼成的》是你写的吧？你怎么不改名叫保尔·柯察金呢？你松不松开？你有种一辈子别放我下来呀！我跟你说，等下要是狼来了，我就成送上嘴的肉了。”

“闭嘴！”林森禾被吵得头疼，只得起身将白筱心松绑，白筱心晃晃悠悠地站起来。

“白筱心，你树下不敢睡，树上又怕掉下来，你到底想怎样？”

“我不要待在树林里了！我要回船上！”

林森禾无奈地叹了一口气，收回吊床。

两个人又回到了海边快艇的甲板上，林森禾扶着白筱心坐下。白筱心仰起头，望着深蓝色的天空缀满钻石般的繁星。银河像一条淡淡发光的白带，横跨在海面上。

白筱心忍不住赞叹：“就是嘛，这里多好啊，还能看星星。”

“船上晃来晃去的，海风又大，你倒是能睡得着？”

“那也比你那破吊床好吧。”

夜晚的大海静谧而安详，幽蓝而神秘，海浪拍过礁石发出清脆的声响。两个人仰头望着天空，一时间都沉浸在浩瀚星辰的世界里。

“林森禾，我饿了，我们还没吃晚饭呢。”

“你才反应过来啊。”

“所以你刚刚是故意哄我睡觉的？你是不是不想给我弄吃的，故意找的借口？”

林森禾露出惊讶的表情：“竟然被你发现了。”

白筱心更加震惊，她被他愚弄了？想到她今天一天的悲惨经历，先是潜水被拒，然后又被林森禾拉到这座什么都没有的小荒岛上，游艇抛锚，还掉下吊床，如今要在游艇上过夜，肚子还饿得咕咕叫。看来他一定是成心的，让她在孤苦绝望之际只能靠着他求生。哇！她竟然蠢到被他的小心机给耍了！

不过，还没等白筱心为她的智商蜕化默哀，林森禾已经变戏法似的从游艇里翻出两桶自嗨锅，在白筱心面前嘚瑟地一晃。

“有吃的你不早说！”白筱心气急。

“只有这个哦，今晚吃了，明早就没了，你想好……”

还没等林森禾说完，他手中的自嗨锅已经被白筱心撕开。

“早上海水没有那么冷，大不了你再下海抓点海鲜就是了，或者你现在就下去捞海鲜。”

“白筱心，你还真不客气啊！信不信我现在把你丢下去，让你成为鲨鱼嘴里的海鲜？”林森禾假装威胁道。

“不，不，我开个玩笑。”白筱心满脸讨好，生怕真的触怒了阎王的龙须，他反手将自己丢下去。

“哼。”林森禾冷哼。

“别气别气，我说一个小秘密给你听啊。”白筱心赶紧绕开话题，见林森禾傲娇地不理她，兀自吃着小火锅，只得继续说道，“你真的不想听吗？我可是三明岛的原住民哟，就在三明岛上出生的。”白筱心献宝似的说道。

“真的？”林森禾果然来了兴趣，他就说白筱心对三明岛不是一般的熟悉，原来她是这里的原住民。

“嗯，我们是最早的原住民，后来我爸妈过世，我就跟着姑姑一直在城里住了。只是我那时候太小了，一点记忆都没有。但是，因为他们的骨灰撒在这里，所以我对三明岛还是很有感情的。”

林森禾陷入了沉思。

“对了，我上次听游总说，好像你的父母也很早过世了？”白筱心小心翼翼地询问，林森禾也没避讳地点点头。

“嗯，当我十二岁的时候，我爸妈乘船外出遇上了风暴，一船的人都丧命了。”林森禾说完，幽幽地看了一眼白筱心，似乎有些伤感。

“怎么，你是不是想感慨，我们俩的身世还挺像，都是没人疼的小孩？”

白筱心忍不住笑出声：“谁说的，我有姑姑疼我，你也那么好的爷爷疼你啊，还有你的好兄弟游清泽。”

林森禾笑了：“嗯。”

白筱心偷偷接话：“还有我这个聪明伶俐又心地善良的助理。”

林森禾愣了一下，挺直了身子，依旧嘴硬道：“咳咳，是吗，我怎么没感觉到？”

“哼，那是因为你的良心被狗吃了。”

林森禾忍不住偷笑，不过他突然想到的确是自己先开除了白筱心，没良心三个字倒也骂得没毛病。

只是往后他就照看不了她了。一想到这个家伙不在他身边，止不定又惹出什么麻烦，他又忍不住像一个老妈子一般谆谆教育起来。

“话说回来，白筱心，你一个女孩子往后要多长点心，首先学会保护自己，别一天天没心没肺的。”

“你刚毕业走入社会，不知道这社会的凶险。别一看到长得帅的男生就喊小哥哥，当然丑的也不安全。”

“我跟你说哦，像你们这种年轻女孩子进入社会，那就是小羊从羊圈里进入大草原，身边埋伏的不是狐狸就是狼。”

听着林森禾的絮叨，白筱心也忍不住笑出声：“那你是狐狸还是狼啊？”

林森禾愣了一下。

“我？我是你守护的老绵羊。”

“哈哈哈，好的，老绵羊爸爸！咩！”

林森禾又气又好笑，两个人的笑声飘荡在空旷的海面上，久久回荡。

2. 意外的“初吻”

白筱心发现林森禾一下子安静下来，不由得别过头看向林森禾。

朦胧的月色下，他细长的睫毛在海风的吹拂下微微抖动。他盯着海面，目光深邃悠远，消瘦的脸庞仿佛一把锐利的刀，旁人仅仅看一眼，心脏就会被戳到。只是他那副沉静的面容里，似乎隐藏着一股深深的忧郁与哀伤，在夜色下映衬得越发孤独。

这一刻，林森禾的身上似乎有一种致命的磁场，让她莫名产生了一种迷恋，如痴如醉。

“我细看你还有眼角纹，果然是上了年纪的大叔，不过越看越有魅力呢。”白筱心喃喃，忍不住抿嘴偷笑。突然，船身一晃，白筱心一个不稳，林森禾惊觉转身，这一次，近在咫尺终于化为亲密触碰。

“你……”

林森禾盯着白筱心直愣愣的眼睛，一脸错愕，嘴唇上传来温润的触感，更是让他瞬间从脖子红到了耳后根。

这神奇助攻的海浪，这尴尬至死的“初吻”！

三秒后，白筱心反应过来，立即向后闪身坐起来。她没想到，自己一个失误竟然直接亲吻到了林森禾，她语无伦次地解释。

“我……我不是故意的，我什么也没干，都怪船晃的。”

白筱心指了指着船舷，一脸窘迫，内心却像失了控的天平，七上八下地要颠倒过去。

林森禾看到白筱心的小动作，脸上虽然滚烫，但还是忍不住别过脑袋勾起了嘴角，控制好情绪后，他转过头来清清嗓子，故作镇定。

“老实说，你对我是不是有什么非分之想？”

白筱心立即否认：“我没有。”

白筱心又臊又郁闷，明明是自己吃亏，林森禾还一副他被占了便宜的模样。

林森禾勾了勾唇角，眼角余光忍不住偷看白筱心的小动作，悠悠道：“喏，你对我有非分之想也不是不可以，虽然我们年轻差距大，代沟也客观存在，但是……”

“我说了没有啊，这是一场意外，意外！”

白筱心窘迫地转过头去，扒着船沿，一时间都想找一个船缝钻进去。林森禾假装上前拉住她的胳膊。

“别跳别跳，跳进大海你也洗不清了。”

“啊！啊！啊！”白筱心听闻更是一条腿跨上船，大有一种脸没了我也不活了的架势。

林森禾赶紧笑着从后面拉住她：“哎，好了，好了，我开玩笑的，你看有人来救我们了。”

此时，一艘大船亮着灯从远处的海面上开过来，船上还有人拿着大射灯向这里照射，似乎在寻找他们。

刺眼的光芒照射过来，两人都下意识地拿手臂去遮挡。看来确实是寻找他们的船只。

等大船慢慢靠近小游艇，他们看清船上站着的是黑风。黑风抛下绳子，林森禾挂在游艇上，两艘船并在了一起。

林森禾扶着白筱心，黑风拉过她上了大船，跟着林森禾也上了大船。她打了一个喷嚏，林森禾走过去对工作人员嘱托："给她拿一条毛巾。"

"黑风，你怎么找到这里的？"白筱心忍不住问道。

"白小姐，我叫黑（贺）风。"

"好吧，黑无常，我虽然辞职了，但咱们共事的交情还在吧，毕竟也是曾经的黑白无常组合，你要不要仿佛刚认识我一样？"

大船上，有工作人员将毛巾递过来，白筱心道了一声谢，继续揪着公事公办的黑风套近乎。

"是游总告诉我的，老大，你脸上有口红印。"

黑风面无表情地递给林森禾一条毛巾，也是此时，白筱心才注意到林森禾的脸上挂着一个口红印，正能对上她刚刚补好的口红色号。

白筱心直接紧张到打了一个嗝，立马装作什么都不知道似的，低着头走进内舱。

林森禾瞪了黑风一眼，他来得真不是时候。林森禾抬手，迅速在脸上抹了一把。

一旁，已经有工作人员拿着油桶跨到快艇上去加油。

"老大，快艇上有发送无线电的信号按钮，可以向三明岛和内陆的通信中心求救，你没找到？"

林森禾清了清嗓子，掩饰尴尬："咯，我按了，好像坏了。"

"哦，设备检验不合格，回去我就把相关负责人办了，一定杜绝类似事件再次发生。"

"那个，不用了。"林森禾赶紧打断黑风，生怕撒谎被发现。

黑风一脸迷茫地跟着林森禾进了内舱，详细报告了岛上的情况。

半个小时后，一行人回到三明岛。白筱心跟着林森禾来到酒店前，正听着林森禾吩咐工作人员开房间。

"你给她安排一套海景套房休息，挂我的账上。"

工作人员点点头。

"你是不是要去忙啦？"

"嗯，我还有很多事要处理。你不是困了吗？快回去睡一觉吧，晚点我再去找你。"

"啊，你找我？找我干吗？"

"找你吃晚饭啊，你一桶自嗨锅就吃饱了？"

“嘿嘿，吃不饱。”

林森禾看着白筱心一副乖巧听话的姿态，忍不住上前揉揉她的头发。

“你还傻站着干吗，快去吧！”

白筱心尴尬地闪开：“这里好多人呢。”

林森禾也意识到周围的工作人员都看着他们，偷偷露出姨母笑，黑风也侧过头，一副没脸看的样子，林森禾清清嗓子转身离去。

白筱心低着头，赶紧跑进酒店，刷卡进入了房间。她看到带着花园的无边泳池和宽敞高级的会所般的两层套房，忍不住欣喜。

“哇！豪华海景套房，好赞啊！”

白筱心直接脱了鞋扑上床，摆出一个大字形，摆动着四肢：“还是躺在床上舒服啊，要是真睡在船板上，还不得难受死？”

白筱心感叹着，感叹着，又回想起两人接吻的画面，以及那唇与唇之间的触感。

白筱心转过身子，仰面冲着天花板叹气。

“那可是我的初吻啊，怎么就这么轻易交代了？说好的留给我未来的老公易大佬呢？呜呜呜。”

白筱心一脸绝望地在床上翻滚，然后猛然坐起来，对着床对面镜子中的自己一脸严肃道：“白筱心，你不会真的对林森禾动心了吧？”

白筱心下意识抬起手，调试着林森禾的同款健康手表，嘴里嘀咕着：“正常人每分钟心跳超过一百五十次，代表自己处于极端紧张或者兴奋的状态……”

白筱心手表上的数据攀升至一百八，发出嘟嘟的警报声。

白筱心眼一闭，生无可恋地栽倒过去。

完蛋，白筱心，说好十年之内淡情薄爱红尘外，一心只图赚大钱，你怎么就陷入恋爱脑了呢？这丘比特的箭，她终于还是没躲过啊。

……

“十二点不见人影，太阳下山了才被黑风拖回来，林森禾你干脆累死我得了！白筱心的温柔乡，果真是魅力无穷啊！”沙发上，游清泽看着满脸春意的林森禾一顿抱怨，看他似乎还沉浸在你侬我侬的幻想中，于是将手中厚厚的资料朝着他砸去。

“这些是六点前，客流量、营业额各项情况的报告，以及交通、酒店、餐饮、娱乐各方面的情况汇总。”

“嗯，还好，都在我预计的范围内。你让各部门负责人就遇到的问题提出可行性的解决方案，并形成规范化的制度。”林森禾满脸尴尬，眼尖地盯着最上方表格上漂亮的数字，点了点头。

游清泽却满脸担忧，小心翼翼地询问：“听说你原打算和白筱心在孤岛的船上待一宿？要不是黑风去拖你，你们都不打算回来了？”

3. 承认喜欢一个人很难吗?

林森禾刚拿起水杯的手顿时停在了半空中:“喀,这么快连你都知道了?”

“对啊。我只是好奇,就算手机没信号,你也至少有三种方式联系求援:岛上的信号塔,船上的信号仪,还有快艇后备仓里的信号烟火。”

游清泽咬了咬唇,一脸不怀好意地盯着林森禾:“你不会告诉我这些都失效了吧?”

“这个……”林森禾一脸尴尬。

“怎么,让你承认喜欢一个人,就这么难为情吗?”

林森禾也憋了半天:“唔,我也只是才发现而已。”

“什么时候开始的?”

林森禾羞涩地笑了一下:“我也不知道什么时候喜欢上她的,但是从她离开公司以后,我就意识到了。”

“挺好啊,终于有人能把你这尊阎王收服了。只不过没想到,是一个00后小姑娘。”

“呵呵,我做梦都没想到,真是人生无常啊!”

两人相视,却又同时忍俊不禁。

“但你知不知道,黑风为了找你差点封岛,你知不知道开岛第一天封岛会带来什么影响?所以你到底在防范什么?不会还在纠结那个梦吧?”

不同于刚才的轻松,此刻游清泽满脸沉重,花园里的那句不知是谁的话,还在耳边不住回荡。

林森禾沉默半晌,默默地点了点头,但并不打算在此刻跟游清泽探讨这件事。

“好了,你快去睡觉吧,看你一脸疲惫,都几宿没好好睡了。”

游清泽不再追问,起码此时此刻林森禾是安全的。至于那个人,许是他看错了吧。

“嗯,我知道了,辛苦你盯着岛上的情况了,你也赶紧休息吧,不是说游叔叔要查你房吗?”

“嗯,爷爷说不准也可能要查你的房。”

游清泽半开着玩笑,将林森禾推进了卧房。游清泽拉上了门,停了三秒,神情伤感地离去。

他在伤感什么呢?林森禾明明找到了属于自己的幸福,他应该替林森禾开心才是。他莞尔一笑,摇着头离去。

酒店外,景观草丛后,刀疤男戴着帽子嚼着口香糖,望着酒店大堂里灯火通明,抬头看了看酒店门口的摄像头,转身离去。

白筱心躺在酒店里呼呼大睡,窗外刮起了大风,将通往泳池的玻璃门吹开。白筱心醒了，迷迷糊糊坐起来，擦了擦口水。

“嗯，天都彻底黑了，林森禾怎么还不来？”白筱心下了床，揉揉眼睛朝泳池花园走去，外面漆黑一片。

原本打算假寐一会儿的林森禾在床上沉沉睡去，又开始皱着眉头做噩梦。梦境中，白筱心挣扎着，咕噜噜吐着气泡，身体往下沉。

林森禾猛然惊醒，发现刚睡了十五分钟：“为什么这个情景在梦里挥之不去呢？”

窗外阴天，刮起了大风，呼呼作响，远处还传来雷声。

林森禾下意识擦了一把汗，拿起手机看看时间，晚上九点十五分。林森禾拨打白助的电话，却显示无人接听。

“她还在睡觉？”林森禾皱了皱眉头，起身去敲白筱心的房门，依旧无人应答。他隐隐有一种不好的预感，越发不安地捶打门。

“白筱心，开门！白筱心……糟了！”

两分钟后，林森禾奔跑向酒店大堂的前台，突然一巴掌拍在前台的桌子上，命令道：“给我 301 房间的房卡！”

前台人员愣了一下，林森禾怒吼：“快！”

前台被吓到，反应过来后立即将房卡找出来递过去：“抱歉，林总。”

林森禾接到房卡就往回跑，打电话给黑风：“黑风，你在哪儿？白筱心不见了！”

“老大，我们一直在酒店外守着呢，白筱心没离开过啊。”

林森禾挂了电话，疾步跑向房间，刷了门卡推门而入，通往户外的门敞开着，林森禾到处寻找，床上，户外，都不见人。

林森禾冲向洗手间，用力晃动，门是锁着的。

“白筱心！”见还是无人应答，林森禾退后，一个助跑大力撞开洗手间的门，只听门后一声尖叫，有人跌倒过去。

林森禾看见裹着浴巾的白筱心被自己撞倒在地上，一脸错愕。

“你……”

只见白筱心额头上流下来两滴血，她用手摸了摸：“啊……”

霎时间，整个酒店响起了一阵直入云霄的雷鸣尖叫，感觉整个海岛都震了震。

五分钟后，林森禾尴尬地坐在白筱心旁边，他旁边站着黑风。白筱心头上贴着纱布，气呼呼地抱着双臂坐在沙发上，瞪着林森禾，一言不发。

“你下去休息吧，叫你的人守在外面就行了。”林森禾有点尴尬，挥挥手让黑风撤退。

“好的，老大。”

黑风离去，餐厅服务人员推着餐车进来，打开银盘，一道道大餐摆在了茶几上。

“那个，你肚子也饿了吧，我们一起吃点东西？”林森禾自知理亏，小心翼翼地问道。

“哼，你这就算赔罪了？”

“那你还想怎么样？”

“把你们餐厅 1982 年的拉菲拿出来，给我先醒 3 瓶。”

服务员一脸惊诧地看着林总，林森禾无奈地扶额：“开开开，她要什么给什么。”服务员点点头离去。

“这还差不多。”白筱心拿起叉子，扬扬得意地吃了一块香煎牛舌。林森禾认命地叹了一口气，也坐下来陪她一起吃。

似乎在这场有惊无险的事故之后，众人的情绪都放松了下来，就好像自然界羚羊逃脱了豹子虚晃一枪的魔爪，便想着可以安全地继续行走觅食，但往往真正的危险会在这个时候悄无声息地降临。

后厨中，有一双戴着手套的粗粝的手，将一小瓶透明液体神不知鬼不觉地倒进红酒里，然后晃了晃红酒，插上了瓶塞。

戴手套的人离开后，红酒被服务员拖着托盘送过来。

而一层楼之隔的地方，游钟书的房间里，游清泽刷着卡推门而入。

“爸，森禾说……”

游清泽的话卡在喉咙中，整个人被眼前的景象惊住，连身后的房门何时关上都没有注意到。

游钟书的房中，整整一墙的显示屏，里面正播放着林森禾和白筱心房间的实时画面。后厨中，一个头戴鸭舌帽的男子朝着屏幕比画了一个 OK 的手势，刚刚隐出视线。

他的脑海里突然嗡的一声响，像闸门失控了，所有的声音和信息像洪流一般奔涌而来。

“目标不在岛上，我需要目标确切的地点。”

“这段时间，老大一直让我暗中调查蓝洞和一个人，他说有人要害他。”

“那个时空的我，在两个月后的开岛日深潜蓝洞时，突然发生意外身亡……清泽，你能帮我吗？你是我唯一信任的人了。”

所有信息分支的洪流汇聚在一起，终于，那隐藏在背后的一切真相被冲刷出了水面。

“爸，你为什么要这样做？你怎么可以监控森禾？你知不知道这样做意味着什么？”

游清泽崩溃地大喊：他一向敬爱的父亲怎么能这样？

游钟书叼着雪茄，仿佛没有听到游清泽的质问一般，扬起头，隐约对他笑了笑。他那夹着雪茄的手，正是一直藏在阴影里，与刀疤男对话的男人的手。

4. 行动进行时

此时，局中人浑然不知自己的行踪都暴露在敌人的视野里。

任林森禾聪明绝顶，也万万不会想到，他真正的敌人不是握着刀子的行凶者，而是藏在身边潜伏多年的林氏忠臣，是他最信任的游清泽的父亲游钟书。

此时，白筱心坐在地毯上，林森禾坐在一旁，陪她吃着晚餐。门外，有黑风一众人守着，一切看起来风平浪静。

只见白筱心风卷残云，将盘子里的食物全部吃了干净，然后放下刀叉，用纸巾擦擦嘴巴，评头论足起来。

“酒店客房环境五星，餐饮食材及味道五星，但是这服务质量……差评！我的红酒呢，怎么还没到？”

林森禾翻了翻白眼。此时，叩门声响起，白筱心欢天喜地跑过去开门。服务员走进来，保持标准的礼貌微笑，将红酒展示给两位。

“林总，白小姐，1982 年的拉菲。”

服务员打开了其中一瓶红酒，倒入玻璃杯中，将剩余的放在一旁，然后起身离去。服务员出了门，带上把手时特意拧了一下锁，但没有人注意到这微小的动作。

白筱心将红酒放在鼻子前闻了闻：“哇，我要去泳池旁边喝。”

白筱心拿起桌上的手机往外走，林森禾一脸奇怪地看着她。

监控画面随之转换，白筱心坐在泳池边上各种自拍。林森禾无语地摇摇头，拿着红酒瓶，跟了出来。

“爸！”房间中，游清泽还在挣扎，奈何他已经被自己的亲爹绑在了凳子上，旁边还有两个按着他的黑衣人，力气奇大，他根本无法挣脱。

游钟书继续吸吮着雪茄，坐在沙发上，看着大屏幕，敲了敲桌面。

“动手吧！”

房间中，有黑衣人按下了对讲机，传达游钟书的命令。

“动手……动手是意思？爸，你到底要干吗？”游清泽已经浑身颤抖，声嘶力竭。

“好儿子，你不用这么激动，你只要记住，林氏以后只能是你一个人的。”游钟书掐灭了雪茄，起身来到游清泽身前，盯着游清泽一字一句说道。

“说起来，我还得谢谢黑风，要不是黑风找你，我还真找不到林森禾，更别说有机会调这么多人手上岛了。”

游钟书指了指屏幕。屏幕中，最新上岛的安保人员显然是刀疤男上岛时，在码头巡逻的那批人，游清泽忽然想起游钟书先前的电话，整个人一阵激灵。

知子莫如父。

原来，游钟书先前打电话并不是为了嘱咐他睡觉，而是打探林森禾的信息，确定了林森禾今晚一定会回来，才趁着安保换岗，调动了人手上岛。

游清泽由衷地觉得，他的父亲忽然变得可怕，变得陌生，仿佛他从来没有认识过自己的父亲。

“老爷子精力有限，已经离岛了，你先在这里休息，等爸爸陪那些领导喝完酒，我们爷俩再好好谈谈。”游钟书拍拍游清泽的肩，带着黑衣人离去，示意他们在外面看守。

游清泽没再挣扎，仍处于久久的震惊中不能自拔，他一双眼紧紧地盯着大屏幕，连游钟书什么时间出去，黑衣人去了哪里都没有注意到，因为屏幕里已经有人开始行动了。

套房楼下的花园里，黑风安排的保镖们每隔一段距离就有一人守候着。忽然，这些人的身后出现了一批高手，秘密地将黑衣保镖们无声无息地解决了。

“我知道了。”阴影中，刀疤男也接到游钟书下达命令的电话，吐了口香糖，朝着套房走去。

而林森禾还坐在沙滩椅上，放下红酒和杯子，宠溺地盯着白筱心，丝毫不清楚外面的变故。

白筱心哗地把两腿从水池中拿出来，挪向林森禾坐下。林森禾一时愣住，想起记忆中白筱心从泳池中跳出来，跪在自己面前的姿态。

“你怎么了，想什么呢？”白筱心在他眼前晃一晃杯子，林森禾回过神来。

“没事。”

“哦，首先为了三明岛顺利开岛，你终于完成了多年的梦想，干杯！”

“谢谢。”

林森禾跟白筱心碰杯，白筱心一饮而尽，林森禾喝了一口似乎觉得味道有些奇怪，但抬眼看到白筱心已经喝完了，吓了一跳。

“有年份的红酒酒劲足，你别喝太多了。”

“我才喝了一口。”白筱心又往自己的杯子里倒了一些红酒。

“过去的辉煌就此过去，接下来这杯呢，我想要祝福你。”

“祝我？财富，声望，梦想，这些我都实现了，没什么好祝愿的。”

“你能不这么嘚瑟，走走低调内涵的路线吗？”

“你继续。”

“没错，你是一名成功的社会人士，但人生中还有两样更重要的东西，价值远胜过声望和财富。”

林森禾扬着眉毛：“健康和快乐？”

“是的。所以这第二杯呢，我要祝愿你身体健康，每天都快乐。我免费送你一句我的人生信条：开心了要笑，不开心了更要哈哈大笑，嘿嘿嘿。”

白筱心比着剪刀手卖萌，林森禾被逗笑了。

“哎哟，我看你还不如改名叫白开心算了，白无心也行，没心没肺地，一天天就知道傻乐。”

林森禾笑着去捏白筱心的脸蛋，仿佛如恋人般亲昵。

白筱心斜眼看着林森禾的手，一动不敢动。林森禾也愣住了，立即松开她。两个人都有点尴尬，默契地碰杯，缓解气氛。

“Cheers（干杯）。”

“干杯。”

游清泽看着两人亲昵的互动，心中一抽一抽地疼痛。然而此时此刻，他被绑在凳子上，什么都做不了。

末了，游清泽才发现，房间中只剩他一人。他强迫自己从凳子上起身，跳跃着向门口走去，房门从外面被反锁，任他敲打与吼叫都没有任何反应。

游清泽爬到窗户边，所有的窗户被锁死。窗外，有人在巡视，整个房间已经被游钟书安排的人手重重看守。

游清泽的脑海里再次浮现出一向和蔼的父亲游钟书，他脸上露出诡异而狠戾的微笑。

他想不明白，他的父亲一直跟随林之杨，日后在林恒手下任职，而他也从小在林家长大，林氏待他如第二个儿子一般。他们父子俩在林氏集团有地位有股权，到底为什么他要对林森禾下手，乃至赶尽杀绝？难道只是为了吞并林氏所有的股权吗？

他绝望地流着眼泪，又立即恢复了一丝清醒。他从房间中寻找利器，意图割开绳子逃生。他必须马上出去，他要去救林森禾！如果林森禾今夜有任何危险，他绝对不会原谅父亲，更不会原谅自己。

此时，黑风在走廊尽头巡逻守护着，突然听到耳返里传来保镖们被做掉的声音。

黑风听着有些刺耳的声音，瞬间反应过来，刚想冲向林森禾的房间，一转头面前却出现了一批打手。黑风捏紧了拳头，迎面冲了上去。

正中间巨大的主屏上，仍显示着白筱心的房中正在喝酒的两个人。泳池边，两人都有了些醉意。白筱心凑近林森禾身边调侃他。

“欧巴。”

“叫林总。”

“你现在又不是我 Boss 了，我也不是你助理。”

“所以呢？”

“所以，你为什么还对我这么好啊？说实话，你是不是喜欢我？”

一时间被戳穿小心思的林森禾紧张得手抖。

“你……你喝多了吧？”

“哦，那你手抖什么？”

“我哪有。”

5. 猎杀时刻

门锁轻轻转动。白筱心突然有点晕，来回晃荡着身子，眼前的一切似乎出现了重影。

难道是我在抖？莫非是酒太好了，看着大叔还上头了？呵呵，他确实越看越帅呢！

看着面前笑容格外妩媚的白筱心凑过来，气氛瞬间紧张了起来，林森禾只觉得喉咙里像是升腾起一团火，荷尔蒙也开始异常了，一时间紧张到身体僵硬。

白筱心越靠越近，他的心脏越跳越快，眼看着两人的嘴唇就要碰到一起了。

结果下一秒，白筱心直挺挺地倒在了林森禾的怀里。林森禾愣了一下，大喘一口气，低头看着已成一摊烂泥的白筱心，笑道：“喂，你怎么醉了？你不是号称千杯不倒吗？”

林森禾拍拍白筱心昏沉的脸，将她扶起来放在躺椅上，刚站起身，林森禾突然感觉有点头晕目眩：“奇怪，我没喝多少啊……难道是酒有问题？”

林森禾的脑海里电光石火地闪过一幕，酒保开的红酒瓶，酒塞似乎有磨损，似乎被开过一次。林森禾顿时警铃大作，刚想回头，却感觉到身后似乎有人靠近。

林森禾慢慢捏紧了手里的酒杯，看了一眼躺在躺椅上的白筱心，就在那一瞬间，身后的人扬起匕首冲过来，林森禾转过来，一个酒杯砸向偷袭者的头顶，刀疤男一个趔趄。

“果然是你！”林森禾看清了来人，握紧了手里被炸碎的玻璃酒杯。

刀疤男抖了抖头上的玻璃碴，根本不忌惮林森禾，直接举着匕首再次冲林森禾砍去。林森禾一个闪躲，在泳池边和他搏斗起来。

虽然他也练过格斗防身术，但他毕竟不是专业杀手的对手，一不小心，他就被锋刃的匕首伤到胳膊，立即流出鲜血。

刀疤男像闻到了血腥的猎物，再次举着匕首冲过来。林森禾连忙蹲下来，一脚坎倒了对方，刀疤男一个趔趄，匕首掉落在地上，林森禾又顺势一个扫堂腿将匕首踢进了泳池里。

然而下一秒，发狠的刀疤男却突然将林森禾扑倒在地，冲林森禾脸上落下密集的拳头，随后紧紧地掐着他的脖子。他一时间无法抵抗，憋得满脸通红，喘不上气。

“为什么……杀我？你的雇主到底是谁？”

“你没有机会知道了。”刀疤男发狠，加重了手上的力度。

生死关头之际，林森禾的余光瞥到了身旁的红酒瓶，他抓住红酒瓶瓶颈，用尽全力砸向刀疤男的脑袋。

刀疤男捂着脑袋，昏昏沉沉。林森禾踉跄地爬起来，趁对方喘息之际，用尽全力向对方的脑袋挥出红酒瓶，瓶子碎裂开来，刀疤男彻底被击倒。

林森禾上前试探，见对方已然昏迷，这才松了一口气。他刚恍了下神，就踉跄着拿起一旁的电话拨打给黑风，呼叫支援。突然，一股电流突然从身后袭来，他浑身震颤了一下，也晕倒过去。他的身后赫然是手里拿着电击棒的游子墨。

“哈哈哈，林森禾，这一回你可栽了吧！”

游钟书的房间内，同样被电晕过去的游清泽正躺在沙发上，而他的手腕上似乎被划出了血痕。

原来，刚刚他趁着无人，用玻璃杯划开了捆在自己身上的绳索，情急之下也割伤了自己。

等他砸开了防爆玻璃，从窗户跳出去，还是被窗外的黑衣人逮住了，用电棍击晕。

游钟书一阵无奈，叹了一口气：“儿子，为父做这一切可都是为你好，林氏集团未来的总裁只能是你。眼见就要成功了，你怎么就不能安静地待一会儿呢？砸防爆玻璃报警，也多亏你能想得出来。”

整个岛上警铃声大作，刚刚那个给林森禾送酒、给刀疤男留门的服务员进来报信：“游总，林森禾的手下拉响了警报，这岛上的一切讯息可以直通老林总。”

服务员看着满地的玻璃碎片以及昏迷的游清泽，心中也有了一丝了然。他们的动作很快，根本不可能给林森禾那边反应的时间，那这警龄八成是游清泽弄出来的。

“让游子墨快一点，先干掉林森禾，我再去解决那个老家伙。”

“是。”

走廊里，黑风满脸是血，手刚碰到警铃，就听到防爆警铃已经响起，黑风再次拉响了警报，踉踉跄跄地捂着伤口，继续寻找林森禾。

“老大……”然而，他的老大此刻已经不在这座岛上了。

波涛汹涌的海面上，天空中电闪雷鸣。

一艘船的甲板上，林森禾幽幽醒过来，发现自己和白筱心被绑在一起。林森禾环顾四周，赶紧撞醒白筱心。

“白筱心，醒醒！快醒醒！”

白筱心迷迷糊糊地醒过来，被眼前的情形惊呆了：“我们这是在哪儿，发生了什么事？”

在她的印象中，她刚刚在花园泳池边正和林森禾喝着酒，突然一阵头晕目眩，就倒在了林森禾的怀里。此刻，他们却被绑着，身处一条大船上，四周是漆黑一片的大海。

"我们被人绑架了。"

白筱心反应过来，直接吓得声音带了哭腔："什么？那……那怎么办呢？"

"别哭！我想想办法，你口袋里有没有什么利器？"

白筱心赶紧哆哆嗦嗦地摸索口袋，整个人还处于震惊茫然的状态。此时，游子墨带着头上有伤的刀疤男走了过来。

"别费劲了，今天，你们谁也别想走。"

"游子墨！"白筱心惊叫出声，她万万没想到竟然是这个家伙来寻仇。他身后还跟着醒过来的刀疤男，刀疤男的头上贴着简易纱布，咬牙切齿地瞪着刚刚将他击倒的林森禾。

"怎么样，你见到我惊不惊喜？意不意外？"游子墨丝毫不掩盖计谋得逞后的兴奋。

"是我轻敌了。说吧，你究竟为谁效力？你们绑架我到底有什么目的？"林森禾没想到，他防来防去，竟然漏掉了游子墨这条蛆，却还是有些不相信他的猜测。

游子墨愣了一下，没料到林森禾落在他手上，竟然还会看轻他："我为谁效力？难道你还没看出来吗，这一切都是我的杰作啊！至于什么目的……"

游子墨慢慢上前，揪起林森禾的衣领，咬牙切齿道："当初，我不过是贪污了林氏的一点点小钱，你就毫不留情地开除我，让我再无颜面立足。今日，我就要看看你林森禾还怎么趾高气扬。"

游子墨扬起一巴掌，拍在林森禾的脸上："你是不可一世的林阎王，那我便是杀人不眨眼的游子魔啊，今天，只有你死我活。哈哈哈……"

游子墨捏着林森禾的脸，狂笑起来，还没等林森禾发飙，游子墨突然"啊"地大叫一声，看见手臂被白筱心狠狠咬住了。

"啊！"游子墨痛叫着甩开手，松开了林森禾。

刚刚那一刻，白筱心虽然还在惊恐中没有平静下来，但当她认清了敌人是游子墨，先前在夜店被他欺负的那份屈辱又涌上心头。见他此时竟然对着林森禾掌掴，一时护主的念头让她脑袋充血，不顾一切地朝着眼前他的胳膊咬下去。

游子墨看了看自己胳膊上赫然充血的一排牙印，愤怒地一脚踢倒白筱心："去你的！"

白筱心痛得跌倒过去，刀疤男立即上前控制住她。

"白筱心！"林森禾忍不住喊叫出声，他想挣脱被束缚的双手，却根本没有用。

林森禾努力平复着情绪，保持他最后的理性，用他滴血的眼神瞪着游子墨，一字一句道："游子墨，今天栽在你手上，是我的耻辱，但所有的事情都跟白筱心无关，你把她放了。有什么条件，随你开！"

"林森禾……"

白筱心坐在地上看着林森禾，眼里涌着泪花。这一刻，她才突然明白，原来她在他眼里是如此重要的存在。

身为渺小的人类，我们永远无法预料明天和意外到底哪个先降临，但往往灾难来临的时刻，最能暴露人性的真实面目。生死关头，若有一个人能放弃一切，用尽全力去保护你，那就是爱，是人最本能的反应。

此时，一旁的游子墨听闻后笑得快喘不过气来：“我说林阎王啊，你到现在还没有弄清楚状况吗？你都这样了，还有什么资格跟我谈条件？”

刀疤男的耳返里似乎传来什么命令，他抓起白筱心，凶恶地威胁她：“你告诉我U盘在哪里，我就放了你。”

林森禾和白筱心都是一愣。

“什么U盘，你在说什么？我不知道。”

“你父亲白志宏藏起来的U盘。”

“我父亲十七年前就死了，我根本不知道你们在说什么。”白筱心被这突如其来的质问弄得更加慌乱失措。

林森禾看着眼前这急转直下的剧情，意识突然恍惚起来：难道这一切是冲着白筱心来的？

6. 彗星再临

U盘……林森禾在脑海里快速地复盘起来：刀疤男跟踪白筱心，随后她的家中失窃，紧接着有工作内容的U盘被曝光……原来他们的目标是白筱心手里的U盘，只是当时的那个U盘并不是幕后之人想要的。

然而真正的U盘是什么，看她现在的样子，显然是不知情的。他来不及细究背后的事情，电光石火间，他想到了应对的办法。

“没错，他父亲的U盘在我手里。”林森禾突然开口，白筱心愣住了，随即便反应过来这是林森禾急中生智的应变策略，也配合着演戏。

“林总，你……你怎么能说出来呢，这可是最重要的秘密啊！”白筱心不愧是戏精，表演得入木三分，立时就骗过了刀疤男。而一旁的游子墨一脸蒙：“什么U盘，我怎么不知道还有这回事？”

刀疤男握紧了拳头，掏出匕首架在白筱心的脖子上，目光狠戾：“你把U盘交出来，就现在。”

林森禾要挣扎着冲过去，被游子墨一脚踢翻在地。

“你杀了她，永远别想拿到U盘。交不了差，你们都别想活着。”林森禾跪在船板上，此刻只有孤注一掷，才会让这些亡命之徒胆怯。

游子墨听着几人打哑谜，突然意识到自己可能被利用了，脸上的表情更加难看："什么情况？我们的任务不是杀了他们吗？"

刀疤男根本不理会游子墨，此时，刀疤男耳返里的声音再次响起来，那一直躲藏在幕后的人似乎终于下达了最后的命令。刀疤男回过头来，露出阴险的笑容。

"不需要了，那个U盘，你们还是带给阎王爷去看吧！"刀疤男说着，收起刀子，一步步走向他们二人。白筱心浑身颤抖，惊恐地拖着身体，后退缩到林森禾的身边。

"森禾，怎么办？我们是不是要死了？"

"筱心，不要怕……"此时，真的感到无助无望的林森禾强忍着哽咽，"下次……如果还有下次，我一定会牢牢抓住你！"说罢，林森禾轻轻地吻上白筱心颤抖的唇，泪水滑落在两人的脸上。

原来，那些超越生死的爱情让人唏嘘喟叹，并不是因为被烙上了生命的沉重才闪耀，而是因为它本身便足以让人刻骨铭心。

两人的生命已经被推向死神的刀尖，在这最后的关头，林森禾决定放手一搏，哪怕牺牲自己，他也要保全白筱心。

游子墨："既然你们这么相爱，那我就成全你们，下去做一对鬼夫妻吧！"

游子墨嘲笑的声音刚落，林森禾就反身爬起来冲向了刀疤男，用身体将他撞倒在地，拼命地用脑袋撞击他刚刚受伤的额头。刀疤男疼痛地叫出声来，一把推开林森禾，举着匕首刺向他，他却抬起双手，准确无误地对向那锋利的刀刃一划，他再用力一挣，绳索直接被弄断了，而他的手也被刺得鲜血淋漓。

但此刻这些不重要了，他放开了手脚，就有了反击的机会。他一拳砸向刀疤男，强大的求生念头让他的每一拳都不留余地，可他刚刚压制住刀疤男，身后就传来白筱心的呼叫。

"放开我，你这个变态！"他一回头，发现游子墨竟然抓着白筱心，将她拖到了船舷边，游子墨一脸奸笑："林森禾，看看是你快，还是我快？哈哈哈。"说罢，游子墨毫不犹豫地将她从船上推了下去。

"森禾救我！啊啊啊！"

随着白筱心尖叫着掉入海中，林森禾仅存的理智彻底崩盘："白筱心！"林森禾飞奔着从甲板上跳了下去，越入大海里。

游子墨和刀疤男反倒愣了一下，冲过来看着黑漆漆的海面，翻滚的海浪声吞噬了一切，早就没了他们的身影。

游子墨缓了几秒才反应过来："这里离三明岛可没有太远，你快下去看看，千万别让他们活着上来。"

不待游子墨说完，刀疤男戴上一个简易的氧气面罩，翻身跳了下去。

天空中电闪雷鸣。

林森禾冲进海里，辨别出方向，向逐渐下沉的白筱心游去。终于，他抓住被绳子捆着的白筱心，迅速给她解开。此时，她半合着眼，就快失去意识了。他不再耽误时间，直接贴着她的双唇帮她渡气。

林森禾带着半清醒的白筱心往上游，眼见着就要浮到海面，却看见头顶的人影冲他们而来，林森禾只得反身向另一侧游去。

然而相似的剧情在同一个时间点与地点重演，命运的齿轮又一次裹挟着他们迈向了生死的边缘。

当林森禾意识到他们跌入蓝洞时，一切已经来不及了。一股迎面而来的洪流将他们裹挟着，卷入漩涡中。

林森禾将失去意识的白筱心紧紧搂在怀中，这一次，他再也没有机会将她送上海面求生了。

对不起，白筱心……如果上一个世界的你侥幸还能活着，那么在这一个世界，我们只能一起葬身海底了。可这一世，我爱过你，并依然爱着你。万一灵魂存在，命运能够轮回，但愿我们还会再相遇。

漩涡状的光影再次出现，盘旋在两人周围。林森禾紧紧地拥着白筱心，逐渐失去意识，两人双双坠入蓝洞的深处。

海上，彗星划过，平行时空的隧道再次开启。

水下，林森禾的脑海里，无数与白筱心重叠的画面浓缩，一瞬间凝聚成一个光点，然后消失了。

那漂泊在流淌不息的岁月长河中的生命，从不想去索求哪里是归航的终点，也看不清哪里是时间的末端。

诞生于虚无，消失于虚无，生命，或许在宇宙的一瞬中，都是一场虚无的轮回。

那穿梭于无垠中的光点，突破了宇宙的黑洞，突破了时光的永恒，一瞬间又回到了林森禾的瞳孔里。林森禾仿佛被电击过一般，再度惊醒在面试现场的座椅上。

他又回来了？不，是他又一次打开了时空副本，进入了第三个平行世界。

这一次，林森禾看到那个妆容夸张的桑巴女，飞快旋转着向他扑来，跳上桌做ending pose，却有一种欣喜若狂的感觉。

如果此刻是幻觉或者是梦境，那最多只能对身边亲近的人才会有那么真实的感觉，这些只见过一面的网红，是不可能如此真实重现的。

“果然还是一模一样。”

“林总，您还好吧？”小兰见林森禾突然表情有些扭曲，担心地询问。

“白筱心，白筱心呢？告诉所有人，把妆给我卸了再来！”

林森禾顾不上其他，焦急地撞开面试办公室的门，在众人诧异的目光中冲了出去。

林森禾的目光飞快地扫过一个个参加面试的女孩，看到跟白筱心相似的背影，就跑过去仔细查看，可惜并没有发现她，紧接着他又向洗手间的方向冲了出去。

众人倒是一脸惊诧，这堂堂的林氏总裁行为举止像一个精神病患者。

7. 三世相遇

“怎么回事？”

听到总管说让卸妆，众网红更是一脸难以置信，她们只是想参加主播面试而已，又不是考中戏，卸哪门子妆啊？

可惜大老板发话了，众人再不愿也无法，只得朝着洗手间挤去。网络热搜里，又出现了一条最新消息：猫咪 TV 大型主播面试现场，面试者被要求当场卸妆。

白筱心还没反应过来发生了什么，众人就推搡着边缘的她挤进了洗手间，可她总觉得这一幕似曾相识。

洗手间里，白筱心一脸无奈地对着镜子拆掉辫子，打开水龙头把头发打湿，突然之间，她一阵眩晕。一个画面在她脑海飞快闪过：深海中，一个男人搂住了她，吻了上去。

白筱心扶住洗手台，摇摇头想让自己清醒：“我出现幻觉了？摔出脑震荡了？”白筱心疑惑地转身，没想到正好撞到跟着她的背影冲进女洗手间的林森禾。

“啊！”白筱心的手机被林森禾撞飞，却发现自己被林森禾拉着手，他正深情地看着她。而她的目光在林森禾脸上短暂停留后，紧张地看着自己被撞飞的手机。

短短的一瞬间，林森禾一把搂住马上要摔倒的白筱心，并伸出手完美地接住了快要掉在地上的手机，手机中的播报响起：“伶仃洋上岛屿多如翡翠，游客稀少，景色不输任何海岛……”

林森禾听着熟悉的播报，终于露出了如释重负的笑容，一把将白筱心紧紧搂在怀里，激动道：“不要怕，我们回来了！”

就算他们跌进深邃的黑暗中，就算坠入无边的梦魇里，就算我的世界早已分崩离析，被时光的碎片拆散在循环往复的轮回里，但直到我的眼睛捕捉到光的缝隙，直到重新遇见你，狼狈而慌乱，却能够触手可及地拥抱着你……那颗死而复生的心，又有了继续跃动的意义。

《牡丹亭》有一语，情不知所起，一往而深。生者可以死，死者可以生。生而不可与死，死而不可复生者，皆非情之至也。

此刻，林森禾经历了这番劫难，才顿悟了这句话的深意。

林森禾捧着白筱心的脸，闭上眼睛，打算给白筱心跨越生死与时光的深情一吻。

然而下一秒，意外的一个巴掌无情地打在他脸上，“啪”的清脆响声，随即是女生的尖叫:“臭变态！流氓！”只见白筱心一副受到凌辱的样子,怒气冲冲地看着他。

林森禾被抽到怀疑人生，一动不动，嘴角抽抽:“你什么都不记得了？不应该啊，这次我们是一起掉入蓝洞的啊。”

林森禾震惊加委屈，怎么每次白筱心都不记得？怎么每次他都要挨一顿打？

听到声音前来围观的人，也都被白筱心的举动吓到，小兰看着林森禾捂着脸的模样，担忧地上前询问：“林……林总，你怎么样？”

“林总？”

白筱心一脸惊讶地看着被自己打了的男人，这才反应过来对方的身份。林森禾把手移开，用拇指将嘴角的血痕擦掉，一脸悲伤地看着白筱心，道：“不好意思，我认错人了。”

十分钟后，明显被特殊照顾了的白筱心不安地站在面试场地中间，看着嘴角发青的林森禾，硬着头皮自我介绍：“大家好，我叫白筱心。”

小兰和严主管都看着林森禾，偷偷在他身后交换着眼神，用他们独有的默契进行灵魂对话。

“林总是想把这姑娘凌迟呀！”

“不管怎么样，我们先帮林总出了这口恶气。”

小兰和严主管彼此接收信号成功，相互点点头，然后看着白筱心开始提问。

“你有多少粉丝？”身为林森禾工作助理兼生活助理的小兰姐率先开口，明摆着想要刁难白筱心。

“我……不多，三千……”白筱心有些心虚，她很想说三千多，可谁让门外有互关的主播，见她打了林森禾，刚刚取关了，现在她连三千粉丝都已经保不住了。

小兰假装遗憾，摇摇头：“粉丝太少了，不行。”

林森禾看着小兰一脸疑惑，还没来得及反驳，就听到另一边严主管冷酷的声音：“你做得来极限项目吗，比如潜水？”

“我……”白筱心刚要回答，严主管就抬起手，让白筱心不要再说了，“犹豫就是不会，你不用解释了。”

白筱心还没开口反驳,只见林森禾生气道:“没有粉丝,我们可以培养,不会潜水,我们可以慢慢教，谁生下来就会所有东西？你们这么提问，对她公平吗？”

林森禾越说，周边气压越低，先前几次面试经历也浮现在他脑海里。要是以前他这两个主管也这么聪明，早早揭穿了白筱心不会潜水的事实，能让他和白筱心一而再地 game over（玩完）吗？他用得着这么折腾吗？

林森禾义正词严的样子让小兰和严主管面面相觑，白筱心也是一脸难以置信。

这人是被她打了一巴掌脑子坏掉了，还是天生受虐狂？

“林总，您的意思是……”自觉最了解林森禾的小兰，此时也搞不清楚状况，小心翼翼地询问林森禾，在心中默默决定，面试结束后，一定要求着游清泽，带阎王好好查查脑子不可。

“我觉得白筱心不错，人长得好看，单纯可爱，责任心强，也能吃苦，聪明善良……”

林森禾越说越顺嘴，推荐信上的字眼一个跟着一个朝外蹦。小兰和严主管一脸震惊，白筱心更是越听越疑惑：这说的是我吗？

8. 谁也不许反悔

“啊？”

听到林森禾在夸完白筱心后，直接提前现场签约白筱心，一众人都惊得说不出话。

“你们不同意？”

“没有，没有，当然是老板说了算。”严主管和小兰立即知趣地摆摆手。

“你呢？”林森禾又看向白筱心。

“我当然是没有意见的。”白筱心赶紧回复，生怕林森禾反悔，也怕她的简历再一次被拆穿。

等等，再？为什么她下意识会想到是再？她疑惑地皱了皱眉头。

“对了，三明岛旅游形象大使选好了吗？”

林森禾想起第一次见白筱心的时候，白筱心似乎还为得到这个形象大使的身份各种兴奋，找花花教游泳的语音里，还一直炫耀来着。

“还没。”小兰摇摇头，下意识将目光投向白筱心，阎王这是看中她哪点了？

“你愿意吗？”林森禾将手指点在白筱心面前的桌子上，明明是询问，语气中却带着温柔，眼神也变得含情脉脉。

“我……我愿意！”

林森禾微微一笑，眼神仍旧直勾勾地盯着白筱心，他向小兰伸出手，小兰赶紧拿出合同递了过来。他毫不犹豫地在上面签上名字，把笔递给白筱心。

白筱心赶紧接过笔，上前飞快地浏览合同，也签上了名字。

“你们不要反悔哦，不然要赔偿三倍违约金的，也不能随便辞退我，我会申请仲裁的哦。”白筱心看基本搞定，只差盖章的合同，一时有些放心不下。

林森禾盯着白筱心的微表情，她似乎还是跟以前一样呢，情不自禁露出宠溺的笑容：“你放心吧，我不会的反悔的。明天你来上班，我直接把盖过章的合同给你，或者你要是不放心，可以直接盖我的私印，小兰，把我的私印拿过来。”

小兰的动作奇快，不一会儿就捧着林森禾的私印跑了回来。

“在林氏，我的私章效力等同于公章，有了这个，无论如何我们林氏都会承认的，为了这点蝇头小利损害林氏声誉，我们林氏还做不出来。”林森禾微笑着指了指他私章盖出来的红印。

林森禾的公章盖得格外用力，咚咚咚震得桌子直颤。他盖完章，将合同再次递给白筱心。

白筱心看着红艳艳的印泥，脑海里突然浮现出一股鲜血汩汩涌出的画面，妖娆而蛊惑，整个人打了一个激灵，晃了晃脑袋。

“好，那我先走了，再见！”

“喂，等一下……”

林森禾还没说完，白筱心飞快地跑了出去。林森禾连忙起身追出去，留下小兰跟严总管一阵凌乱。

林氏集团大楼门口，白筱心背着包快步走出大厦，林森禾追了上来。

“白筱心。”

白筱心回头见是林森禾，不由得加快脚步：“糟糕，他不会是后悔了吧？”

不料后方突然驶来白色越野车，白筱心丝毫没注意，悲剧即将发生的那一刻，她跌入了一个厚实的胸膛里。

“你没事吧？”

白筱心一脸愣怔，摇摇头。游清泽从车上下来，目瞪口呆地看着眼前的情景。

“森禾，她怎么样？”林森禾抬头看看游清泽，再看看白筱心，突然想起之前白筱心偶然提到她对清泽有过好感，就是从这次意外撞车开始。

此时，白筱心正准备回头看是谁撞了她，没想到她的头被林森禾按在他的胸前。她含糊不清地叫喊道：“你干吗，你放开我！”

“她没事，这里我处理就好，你先回去吧！”

还没等游清泽反应过来，林森禾就连拉带拽地拖走了白筱心。

什么情况？

林森禾直到将白筱心拉到广场，才把她松开，手忙脚乱地帮她把头发整理好。她满脸怨气地看着林森禾。

“林总，就算你是我老板，这么动手动脚的，我也会报警的。”

“嗯，你知道保护自己我就放心了。”

“啊？”白筱心一脸蒙。林森禾意识终于意识到自己太过忘情，掩饰地咳嗽一下，恢复一本正经的样子：“我其实是想跟你道歉，你长得很像我过世的朋友，所以刚刚我才会没控制住自己。”

白筱心愣了一下，回想刚刚发生的事情，觉得这个理由尚且解释得通，便将信将疑道：“哦，我知道了。你还有别的事吗？”

林森禾吞吞吐吐：“我……我……算了，以后再说吧。”

“好，那我走了。”白筱心立即再次转身，指着不由自主跟上她的林森禾，语气里带着威胁，“你别再跟着我哦。”

白筱心飞快地跑开了。林森禾看着白筱心的背影，插着口袋仰天长叹，不让泪流下来。

老天，你不会在玩我吧？这场人生轮回的游戏，又只剩下他一个拥有前情记忆的玩家。

……

宿舍里，丹丹一边琢磨该穿什么衣服，一边认真收拾着行李。偏偏白筱心端着水杯，来来回回地在她面前转来转去，像一只聒噪的苍蝇，她终于忍无可忍。

“筱心，你再转我的脑袋都大了，有好机会你就当作上天送你的礼物，安心接受就好了嘛。”

“不一样，不太对……丹丹，你知道吗，我面试之前，突然灵光一闪，然后就看到一个画面，我在深海里跟一个男人接吻，而那男人竟然跟林森禾长得一模一样。”

白筱心敲着水杯，脑海中还在不断回想那个画面，太真实了，以至于她都相信之前曾发生过这一幕，一定是哪里不对。

“他不是说你长得很像他过世的朋友吗？”

丹丹受不住白筱心敲木鱼一样的敲击，只得帮白筱心找理由，然后求白筱心放过她的眼睛和耳朵。

“你说，我会不会被他那个什么朋友附身了？”白筱心忽然全身一个激灵，想起她常看的各种灵异鬼故事。

“你别乱想了好吗，大晚上的。”丹丹简直想抽自己一巴掌，好死不死地，大晚上提示她想什么鬼故事啊！

白筱心不理会抽风的丹丹，想了想，拿起手机发朋友圈：感谢上神保我平安渡劫，大恩大德永世难忘！白筱心配上锦鲤的图片，松了一口气。

“不管被什么附身，我这么有礼貌，你也不要再纠缠我啦。”

这时，林森禾添加白筱心好友的消息提示音突然响起，白筱心看到林森禾的名字，手一抖，犹豫半晌，终于按下同意键。

“我不会真被什么缠上了吧？”

第十一章

您以后还是不要太关心我，我不值得，人间值得！

1. 麻烦别再让我挂了

林森禾打开家门，看到白筱心通过添加好友的信息，立刻欣喜地打开白筱心的朋友圈，当下就明白过来白筱心说的是什么意思。

“自己拜自己，亏你想得出来。”林森禾忍不住笑出声。

随即，当他一个人坐在沙发上盯着白筱心朋友圈晒出来的照片时，表情慢慢变得凝重。船上发生的一切，再度清晰地浮现在他脑海里。

“你告诉我U盘在哪里？我就放了你。”

“什么U盘，你在说什么？我不知道。”

“你父亲白志宏藏起来的U盘。”

他以为上次幕后黑手的目标是他，没想到兜兜转转，还是回到了白筱心身上。

为什么刀疤男背后的人费尽心机也要找到那个U盘？那个U盘里到底装着什么？刀疤男身旁还站着同伙游子墨，那么这件事必然跟他也脱不了干系。

林森禾盘算着，十有八九幕后之人误会了U盘已落入林森禾手里，对他们造成了巨大的威胁，才选择将他和白筱心一起杀人灭口。或许，这U盘藏着的秘密跟林氏也有关系。

林森禾突然想到在夜晚的船上，他跟白筱心一起看星星时，白筱心提到过她之前是三明岛的原住民。现在看来，她父亲白志宏留下的那个U盘，才是解开整个事件的关键线索。

至于那个躲在幕后的黑手……林森禾继续在脑海里盘算着，这个人能把黑风在三明岛上布置的所有防御安保悄无声息地拔除，还让人闯入他的房间，绝对是林氏内部的人，并且权限非常高，会是谁呢？突然，林森禾的眼前不由自主地浮现出游钟书那张似笑非笑的脸。

“游叔？他跟随爷爷几十年，在林氏名利皆有，他的动机呢？”林森禾仍旧困惑。此时，开门声应声响起，林森禾抬眼看到游清泽拿着一大包食材进来，愣了一下。

“清泽，你来了。”

“嗯，我看冰箱里没什么东西，就去买了点……那个，今天在大厦门口，我撞到的女生怎么样，今天我光忙碌了，都忘记问了。”

林森禾尴尬地笑笑：“没什么。”

游清泽拿出菜，一点一点地填满冰箱：“我听说，你今天直接签约的主播就是她，而且还让她当三明岛的旅游形象大使，会不会太草率了？”

林森禾不知如何回答，只得含糊其词：“她看着还不错，只要好好包装没问题的，你别担心了。”

游清泽也没多想，无奈地笑了笑：“哦，你觉得合适就好。”

林森禾看着忙碌的游清泽皱眉，这个家伙在他的轮回游戏里，从头到尾都是毫无记忆的工具人吗？

林氏集团一向以高效率著称，第二天下午，白筱心的巨幅海报就被挂在了林氏外墙上，白筱心的卡通形象也被印在三明岛的各种周边上，人们手机中刷到的新闻也全部是白筱心的照片。

直播间里，服装师将一排排衣架整理好，化妆师也打开了梳妆台上的各种化妆品。白筱心坐在化妆台前，发现化妆间里只有自己，十分疑惑：“严主管，不是说今天所有人都来定风格和试播吗？怎么现在只有我？”

“这是林总特别交代的，专门给你的私人直播间，怎么样，你还满意吗？”严主管满脸媚笑，只要能被阎王看上，就算是一个丑八怪，依靠自己的包装手艺，也能让她红透半边天，说不准自己以后还要仰仗这个祖宗呢。

“浮夸……这得给我拉多少仇恨啊。”白筱心虽然有些抗拒，但一时充满各种感动，各种嘤嘤嘤，当然，如果老板不是一个看起来像变态的大叔就更好了。

“你就别想那么多了，好好努力，让你的能力匹配上现在的待遇不就好了？”严主管挥着胖胖的胳膊，给白筱心打气加油。

白筱心苦笑着点点头。她坐在化妆台前，看着镜子中的自己，喃喃：“昨天我还在转发锦鲤，今天就觉得自己是锦鲤本鲤……可是我怎么总觉得有种不好的预感呢？”

林森禾办公室，林森禾没有收到白筱心隔空传来的各种感谢，正面对面地给黑风下派任务。

“黑风，你找人去帮我调查一个叫白志宏的人，看看他跟林氏有什么关系，尽快！”林森禾将手里的资料递给黑风。黑风接过资料：“好的，老大。”

“还有，在我和主播白筱心身边安插保镖，注意一个脸上有刀疤的男人，一旦发现踪迹，立即汇报给我。”

黑风听完后立刻紧张起来：“老大，你被人盯上了？”

“对，所以你打起十二分精神，别再让我挂了。”林森禾每次想到连续两次死在刀疤男手中就各种难过。

“啊？”黑风一脸蒙，老大说的“再”是什么意思？

林森禾懒得解释，挥挥手：“没事，你去吧。”

离去的黑风一脸蒙。林森禾翻看着桌上的日历，重新盘算着新一局挑战的策略打法。

他上一次为了规避风险，叫停三明岛项目，对游子墨下手，将其开除，才引发了游子墨及其背后人赤裸裸的报复。这一次，他决定按兵不动，好好利用已知的信息，抓出幕后的真凶，不然就要被困死在这无限轮回里了。

林森禾长叹一口气。

……

此时，直播间内，白筱心面前的桌子上摆了很多海鲜特产，还有一大盆椰子鸡、五盒椰子饭，准备开始她的吃播首秀。

“你好了吗，我们开始？”严主管笑眯眯地问道。

白筱心深呼一口气，点点头：“嗯。”

另一边，林森禾的手机里跳出了白筱心的直播推送消息。一直深深紧皱眉头的他，此时终于舒缓了表情，露出了姨母笑，点开了链接。

直播中，白筱心眨着眼睛做手势，羊角辫加上薄纱套裙，一派浓郁的可爱风扑面而来，粉红色的少女心溢满屏幕，少女正对着镜头露出可爱甜美的笑容。

他仔细看过去，白筱心这副笑容跟她上一次做助理时挂在嘴边的职业假笑完全不一样，是发自内心的。他心里多少有点小别扭，感觉她当初的笑容都是在敷衍自己，但看见她这回终于实现了自己的梦想，也还是倍感欣慰。

林森禾的力道不禁加大了几分，仿佛此刻握紧的手机是调皮捣蛋的白筱心，不过，这次他一定不会再让她逃掉了。

“Hello，大家好，我是三明岛的旅游形象大使白筱心，初次和大家见面，请多多关照，比心。”

直播快乐热闹地拉开序幕，面对镜头的白筱心仿佛天生有一种魔力，能说会笑，段子也张口就来，再加上前期猫咪TV的大力宣传，直播间瞬间达到了百万人次观看。

“谢谢小哥哥的礼物，我们刚刚讲了三明岛的特产，接下来我们尝试一下三明岛的美食。今天，我的挑战是把它们全部吃完哦。”镜头一晃，白筱心的面前摆了一大盆椰子鸡还有五盒椰子饭。

林森禾看着直播皱皱眉头："胡闹，白筱心这么吃不怕把胃弄坏吗？小兰，让白筱心停播！"林森禾疯狂地按下呼叫键，隔空朝着直播间叫停。

直播间里，白筱心无奈地看着眼前的美食被端走，一旁的严主管也焦急地踱步。

"严主管，林总是不是故意找我麻烦？"

"我们还有其他方案。"严主管明显不甘心，还毫无察觉地带着白筱心在作死的边缘晃荡。

"宝宝们，接下来我给大家带来一首歌唱三明岛美景的原创歌曲。"没多久，白筱心穿着夏威夷草裙，随着音乐起舞，重新出现在镜头前。

直播间外，林森禾脸色阴沉，严主管如同鹌鹑般站在他旁边。他看着手机里的直播画面，白筱心还在啦啦地唱着，评论区已经开始刷屏。

"我们要看海岛比基尼！"

"宝宝们？那些人跟她熟吗？还要看比基尼？"

"这……这个……"严主管正考虑如何解释，林森禾已经径直冲向直播间，拉开门，二话不说把白筱心从椅子上拉了起来。

"哎……你干吗！"严主管眼睁睁看着白筱心被拉走，直播画面里只留下一把旋转的椅子，欲哭无泪。

"快！快停播！"

2. 直播也要有职业素养

十分钟后，白筱心背着手站在林森禾的办公室里，看林森禾全程黑着脸递给她一杯果汁时，心里不安加不知所措。

"我是没给你发工资吗？你那么委屈自己干什么？"

白筱心愣了一下，吸进去的果汁差点呛出来，完全没想到会是这个开头。

"这……这是我的职业素养，我本来就是主播，也没做什么过分的事，大家愿意跟我聊天，是因为我亲和力强。大家愿意看我直播，是因为我内容新颖，我不觉得我哪儿做错了。"

"你叫别人宝宝、亲亲，这是能随便叫的吗？"

白筱心愣了一下，这是什么脑回路？还有这语气，她怎么听着像吃醋？

"你以后直播不要穿这种裙子，不要平白无故叫人家小哥哥，不要为了博眼球做伤害自己的事情，也不要人家说什么你就答什么，不想理的人，就把他们从直播间踢出来，知道了吗？"

"我好歹是形象大使……没有平台的其他主播人气高怎么行？"白筱心嘴角抽

抽，越发搞不明白林森禾到底在做什么。

“买数据还不简单……花点钱推一推，炒一炒，热度也就上来了。”林森禾一副满不在乎的样子，却让白筱心感到了一丝不舒服。

他似乎是在暗示她，既然你是我选定的主播，就要听我的话，并且你自己的努力并不重要，还是要依靠爸爸我的资本和实力。

“没别的事儿我就走了。”白筱心含着委屈与怒气，朝林森禾鞠了一躬，把果汁放回林森禾手中，转身离开，不想继续同智障又自负的大叔对话。

林森禾看着白筱心的背影渐渐远去，后悔、忐忑又慌张地咬住吸管：“我……我不会被讨厌了吧？”

……

下班后，白筱心坐在宿舍的床上，委屈巴巴地和丹丹吐槽：“老古董，根本不懂直播，还瞎指挥。都哪个年代了，以为光有钱就能捧红人啊？”

“他说了那么多禁令，那你以后还播什么？”丹丹有些担忧白筱心的前途，这也不行那也不行，这不是要逼死白筱心的节奏吗？长此以往，白筱心的名声可就要臭了，东山再起都不太可能。

“做不了颜值直播，那我就做猎奇搞笑的呗！我去网上搜搜都有什么花样！”

丹丹看着白筱心斗志满满刷手机的样子，忍不住出言规劝：“要我说，你何苦那么拼呢，我看这个霸道总裁对你还是很照顾的。”

“So（所以）？大腿又不能抱一辈子，我虽然想躺赢，但是我不想躺着等死啊！”白筱心晃着手机，还沉浸在猎奇搞笑段子中。

丹丹无奈地摇摇头，这天上掉馅饼还是桃花馅儿的大好事，只有白筱心这个没心没肺的不买账吧？

白筱心被迫改走猎奇风后，林森禾又一次准时准点守在直播间，紧紧盯着手机屏幕。林森禾看着白筱心悠哉地泡在满是水宝宝的浴缸里，无奈地叹息。

浴缸里，白筱心满脸搞怪装饰，刚要开口就想起林森禾的禁令，只得连忙改口：“各位……大兄弟，泡在这里的感觉十分奇妙啊……”

“你宁可想尽办法避开我的禁令，也不让严主管给你做流量……算了，如果你喜欢就随你吧！”

林森禾忍不住发笑，在手机上一通操作，给白筱心刷了满屏礼物，然后露出满意的笑容。

严主管看着手机屏幕上的一连串打赏，整个人傻掉了，激动地在镜头后面比了一个“棒”的手势，白筱心也看到了屏幕上的礼物，吃惊地坐直身体致谢。

“这位362154的游客朋友，谢谢打赏，我……我现在已经是直播热度第一名了，感谢感谢！您做了好事不留名，难道没有什么代号可以称呼吗？”

白筱心等待着，直到看到直播页面上刷来简短的两个字留言：阎王。

白筱心的笑容渐渐僵硬："亲爱的朋友们，今天的直播到此结束，如果我能活过明天，再与你们相约！"

白筱心扬起她快要哭出来的嘴角，关闭了直播，看着严主管，欲哭无泪。

终于到了下班时间，电梯间里，白筱心换了衣服，头发还湿漉漉的。她在电梯口等电梯，浑然不知一个身影已经贴到了她的身旁。

"你这么晚才回家？幸好我也加班了。"白筱心一惊，抬头看到来人，随即尴尬地笑笑，他还真是阴魂不散啊。

"呵呵，林总。"

林森禾看看电梯，盘算了一下时间，又想起上一次电梯停电那惊魂一夜。"等下电梯可能会停电，我们走楼梯吧。"

"啊？"白筱心看着林森禾的笑容，瞬间觉得头皮发麻，慌忙拿包护在自己的胸前。

"林总，你往自己的直播平台刷礼物，最后钱还不是回到你的口袋，你不能就因为这个想把我怎么样吧，我可是一个正经主播，不是随随便便的女人。"

"你想多了，电梯真的会停电，你跟我走吧。"

白筱心一脸留恋地看看马上要到的电梯："好吧。"

逃生楼梯里，白筱心和林森禾满头大汗，靠在墙上休息。

"我实在走不动了，到现在都没有停电啊，我们去坐电梯吧！"

白筱心觉得，就算爬她家门口的台阶，都比这该死的逃生通道省力。严主管说过，直播间原本在二楼，是林森禾抽风才搬到二十九层的，都怨这该死的林森禾。

林森禾并不知道白筱心正在心中扎他的小人，抬腕看看手表，疑惑片刻后，继续坚持先前的记忆："再过一会儿，肯定会停电的。"

白筱心摆摆手："不行了，我不走了，停电就停电吧！"

白筱心正准备离开，被林森禾一把拉住，他蹲下来，将她背到了背上。

"我背你下去。"

"喂喂！"白筱心来不及抗拒，已然被林森禾站起来，稳稳地背在身上，明明她该是跳脚生气的反应，但突然眼前有些恍惚。

等等，这一幕怎么好像发生过？

白筱心看着林森禾宽厚的肩膀，一瞬间脸红，并且感觉到一股熟悉的温暖在心间流过，手臂也不自觉地放松下来，环住了林森禾的脖子。

林森禾也感受到了白筱心的安稳，露出了满足的笑容。

不过，他显然错误地估计了自己的体能水准。二十分钟后，大厦门口，林森禾脸色惨白地放下白筱心，坐在地上大喘气，白筱心有些担心地看着林森禾。

“林总，你还好吗？”

“没事，我休息一下就好。”

保安走过来，一脸关切：“林总，你们怎么从楼梯下来了？”

林森禾一脸疑惑：“刚才电梯没停电吗？”

“没有啊，一直都是好好的。”

林森禾疑惑地皱皱眉，突然，一个穿卫衣戴鸭舌的男人从不远处走过，林森禾警惕地盯着那个人，直到看到他的脸上并没有刀疤，这才松了一口气。

“林总，我叫好车了，您可能是低血糖，我送您回家吧。”林森禾抬头看着白筱心，她这突然的态度变化，让他有些受宠若惊。

“好的，那麻烦你了。”林森禾顺势装作虚弱的样子，依靠在白筱心的肩膀上，努力克制住嘴角勾起的笑意。

林森禾家的客厅，白筱心扶着林森禾坐在沙发上，松了一口气：“林总，你好好休息，我先走了哦。”

“等一下，我突然感觉有点头晕、恶心、想吐……”

白筱心看着林森禾紧握住自己的手，一时有些慌乱，但是看着林森禾确实很难过的样子，善良的本性再次让她有些犹豫。

“要不我去给你倒点红糖水？”林森禾点点头，还不忘装出虚弱的样子。

林森禾看白筱心走到厨房的可人背影，不禁想起之前她住这里的时候，好像对他的肌肉很感兴趣。

林森禾的脑海中，白筱心的手摸过他的肌肉，盯着他的肌肉咽口水的画面，再度浮现。

林森禾索性扯开衬衣，看看自己的胸肌，觉得有些不够，再解开两颗扣子，还是觉得不够，再解开两个……然后他摆了一个性感的姿势，斜躺在沙发上，等待着白筱心。

3. 我不值得，人间值得

白筱心冲好红糖水，转身看到林森禾已经解开了所有的衬衣扣子，露出完整的胸肌和腹肌，靠在沙发上，扶着脑袋轻轻皱眉。

白筱心差点喷出一口水，这是什么操作？低血糖导致胸闷气短，就要敞开衣服透透气？

不过他这诱人的胸肌，突然让她小心肝乱颤是怎么回事？

白筱心咽了咽口水，小心翼翼地把水放在茶几上：“林总，你喝水吧。”

“我的头好晕哦……手好像有点抖……”

白筱心硬着头皮拿起水杯，凑到林森禾嘴边，喂他喝水。林森禾此刻也没闲着，努力凹着造型，让他的肌肉轮廓更明显。

白筱心的手抽搐一下，水瞬间洒在了林森禾坦露的胸上，水顺着肌肉的线条流了下来。

“对不起！对不起！”白筱心见到此番情景，急忙拿过纸巾想要帮林森禾擦水，却不料林森禾趁机抓住她的手，深情地看着她。

三秒后，白筱心发出一声尖叫：“啊！死色狼！老变态！你是不是故意的？”

看她努力想要挣脱自己，林森禾也慌了，怕她会再大声叫，一翻身把她压在身下，捂住她的嘴：“你……你不要叫。”

白筱心挣扎着，被这么一个袒胸的变态压在身下，她别无他法，直接祭出了她从防狼手册里学到的绝招，对着他的手一口咬了下去。

“啊！喂，是你刚刚把水洒在我身上，还在我身上擦来擦去的！你才是故意的吧？”林森禾疼得起身，一脸羞愤。

白筱心终于停止了挣扎。林森禾甩了甩手，慌张地系上扣子，一脸委屈又无辜，但是耳朵通红。

“我……我今天找你，本来想跟你道歉的。我想告诉你，我忽视了你的努力，只想着给你刷流量，是我不对。”

林森禾被白筱心盯得有些心虚，仍然硬着头皮继续。他都已经承认不应该刷流量了，要是再承认故意设计白筱心、引诱白筱心，那他林阎王的脸朝哪里搁？

“结果我收到电梯有可能停电的通知……我也没想到你体力那么差，只能背你下楼。送我回家，也是你自己提出来的。”

白筱心被林森禾的一通歪理弄得没脾气，没好气道：“那还不是因为你对我莫名其妙的……太好了，搞得我还以为你对我一见钟情。”

白筱心抱怨着，拍着胸口后怕，却看林森禾不但不反驳，脸还越来越红，白筱心的大眼睛越瞪越圆。

“你不会真的喜欢上我了吧？”

两人四目相对，白筱心脑海中再次闪现出一个片段，她跟林森禾搂在一起，两个人跌倒在地上，双唇紧逼，眼见着要亲在一起……

白筱心的脸瞬间变得通红，使劲摇了摇头。我的老天哪，我刚才在想什么？我跟他怎么可能呢？

林森禾此时听闻这句话，也有些扭捏起来。他看面前的女孩脸红了，还害羞地摇着头，似乎对他也有好感啊。哎呀，他趁这个时机表白，合适吗？

林森禾舔舔嘴唇，正要说话，白筱心看林森禾表情不对，立即抢先开口：“林总，我们相差的年纪算起来有四个代沟了，真的不合适。所以，您以后还是不要太关心我，我不值得，人间值得！”

白筱心一双手摇得仿佛一对蒲扇，不知疲倦一般，越晃越快。

林森禾愣住了，然后赶紧尴尬地别过脑袋：“哈哈哈，是你想太多了吧，我就是觉得你很像我死去的故人而已。”

“那太好了，再次感谢你的故人。林总，那我先走了。”

白筱心拿起包，飞快地离开林森禾家，似乎多待一秒钟就会被这个变态大叔吃掉一样。

“砰。”林森禾难以置信地盯着被关上的房门，喃喃，“我被拒绝了？我竟然被……被拒绝了！”

“唉。”林森禾发出一声长长的叹息，随后又拨通黑风的电话，“黑风，白筱心回家了，你护送好她。”

林森禾想了想，还是觉得不甘心，索性又拿起手机，开始搜索如何向00后表白不被拒绝的话题。

网络上，网友给的答案五花八门，最过扎心的一条如下。

“那得看表白人的年纪了，如果你是00后小哥哥基本没问题，90后嘛，就得看颜值和实力了，80后的老牛基本没戏，毕竟00后的小孩现实要求还是蛮高的，80后在00后眼里多数是又老又丑的大叔。劝慰80后的老人家们还是清醒点吧，找找大龄单身剩女什么的，别去自讨没趣了，跟不上节奏，还被人嫌弃。”

林森禾看着手机上的回复，简直要气抽加气炸！80后怎么了，也是大好年华不是吗？更何况他是1989年的，距离90后只差一年而已，凭什么不能想想00后了？

他很老吗？他忽然想起，白筱心曾经称呼他老父亲和大叔，瞬间有些气馁。

可是他很有钱啊，长得帅又很专一，还有他每天坚持不懈练就的八块腹肌。他想着自己身上的优点，忽然又有信心起来。再说了，之前白筱心不是没对他动心，只不过还没等到他表白，就被迫穿梭了而已。

林森禾相信，他能成功一次，就能成功第二次，只要他够努力，够优秀，够真诚，总有一天能够打动白筱心，收复白无常。

就没见过哪家小屁孩能斗得过大人的！林森禾找回了自信，更加有动力了，索性关了搜索页面，开始回忆先前是如何攻陷白筱心的，他家白筱心除了钱，还喜欢什么呢？

……

半夜，女生宿舍601的大门敞开着。

“白筱心，你长尾巴了？又不关门！”丹丹大声抱怨着，一只手端着饭盒，一只手拿着饭卡，用脚将门勾上。

“白筱心，我告诉你，现在挨个寝室捡漏的学妹有很多，你要是不关门，让人把我的固定资产偷走了，我把你抽皮拔筋，再挂在教学楼示众。”

丹丹见没回应，索性继续嘶吼，环视一圈没发现白筱心的身影，以为这个小妮子又不知道去哪里疯了，正打算坐下吃饭，一阵捶床声吸引了她的注意力。

声音好像是从白筱心床上传来的，她上前掀开被子，白筱心已经被捂得满脸潮红，还在不停地敲打枕头，丝毫没有注意到自己的遮羞布已经被揭开。

丹丹看着白筱心的样子，立刻知道发生了什么，先前她误会校草对她有意思的时候，也是这副举动。

只不过最后她得知是校草真心话大冒险输了，所谓的爱心温水根本不存在，为此这平常大大咧咧的丫头又气又恼，成功秉承了林黛玉的特性，忧郁了好久。

“哟，白大主播这是在撒什么气呢？被潜规则了？霸道总裁的感觉如何？”

“丹丹，你能不能少说几句风凉话？”白筱心愤愤地从床上蹦下来，盯着鸡窝头，瞪着罗丹丹。

“果然有情况。”丹丹嘟囔完，自顾自地坐下，开始整理书桌打算吃饭，丝毫不理会白筱心。

“他竟然给自己的平台打赏，还骗我电梯停电，背我下楼，然后假装低血糖，骗我送他回家，还故意露出腹肌引诱我，还有还有，最可恨的是……”

果然不出丹丹所料，白筱心像竹筒倒豆子一样，拉着丹丹疯狂倾诉。

“最可恨的是，明显是一个套，你还乖乖钻进去了，然后让人家调戏得差不多了才反应过来，逃了回来。”

丹丹舀起一勺麻辣豆腐，塞到白筱心嘴里，堵上了她滔滔不绝的嘴。

“只有恋爱的人和宝妈智商才为负数，白筱心，你动春心了，我以你大学四年室友的身份起誓，你智商为零绝对不是被气的。虽然你们有很大的年龄差，看起来十分不合适。”

4. 自杀式求爱

白筱心生生受了罗丹丹一晚上的白眼，因为她一直不肯承认自己动春心了。她怎么可能对这种大叔感兴趣？笑死个人！

白筱心再度抓狂，结果当晚，白筱心的睡梦中竟然出现了林森禾。

梦中，她和林森禾被困在一座孤岛上，林森禾替她捞海鲜，为她绑吊床，结果这家伙嫌弃她睡觉不老实，竟然还将她绑在了吊床上。

然后，两个人饥肠辘辘的，被困在孤岛上。林森禾如变魔术一般掏出两个自嗨锅，白筱心从溪流中取了淡水，还没等着吃，就被一个一身黑衣的少年开船接走了。

清晨，白筱心揉着脑袋，昏昏沉沉地醒过来，浑身酸痛，仿佛一晚上真的被人拉去异世界经历了一番梦境中的奇遇。

她回想着梦中的场景，那熟悉的黑衣少年，她总觉得在哪里见过，却怎么都想不起来。然后她看到一身黑色套装的丹丹，正对着穿衣镜晃来晃去。

“不用想了，一定是这家伙刚刚穿着一身黑衣站我旁边喊我，然后入我梦了。”白筱心拍了拍脑袋，又倒了下去。

不过，白筱心这几日上下班，总感觉身后一直被一个黑衣人跟着，可是每次回头都找不到人。于是乎，白筱心只能归结为做梦做多了。

白筱心刚出林氏 A 座二十九层的电梯，就被严主管截和了：“筱心，我们需要好好考虑一下战略，不能再这样下去了！”严主管拦住白筱心，满脸郑重，似乎不想出一个对抗林森禾的办法就誓不罢休。

“严主管，真的不是我不配合，可你也看到了，林森禾他就是故意整我，哪有给自己平台打赏的？他也不怕传出去影响不好。”白筱心现在一想到林森禾就头疼，听到严主管要商量一个对策，立即委屈巴巴地求援。

“我知道，但这也是老板对你的重视，是不是？要不然这样，你去跟老板谈谈？起码得让我们正常直播不是？”严主管一脸谄媚，就差将“老板一定听你的”这几个字印在脑门上了。

白筱心翻着白眼，还以为他有什么高见呢，反过来还是把皮球踢给她去解决。让她去跟林森禾谈判，还不如让她用火星文去解读《钢铁是怎样炼成的》呢！

同林森禾这个钢铁直男加霸道总裁对话，白筱心一百万个拒绝！

严主管无奈了，自己可是签了军令状才调到猫咪 TV 的，难不成自己的职业生涯就要这样被不变通的林森禾毁了吗？

由于白筱心拒绝同林森禾沟通，林森禾死性不改地又开始了“整蛊”游戏，当天的直播，可谓惨不忍睹。

“各位……大兄弟，今天天气比较热，我们吃点西瓜解解暑，顺便再尝尝西瓜皮煮泡面。首先，我们先来准备西瓜皮。”白筱心戴着搞笑面具，抱着一半西瓜开吃，直到吃得只剩西瓜皮，才将半个西瓜皮架在火上，开始煮泡面，“泡面已经准备就绪，我们再加点什么料呢？”

——主播开始转画风了呀！辣眼睛！

——再加点芥末酱，一定好吃！

——加点漂白粉，干燥剂也不错。

屏幕上，各种馊主意飘过，白筱心假装没看到，拿起身旁的蔬菜，一样一样加进去，然后果断拿起芥末酱挤了进去。“来让我们加点绿色蔬菜，再来一点东北大酱。”

主播你拿错了，东北大酱不是这个颜色的，这个是芥末酱。屏幕上，网友纷纷纠正。

“多谢亲……大兄弟的提醒，都怪我不是东北人，见识少，来，我们继续加黄豆酱。”白筱心假装不在意，继续在西瓜皮里加料。

“嗯，东西加得差不多了，我来看看熟没熟。”白筱心搅着筷子，不住地在西瓜皮里翻动，刚要挑起一根泡面，直播层突然停电了，联通直播间的显示屏仪器瞬间断电。

此时，林森禾坐在老板椅上，跷着二郎腿，翘起了嘴角：“你当我眼瞎，看不见你挤了一整管芥末酱是不是？直播给你断电，看你怎么作妖。”

林森禾吐槽完，还将手机收藏页面打开，是一条不知道从哪个十八路网站翻到的恋爱攻略。

“霸道总裁和刁蛮女下属的恋爱宝典：当你可以掌握主动权的时候，同她对着干，她想做什么你都反着来，然后记住千万不要承认是你做的，但同时还必须让她知道是你做的。总之，就要她如何跳脚也拿你无法，只得对你屈服。然后你把握好时机，当她气喘吁吁，凄凄惨惨的时候，暖心地出现在她面前，同她妥协……”

当林森禾看到这条宝典时，便十分认同地收藏了。这简直是针对他和白筱心的模板教学，他要身体力行地实践，一举将白无常重新收复。

等直播层的电力恢复，白筱心看着面前一片狼藉，忍着怒气，重新连上直播，先朝着观众道歉，做了一番解释后，毅然决然地抱起另外半个西瓜，重新开始直播。这次，白筱心在面里放了整整两瓶老干妈，还直言爱吃辣，结果她还没下嘴，直播层再一次停电了。

于是，白筱心不顾严主管的劝诫，毅然决然抱着一小箱老干妈，拎着手机跑到楼下餐厅，现场直播空口吃老干妈，然后，整个餐厅又断电了。

于是，白筱心又抱着老干妈和大号便携手电，在户外广场的阳光下继续奋斗。正当广大网友叫好的时候，白筱心的手机被信号屏蔽器切断了信号。

办公室的摇椅上，林森禾正满心欢喜地等着白筱心来跟他求饶。可根据刚刚黑风的线报，白筱心怒气冲冲地回家了。

这……林森禾若有所思，想了半天，认为是白筱心还没有陷入困境，还没有到让她跳脚屈服的程度，需要再加强前期的“破坏力”。

但林森禾并不知道，他这种小学鸡一般幼稚的“自杀”式求爱法，只会让他在攀登爱情的道路上一路滑坡，作死到底。

小兰没有注意到林森禾的异常，拿着一份请柬走进来：“林总，华沙宴会的请柬到了……直接推掉吗？”

林森禾瞬间紧张起来，接过请柬：“不用推掉，你帮白筱心准备一下宴会的礼服，我要她做我的女伴。”

“啊？哦，好的好的。”小兰离开后，心中还暗暗庆幸，林森禾竟然同意参加宴会了，幸好她没直接拒绝举办方，否则岂不是打脸？至于让白筱心当女伴，应该是游总没时间，林总一个人尴尬，就想替公司提升代言人知名度，顺便炒个话题吧？

林森禾看着请柬，想起黑风的汇报，最近他没有发现白筱心身边有任何可疑的人，以及面容有刀疤印记的人出现。

林森禾再度陷入沉思，如果想在宴会上抓住那个刀疤凶手，只能让筱心冒一次险了。

5. 奔跑的白小强

对于没有任何平行世界联通记忆的白筱心来说，她对林森禾的遭遇一无所知，她只知道她最近处于崩溃的边缘。

她以为人生等来了翻身大逆转的机会，当上了梦想中的主播，却“奈何 Boss 只恨我”，天天变着法儿跟她作对。

哼，不就是林森禾对她不识趣的惩罚吗？想让她乖乖妥协，做回他的“傀儡”主播，可她偏不！你不是会断电吗？你不是会屏蔽信号吗？很好，我不去公司，不在你的控制范围内，总可以了吧？我去公共场所直播，有能耐你继续断电，继续屏蔽啊！

于是，天台上，公园里，校园里，地铁上……各种地方，都能看到白筱心拿着自拍杆在做各种直播。

然而她低估了林森禾的决心。林森禾虽然没有直接下达命令对直播进行干预，但不管她在哪里直播，都会有人跳出来捣乱。即便林森禾事后推脱个干净，大家也心知肚明，这些人都是黑风的手下，明摆着是林森禾派来的。

阎王这次铁了心要“整蛊”白筱心，而初生牛犊不怕虎的白筱心剑走偏锋，誓要与上层阶级对抗到底。于是，没多久，无论外界还是林氏内部，都在传播林氏老板和代言主播暗戳戳较劲，80 后 PK00 后的热闹花边剧情。

严主管每天跟在白筱心身后，更是愁得头发都要掉光了。神仙打架，伤及的可是他这个无辜平民啊。

为了摆脱黑风手下的监控，白筱心也算费尽了心机，无论在家里还是在学校，她都会被人定点围堵，她只能每天偷偷溜出家门，找公共场合直播，等被发现后，就上演末路逃亡的情景。

一时间，坚强的白筱心荣获新称号——奔跑的主播白小强！甚至网络上，渐渐地开始兴起替白小强刷屏指路的热潮。

不仅仅是白筱心、黑衣人以及不断在中间协调的严主管，一度成为最火话题，即使有人质疑这一行为是林氏集团故意炒作的，也挡不住广大网友的热情。

——小强加油！小强快跑！后面的胖子又追上来了！

——小强调头！前方出现黑衣人！

白筱心气喘吁吁地跑到商场里，靠着广大网友的指路，成功避开了黑衣人。

然儿下一秒，白筱心的直播平台仍然掉线了。

众网友登录平台，继续搜索“猫咪TV代言人——奔跑的主播”，但无论怎么刷新，都是系统维护。

白筱心各种重新登录，各种努力都不见成效，始终是密码输入错误，换言之，她被迫下线了！林森禾用管理员权限，把她的密码换了！

“林森禾，你这个万年油腻霸道总裁，活该你单身一辈子！”白筱心躲在一个角落里，气得破口大骂，成功引来无数路人围观。

“咦，这不是那个奔跑的主播吗？”

“对啊，我刚刚还给她指路来着，原来她真的跑到这里了。”

“小强，是你吗？你怎么掉线了？是手机没电了吗？”

路人纷纷聚拢，将白筱心围在中间，各种关心。

“终……终……终于追上了！你穿高跟鞋能不能别跑那么快？万一伤到了怎么办？”严主管气喘吁吁地赶来，将白筱心从热心的人群中解救出来。

“祖宗，算我求您了还不行吗？您去找林总商量一下，不能再这样下去了，这才几天哪，我都瘦十斤了！”严主管捏着已经缩水的小肚子，硬挤给白筱心看，表示自己真的禁不住折腾了。

“我不去也不行了，他把我平台的密码换了。”白筱心咬牙切齿地将手机递给严主管。严主管接过手机，输入他的管理员密码，屏幕上仍显示：密码错误。

严主管哭丧着脸，看看身后一整排黑衣人，各种摇头叹息。其实白筱心最近的流量数据真的挺好的，甚至接连霸占各大榜单，策划部都觉得白筱心这个主意不错，奈何林森禾这次真的做得有些过了啊。

“走吧，你去找林总谈谈，又不是公司的策划，总这么跑也不是个事啊，再跑下去就不是林总不让你直播，是整个股东会不让你直播了。”

因为无法直播，所以两个人垂头丧气被黑衣人带走的身影，再次被路人直播到网络上。

于是一场关于“白跑跑”直播星途的担忧，再次成为热门话题。网上甚至有八卦网友猜测：如果白跑跑的行为不是公司行为，白跑跑直播背后是否隐藏着林氏霸总追女友的秘闻？

该条分析发出，再次成为热门话题，众人纷纷表示从未见过哪家公司能够容忍旗下艺人，尤其还是最新主打项目代言人如此胡来。

同一时间，林氏集团股东会议室，众人正针对白筱心的行为，召开一场紧急股东会。

“等一下，老单，我这儿有个更加值得探讨的话题。”吴总打断正在质问林森禾的单总，将手机上刚刚收到的新闻发到微信群里，展示给众股东看。

“林总，关于这条新闻，还望您给个解释，新闻上说的不会是真的吧？这个白筱心，不会真的是您的心头宠吧？动用公司资源来追女友，林总，您这么做不地道啊！”

吴总敲着桌子，眼神深邃地盯着林森禾。白筱心最近确实带来很多流量，可相比这些，他更在乎的是林森禾以权谋私。凭什么自己想推荐一个关系不错的供货商不行，他林森禾用公司资源追女友就可以？

“是啊，森禾，白筱心虽然有流量，但也有不少相关部门来林氏做过客了，听说你让公关部全部压下来了？用公司的人脉来保一个小主播，这里面不会真的有什么隐情吧？”

刘总看着白筱心的照片，越说面容越猥琐。他知道林森禾向来不近女色，这件事依他看，九成九不靠谱，不过这个白筱心看上去还有几分姿色。

林森禾还在低头看手机，没有注意到刘总色眯眯的，耳边陆续传来其他几位股东的质疑声。

也是，白筱心和林森禾这次的博弈有太多莫名其妙和不合理的地方，透出太多的不寻常，连游清泽有心为林森禾争辩都无理可找。

“我已经让运营部停止了白筱心的直播权，关于白筱心包装的问题，策划部会重新包装。给我一天时间，我保证白筱心的流量不会掉，也不会因为白筱心影响到林氏的声誉。”

林森禾站起身，心中已经有了应对方案。他不等众股东反应，朝着游清泽点点头，已经率先离开了会议室。

“这算怎么回事？说走就走？游总，你还管不管了？”

“就是，他也太把自己当回事了吧！游总，你要管不了，我们就去找老林总。”

游钟书看着林森禾起身就走的背影，一时间陷入了沉思。

他在第一次见白筱心的时候就觉得她十分像一个故人，让人暗中一查，果然得知了她的身份，她是白志宏的女儿。当下，林森禾如此费尽心机地接近她，还将她直接提拔为代言人，可绝对不是林总裁追女人的作风。他们似乎是做了某种交易，又或许林森禾发现了他十几年前对林氏做出的那些事情，如果真是这样，那他可得提前防备了。

游钟书的眼底瞬间闪过一丝狠戾，他重新扬起了慈祥大度的笑容，开始扮演他这么多年在林氏充当的和稀泥老好人角色。

“好了，各位，这件事我们还是交给森禾来处理吧，我们要相信森禾。大家都是看着森禾长大的，森禾要是真找到了女朋友，老林总也会高兴不是？”

股东们纷纷摇头，对混世阎王的做法依旧感到不满。

6. 做我女伴，让你正常直播

“森禾，这个白筱心，你……你到底打算怎么处理？”股东会散会后，游清泽追进林森禾的办公室，想要询问林森禾对白筱心的态度。

“白筱心最近数据不错，虽然给公司带来一些反面效果，但都在可控范围内，问题不大，公关部处理得来。剩下的，交给策划部重新包装就是了。”

林森禾低头看向手机，上面代表白筱心位置的小红点正快速朝着林氏集团大厦靠近，他不由得露出奸计得逞的微笑。随后，他还收到黑风的消息：老大，她来了。

是的，她来了，她提着五米的大砍刀来了！

“森禾，你是不是真的喜欢上白筱心了？我听小兰说，你要带白筱心去参加华沙晚宴？”游清泽打断了正在遐想的林森禾，语气里似乎还有几分掩饰不住的醋意。森禾从来不出席宴会，就算出席也是找他陪着，可这次……

“筱心毕竟是三明岛项目的代言人，总不好让她一直搞猎奇直播吧？”林森禾被戳破心事，耳朵有些发热，连忙掩饰。

游清泽看了一眼沉浸在恋爱世界中的林森禾，然后落寞地叹了一口气，看来木水 CP 就要面临重大危机了，不过若有个真心爱林森禾的女人能替自己照顾他，自己也是安心的。

“你想追女孩子就光明正大地追，有什么不好意思的？”游清泽拍拍林森禾的肩头，含着一番调侃的意味。林森禾尴尬地咳了两声，算是默认。“不过我听说白筱心这丫头脾气有些执拗，你禁了她的直播权，想好怎么解释了吗？”

没等林森禾回答，此时，小兰敲敲门走进来，汇报白筱心和严主管到了。游清泽便知趣地提前离开。

门外，白筱心在严主管苦口婆心的劝解下，决定放下她手里的屠刀，立地成佛。

人生难得佛系，她不能随便生气，何况面对的是金主爸爸，她何必跟钱过不去？

很快，她调整了自己的负面情绪，理了理衣服，大步走进林森禾的办公室。林森禾看着白筱心明明气得头上冒火，却还假装一副“我尿了我认输我服气的样子”，强忍着没有笑场。

“垂头丧气？这可一点都不像你白跑跑啊。”林森禾忍不住拿她的外号来打趣她。

白筱心低着头沉默不语，其实，她内心里已经有一万只羊驼呼啸着奔跑而过。

“不说话？你以为你钻了合同的空子，给公司带来话题和流量就没事了？看看这些各部门对总裁办的申诉和警告单，全是冲你来的。”林森禾将各部门的警告单故意狠狠地扔到白筱心面前，语气中带着强烈的不满。

“这……这……”白筱心看着散落在地上的警告单说不出话，瞪着一双无辜的大眼睛看着林森禾。

“你知道惹了多少麻烦吧？知道我为什么不让你直播了吧？我刚从股东会出来，整个会议讨论的全是要如何处罚你。”

“那你们讨论出什么结果了？不会真的要我赔违约金吧？”白筱心委屈巴巴地，这下她是真的被吓到了。那么多的违约金，她把白真真卖了够不够还？或者让白真真把她卖了？

“违约金？你赔得起吗？”

林森禾不满地嘟囔着，心中却百万分之焦急。这丫头怎么不上道，还不求他？她不求他，他怎么顺坡给她台阶，然后两个人重归于好，好让她对自己感恩戴德啊？

而此刻的白筱心在脑海中快速回忆花花提供的法律知识，不停地找着最有效的处理方式。违约金肯定是赔不起了，那就得从别的地方想办法。

白筱心重新望向地上的警告单，想寻找应对之法。林森禾的眼底突然闪过一丝慌张，不行，要被这丫头发现了，他不能再等了。

林森禾使劲咳嗽一声：“总之，这些事我已经帮你扛了，不过你要收拾收拾陪我参加一个晚宴，我就允许你继续直播。当然，前提是不能再播那些吸引眼球的内容，不然会带跑猫咪 TV 的风格。”林森禾用不容置喙的语气命令道。

白筱心愣愣地盯着林森禾，想要确认是不是哪里听错了。什么叫她陪他去参加晚宴，他就让她正常直播？此时，他不是应该跟她谈违约金吗？

“林总，你不会故意在逗我……”

“你还不赶紧去收拾，等着赔违约金呢？”还没等白筱心说完，林森禾就朝着白筱心厉声呵斥，吓得白筱心一哆嗦，将刚刚疑惑的话收回了肚子里。

“哦，谢谢林总。”说罢，白筱心便恭敬地退了出去。

林森禾暗道好险，赶紧绕到前面去捡掉在地上的文件。原来，那根本不是什么对白筱心的警告单，而是各部门对总裁办黑风领导的特别行动处的申诉单。说到底，他们还不是对他这个最近总行政干预、导致各部门混乱的林总裁的集体申讨。

“林总，我听说……”严主管走进办公室，看着正蹲在地上捡申诉单的林总，满是探究地看向他。

“你听说什么？策划案弄好了？还有时间在这儿磨蹭？”林森禾掩饰性地继续呵斥。

“没什么，没什么，我这就去催最新的策划案，绝对把白筱心打造得天上有地上无，成为我们林氏集团猫咪 TV 的金字招牌。”严主管毕竟做了那么多年的总裁办主管，立马清楚林森禾心里想的是什么。

“哎，吓死我了，阎王追女人果然特别，吓得人家的小心脏扑通扑通的。”严主管拍着胸口朝小兰吐槽。

“是吗？我怎么只看到你的英勇，没看到你的心虚呢？这么大手笔，亏你想得出来，陪着白筱心到处疯跑，也不怕董事会弹劾你，免了你的职。”小兰递上一杯咖啡，打趣严主管。

“你说什么呢，主意明明是白筱心想的，我就是去做个调节，顶多是递一个充电宝，或者递一瓶水，指挥指挥路线，清清场。”

严主管满眼阴谋成功后掩饰不住的喜悦。像遇到这种双强对刚的场面，既然没有一方愿意妥协，那就只有把事情闹大，反而才有机会将矛盾化解。

小兰满脸不屑，靠在严主管耳边轻轻耳语：“最好是这样，虽然林总宠白筱心，对你睁一只眼闭一只眼，但你最好防着点林总秋后算账。我让田姐带白筱心去做造型了，你还是赶紧去哄哄那个祖宗吧。”

“林总才不是那么小气的人呢！我去找策划部好好商量商量方案。”严主管端着咖啡杯，向电梯方向走去，然后在小兰视线不能触及的地方，放下咖啡杯，等不及电梯，跑进逃生通道，飞快地朝着造型室奔去。

“我的祖宗啊，你可得把林总伺候明白了，不然我小命不保啊！”

第十二章

街心广场的喷泉突然喷涌而出，就像这一刻迸发而出的爱情。

1. 这是我的女伴

华沙宴会现场，白筱心身穿华丽的礼服，脚踩高跟鞋，小鸟依人地靠在林森禾身旁，有说有笑，一副高贵名媛、游刃有余的样子，但是暗地里小手却同林森禾不停地较劲。

林森禾自然是不会让她得逞的，他紧紧握着她的手，让她挣脱不开。她瞪着一旁看起来仪表堂堂的林森禾，内心早就把这个油腻大叔骂了千万遍。

不是说林阎王出席活动，从来都不带女伴吗，那他拉上她干吗？为了生存，为了不用考虑违约金，她白筱心竟然也沦落到了这个地步。

“你跟紧我，不要到处乱跑。”林森禾对路过敬酒的人礼貌点头，却始终如老鹰护小鸡般护着白筱心。

白筱心敷衍地笑了笑，保持着严主管要求的笑靥如花，内心却欲哭无泪。我是有多像他过世的朋友，那个朋友该不会是他前女友吧？前女友就前女友吧，能帮着扛股东会的指责，这波不亏！

不过她心中似乎升腾起一股柠檬酸意，她自己这个替代品都能被这样对待，那么他对他那个前女友该有多好！

白筱心看看林森禾紧紧抓住自己的手，还露出紧张的表情，莫名陷入了五味杂陈的调料罐中。白筱心叹了一口气……唉，算了，就让你拉一会儿吧，当还你一个人情了。

林森禾一直在关注周围，丝毫没注意到白筱心的异常。突然，他藏在耳朵中的耳机响起了严肃的声音。

“林总，我们到现在都没有发现可疑人员。”黑风守在监控室里，手下的人也已经明里暗里将场地围了个水泄不通，所有入场记者挨个检查，仍没有见到刀疤男的身影。

林森禾皱眉，白筱心在外瞎跑了那么久，对方也没有动作，今晚难道也不来了吗？难道是他暗中派人保护白筱心被发现了？

这时，台上突然传来主持人的声音：“接下来，有请第十届华沙商界精英会评选的年度最具商业价值的企业家，林氏集团董事长林森禾上台发言。”

林森禾愣了一下，终于想起他还有一个发言环节，他看看身边的白筱心，犹豫片刻，拉着白筱心向舞台走去。

“哎……你等等！你上台发言拉着我干什么？”白筱心原以为能放松一会儿，没想到林森禾竟然拉着她上台，她一脸蒙。

因为有所顾忌，再加上带着白筱心确实不方便，所以林森禾的发言十分简短。简单几句话说完后，他拉着白筱心就要离开，却不料被主持人先一步拦在台上：“大家都知道，林总出席宴会一般是不带女伴的，但是今天我们看到林总带了一位美丽的小姐上台，请问林总可不可以介绍一下这位小姐，替我们大家解解惑呢？”

林森禾不愧是林氏集团的总裁，经过风浪的人，很快就反应过来，或者说上台的时候，他已经想好了措辞。

“这位是我们林氏集团接下来的主打项目，三明岛旅游形象大使——白筱心，也是我今晚的女伴。”林森禾的介绍一如既往的简短，说完之后就拉着白筱心离开，根本不给主持人说话的机会。

白筱心也是一头黑线外加一百份怨念。她好不容易在这么正式的公开场合露个脸，说不准还能上明天的新闻头条，这家伙竟然不让她说话，故意的吗？他不让她说话，带她上来干什么？等着她被眼刀扎死、唾沫淹死吗？

下台后，林森禾拉着白筱心直接走向餐饮区，白筱心似乎比较喜欢这边的美食，上次都吃吐了。林森禾一边在心里嘀咕，一边贴心地拉着白筱心走进去。

周围的人看着白筱心交头接耳，白筱心一脸郁闷地站在各种糕点旁边。因为林森禾还拉着她的手，无奈之下，她只能一只手吃蛋糕，一不留神，蛋糕掉了下去。

林森禾看到后，赶紧接住蛋糕，喂到白筱心嘴里。白筱心噎住了，周围的人又掀起一阵议论声，但是林森禾如同听不到一样，说道：“你慢点吃，你喜欢吃这个的话，以后我多买点放在公司。”

白筱心的脸直抽抽：“林总，你是不是有点太过火了，就算我长得像你过世的前女友……”

“你吃完了，那边还有海鲜，走，我陪你去吃。”林森禾继续选择性耳聋，拉着白筱心朝着海鲜区走去。

黑风戴着耳机，紧张地在全场视察，要不是怕动作太大打草惊蛇，他就差将整个会场的地皮和屋顶都翻上一遍。

一个服务员打扮的男人同黑风擦身而过，离开了宴会现场。黑风看了看手表，再次巡视全场，然后轻轻按住耳机汇报情况："林总，已经过了您说的那个时间，我们也没有看到有刀疤的记者……"林森禾听到耳机里黑风的声音，也抬起头查看，的确没有刀疤男的影子。

宴会场上音乐响起，主持人重新站回台上："各位来宾，欢快的音乐响起来，华沙舞会现在开始，让我们踏着欢乐的节拍，尽情传递喜悦。有请林总及他的女伴领舞。"

一束追光灯打来，林森禾回过神，下意识抬起手帮白筱心挡住了眼睛，却看到了白筱心求助的眼神。

"林总，我好像不太会……"

"没关系，我带你。"林森禾伸出手，那一刻，他的声音是那么温柔有力。

2. 林总似乎很会照顾人

林森禾拉着白筱心进入舞池，白筱心笨拙地跟随林森禾的舞步，但还是有几次不小心踩到了林森禾的脚，周围的人也投过来嫌弃的目光。白筱心一脸歉意，为了不再踩到，只好低头看林森禾的脚。

"你不要低头，看着我就好了，坚持一下。"

"嗯？"白筱心还没反应过来，就被林森禾搂住腰抱了起来，双脚离地。

舞台中央，女孩漂亮得如同深藏宫中的仙女公主，发带倏忽掉落，发丝飘动飞扬，仿若一只翩跹的燕尾蝶一般优美。林森禾用尽气力紧紧抱住她，仿佛怕她下一秒就会消失不见。

浪漫的音乐中，白筱心呆呆地盯着林森禾的眉眼，突然觉得眼前的林森禾并没有自己想象的那么讨厌，不由得入了神。她注意到他凝神看着自己后，赶紧避开，心跳陡然加速，脸颊上立刻飞起两瓣桃花般的绯红。

"你的心跳好快。"林森禾故意贴在白筱心耳边吹气，低沉的声音撩拨着白筱心的心弦。

白筱心也注意到此刻自己的身体几乎跟林森禾贴在了一起。

怦怦怦，怦怦怦，两人的心跳声交织着，伴随着悠扬的音乐，变成一阵有节奏的鼓点。一曲终了，林森禾还是没有放下白筱心的意思。

白筱心满脸娇羞，挣扎起来："你把我放下来。"林森禾手上果然松了力，白筱心从林森禾怀里挣脱，像午夜到来时的灰姑娘一样，丢下舞鞋，慌忙地逃出舞池。

林森禾反应过来，快步追了上去。

角落里，刚刚同黑风擦肩而过、穿着侍应生服装的男人摘下头套，头套下露出的脸上，赫然有一道醒目的刀疤。

刀疤男看着两个人的背影，脑海中闪过一个画面：彗星来临的那一晚，他在水中寻找林森禾和白筱心的踪迹，眼看着两人沉入蓝洞，他转身就朝海面浮去，奈何暗潮袭来，他的呼吸罩被暗潮卷走，他挣扎着，最终也慢慢沉入海底。

原来，刀疤男也在同一个时间点联通了两个世界，保留了上一次的记忆。

刀疤男邪恶一笑，这一次，他一定会找到U盘，然后成功地将他们处理掉，不然岂不是对不起他这十几年的蛰伏？

漫长的宴会终于结束，所有的宾客离场，林森禾和白筱心站在花园里。白筱心还没从刚刚羞涩的场面中恢复神态，扭捏地踩着高跟鞋，看着地面。林森禾欲言又止，最终从后备厢里拿出一双平底鞋递给白筱心，道：“我让黑风送你回家，到家后你把鞋换了，上楼方便点。”

白筱心接过林森禾递给她的鞋子，有些惊讶：“你怎么知道我家门前有大楼梯？”

林森禾笑了笑，也不知该如何解释，伸手帮白筱心打开车门：“上车吧！”

白筱心看看手中的鞋子，有些感动，没再追问，点点头上了车。林森禾目送黑风开车离去，松了一口气。

在爱情里，打动女生的往往不是甜言蜜语或者金钱、礼物，而是生活里的细节和坚定选择一个人的爱意。

白筱心穿着平底鞋下车，在地上踩了踩，十分合适。

“尺寸正好？”

黑风不说话，下车做了一个请的动作，白筱心踩着舒服的鞋子，没忍住好奇：“林总……一直都这么细心会照顾人吗？”

黑风愣了一下：“这个，我不太清楚。”

“我听说他外号叫阎王，在公司稍微不合他的意就会被开除，但现在看起来，好像还……”

黑风无奈地看了白筱心一眼：“可能因为你是他在意的人，白小姐，请上楼吧。”

白筱心尴尬一笑：“哈哈哈，黑风，你真的是爱开玩笑。”

“是黑（hè）风。”黑风一脸严肃。

白筱心突然愣住了：“黑风，你觉不觉得刚才这个情景似乎在什么时候发生过？”而且她看到黑风的第一眼，就觉得黑风面熟，总觉得在哪里见过。

“白小姐，请！”黑风没有理会白筱心，继续做出“请”的姿势。

白筱心无奈地看着榆木一样的黑风，提着裙子、拿着高跟鞋，爬上楼梯。但是一瞬间，白筱心似乎在眼前看到一幕凭空出现的画面：林森禾背着一副休闲打扮的

“白筱心”，两人似乎还斗着嘴。

“小屁孩，真能折腾大人。”

“白筱心”吐吐舌头。

林森禾背着“白筱心”爬上了那长长的阶梯。

白筱心眼睁睁看着画面消失，惊讶得说不出话来，再看看四周，一切都像没有发生过，只有黑风站在她身后。

“黑风，你刚才看到了吗？”

“看到什么？”黑风疑惑地摇摇头。

白筱心感觉自己要疯了，他不就是送了她一双方便的鞋吗？她怎么就开始脑补这种俗套的言情桥段了？太羞耻了！

白筱心脸红了，三步并作两步跑上楼梯，逃回家去了。

她当然不知道，这些并不是她想象的画面。曾有人说过，人生中，所谓的似曾相识，或许都是上辈子的记忆。对于她来说，那些莫名熟悉的人，那些莫名其妙在脑海里蹦出的场景，实则是平行世界里另一个自己经历过的情景，在某一瞬间她联通并且感应到罢了。

有些人会一直刻在记忆里的，即使忘记了他的声音，忘记了他的笑容，忘记了他的脸，但是每当想起他时的那种感受，是永远不会改变的。

此时，林森禾苦恼地躺在浴缸里，又想起白筱心说过的话。

“林总，我们相差的年纪算起来有四个代沟了，真的不合适，所以，您以后还是不要太关心我，我不值得。”

林森禾痛苦地抱着脑袋，想他商界林阎王，竟然会有因为情情爱爱而头疼的一天。他想想之前对白筱心的“虐待一时爽，追妻火葬场”，就不得不感慨天道好轮回啊。

“让人讨厌我又干不掉我明明那么容易，让人喜欢怎么就这么难……唉。”

林森禾看着天花板发呆，直到收到黑风发来的“白小姐已经安全到家”的消息以及照片。照片上，白筱心穿着平底鞋，提着裙子，健步如飞，林森禾一脸宠溺，转而又很无奈：“四个代沟……唉……还是慢慢来，不要强迫她接受我吧……不然她又该奓毛了。”

白筱心坐在沙发上，拿着被翻开的《世界未解之谜大全》，被翻开的那一页写着：记忆错觉。

“就算是记忆错觉，怎么都跟林森禾有关？而且还总是那么甜蜜的画面。呃，该不会我真的对那个变态大叔心动了吧？”

突然，林森禾的胸肌、林森禾温柔地带着她在舞池旋转、林森禾深情地搂住她、林森禾细心地替她准备平底鞋……这些画面像电影升格的高光画面一般，在她的脑海里泛起了涟漪，慢慢地，涟漪涌成了波浪，波浪荡成了海啸，在她的心底泛滥。

“啪”，白筱心立即合上书，双手合十，开始念经做法，努力让那荡漾的春潮慢慢褪下，恢复她无欲无爱的佛性心境。

“幡不动，心不动，八风催我，我不动，定！”

3. 怎么可能没有感情债?

第二日，林森禾坐在办公桌前看文件，但没一会儿，他就不由自主地翻开手机去刷新白筱心的主页，时不时露出姨母笑。

“林总。”林森禾看到不知道什么时候进来的小兰，立马恢复了高冷脸，轻咳了一声，假装镇定。

“林总，游子墨的事情已经处理好了，他会跟出问题的设备厂家沟通定损，把后续赔偿问题解决好之后，再回来工作……新设备采购由清泽总监督。”

林森禾点点头，这一次他没有直接处理游子墨，游子墨没有理由怨恨他，那个幕后黑手总该自己蹦出来了吧？

“好。白筱心今天的直播还顺利吗？”林森禾处理完游子墨的事情，至少能保证短期内白筱心是安全的，不会再被抓去拼酒了。

“目前没什么问题。”林森禾点点头，小兰继续汇报工作，“三明岛二期游乐设施建设合同也已经跟秦总敲定。”

不错，这一次他力排众议，提前同秦芷筠定了合同，选择了他们浪漫婚礼的策划。因为有所防备，所以没有因为林林再被炒一波新闻。

“好。直播间那边有什么棘手的事需要我处理吗？”林森禾不死心，难道白筱心那边真的安静下来，没有什么需要他出面的地方吗？

“暂时应该没有。”林森禾情绪外露，微微皱了皱眉头，小兰突然明白了林森禾的意思，立刻改口道，“直播团队工作应该挺辛苦的，您可以买点饮料什么的犒劳下大家。”

林森禾听到小兰的话，满意地点点头，立刻打起精神，起身离开办公室：“好，我现在就去买。”小兰无奈地摇摇头。

不一会儿，林森禾双手提着十多杯各种口味的奶茶，在直播间外徘徊，不停地往直播间里看，看到白筱心正在卖力直播，忍不住露出痴汉的笑容。

林森禾看看手中的奶茶，犹豫片刻，在其中一杯奶茶上画了一个笑脸和一个小铃铛，写上白筱心专属的字样，就把奶茶放在门口。林森禾转身离开，却看到秦芷筠站在对面，正对着他露出笑容。

林森禾尴尬地看着秦芷筠：“你……你站在这儿多久了？”

“从你露出傻笑开始，应该很久了。”秦芷筠笑意盈盈，看了看角落里的奶茶，表示已经将林森禾的举动尽收眼底。

五分钟后，林森禾的办公室，秦芷筠坐在沙发上，捧着茶杯，看着林森禾一脸严肃的样子，忍不住又笑了起来。林森禾没好气地看看秦芷筠。

“说实话，咱们俩谈恋爱的时候，也没见你做这么幼稚的事情，我还以为你对什么事情都把握十足，云淡风轻。”

“看来你们的提案通过得太容易了，我应该让你再多改几次合同。”

被初恋打趣追女孩的方法幼稚，林森禾各种尴尬，然后他一本正经地用合同威胁回去。

“你喜欢人家就直接说出来，现在的小朋友可都不喜欢故作姿态的高冷大叔……找到一个喜欢的人不容易，不要再错过了。”秦芷筠的眼睛里流露出一丝伤感，但很快就散去了。

“我知道了，谢谢。”林森禾真诚道谢，除了清泽，最懂他的可能是这个分手了八年的初恋女友了。

“我这次来，其实是想跟你商量一下怎么安排体验项目，这下正好，你们可以一起试试，我们的项目到底浪不浪漫。”

林森禾掩饰地咳嗽两声，虽然他很信任秦芷筠，但让秦芷筠这个初恋女友来教他如何同撮合过他和她的白筱心谈恋爱，他怎么觉得有些怪怪的?

“放心吧，秦总，我会好好体验的。”林森禾到底点头答应下来，不管秦芷筠怎么想，这个项目都是白筱心力荐的，只要白筱心喜欢，一切都不重要。

第二日清晨，林森禾家客厅，林森禾正思索着如何同白筱心告白，然后开始将行李箱里面的物品逐一清点：“备用泳衣、墨镜、遮阳伞、浴巾、藿香正气水……”林森禾的电话铃声突然响起，是严主管打来的，林森禾疑惑地接起。

“林总，白筱心身体不舒服请假了，今天不能去海边了。”

林森禾瞬间紧张起来：“她怎么突然生病了？”

“昨天放在门口的奶茶……好像有问题。”

“什么？”听到这里，林森禾拿起外套，飞奔出门，祈祷她千万别出事。

白筱心家客厅，白筱心虚弱地躺在沙发上，脸色苍白。白真真把毛巾放在白筱心的头上，又给白筱心裹好被子，急得团团转：“哎哟，你这个小馋鬼，放在门外的东西可以随便喝吗？”

“好了，姑姑……你别数落我了。”

突然，门外传来急促的敲门声，白真真打开门，发现一个西装革履的男人满头大汗地站在门外，一时间星星眼。

“小帅哥，你哪位？”

“姑姑，白筱心呢？”白真真还没反应过来，林森禾就直接闯入门内。

“哎哎，你不能仗着你帅就私闯民宅。”她话还没说完，就看到这个男人蹲到了白筱心身边，一脸担心。

“你没事吧？”

白筱心惊讶地看着林森禾：“你……你怎么来了？”白筱心紧张地整理头发和衣服，想让自己看起来没那么憔悴。

“奶茶有什么问题，送去化验了吗？你有没有洗胃？”

“你放心放心，她就是喝多了奶茶，肠胃受不了。她吃过药了，等下睡一觉就没问题了。”白真真在旁边忍不住解释。林森禾松了一口气，白真真坐在沙发上来来回回地审视林森禾，林森禾意识到自己失态，也终于冷静下来，随后陷入了一阵尴尬。

“你这么关心我们家筱心，你们……”

林森禾毕恭毕敬地站起身，朝着白真真鞠了一躬：“姑姑，我是林氏集团总裁林森禾，家里有房有车，数目没有统计过，父母在我很小的时候就过世了，我是跟着爷爷长大的，是家里的独子，没有兄弟姐妹……”

他记得上一次白真真就像查户口一般问过这些问题，这次，他干脆主动自报家门，以真诚赢取姑姑的好感。

白真真和白筱心都被林森禾这一段介绍吓到了，白筱心看到林森禾一脸严肃，一时忍不住偷笑。

白真真则一副情场老手般：“哎哟，你也不用说那么详细啦，你这孩子真是老实……你这么优秀，肯定有不少感情债吧？”

4. 我就偷偷亲一下

白真真久经沙场，怎么会不明白男人身上那点花花心肠，她盯了白筱心一眼，威逼白筱心跟她打配合。

“哎呀，姑姑，像我们林总这样的，一般都是母胎单身，对吗？”

白真真也不料白筱心竟然直接打断自己，替林森禾挡灾。这个名义上的女儿真的是没救了，自己想盘查一下未来女婿的底细，给她把把关都不行。

林森禾尴尬地笑了笑：“我之前交过一个女朋友，已经分手八年了，一直没有什么联络，不过最近她接了我们公司的项目，但是我们只有工作来往。”

林森禾不自觉着急地解释，白真真和白筱心同时陷入沉默。林森禾看看两人，气氛分外尴尬，赶紧从口袋里拿出一张卡，放在白真真面前：“我来得匆忙，没有时间准备礼物，这是华沙免税店的购物卡，请笑纳。”

白真真疑惑地看着林森禾真挚的眼神，视线落到购物卡上时瞳孔里闪出了光芒：

“哎哟，前任都是过去的事，有什么好纠结的。我突然想起来我好像有事要出去……”

“姑姑，你放心去，我来照顾筱心吧。”

“好说，人就交给你了，我先走了，拜拜！”白真真说着，很自然地把购物卡放进口袋里。

“喂！”白筱心看白真真以迅雷不及掩耳之势冲出去并拉上了门，一脸难以置信，合着一张购物卡就能让白真真把自己这个女儿卖了？

白筱心跟林森禾独处一室，不自觉地裹紧自己的小被子，脸色微红。林森禾见白筱心满脸通红，蹲在白筱心身边，小心翼翼地摸摸白筱心的额头询问：“你发烧了吗？”

额头上传来林森禾手指间冰凉的触感，让白筱心一阵慌乱，连忙点头：“我可能有点……”

林森禾起身，体贴地帮白筱心掖了掖被角：“我去给你倒水。”

白筱心一把拉住林森禾的衣角，犹豫着开口：“那个……奶茶是你送给我的吗？”

“嗯。”

白筱心越发紧张起来：“哦，那你是……”

不知道为什么，她之前明明讨厌他、抗拒他，可是当她看到他得知她生病，第一时间冲进她家里，满脸担忧地询问她的情况，她还是忍不住感动。

原来，她已经如此在意他对她的关注了吗？

当我们还很木讷、来不及反应的时候，无意间掐灭了心中的那些冲动，毫不留情地拒绝了对方，事后才发现，这就是爱情，只是遗憾地成了“错过的爱情”。

林森禾则更加紧张，一想到先前白筱心果断对他说不的情形，急忙找了一个借口：“我是买多了喝不掉……呵呵，没想到让你生病了。”

“那你来照顾我，是因为感到愧疚吗？”白筱心突然有些失落。林森禾一时间不知所措，白筱心松开林森禾，生气地翻身睡去，林森禾挠头，一脸蒙。

她不是说不想让他太关心她吗，现在怎么还生气了？

这段时间，他挖空心思讨好白筱心，不管是对症下药的“权色”诱惑，还是网上查来的“反套路”秘籍，在白筱心这里都不管用，似乎还把她推得离自己越来越远了。他想到这个，便是一阵泄气。

“你好好休息吧，不舒服的话，摇铃我就过来了。”林森禾叹了一口气，从口袋里掏出一个铃铛放在桌上，转身走进厨房。白筱心回头看着林森禾有些落寞的背影，也欲言又止，抱着铃铛沉沉睡去。

厨房里，林森禾满头大汗地给白筱心煮粥。眼看着粥要煳了，他就拿勺子不停地搅拌，却被溅起的粥烫了手，可他依然不放弃，直到一锅香甜的葱花粥顺利出锅，才露出了欣慰的笑容。

林森禾端着粥出来，发现白筱心已经握着铃铛睡着了。他轻轻地把粥放在茶几上，坐在沙发旁轻声呼唤：“白筱心？”

白筱心下意识迷迷糊糊地回应着：“嗯。”

“你睡着了吗？”白筱心没有回应，发出均匀的呼吸声。

林森禾确认白筱心睡着了，才趴在沙发旁，痴痴地看着白筱心。

“你以前明明已经喜欢我了，怎么能忘了呢？”

“我就偷偷亲一下，反正是你欠我的。”

林森禾看着白筱心睡着的可爱样子，没忍住，俯身轻吻白筱心的嘴唇。白筱心非但没有醒，还舔了舔被林森禾吻过的地方。林森禾紧张地吞了吞口水：“我再亲一下，惩罚你这次回来还不记得我。”

林森禾亲吻完，见白筱心还是没反应，欲再大着胆子偷亲一次：“最后一下，奖励我两次冒着生命危险去救你。”

此时，终于有所察觉的白筱心迷迷糊糊地睁开眼睛，看到林森禾近距离地注视自己，不由得往后一缩：“你干吗？”

“我想叫醒你，让你吃点东西。”林森禾立马坐直身子，憋着红彤彤的脸，一本正经地从桌上拿起粥，端到白筱心面前。

“哦。”

“我喂你吧。”

林森禾看着白筱心有气无力的样子，立刻想起网上有段子说过，亲手喂女孩子吃东西，女孩子更容易感动，尤其是亲手做的食物，女孩子不拒绝，就代表接受你了。林森禾紧张地看着白筱心。

白筱心愣了一下，看到林森禾已经将白粥护在手中，舀了一勺递到自己嘴前。白筱心有些害羞，却下意识地张开了嘴巴，吃了一口却被烫到了。

“啊！”

林森禾赶紧抽出一张纸巾，生怕烫伤了白筱心：“对不起，对不起，是我的错，我吹凉了再给你。”林森禾赶紧吹吹勺子。白筱心看着林森禾窘迫的神态，忍不住偷笑。

“那个……你……要不再睡一会儿？我……我还有工作，先回去了。”喂完粥，林森禾被白筱心盯得不知所措，下意识想要逃遁。白筱心看着林森禾尴尬又愚笨的样子，也无心去逗弄林森禾，点了点头示意同意。

“对了，直播的事，对不起。”林森禾莫名撂下一句话，快速闪人。

“啊？”白筱心愣在那里，半天没反应过来。

直播？他说的到底是奶茶还是什么？难道是上次停播的事？

算了，还是睡觉重要。吃过退烧药的白筱心头昏脑涨，也没心思考虑太多，一翻身就跟周公相会去了，直到晚上才被逛了一天街的白真真捶起来。

白真真拉着白筱心来到面目全非的厨房，熬粥的锅子煳了。白筱心靠在门框上，无辜地看着灾难般的一切，白真真撒气般捶了一下白筱心的肩膀。

“姑姑，我还病着呢！”

“你个死小孩，他弄成这样，你也不拦着点。”

“是你让他照顾我的啊！”

“造孽啊，明明钱能解决的问题，他为什么要自己上？”

白筱心偷笑。白真真没好气地瞪了白筱心一眼，从口袋里掏出一块手表，递给白筱心：“这次我先放过你，你的生日礼物，收好了。”

“打完我再给我一个甜枣？这个很贵吧？”白筱心仔细打量手表的做工，又看了看手表的牌子。

白真真不满地白了白筱心一眼：“用林森禾的钱买的。”

“喀。”白筱心看着白真真毫不在意地挥挥手离开厨房，一口血差点喷出。

“借花献佛，你也送得出手。”

“早晚是一家人，何必计较。”

“白真真！”

两个女人斗嘴的声音再次响彻屋顶。

5. 前女友是活人

又到了白筱心生日来临的那一天。游清泽的办公室，他盯着办公桌上大大小小的各种礼盒，再看看旁边的林森禾像无头苍蝇一样踱步，脸上的表情格外有趣。

“挑一个生日礼物而已，有那么难选吗？我十五岁到十八岁的生日礼物，都是你送的面镜，哦，还有潜水表，虽然我从来不下水。”

“我以前是不懂，总觉得我认为好的，也要分享给别人……现在发现，送人礼物还是要给人最需要的，才能让人开心……清泽，你帮我想想，白筱心到底会喜欢什么。”

“我不太了解她，跟她不熟。”

林森禾尴尬地笑了笑，是啊，这一次，他都没让白筱心跟游清泽接触过。

“听说他们这个年纪的女生都喜欢手链和口红……你拿去送她吧，她应该会高兴的。”游清泽也不忍心看他继续愁眉苦脸，推过去一个礼盒。

林森禾感激地看看游清泽，拿着礼盒开心地离开。游清泽看着满桌子的礼盒，无奈地叹了一口气，然后将一个个礼盒摆好，叫人全部搬回林森禾的办公室，又不是送给他的，堆在他这里，合着自己成了林森禾的仓库了，他越发想揍人了。

林氏集团直播化妆间，林森禾拿着 Tiffany 礼盒、杨树林套装和鲜花刚刚到化妆间门口，就听到严主管的惊叹高呼：“天哪，筱心，你戴这条手链真的好合适！好好看！”

林森禾从门口看到白筱心扬起的右手上的手链，再看看自己礼盒上也写着 Tiffany 的 logo，他把礼盒揣进口袋，正准备拎着口红进门，严主管的声音再次响起。

“这几只网红色号好适合你，一看就是精心选的，有些人直接送套盒，一看就是为了省事。”

林森禾看看手中的套盒，默默地把套盒放在墙脚，拿着捧花准备进门。严主管吐槽的声音又适时地响起：“粉丝天天送花，太没创意了，都要放不下了，我给你放门口了哈。”

林森禾急忙转身，抱着花离开了。

白筱心面前一堆粉丝的礼物，她却并没有显现出特别惊喜的表情。旁边的严主管翻看着礼物，然后朝着门口望去：“林总的还没到啊？”

白筱心期待地看着严主管：“林总也会给我送礼物？”

“肯定啊，每个员工过生日，林总都会让小兰准备礼物的。现在你还是咱们公司力捧的人，林总怎么可能没点表示？”

白筱心有些失望，委托别人选，一点都不真诚。

“筱心，这里有一个没写名字的套盒。”门外，查探信息的严主管又一次传来惊叫。

林森禾办公室，林森禾苦恼地把一件件礼物扔在桌子上，秦芷筠敲门进来，看到满屋子的礼物，愣了一下。

“这是什么情况？”

林森禾无奈地看看秦芷筠，默默叹了一口气：“我给白筱心的生日礼物，结果一件都送不出去。”

“我听说，你们临时取消了体验计划，也就是说，你到现在还没有表白？”

秦芷筠看到林森禾愁眉苦脸的样子，答案显而易见。

“追女生是需要礼物没错，但是如果你花点心思制造惊喜就更好了，毕竟女孩都喜欢浪漫嘛。”

林森禾瞬间醍醐灌顶：“嗯，那你有什么建议？”

门外，总裁办公室。

白筱心正偷偷地看向林森禾的办公室，只见一个漂亮的长发女生正在和林森禾聊天，有说有笑，似乎格外相配。顿时，白筱心的眉头皱得很深，一把拉住从身旁经过的小兰询问：“小兰姐，在林总办公室的人是谁啊？”

“咱们二期项目的负责人，秦芷筠秦总。”

“秦芷筠，这名字听着很耳熟呢。”

“我听说是林总的前女友哦，唯一一任。”白筱心愣住了，传说中的前女友出现了！前女友不应该是过世了且和她长得很像的那位吗？

白筱心盯着秦芷筠半天，也没发现自己和她有半点相似之处。

“对了，筱心，你生日想要什么礼物，我还没来得及买呢。”

“哎，你怎么走了？”小兰见白筱心转身离开，有些莫名其妙，难道是因为忘了给她买生日礼物生气了？她得罪谁也不能得罪林总裁身边的红人啊。

小兰立马下楼，到附近商城一层的奢侈品专柜挑选礼物。

白筱心失魂落魄了一下午，小兰补来的她最喜欢的 LV 包包也没能让她心情好点，整个人仍旧处在前女友原来是一个活人的酸涩真相中。

下了班，白筱心一脸落寞地等着电梯，是丹丹和花花要去酒吧给她庆生。

“筱心，生日快乐！我叫了花花一起去 Laive 给你过生日啊！”

“丹丹小宝贝，还是你最好，呜呜呜。”

“是不是又有人欺负你了？你告诉我，我一定把他打趴下。”

电梯门打开，白筱心抬头看到电梯里的林森禾，立即应和着一会儿见，便挂掉了电话，迈入电梯。

“林总好。”白筱心皮笑肉不笑。

“筱心，你今晚有约吗？我订到一家特别好的餐厅……”

“林总，我今天生日，已经跟朋友约好去喝酒了。”白筱心果断拒绝。

连生日祝福和生日礼物都没有，你还想让我陪你吃晚饭？哼，你怎么不去找你的前女友呢？白筱心傲娇地别过小脸。

“啊，这样，我……我也好久没去过酒吧了，要不，我跟你一起？”林森禾紧张兮兮地改口道，满脸期待地看着白筱心。

白筱心抬眼，看看林森禾问道：“你会喝酒吗？”

“不会。”

“你会玩骰子吗？”

林森禾木讷地摇摇头。

“你会玩真心话大冒险、狼人杀、大富翁、小蜜蜂、十五二十吗？”

“我不会。”

电梯门开了，白筱心鄙视地看了林森禾一眼，扔下一句话就离开了：“那您还是回家玩《开心消消乐》吧。”

林森禾保持尴尬的微笑，眼看着电梯无情地关上门。

……

“干杯！”三人的啤酒杯碰在一起，一转眼，几个人已在夜场的卡座上喝了起来。

“来来来，祝白筱心早日成为顶流主播！”丹丹举着啤酒杯高声大喊，花花满脸嫌弃地看着丹丹：“你能不能有点志气，筱心现在被林氏集团总裁力捧，将来说不定能进演艺圈呢。”

白筱心跟两人碰杯，满脑子混乱：力捧吗？她想想等了一下午而不得的礼物，顿时就来气。

“你别乱说了，没有的事儿。”

“筱心，说实话，你到底对霸道是什么感情？”丹丹最了解白筱心，眼见白筱心好不容易有心仪的人，却还后知后觉地没有行动，忍不住想要助攻一下。

“你别叫他霸道了，他明明……”白筱心顿了一下，那句“也可以很温柔的”卡在了喉咙里。

“明明什么？”

“哦，我知道了，你难道是在护着霸道吗？女人，你成功吸引了我的注意。”花花同样满脸八卦，有样学样，打趣着白筱心。

“霸道，我是不会屈服的！”丹丹也戏精上身。

白筱心无语地捂着脸，她这都结识了什么损友啊！

6. 白筱心，我喜欢你

此时，酒吧灯光闪烁的入口处，一个男人笨拙地举着一个盒子，穿过浩瀚人群和烟雾，向场中央走来。

白筱心抬眼看到他的一瞬间，恍惚中似乎看见一个高贵的王子庄严地捧着这个世上最璀璨的王冠，走到他心爱的公主面前，单膝跪地，为她加冕。他温柔地笑着，又带着一丝歉意，俯身亲吻她的手腕，说一句：“对不起，我来晚了。”

丹丹、花花看到这么唯美的一幕，更是惊讶得合不上嘴巴，一时间面面相觑。

等林森禾把蛋糕盒放在桌上，站在她面前一动不动，她才回过神来，敲碎了刚刚在脑海中的幻想，按捺住心中的欢喜，装作很意外的样子：“你怎么来了？”

“我没来过这种地方，你们平时都玩什么？我奉陪。”林森禾虽然穿着休闲装，但这里的环境明显和他格格不入，他略显得有些局促。

“你不是什么都不会吗？输了要罚酒的。”白筱心担忧地看向林森禾，80后大叔陪他们玩游戏，岂不是要被灌酒灌到完蛋？

丹丹朝花花使了个眼色，花花心领神会，连忙拉着林森禾坐下：“哎呀，那有什么关系，我们可以教你，重在娱乐嘛。不如，我们就先从摇骰子开始学起吧！”

花花志在必得的摇骰子，林森禾毫无意外地输了，被灌了第一杯酒。有一就有二，接连几局都以林森禾惨败收场，白筱心看着他连续被灌了好几杯酒，无奈地扶额。

第二环节的游戏，林森禾被花花推耸双人咬曲奇，顾名思义就是两人咬同一块饼干比定力的游戏，一时间两人的嘴唇靠得很近。林森禾一时失神，咬断了饼干。白筱心脸色通红，林森禾紧张地拿起酒杯往嘴里灌酒。

游戏再换，不过这回换林森禾决定玩什么了，此刻他已经有些醉意，犹豫片刻：“我选大冒险。”

三人一脸失望，丹丹看着林森禾有些尿的样子，更加不满：“那得罚酒，还要给我们跳一段萌舞。”

林森禾有些为难，但是看着白筱心一脸期待地看着他，胆子也大了起来，深吸一口气，学着视频摆出撒娇卖萌的姿势，真的随着音乐跳了起来。

“樱桃小嘴儿，嘟嘟的脸，啾咪啾咪。点点鼻尖儿，大大的眼，啾咪啾咪……”

一时间，林森禾惊得丹丹、花花、白筱心一句话也说不出来，短暂的失语后，林森禾迎来了众人疯狂的欢呼声和尖叫声。林森禾看着白筱心开心的笑脸，也跟着一起傻笑，仿佛找到自信一般，摇晃着身体唱了起来：“每个举动都将我心牵连，欢声笑语永不变。只愿在你身边围绕，温柔体贴哄你睡觉，爱你的心直到天荒地老……”

虽然这是一首傻白甜的歌曲，曲风也在瞬间让林森禾一贯的高冷形象原地崩塌，但不得不说，歌词倒也唱出了他藏在心底，一直没有说出口的话语。那么，他就用这样嬉闹的方式唱给她听吧。

一时间，林森禾放飞了自我，似乎一下从三十岁的心境回归到了十五岁。他又蹦又唱，眼见着快控制不住了，丹丹终于在花花的劝诫以及白筱心的护短下，放过了他，允许白筱心带着自家霸道先走。

白筱心费力地扛着林森禾一步一步地在街心广场挪动着，林森禾晕晕乎乎把头靠在白筱心的肩膀上磨蹭着：“筱心，你今天玩儿得开心吗？”

“开心，开心，特别开心。你怎么样？还难受吗？”白筱心突然有些心疼今晚被他们三个00后玩坏了的林森禾。

“还好，有点晕……让我……靠一会儿……”白筱心赶紧扶着他坐到喷泉台上，忍不住口是心非地责备起来：“你明明不会喝酒，还玩什么大冒险，你选真心话不就好了。”

林森禾把下巴支在白筱心的肩膀上，对着白筱心的耳朵轻轻耳语：“真心话，我只想说给你听。”

白筱心的脸瞬间通红，此刻，除了拂面的微风，就只剩下她突然无法自抑的心跳。人的心跳蹦到了一百八，不是气炸，就是变成陷入恋爱的傻瓜。

“嗯，既然你这么说了，那……那我就问你了哦。”

“好。”

白筱心紧张地咽了咽口水，犹豫片刻，试探地问道："你真没有对我一见钟情吗？"

"没有。"白筱心听到林森禾十分果断地给出答案，有些失落。

"我对你是日久生情。"

白筱心微微一愣，随即忍不住羞涩偷笑，又努力掩饰自己的情绪："嘁，我们明明也没认识几天。"

"那可不止……"林森禾喃喃。白筱心却也不以为意，看看林森禾沉静地靠在她的肩上，忍不住大着胆子继续问。

"那你喜欢什么类型的女生？"

"就是你这种类型。"

酒后的林森禾突然像打开了新世界的大门，撩拨情话出口成章，显然对此刻的白筱心是很受用的，即便她口是心非，不愿意承认。

"哼，花言巧语……这样，你给我讲一个你最大的秘密，真诚点。"

林森禾顿了一下："秘密？秘密就是我偷偷亲过你，三次。"林森禾伸出三根手指，在白筱心脸前晃了晃，得意地笑着。白筱心一脸惊讶："什么时候？"

"你睡着的时候……嘿嘿嘿。"林森禾仰头望着白筱心傻笑，白筱心一脸羞愤："你……你要流氓！"

"我没有，是你对我不负责任。"林森禾满脸委屈。

白筱心满脸莫名其妙："我什么时候对你不负责任了？"

林森禾深情地看着白筱心，突然紧紧将白筱心搂在怀里，用几近温柔却又心酸的声音道："白筱心，你相信有平行空间，相信百慕大三角洲上消失三十年的飞机能再次出现，相信你的父母会从平行空间回来找你，那你愿不愿意相信，平行空间里的我们，其实已经不是第一次遇到了？"我和你有过的甜蜜时光，我这一辈子都不会忘。

白筱心愣在原地。

"所以，就是在我们之前的几次相遇里，你没对我负责任。"

"什么？你这无赖耍得也太清新脱俗了吧。"白筱心还是没信他的鬼扯，好气又好笑地捶向他的胸口。

林森禾顺势抓住她的手腕，从口袋里变戏法似的拿出两个银饰铃铛，戴在她的手腕上，另一只给自己戴上，然后紧紧地握着她的手摇晃，铃铛碰撞在一起，发出清脆悦耳的声响。铃铛遇到风会响，他遇到她，心里的小鹿会乱撞。一时间，她仿佛被触到了联通记忆，脑海里闪过似曾相识的画面。

"白筱心，我今天想了好久，不知道该送你什么礼物，不知道你需要什么，想来想去，发现你最需要的其实是我。"朦胧月光下，林森禾的眼神也变得越发柔和与深情，让人看一眼就忍不住沦陷在他的浮光魅影里，“所以，我把我整个人送给你，这是我们定情的铃铛，你一个我一个，以后我就是你的人了，你不许反悔哦。”

林森禾嘴角扬起，捏捏白筱心的脸蛋。白筱心听着林森禾幼稚的表白，忍不住偷笑。

“欧巴，你真的有三十岁吗？我觉得你的心理年龄只有十三岁，不能再多了。”

林森禾认真地捂住白筱心的嘴巴：“嘘，别说话。”一秒钟后，那句全世界最为俗套却又令人怦然心动的话语，终于掷地有声，落袋为安。

“白筱心，我喜欢你。”

这个世界上，有很多事情我们都无法控制，却又成为生命中意外的惊喜，比如流星的滑落，比如昙花的绽放，比如不经意间我喜欢上你。

白筱心还没来得及反应，林森禾突然俯身深深吻住了她，她瞪大了眼睛，慢慢地沉浸在这无边月色中。

身后，街心广场的喷泉突然喷涌而出，就像这一刻迸发的爱情，剔透晶莹，光彩溢目，热烈而又甜蜜。

第十三章

原来，一切的相遇似乎都是命中注定啊。

1. 白筱心，你也断片了？

清晨的阳光照进窗户里，林森禾猛地睁开眼睛，发现自己躺在沙发上，衣服还整整齐齐地穿在自己身上，头因为宿醉传来一阵疼。

他立即回想起昨夜发生的一幕幕：在酒吧跟白筱心喝酒的画面，被白筱心抹蛋糕的画面；接着被白筱心扶着去街心广场，抱着白筱心跟她接吻的画面……一时间，这些记忆快速地交织在一起，最后啪地断电，变成一片漆黑。

“筱心送我回来的？昨晚我告白成功了吗？”

林森禾拿起手机查看消息，白筱心并没有发来信息。林森禾起身，犹豫了一下，还是给白筱心发去信息：筱心，你回家了吗？等下我去接你？

片刻后，白筱心回复：不用，我到公司了。

林森禾盯着白筱心的回复，不由疑惑地皱起眉头。突然一阵敲门声响，林森禾揉揉太阳穴起来开门，门外是面容严肃的黑风。

“怎么样，你调查出什么了？”

“白志宏十八年前是三明岛岛民推举出来的岛民代表，但是在三明岛开发案进行不久，就死于火灾。”

白志宏果然和林氏有关联，林森禾皱紧眉头：“开发案进行不久过世？”

林森禾思索起十八年前的事情，奈何太过遥远，除了他父母离世那段时间的事情，林森禾根本想不起什么，只恍恍惚惚记得那一年他也去过两次三明岛。

“还有什么吗？”林森禾见黑风欲言又止，不由得有些好奇。

“暂时还没有，不过很快就会有其他信息。”

黑风摇了摇头，有些事在没有确切证据之前，他不想说出来给林森禾增加负担。

“你继续走访当年的岛民，看看还有没有其他知情者。”

林森禾敏感察觉出黑风有事情瞒着他，但他仍选择相信黑风，没有继续追问。

“是。”

黑风朝着林森禾鞠了一躬，转身离开。林森禾看着手机，纠结片刻，终于坐不住，拿起外套离开家。

林森禾站在化妆间门口，看到白筱心正在化妆，犹豫片刻后走了进去。工作人员在场，都纷纷欠身向总裁致意，还不等他说什么，白筱心瞬间慌神，急忙站起身对他恭敬鞠躬：“林总，您来了！您随便坐，我先去忙了。”

白筱心露出职业微笑，然后逃到了直播间。林森禾愣住了：“这么冷淡？难道昨天我被拒绝了？”

茶水间，白筱心自己倒了一杯凉水平复紧张的心情，一转身却看到林森禾也进入茶水间，吓得后退一步，靠在了吧台上。她紧张地看看周围的环境，林森禾却只顾盯着她：“白筱心，昨天晚上喝醉的是我，你不会也断片了吧？”林森禾低声质问她，身子越来越近。

“什……什么断片，林总，你离我远一点。”白筱心觉得自己的心脏都快跳出来了，不自觉地推开了林森禾。

林总？林森禾一时有点受伤，犹豫了半天，最后那句话还是问了出来：“你昨天是答应跟我在一起了，对吗？”

林森禾一句话瞬间把白筱心带到了怦然心动的昨夜。

街心广场，在他们甜蜜地亲吻后，林森禾捧着她红红的脸庞，一脸真诚地问道：“你愿意做我女朋友吗？”

白筱心的红唇上还残留着林森禾的气息，脑子里一片空白，羞涩地点点头。林森禾激动地一把将她抱起来转圈圈，结果刚转一圈，他就踉跄了一下，靠在她身上晕了过去，险些害她摔进喷水池中。

最后，还是她用瘦小的身躯将死沉死沉的林森禾打车送回家中。

“这么说，你昨天是答应我了？”林森禾听罢白筱心的吐槽，终于想起了完整版的剧情，悬着的一颗心终于落地。

“哈哈哈，我就说嘛，我怎么会被拒绝呢。”

白筱心忍不住嗤笑，这个世界上告白都能断片的人，非你阎王莫属了。此时，林森禾看四下无人，偷偷伸过手搂着白筱心，白筱心却慌乱地推开林森禾。

“咱们毕竟是在公司里，太招摇不好，还是要先在地下好好相处，等时机成熟了再公开。”

林森禾一脸不满，这是他的公司，他抱自家女朋友谁敢管？

“你是猫咪TV的主播，我们没有明确的上下级关系，你要是介意，大不了我让猫咪TV独立。”

白筱心瞪了林森禾一眼，没好气道：“拜托，你成熟点好不好！”

林森禾还想再说，白筱心抬起手一阵猛摇铃：“你是我的人，现在是不是要听我的？”

林森禾不服气，可只得无奈地点头。白筱心见林森禾还算乖巧，终于松了一口气，送上甜甜一笑：“那我先回去上班了。”

没想到林森禾却将白筱心拉回来，指了指自己的脸：“你亲我一下就放你走。”

“你！”

白筱心被林森禾圈在怀里动弹不得，看他一副正儿八经要无赖的样子，好气又好笑，只得如同做贼一般在他脸上亲了一口，然后使劲掰开他的手，害羞地捂脸离去。

“我们一会儿一起吃午饭啊。”林森禾还不忘在身后叮嘱。

这才第一天恋爱，空气里就弥漫着满满的酸腐气息。

林森禾收拾好幸福的表情，一本正经地端着咖啡杯走出去，仿佛什么事都没有发生。

白筱心满脸娇羞地逃回直播间，惹得一旁的严主管各种视角打量，奈何姑奶奶嘴严，一句有用的话都没套出来。

“中午吃什么？我让小兰准备。”白筱心还没来得及登录直播平台，林森禾的微信已经发了过来。白筱心赶紧将手机紧紧握在手里，生怕别人看到。

“别让小兰姐准备了，你在二十层东侧的楼梯间等我，午饭我来安排。”白筱心最怕的就是林森禾招摇的个性，赶紧打断林森禾想要炫耀的念头。

“好吧。”林森禾秒回了一个委屈巴巴的表情。

白筱心终于欣慰地笑了起来，登录平台，春光满面地开始她的直播工作。

办公室恋爱嘛，当然是偷偷谈才有意思。

2. 已经发朋友圈承认了

昏暗的楼梯间内，林森禾和白筱心一起坐在楼梯上，捧着盒饭。白筱心一脸满足地扒着饭，林森禾反倒心疼了起来：“这也太委屈你了吧，大不了我们去远一点的地方。”

“我觉得这样挺好啊，没人打扰，别有情趣。”白筱心舀了一勺饭喂到林森禾嘴里，林森禾突然有些羞涩。白筱心看林森禾乖巧地吃进去，又从自己的饭盒里舀饭递到林森禾的嘴边。

“啊……”林森禾也十分配合地张嘴，却调皮地咬住了勺子。白筱心被逗笑了：

“你是小狗吗？”

突然，一阵杂乱的脚步声响起，林森禾和白筱心还没来得及反应，三五个员工就从楼上下来，看到了正在被喂食的林森禾。大家面面相觑，反应过来后又一脸震惊。他们好像看到了什么不该看的事情。

几人来不及回身躲藏，只好尴尬地打招呼：“林……林总。”

林森禾假装淡定，松开勺子：“你们是来做饭后运动吗？”众员工赶紧点头。

“不好意思，我们先借用下这里。”

“您用，您用，我们绕路。”众员工说完，飞快地离场。白筱心呆呆地看着林森禾：“这……这怎么办？”

“这是被别人看到的，不怪我哦。”林森禾憋着笑，眼神中难掩各种小得意。白筱心捶打林森禾的肩膀，崩溃地大吼：“啊，我要被群嘲了，你还笑！”

果然，八卦消息在第一时间四散开来，从林氏 A 座的二十九层传到一层，再传遍四栋大厦，连地下停车场的保安小哥都收到了信息，津津有味地看着最新鲜的八卦。

午饭后，直播间的两个企划同事围着白筱心，也开启羡慕的采访模式：“哇，白筱心，听说你跟林总在一起了，真的假的？”

白筱心正在被化妆师上妆，赶紧解释道：“没有，没有，我们就是好朋友的关系。”

“真的？可是有人看到你和林总坐在楼梯上互相喂饭啊！”

同事明显不相信，化妆师听着几人的八卦，上妆的手明显更加轻柔了一些，其中一人正拿着手机刷着什么，然后突然尖叫起来：“啊，你还不承认，林总都发朋友圈了。”

白筱心惊得一抖，化妆师直接将眉毛画成了蜡笔小新。

“不好意思，我看下手机。”白筱心拿起手机看。林森禾换了白筱心的照片做头像，还将爱心午餐的照片发了朋友圈，并配了一句令人惊掉下巴的文案：我是“9”，你是“3”，除了你还是你……

白筱心手一抖，手机差点砸到脚上。他这是哪里学来的土味情话，太可怕了吧！白筱心瞬间有点后悔答应和这个可怕的 80 后大叔谈恋爱了。

直播间外有人敲门进来，正是拿着一瓶奶盖的林森禾，他笑眯眯地道：“我没打扰你们吧？”

“林总好……没有，你们忙，我们先走。”众人看见林森禾，纷纷有眼色地闪人，直播间瞬间只剩下两个人。白筱心斜眼看向林森禾。林森禾看见白筱心的手机亮着，讪讪道：“嗯，你看见朋友圈啦……你不生气吧？”

“我生气还来得及吗？”林森禾递过来奶盖，白筱心接过来喝了一口，顺顺气。

“我等这一天可是等了好久了。”

假如人生不曾相遇，我不会相信，有一种人可以百看不厌，有一种人一认识就觉得温暖，有一种人可以让你倾尽半生，只为等待与她一起的时光。

林森禾笑了笑，一句话却再次撩动了白筱心的心，白筱心被林森禾看得脸红心跳，猛灌一口奶茶平复心跳，完全没注意奶盖沾到嘴上。

“奶盖甜吗？”

“哼……你做出这种先斩后奏的事，还想喝我的奶盖？一口都不留给你。”白筱心娇嗔。

“那我就不客气了。”

林森禾两只手撑着旋转椅子，弓着身子靠近白筱心，越来越近，白筱心慌乱无措，只好闭上了眼睛。一秒钟后，林森禾的唇覆盖上了她的唇。她感觉到一股香甜的味道顺着鼻息钻入了身体的各个角落，在这一个吻中开始沸腾，随后散发出令人沉迷的香气。

林森禾把白筱心嘴上的奶盖吻掉，终于放开了她。她连忙拼命吸氧，大口喘气。

“我已经发朋友圈了，你也发了吧。”

白筱心看着林森禾递过来的手机，语无伦次：“我……我等下……一会儿……”

“就现在，我监督你，不然……”林森禾说着，又要吻住白筱心。白筱心面红耳赤，赶紧从林森禾身后拿出手机，打开朋友圈，复制林森禾的图片，又配上一句自己的文案，点击发送，举着手机给林森禾看。

“命中注定，余生是你。”林森禾看着白筱心的朋友圈，露出了满意的笑容，捧起白筱心的小脸又亲了一口。

“真乖。”

白筱心脸色通红，双手遮脸：啊，我死了……为什么看起来如此钢铁直男的林森禾，谈了恋爱之后变得这么会撩？

殊不知，林森禾也是经历了两次痛苦的历练，才百炼成钢的。

咖啡店里，丹丹一脸姨母笑，刷着白筱心的朋友圈，送上祝福：“不得不说，霸道的这个操作真的是太霸道了，我喜欢，我代表花花表示满意。”

白筱心内心开心到飞起，却还要在朋友面前装淡定：“哎，基操勿 6 皆坐。”

丹丹满脸嫌弃地看着白筱心：“白筱心，你飘了啊，给我说人话。”

“嘻嘻嘻，好吧，说实话，被承认还是挺开心的。”白筱心矜持过后，终于开心大笑起来。

“不过，你也别被甜蜜冲昏头了，还是要保持新鲜感，营造一种若即若离的感觉，让霸道觉得你是他一辈子都得不到的女人。”丹丹点着白筱心的额头，生怕白筱心笑傻了过去。

“丹丹，想不到你这么多套路。”

“自古真情留不住，唯有套路得人心。”丹丹撩了撩头发。白筱心以白眼回敬，明明丹丹比她还要小白，还装作一副情场老手的模样。

视频电话突然响起，是林森禾，白筱心立刻露出甜蜜笑容：“你干吗呀？”丹丹狗粮吃得猝不及防，瞬间鸡皮疙瘩掉了一地。

“今天我要加班，你能陪我吗？”林森禾给白筱心看了看空落落的办公室，委屈巴巴地卖萌。

“可是你不是说我在你身边，你没办法安心工作吗？”白筱心本想放下电话就奔回公司，可想到丹丹刚刚提示的套路，她不想被闺密看轻，故意装作不以为意。

“这样视频就好，你跟丹丹聊天，就把语音禁掉。”林森禾改变策略，曲线救国。

“好。”白筱心二话不说把手机支好，按下静音，不好意思地看向丹丹。丹丹一脸崩溃：“刚才的话当我没说，你们俩小心得糖尿病。”

白筱心被逗得大笑，几个人都没有注意到，不远处的座位上，掩盖了刀疤的刀疤男正默默地注视着两人。刀疤男远远地看到白筱心的手机屏幕，默默离座。

林森禾正伏案工作，看着屏幕里的白筱心，不由得露出痴汉笑容。突然，他看到了一个熟悉的身影从白筱心身边经过，他顿时紧张地盯着屏幕，那个人是刀疤男？

林森禾刚想叫白筱心小心，突然之间，手机屏幕一片漆黑，接着视频被挂断了。

什么情况？

3. 跟我一起住吧

一分钟后，林森禾以百米飞人的速度冲下林氏大楼，途中还疯狂拨打白筱心的电话，但那边一直传来“对方手机已经关机”的提示音。

林森禾火速冲到街角的咖啡店，却找不到白筱心的身影，也没看到刀疤男的踪迹，内心一颗大石瞬间高高悬起，在最后快要崩溃之际，他看到白筱心和丹丹一起从后厨走了出来。

“你没事吧？”白筱心被突然冲过来抱住自己的林森禾吓了一跳，由于他抱得很紧，白筱心都能感受到他轻微颤动的身体，他似乎极其害怕。

在遇到她以前，林森禾从不怕死，不惧远行，也不曾忧虑孤独漫长的岁月，可现在因为有了她，仿佛战士有了软肋，他患得患失，胆小如鼷，甚至从未如此真切过地忧虑未来。

白筱心虽然不明白他为何如此激动，但也感受到来自怀里的男人那份强烈的关切，一股暖流涌上心头，拍拍他的肩膀，轻声解释道：“你安心啦，是我的手机不小心被洒了咖啡，刚刚服务员拿到后厨帮我处理了。”

“那就好。”林森禾终于安心下来。

“天哪，天哪，酸死我了，一会儿没见就想成这样。”丹丹在一旁怪叫，两个紧紧拥抱的人这才尴尬地松开，白筱心尴尬地冲着丹丹笑笑。

夜晚，林森禾开车送白筱心回家，却满怀心事。下午他在视频里看到的那个人，明明是之前刀疤男的模样没错，不过他的头上没有了刀疤……难道是他看错了？又或者有一种最糟糕的情况，那就是他也通过蓝洞回来了，然后盖住了他脸上能被人识别的印记。

没错，这就是为什么华沙晚宴上刀疤男没有如期出现，因为他知道他是在那一次被林森禾抓住马脚的。

若真是这样，那林森禾之前经历的一切又没有了借鉴的意义，幕后的人一定会更加隐蔽地躲在暗处，对他们下手。那么这一次，会伤害筱心的可能是街上的任何一个人。他突然被自己的想法吓得一身冷汗，担忧地看着一旁有些倦意，靠着沙发座椅的白筱心，他不能再让她受到第三次伤害了，他必须做点什么，必须快点找到U盘，找到真正的幕后人。

一旁的白筱心终于注意到林森禾面色异常，担忧地询问：“森禾，怎么了？”

林森禾回过神，郑重地询问：“筱心，你爸爸过世后有没有给你留下一个U盘？”

“U盘？没有啊，怎么了？”白筱心一脸莫名其妙。

“你再认真想想，有没有什么U盘或者磁带什么的，关于三明岛的？”

白筱心一脸茫然：“你怎么会突然问这个，在我的印象中，父亲从来没有给我留下这样的东西。”

“哦，没关系，你不知道就算了，我们下车吧。”

看样子，白筱心从头到尾对这件事情都不知情，要解开秘密还得依靠黑风从十八年前她父亲的事情查起。

林森禾犹豫片刻，再次开口：“我担心你会遇到危险，要不你到我家住一段时间吧。”

白筱心呆呆地看着林森禾，愣了一秒，随后反应过来。这光天化日，朗朗乾坤，能有什么危险，看来是他想跟她同居吧，居然用这么烂的理由。不过，真像丹丹说的那样，失去新鲜感怎么办？

林森禾丝毫没意识到白筱心的心态，也不清楚此时提的建议代表了什么，还在那里等着白筱心的答案。只见白筱心满脸羞涩，两只手不安地在身前搅来搅去：“我们才刚刚开始，不太合适吧？而且我姑姑肯定不会同意的。”

林森禾顿时明白白筱心误会了他的意思，连忙改口：“这个，你要是不愿意住我家，就……就住在宿舍。”

“公司还有宿舍？”白筱心一脸惊讶，她怎么从来没听说过这事？明明之前还有同事抱怨公司没宿舍，每天跑来跑去十分辛苦呢。

“特殊员工有特殊对待嘛。”林森禾一本正经地撒谎。

“哦，要不我回去问问？”

“好啊。”

林森禾立刻拿起手机，悄悄给黑风发短信，安排白筱心今晚能够顺利入住“宿舍”的问题。

于是，他们还没走到小区门口，白筱心就看到白真真挽着一个一身西装的小鲜肉，满面春风地进入楼道。

“这是什么情况？”白筱心愣住了。片刻后，她看到家里的灯亮了，越发惊讶，“我姑姑竟然带男人回家了，她不会谈恋爱了吧？”

“我觉得……你今晚可能回不去了。”

林森禾用小动作掩饰他的幸灾乐祸，白筱心没好气地白了他一眼：“再等等。”

林森禾被白筱心拉着坐在马路边等待。四十分钟后，林森禾坐在路边打哈欠，但是白筱心家里的灯依旧亮着，白筱心无奈地拿出手机，尝试着最后的机会：“我给姑姑打个电话……她肯定不放心我的。”

白筱心嘟囔着，拨通了白真真的电话：“喂，姑姑？”

“呵呵，是筱心呀，你有什么事呀？今晚不回来了，是吗？”

白真真的声音飘飘忽忽的，明显就有鬼，随后，白筱心听到话筒里传来关门声，白真真似乎真的躲出来接电话了。

“姑姑，林森禾想让我在宿舍住一段时间，你肯定不放心我的吧？”

“宿舍？太好了，没问题……你住吧住吧，有空回来看看我就行，东西什么的，你明天回来再取吧，就这样，拜拜！”

“喂。”白筱心没想到白真真会直接挂断电话，一脸尴尬地看向林森禾。

“姑姑同意了？”林森禾明知故问。

“嗯，她居然为了小鲜肉，这么无情地将我抛弃了……等等，不对啊，刚刚那个小鲜肉穿的西装有些像黑风手下穿的套装呢。”

白筱心似乎意识到什么，白真真虽然嘴上不靠谱，但从来都是洁身自好的女人，怎么会轻易带男人回家呢？

“哈，怎么可能，西装不都是差不多的样子嘛。”林森禾讪笑，他打死都不可以承认，这是他联合手下与白真真演的一出“逼白筱心走投无路只得被自己收留”的好戏。

白筱心疑惑地看看林森禾，又看了一眼家的方向，家里的灯突然关掉了。她突然感觉，自己不但被设计了，还被卖了。

白筱心无奈地叹了一口气，就算是林森禾故意安排的，人这么久进去还没出来，看来已经落入白真真的魔爪了。

“是住宿舍哦，你不要有其他企图。”

“放心吧。”

林森禾宠溺地摸摸白筱心的头，拉着白筱心往回走：“我带你去买日用品吧，免得你最近回去打扰到姑姑。”

白筱心最后留恋地看了一眼漆黑的窗户，咬牙切齿地暗骂道：“白真真，你最好祈求你能一举俘获小鲜肉，否则就等着我狂风暴雨的报复吧！”

“阿嚏！”

白真真摸摸鼻子，有些不好意思地看着面前的小鲜肉，小鲜肉满脸惊恐，紧张兮兮地看着眼前的蜡烛，以及灯火通明的隔壁。

“嘿嘿，小帅哥，不要介意，你别看我这个家挺乱的，我呀，是一个舞蹈家，侄女又是主播，两个人平时都不怎么回来，这不没来得及交电费，断电之后就只能用蜡烛了。”

白真真两眼放光，盯着小鲜肉，一本正经地找着借口，送上门的小鲜肉，不收白不收。

“阿姨，不，真真姐，我觉得未必是欠费了，也有可能是跳闸了，我帮您去检查一下。”小鲜肉飞快地转动脑筋，找借口逃跑。

“喂，喂，你给我回来！”白真真的首次狩猎，以惨败告终。

4. 林氏集团的私人宿舍

客厅门被打开，白筱心一脸困惑地看着房间，又退出来看了看门牌号，确定自己没有走错，原本还有些期盼的小心肝瞬间凌乱成一团，怒吼道：“这就是宿舍？这不是你家吗？”

林森禾拿起桌上的纸笔，写下大大的“宿舍”两字，贴在墙上。

“咱们这间宿舍是男女混住宿舍，宿舍十点关灯断电，十一点门禁，入住期间，两人共用公共区域，不得随意进入对方私人区域……你还有什么问题吗？”

白筱心嘴角抽了抽，果真男人的嘴，骗人的鬼……算了，她已经很累了，先过了今晚再说吧。

“先这样吧，我要去睡了。”白筱心无奈地朝着客房走去。林森禾见白筱心安心住下，终于松了一口气。

林森禾回到卧室，躺在床上睡不着，拨通了黑风的视频电话，询问调查的进展情况。

“老大，我这儿有个虽然小但也很紧急的事情先跟你汇报，我派去找白真真演戏的那个兄弟，到现在都没出来。”

……

“你派人上去看看不就好了？”

林森禾想起记忆里白筱心对白真真的吐槽，心知那个小鲜肉落入白真真的魔爪，八成真的要贞洁不保了。

“那兄弟给我们发来一段录音求助，白真真非让他，喀，住在她家里保护她。”

“呃，你让他见机行事吧，实在不行，你们就上门抢人吧，回头我会补偿兄弟们的。”

林森禾语塞，这算哪门子事？他骗白筱心回来住，还得搭一个保镖给姑姑。

黑风沉默了一会儿，继续同林森禾通报最新进展。

“老大，我上岛上调查过了，很多接触过十八年前开发案的岛民都搬离三明岛了，就算是对这件事有印象的岛民，好像也不太愿意多说……我打算去南海拜访一些老人。”

林森禾若有所思，点点头：“嗯，你去吧，一定要弄清楚白志宏当年和林氏的纠葛。”

林森禾刚挂断了黑风的电话，下一秒打进来的视频电话不禁让他哆嗦了一下，打视频电话的正是他爷爷林之杨。

“臭小子，谈恋爱了也不告诉爷爷。”

果然，他刚打开电话就传来老爷子的责骂声，还好他把电话拿得远，心事重重地笑笑，却被林之杨敏感地捕捉到了。

“怎么，你有心事？”

林森禾犹豫片刻，还是忍不住问：“爷爷，爸爸当年海难的资料你还留着吗？”

“你怎么问起这个？”林之杨对这件事明显非常抵触，声音都低沉了不少。

“你一直怕伤心从来不跟我讲，但是有一些关于三明岛开发的细节，我现在必须要了解。”林森禾没有解释具体原因，只是坚持着他的要求。

“好吧，你有时间过来找我。”林之杨有些不悦地挂断电话，林森禾叹息一声。

一大早林森禾从屋外回来，拎着一大包东西，费力地弄进屋，开始在餐厅忙碌起来。切水瓜皮，差点削到手；剥甜虾壳，又扎着自己；烤面包机跳出面包片，又煳了，只能倒进垃圾桶里，现在，已经有三四片烤煳的面包片在垃圾桶里面躺着了。

一顿早餐做下来，厨房已然是满目狼藉，惨不忍睹。

……

白筱心早起来到浴室就瞪大了眼睛，案台上摆着情侣牙刷，粉色卡通牙缸，毛巾，还有各类昂贵化妆品。她洗漱完毕下楼，又看到桌上丰富得如五星级大酒店的自助早餐，瞬间瞠目结舌。

“这……这是你点的餐？”

“不，全是我下厨做的。”

林森禾扬着手展示，有一种从战场胜利归来的骄傲气势，偷偷摸了摸缠着创可贴的手指，有点后悔当时怎么就没想过学习学习厨艺。

白筱心看向每一碟盘：爱心笑脸鸡蛋加火腿肠，蜂蜜酥油烤面包片，蔬菜沙拉配红豆，水果酸奶捞，薯条配番茄，鲜切三文鱼海虾海胆，蓓蕾烤布丁……

“啧啧，是什么让只会煮白粥的你，一夜之间变成了米其林大厨？”

白筱心难以置信地咽了咽口水，拿起旁边的一杯橙汁喝了一口压压惊，只见林森禾抿着羞涩道：“是爱。”

白筱心一口橙汁喷了出来：“哈哈哈。”

林森禾秀情话失败，看着破坏氛围的白筱心。白筱心赶紧拿餐巾纸擦擦林森禾的脸，道：“我错了，我已经感受到你满满的爱意，你放心，我保证全部吃掉，一点渣渣都不剩。”

“这还差不多。”林森禾接过纸巾，一脸满意。

“嘿嘿，谢谢，下次换我做。”

一生之中，你一定会遇到某个人，她打破你的原则，成为你的例外，成就你全世界的幸福。此刻，白筱心只觉得自己是活在幸福里的小公主。

林森禾撑着双手，一脸宠溺地看着白筱心呼哧呼哧地吃着，不一会儿彻底光盘了，林森禾瞪大了眼睛。

“不好意思，我吃得有点多了。”白筱心还忍不住打了一个饱嗝。

“呵呵，有点多？”

“怎么，人家还在长身体呢。”

林森禾看到女朋友噘起小嘴，立马收起下巴，竖起大拇指，由衷地夸赞：“我就喜欢能吃的女孩子，有福气。”

白筱心这才心满意足地收拾起碗筷来。林森禾忽然想起秦芷筠的提议：“对了，你收拾完我们一起去公司吧。今天，我要去三明岛上视察项目，你跟我一起去吧。”

“好呀，好呀，不过……”白筱心歪着脑袋，开始用手机搜索最近的药店，“我每次坐船都晕船，我要买点药才行。”

“那就换一种交通方式。”林森禾不由分说抢过她的手机，朝着她露出一抹坏笑。

5. 三明岛蜜月

“这就是你说的换一种？”

白筱心跟在林森禾身后，从商务车上跳下来，她看着停在不远处停机坪上的红色直升机，一脸震惊地看向林森禾。

啧啧，有钱人就是有钱人，真是贫穷限制了她的想象力，林森禾居然有私人飞机。

工作人员远远地弯腰迎接林森禾，见林森禾戴着墨镜酷酷地朝前走去，白筱心不甘示弱，接过工作人员递来的墨镜，赶紧小跑跟上。

刚刚登上飞机，林森禾正十分绅士地去拉白筱心，结果发现白筱心不知什么时候开始掏出手机嘚瑟地自拍了。林森禾无奈地笑笑，抱着双臂靠在一旁，任由白筱心拍照，直拍到白筱心满意为止。

海滩上空，直升机飞过，白筱心俯瞰着三明岛全景，激动得又叫又喊。从六十七米的低空俯瞰三明岛海湾，它就像一块美丽的琥珀石，无限风光尽收眼底。林森禾偷笑，悄悄拿手机把白筱心的每一个表情都记录了下来。

等到白筱心发现时，林森禾已不知道在朋友圈凑齐了多少次九宫格，一瞬间，林总携新晋女友乘直升机同游三明岛的消息，再度传遍整个林氏集团。

“天哪，林总带白筱心去三明岛了，坐的还是林总的私人飞机。”

“林总居然这么爱秀女朋友！我说怎么没看到白筱心，原来是出去度蜜月了啊！”

“什么度蜜月，林总还没娶她呢。”

“你不懂，热恋的蜜月也是蜜月。唉，我一大早上班已经够辛苦，还要来吃老板的狗粮，真是狗命啊。”

……

飞机在沙滩附近落地，林森禾趁着白筱心去换衣服，赶紧安排人在沙滩上支好遮阳伞，铺好浴巾，支上小桌子，在上面摆好白筱心爱的饮料、水果和小吃。

等到一切准备就绪，穿着比基尼的白筱心姗姗来迟，她先是躲在一棵树后，后来才一点一点地出现在林森禾的视线里。林森禾看着她虽然娇小但也丰满的身材，一瞬间看得有些失神，红着脸反应过来，赶紧拿起防晒衣给她披上。

“不要，这破坏了我的整体造型。”白筱心扭捏着不肯接受，穿上防晒衣还怎么展现她美美的身材，怎么展示她苦练的马甲线？

“那等一下我让服装师给你改造型。”见林森禾语气不容商量，白筱心只得乖乖地穿上防晒衣。突然，拿着冲浪板的小哥哥经过白筱心身边，白筱心的目光不自觉被吸引过去。

“这有什么好看的，我也有，我也会。”林森禾发现白筱心的视线竟然不在自己身上，立刻醋意大发，强行把白筱心的脑袋扳了过来。

“哦？那你教我。”

“你不是害怕这些吗？”

林森禾皱眉，他要是没记错，在上一个时空的记忆里，白筱心就不怎么敢玩这些水上设施，不然也不至于半路逃跑了。

“谁说的，有你在，我就不怕了啊！”

白筱心没想到林森禾竟然贴心地探查了她所有的爱好，一时间感觉有些甜蜜，也顾不上继续逗林森禾，拉起林森禾的手，一起向海边码头跑去。

最终，白筱心如愿以偿地站在冲浪板上。林森禾站在她后面，扶着她慢慢起身。她终于站稳了，满脸惊喜，激动地看向林森禾：“哈哈哈，我做到了，我可以，我是勇猛无敌的白小强。”

然而十分钟后，要求单独试炼的白筱心还是悲惨地被大浪掀翻在水里，吓得林森禾一个猛子冲进大海，把她这只落汤鸡拎了上来。

“让你不听话，怎么样，扭到脚了吧？”沙滩上，一个临时搭建的袖珍三角帐篷里，林森禾正耐心地给白筱心揉脚。

“我都说了要自己来，明明是你在后面动手动脚，不然我怎么可能掉到海里？都怨你！”

白筱心不满地嘟着嘴，都怨林森禾像看管七八岁小孩一般对她一百万个不放心，在后面要出手抓住她，吓得她一哆嗦才没有站稳。怨他，怨他，都怨他！

“好好好，怨我。那你打算怎么惩罚我啊？”听到林森禾主动求惩罚，白筱心的嘴角不由得扯出一丝坏笑。

“活埋。”

“啊？”

半小时后，白筱心挖了一个大坑，将林森禾埋了进去，只露出一个脑袋，可怜兮兮地盯着白筱心。

“哈哈哈。”白筱心抱着肚子，在沙滩上各种打滚。

想想上一次，他命令白筱心完成水上体验，看她被折腾到欲哭无泪，这一次，自己却舔狗一般被白筱心折磨到腰酸背痛，真是不得不仰头长叹，天道好轮回，苍天饶过谁啊！罢了，自己选的小祖宗，哭着也要宠完。

黄昏，海面上彩霞流泻，波光粼粼，三角帐篷上挂起了小彩灯，浪漫而温馨。帐篷内，两个人吸着同一个椰子，铆足了劲儿看谁先吸完。

“为了弥补我的过错，等一下我带你去捞海鲜，吃海鲜大餐怎么样？”林森禾难得同白筱心单独相处，灵机一动，打算带着白筱心去他小时候玩过的地方玩一遍。

“好啊，好啊！我好像听人说，刚捞上来的生蚝是最鲜美的。”白筱心一听到吃的，立即眼冒金光。林森禾嘴角抽抽，什么叫有人，这个人恐怕就是他吧。

很多时候，林森禾总觉得白筱心其实并没有完全忘记那段记忆，只是被尘封了。不过，他倒是不期待白筱心想起来，毕竟那是身为助理的白无常被阎王折磨得最惨的一段日子。

两人不知不觉地来到三明岛背后一处因激流形成的乱石滩。

“这边真的能捞到生蚝吗？”白筱心看着连绵的巨大礁石，很是怀疑。

“放心，交给我。我呢，负责给你准备生蚝晚餐，你呢，就在这附近捡捡贝壳，赏赏景，怎么样？”

白筱心勉强地点点头。她看着林森禾带着潜水设施，朝着海面走去，才开始仔细打量周围的环境。

“我怎么感觉这儿有点眼熟呢？我是不是在这儿捡过贝壳？”

白筱心歪着脑袋想了半天，也想不出个所以然，索性走到海边，开始仔细地寻找可能存在的螃蟹洞。

“别跑！哈哈哈，我抓到你了，本小姐的技术高超吧。”白筱心的动作稳准狠，捏着一只螃蟹，开心地丢进小桶中，然后朝着下一个目标进发。等林森禾满载而归，白筱心已经连螃蟹带贝壳装了小半桶。

“可以啊，白筱心，这要是真把你扔到荒岛上，起码饿不死。”林森禾看着小半桶正吐泡泡的螃蟹，由衷地夸赞白筱心。他可记得，上次他和白筱心被困荒岛，白筱心可是怕得连觉都不敢睡。

这一次，或许是命运轨迹变化得有些大，白筱心竟然会了许多从前不会的东西，就连性格都因为变成主播更加大胆了。

“那是，我可是土生土……生的三明岛人，抓只螃蟹而已，小菜一碟。”白筱心一脸炫耀，仰头看向林森禾。

“不应该是土生土长吗？”

“我不是没在三明岛长大吗？当然是土生没土长了。”

白筱心提到这里，神情似乎有些落寞。自从记事起，她就没怎么在三明岛好好待过，哪怕是父母忌日，白真真也从不带她回来，只是在家中祭祀一下。虽然她有些不满，但她知道这并非白真真对父母不上心，而是白真真不想看到这块伤心地，也不想她因为过度沉湎怀念亲人变了性子。

林森禾伸手揉了揉白筱心的脑袋，将白筱心拉入怀中，宠溺道：“有遗憾啊？那以后我们就在三明岛修一栋别墅，你想来看叔叔阿姨的时候，就过来海边走走看看，好好弥补弥补，怎么样？”

白筱心乖巧地点点头，末了，她才忽然想起什么，一脸奇怪地看着林森禾：“我好像没告诉过你，我父母……”

“咯咯，你不说，我可以查嘛。”林森禾自知口误，赶紧喊白筱心吃海鲜搪塞过去。

6. 笨笨的小哥哥

因为准备周全，林森禾很快就在海边架起一处篝火，帮白筱心烤海鲜。他掰开一只鲜美的生蚝递给白筱心，看白筱心吃得不亦乐乎。

“林森禾，你对这里怎么这么熟悉啊？”白筱心一边享受林森禾提供的美食，一边好奇地询问。

“虽然我不是三明岛土生土长的人，但长来岛上玩，三明岛是潜水胜地，附近有远近闻名的蓝洞，我父母以前经常带我来这边摘果子、捞海鲜，这片礁石滩就是我捡贝壳的时候发现的。”

林森禾兴致盎然地给白筱心讲述他儿时的趣事，比如他是如何英勇地躲过野狼的追捕，如何机智地摘到树尖上最大的果子，惹得游清泽各种羡慕崇拜，又是如何在最短时间内从礁石上攀岩下来，捡到最多的贝壳，赢过以逗儿子为乐的林恒。

“嘁，你有那么厉害吗？”对于林森禾的英勇事迹，白筱心表示大大的怀疑，她怎么没听说三明岛有狼？还有，这里又不是没有路，脑子坏掉了才要从礁石上攀岩下来。

“怎么，你不相信啊？要不要我再爬一次给你看看？”林森禾说着，就朝一旁巨大的礁石使劲，想要空手攀岩，表演给白筱心看。

白筱心伸手朝着另一块礁石后，一条隐蔽的小路指去：“那边有路，不仅能通向一旁的海滩，还可以直接回到上面，根本用不着攀岩。”

林森禾愣了一下，伸着脑袋朝礁石后方看去，果然有一条只容一人通过的小路，弯弯曲曲地朝着另一片海滩的方向延伸。林森禾一脸窘迫，这片海滩他来过不下十次，每次都是从崖顶攀岩而下，怎么从来没发现这里还有一条小路？

“你刚发现的？”

“白真真发现的，小时候她还背我走过几次，要不是这附近比较好认，我压根都想不起还有这么一回事。”

白筱心撇撇嘴，心中却忍不住数落白真真，眼里只有小鲜肉，对她一点不负责任。

“阿嚏，阿嚏。”此时，正在舞蹈室排练的白真真接连打了几个喷嚏，打得震天响。嗯，肯定是哪个小鲜肉想她了。

“真真姐，你是不是着凉了？要不要休息一会儿？”一旁的搭档被白真真接连喷了满脸的口水，强忍着不满，劝着白真真。

“我好像真的着凉了。”白真真讪讪地看着男伴。

“我去休息一会儿，你们继续练习，尤其是刚刚那两个八四拍，一定要练齐了，把先烈们不畏炮火英勇牺牲的精神展现出来。”白真真接过小助理递来的枸杞水，口中还不忘指挥学员好好练舞。

……

“你是不知道，白真真那张嘴，除了工作的时候，就没有几句靠谱话。差不多是我三岁生日的时候吧，她回三明岛公益表演，我爸爸把我交给她带了一下午，你猜她干了什么？”白筱心依偎在林森禾怀里，坐在沙滩上，一边烤火，一边讲述白真真的“光辉历史”。

“她干了什么？不会是嫌你烦，把你绑树上了吧？”林森禾笑道，这对姑侄打从他第一次见，就觉得奇葩到什么事都可以做出来。

“那倒没有，不过也差不多了。刚开始的时候，她先是骗我吃了满嘴的沙子，然后被我告状了，我老爸收拾了她一顿，结果她竟然假装带我捡贝壳，趁机报复我，把我塞到那边的石缝里了。”

白筱心气鼓鼓地指着几块礁石围成的一道缝隙，因为上面有礁石遮挡，晒不到，淋不到，风也吹不到，倒是一个藏孩子的好地方。

林森禾突然一愣：等等，那个地方怎么有点眼熟？林森禾心虚地看着白筱心，小心翼翼地询问白筱心之后的事情，心中暗暗祈祷：千万不要那么巧。

“还能怎么样，她就跑去泡一起来演出的帅哥了呗。不过最可恨的是，白真真怕我回去告状，骗我说是我做的梦，死活不承认是她干的。”

“那你是怎么知道的？你不会那么小就记事了吧？”

“嗯，我很早就记事了，只不过有些事情记得不是很清楚，那时候太小了，连是不是做梦都分不清。要不是白真真有一次喝醉说漏嘴，我就真被白真真蒙了。”白筱心再次不满地数落不负责的白真真，见色忘侄女。

“哦，那中间就没人救过你？”林森禾继续在作死的边缘试探，心中甚至还有一些小期待，她不记得了，不记得了，一定也不记得他把她塞回去的片段了。

白筱心别过脑袋想了想：“可能有吧，不过我那时候确实睡着了，记不清了。好像有一个男孩来抱过我，不过没成功，我的脚还没出来，他就没有力气了，然后他就走了，看起来笨笨的。对了，我好像之前还见过他，跟另一个比较帅的小男孩在一起，不过他长得可丑了，说话也难听。”

林森禾一脸黑线：笨笨的，长得可丑了，没什么力气，说话还难听……

“喂，你怎么了？想什么呢？你这么出神，不会是吃醋了吧？”

白筱心见林森禾忽然呆愣，饶有兴趣地打量着林森禾：啧啧，原来林森禾吃醋的时候还有这种表情呢。

“呵呵，怎么会？你冷不冷，我去给你拿毯子。”

林森禾找了一个借口，避开了白筱心，默默地消化白筱心的话，脚下一个踉跄，险些摔进海水里。

苍天哪，大地啊，怎么这么巧？当年因为说他丑被他塞回石缝里的小鼻涕虫，竟然是白筱心！他小时候在白筱心眼里，竟然如此不堪吗？

而这丫头竟然从小就看上了游清泽，怪不得之前白筱心对游清泽有好感，这哪是有好感，简直是情根深种啊！还好，这一次他没再让白筱心过多接触游清泽。

林森禾用力掩饰住他的不满，不再去提当年的事，暗暗决定，一定要把小时候的照片都藏起来，万万不能让白筱心发现。当年他不是没力气救她，而是故意报复她，更不能让她发现，他就是当年那个被她说丑的那个男孩。

不过，一想到他们俩竟然有如此深的缘分，他也打从心底开心起来。原来，一切的相遇似乎都是命中注定啊。

第十四章

林森禾将白筱心放在被窝里，替她盖上被子，轻轻吻了吻她的额头。

1. 无一生还的海难

因为玩得尽兴，等到白筱心犯困的时候，天色已经很晚了。白筱心原本以为林森禾今晚会安排住在岛上，却不承想，林森禾不知哪根筋搭得不对，非要连夜赶回去。

三明岛这个地方，可是让给林森禾连着丧命两次，他当然有不小的阴影。

深夜，林森禾和白筱心疲惫地靠在林森禾别墅的沙发上，林森禾搂过白筱心询问："怎么样，今天玩得开心吗？"

"你不是说视察工作吗？结果变成了我们海岛一日游。"林森禾不置可否地笑笑，突然一阵咕咕声吸引到他。

"饿了？"

白筱心不好意思地点点头："嘿嘿，海鲜可吃不饱我。"

"你想吃什么？"

"我看冰箱里还有很多菜，要不我们涮火锅？我和姑姑最喜欢一边吃火锅一边看电影了。"

"火锅？"

林森禾没想到白筱心竟然会选火锅这么没营养的东西。白筱心看林森禾发愣，以为林森禾介意。

"不过，火锅会弄得都是味儿，还有你这地毯……还是算了。"

"没事，涮。"

林森禾豁出去了，不就是火锅吗，能有媳妇重要？不健康怎么了？这世上不健康的东西多了去了，只要食材安全就成。

不一会儿，林森禾从库房里端出一个锅放在茶几上，转身又去厨房备菜，一直到茶几上摆满了菜才肯罢手。白筱心看着满满一桌子菜，满满的都是感动，立刻小鸟依人般依偎在林森禾身旁。

“我想吃蒜蓉。”林森禾宠溺地把蒜蓉递给白筱心。

“我想吃肥肠。”林森禾体贴地把肥肠放进锅内。

“我们要不要看恐怖片？”林森禾脸上表情一僵，嘴角抽动，但是看着白筱心期待的眼神，终于投降。

“我去帮你找。”林森禾假装捯饬一番，“哎，我突然想起来，我们家没有恐怖片碟片耶，我们要不看爱情电影？”

“哈，你是不是傻，打开网络电视我们可以看点播呀。”林森禾嘴角抽了抽，果然，他还是躲不过白筱心的机智。

林森禾打开网络电影，白筱心就一脸兴奋地拉着林森禾坐在地上，一边吃火锅一边看。

林森禾看着电视里的鬼片，硬着头皮埋头吃菜，不去看电视画面，正所谓越害怕就越惊觉，耳朵却不自觉地将所有声音收入，恐怖的声效一响，林森禾的身子跟着一抖，条件反射般扔掉碗筷，顺势也捂上了白筱心的眼睛。

“你没被吓到吧？”看着紧紧抱着自己的林森禾，白筱心的心里顿时升腾起一股暖意。

“没有……但是……”白筱心为难地看看地下，地毯上以及林森禾身上全部被洒上了芝麻酱，还有被他扔出去的碗，落进锅里时溅出的汤汁到处都是。

“这些都很贵吧？”林森禾看着自己的杰作，一时间尴尬不已，努力挤出微笑。

“没……没关系。”

林森禾和白筱心站在浴缸里清洗地毯，浴缸里满是泡泡，林森禾和白筱心来回踩踏着，似乎很是兴奋。

林森禾从浴缸里捞出一点泡沫，弄到白筱心的额头上，白筱心一脸斥责。

“啊！脏！”

“不脏，我们都洗三遍了。”

原来，恋爱中的男女幼稚起来从不分年纪。

白筱心看着林森禾恶作剧的笑脸，毫不示弱地将手伸进泡沫里开始反击，她抹在林森禾身上。不一会儿，浴缸俨然成了一个激烈的战场，泡沫漫天，如同鹅毛大雪一样飘荡，白筱心还不满意，一个抬脚，想把泡沫踢起来，没想到脚下一滑，倒了下去。

“啊！”

林森禾眼明手快，一把拉住了白筱心，但两人重心不稳，一起摔进了浴缸里。

一时间，两人被泡泡包围，浑身湿透，羞红了脸。

林森禾看着怀里惊慌失措眼神躲闪的可人儿，内心的燥热感愈加强烈，试探性着吻向白筱心，白筱心小鹿乱撞，慢慢闭上了眼睛。

然而，林森禾一慌乱，手一滑，竟然直接一头栽进了水中。水花溅起，白筱心睁眼看到林森禾手忙脚乱的“美人出浴”，忍不住哈哈大笑，却只见林森禾怒目圆睁，赶紧闭上了嘴巴，默默地压着情不自禁上扬的嘴角。

两人分别在各自的浴室里冲凉，白筱心刚换好衣服，就听到门外的敲门声：“筱心，我把浴巾放在你门口了。”

白筱心打开门，就看到了沐浴后的林森禾，他披着浴巾，健硕的肌肉一目了然，刚刚浴缸里的那一幕再次浮现在她脑海里。她的脸上升腾起一股红晕。只见林森禾从身后掏出一条干净的浴巾，宠溺地帮她擦头发，最后在她额头上落下一吻。

“睡吧。”

林森禾帮白筱心关好房门，白筱心一脸陶醉地回味刚刚那一个吻，然后又有些懊恼地扑到床上：“笨蛋林森禾，干吗非要定什么宿舍条令，讨厌！”白筱心把自己裹在被子里，萌动着春心，甜甜地睡去。

昏暗的书房内，游钟书坐在书桌前，看着黑风走访三明岛岛民的照片，冷冷地笑着。刀疤男站在一旁，听候差遣。

“他们已经开始行动了。”

“不错，但是这两人貌似谁都没有提过这件事。”

“怎么没提？林森禾不是已经开始问白筱心有关三明岛的事情了吗？”

“那下一步该如何做？”

“只要不暴露行踪，我们跟好黑风，找到 U 盘轻而易举。”游钟书叼着雪茄，满脸的奸诈笑容。

一大早，林森禾将白筱心送到公司后，直接掉头直奔林家老宅。

院子里，齐叔扶着林之杨在藤椅上坐下，将一整盒资料放在凉亭的桌子上。林之杨哀伤地看着盒子，默默叹息。林森禾小心翼翼地拿起盒子，尽量控制已经忍不住发抖的双手。

“爷爷，十八年前，三明岛的案子出现过什么问题吗？”

他记得很清楚，十八年前，因为他父母遇难，林氏集团遭遇了很大的危机。为此，林之杨不惜重新出山，手把手地扶持自己年仅十二岁的孙子，生生将林氏撑了下来。

“唉，一开始当然顺利，你爸爸和游叔配合默契，无往不利……直到你爸爸遇到海难……”

林森禾脑海里飞快地盘旋着……海难、火灾……他父母的死，还有白筱心父母的死，都是在同一个时间，前后相隔不久，难道这背后牵扯的是同一件事情？

林之杨眼睛里泛着泪光，急忙用手擦拭，叹了一口气：“虽然说是遇到风暴，可开船的都是老船员，怎么就一个船的人都没回来呢？唉……”

林之杨流着泪感慨，至今不相信，一船的人竟然一个幸存的人都没找到。

“爷爷，对不起，我不该提起这些。”

儿子儿媳两人活不见人死不见尸地葬身海底，是林之杨心中最深的伤痛。林森禾满含歉意地向林之杨道歉，林之杨摇摇头：“我老了，林氏的未来全靠你。一直以来，我担心你沉浸在过去的痛苦里，什么都不告诉你，现在，你父亲为三明岛做过的努力也该让你知道了。”

林之杨拍拍盒子，颤颤巍巍地离开。林森禾看着盒子出神，打开，里面是一张报道遇难的报纸。半面写着当年海难的详情：林氏集团总裁及妻子遭遇海难，不幸身亡，遇难者共达十一人，皆为林氏集团的员工。旁边配有一张众人在船上的合影。

林森禾放下报纸，旁边是父亲的笔记本，他打开最后一页，一样优秀的草书，写着每日事情的备忘，最后一栏写着白志宏，旁边画了圈圈。

白志宏？白筱心的父亲？难道他真的跟父亲有联系？他当年作为三明岛的居民代表，到底跟父亲说过什么？林森禾的手微微颤抖了一下。

“森禾啊，我这辈子最对不起的不是你父母，而是你啊。当年你还那么小，我就逼着你参与商场上的斗争……”林之杨老泪纵横，儿子儿媳遇到海难，不是他能够控制的，可是对这个孙子，他才是一百个愧疚。

林森禾那么小，就对最喜爱的水下运动有了阴影，还被他逼着克服内心的恐惧，被他逼着去学习商场上的尔虞我诈，小小年纪就传出了业界阎王之称，连一个好姑娘都找不到。

不过还好，孙子争气，不仅成功让三明岛项目顺利进行，还给他找了一个孙媳妇，虽然年纪小了点，但长得不错，听说人也上进。他很喜欢，也很满意。

“爷爷，您别说了，您没有对不起我，是我没用，这么久才将三明岛项目开发出来。”林森禾最见不得爷爷说这事，连忙打断话头，将盒子小心地收好，跟齐叔将爷爷扶回卧室。

等见到林之杨睡下，林森禾才退出卧室。他小心叮嘱齐叔和馨姨一些注意事项，方才离去。

2. 学习潜水，未雨绸缪

直播间里，严主管正给白筱心绘声绘色地做讲解，企划部为了迎合三明岛项目，帮白筱心安排了潜水直播。

“这个潜水直播啊，难度系数还是很大的。首先，你在水下的身体平衡感要好，手持镜头才不会晃动。"

"严主管，我还不会潜水啊。"白筱心讪讪地举起手，总感觉这个场面似曾相识。

"没关系，教练已经为你安排上了。"

"太好了！有教练就行，我学习能力很强的。"白筱心很兴奋，有教练啊，不早说！

严主管终于明白，原来这丫头先前是怕没人教啊。

"你先掌握一下潜水的理论资料，我一会儿去跟林总说一声，下午我带你去潜水俱乐部。"严主管将一叠资料递给白筱心，拍着胸脯跟白筱心打包票，林总就算再护妻，白筱心本人同意了，林总也不能再拒绝了吧？

"好！"白筱心高兴地点点头，丝毫没看出严主管笑容背后的小算计。

"谁允许她潜水直播了？不行！"林森禾办公室，坐在沙发上的林森禾毫不犹豫地拒绝了。

严主管露出为难的神色，看向一旁的游清泽求救。

"森禾，三明岛强调的特色是蓝洞深潜，所以，我们的直播代言人要塑造潜水达人的形象，这不是你自己规划的吗？"

"可是她不会潜水啊！"

"白筱心已经同意了，再说了，不会可以教，这是您当时说的。"

"你闭嘴。"林森禾瞪了一下严主管，严主管赶紧乖乖地捂着嘴巴。

游清泽无奈地笑了笑，林森禾对白筱心的宠爱，他有些无可奈何："那你不让她潜水的理由是什么，难道她有心脏方面的问题？"

林森禾靠着沙发背，扶额良久："这个……我没法具体给你们解释。"

游清泽毫不掩饰地扯了扯嘴角，然后给了严主管一个不要着急的眼神，循循善诱地劝导林森禾："我问过白筱心，她对学习这项技能很感兴趣，就算开岛仪式上取消潜水直播，也不妨碍让她学习潜水啊，不仅能强身健体，也能在有意外情况发生的时候自救。"

严主管不停地点头，拼命表示游清泽说得很有道理。

"意外的情况？"林森禾嘟囔着，又想了想几次穿梭的经历，白筱心在海底都是惊慌失措的表现。

"呃……我只是打一个比方。"游清泽继续解释加补充。

游清泽说得没错，现在防着她不下水没有任何意义，不如让她学会这项技能，以备不测。

"你说得对，是我有点偏激了，这样吧，先让她接触一下。"林森禾决定与其躲避危险，不如未雨绸缪，做好防备。

严主管瞪大了眼睛，似乎还跟不上领导的心情变化。

“对了，她什么时候去学习潜水？”

“呃，一会儿就去。”

林森禾装模作样地拿出手机备忘录，一边翻阅一边点点头：“嗯，正好今天下午我没有安排，等一下我也去观摩一下吧。”

严主管赶紧点头，游清泽忍不住藏起嘴角的笑意。

……

室内潜水俱乐部，白筱心穿着塑身潜水服，林森禾手舞足蹈地给白筱心讲解潜水要领，身后还站着两名潜水教练和严主管。

“当你下潜时，肺部的空气会随着下潜压缩，上升时会膨胀，所以水下最重要的是一定不能憋气，要持续、平稳地不断吸气、吐气、吸气、吐气，憋气容易导致肺爆炸，砰，你就完了。”

“这么夸张啊？”白筱心被林森禾夸张的动作吓了一跳。

“对啊，水下压力很大的，并不像你想的那么容易。”

白筱心皱眉，看向林森禾身后的人，教练们都低着头忍着笑，严主管也是一脸疑惑，白筱心也没好气地笑了。

“你笑什么，这是很严肃的事情。”

白筱心推着林森禾到边上的椅子上坐下，用半威胁的语气偷偷道：“拜托，人家那儿有专业的教练，你别捣乱好不好。”

“开玩笑，我可是国际认证的 Master Scuba Diver，你还不信我？”

“信，但是你让我自己来嘛！放松，你怎么比我还紧张呢？你现在的表情是这样的。”

白筱心将脸拧巴到一起的丑样，逗笑了林森禾，他也意识到自己有点紧张过度了。

“好吧，好吧，我就坐在这里静静地看着。”林森禾终于屈服，一旁的严主管包括几个潜水教练也终于松了一口气。

“这还差不多。”白筱心刚要心满意足地离开，就被林森禾抓住手腕。

“等一下，你答应我，要是不舒服的话，千万不能逞强。”

“知道啦！啰唆！”

白筱心翻着白眼离去，跟两位教练交流起来。只见两名教练频频点头，不一会儿，两名教练就帮她穿戴好设备。

林森禾坐在椅子上，不安地看着四周，然后朝着严主管摆摆手：“严主管，我记得俱乐部的水下是有摄像头的吧？”

严主管点点头，赶紧掏出文件包里的 iPad 一通操作，递给林森禾，画面上显示着水下的清晰影像。林森禾看着清晰的画面，终于满意地点点头。

此时，白筱心已经在潜水教练的陪同下入水，也已戴好面镜和呼吸器。

“我们先练习水下呼吸和耳压平衡。”白筱心点点头，潜水教练按着白筱心的背，两个人闷头下了水。林森禾赶紧从对池中人的关注转移到 iPad 上来。影像画面里，白筱心循序渐进地下潜。

白筱心慢慢地跟着教练下潜，教练张开手再合上再张开，帮白筱心控制着呼吸的节奏。教练指了指白筱心的耳朵，白筱心深呼吸，将耳膜鼓起来，随即做出 OK 的手势。教练大拇指向下，示意将继续向下，白筱心点点头。

林森禾目不转睛地盯着影像画面，严主管忍不住夸赞：“林总，白筱心还是很聪明的啊，一学就会，做得很棒呢。”

林森禾头也不回地嘚瑟：“那是，也不看是谁教的。”

严主管偷偷抿嘴笑。

3. 欧巴，我错了

水下画面里，教练做出大拇指上升的手势，白筱心点点头，两个人慢慢向上浮。白筱心出了水面，摘下面镜，长舒一口气：“哇，还是很容易的嘛，我想自己再试一次。”

教练看向林森禾。

“好吧，慢一点。”林森禾远远地看着这一幕，脸上明显带着不悦，但是看着白筱心似乎很开心的样子，也只好作罢。

只见白筱心开心地戴好面镜，重新埋头入水。潜水教练顺着梯子上了岸。水下画面里，白筱心慢慢地下潜，动作十分熟练，还摆出了各种奇怪的手势抖抖胳膊。

“嘁，刚学会点皮毛就嘚瑟。”林森禾没好气地笑道。

白筱心自然不会放弃这么好的机会，更加闹腾，仰起了头准备上浮，结果水面上一道光照射下来，闪耀刺眼。

那一瞬间，白筱心脑海里电光石火般想起了海底的画面：第一次，渐渐沉入的海底，白筱心被林森禾推了上来；第二次，白筱心和林森禾在水底亲吻。

白筱心愣住了，瞳孔放大，悬浮在水中。

林森禾发现画面不对劲：“她怎么不动了？卡住了？”

林森禾拍了拍 iPad，突然，画面里白筱心开始浑身抽抽，像痉挛一般挣扎。林森禾猛然站起来惊呼：“白筱心！”

林森禾下意识撂下 iPad，一个猛子扎进水里。林森禾奋力向白筱心游去，抓住她的身体死命地往上拖，刚出水面，一名教练就跳了下来帮忙。

泳池边，林森禾抱着白筱心拍她的脸：“白筱心，白筱心，你怎么了，你别吓我！”

白筱心一副癫痫发作的样子，翻着白眼，浑身抽抽。

看到这番场景，教练们面面相觑，他们见过在水里抽筋的人，但是这样滑稽的还是第一次见。

“这是……”

白筱心一副诈尸的样子，吐着舌头斜眼，林森禾反应过来，白筱心哈哈大笑。

“哈哈哈，我吓唬你一下，上当了吧？”

林森禾看着怀里没心没肺的白筱心，气到七窍生烟。严主管擦了一把汗，还没缓过来，就看见林森禾反手掐着白筱心的脖子。

“白筱心，你今天死定了！”

白筱心差点喘不过气：“喀喀，我错了。”

严主管和教练们赶紧上前去拉架，场面一片混乱，好不容易抓住了张牙舞爪、淡定尽失、破口骂人的林森禾。而白筱心早就吓得魂飞魄散，连滚带爬地逃了。

白筱心全然不知自己无意中的恶作剧，戳中了林森禾的死穴。他现在宛若惊弓之鸟，经不起一点点关于她生命安全的玩笑。

毕竟，连续两次的蓝洞事故，他都没有救下她的命，让他们陷入这场无限循环里。全然不知的白筱心自然不能体会他在这一点上的无助与痛苦。

夜晚，林森禾别墅里，白筱心下厨做了几道可口的上海菜，一个人垂头丧气地坐着，看着手机里与备注名是“wulioba”的林森禾之间的聊天记录。她已经发了一天的道歉信息和卖萌求饶表情包，却没有收到林森禾的一条回复。看来这一次她玩得太过，他是真的生气了。

她正懊恼和自责的时候，大门开了，林森禾黑着脸走了进来，白筱心连忙热情地迎了上去。

“你回来啦，我做了你最爱吃的……”

“哼！”林森禾冷哼一声，气呼呼地朝二层卧室里走去。

白筱心赶紧跟上去，发扬她死皮赖脸的精神：“欧巴，这次我真的错了，我只是想开一个玩笑，我知道这次我犯了死罪，我……哎！”

林森禾进了屋，直接关门，白筱心的鼻子差点撞到，她只能对着门大喊：“我错了，对不起嘛！”

白筱心贴着耳朵，门内一点声音都没有，她委屈地鼓鼓嘴巴：“看来你真的生气了，唉，我就不应该认为那些画面是真的，竟然想着装死吓唬他。”

白筱心灰溜溜地走掉，却不知门板后紧贴着一只耳朵，将她的话尽数收入耳中。

“画面？什么画面？跟她装死吓我有什么关系？”林森禾一脸疑惑，忽然想起之前他每次下水的时候，似乎也曾闪现他和白筱心在水下遇难的画面，难道白筱心也看到那些画面了？难道随着时间再次靠向那个终点，白筱心也感受到了过去的经历？

“阎王大人，小女子今日鬼迷心窍，实在是罪该万死，求大人放过我这一回吧。呜呜呜……小女子不管来生做牛做马，还是到了底下做鬼做差，一定好好报答您。”

不一会儿，白筱心去而复返，在林森禾门口排上三道菜。白筱心跪在地上，拿着三根香，凄凄惨惨戚戚。见里面始终没有声音，白筱心收起抽噎声，将耳朵贴过去，里面还是一点声音都没有。

“大人，您还在吗？”还是毫无回应，白筱心叹了一口气，摇摇头，将香掐灭，扔到托盘里。

“黔驴技穷了，那你先气一会儿，等我想到办法了再来找你。”

白筱心将菜放在托盘里，站起来下楼去，却在下楼的时候扭到了脚，“哎呀”一声。

“又在装？”林森禾探出头，明显有些担忧。

白筱心委屈地噘着嘴，把托盘朝旁边一扔：“这次是真的！”

林森禾没好气地走过来，一把将她抱起来走下楼去。她乖巧地待在林森禾的怀里，任他抱着自己来到沙发上。

林森禾冷着脸取出冰块替她敷着，揉着肿起来的脚踝。

“我真的错了，对不起。”看着林阎王一脸不悦，白筱心一脸愧疚。

“你错哪儿了？”林森禾头也不抬，冷言冷语。

白筱心撇撇嘴，试图用十分真诚的声音打动林森禾：“我不应该拿涉及人身安全的事情开玩笑，害你担心。”

“哼。白筱心，没心没肺也要有个尺度，你这是在用你的任性伤害别人对你的关心。”林森禾还没说完，白筱心就鼻子发酸，忍不住流泪。

“做错了你还有脸哭？”

白筱心赶紧擦掉眼泪，继续满脸真诚：“这是悔恨的眼泪。”

林森禾既好气又好笑，无奈地叹了一口气，决定放过这个小作精，伸手宠溺地蹂躏白筱心的脑瓜子：“好了，看在你这么诚恳的份上，这次我就原谅你了，再有下次……不对，绝对不许有下次！”

白筱心举手郑重起誓：“I swear！”（我发誓！）

“嗯，这还差不多。行了，吃饭吧。”

“好嘞！”

白筱心如释重负，一瘸一拐地走向餐厅的高脚凳。林森禾走向楼梯，将饭菜取下来，摆放在餐桌上。

白筱心将一块糖醋里脊放进他的碗里：“这是我特地为你做的你最爱吃的糖醋里脊，你尝尝。”林森禾吃了一口。

“怎么样？”

“还行吧。”

“嘿嘿，还行就是不错。那你再尝尝这个糯米丸子，啊……”

白筱心夹着一个丸子递到林森禾嘴巴跟前，林森禾皱了皱眉头，张开嘴巴吞了下去。

“不过，你不会打算就用这三五道菜赔礼道歉，敷衍了事吧？”

“那你还想怎么样？”

林森禾笑着看向白筱心：“你要给我冲咖啡。”

“可以，没问题，就这些？”

“还有……今晚……”白筱心一脸警惕地向后缩了缩脖子。

“干吗？”

林森禾傲娇地指着自己：“选我爱看的电影。”

白筱心一头黑线。

4. 你还太小了

“给，你的咖啡，六十三度。”白筱心端着手磨咖啡，无比熟稔地递给林森禾。

林森禾下意识地皱眉：“少了点东西。”

“哦，稍等。”白筱心重新走进厨房，翻箱倒柜，倒出一小碟枸杞，不自觉地保持着微笑，弯腰递给林森禾。

“林总，请慢用！”林森禾满意地点点头，接过枸杞，放进咖啡里，不住地搅拌着……突然，他意识到不对。

“等等，你刚刚叫我什么？”林森禾眼中露出惊喜，上前抓着白筱心的手。白筱心一愣，同样惊奇地盯着林森禾：“我叫什么了？”

“你怎么知道我要喝现磨的咖啡？怎么知道我只喝六十三度的？怎么知道我要加枸杞的？”

林森禾握住她手臂的力气不自觉地加大了几分，难道她真的恢复了之前的记忆？

“咦，对哦，我怎么知道的？我瞎说的呀。难道误打误撞了？妈呀，林森禾，我上辈子不会伺候过你吧？”

白筱心咬着手指若有所思，突然反手拉住林森禾，一双眼睛里满满的都是惊恐的情绪：“对，是你那个死去的故人，我不会被她上身了吧？”

“咯咯咯。”林森禾差点被咖啡呛到。看样子她只是偶尔的联通感应，并没有恢复全部记忆。林森禾心知不能急于一时，干脆不再纠结，端起咖啡就朝着客厅走去。

“原来你悄悄查过我的喜好啊，看在你这么用心的份上，本阎王姑且原谅你了，走吧，看电影去。”

看着林森禾渐行渐远的背影，白筱心在原地思绪复杂：好奇怪啊，我怎么感觉我好像经常给他磨咖啡，还经常被他各种挑刺呢？到底怎么回事？

窗外，夜晚降临，大电视屏幕上正放着浪漫的国外爱情电影——《遇见你之前》，两人眼睛一眨也不眨地盯着屏幕，直到看到男女主浪漫的片段，暧昧的氛围也弥漫在他们之间。他们之间的关系，是不是也到了可以更进一步的时候呢？

白筱心只觉得嘴唇干涸，情不自禁地舔了舔，她偷偷往林森禾怀里靠一靠，林森禾却下意识屁股往外挪一挪。白筱心再靠一靠，林森禾再挪一挪。不一会儿，两人都快要挪到沙发边上，眼看就要掉下去了，白筱心一把抓住将林森禾，将他拽到自己眼前。

林森禾也被这突如其来的情况吓了一跳，却见白筱心的唇主动贴了过来，一时间僵住了身体，两个人伴随着电视背景画面和音乐浪漫地亲吻，突然胸前怪异的感觉让他睁开了眼。

“你干吗摸我的胸？”林森禾紧张地睁开双眼，低头看见白筱心摸着自己的胸肌，下意识缩了一下。

白筱心愣了一下，看看自己的手：“我……我摸自己的不是很奇怪？”

“啊？”林森禾结巴起来。

白筱心一脸绯红地挺了挺脖子，露出白皙的脖颈，做出撩人的姿势，再度靠近林森禾。林森禾咽了咽口水，胆战心惊地往后退。

“白筱心，你……你想干吗？”

白筱心害羞地低着头：“你……不是想那个……”白筱心点点两根食指，林森禾一把抓着她的手指头反驳。

“不，我不想！”

“啊？”白筱心抬起头，疑惑地看着林森禾。

“我的意思是，我们现在发展是不是太快了？还有，你太小了！”

白筱心顺着林森禾的手，看看自己的胸，虽然不大，但是也不至于……瞬间，白筱心怒不可遏。

“你再说一遍？”林森禾看着白筱心脸红的动作，瞬间明白这小妮子又想歪了，一巴掌拍向她的脑门。

“你想什么呢？我是说你的年纪。”

白筱心摸着脑袋，愤愤不平：“啊！我年纪怎么了，我都快二十一岁了，早就超过法定结婚年纪了，哼！”

“那就等结婚了再说！”林森禾将身后的抱枕扔进白筱心的怀里，起身朝着浴室走去。

“我去洗澡了，电影你自己看吧。”

白筱心愣了一下，半天才反应过来：“结……结婚？”

白筱心娇羞地低下了头，忍不住偷偷抿嘴笑。原来，对于两个人的关系，林森禾已经想到这么长远了嘛。此刻，白筱心忘却了自己被拒绝的尴尬，转而沉浸在因为“结婚”这两个字眼的浪漫畅想里。

林森禾躺在浴缸里，两只手抓着边缘，任由凉水冲着自己。

喜欢是放肆，爱是克制。

“淡定，保持冷静！林森禾，你是一个成熟、冷静、理性的男人，危机还没有过去，你不能跟她一样任性和冲动，犯下不可饶恕的罪孽。”林森禾忍着委屈，将自己埋进了水里。

林森禾穿着睡衣，擦着头发从浴室里出来，就看见白筱心已经抱着抱枕在沙发上睡着了。电影还在播放着，林森禾无奈地笑了笑，关了电视机，坐在她旁边，温柔地看着她，轻轻撩过她的头发。

“筱心，在不同的时空里，我救过你一次，也害过你一次。这一次，请你原谅我的自私，我想选择抱紧你。但如果命运注定我的结局是死亡，我希望你能好好地活下去。”

这个世界上有太多的擦肩而过，而我偏偏在你的面前停下了脚步，这个世界上有太多的人与我们相遇，而我偏偏在所有的面孔里，爱上了唯一的你。

如果爱情是人生千万分之一的奇迹，那么我希望我们的命运也是，哪怕只存在0.001的生还概率，我都不会放弃。

白筱心有些瑟瑟发冷，林森禾将白筱心抱起来，走上二楼。林森禾将白筱心放在被窝里，替她盖上被子，轻轻吻了吻她的额头，然后起身关灯，再将房门关上，独自走回卧室。

然而他没有注意到，黑暗中，白筱心放在床头的娃娃头手机链里，有一个小红点在暗暗发光。这就是暴露他们一切对话与生活的监听器。

昏暗的书房内，游钟书正在用剪刀剪着雪茄的头。

“林森禾现在到底找没找到U盘？我感觉他似乎知道了一切。”

“你不是不着急吗？他对你现在只是怀疑。毕竟上一回临死前，他们都不知道有U盘的存在。”

“唉，可现在反而让他知道了线索在白筱心身上，他一定会顺藤摸瓜的。千万不能让他拿到东西，你盯紧了。”

“放心吧，他们的一举一动都在我的掌握中。”

另一边，林森禾翻来覆去，脑海中不断回想着他先前的经历，怎么也睡不着。

然后他索性拖着枕头被子，躺进浴缸里，脑子却越来越混乱，索性直接打电话给游清泽，结果跟游清泽没正经地蔫酸了半天。

“清泽，我记得你认识一个心理医生，你推荐给我一下，我想咨询一些事。”

“哟，林大总裁恋爱受挫了？要不要我给你科普一些恋爱窍门啊？绝对比网上搜索的靠谱。”

“去，你哪儿来的经验？我至少还交过女朋友，你呢？男朋友都没看你有过。”

“怎么没有？不是你吗？你这个负心汉，抛弃了人家，还不想承认，没良心。”

“滚，没正经，你记得把名片推荐给我。”

5. 你被人监视了

直播间里，白筱心正对着镜头一本正经地宣传三明岛的海产品。

“这是三明岛上最负盛名的海参，海参呢，功效非常多，首先它是一种骨质保健佳品，并且还可以延缓肌肉的衰老……”

下面网友各种刷评论：博主已沦丧为电视购物的推销员，粉转黑……唉，主播内容越来越没意思，取关取关……

白筱心看着评论一脸尴尬，严主管看着后台数据皱眉，示意白筱心 stop。

“呃，那个，今天就先到这里吧，我要去吃海参了，下次见。”严主管关了直播键，两人都舒了一口气。

白筱心弱弱地吐槽：“我就说吧……只做硬广宣传，肯定是遭到大家排斥的。”

“唉，策划部已经绞尽脑汁了，下一期那你自己发挥咯。”

“No problem（没问题！）”白筱心拍拍胸脯，她终于有机会发挥自己的脑洞和创意了。

“嗡嗡嗡……”放在桌子边缘的手机振动起来，白筱心刚回头，手机就被振得掉了下来。

“啊！我新买的手机！”

白筱心已经神速地躬身上前，仍然没有接住手机，“啪”的一声，手机屏幕似乎摔裂了。她赶紧捡起地上的手机，看到碎的是钢化手机套，不是屏幕，瞬间放下心来。

“还好屏没摔坏……就是可怜了我的手机套。”只见地上的娃娃头手机链摔烂了一道缝，翻开出现一个圆圆的类似小芯片的物品。

“奇怪，这是什么啊？”

林森禾办公室，林森禾拿着手里的东西摩挲，又看了看被拆得七零八落的娃娃，一脸严肃：“这是无线监听器，你被人跟踪且监听了。”

“啊，不会吧？”白筱心满脸震惊。

监听她？她有什么值得监听的？难道她已经火到值得人监听的地步了吗？还是说她现在阻了谁的路，得罪了谁，人家要报复回来？难道是因为林森禾？

“你想想，这段时间手机有没有被别人家捡到，或者跟别人近距离接触过？”

林森禾一脸严肃地看着白筱心。白筱心冥思苦想半天：“这个手机链我买了很久了，一直随身佩戴着。”

“哦，有那么一次，我在咖啡厅里和你视频，服务生不小心打翻了我的咖啡，咖啡就洒到了我的手机上，他们拿去帮我擦干净才还给了我。”白筱心咬着手指。

“果然……”林森禾脑海里想起视频里看到的没有刀疤印记的刀疤男。

“什么？”白筱心一脸蒙。

“从现在开始，我会派人寸步不离地跟着你，所有你接触的物品，都要小心检查。还有，不必要去的地方，你尽量少去。”

“到底是谁在监视我？我也没得罪过人啊！”

白筱心自问纯洁善良，着实没有得罪过什么人，如果跟林森禾谈恋爱，得罪了那些暗恋林森禾的女生，那她只能说声抱歉，然后紧紧地抓着林森禾，继续气死她们了。

“你保持警惕就好了，其他的，等我将所有事情搞清楚再告诉你。”

“哦。”见林森禾一脸严肃，白筱心只能点头应和。

结束了下午的直播，白筱心和严主管从直播间一边聊一边走出来，一出门，一排黑衣保镖贴着墙排排站，吓了两人一跳。

“这些是林总给你准备的保镖吧？怎么这么多？以前不都是藏在暗处的吗？”严主管趴在白筱心耳边。

“藏在暗处？我怎么不知道？”

“你刚进公司就有了，我都远远地看到好几次，难道你不知道吗？”

白筱心摇摇头，严主管不再说话，这个白筱心，被人跟踪那么久都没反应，心还真不是一般大。

“是每个人都有吗？”白筱心忽然想到了什么，后知后觉地询问严主管。严主管摇摇头，又不是每个人都能成为未来的老板娘，怎么可能都有这种待遇？

白筱心若有所思，点点头，然后才注意到身后的一大堆保镖，他们正亦步亦趋地跟着，她瞬间鸡皮疙瘩掉了一地。

她走出大楼，迎面就见到十来个粉丝围上来，保镖们立刻挡在她的前面，她只得尴尬地朝粉丝挥挥手离开。

她按照约定的地点走到咖啡厅，服务员刚端着咖啡递过来，一个保镖就抢过咖啡，倒出来喝了一口，然后才递给她。

她端着咖啡走出咖啡厅，想拉开户外的椅子坐下，保镖立刻拿起来仔细检查一番，确定没有什么危险，才放下椅子，做出请的手势。

白筱心无奈，翻了一个白眼，一副快要崩溃的样子。丹丹挥挥手走过来坐下，一脸奇怪地盯着身后的几个大汉。

“嚯，白筱心，就你出门这阵势，一线明星也没你夸张吧。”

白筱心无奈地叹了一口气：“唉，别提了，你先陪我去买东西。”

“带着这些人一起？你确定你还有心思逛街？”丹丹指了指几个彪形大汉，无比佩服白筱心的承受能力。

“走吧，走吧，我不带着他们还能怎么办？就当带司机了。”

白筱心无奈地放下咖啡杯，拉着丹丹跨上林森禾新配给她的宝马，在丹丹各种啧啧声中朝着目的地驶去。

创意集市巷，是最近刚刚兴起的网红拍照胜地。整条巷子都是卖各式小商品，巷子里随处可见一些网红，他们蹲在各种铺子门口挑挑拣拣。

但在熙熙攘攘，几乎要挤爆巷子的人群中，像白筱心这样带着大群保镖的，还是蝎子粑粑——独一份。

6. 白筱心丢了

白筱心和丹丹走进其中一家卖创意玩具的店内。因为店面小，保镖们只得站在商铺外等待。

丹丹拿着一个玩具，仔细研究起来：“我说，这些市面上能买到的创意产品啊，你播了观众也不会感兴趣的，还会说是你代购。”

“唉，那怎么办，最近我想不到好点子，掉粉严重。”

“那是因为你将心思都花在谈恋爱上了，都说恋爱让人智商为零，最后变成白痴。”

“嘁，你说得我不谈恋爱的时候就有多聪明似的。”白筱心满脸不屑。

“也是，我还知道一家店，我带你去。”商铺左右两边是通着的，丹丹看着拥挤的门口，拉着白筱心从另一侧离开。

保镖不时地朝着铺子里看一看，发现两个同款颜色衣服的女孩背对着外面，以为人还在，无视着周围人的异样目光，继续站在门口当门神。

白筱心和丹丹往前走，丹丹没再接收到注目礼，下意识地转过头，发现身后竟然没人跟着了：“哎，他们人呢？”

白筱心也左右张望，满脸不解：“对啊，他们刚刚还在后面跟着啊。”

“我去看看，你在这里等我。”

丹丹虽然不喜欢，但也还是怕出事，毕竟白筱心现在是总裁的女朋友。丹丹赶紧回去找保镖。白筱心点点头，看着丹丹离去，刚想掏出手机，就被人群挤来挤去。

保镖首领感觉不对劲，走进店铺，看见蹲在商铺的那两人起身，却不是白筱心和丹丹，赶紧朝里面冲去，却发现早没了她们的人影。

“人丢了，分开找！”保镖们瞬间分散开，一家家地找人。

直到保镖首领和丹丹碰面：“哎，你们在这里呀！我们还说你们怎么跟着跟着人不见了。”

“白小姐呢？”

“哦，筱心在前面那家店。”

保镖首领跟着丹丹跑过去，原来的位置却空无一人。

“人呢，刚刚还在啊？”

“糟了！”

丹丹也慌了，紧张地盯着保镖首领：“什么糟了？”

保镖首领不再说话，掏出手机，打给林森禾。林森禾正在开车，突然电话响起来。

“什么？你们这群废物，地址发给我。”

林森禾听到消息，第一时间猛踩油门。千防万防，居然还是光天化日之下把人弄丢了！

林森禾来到人满为患的巷子，顿时心急如焚，到处拨着人群寻找白筱心。他一家一家商铺找起来，同时拨打白筱心的电话，可不管怎么打，都只传来信号不通的忙音。

林森禾面对无数张在眼前不断晃过的脸，一时间有些头脑发晕，感觉站立不稳，脑袋里再次有幻听传来：“林森禾，救我……”

林森禾头疼再次发作，按着脑袋半蹲下来，强迫自己冷静下来：“冷静，她一定没事的，她那么聪明，鬼主意那么多。”

林森禾突然想起什么，打开手机，打开查询“我的 iPhone”，看到了上面显示的红点。

“人还在这里！”林森禾神情激动，赶紧顺着地图上指示的方向找过去。

巷口的马路边，林森禾看到一个穿白衣的女孩，正背对着他，跟一个大姐在央求着什么。

“麻烦了，借您的电话用一下，我手机欠费了，打个电话就还您，或者您开个热点让我交个话费。”

林森禾一把拉过人，果然是白筱心。

“林森禾！”见到白筱心没事，林森禾终于松了一口气。

丹丹和保镖们也赶了过来。

“筱心，你没事吧？”

“没事，我的手机一时……”

林森禾确认白筱心没事，再也压抑不住怒气，气疯了般开始发飙：“白筱心，我有没有告诉你手机要保持畅通，人一定要在他们的视线范围内？我说过的话你都当耳旁风，你非要让全世界的人都为提心吊胆你才开心吗？”

白筱心当着众人的面被林森禾训斥，吓得一哆嗦，一时间委屈的眼泪涌在眼眶里。林森禾看着白筱心的样子，意识到自己失态，可碍着面子，又不想在下属面前给白筱心道歉。

白筱心满脸委屈，眼含泪花：“对不起，我先回家了。”白筱心转身刚要走，又反应过来，低着头忍着眼泪默默来到保镖首领身边，“麻烦大哥，你送我一下吧，去我姑姑那里。”

此时，林森禾叉着腰，火冒三丈，生气也不是，道歉也不是，拦着不是，不拦还不是，一时也是不知所措。直到林森禾无奈地挥挥手，保镖首领才点点头，带着丹丹一起离去。林森禾看着几人上车的背影，长舒一口气。

“筱心啊，你下午回来一口东西都没吃，要不要吃一点呀？”白筱心的门一直关着，白真真不放心地敲敲门。

“我不饿。”

白真真有些心疼：“我第一次见你生气不吃饭的样子，这是生了多大的气哦。”

卧室里，白筱心趴在床上，不停地看看手机，眼睛红红的。

“一条道歉的信息都没有？人家手机欠费了，又不是故意失联的，从小到大都没有人这么凶过我。哼，林森禾，大坏蛋。”

白筱心愤怒地把手机摔在床上。

……

林森禾垂头丧气地回到家，坐在客厅里，一直搜索着“能让女友瞬间消气的办法”：送花，送礼物，送红包……

林森禾无奈，滑出页面回到微信页面，犹犹豫豫地打字：对不起，今天是我的错……是我言重了。

白筱心的手机提示音响起，她赶紧拿起来看，果然是林森禾的道歉信息。她一脸不屑：“嘁，这叫道歉啊。言重了，我还盐淡了呢，哼，没诚意。”

紧接着，一个转账红包发过来，白筱心瞪大了眼睛：5219.99。

还附带一条信息：抱歉，转账限额。

“五千二百……吼。”

看着突如其来的横财，一向见钱眼开的白筱心眼睛冒出星星，随即又把星星抹了下去，瞪着手机屏幕，骂骂咧咧：“哼，你以为发红包就能让我消气吗？”

不一会儿，她伸出手小心翼翼地戳着：“只能消一半的气。”

7. 海难的真相

林森禾看着手机红包被接受，很是开心。

“哈，她接了。网友说得没错，果然还是红包好使啊！”

门铃响起，林森禾看看连接屏，竟然是一直不在服务区的黑风，他赶紧打开了门。黑风走进来一脸歉意，先朝他鞠了一躬，才开口解释：“老大，我今天刚回来，白小姐的事是我下面人办事不力，我已经将人都换了。”

林森禾叹了一口气，随即有些期待地盯着黑风：“既然你回来了，是不是找到了什么线索？”

“嗯，你让我采访当年事情的知情人，很多人移居失去联络，而找到的人对当年的事情都闭口不谈。只有一个老人，最终告诉了我真相。”

林森禾见黑风的神色比上一次还凝重，不自觉地坐直了身子。黑风掏出了手机，打开视频。视频中，一个老旧的房子里，一个鳏寡孤独的老人家用方言絮絮叨叨讲述着往事。

“白志宏啊，他是被烧死的，我收船回来看见的。好几个人偷偷点的火，就是白天那些开发公司的人，坏得很……唉，他们一家可怜啊，我现在没日子好活了，才跟你说实话。那时候谁敢说呢，说了和他一样会没命的啊……”

林森禾握着视频的手在颤抖，另一只手挡着自己的嘴巴，控制着情绪。

“老大……其实上次我通过采访就调查到，三明岛收购的时候，林氏内部曾经有过强拆的行为，只不过那时信息不足，我一直没跟您说。”

黑风看着林森禾激动的样子，脸色更加阴沉，想了想，又补充了一句：“另外，我在走访的时候，发现有人在暗中跟踪我，我跟他们交过手，不过应该不是您让我找的那个人。”

“黑风，这位老人你要暗中保护好，他的证词会是日后庭审的关键。”林森禾脑子很乱，嘱咐了黑风一句，现在的他只想一个人先静一静，理一理思路。

“你下去吧。辛苦了，以后注意安全。”黑风点点头离去，还贴心地替林森禾准备了一杯冰水，放在茶几上。

“白筱心，如今你成为孤儿……原来都是我们林氏所致。”

林森禾露出自责和悔恨的神情，拿起手机走到保险柜旁，用指纹打开，里面放着上次爷爷交给他的报纸、笔记本和一个相册。

报纸上，那张黑白的照片映入他的眼帘，大半面的报纸写着当年海难的详情：林氏集团总裁及妻子遭遇海难，不幸身亡，遇难者共达11人，皆为林氏集团的员工。旁边配有一张众人在船上的合影。林森禾逐个看去，看着一个年轻人觉得熟悉。

“难道是他？”

“刀疤男如今的长相……”

林森禾拍下细节图发给黑风，并语音指示：“你帮我调查当年海难的事件，尤其是图中这个人的资料。”

不一会儿，黑风发来一段文字：黄维德，生于1982年，曾供职于林氏集团海运事业部，死于2002年海难。

随即而来的彩色图片被点开，男人头上那显眼的刀疤清晰可见。

“老大，原来我们一直找不到身份的刀疤人，就是这个在18年前海难中‘死去’的人。”

林森禾听闻黑风的语音，一时站立不稳，爷爷的声音再次在林森禾耳边响起：“虽然说是遇到风暴，可开船的都是老船员，怎么就一艘船的人都没回来呢？唉……”

林森禾闭上了眼睛，面容抽搐：“所以，那场海难根本不是意外。”

他慢慢睁开眼，将冰水一口吞入腹中，口中咬着冰块，咔咔作响。如果不是意外，谁是害死父母的凶手呢？

游钟书那张笑脸慢慢地浮在他眼前。当年林氏高层中参与了三明岛强拆事件，如今活下来的人只有他了。

林森禾的眼里冒出怒火，报纸也因紧紧抓住的手皱了起来。

……

白筱心家楼下，她正倒垃圾，就瞥见旁边几辆黑车上下来的保镖向她点头示意。她尴尬地点点头之后，赶紧丢了垃圾，就准备溜回去。她刚走到单元门口，突然听到身后林森禾的叫声。

“白筱心。”

白筱心回过头，惊讶地看着眼前的林森禾，假装生气，语气里充斥了不满：“哦，这么晚了，你怎么来了？”

白筱心正期待他会说什么道歉的话，却只见他踉跄地走到自己面前，情绪激动，一把搂住她，泪如雨下。

“对不起……”

对不起，原来从十八年前开始，我们林氏就欠了你们白家，害得你失去了父亲。原来，一直要说着保护你的我，才是你开始这循环往复劫难人生的根源。

白筱心有点被林森禾吓到了，呆呆地任由他抱住，直到他自行收敛了情绪。

十分钟后，林森禾、白筱心和白真真坐在家中。林森禾完整地讲述了关于当年白志宏的火灾并不是一场意外而是人为的真相，以及幕后之人依旧冲着白筱心而来的危险，白真真听完后觉得难以置信。

“你说的这一切可是真的？”

“嗯。”林森禾有些羞愧地点点头。

“天哪，这可怎么办，筱心？”白真真一时慌乱起来，抓着白筱心的胳膊，白筱心连忙安慰她。

“姑姑，没事的，林森禾现在保护着我，我很安全。现在最重要的是，要想想爸爸当年留下的U盘在哪里，那里面一定有幕后人犯罪的证据。”

白真真愣了半晌，拼命地摇头：“没有啊，你妈妈去世后，我去三明岛看望哥哥，他只是将你的衣物用品都让我带回奶奶家，让我们好好看护你，并没有交给我任何U盘之类的东西啊！”

白筱心和林森禾对视一眼，眼里是满满的疑惑。

“U盘会不会早就在那场大火里销毁了？”白筱心首先提出质疑。

“应该不会，若大火烧毁了所有东西，那事隔这么多年，幕后的人怎么会着急地寻找呢？你爸爸一定是将东西藏了起来。”

林森禾想到那个人，平时做事滴水不漏，如果接连三次他都是针对白筱心，那说明他一定知道有东西遗留下来了，成为他最大的忌惮与隐患。

白真真仔细回想了一下，然后灵光一闪，看着白筱心：“你床底下！”

“对。”

8. 发现线索

白筱心立即起身跑进卧室，林森禾和白真真紧跟其后。终于，他们从卧室的床底下拽出一个老旧的纸盒，放在桌上，上面积压着厚厚的尘土。

“这是？”林森禾疑惑地看着满是灰尘的纸盒。

“这是当年我从三明岛拿回来的东西。”白真真解释道，白筱心也附和地点点头：“嗯，因为是小时候父母买给我的东西，所以我都小心地珍藏起来了。”

白筱心翻开盒子，把东西一一拿出来。三人都坐在地毯上查看，各式的洋娃娃玩具，糖果盒子，可爱发卡，还有过期的大白兔奶糖。白筱心抚摸着这些东西，有些感伤。

“这里也没什么U盘啊。”白真真看着这些旧物，之前的回忆也如潮水般涌来，瞬间满是伤感，叹息着。

“是啊！这些东西我都翻过无数遍了，难道会藏在娃娃里？”白筱心想起那个监听她的芯片，有些不甘心地仔细检查每一个可能藏着U盘的地方。她挨个检查一圈，仍然一无所获，几个人颓然地坐在地毯上默默无语。

林森禾抬起头，环顾四周，突然注意到放在柜子上的那张站在树下的年轻夫妇的合影，林森禾站起身，走过去拿起照片看。照片里，白志宏有些眼熟，还是当年的模样。

“照片呢？也是留下的吗？”

白筱心点点头，林森禾发现照片底部还写着一行字。林森禾将相框打开，拿出照片，才完整地阅读到那句话。

“所立之处，决定你看到什么样的风景，承受什么样的责任……”

“嗯，这句话是我爸爸的座右铭，他写在这里，是想激励我吧。”

林森禾却意味深长地看着照片，突然领悟了：“不仅如此，这还是你父亲留下的线索。”

“啊？”白筱心和白真真两人面面相觑。

林森禾指着白志宏站在树下搂着怀孕妻子的位置。

“U 盘应该就藏在他的脚下。”

“脚下？”白真真皱着眉头。

……

所立之处，便是白志宏的脚下，承受的责任，一定就是事情的真相！白志宏临死前，应该是将一些罪犯犯罪的机密藏在了 U 盘里，以防有一天自己意外身亡，有人能顺着线索将真相揭露。

“姑姑，我这就出发去三明岛，去找 U 盘，您跟筱心待在家，不行就搬去我的别墅，那边安保措施比较好。”

“我也去！”林森禾话未说完，就被白筱心打断，白筱心利落地换好衣服，拎起背包就要走。

“你别去，你在家陪姑姑。”林森禾不同意，刀疤男既然能监听白筱心，还能对黑风下手，那就一定也在暗中监视他，要是被他们知道了他和白筱心去找 U 盘，那说不定危险也是接踵而至。

“让她去吧，那毕竟是她父亲留下的东西，他们的目标是 U 盘不是我，我在家里不会有事的，你要是实在不放心，给我留两个保镖就好了。”

白真真已经缓了过来，眼神坚定地看着林森禾，末了还不忘打趣林森禾，缓和气氛：“放心，这次我不要小鲜肉，你不用把眉头皱成这样。”

林森禾想起黑风的吐槽，无奈地揉了揉眉头，然后对着白真真点点头。白筱心一脸蒙，总感觉有什么事被她遗忘了。

“什么小鲜肉？”

“咯，筱心啊，你跟姑姑过来，姑姑交代你一点事，然后你们再出发，不急在这一时。”白真真尴尬地咳了一下，将白筱心拉进她的房间。

“姑姑，什么事这么神神秘秘的？”

白筱心难得在白真真脸上看到如此严肃的表情，白真真不说话，翻箱倒柜，终于从一个柜子的角落里找到一个灰色的古朴的 U 盘，白真真将 U 盘插进电脑。

U盘里，满满都是文件夹，里面是白真真历年的舞蹈资料，有视频，有照片，有文字。白真真将资料拷贝在硬盘中，然后对着电脑一顿操作，之后将U盘拔出来，扔进一旁的水杯里。

“姑姑，你怎么把U盘毁了，那可是爸爸送给你的啊！”白筱心心疼地要去抢U盘，却被白真真拦住了。

“傻孩子，现在去哪里找十八年前的U盘？那群人又不是傻瓜。这个U盘，是当年你爸爸给我买的，总共两个，我跟你爸爸一人一个，都是这个颜色。若你有什么意外，就把这个U盘交出去，千万要保护好自己。”

白真真递过来U盘，哽咽地嘱托着。白筱心也难过了起来：“姑姑，你放心，我和森禾一定会平安回来。”

“去吧，注意安全！”白真真替白筱心理了理头发，满脸疼爱地看着白筱心。白筱心朝着白真真点点头，拉着林森禾朝外走去。

“姑姑找你说什么了？怎么还哭了？”

“没什么，我们快走吧，下午之前还来得及赶到三明岛。”白筱心抽了抽鼻子，催促着林森禾。林森禾挥手，示意黑风快些开车。

三明岛是为数不多的世外桃源，即使已经被开发，岛上也到处是郁郁葱葱的树林，尤其是周边几个附属岛屿，因为有一些珍贵的鸟禽，生态保护工作更是做得很好。

林森禾坐在飞机上，朝下望去，仔细分辨着地形，寻找可能同照片背景对得上的地方。

他们绕着三明岛低空飞行了几个来回，在地图上大概圈了几个位置，林森禾带着白筱心下了飞机，开始徒步寻找。

“照片背景获取的信息有限，只能判断是在一个高地，我们一个点一个点地找吧。”

林森禾将白筱心扶下飞机，选了一个他认为可能性比较大的点，朝着那个方向走去。

9. 找到U盘

阳光照射进密不透风的山林，温度陡升，仅仅走两步都汗流浃背。

白筱心气喘吁吁，不停地挥手扇风，却感觉不到一丝凉意。她看林森禾依旧专心致志地找照片中标注的地方，实在忍不住打断他：“本小姐不行了，好累哦，我们休息一会儿吧。”

林森禾扶着白筱心坐下来，将背包里的水瓶拧开递给她，她毫不客气地捧着喝起来。

“你慢点喝，我让你别跟来，你还非要跟着我一起上岛。”林森禾贴心地帮白筱心擦掉嘴上的水，接过白筱心递过来的水瓶，也毫不介意地喝了起来。

“还不是某人不放心我啊，总想把我拴在旁边，心里才踏实。”

白筱心盯了一眼身后某个角落里万年面瘫的黑风，原本热得不行的后背一阵发凉，她可不想再被监视，立正了身子。

“嘁！”林森禾配合回应。

白筱心环顾四周，又看看照片上的背景大树，感到一丝绝望：“不过，背景这棵树上没有任何的标记和提示，只知道是在三明岛上，这儿周围全是树，我们怎么找啊？”

“怎么没有提示，你仔细看这棵树的叶子，这是一棵百年以上的菩提树。从夕阳落下来的光线方向推测，位置应该在岛的西南面。而我们现在走的，是唯一一条通向西南面山林的路。我们沿途寻找，应该能找到。”

白筱心又想起林森禾在飞机上的圈圈画画，不由得露出了惊讶的神色。

“厉害！”

“怎么样，你男朋友还是有点用的吧？”

白筱心看见林森禾求夸奖求表扬的神情，一脸不屑：“万一树被砍了呢？”

“不可能，你父亲能找那个地方藏东西，就一定做好了准备。再说林氏很重视环保，上百年的树是不会动的，只会圈起来供养。”

“真的？”白筱心满脸不信。

“当然，这规矩可是十八年前我初掌林氏的时候定下的，你男朋友还是有点环保意识吧？”林森禾继续臭屁。

“是是是，总裁大人你说得都对。”白筱心拍拍林森禾的肩膀，林森禾一脸得意和傲娇。

林森禾拉着白筱心继续朝着西南方向走去，磕磕绊绊，终于发现了那棵近乎一模一样的大树。

“找到了，在那儿！”两人连忙奔过去，环抱着大树干查看。白筱心拿手里的照片比对着，站在照片中夫妻脚下的位置指着道：“应该是在这里。”

林森禾点点头，放下背包，将里面的铲子等工具拿出来，开始挖了起来。白筱心紧张地在一旁等待，还不忘提醒他：“你小心点，千万别挖坏了。”

林森禾也意识到U盘比较脆弱，下铲的时候变得分外小心，生怕一不小心将U盘弄坏。

两个人谁都没有注意到，原本远远跟着两人的黑风，不知何时已经不见了踪影，就连其他打手，也被包围在山腰间，陷入了危局。

没多久，林森禾终于挖到了埋在土里的一个锦囊袋，他撂下铲子拿出来。两人凑着脑袋打开锦囊袋，果然是一个比较老旧的 U 盘。不仅仅是 U 盘，就连装 U 盘的锦囊袋都和白真真的那个一模一样。

白筱心将锦囊袋握在手中，朝着林森禾相视一笑："应该就是它了。"

"嗯，走吧。"白筱心点点头，话音刚落，还未起身，林森禾就看见白筱心身后冲过来的人影，立马扑倒，抱着白筱心滚向一边。

"小心！"

白筱心爬起来，看见刀疤男已经冲上来与躺在地上的林森禾搏斗，看见距离自己不远的锦囊袋，手脚并用地上前将东西抓起来，立即转身就跑。白筱心颤颤巍巍地跑了几米，又转过头来挑衅刀疤男。

"喂，你不是要 U 盘吗？有本事就来拿啊！"刀疤男看见 U 盘在白筱心手里，立即放开林森禾，起身猛追过去。

"白筱心，你是不是傻啊？"林森禾见白筱心竟然用 U 盘来引诱刀疤男，气得大喊。果然，白筱心没跑几米就被刀疤男飞身追上，一脚踹翻在地，疼得哇哇乱叫。刀疤男走上前，从白筱心的手里轻而易举地拿过锦囊袋，往里面看了一眼。

白筱心赶紧举手投降，声音直哆嗦："大……大哥，别杀我啊！有……有话好说！"

"白筱心！"林森禾冲了过来，白筱心立即一个打滚，爬起来躲在林森禾身后瑟瑟发抖。

"别怕。"林森禾轻声安慰白筱心，将白筱心护在身后。

刀疤男冷笑一声，林森禾看向刀疤男的脸，刀疤处已经被抹平，怪不得黑风一直没找到他。

"黄维德，你好厉害，十八年前杀了我的父母，如今还想杀掉我和白筱心？"

刀疤男嘴角扬起，丝毫不在意林森禾挑破他的身份，他抽出腰间锋利闪光的匕首，眼见着就要朝两人扑过来。

"快走！"林森禾下意识推开白筱心。

刀疤男举着匕首冲过来，林森禾没来得及躲闪，肩胛骨处被扎了一刀。林森禾吃痛，在心中咒骂黑风的不靠谱。

"林森禾！"白筱心瞪大了眼睛。

刀疤男再举刀要下手，千钧一发之际，手中的刀横空被人踢飞，黑风匆忙赶到，身后还跟着好几个打手，众人身上脸上都有伤，看样子刚刚经历了一番搏斗。

见一群人上前围攻，刀疤男寡不敌众，只得反身逃跑。黑风和白筱心冲过来，扶着要跌倒的林森禾。

"老大！"

"森禾！"

林森禾捂着流血的胸口，看着黑风："黑风，你再来晚一点，我和白筱心只能奈何桥再聚了。"

本来紧张到哭泣的白筱心听闻后破涕为笑，赶紧从包里掏出止血绷带帮他缠住："你居然还有心情说笑。"

黑风则是一脸自责："都是属下失利，中了调虎离山计。"林森禾无语，用尽力气一脚踹向他，"失利还不快去追，把U盘给我拿回来。"

"是。"黑风反应过来，爬起来刚要跑，就被白筱心叫住了："你不用去了。"白筱心这才颤颤巍巍地掏出口袋里的U盘，放进林森禾手里，"姑姑早就料到会有人抢U盘，提前准备了一个一模一样的，趁你们搏斗的时候，我已经将U盘调包了。"

林森禾一愣，欣慰地摸着白筱心的脑袋，长舒一口气："还是我家姑娘聪明。啊……"林森禾胸口疼痛，忍不住叫唤，让白筱心紧张一番。

黑风赶紧将他扶起来："老大，我们快下山吧，我担心他们还有支援。"

"好。"

三明岛海岛一侧的断崖旁，黑风的手下追到了断崖前，可是面前空无一人，向下望去却是波涛汹涌的海面。

"他跳下去了？"

"下去看看。"

打手们转头离去，抄着近路，朝着断崖下方跑去。

此时，从海底钻出来的浑身湿漉漉的刀疤男费力爬上了快艇，掏出塑封袋里的锦囊袋，看到U盘完好无损，才加大马力疾驰而去。等到打手们看到快艇时，它已经在几海里外，视线里只剩下一个似有似无的小点。

"人跑了，马上封岛，一定还有人在岛上！"

其中带头的人掏出手机下令，这群人伤了他好几个兄弟，绝对不能放过他们！

第十五章

两人牵着狗离去，那远去的一对璧人，如今晚的月色一般浓情蜜意。

1. 火灾的真相

白筱心家，林森禾的胸口贴着纱布，他以一个舒服的姿势躺在白筱心家的沙发上。白筱心、白真真一起围着沙发坐，黑风站在一旁。

白筱心操作着插进电脑里的U盘，除了标题有“三明岛拆迁及岛民安置计划”“三明岛岛民联名书”的文件，还有两份录音。

白筱心点开其中一个，录音轨迹响起沙沙声，随即传来一名年轻女性温柔的声音。

“怎么，录音机坏了吗？”录音里，传来拍录音机的声音，以及录音机老化的沙沙声：“好啦。”

“是妈妈的声音？”白筱心抬起头，有些不确定，却用热切的眼神询问白真真，白真真神色哀伤地点点头。

“小印啊，还有十多天你就要来到这个世界了，妈妈给你唱一首歌祝福你，你一定要平平安安地降生哦。”

白筱心正听着歌声，录音里传来急促的敲门和撞门声。

“开门！快开门！”一个粗犷的男声传来，听起来就知道是那种长得凶神恶煞、不干好事的人。

“来了，你们找谁？我先生出去了还没……”

“给我搜！”走路的声音，开门闯入者的声响相继传来。

林森禾瞳孔一缩，是他，游叔，游钟书的声音，竟然真的是他的声音。

“喂，你们要干吗？”房间里翻箱倒柜，玻璃杯碎裂的声音自四面八方传来，

“你是林氏集团的人？你们闯入我家里到底想找什么？”

“白志宏带领岛民在外面造谣林氏非法租赁，强拆民屋，我们要对他进行搜查。”游钟书的声音十分冷厉，甚至带着几分阴狠和恼怒。

“请问你们是警察吗？凭什么搜查我们？”

“游总，找到了。”有人翻到了东西，立即拿着它向游钟书邀功。

众人听到这一段都是惊讶的表情，林森禾在听到游总二字后更是反应明显。

“这就是白志宏收集的起诉证据吗？我倒要看看到底是什么东西。走。”

“不许走，你们把东西还给我！”录音里传来撕扯声，桌子晃动声，白母被推倒的声音。

“啊！”

“我最后一次警告白志宏，若他再不老实，我的手段可不止这些。”游钟书丝毫没有理会白母，带着手下的人摔门离去。

录音里，只剩下白母粗重的喘气声。

“流血了……志宏，志宏……”然后就是白母晕倒砸在地上的声音。

此刻，听着这段录音的白筱心紧张地握着拳头：“妈妈……”

一片寂静的声音，白筱心有些紧张，颤抖地拿起鼠标向后拖动，不知过了多久，再次响起白志宏开门冲进来的声音。

“老婆，我回来了……老婆，你怎么了？老婆，来人啊！救命啊……”白志宏抱着白母离去，求救声越来越远。

一段长达两个多小时的录音文件，终于在压抑窒息的氛围中播放完了。

白真真一脸悲戚，抑制不住地抽动身体，咬牙切齿地低吟：“原来，你妈妈根本不是意外难产，是被人害死的！”

白筱心眼里涌起了泪花，紧紧捏着拳头，林森禾握了握白筱心的手宽慰她。

“我们听听第二份录音。”

白筱心忍着难过，点开第二份录音文件，里面传来父亲和游钟书的对话。

“我答应赔偿你二十万，你到底还想怎么样？”游钟书十分不耐烦地询问。

“游钟书，我妻子难产而亡，你是杀人凶手！二十万，就能买来我妻子的命吗？”白志宏十分激动，似乎还和游钟书起了一点小冲突。

“我说了，这是意外。你把我送进监狱，她就能死而复生吗？我没记错的话，你还有一个孩子吧？你拿着二十万，安安生生地过下半辈子！”

“哼，我若是为了钱，当初就不会带领大家与你们要强拆的林氏作对。不过，我不怕告诉你，我已经见过你们的董事长林恒了。”

“什么！”游钟书的声音中充满惊诧，似乎不相信白志宏说的话。

“看样子，他对你在三明岛干的这些事根本不知情。他答应我，一定会给我的妻子以及被你实施暴行的岛民一个交代。所以，我们之间没什么好谈的了。”

“你！”游钟书厉声呵斥，却又说不出话来。

“多行不义必自毙，游总，法院见！”

白志宏推开桌子或椅子，紧接着甩门的声音传来，随即录音设备被关掉。

录音播放软件自动关闭，众人陷入了一片沉寂。一切已经真相大白，所有之前想不通的疑点，全部清晰地浮出了水面。

“原来一切都是他干的，我爸爸去世的那场大火绝不是意外，他应该是料到自己会有危险，所以才提前把这些东西当作线索埋下，而你父母的那场海难……”

白筱心满眼含泪，满是怒意，哀伤地看着林森禾。林森禾的眼里也涌起了怒意："没错,是因为游钟书害怕这一切遮掩不住,才将知情的人都处理了,包括我的父亲。"

游钟书，没想这么多年他温和大度的人皮下竟然包裹着如此可怕的兽心，手段如此毒辣！

白筱心忍不住捂着嘴巴哭了，白真真也难过地别过头流泪。林森禾忍着内心的悲愤，轻轻地拿开白筱心的手，擦掉她的眼泪。

“筱心，别哭。我林森禾发誓，一定会让游钟书受到法律的制裁，让我们父母的灵魂得到安息。”

林森禾抱着白筱心颤抖的身体，越抱越紧，那一刻，他似乎想要把她融入自己的身体里。

至此他才明白，这一场轮回经历，或许冥冥中注定是要指引他找出十八年前的秘密，为当年冤屈的人洗冤，将那隐藏在海底深处的真相揭露。

2. 当年的隐秘

昏暗的书房内，游钟书盯着书桌上的电脑屏幕，目光逐渐狠戾起来。U 盘里的文件破损严重，根本无法解读。

“应该是没有保存好，受潮了，里面的资料全被毁了。”一旁的程序员噼噼啪啪地按着键盘，试图修复 U 盘却几次无果，摇摇头表示自己已无力回天。

游钟书挥挥手让他下去，随后急躁地走来走去，对 U 盘的真实性产生怀疑："到底是 U 盘受损了，还是被调包了？林森禾既然早有防备，你怎么知道不是被调包了？"游钟书愤恨地瞪着刀疤男。

刀疤男沉默着不说话，拿起 U 盘仔细打量了起来，在反复确认 U 盘生产时间以及内部芯片设置后，确认是二十年前的产品。他思索良久，如果 U 盘真的被调包了，那也只有白筱心拿着 U 盘的时候。可如果没被调包，凭借白筱心的机灵，又怎么会轻易去挑衅他？难道真的是因为白筱心对林森禾动了真感情？

他仔细回想着同白筱心的几次交锋，知道她是一个很难缠的戏精女孩，一时间也有些拿不准了。

游钟书见他继续沉默，知道事情不妙了："你不说话，意思是说证据现在都在林森禾手里了？"

"有可能，他还找出了我的身份，所以当年他父母的事怕是也猜到了。"刀疤男想起林森禾在岛上喊过的话，低沉着脑袋说道。

游钟书忽然转过身，将桌上所有的东西都推了下去："那我要你何用，费尽心机让你一直活着有什么用？"

刀疤男默不作声。

"出去！"

游钟书见刀疤男离开，找了一个舒服的姿势坐在椅子上，试图让自己冷静下来，分析目前的形势。

"白志宏的手里能掌握什么关键证据？无非是他老婆的事。只要没有我杀人的证据，即便他林森禾知道真相又能如何？当年我所做的一切还不都是为了林氏。"

游钟书痛苦地抱着脑袋，眼前的场景开始不住地旋转，同样的书房，林恒站在书桌旁，朝着比他年纪还大些的游钟书争论。

"我没有伤害白志宏的老婆，她的死是一场意外！"游钟书声嘶力竭，不肯承认白母的死跟他有关，不肯承认他间接性杀了人。因为他一旦承认，他这辈子就完了。

"那你在三明岛上暴力强拆，打伤了诸多岛民的事呢？你怎么解释？"林恒将上面写着"三明岛岛民联名书"的文件袋用力扔在书桌上，生气地大吼。

游钟书没好气地看着文件袋，各种不服："林恒，你是真的单纯还是在拿我开涮？这世界上哪有拆迁改造不闹事的居民？那无非是给他们的警告。如果不这样做，林氏三明岛的开发计划永远也实现不了。"

"这不是你犯罪的借口。我说过，如果遭到原住民的抵制，我绝对不会以牺牲他们利益为代价开发三明岛，这不是我初衷。"林恒生气地敲打桌子，不住地发出"咚咚咚"的声响。

"哼，好。所以呢，你现在打算怎么解决？"游钟书强忍着想要揍林恒的冲动，冷笑着盯住林恒。

林恒长长地叹了一口气，背过身去，有些无可奈何："钟书，你一直辅佐我父亲，是他最信任和得力的助手，但事情发展到这个地步，谁又能包庇得了你？"

游钟书被林恒的话激起一丝不一样的心思，他盯着林恒，变相地威胁："林恒，你可想清楚了，若任由白志宏起诉，我一定会坐牢，而林氏也撇不清关系。"

林恒又叹了一口气，转过身苦口婆心地劝说游钟书："都这个时候了，谁还会想撇清关系？犯下了这样的罪孽，不管什么结局，都该是我们要承担的啊。"

游钟书眼里含着愤恨，却是一脸嘲笑：“我当年为了救林之杨，差点死在南海的乱石碓里，辛辛苦苦像狗一样为你们父子卖命，到头来，我却成了你们林家的弃子。好啊，林恒，你如此无情无义，林氏在你手里，未来大有希望。”游钟书咬牙切齿地说完，恶狠狠地摔门离去。

“钟书！”

林森禾的母亲雨汐从一旁的房间走了进来，担忧地提醒他：“林恒，出了这么大的事，要不要告诉父亲一声？”

林恒无可奈何，叹了一口气，心中还抱着几分希望：“父亲身体不好，先别刺激他了。等我明日去三明岛了解一下真实情况，再去找他吧。”

“嗯，明天我陪你坐船去。”雨汐看着林恒，温顺地靠在林恒的肩头。林恒点点头。

摔门而去的游钟书随后找到当年他安插在林氏替人消灾办事的刀疤男黄维德，让他对林恒夫妇下手。

那是一个狂风暴雨的夜晚，大海卷起了滔天巨浪，刀疤男身为林氏的一名员工，被安排在船舱上。他在没有人防备的情况下，成了那天晚上杀人不见血的刽子手，足足十条人命，全部死于他可怖的刀下。

一道道闪电撕开了漆黑的夜幕，沉闷的雷声使人悸恐，狂风咆哮着，犹如在黑夜中那绝望而无辜的生命在抽咽，瓢泼大雨洗刷了满船的血水，守在附近船上的游钟书看着林恒和雨汐夫妇被刀疤男拴着石头扔进了大海。随后，惊涛骇浪吞没了那艘飘摇的船只。罪孽与伴随着的真相，被永远地埋葬在深海下。

还没等林之杨收到林恒夫妇遇难的消息，游钟书已经返回三明岛，又看着被大火烧死的白志宏，眼中满是快意。

周围居民看到白志宏的下场，都害怕相同的事会出在自己身上，纷纷噤若寒蝉，再加上打手们的威胁，都同意了林氏的拆迁赔偿计划，以十分低廉的价格出让了手中的土地。随后，原住民纷纷搬离三明岛，谁也不再提及此事，更不敢多说一句话。

有了三明岛顺利收购的成绩，游钟书又帮林之杨处理了林恒和雨汐的后事。很快，游钟书顺利地控制了几乎整个林氏。

可是当游钟书打算接手林氏集团董事长职位的时候，早已退休的林之杨带着还是孩子的林森禾出现在股东会上，打破了他的计划，直到今天，林森禾还死死地压制着他。

昏暗的书房内，游钟书从回忆中抽身，已经恢复了冷静。当年，但凡林恒选择包庇他，以林氏当时的势力又怎么会做不到。但他被迂腐的林恒拒绝，一想到要蹲入那暗无天日的大牢，老婆和孩子也会离他而去，他就恨意难平。所以，为了自己能活下去，他只能除掉他们，包括那要替众人出头的白志宏。

“林森禾，不管你在哪一个世界里，你的命运只会和你的父亲一样。”游钟书反手用拇指将雪茄生生掐灭，目光狠戾。

3. 爷爷的苦衷

林家老宅，林森禾看着已到耄耋之年的爷爷，欲言又止。

“你查到什么了？说吧，我这把老骨头还撑得住，没那么脆弱。”林之杨看着林森禾久久不开口，脸上露出严肃的表情，再加上之前被林森禾要走的资料，心下早已猜到了几分。其实，他潜意识里也知道当年的海难并不简单，或许自己真的被蒙骗了。

不知过了多久，林森禾双唇嚅动着，眼中有恨意闪过，缓缓开口：“爷爷，您当年真的没有怀疑过吗？”

“怀疑什么？怀疑有人故意为之吗？当年的海难，我们林氏能够用的救援队全部动用了，连一个碎片都没找到，跟前几年的马航差不多。要说怀疑，我也只能怀疑你父母去的根本就不是三明岛。”

林之杨双眼含泪，至今还记得一支支救援队空手而归的样子，还记得每次看到空手而归的救援队，心脏就像被刀划了一道口子，最终这个心脏已经无处可划了，也就麻木了。林森禾也还记得当年的一次次绝望，不由得心中一阵剧痛。

“那收购三明岛的时候发生的强拆事件，爷爷您也不知道吗？”

“森禾，你没有经历过拆迁，不知道其中的门道。要说三明岛拆迁里面没有暴力，没有威胁，谁都不会信，可有些事只要没有到明面上来，我们就只能当作不知道。”

“爷爷……”

“我知道，你跟你父亲一样，不会牺牲岛民的利益，爷爷也希望是这样，但是森禾，你能管得住你，管得住黑风，但未必能管得住黑风下面的那些小头目，还有那些不入流的打手，爷爷教过你，有些事要睁一只眼闭一只眼。”

林之杨说着说着，眼角有泪珠滑落。他活了一辈子，在商场里打拼了一辈子，甚至几次都有性命之忧，若是再不清楚林森禾要说什么，他也就白活了。

但有些事，有些手段，他还是必须教会林森禾，有人的地方就会有江湖，如果不懂商场上的生存之道，林森禾这个孙子，他始终不能放心，毕竟明枪易躲，暗箭难防。商场里，最怕的就是有人打破平衡，去触动那些隐形的潜规则。

“可是爷爷，这件事真的就这么算了吗？怎么可能？怎么可以！”林森禾泪流满面，不甘地看向林之杨。

“是啊，怎么可能？可是你的证据呢？你有证据吗？你能用什么来指证？我要是没猜错，你手里根本没有证据，对吧？”

林森禾看着老爷子一脸平静，沉默了，查到现在，他手上的证据确实寥寥，除了白筱心的那两段录音，以及南海的那个老人，确实没有其他证据。

就连这些证据都不足以指正游钟书，游钟书有千万种方法可以不承认，可以找人顶罪。至于他父母的海难，他连一丝丝间接的证据都找不到，一切仅仅是他的推断。

“森禾，在没有找到足够的证据之前，不要轻易动手，更不要被对方看出端倪，就算对方已经知道你知道了，也一定要装作不知道，然后想办法让对方相信你不知道。否则，你就危险了。”

林之杨语重心长地看着林森禾，生怕林森禾因为激动做出什么危险的事，也十分庆幸林森禾没有私自行动，而是先到他这里来找他问询。

“森禾，人的胆子只有越壮越大，人的心也只会越长越深，他既然能设计一场意外，就一定能设计其他意外，你如果不小心地堤防，一旦激怒了他，你随时也会变成意外。”

林之杨转身，从一旁的柜子里拿出一个首饰盒：“这是你母亲留下的玉镯，爷爷一直希望将它传给你的妻子，今天，爷爷把它给你，该如何选择、如何做，你自己决定。不管你做什么决定，爷爷都支持你。”

林森禾接过首饰盒，抚摸着里面的玉镯，点点泪滴再次滑落，滴落在玉镯上，闪出明亮的光芒。

“爷爷，你放心，我不会轻举妄动，但也不会饶了他，我会想办法找到证据，让他受到惩罚的。”林森禾擦了擦眼泪，终于不打算继续冲动，满脸真诚地看着林之杨，泪水抑制不住地涌出眼角。

“那就好，那就好，他在商场上摸爬打滚这么多年，心早已不是一般的深，胆子也不是一般的大。不然他也不能帮着爷爷打下整个林氏，让我们林家这么快在商场上立足。”

林之杨叹了一口气，仿佛又看到游钟书为了帮他，在对手手下卧底数月，然后拼着一身伤，奄奄一息地将支撑他翻身的证据送到自己手里。如果不是救治及时，那时候他已经不在了。这样的惊险不止一次，接连几次林之杨遇到危险，都是他扑过去挡在前面，帮林之杨化解了一次又一次危机。

到底是什么时候变了呢？他竟然一点都没有察觉，还全身心信任游钟书，将一切交给游钟书处理。要是没有森禾，他或许真的就将林氏交给这个为他卖过命的小伙子。要不是他临时变卦，将森禾推进会议室，或许一切已经如游钟书所愿。

为什么他没有将林氏交给游钟书呢？说到底还是不信任吧，即使游钟书做得再天衣无缝，可一次次的失望过后，在商场拼杀了一辈子的他还是敏感地察觉到哪里不对。

只不过那个时候经历了丧子之痛的他再也不敢赌，再也经历不起，也不想再经历白发人送黑发人的痛苦了。

为了不再经历那种痛苦，也为了林森禾的安全，林之杨让齐叔终止了一切调查，用最直接的手段宣告了妥协，认命地承认他的儿子死于一场海难。

毕竟当时的林氏不能同时失去两个支柱，如果他真的一查到底，那辛苦一辈子得来的天下，最终还是便宜了他人。年幼的森禾仍旧什么都得不到，得到的只有满满的仇恨和牵连几代的恩怨。

为了林氏，为了森禾，为了死去的儿子儿媳，林之杨不得不接受那场海难，承认游钟书没有任何问题，林氏没有任何问题，然后全心全力辅佐林森禾接管整个林氏，直到林氏度过危机，走向正轨。直到林森禾有了能够接手整个林氏的能力后，他才退回这个小院子里，用农场做借口，整天东奔西走。

可事情过去太久，除了当时三明岛收购时的一些黑幕，这些年他什么都没有查到，不仅没查到，还差点被发现，林森禾在十八岁那年差点遇到一次车祸，似乎是对他的一种警告。

无奈之下，林之杨只能假装什么都没有发生，不再插手林氏的任何事务，然后变相地维护着这种可笑的平衡，他甚至都不清楚，这件事的背后有多少相关的利益牵连者在操纵着。

4. 老大，我还有一批兄弟

“爷爷，我先回去了，明天还有股东会。”林森禾看着爷爷躺在椅子上，闭上眼睛沉默，他也感觉到了爷爷的心酸与无奈。

当林森禾看到爷爷落泪的一刹那，他似乎一下子读懂了什么是人生百态，曾经的怀疑，曾经的不甘，一瞬间都随着悔恨的眼泪滑落下去。

林森禾也不忍看到这一幕，他悄悄地转身，刚迈出脚步，身后一个慈祥温润的声音传来：“森禾，清泽是一个好孩子。”

林森禾顿了一下，朝着林之杨鞠了一躬，快步离开。

“少爷。”齐叔叫住林森禾，将一个小盒子递给林森禾，林森禾不解地看向齐叔，“你拿着吧，老爷背后的人脉资源，对您一定有用。老爷不知道这件事，你回去好好养伤，这边你不用担心。”

齐叔拍了拍林森禾的肩膀，叮嘱了一声，然后默默地朝着屋子里走去。林森禾整理好情绪，将盒子藏在手提包里，快步走出老宅。

这一夜仿佛什么都没有发生，仿佛他只是回老宅同林之杨吃了一顿饭，尽一个当孙子该尽的孝道。

“老大，没事吧？”黑风坐在驾驶室里，通过后视镜看着林森禾，满脸的担忧与关心。

“没事了，回去吧。”

“老大，我已经安排人去盯着游钟书了，还在游钟书常在的几个地方安排人布控了。”黑风报告着最新的安排，等待着林森禾的进一步指示。

“都撤了吧。”林森禾想起林之杨的话，无奈地让黑风将人撤出来。

“老大……”黑风不甘心，也不明白林森禾为何如此，明明都已经安排好了，怎么老大跟老董事长聊了一会儿就变卦了呢？

“黑风，你能保证你的人不被发现吗？要是不能，就把人手都撤回来吧，我们有多少人，他其实一清二楚，没必要在这种明显得不到任何成果的事情上浪费我们的人手。”

黑风不说话，沉默良久。上次他们上岛寻找U盘，其实已经暗中部署过，可对手似乎对他们的套路更加清楚。还有那个刀疤男，他有信心瞒过其他人，但是面对那个狡猾的杀手，他是真的没有信心。如果能瞒过，就不会接二连三被那个刀疤男玩弄，更不会让林森禾在三明岛受伤。

“老大，我还有一批兄弟，保证忠诚，但是聚集起来，再不动声色地安排过来，需要一段时间。”黑风有些不甘心，想了想，还是同林森禾说了一下他的决定。

“有多少人？多久能聚集过来？”正在沉思的林森禾忽然睁开双眼，目光炯炯地通过后视镜看着黑风，等待着黑风的回答。

“大概三十多个，最快也得半个月。”黑风默默盘算了一下，回复林森禾。

“半个月。”林森禾看了看手机上的时间。

“来不及，我最多给你一个星期，将他们聚集过来，不用安排进林氏，直接不动声色地去三明岛，能做到吗？”

黑风仔细地盘算了一下：“聚集倒是没问题，不动声色地安排上三明岛似乎有点难，毕竟三明岛的安保全在游钟书的手里。”

林森禾思索片刻，突然有了一个不错的主意：“这个我来想办法。”黑风听到林森禾的语气颇为肯定，便重重地点点头。不愧是被称为阎王的老大，遇到任何的危机，哪怕是死局，他都绝不会轻易向对手妥协，轻言放弃。

此时，林森禾的一颗心终于有些安定。只要他有游钟书摸不透的底细，就有反击的可能。他甚至考虑过再来一个轮回，然后从头开始准备人手，再去找游钟书摊牌。

只不过这个想法有些幼稚，有些太不负责，他可以带着白筱心一走了之，可是爷爷怎么办？姑姑怎么办？还有清泽，怎么办？

林森禾想到游清泽，忍不住皱起了眉头，这些事，清泽到底知不知道？他应该不知道的吧？

林森禾仔细回忆，用力回忆。上一次响起的警报，还有忽然多出来的黑衣人。当时三明岛为了游客和领导的安全，已经逼到不再放人进入三明岛，可那些黑衣人到底是怎么进去的?

难道真的是游清泽吗?他放那些黑衣人上岛,到底是因为他失踪而加强的安保,还是有意为之?林森禾无力地睁开眼睛,然后想起林之杨的话:清泽是一个好孩子。

他随即摇了摇头,立即打消了这可笑的想法。如果游钟书是他的大意,那他敢用命担保,游清泽不会做出任何伤害他的事。这件事,游清泽一定是蒙在鼓里的。

只是想到日后可能发生的事情,他就忍不住心痛。

如果结局是他败了,尚且不提。若最后他将游钟书送上了断头台,那么他和游清泽的关系怕是再也回不到从前了。

"老大,到了。"黑风适时打断林森禾的感伤,然后替林森禾拉开车门,看着他安全地回到家中,黑风才放心地离去。

林森禾回到家,仔细检查了一下别墅内的安保设施,确认一切正常后,才小心翼翼地将那个盒子打开。盒子打开后,里面是一些零碎的资料,还有一个硬盘,以及几份合同。林森禾好奇地挨个查看,竟然都是爷爷压箱底的武器,都是游钟书之前做过的一些不太干净的事情的证据,不过这足够他利用了。

"齐叔还真是,唉,这么大的事,齐叔竟然都不问问爷爷……"林森禾不由得感慨,但他此时迫切铲除游钟书,也来不及顾及爷爷的感受了。

有了这些筹码在手,林森禾对必胜的结局更加坚定了信心。另外,他还要赶在最后的日子里,做出一件他犹豫了很久却最终下定决心的事情。

……

此时,白筱心家楼下,白筱心和白真真买完菜,一起拎着袋子往回走。白真真还不住地宽慰白筱心,感叹着命运的神奇。

"筱心啊,没想到你和林森禾的父母是被同一个坏人害死的。你说如果你们不相遇,这些真相会不会永远发现不了?"

"嗯,或许,这就是上天注定的吧。即便黑夜的乌云隐藏得再深,所有的真相终有一天都会浮现。"

白筱心应和着,心中还是有些担心,就算有了录音,可是他们手里的证据根本不足以指控游钟书,甚至除了能表明游钟书跟这件事有关以外,什么都证明不了。至于游钟书杀害林森禾父母的事情,他们更是一丝丝的证据都没有,一切都只是猜测。

白真真捏了捏白筱心的手,鼓励着白筱心,让她不要气馁。

"筱心,明天我们再去一次三明岛吧,姑姑想去看看你爸爸妈妈,想回三明岛走走。"

"好。"白筱心答应着,没有多想,也没有看到白真真眼睛里的那一丝坚定,更想不到一向心大的白真真,心里竟然还藏着秘密。

5. 看不见的硝烟

林氏集团的股东会，最近开得很频繁，尤其三明岛开岛临近，总有一些不安分的股东找着各种理由为难林森禾。今天的股东会，一如既往是讨论三明岛一些不痛不痒的事情。

林森禾向来懒得计较，每次都默默地听着各位股东唇枪舌剑一番，然后丢给游钟书或者游清泽处理。只不过这次，林森禾对故意挑事的股东似乎表现得异常暴躁难忍，直接宣布将小兰派去了三明岛，解决他们所说的问题。

一心想着要调岗的小兰接到消息后，满脸难以置信，甚至有些躺枪的感觉。公司里那么多人挤破了脑袋想去三明岛，怎么就选了她？她怎么就这么幸运？三明岛好是好，但有一个致命的缺点是小兰一直以来十分抗拒的，那就是远。

"林总，这件事咱们还可以商量商量不？"小兰看着调职文件，一千一万个不愿意。

"我仔细想了一下，三明岛那边一直问题不断，说白了还是没有我们靠得住的人手在那边镇着，既然这样，我当然要派一个心腹干将了。严主管去了猫咪 TV，我选来选去，只有你了。所以这件事，没得商量。"

"可是林总，我走了谁来给你当助理啊？您临时找人也没那么快不是？要不晚几天也成啊！"小兰看着调职单上的日期，各种期期艾艾。

"我再找一个就是了，大家都克服一下，没那么难。"小兰看到林森禾阎王一样的脸再度出现，瞬间露出一张苦瓜脸，不情不愿地离开，然后直奔游清泽的办公室而去，他是唯一能在林总面前替她求情的人了。然而她没想到一进去，游钟书也在，一时间走也不是，不走也不是。最后她想了想，丢脸就丢脸吧，命比脸重要。

"游总，帮帮忙，我不想去三明岛。"

"理由呢？你总得有个说得过去的理由吧？调职通知都发了，没有一个理由，我怎么给你求情？"

"我……我海鲜过敏，还晕船，不仅如此，我还有风湿，不能去太过潮湿的地方，医生说容易长骨刺。"小兰说了一大堆理由，无一不和身体有关，一瞬间，昔日林阎王最强的左膀右臂瞬间变成了一名柔弱不堪的老妪。

游清泽忍着笑，看着小兰在那里编，直到听不下去了才打断她："你不是一直想逃离你家阎王的魔爪吗？我看你是觉得三明岛离家远吧？是不是又交男朋友了？浓情蜜意舍不得分离啊？"

"游总高明，一眼就看穿我了，那就算我求你了，帮帮忙！"小兰满脸恳求。

"你应该找过森禾了吧，森禾怎么说？"一旁一直没有说话的游钟书忽然插嘴问道。

“林总说让我保证三明岛顺利完工，成功开岛后再换我回来，放我去猫咪TV。”小兰期期艾艾了半天，终于开口。

“猫咪TV？我记得你当时跟严主管为了谁去接手的事情还闹过一次。”小兰有些不好意思，然后疯狂地点头。游钟书饶有兴趣地看着小兰，小姑娘不容易，在林森禾跟前熬了五年，资历能力在林氏都是上乘，是一个不错的苗子，就是被林森禾压榨得有些过了。

“清泽，我记得猫咪TV最近业绩一般？严主管似乎有些力不从心？”游钟书抬头看向游清泽，游清泽一愣，然后点点头，因为白筱心，严主管确实被整得挺惨，头发都掉了不少。

“既然小兰不愿意去，要不就换严主管去吧，让小兰去猫咪TV，女孩子嘛，直播什么的有先天优势。”小兰一脸感激，她没有想到游钟书会主动帮她。

“清泽，你去跟森禾说一下，让女孩子去工地吃苦，成什么样子。”游钟书眼底闪过一丝不屑的笑意。游清泽并未察觉，只好无奈地点点头。

林森禾见到游清泽的时候，明显早有预料，整个林氏，小兰此刻能求助的也只有游清泽了，他饶有兴趣地盯着游清泽：“所以，小兰给你许诺了什么好处，让你这么不情愿地过来求情？”

“她走了，你上哪儿找助理啊？”游清泽送上白眼。

小兰离开，HR部门不得三天两头找他哭丧啊，他可不认为能在短时间内找到一个在林森禾手下熬过五分钟的助理。

“她不去谁去？这群股东天天找事，烦都要烦死了，你见哪个公司的股东会开得这么勤过？”林森禾也不知从哪儿弄来一盆绿植，竟饶有兴趣地浇起水来，似乎变相地在回应游清泽这件事没得商量。

“我知道你是想找一个信得过的人到那边镇场子，可是小兰毕竟是女孩子，怎么可能斗得过那边的那些老油条？她什么都不懂，要是那些人故意刁难，她连怎么被骗的都不知道。”

“不懂可以学，小兰学习能力很强的，主要是看人很准，是不是骗她，她还是能分辨出来的，我再给她从外面调几个帮手过去就行了。”

游清泽看着不知被林森禾浇了多少水的多肉，嘴角直抽抽，心中已经开始为多肉默哀。

“小兰谈恋爱了，你知道吗？”

“啊？”

“看来小兰的工作并不是很累啊，还有余力谈恋爱呢。我这助理的位置，看来并不是那么累人嘛。”

游清泽听林森禾一本正经地调侃，嘴角又扯了好几下：“小兰要是听到你这话，哭给你看，你信不信？”

“她又不是没哭过。她哪次分手不找我哭一通？哪次我没给她补偿？第二天她不都活蹦乱跳的吗？”林森禾仍旧不为所动，小兰分手和恋爱真的很频繁，大概每年会有个十来次吧。

游清泽无奈地扶额，他怎么不知道还有这一茬？亏他每次私下给小兰补贴，合着这姑娘早就在林森禾这里赚了个盆满钵满。

不对，他是来说人事变动的，怎么开始聊小兰的恋爱史了？他自觉被林森禾带偏了，赶紧调转话题：“小兰刚去我那儿哭的时候碰到我爸了。”

“然后呢？”林森禾坐回办公桌前，开始批阅文件，将眼底的一丝丝激动快速收好，终于切入他布局所有事情的正题了。

“我爸觉得，与其让小姑娘去工地，不如派一个男的过去。”游清泽双手撑在桌子上，看着林森禾，他敢确定，林森禾根本没有看文件，刚刚只是不敢看他，林森禾为什么不敢看他？

“男的？黑风不是这块料，外面是清一色娘子军，除了你，我手下哪有靠谱的男的？”林森禾这才抬头看了游清泽一眼。

“严主管啊，我爸说猫咪 TV 的业绩不怎么样，与其让严主管继续折腾，不如提前让小兰顶上，免得将来两个人还要斗一轮。”

“不行，说好的两个月一轮换，谁赢了谁去猫咪 TV 当经理，时间还没到呢，不可以。”林森禾连连摇头，“小兰和严主管当时为了争夺猫咪 TV 外放的机会，弄得头破血流，我可不想再挑起两个人的战争。”

游清泽沉默半晌，忽然灵机一动，拍着桌子叫好，弄得正在抽墨水的林森禾手一抖，一团墨汁成功滴在了文件上。

“破坏公司重要文件，扣工资！”

“你扣扣扣，我有办法处理人选问题了。”游清泽根本没空搭理林森禾，激动地阐述着自己想到的好办法，“既然猫咪 TV 是针对三明岛收购的，主播户外培训就没必要额外支出经费了，让严主管带着主播直接去三明岛不就好了，一举多得啊！”

“你看我干吗？怎么不说话了？”游清泽看着林森禾熟练地从一侧抽屉里抽出一张一模一样的封底进行替换，总感觉被坑了。

林森禾脸上波澜不惊，看不出一丝情绪：“不行，爷爷要见白筱心，她不能走，再说你是给严主管增加工作量，严主管会有意见。”

游清泽直接一个白眼翻过去，你直接说你舍不得白筱心不就好了？哪来那么多借口。

“严主管被调走后，小兰不也兼任总裁办主管了吗？现在放严主管去三明岛兼任项目主管，这才叫人性化，叫公平，他怎么会有情绪？至于你家白筱心，反正她潜水培训也完成了，直播也稳定了，这么大牌的主播，只要配一个造型师，在哪里不能工作？”

游清泽各种苦口婆心，直说到唾沫都要干了，林森禾才终于松口：“唉，反正猫咪 TV 是要独立的，那就直接搬去三明岛吧。”

于是，关于去三明岛的人选，在万众瞩目下终于有了变动。严主管带着猫咪 TV 整体搬迁，直接入驻林氏在三明岛的林氏办公区，小兰官复原职，一切圆满。

严主管和小兰高兴得差点抱在一起跳舞。严主管觉得，天高皇帝远，他终于可以甩开膀子弄直播了，不用事事都要先请示林森禾了，累就累点吧，前途好啊！他激动得老泪纵横。

而小兰也长舒了一口气，她有信心，她的第三十五任男朋友能陪她熬过这个寒冬，然后跟她修成正果，步入婚姻的殿堂。至于林森禾的助理，她已经开始暗中培养了，保证让林森禾满意。

6. 游钟书的愤怒

猫咪 TV 的整体搬迁，虽然是逐步进行的，但整个过程十分顺利，或者说在林森禾的高压下，以及游清泽、小兰和严主管甚至 HRD 的通力配合下，开展得异常迅速。

有适应不了海岛气候、不想去的员工，个人打申请，严主管批条子，HRD 负责安排岗位。能安排林氏旗下其他娱乐公司的就安排，安排不了的就自动离职。

因为三明岛大量人员的调动，猫咪 TV 的入驻，严主管为了响应林森禾的宣传策略，可谓四处都安排了主播，为了主播的安全，又出了一项新规定，除了常规的巡逻人员，每个主播身后都需要重新配置两名保镖贴身跟随。

至于三明岛原来的安保部门，谁多说一句话，就直接换掉。既然他们不听话，他也不想要，等到听话再说。什么？三明岛你们早就负责了？那太好了，一起换掉，一个人不要，统一更新安保人员。

于是，林森禾以主播安全为借口，迅速行使总裁特权，换掉了三明岛的全部安保人员，然后快速地同几家跟林之杨有过隐秘合作的安保公司达成了协议。这其中，黑风召集的手下也顺利地安插上岛。

与此同时，三明岛的直播计划提前于开岛日开启，每个主播的手机就是一台移动的高清摄像头，直接直播到网络，让整个三明岛工期的进程公开在众人眼底。

娱乐项目不满意？投票表决，前三名方案进行角逐，林氏会根据情况重新设计。

公共设施不安全？现场试验，不合格就拆嘛，追究到底，一定要保证游客的安全，不能让游客的安全裸奔。

想要一些更新鲜、更刺激的东西？只要你的创意够有特色，林氏会考虑采纳的，不过要等到开岛才能揭晓了。

严主管已经很小心，尽量不去暴露更多有关三明岛二期的主要内容，给广大网民留出了足够的想象空间。而猫咪 TV 的业绩直线飙升，将林氏口碑以及大众对三明岛的期望炒到一个极点，旅行社的预售订单也已经激增到要担忧无法负荷的程度了。

即便这样，也有很多人不高兴，比如游钟书。

游钟书自从收到猫咪 TV 整体搬迁、开岛后独立的消息，整个人就觉得怪怪的，不过并没有发现哪里异常。直到林森禾找借口换了三明岛的安保，游钟书才反应过来，他被林森禾耍了。

什么派小兰去三明岛，林森禾最终的目的是要将猫咪 TV 搬到三明岛，然后通过猫咪 TV 控制整个三明岛。小兰去找游清泽求情，甚至在游清泽办公室碰到他，都是林森禾算计好的。

严主管或者小兰去了三明岛并不可怕，可怕的是猫咪 TV 去了三明岛，那么多手机加上安保，足够林森禾随时监控三明岛的动向，让他不敢动手。就连原本在施工队里做的手脚，现在也全部被猫咪 TV 一一挖了出来。

游钟书在书房里不安地走来走去，他之前一直认为，掌握了三明岛就是掌握了林氏的命脉，因此一番心思除了股东会，全部扑在三明岛上。可现在，林森禾不仅换了所有安保，还开始严密布控，甚至提前封岛，这让他怎么动手脚呢？

“我们安排在附属岛屿的人也都撤了？”游钟书烦躁地询问刀疤男，有关他们在三明岛的人手安排，他心中期待还有几条漏网之鱼留在三明岛上。

“全部撤了，林森禾以开发维护的名义，对周边的附属岛屿进行了清理，一个人都没留下。他们对三明岛的地形十分熟悉。”

游钟书深深吸了一口雪茄，亏他以为林森禾跟林之杨一样，不敢对他动手，结果这家伙就是一个疯子，根本无视他这些年辛苦建立的一切。

“好啊，林森禾，你不仁，就别怪我不义了。”游钟书从抽屉里拿出一张林森禾的照片，目露凶光地盯着照片，然后将雪茄按到了林森禾的脸上，看着照片一点一点化成灰烬。

刀疤男看着游钟书，仿佛等待这一时刻等了很久，他朝着游钟书点点头，退了出去。

十几年前，游钟书为什么能掌控林氏？逼迫林之杨不得不同他妥协？甚至忍气吞声了这么多年？因为林之杨不敢赌，游钟书之所以敢暴力拆迁，正是他手下不止刀疤男一个亡命之徒，只不过刀疤男是最好用的那把刀。

游钟书养这些人，是从倒戈林之杨开始的。死里逃生的经历，让游钟书认识到了力量的重要性，所以当他有了能力之后，第一件事就是着手培养一批只听他指示的人，或者说是狗。

总之，他养的这些人足够忠诚，虽然人数不多，但是足以让林之杨畏惧。更何况十几年前的林氏失去了林恒，再加上三明岛暴力拆迁的不好传闻，遭遇了重创，正处在风雨飘摇的阶段。

既然如此，游钟书不介意让十几年前的场景重现一次。

林氏旗下的产业可不止三明岛一个，那么多的产业，怎么可能一点事都没有？林森禾一个毛头小子又怎么可能面面俱到？只要让他挑出一点错，就可以无限放大。开岛在即，林氏的声誉可遭受不起这样的重创。

他在林氏二十多年不是白待的，要说对林氏的控制，他游家未必会比林家差。更何况他也是林氏的创始人之一，有些见不得人的隐秘，他比谁都清楚。

要不是怕林氏受创太重，会影响他掌控林氏后的发展，他才不会如此畏首畏尾。更何况还有刀疤他们，只要他们动作够快，林森禾未必活得到那个时候，到时林氏没了林森禾，只剩下林之杨那个老东西，就太好对付了。

林氏迟早是他的，是清泽的。

7. 白真真的秘密

“姑姑别哭了，这些年，我们其实过得也很好，不是吗？”白真真一下飞机，看着那熟悉的沙滩，熟悉的海域，熟悉的三明岛，就哭个不停。

因为三明岛当地的风俗，死后海葬，所以除了白志宏夫妇留下的遗物，这么些年来，白真真和白筱心甚至没有什么可以用来纪念的物品。要说有，那就是这片难回的故土了。不过幸好，白筱心遇到了林森禾，起码她以后可以经常回来看一看。

“筱心，还记得你家在哪里吗？你一定没印象了吧？”白真真收起了悲伤的情绪，一脸慈爱地看着白筱心，见她做出鬼脸吐了吐舌头，敲了一下她的脑壳，带着她乘车朝三明岛腹地走去。

白家是土生土长的三明岛人，虽然后来白筱心的奶奶定居在内陆养老，但白志宏对三明岛感情很深，一直在岛上从事珍稀动植物保护研究的工作，同时，他还开发新的水产养殖品种，带领三明岛岛民发家致富。这也是为什么白家在三明岛上威望那么高，当年三明岛要被林氏开发的时候，白志宏会被推选为岛民代表。

不过从小志向高远的白真真对建设三明岛就没有这么深的执念了，已开始了艺术生涯的她很少回到岛上，直到受到哥哥的请求在三明岛上进行一场义演。

但白真真没想到，就是她回到三明岛的那次义演，竟然碰到了那样一件事，如果不是白筱心找到了白志宏留下的U盘，她可能到死都不会知道那件事代表了什么。

“果然被拆了呢，不过门口的公园被保留了，也挺好的。”此时，她和白筱心已经来到了白家的旧址。白真真看着一片新建的公园设施，无奈地笑笑。白家老宅的位置，在三明岛算得上上乘地段，当初拆迁，赔偿金给得最多的也是白家。

再加上游钟书的个性，急不可待地消灭一切证据，白家被拆，白真真一点也不奇怪，只是可惜了院子里的老树，那是她十岁那年种下的。

“姑姑，你看这架秋千是不是很眼熟？很像照片里我经常玩的那个，对不对？”白筱心抚摸着不远处的一处秋千，看着白真真。白真真走上前，抚摸着秋千上的纹路，仔细寻找她当年的杰作，果然在木板下看到“白真真专属秋千”几个歪歪扭扭的字。

“还真是，看来这架秋千托了你的福，竟然没有被毁。”

“托我的福？”白筱心一脸不解。

“这架秋千原本是在院子里的，大概是你妈妈怀你弟弟的时候吧，你偷偷玩秋千，差点撞到你妈妈，你爸爸没办法，又舍不得拆了秋千，才挪到公园里的。”

白筱心吐了吐舌头，她怎么不记得她小时候这么调皮，白真真不会又骗她吧？

“筱心，我想在岛上随便走走，你先回酒店休息一会儿吧，午饭的时候我再回来找你。”虽说是缅怀亲人，但白真真这次来可是有重大的要务在身，这会儿想着找借口支开白筱心，好单独行动。

白筱心赶紧上前拉住她：“姑姑，我和你一起去吧，这岛上也不知道安不安全。”白筱心对于刀疤男的凶狠还心有余悸，不放心白真真一个人瞎晃悠。

“你放心吧，论地形，谁都没有我熟悉这里。再说了，林森禾不是也给我安排了保镖吗？你听话，回去等我。”

白筱心不情不愿，奈何白真真一再坚持，她只得同意白真真自己在岛上转，然后又不放心地安排了几个保镖，叮嘱他们远远地跟着白真真。

白真真离开后，白筱心在秋千上坐了一会儿，她望着熟悉而陌生的风景，情不自禁地流下了眼泪。身旁有人的时候，她总是装作快乐、无所谓的样子。可当全世界只剩下她一个人的时候，她却无法控制自己对亲人的思念。

虽然她平日里不曾主动提起，甚至有些时候会刻意回避，真的怕想起他们，怕回忆他们一家三口其乐融融的画面，那三世同堂和四世同堂一起合家团圆的日子将永远成为过去，将永远成为历史，留在她的记忆中，定格成一张古老的黑白照片。

白筱心叹了一口气，无论如何，活着的人更要好好地生活，才能给逝者安慰。她擦掉脸上滑下的泪水，起身返回酒店，不远处的保镖们也纷纷跟上。

白真真不愧是从小在三明岛调皮捣蛋长大的，一会儿走树林，一会儿走小路，不一会儿就将几个保镖甩开了，然后明确地在杂乱的礁石中穿来穿去，渐渐走向无人区。

只见白真真费力地搬开一块大石，一个黝黑的岩洞露了出来。白真真打开贴身携带的手电，熟门熟路地走了进去，不一会儿就抱着一个小木箱走出来，然后又小心翼翼地将岩洞封上。

在三明岛，这个岩洞并不是秘密，甚至在三明岛上有着大大小小好多个岩洞，只不过这个岩洞最深，路也最不好走，所以很少有人会去。也是因为这个，当年白真真才会选择将日记、情书这些藏着少女情愫的宝藏全部藏在这里。没想到这么多年过去了，这些物品竟然还保存得很完好。

“姑姑，你怎么不接电话？呃……你去挖煤了？”

白真真拍拍身上的灰尘，然后伸手摸了摸有些不舒服的鼻子，成功地给自己画了一个大花脸：“我淘宝去了。”

白真真晃晃手中的小箱子，一脸无所谓。白真真的样子同往日丢个垃圾都要化妆的样子大相径庭，惊得白筱心差点掉了下巴。

白真真在洗澡，白筱心拿过白真真的宝藏，翻腾了起来。除了几个老式的DV，还有一些胶卷，剩下的都是相册。看起来应该是白真真的恋爱史，因为几乎每一本相册的男主人公都不是同一个人。

“啧啧啧，不愧是我白筱心的姑姑，这小鲜肉，没有一支足球队，也够一支篮球队了吧！姑姑当年才多大啊！”

白筱心继续翻动着，然后看到一张明显泛黄，甚至带着霉斑的老旧照片。白真真穿着一身蜘蛛精的服装，正在搔首弄姿，似乎正在拍老版西游记的舞台剧。

“天哪，姑姑，你也太潮了吧！这可是十几年前啊！”

“白筱心，你是不是翻我东西呢？经过我同意了吗？给我放下！我的换洗衣服呢？”白真真的声音从浴室里传来，她明显是听到了白筱心的惊呼，假装愤怒的声音中还带着几分娇羞。

白筱心已经不敢再看，赶紧听话地将相册放到一旁，然后殷勤地将换洗的衣服递了进去：“姑姑，原来你心心念念的竟然是这些风流韵事啊！啧啧啧，你泡过的小鲜肉怕是没有一火车，也有一飞机了吧？”

白筱心凑到白真真的肩头，满脸八卦，结果被白真真直接来了一记栗暴。

“没个正经，你连姑姑都敢打趣。”

8. 林之杨生病

猫咪 TV 整体搬迁三明岛的决定发出的第二天，众股东还未来得及反应，就传来了林之杨生病的消息。

生病并不奇怪，老人嘛，上了年纪总有一些身体上的不适，只要不是大病进了

ICU 那种，一般股东并不会重视。

可这次林之杨却对外宣称，他怕时日不长，再也没机会见到曾经的老友了。一时间，众人纷纷猜测这个林氏的奠基人似乎真的不行了。林家老宅门外停满了车辆，门口站满了各式探病的人，各自打着小算盘。

但是随后，林之杨以老友叙旧的名义，来了个清场，将那些上了年纪的老股东们迎入大门，而将陪同而来探病的一众“小年轻”全部赶走。

一群老人整整聊了一天，直到月挂中天，才依依不舍地告别。老人们回去后，感慨颇多，谁也不知道一群人聊了些什么。只知道原本有事没事就喜欢召开股东会，抨击林森禾的几大家族股东，忽然之间安静下来，竟然让林森禾的一系列举动顺畅无比，在这期间，就包括猫咪 TV 搬迁三明岛，以及重新升级安保的一系列举措。

之后的日子里，一向安于平静，不喜喧嚣的林之杨接连以赏花的名义，邀请一些老股东去小聚。

当林森禾得知这一切的时候，颇感意外，很快就想到了齐叔给他的那个小盒子，原来是林之杨授意的。可在此之前，林森禾发出猫咪 TV 搬迁通知后，原本承诺一切凭林森禾处理的林之杨，最终还是不放心地专门找过林森禾一次。

“森禾，还记得爷爷曾教过你的东西吗？在大事上，没有绝对把握之前不要轻易动手。”

“爷爷，这件事我以前不清楚，可现在既然清楚了，我就不想再拖下去了，虽然已经过去十八年，但我现在不想让他哪怕再多逍遥一刻。”

林之杨沉默半晌，摆了摆手，让林森禾离去。于是第二天，林之杨就生病了。

林森禾自从得知真相，询问过爷爷的态度后，就一直以为他会为了林氏，为了自己，一直沉默下去。毕竟任谁是林之杨，知道像游钟书这样曾经豁出性命维护自己的心腹竟然害了他仅有的儿子，甚至还几次三番朝着他仅剩的孙子出手，都是接受不了的。

可让林森禾没想到的是，林之杨压根就不是沉默，而是一直在运筹帷幄，等待着一个机会。这些年，林之杨虽然表面妥协，但私底下不知做了多少努力，齐叔给林森禾的那个看起来丝毫不起眼的小盒子里，就是林之杨这些年搜集到的关于游钟书的一些把柄，以及他自己在林氏内外安插的一些心腹与人脉。

林森禾之所以能够成功控制三明岛，靠的不仅仅是游钟书的大意，更多的是林之杨给他留下的这些底牌。比如，三明岛的安保公司之所以换得如此快，就是林之杨早就清楚林氏的安保已经被游钟书掌控。林之杨不好同游钟书明着撕破脸，索性暗暗联系了曾经的“战友”，提早建立了联盟。

只不过按照他的计划，这些事本不应该由林森禾来解决，而是应该在林森禾能够彻底掌控林氏后，由他出面通过法律手段起诉游钟书。到时候不管结果如何，他都要拼了这身老骨头，给儿子儿媳讨一个公道，给林家讨一个公道。既然现在游钟书已经迫不及待地下手，林森禾也提前知道了真相，那身为爷爷的他，怎么可能让孙子独自一人战斗，所以他用他的方式帮助林森禾开始反击。

林之杨反击的方式也很简单，三步走：以情动之，以利诱之，最后以害挟之。

林之杨猜测游钟书背后，一定有支持他的股东势力，而现在林氏的股东会，都是一些“年轻人”，但这些人的股份说白了还是继承了老人们的股份。小辈们的争斗老人们可以不插手，但是关乎林氏的未来，最终的决定权还在老一辈的手中。于是，林之杨才用生病的机会，将这些老友聚在一起，一一谈心，回顾往昔一起奋斗的峥嵘岁月，并透露出一些林森禾与游钟书争斗的信息。

不过商人重利，即使是林之杨那一代看重情谊的商人们，最终也是要看核心利益的。话说清楚后，林之杨又与他们达成了一个私下的股权交易，他们必须在这一次的战役中全员支持林森禾，那么等他死后，他个人名下百分之二十的股权全部均匀分给在场老股东的子女。

天下熙熙皆为利来，天下攘攘皆为利往，更何况，他的手里有大把的这些老家伙的把柄，他不过三言两语调侃一下，这些都是人精，自然明白其中的利害。

于是，林之杨就这样不动声色地帮林森禾默默地收获了一波倒戈的支持，起码一段时间内，不会再有股东给他下绊子了。可以说，林之杨陪着他用整个林氏做了一场豪赌。

林之杨和林森禾有必胜的信心，也有必胜的把握，所以祖孙二人没有过多交流，默契地开展了紧密的合作。

……

“砰！”昏暗的书房内，游钟书将能扔的东西扔得满地都是，就连桌椅板凳都被砸得歪歪斜斜。

“林之杨这个老不死的，这是准备开战吗？看来我给他的警告还是不够！你那边还没准备好吗？”

刀疤男站在角落里，神色有些尴尬：“我准备得差不多了，但是这对爷孙明显有了防备，周围布置了不少人，我们的人现在很难找到空子。”

“那我养你们有什么用？你们现在的样子，跟那几个缩在壳里的股东有什么区别？”游钟书暴怒地踹了一脚凳子，想想那些被林之杨几句话摆平的股东，游钟书就抑制不住怒气，他竟然被一个老头子还有一个小孩子耍了。

“我劝你最好冷静下来，好好调整一下计划，不要破坏了我们的大计。毕竟我们的人手有限，而他们却可以大张旗鼓地拉盟友。”

刀疤男脸色阴沉地盯着游钟书的脸，他隐姓埋名，不惜扮演了十多年的死人，可不希望因为游钟书的冲动让现在的一切毁于一旦。

游钟书沉默半晌，努力调整情绪，嘴角扯出一抹阴险的笑意。

“你不觉得林森禾很着急吗？距离九月二十五日可没多少时间了，既然如此，我们就遂了他的意。”

9. 嫁给我吧

白筱心正陪着白真真在家中看电视。忽然，白筱心的电话响起，白真真满脸八卦地盯着白筱心。

“哦，是森禾，让我去他家里一趟，他好像有事找我。”

“那你去吧，让他的那些保镖送你，路上注意安全。”白真真嘱咐完白筱心，就将她送上车。

因黑风有事，再加上离目的地不远，白筱心提前下了车，黑风感激地看了一眼白筱心，开着车离去。

白筱心刚要朝着林森禾的别墅走去，脚边不知哪里来了一只可爱的柯基，不住地对着她摇尾巴：“嘿，哪里来的小狗狗？”白筱心蹲下来，发现狗牌子上写着：若我的狗走丢了，请将它送回家，谢谢。下面还附着地址。

“嘿，这狗主人可真霸气，还是命令式口吻。算了，谁让我白筱心善良正直又可爱呢。你家应该就在这个小区里吧？我帮你找找。”

白筱心听林森禾电话里的语气也没什么急事，便想着给人送狗去。她牵着柯基的牵引绳，在别墅区里溜达起来，寻找着上面的地址。

“哎，你要带我去哪儿啊？”柯基不知受了什么刺激，忽然迈动着小短腿，跑了起来。白筱心只好跟着它，一时间颇有一种狗溜人的感觉。

白筱心看到柯基目标明确地朝着树下放满狗粮的食盆跑去，这才松了一口气。她打量周围的环境，才发现这片硕大的别墅区角落有一片开阔的大草地，连接着一面浅湖，仿佛是皇家园林。此时，湖上似乎布满了光彩琉璃的小船灯，如梦如幻，煞是好看。

“今天是七夕节吗，怎么会有人放河灯呢？”白筱心抬眼望去，看到浅湖边不远处，一个玉树临风的男子穿着白色西装坐在湖边演奏钢琴曲，在月光下美轮美奂。

若放在古代，这可是一个俊美到能颠倒众生的美男子。

“哇，月光仙人啊！”

此时，美男子转过头来，扬起他细长的桃花眼，对她一展笑颜。白筱心不由得走近看了看，那人可不就是林森禾嘛。

白筱心傻傻痴痴地看着这一幕，笑了半天，终于后知后觉地想起什么，掏出手机对着林森禾道：“我差点忘了录像。”

林森禾千算万算，没料到对着白筱心竟然是这个反应，对着手机镜头表情一时有些慌乱。白筱心则摄影师上身，各种特写镜头将林森禾一通拍摄，还举着手机在背后发出一阵花痴的傻笑。

“Wuli 欧巴居然还会弹钢琴，好帅！”

一曲毕，林森禾整理了一下衣领，笔直地站了起来，拿出藏在钢琴支架后的一束花。白筱心放下手机，傻傻地看着他。他缓缓开口，似乎开始了一个庄严而肃穆的仪式。

“白筱心，当我们初遇的时候，你对我来说就像那索命的白无常，就算我是林阎王，我都怕你。”

白筱心扑哧笑出了声，明明是她一直在被林森禾压榨好不好？林森禾也忍不住自嘲地笑了笑：“真的，因为你不知道，这短短两个月，我仿佛经历了一生，经历了太多难以置信的意外，但最意外的是，我……我爱上了你，更没想到和你的羁绊会这么深，这或许就是命中注定的缘分。”

林森禾似乎有些哽咽，白筱心的眼里也含着泪光。此刻，她才明白原来最幸福的事情是你望着的人眼里，也含着你的身影。

“虽然我不知道我的劫难能不能度过，但我想如果不向你求婚，我会后悔，直到死，我都会后悔。”

林森禾有些紧张，白筱心却仿佛一下被戳中，眼神里散发着星星的光芒。林森禾突然单膝跪下，掏出戒指，一脸真诚地看着白筱心。

“白筱心，嫁给我吧！”看到这番场景的白筱心瞬间张大了嘴巴，一时间不知所措，愣在原地，呆呆地盯着林森禾。

“以后，我是你的爱人，更是你的家人，我将用我能够做到的一切给你幸福。”

你的一生我只借一程，这一程便是余生。

这个世界上，对女人来说或许最期待与隆重的事情，就是你心爱的男人拿着钻戒，单膝跪地，用中世纪骑士最古老的守护忠诚的仪式，真诚地向你求婚，然后庄严地许下诺言，用他的一生守护你。

一时间，白筱心梨花带雨：“那你要保证对我好，一辈子宠我。”

“嗯。”林森禾也受到感染，忍着眼眶里的泪水点点头。

“你不许吼我、骂我、凶我，更不许打我！”

“嗯。”

白筱心想了想，继续补充道：“你有钱都要给我花，没钱了要赚钱给我花。”

林森禾终于忍不住笑了，强忍着蹂躏白筱心小脑袋的冲动，继续温柔地回答：“好。”

白筱心不说话了，林森禾仰起头：“你还有什么要求？”

白筱心皱眉想了半天：“暂时没了，我先保留一条，以后想到了再补上。”

林森禾松了一口气，继续笑着问白筱心：“没问题。那你这算是接受了吗？”

白筱心擦擦眼泪，幸福地点点头，然后自觉地伸出手，让林森禾给她把戒指戴上。林森禾起身，将她拥抱在怀里。

两人深情地望着彼此良久，林森禾看着满脸红晕的白筱心，由衷地感到幸福。

“筱心，谢谢你！”

感谢命运的轮回，让我爱上了你。你要知道，你是我从过去到未来的唯一。

“呜……”不等白筱心开口，林森禾将双唇覆在白筱心的唇上，在月光下拥吻白筱心。而白筱心这一吻，除了那熟悉的温柔与甜蜜，更多了一份日久天长的深情。

从此，春秋百载，暮雪白头，余生我只牵你的手。奈何桥边不饮酒，阎王有心，三生三世与君留。

“我……我还要帮这个狗狗找主人呢。”等林森禾终于放开白筱心，白筱心依偎在林森禾胸前，看着被遗忘的柯基，有些不好意思，软软地开口。

“这狗狗的主人就是你啊！你连我的字都认不出来吗？笨！”林森禾戳了戳白筱心的鼻子。白筱心开心到飞起：“啊，真的吗？我好开心哦！我们家太小了，姑姑一直不让我养动物。”

白筱心开心地抱起狗狗，林森禾将外套脱下，披在白筱心身上，搂着白筱心离去。

“走吧，外面太冷，我们回家吧。”

“那钢琴怎么办？”白筱心看着凉亭里价值不菲的钢琴，不舍地皱着眉头。

“会有人搬走的。”

“那些好看的河灯呢？”白筱心点点头，然后看向湖中的河灯。

林森禾一脸无奈：“我找人给你全拿回来。”

白筱心开心地傻笑：“呵呵呵，你懂我……对了，这只小狗有名字吗？”

“还没有，你取一个吧。”

“不如叫钟馗？或者叫小鬼？”

“你喜欢就好。”

两人牵着狗离去，那远去的一对璧人，如今晚的月色一般浓情蜜意。

10. 改口茶

“白筱心，你可真有出息，就这么把自己卖了？”白筱心不好意思地点点头，然后小心翼翼地看着白真真，仿若做错事的小女生。

白真真叹了一口气，无奈地看着白筱心：“你见过林森禾家里人了？搞清楚他们家的家庭状况了？”

白筱心摇摇头，又疯狂地点点头。白真真看着自家一见帅哥就犯迷糊的侄女，真真是气不打一处来。这简直就是自己的翻版，唉，这好像也没什么不对。

“你这孩子啊，也就是林森禾家里没什么人，要是那些豪门大族，就你这迷糊劲，嫁过去非吃亏不可。”

白筱心无奈地摸摸头发，满脸委屈。

“算了，既然是林森禾主动求婚，见家长这些事也等他开口吧！”白真真摇着头，叮嘱白筱心女孩子要矜持，然后一转身跑进卧室里，翻箱倒柜，开始计算该给白筱心准备多少嫁妆。

“这两个孩子都是没爹没娘的可怜娃，身边没个长辈提醒，也不知道订婚这些礼节能不能办齐全喽，唉，操心啊！”

白真真将整理好的嫁妆单子整理出来，想了想还是觉得不放心，索性厚着脸皮给几个老姐妹挨个打电话，询问现在年轻人结婚的流程，结果被一众姐妹好一顿嘲笑。

白真真看着五花八门的答案，深深地感叹各地风俗的不同，然后苦着脸感叹，不结婚的人生，果然是不完美的。

门外，白筱心委屈地搅着手指，伸长耳朵听到白真真又是翻箱倒柜又是打电话，满脸绯红，可一会儿后，她鼻头泛酸，赶在被感动得哭之前逃回卧室的被窝里。

第二日，林森禾正式向白家发出邀请。白真真原本还想拿一拿长辈的乔，结果听到老爷子身体不好，赶紧屁颠屁颠地跟着林森禾上了车。

……

一番客套后，林之杨坐在沙发主位上，旁边坐着白真真。地毯上，白筱心和林森禾二人穿着唐装跪在二人面前，端正地行敬茶礼。

白筱心有些紧张，仍努力维持着镇定，笑容甜甜地恭请林之杨喝茶：“爷爷，您喝茶。”

爷爷一脸欣慰地看着白筱心，赶紧答应：“哎，好孙媳妇。”

林之杨接过茶，仰头喝下。白筱心羞涩地低下头，低声提醒：“爷爷，我还不是呢。”

“你这傻孩子，现在这敬的可不就是‘改口茶’吗？我们林家的规矩，就是要提前改口，哈哈哈。”

林森禾对于林之杨的为老不尊忍不住偷笑，白筱心尴尬地挠挠头，连忙应声答应。

林之杨将茶杯递给齐叔，笑眯眯地从口袋里掏出一封鼓鼓的红包，拉过白筱心的手，放入白筱心手中：“你拿着，这是爷爷给的红包。”

红包入手，沉甸甸的，白筱心立刻开心道谢：“谢谢爷爷！”

林森禾见白筱心奉茶完毕，轮到自己，也有些紧张地端过茶杯，看向白真真："真姐……姑姑，姑姑，请喝茶！"

"算你反应快！"

白真真对林森禾的识趣很是满意，接过茶杯也喝了一口茶，然后将茶杯递给一旁的馨姨，从怀中掏出早已准备好的红包，递给林森禾。

传统的仪式完毕，两人搀扶着站起来，相视一笑，似乎都有些害羞。

"姑姑啊，我们老林家就我们爷孙俩，你们白家也只有姑侄二人，我们两家人虽然不多，但订婚传统的礼节和仪式还是要遵循的。"

林之杨看着白真真，满脸认真。白真真见林之杨如此重视白筱心，也乐得合不拢嘴，连忙点头答应："是，是，爷爷说得对。"

"另外，既然是订婚，我们这回就把彩礼一起送了，准备得不足，姑姑多有担待啊。"爷爷挥挥手，手下们纷纷将一箱箱彩礼搬进屋。

"爷爷您真是客气了，林森禾能看上我们家白筱心，那是她的福分。至于彩礼什么的……呃……"白真真正一脸不好意思，突然被打开的一箱箱金条，翡翠珍珠玛瑙，闪瞎了眼。

"这是彩礼啊？"

"嫌少？"

"不不不。"

"别急，还有呢。"

齐叔递过来一本房产证和一张银行卡，林之杨转交到白真真手上："这是南海湾的一栋独栋别墅，还有一千万的彩礼钱。"

白筱心刚要上前一步拒绝，就被林森禾拉住，他低声提醒道："白筱心，你敢拒绝爷爷？"

白筱心不知所措地站在原地，进也不是，退也不是，只能求助白真真。

"爷爷，我们家白筱心是普通人家的孩子，我从来没指望她嫁给有钱人家，只是希望她能遇到一个疼她爱她的人。这份彩礼啊，真的不用这么贵重。"

林之杨意味深长地看着白真真姑侄两人："姑姑啊，白筱心和我们林家的缘分，又怎么是能用钱衡量呢？"

白真真愣了一下，看向林森禾，林森禾解释道："当年的事，爷爷都知道了。"

林之杨拉过白筱心，怀着愧疚和心疼之色，哽咽道："不管怎么说，你父母当年的事，林家都有不可推卸的责任。我……"

"爷爷，这事儿真的不怪您啊，您千万别难过。"

"不，是我的错，是我识人不慧，养虎为患。我不仅害了你爸妈，还害了我的儿子和媳妇儿。"爷爷一时间老泪纵横，白筱心也情不自禁地流下眼泪。众人皆被感染，纷纷擦拭眼角。

“老爷，今天是小少爷大喜的日子，您就别再难过啦。”齐叔生怕林之杨悲痛太过伤了身子，连忙劝慰。

“是啊，爷爷。”林森禾拉着林之杨的手赶紧附和。林之杨擦掉眼角的泪，开心地笑了起来：“好好。”

林之杨拉过白筱心和林森禾的手，将两人的手放在一起：“你们俩是老天命中注定的缘分，一定要好好珍惜，记住了吗？”

两个人都深有感触，便点了点头。

“森禾，过来，姑姑跟你说两句悄悄话。”

订婚宴结束后，白真真将白筱心留在客厅陪林之杨，她悄悄走到厨房，叫住正在同馨姨商量菜式的林森禾。

“我让黑风悄悄带过来的箱子放哪里了？”白真真避开众人的视线，拉着林森禾到一个隐蔽的角落里悄声问道。

“还在车上。”

“你找一个没人的房间，让他搬进来，注意不要让筱心看到了，姑姑有秘密告诉你。”白真真难得露出正经的表情。林森禾点点头，掏出手机给黑风打电话，不一会儿箱子就搬进了后花园的柴房里。只见白真真掏出一把钥匙，将箱子打开，拿出一部 DV 机。

“你们不是一直担心只有录音，无法定罪吗？你看看这个可不可以？”

白真真打开一个 DV，画面一播放就被白真真各种快进。跳过了开头有些面红耳赤的画面后，林森禾的脸色逐渐凝重起来。

“姑姑，我们把视频剪辑一下吧。”

“不用了，还是完整的视频比较有说服力，到时候你记得给他打一下马赛克就好，如果有需要，我会尝试联系一下他，看看能不能让他出庭作证。”白真真摇头拒绝。

“可是姑姑，这些一旦传出去，你和他们，最重要的是您的名声，可就全部毁了。”

“人总要为自己做的事负责，再说谁没有青春？我也只是自由恋爱而已，顶多是传点绯闻。我这点名声算什么？用名声换真相，不亏！”白真真云淡风轻，似乎真的已经放开了。

“姑姑，谢谢你！有了这个，我们林氏至少不用背负这个恶名了。”林森禾朝着白真真深深地鞠了一躬。

“你谢我干什么，我也是为了我们白家。再说了，林氏的名声好了，以后受益的是我们家筱心，还有筱心的孩子。你要是敢辜负我家筱心，我就敢当庭翻供，说是你逼的。”

白真真说完，一副威胁的模样。

11. 晚上来我家一趟吧

“天哪！林总要结婚啦！”

伴随着严主管比女音还高八度的叫喊声，此时，全公司的人都围着严主管在看喜帖，脸上尽是羡慕。

高档的锡金纸喜帖上写着：邀请严明明先生，参加林森禾先生与白筱心女士于9月25日在三明岛海岛举办的订婚典礼，担任司仪。

“不是吧，V8级的黄金单身总裁就这么结婚了？让我去厕所哭一会儿。”

“天哪，这个白筱心上辈子是修了什么福分，能嫁给林总啊。”

猫咪TV一众娘子军看着烫金的喜帖各种羡慕嫉妒，干脆也不掩饰了，只恨表现得不够夸张，无法倾诉满满一腔仰慕之情。

严主管看着众人的反应，更加嘚瑟，浮夸地炫耀：“我到现在还不敢相信林总会结婚，是不是名字看错了？林森……Oh my god！”

……

林氏集团，游清泽办公室。游清泽看着鲜艳的请柬，摸着上面的字怅然若失。突然，他的手机响起，收到林森禾的微信：清泽，晚上有空来我家一趟吧。

游清泽眼神深邃，回复林森禾信息：好。

游钟书办公室，他的桌上放着刚刚收到的请帖。他背对着桌子坐在转椅上，一只手转动着两个玉石保健球，这一次，他一定做好万全的准备，只许成功，不许失败。

……

“来了？你要不要一脸疲惫的样子？有这么累吗？”

林森禾打开门，见到满脸疲惫的游清泽，赶紧将游清泽请入客厅，递过一杯水，然后十分自然地坐在游清泽旁边。

“今天，你怎么没来公司，不会是要结婚了，连公司都不管了吧？”游清泽接过水杯，满脸调笑地看着林森禾，他想到被林森禾各种压榨，一脸无奈。

林森禾有些不好意思地笑了笑：“没有，今天，我跟白筱心订婚，正式拜见家长。”

“哦，怪不得！怎么样，现在你的心情是不是特别好？”游清泽下意识打了林森禾一拳。

“还好吧！”林森禾下意识掩饰。

“嘁，看你脸上藏都藏不住的笑意。大晚上你叫我来干吗，不会是喂我吃你的狗粮吧？”

林森禾慢慢收起了笑脸，游清泽终于看出不对劲：“怎么了？你可别告诉我，你有婚前恐惧症，所以最近好多举动都十分反常，甚至为了白筱心连小兰都不想要，打算换一个男助理了。”

林森禾下意识要回敬游清泽一拳，结果手伸出一半又收了回来，犹豫半天，他慢条斯理地开口："清泽，如果有一天，我和你父亲站在了无法和解的对立面，你会怎么办？"

游清泽立即愣住了，紧张地看着林森禾："森禾，你为什么突然这么说？"

林森禾张着嘴巴，不知如何开口。

"你最近在公司做的调动，也和这件事有关？"游清泽忽然想到林森禾和游钟书最近在公司的举动，表面上看着很平常，没有任何问题，但游清泽早已感觉到有些不正常。

见到林森禾默默点头，游清泽愣在原地，到底是什么样的矛盾，竟然让他最好的朋友和他的父亲要站到无法和解的对立面？

"森禾，你……你说吧，我听着。"游清泽沉默良久，还是有些不甘心，觉得其中一定有什么误会。或许，他可以在中间调和一下也说不定呢？

"清泽，我……我实在不知道该怎么开口，你……你先看看这些吧。"

林森禾说完，从茶几底下拿出一个盒子，推到游清泽面前。游清泽看着林森禾，有些不解："这是？"

"这是白筱心的姑姑白真真偷偷塞给我的，说是十八年前在三明岛无意中拍到的一些画面，我想你看了这些，比较容易能接受。"

游清泽拿起 iPad，点开林森禾刚刚整理出来的视频。视频是偷拍视角，画面有些模糊，应该是受当年技术限制的原因。画面里，是白真真在三明岛礁石滩附近同另外一个俊美的男子幽会。

两个人正坐在礁石上拥吻，画面甚至有些走向限制级的趋向，然后远处有些许杂音传来，白真真连忙拉着男子藏了起来。

男子的脸终于露了出来，竟然同照片上的男主角们差不多，都是一些现今很有名望的演员前辈。游清泽有些尴尬，不解地看向林森禾。

"呃，前面确实是姑姑的私事，后面还有，我还没来得及剪辑。"

林森禾有些尴尬，但白真真就是这么直接给他的，还说这样比较有说服力，不过公开的时候，能想办法把她和男主角的脸遮掉最好，不然影响怕是有些大。

视频画面继续，不一会儿，有人顺着巨石攀岩而下，然后左右看看，确定没人，才有人继续跟下来。虽然画面有些模糊不清，但统一的服饰很有标志性。

"东西还没找到？"

一个熟悉的声音传来，声音中带着几分阴狠和恼怒，游清泽立刻抱起 iPad 仔细查看，寻找声音的来源。

"找不到就去家里搜，有那么麻烦吗？我养你们吃干饭的？"

"游总，大少爷和二少爷在附近。"

“他们来这儿干吗？”

正在发火的游钟书转头看向那个刚刚收到短信的黑衣人，一整张脸很明显呈现在屏幕里。

“林总刚刚上岛了，好像在跟大少爷比赛捡贝壳。”

“所有人暂缓行动，切记不可以有丝毫消息传到林总耳朵里。”

“那……”

“听不懂吗？”

“是。”

众人离去，过了一会儿，那个和白真真幽会的男子快速离开，白真真则偷偷停止了录像。

游清泽看着视频结束，似乎猜到了什么，然后决绝地朝着后面的几个录音和视频点去。

第十六章

那么这一次，无论生死，就让他们一起携手面对吧。

1. 那些不舍的人和事

深夜，白筱心姑姑睡不着觉，躺在床上聊天。白真真仍然一副激动的样子，夸耀她那蹩脚的演技。

“哇，筱心，你都不知道我当时看着那些金条眼都快瞎了，我只知道林森禾是有钱人，但不知道他们家这么有钱啊！但我还是克制着自己，装作一点都不在乎……”

白筱心不客气地朝白真真翻了一个白眼：“你装得一点都不像好嘛，你这个财迷，我看你当时眼睛直勾勾的，就差直接扑到那些珠宝上去，高喊一句‘本仙女也有今天了’！”

“哎，姑姑不是跟你开玩笑嘛，我又不是卖侄女的，这些钱都是你的，姑姑一分都不会要的。”白真真连忙掩饰尴尬，然后一本正经地看向白筱心。

“真的？”白筱心有些难以置信，她这个财迷姑姑，什么时候竟然变得不爱钱了？

“当然！”白真真连忙点头，生怕下一刻抑制不住自己那双颤巍巍的手，独吞这些金银。

“那我打算将这些钱以爸爸和妈妈的名义捐赠出去，给当年三明岛事件受牵连的人，你觉得怎么样？”白筱心有些犹豫，试探性地问白真真。

“这个提议不错。”白真真仔细想了一下，然后点头同意，毕竟这些彩礼，更多的是林之杨补偿给白家的。白筱心借着白志宏夫妇的名义捐钱出去，也算不辜负岛民当时对白家的信任。

“嗯。不过，当下最要紧的是能将真正的坏人绳之以法。”白筱心提到这件事，还是充满了愤怒，指节捏得咔咔响。

“你放心吧，这件事交给森禾，他一定能办到的。”白真真摸着白筱心的脑袋，想着她从三明岛带回来的那些胶卷，心中还是有些忐忑，毕竟牵扯到的人有些多。

“嗯。”白筱心满脸幸福地应和着，但她并不清楚，白真真瞒着她做了多大的牺牲，那些被白真真锁在木盒里的胶卷又涉及了多少秘密。

“哎哟，我家筱心一转眼都要嫁人了！你爸妈若是泉下有知，看到你有一个这么好的归宿，也能安心了。”

白真真望着天花板，想起冤死的哥嫂，想起白筱心那曲折的成长史，鼻头一时有些发酸。白筱心受到感染，也想到这些年白真真的不易，靠在她的肩头轻声道：“姑姑，谢谢你养育我长大。”

白真真轻轻拍了拍她的脑袋，欣慰地笑着：“傻孩子，你说什么呢？姑姑这么多年也没结过婚，一直孤单一个人，是你陪着姑姑，给我带来那么多欢乐，我才要谢谢你呀！”

白筱心听闻后感动不已，紧紧地抱着白真真，白真真也搂紧了她。

“筱心，女人这一生啊，爱情绽放的花期太短暂了，能遇到真正相爱又能相守的人，是上天恩赐的缘分，你一定要珍惜。”

“嗯，我会的。”

白真真宽慰地摸了摸白筱心的脑袋，突然话风一变：“话说，你马上要成为人家的新娘了，怎么样，要不要跟姑姑探讨一些闺房话题？”

“啊？”白筱心猝不及防，大吃一惊。

“姑姑跟你说啊，结婚以后，夫妻之间啊，最重要的就是……”

白筱心急地将枕头打向白真真，满脸羞红：“白真真，你别说了！”

白真真哈哈大笑，和白筱心在床上打闹，刚刚的感伤，心头的那丝不安，瞬间化为虚无。

……

林森禾别墅外，游清泽坐在车上，眼睛不停地闪动，脑海中还在想着林森禾今天晚上告诉他的可怖消息：他的父亲或是暗害林森禾的父母以及白筱心父母的幕后凶手。

这一刻，他陷入从所未有的迷茫与混乱中，好半天才从震颤中恢复平静。他坐在驾驶座上，拿出口袋里的钱包，照片夹里是一个温柔女人——林森禾的母亲雨汐的老照片。他抽出照片，背后还夹着另一张老照片，是林森禾和游清泽十二岁时的合影。

林森禾霸气地插着腰，搂着两只手恭谨地放在前面的游清泽，两个人都笑着。

游清泽忍不住陷入儿时的回忆里。

林家老宅里，十二岁的小游清泽正在被游钟书拿着鞭子抽打，一下又一下。

“谁让你带小少爷去海边玩的？说！”小游清泽呜呜哭泣，小林森禾不顾胳膊上的伤痛，冲过来护在游清泽的身上，替游清泽结结实实地挨了一鞭子。

“游叔，是我自己摔倒的，不怪清泽，你要打他就打我吧！”

“你……你给我记住，他是主子，你是下人，他若有事，你就去给我拿命抵。”

林森禾死死地护着游清泽，游钟书无法，只得愤恨离去。游清泽委屈地趴在地上抽噎，林森禾捧起游清泽的小脸，温柔地替游清泽拭去泪水。

“你别听他的，什么主子下人，又不是封建旧社会。清泽，你是跟我林森禾平起平坐的兄弟，一辈子都是！”小林森禾拉着小游清泽的手，游清泽感激地看向林森禾。

从那以后，本就对林森禾十分依赖的游清泽更加依赖他了，甚至为了他，也为了让温柔的雨汐妈妈不再伤心，专门跑到校医室学了伤口处理和包扎。

因为不管是谁，只要敢说游清泽一个不好，尤其是说游清泽没妈妈的时候，脾气暴躁的林森禾会立即扑上去跟对方拼命，他怎么劝都没用，索性随身携带纱布和药水，随时准备包扎。

后来他偷偷去学拳击，希望有一天能够帮到林森禾，也希望有一天能够强大起来，能站在林森禾的前面。可还没等他的愿望达成，几年后，一场海难将那个一直被他当妈妈一样看待的温柔女子，同他最喜欢的林叔叔一起吞没。

游清泽至今还能想起，他和林森禾日复一日守在海边等待消息时的焦急模样，以及收到消息的绝望心情。

要不是后来游钟书对他的态度有所好转，不再像从前那样除了打骂几乎理都不理，游清泽都有一种自己只剩下林森禾这个哥哥和林之杨这个爷爷的错觉。

从回忆中抽身的游清泽看着手里的照片，忍不住流下清泪。他只希望他所听到的这些消息都是假的，这一切都是一场误会。可很多事情早就不以他的意志为改变，但或许他自己能成为改变一切走向覆灭的核心。

游清泽仿佛下定决心一般，加大油门，朝家中的方向开去。

游钟书家中，他看到满脸哀伤的游清泽，不由得愣了一下，皱起了眉头：“清泽，你不赶快筹备开岛的事情，在这儿干吗？”

“爸爸，你还要我去筹备吗？三明岛和林氏，真的像你告诉我的那样，对你那么重要吗？”游清泽含着泪水与委屈，颤抖地问着。

“你这是什么话？”游钟书料想到林森禾可能会选择拉拢游清泽，看样子，他已经把一些事情告诉游清泽了。

游清泽看着游钟书，一脸悲切，此刻，他不知道该开口问什么。这一切都是你做的吗？是你杀害了林恒，杀害了白筱心的爸爸？为什么呢，难道就因为想要更多的权力？

然而，似乎一切的问题在此刻都没有意义了。游清泽强迫自己吞下苦涩，无助地望着眼前这个陌生的父亲，用着近乎祈求的语气：“爸爸，不管你要做什么，现在收手还来得及……求你了！”

游钟书佯装不解：“清泽，我不知道你到底是怎么回事，说一些莫名其妙的话……”

时至今天，游钟书也只能装傻到底。其实，不论游清泽支不支持他，在这个计划里，他从来没有将游清泽考虑进去。毕竟，如果他失败了，那什么都不知道的游清泽凭着与林森禾的情谊，尚有生存的契机。

游清泽看看无动于衷的游钟书，才明白自己在这场博弈里根本没有可以影响任何一方的价值，一瞬间，他似乎动了轻生的念头。

“我现在脑子很乱，但我只想告诉你，千万不要做让自己后悔的事。对于我来说，你是我的父亲，森禾是我的兄弟，你们都是我最最亲爱的家人，我不希望你们其中任何一个受到任何伤害。”

游清泽哽咽着起身离开。游钟书看着被游清泽关上的门，也颤抖地将雪茄掐灭，心里涌上一股凄凉。

收手？儿子啊，你太单纯了，所有的果都有必然的因，他们游家和林氏那些过往的恩恩怨怨，到了今天这一步，早就不能回头了。

2. 订婚仪式

“我实在不明白，现在PS技术这么发达，折腾一天拍婚纱照的意义在哪儿？”三明岛海岛浪漫婚礼景点，林森禾穿着礼服向一旁的黑风感慨。

“这个……我也没经验啊。”

林森禾瞥了一眼黑风，然后满眼不屑：“你太小了。”

黑风满脸黑线：我小？白筱心不是跟我差不多吗？

林森禾看出黑风的心思，仍旧满脸不屑地朝着黑风撇撇嘴，拍拍黑风的肩头，语重心长道：“你呀，不要总是板着一张脸，没事的时候多笑笑，不然怎么有女生……”

话还没说完，林森禾就瞥见白筱心穿着婚纱裙，一步一步朝自己慢慢走来，他不由得露出了笑脸。

“我好像明白了。”林森禾扔下黑风，快步朝着白筱心走去，留下黑风愣在原地一脸蒙，他明白了什么？

“哇！太美了！你们简直是天造地设的一对！”严主管那比女生还高八度的声

音在一旁响起，身边一群主播举起手机进行现场直播。

林森禾发觉被长枪短炮以及无数手机包围，立刻皱紧了眉头，朝着严主管的方向咆哮：“严明明，我不是说了吗，不许直播，不许拿我和筱心的订婚当宣传手段。”

一众主播训练有素，直接掐断直播。严主管满脸媚笑，小心翼翼地上前解释：“林总，这是策划部和股东会共同决定的，您看，林氏总裁和三明岛代言人在三明岛拍婚纱照，还要在三明岛举办订婚仪式，这是多好的宣传啊！”

“我同意了吗？你们猫咪 TV 还没独立呢！还是说……”

“林总，我知道错了，我们现在就消失。”

严主管见林森禾一副要发火的样子，赶紧带着一众姑娘灵活开溜，丝毫不介意林森禾皱成一团的脸。

“好啦，你别气了，严主管他们也是为了公司好，让我们的婚礼得到所有人的祝福，有什么不好的？”白筱心抱着林森禾的胳膊，各种撒娇，生怕林森禾找严主管秋后算账，那她就真的是卖队友了。

“你真这么想？”林森禾听着白筱心撒娇卖萌的声音，满身的火气消失了一半。

“是啊，我本来也是主播嘛！”白筱心赶紧点头，满脸期待地看着林森禾，期盼他网开一面。

“可是，你穿婚纱的样子我只想一个人看，不想让其他人看。”白筱心看着林森禾生气的表情，扑哧笑了出来。

“你觉得可能吗？难不成我们举行婚礼的时候，我都不穿婚纱吗？那你想让我穿什么结婚？”

林森禾有些尴尬，也意识到这是不可能的事情，但还是有些不甘心，他又凑到白筱心耳边咬耳朵：“那等我们回去后，给你再定制一件婚纱，你只许穿给我一个人看。”

白筱心愣了愣，赶紧点头，不禁感慨林森禾这可爱的幼稚与占有欲。

于是经过一番讨价还价后，严主管的直播计划被允许在十米开外悄无声息地进行，但不能暴露三明岛的保留项目，也不可以被林森禾看到。严主管感激地看着白筱心，各种点头保证打包票。一众美女主播纷纷躲起来，像做贼一般，开始偷偷摸摸拍摄，荣获众多网友的吐槽，关注度却意外爆棚。

然而他们还没过足瘾，就被暗中收到林森禾指示的黑风切断了信号。严主管看着面无表情的黑风，整个人被气成一个发抖的圆球。事后，有意报复林森禾的严主管偷偷贿赂了摄影师，将林森禾和白筱心最美的一张婚纱照做成巨型海报挂在三明岛的游船码头，用来宣传，险些被林森禾揭了皮。

另一边，林森禾和白筱心在三明岛几个特别设置的景点拍起了海岛婚纱照。什么烈日当头、夕阳余晖、月挂中天的美景，摄影师通通不放过。白筱心看着表情僵硬的林森禾，扯着他的嘴角，强迫阎王笑靥如花。

不过，要在海面上拍摄镜头，林森禾却不肯同意，一到海面上他就觉得会有危险，可白筱心非要坚持，并且说了一句让他无法反驳的话。

“我们的父母都在这片海域里，我想他们也一定希望看到我们最美好、最幸福的时刻。”

“好，不仅是婚纱照，还有订婚仪式和我们的婚礼，我们都在三明岛举行，然后再在三明岛给你盖一栋大房子，以后我们常来这里看看他们。”林森禾立马改了主意。

“嗯。”白筱心幸福而用力地点点头。镜头内，留下了他们人生最甜蜜的一刻。

九月二十四日夜晚十点。

白筱心和林森禾并排躺在床上，睁着眼睛，望着天花板，似乎都是失眠的状态。

“森禾，明天就是订婚仪式了，我……我睡不着。”

“那我陪你看电影？”白筱心开心地点点头，林森禾笑了笑，起身拉着她走向客厅。

林森禾拿起遥控器，重新播放电影《遇见你之前》：“上次我们没看完的电影，今天把它看完吧。”

“嗯。”

林森禾坐回沙发上，将白筱心搂在怀里。电影后期的片段节选，是想要放弃生命的男主角留给女主角的一封信。

“我想要你好好的，不必为我伤心难过，不必为了生计发愁，在我安乐死后，不要悲伤和想我，有你陪伴的最后日子很炽热而满足，但我想我还是要离开你，即使我离开你，你也要好好地活下去……”

林森禾有些感动，听到一阵抽噎声，侧过头却发现白筱心已经哭得稀里哗啦。

“你怎么了？”

“太感人了，呜呜呜。只是这个爱情故事太悲伤了，不适合我们。”

“傻样儿。”林森禾宠溺地帮她擦干眼泪。

“其实，我一直没有告诉你，我有的时候总做梦，梦见你为了救我葬身海底。”白筱心突然冒出这么一句话，林森禾的笑容瞬间凝固，手微微一颤。

“你说，这是我上辈子的记忆吗？还是我不小心看到的未来？又或者，他们是另一个时空的我们经历过的事情？”

……

林森禾看着脸上挂着泪花的白筱心，伸手轻轻给她擦拭眼泪，犹豫问道：“如果我们在一起，也注定是这样悲伤的结局，你会后悔吗？”

白筱心想了想，用力地摇摇头：“不会。”

“我也不会。”

林森禾抱紧了白筱心，在心底暗暗发誓：白筱心，这一次我绝不会让你有事的！我们一定会活下来！

白筱心也紧紧地抱着林森禾，用力地给他安心的回应。过了一会儿，他似乎又想起什么，放开白筱心，看着白筱心的眼睛轻轻地叫着：“筱心。”

“嗯？”白筱心抬起头。

“我们的订婚仪式会很特别。”林森禾犹犹豫豫，不知该怎么跟白筱心说他的计划。

“那很好啊，哪个女孩子不喜欢特别的婚礼。”白筱心继续迷糊着，没有听懂林森禾话中的含义。

“那个人最近很安静，可能会在那天动手。”

“什么意思？”白筱心突然反应过来，一骨碌从沙发上爬起来，目光炯炯地盯着林森禾。

“我原本不想跟你说的，可又怕你担心。”林森禾有些难以启齿，毕竟没有谁愿意在自己的婚礼上做这些事情，即使只是一个订婚仪式。

“你要是什么都不告诉我，我才会更担心，更何况你已经说了，那就说完整，你知不知道故意吊人胃口是很讨厌的事情？”白筱心一把抓住林森禾，将林森禾的脸整个扳了过来。

“我怕你介意，毕竟……”

“我不介意，这件事跟我也有关，能够在这件事上出一分力，我很开心，很求之不得。”

林森禾看着白筱心毅然决然的神情，也终于下定决心，毕竟在这个计划里，也包含白筱心的配合。

那么这一次，无论生死，就让他们一起携手面对吧。

3. 仪式前夕

林恒、雨汐墓地前，满头白发的林之杨拄着手杖，良久没有开口。

齐叔跟在他身后同样不知站了多久，满脸关切：“老爷，下午的仪式，你当真不去吗？会不会让人以为我们轻视了白家，轻视了小少奶奶啊？”

林之杨站在墓碑前，愣了一下，果断摇头：“不去，他们今天是要做大事，我们这几把老骨头，就不要去添乱了。没什么不轻视的，要是按照林家的规矩，既然已经订婚了，白筱心就是我林家的准儿媳，这场订婚典礼办不办都是一样的。更何况森禾也单独问过筱心和她姑姑了。”

林之杨对于白家和白筱心，除了愧疚，他是一百一千个放心满意。这么多年，他还是第一次看到森禾会为了哪个女人付出这么多，这么上心，就连那个当初差点成了他孙媳的秦芷筠也不及。

“是啊，小少奶奶是个明理的，也是特别坚强的好孩子。”

“那是，我孙子看中的人怎么能差。”

林之杨满脸傲娇，他这辈子做得最成功的事，不是创立了林氏，而是养出了林森禾这么一个优秀的孙子。

“是，小少爷的眼光一向不差。”齐叔跟着附和，心里已经知道老爷子下一句话要说什么了。

“也不看看孙子是谁养大的，那可是我一手调教的，眼光差了还了得？”齐叔站在林之杨身后，捂嘴偷乐。

“你怎么不说话了？难道不是？还是说，你觉得我眼光不好？”

“没，老爷子的眼光最好了，把小少爷教得也很好。”齐叔连忙夸赞，生怕林之杨跳脚。老爷子可是站在台阶上呢，不是坐在轮椅上，他可不想这么大年纪还得把老爷子背回去。

“哼，我眼光最好了。就是年轻的时候看人不大准，害了林恒和雨汐，也害了白家。”林之杨看着墓碑，又陷入回忆中。齐叔赶紧倒了一杯清酒，递给林之杨。

“林恒，雨汐，今天是森禾和筱心订婚的日子，他们呀，要在订婚典礼上办一件大事。”林之杨接过酒杯，将酒洒在墓碑前，“你们在天有灵，一定要保佑他们完好无缺地回来，一定不能伤着啊！”林之杨摩挲着墓碑上的照片，仿佛平日里同儿子说话一般。

齐叔跟在他身后，也同样洒了一杯清酒，口中一样嘟嘟囔囔，不过嘟囔的声音有些大，就连听力不是特别好的他都能听得一清二楚。

“少爷、少奶奶，也求你们保佑老爷子，让老爷子的身体健健康康的，好给小少爷小少奶奶带带孩子，陪重孙子们多玩几年，看着他们也成家立业，结婚生子。”

林之杨默默听完，手中手杖一顿：“胡闹，我活那么久，那不成老不死的了？谁要给他们俩带孩子？还给他们孩子的孩子带孩子，你想累死我啊！”

齐叔赶紧闭嘴，老实地站在他身后挨训。然后，齐叔就听到他话锋一转。

“让我活到四个曾孙子孙女都长大上学就行了。不用太久，我活久了累，记住啊，是一对孙子，一对孙女，生少了不成，不然打篮球的时候人不够。人家老蒙就四个孙子，我得带着他们杀回来，不能比他们气势差……”

齐叔站在他身后，满脸黑线，就您那年纪还想打篮球，篮球飞过来，您这身板接得住吗？再说人家带的是孙子，您这带着还没影的重孙子重孙女，谁跟您玩啊？

“老爷，每胎不能间隔太短，起码得两年以上，不然既伤元气又伤身子，小少奶奶会受不住。到时候老四出生，老大说不准小学都快毕业了。”

“毕业了好，这样大的就能照顾小的了，我不管，反正我就要看着四个孩子长大，带着他们打篮球。”林之杨小孩脾气上来，忽然各种犯倔。

“好好好，生四个，生四个，老爷您小心点台阶。”齐叔连忙扶住林之杨，生怕林之杨跌倒。

“这个时间，森禾他们该出发了吧？”林之杨看看天，日头已经快到中天，马上就要热起来了。

“差不多，他们应该快到了。”齐叔看看时间，点点头应和。

“走吧。”林之杨抬脚，习惯性地朝着墓地另一侧走去。齐叔小心翼翼递跟着他，走了一半，顿了一下。

“老爷，要不咱们直接下山回去？”

“不，我们来都来了，过去看看，也不知道还有没有下次了。”林之杨抬脚，继续朝前走去，走到一座起码有二十多年，将近三十年的墓碑前停下。

墓碑的主人，是一个美丽的女子，照片虽然是黑白的，但是同游清泽有几分相像。正是游清泽的母亲，游钟书的妻子王美丽。

平日里，林之杨来看儿子儿媳，总会顺路看看王美丽，但也就是站在那里看一眼，转身就走。

不止林之杨，就连游钟书都很少来这里，因为王美丽当初做了一些不该做的事情，事情败露后为了不牵连游清泽，直接自尽在游钟书面前。饶是这样，游钟书也没再看过王美丽一眼，就连王美丽的葬礼，都是雨汐和林恒一手操办的。

“美丽啊，我又来了，你肯定想不到我还会来看你，对不对？我今天来，不是跟你翻旧账的，也不想去提那些陈年往事。”林之杨抬头望天，似乎不想看到那张略有些妖娆的脸。

“你走了这么多年，钟书的事也不知道你清楚多少，但不管你知道多少，孩子总是无辜的，你要是泉下有知，心里还有清泽，就保佑这孩子好好的。”

林之杨收回目光，投向墓碑旁的小字上：不孝子游清泽立。他顺手将墓碑上的落叶收拾了一下。

“清泽是一个好孩子，我希望他能好好的，像森禾一样找一个自己喜欢的女孩子，好好地成家立业，不要受他父亲影响，有心结。这孩子，这辈子苦啊！”林之杨说完，第一次主动为王美丽洒了一杯清酒，然后转身朝着山下走去。

4. 暗潮涌动

游钟书书房里，游钟书坐在巨大的屏幕前，正同刀疤男视频：“你们准备得怎么样了？他们已经出发了，中午之前就能上岛，不要让他们发现。”

“放心，这一次我们做好了万全准备，就算他们再聪明，也猜不到我们在哪里。”

“小心驶得万年船，有些事情，哪怕可能性再小，也要及时扼杀在萌芽里，不能再犯十几年前的错误了。”

游钟书不知为何，心中总有一丝不安，但很快就将这丝不安压了下去，内心逐渐狠戾起来。林森禾，你永远斗不过我，今天我就让你知道知道，你大爷永远是你大爷。

视频中，刀疤男正在回报战果，树林里黑压压的黑衣人一闪而过，分散到丛林里，看不出丝毫痕迹。游钟书发出冷笑：“很好，典礼开始，你们就趁着夜色上船，然后趁着仪式之后的派对悄悄上岛。”

“好，到时候注意我的信号，我会在船开动前通知你。”游钟书转身离开，上了车，朝着码头驶去。

“掉头，去南山墓地。”行至一半，游钟书忽然改变目的地。司机愣了一下，然后掉头，朝着南山墓地驶去。

“游总，要我陪你上去吗？”

“不用，你在下面等我就好，我一会儿就下来。”司机点点头，看着游钟书脚步犹疑地朝着山上走去。

“对了，王美丽在什么地方？”游钟书忽然想起，他走的好像不是去王美丽那边的路，而是去林恒那边的路，可是王美丽在哪边呢？

“甲区七十七号，走左边。”

游钟书点点头，朝着左边走去，留下司机一个人满头雾水。游总竟然要去看夫人？不是说游总不忍夫人突然去世，这些年不仅不娶妻，就连看都不忍看一眼，生怕抑制不住悲伤之情吗？

游钟书按照编号一路走过去，终于找到了王美丽的墓碑。他看着明显有人刚刚祭祀过的痕迹，以及未干的酒水，明显愣住了。

“看来我不来，你过得也不错嘛，这时候还有酒水可以喝。”游钟书掏出一块帕子，拭去王美丽照片上的灰尘，看着王美丽那张妖娆的脸，满脸冷笑。

“你这辈子就是贪心不足，以前看不起我，觉得我没有本事，不够爷们，好，我如你的愿，背叛了我原来的领导去帮林之杨，拼着命帮他创立林氏，然后欢欢喜喜地去找你。可是你呢？你是怎么说的？你都干了些什么？”

游钟书继续擦拭，将王美丽的名字一点一点擦拭出来。

“你还是看不起我，说我没用，是抱林之杨的大腿才有的地位，然后竟然趁我不注意去勾引林恒，还给雨汐下药，想当林氏的总裁夫人。”

游钟书的手顿了一下，然后继续轻轻地擦着：“王美丽，你知不知我当时想杀了你的心都有，要不是看在清泽的面子上，不是雨汐替你求情，你以为你会多活那么久？”

说到这儿，游钟书的面色上含着愤愤不平的恨意，又带着一丝苦楚，不过没多久，他又恢复了嘴角勾笑的模样：“不过好在你还算有良心，知道为清泽着想。你这辈子做的唯一一件对的事，就是生了清泽，临死前把清泽送去了林家，帮我得了林家那么多的股权，不然，我还真不知要多奋斗多少年。”

游钟书拍了拍身上的土，站起身：“毕竟是多年的夫妻，既然是你的愿望，今天我就满足你，让你当上总裁夫人，让你的儿子成为林氏下一个主人。”

随后，游钟书朝着林恒、雨汐墓地的方向眺望：“林恒、雨汐，今天我就不去看你们了，等到了三明岛，我直接去海边为你们祭祀，把你们的宝贝儿子，还有儿媳，一起送去见你们。一座空坟而已，十多年了，早都看腻了，有什么好看的。”游钟书说完，转身朝山下走去。

“游清泽今天来过南山墓地？”游钟书掏出手机，给游子墨拨电话。

“没有，清泽跟着林森禾一起，已经上岛了。”

“让你那边的人机灵点，林之杨应该不在老宅，安排一个人进去看看，一定要在典礼开始之前把人找到。”

游钟书皱眉，既然不是游清泽，那就只有一个人，不过他来墓地干什么？竟然还替她擦了墓碑，敬了酒。

“好的，我马上安排人。码头那边已经准备就绪了，随时可以出发。”

“好，我半个小时后到。”游钟书挂掉电话，朝着司机走去。

是他又能怎么样？过了今晚，一切都是我的。游钟书不再犹豫，上车朝着码头而去。

……

“老大，那边的人来报，老爷子和游钟书都去了墓地，不过没有碰到，刚好错开了。”黑风找到正在换装的林森禾，报告着刚刚收到的消息。

“没碰到就好，你叫那边的人做好准备，一定要保证好爷爷的安全，还有姑姑周围也一定要记得布控。”林森禾松了一口气，只要他们没碰到，起码不会提前起冲突。

“老大，你放心，已经安排好了。”

林森禾看看脸上写着不用担心两字的黑风，又想起两次的经历，无奈地扶额。

“我还是亲自去看看，交代一下吧，你啊，还是年纪太小了，还不够熟练。”

黑风无语。

林森禾找到另外两家安保头目，仔细确认了所有安保计划，发现确实没什么问题，心中的一块大石终于落地。

“黑风，等这件事情结束了，不管结果怎么样，我安排你出国培训一下吧，具体方案，小兰会通知你的。”

林森禾看着这个跟了自己几年的小弟，终于还是有些不忍心。前两次他出事，也不知道黑风怎么样，在之前的世界里还活着没有。

黑风满脸错愕，看着林森禾：“老大，不会有事的，一定会成功的。老大，你是嫌弃我拖后腿了吗？”

黑风有些委屈，这些天，他同其他的安保接触过，的确认识到他的很多不足，听到林森禾要送他走，即使是培训，他也有一丝被抛弃了的感觉。

“没有，我只是想让你多学点知识，毕竟以后你的担子更重，除了我，要保护的人也更多。”林森禾赶紧给这个黑无常顺毛，里面刚为白真真的照片和视频的事情炸了一个白无常，现在再炸一个黑无常，他林阎王的订婚典礼就不用举行了。

“真的？”黑风还是有些心虚。

“真的，我什么时候骗过你？”林森禾一脸无奈，这两个无常爷爷都不好惹啊。

“老大，你放心，我一定好好学，以后好好保护夫人还有小少爷。”黑风终于乐了，笑得像一个傻瓜。

林森禾看着黑风的笑脸，心情也变得愉悦起来，他还真是一个容易满足的孩子。

“乐了就对了，以后你没事多笑笑，挺好看的，天天板着一张脸，我都看腻了。万一以后筱心也审美疲劳怎么办？”

黑风：“……”

尾声

那些出现在你身边的人，也是在无数次偶然中诞生的惊喜。

1. 仪式进行式

九月二十五日下午六点，三明岛海边派对。

海边，工作人员摆起了婚礼用的花篮，座椅等用品摆在场地上，白色长桌上的三层蛋糕上，还摆放着林森禾和白筱心的小人像。白色和香槟玫瑰色为主的婚礼现场，显得海岛婚礼高端又精致。

林森禾满意地看着现场的布置，站在台下，紧张地巡视四周。他戴着耳返，不停地同黑风反复确认。

“黑风，你的人就绪了吗？”

“老大，你放心，一切都在监控范围内，除了升级安保，你周围十米内还有五个便衣。”林森禾环视周围，看到周围一些身材高大，伪装成宾客以及服务员的人在向他微微点头。

“好，一切按计划执行。”

“是。”

白筱心穿着白色婚纱从海岛边匆匆忙忙走过来，身后跟着捧花的丹丹，摄影师在前面领路。

“快点，订婚仪式马上要开始啦！”白筱心不停地催促着，小跑着前进。

“小心你的裙子！”丹丹费力地跟在后面跑，小心护着白筱心的裙摆，生怕一不小心将裙摆扯破。白筱心心中焦急，索性将鞋子脱了提在手里，继续往前跑去。

“你给我等一会儿，我还穿着高跟鞋呢！”

……

仪式现场，游钟书带领游子墨走过来。林森禾眯起眼睛，控制了一下情绪，随即笑着迎上去。

“森禾，恭喜你啊！佳偶天成，喜结良缘。”

“谢谢游叔！”

游钟书环顾四周，却没有看到林之杨的身影：“怎么林老爷子还没到场呢？”

“哦，爷爷最近身体不适，一直没恢复，订婚典礼就不来参加了。”

游钟书有些意外，不过不是因为老爷子不在现场，而是他竟然也不在家里，随即脸上挂满和蔼的笑容。

“这样啊，那我过两天去看看他。”

“好，那您先入座。”

林森禾做了请的手势，游钟书整理着衣领，笑着从林森禾身旁擦身而过，在那短短的一刹那，他露出狠戾的眼神，然后立刻恢复。

林森禾眼里也冒着火光，随即看到前面的人，一瞬间变得柔和起来。白筱心穿着婚纱，在阳光下冲他走来，在他的面前站定。

“我好看吗？”

林森禾被白筱心大大方方一问，反而扭捏害羞起来：“小仙女，你不在天宫待着，跑人间来干什么？”

白筱心被这土味情话逗笑了，也指指天空顽皮道：“月老给我牵了一条红线，说我的姻缘在人间。”

“哦，那恭喜你啊。”

“哈？”

“你这不是找到了好姻缘吗？”林森禾扬起自己的手腕，上面和白筱心手腕上的同款银铃铛叮咚作响，白筱心和林森禾同时傻笑起来。

“各位来宾，订婚典礼正式开始，下面我们有请准新娘准新郎入场！”

司仪严主管的声音从台上传来，伴随着音乐响起，林森禾伸出手掌。白筱心看了一眼温柔的林森禾，将手放在他的手心里，两个人在众人的掌声中走到台上。白筱心紧张地看看下面，姑姑和朋友们都激动地望着白筱心挥手，白筱心甜甜一笑。

“下面有请林先生致辞。”

“咯。”林森禾站得笔挺，紧张地掏出一张手写纸，上面是龙飞凤舞的草书，白筱心瞪大了眼睛。

“你……”

林森禾悄声威胁白筱心：“别说话。”

白筱心赶紧闭嘴，却忍不住想笑，林森禾打开皱皱巴巴折叠了无数次的字条，清清嗓子，一本正经地念起来。

“在遇到你之前，我只愿孤独而寂静地度过自己的一生，直到你像一枚炸弹一样，闯入我的世界，让我惊慌失措、猝不及防。直到今天我才领悟，上天给了我一段循环往复的际遇，原来是为了遇见你……”

林森禾顿了一秒，逐渐进入深情状态，但他依旧低着头，脸上升起一朵红晕。

“白筱心，我想告诉你，无论时空变换多少次，我都会选择爱上你，守护你，一生一世，生生世世。”

白筱心的眼角涌起幸福的泪水。底下，游清泽也被眼前这一幕感动，忍不住擦拭眼角泛起的泪水。

林森禾听着底下的起哄声与掌声，抿着羞涩的嘴唇，尴尬地抬起头，靠近白筱心解释：“游清泽非要我加一段念词，说女生都喜欢听。”白筱心笑着使劲点点头。

“下面有请新人交换戒指。”小兰姐客串礼仪，递过托盘。林森禾和白筱心打开戒指盒，将戒指戴到彼此的手上。

“下面有请未婚夫亲吻未婚妻。”

林森禾立即转过头，瞪着严主管：“我不是说取消这个环节吗？”

严主管一脸委屈：“订婚流程都是游总定好的呀。”

林森禾转头看向底下的游清泽，此时游清泽正无所畏惧地盯着林森禾，大有一种“你能拿我怎么办”的架势。

“游清泽真是，我为什么要在外人面前亲……”

白筱心无语了，还没等林森禾说完，她直接将林森禾的头扳过来，亲了上去。林森禾被她强吻，瞪大了眼睛。下面的起哄声四起，丹丹和花花使劲吹口哨叫好，姑姑也忍不住笑着鼓掌。

严主管见到问题解决，擦了一把汗，连忙道：“典礼结束，奏乐！”

乐队开始伴奏，白筱心挽着林森禾的胳膊走下场，林森禾还没缓过神来，旁边的工作人员拿出鲜花瓣，扔在两人头上。

“我……”

“你别说话，保持微笑。”白筱心保持着嘴角的弧度，向两旁的亲朋好友点头示意，用半威胁的语气从牙齿缝里挤出字，“林森禾，你要是敢在订婚礼上摆出总裁架子发号施令，以后每一夜，陪伴你的都不是你的白甜心，而是白无常。”

白筱心扬着眉毛，咬牙切齿地威胁，吓得林森禾面皮抖抖，也赶紧摆出微笑，点头向周围人示意。

夜色渐渐黑了下来，伴随着现场灯光亮起，大型的海边派对正式开始。场地中央，有人群正在跳舞，两边围着畅饮的宾客，十分热闹。白筱心正和姑姑、丹丹、花花在一起嬉笑。

“筱心，从今以后你就是有主的人了，可不许再对着帅哥掉口水了。”

白筱心一巴掌拍在丹丹的屁股上，瞪着大眼睛威胁丹丹："你还是先把你自己处理好吧！都多大的人了，也不见你交个男朋友。"

丹丹梗着脖子，不满地看着白筱心："谁说我没有男朋友？"

"谁呀？在哪里？你快拉出来我看看！"

白真真各种摇头，恋爱中的女孩果然是最傻的，白长那么大一双眼睛，还好马上就要嫁出去了，不然岂不是要愁死她？

"花花啊，筱心都要结婚了，你和丹丹打算什么时候定啊？"

"什么？姑姑你说什么？我没听错吧？"白筱心看着同花花勾肩搭背的丹丹各种尖叫。

"白筱心，你就承认了吧，除了你家林总这件事情以外，你是真的眼瞎。也就只有你这种人才看不到我的好，不过幸好我还有丹丹。"花花难得露出阳刚之气，各种贬低白筱心。

"天哪，罗丹丹，兔子还不吃窝边草呢，你口味够重啊！"白筱心觉得她昨晚一定没睡够，以至于出现幻觉了。

"什么窝边草？哪门子的窝边草？要说窝边草，明显我跟你才更合适，我跟丹丹那是日久生情。"

"你编得下去我都听不下去了。喂，罗丹丹，你怎么不说话？哑巴了还是害羞了？这么大的事居然不告诉我！"

白筱心看着一直没有说话的罗丹丹怨气满满。这么大的事，她竟然是最后一个知道的，太不够姐们了！

"明明是你自己眼瞎看不出来，也不知道是谁整天卿卿我我的，还没结婚呢就连家都不回了，我懒得跟你说。"

丹丹回敬白筱心一个大大的白眼。白筱心一脸尴尬，不知怎么回嘴，张牙舞爪地要扑上去掐罗丹丹的脸蛋。

"白筱心。"游钟书从远处拿着两杯酒走过来，在身后叫道。

白筱心回过头看见游钟书，愣了几秒钟，随即收敛好自己痛恨的神色，扬起标准的笑脸道："游总好。"

"哎，我算是林森禾的叔叔，你怎么能叫得这么生疏呢？"

"是，叔叔好。"

游钟书满意地点点头："嗯，乖侄女。来，叔叔敬你一杯酒，祝福你和林森禾永结同心，白头到老。"

游钟书礼貌地递过一杯红酒，姑姑下意识地想上前拦住，被白筱心暗地里阻止了，笑着上前接过来。

"谢谢叔叔，承您吉言。森禾的父母若泉下有知，也会觉得欣慰吧。"游钟书看着白筱心单纯可爱的微笑，仰头就要将红酒喝下，此刻眼神变幻莫测。

此时，一只手夺过白筱心的红酒杯，白筱心转过头，就看见林森禾毫不犹豫地喝下酒。白筱心满脸紧张地盯着林森禾。

“游叔，我们筱心还是一个小孩儿，不能喝酒，我就代劳了。”林森禾空杯敬向游钟书，游钟书讪讪地笑了笑，没有说话。

场地里音乐声变换，一支舞曲刚刚结束，林森禾朝着白筱心的方向伸出手：“您不介意的话，我想请我的未婚妻跳一支舞。”

“当然不介意。”游钟书嘴角抽了抽，让开了路。

2. 最终的对决

游钟书假装一脸慈祥地看着林森禾和白筱心，朝着一旁的白真真点头致意。白真真满脸堆笑，点头回应，两只手还拉着丹丹和花花。

“姑姑，回头我们结婚，你可要记得给我们双倍的嫁妆。”花花自然看出白筱心和白真真对游钟书的抗拒，各种插科打诨。

“对对对，姑姑，我可是羡慕您那套限量版的紫砂壶好久了。”丹丹十分默契地配合花花。

“你可真敢要，那可是姑姑我的宝贝！”白真真嗔怪着，跟着两人不动声色地走到一旁的座椅上坐下，继续相互逗趣。

游钟书不再看白真真，一双眼睛眯起来，看向舞池中央正翩翩起舞的林森禾和白筱心。此时，游钟书的耳返里忽然传来刀疤男准备就绪的声音。

“准备，动手。”三明岛海岛一侧的树林里，传来沙沙的响动，四面八方的黑衣人逐渐从隐藏在附近海域的船只上登陆，朝着订婚典礼现场会聚。

白筱心和林森禾两个人正跳着舞，林森禾对于刚刚白筱心的举动十分不满：“你怎么那么有胆量，仇人递过来的酒都敢喝？”

“他再对我们恨之入骨，也不至于当着众人的面下毒谋杀吧，你不是也毫不犹豫地喝了？”

“就你聪明。人在生死予夺之际，只会被逼出最凶残的兽性。”

白筱心愣愣地跳舞，林森禾凝视着前方游钟书离去的背影，此时耳机里传来黑风的警报。

“老大，他们来了！”林森禾眉头微皱，开始仔细打量四周的环境。

海边派对场中央跳舞的情侣；周围宾客觥筹相错；按住耳边的耳机隐藏的保镖……浪漫的气息中，逐渐开始弥漫血腥的味道。

此时，游钟书已经转身离开了派对现场，邪魅地冲大海方向轻声倒数。

林森禾抬高手，让白筱心转了一圈，两个人摆出对望的姿势："他们来了……"林森禾轻声道，白筱心下意识捏紧了林森禾的手心。

"三，二……"游钟书开始最后一声倒数，"一。"

游钟书打了响指，啪，所有的灯光全部被拉灭，瞬间黑幕。

"趴下！"林森禾看到灯灭的一瞬间，月色下那些冲向会场的黑衣人将白筱心圈在怀中。

现场突然发出连续的枪声和一片破碎声、尖叫声、打斗声。

"白筱心！"突然，混乱中有人听见林森禾高声叫喊。

"啊！"远处似乎传来白筱心被人抓走，她吃痛的声音。

周围还是黑漆漆一片，枪声和打斗声消失，只有小小的呜咽声。白真真在桌子底下爬着，小心翼翼地喊着。

"筱心，筱心……"花花和丹丹也凑了过来，白真真赶紧抓住丹丹，"筱心？"

丹丹呜咽着哭出声来："姑姑，我是丹丹。"

此时，电闸被拉上，现场的灯同时亮起。白真真用手挡着刺眼的光，再看向现场，周围一片狼藉，而场中央的林森禾和白筱心早已不知去向。

"筱心，筱心呢？"

白真真四处张望，丹丹、花花也一脸不知所措，白真真吓得快哭了，完全不明白发生了什么事。之前林森禾只说让她堤防，可她无论如何也没想到，竟然会是这么大的阵仗。

"筱心，你别吓我啊……筱心……"海面上传来白真真撕心裂肺的喊叫声。

游钟书坐在船舱里，听着白真真的叫喊声，满脸胜利的笑容。

夜晚，波涛汹涌的大海发出哗哗的声音，有一艘游船正在海上航行，风浪越来越大，天空中逐渐有云层开始汇聚。

甲板上放着两个装着活人的麻袋，船上站着一排杀手。刀疤男上前打开一个麻袋，林森禾露出来，嘴巴上塞着布条。刀疤男将他的布条抽下来，拿出一份股权和法人转让协议书与一支笔递给他。

"签字，不然她就得死。"刀疤男指着旁边的麻袋，麻袋里发出支支吾吾的声音。

林森禾满眼怒火地看着刀疤男，对着黑漆漆的船舱内高声大喊："游钟书，到这一步了，你还需要隐藏吗？"

船舱内发出一阵可怖的笑声，一个人慢慢地走了出来，走到甲板上的灯光下，灯光照射出游钟书邪恶的脸庞。

"现在你还想着见我，看来你有很多疑问啊！"

"我只想知道，十八年前，白筱心的父亲和我的父母，是不是都死在你的手里？"林森禾目光中透露出恨意，狠狠地盯着游钟书。

“森禾啊，有些人和事，既然是过去式，就不必执着。为什么安稳富贵的人生你不过，非要弄得鱼死网破呢？说实话，要不是你步步紧逼，看在清泽那么喜欢你的面子上，我真没想过动你。你爷爷这些年做的不就一直很好吗？”游钟书摇着头，满脸惋惜。

“若想人不知，除非己莫为。如果不是你心虚，以为白筱心出现在我身边是找你复仇，便急着对我们下手才露出马脚，我又怎么能知道这一切呢？”

游钟书点点头，发出一声感叹：“不错，当年是我仁慈，才没有赶尽杀绝，让你们多活了十八年，你们应该感激我啊！不过算了，左右你们都要死，就当我做了一会儿慈善吧，谢谢你将林氏打理得这么好。”

“哼，我在鬼门关走了两次，无常不索命，阎王不开门。你想弄死我，恐怕没有那么容易。”

林森禾下意识朝着天空望去，天空里，云层已经堆积完毕，隐隐有雷电开始汇集。

“哦，是吗？”游钟书不再辩驳，挥挥手示意。刀疤男立即走过去，将另一个麻袋抓起来放在船边上，欲扔下去，林森禾一下子紧张起来。

游钟书一脸坏笑，看着林森禾：“不管你开什么天眼，有什么特异功能，你都会一如既往地死在我的手上，这就是你的命！”

游钟书蹲下来，将地上的协议书和笔捡起来，递到林森禾眼前：“你唯一能选择的就是签下这份转让书，留下她的命。或者你不签，你们一起去死。”

游钟书恶狠狠地瞪着林森禾，但是林森禾丝毫不慌乱：“那你先打开麻袋看看，里面的人到底是谁？”

游钟书愣了一下，刀疤男听闻，放下麻袋解开绳索，露出的却是游清泽的脸。游钟书震惊地站起身。

“清泽，怎么是你？”

海面上，几艘快艇疾驰。其中一艘快艇冲在前面，将其他快艇远远甩在后面，白筱心站在快艇上，焦急地望向远处的大船，对身旁开船的黑风道：“黑风，再快一点啊！”

黑风捏油门的力度大了几分。

游钟书挥手示意，刀疤男上前拔掉封住游清泽嘴的布条。游清泽瞪大了眼睛，一脸的悲戚和痛心：“爸，为什么？你为什么要这么做？”

“为什么？因为我给林家卖命，他们在抛弃我的时候却毫不犹豫，在他们眼里我不如一条看家狗！”游钟书目眦欲裂，歇斯底里地咆哮着。

“你胡说！爷爷明明像亲儿子一样对待你，妈妈去世后，更是林家将我养大，从小我和森禾亲如兄弟。而你在林氏有钱有地位，明明这一切都是你自己利欲熏心，恩将仇报。”

游钟书恨铁不成钢，看着自己的儿子："清泽，你是被林森禾蛊惑了！如果当初我不出手，现在惨死的人就是我，而你就是流浪在外的孤魂野鬼！你怎么能够帮着他设局，坑害你的亲生父亲！"

游清泽摇着头，泪流满面："爸，你犯下了这么多罪孽还不知悔改，你自首吧！"

"没错，你自首吧。我早就报警了，今日，就是等着你自投罗网。"林森禾在一旁补刀，他的确很想杀了游钟书，可惜他不能。

游钟书满脸难以置信，随即反应过来，自己已然跌入了林森禾的陷阱里。他愤愤不平，吼道："十八年前，我宁愿杀光所有人，都不愿意去坐牢，如今你想让我自首，下辈子吧！动手！"

到了这一刻，只有鱼死网破，不是你死就是我活！刀疤男拔出枪，对准林森禾的脑袋，林森禾惊讶地看着枪管。

"不要啊！"开枪的瞬间，游清泽冲了上去，为林森禾挡下了一枪。游钟书瞪大了眼睛，失声尖叫："清泽！"

林森禾难以置信地看见游清泽倒在自己胸口前，血流如注。游钟书冲过来抱住游清泽，替游清泽解开绳索。

"儿子！"

"对不起，森禾……游家欠下的债，就让我来还吧。"游清泽看着林森禾，目光中满是柔情和愧疚，但这对他来说似乎是一种解脱。

"清泽啊，你怎么这么傻啊！"游钟书捂着清泽流血的胸口，悲声痛哭。

林森林双手被捆着，跪在甲板上望着游清泽泪流不止。此时，周边几艘救援的快艇已到达，快艇上的便衣警察们纷纷举枪："都不许动，举起手来，我们是警察。"

船上的杀手们眼见着逃跑无路，纷纷举起手抱头，刀疤男见自己被包围，立即抓起林森禾，站在船角将他作为人质威胁。

"你们都别过来，否则我杀了他。"刀疤男将枪口对着林森禾的太阳穴。

"这场游戏越来越刺激了，不如让我们再来一次吧！"

"你要干什么？你疯了吗？"林森禾直觉不好，用力挣扎起来。

刀疤男仰身，带着林森禾一起坠入大海里，刚刚赶来的黑风和白筱心刚好撞见这一幕。

"老大！"

"林森禾！"

黑风反应迅速地跳进海里，快艇上的白筱心也抓紧船沿，跟着一跃而下。那一瞬间，她的脑海已经什么都来不及顾虑了，是生是死，她要与他在一起。

林森禾掉入海中，用藏在袖口的匕首割开绳索。此时，刀疤男游到他身边，他挥刀过去，刺中刀疤男的腹部，刀疤男挣扎着，幽蓝的海面上晕染出一朵朵深红色的血莲。

刀疤男执拗地在水下举枪，打算朝着林森禾射击，身后黑风突然出现，抱住刀疤男，将他反身转过去，枪从刀疤男手中掉落。便衣警察们也纷纷下水，将刀疤男制服，网罗到甲板上，同游钟书一起戴上手铐。另一侧，游清泽被送上救生船，开往医院急救。

水底，白筱心用尽力气，将挂着的呼气器给林森禾戴上。

天空里，一颗彗星划破云层。一瞬间，白筱心想起了一切。

她和林森禾第一次相遇，她为了应聘主播，掏出一盒虫子当众吃下……她假装林森禾女朋友，在泳池里学潜水，被林森禾发现，和林森禾深潜，被卷进蓝洞……

她和林森禾第二次相遇，被林森禾淘汰，却莫名其妙成了林森禾的秘书……在不知不觉的互动中，他们相爱了，然后她和林森禾被游子墨绑架，再次卷入蓝洞……

她和林森禾第三次相遇，她被林森禾莫名其妙地追求……林森禾醉酒的时候跟她说，他和她是日久生情……

一幕幕画面交织在一起，白筱心的眼角流出一滴泪。

原来，我们真的不是一见钟情。

原来，在三次平行时空里，我们彼此羁绊着，差点一起丧命。

原来，命运伸出无限循环的套环，跨越时空与人海，只为了让我们拥抱着相爱。

远处的漩涡似乎再次裹挟着巨大的海浪向他们袭来，林森禾抱紧白筱心，打开了套在手上的求生手环，手环上冲出两只巨大的气囊，巨大的冲击力将两人拖出海面，他们被众人拖上甲板。

海面上的天空，彗星划过，一闪即逝。海底的龙卷漩涡，绕过飘摇的船只，向海洋深处流卷而去。

林森禾和白筱心湿漉漉的，仰面躺在甲板上，紧紧拉着彼此喘息。白筱心望着天空呆呆道："我们是不是在这个地方已经死过两次了？"

林森禾惊讶地看着她："你……你都想起来了？"

白筱心抑制不住地流着泪点点头，林森禾忍不住激动，上前抱住她，安慰道："没事，一切都过去了。"

这一场轮回的宿命，伴随着所有真相的浮现与幕后真凶的伏法，全部结束了。在这一个世界，他和她终于活了下来。

风暴过后，一切很平静，夜色下，大批船只往内陆岸边驶去。

3. 蓝洞之恋

三个月后，林恒、雨汐墓地，白筱心和林森禾在墓地前献花。

“爸，妈，当年的真相水落石出，坏人也绳之以法，你们终于可以安息了。”林森禾搂紧白筱心，“这是筱心，你们的儿媳。”

白筱心走上前，对着墓碑鞠躬：“爸爸，妈妈，我是白筱心，森禾替你们报仇了，你们在天之灵可以安息了。”

林森禾将白筱心揽在怀中：“我们去看看清泽吧。”

“好啊，我也好久没有见过清泽了，看完清泽我们再去看看爷爷，爷爷最近老是念叨着你。”

“嗯，然后还得去看看姑姑，姑姑和视频里那个男明星好像要破镜重圆了。”

“啊？那个男明星不是早就结婚了吗？”白筱心一脸惊讶地看着林森禾。

“听说他很早就离婚了，这些年一直单着，姑姑找他出庭作证的时候，两个人似乎就有了重修旧好的意思，他们俩的婚礼可能都要办在我们前头了。”

白筱心看着林森禾满脸笑意，一脸崩溃：“什么？我怎么又是最后一个知道的？”

白筱心和林森禾往外走去，抬头迎上捧着鲜花走来的游清泽，脸上是他那久违的，淡而不伤的笑容。

“清泽，你怎么来了？我们还说去医院看看你。”林森禾有些惊讶，率先开口。

“我想给叔叔阿姨们上炷香。”

三人相视而笑。

……

人们都说，三明岛海域最美的景色莫过于夕阳。海水满盈盈，照在晚霞下，浪涛像顽皮的小孩子似的跳跃不定，泛着一片片鱼鳞般的金光。

一艘游轮上，一个男人搂着女孩，靠在船栏杆上欣赏海上落日。路过的人都不禁为这一幕驻足，这一个场景就像《泰坦尼克号》里杰克和罗斯在船头飞翔一样唯美而浪漫。

“筱心，你是什么时候想起来一切的？”

“在海底的那一刻，我仿佛一下就开启了上一个时空自己所有的记忆。原来，救我的人一直是你。”

林森禾笑了笑，将怀中的白筱心抱得更紧了一些：“那这一次你救了我，算是报恩了啊！”

“嗯，一报还一抱！”白筱心反手抱住了林森禾。

“哎，我这经历了三个时空，才救下你白筱心这条神仙命，你光抱抱来报答我，也太简单了吧。”林森禾心满意足，却还在调侃着。

“那你还想怎么样？”

林森禾将脸贴过去，白筱心忍不住笑了笑，亲吻了他一下，他一脸开心得意。

“我告诉你，你以后记得对我好一点哦。若是你欺负我，我就跳进那蓝洞里，然后再去找一个更帅的欧巴。”

林森禾嗤笑着，捏了捏她的鼻子：“你想得倒美，那蓝洞只是穿梭的时空之门而已，真正开启平行时空的，是千载难遇的彗星。”

林森禾点开手机上九月二十五日千年一遇彗星经过的新闻，白筱心凑过脑袋，好奇道：“哈，原来是这样啊！”

“你还想穿梭，再等下一次彗星出现吧。那就不知道是不是要一千年以后咯。”

“讨厌啊！一千年以后，我都成木乃伊了。”白筱心摆出僵尸脸。林森禾一脸宠溺地笑着从身后搂住了她，两个人幸福地望向海面上的夕阳。

“对了，林森禾，你说我怎么每次都没有记忆，只有你有记忆啊？”

白筱心忽然想起什么，不解地看向林森禾。林森禾搂着白筱心，掏出他同心理医生咨询的记录。

“你不是没有记忆，只是你在自我保护，开启了应激意识，自行选择遗忘了那些记忆而已。你忘了给我泡的咖啡了，用温度计搅拌到六十三度，说明服务我的意识，你可是根深蒂固。”

“你还好意思说，当时你为了为难我，出了多少馊主意。说，你该怎么赔偿我？”林森禾不解释还好，一解释，直接解释到雷上，还顺手引爆了。

“我当时不是怕你留在我身边会有危险吗？”林森禾的求生欲一下子激发出来，却想不到什么好办法解决。

“有危险？我记得当时某人还禁止我跟他乘同一部电梯，坐同一辆车，不许我穿白裙子，说我不祥，每次见我都没好事。”

“没有，我真的是怕你有危险，咱们一起坐电梯不是经常出事吗？不是卡顿就是停电。”林森禾连连摆手，屁股开始一点一点朝后蹭。

“可我怎么感觉某人是怕受我牵连，被我影响，所以才一心想赶我走呢？对了，某人还冤枉我泄露公司机密来着。”白筱心朝着林森禾一步一步逼近，口中还在不停地念叨林森禾的种种恶行。

林森禾站起身，朝着潜水工具小步位移：“你真的理解错了，不是这么回事，我不是叫黑风给你解释了吗？还派他去保护你了。”

“哦，对了，对了，某人当时好像还喊我白无常，喊黑风黑无常，然后还说我俩年龄相仿，性格互补，刚好能够凑成一对，说我们俩是不错的一对CP。”

林森禾抓起面罩，翻身直接朝海中跳去。白筱心大叫着，也拿了一个面罩跟上，两人在海水中嬉闹了起来。

直到两人筋疲力尽，白筱心被林森禾拖着游到岸边，并肩躺在沙滩上。两人相视一笑，默契地看着淡蓝的天空，上面慢慢浮现出一轮浅白色的圆月。

“森禾，你说爸爸妈妈他们会不会也穿梭了，所以才找不到啊？说不准他们正在其他时空幸福快乐地生活呢？”

白筱心转头看向林森禾，林森禾歪着脑袋想了想：“或许吧，或许他们也掉入了蓝洞，然后有什么未知的力量让他们进入了平行空间，早早地将坏人绳之以法，避免了悲剧的发生。”

“嗯，一定是这样的。”白筱心用力地点点头。

“就是不知道在那个时空里，我们还会不会相遇，会不会在一起？”

“一定会的。”

“你怎么知道？在那个时空，你说不准都没见过我呢！”白筱心不满地噘嘴。

“我见过的，在那之前我们就见过的，只不过你不认识我而已。”林森禾想起十几年前的那场交集，脸上的笑意止不住。

“我怎么不知道？”白筱心表示严重怀疑。

“那你还记不记得，你两三岁的时候夸一个男孩子漂亮，然后爸爸跟你说，男孩子要说帅，不能说漂亮？”

林森禾满脸期待，又很纠结地看着白筱心。白筱心果断摇头。林森禾一脸无奈，只得硬着头皮继续讲：“后来姑姑把你塞到石缝里，我还去救你来着。”

林森禾选择性地引导白筱心，力求将他的形象打造得高大威猛。

白筱心依旧摇着头：“我不记得，没印象。”

林森禾假装唉声叹气，一副很伤心的样子，心里却乐开了花：不记得好啊，虽然有点遗憾，但白筱心不记得，我不就可以胡编乱造了吗？

“笨！”林森禾笑嗔。

不过，我允许你笨一点，毕竟以后是我照顾你，我养着你，你的小粗心和小脾气，我也都允许存在。

“啊呀！”林森禾突然吃痛，发现胸前被白筱心狠狠地掐了一下，只见白筱心咬牙切齿道：“我只记得，有个特别丑的小哥哥为了报复我，明明能将我救出去，又把我塞进去了，还说我是丑丫头，长大之后还想着骗我。”

白筱心恶狠狠地双手齐上，朝着林森禾左右开弓。林森禾大惊失色，在沙滩上各种耍赖求饶：“白筱心，你不是说你不记得吗？”

“我是不记得你说的事啊，可是我记得我经历过被你坑的那段啊！”白筱心义正词严道。

“白筱心，你这个小骗子！”

“林森禾，你这个大魔头！”

海面上，伴随着荡漾的浪花，一阵阵嬉闹追逐的声响飘向了未知的远方。

2020 年 1 月 1 日，三明岛张灯结彩。一场盛世婚礼，在此举行。

白筱心终于穿上了正式的婚纱，满脸笑容地朝着林森禾走去。

从今往后，每个日升月落都有你，每个春秋冬夏喜欢你，这一生的分分秒秒，连带下一生的朝朝暮暮，我都陪伴你一起走下去。

风筝有风，海豚有海，往后余生，我只有你。

“接下来，是我们期待已久的抛捧花环节。”

随着严主管一声高呼，白筱心背过身，捧着捧花，忽左忽右地摇晃着，气得台下跃跃欲试抢花的情侣们气愤不已。

“左边呢，还是右边呢，还是中间啊？”白筱心喊完，用尽气力将捧花朝天上抛去，抢捧花的情侣们瞬间蜂拥而上。

“起开，起开，压到我们家丹丹了，捧花是我们家的，你们都起开！”花花将丹丹护在怀中，叫喊着将人群驱散，然后炫耀般亲吻着怀中的丹丹。

丹丹满脸幸福，手拿捧花，搂住花花，也回应地亲了起来。

“吁！”众人齐齐发出怪叫。

有白真真的明星婚礼在前，林森禾和白筱心的盛世婚礼在后，三明岛最美爱情岛的名声一下子威名远扬。无数海内外的情侣纷纷来到三明岛，告白、求婚以及举行盛大的婚礼。

海滩边，游客如织，情侣们穿着婚纱在网红打卡的海滩景观前拍照。

海面上，滑翔伞，帆船冲浪，激情夏天。

海岛附近的海域，一名年轻人跃跃欲试地潜入蓝洞。蓝洞里珊瑚遍布，游鱼成群，绚烂而瑰丽。

偶然间，年轻人在壁石的夹缝间捡到一枚金属戒指，戒指上清晰地浮现一行字迹：林恒 love 雨汐。

这一枚神秘而浪漫的戒指，仿佛被人遗漏在了时空的缝隙里，熠熠生辉，象征某种神灵的庇佑，启示着这世间的一切奇迹。

也许在无数的平行时空里，林森禾与白筱心会擦肩而过，甚至从未相遇。只有在这一个时空，他们相爱并且活了下去。在无数的可能性中，完成了这唯一的美好结局，是多么美好的奇迹。

所以那些出现在你身边的人，也是在无数次偶然中诞生的惊喜，值得我们用力珍惜。而那些失去的、错过的人啊，都可以有理由相信，在其他的时空里，与我们幸福而快乐地在一起。

如果你能这么想着，人生也就没有遗憾了呢。

—完—